尤利西斯

ULYSSES

[爱尔兰]詹姆斯·乔伊斯 著

萧乾 文洁若 译

天地出版社 | TIANDI PRESS

半世纪文学姻缘的结晶

（最新修订本序）

文洁若

今天（二〇〇五年一月二十七日）是老伴萧乾的九十五岁诞辰。尽管他已在六年前的二月十一日去世，却永远活在喜爱他的著作和翻译的读者心里，也活在跟他相濡以沫达四十五年之久的我的心里。

自从一九九〇年八月着手合译《尤利西斯》以来，萧乾和我就和这部意识流顶峰之作结下了不解之缘。

萧乾说过："我认为好的翻译，译者必须喜欢——甚至爱上了原作，再动笔，才能出好作品。"（见《译林》1999 年第 1 期《翻译漫谈》——翻译这门学问或艺术创造是没有止境的）

早在四十年代初，刚过而立之年的萧乾曾从英国伦敦给时任中国驻美大使的胡适写信道：

> 这本小说（指《尤利西斯》）如有人译出，对我国创作技巧势必大有影响，惜不是一件轻易的工作。

当时萧乾做梦也没想到，五十年后他会在译林出版社社长李景端先生的鼓励和全体同志的协助下，和我一道把这部意识流开山之作合译出来。

现在来谈谈我们当初译《尤利西斯》的动机。

一九八四年和一九八六年，我曾两次陪萧乾重访剑桥。一九八四年那次，我们还到萧乾四十年代在王家学院攻读硕士学位时的导师乔治·瑞兰的寓所去小叙。瑞兰还是位莎士比亚专家，我们见到他时，他已八十四岁，仍兼任着艺术剧院院长。

一九四二年至一九四四年六月，刚过而立之年的萧乾就在这间宽敞舒适的书房里，定期与导师讨论自己的研究成果。只消把关于劳伦斯、伍尔芙、福斯特和乔伊斯的十几篇小论文串起来，就是一篇硕士论文。然而，在《大公报》老板胡霖的劝告下，萧乾放弃了即将到手的学位，走上战地记者的岗位。他当时想的是：欧战这样的人类大事，并不等人。现在不投进去，以后可无法弥补。至于研究工作，只要把这些书籍、笔记、日记、卡片保存好，将来年老力衰，跑不动了，照样可以整理成文章。他哪里想得到，神州大地上竟会发生一场毁灭文化的浩劫，使他毕生的心血化为灰烬呢？

一九七九年八月底萧乾应美国爱荷华大学"国际写作计划"主持人保罗·安格尔、聂华苓邀请，赴美参加三十年来海峡两岸以及中美作家之间首次交流活动。次年一月，经香港回京后，他对自己的健康状况信心倍增。遂在一九八一年年初，不顾四位大夫的劝阻，动了摘取左肾结石手术。手术后尿道不通，八个月后又做一次全身麻醉大手术，割除了左肾。从此元气大伤。一九八五年，仅余的右肾已告中等损伤。一九九〇年六月，肾功能就只剩下常人的四分之一了。当年八月，译林出版社社长李景端先生上门来约我们翻译《尤利西斯》时，我立即想：这正是目前情况下最适宜萧乾做的工作了。创作我帮不上忙，翻译呢，只要我把初稿译好，把严"信"这个关，以他深厚的中英文功底，神来之笔，做到"达、雅"，可以说是驾轻就熟。与其从早到晚为病情忧虑，不如做一项有价值的工作，说不定对身心还有益处。大功告成之日，就意味着给他四十年代功亏一篑的意识流研究工作画个圆满的句号。

我们正译得热火朝天时，收到了萧乾的英国恩师瑞兰写来的信，鼓励道："你们在翻译《尤利西斯》，使我大为吃惊，钦佩得话都说不出来。多大的挑战。衷心祝愿你们取得全面的成功。"（一九九三年七月二十八日）大功告成后，年届九十三岁的导师给他这个八十五岁的昔日高足来函褒奖："亲爱的了不起的乾：你们的《尤利西斯》一定是20世纪最出色的翻译。多大的成就！我渴望了解学生们和一般市民有何反应。务请告知。"（一九九五年一月十六日）

一九九八年十二月，九十六岁高龄的瑞兰驾鹤西去，不出两个月，他那位半个多世纪前的中国研究生也溘然长逝。萧乾不曾拖垮在《尤利西斯》上，然而自一九九五年五月起，却陷进了"募集文史基金"这个怪圈，着急上火，疲于奔命，最后诱发了心肌梗塞（北京医院的主任医生叹着气说："两大脏器都坏啦！"），不治身亡。

翻译过程中，我曾参看过三种日译本。每一种日译本都比前一种强，而且他们并不讳言参考过前人的译文。有位译者干脆在序文中说："有些句子，由于前一位译者已经用最恰切美丽的日语表达了原著的意境，我无法回避。"这几种译本的译者个个是著名作家、评论家、教授、乔伊斯研究家。自一九三二年二月《尤利西斯》第一种日译本由岩波书店出版后，六十七年来，还没听说哪位译者指责后来者抄袭或剽窃了他的哪段译文。这些日本同行都有雅量，看来前人甘愿做后人的梯子，以便让日本广大读者读到更翔实可靠的译文。

参看并不等于盲从。我们发现，第十八章摩莉的独白中有一句"I'm always getting enough for 3 forgettin"（莎士比亚书屋一九二二年版，第715页第5至6行），三种日译本都不约而同地译为"买上三先令的，就足够了，可我总是忘记"。一九九五年四月十九、二十日这两天，译林出版社主办的首届"乔伊斯与《尤利西斯》研讨会"在北京召开，爱尔兰驻华大使多兰女士、都柏林乔伊斯研究中心主任罗伯特·乔伊斯，以及英国、日本、澳大利亚和我国的学者二十余人在会上做了高水平的学术发言。我把一份用英、日两种文字写的书面材料交给与会的日本明治大学教授、乔学专家近藤耕人先生，请他转交给合译《尤利西斯》最后一个译本的三位日本学者。大意是说：我们认为摩莉独白中的那个"3"，不是指"先令"而是指"人"，所以是这么译的："我总是买上足够三个人吃的，净忘记。"还加了个注："这里指摩莉总忘记女儿米莉已离开家去谋生了，所以经常把她那一份也买了。"

一九九七年，我正陪萧乾住在北京医院时，承蒙日本资深汉学家、东京大学教授丸山升先生（萧乾的自传《未带地图的旅人》日译者）将丸谷才一、永川玲二、高松雄一重新合译的《尤利西斯》豪华本（一九九六—一九九七年集英社版）邮寄给我们。我首先翻看第十八章中摩莉的那句独白。果然，已按照我们的见解改了。译初稿时，我曾受惠于日本同行，这次多少能报答一下，感到很高兴。

本书全译本出版后，受到读者的广泛关注，一些热心的朋友（尤其是上海外国语大学语言文学专业博士研究生冯建明先生）还就某些译文提出了宝贵的意见，并提供了补充的人物表。在这个基础上，修订时把人物表由原来的八十多人增加到一百二十多人，还参考集英社的日译本，把每个人物在各章出场或被提及的情况也一一注明。都柏林大学的德克兰·凯伯德（Declan Kiberd）教授还惠赠由他写了长序，并加了详尽注释的英国“企鹅二十世纪名著丛书”一九九二年版《尤利西斯》。一九九六年新华社外籍专家刘伯特（Lew Baxter）又特地为我们找来了伦敦伯德里·海德出版社弥足珍贵的一九四七年版本（是根据一九三七年版重印的）。二〇〇四年，承蒙爱尔兰电视台的诺克斯先生惠赠一本海德出版社二〇〇一年版的《尤利西斯》原著，刊头附有一九九三年由汉斯·沃尔特加布勒写的前言。他认为，他们这个版本是经得起考验的。这三种版本，对我此次修订译本，都很有帮助。在此一并致谢。修订的原则是：（一）极少数确实理解有误的，重新订正；（二）文字修饰过多的，予以删除，尽量保持乔伊斯遣词造句的独特风格，但仍坚持力求易懂的尝试。

二〇〇五年一月，趁着重排《尤利西斯》的机会，我又重新全面修订了一次译文。主要是把文字改得简洁一些。当初怕读者不容易接受，添加了一些字，有忽视意识流特色之嫌。标点符号也尽量做得跟原文一致。但第十四章还是保留了不少添加上去的引号，否则弄不清哪句话是谁说的了。日本学者丸谷才一等重新合译的修订本，也加了原著所没有的引号，显然他们也是为了读者着想才这么做的。

然而，要想将这个译本修订得精益求精，是个长远而难度很大的工作。我决心在有生之年，向读者奉献出一部比较满意的《尤利西斯》校改译本，因为这是萧乾与我将近半个世纪之久的文学姻缘的结晶。

叛逆·开拓·创新

——序《尤利西斯》中译本

萧　乾

一

一九四二年的一天，我在英国伯明翰参观过一次莎士比亚外国译本的展览。在东方国家的译本中，最辉煌、最完整的是日本坪内逍遥的那套全集：剧本之外，还附有传记、年谱、研究专集等，精装烫金数十册，真是洋洋大观。紧挨着的就是中国：空荡荡的台子上，摆了薄薄的一本《罗密欧与朱丽叶》，译者田汉（说不定还是由日文转译的），中华书局出版。其实，我记得三十年代末期商务印书馆也零零星星地出过几个莎剧译本，大概主办者没有找到。总之，那个孤零零的小册子同日本的全集译本并排摆在一起，就像是在一桌丰盛的筵席旁边放了一碟小菜。还不如一本不放，真是丢人！而那是在珍珠港事变发生后，中国还是西方的"伟大盟邦"呢。我至今想起此事，仍记得当时何等狼狈。我赶紧从展览会上溜出，一路在想：一个国家的国力不仅仅表现在大炮军舰的数目上，也不光看它的国民产值多少。像世界公认的这样经典名著的移译情况，也标志着一个国家的国民素质和文化水平。

四年前八月间的一天，南京译林出版社李景端社长来到我家。他说他们社出完普鲁斯特的七卷本《追忆似水年华》之后，还想把爱尔兰作家乔伊斯的小说《尤利西斯》也请人翻译出版。他风闻我早期摸过这本书，又知道文洁若也是学英国文学的，就力促我们合力动手把它译出来。

四十年代初，我确实曾钻研过这本书。当时我才三十几岁，都没考虑去译它。如今八十开外，去搬这么一座大山，那是太自不量力了！所以就一口回绝了，说我不想没罪找枷扛。

然而这位立意想做一番事业的年轻出版家热情敦促，执意怂恿。当我告诉他出这么大而难懂的书是会赔钱的时候，他气宇轩昂地说，只要是好书，我们不在乎赔钱。这在五十年代听了，并不足奇。然而在“一切向钱看”的九十年代听了，可使我一怔。他的话深深打动了我的心。

先被说活了心的是洁若。一九四七年她在清华读外国语文学系时，就听到过这本书的介绍，知道是二十世纪西方小说中的名著。一九二二年就出版了，至今中国还没有个完整的译本。她雄心勃勃地马上就答应下来。洁若已开始翻译之后，起初我只答应当个“校者”。然而动起手来就越陷越深，终于成为她的合译者了。

我最早听到乔伊斯这个名字，是在一九二九年。一九二八年我因参加学运被崇实（今北京市第二十一中学）开除后，就远走潮汕，教了半年书，闹了一场初恋（因而后来写了《梦之谷》），一九二九年混进不要文凭的燕京大学国文专修班。那一年，在杨振声（今甫）先生开的“现代文学”课上，第一次听到英国文学界出了个叛逆者乔伊斯。后来在美国教授包贵思开的“英国小说”课上，又一次听到他的名字。当时还不知道乔伊斯是爱尔兰人。

一九三〇年好友赵澄为我弄了一张“原籍潮阳”的假文凭，使我混进刚刚创办的辅仁大学。这是一家天主教大学。教授大都是美国本笃会爱尔兰裔神父，西语系主任雷德曼就是其中之一。由于当了两年他的助手，我接触到爱尔兰文学了。也是在那两年里，我才知道乔伊斯原来是个爱尔兰人。但是雷德曼对他并无好感，常说乔伊斯不但给爱尔兰抹黑，而且也诋毁了天主教。

我对叛逆者一向持有好感，何况我自己那时就正在写揭露基督教会的小说。在我心目中，乔伊斯必是个有见地、有勇气的作家。然而，当时我并没能读到他的书。

所以一九八〇年当挪威汉学家伊利莎白·艾笛来信问我在写《梦之谷》时，是不是受到意识流的影响，我感到很奇怪。在回信中我告诉她《梦之谷》写于一九三七年至一九三八年（从上海写到昆明），那时，我只听说过乔伊斯的名字，可并没读过他的作品。当年，北京图书馆及燕京和辅仁的图书馆，都还借不到他的书。

一九三九年秋去伦敦大学东方学院教书时，学院为了躲避纳粹轰炸，大学整个都疏散到剑桥去了。在大学城里，最便当的是买书。当时我的薪金十分菲薄（年薪二百五十镑，还要抽所得税），可是我每月都要留出一笔购书费。我还想，自莎士比亚以来英国古典的文学著作，在国内不难找，所以我就集中买当代的文学书。劳伦斯、维吉尼亚·伍尔芙——自然我也买了乔伊斯早期的短篇集《都柏林人》和《一个青年艺术家的画像》。那时《尤利西斯》刚开禁不久，英国版才出了没几年。它的单行本最早是一九二二年由巴黎莎士比亚书屋出版的。我买到的是奥德赛出版社（1935 年 8 月版）出版的两卷本。当时有关此书的索引及注释本都还没出，我花了好大力气才勉强把它读完。

一九四二年我辞去东方学院教职，正式去剑桥读研究生了。我研究的课题是英国心理小说。导师瑞兰博士对亨利·詹姆斯有所偏爱。所以我开头读的就是这位美国大师的作品。瑞兰又一向是伍尔芙的宠儿。所以接下去读的是《到灯塔去》和《戴洛维夫人》。乔伊斯当然躲不开，而且是重点。然而我个人更喜欢的还是福斯特。这自然一部分是由于我同他个人之间的交往，然而这里也包含着我对他的小说观的认可。可以说，福斯特同乔伊斯在小说艺术的观点上是对立的。在《小说面面观》里，他坚持小说必须有故事情节，这同乔伊斯的看法可以说是背道而驰。所以，在整个世界卷入战火纷飞的年月里，我却躲在剑桥王家学院一间十四世纪的书房里，研究起乔伊斯的这本意识流小说《尤利西斯》来了。当时一边读得十分吃力，一边可又在想，不管你喜欢也罢，不喜欢也罢，它总是 20 世纪人类在文学创作上的一宗奇迹。同时，我心里也一直很明确，这不是中国作家要走的路。我们还太穷，太落后，搞不起象牙之塔。我们的小说需要更贴近社会，贴近人生。可同时又觉得在中国从事文学写作或研究的人，应该知道西方有这么一本书，了解它的艺术意图和写法。

可是，正当我啃了半部乔伊斯的《芬尼根的守灵夜》时（那是 1944 年 6 月），联军从诺曼底登陆反攻了。我也就丢下学位和乔伊斯，重操旧业，当随军记者去了。

一九四五年年初，我去瑞士向欧洲告别时，曾专程前往苏黎世郊区踏访乔伊斯的坟墓。凭吊之余，我曾在《瑞士之行》中写道："这里躺着世界文学界一大叛徒。他使用自己的天才和学识向极峰探险，也可以说是浪费了一份禀赋去走死胡同。究竟是哪一样，20 世纪恐难下断语。"一九四六年至一九四八年在复旦课堂里，我曾重复过"死胡同"的话。但是一九八七年我在香港中文大学做关于现代主义的演讲时，我说我在文学上是个保守派，但不是个顽固派。我认为就中国的国情而言，我们只能走文学为人生的现实主义道路。但我不赞成蒙上眼睛、堵上耳朵走路。对于西方在写作方面新的探索，我们应注视，应了解，不可自我封闭。

这次由于动手译此书，我同我的一些“老友”重逢了。这就是四十年代我在英国购买的一些乔伊斯所著以及有关他的书。这批书跟我一道回到内战前夕的上海，然后又流徙到香港，最后于一九四九年被带到新中国成立前的北京。谁料到当时知识分子要找个专放书的地方，根本是妄想。那批书先寄存在老友赵萝蕤教授处，最后，通过老友严文井和何其芳转到了刚刚成立的社科院文学研究所。这回我从那里借了其中的几部。首先自然是一九三九年刚到剑桥就买的两卷本的《尤利西斯》。灰色封面上印着紫色的书名和作者名。正是由于我在一九四六年带回的这批近一千册现代派作家的书早在五十年代初就换了主人，它们才逃过了如我其他藏书藏画的劫难，四十多年来安然无恙睡在研究所的资料室里，居然封皮完好。也不知这期间可曾有学者借阅过。打开封皮，看到半个世纪之前我那拙劣的笔迹：

天书

弟子萧乾虔读

一九四〇年初夏，剑桥

（可以看出当时我对乔伊斯是多么顶礼膜拜！从“天书”二字也可知对我来说，它有多么深奥。）

下边还有一段描述当时我的生活及环境的话——字迹已经淡得有些模糊了。写的是：

联军因比（利时）王投降，被迫退出北战场时，身为外国男性，每早六点前、晚八点后即不许出门（女性为十点半）。读此书以消磨日子。

两本书的边页上都满是读时做的笔记或注释。

几年前，近代史研究所的同志又从胡适的书信中找到一九四〇年六月三日我从剑桥给他寄去的一张明信片，其中有一段写道：

此间（指东方学院）工作已谈不到，心境尤不容易写作。近与一爱尔兰青年合读James Joyce（乔伊斯）的*Ulysses*（《尤利西斯》）。这本小说如有人译出，对我国创作技巧势必大有影响，惜不是一件轻易的工作。（见《萧乾书信集》第 157 页，河南教育出版社 1991 年版。）

这封不知怎么会保存下来的信说明那时我就认为这本书应有中文译本，而且会对创作界有所影响。同时，我也充分意识到它的难度。然而我并没考虑过自己动手去译它。

今天，同洁若译起这本书来，我仍然相信它会对我国小说的创作界有所启发。由于国情以及传统的不同，我不认为我们应全盘接受这一技巧。任何技巧都只能由作家本人去匠心独运。但我们需要扩大文学视野，绝不可自我封闭。

译林出版社已请爱尔兰文学研究者陈恕教授在编写一本《〈尤利西斯〉导读》，这里，我就仅向读者做一些关于本书的简单介绍。

二

爱尔兰和挪威都是欧洲边缘上的小国，都具有悠久的文化传统，并且都坚持保存自己的文化，抗拒异族的同化。乔伊斯写《尤利西斯》时，爱尔兰还是英国的一个自治邦。

乔伊斯和易卜生都出身富有，后来家道中落；都是先笃信宗教，后来叛了教。有些人认为《尤利西斯》中有易卜生的影子。我在读第十五章时，就常联想起《培尔·金特》中的妖宫那一幕。

一九〇〇年乔伊斯还在读书时，就在英国文学杂志《半月评论》上发表了一篇关于易卜生的《当我们死而复醒时》（1899）的评论：《易卜生的新戏剧》。那是乔伊斯的处女作。拿到稿酬后，他去拜访了一下刊物的编者。看到作者竟这么年轻（18 岁），主编大为吃惊。

易卜生当时有一位英国朋友威廉·阿切尔。此人是《易卜生全集》最早的英译者。乔伊斯的文章发表之后，阿切尔曾在给易卜生的信中提过此事，可能还把那份《半月评论》也寄给了他。在回信中，易卜生表示他因不谙英文，不能一读乔伊斯的文章。但他请阿切尔代他转达一下谢意。

阿切尔照办了。乔伊斯听到这位大师对自己如此赏识，大为兴奋，就立志学起挪文。转年他先用英文拟了一封致易卜生的信稿，然后又自己译成“蹩脚的”挪文：

听到阿切尔先生转告您的话，我自是十分感动。我很年轻，是个十分年轻的小伙子。倘若您设想一下您自己在大学毕业之前就听到一位您所崇拜的先辈（像您在我心目中这样）对您表示的厚意，您就会了解我对您的心境了。唯一遗憾的是我那篇文章写得十分草率，我理应写得更好些，才配得上您的称许。相信文中必有不少糊涂处，我也不再为自己辩解了。我这样一个毛孩子的胡乱评论，可能会使您生气。但我相信您宁愿倾听一个头脑过热的人瞎扯，也不愿听那些神经麻木而彬彬有礼的人那模棱两可的应酬话。

我还能说什么呢？我已经在大学里喊出您的名字。这里有些人对您毫无所闻，有的则阴阳怪气。我提出您在戏剧史上应有的地位。我阐述了您的卓越——崇高的力量，也指出您的讽刺多么锋利，以及您在技巧上的运用和您的作品多么完美和谐。您会以为我这是英雄崇拜吗？不然，在辩论会上，当我谈到您的作品的时候，大家都洗耳静听，没人叫嚣捣乱。

人们总是把自己最珍贵的保留起来。我并没告诉他们何以您的剧作使我感到如此亲切，也并没提您一生的战斗和胜利怎样感染了我，没提到您在探索人生奥秘上所表现出的坚强毅力，您对公认的艺术教条规范的彻底蔑视，以及您决心走自己的路的英雄气概。

作为新一代的人中曾受过您的教诲者，我在此向您致敬——不是谦卑地，因为您大名鼎鼎，而我则是个无名小卒；也不是懊丧地，因为您是位老人，而我还年轻；也不是冒昧或伤感地，而是欢欢喜喜地。我怀着希望和爱慕之情向您致候。

詹姆斯·乔伊斯

1901 年 3 月

乔伊斯认为易卜生的戏剧中有一种青春的执拗的美，像一股劲风向他吹来。他崇拜易卜生在艺术上追求真实，对人生则超然独立。他欣赏易卜生缜密的逻辑，佩服他敢于从宗教的束缚中挣脱出来。

在易卜生的剧本中，乔伊斯最倾心的是《培尔·金特》。他弟弟斯坦尼斯劳斯在日记中写道："吉姆（注：乔伊斯的爱称）告诉我，他想把《尤利西斯》（注：当时还只是一个短篇，想扩大为一部长篇）写成一个都柏林的培尔。"从整个作品的脉络看，确实是这样。布卢姆也像培尔那样，离家外出流浪，只是《尤利西斯》中的布卢姆只走了十八小时，而培尔则浪荡了一生。最后，两个人物又都回到妻子的身边。《尤利西斯》中的另一主要人物斯蒂芬和培尔一样，也充满了幻想。两人都在母亲弥留之际，仍然拒绝皈依宗教。五幕诗剧《培尔·金特》中也有一些内心独白。有时通过琐事来抒发人生哲理，如培尔剥葱那一幕以及对地球讲的那番感慨万分的话。读《尤利西斯》第十五章，最使人想到易卜生的影子。酒醉之后与妓女厮混的斯蒂芬多么像妖宫中的培尔！山妖听到教堂钟声和索尔薇格的歌声，就一哄而散；斯蒂芬则被布卢姆救了出来。乔伊斯还曾于一九一八年写过一部题名《流亡者》的剧本，描写一对未婚男女带着个六岁的娃娃从意大利返回都柏林。人虽已归故土，精神上却仍处于流亡状态。

乔伊斯和易卜生最主要的共同点还在于两人都是当时他们所处的社会的叛逆者。乔伊斯于一九〇五年在给他弟弟斯坦尼斯劳斯的信中就曾说："你时常反对我的社会主义倾向。难道你不能清楚地看到对无产者解放的拖延吗？教会分子或贵族或中产者的反动就意味着各种虐政的恢复。看来在欧洲重新恢复教会的权力就等于回到中世纪的宗教法庭。自然，耶稣会士在给叛教者施轮刑或把他们拉上拷问台时，并没使人折腰。"（见理查德·艾尔曼：《詹姆斯·乔伊斯》第 197 页）

一九三六年乔伊斯对人说："爱尔兰不喜欢我，正如挪威不喜欢易卜生。"他们二人在描绘各自社会中的人物时，笔下确实都毫不留情。然而今天，他们二人却又都成为各自国家——以至世界的光荣。

乔伊斯是怀着对于他所处的环境强烈的不满而开始他的文学生涯的。一九〇四年八月二十九日他在致娜拉的一封信中，就谴责了当时他所处的社会，甚至自己的家庭："我从心中摒弃这整个社会的结构，基督教，还有家庭，公认的各种道德准则，当前社会的阶层以及宗教信仰。我怎么能爱我的家！我不过是来自一个为遗传下来的挥霍行为所毁坏的中产阶级。我母亲估计是被我父亲的疾病以及历年的苦恼折磨而死的。当我望到躺在棺材里的她的那张脸时，我看到的是那么灰暗、为癌症所折磨的脸。我知道我看到的是一个受害者的脸。"

当时他与这位后来成为他的妻子的娜拉相识才两个多月，真是满腹牢骚。接着他还写道："六年前我脱离了天主教会。我对教会恨之入骨。我发现由于我本性的冲动，我不能再属于它了。我在当学生时就曾偷偷反对过它，拒绝为它任职，因此沦为乞丐。但是我保持了自己的尊严。如今，我用笔和口公开反对它。"（见理查德·艾尔曼:《詹姆斯·乔伊斯》第 169—170 页）

天主教会之外，乔伊斯还痛恨异族统治者——英国。全书许多处都从正面或侧面写到这个"家里的陌生人"。当时，都柏林社会贫富悬殊。当我译到"大厅里翩翩起舞的宫廷那五颜六色的服饰，外面却是悲惨的庄稼人，他们饥肠辘辘，面带菜色，吃的是酸模叶子"（《尤利西斯》第十一章）时，只觉得仿佛是在读杜甫。

经得住时间考验的伟大作品，其创作者除了艺术精湛之外，都必具有一颗悲天悯人的心。乔伊斯正是怀着这样的心开始创作的。

一九〇七年他在的里雅斯特演讲时说：

> 爱尔兰的经济及文化情况不允许个性的发展。国家的灵魂已经为世纪末的内讧及反复无常所削弱。个人的主动性已由于教会的训斥而处于瘫痪状态。人身则为警察、税局及军队所摧残。凡有自尊心的人，绝不愿留在爱尔兰，都逃离那个为天神所惩罚的国家。

《尤利西斯》中所揭示描绘的都柏林社会真实吗？最好的证人莫如比乔伊斯年长近三十岁、也是在都柏林长大、并且同样具有改革社会热忱的萧伯纳了。他曾几次在函文中证实《尤利西斯》描绘的真实性和必要性："我对它（《尤利西斯》）最感兴趣，因为我年轻时也曾在都柏林生活过。我认为他的写法具有经典性。我不认为在坦率描写性的方面需要什么限制。我不能使用乔伊斯先生的语言，我的手太拘谨，没法儿落笔。当我在都柏林时，年轻的医学生确实是那样：言语脏得很，在性行为上也不检点。他们认为那样才充满活力和富有诗意。我很想把那帮青年组织成一个俱乐部，让他们来读读《尤利西斯》，让他们回答像不像。如果回答是肯定的，我们就要再问一声：'我们要不要永远这样下去？'我希望他们的回答是否定的。把乔伊斯所描绘的消灭掉。那时《尤利西斯》就不存在了。那时，就像今天来翻阅十二世纪的地图，把《尤利西斯》这本书禁掉，那就等于把污秽物保护下来。那不是道德之举。倘若一个人朝你举一面镜子来照你本来的面目，即使你把镜子打碎也是徒然，还不如找块肥皂和水把脸洗一洗呢。”（理查德·艾尔曼:《詹姆斯·乔伊斯》第576页）在另一处，萧伯纳还说：“在爱尔兰，人们如果要使猫干净，就用它自己的爪子来揉它的鼻子。乔伊斯把这种办法应用到人身上了。”他认为乔伊斯在揭露现实的丑恶方面，“超过了我们时代所有的小说家”。

乔伊斯不仅揭露丑恶，他也通过主人公布卢姆写出人性的善良。在第十五章中，他还写到布卢姆的一些乌托邦思想：“我主张整顿本市的风纪，推行简明浅显的《十诫》。让新的世界取代旧的。犹太教徒、伊斯兰教徒与异教徒都联合起来，每一个大自然之子都将领到三英亩土地和一头母牛，豪华的殡仪汽车，强制万民从事体力劳动。所有的公园统统昼夜向公众开放。电动洗盘机。一切肺病、精神病，战争和行乞必须立即绝迹。普遍大赦。每周举行一次准许戴假面具的狂欢会。一律发奖金。推行世界语以促进普天之下的博爱。再也不要以酒吧间食客和治水肿病为幌子来行骗的家伙们的那种爱国主义了。自由货币、豁免房地租，自由恋爱以及自由世俗国家中的一所自由世俗教会。”

布卢姆这个人物刻画得真实无比。他在生活中固然有这样那样的缺点，但这个犹太人在为人方面远比与他妻子勾搭成奸的爱尔兰人博伊兰要忠厚善良，有头脑。他曾领着一个陌生的年轻盲调音师过马路（第八章），尤其是对青年斯蒂芬·迪达勒斯的爱护，真是感人至深。

在西欧反犹排犹之际，作者偏偏以布卢姆这样一个匈裔犹太人为此书的主人公，并把他塑造得既富于同情心，又可敬可亲，这本身也是他对他那个时代的挑战。

三

匈牙利文艺理论家卢卡契（1885—1971）在《小说理论》（1971）中，认为文艺复兴后诞生的西方小说，是以探索人类内心世界为主旨的。小说描绘的是内心的探险，也就是灵魂自我寻找的历程。就英国小说而言，他这一论断未必能概括十八世纪以来的所有的小说。但20世纪确实有好几位小说家在这方面进行了大胆尝试，如法国的普鲁斯特、英国的维吉尼亚·伍尔芙和美国的福克纳。其中，以乔伊斯的成就最为显著，影响也最深远。《尤利西斯》是意识流小说的开山之作。

意识流是十九世纪末西方小说中发展起来的一种写作技巧。这一名词最早是美国心理学家威廉·詹姆斯在其《心理学原理》（1890）一书中开始使用的，原指人类的意识是流动的，千变万化，而不是固定的，有条不紊的。后来心理分析家弗洛伊德进而提出意识与潜意识的学说。在文学上，则指小说家不加评论地描绘人物通过联想、回忆等内在的思想活动，随时对外界事物所起的反应，也可以称作内心独白。

法国作家纪德在一篇关于陀思妥耶夫斯基的演讲中，曾指出在十九世纪就已有人用这种内心独白写小说了。除了《罪与罚》的作者之外，英国诗人勃朗宁以及美国小说家及诗人爱伦·坡都曾使用过。自然更早还见于莎士比亚的戏剧。狄更斯在小说里也曾使用过这种手法。还有一位与乔伊斯同时代的英国女作家多洛泽·瑞查德逊（1873—1957），她著有《朝圣旅程》洋洋十二卷，写的也是人物的思绪、印象、回忆和感觉，都属于“内心独白”。

最早启发乔伊斯从内心来描绘人物的是法国象征派小说家爱德华·迪雅尔丹（1861—1949）。他曾在所著小说《月桂树被砍》（1888）中，全面地使用过内心独白。整部小说什么事也没发生，只描写了一位初出茅庐的小伙子邀请一位漂亮女演员赴晚宴，基本上都是内心独白。乔伊斯是一九〇二年的一天偕一位暹罗（即今泰国）朋友赴音乐会的途中，偶然在火车站买到此书的。他一口气读完，颇受启发。他从不讳言迪雅尔丹是这一小说技巧的先驱，并在后来与之结识。《尤利西斯》的法译本在巴黎问世时，迪雅尔丹还曾向乔伊斯表示祝贺。但乔伊斯绝不模仿。他在《尤利西斯》中实际上已另辟蹊径。

内心独白是指人物想表达什么，不说出来，只在心里想，然而还是有条不紊的。乔伊斯笔下的意识流则捕捉人物头脑中那毫不连贯、变幻无常、东一鳞西一爪的思绪。它凌乱芜杂，漫无边际。令人惊奇的是，这部主要以布卢姆为主人公写都柏林几个市民从早晨八点到午夜共十八小时的活动的小说，一方面纷纷扬扬，而在结构上又是最周密严谨不过。

常有人把意识流同心理分析混为一谈。其实，心理分析乃属医学范畴。当然，文艺批评家也可使用这一方法来分析作品中的人物心态。说来真巧，乔伊斯写《尤利西斯》时，心理分析在欧洲正方兴未艾，而乔伊斯所侨居的瑞士苏黎世，又正是心理分析大师卡尔·荣格（1875—1961）的故乡。他们两人有过交往，但是谈得并不投机。荣格读完《尤利西斯》之后，曾给作者写过一封毁誉参半的信，说：“我花了三年时间才读通它。我很感激你写了这么一部大书，我从中获益不少。但我大概永远不会说我喜欢它，因为它太磨损神经，而且太晦暗了，我不知你写时心情是否畅快。我不得不向世界宣告，我对它感到腻烦。读的时候，我多么抱怨，多么咒诅，又多么敬佩你啊！全书最后那没有标点的四十页（按：指第十八章中摩莉的独白）真是心理学的精华。我想只有魔鬼的祖母才会把一个女人的心理琢磨得那么透。"荣格最后这句话似是称许，又似是调侃。他说三年才把此书读通，并非夸大其词，再也没有比我们这两个中译者更有同感的了。

理查德·凯因在《寓言式的航海家》（1947）一书中，认为"乔伊斯就像十八世纪写《格列佛游记》的斯威夫特和后来写《培尔·金特》的易卜生那样无情地揭示了社会的痼疾。他描写的是人在空间时间永恒中所走过的道路。他是以显微镜般的准确度来反映现代西方文明的矛盾和缺陷的"。

当乔伊斯着手写《都柏林人》和《一个青年艺术家的画像》时，他就已经开始试用零星细节来塑造人物了，而不像亨利·詹姆斯那样以突兀情节为小说的骨架，却通过细节，通过内心活动来描绘人物的精神面貌。在写《尤利西斯》时，他的这种创作方法就更臻于成熟了。在这部旷世奇书中，作者写出了生活在都市的现代人的失望和寂寞，灵魂的空虚和失落。西方有的批评家认为乔伊斯笔下的布卢姆是从里到外写得最全面的人物。此书对 20 世纪的小说创作曾经起过并且仍在起着巨大的作用。

这部小说问世后不久，美国批评家艾德门·威尔逊就在《新共和》杂志上评论说："《尤利西斯》把小说提高到同诗歌与戏剧平起平坐了。读了它之后，我觉得所有其他小说的结构都太松散。乔伊斯这部书在写作方法上之新奇，对未来小说家的影响将是难以估计的。我简直无法想象他们如何能不受此书的影响。它创造了当代生活的形象，每一章都显示出文字的力量和光荣，是文学在描绘现代生活上的一次重大胜利。"英国著名诗人及批评家、三十年代至五十年代曾在我国任教的威廉·燕卜荪（1906—1984）则称誉《尤利西斯》是一部"登峰造极的小说"。

乔伊斯在二十年代初曾与比他长十一岁的普鲁斯特有过一面之缘。传记家们关于西欧这两大小说家那次的会晤情景记述不一。有的说他们相互谈了各自喜欢吃的甜食，有的说他们诉说了各自的病情。艾尔曼在《詹姆斯·乔伊斯》中，则说女主人为双方做了介绍后，普鲁斯特问乔伊斯可认识某某公爵，乔伊斯的回答是"不认识”。当女主人问普鲁斯特可曾读过乔伊斯的作品时，回答也是否定的。双方之冷淡可见一斑。比较有意思的还是与乔伊斯同时侨居苏黎世的英国画家弗兰克·勃真所转述的乔伊斯的这样一段话：“他（普鲁斯特）感兴趣的是伯爵夫人，而我的兴趣则在伯爵夫人的女侍方面。”

的确是这样，尽管《尤利西斯》第十章写了总督大人，但那是通过街头市民的眼睛写的。全书的主人公是替报纸拉广告的布卢姆和他的妻子，女歌唱家摩莉，还有年轻教师迪达勒斯。此外还写了送牛奶的老太太、报童、女用人、护士、酒吧女侍、马车夫、妓女和老鸨。总之，都是市井日常见到的凡夫俗子、芸芸众生。

小说就是通过他们脑中倏忽闪现的思绪勾勒出来的。斯蒂芬满脑子净是抽象的思维和深奥的哲理（所以译来最为吃力），丰腴娇艳的摩莉成天想的不外乎饮食男女。主人公犹太人布卢姆则喜欢吃有着骚味的羊腰子，连在博物馆看到裸体女神像也要想入非非，是个充满七情六欲的大俗人。在艺术手法上，我觉得乔伊斯好像把一张写就的文稿故意撕得粉碎，抛撒出去让读者一一拾起来，自行拼凑。

乔伊斯写的是20世纪初叶的生活，使用的是前无古人的技巧，然而这位立意挣脱传统、大胆创新的作家，自幼就酷爱古典文学。他十一岁就读了兰姆所写的《尤利西斯冒险记》，对于这位伊大嘉王在海上漂泊十年的非凡经历，他早就感到浓烈的兴趣。他也曾经把但丁的《神曲》当作《圣经》那样的精神食粮。《尤利西斯》中有些章节（例如第十五章花街柳巷的描绘），读来就宛如置身于《神曲》中那黑洞洞阴惨惨的地狱。乔伊斯还酷爱《浮士德》。乔学家们在研究第十五章时，就感觉到《尤利西斯》中歌德作品的影子。

象征主义、写实主义以至自然主义等都不足以概括乔伊斯作品的风格。他不但把人物从里到外写得那么立体，书中连写海鸥、写猫狗处，读来也令人叹为观止。

四

各国文学史上都有些文字艰深、内容不好琢磨的作品。我国唐代的诗人李商隐，英国十七世纪玄学派诗人约翰·多恩以及十八世纪荒诞派小说家罗伦斯·斯特恩的作品，读来都很吃力。然而古今作家除了这位乔伊斯，还没有一位公开表明他就是处心积虑要为读者设置难以逾越的障碍的。

一九二一年乔伊斯在苏黎世一家咖啡馆里曾对为他写传记的画家弗兰克·勃真说："我在这本书（《尤利西斯》）里设置了那么多迷津，它将迫使几个世纪的教授学者们来争论我的原意。"接着，他还恶作剧地调侃说："这就是确保不朽的唯一途径。"（见理查德·艾尔曼：《詹姆斯·乔伊斯》第521页）也就是说，作者是有意把这部奇书写得文字生僻古奥，内容艰深晦涩，扑朔迷离，以致七十多年来，西方乔学家们根据不同版本，对本书内容各执一词，争论不休。

四十年代，我初读此书时，常抓耳挠腮。实在看不懂时就只好跳过去。如今，作为它的译者，多么艰难我也没法儿逃避了。幸而得到许多好友的帮助鼓励，特别由于我身边这位百折不挠的合作者，我们总算把它啃下来了。这里我特别要感谢国外的学者们。这几十年间，他们出了那么详尽的注解本，有的着重解释生僻的单词，有的像《圣经》那样在页边印上行数，然后逐段加以诠释。由于有了这些专门的工具书，我们才得以勉强完成这项艰巨的工作。限于篇幅，书名就不一一开列了。

《尤利西斯》的文字犹如一只万花筒，变幻无穷。西方有的作者把全书文体分作抒情的、史诗的和戏剧的三种，但作品本身仿佛拒绝这种概括。全书最不好处理的是第十四章。其背景是妇产医院，写的是婴儿的诞生。它难在文体的模拟。全章开头用的是古英语。接着又模拟了英国文学史上历代名家的文体，其中有的我们熟悉，有的生疏。无论如何，我们没有本事用中文去表达这么多不同的文体。为了对原作这里的意图略表尊重，我们只是试图把前边较古的部分译成半文半白。

作为初译者，我们的目标是，尽管原作艰涩难懂，我们一定得尽最大努力把它化开，使译文尽可能流畅，口语化。（我们二人都是北京人，难免有时还不自觉地打些京腔。）原书用破折号来标明对话，我们都改为我国读者更习惯的引号了（本版又改为破折号——洁若注）。全书最后一章也是乔伊斯意识流创作方法中最典型的。全章共三十八页（原文）一千六百零八行，分八大段。只在第四大段和第八段末尾各加了个句号。此外，既无标点符号，句与句之间也无空白；而且除了一声火车汽笛声，没有任何外在景物的描写。开头及结尾各有个"yes"（是的）。全章都是布卢姆的妻子摩莉的胡思乱想：有风流韵事的片段回忆，也有她对周围人和事的观察和反应，都像瀑布在乱石间那么飞溅奔流。英文是用字母组成单词，至少原作在每个单词之间分别还留了空隙，再加上频频出现的"我"这个词和人名、地名的首字，还保留了大写，使得原作勉强可以读懂。中文是单字组成，专名词下也不再加线。所以如果照搬，译文势必比原作要更难懂。为了尊重原作，我们虽也未加标点，但为了便利阅读，还是在该加标点的地方一律加了个空格，算是一种折中吧！

读《尤利西斯》首先得过语言关。全书除了夹杂着法、德、意、西以及北欧多种语言外，还时常使用希腊、拉丁、希伯来等古代文字，包括梵文。有时三个句子中竟混几种语言。要么就只取字头字尾。有些近乎文字游戏，但有时也表现了作者的艺术匠心。例如在第八章，戴维·伯恩同大鼻子弗林聊天儿，突然出现一个很长的字：

Smiledyawnednodded

其实就是“微笑哈欠点头”三个字过去式的连写。作者显然是用以表现三个动作的同时性。也许是为了加深作品的难度，作者经常使用一些生僻字眼。尤其是古语、俚语及行话。有些字早已失传，因而一般字典是没法儿查到的，例如 Old foggot（十七世纪的土语“老妪”）或 funky（十九世纪初叶的“害怕”）。都柏林土话如 rawmeah（胡扯），我们问过几位爱尔兰朋友，他们也感到茫然。即便极浅显的句子，他的写法也尽量不同于一般。例如“他的手从架子上拿到帽子”“他的慢脚使他朝河边走去”。

中国文字形容声音的语汇本来就比较贫乏，《尤利西斯》偏偏这种地方较多。尤其是第十一章，简直是一篇用文字组成的交响乐。中译文只能表达出个大概来。

《尤利西斯》中的描写是包罗万象的，然而文章内容又各有重点，因而语汇也各异。第七章用的主要是新闻语言，我比较熟悉；第一及第五、六章多涉及宗教，洁若曾经接触过。第三章及第十四章谈哲学及医学，我们就得四处请教了。另外，关于音乐、天文、法律、医学等我们都是门外汉，名词术语我们没把握，都得到了朋友们的热心帮助。

当然，更难捕捉的是正文。这就谈到加注的问题。

我自己一向不赞成文学作品（无论创作还是翻译）加注，觉得是对阅读的一种干扰。三十年代还未走出校门，我就曾大胆地在天津《国闻周报》上对一位资深的翻译家所译的一部英国小说提出过批评，因而引起一场笔仗。那是一部以英国西部农村为背景的小说，原作在描绘乡野景物时，用了几十种野花野草的名字。这位译者大概属于可注即注派，就根据植物辞典，大量注出。我认为那不必要地干扰了阅读，因而开罪了先辈。

过去在译十八世纪英国小说家菲尔丁的作品时，我还是力求在注释上尽量简约，如今译到乔伊斯的《尤利西斯》，情况就不同了。关于此作，既然乔伊斯毫不掩饰地表示过要故意把它写得令人难懂，我们就面临这样一种选择：是尽量少注呢，还是该注则注。这里我还想说明，我们心目中的本书对象既有一般读书界，又希望它对研究者也有些用处。这样一来，注就多了起来。像第九章，注与文本的篇幅几乎相同。

因此，我们是怀着十分矛盾的心情来加这么大量的注的。就我个人而言，倘若不对某书进行专门研究，只是一般阅读，那么凡是不看注大致也能懂的，我就把注略去。比如，历史性质的注。一般的注主要是针对人名、地名等专用名词的。此书在这方面要注的数量已很不少，尤其由于乔伊斯十分喜欢套用古书或歌曲中的句子。

乔伊斯有时还把生活中的人物搬进小说，甚至不惜使用真名实姓——也许当时的诽谤法并不严格。例如英国驻瑞士领事馆的官员乔·甘恩曾得罪过乔伊斯，他就给被处绞刑的凶手起了这么个名字（见第十二章注）。关于战役或王朝的注，尽量从简。然而有关爱尔兰与英国统治者关系的注，则非加不可，因为这涉及这本书更根本的方面。

需要特别说明一下的是，本书大量的“呼应注”。这在一般书中是不多见的，而我们认为对于精读读者还是有用的。

在第一章末尾，提到医科学生穆利根的弟弟有个朋友叫班农，是个年轻的学生。到了第四章，通过米莉给她爸爸布卢姆的信我们才知道米莉就是班农新结识的“照相姑娘”。第十四章又写到穆利根同班农一道去霍恩产科医院。班农进城是来报名参军，偶然遇到的。在喝酒时，班农把随身携带的米莉的照片拿给人看，一段姻缘这才明朗化，拼凑起来可需要细心和头等的记性。

第三章末尾，斯蒂芬有这么一段意识流：“抚摩我，温柔的眼睛。温柔的、温柔的、温柔的手。我在这儿很寂寞。啊，抚摩我，现在马上就摸。大家都晓得的那个字眼儿是什么来着？”（见该章注）但是在这里并没点明。在第九章中我们根据海德版（见本书第九章注及有关正文）补译了五行，才使这个问题有了回音：“爱——是的，那是大家都晓得的字眼。”当然，也许作者就是想把读者蒙在鼓里。为了表明译者的客观立场，我们把补译的文字加了双引号。

第十二章有鲍勃·多兰（已故迪格纳穆的友人，一个酒鬼）酒后逗狗的描述：

“他差点儿从该死的凳子上倒栽葱跌到该死的老狗脑袋上。阿尔夫试图扶住他。”到了第十五章，才有续笔：“鲍勃·多兰正从酒吧间的高凳上越过贪馋地咀嚼着什么的长毛垂耳狗栽了下来。”（见该章注）

第八章中，《自由人报》排字房老领班忽然浮现在布卢姆的脑际，他却忘记了那个人的姓，直到该章快结束时，才想起原来姓彭罗斯，而在第七章“排字房老领班”那一节里，有过对此人的详细描述。又如也是第八章，布卢姆在和布林太太在街头聊天儿时，忽然向对方问起最近见没见着“博福伊太太”。布林太太反问他，是不是指“米娜·普里福伊”。其实，布卢姆脑子里想的正是“普里福伊”，嘴里却把她说成“博福伊”了。而博福伊则是《马查姆的妙举》这一小说的作者。紧接着他又追忆：“我拉没拉那个链儿呢？拉了。那是最后一个动作。”这里说的其实是第四章中的事。他由博福伊又联想到早晨离家前坐马桶的事。当时他读的正是那篇小说。然后又回忆马桶冲没冲干净。生活中，我们脑中的念头这么跳来跳去是经常的事，然而写入作品，如不留神，就会堕入五里雾中。

有时，人物讲的是反话。例如在第十五章中，斯蒂芬突然对两个英国兵说：“多亏了乔治五世和爱德华七世。看来这要怪历史。记忆的母亲们所编的寓言。”爱德华七世是维多利亚女王的儿子，是当时（1904）的英国兼爱尔兰国王，而乔治五世当时为威尔士亲王（即未来的英王和爱尔兰国王）。这里，“多亏了”是反话，自然含有挖苦的意味；而“看来这要怪历史”，则是用讽刺口吻重复当天早晨英国人海恩斯替本民族对爱尔兰的压迫进行辩解时所说的话。“记忆的母亲们所编的寓言”，则是斯蒂芬当天上午在课堂里所想起的布莱克的诗句。

这种呼应有时是通过联想。比如在第八章中，布卢姆看见“两只苍蝇巴在窗玻璃上紧紧摽在一块儿”，似是闲笔，可是在第十五章的狂想剧中，布卢姆等人从钥匙眼里看摩莉和博伊兰幽会的场面时，作者就借妓女米娜之口用“摽”来形容那两个人。布卢姆还狂热地圆睁双目喊着：“加把劲儿！”这当然也是反笔，正深刻地表现了当了乌龟的布卢姆对于不忠的妻子和她的姘夫的憎恶。

五

一部伟大作品的产生不是偶然的。一九〇六年至一九〇七年间，乔伊斯一边写《一个青年艺术家的画像》，一边就在酝酿一部规模更宏大的小说，并且计划把《一个青年艺术家的画像》中的主人公迪达勒斯也放进去。有学者考据，乔伊斯是一九一四年在致其弟斯坦尼斯劳斯的书信中第一次提到《尤利西斯》的。初稿曾在美国《小评论》上连载，始自一九一八年三月，也就是全书的第一章。第一次在庞德主编的《唯我主义者》上连载，则始自一九一九年一月，是从第二章开始的。

《尤利西斯》的麻烦，从连载阶段就开始了。

一九二〇年，《小评论》刊登第四章时，美国邮局就以“有伤风化”的罪名明令没收并当众焚毁。刊物编者还被罚款，留了指印。当时，乔伊斯正在写第十四章。伦敦的检察官则对第五、六及十章，大砍特砍，使得它在《唯我主义者》上与读者相见时，面目全非。

一九二一年六月初，在巴黎莎士比亚书屋的女主人西尔薇亚·毕奇的努力下，头六章就已排出来了，当时，乔伊斯还在写第十七章。乔伊斯有个习惯：每看一次校样，就必动笔大加增删。另外，最早排这本书的是法国排字工。他们不谙英语，这也造成极大困难。一九二二年十月的初版本上有个“正误表”，那还是乔伊斯亲自搞的。一九二六年，莎士比亚书屋又出版了第二版。

《尤利西斯》进过两次美国法庭。第一次是在一九二〇年。当时是由几个不学无术的糊涂法官主持的。纽约文化界三百余人旁听，其中有几位知名人士曾出面做证。戏剧界工会负责人菲利浦·莫勒就在证词中宣称《尤利西斯》是一部稀世佳作，它绝不会腐蚀任何少女的心灵。在辩护中，他还就弗洛伊德的学说做了阐述。然而昏庸的法官甚至连弗洛伊德这个名字也没听说过，因而，对于这本书反而更加怀疑了。

第二次开庭时，乔伊斯的律师把《尤利西斯》比作文学上的立体派绘画，他认为这样一来，法官们也许更容易理解一些。还说，这个作品可能使人读了恶心，但那并不有伤风化。律师还风趣地说：“您读了可能十分生气，但它不会把您推到荡妇的怀抱里。”法官们听罢也笑起来。律师的策略显然是一方面竭力迎合法官的心理，另一方面又坚持此书并不伤风败俗，以为这么一来就可以胜诉了。然而结果却令人大失所望：停止发行，并罚款五十美元。

这番对簿公堂反而使《尤利西斯》轰动起来。《纽约时报》和《纽约先驱论坛报》都写了评论。只是这么一来，出《尤利西斯》单行本的前景愈加渺茫了。出版社只肯在部分删节的条件下印行，而乔伊斯宁可不出，也坚决不动一字。在其他几家出版社那里也碰了壁之后，他颓然对西尔薇亚·毕奇女士说，这本书永远也不得见天日了。毕奇突然问他："肯把这本书交给莎士比亚书屋出版吗？"乔伊斯大吃一惊，试着告诫她说："只怕你们一本也卖不出去！"

但是他还是接受了这个建议。

这位毕奇小姐是从普林斯顿大学毕业的美国人，对现代主义文学十分倾心。她在巴黎开了一家莎士比亚书屋，只有两间门面，专卖现代派的书刊杂志，因而吸引了许多青年读者和作家，像诗人庞德和 T.S. 艾略特以及小说家海明威，都是她的常客。当时由于法国在掌握风化法方面来得宽松一些，二三十年代许多犯禁的英美著作（如后来亨利·密勒的）都在巴黎出版。那里成了欧洲的"四马路"，而且是现代主义文学的活动中心。《尤利西斯》的初版本就在巴黎出版，这也算为这本书闯出一条路子。

初版只印了一千本，都编了号。头一百本（豪华版）有作者的签名。不管英美海关多么严格，很快就在大西洋两岸流传开了。德（1927）、法（1929）、日（1932）译本相继出版。各地的盗印本也在四下流传着，而这部英语著作在英美反而是禁书。纽约兰登书屋的老板本内特·斯尔夫实在不甘心。于是，一九三二年他就故意通过邮局公开寄出一本，让纽约海关没收。这样一来，《尤利西斯》就再度进了美国法庭。这一回，英美以及爱尔兰作家数百人，其中包括许多国际知名的——如诗人叶芝和 T.S. 艾略特，小说家阿诺德·本内特、福斯特、维吉尼亚·伍尔芙，都纷纷发表意见，对乔伊斯这部小说坚定地予以支持。

很幸运，这回经手审理此案的纽约南区地方法庭的约翰·乌尔赛法官有见解，有胆识，认真负责。他花了几个月的时间自己先把这本书读了。他肯定了乔伊斯在表现人物内心世界方面的诚实认真。他承认书中确有些污秽语言，然而都是大家所熟知的，也完全符合乔伊斯笔下那些人物的生活、素质和心理。人们喜不喜欢这种写法，可以见仁见智。他认为这种争论是徒然的。让文学技巧去符合某种标准，也是荒谬的。"我看《尤利西斯》是一本真诚实在的书。"他还认为这是一本惊人的旷世奇书。"这不是一本容易读懂的书。它既精彩又枯燥，既可以读懂，然而又十分晦涩。有些地方读来使人感到脏，然而它并不是为脏而脏。书中每个字都在读者心中嵌成一幅完整的图画。你可以不愿与乔伊斯所描绘的人物往来，避免与他们发生直接或间接的关系，因而拒绝读此书——那是每个人的选择。但当这样一位真正的语言艺术家（毫无疑问，乔伊斯就是这样的艺术家）来描绘一座欧洲城市中下阶层生活的真实写照时，难道法律竟然就禁止美国公民来看一看这幅图画吗？”

接着他又说：“一九三〇年颁布的海关法禁止进口任何淫秽书籍。一本书淫不淫秽，法庭要看它会不会激起读者的性冲动或促使人产生不纯的情欲。不管人如何想保持公正，也难以避免主观。因此，我请了两位文学鉴定家（他们互不相识，彼此也不晓得我邀请了对方）。我对这两位在人生及文学方面的见解都十分敬重。我请他们在分别读完《尤利西斯》之后，告诉我这本书是否淫秽。结果，他们读后都不认为书中有引起色情动机的倾向。只觉得写得悲惨，还认为书中男女人物的内心生活都具有巨大的悲剧力量。”

这位法官在结论中说：“法律所关心的只是正常人。上述测验足以证明《尤利西斯》是一部出于真诚的动机，采用新的文学方法写出的作者对人类的观察。我完全清楚此书有些地方使一些正常而敏感的读者难以下咽。但据我慎重考虑，并经过长时间的思索，我认为《尤利西斯》有些地方令人读了作呕，但并不淫秽。”

这判决是在一九三三年十二月六日做出的。律师恩斯特说：“《尤利西斯》的胜诉标志着一个转折点。这是对书籍审查者的一次粉碎性打击。从今以后，划清了色情诲淫的黄色读物与文学作品中正常而必要的性描写的界限，使作家们再也不必心存顾虑，拐弯抹角了。”

《尤利西斯》正式出版后，爱尔兰一位国务大臣马上登门拜访乔伊斯，表示要把它推荐给诺贝尔奖金委员会。乔伊斯的答复是：“那不会给我带来那个奖金，倒会使你丢掉国务大臣的职位。”当时正在巴黎的柬埔寨国王，后来甚至自己改名为列那·尤利西斯。

自那以后，这部小说就成为读书界一本经久不衰的畅销书，也是文学研究者的热门课题，几乎年年都有乔学研究的专著问世，简直足以摆几个书架了。这真应验了甚至超出乔伊斯所预言的不朽了。

我们这个译本主要根据的是莎士比亚书屋一九二二年版。现在牛津大学出版社又把它重印了，编入《世界古典文库》中，并加了四种附录，即（一）吉尔伯特的《尤利西斯》各章与《奥德修纪》内容的对照；（二）《尤利西斯》在《小评论》及《唯我主义者》二刊物上连载的经过，以及此书的出版史——也即是版本史；（三）

正误表；(四)注释。这是迄今为止最完善的版本。在翻译中，我们还曾参照过奥德赛出版社一九三五年版，伯德里·海德出版社一九七六年版和一九八九年版，以及《企鹅丛书》一九八〇年版。凡有助于理解原著处，我们就根据上述版本做了些改动，一部分已在注释中说明。

六

一九二二年问世的《尤利西斯》，到一九九四年中国才出个全译本，讲起来不是很光彩。然而也正因为我们动手迟了，工作也就好做多了。感谢国外的乔学家们，他们除了研究专著及传记之外，还出了那么多有关的工具书，包括注释本及手册，使我们这两个底子并不厚的译者，终于把这项工程干完了。很吃力，但是也感到一种惬意，因为一个奔七十岁和一个已过八旬的老夫老妻，三四年来起早贪黑，终于把这座堡垒攻下来了。在这项工作中，洁若是火车头。她为此书稿放弃一切休息和娱乐，还熬过多少个通宵。从一九五四年五月我们搭上伙，她就一直在改造着我：从懒散到学着勤奋。译《尤利西斯》是这个改造过程的高峰。

动手之前，我绝没料到各方对我们翻译此书会寄予如此的关注。国内报刊报道之外，国外也十分重视这件事。不晓得一些有心人士是从哪里打听到我们的住址的，抽冷子就收到陌生读者的来信，信上往往只有一句话："您和文洁若女士翻译《尤利西斯》是对人类文化的又一巨大贡献。祝你们工作顺利，早日成功。"九泉之下的那个爱尔兰幽灵乔伊斯倘若得知中国读者对此书给予这样崇高的评价，还不知他会欣慰到怎样的地步！

更奇怪的是域外对中国在翻译《尤利西斯》上的重视。

一天，美联社驻北京的首席记者魏梦欣女士突然打电话要求来家采访，我照例是一口谢绝。但她一再说，访问中政治一个字也不谈，只谈中国翻译乔伊斯的事。我只好约她在一个下午到我这其乱无比的书房来喝杯清茶。她想了解我们合作的程序，并要我们举十几个费解的词句来说明工作的难度，还翻看了一些堆在两个房间里的有关参考书。事后，她派人把经由美联社发往许多国家的那篇千余字的通讯，给我送来。其中说："这对夫妇啃起这本晦涩难解的书已够令人惊奇的了。今天中国政府居然准许译这本书，是更大的惊奇，因为乔伊斯的意识流技巧早就以太主观的罪名被共产党否定了。”

她的这篇通讯曾发到世界上百家报刊，其中，葡萄牙报纸刊载时，标题为《布卢姆在中国》，加拿大一家法语报纸的标题是《布卢姆在北京》，仿佛他早就应来到这里似的。原来平时从事政治经济报道的美联社之所以关注我们这项工作，是由于他们想从《尤利西斯》的翻译，来衡量眼下中国在文艺方面开放的尺度。因此，她那篇通讯的题目是:《外国书为中国作家打开禁区》。

去年十二月初，美国《巴尔的摩太阳报》的驻京记者罗伯特·便亚敏也来我家采访。他是先读了我的回忆录《未带地图的旅人》的英译本才来访问的。他在通讯中同样特别强调这本书之所以直到今天才有可能与中国读者见面，是由于“它的写法曾与中国文化委员所倡导的社会主义现实主义相抵触”。一个下午，加拿大多伦多电台忽然对我做了一次电话采访。采访者大概还是个内行。他先问起四十年代在剑桥研究英国心理小说时的情况，然后才转到今天我对乔伊斯的看法。这回，我因从前两次采访中已了解到西方对我们译此书的兴趣所在，就索性顺水推舟，对他说：“今天我们能译这本书，正可以说明中国在文学艺术上的改革开放。”

我们从开始就是本着拓荒精神从事这一工作的，意识到搞的是个初译本——或者说是试译本。有些国家的《尤利西斯》译本不止一种。由于原作深奥，各家注释又有歧异，个中难免有猜译之处。希望将来会有更成熟、更完善的中译本问世。正因为这样，我们在工作中十分重视基础工作。全书有大量的拉丁文及天主教用语。文洁若早年全家七个兄弟姐妹都在天主教办的学校里读过书，我也自幼上教会学校，背过《圣经》，还上过两年天主教办的辅仁大学。所有宗教用语都来自教内，而不是我们杜撰的。遇到没有把握时，洁若还通过译林出版社向南京的金陵神学院或向北京西什库北堂的天主教神职人员请教过。

正如外国记者所指出的，倘若中国仍在极左思潮的桎梏之下，而没有七十年代末开始的改革开放，就不会有出版社约我们译这本书，这个空白也弥补不上。从一九四九年至七十年代末那三十年间，把乔伊斯搬到中国来是不可想象的。

我个人过去曾对这本书有过保留性的评价，那是由于当年我是把“象牙之塔”与“十字街头”对立起来，绝对化了。我从开始写作就强烈地意识到自己属于后者。这是由于我是在五四运动中度过童年的。我经历过贫穷，也曾看到祖国遭到践踏凌辱。我老早就认定一个中国作家只能为改善人生摆脱困境而写作。

但那不等于要闭上眼睛，“非礼勿听，非礼勿视”，自外于世界。

对于《尤利西斯》中一些纯文字游戏，我至今仍持保留态度。然而看人看事看作品，都应从整体出发。译完这部小说，我深深感到这确实是部气势万千的散文史诗。这是有文学以来作家第一次向人的内心世界挖掘，并真实地表现出潜意识中的矛盾与混乱，沮丧与憧憬。不能人人都去攀登珠穆朗玛峰，然而对于在艺术创作上敢于并能够攀登者，就无法不怀有崇敬之情。

七十多年来，西方也仍只有一个乔伊斯。说明肯定什么，推崇什么，并不等于那就成为道路、方向。艺术创作只能是个人智慧的结晶，心灵的影子。盲目地跟随、模仿，是死路一条。然而凡不甘于墨守成规、停滞不前的，都不会拒绝借鉴。小说，首先就是写人物。在乔伊斯之前，小说史上还没有过一个像布卢姆这样从里到外塑造得如此深而且厚的人物。他绝不像皮影戏中的人物那样扁平，我们不但看到他的五官四肢，还可以感觉到他的呼吸和脉搏。

《尤利西斯》确实把文学创作、小说艺术，引到了一个全新的境界。

在结束此序文之前，还得向读者申明：我们是在众多中外友人的热情帮助下完成这项工程的。

首先应感谢的是译林出版社的社长李景端。是他那股要把这部书介绍过来的热情感动了我们，使我们踏上征途的。在翻译过程中，他不断给我们打气，并且在技术上给予了一切必要的支持。

英国文化委员会（British Council）的钟恩（Adrian Johnson）、艾得福（Christopher Edwards）以及爱尔兰大使塞尔玛·多兰（Thelma Doran）都给我们以巨大的支持，为我们提供各种参考书、地图以及录相带，使我们的工作得以顺利进行。他们设法帮助解答我们在翻译过程中所遇到的疑难问题，有时还代我们向他们本国的专家请教。

我们特别要向爱尔兰裔加拿大小说家柯伟诺（Patrick Kavanagh）和他的夫人唐兰（Sarah Taylor）表示感谢。他们常住北京，对乔伊斯很有研究，同爱尔兰又有着血缘关系。最重要的是Patrick是个热心肠的人，因而他就成为我们最经常呼唤的“救火队”。每逢假日他回到爱尔兰裔人聚居的家乡，必带上我们成串的问题。有的迎刃而解，有的他还到处代我们去请教。

自然，我还不能忘记四十年代我在剑桥王家学院时的导师瑞兰博士（Dr.

Daddie Rylands），是他最早启发并指导我去读乔伊斯的。

在专业方面，关于音乐我们多次请教过孙明珠和刘国纪，医学方面麻烦过李璞和姜波，经济和法律方面经常向祝友三和易家祥请教，天文方面则向林盛然请教过。

在语言方面我们麻烦的朋友就更多了。全书使用希腊文和拉丁文处很多。我们主要请教的是老友杨宪益。梵文及佛学则多次请教过季羡林教授。阿拉伯文曾请教过李玉侠，法文请教过夏玫，意大利文请教过吕同六。古汉语方面请教过吴小如教授。另外，还零零碎碎地麻烦过许多搞其他语种的朋友。这里就不一一列名致谢了。

正因为此作十分艰涩，我们既要忠于原作（洁若一向主张一个零件也不丢），又想译得流畅些。译竣之后，我们对自己的译文放心不下，于是请丁亚平和商容在完全抛开原作的情况下，帮我们全文重点地通读了一遍。第十四章半文半白部分则请孙达先及宋红二位分别通读了一遍。他们都是忙人，但都挤出时间提了宝贵的意见。

在版本方面，我们还要感谢四十年代我留英时的老友苏珊·威廉斯－埃利斯（Susan Williams-Ellis）。她曾几次替我们搜寻有关乔伊斯的新著，航空邮寄到北京来。此外，美国米苏理大学玛丽·雷戈（Mary Lago）教授也把她收藏的有关《尤利西斯》的书全寄给我了。新华通讯社的英籍专家卢贝斯（Lew Baxter）、美籍专家巴德（Bud Nathans）和老同事李文俊在版本方面也帮过大忙。我在国外的两个儿子驰及桐也在这方面出了不少力。

陈恕教授的那部《〈尤利西斯〉导读》与我们的翻译同步进行。在斟酌译文时，得到他不少帮助。我们之间的联系工作，都是由我身边的青年朋友傅光明跑的腿。他还替我们一趟趟地跑图书馆查找版本，复制资料。他做事总是那么细心，一丝不苟。

洁若的弟弟文学朴和弟媳李书元，宋凯以及洁若的老同事杨毓如也自始至终帮了大忙，大部分稿件是他们誊清的，有时还做些统一名词或查对工作。

想想看，倘若不是有这么多位的热情帮助，光靠我们两人，是完不成任务的。为此，我们在这里谨向上述各位表示衷心感谢。

最后，还有一位应该感谢的，就是去年今天辞世的三姐常韦。我们之所以把这本书献给她，正是因为倘若没有她作为强大后盾，当初我们根本就不敢去接受这么重的一项任务。

Contents

目 录

第一部

第一章

神气十足、体态壮实的勃克·穆利根[1]从楼梯口出现。他手里托着一钵冒泡的肥皂水，上面交叉放了一面镜子和一把剃胡刀。他没系腰带，淡黄色浴衣被习习晨风吹得稍微向后蓬着[2]。他把那只钵高高举起，吟诵道：

我要走向上主的祭台。

他停下脚步，朝那昏暗的螺旋状楼梯下边瞥了一眼，粗声粗气地嚷道：

——上来，金赤[3]！上来，你这胆怯的耶稣会士[4]！

他庄严地向前走去，登上圆形的炮座。他朝四下里望望，肃穆地对这座塔[5]和周围的田野以及逐渐苏醒着的群山祝福了三遍。然后，他一瞧见斯蒂芬·迪达勒斯就朝他弯下身去，望空中迅速地画了好几个十字，喉咙里还发出咯咯声，摇着头。斯蒂芬·迪达勒斯气恼而昏昏欲睡，双臂倚在楼梯栏杆上，冷冰冰地瞅着一边摇头一边发出咯咯声向他祝福的那张马脸，以及那顶上并未剃光[6]、色泽和纹理都像是浅色橡木的淡黄头发。

勃克·穆利根朝镜下瞅了一眼，赶快合上钵。

——回到营房去，他厉声说。

接着又用布道人的腔调说：

——啊，亲爱的人们，这是真正的克里斯廷[7]：肉体和灵魂，血和伤痕。请把音乐放慢一点儿。闭上眼睛，先生们。等一下。这些白血球有点儿不消停。请大家肃静。

他朝上方斜睨，悠长地低声吹了下呼唤的口哨，随后停下来，全神贯注地倾听着。他那口洁白齐整的牙齿有些地方闪射着金光。克里索斯托[8]。两声尖锐有力的口哨划破寂静回应了他。

——谢谢啦，老伙计，他精神抖擞地大声说。蛮好，请你关上电门，好吗？

他从炮座上跳下来，神色庄重地望着那个观看他的人。并将浴衣那宽松的下摆拢在小腿上。他那郁郁寡欢的胖脸和阴沉的椭圆形下颌令人联想到中世纪作为艺术保护者的高僧。他的唇边徐徐地绽出了愉快的笑意。

——多可笑，他快活地说。你这姓名太荒唐了，一个古希腊人[9]。

他友善而打趣地指了一下，一面暗自笑着，走到胸墙那儿。斯蒂芬·迪达勒斯爬上塔顶，无精打采地跟着他走到半途，就在炮座边上坐下来，静静地望着他怎样把镜子靠在胸墙上，将刷子在钵里浸了浸，往面颊和脖颈上涂起肥皂泡。

勃克·穆利根用愉快的声调继续讲下去。

——我的姓名也荒唐：玛拉基·穆利根，两个扬抑抑格。可它带些古希腊味道，对不？轻盈快活得正像只公鹿[10]。咱们总得去趟雅典。我要是能从姑妈身上挤出二十镑，你肯一道去吗？

他把刷子撂在一边，开心地大声笑着说：

——他去吗，那位枯燥乏味的耶稣会士？

他闭上嘴，仔细地刮起脸来。

——告诉我，穆利根，斯蒂芬轻声说。

——什么，乖乖？

——海恩斯还要在这座塔里住上多久？

勃克·穆利根从右肩侧过他那半边刮好的脸。

——老天啊，那小子多么讨人嫌！他坦率地说。这种笨头笨脑的撒克逊人。他就没把你看作一位有身份的人。天哪，那帮混账的英国人。腰缠万贯，脑满肠肥。因为他是牛津出身呗。喏，迪达勒斯，你才真正有牛津派头呢！他捉摸不透你。哦，我给你起的名字再好不过啦：利刃金赤。

他小心翼翼地刮着下巴。

——他整宵都在说着关于一只什么黑豹的梦话，斯蒂芬说。他的猎枪套在哪儿？

——一个可悯可悲的疯子！穆利根说。你害怕了吧？

——是啊，斯蒂芬越来越感到恐怖，热切地说。黑咕隆咚地在郊外，跟一个满口胡话、哼哼唧唧要射杀一只黑豹的陌生人待在一块儿。你曾救过快要淹死的人。可我不是英雄。要是他继续待在这儿，那我就走。

勃克·穆利根朝着剃胡刀上的肥皂泡皱了皱眉，从坐着的地方跳了下来，慌忙地在裤兜里摸索。

——糟啦，他瓮声瓮气地嚷道。

他来到炮座跟前，把手伸进斯蒂芬的胸兜，说：

——把你那块鼻涕布借咱使一下。擦擦剃胡刀。

斯蒂芬听任他拽出那条皱巴巴的脏手绢，捏着一角，把它抖落开来。勃克·穆利根干净利索地揩完剃胡刀，看着手绢说：

——“大诗人”[11]的鼻涕布！属于咱们爱尔兰诗人的一种新的艺术色彩：鼻涕青。简直可以尝得出它的滋味，对吗？

他又跨上胸墙，眺望着都柏林湾。他那浅橡木色的黄头发微微飘动着。

——啃！他安详地说。这海不就是阿尔杰所说的吗：一位伟大可爱的母亲[12]！鼻涕青的海。使人的睾丸紧缩的海。**到葡萄紫的大海上去**[13]。喂，迪达勒斯，那些希腊人啊！我得教给你。你非用原文来读不可。**海！海**[14]！她是我们的伟大可爱的母亲。过来瞧瞧。

斯蒂芬站起来，走到胸墙跟前。他倚着胸墙，俯瞰水面和正在驶出国王镇[15]港口的邮轮。

——我们的强有力的母亲[16]，勃克·穆利根说。

他那双目光锐利的灰色眼睛猛地从海洋移到斯蒂芬的脸上。

——姑妈认为你母亲死在你手里，他说。所以她不让我跟你有任何往来。

——是有人害的她，斯蒂芬神色阴郁地说。

——该死，金赤，当你那位奄奄一息的母亲央求你跪下来的时候，你总应该照办呀，勃克·穆利根说。我跟你一样是个冷心肠人。可你想想看，你那位快咽气的母亲恳求你跪下来为她祷告。而你拒绝了。你身上有股邪气……

他忽然打住，又往另一边面颊上轻轻涂起肥皂泡来。一抹宽厚的笑容使他撇起了嘴唇。

——然而是个可爱的哑剧演员，他自言自语着。金赤，所有的哑剧演员当中最可爱的一个。

他仔细地把脸刮得挺匀净，默默地，专心致志地。

斯蒂芬一只肘支在坑洼不平的花岗石上，手心扶额头，凝视着自己发亮的黑上衣袖子那磨破了的袖口。痛苦——还说不上是爱的痛苦——煎熬着他的心。她去世之后，曾在梦中悄悄地来找过他，她那枯槁的身躯裹在宽松的褐色衣衾里，散发出蜡和黄檀的气味；当她带着微嗔一声不响地朝他俯下身来时，依稀闻到一股淡淡的湿灰气味。隔着褴褛的袖口，他瞥见被身旁那个吃得很好的人的嗓门儿称作伟大可爱的母亲的海洋。海湾与天际构成环形，盛着大量的暗绿色液体。母亲弥留之际，床畔曾放着一只白瓷钵，里边盛着黏糊糊的绿色胆汁，那是伴着她一阵阵的高声呻吟，撕裂她那腐烂了的肝脏吐出来的。

勃克·穆利根又揩了揩剃胡刀刃。

——啊，可怜的小狗[17]！他柔声说。我得给你件衬衫，几块鼻涕布。那条二手货的裤子怎么样？

——挺合身，斯蒂芬回答说。

勃克·穆利根开始刮下唇底下凹陷的部位。

——不是什么正经玩意儿，他沾沾自喜地说，应该叫作二腿货。天晓得是哪个患了梅毒的酒疯子丢下的。我有一条好看的细条纹裤子，灰色的。你穿上一定蛮帅。金赤，我不是在开玩笑。你打扮起来，真他妈的帅。

——谢谢，斯蒂芬说。要是灰色的，我可不能穿。

——他不能穿，勃克·穆利根对着镜中自己的脸说。礼数终归是礼数。他害死了自己的母亲，可是不能穿灰裤子。

他利利索索地折上剃胡刀，用手指的触须抚摩着光滑的皮肤。

斯蒂芬将视线从海面移向那张有着一双灵活的烟蓝色眼睛的胖脸。

——昨儿晚上跟我一道在“船记”[18]的那个人，勃克·穆利根说，说是你患了痴麻症。他是康内利·诺曼的同事，在痴呆镇工作[19]。痴呆性全身麻痹症！

他用镜子在空中画了半个圈子，以便把这消息散发到正灿烂地照耀着海面的阳光中去。他撇着剃得干干净净的嘴唇笑了，露出发着白光的齿尖。笑声攫住了他那整个结实强壮的身子。

——瞧瞧你自己，他说，你这丑陋的“大诗人”。

斯蒂芬弯下身去照了照举在跟前的镜子。镜面上有一道弯曲的裂纹，映在镜中的脸被劈成两半，头发倒竖着。他和旁人眼里的我就是这样的。是谁为我挑选了这么一张脸？这只要把寄生虫除掉的小狗。它也在问我。

——是我从老妈子屋里抄来的，勃克·穆利根说。对她就该当如此。姑妈总是派没啥姿色的仆人去伺候玛拉基。不叫他受到诱惑[20]。而她的名字叫乌尔苏拉[21]。

他又笑着，把斯蒂芬直勾勾地望着的镜子挪开了。

——凯列班在镜中照不见自己的脸时所感到的愤怒[22]，他说。要是王尔德还在世，瞧见你这副尊容，该有多妙。

斯蒂芬后退了几步，指着镜子沉痛地说：

——这就是爱尔兰艺术的象征。仆人的一面有裂纹的镜子[23]。

勃克·穆利根突然挽住斯蒂芬的一只胳膊，同他一道在塔顶上转悠。揣在兜里的剃胡刀和镜子发出相互碰撞的叮当声。

——像这样拿你取笑是不公道的，金赤，对吗？他亲切地说。老天晓得，你比他们当中的任何人都有骨气。

又把话题岔开了。他惧怕我的艺术尖刀，正如我害怕他的利器钢笔。

——仆人用的有裂纹的镜子。把这话讲给楼下那个牛津家伙[24]听，向他挤出一畿尼[25]。他浑身发散着铜臭气，没把你看成有身份的人。他老子要么是把药喇叭[26]根做成的泻药卖给了祖鲁人[27]，要么就是靠干下了什么鬼骗局发的家。喂，金赤，要是咱俩通力合作，兴许倒能为本岛干出点名堂来。把它希腊化了[28]。

克兰利的胳膊[29]。他的胳膊。

——想想看，你竟然得向那些猪猡告帮。我是唯一赏识你的人。你为什么不更多地信任我呢？你凭什么对我鼻孔朝天呢？是海恩斯吗？要是他在这儿稍微一闹腾，我就把西摩[30]带来，我们会狠狠地收拾他一顿，比他们收拾克莱夫·肯普索普的那次还要厉害。

从克莱夫·肯普索普的房间里传出阔少们的喊叫声。一张张苍白的面孔：他们抱在一起，捧腹大笑。哎呀。我快断气啦！要委婉地向她透露这消息，奥布里[31]！我这就要死啦！他围着桌子一瘸一拐地跑，衬衫被撕成一条条的，像缎带一般在空中呼扇着，裤子脱落到脚后跟上[32]，被麦达伦学院那个手里拿着裁缝大剪刀的埃德斯追赶着。糊满了橘子酱的脸惊惶得像头小牛犊。别扒下我的裤子！你们别拿我当呆牛耍着玩！

从敞开着的窗户传出的喧嚷声，惊动了方院的暮色。系着围裙的耳聋花匠，有着一张像煞马修·阿诺德[33]的脸，他沿着幽幽的草坪推着割草机，仔细地盯着草茎屑末的飞舞。

我们自己……新异教教义……中心[34]。

——让他待下去吧，斯蒂芬说。他只不过是夜间不对头罢了。

——那么，是怎么回事？勃克·穆利根不耐烦地问道。干脆说吧。我对你是直言不讳的。现在你有什么跟我过不去的呢？

他们停下脚步，眺望着布莱岬角[35]那钝角形的海岬——它就像一条酣睡中的鲸的鼻尖，浮在水面上。斯蒂芬轻轻地抽出胳膊。

——你要我告诉你吗？他问。

——嗯，是怎么回事？勃克·穆利根回答说。我一点儿也记不起来啦！

他边说边端详斯蒂芬的脸。微风掠过他的额头，轻拂着他那未经梳理的淡黄头发，使焦灼不安的银光在他的眼睛里晃动。

斯蒂芬边说边被自己的声音弄得很沮丧：

——你记得我母亲去世后，我头一次去你家那天的事吗？

勃克·穆利根马上皱起眉头，说：

——什么？哪儿？我什么也记不住。我只记得住观念和感觉[36]。你为什么问这个？天哪，到底发生了什么事？

——你在沏茶，斯蒂芬说，我穿过楼梯平台去添开水。你母亲和一位客人从客厅里走出来。她问你，谁在你的房间里。

——咦？勃克·穆利根说。我说什么来着？我可忘啦！

——你是这么说的，斯蒂芬回答道，哦，只不过是迪达勒斯呗，他母亲死得叫人恶心。

勃克·穆利根的两颊骤然泛红了，使他显得更年轻而有魅力。

——我是这么说的吗？他问道。啊？那又碍什么事？

他神经质地晃了晃身子，摆脱了自己的狼狈心情。

——死亡又是什么呢？他问道。你母亲也罢，你也罢，我自己也罢。你只瞧见了你母亲的死。我在圣母和里奇蒙[37]那里，每天都看见他们突然地咽气，并在解剖室里被开膛破肚。这真是叫人恶心的事情，仅此而已。你母亲弥留之际，要你跪下来为她祷告，你却拒绝了。为什么？因为你身上有可诅咒的耶稣会士的气质，只不过到了你身上就拧啦！对我来说，这完全是个嘲讽，而且真叫人恶心。她的脑叶失灵了。她管大夫叫彼得·蒂亚泽爵士[38]，还把被子上的毛莨饰花拽下来。哄着她，直到她咽气为止呗！你拒绝满足她生前最后的一个愿望，却又跟我怄气，因为我不肯像拉鲁哀特殡仪馆花钱雇来的送葬人那样号丧。荒唐！我想必曾这么说过吧，可我无意损害你母亲死后的名声。

他越说越理直气壮了。斯蒂芬遮掩着这些话语在他心坎上留下的创伤，极其冷漠地说：

——我想的不是你对我母亲的损害。

——那么你想的是什么呢？勃克·穆利根问。

——是对我的损害，斯蒂芬回答说。

勃克·穆利根用脚后跟转了个圈儿。

——哎呀，你这家伙可真难缠！他嚷道。

他沿着胸墙疾步走开。斯蒂芬依然站在原地，目光越过风平浪静的海洋，朝那岬角望去。此刻，海面和岬角朦朦胧胧地混为一片了。他两眼的脉搏在跳动，视线模糊了，感到双颊在发热。

从塔里传来朗声喊叫：

——穆利根，你在上边吗？

——我这就来，勃克·穆利根回答说。

他朝斯蒂芬转过身来，并说：

——瞧瞧这片大海。它哪里在乎什么损害？跟罗耀拉[39]断绝关系，金赤，下来吧。那个撒克逊征服者[40]早餐要吃煎火腿片。

他的脑袋在最高一级梯磴那儿又停了一下，这样就刚好同塔顶一般齐了。

——不要成天为这档子事闷闷不乐。我这个人就是有一搭无一搭的。别再那么苦思冥想啦！

他的头消失了，然而楼梯口传来他往下走时的低吟声：

莫再扭过脸儿去忧虑，
沉浸在爱情那苦涩的奥秘里，
因黄铜车由弗格斯驾驭。[41]

树林的阴影穿过清晨的寂静，从楼梯口悄然无声地飘向他正在眺望着的大海。岸边和海面上，明镜般的海水正泛起一片白色，好像是被蹬着轻盈的鞋疾跑着的脚踹起来的一般。朦胧的海洋和那雪白的胸脯。重音节成双地交融在一起。一只手拨弄着竖琴，琴弦交错，发出谐音。一对对的浪白色歌词闪烁在幽暗的潮水上。

一片云彩开始徐徐地把太阳整个遮住，海湾在阴影下变得越发浓绿了。这钵苦水就躺在他脚下。弗格斯之歌：我独自在家里吟唱，抑制着那悠长、阴郁的和音。她的门敞开着：她巴望听到我的歌声。怀着畏惧与怜悯，我悄悄地走近她的床头。她在那张简陋的床上哭泣着。为了这一句，斯蒂芬：爱情那苦涩的奥秘。

而今在何处？

她的秘藏：她那上了锁的抽屉里有几把陈旧的羽毛扇、麝香熏过的带穗子的舞会请帖和一串廉价的琥珀珠子。少女时代，她家那浴满阳光的窗户上挂着一只鸟笼。她曾听过老罗伊斯在童话剧《可怕的土耳克》[42] 中演唱，而当他这么唱的时候，她就跟旁人一起笑了：

我就是那男孩
能够领略随心所欲的
隐身的愉快。

幻影般的欢乐被储存起来了：用麝香熏过的。

莫再扭过脸儿去忧虑……

随着她那些小玩意儿，被储存在大自然的记忆中了[43]。往事如烟，袭上他那郁闷的心头。当她将领圣体[44] 时，她那一玻璃杯从厨房的水管里接来的凉水。在昏暗的秋日傍晚，炉架上为她焙着的一个去了核、填满红糖的苹果。由于替孩子们掐衬衫上的虱子，她那秀丽的指甲被血染红了。

在一场梦中，她悄悄地来到他身旁。她那枯槁的身躯裹在宽松的衣衾里，散发出蜡和黄檀的气味。她朝他俯下身去，向他诉说着无声的密语，她的呼吸有着一股淡淡的湿灰气味。

为了震撼并制伏我的灵魂，她那双呆滞无神的眼睛，从死亡中直勾勾地盯着我。只盯着我一人。那只避邪蜡烛照着她弥留之际的痛苦。幽灵般的光投射在她那备受折磨的脸上。当大家跪下来祷告时，她那嘎哑响亮的呼吸发出恐怖的呼噜呼噜声。她两眼盯着我，想迫使我下跪。

饰以百合的光明的司铎群来伴尔，极乐圣童贞之群高唱赞歌来迎尔。[45]

食尸鬼[46]！啖尸肉者！

不，妈妈！由着我，让我活下去吧！

——喂，金赤！

圆塔里响起勃克・穆利根的嗓音。他沿着楼梯上来，靠近了，又喊了一声。斯蒂芬依然由于灵魂的呼唤而浑身发颤，在倾泻而下的温煦阳光以及他背后的空气中听到了友善的话语。

——迪达勒斯，下来吧，乖乖地慢慢地挪窝吧！早点做好了。海恩斯为夜里把咱们吵醒的事直表示歉意。一切都好啦！

——我这就来，斯蒂芬转过身来说。

——看在耶稣的面上，来吧，勃克・穆利根说。为了我，也为了咱们大家。

他的头消失了，接着又露了出来。

——我同他谈起你那爱尔兰艺术的象征。他说，非常聪明。向他讨一镑好不好？我是说，一个畿尼。

——今儿早晨我就领薪水了，斯蒂芬说。

——学校那份儿吗？勃克・穆利根说。多少呀？四镑？借给咱一镑。

——如果你要的话，斯蒂芬说。

——四枚闪闪发光的金镑[47]，勃克・穆利根兴高采烈地嚷道。咱们要豪饮一通，把那些正宗的德鲁伊特[48]吓一跳。四枚万能的金镑！

他抡起双臂，咚咚地走下石梯，用东伦敦口音荒腔走调地唱道：

啊，咱们快乐一番好吗？

喝威士忌、啤酒和葡萄酒！

庆祝加冕，

在加冕日。

啊，咱们快乐一番好吗？

在加冕日。[49]

暖洋洋的日光在海面上嬉戏着。镍质肥皂钵在胸墙上发着亮光，被遗忘了。我何必非把它带去不可呢？要么就把它撂在那儿一整天吧，被遗忘的友谊？

他走过去，将它托在手里一会儿，触摸着那股凉劲儿，闻着里面戳着刷子的肥皂沫那黏液的气味。当年在克朗戈伍斯[50]我曾提过香炉。如今我换了个人，可又是同一个人。依然是个奴仆。一个奴仆的奴仆[51]。

在塔内那间有着拱顶的幽暗起居室里，穿着浴衣的勃克·穆利根的身姿，在炉边敏捷地踱来踱去，淡黄色的火焰随之忽隐忽现。穿过高高的堞口，两束柔和的阳光落到石板地上。光线汇合处，一簇煤烟以及煎油脂的气味飘浮着，打着旋涡。

——咱们都快闷死啦，勃克·穆利根说。海恩斯，打开那扇门，好吗？

斯蒂芬将那只刮胡子用的钵撂在橱柜上。坐在吊床上的高个子站起来，走向门道，拉开内侧的两扇门。

——你有钥匙吗？一个声音问道。

——在迪达勒斯手里，勃克·穆利根说。他爷爷，我都给呛死啦！

他两眼依然望着炉火，咆哮道：

——金赤！

——它就在锁眼里呢，斯蒂芬走过来说。

钥匙刺耳地转了两下，而当沉重的大门半开半掩时，怡人的阳光和清新的空气就进来了。海恩斯站在门口朝外面眺望。斯蒂芬把他那倒放着的旅行手提箱拽到桌前，坐下来等着。勃克·穆利根将煎蛋轻轻地甩到身旁的盘子里，然后端过盘子和一把大茶壶，使劲往桌上一放，舒了一口气。

——我都快融化了，他说，就像一支蜡烛在……的时候所说过的。但是别声张。再也不提那事儿啦！金赤，振作起来。面包、黄油、蜂蜜。海恩斯，进来吧，开饭啦！天主降福我等，暨所将受于主，普施之惠。[52]白糖呢？哦，老天，没有牛奶。

斯蒂芬从橱柜里取出面包、一罐蜂蜜和盛在防融器中的黄油。勃克·穆利根突然气恼起来，一屁股坐下。

——这算是哪门子事呀？他说。我叫她八点以后来的。

——咱们不兑牛奶也能喝嘛，斯蒂芬说。橱柜里有只柠檬。

——呸，你和你那巴黎时尚统统见鬼去吧！勃克·穆利根说。我要沙湾牛奶。

海恩斯从门道里踱了进来，安详地说：

——那个女人带着牛奶上来啦！

——谢天谢地，勃克·穆利根从椅子上跳起来，大声说，坐下。茶在这儿，倒吧！糖在口袋里。喏，我应付不了这见鬼的鸡蛋。

他在盘子里把煎蛋胡乱分开，然后甩在三个碟子里，口中念诵着：

——*因父及子及圣神之名*。[53]

海恩斯坐下来倒茶。

——我给你们每人两块方糖，他说。可是，穆利根，你沏的茶可真酽，呃。

勃克·穆利根边厚厚地切下好几片面包，边用老妪哄娃娃的腔调说：

——葛罗甘老婆婆[54]说得好，我沏茶的时候就沏茶，撒尿的时候就撒尿。

——天哪，这可是茶。海恩斯说。

勃克·穆利根边切边用哄娃娃的腔调说：

——*我就是这样做的，卡希尔大娘*，她说。*说真格的，太太*，卡希尔大娘说，*老天保佑，您可别把两种都沏在一个壶里*。

他用刀尖戳起厚厚的面包片，分别递到共餐者面前。

——海恩斯，他一本正经地说，你倒可以把这些老乡写进你那本书里。关于登德鲁姆[55]的老乡和人鱼神[56]，五行正文和十页注释。在大风年由命运女神姐妹[57]印刷。

他转向斯蒂芬，扬起眉毛，用迷惑不解的口吻柔声问道：

——你想得起来吗，兄弟，这个关于葛罗甘老婆婆的茶尿两用壶的故事是在《马比诺吉昂》[58]里，还是在《奥义书》[59]里？

——恐怕都不在，斯蒂芬严肃地说。

——你现在这么认为吗？勃克·穆利根用同样的腔调说。请问，理由何在？

——我想，斯蒂芬边吃边说，《马比诺吉昂》里外都没有这个故事。可以设想，葛罗甘老婆婆跟玛丽·安[60]有血缘关系。

勃克·穆利根的脸上泛起欣喜的微笑。

——说得有趣！他嗲声嗲气地说，露出洁白的牙齿，愉快地眨着眼，你认为她是这样的吗？太有趣啦！

接着又骤然满脸戚容，一边重新使劲切面包，一边用嘶哑刺耳的声音吼着：

——因为玛丽·安老妪，

她一点儿也不在乎。

可撩起她的衬裙……

他塞了一嘴煎蛋，一边大嚼一边用单调低沉的嗓音唱着。

一个身影闪进来，遮暗了门道。

——牛奶，先生。

——请进，老太太，穆利根说，金赤，拿罐儿来。

老妪走过来，在斯蒂芬身边停下脚步。

——多么好的早晨啊，先生，她说。荣耀归于天主。

——归于谁？穆利根说着，瞅了她一眼。哦，当然喽！

斯蒂芬向后伸手，从橱柜里取出奶罐。

——这岛上的人们，穆利根漫不经心地对海恩斯说，经常提起包皮的收集者[61]。

——要多少，先生？老妪问。

——一夸脱[62]，斯蒂芬说。

他望着她先把并不是她的浓浓的白奶倾进量器，随后又倒入罐里。衰老干瘪的乳房。她又添了一量器的奶，还加了点饶头。她老迈而神秘，从清晨的世界踱了进来，兴许是位使者。她边往外倒，边夸耀牛奶好。拂晓时分，在绿油油的牧场里，她蹲在耐心的母牛旁边，一个坐在毒菌上的巫婆，她的皱巴巴的指头敏捷地挤那喷出奶汁的乳头。这些身上被露水打湿、毛皮像丝绸般的牛，跟她熟得很，它们围着她哞哞地叫。最漂亮的牛，贫穷的老妪[63]，这是往昔对她的称呼。一个到处流浪、满脸皱纹的老太婆，女神假借这个卑贱者的形象，伺候着她的征服者与她那快乐的叛徒[64]。她是受他们二者玩弄的母王八[65]。来自神秘的早晨的使者。他不晓得她究竟是来伺候的呢，还是来谴责的[66]。然而他不屑于向她讨好。

——的确好得很，老太太，勃克·穆利根边往大家的杯子里斟牛奶边说。

——尝尝看，先生，她说。

他按照她的话喝了。

——要是咱们能够靠这样的优质食品过活，他略微提高嗓门儿对她说，就不至于全国到处都是烂牙齿和烂肠子的了。咱们住在潮湿的沼泽地里，吃的是廉价食品，街上满是灰尘、马粪和肺病患者吐的痰。

——先生，您是医科学生吗？老妪问。

——我是，老太太，勃克·穆利根回答说[67]。

斯蒂芬一声不吭地听着，满心的鄙夷。她朝那个对她大声说话的嗓门儿低下老迈的头，他是她的接骨师和药师；她却不曾把我看在眼里。也朝那个听她忏悔，赦免她的罪愆，并且除了妇女那不洁净的腰部外，为她浑身涂油以便送她进坟墓的嗓门儿[68]低头，而妇女是从男人的身上取出来的[69]，却不是照神的形象造的[70]，她成了蛇的牺牲品[71]。她还朝那个现在吩咐她别吭声的大嗓门儿低头，那嗓门儿使她眼中露出惊奇、茫然的神色。

——你听得懂他在说什么吗？斯蒂芬问她。

——先生，您讲的是法国话吗？老妪对海恩斯说。

海恩斯又对她说了一段更长的话，把握十足地。

——爱尔兰语，勃克·穆利根说。你有盖尔族[72]的气质吗？

——我猜那一定是爱尔兰语，她说，就是那个腔调。您是从西边儿[73]来的吗，先生？

——我是个英国人，海恩斯回答说。

——他是一位英国人，勃克·穆利根说，他认为在爱尔兰，我们应该讲爱尔兰语。

——当然喽，老妪说，我自己就不会讲，好惭愧啊！会这个语言的人告诉我说，那可是个了不起的语言哩。

——岂止了不起，勃克·穆利根说。而且神奇无比。再给咱倒点茶，金赤。老太太，你也来一杯好吗？

——不，谢谢您啦，先生，老妪边说边把牛奶罐上的提环儿套在手腕上，准备离去。

海恩斯对她说：

——你把账单带来了吗？穆利根，咱们最好给她吧，你看怎么样？

斯蒂芬又把三只杯子斟满。

——账单吗，先生？她停下脚步说。喏，一品脱[74]是两便士喽七个早晨二七就合一先令[75]二便士喽还有这三个早晨每夸脱合四个便士三夸脱就是一个先令喽一个先令加一先令二就是二先令二，先生。

勃克·穆利根叹了口气，并把两面都厚厚地涂满黄油的一块面包皮塞进嘴里，两条腿往前一伸，开始掏起裤兜来。

——清了账，心舒畅，海恩斯笑吟吟地对他说。

斯蒂芬倒了第三杯。一满匙茶把浓浓的牛奶微微添上点儿颜色。勃克·穆利根掏出一枚佛罗林[76]，用手指旋转着，大声嚷道：

——奇迹呀！

他把它放在桌子面上，朝老妪推送过去，说着：

——别再讨了，我亲爱的，
我能给的，全给你啦！[77]

斯蒂芬将银币放到老妪那不那么急切的手里。

——我们还欠你两便士，他说。

——不着急，先生，她边接银币边说。不着急。早安，先生。

她行了个屈膝礼，踱了出去。勃克·穆利根那温柔的歌声跟在后面：

——心肝儿，倘若有多的，
统统献在你的脚前。

他转向斯蒂芬，说：

——说实在的，迪达勒斯，我已经一文不名啦！赶快到你们那家学校去，给咱们取点钱来。今天“大诗人”们要设宴畅饮。爱尔兰期待每个人今天各尽自己的职责[78]。

——这么一说我倒想起来了，海恩斯边说边站起身来，今天我得到你们的国立图书馆去一趟。

——咱们先去游泳吧，勃克·穆利根说。

他朝斯蒂芬转过身来，和蔼地问：

——这是你每月一次洗澡的日子吗，金赤？

接着，他对海恩斯说：

——这位肮脏的“大诗人”拿定主意每个月洗一次澡。

——整个爱尔兰都在被湾流[79]冲洗着，斯蒂芬边说边听任蜂蜜淌到一片面包上。

海恩斯在角落里正松垮垮地往他的网球衫那宽松领口上系领巾，他说：

——要是你容许的话，我倒想把你这些说词儿收集起来哩！

他在说我哪。他们泡在澡缸里又洗又擦。内心的苛责。良心。可是这儿还有一点儿污迹[80]。

——关于仆人的一面有裂纹的镜子就是爱尔兰艺术的象征那番话，真是太妙啦！

勃克·穆利根在桌子底下踢了斯蒂芬一脚，用热切的语气说：

——海恩斯，你等着听他议论哈姆雷特吧！

——喏，我是有这个打算，海恩斯继续对斯蒂芬说着。我正在想这事儿的时候，那个可怜的老家伙进来啦！

——我能从中赚点儿钱吗？斯蒂芬问道。

海恩斯笑了笑。他一面从吊床的钩子上摘下自己那顶灰色呢帽，一面说道：

——这就很难说啦！

他漫步朝门道踱了出去。勃克·穆利根向斯蒂芬弯过身去，粗声粗气地说：

——你这话说得太蠢了，为什么要这么说？

——啊？斯蒂芬说。问题是要弄到钱。从谁身上弄？从送牛奶的老太婆或是从他那里。我看他们两个，碰上谁算谁。

——我对他把你大吹了一通，勃克·穆利根说，可你却令人不快地斜眼瞟着，搬弄你那套耶稣会士的阴郁的嘲讽。

——我看不出有什么指望，斯蒂芬说，老太婆也罢，那家伙也罢。

勃克·穆利根凄惨地叹了口气，把手搭在斯蒂芬的胳膊上。

——我也罢，金赤，他说。

他猛地改变了语调，加上一句：

——千真万确，我认为你说得对。除此之外，他们什么也不称。你为什么不像我这样作弄他们呢？让他们统统见鬼去吧。咱们从这窝里出去吧？

他站起来，肃穆地解下腰带，脱掉浴衣，死了这条心般地说：

——穆利根被强剥下衣服[81]。

他把兜儿都掏空了，东西放在桌上。

——你的鼻涕布就在这儿，他说。

他一边安上硬领，系好那不听话的领带，一边对它们以及那东摇西晃的表链说着话，责骂它们。他把双手伸到箱子里去乱翻一气，并且嚷着要一块干净手绢。内心的苛责。天哪，咱们就得打扮得有点儿特色。我要戴深褐色的手套，穿绿色长筒靴。矛盾。我自相矛盾吗？很好，那么我就是要自相矛盾[82]。能言善辩的[83]玛拉基。正说着的当儿，一个黑色软东西从他手里嗖地飞了出来。

——这是你的拉丁区[84]帽子，他说。

斯蒂芬把它拾起来戴上了。海恩斯从门道那儿喊他们：

——你们来吗，伙计们？

——我准备好了，勃克·穆利根边回答边朝门口走去。出来吧，金赤，你大概把我们剩的都吃光了吧？

他无可奈何，一面迈着庄重的脚步走出去，一面几乎是怀着悲痛，严肃地说：

——于是他走出去，遇见了巴特里[85]。

斯蒂芬把梣木手杖从它搭着的地方取了来，跟在他们后面走出去。当他们走下梯子时，他就拉上笨重的铁门，上了锁。他将很大的钥匙放在内兜里。

在梯子脚下，勃克·穆利根问道：

——你带上钥匙了吗？

——我带着哪，斯蒂芬边说边在他们头里走着。

他继续走着。他听见勃克·穆利根在背后用沉甸甸的浴巾抽打那长得最高的羊齿或草叶。

——趴下，老兄。放老实点儿，老兄。

海恩斯问道：

——这座塔，你们交房租吗？

——十二镑，勃克·穆利根说。

——交给陆军大臣，斯蒂芬回过头来补充一句。

他们停下步来，海恩斯朝那座塔望了望，最后说：

——啊，冬季可阴冷得够呛。你们管它叫作圆形炮塔吧？

——这些是比利·皮特[86]叫人盖的，勃克·穆利根说，当时法国人在海上[87]。然而我们那座是中心。

——你对哈姆雷特有何高见？海恩斯向斯蒂芬问道。

——不，不，勃克·穆利根烦闷地嚷了起来，托马斯·阿奎那[88]也罢，他用来支撑自己那一套的五十五个论点也罢，我都甘拜下风。等我先喝上几杯再说。

他一边把淡黄色背心的两端拽拽整齐，一边转向斯蒂芬，说：

——金赤，起码得喝上三杯，不然你就应付不了，对吧？

——既然都等这么久了，斯蒂芬无精打采地说，不妨再等一阵。

——你挑起了我的好奇心，海恩斯和蔼可亲地说，是什么似非而是的怪论吗？

——瞎扯！勃克·穆利根说。我们早就摆脱了王尔德和他那些似非而是的怪论啦！这十分简单。他用代数运算出：哈姆雷特的孙子是莎士比亚的祖父，而他本人是他亲爹的亡灵。

——什么？海恩斯说着，把指头伸向斯蒂芬。他本人？

勃克·穆利根将他的浴巾像祭带[89]般绕在脖子上，纵声笑得前仰后合，跟斯蒂芬咬起耳朵说：

——噢，老金赤[90]的阴魂！雅弗在寻找一位父亲[91]！

——每天早晨我们总是疲倦的，斯蒂芬对海恩斯说，更何况说也说不完呢。

勃克·穆利根又朝前走了，并举起双手。

——只有神圣的杯中物才能使迪达勒斯打开话匣子，他说。

——我想要说的是，当他们跟在后面走的时候，海恩斯向斯蒂芬解释道，此地的这座塔和这些悬崖不知怎地令我想到艾尔西诺。**濒临大海的峻峭的悬崖之巅**[92]——对吧？

勃克·穆利根抽冷子回头瞅了斯蒂芬一眼，然而并没吱声。光天化日之下，在这沉默的一刹那，斯蒂芬看到自己身穿廉价丧服，满是尘埃，夹在服装华丽的二人之间的这个形象。

——那是个精彩的故事，海恩斯这么一说，又使他们停下脚步。

他的眼睛淡蓝得像是被风净化了的海水，比海水还要淡蓝，坚毅而谨慎。他这个大海的统治者[93]，隔着海湾朝南方凝望，一片空旷，闪闪发光的天边，一艘邮船依稀冒着羽毛形的烟。还有一叶孤帆正在穆格林沙洲那儿抢风掉向航行。

——我在什么地方读过从神学上对这方面的诠释，他若有所思地说，圣父与圣子的概念。圣子竭力与圣父合为一体。

勃克·穆利根的脸上立刻绽满欢快的笑容。他望着他们，高兴地张开那生得很俊的嘴唇，两眼那股精明洞察的神色顿然收敛，带着狂热欢快地眨巴着。他来回晃动着一个玩偶脑袋，巴拿马帽檐颤动着，用安详、欣悦而憨朴的嗓门儿吟咏起来：

——我这小伙子，无比地古怪，
妈是犹太人，爹是只鸟儿[94]。
跟木匠约瑟，我可合不来，
为门徒[95]和各各他[96]干一杯。

他伸出食指表示警告：

——倘有人认为，我不是神明，
我造出的酒，他休想白饮。
只好去喝水，但愿是淡的，
可别等那酒，重新变成水。[97]

为了表示告别，他敏捷地拽了一下斯蒂芬的梣木手杖，跑到悬崖边沿，双手在两侧拍打着，像鱼鳍，又像是即将腾空飞去者的两翼，并吟咏道：

——再会吧，再会，写下我说的一切，
告诉托姆、狄克和哈利，我已从死里复活[98]。

与生俱来的本事，准能使我腾飞，

橄榄山[99]和风吹——再会吧，再会！

他朝着前方的四十步潭[100]一溜烟地蹿下去，呼扇着翅膀般的双手，敏捷地跳跳蹦蹦。墨丘利[101]的帽子迎着清风摆动着，把他那鸟语般婉转而短促的叫声，吹回到他们的耳际。

海恩斯一直谨慎地笑着，他和斯蒂芬并肩而行，说：

——我认为咱们不该笑。他真够亵渎神明的。我本人并不是个信徒，可以这么说。然而他那欢快的腔调多少消除了话里的恶意，你看呢？他管这叫什么来着？《木匠约瑟》？

——那是《滑稽的耶稣》[102]小调，斯蒂芬回答说。

——哦，海恩斯说，你以前听过吗？

——每天三遍，饭后，斯蒂芬干巴巴地说。

——你不是信徒吧？海恩斯问。我指的是狭义上的信徒：相信从虚无中创造万物啦，神迹和人格神[103]啦！

——依我看，信仰一词只有一种解释，斯蒂芬说。

海恩斯停下脚步，掏出一只光滑的银质烟盒，上面闪烁着一颗绿宝石。他用拇指把它按开，递了过去。

——谢谢，斯蒂芬说着，拿了一支香烟。

海恩斯自己也取了一支，“啪”的一声又把盒子关上，放回侧兜里，并从背心兜里掏出一只镍制打火匣，也把它按开，自己先点着了烟，随即双手像两扇贝壳似的拢着燃起的火绒，伸向斯蒂芬。

——是啊，当然喽，他们重新向前走着，他说。要么信，要么不信，你说对不？就我个人来说，我就容忍不了人格神这种概念。你也不赞成，对吧？

——你在我身上看到的，斯蒂芬闷闷不乐地说，是一个可怕的自由思想的典型。

他继续走着，等待对方开口，身边拖着那根梣木手杖。手杖上的金属包头沿着小径轻快地跟随着他，在他的脚后跟吱吱作响。我的好搭档跟着我，叫着斯蒂依依依依依芬。一条波状道道，沿着小径。今晚他们摸着黑儿来到这里，就会踏着它了。他想要这把钥匙。那是我的。房租是我交的。而今我吃着他那苦涩的面包[104]。把钥匙也给他拉倒。一股脑儿。他会向我讨的。从他的眼神里也看得出来。

——总之，海恩斯开口说……

斯蒂芬回过头去，只见那冷冷地打量着他的眼色并非完全缺乏善意。

——总之，我认为你是能够在思想上挣脱羁绊的。依我看，你是你自己的主人。

——我是两个主人的奴仆，斯蒂芬说，一个英国的和一个意大利的。

——意大利的？海恩斯说。

一个疯狂的女王[105]，年迈而且爱妒忌。给朕下跪。

——还有第三个[106]，斯蒂芬说，他要我给他打杂。

——意大利的？海恩斯又说。你是什么意思？

——大英帝国，斯蒂芬回答说，他的脸涨红了，还有神圣罗马使徒公教会[107]。

海恩斯把沾在下唇上的一些烟叶屑抹掉后才说话。

——我很能理解这一点，他心平气和地说。我认为一个爱尔兰人一定会这么想的。我们英国人觉得我们对待你们不怎么公平。看来这要怪历史[108]。

堂堂皇皇而威风凛凛的称号勾起了斯蒂芬对其铜钟那胜利的铿锵声的记忆：信奉独一至圣使徒公教会：礼拜仪式与教义像他本人那稀有的思想一般缓慢地发展，并起着变化，命星的神秘变化。《马尔塞鲁斯教皇[109]弥撒曲》[110]中的使徒象征[111]，大家的歌声汇在一起，嘹亮地唱着坚信之歌；在他们的颂歌后面，富于战斗性的教会那位时刻警惕着的使者[112]缴了异教祖师的械，并加以威胁。异教徒们成群结队地逃窜，主教冠歪歪斜斜；他们是佛提乌[113]以及包括穆利根在内的一群嘲弄者；还有为了证实圣子与圣父并非一体而毕生展开漫长斗争的阿里乌[114]，以及否认基督具有凡人肉身的瓦伦廷[115]；再有就是深奥莫测的非洲异教始祖撒伯里乌[116]，他主张圣父本人就是他自己的圣子。刚才穆利根就曾用此话来嘲弄这位陌生人[117]。无谓的嘲弄。一切织风者最终必落得一场空[118]。他们受到威胁，被缴械，被击败；在冲突中，来自教会的那些摆好阵势的使者，米迦勒的万军，用长矛和盾牌永远保卫教会。

听哪，听哪。经久不息的喝彩。该死！以天主的名义！[119]

——当然喽，我是个英国人，海恩斯的嗓音说，因此我在感觉上是个英国人。我也不愿意看到自己的国家落入德国犹太人的手里[120]。我认为当前，这恐怕是我们全国性的问题。

有两个人站在悬崖边上眺望着：一个是商人，另一个是船老大。

——她正向阉牛港[121]开呢。

船老大略带轻蔑神情朝海湾北部点了点头。

——那一带有五呼深，他说，一点钟左右涨潮，它就会朝那边浮去了。今儿已经是第九天[122]啦！

淹死的人。一只帆船在空荡荡的海湾里顺风改变着航向，等待一团泡肿的玩意儿突然浮上来，一张肿胀的脸，盐白色的，翻转向太阳。我在这儿哪。

他们沿着弯曲的小道下到了湾汊。勃克·穆利根站在岩石上，他只穿了件衬衫，没有夹住的领带在肩上飘动。一个年轻人抓住他附近一块岩石的尖角，在颜色深得像果冻般的水里，宛若青蛙似的缓缓踹动着两条绿腿。

——弟弟跟你在一起吗，玛拉基？

——他在韦斯特米思。跟班农[123]一家人在一起。

——还在那儿吗？班农给我寄来一张明信片。说他在那儿遇见了一个可爱的小妞儿。他管她叫照相姑娘[124]。

——是快照吧，呃？一拍就成。

勃克·穆利根坐下来解他那高腰靴子的带子。离岩角不远处，抽冷子冒出一张上岁数的人那涨得通红的脸，喷着水。他攀住石头爬上来。水在他的脑袋以及花环般的一圈灰发[125]上闪烁着，沿着他的胸脯和肚子流淌下来，从他那松垂着的黑色缠腰布里往外冒。

勃克·穆利根闪过身子，让他爬过去，瞥了海恩斯和斯蒂芬一眼，用大拇指虔诚地在额头、嘴唇和胸骨上画了十字[126]。

——西摩回城里来啦，年轻人重新抓住岩角说，他想弃医从军呢。

——啊，随他去吧！勃克·穆利根说。

——下周就该受熬煎了。你认识卡莱尔家那个红毛丫头莉莉吗？

——认得。

——昨天晚上跟他在码头上调情来着。她爸爸阔得流油。

——她够劲儿吗？

——这，你最好去问西摩。

——西摩，一个嗜血的军官，勃克·穆利根说。

他若有所思地点点头，脱下长裤站起来，说了句老生常谈：

——红毛女人浪起来赛过山羊。

他惊愕地住了口，并摸了摸随风呼扇着的衬衫里面的肋部。

——我的第十二根肋骨没有啦，他大声说。我是超人[127]。没有牙齿的金赤和我是超人。

他扭着身子脱下衬衫，把它甩在背后那堆衣服上。

——玛拉基，你在这儿下来吗？

——嗯。给我在床上让开点儿地方吧！

年轻人在水里猛地向后退去，伸长胳膊利利索索地划了两下，就游到湾汊中部。海恩斯坐在一块石头上抽着烟。

——你不下水吗？勃克·穆利根问道。

——待会儿再说，海恩斯说，刚吃完早饭可不行。

斯蒂芬掉过身去。

——穆利根，我要走啦，他说。

——金赤，给咱那把钥匙，勃克·穆利根说，好把我的内衣压压平。

斯蒂芬递给了他钥匙。勃克·穆利根将它撂在自己那堆衣服上。

——还要两便士，他说，好喝上一品脱。就丢在那儿吧。

斯蒂芬又在那软塌塌的堆儿上丢下两个便士。不是穿，就是脱。勃克·穆利根直直地站着，将双手在胸前握在一起，庄严地说：

——偷自贫穷的，就是借给耶和华[128]。琐罗亚斯德如是说[129]。

他那肥胖的身躯跳进水去。

——回头见，海恩斯回头望着攀登小径的斯蒂芬说，爱尔兰人的粗犷使他露出笑容。

公牛的角，马的蹄子，撒克逊人的微笑[130]。

——在“船记”酒馆，勃克·穆利根嚷道。十二点半。

——好吧，斯蒂芬说。

他沿着那蜿蜒的坡道走去。

饰以百合的光明的

司铎群来伴尔，

极乐圣童贞之群……[131]

壁龛里是神父的一圈灰色光晕，他正在那儿细心地穿上衣服[132]。今晚我不在这儿过夜。家也归不得。

拖得长长的、甜甜的声音从海上呼唤着他。拐弯的时候，他摆了摆手，又呼唤了。一个柔滑、褐色的头，海豹的，远远地在水面上，滚圆的。

篡夺者[133]。

第一章 注释

1 据理查德·艾尔曼的《詹姆斯·乔伊斯》（牛津大学出版社1983年版，第117页），穆利根的原型系爱尔兰作家、爱尔兰文艺复兴运动的参加者奥利弗·圣约翰·戈加蒂（1878—1957）。

2 这里，穆利根在模仿天主教神父举行弥撒时的动作。他手里托着的那钵肥皂沫，就权当圣餐杯。镜子和剃胡刀交叉放着，呈十字架形。淡黄色浴衣令人联想到神父做弥撒时罩在外面的金色祭披。下文中的"我要……台"，原文是拉丁文。

3 金赤是穆利根给斯蒂芬·迪达勒斯起的外号。他把斯蒂芬比作利刃，用金赤来模仿其切割声。

4 耶稣会是天主教修会之一，1534年由西班牙贵族依纳爵·罗耀拉（1491—1556）所创。会规严格，要求会士必须绝对服从会长。

5 指坐落在都柏林郊外的港口区沙湾（音译为桑迪科沃）的圆形炮塔。这是1803年至1806年为了防备拿破仑率领的法军入侵，而在爱尔兰沿岸修筑的碉堡的一座。其造型仿效法属科西嘉岛的马铁洛岬角上的海防炮塔，故名马铁洛塔。

6 某些修会的天主教神父将头顶剃光，周围只留一圈头发。参看本章注125。穆利根只是装出一副神父的样子，故未剃发。

7 这里原应作"圣餐"（Eucharist），作者却写成了女子名克里斯廷（Christine）。二词中均含有基督（Christ）一名。其用意是使它同第15章末尾玛拉基·奥弗林神父在卧于圣女芭巴拉的祭台上的那个女人身上做黑弥撒的场面相呼应。参看该章注956及有关正文。耶稣和门徒（据《新约·马太福音》第10章第1节，耶稣收了彼得、约翰等12个门徒）吃筵席时，曾把饼和酒祝福后递给他们，说那是自己的身体和血（见《新约·路加福音》第22章第19—20节）。后世举行弥撒时，神父饮的葡萄酒即代表耶稣的血，教徒领的圣体（面饼）则代表耶稣的躯体。"血和伤痕"是中世纪的一句诅咒"天主的血和伤痕"的简称。

8 克里索斯托（约347—407），古代基督教希腊教父，名叫约翰。398年任君士坦丁堡大主教后，锐意进行改革。但操之过急，开罪于豪富权门，曾被禁闭。死后得以昭雪，被封为圣约翰。他善于传教讲经，长于词令，因而通称"金口约翰"。

9 据《新约·使徒行传》第6、7章，最早的殉教者斯蒂芬（？—约35）是个受过希腊文教育的犹太人。迪达勒斯（Dedalus）一姓来自神话传说中的希腊建筑师和雕刻家Daedalus。有史时期的希腊人把无法溯源的建筑和雕像都算作是出自迪达勒斯之手。

10 玛拉基的绰号叫Buck，意译为"公鹿"。音译为"勃克"。

11 原文作bard，原意吟游诗人。因含有挖苦口吻，故译为大诗人，并加上引号，以示区别。下同。

12 阿尔杰是阿尔杰农的爱称。这里指英国诗人、文学批评家查理·阿尔杰农·斯温伯恩

（1837—1909）。“伟大可爱的母亲”一语出自他的长诗《时间的胜利》（1866）。“伟大”是根据海德版翻译的，诸本均作“灰色”。

13 原文为希腊文。荷马的《奥德修纪》（杨宪益译，上海译文出版社1979年版第23页）有“强劲的西风歌啸着，吹过葡萄紫的大海”一语。

14 原文为希腊文。语出自希腊历史学家色诺芬（公元前431—前350以前）的《远征记》。写作者跟随与胞兄波斯王争夺王位的小居鲁士远征。失败后，他率领万名希腊雇佣军且战且退，公元前400年回到黑海之滨的希腊城市特拉佩祖斯。这是他们见到海时发出的欢呼。

15 国王镇（丹莱里的旧称）是都柏林的一个海港区。有东西两个大码头伸入海中，构成一道人造港湾。

16 语出自拉塞尔（参看第3章注109的《宗教与爱情》）。他在这篇散文中阐明“强有力的母亲”指的是“大自然的精神面貌”。穆利根紧接着所说的“姑妈……你手里”一语，当天上午在海边（见第3章注94）以及当夜（见第15章注688）重新浮现在斯蒂芬的脑际。

17 原文作dog’s body。在凯尔特族（参看第2章注48）的神话中，狗含有“严加保密”之意，所以穆利根用此词来称呼性格内向的斯蒂芬。

18 “船记”是斯蒂芬等人经常去的酒馆的店名。

19 康内利·诺曼（1853—1908），爱尔兰精神病学家。痴呆镇指里奇蒙精神病院，自1886年起诺曼在那里任院长。

20 此处套用《天主经》中“不叫我们受到诱惑”一语，但将“我们”改成了“他”。见《新约·路加福音》第11章第4节。

21 女仆与四世纪的圣女乌尔苏拉同名。据传匈奴人入侵东南欧洲时，科隆（今德国境内）有11000名童贞女殉教。乌尔苏拉是她们的领袖。

22 凯列班是莎士比亚的戏剧《暴风雨》（1611）中一个丑陋而野性的奴隶。语出自爱尔兰诗人、小说家奥斯卡·王尔德（1854—1900）的长篇小说《道林·格雷的肖像》（1891）的序言。在该文中，王尔德表达了自己为艺术而艺术的美学观点。原话是：“19世纪人们对现实主义的厌恶，是凯列班在镜中照得见自己的脸时所感到的愤怒。19世纪人们对浪漫主义的厌恶，是凯列班在镜中照不见自己的脸时所感到的愤怒。”这里，穆利根把斯蒂芬比作凯列班。

23 语出自王尔德的论文集《意图》中的《谎言的衰退》（1889）。全句是：“我完全明白你反对把艺术当作一面镜子。你认为，这样一来就把天才降低到有裂纹的镜子的境地了。然而，你无意说，人生是艺术的模仿。人生其实就是一面镜子，艺术才是真实的，对吧？”

24 牛津家伙指正在收集爱尔兰格言的海恩斯。

25 畿尼是旧时英国金币，一畿尼合21先令。

26 药喇叭，又名球根牵牛；根部可以用来制作泻药。

27 祖鲁人是非洲东南部班图族的一支土著。

28 这里的希腊化指的是使爱尔兰开化。都柏林市不同于近代化的大都会，有着当年希腊城邦的性质。正如奥德修由于离乡多年，初回伊大嘉时未认出那是什么地方一样，斯蒂芬回到故里后也觉得格格不入。因此他听了穆利根所说的使爱尔兰“希腊化”的话，并不曾引起共鸣。

29 在乔伊斯的另一部长篇小说《一个青年艺术家的画像》第5章里，克兰利（参看第9章注13、19）曾和斯蒂芬挽臂而行。克兰利参加了爱尔兰独立运动。斯蒂芬则说：“我不愿意去为我已经不再相信的东西卖力，不管它把自己叫作我的家、我的祖国或我的教堂都一样：我将试图在……某种艺术形式中……表现我自己，并仅只使用我能容许自己使用的那些武器来保卫自己——那就是沉默、流亡和机智。”（见黄雨石译本第297页，外国文学出版社1983年版。）

30 西摩是英国牛津大学麦达伦学院的学生。

31 “要委婉……息”出自美国人查理·哈里斯所作通俗歌曲《向母亲透露这消息》（1897）。写一个战士临终前嘱咐道，向母亲透露自己阵亡的消息时，要说得委婉一些。奥布里是斯蒂芬迁居到都柏林之前，住在布莱克罗克镇时的一个游伴，见《一个青年艺术家的画像》第2章。

32 剑桥、牛津等大学的学生们当中时兴的一种捉弄同学的办法：把对方的裤子剥下来，用剪子将衬衫铰成一条条的。

33 马修·阿诺德（1822—1888），英国诗人、评论家。

34 “我们自己”是19世纪90年代开展的复兴爱尔兰语言文化的运动所提出的口号。意思是：“爱尔兰人的爱尔兰。”“中心”，原文为希腊文。马修·阿诺德提出的文化理想是建立在个人主义之上的古希腊人文主义与建立在社会伦理上的希伯来主义的统一。斯蒂芬从阿诺德的这一理想联想到要求爱尔兰民族独立的自救口号。他又进一步想到把异教与基督教相调和而成的新异教教义。最后才联想到omphalos一词。此词的意思是中心，指位于雅典西北100英里处的帕耳那索斯山麓峡谷里的一块圣石，转义为人体的中心部位：肚脐。这里隐喻斯蒂芬等人所住的这座圆塔，乃是爱尔兰艺术的发祥地。

35 布莱岬角位于沙湾以南七英里处。

36 这里，穆利根借用了英国哲学家戴维·哈特利（1705—1757）的观点。哈特利的主要著作有《对人及其结构、职责和期望的观察》（两卷本，1749）等。他认为，真正存在于记忆中的只有观念和感觉。

37 圣母是仁慈圣母玛利亚医院的简称。这是由天主教仁慈会修女所开办的都柏林市最大的一家医院。里奇蒙是里奇蒙精神病院的简称。

38 彼得·蒂亚泽爵士是生于爱尔兰的英国戏剧家理查德·布林斯利·谢里丹（1751—1816）所作喜剧《造谣学校》（1777）中的一个人物。这位爵士晚年与一个年轻活泼的农村姑娘结了婚。

39 指耶稣会的创始人，依纳爵·罗耀拉。

40 撒克逊征服者，原文为爱尔兰语。

41 这是爱尔兰诗人威廉·巴特勒·叶芝（1865—1939）所作《谁与弗格斯同去》一诗的第7至9行。弗格斯是据传于五世纪从爱尔兰移去的第一位苏格兰国王。下文中的“树林的阴影”和“朦胧的海洋和那雪白的胸脯”，出自该诗的第10、11行。

42 老罗伊斯指英国喜剧演员爱德华·威廉·罗伊斯（1841—？）。《可怕的土耳克》（1873）是爱尔兰作家埃德温·汉密尔顿（1849—1919）根据英国童话剧《神奇的玫瑰》（1868）改编的。土耳克王由老罗伊斯扮演。当他发现神奇的玫瑰能教会他隐身术时，便高兴地唱起下面这首歌。

43 英国通神论者艾尔弗雷德·珀西·辛尼特（1840—1921）在《灵魂的成长》（1896）一书中提出，一切事件和思想都贮存在宇宙的记忆中。参看第7章注224。

44 天主教徒领圣体前，自午夜起禁止饮食。

45 原文为拉丁文。这是信徒弥留之际助善终者在一旁为他（她）念的临终祷文中的两句。斯蒂芬的母亲是一位虔诚的信徒。她死前，斯蒂芬却不曾满足她的愿望，拒绝为她祷告。

46 这是斯蒂芬责备自己的话。他意识到在母亲生前，他对罗马天主教会的怀疑和不满曾使母亲深深苦恼，故以东方神话中的食尸鬼自喻。

47 这是英国旧时的一种金币，每枚值一英镑。因上面镌有国王（或女王）像，所以俗称“君主”。

48 德鲁伊特是古代凯尔特人中有学识者，通常担任祭司、教师和法官。德鲁伊特的家庭里，竟连圣诞节的蛋糕都禁止吃。

49 出自庆祝爱德华七世加冕（1901年1月22日）的歌曲《加冕日》。“加冕日”又指发薪日，因为工资可折合成克朗。Crown（意即王冠）是旧时的一种镌有王冠图案的硬币，每枚值5先令。

50 即克朗戈伍斯森林公学。在《一个青年艺术家的画像》一书中，斯蒂芬曾就读于这家小学。下文中的“提过香炉”指神父做弥撒时，斯蒂芬曾担任助祭。

51 据《旧约·创世记》第7至9章，诺亚一家人乘方舟逃避水灾后，一天诺亚喝醉了酒睡在帐篷里。二儿子含看见父亲赤身露体，便出去告诉了哥哥闪和弟弟雅弗。闪和雅弗替父亲盖上了长袍。诺亚酒醒后说：“迦南含的儿子当受咒诅，必给他弟兄做奴仆的奴仆。”

52 “天主……之惠”是《饭前祝文》，引自《圣教日课》。

53 原文为拉丁文。这是《圣号经》的下半段，引自《圣教日课》。

54 葛罗甘老婆婆是爱尔兰歌曲《内德·葛罗甘》中的人物。

55 登德鲁姆有两个。（一）位于都柏林市以北65英里的港口。（二）都柏林近郊的村。

56 人鱼神是古代腓力斯人和腓尼基人所信奉的半人半鱼的神。

57 命运女神姐妹原指《麦克白》中的三女巫，这里则影射爱尔兰诗人叶芝的姐妹伊丽莎白和莉莉。1903年，伊丽莎白在登德鲁姆村创立了邓恩·埃默出版社，并为叶芝出版《在七座树林中》一书。该书的版权页上写着：完成于“大风年7月16日，1903”。按：1839年爱尔兰曾遭受过一场空前的大风灾。从此，“大风年”一词便流传开来。

58 《马比诺吉昂》是中世纪11则威尔士故事的总称，以神话、民间故事和英雄传说为基础，记载12世纪下半叶至13世纪末的口传故事。

59 《奥义书》是印度教古代吠陀教义的思辨作品，用散文或韵文写成。自公元前600年起次第成书，为后世各派印度哲学所依据。

60 玛丽·安是1843年左右为了吓唬苛吏而在爱尔兰民间组织起来的秘密团体。成员以妇女为主，也有乔装成妇女的男子。因此，后来又用此词来影射同性恋者。关于玛丽·安，流传着一些歌曲，而梅布尔·沃辛顿找到的那个版本的末句是："像男人那样撒尿。"与下文中穆利根所唱的三句歌词刚好凑成一段。

61 包皮的收集者，指耶和华。犹太教徒有行割礼（割除阴茎包皮）的传统。参看《创世记》第17章第10至14节。

62 夸脱是液量单位，一夸脱为1.14升。

63 毛皮像绢丝般的牛、最漂亮的牛和贫穷的老妪均为爱尔兰古称。

64 征服者指英国人，这里以海恩斯为代表。快乐的叛徒指满足于现状的爱尔兰人，这里以勃克·穆利根为代表。

65 母王八，原文为cuckquean，指其丈夫姘上了其他女人。

66 在《奥德修纪》卷一中，女神雅典娜替奥德修说情，于是，主神宙斯表示同意让奥德修回国。女神便扮成外乡人的模样，到伊大嘉岛来鼓励奥德修的儿子帖雷马科。这里斯蒂芬把送牛奶的老妪比作雅典娜女神，他怀疑她是为了谴责自己不曾满足母亲最后的愿望而来的。

67 下文中，海德1989年版和2001年版均多一行："瞧，真是的。"她说。其他诸本都没有。

68 那个嗓门儿指神父。天主教徒临终前，神父在他（她）身上涂满香油，以便减轻肉体上的痛苦，并给心灵以慰藉。这叫作终傅礼。但据《旧约·利未记》第12章，天主曾通过摩西说，妇女分娩后以及月经期间不洁，因此不在阴部周围涂油。

69 见《创世记》第2章第22至23节："耶和华神就用从那人身上所取的肋骨，造成一个女人……那人说：'她是从男人的身上取出来的。'"

70 同上，第1章第27节有"神就照着自己的形象造人……造男造女"一语。

71 同上，第3章：夏娃在蛇的引诱下偷吃禁果，并给她丈夫亚当吃。作为惩罚，耶和华将二人逐出伊甸园。

72 盖尔语是苏格兰高地人和古代爱尔兰盖尔族的语言。"你有盖尔族的气质吗？"是爱尔兰西部农民的口头用语，意思是："你会讲爱尔兰语吗？"19世纪初叶，爱尔兰民族主义的发展使人们重新对爱尔兰的语言、文学、历史和民间传说产生兴趣。当时，除了在偏僻的农村，盖尔语作为一种口语已经衰亡，英语成为爱尔兰的官方和民间通用语言。后来语言学家找到了翻译古代盖尔语手稿的方法，人们这才得以阅读爱尔兰的古籍。

73 西边儿指爱尔兰西部的偏僻农村。那里的人们依然说爱尔兰语。

74 品脱是液量单位，一品脱合0.57升。

75 先令是英国当时通用的货币单位。20先令为1英镑，1先令为12便士。英币改为10进制后，合10便士。

76 佛罗林是13世纪时意大利开始铸造的一种银币。1849年以来在英国通用，一佛罗林合2先令。

77 这是斯温伯恩的长诗《日出前的歌》（1871）"贡献"一节中的第1、2行。下文中的"心肝儿……你的脚前"见同一节的第3、4行。

78 这里套用1805年英国海军统帅纳尔逊（1758—1805）在特拉法尔加角与法、西军舰进行殊死战时对英国海军的训话。只是把原话"英国期待每个人今天各尽自己的职责"中的

"英国"改成了"爱尔兰"。

79 即墨西哥湾流。它流向东北，在加拿大纽芬兰岸外与北大西洋漂流汇合，继续朝东北流向不列颠群岛以及北海和挪威海。

80 语出自莎士比亚的悲剧《麦克白》第5章第1场。麦克白夫人怂恿丈夫把苏格兰国王邓肯杀死后，在梦游中不断地擦手，并且说："可是这儿还有一点儿污迹。"

81 天主教为了纪念耶稣受难，在教堂里设14座十字架，教徒沿着一座座十字架，边念经边朝拜。"被恶人强剥下衣服"是在第10座十字架前念的经文中的一句。这里，不信教的穆利根戏谑地以耶稣自况。

82 "我自……矛盾"是美国诗人沃尔特·惠特曼（1819—1892）的长诗《自己之歌》（1855）第51首第6、7行诗句。

83 "能言善辩的"，也可以译为"墨丘利般的"，参看本章注101。

84 拉丁区是巴黎塞纳河南岸的地区。有不少大学及文化设施，历来是学生和艺术家麇集之地。

85 按：当时都柏林郊区有两个叫莫里斯·巴特里的农民。《新约·路加福音》第22章第26节作："于是彼得出去痛哭。"这是文字游戏，"met Butterly"（遇见了巴特里）与"wept bitterly"（痛哭）谐音。

86 比利是威廉的昵称。威廉·皮特（1759—1806），英国首相。

87 "法国人在海上"一语出自《贫穷的老妪》。这首18世纪末叶的爱尔兰歌谣表达了"贫穷的老妪"（爱尔兰古称）对越海而来的法国支援者的期待心情。1796年至1797年间，法国人曾两次派出远征军支援爱尔兰革命，均未能到达。1798年法国人虽登了陆，却被迫投降。下文中的"中心"，原文为希腊文。

88 托马斯·阿奎那（1225—1274），意大利神学家、诗人。他区分了自然领域与超自然领域之后，将希腊哲学家亚里士多德和柏拉图的思想，以及奥古斯丁和其他早期教父的思想加以综合，发展成为一套复杂而富有特色的思想体系。

89 祭带是神父做弥撒时所挂的细长带子，从脖颈垂到胸前。

90 老金赤指斯蒂芬的父亲。

91 指英国海军军官弗雷德里克·马里亚特（1792—1848）所写的一部以寻父为主题的小说（1836）。弃儿雅弗千方百计找到的生父，原来却是东印度群岛上的一名脾气暴躁的军官。据《创世记》：诺亚喝醉后，他的儿子闪和雅弗曾去找他，见本章注51。斯蒂芬的父亲也是个酒鬼。这里，穆利根把斯蒂芬比作雅弗。

92 艾尔西诺是丹麦的谢兰岛上一军港。莎士比亚的悲剧《哈姆雷特》即以此港为背景。"濒临……之巅"一语引自《哈姆雷特》第1幕第4场中霍拉旭对哈姆雷特所说的话。

93 "大海的统治者"指1914年以前英国海军和商船在海上称霸。

94 据《新约·路加福音》第1章，犹太童贞女玛利亚已许配给木匠约瑟，但未成婚前，因圣灵降临到她身上而怀孕，遂生下耶稣。圣灵通常以鸽子的形象出现，故有"鸟儿"一说。《新约·马可福音》第1章第10节有云："圣灵仿佛鸽子，降在她身上。"

95 指耶稣的12个门徒。

96 各各他是耶稣被钉十字架的地方。

97 据《新约·约翰福音》第2章，耶稣和他的门徒在加利利的迦拿应邀赴婚宴时，酒用尽了。那儿摆着六口缸。耶稣对用人说："把缸倒满了水。"他们就倒满了，漫到缸口。舀出来一尝，水已变成了酒。这是耶稣所行的头一件神迹。这首打油诗的最后一句指喝下去的酒变成了尿。

98 语出《新约·路加福音》第24章第46节："第三日从死里复活。"

99 橄榄山在耶路撒冷以东，耶稣经常偕同门徒到此。

100 四十步潭是沙湾的一座专供男子洗澡的天然浴场。

101 墨丘利是罗马神话中众神的信使，相当于希腊神话中的赫耳墨斯。穆利根与《旧约全书》末卷《玛拉基书》里的先知玛拉基（活动时期公元前约460）同名。该名是希伯来语"我的使者"的音译，所以这里把他与墨丘利相比。

102 勃克·穆利根所唱的《滑稽的耶稣》是根据奥利弗·圣约翰·戈加蒂所作的讽刺诗《快活的耶稣之歌》改编的。

103 人格神是指神也具有人格，而神子耶稣基督乃是人格的楷模。

104 典出自《神曲·天堂》第17篇。但丁的高祖卡却基达对他说："你将懂得别人家的面包是多么苦涩，别人家的楼梯是多么难以攀上攀下。"

105 指罗马天主教会。

106 第三个，指穆利根。

107 指罗马天主教会。

108 后文中，斯蒂芬借用了海恩斯这句话（见第15章注860及有关正文）。下段中的"独一至圣使徒公教会"，原文为拉丁文，天主教弥撒曲的一部分。

109 即马尔塞鲁斯二世（1501—1555），意大利籍教皇，原名塞维尼。即位后仅22天即逝世。

110 《马尔塞鲁斯教皇弥撒曲》系意大利作曲家乔瓦尼·皮耶路易吉·帕莱斯特里纳（1525—1594）所作。这支弥撒曲曾于1898年在都柏林的圣女德肋撒教堂被人重新演奏。

111 指《使徒信经》。传统上，《信经》中的12个信条分别由12名使徒来象征，故名。如"我信全能者，天主父，化成天地。"（彼得）"我信其唯一子，耶稣基利斯督我等主。"（约翰）

112 "教会的使者"指天使长米迦勒。

113 佛提乌（816—891），原系在俗学者，由拜占廷皇帝米恰尔三世任命为拜占廷教会君士坦丁堡牧首，遭到罗马教皇尼古拉一世的反对。在君士坦丁堡会议（867）上，佛提乌谴责尼古拉，从而形成对立，史称佛提乌分裂局面。

114 阿里乌（约250—336），利比亚人，埃及亚历山大里亚基督教司铎。尼西亚公会议（325）公布《尼西亚信经》，指明基督（圣子）与天主（圣父）同样具有神性。阿里乌拒绝签名。他倡导阿里乌主义，认为基督是被造的（made，指系天主所造，因而不具有完全的神性），而不是受生的（begotten，指由天主所生，因而具有完全的神性）。这种理论被早期教会宣布为异端。

115 瓦伦廷是公元2世纪的宗教哲学家，出生于埃及，为诺斯替教罗马派和意大利派的创始人。公元140年前后曾谋求罗马主教之职位而失败，遂脱离基督教。瓦伦廷的早期理论与保罗的神秘神学相似，强调基督死后复活，信徒因而得救。

116 撒伯里乌（？—270），可能曾任罗马教会长老。他反对天主教会关于三位一体（谓天主本体为一，但又是圣父、圣子耶稣基督和圣灵三位）的教义，而主张天主是单一的，而有三种功能：圣父创造天地，圣子救赎罪人，圣灵使人成圣。因此，被斥为异端邪说。

117 陌生人是爱尔兰人对英国人（侵略者与霸主）的称呼。

118 这里套用英国诗人约翰·韦伯斯特（约1580—约1625）的《魔鬼的诉讼》（1623）的词句："国王野心一场空……织网只为了捕风。"

119 原文为法语。这是斯蒂芬从冥想中醒过来后暗自说的话。

120 指德裔犹太富豪罗斯柴尔德家族。当时他们控制着英国经济。

121 她指船。阁牛港位于都柏林湾东南方的岬角。下文中的㖊是测量水深用的长度单位，一㖊合1.898米。

122 它指溺尸。民间迷信：失去踪影的沉尸会在第9天浮上来。

123 韦斯特米思位于都柏林市以西40英里处，是爱尔兰伦斯特省一郡。亚历克·班农是个学生，参看第4章中米莉来信和第14章注146及有关正文。

124 指本书另一主人公利奥波德·布卢姆的女儿米莉。她在韦斯特米思郡穆林加尔市的照相馆工作。该市距都柏林50英里。

125 这个泅水者的头顶剃光了，只留下一圈灰发，说明他是个天主教神父。直到1972年，这一习俗才由教皇保罗六世下令废除。

126 这是基督教会自古流行的一种对天主三位一体（圣父=额头，圣子=嘴唇，圣神=胸部）表示尊崇的手势。天主教神父举行弥撒时，在诵读经文前以及仪式结束后，照例要画十字。

127 原文为德语。《创世记》第2章第21节有天主抽掉亚当一根肋骨的记载。这里，穆利根以亚当自况，说他的"第12根肋骨没有了"，这样，他就成了"超人"。

128 这里，勃克·穆利根故意篡改了《箴言》第19章第17节"怜悯贫穷的，就是借给耶和华"一语，借以挖苦说，尼采是个极端的利己主义者，以别人为踏脚石来达到自己的目的。在20世纪初，西欧曾流行过这种论点。

129 琐罗亚斯德（约公元前628—约前551），古波斯先知、琐罗亚斯德教创始人。古波斯语作查拉图斯特拉。《琐罗亚斯德如是说》（1883—1885）是德国哲学家尼采（1844—1900）的一部谶语式的格言著作。他在其中借琐罗亚斯德来鼓吹自己的"超人"哲学（即认为"超人"是历史的创造者，有权奴役群众，而普通人只是"超人"实现自己权力意志的工具）。

130 意思是说，这三者都是危险的，不能掉以轻心。

131 原文是拉丁文。

132 本章以勃克·穆利根假装举行弥撒为开端（见本章注2），结尾处又把一位真正的神父出浴后在湾汊的岩洞中穿衣服比作弥撒结束后神父在更衣，并将神父那圈灰发描述成圣徒头后的光晕。壁龛指岩洞。

133 篡夺者指从斯蒂芬手里讨走钥匙的勃克·穆利根。在《奥德修纪》卷1、2中，帖雷马科也曾指责那些求婚子弟掠夺他的家财；哈姆雷特王子则对霍拉旭说，叔叔克劳狄斯"篡夺了我嗣位的权利"，参看《哈姆雷特》第5幕第2场。

第二章

——你说说，科克伦，是哪个城市请他[1]去的？

——塔兰图姆[2]，老师。

——好极了。后来呢？

——打了一仗，老师。

——好极了。在哪儿？

孩子那张茫然的脸向那扇茫然的窗户去讨教。

记忆的女儿们[3]所编的寓言。然而，即便同记忆所编的寓言有出入，总有些相似吧！那么，就是一句出自焦躁心情的话，是布莱克那过分扑扇的翅膀[4]。我听到整个空间的毁灭，玻璃碎成渣儿，砖石建筑坍塌下来，时光化为终极的一缕死灰色火焰[5]。那样，还留给我们什么呢？

——地点我忘记啦，老师。公元前二七九年。

——阿斯库拉姆[6]·斯蒂芬朝着沾满血迹的书上那地名和年代望了一眼，说。

——是的，老师。他又说：再打赢这么一场仗，我们就完啦[7]！

世人记住了此语。心情处于麻木而松弛的状态。尸骸累累的平原，一位将军站在小山岗上，拄着矛枪，正对他的部下训话。任何将军对任何部下。他们洗耳恭听。

——你，阿姆斯特朗·斯蒂芬说。皮勒斯的结尾怎么样？

——皮勒斯的结尾吗，老师？

——我晓得，老师。问我吧，老师，科敏说。

——等一等。阿姆斯特朗，你说说，关于皮勒斯，你知道点什么吗？

阿姆斯特朗的书包里悄悄地摆着一袋无花果夹心面包卷。他不时地用双掌把它搓成小卷儿，轻轻地咽下去。面包渣子还沾在他的嘴唇上呢。少年的呼吸发出一股甜味儿。这些阔人以长子进了海军而自豪。多基[8]的韦克街。

——皮勒斯吗，老师？皮勒斯是栈桥[9]。

大家都笑了。并不快活的尖声嗤笑。阿姆斯特朗四下里打量着同学们，露出傻笑的侧影。过一会儿，他们将发觉我管教无方，也想到他们的爸爸所缴的学费，会越发放开嗓门儿大笑起来。

——现在告诉我，斯蒂芬用书戳戳少年的肩头，栈桥是什么？

——栈桥，老师，阿姆斯特朗说，就是伸到海里的东西。一种桥梁。国王镇[10]栈桥，老师。

有些人又笑了：不畅快，却别有用意。坐在后排凳子上的两个人在小声讲着什么。是的。他们晓得：从未学过，可一向也不全是无知的。全都是这样。他怀着妒意注视着一张张的脸。伊迪丝、艾塞尔、格蒂、莉莉[11]。跟他们类似的人：她们的呼吸也给红茶、果酱弄得甜丝丝的，扭动时，她们腕上的镯子在窃笑着。

——国王镇码头，斯蒂芬说。是啊，一座失望之桥[12]。

这句话使他们凝视着的眼神露出一片迷茫。

——老师，怎么会呢？科敏问。桥是架在河上的啊！

可以收入海恩斯的小册子[13]。这里却没有一个人听。今晚在豪饮和畅叙中，如簧的巧舌将刺穿罩在他思想外面的那副锃亮的铠甲。然后呢？左不过是主人宫廷里的一名弄臣，既被纵容又受到轻视，博得宽厚的主人一声赞许而已。他们为什么都选择了这一角色呢？图的并不完全是温存的爱抚。对他们来说，历史也像其他任何一个听腻了的故事，他们的国土是一爿当铺[14]。

倘若皮勒斯并未在阿尔戈斯丧命于一个老太婆手下[15]，或是尤利乌斯·恺撒不曾被短剑刺死[16]呢？这些事不是想抹杀就能抹杀的。岁月已给它们打上了烙印，把它们束缚住，关在被它们排挤出去的无限的可能性的领域里[17]。但是，那些可能性既然从未实现，难道还说得上什么可能吗？抑或唯有发生了的才是可能的呢？织吧，织风者[18]。

——给我们讲个故事吧，老师。

——请讲吧，老师。讲个鬼故事。

——这从哪儿开始？斯蒂芬打开另一本书，问道。

——莫再哭泣，科敏说。

——那么，接着背下去，塔尔博特。

——故事呢，老师？

——待会儿，斯蒂芬说。背下去，塔尔博特。

一个面色黧黑的少年打开书本，麻利地将它支在书包这座胸墙底下。他不时地瞥着课文，结结巴巴地背诵着诗句：

——莫再哭泣，悲痛的牧羊人，莫再哭泣，
你们哀悼的利西达斯不曾死去，
虽然他已沉入水底下……[19]

说来那肯定是一种运动了，可能性由于有可能而变为现实[20]。在急促而咬字不清的朗诵声中，亚里士多德的名言自行出现了，飘进圣热内维艾芙图书馆那勤学幽静的气氛中；他曾一夜一夜地隐退在此研读[21]，从而躲开了巴黎的罪恶。邻座上，一位纤弱的暹罗人正在那里展卷精读一部兵法手册。我周围的那些头脑已经塞满了，还在继续填塞着。头顶上是小铁栅围起的一盏盏白炽灯，有着微微颤动的触须。在我头脑的幽暗处，却是阴间的一个懒货，畏首畏尾，惧怕光明，蠕动着那像龙鳞般的褶皱[22]。思维乃是有关思维的思维[23]。静穆的光明。就某种意义上而言，灵魂是全部存在：灵魂乃是形态的形态[24]。突兀、浩瀚、炽烈的静穆：形态的形态。

塔尔博特反复背诵着同一诗句：

——借着在海浪上行走的主那亲切法力[25]，
借着在海浪上……

——翻过去吧，斯蒂芬沉静地说。我什么也没看见。

——您说什么，老师？塔尔博特向前探探身子，天真地问道。

他用手翻了一页。他这才想起来，于是，挺直了身子背诵下去。关于在海浪上行走的主。他的影子也投射到这些怯懦的心灵上，在嘲笑者的心坎和嘴唇上，也在我的心坎和嘴唇上。还投射在拿一枚上税的银币给他看的那些人殷切的面容上。属于恺撒的归给恺撒，属于天主的归给天主[26]。深色的眼睛长久地凝视着，一个谜语般的句子，在教会的织布机上不停地织了下去。就是这样。

让我猜，让我猜，嗨哟嗬。

我爸爸给种子叫我播。[27]

塔尔博特把他那本合上的书，轻轻地放进书包。

——都背完了吗？斯蒂芬问。

——老师，背完了。十点钟打曲棍球，老师。

——半天儿，老师。星期四嘛！

——谁会破谜语？斯蒂芬问。

他们把铅笔弄得咯吱咯吱响，纸页窸窸窣窣，将书胡乱塞进书包。他们挤作一团，勒上书包的皮带，扣紧了，全都快活地吵嚷起来：

——破谜语，老师。让我破吧，老师。

——噢，让我破吧，老师。

——出个难的，老师。

——是这么个谜儿，斯蒂芬说：

公鸡打了鸣，

天色一片蓝。

天堂那些钟，

敲了十一点。

可怜的灵魂，

该升天堂啦！[28]

——那是什么？

——什么，老师？

——再说一遍，老师，我们没听见。

重复这些词句时，他们的眼睛越睁越大了。沉默半晌后，科克伦说：

——是什么呀，老师？我们不猜了。

斯蒂芬回答时，嗓子直发痒：

——是狐狸在冬青树下埋葬它的奶奶[29]。

他站起来，神经质地大笑了一声，他们的喊叫声反映着沮丧情绪。

一根棍子敲了敲门，又有个嗓门儿在走廊里吆唤着：

——曲棍球！

他们忽然散开来，有的侧身从凳子前挤出去，有的从上面一跃而过。他们很快就消失了踪影，接着，从堆房传来棍子的碰击声、嘈杂的皮靴声和饶舌声。

萨金特独自留了下来。他慢慢腾腾地走过来，出示一本摊开的练习本。他那其乱如麻的头发和瘦削的脖颈都表明他的笨拙。透过模糊不清的镜片，他翻起一双弱视的眼睛，央求着。他那灰暗而毫无血色的脸蛋儿上，沾了块淡淡的枣子形墨水渍，刚刚抹上去，还湿润得像蜗牛窝似的。

他递过练习本来。头一行标着算术字样。下面是歪歪拧拧的数字，末尾是弯弯曲曲的签名，带圈儿的笔画填得满满当当，另外还有一团墨水渍。西里尔·萨金特：他的姓名和印记。

——迪希先生叫我整个重写一遍，他说，还要拿给您看，老师。

斯蒂芬摸了一下本子的边儿。徒劳无益。

——你现在会做这些了吗？他问。

——十一题到十五题，萨金特回答说。老师，迪希先生要我从黑板上抄下来的。

——你自己会做这些了吗？斯蒂芬问。

——不会，老师。

长得丑，而且没出息：细细的脖颈，其乱如麻的头发，一抹墨水渍，蜗牛窝。但还是有人爱过他，搂在怀里，疼在心上。倘非有她，在这谁也不让谁的世间，他早就被脚踩得烂成一摊无骨的蜗牛浆了。她爱的是从她自己身上流进去的他那虚弱稀薄的血液。那么，那是真实的喽？是人生唯一靠得住的东西喽[30]？暴躁的高隆班[31]凭着一股神圣的激情，曾迈过他母亲那横卧的身躯。她已经不在了：一根在火中燃烧过的小树枝那颤巍巍的残骸，一股黄檀和湿灰气味。她拯救了他，使他免于被践踏在脚下，而她自己却没怎么活就走了。一副可怜的灵魂升了天堂：星光闪烁下，在石楠丛生的荒野上，一只皮毛上还沾着劫掠者那血红腥臭的狐狸，有着一双凶残明亮的眼睛，用爪子刨地，听了听，刨起土来又听，刨啊，刨啊。

斯蒂芬挨着他坐着解题。他用代数运算出莎士比亚的亡灵是哈姆雷特的祖父[32]。萨金特透过歪戴着的眼镜斜睨着他。堆房里有球棍的碰撞声，操场上传来了钝重的击球声和喊叫声。

这些符号戴着平方形、立方形的奇妙帽子在纸页上表演着字母的哑剧，来回跳着庄重的摩利斯舞[33]。手牵手，互换位置，向舞伴鞠躬。就是这样：摩尔人幻想出来的一个个小鬼。阿威罗伊和摩西・迈蒙尼德[34]也都离开了人世，这些在音容和举止上都诡秘莫测的人，用他们那嘲讽的镜子[35]照着朦朦胧胧的世界之灵[36]。黑暗在光中照耀，而光却不能理解它[37]。

——这会子你明白了吧？第二道自己会做了吗？

——会做啦，老师。

萨金特用长长的、颤悠悠的笔画抄写着数字。他一边不断地期待着得到指点，一边忠实地描摹着那些不规则的符号。在他那灰暗的皮肤下面，是一抹淡淡的羞愧之色，忽隐忽现。母亲之爱[38]：主生格与宾生格。她用自己那虚弱的血液和稀溜发酸的奶汁喂养他，藏起他的尿布，不让人看到。

以前我就像他：肩膀也这么瘦削，也这么不起眼。我的童年在我旁边弯着腰。遥远得我甚至无从用手去摸一下，即便是轻轻地。我的太遥远了，而他的呢，就像我们的眼睛那样深邃。我们两人心灵的黑暗宫殿里，都一动不动地盘踞着沉默不语的一桩桩秘密：这些秘密对自己的专横已感到厌倦，是情愿被废黜的暴君。

题已经算出来了。

——这简单得很，斯蒂芬边说边站起来。

——是的，老师。谢谢您啦，萨金特回答说。

他用一张薄吸墨纸把那一页吸干，将练习本捧回到自己的课桌上。

——还不如拿上你的球棍，到外面找同学去呢，斯蒂芬边说边跟着少年粗俗的背影走向门口。

——是的，老师。

在走廊里就听见操场上喊着他名字的声音：

——萨金特！

——快跑，斯蒂芬说，迪希先生在叫你哪。

他站在门廊里，望着这个落伍者匆匆忙忙地奔向角逐场，那里是一片尖锐的争吵声。他们分好了队，迪希先生迈着戴鞋罩的脚，踏过一簇簇草丛踱来。他刚一走到校舍前，又有一片争辩声喊起他来了。他把怒气冲冲的白色口髭转过去。

——这回，怎么啦？他一遍接一遍地嚷着，并不去听大家说的话。

——科克伦和哈利戴分到同一队里去啦，先生，斯蒂芬大声说。

——请你在我的办公室等一会儿，迪希先生说，我把这里的秩序整顿好就来。

他煞有介事地折回操场，扯着苍老的嗓子严厉地嚷着：

——什么事呀？这回又怎么啦？

他们的尖嗓门儿从四面八方朝他喊叫，众多身姿把他团团包围住，刺目的阳光将他那没有染好的蜂蜜色头发晒得发白了。

工作室里空气混浊，烟雾弥漫，同几把椅子那磨损成淡褐色的皮革气味混在一起。跟第一天他和我在这里讨价还价时一个样儿。厥初如何，今兹亦然[39]。靠墙的餐具柜上摆着一盘斯图亚特[40]硬币，从泥塘里挖出来的劣等收藏品：以迨永远[41]。在褪了色的紫红丝绒羹匙匣里，舒适地躺着十二使徒[42]，他们曾向一切外邦人宣过教[43]：及世之世[44]。

沿着门廊的石板地和走廊传来一阵急促的脚步声。迪希先生吹着他那稀疏的口髭，在桌前站住了。

——头一桩，把咱们那一小笔账结了吧，他说。

他从上衣兜里掏出一个用皮条扎起来的皮夹子。它“啪”的一声打开，他就从里面取出两张钞票，其中一张还是由两个半截儿拼接起来的，并把它们小心翼翼地摊在桌子上。

——两镑，说着，他把皮夹子扎上，收了起来。

现在该开保险库取金币了。斯蒂芬那双尴尬的手抚摩着堆在冰冷的石钵里的贝壳：蛾螺、子安贝、豹贝：这个有螺纹的像是酋长的头巾。还有这个圣詹姆斯的扇贝[45]。一个老朝圣者的收藏品，死去了的珍宝，空洞的贝壳。

一枚金镑，锃亮而崭新，落在厚实柔软的桌布上。

——三镑，迪希先生把他那只小小的攒钱盒在手里转来转去，说，有这么个玩意儿可便当啦！瞧，这是放金镑的。这是放先令的，放六便士的，放半克朗的。这儿放克朗。瞧啊。

他从里面倒出两枚克朗和两枚先令。

——三镑十二先令，他说。我想你会发现没错儿。

——谢谢您啦，先生，斯蒂芬说，他难为情地连忙把钱拢在一起，统统塞进裤兜里。

——完全不用客气，迪希先生说。这是你挣的嘛！

斯蒂芬的手又空下来了，就回到空洞的贝壳上去。这也是美与权力的象征。我兜里有一小簇：被贪婪和贫困所玷污了的象征。

——不要那样随身带着钱，迪希先生说。不定在哪儿就会掏丢了。买上这样一个东西，你会觉得方便极啦。

回答点儿什么吧。

——我要是有上一个，经常也只能是空着，斯蒂芬说。

同一间房，同一时刻，同样的才智：我也是同一个我。这是第三次[46]了。我的脖子上套着三道绞索。唔。只要我愿意，马上就可以把它们挣断。

——因为你不攒钱，迪希先生用手指着说。你还不懂得金钱意味着什么。金钱是权，当你活到我这把岁数的时候就会懂得啦！我懂得。倘若年轻人有经验……然而莎士比亚是怎么说的来着？只要把银钱放在你的钱袋里[47]。

——伊阿古·斯蒂芬喃喃地说。

他把视线从纹丝不动的贝壳移向老人那凝视着他的目光。

——他懂得金钱是什么，迪希先生说。他赚下了钱。是个诗人，可也是个英国人。你知道英国人以什么为自豪吗？你知道能从英国人嘴里听到的他最得意的话是什么吗？

海洋的统治者。他那双像海水一样冰冷的眼睛眺望着空荡荡的海湾：看来这要怪历史：对我和我所说的话也投以那样的目光，倒没有厌恶的意思。

——说什么在他的帝国中，斯蒂芬说，太阳是永远不落的。

——不对！迪希先生大声说。那不是英国人说的。是一个法国的凯尔特族[48]人说的。

他用攒钱盒轻轻敲着大拇指的指甲。

——我告诉你，他一本正经地说，他最爱自夸的话是什么吧。*我没欠过债*。

好人哪，好人。

——我没欠过债。我一辈子没欠过谁一先令。你能有这种感觉吗？我什么也不欠。你能吗？

穆利根，九镑，三双袜子，一双粗革厚底皮鞋，几条领带。柯伦，十畿尼。麦卡恩，一畿尼。弗雷德·瑞安，两先令。坦普尔，两顿午饭。拉塞尔，一畿尼。卡曾斯，十先令。鲍勃·雷诺兹，半畿尼。凯勒，三畿尼。麦克南太太[49]，五个星期的饭费。我这一小把钱可不顶用。

——现在还不能，斯蒂芬回答说。

迪希先生十分畅快地笑了，把攒钱盒收了回去。

——我晓得你不能，他开心地说。然而有朝一日你一定体会得到。我们是个慷慨的民族，但我们也必须做到公正。

——我怕这种冠冕堂皇的字眼儿，斯蒂芬说，这使我们遭到如此之不幸。

迪希先生神情肃然地朝着壁炉上端的肖像凝视了好半晌。那是一位穿着苏格兰花格呢短裙、身材匀称魁梧的男子：威尔士亲王艾伯特·爱德华[50]。

——你认为我是个老古板，老保守党，他那若有所思的嗓音说。从打奥康内尔[51]时期以来，我看到了三代人。我记得那次的大饥荒[52]。你晓得吗，橙带党[53]分支鼓动废除联合议会要比奥康内尔这样做，以及你们教派的主教、教长们把他斥为煽动者，还早二十年呢！你们这些芬尼社社员[54]有时候是健忘的。

光荣、虔诚、不朽的纪念[55]。在光辉的阿马的钻石会堂里，悬挂着天主教徒的一具具尸首[56]。沙哑着嗓子，戴面罩，手执武器，殖民者的宣誓[57]。被荒废的北部，确实正统的《圣经》。平头派倒下去[58]。

斯蒂芬像画草图似的打了个简短的手势。

——我身上也有造反者的血液，迪希先生说。母方的。然而我是投联合议会赞成票的约翰·布莱克伍德爵士的后裔。我们都是爱尔兰人，都是国王的子嗣[59]。

——哎呀，斯蒂芬说。

——走正路[60]，迪希先生坚定地说，这就是他的座右铭。他投了赞成票，是穿上高统马靴，从当郡的阿兹[61]骑马到都柏林去投的。

吁——萧萧，吁——嘚嘚，
一路坎坷，赴都柏林。[62]

一个粗暴的绅士，足蹬锃亮的高统马靴，跨在马背上。雨天儿，约翰爵士。雨天儿，阁下……天儿！……天儿……一双高统马靴荡悠着，一路荡到都柏林。

吁——萧萧，吁——嘚嘚。吁——萧萧，吁——嘚嘚。

——这下子我想起来啦，迪希先生说。你可以帮我点儿忙，迪达勒斯先生，麻烦你去找几位文友。我这里有一封信想投给报纸。请稍坐一会儿。我只要把末尾誊清一下就行了。

他走到窗旁的写字台那儿，把椅子往前拖了两下，读了读卷在打字机滚筒上那张纸上的几个字。

——坐下吧。对不起，他转过脸来说，按照常识行事。一会儿就好。

他扬起浓眉，盯着肘边的手稿，一面咕哝着，一面慢腾腾地去戳键盘上那僵硬的键。时而边吹气，边转动滚筒，擦掉错字。

斯蒂芬一声不响地在亲王那幅仪表堂堂的肖像前面坐下来，周围墙上的那些镜框里，毕恭毕敬地站着而今已消逝了的一匹匹马的形象，它们那温顺的头在空中昂着：黑斯廷斯勋爵的挫败，威斯敏斯特公爵的跨越，波弗特公爵的锡兰，一八六六年获巴黎奖[63]。小精灵般的骑手跨在马上，机警地等待着信号。他看到了这些佩戴着英王徽记的马的速度，并随着早已消逝了的观众的欢呼而欢呼。

——句号，迪希先生向打字机键盘发号施令。但是，立即公开讨论这个最为重要的问题……

为了及早发上一笔财，克兰利曾把我领到这里来；我们在溅满泥点子的大型四轮游览马车之间，在各据一方的赛马赌博经纪人那大声吆唤和饮食摊的强烈气味中，在色彩斑驳的烂泥上穿来穿去，寻找可能获胜的马匹。美反叛[64]！美反叛！大热门[65]，以一博一；冷门马以十博一。我们跟在马蹄以及戴竞赛帽穿运动衫的骑手后边，从掷骰摊和玩杯艺[66]摊跟前匆匆走过，还遇上一个大胖脸的女人，肉铺的老板娘。她正饥渴地连皮啃着一掰两半的橘子，连鼻孔都扎进去了。

操场上传来少年们一片尖叫声和打嘟噜的哨子声。

又进了一球。我也是他们当中的一员，夹在那些你争我夺、混战着的身躯当中，一场生活的拼搏。你指的是那个妈妈的宠儿“外罗圈腿”吧？他就好像肚子痛似的。拼搏啊！时间被冲撞得弹了回来，冲撞又冲撞。战场上的拼搏、泥泞和喊声，阵亡者弥留之际的呕吐物结成了冰，长矛挑起鲜血淋漓的内脏时那尖叫声。

——行啦，迪希先生站起来说。

他踱到桌前，把打好了的信别在一起。斯蒂芬站了起来。

——我把这档子事写得简单明了，迪希先生说。是关于口蹄疫问题。你看一下吧。大家一定都会同意的。

可否借用贵报一点宝贵的篇幅。在我国历史上屡见不鲜的*自由放任主义*原则。我国的牲畜贸易。我国各项旧有工业的方针。巧妙地操纵了戈尔韦建港计划[67]的利物浦集团。欧洲战火。通过海峡那狭窄水路的[68]粮食供应。农业部完完全全无动于衷。恕我借用一个典故。卡桑德拉。由于一个不怎么样的女人的关系[69]。现在言归正题。

——我够单刀直入了吧？斯蒂芬往下读时，迪希先生问道。

口蹄疫。通称科克配方[70]。血清与病毒。免疫马的百分比。牛瘟。下奥地利慕尔斯泰格的御用马群。兽医外科。亨利·布莱克伍德·普赖斯[71]先生，献上处方，恭请一试。只能按照常识行事。无比重要的问题。名副其实地敢抓公牛角[72]。感谢贵报慷慨地提供的篇幅。

——我要把这封信登在报上，让大家都读到，迪希先生说。你看吧，下次再突然闹瘟疫，他们就会对爱尔兰牛下禁运令了。可是这病是能治好的。已经有治好的了。我的表弟布莱克伍德·普赖斯给我来信说，在奥地利，那里的兽医挂牌医治牛瘟，并且都治好了。他们表示愿意到这里来。我正在想办法对部里的人施加点影响。现在我先从宣传方面着手。我面临的是重重困难，是……各种阴谋诡计，是……幕后操纵，是……

他举起食指，老谋深算地在空中摆了几下才说下去。

——记住我的话，迪达勒斯先生，他说。英国已经掌握在犹太人手里了。占去了所有高层的位置：金融界、报界。而且他们是一个国家衰败的兆头。无论他们凑到哪儿，他们都会把国家的元气吞掉。近年来，我一直看着事态的这种发展。犹太商人们已经干起破坏勾当了，这就跟咱们站在这里一样确凿。古老的英国快要灭亡啦！

他疾步向一旁走去，当他们跨过一束宽宽的日光时，他的两眼又恢复了生气勃勃的蓝色。他四下里打量了一下，又走了回来。

——快要灭亡了，——他又说，如果不是已经灭亡了的话。

妓女走街串巷到处高呼，

为老英格兰织起裹尸布。[73]

他在那束光里停下脚步，恍惚间见到了什么似的睁大了眼睛，严峻地逼视着。

——商人嘛，斯蒂芬说，左不过是贱买贵卖。犹太人也罢，非犹太人也罢，都一个样儿，不是吗？

——他们对光[74]犯下了罪，迪希先生严肃地说。你可以从他们的眼睛里看到黑暗。正因为如此，他们至今还在地球上流离失所。

在巴黎证券交易所的台阶上，金色皮肤的人们正伸出戴满宝石的手指，报着行情。嘎嘎乱叫的鹅群。他们成群结队地围着神殿[75]转，高声喧嚷，粗鲁俗气，戴着不三不四的大礼帽，脑袋里装满了阴谋诡计。不是他们的：这些衣服，这种谈吐，这些手势。他们那睁得圆圆的滞钝的眼睛，与这些言谈，这些殷切、不冲撞人的举止相左；然而他们晓得自己周围积怨甚深，明白一腔热忱是徒然的。耐心地积累和储藏也是白搭。时光必然使一切都一散而光。堆积在路旁的财宝：一旦遭到掠夺，就落入人家手里。他们的眼里熟悉流浪的岁月，忍耐着，了解自己的肉体所遭受的凌辱。

——谁不是这样的呢？斯蒂芬说。

——你指的是什么？迪希先生问道。

他向前迈了一步，站在桌旁。他的下巴颏儿歪向一边，犹豫不定地咧着嘴。这就是老人的智慧吗？他等着听我的呢。

——历史，斯蒂芬说，是我正努力从中醒过来的一场噩梦[76]。

从操场上传来孩子们的一片喊叫声。一阵打嘟噜的哨子声：进球了。倘若那场噩梦像母马[77]似的尥蹶子，踢你一脚呢？

——造物主的做法跟咱们不一样，迪希先生说。整个人类的历史都朝着一个伟大的目标前进：神的体现。

斯蒂芬冲着窗口翘了一下大拇指，说：

——那就是神。

好哇！哎呀！呜噜噜噜！

——什么？迪希先生问。

街上的喊叫[78]，斯蒂芬耸了耸肩头回答说。

迪希先生朝下面望去，用手指捏了一会儿鼻翅。他重新抬起头来，并撒开了手。

——我比你幸福，他说。我们曾犯过许多错误，有过种种罪孽。一个女人[79]把罪恶带到了人世间。为了一个不怎么样的女人，海伦，就是墨涅拉俄斯那个跟人跑了的妻子，希腊人同特洛伊打了十年仗。一个不贞的老婆首先把陌生人带到咱们这海岸上来了，就是麦克默罗的老婆和她的姘夫布雷夫尼大公奥鲁尔克[80]。巴涅尔[81]也是由于一个女人的缘故才栽的跟斗。很多错误，很多失败，然而唯独没有犯那种罪过。如今我已经进入暮年，却还从事着斗争。我要为正义而战斗到最后。

因为阿尔斯特要战斗，
阿尔斯特在正义这一头。[82]

斯蒂芬举起手里那几页信。

——喏，先生，他开口说。

——我估计，迪希先生说，你在这里干不长。我认为你生来就不是当老师的材料。兴许我错了。

——不如说是来当学生的，斯蒂芬说。

那么，你在这儿还能学到什么呢？

迪希先生摇了摇头。

——谁知道呢？他说。要学习嘛，就得虚心。然而人生就是一位伟大的老师。

斯蒂芬又沙沙地抖动着那几页信。

——至于这封信，他开口说。

——对，迪希先生说。你这儿是一式两份。你要是能马上把它们登出来就好了。《电讯报》《爱尔兰家园报》。[83]

——我去试试看，斯蒂芬说，明天给您回话。我跟两位编辑有泛泛之交。

——那就好，迪希先生生气勃勃地说。昨天晚上我给议会议员菲尔德先生写了封信。牲畜商协会今天在市徽饭店开会[84]。我托他把我的信交到会上。你看看能不能把它发表在你那两家报纸上。是什么报来着？

——《电讯晚报》……

——那就好，迪希先生说。一会儿也不能耽误。现在我得回我表弟那封信了。

——再会，先生，斯蒂芬边说边把那几页信放进兜里。谢谢您。

——不客气，迪希先生翻找着写字台上的文件，说。我尽管上了岁数，却还爱跟你争论一番哩！

——再会，先生，斯蒂芬又说一遍，并朝他的驼背鞠了个躬。

踱出敞开着的门廊，他沿着沙砾铺成的林荫小径走去，听着操场上的喊叫声和球棍的击打声。他迈出大门的时候，一对狮子蹲在门柱上端；没了牙齿却还在那里耍威风。尽管如此，我还是要在斗争中帮他一把。穆利根会给我起个新外号：阉牛之友派"大诗人"[85]。

——迪达勒斯先生！

从我背后追来了。但愿不至于又有什么信。

——等一会儿。

——好的，先生，斯蒂芬在大门口回过身来说。

迪希先生停下脚步，他喘得很厉害，倒吸着气。

——我只是要告诉你，他说。人家说，爱尔兰很光荣，是唯一从未迫害过犹太人的国家。你晓得吗？不晓得。那么，你知道是为什么吗？

他朝着明亮的空气，神色严峻地皱起眉头。

——为什么呢，先生？斯蒂芬问道，脸上开始漾出笑容。

——因为它从来没让他们入过境[86]，迪希先生郑重地说。

他的笑声中含着一团咳嗽，拖着一长串咕噜咕噜响的黏痰从他喉咙里喷出来。他赶快转过身去，咳啊，笑啊，望空中挥着双臂。

——它从来没让他们入过境，他一边笑着一边又叫喊，同时两只鞋上戴罩的脚踏着沙砾小径。就是由于这个缘故。

太阳透过树叶的棋盘格子，往他那睿智的肩头上抛下一片片闪光的小圆装饰，跳动着的金币。

第二章　注释

1　指皮勒斯（公元前319—前272），希腊西北部伊庇鲁斯的国王。

2　塔兰图姆乃今意大利东南部城市塔兰托的旧称。公元前8世纪沦为希腊殖民地。公元前3世纪罗马军队进逼时，塔兰图姆向伊庇鲁斯求救兵。

3　“记忆的女儿们”指希腊神话里主神宙斯与摩涅莫绪涅（记忆女神）两人所生的9位缪斯（司文艺、音乐、天文等女神）。语出英国诗人威廉·布莱克（1757—1827）的名句：“寓言或讽喻系记忆的女儿们所编。想象被灵感的女儿们所包围……”见《最后审判的景象》（1810）。

4　这是把布莱克的《天堂与地狱的婚姻》（约1790）中的两句箴言合并而成：“过分之路导向智慧之宫”和“只要凭自己的翼，不愁鸟儿飞不高”。

5　在第3章中，描述炸监狱的场面时，也用了“玻璃碎成渣儿，砖石建筑坍塌下来”之句。见该章注130及有关正文。“终极的一缕死灰色火焰”出自《天堂与地狱的婚姻》。

6　阿斯库拉姆是阿斯科利·萨特里亚诺的古称，在今意大利南部。公元前278年，皮勒斯在此击败罗马军队。

7　皮勒斯是在伤亡惨重的情况下，于阿斯科利·萨特里亚诺之役中取得胜利的。

8　多基是斯蒂芬执教的学校所在地，位于都柏林郡海滨区，属旅游胜地，到处是富人的住宅及别墅。

9　皮勒斯（Pyrrhus）与栈桥（pier）二字发音近似。这里阿姆斯特朗搞错了。

10　国王镇（见第1章注15）与学校所在地多基相距不远。东码头长达一英里，夏季常有乐队在此举行露天音乐会。

11　斯蒂芬教的是男校，他从班上男生的脸联想到可能与他们相好的四个女孩子的名字。

12　皮勒斯那场以惨重伤亡换得的胜利，使斯蒂芬联想到栈桥。栈桥不能通到彼岸，所以是一座失望之桥。

13　当天早晨即将离开圆塔时，海恩斯曾对斯蒂芬说，他想把斯蒂芬的说词儿收集起来。见第1章。

14　此语令人联想到莎士比亚的历史剧《约翰王》第3幕第4场中康斯丹丝的一句台词：“人生犹如一段重复叙述的故事那样可厌，扰乱一个倦怠者的懒洋洋的耳朵……”

15　公元前272年，在阿尔戈斯巷战中，皮勒斯正要杀一个敌人时，此人老母从屋顶上对准骑着马的他抛下一片瓦，致使他坠马丧命。

16　古罗马统帅尤利乌斯·恺撒（公元前100—前44）集执政官、保民官、独裁官等大权于一身，被以布鲁图和卡西乌为首的共和派贵族阴谋刺死。

17　古希腊哲学家亚里士多德（公元前384—前322）在《形而上学》中提出，事情发生之前，有多种可能性；一旦其中一种成为事实之后，其他可能性便统统被排除掉了。

18 织风者，参看第1章注118。

19 出自英国诗人弥尔顿（1608—1674）为悼念1637年8月10日溺死于爱尔兰海的友人爱德华·金而作的《利西达斯》（1638）一诗。

20 亚里士多德在《物理学》中指出，潜在的可能性变为现实的过程即是运动。

21 圣热内维艾芙（约422—约500）是巴黎的女主保圣人。这座图书馆即以她的名字命名。乔伊斯本人在巴黎时常来此阅读。下文中的暹罗是泰国旧称。

22 布莱克在《天堂与地狱的婚姻》中写道："我在地狱的一家印刷厂里看见知识怎样一代代地传播。第一车间有个龙人在清除洞口的垃圾；里面，一批龙在挖洞。"

23 亚里士多德在《形而上学》中提出了"主导力是有关思维本身的思维"的论断。

24 参看亚里士多德的《论灵魂》："正如手是工具的工具，头脑乃是形态的形态。"头脑即指灵魂。意思是：一切事物都需通过头脑的活动来认识。

25 见《马太福音》第14章第25节："耶稣在海面上走，往门徒那里去。"

26 据《马太福音》第22章第15至21节，法利赛人想用耶稣的话陷害耶稣，便问他可否纳税给恺撒。耶稣问：上税的钱币上的像和号是谁的？人们答以是恺撒的。耶稣便说了这句话。

27 这是一个谜语的前半段，后半段是："黑黑的籽儿，白白的地儿。／这谜语，你能破，我就给你喝。"（谜底：写信。）

28、29 这个谜语见P.W.乔伊斯著《我们今日在爱尔兰所说的英语》一书。斯蒂芬把词句改得简练了，而且因对其亡母有着负疚感，故把原谜底中的"母亲"改为"奶奶"。原来的谜语和谜底是："我猜谜，猜个准儿：／昨晚我看见了啥？／风儿刮，／公鸡打了鸣。／天堂那些钟，／敲了十一点。／我可怜的灵魂，／该升天堂啦！"（谜底：狐狸在冬青树下埋葬它的母亲。）

30 在《一个青年艺术家的画像》一书第5章的末尾，克兰利曾对斯蒂芬说："在这个臭狗屎堆的世界上，你可以说任何东西都靠不住，但母亲的爱可是个例外。……她的感觉至少是真实的。"

31 高隆班（约543—615），爱尔兰人，凯尔特族基督教传教士。他不畏迫害，辗转在欧洲各地传教。他生性暴躁，在瑞士传教时曾放火焚烧过异教的教堂。死后被教皇封为圣徒。为了阻止他外出传教，他母亲曾横卧在家门口。

32 在第1章中，勃克·穆利根曾对海恩斯说，斯蒂芬用代数运算出了莎士比亚与哈姆雷特及其父王亡灵的关系。现在斯蒂芬想起了穆利根这番话，然而这里的词句与前文略有出入。

33 摩利斯一词源于摩利斯科，意为"摩尔人的"。摩尔人是在非洲西北部定居下来的西班牙、阿拉伯及柏柏尔人的混血后代。

34 中世纪西欧人将阿拉伯哲学家伊本·路西德（1126—1198）的名字拉丁化了，称他为阿威罗伊。他属于摩尔族，是出生在伊斯兰教徒统治下的西班牙哲学家。他提出"双重真理"一说，对西欧中世纪和16至17世纪哲学和科学摆脱宗教束缚而获得发展有过一定的影响。摩西·迈蒙尼德（1135—1204），出生于伊斯兰教徒统治下的西班牙的犹太族哲学家。他企图调和亚里士多德哲学和犹太主义。主要著作有用阿拉伯文写成的《迷途指津》。13世纪传入西欧译为拉丁文后，对经院哲学家如托马斯·阿奎那等影响甚大。

35 阿威罗伊和迈蒙尼德被控用“巫镜”（水晶球或盛满了水、表面发光的容器）进行占卜。

36 “世界之灵”是意大利哲学家、天文学家乔达诺·布鲁诺（1548—1600）在《关于原因、原则和一》中使用过的词。他将亚里士多德的二元论演绎成一元论。

37 参看《新约·约翰福音》第1章第5节：“光在黑暗中照耀，而黑暗却不能理解它。”光指耶稣（见《新约·约翰福音》第8章第12节：“我是世界的光，跟从我的会得着生命的光……”），黑暗指世人。这里，作者把原话颠倒过来了。

38 原文为拉丁文。按主生格讲是“母爱”，按宾生格讲是“爱母”。

39、41、44 这里，作者把天主教《圣三光荣颂》的下半段拆开来引用了。全文是：“天主父，天主子，天主圣神，我愿其获光荣。厥初如何，今兹亦然，以迨永远，及世之世，阿门。”

40 斯图亚特家族自1371年起为苏格兰王室，1603年起为英格兰王室。1685年詹姆斯二世继位，1688年被黜，逃到爱尔兰，次年用贱金属铸币，后成为罕见的收藏品。

42 指刻在羹匙柄上的十二使徒的像。

43 据《新约·使徒行传》第15章第7节：“彼得就起来，说：‘诸位弟兄，你们知道：神早已在你们中间拣选了我，要我把福音的信息传给外邦人，好使他们听见而相信。’”从此，使徒们不但向犹太人，也向外邦人（即非犹太人）传教。

45 圣詹姆斯（或圣雅各）的圣祠坐落在西班牙的康波斯帖拉。中世纪的香客到此朝圣回去时，在附近拾一枚扇贝佩戴在帽子上作纪念。贝壳又是金钱的象征。

46 故事发生的这一天是6月16日。这所私立学校每半个月发一次薪。这是斯蒂芬第三次领薪水，说明他是从五月初开始执教的。

47 “倘若年轻人有经验”是意大利一句谚语的前一半。被省略的后一半是：“而老人有精力，则世上无难事。”“只要把银钱放在你的钱袋里”是莎士比亚的悲剧《奥赛罗》中的坏蛋伊阿古挑唆威尼斯绅士罗德利哥为非作歹时所说的话，见第1幕第3场。迪希只是从字面上来理解此语。

48 凯尔特族是公元前1000年左右居住在欧洲莱茵、塞纳等河流域的一个部落。其后裔今散布在法国北境、爱尔兰岛、苏格兰高原、威尔士等地。凯尔特族分布的地区虽广，但从未形成一个帝国，所以也不会这样夸口。“太阳是永远不落的”一语，最早是古希腊历史学家希罗多德（约公元前484—前430／前420）说的，他指的是波斯帝国。到了近代，英帝国也曾这样自诩过。参看第12章注138。下文“他用……指甲”诸本均接排。这里系按海德1989年版分段。

49 康斯坦丁·P.柯伦和詹姆斯·H.卡曾斯分别为乔伊斯在都柏林的朋友和熟人（均见艾尔曼所著《詹姆斯·乔伊斯》第151页）。麦卡恩和坦普尔均为《一个青年艺术家的画像》第5章中的人物。拉塞尔，参看第3章注109。弗雷德·瑞安，参看第9章注179。T.G.凯勒是乔伊斯在都柏林的一个文友（同上书第164页、200页）。乔伊斯曾于1904年做过麦克南太太的房客（同上书第151页）。

50 艾伯特·爱德华（1841—1910），维多利亚女王的长子，出生一个月即被其母封为威尔士亲王。女王于1901年去世后，他成为大不列颠和爱尔兰国王，即爱德华七世。

51 丹尼尔·奥康内尔（1775—1847），19世纪英国下院中第一位爱尔兰民族独立领袖，毕生为爱尔兰人信仰天主教的自由和废除英、爱联合议会，建立独立的爱尔兰议会而奋斗。他曾成功地在爱尔兰境内各地组织一系列群众集会，因而于1844年以阴谋煽动叛乱罪被捕，监禁三个月。这里，迪希却将英政府当局把他斥为“煽动者”一事说成是天主教的主教、教长们所为。

52 自1845年起，爱尔兰人民的主食土豆便歉收，1846、1847年间很多人死于大饥荒。

53 橙带党（原名奥伦治党）是爱尔兰新教徒组成的一个政治集团，旨在维护新教及其王位继承权。1795年，该党在爱尔兰和英国各地秘密组成分支，加强抵制爱尔兰自治法案，坚决反对地方自治。橙带党初成立时，曾反对将爱尔兰议会并入英国议会。然而那时的爱尔兰议会反正是操纵在信仰新教的英国殖民者手里的，所以他们反对联合议会，与爱尔兰人民开展的主张废除联合议会的民族主义运动，其意义迥然不同。

54 芬尼是爱尔兰古部落名。芬尼社是由爱尔兰革命家詹姆斯·斯蒂芬斯（1825—1901）所领导的小资产阶级秘密革命组织，主张推翻英国统治，废除大地主所有制，建立共和国。该组织是1857年在美国成立的，不久即在爱尔兰本土展开反英活动。1866年11月斯蒂芬斯因内奸告密被捕，关在都柏林的里奇蒙监狱里。不出几天，芬尼社成员就在看守女儿的协助下，把他救了出去。次年2月，偷渡到美国，被选为在美国的芬尼社领袖。美国的芬尼社社员于1866年、1870年和1871年三次越境至加拿大举行起义，均告流产。爱尔兰的芬尼社亦称爱尔兰共和兄弟会。这里，迪希是把芬尼社社员一词作为激进的共和党人的俗称来用的。

55 此语出自橙带党纪念英国国王威廉三世（1650—1702）的祝酒词：“纪念伟大的好国王威廉三世，他光荣、虔诚、不朽，拯救了我们……”威廉生在海牙，原为奥伦治亲王。1689年英国议会宣布信天主教的詹姆斯二世退位，威廉加冕为英格兰和苏格兰国王，并于1691年征服了爱尔兰。

56 1795年9月21日，二十几个信天主教的爱尔兰农民在北爱尔兰阿马群首府阿马镇的钻石会堂聚会，以抗拒英国殖民者把全体爱尔兰天主教徒从该郡驱逐出去的勒令。他们遭到残酷屠杀，无一幸存。

57 自17世纪初起，英政府便没收了爱尔兰北部大批土地，凡是迁移到那里的英国殖民者，只要宣誓效忠于英王，并承认信新教的英王为宗教领袖，就能领到土地。从此，信天主教的爱尔兰当地农民便沦为佃农。后文中“被荒废的”，原文作black，也可译为“黑色的”“险恶的”。

58 “平头派倒下去”一语出自橙带党反对爱尔兰独立运动的一首歌。“平头派”指爱尔兰民族主义者。1789年，那些主张在爱尔兰实行共和制者，曾效仿法兰西革命者，也推成平头，故名。

59 约翰·布莱克伍德（1722—1799）是爱尔兰议员。英国曾以晋升爵位为钓饵，要他投联合议会的赞成票，但他坚决抵制。后却在前往都柏林去投反对票的途中，遽然去世。其子约翰·G.布莱克伍德倒确实投了联合议会的赞成票，从而被封为达弗林爵士。这里，迪希把儿子的事写在父亲身上了。“所有的爱尔兰人都是国王的子嗣”是一句成语。

60 原文是拉丁文，出自《旧约·诗篇》第25篇第8节。全句为："耶和华是善良正直的，所以他必指示罪人走正路。"

61 当郡是北爱尔兰东部一郡。17世纪有大量移民拥入。阿兹是北爱尔兰的一个区，当时即属当郡。

62 《一路坎坷，赴都柏林》是一首爱尔兰歌谣，写一个穷苦的农村少年行路时受尽侮辱、遭到抢劫的经历。

63 "挫败"，马名，在英国新集市一年一度的赛马会中获1000畿尼奖金（1866）。小母马"跨越"在新集市的赛马中获2000畿尼奖金（1822）。"锡兰"在法国最著名的巴黎赛马中获大奖（1866）。

64 "美反叛"是一匹名马，曾在位于都柏林西南的豹镇一年一度的赛马中获胜。

65 参看第15章注753 。

66 杯艺是一种赌博，有三个扣着的顶针状小杯，叫观众猜测哪一只底下藏着豆子。

67 戈尔韦是爱尔兰戈尔韦郡港市。19世纪50年代，一度计划把它开辟为国际航运中心，后未能实现。但这里所说此事是被利物浦集团巧妙地操纵，与史实相悖。前文中的"自由放任主义"，原文为法语。

68 按：日俄战争已于这一年（1904）的2月8日爆发。这里指万一战争蔓延到欧洲，横渡大西洋的船只就只好不取道爱尔兰与威尔士之间的圣乔治海峡或爱尔兰与苏格兰之间的北海峡，而径直驶入戈尔韦湾了。

69 卡桑德拉是希腊神话中特洛伊最后一个国王普里阿摩斯的女儿，为阿波罗神所爱，被赐予卜吉凶的本领。但因不肯委身于阿波罗，受其诅咒，致使她的预言没人相信，因而无法避免灾祸。"不怎么样的女人"指的是海伦。她已嫁给斯巴达国王墨涅拉俄斯，却和普里阿摩斯王的儿子帕里斯一道私奔到特洛伊，从而引起了持续十年之久的特洛伊战争。

70 这是德国医生、细菌学家罗勃特·科克（1843—1910）研究出来的预防炭疽病（不是口蹄疫）的配方。

71 亨利·布莱克伍德·普赖斯是乔伊斯的朋友。关于医治在爱尔兰流行的口蹄疫问题，他曾于1912年和乔伊斯通过信。参看理查德·艾尔曼所著《詹姆斯·乔伊斯》（第325页）。

72 "抓住公牛角"是英国谚语，意思是敢于处理棘手之事。

73 出自布莱克的《清白的征兆》。原诗抨击了当时英国准许娼赌的政策。

74 这里的光即指耶稣。参看本章注37。

75 巴黎证券交易所的建筑，是19世纪初叶仿照罗马的韦斯巴芗神殿盖起来的。斯蒂芬所回忆的这个场面，使人联想到《马太福音》第21章第12节："耶稣进了神殿，赶出殿里一切做买卖的人，推倒兑换银钱之人的桌子，和卖鸽子之人的凳子……"

76 这里套用法国印象派诗人朱尔斯·拉弗格（1860—1887）的遗作《杂记》（1903）中的书信里的句子："历史是一场古老而变化多端的噩梦……"

77 英语中，噩梦（nightmare）由夜晚（night）和母马（mare）二词组成。当天晚上斯蒂芬借用了迪希在下面所说的"朝着一个伟大的目标前进"一语。见第15章注705。

78 这里套用《箴言》第1章第20节的"听吧，智慧在街市上呼唤……在热闹的街头喊叫"。

79　一个女人指夏娃。

80　这里，迪希把事件中的人物关系颠倒了。史实是：1152年，爱尔兰的小国伦斯特的麦克默罗王把另一小国布雷夫尼的大公奥鲁尔克之妻拐走（另有一种说法是二人一道私奔的），从而引起战争。麦克默罗向英国的亨利二世求援。这便是英国入侵爱尔兰的开始。

81　查理·斯图尔特·巴涅尔（1846—1891），19世纪末爱尔兰自治运动和民族主义领袖。1879年任爱尔兰农民争取土地改革的土地同盟主席。土地同盟遭到镇压后，各地不断发生恐怖事件。巴涅尔很快就使民族主义运动受到严格纪律的约束。1882年5月，英国政治家、爱尔兰事务大臣卡文迪和次官伯克在都柏林西郊的凤凰公园散步时，被民族主义秘密团体常胜军成员刺杀。1887年4月18日《泰晤士报》发表“巴涅尔信件”的影印图片，指控巴涅尔包庇凤凰公园暗杀案的凶手。巴涅尔立即指出这是纯属捏造的。约两年后，伪造信件者畏罪自杀，巴涅尔在英国自由党人的眼中成为英雄。这时期是他一生的顶峰。1889年他因与有夫之妇姘居，被其丈夫奥谢上尉控告。天主教的主教们指责他道德败坏，不宜担任领导职务。次年与奥谢夫人结婚，舆论哗然，他的事业遂前功尽弃。

82　阿尔斯特是爱尔兰古代省份之一。1594年至1601年，这里曾发生反对伊丽莎白女王的叛乱。1607年以后有数千名苏格兰人移居此地。这两句话是英国政治家伦道夫·斯潘塞·丘吉尔（1849—1895）在竞选时为了煽动本地人反对爱尔兰自治而说的。后即成为爱尔兰北部反对爱尔兰自治、反对天主教的口号。

83　《电讯报》，即都柏林的《电讯晚报》，创刊于1763年。《爱尔兰家园报》是都柏林的一份周报。

84　牲畜商协会每星期四在市徽饭店开一次会。

85　阉牛之友派“大诗人”暗指荷马，因为在他笔下，《奥德修纪》卷12中，凡是宰食了太阳神的牛者，全都送了命。

86　这种说法与史实不符。其实早在13世纪爱尔兰就驱逐过犹太人，18世纪、19世纪还通过立法，迫使犹太人归化。

第三章

可视事物无可避免的形态[1]：至少是对可视事物，通过我的眼睛认知。我在这里辨认的是各种事物的标记[2]，鱼的受精卵和海藻，越来越涌近的潮水，那只铁锈色的长筒靴。鼻涕青，蓝银，铁锈：带色的记号[3]。透明的限度。然而他补充说：在形体中。那么，他察觉事物的形体早于察觉其带色了。怎样察觉的？用他的头脑撞过，准是的。悠着点儿。他歇了顶，又是一位百万富翁。有学识者的导师[4]。其中透明的限度。为什么说其中？透明，不透明。倘若你能把五指伸过去，那就是户，伸不过去就是门。闭上你的眼睛去看吧！

斯蒂芬闭上两眼，倾听着自己的靴子踩在海藻和贝壳上的声音。你好歹从中穿行着。是啊，每一次都跨一大步。在极短暂的时间内，穿过极小的一段空间。五，六：持续地[5]。正是这样。这就是可听事物无可避免的形态。睁开你的眼睛。别，唉！倘若我从濒临大海那峻峭的悬崖之巅[6]栽下去，就会无可避免地在空间并列着[7]往下栽！我在黑暗中待得蛮惬意。那把梣木刀佩在腰间。用它点着地走：他们就是这么做的。我的两只脚穿着他的靴子，并列着[8]与他的小腿相接。听上去蛮实，一定是巨匠[9]造物主[10]那把木槌的响声。莫非我正沿着沙丘[11]走向永恒不成？咔嚓吱吱，吱吱，吱吱。大海的野生货币。迪希先生全都认得。

来不来沙丘，

母马玛达琳？[12]

瞧，旋律开始了。我听见啦！节奏完全按四音步句的抑扬格在行进。不。在飞奔：母马玛达琳。

现在睁开眼睛吧！我睁。等一会儿。打那以后，一切都消失了吗？倘若我睁开眼睛，我就将永远待在漆黑一团的不透明体中了。够啦[13]！看得见的话，我倒是要瞧瞧。

瞧吧，没有你，也照样一直存在着，以迄永远，及世之世[14]。

她们从莱希的阳台上沿着台阶小心翼翼地走下来了——婆娘们[15]。八字脚陷进沉积的泥沙，软塌塌地走下倾斜的海滨。像我，像阿尔杰一样，来到我们伟大的母亲跟前。头一个沉甸甸地甩着她那只产婆用的手提包，另一个的大笨雨伞戳进了沙滩。她们是从自由区[16]来的，出来散散心。布赖德街那位受到深切哀悼的已故帕特里克·麦凯布的遗孀，弗萝伦斯·麦凯布太太。是她的一位同行，替呱呱啼哭着的我接的生。从虚无中创造出来的。她那只手提包里装着什么？一个拖着脐带的早产死婴，悄悄地用红糊糊的呢绒裹起。所有脐带都是祖祖辈辈相连接的，芸芸众生拧成一股肉缆，所以才有那些秘教僧侣。你们想变得像神明那样吗？那就仔细**看自己的肚脐**[17]吧。喂，喂。我是金赤。请接伊甸城。阿列夫，阿尔法[18]，零，零，一。

始祖亚当的配偶兼伴侣：赫娃[19]，赤身裸体的夏娃。她没有肚脐。仔细瞧瞧。鼓得很大、一颗痣也没有的肚皮，恰似紧绷着小牛皮面的圆楯。不像，是一堆白色的小麦[20]，光辉灿烂而不朽，从亘古到永远[21]。罪孽的子宫。

我也是在罪恶的黑暗中孕育出的，是被造的，不是受生的[22]。是那两个人干的：男的有着我的嗓门儿和我的眼睛，那女幽灵的呼吸带有湿灰的气息。他们紧紧地搂抱，又分开，按照撮合者的意愿行事。盘古首初，天主就有着要我存在的意愿，而今不会让我消失，永远也不会。永远的法则[23]与天主共存。那么，这就是圣父与圣子同体的那个神圣的实体吗？试图一显身手[24]的那位可怜的阿里乌老兄，而今安在？他反对“共在变体赞美攻击犹太论”[25]，毕生为之战斗。注定要倒霉的异端邪说祖师。在一座希腊厕所里，他咽了最后一口气：**猝死了**[26]。戴着镶有珠子的主教冠，手执牧杖[27]，纹丝不动地跨在他的宝座上；他成了鳏夫，主教的职位也守了寡[28]。**主教饰带**[29]硬挺挺地翘起来，臀部净是凝成的块块儿。

微风围着他嬉戏，砭人肌肤的凛冽的风[30]，波浪涌上来了。有如白鬃的海马，磨着牙齿，被明亮的风套上笼头，马南南[31]的骏马们。

我可别忘了他那封写给报社的信。然后呢？十二点半钟去“船记”。至于那笔款呢，省着点儿花，乖乖地像个小傻瓜那样。对，非这么着不可。

他的脚步放慢了。到了。我去不去萨拉舅妈那儿呢？我那同体的父亲的声音。最近你见那位艺术家哥哥斯蒂芬一眼了吗？没见到？他该不是到斯特拉斯堡高台街找他舅妈萨莉[32]去了吧？难道他不能飞得更高一点儿吗，呃？还有，还有，还有，斯蒂芬，告诉我们西[33]姑父好吗？啊呀，哭泣的天主，我都跟些什么人结上了亲家呀！男娃子们在干草棚里。酗酒的小成本会计师和他那吹短号的兄弟。可敬的平底船船夫[34]！还有那个斗鸡眼沃尔特，竟然对自己的父亲以“先生”相称。先生。是的，先生。不，先生。耶稣哭了[35]：这也难怪，基督啊！

我拉了拉他们那座关上百叶窗的茅屋上气不接下气的门铃，等着。他们以为讨债的来了，就从安全的地方[36]朝外窥伺。

——是斯蒂芬，先生。

——让他进来，让斯蒂芬进来。

门闩拉开了，沃尔特把我让进去。

——我们还只当是旁人呢。

一张大床，里奇舅舅倚着枕头，裹在毛毯里，隔着小山般的膝盖，将壮实的手臂伸过来。胸脯干干净净。他洗过上半身。

——外甥，早晨好[37]。

他把膝板放到一旁。他正在板上起草着拿给助理法官戈夫和助理法官沙普兰·坦迪看的讼费清单，填写着许可证、调查书以及携带着物证出庭的传票。在他那歇了顶的头上端，悬挂着用黑樫木化石做的镜框。王尔德的《安魂曲》[38]。他吹着那令人困惑的口哨，单调而低沉，把沃尔特唤了回来。

——什么事，先生？

——告诉母亲，给里奇和斯蒂芬端麦芽酒来。她在哪儿？

——给克莉西洗澡呢，先生。

跟爸爸一道睡的小伴儿，宝贝疙瘩。

——不要，里奇舅舅……

——就叫我里奇吧！该死的锂盐矿泉水。叫人虚弱。吾士忌！

——里奇舅舅，真的……

——坐下吧，不然的话，我就凭着魔鬼的名义把你揍趴下。

沃尔特斜睨着眼找椅子，但是没找到。

——他没地方坐，先生。

——他没地方放屁股吗，你这傻瓜。把咱们的奇彭代尔[39]式椅子端过来。想吃点儿什么吗？在这里，你用不着摆臭架子。来点儿厚厚的油煎鲱鱼火腿片怎样？真的吗？那就更好啦！我们家除了背痛丸，啥都没有。

当心哪！

他用低沉单调的声音哼了几小节费朗多的**出场歌**[40]。斯蒂芬，这是整出歌剧中最雄伟的一曲。你听。

他又吹起那和谐的口哨来了，音调缓和而优雅，中气很足，还抡起双拳，把裹在毛毯中的膝盖当大鼓来敲打。

这风更柔和一些。

没落之家[41]，我的，他的，大家的。你曾告诉克朗戈伍斯那些少爷，你有个舅舅是法官，还有个舅舅是将军。斯蒂芬，别再来这一套啦！美并不在那里。也不在马什图书馆[42]那空气污浊的小单间里。你在那儿读过约阿基姆院长[43]那褪了色的预言书。是为谁写的？为大教堂院内那长了一百个头的乌合之众。一个憎恶同类者[44]离开他们，遁入疯狂的森林，鬃毛在月下起着泡沫，眼珠子像是星宿。长着马一般鼻孔的胡乙姆[45]。一张张椭圆形马脸的坦普尔、勃克·穆利根、狐狸坎贝尔、长下巴颏儿[46]。隐修院院长神父，暴跳如雷的副主教[47]，是什么惹得他们在头脑里燃起怒火？呸！**下来吧，秃子，不然就剥掉你的头皮**[48]。他那有受神惩之虞的头上，围着一圈儿花环般的灰发，我看见他往下爬，爬到祭台脚下（**下来吧**[49]！），手执圣体发光[50]，眼睛像是蛇怪[51]。下来吧，秃瓢儿！这些削了发、涂了圣油、被阉割、靠上好的麦子[52]吃胖了的、靠神糊口的神父，笨重地挪动着那穿白麻布长袍的魁梧身躯，从鼻息里喷出拉丁文。在祭台四角协助的唱诗班用威胁般的回声来响应。

同一瞬，拐角处一个神父也许正举扬着圣体。丁零零[53]！相隔两条街，另一位把它放回圣体柜，上了锁。丁零零！圣母小教堂里，又一个神父正在独吞所有的圣体。丁零零！跪下，起立，向前，退后。卓绝的博士丹·奥卡姆[54]曾想到过这一点。英国一个下雾的早晨，基督人格问题这一小精灵骚扰着他的头脑。他撂下圣体，跪下来。在他听见自己摇的第二遍铃声与十字形耳堂里的头一遍铃声（他在举扬圣体）而站起来时，又听见（而今我在举扬圣体了）这两个铃的响声（他跪下了）重叠成双元音。

表弟斯蒂芬，你永远也当不成圣人。这是圣者的岛屿[55]。你从前虔诚得很，对吗？你向圣母玛利亚祷告，祈求她不要叫你的鼻子变红。你曾在蛇根木林荫路[56]上向魔鬼祈求，让前面那个矮胖寡妇走过水洼子时把下摆撩得更高一些。啊，可不是嘛[57]！为了那些用别针别在婆娘腰身上的染了色的布片，出卖你的灵魂吧！务必这么做。再告诉我一些，再说说！当你坐在驰往霍斯[58]的电车的顶层座位上时，曾独自对着雨水喊叫道：一丝不挂的女人！一丝不挂的女人！那是怎么回事，呃？

那又怎么啦？难道女人不就是为了这个而被创造的吗？

每天晚上从七本书里各读上两页，呃？我那时还年轻。你对着镜子朝自己鞠躬，脸上神采奕奕，一本正经地走上前去，好像要接受喝彩似的。十足的大傻瓜，万岁！万岁！谁都不曾看见：什么人也别告诉。你打算以字母为标题写一批书来着。你读过他的 F 吗？哦，读过，可是我更喜欢 Q。对，不过 W 可精彩啦！啊，对，W。还记得你在椭圆形绿页上所写的深奥的显形录[59]吗？深刻而又深刻。倘若你死了，抄本将被送到世界上所有的大图书馆去，包括亚历山大在内。几千年后，亿万年后，仍将会有人捧读，就像皮克·德拉·米兰多拉[60]似的。对，很像条鲸[61]。当一个人读到早已作古者那些奇妙的篇章时，就会感到自己与之融为一体了，那个人曾经……

粗沙子已经从他脚下消失了。他的靴子重新踩在咯吱一声就裂开来的湿桅杆上，还踩着了竹蛏，发出轧轹声的卵石，被浪潮冲撞着的无数石子[62]，以及被船蛆蛀得满是窟窿的木料，溃败了的无敌舰队[63]。一摊摊肮里肮脏的泥沙等着吸吮他那踏过来的靴底，污水的腐臭气味一股股地冒上来。[一簇海藻在死人的骨灰堆底下闷燃着海火[64]。]他小心翼翼地绕道而行。一只竖立着的黑啤酒瓶半埋在瓷实得恰似揉就的生面团的沙子里。奇渴岛上的岗哨。岸上是破碎的箍圈；陆地上，狡猾的黑网布起一片迷阵；再过去就是几扇用粉笔胡乱涂写过的后门，海岸高处，有人拉起一道衣绳，上面晾着两件活像是钉在十字架上的衬衫。林森德[65]：那些晒得黧黑的舵手和水手长的棚屋。人的甲壳。

他停下脚步。已经走过了通往萨拉舅妈家的那个路口。不去那儿吗？好像不去。四下里不见人影儿。他拐向东北，从硬一些的沙地穿过，朝鸽房[66]走去。

——谁使你落到这步田地的呢？

——是由于鸽子，约瑟。[67]

回家度假的帕特里克在麦克马洪酒吧跟我一道啜热牛奶。巴黎的“野鹅”[68]凯文·伊根[69]的儿子。我的老子是鸟儿[70]。他用粉红色的娇嫩舌头舔着甜甜的热奶[71]，胖胖的兔子脸。舔吧，兔子[72]。他巴望中头彩[73]。关于女子的本性，他说是读了米什莱[74]的作品。然而他非要把利奥·塔克西尔先生的《耶稣传》[75]寄给我不可。如今借给他的一个朋友了。

——你要知道，真逗。我呢，是个社会主义者。我不相信天主的存在。可不要告诉我父亲。

——他信吗？

——父亲吗，他信。[76]

——够啦[77]！他在舔哪。

我那顶拉丁区的帽子。天哪，咱们就得打扮得像个人物。我需要一副深褐色的手套。你曾经是个学生，对吧？究竟念的是什么系来着？皮西恩。P.C.N.[78]，你知道；物理、化学和生物[79]。哎，跟那些打饱嗝的出租马车车夫挤挤碰碰在一块儿吃那廉价的炖牛肺[80]，埃及肉锅[81]。用最自然的腔调说：当我住在巴黎圣米歇尔大街[82]时，我经常。对，身上经常揣着剪过的票。倘若你在什么地方被当作凶杀嫌疑犯给抓起来，好用来证明自己不在犯罪现场。司法神圣。一九〇四年二月十七日晚上，有两个证人目击到被告。是旁人干的：另一个我。帽子，领带，大衣，鼻子。我就是他[83]。你好像自得其乐哩！

昂首阔步。你试图学谁的模样走路哪？忘掉吧：穷光蛋。揣着母亲那八先令的汇款单，邮局的司阍朝你咣当一声摔上了门。饿得牙痛起来。还差两分钟哪[84]。瞧瞧钟呀！非取不可。关门啦[85]！雇佣的走狗！用散弹枪砰砰地给他几梭子，把他打个血肉横飞，人肉碎片溅脏了墙壁，统统是黄铜纽扣。满墙碎片哔哔剥剥又嵌回原处。没受伤吗？喏，那很好。握握手。明白我的意思吧，明白了吗？哦，那很好。握一握。哦，一切都很好。

你曾有过做出惊人之举的打算，对吗？继烈性子的高隆班[86]之后，去欧洲传教。菲亚克[87]和斯科特斯[88]坐在天堂那针毯般的三脚凳[89]上，酒从能装一品脱的大缸子里洒了出来，朗朗发出夹着拉丁文的笑声。妙啊！妙啊！你假装把英语讲得很蹩脚，沿着纽黑文[90]那泥泞的码头，拖着自己的旅行箱走去，省得花三便士雇脚夫。怎么[91]？你带回了丰富的战利品；《芭蕾短裙》[92]，五期破破烂烂的《白长裤与红短裤》[93]，一封蓝色的法国电报，足以炫耀一番的珍品。

——姆[94]病危速回 父

姑妈认为你母亲死在你手里，所以她不让……

为穆利根的姑妈，干杯！
容我说说缘由。
多亏了她，汉尼根家，
样样循规蹈矩。[95]

他忽然用脚得意地打起拍子，跨过沙垄，沿着那卵石垒成的南边的防波堤走去。他扬扬自得地凝视着那猛犸象的头盖骨般的垒起来的石头。金光洒在海洋上，沙子上，卵石上。太阳就在那儿，细溜儿的树木，柠檬色的房舍。

巴黎刚刚苏醒过来了，赤裸裸的阳光投射到她那柠檬色的街道上。燕麦粉面包那湿润的芯，蛙青色的苦艾酒，她那清晨的馨香向空气献着殷勤。漂亮男人[96]。从他妻子之姘夫的老婆那张床上爬了起来，包着头巾的主妇手持一碟醋酸，忙来忙去。罗德的店铺里，伊凡妮和玛德琳用金牙嚼着油酥饼[97]，嘴边被布列塔尼蛋糕[98]的浓汁[99]沾黄了，脂粉一塌糊涂，正在重新打扮。一张张巴黎男人的脸走了过去，感到十分惬意的讨她们欢心者，鬈发的征服者[100]。

晌午打盹儿。凯文·伊根用被油墨弄得污迹斑斑的手指卷着黑色火药烟丝，呷着他那绿妖精，帕特里斯喝的则是白色的。[101]我们周围，老饕们把五香豆一叉子一叉子地送下食道。来一小杯咖啡[102]！咖啡的蒸汽从打磨得锃亮的大壶里喷出来。他一招呼，她就来侍候我。他是爱尔兰的。荷兰的？不是奶酪。两个爱尔兰人，我们，爱尔兰，你明白了吗？啊，对啦[103]！她还以为你要叫一客荷兰[104]奶酪呢。就是你那饭后的[105]。你晓得这个词儿吗？饭后的。以前在巴塞罗那，我认识一个古怪的家伙，他常把这叫作饭后的。好的：干杯[106]！一张张嵌着石板面的桌子周围，酒气和咽喉的呼噜声混在一起。他的呼吸弥漫在我们那沾着辣酱油的盘子上空。绿妖精的尖牙从他的嘴唇里龇出来。谈到爱尔兰，达尔卡相斯一家[107]，谈到希望、阴谋和现在的阿瑟·格里菲思[108][以及 A.E.[109]，派曼德尔，人类的好牧人[110]。]要把我也套进去，充当他的躯友，大谈什么我们的罪孽啦，我们的共同事业啦！你不愧为你父亲的儿子。一听声音我就知道。他身上穿的是件印有血红色大花的粗斜纹布衬衫，每当他吐露秘密时，西班牙式的流苏就颤悠。德鲁蒙[111]先生，著名的新闻记者德鲁蒙，你知道他怎么称呼维多利亚女王吗？满嘴黄板牙的丑婆子。长着**黄牙齿**[112]的**母夜叉**[113]。莫德·冈内[114]，漂亮的女人；《**祖国**》[115]，米利沃伊[116]先生；费利克斯·福尔[117]，你知道他是怎么死的吗？一帮好色之徒。在乌普萨拉[118]的澡堂。**一个未婚女子**[119]，**打杂女侍**[120]替赤条条的男人按摩。她说，**对所有的先生我都这么做**[121]。我说：这位**先生**[122]免了吧！这是再淫荡不过的习俗。洗澡是最不能让人看到的。连我弟兄，甚至亲弟兄，都不能让他看到。太猥亵了。绿眼睛[123]，我看见了你。尖牙[124]，我感觉到了。一帮好色之徒。

蓝色的引线在两手之间炽热地燃着，火苗透亮透亮的。卷得松松的烟丝点燃了：火焰和呛人的烟把我们这个角落照亮了。晓党[125]式的帽子底下，露出脸上那粗犷的颧骨。核心领导[126]是怎么逃之夭夭的呢？有个可靠的说法。化装成年轻的新娘，老兄，纱啊，橘花啊，驱车沿着通向马拉海德[127]的路疾驰而去。确实是这样的。败退了的首领[128]们啦，被出卖者啦，不顾一切地逃遁啦！伪装，急不暇择，逃走了，不在这里啦！

遭到冷落的情人，不瞒你说，当年我曾是个魁梧结实的年轻小伙子哩，等哪一天我把相片拿给你看。确实是这样。他作为一个情人，由于热恋她，就跟族长的后继者[129]理查德·伯克上校一道溜着克拉肯韦尔[130]的大墙下走。正蜷缩在那里的当儿，只见复仇的火焰把那墙壁炸得飞到雾中。玻璃碎成渣儿，砖石建筑坍塌下来。他隐遁在灯红酒绿的巴黎。巴黎的伊根，除了我，谁也不来找他。他每天的栖身之所是：肮脏的活字箱，经常光顾的三家酒馆，还有睡上一会儿觉的蒙特马特的窝，那是在**金酒街**[131]上，用脸上巴着苍蝇屎的死者肖像装饰起来。没有爱情，没有国土，没有老婆。她呢，被驱逐出境的男人不在身边，却也过得十分舒适自在。**圣心忆街**[132]上的房东太太养着一只金丝雀，还有两个男房客，桃色腮帮子，条纹裙子，欢蹦乱跳得像个年轻姑娘。尽管被赶了出来，他并不绝望。告诉帕特[133]你看见了我，好吗？我曾经想给可怜的帕特找工作来着。**我的儿子**[134]，让他当法国兵。我教会了他唱《**基尔肯尼的小伙子，个个是健壮的荡子**》。会唱这首古老的民谣吗？我教过帕特里斯。古老的基尔肯尼：圣卡尼克教堂，那是诺尔河畔的强弓[135]的城堡。这么唱。噢，噢。纳珀·坦迪[136]握住了我的手。

噢，噢，基尔肯尼的

小伙子……

一只瘦削、羸弱的手，放在我的手上。他们忘掉了凯文·伊根，他却不曾忘记他们。想起了你。噢，锡安[137]。

他走近海滨，靴子踩在湿沙子上吱吱作响。新鲜空气拨弄着粗犷神经的弦来迎迓他。野性的风所撒下的光明的种子。喏，我该不是正走向基什[138]的灯台船吧？他蓦地站住了，两只脚徐徐陷进松软的泥沙。折回去吧！

他边往回走，边打量着南岸，双脚又缓缓地踩进新坑里。塔里的那间冰冷、拱顶的屋子在等待着他。从堞口射进来的两束阳光不断地移动着，缓慢得就像我那不断地往下陷的双脚，沿着日晷般的石板地爬向黄昏。夜幕降临了，蓝色的薄暮，湛蓝的夜晚，他们在黑暗的穹隆下等待着，杯盘狼藉的餐桌周围，是他们那推到后面的椅子和我那只方尖碑形手提箱。谁去拾掇？钥匙在他手里。今天入夜后，我不在那儿睡。沉默之塔的一扇紧闭的大门，把他们那盲目的肉体埋葬在里面。黑豹老爷和他的猎犬[139]。呼唤嘛，没有回应。他从沙坑里拔出脚，沿着卵石垒成的防波堤[140]踱回去。全拿去，你们统统留下好了。我的灵魂和我一道走，形态的形态。这样，在月光厮守着的夜晚，我身穿沐浴着银光的黑貂服，沿着巉岩上的小径走去，并倾听艾尔西诺那诱人的潮水声[141]。

涨上来的潮水尾随着我。我从这里可以看见它流过去了。那么，顺着普尔贝格路折回到那边的岸滩去吧！他踏过蓑衣草与鳝鱼般黏滑的海藻，坐在凳子形的岩石上，并将自己那梣木手杖搭在岩隙里。

一具胀得鼓鼓的狗尸耷拉着四肢趴在狸藻上。前面是船舷的上椽，船身已埋在沙里。路易·维伊奥称戈蒂埃的散文为**埋在沙子里的公共马车**[142]。这沉重的沙子乃是潮与风在此积累而成的一种语言。那是已故建筑师垒起的石壁，成了鼬鼠的隐身处。在那儿埋金子吧！不妨试试看。你不是有一些吗。沙子和石头。被岁月坠得沉甸甸的。巨人劳特[143]爵士的玩具。小心不要挨个耳刮子。俺是血腥的棒巨人，把那些血腥的棒巨石统统推滚过来，铺成俺的踏脚石。吭，吭。俺闻见了爱尔兰人的血腥味。

一个小点点，一只活生生的狗映入眼帘，越变越大，从沙滩那头跑过来了。哎呀！难道它要朝我袭击吗？尊重它的自由。你不会成为旁人的主人或奴隶。我有这根手杖。坐着别动。从遥远的彼方，两个人影正背着冒白沫的潮水走向岸滩。两个女土著[144]。她们把它妥藏在宽叶香蒲丛中了。玩捉迷藏。我看了你们啦！不，是狗。它正朝着她们跑回去。是谁呀？

一艘艘湖上人的大帆船曾驶到这岸边，来寻觅掠夺品[145]。它们那血红的喙形船首，低低地停泊在融化了的锡镴般的碎浪里。玛拉基系着金脖套的年月里[146]。丹麦海盗胸前总闪烁着战斧形的金丝项圈。炎热的晌午，一群表皮光滑的鲸困在浅滩上喷水，满地翻滚。于是，穿着紧身皮坎肩的矮个子们，我的同族就成群结队地从饥饿的牢笼般的城里冲出来。他们手执剥皮用的小刀，奔跑、攀登、劈砍那满是肥厚的绿色脂肪的鲸肉。饥荒、瘟疫和大屠杀。他们的血液流淌在我的血管里，他们的情欲在我身上骚动。在冰封的利菲河上，我在他们当中活动[147]。我，一个习性无常的人，被松脂噼啪作响的火把映照着。我跟谁都不曾搭话，也没有人跟我攀谈。

狗吠着向他奔来，停住，又跑了回去。我的仇人的狗。我脸色苍白，只是站在那儿，一声不响，随它吠去。*你的作为何等可畏*[148]。身穿淡黄色背心的命运之奴仆[149]，看到我的恐惧，泛出微笑。你渴望的就是他们那狗吠般的喝彩吗？篡位者们：随他们怎么去生活吧。布鲁斯之弟[150]；绢饰骑士托马斯·菲茨杰拉德[151]；约克家的伪继承人珀金·沃贝克[152]，穿着白玫瑰纹象牙色绸马裤，昙花一现；还有兰伯特·西姆内尔[153]，加冕的厨房下手，他的扈从是一群女仆和随军酒食小贩。统统都是国王的子嗣。自古至今，此地是僭君的乐园。他[154]搭救了快要溺死的人们，你呢，听到一条野狗叫唤也瑟瑟发抖。然而曾嘲笑来自圣迈克尔大教堂的圭多的那些朝臣，是在自己的老家里。……的老家[155]。我们完全不稀罕你们那中世纪装模作样的考证癖。他干过的，你干得了吗？假定附近就有只船，*当然*[156]，那儿还会为你摆个救生圈。你干不干？九天前有个男子在少女岩的海面上淹死了。他们正等着尸体浮上来。说实话吧，我想干。我想试一试。我不擅长凫水。水冰凉而柔和。当我在克朗戈伍斯把脸扎进一脸盆水里的时候，就什么都看不见了。谁在我背后哪？快点儿上来，快点儿上来！你没看见潮水从四面八方迅疾地往上涨吗？刹那间就把浅滩变成一片汪洋，颜色像椰子壳。只要我的脚能着地，我就想救他一命，但也要保住我自己的命。一个即将淹死的人。他的眼睛从死亡的恐怖中向我惊呼。我……跟他一道沉下去……我没能救她[157]。水：痛苦的死亡；消逝了。

一个女人和一个男人。我瞧见她的裙子了。准是用饰针别着的。

他们的狗在被潮水漫得越来越窄的沙洲上到处游荡，小跑着，一路嗅着。它在寻觅着前世所失去的什么东西。它猛地像跳跃着的野兔一般蹿过去，耳朵向后掀着，追逐那低低掠过的海鸥的影子。男人尖细的口哨声传到它那柔软的耳朵里。它转身往回蹦，凑近了些，一闪一闪地迈着小腿，小跑着挨过来。一片黄褐色旷野上的一只公鹿，没有长角，优雅，脚步轻盈地蹿来蹿去。它在花边般的水滨停下来，前肢僵直，耳朵朝着大海竖起。它翘起鼻尖儿，朝着那宛如一群群海象般的浪涛声吠叫。波浪翻滚着冲着它的脚涌来，绽出许许多多浪峰，每逢第九个，浪头就碎裂开来，四下里迸溅着。从远处，从更远的地方，后浪推着前浪。

拾海扇壳的。他们涉了一会儿水，弯腰把他们的口袋浸在水里，又提起来，蹚着水上了岸。狗边吠着边向他们奔去，用后肢站着，伸出前爪挠他们。又趴下来，再用后肢站直，像熊似的默默地跟他们撒欢。当他们走向干燥些的沙洲时，尽管没去理睬那狗，它还是一直缠着他们，两颌之间气喘吁吁地吐着狼一般的红舌头。它那斑驳的身躯在他们前头款款而行，随后又像头小牛犊那样一溜烟儿跑开了。那具尸骸挡住了它的去路。它停下步子，嗅了一阵，然后轻轻地绕着走了一圈；是弟兄哩，把鼻子挨近一些，又兜了一圈，以狗特有的敏捷嗅遍了死狗那污泥狼藉的毛皮。狗脑壳。狗的嗅觉，它那俯瞰着地面的眼睛，向一个巨大目标移动。唉，可怜的狗儿！可怜的狗儿的尸体就横在这里。

——下三烂！放开它，你这杂种！

这么一嚷，狗就怯懦地回到主人跟前，它被没穿靴子的脚猛踢了一下，虽没伤着，却蜷缩着逃到沙滩另一头。它又绕道踅回来。这狗并不朝我望，径自沿着防波堤的边沿跳跳蹦蹦，磨磨蹭蹭，一路嗅嗅岩石，时而抬起一条后腿，朝那块岩石撒上一泡尿。它又往前小跑，再一次抬起后腿，朝一块未嗅过的岩石迅疾地滋上几滴尿。真是卑贱者的单纯娱乐。接着，它又用后爪扒散了沙子，然后用前爪刨坑，泥沙四溅。它在那儿埋过什么哪，它的奶奶。它把鼻尖扎进沙子里，刨啊，溅啊，并停下来望天空倾听着，随即又拼命地用爪子刨起沙子。不一会儿它停住了，一头豹，一头黑豹，野杂种，在劫掠死尸。

昨天夜里他把我吵醒后，做的还是同一个梦吗？等一等。门厅是敞着的。娼妓街[158]。回忆一下。哈伦·拉希德[159]。大致想起来了。那个人替我引路，对我说话。我并不曾害怕。他把手里的甜瓜递到我面前。漾出微笑：淡黄色果肉的香气。他说，这是规矩。进来吧，来呀。铺着红地毯哩。随你挑。

红脸膛的埃及人[160]扛着口袋，踉踉跄跄踱着。男的挽起裤腿，一双发青的脚噼喳叭喳踩在冰冷黏糊糊的沙滩上，他那胡子拉碴的脖颈上是灰暗的砖色围巾。她迈着女性的步子跟在后边：恶棍和共闯江湖的姘头。她把捞到的东西搭在背上。她那赤脚上巴着一层松散的沙粒和贝壳碎片。脸被风刮皴了，披散着头发。跟随老公当配偶，朝着罗马维尔[161]走。当夜幕遮住她肉体的缺陷时，她就披着褐色肩巾，走过被狗屎弄脏了的拱道，一路吆唤着。替她拉皮条的正在黑坑的奥劳夫林小酒店里款待着两个都柏林近卫军士兵。吻她并讲江湖话，把她搂抱在怀里。哦，我多情的俏妞儿！她那件酸臭破烂的衣衫下面，是魔女般的白皙肌肤。那天晚上，在凡巴利小巷里，有一股由制革厂吹来的气味。

双手白净红嘴唇，
你的身子真娇嫩。
跟我一道睡个觉，
黑夜拥抱并亲吻。[162]

啤酒桶肚皮的阿奎那管这叫作阴沉的乐趣[163]。箭猪修士[164]。失足前的亚当曾跨在上面，却没有动情。随他说去吧：你的身子真娇嫩。这话丝毫也不比他的逊色。僧侣话，诵《玫瑰经》的念珠在他们的腰带上喊喊喳喳；江湖话，硬邦邦的金币在他们的兜里当啷当啷。

此刻正走过去。

他们朝我这顶哈姆雷特帽斜瞟了一眼。倘若我坐在这儿，突然间脱得赤条条的呢？我并没有。跨过世界上所有的沙地，太阳那把火焰剑尾随于后，向西边，向黄昏的土地移动[165]。她吃力地跋涉，schlepps、trains、drags、trascines[166]重荷。潮汐被月亮拖曳着，跟在她后面向西退去。在她身体内部淌着藏有千万座岛屿的潮汐。这血液不是我的，葡萄紫的大海[167]，葡萄紫的暗色的海。瞧瞧月亮的侍女。在睡梦中，月潮向她报时，嘱她该起床了。新娘的床，分娩的床，点燃着避邪烛的死亡之床。**凡有血气者，均来归顺**[168]。他来了，苍白的吸血鬼。他的眼睛穿过暴风雨，他那蝙蝠般的帆，血染了海水，跟她嘴对嘴地亲吻[169]。

喏，把它记下来，好吗？我的记事簿[170]。跟她嘴对嘴地亲吻。不。必须是两人的嘴。把双方的牢牢粘在一起。跟她嘴对嘴地亲吻。

他那翕动的嘴唇吮吻着没有血肉的空气嘴唇：嘴对着她的子宫口。子宫，孕育群生的坟墓[171]。他那突出来的嘴唇吐出气来，却默默无语。哦嘀嘀：瀑布般的行星群的怒吼。作球状，喷着火焰，边吼边移向远方远方远方远方远方。纸。是纸币，见鬼去吧！老迪希的信。在这儿哪。感谢你的浓情厚谊，把空白的这头撕掉吧！他背对着太阳，屈下身去在一块岩石的桌子上胡乱写着。我已经是第二次忘记从图书馆的柜台上拿些便条纸了。

他弯下腰去，遮住岩石的身影就剩下一小截了。为什么不漫无止境地延伸到最远的星宿那儿去呢？星群黑魆魆地隐在这道光的后面，黑暗在光中照耀[172]，三角形的仙后座[173]，苍穹。我坐在那儿，手执占卜师的梣木杖，脚蹬借来的便鞋。白天我待在铅色的海洋之滨，没有人看得见我；到了紫罗兰色的夜晚，就徜徉在粗犷星宿的统驭下。我投射出这有限的身影，逃脱不了的人形影子，又把它召唤回来。倘若它漫无止境地延伸，那还会是我的身影，我的形态的形态吗？谁在这儿守望着我呢？什么人在什么地方会读到我写下的这些话？白地上的记号。在某处，对某人，音色宛若用长笛吹奏出来的。克洛因的主教[174]大人从他那顶宽边铲形帽里掏出圣堂的幔帐：空间的幔帐，上面有着彩色的纹章图案。使劲拽住。在平面上着了色：是的，就是这样。我看着平面，然后设想它的距离，是远还是近。我看着平面，东方，后面。啊，现在看吧！幕突然落下来了，幻象冻结在实体镜上。戏法咔嗒一声就要完了。你觉得我的话隐晦。你不认为我们的灵魂里有着含混不清的东西吗？像长笛吹出的优美音色。我们的灵魂被我们的罪孽所玷污，越发依附我们，正如女人拥抱情人一般，越抱越紧。

她信任我，她的手绵软柔和，眼睛有着长长的睫毛。而今我真不像话，究竟要把她带到幕幔那边的什么地方去呢？进入无可避免的视觉认知那无可避免的形态里。她，她，她。怎样的她？就是那个黄花姑娘，星期一她在霍奇斯·菲吉斯书店的橱窗里寻找你将要写的一本以字母为标题的书。你用敏锐的目光朝她瞥了一眼。她的手腕套在阳伞上那编织成的饰环里。她是一位爱好文学的姑娘，住在利逊公园，心情忧郁，是个有些轻浮的妞儿。跟旁人谈这去吧，斯蒂维，找个野鸡什么的[175]。但是她准穿着那讨厌的缀有吊袜带的紧身褡和用粗糙的羊毛线织成的浅黄长袜。跟她谈谈苹果布丁的事*倒更好一些*[176]。你的才智到哪儿去啦？

抚摩我，温柔的眼睛。温柔的、温柔的、温柔的手。我在这儿很寂寞。啊，抚摩我，现在马上就摸。大家都晓得的那个字眼儿是什么来着？[177]我在这儿完全是孤零零的，而且悲哀。抚摩我，抚摩我吧！

他直着身子仰卧在巉岩上，把匆忙中写的便条和铅笔塞进兜里，将帽子拉歪，遮上眼睛。俨然是凯文·伊根打瞌睡时的动作，安息日的睡眠。*天主看他所创造的一切都非常好*[178]。喂！日安[179]！欢迎你如五月花[180]。从帽檐底下，他隔着孔雀毛一般颤悠的睫毛眺望那向南移动的太阳。我被这炽热的景物迷住了。潘[181]的时刻，牧神的午后[182]。在饱含树脂的蔓草和滴着乳汁的果实间，在宽宽地浮着黄褐色叶子的水面上。痛苦离得很远。

不要再扭过脸儿去忧虑。

他的视线落在宽头长筒靴上，一个花花公子[183]丢弃的旧物，*并列着*[184]。他数着皮面上的皱纹，这曾经是另一个人暖脚的窝。那脚曾在地上踏着拍子跳过庄严的祭神舞[185]，我讨厌那双脚。然而，当埃丝特·奥斯瓦特的鞋刚好合你的脚时，你可高兴啦！她是我在巴黎结识的一位姑娘。*哎呀，多么小的一双脚！*[186]忠实可靠的朋友，贴心的知己：王尔德那不敢讲明的爱[187]。他的胳膊，克兰利的胳膊。而今他要离我而去。该归咎于谁？我行我素。我行我素。要么得到一切，要么一无所有[188]。

像是抛一根长套索似的，水从满满当当的科克湖[189]里溢了出来，将发绿的金色沙滩淹没，越涨越高，滔滔滚滚流去。我这根梣木手杖也会给冲走的。且等一等吧。不要紧的，潮水会淌过去的，冲刷着低矮的岩石；淌过去，打着漩涡，淌过去。最好赶紧把这档子事干完。听吧：四个字组成的浪语：嘶——嗬——嘘——噢。波涛在海蛇、腾立的马群和岩石之间剧烈地喘着气。它在岩石凹陷处迸溅着：稀里哗啦，就像是桶里翻腾的酒。随后精力耗尽，不再喧嚣。它潺潺涓涓，荡荡漾漾，波纹展向四周，冒着泡沫，有如花蕾绽瓣。

在惊涛骇浪的海潮底下，他看到扭滚着的海藻正懒洋洋地伸直开来，勉强地摇摆着胳膊，裙裾撩得高又高[190]，在窃窃私语的水里摇曳并翻转着羞怯的银叶。它就这样日日夜夜地被举起来，浮在海潮上，接着又沉下去。天哪，她们疲倦了。低声跟她们搭话，她们便叹息。圣安布罗斯[191]听见了叶子与波浪的叹息，就伫候着，等待时机成熟。**它忍受着伤害，日夜痛苦呻吟**。[192]漫无目的地凑在一起；然后又徒然地散开，淌出去，又流回来。月亮朦朦胧胧地升起，裸妇在自己的宫殿里发出光辉，情侣和好色的男人她都看腻了，就拽起海潮的网。

那一带有五㖊深。你的父亲躺在五㖊深处。他说是一点钟。[193]待发现时已成为一具溺尸。都柏林沙洲涨了潮。尸体向前推着轻飘飘的碎石，作扇状的鱼群和愚蠢的贝壳。白得像盐一样的尸体从退浪底下浮上来，又一拱一拱的，像海豚似的漂向岸去。就在那儿。快点儿把它勾住。往上拽。虽然它已沉下水去，还是捞着了。现在省手啦！

尸体泡在污浊的咸水里，成了瓦斯袋。这般松软的美味可喂肥了大群鲦鱼。它们嗖嗖地穿梭于尸首中那扣好纽扣的裤裆隙缝间。天主变成人，人变成鱼，鱼变成黑雁，黑雁又变成堆积如山的羽绒褥垫。[194]活人吸着死者呼出来的气，踏着死者的遗骸，贪婪地吃着一切死者那尿骚味的内脏。隔着船帮硬被拽上来的尸首，散发出绿色坟墓似的恶臭。他那患麻风病般的鼻孔朝太阳喷着气。

这是海水的变幻[195]，褐色眼睛呈盐灰色。溺死在海里，这是亘古以来最安详的死。啊，海洋老爹。**巴黎奖**[196]。谨防假冒。你不妨试试看。灵验得很哪。

喏，我口渴[197]。云层密布[198]。哪儿也没有乌云，有吗？雷雨。**我说，永不沉落的晓星**[199]。傲慢的智慧之闪电，被火焰包围着坠落[200]。没有。我那顶用海扇壳装饰的帽子、手杖和既是他的也是我的草鞋[201]。踱向何方？踱向黄昏的国土。黄昏即将降临。

他攥住梣木手杖的柄，轻轻地戳着，继续磨磨蹭蹭。是啊，黄昏即将降临到我内心和外部世界。每一天都必有个终结。说起来，下星期二是白昼最长的一天[202]。在快活的新年中，妈妈[203]，啷，嘡，嗬嘚嘀，嘀，嘡。草地·丁尼生[204]，绅士派头的诗人。有着黄板牙的丑婆子[205]。**可不是嘛**[206]！还有德鲁蒙[207]先生，绅士派头的记者。**可不是嘛**[208]！我的牙糟透了。我纳闷儿：怎么回事呢？摸了摸。这一颗也快脱落了。只剩了空壳。我不晓得要不要用那笔钱去看牙医？那一颗，还有这一颗。没有牙齿的金赤是个超人[209]。为什么这么说呢？或许有所指吧？

我记得，他把我那块手绢丢下了。我捡起它来了没有？

他徒然地在兜里掏了一番。不，我没有捡。不如再去买一块。

他把从鼻孔里抠出来的干鼻屎小心翼翼地放在岩角上。变成功了请喝彩[210]。

后面，兴许有人哩！

他回过头去，隔着肩膀朝后望：一艘三桅船[211]上那高高的桅杆正在半空中移动着。这艘静寂的船，将帆收拢在桅顶横桁上，静静地逆潮驶回港口。

第三章　注释

1　亚里士多德认为，每一物体，每一个单一的实物，都是两种本原（物质和形态）所构成，例如铜像是由赋有一定形态的铜做成的。

2　“各种事物的标记”是德国神秘主义者雅各布·佰梅（1575—1624）的话。

3　爱尔兰哲学家、物理学家和主教乔治·伯克利（1685—1753）在《视觉新论》（1709）中提出，我们看到的不过是“带色的记号”，却把它们当成了物体本身。

4　“有学识者的导师”原文为意大利语，指亚里士多德，见但丁《神曲·地狱》第4篇。

5、7、8　原文为德语，均套用德国戏剧家、评论家戈特尔德·埃弗赖姆·莱辛（1725—1871）的话。他认为画所处理的是物体（在空间中的）并列（静态），而动作（即在时间中持续的事物）是诗所特有的题材。见《拉奥孔》第15、16章，朱光潜译，人民文学出版社1979版。

6　“濒临……巅”一语，引自《哈姆雷特》第1幕第4场。

9　巨匠（Los）是布莱克所著《巨匠之书》（1795）中的天神。

10　原文为希腊文，是柏拉图《蒂迈欧》篇中所载的世界创造者。

11　沙丘是都柏林市东南的海滨。

12　原文作Madeline the mare，与当时还健在的法国水彩画家Madeleine Lemaire（1845—1928）的姓名发音相近。只是把原名中的Le改成了the。下面引用时又抽掉了Ma二字，译出来就是“达琳”。

13　原文为意大利语。

14　“以迨永远，及世之世”是《圣三光荣颂》的最后两句。

15　原文为德语。

16　自由区原指封建时代教会领地附近的地区，不属于总督管辖，故名。后来范围逐渐缩小。及至1904年只剩下位于利菲河南岸都柏林中心的圣帕特里克大教堂周围的贫民窟。

17　原文为希腊文。参看第1章注34。

18　伊甸城是斯蒂芬给伊甸园取的名字。阿列夫和阿尔法分别为希伯来文和希腊文字母表首字母的音译，相当于英文的a。

19　原文作Heva，希伯来文，意思是生命，系夏娃最早的称法。

20　《旧约全书·雅歌》第7章第2节：“你的腰如一堆麦子，周围有百合花。”

21　“从亘古到永远”一语，见《诗篇》卷4第90篇第2节。

22　这里把《尼西亚信经》中的话颠倒，原话指耶稣：“是受生的，不是被造的。”

23　原文为拉丁文，出自托马斯·阿奎那的《神学大全》（作于1265—1273）。

24　“试图一显身手”，出自哈姆雷特王子在母后的寝宫里对她说的话。原指寓言中的猴子试图一显身手，到屋顶上去开了笼门。见《哈姆雷特》第3幕第4场。

25 这是作者自造的复合词，由36个字母组成。将主张三位一体的“圣体共在论”一词中的“圣体”二字抽掉，又在“共在”和“论”之间插入“变体”“赞美”（指圣母赞美歌）“攻击”“犹太”等词。旨在暗示早期基督教对教义的不同解释引起的种种混乱。

26 原文是拉丁文。阿里乌在就和解问题与教会商谈期间，猝死于君士坦丁堡街头厕所里。

27 牧杖是主教职标。阿里乌是基督教司铎，曾任亚历山大里亚教会长老。他非但未能升为主教，还被宣布为异端分子，于321年被撤职。

28 这里把阿里乌比作丈夫，把主教的职位比作妻子。

29 原文为拉丁文。这是主教佩戴的白绸绣花饰带，从脖间搭到左肩上，下端垂及膝盖。

30 “砭人肌肤的凛冽的风”出自霍拉旭在露台上对哈姆雷特说的话。参看《哈姆雷特》第1幕第4场。

31 即爱尔兰神话中能够任意改变形状的海神马南南·麦克李尔。据说马恩岛（又译为曼岛，见第6章注50）即得名于此神。马南南管理岛上乐园，庇佑海员，保障丰收。

32 萨莉是萨拉的爱称。据艾尔曼的《詹姆斯·乔伊斯》（第19页），萨莉及其丈夫里奇·古尔丁，是以乔伊斯的大舅妈约瑟芬·吉尔特拉普·穆雷及其丈夫威廉·穆雷为原型而塑造的人物。威廉在科利斯–沃德律师事务所当会计师。他和内兄西蒙已绝交。他的弟弟是吹短号的，名叫约翰。见第10章注124。

33 西是西蒙的爱称。这是里奇家的人所作的寒暄，而“我都跟些什么人结上了亲家呀！……”则是西蒙在背后议论里奇一家人的话。

34 “可敬……船夫”一语出自英国喜剧作家威廉·施文克·吉尔伯特（1836—1911）与作曲家阿瑟·沙利文（1842—1900）合编的轻歌剧《平底船船夫》（1889）。西蒙把这用作对两位内弟的贬语。

35 见《约翰福音》第11章第35节。

36 “安全的地方”出自班柯对苏格兰国王邓肯说的话。见《麦克白》第1幕第6场。

37 在本书海德出版社1989年版（第32页倒1行）中，“早晨好”下面还有“坐下来散散步”（爱尔兰习惯用语，指散散心）之句。但巴黎莎士比亚书屋1922年版，奥德赛出版社1935年版，海德出版社1976年版，纽约加兰出版社《企鹅丛书》1984年版和英国《企鹅二十世纪名著丛书》1992年版，均无此句。

38 《安魂曲》和前文中的“携带物证出庭的传票”，原文均为拉丁文。《安魂曲》系王尔德于1881年为了悼念亡姊而写的诗。

39 奇彭代尔是18世纪英国家具大师，他的名字已成为英国洛可可式家具的同义语。最有名的奇彭代尔式样是宽座彩带式靠背椅。这里，里奇显然是在吹牛。

40 原文为意大利语，这里指意大利歌剧作曲家吉乌塞佩·威尔第（1813—1901）之名作《游吟诗人》（1853）的男主人公费朗多出场后演唱的第一首咏叹调《离别歌》。首句为：“当心哪！”

41 指费朗多所出身的家庭。他是这个“没落之家”的忠实维护者。

42 马什图书馆在都柏林市圣帕特里克大教堂的院内。

43 约阿基姆·阿巴斯（约1130—约1202），即菲奥雷的约阿基姆，意大利神秘主义者、神学家。曾任科拉卓隐修院院长。13世纪中期方济各会属灵派以及16世纪以前的许多修会都承认他所作的关于13世纪的预言。

44 指英国小说家乔纳森·斯威夫特（1667—1745）。19世纪末至20世纪初叶，西方文学评论界曾普遍认为斯威夫特憎恨人类，最后导致神经失常。其实他真正恨的是上层社会的腐败和罪恶。他早年就患有梅尼埃尔氏病，再加上晚年耳聋，1742年大病后又瘫痪了。

45 胡乙姆是斯威夫特的寓言小说《格列佛游记》（1726）中的智马。具有高度理性的智马们生活在宗法式的公社中，一切社员享有平等的权利。

46 狐狸坎贝尔和长下巴颏儿是孩子们为一个耶稣会神父起的两个绰号。见《一个青年艺术家的画像》第4章。

47 暴跳如雷的副主教指斯威夫特。1713年安妮女王任命他为圣帕特里克大教堂副主教。他死后葬于该教堂墓地。

48 这是约阿基姆预言中的话，原文为拉丁文。《旧约·列王纪下》第2章第23节有年轻人讥笑先知以利沙为秃子的描述。

49 原文为拉丁文。

50 圣体发光是供教徒瞻仰祝圣过的圣体用的金色容器，将圣体镶嵌在中央，作阳光四射状。

51 蛇怪是希腊神话中出没于非洲沙漠的动物，其目光或呼气均足以使人丧命。

52 见《旧约·申命记》第32章第14节："也吃牛的奶油，羊的奶……与上好的麦子，也喝葡萄汁酿的酒。"

53 司铎举扬圣体时，助祭摇铃。

54 丹·奥卡姆，丹（dan）是先生的古称，指威廉·奥卡姆（约1285—1349），英国经院派神学家。他是唯名论最著名的代表，主张神的存在和其他宗教信条不能靠理性来证明，它们纯粹是以信仰为基础的；并认为圣体之所以代表耶稣的躯体是凭着信仰，而不是靠理性。（参看第1章注7）本段中，斯蒂芬想到奥卡姆的这一论点：基督的躯体毕竟只有一个，怎么可能代表各个教堂内同时举扬的圣体。

55 圣者的岛屿是中世纪时对爱尔兰的称呼。

56 蛇根木林荫路在沙丘，位于都柏林东南郊。

57 原文为意大利语。

58 霍斯是爱尔兰都柏林郡内的一个半岛，海峡由古老的石英岩和页岩构成，与陆地之间有一条隆起的海滩连接。那里既是渔港，又是避暑胜地。下文中的"顶层座位"指双层公共车辆的上层座位。

59 乔伊斯在他的早期作品《斯蒂芬英雄》（作者死后于1944年出版）中写道：显形系指潜在的灵感突然以具体形象显现出来。

60 皮克·德拉·米兰多拉（1463—1494），意大利学者，柏拉图主义哲学家。他以神秘哲学的理论维护基督教神学，曾从希腊、希伯来、阿拉伯和拉丁等文字的著作中收集900篇论文，其中13篇被罗马教廷斥为异端。他的一篇讨论占星术的缺点的论文影响了17世纪的科学家开普勒。

61 这是《哈姆雷特》第3幕第2场中御前大臣波洛涅斯回答哈姆雷特王子的话。王子说云彩像鲸，大臣也跟着说像。此语在这里的意思是：“唉，可不是嘛！”

62 “冲撞着的无数石子”，套用爱德伽站在悬崖上所说的话，见《李尔王》第4幕第6场。

63 指英国海军史上一大战绩。1588年，西班牙派遣由130艘战船组成的无敌舰队驶到多佛海峡，准备入侵英国。然而舰队在英国人的抗击下遭到重创，向北绕道苏格兰，逃经爱尔兰，最后只有76艘船返回西班牙。这里，斯蒂芬从脚下的烂木料联想到当年毁在爱尔兰沿岸的那些船的残骸。

64 海火指含磷的鬼火。括号内的句子系根据本书海德1989年版（第34页第27行至28行）补译的。

65 林森德是都柏林市东岸的小渔村，位于注入都柏林湾的利菲河口。

66 鸽房原是一座六角形要塞，后改为都柏林水电站。

67 这两句对话，原文为法语。发问的是约瑟，回答的是他的未婚妻玛利亚。据《路加福音》第1章，玛利亚婚前，因天主圣灵降临到她身上而怀孕。鸽子是天主圣灵的象征。

68 1689年2月，英国议会宣布国王詹姆斯二世退位。3月，詹姆斯到达爱尔兰，在都柏林召开的议会承认他为国王。然而后来他被击败，保王派遂逃往欧洲大陆。他们被叫作“野鹅”。以后此词成了流落到欧洲大陆的爱尔兰亡命者的泛称。

69 据理查德·艾尔曼的《詹姆斯·乔伊斯》第24页，凯文·伊根的原型是约翰·凯利。他曾以约翰·凯西一名，出现在《一个青年艺术家的画像》一书中。按：凯西曾参加芬尼社（参看第2章注54），后流亡到巴黎。1903年乔伊斯在巴黎经常与他见面。凯西之子帕特里斯正在法国军队中服役，有时参加乔伊斯与凯西的晤谈。

70 当天早晨，勃克·穆利根唱的歌里有“爹是只鸟儿”之句。鸟儿指天主圣灵的象征——鸽子。

71、72、73 原文为法语。

74 朱尔斯·米什莱（1798—1874），法国民族主义和浪漫主义历史学家。他的《爱情》（1858）和《妇女》（1860）二书是色情和说教的大杂烩。他还在作品中描述过参加法国革命运动的女斗士。

75 《耶稣传》（1884）的作者是出生在法国的耶稣会士加布里埃尔·乔甘德-佩奇（1854—1907），他化名为利奥·塔克西尔，写过抨击教会的小册子。

76 以上三句对话的原文均为法语。

77 原文为德语。

78 P.C.N.分别为法语中物理、化学和生物的首字母。

79、80 原文为法语。

81 “埃及肉锅”代表美味的食品，《旧约·出埃及记》第16章第3节有“在埃及，我们至少可以围着肉锅吃肉”一语。

82 原文为法语。

83 原文为法语，系模仿法国国王路易十四世的“朕即国家”语气，含有嘲讽意。

84、85　原文为法语。
86　高隆班，见第2章注31。
87　圣菲亚克是守护园艺的圣徒，生于爱尔兰，670年左右死于法国。
88　约翰·邓思·斯科特斯（约1266—1308），生于苏格兰的经院派神学家，是丹·奥卡姆（见本章注54）之师，主张尽可能把信仰和理性结合起来。
89　“针毯般的三脚凳”，原文作creepy stools，苏格兰教会里信徒忏悔时坐的三脚凳。
90　纽黑文是英格兰东部位于乌斯河口一城镇，面临英吉利海峡，是斯蒂芬往返法国时必经的口岸。
91　原文为法语。
92　这是当时流行于巴黎的一份内容轻松的周刊。
93　当时巴黎流行一份内容轻松的杂志《红短裤的生活》。法语“红短裤”（Culotte Rouge）又为“营妓”的俗称。
94　“姆”为“母”之误。下一行，斯蒂芬回忆起当天早晨勃克·穆利根对他说的话。后半句是“我跟你有任何往来”，见第1章注16及有关正文。
95　摘自爱尔兰流行歌曲作家珀西·弗伦奇（1854—1920）所作的《马修·汉尼根的姑妈》一歌。原歌中“穆利根”作“汉尼根”。
96　原文为意大利语。
97—100　原文为法语。布列塔尼是法国西北部同名半岛上的规划区。
101　绿妖精是苦艾酒的俗称，白色的指牛奶。
102　原文为巴黎俚语。照字面上翻译则是“来半赛蒂耶”。赛蒂耶是古代法升。一赛蒂耶约合两加仑。
103、104　原文为法语。
105　原文为拉丁文，指饭后的甜食。
106　原文为爱尔兰语。
107　达尔卡相斯一家是中世纪爱尔兰芒斯特的王族。
108　阿瑟·格里菲思（1872—1922），爱尔兰政治家，爱尔兰自由邦第一任总统（1922）。原在都柏林当排字工人。1899年创办以争取爱尔兰民族独立为主旨的周刊《爱尔兰人联合报》。1905年他组织爱尔兰民族主义政党新芬党，次年将报纸也易名《新芬》。新芬是爱尔兰语Sinn Fein的音译，意即“我们自己”，也就是要建立“爱尔兰人的爱尔兰”。见第1章注34。
109　括号内的句子系根据本书海德1989年及2001年版（第36页第15至16行）补译。A.E.即爱尔兰诗人、评论家、画家乔治·威廉·拉塞尔（1867—1935），他是当时健在的爱尔兰文艺复兴运动的指导者之一，曾与叶芝、约翰·埃格林顿等人一道出版《爱尔兰通神论者》杂志，使用AEON（伊涌，参看第9章注49）这一笔名。有一次，被误排为A.E.，他将错就错，就把它作为自己的另一笔名。派曼德尔是传授秘义的神，见第15章注458。
110　好牧人原是耶稣自况（见《约翰福音》第10章第11节：“我是好牧人”），这里则是对格里菲思和拉塞尔等人的称赞，有“好带头人”的意思。拉塞尔也是爱尔兰的志士，组织过爱尔兰农业合作运动，积极参加独立运动。

111 爱德华·阿道夫·德鲁蒙（1844—1917），法国新闻记者，他所编的《言论自由》报主张排斥犹太人。

112、113 原文为法语。

114 莫德·冈内（1865—1953），爱尔兰爱国志士，女演员，新芬党创始人之一。

115 原文为法语，是1841年创刊的一份政治杂志。

116 卢西恩·米利沃伊（1850—1918），法国政治家，1894年起任《祖国》杂志主编。

117 费利克斯·福尔（1841—1899），法兰西第三共和国第六任总统。1899年2月16日猝死于情妇的床上。

118 乌普萨拉是瑞典中东部的乌普萨拉省省会，位于斯德哥尔摩北面。

119 原文为瑞典语。

120—122 原文为法语。

123 绿眼睛妖魔之略，指嫉妒，出自伊阿古对奥赛罗说的话，见《奥赛罗》第3幕第3场。

124 尖牙是绿妖精尖牙之略，该酒因性烈遂有此称，1915年起在巴黎禁售。参看本章注101。

125 晓党是18世纪末爱尔兰阿尔斯特省的新教徒所组织的党派。他们企图把信天主教的农民赶出阿尔斯特，时常在拂晓时分袭击其农舍，因而得名。橙带党（见第2章注53）继承了他们的衣钵。

126 核心领导指詹姆斯·斯蒂芬斯，参看第2章注54。

127 马拉海德是位于都柏林市以北9英里的村镇。

128 这里套用罗伯特·布朗宁（1812—1889）的《败退了的首领》（1845），只是把原诗中的单数改成了复数。

129 凯尔特族的族长生前在年长或最有能力的人中选出后继者。

130 克拉肯韦尔是英国大伦敦伊斯林顿自治市的毗邻地区。1867年3月5、6日，芬尼社成员举行起义。因缺乏武器，组织也不严密而失败。当年9月，理查德·奥沙利文·伯克上校因受芬尼社之托购买武器而被捕入狱。公审前，芬尼社的成员为了使他和关在同一座牢中的伊根（参看本章注69）能够越狱，炸了监狱（事先曾关照他们躲在墙角，以免被炸伤）。那一次死伤多人，但监狱当局接到密告，临时改变了放风时间，越狱计划遂告失败。

131、132、134 原文为法语。

133 帕特是帕特里斯的昵称。

135 基尔肯尼是爱尔兰基尔肯尼郡的首府。在都柏林以南63英里处，有12世纪建造的圣卡尼克大教堂。圣卡尼克（又名圣肯尼，约卒于599）曾在爱尔兰和苏格兰传教。基尔肯尼一名得自纪念他的教堂。在爱尔兰语中，基尔是教堂。强弓是第二代彭布罗克伯爵理查·德克莱尔（约1130—1176）的绰号。他原是南威尔士贵族，经英王亨利二世批准，占领了整个爱尔兰。

136 纳珀·坦迪（1740—1803），爱尔兰政治家、革命者、爱国志士。1791年在都柏林参加创立爱尔兰人联合会支部。后流亡法国。1798年，法国政府派他回爱尔兰招募一支反抗英国人的军队。登陆后又折回，途经汉堡时被捕，并引渡给英国。在拿破仑的要求下获释。“噢，噢。纳珀·坦迪握住了我的手”是1790年开始流行的爱尔兰歌谣《穿绿衣》中的一句。原作者不详，后经爱尔兰裔美国作曲家、剧作家戴恩·布奇考尔特（1822—1890）整理而成。

137 锡安是耶路撒冷城内两山中的东边那座。《圣经》中多以锡安代表耶路撒冷城，后用以指犹太人的故土。这里，用锡安影射被占领的爱尔兰。《诗篇》第137篇第1节有云：“我们坐在巴比伦河畔，一想起锡安就禁不住哭了！”

138 基什是位于都柏林湾南口的一道沙洲。

139 黑豹老爷指海恩斯。由于勃克·穆利根成天跟在海恩斯后面，这里把他比作猎犬。参看第1章开头部分。

140 这道防波堤的尽头筑有一座称作普尔贝格的灯塔。

141 这里，斯蒂芬以哈姆雷特自况。在《哈姆雷特》第1幕第4场，霍拉旭曾劝哈姆雷特不要跟着鬼魂走，以免被诱到潮水里去。

142 路易·维伊奥（1813—1883），法国作家，教皇至上主义者的领袖。西奥菲尔·戈蒂埃（1811—1872），法国诗人、小说家、评论家、新闻记者。“埋……车”，原文为法语。维伊奥在《真正的巴黎诗人》一文中说，戈蒂埃“文字拙劣……所有那些夸张的表现使他的句子看上去像是埋在沙子里的公共马车”。

143 弗兰克·布捷恩在《詹姆斯·乔伊斯与〈尤利西斯〉的写作》（牛津大学出版社1989年版）一书中指出，巨人劳特爵士是乔伊斯自己编造的传说。他还告诉布捷恩：“我的巨人劳特爵士长着满嘴石头，以代替牙齿，所以口齿不清。”（见该书第52—53页）

144 原文作the two maries。在澳洲，mary作“女士”解。如果首字是大写，即为玛丽。“藏在宽叶香蒲丛中”，暗指她们所藏的是孩子，《出埃及记》第2章第3节：“她……把孩子放在篮子里面，然后把篮子藏在河边芦苇丛里。”（参看第7章注211）

145 湖上人是爱尔兰人对自公元787年起入侵爱尔兰的挪威人的称呼。

146 “玛拉基系着金脖套的年月里”，出自爱尔兰诗人托马斯·穆尔（1779—1852）的《让爱琳记住古老的岁月》一诗。玛拉基（948—1022）是个爱尔兰王，曾奋力抗击来自斯堪的纳维亚的入侵者，并从他所打败的一个丹麦酋长的脖子上夺下作盔甲用的“托马尔脖套”。爱琳是爱尔兰古称，参看第7章注46。

147 1331年，都柏林正闹着大饥荒的时候，大批鲸被冲上离利菲河口不远的多得尔的岸上。人们宰食了约莫200条。1338年，利菲河上结了极厚的冰，可以在上面踢足球，燃篝火。1739年也结过厚到足供人们在上面玩耍的冰层。

148 原文为拉丁文。见《诗篇》第66篇第3节。

149 命运之奴仆指身穿黄色背心的勃克·穆利根；这里套用克莉奥佩特拉关于安东尼的评语：“他既然不是命运，他就不过是命运的奴仆……”见《安东尼与克莉奥佩特拉》第5幕第2场。

150 布鲁斯是苏格兰的古老家族。布鲁斯的弟弟指1306年成为苏格兰国王的罗伯特·德·布鲁斯（1274—1329）的胞弟爱德华。他代替乃兄攻入爱尔兰，1315年自封为爱尔兰王，1318年被英王爱德华二世击败战死。

151 托马斯·菲茨杰拉德（1513—1537），爱尔兰第十代基尔代尔伯爵，因命侍从一律在帽子上加绢饰，故名。1534年他起兵反对亨利八世，占领了都柏林。抗英战争失败后，被处绞刑。

152 珀金·沃贝克（约1474—1499），政治骗子，生于佛兰德。1491年去爱尔兰，诡称是约克公爵理查德，觊觎英格兰都铎王朝亨利七世的王位。后被俘，处绞刑。

153 兰伯特·西姆内尔（1475？—1535？），英格兰王位觊觎者。原为牛津一个细木工之子，后在都柏林冒充王子登上王位，自称爱德华六世。被俘后，亨利七世认为他只不过是骗子而已，就让他在御厨房里打下手。

154 他指穆利根。

155 据卜伽丘的《十日谈》第六天故事第九，意大利诗人圭多·卡瓦尔坎蒂（约1255—1300）曾从佛罗伦萨的圣迈克尔大教堂前往圣约翰礼拜堂，在坟地的云斑石柱间徘徊。一批绅士跑来嘲笑他。他对他们说："你们是在自己的老家里，爱怎么说我就怎么说吧！"旨在挖苦他们不学无术，比死人还不如。"……的老家"，应作"死亡的老家"。这里套用时，把嘲笑者的身份改为朝臣。

156 原文为德语。

157 她指斯蒂芬的母亲。

158 据理查德·艾尔曼所著《詹姆斯·乔伊斯》（第49页），乔伊斯十四岁时曾初次嫖妓。

159 哈伦·拉希德（763—809），伊斯兰国家阿拔斯王朝的哈里发（政教首脑）。他喜在首都巴格达微服出访，体察民情。《一千零一夜》中有不少关于他和他的儿子麦蒙当政时的故事。麦蒙统治时期（813—833）堪称阿拉伯文明的黄金时代。

160 这里，埃及人指吉卜赛人。

161 罗马维尔指伦敦，是17世纪的隐语，原文作Romeville。罗马（rome，或rum）的意思是最好的；维尔（ville）是法语"城市"的音译。

162 这是17世纪的英国诗人理查德·黑德的《恶棍喜赞共闯江湖的姘头》（1673）一诗的第二段。前文中"恶棍和共闯江湖的姘头""跟随老公当配偶，朝着罗马维尔走""吻她并讲江湖话，把她搂抱在怀里。哦，我多情的俏妞儿！"等句，也均出自该诗。

163 阴沉的乐趣是阿奎那在《神学大全》中用过的词，指动邪念之罪。

164 原文为意大利语。箭猪也叫豪猪，因阿奎那立论尖刻，不易被驳倒而得名。

165 剑，指亚当和夏娃因偷吃禁果被赶出伊甸园后，天主为了防止人们靠近那棵生命树而安置在伊甸园东边的"发出火焰、四面转动的剑"。见《创世记》第3章第24节。黄昏的土地，见英国诗人珀西·比希·雪莱（1792—1822）的抒情诗剧《希腊》（1821、1822）。

166 这四个字分别为德、法、英、意语，意思均为"拖着"，语尾变化则是按照英文写法。这里暗喻夏娃因先吃禁果而受的惩罚："我要大大增加你怀孕的痛苦，生产的阵痛。"见《创世记》第3章第16节。

167 原文为希腊文。

168 原文为拉丁文。见《诗篇》第65篇第2节。

169 “他来了……亲吻”：这四句系将爱尔兰作家、学者、第一任总统道格拉斯·海德（1860—1949）根据爱尔兰文译成英文的《我的忧愁在海上》（收入1895年出版的学术著作《康诺特的情歌》里）一诗的末段润色加工而成。

170 这两句话与《哈姆雷特》第1幕第5场“我的记事簿呢？我必须把它记下来”一语相呼应。

171 这句话与《罗密欧与朱丽叶》第2幕第2场“大地是生化万类的慈母，她又是掩藏群生的坟墓”一语相呼应。

172 黑暗在光中照耀，参看第2章注37。

173 仙后座是拱极星座之一，和大熊座遥遥相对。座内五颗亮星，如以线连接，形似拉丁字母W。

174 乔治·伯克利（参看本章注3）是克洛因（科克郡的一个小镇）的主教。他在《视觉新论》中提出，距离不是“看到”的，而是“设想出来”的。斯蒂芬在后文中说出了他此刻转的一些念头（见第15章注691及有关正文）。

175 在《一个青年艺术家的画像》一书第5章开头部分，斯蒂芬的朋友达文，向他述说路遇“野鸡”的经历。除了家人之外，达文是唯一对斯蒂芬使用斯蒂维这个昵称的人。

176 原文为意大利语。

177 当天中午在图书馆，斯蒂芬做了这样的解释：“爱——是的。大家都晓得的字眼。”见第9章注231及有关正文。

178 原文为拉丁文，见《创世记》第1章第31节。

179 原文为法语。

180 《欢迎你如五月花》是丹·J.沙利文作词并作曲的一首歌。歌中两次重复这个句子。

181 潘是希腊神话中外形有点儿像野兽的丰产神，常到山上放牧，并擅长吹奏排箫。

182 《牧神的午后》（1876—1877）是法国象征派诗人斯蒂芬·马拉美（1842—1898）的诗剧。法国作曲家克劳德·艾基利·德彪西（1862—1918）在其影响下，作了同名的管弦乐（1894）。

183 指勃克·穆利根。Buck（勃克）的意思之一是花花公子。

184 原文为德语。

185 庄严的祭神舞，原文为拉丁文。

186 原文为法语。

187 王尔德因被控与青年艾尔弗雷德·道格拉斯搞同性恋而被判入狱两年。“不敢讲明的爱”，指同性恋，出自道格拉斯写的《两档子爱》一诗。

188 这里套用亨利克·易卜生（1828—1906）的诗剧《布兰德》（1866）第2幕第2场中布兰德的话：“我的要求是：‘要么一无所有，要么得到一切。’”

189 科克湖位于都柏林港南边。

190 这里套用关于玛丽·安的歌曲第3句，参看第1章注60及有关正文。

191 圣安布罗斯（约339—397），古代基督教拉丁教父。他擅长通过音乐抒发信仰，并厉行禁欲，谴责社会弊端，经常为被判罪的人请求宽赦。

192 原文为拉丁文。出自圣安布罗斯的《罗马书评注》。这是对保罗《罗马书》第8章第

22节（“直到现在，一切被造的都在痛苦呻吟，好像经历生产的阵痛”）所作的说明。“它”，指被造的。

193 “你的……深处”，引自精灵爱丽儿所唱的歌，见《暴风雨》第1幕第2场。“他说是一点钟”，参看第1章注122及有关正文。

194 天主变成人（参看《新约·约翰福音》第20章第21节：“耶稣是基督，是天主的儿子。”），人变成鱼（早期基督教会把鱼看作基督的象征），鱼变成黑雁（中世纪的人们迷信黑雁是水生物变的），黑雁又变成堆积如山的羽绒褥垫（雁羽可用来制作羽绒褥垫，而都柏林以南的都柏林群山中又有一座羽毛山）。

195 精灵爱丽儿所唱的歌里有“海水神奇的变幻”之语，见《暴风雨》第1幕第2场。

196 原文为法语。这是双关语。“巴黎奖”，原指巴黎赛马会上的大奖。因Paris（巴黎）与特洛伊王子帕利斯的名字拼法相同，故Prix de Paris又可解释为“帕利斯之奖”——即帕利斯由于将金苹果给了女神阿芙洛狄蒂，作为奖赏获得了美女海伦。这件事最终导致奥德修（即尤利西斯），在回国途中多次差点儿溺死在大海中。

197 “我口渴”是耶稣被钉在十字架上后，即将咽气时所说的话。见《约翰福音》第19章第28节。

198 据《马太福音》第27章，耶稣弥留之际黑暗曾笼罩大地。

199 原文为拉丁文。晓星是耶稣自况。参看《启示录》第22章第16节：“我（耶稣）就是明亮的晓星。”

200 指撒旦。参看《新约·路加福音》第10章第18节：“耶稣对他们说：‘我曾看见撒旦从天上坠落，像闪电一样。’”

201 此句模仿奥菲利娅所唱的歌：“毡帽在头杖在手，草鞋穿一双。”见《哈姆雷特》第4幕第5场。

202 本书所写的故事发生于6月16日（星期四），所以下星期二指21日（夏至），是北半球白昼最长的一天。

203 这是英国诗人丁尼生（1809—1892）所作《五月女王》（1833）一诗中的半句。全句是：“在快活的新年中，妈妈，这是最狂热欢乐的一天。”五月女王指在五朔节狂欢中扮演女王的姑娘。

204 丁尼生由于写了组诗《悼念》（1850），受到维多利亚女王的青睐，封他为桂冠诗人。1884年他还接受了男爵封号。凡受勋者，均在姓前冠以Lord（勋爵）这一尊称。这里，作者把lord改为发音近似的Lawn（草地），此系草地网球之略语，暗喻诗人柔弱的性格。

205 丑婆子，指维多利亚女王。

206、208 原文为意大利语。

207 德鲁蒙，见本章注111。

209 这里，斯蒂芬在回忆当天早晨勃克·穆利根在海滨说的话。参看第1章注127和有关正文。

210 这是学变戏法的口吻。

211 第10章中重新提到这艘帆船，参看该章注199及有关正文。

第二部

第四章

利奥波德·布卢姆先生吃起牲口和家禽的下水来，真是津津有味。他喜欢浓郁的杂碎汤、有嚼头的胗、填料后用文火焙的心、裹着面包渣儿煎的肝片和炸雌鳕卵。他尤其爱吃在烤架上烤的羊腰子。那淡淡的骚味微妙地刺激着他的味觉。

当他脚步轻盈地在厨房里转悠，把她早餐用的食品摆在盘底儿隆起来的托盘上时，脑子里想的就是腰子的事。厨房里，光和空气是冰冷的，然而户外却洋溢着夏晨的温煦，使他觉得肚子有点儿饿了。

煤块燃红了。

再添一片涂了黄油的面包：三片，四片，成啦！她不喜欢把盘子装得满满的。他把视线从托盘移开，取下炉架上的开水壶，将它侧着坐在炉火上。水壶百无聊赖地蹲在那儿，噘着嘴。很快就能喝上茶了。蛮好。口渴啦！

猫儿高高地翘起尾巴，绷紧身子，绕着一条桌腿走来走去。

——喵！

——哦，你在这儿哪。布卢姆先生从炉火前回过头去说。

猫儿回答了一声“咪”，又绷紧身子，绕着桌腿兜圈子，一路咪咪叫着。它在我的书桌上踅行时，也是这样的。噗噜噜。替我挠挠头。噗噜噜。

布卢姆先生充满好奇地凝视着它那绵软的黑色身姿，看上去干净利落：柔滑的毛皮富于光泽，尾根部一块纽扣状的白斑，绿色的眼睛闪闪发光。他双手扶膝，朝它弯下身去。

——小猫咪要喝牛奶喽，他说。

——喵，噢！猫儿叫了一声。

大家都说猫笨。其实，它们对我们的话理解得比我们对它们的更清楚。凡是它想要理解的，它全能理解。它天性还记仇，并且残忍。奇怪的是老鼠从来不叽叽叫，好像蛮喜欢猫儿哩！我倒是很想知道我在它眼里究竟是个什么样子。高得像座塔吗？不，它能从我身上跳过去。

——它害怕小鸡哩，他调侃地说。害怕咯咯叫的小鸡。我从来没见过像小猫咪这么笨的小猫。

——喵噢嗷！猫儿大声说了。

它那双贪馋的眼睛原是羞涩地合上的，如今眨巴着，拉长声调呜呜叫着，露出乳白色牙齿。他望着它那深色眼缝贪婪地眯得越来越细，变得活像一对绿宝石。然后他到食具柜前，拿起汉隆[1]那家送牛奶的刚为他灌满的罐子，倒了一小碟还冒着泡的温奶，将它慢慢地撂在地板上。

——咯噜！猫儿边叫着边跑过去舔。

它三次屈身去碰了碰才开始轻轻地舔食，口髭在微光中像钢丝般发着亮。他边注视着，边寻思着：要是把猫那撮口髭剪掉，它就再也捕不到老鼠了，不晓得会不会真是那样。这是为什么呢？兴许是由于它那口髭的尖儿在暗处发光吧！要么就是在黑暗中起着触角般的作用。

他侧耳听着它吱吱吱舐食的声音。做火腿蛋吧，可别。天气这么干旱，没有好吃的蛋。缺的是新鲜的清水。星期四嘛，巴克利那家店里这一天也不会有可口的羊腰子。用黄油煎过以后，再撒上胡椒面吧！烧着开水的当儿，不如到德鲁加茨肉铺去买副猪腰子。猫儿放慢了舔的速度，然后把碟子舔个一干二净。猫舌头为什么那么粗糙？上面净是气孔，便于舔食。有没有它可吃的东西呢？他四下里打量了一番。没有。

他穿着那双稍微吱吱响的靴子，攀上楼梯，走到过道，并在寝室门前停下来。她也许想要点好吃的东西。早晨她喜欢吃涂了黄油的薄面包片。不过，也许偶尔要换换口味。

他在空荡荡的过道里悄声说：

——我到拐角去一趟，一会儿就回来。

他听见自己说这话的声音之后，就又加上一句：

——早餐你想来点儿什么吗？

一个半睡半醒中的声音轻轻地咕哝道：

——唔。

不，她什么都不要。这时，他听到深深的一声热乎乎的叹息。她翻了翻身，床架上那松垮垮的黄铜环随之丁零当啷直响。叹息声轻了下来。真得让人把铜环修好。可怜啊！还是老远地从直布罗陀运来的呢。她那点儿西班牙语也忘得一干二净了。不知道她父亲在这张床上花了多少钱，它是老式的。啊，对，当然喽！是在总督府举办的一次拍卖会上几个回合就买下的。老特威迪在讨价还价方面可真精明哩！是啊，先生。那是在普列文[2]。我是行伍出身的，先生，而且以此为自豪。他很有头脑，竟然垄断起邮票生意来了。这可是有先见之明。

他伸手从挂钩上取下帽子。那下面挂的是绣着姓名首字的沉甸甸的大氅和从失物招领处买到的处理雨衣。邮票。背面涂着胶水的图片。军官们从中捞到好处的不在少数。当然喽。他的帽里儿上那汗碱斑斑的商标默默地告诉他：这是顶普拉斯托的高级帽子。他朝帽子衬里上绷的那圈鞣皮瞥了一眼。一张白纸片[3]十分安全地夹在那里。

他站在门口的台阶上，摸了摸后裤兜，找大门钥匙。咦，不在这儿，在我脱下来的那条裤子里。得把它拿来。土豆[4]倒是还在。衣橱总咯吱咯吱响，犯不上去打扰她。刚才她翻身的时候还睡意蒙眬呢。他悄悄地把大门带上，又拉严实一些，直到门底下的护皮轻轻地覆盖住门槛，就像柔嫩的眼皮似的。看来是关严了。横竖在我回来之前，蛮可以放心。

他躲开七十五号门牌的地窨那松散的盖板，跨到马路向阳的那边。太阳快照到乔治教堂的尖顶了。估计这天挺暖和。穿着这套黑衣服，就更觉得热了。黑色是传热的，或许反射（要么就是折射吧？）热。可是我总不能穿浅色的衣服去呀，那倒像是去野餐哩！他在洋溢着幸福的温暖中踱步，时常安详地闭上眼睑。博兰食品店的面包车正用托盘送着当天烤的面包，然而她更喜欢隔天的面包，两头烤得热热的，外壳焦而松脆，吃起来觉得像是恢复了青春。清晨，在东方的某处，天刚蒙蒙亮就出发，抢在太阳头里环行，就能赢得一天的旅程。按道理说，倘若永远这么坚持下去，就一天也不会变老。沿着异域的岸滩一路步行，来到一座城门跟前。那里有个上了年纪的岗哨，也是行伍出身，留着一副老特威迪那样的大口髭，倚着一杆长矛枪，穿过有遮篷的街道而行。一张张缠了穆斯林头巾的脸走了过去。黑洞洞的地毯店，身材高大的可怕的土耳克[5]盘腿而坐，抽着螺旋管烟斗。街上是小贩的一片叫卖声。喝那加了茴香的水，冰镇果汁。成天溜溜达达。兴许会碰上一两个强盗哩！好，碰上就碰上。太阳快落了。清真寺的阴影投射到一簇圆柱之间。手捧经卷的僧侣。树枝颤悠了一下，晚风即将袭来的信号。我走过去。金色的天空逐渐暗淡下来。一位做母亲的站在门口望着我。她用难懂的语言把孩子们喊回家去。高墙后面发出弦乐声。夜空，月亮，紫罗兰色，像摩莉的新袜带的颜色。琴弦声。听。一位少女在弹奏着一种乐器——叫什么来着？大扬琴。我走了过去。

其实，也许完全不是那么回事。在书上可以读到沿着太阳的轨道前进这套话。扉页上是一轮灿烂的旭日。他暗自感到高兴，漾出微笑。阿瑟·格里菲思[6]曾提过《自由人报》[7]社论花饰：自治的太阳从西北方向爱尔兰银行后面的小巷冉冉升起。他继续愉快地微笑着。这种说法有着犹太人的味道：自治的太阳从西北方冉冉升起。

他走近了拉里·奥罗克的酒店。隔着地窖的格子窗飘出走了气的黑啤酒味儿。从酒店那敞着的门口冒出一股股姜麦酒、茶叶渣和糊状饼干气味。然而这是一家好酒店：刚好开在市内交通线的尽头。比方说，前边那家毛丽酒吧的地势就不行。当然喽，倘若从牲畜市场沿着北环路修起一条电车轨道通到码头，地皮价钱一下子就会飞涨。

遮篷上端露出个秃头。精明而有怪癖的老头子。劝他登广告[8]算是白搭。可他最懂得生意经了。瞧，那准就是他。我那大胆的拉里[9]啊，他挽着衬衫袖子，倚着装砂糖的大木箱，望着那系了围裙的伙计用水桶和墩布在拖地。西蒙·迪达勒斯把眼角那么一吊，学他学得可像哩！你晓得我要告诉你什么吗？什么呀，奥罗克先生？你知道是怎么个情况吗？俄国人嘛，左不过会成为日本人早晨八点钟的一顿早饭[10]。

停下来跟他说句话吧：关于葬礼什么的。奥罗克先生，不幸的迪格纳穆多么令人伤心啊！

他转进多尔塞特街，朝着门道里面精神饱满地招呼道：

——奥罗克先生，你好。

——你好。

——天气多么好哇，先生。

——可不是嘛！

他们究竟是怎么赚的钱呢？从利特里姆[11]郡进城来的时候，他们只是些红头发伙计，在地窖里涮空瓶子，连顾客喝剩在杯中的酒也给攒起来。然后，瞧吧，转眼之间他们就兴旺起来，成为亚当·芬德莱特尔斯或丹·塔隆斯[12]那样的富户。竞争固然激烈，可大家都嗜酒嘛！要想穿过都柏林的市街而不遇到酒铺，那可是难上加难。节约可是办不到的。也许就在醉鬼身上打打算盘吧。下三先令的本钱，收回五先令。数目不大不碍事，这儿一先令，那儿一先令，一点一滴地攒吧。大概也接受批发商的订货吧。跟城里那些订货员勾结在一起，你向老板交了账，剩下的赚头就二一添作五，明白了吗？

每个月能在黑啤酒上赚多少呢？按十桶算，纯利打一成吧。不，还要多些，百分之十五呗。他从圣约瑟公立小学跟前走过去。小鬼们一片喧哗。窗户大敞着。清新的空气能够帮助记忆，或许还有助于欢唱。哎哔唏、嘀咿哎呋叽、咔哎啦哎哞嗯、噢噼啾、呃哎嗞吐喂、哒哺哾呦[13]。他们是男孩子吗？是的。伊尼施土耳克，伊尼沙克，伊尼施勃芬，[14]在上地理课哪。是我的哩。布卢姆山[15]。

他在德鲁加茨的橱窗前停下步子，直勾勾地望着那一束束黑白斑驳、半熟的干香肠。每束以十五根计，该是多少根呢？数字在他的脑子里变得模糊了，没算出来。他快快地听任它们消失。他馋涎欲滴地望着那塞满五香碎肉的一束束发亮的腊肠，并且安详地吸着调了香料做熟的猪血所发散出来的温暾气儿。

一副腰子在柳叶花纹的盘子上渗出黏糊糊的血：这是最后的一副了。他朝柜台走去，排在邻居的女仆后面。她念着手里那片纸上的项目。也买腰子吗？她的手都皴了。是洗东西时使碱使的吧。要一磅半丹尼腊肠。他的视线落在她那结实的臀部上。她的主人姓伍兹。也不晓得他都干了些什么名堂。他老婆已经上岁数了。这是青春的血液。可不许人跟在后面。她有着一双结实的胳膊，嘭嘭地拍打搭在晾衣绳上的地毯。哎呀，她拍得可真猛，随着拍打，她那歪歪拧拧的裙子就摇来摆去。

有着一双雪貂般眼睛的猪肉铺老板，用长满了疱、像腊肠那样粉红色的指头掐下几节腊肠，折叠在一起。这肉多么新鲜啊，像是圈里养的小母牛犊。

他从那一大沓裁好的报纸上拿了一张。上面有太巴列湖畔基尼烈模范农场的照片[16]。它可以成为一座理想的冬季休养地。我记得那农场主名叫摩西·蒙蒂斐奥里[17]。一座农舍，有围墙，吃草的牛群照得模糊不清。他把那张纸放远一点来瞧：挺有趣。接着又凑近一点来读：标题啦，还有那模模糊糊、正吃草的牛群。报纸沙沙响着。一头白色母牛犊。牲畜市场[18]上，那些牲口每天早晨都在圈里叫着。被打上烙印的绵羊，吧嗒吧嗒地拉着屎。饲养员们脚蹬钉有平头钉的靴子，在褥草上踱来踱去，对准上了膘的后腿就是一巴掌：打得真响亮。他们手里拿着未剥皮的细树枝做的鞭子。他耐心地斜举着报纸，而感官和意念以及受其支配的柔和的视线却都凝聚在另外一点上：每拍打一下，歪歪扭扭的裙子就摆一下，嘭、嘭、嘭。

猪肉铺老板从那堆报纸上麻利地拿起两张，将她那上好的腊肠包起来，红脸膛咧嘴一笑。

——好啦，大姐，他说。

她粗鲁地笑了笑，伸出肥实的手脖子，递过去一枚硬币。

——谢谢，大姐。我找您一先令三便士。您呢，要点儿什么？

布卢姆先生赶紧指了指。要是她走得慢的话，还能追上去，跟在她那颤颤的火腿般的臀部后面走。大清早头一宗就饱了眼福。快点儿，他妈的。太阳好，就晒草。她在店外的阳光底下站了一会儿，就懒洋洋地朝右踱去。他在鼻子里长叹了一下：她们永远也不会懂人心意的。一双手都被碱弄皴了。脚指甲上结成硬痂。破破烂烂的褐色无袖工作服，保护着她的一前一后[19]。由于被漠视，他心里感到一阵痛苦，渐渐又变成淡淡的快感。她属于另一个男人：下了班的警察在埃克尔斯街上搂抱她来着。她们喜欢大块头的[20]。上好的腊肠。求求你啦，警察先生，我在树林子里迷了路[21]。

——是三便士，您哪。

他的手接下那又黏糊又软和的腰子，把它滑入侧兜里。接着又从裤兜里掏出三枚硬币，放在麻面橡胶盘上。钱撂下后，迅速地过了目，就一枚一枚麻利地滑进钱柜。

——谢谢，先生。请您多照顾。

狐狸般的眼睛里闪着殷切的光，向他表示谢意。他马上就移开了视线。不，最好不要提了，下次再说吧[22]！

——再见。他边说边走开。

——再见，先生。

毫无踪影，已经走掉了。那又有什么关系呢？

他沿着多尔塞特街走回去，一路一本正经地读着报。阿根达斯·内泰穆[23]：移民垦殖公司。向土耳其政府购进一片荒沙地，种上桉树。最适宜遮阳、当燃料或建筑木材了。雅法[24]北边有橘树林和大片大片的瓜地。你交八十马克，他们就为你种一狄纳穆[25]地的橄榄、橘子、扁桃或香橼。橄榄来得便宜一些，橘子需要人工灌溉。每一年的收获都给你寄来。你的姓名就作为终身业主在公司登记入册。可以预付十马克，余数分年付。柏林，西十五区，布莱布特留大街三十四号。

没什么可试的。然而，倒也是个主意。

他瞅着报纸上的照片：银色热气中朦朦胧胧望到牛群。撒遍了银粉的橄榄树丛。白昼恬静而漫长：给树剪枝，它逐渐成熟了。橄榄是装在坛子里的吧？我还有些从安德鲁那家店里买来的呢。摩莉把它们吐掉了。如今她尝出味道来啦。橘子是用棉纸包好装在柳条篓里。香橼也是这样。不晓得可怜的西特伦[26]是不是还住在圣凯文步道[27]？还有弹他那把古色古香的七弦琴的马斯添斯基。我们在一起曾度过多少愉快的夜晚。摩莉坐在西特伦那把藤椅上。冰凉的蜡黄果实拿在手里真舒服，而且清香扑鼻。有那么一股浓郁、醇美、野性的香味儿。一年年的，老是这样。莫依塞尔告诉我，能卖高价哩！阿尔布图斯小街[28]；普莱曾茨[29]街；当年美好的岁月。他说，一个渣儿也不能有[30]。是从西班牙、直布罗陀、地中海和黎凡特[31]运来的。雅法的码头上摆了一溜儿柳条篓，一个小伙子正往本子上登记。身穿肮脏的粗布工作服、打赤脚的壮工们在搬运它们。一个似曾相识的人露面了。你好啊！没有理会。点头之交是令人厌烦的。他的后背倒挺像那位挪威船长[32]。也不晓得今天能不能碰见他。洒水车。是唤雨用的。**在地上，如同在天上一样**[33]。

一片云彩开始徐徐把太阳整个遮蔽起来。灰灰地。远远地。

不，并不是这样。一片荒原，不毛之地。火山湖，死海。没有鱼，也不见杂草，深深地陷进地里。没有风能在这灰色金属般的、浓雾弥漫的毒水面上掀起波纹。降下来的是他们所谓的硫黄。平原上的这些城市：所多玛、蛾摩拉[34]、埃多姆[35]，名字都失传了。一座在死亡的土地上的死海，灰暗而苍老。而今它老了。这里孕育了最古老、最早的种族。一个弯腰驼背的老妪从卡西迪那家酒店里走了出来，横过马路，手里攥着一只能装四分之一品脱的瓶子嘴儿。这是最古老的民族。流浪到遥远的世界各地，被俘虏来俘虏去，繁殖，死亡，又在各地诞生。如今却躺在那儿，再也不能繁衍子孙了。已经死亡。是个老妪的。世界的干瘪了的灰色阴门。

一片荒芜。

灰色的恐怖使他毛骨悚然。他把报纸叠起，放到兜里，拐进埃克尔斯街，匆匆赶回家去。冰凉的油在他的静脉里淌着，使他的血液发冷。年齿像盐[36]外套将他包裹起来。喏，眼下我到了这儿。对，眼下我到了这儿。今天早晨嘴里不舒服，脑子里浮现出奇妙的幻想。是从不同于往日的那边下的床。又该恢复桑道式健身操[37]了。俯卧撑。一座座布满污痕的褐色砖房。门牌八十号的房子还没租出去呢。是怎么回事呢？估价为二十八英镑。客厅一扇扇窗户上满是招贴：托尔斯啦，巴特斯比啦，诺思啦，麦克阿瑟啦[38]。就好像是在发痛的眼睛上贴了好多块膏药似的。吸着茶里冒出来的柔和的水蒸气和平底锅里嗞嗞响的黄油的香气。去贴近她那丰腴而在床上焐暖了的肉体。对，对。

一束炽热暖人的阳光从伯克利路疾速地扑来。这位金发随风飘拂的少女足蹬细长的凉鞋，沿着越来越明亮的人行道跑来，朝我跑来了[39]。

门厅地板上放着两封信和一张明信片。他弯下腰去捡起。玛莉恩・布卢姆太太。他那兴冲冲的心情立即颓丧下来。笔力遒劲：玛莉恩太太。

——波尔迪！

他走进卧室，眯缝着眼睛，穿过温煦、黄色的微光，朝她那睡乱了的头走去。

——信是写给谁的？

他瞧了瞧。穆林加尔。米莉。

——一封是米莉给我的信，他小心翼翼地说，还有一张给你的明信片。另一封是写给你的信。

他把明信片和信放在斜纹布面床单上，靠近她膝头弯曲的地方。

——你愿意我把百叶窗拉上去吗？

当他轻轻地将百叶窗拽上半截的时候，他那只盯着后面的眼睛[40]瞥见她瞟了一眼那封信，并把它塞到枕下。

——这样就行了吧？他转过身来问。

她用手托腮，正读着明信片。

——她收到包裹啦，她说。

她把明信片搁在一边，身子慢慢地蜷缩回原处，舒舒服服地叹了口气。他伫候着。

——快点儿沏茶吧，她说。我渴极啦！

——水烧开啦，他说。

可是为了清理椅子，他耽搁了片刻：将她那条纹衬裙和穿脏了胡乱丢着的亚麻衬衣一股脑儿抱起来，塞到床脚。

当他走下通往厨房的阶梯时，她喊道：

——波尔迪！

——什么事？

——烫一烫茶壶。

水确实烧开了，壶里正冒着一缕状似羽毛的热气。他烫了烫茶壶，涮了一遍，放进满满四调羹茶叶，斜提着开水壶往里灌。沏好了，他就把开水壶挪开，将锅平放在煤火上，望着那团黄油滑溜并融化。当他打开那包腰子时，猫儿贪馋地朝他喵喵叫起来。要是肉食喂多了，它就不逮耗子啦！哦，猫儿不肯吃猪肉。给点儿清真食品吧。来。他把沾着血迹的纸丢给它，并且将腰子放进嗞嗞啦啦响着的黄油汁里。还得加上点儿胡椒粉。他让盛在有缺口的蛋杯里的胡椒粉从他的指缝间绕着圈儿撒了下来。

然后他撕开信封，浏览了一眼那页信。谢谢。崭新的无檐软帽[41]。科格伦[42]先生。赴奥维尔湖野餐。年轻学生[43]。布莱泽斯·博伊兰[44]的《海滨的姑娘们》。

红茶泡出味儿来了。他微笑着把自己的搪须杯[45]斟满。那个有着王冠图案仿造德比的瓷器[46]还是傻妞儿米莉送给他的生日礼物哩，当时她才五岁。不对，是四岁。我给了她一串人造琥珀项链，她给弄坏了。还曾替她往信箱里放些折叠起来的棕色纸片。他笑嘻嘻地倒着茶。

哦，米莉·布卢姆，你是我的乖，
从早到晚，你是我的明镜，
凯西·基奥虽有驴和菜地，
我宁肯要你，哪怕一文不名。[47]

可怜的老教授古德温[48]。老境狼狈不堪。尽管如此，他不失为一个彬彬有礼的老头儿。当摩莉从舞台上退场时，他总是照老规矩向她鞠个躬。他的大礼帽里藏着一面小镜子。那天晚上，米莉把它拿到客厅里来了。噢，瞧瞧我在古德温教授的帽子里找到了什么！我们全都笑了。甚至那时候她就情窦初开了。可真是个活泼的小乖乖啊！

他把叉子戳进腰子"啪"的一声将它翻了个个儿。然后把茶壶摆在托盘上。当他端起来的时候，隆起来的盘底凹了下去。都齐了吗？抹上黄油的面包四片、白糖、调羹、她的奶油。齐啦。他用大拇指钩住茶壶柄，把托盘端上楼去。

他用膝盖顶开门，端着托盘进去，将它搁在床头的椅子上。

——瞧你这蘑菇劲儿！她说。

她用一只胳膊肘支在枕头上，敏捷地坐起来时，震得黄铜环丁零当啷响，他安详地俯视着她那丰满的身躯和睡衣里面像母山羊奶子那样隆起的一对绵软柔和的大乳房之间的缝隙。她那仰卧着的身上发散出的热气同她斟着的茶水的清香汇合在一起。

凹陷的枕头底下露出一小截撕破了的信封。他边往外走，边停下脚来抻了抻被子。

——信是谁写来的？他问。

笔力遒劲。玛莉恩。

——哦，是博伊兰。他要把节目单带来。

——你唱什么？

——和 J.C. 多伊尔合唱《手拉着手》[49]，她说，还有《古老甜蜜的情歌》[50]。

她那丰腴的嘴唇边啜茶边绽出笑容。那种香水到了第二天就留下一股有点儿酸臭的气味，就像是馊了的花露水似的。

——打开一点儿窗户好不好？

她边把一片面包叠起来塞到嘴里，边问：

——葬礼几点钟开始？

——我想是十一点钟吧，他回答说。我没看报纸。

他顺着她所指的方向从床上拎起她那脏内裤的一条腿。不对吗？接着是一只歪歪拧拧地套在长袜上的灰色袜带。袜底皱皱巴巴，磨得发亮。

——不对，要那本书。

另一只长袜。她的衬裙。

——准是掉下去啦，她说。

他到处摸索。我要，又不愿意[51]。不知道她能不能把那个字咬清楚：我要[52]。书不在床上，想必是滑落了。他弯下身撩起床沿的挂布。书果然掉下去了。摊开来靠在布满回纹的尿盆肚上。

——给我看看，她说。我做了个记号。有个词儿我想问问你。

她从捧在手里的杯中呷了一大口茶，麻利地用毛毯揩拭了一下指尖，开始用发夹顺着文字划拉，终于找到了那个词儿。

——遇见了他[53]什么？他问。

——在这儿哪，她说。这是什么意思？

他弯下身去，读着她那修得漂漂亮亮的大拇指甲旁边的字。

——Metempsychosis？

——是啊，他到底是哪儿的什么人呢？

——Metempsychosis，他皱着眉头说。这是个希腊字眼儿，从希腊文来的，意思就是灵魂的转生。

——哦，别转文啦！她说。用普普通通的字眼儿告诉我！

他微笑着，朝她那神色调皮的眼睛斜瞟了一眼。这双眼睛和当年一样年轻。就是在海豚仓[54]猜哑剧字谜后那第一个夜晚。他翻着弄脏了的纸页。《**马戏团的红演员鲁碧**》[55]。哦，插图。手执赶车鞭子的凶悍的意大利人。赤条条地待在地板上的想必是红演员鲁碧喽。好心借与的床单[56]。**怪物马菲停了下来，随着一声诅咒，将他的猎物架猛扔出去**。内幕残忍透了。给动物灌兴奋剂。亨格勒马戏团的高空吊[57]。简直不能正眼看它。观众张大了嘴呆望着。你要是摔断了颈骨，我们会笑破了肚皮。一家子一家子的，都干这一行。从小就狠狠地训练，于是他们转生了。我们死后继续生存。我们的灵魂。一个人死后，他的灵魂，迪格纳穆的灵魂……

——你看完了吗？他问。

——是的，她说。一点儿也不黄。她是不是一直在爱着那头一个男人？

——从来没读过。你想要换一本吗？

——嗯。另借一本保罗·德·科克[58]的书来吧。他这个名字挺好听。

她又添茶，并斜眼看着茶水从壶嘴往杯子里淌。

必须续借卡佩尔街图书馆那本书，要不他们就会寄催书单给我的保证人卡尔尼[59]。转生，对，就是这词儿。

——有些人相信，他说，咱们死后还会继续活在另一具肉体里，而且咱们前世也曾是那样。他们管这叫作转生。还认为几千年前，咱们全都在地球或旁的星球上生活过。他们说，咱们不记得了。可有些人说，他们还记得自己前世的生活。

黏糊糊的奶油在她的红茶里弯弯曲曲地凝结成螺旋形。不如重新提醒她这个词儿：轮回。举个例会更好一些。举个什么例子呢？

床上端悬挂着一幅《**宁芙**[60]**沐浴图**》。这是《**摄影点滴**》[61]复活节专刊的附录，是人工着色的杰出名作。没放牛奶之前，红茶就是这种颜色。未尝不像是披散起头发时的玛莉恩，只不过更苗条一些。在这副镜框上，我花了三先令六便士。她说挂在床头才好看。裸体宁芙们，希腊。拿生活在那个时代的人们做例子也好嘛！

他一页页地往回翻。

——转生，他说，是古希腊人的说法。比方说，他们曾相信，人可以变成动物或树木。譬如，还可以变作他们所说的宁芙。

正在用调羹搅拌着砂糖的她，停下手来。她定睛望着前方，耸起鼻孔吸着气。

——一股糊味儿，她说。你在火上放了些什么东西吗？

——腰子！他猛地喊了一声。

他把书胡乱塞进内兜，脚趾尖撞在破脸盆架上，朝着那股气味的方向奔出屋子，以慌慌张张的白鹳般的步子，匆忙冲下楼梯。刺鼻的烟从平底锅的一侧猛地往上喷，他用叉子尖儿铲到腰子下面，将它从锅底剥下来，翻了个个儿。只糊了一丁点儿。他拿着锅，将腰子一颠，让它落在盘子上，并且把剩下的那一点儿褐色汁子滴在上面。

现在该来杯茶啦。他坐下来，切了片面包，涂上黄油。又割下腰子糊了的部分，把它丢给猫。然后往嘴里塞了一叉子，边咀嚼边细细品尝着那美味可口的嫩腰子。烧得火候正好。喝了口茶。接着他又将面包切成小方块儿，把一块在浓汁里蘸了蘸，送到嘴里。关于年轻学生啦，郊游啦，是怎么写的来着？他把那封信铺在旁边摩挲平了，边嚼边慢慢读着，将另外一小方块也蘸上汁子，并举到嘴边。

最亲爱的爹爹：

非常非常谢谢您这漂亮的生日礼物。我戴着合适极了。大家都说，我戴上这顶新的无檐软帽，简直成了美人儿啦！我也收到了妈妈那盒可爱的奶油点心，并正在写信给她。点心很好吃。照相这一行，现在我越干越顺当。科格伦先生为我和他太太拍了一张相片，冲洗出来后，将给您寄去。昨天我们生意兴隆极了。天气很好，那些胖到脚后跟的统统都来啦！下星期一我们和几位朋友赴奥维尔湖做小规模的野餐。问妈妈好，给您一个热吻并致谢。我听见他们在楼下弹钢琴哪。星期六将在格雷维尔徽章饭店举行音乐会。有个姓班农的年轻学生，有时傍晚到这儿来。他的堂兄弟还是个什么大名人，他唱博伊兰（我差点儿写成布莱泽斯·博伊兰了）那首关于海滨姑娘们的歌曲。告诉他[62]，傻米莉向他致以最深切的敬意。我怀着挚爱搁笔了。

热爱您的女儿

米莉

又及：由于匆忙，字迹潦草，请原谅。再见。

米

昨天她就满十五岁了。真巧，又正是本月十五号。这是她头一回不在家里过生日。别离啊。想起她出生的那个夏天的早晨，我跑到丹齐尔街去敲桑顿太太的门，喊她起床。她是个快活的老太婆。经她手接生来到世上的娃娃，想必多得很哩。她一开始就晓得可怜的小鲁迪[63]活不长。——先生，天主是仁慈的。她立刻就知道了。倘若活了下来，如今他已十一岁了。

他神色茫然，带些怜惜地盯着看那句附言。字迹潦草，请原谅。匆忙。在楼下弹钢琴。她可不再是乳臭未干的毛丫头啦。为了那只手镯的事，曾在第四十号咖啡馆和她拌过嘴。她把头扭过去，不吃点心，也不肯说话。好个倔脾气的孩子。他把剩下的面包块儿都浸在浓汁里，并且一片接一片地吃着腰子。周薪十二先令六便士，可不算多。然而，就她来说，也还算不错哩。杂耍场舞台。年轻学生，他呷了一大口略凉了些的茶，把食物冲了下去。然后又把那封信重读了两遍。

哦，好的，她晓得怎样当心自己了。可要是她不晓得呢？不，什么也不曾发生哩。当然，也许将会发生。反正等发生了再说呗。简直是个野丫头。迈着那双细溜的腿跑上楼梯。这是命中注定的。如今快要长成了。虚荣心可重哩。

他怀着既疼爱又不安的心情朝着厨房窗户微笑。有一天我瞥见她在街上，试图掐红自己的腮帮子。她有点儿贫血，断奶断得太晚了。那天乘爱琳王号绕基什一周[64]，那艘该死的旧船颠簸得厉害。她可一点儿也不害怕，那淡蓝色的头巾和头发随风飘动。

鬈发和两腮酒窝，
简直让你晕头转向。

海滨的姑娘们。撕开来的信封。双手揣在兜里，唱着歌儿的那副样子，活像是逍遥自在地度着一天假的马车夫。家族的朋友。他把“晕”说成了“云”[65]。夏天的傍晚，栈桥上点起灯火，铜管乐队。

那些姑娘，那些姑娘，

海滨那些俏丽的姑娘。

米莉也是如此。青春之吻，头一遭儿。早已经成为过去了。玛莉恩太太。这会子想必向后靠着看书哪，数着头发分成了多少绺，笑眯眯地编着辫子。

淡淡的疑惧，悔恨之情，顺着他的脊骨往下蹿。势头越来越猛。会发生的，是啊！阻挡也是白搭，一筹莫展。少女那俊美、娇嫩的嘴唇。也会发生的啊。他觉得那股疑惧涌遍全身。现在做什么都是徒然的。嘴唇被吻，亲吻，被吻。女人那丰满而如胶似漆的嘴唇。

她不如就待在眼下这个地方。远离家门。让她有事儿可做。她说过想养只狗做消遣。也许我到她那儿去旅行一趟。利用八月间的银行休假日[66]，来回只消花上两先令六便士。反正还有六个星期哪。也许能弄到一张报社的乘车证。要么就托麦科伊[67]。

猫儿把浑身的毛舔得干干净净，又回到沾了腰子血的纸那儿，用鼻子嗅了嗅，并且大模大样地走到门前。它回头望了望他，喵喵叫着。想出去哩。只要在门前等着，迟早总会开的。就让它等下去好了。它显得烦躁不安，身上起了电哩。空中的雷鸣。是啊，它还曾背对着火，一个劲儿地洗耳朵来着。

他觉得饱了。撑得慌；接着，肠胃一阵松动。他站起来，解开裤腰带。猫儿朝他喵喵叫着。

——喵！他回答。等我准备好了再说。

空气沉闷，看来是个炎热的日子。吃力地爬上楼梯到平台[68]那儿去，可太麻烦了。

要张报纸。他喜欢坐在便桶上看报。可别让什么无聊的家伙专挑这种时候来敲门。

他从桌子的抽屉里找到一份过期的《珍闻》[69]。他把报纸叠起来，夹在腋下，走到门前，将它打开。猫儿轻盈地蹿跳着跑上去了。啊，它是想上楼，到床上蜷缩成一团。

他竖起耳朵，听见了她的声音：

——来，来，小咪咪。来呀。

他从后门出去，走进园子，站在那儿倾听着隔壁园子的动静。那里鸦雀无声。多半是在晾晒着衣服哪。女仆在园子里[70]。早晨的天气多好。

他弯下身去望着沿墙稀稀疏疏地长着的一排留兰香。就在这儿盖座凉亭吧。种上红花菜豆或五叶地锦什么的。这片土壤太贫瘠了，想整个施一通肥。上面是一层像是肝脏又近似硫黄的颜色。要是不施肥，所有的土壤都会变成这样。厨房的泔水。怎么才能让土壤肥沃起来呢？隔壁园子里养着母鸡。鸡粪就是头等肥料。可再也没有比牲口粪更好的了，尤其是用油渣饼来喂养的牛。牛粪可以做铺垫。最好拿它来洗妇女戴的羔羊皮手套。用脏东西清除污垢。使用炭灰也可以。把这块地都开垦了吧。在那个角落里种上豌豆，还有莴苣。那么就不断地有新鲜青菜吃了。不过，菜园子也有缺陷。圣灵降临节的第二天，这里就曾招来成群的蜜蜂[71]和青蝇。

他继续走着。咦，我的帽子呢？想必是把它挂回到木钉上啦。也许是挂在落地衣帽架上了。真怪，我一点儿也记不得。门厅里的架子太满了。四把伞，还有她的雨衣。方才我拾起那几封信的时候，德雷格理发店的铃声响起来了。奇怪的是我正在想着那个人。涂了润发油的褐色头发一直垂到他的脖领上。一副刚刚梳洗过的样子。不知道今天早晨来不来得及洗个澡。塔拉街[72]。他们说，坐在柜台后面的那个家伙把詹姆斯·斯蒂芬斯[73]放跑了。他姓奥布赖恩[74]。

那个叫德鲁加茨的家伙声音挺深沉的。那家公司叫阿根达斯什么来着？——好啦，大姐[75]。狂热的犹太教徒[76]。

他一脚踢开厕所那扇关不严的门。还得穿这条裤子去参加葬礼哪，最好多加小心，可别给弄脏了。门楣挺矮，他低着头走进去。门半掩着，在发霉的石灰浆和陈年的蜘蛛网的臭气中，解下了背带。蹲坐之前，隔着墙缝朝上望了一下邻居的窗户。国王在他的账房里[77]。一个人也没有。

他蹲在凳架[78]上，摊开报纸，在自己赤裸裸的膝上翻看着。读点新鲜而又轻松的。不必这么急嘛。从从容容地来。《珍闻》的悬赏小说:《马查姆的妙举》，作者菲利普·博福伊[79]先生是伦敦戏迷俱乐部的成员。已经照每栏一畿尼付给了作者。三栏半。三镑三先令。三镑十三先令六便士[80]。

他不急于出恭，从从容容地读完第一栏，虽有便意却又憋着，开始读第二栏。然而读到一半，就再也憋不住了。于是就一边读着一边让粪便静静地排出。他仍旧耐心地读着，昨天那轻微的便秘完全畅通了。但愿块头不要太大，不然，痔疮又会犯了。不，这刚好。对。啊！便秘嘛，请服一片药鼠李皮[81]。人生也可能就是这样。这篇小说并未使他神往或感动，然而写得干净利索。如今啥都可以印出来，是个胡来的季节。他继续读下去，安然坐在那里闻着自己冒上来的臭味。确实利索。马查姆经常想起那一妙举，凭着它，自己赢得了大笑着的魔女之爱，而今她……开头和结尾都有说教意味。手拉着手。写得妙！他翻过来又瞅了瞅已读过的部分，同时觉出尿在静静地淌出来，心里毫无歹意地在羡慕那位由于写了此文而获得三镑十三先令六便士的博福伊先生。

也许好歹能写出一篇小品文。利・玛・布卢姆夫妇作。由一句谚语引出一段故事如何？可哪句好呢？想当初，她在换衣服，我一边看她梳妆打扮，一边把她讲的话匆匆记在我的袖口上。我们不喜欢一道换装。一会儿是我刮胡子，刮出了血，一会儿又是她，裙腰开口处的钩子不牢，狠狠地咬着下唇。我为她记下时间，九点一刻：罗伯兹付你钱了没有？九点二十分：葛莉塔・康罗伊[82]穿的是什么衣服？九点二十三分：我究竟着了什么魔，买下这么一把梳子！九点二十四分：吃了那包心菜，肚子胀得厉害。她的漆皮靴上沾了点儿土。于是轮流抬起脚来，用靴子的贴边灵巧地往袜筒上蹭。在义卖会舞会上，梅氏乐队[83]演奏了庞契埃利的《时间之舞》[84]。那是第二天早晨的事。你解释一下：早晨的时光，晌午，随后傍晚来临，接着又是晚上的时光。她刷牙来着。那是头一个晚上[85]。她脑子里还在翩翩起舞。她的扇柄还在咯嗒咯嗒响着。那个博伊兰阔吗？他有钱。怎见得？跳舞的时候，我发觉他呼出浓郁的、好闻的气味。那么，哼哼唱唱也是白搭。还是暗示一下为好。昨天晚上的音乐可妙哩。镜子挂在暗处。于是，她就用自己的带柄手镜在她那裹在羊毛衫里的颤巍巍的丰满乳房上敏捷地擦了擦。她照着镜子，然而眼角上的鱼尾纹却怎么也抹不掉。

黄昏时分，姑娘们穿着灰色网纱衫。接着是夜晚的时光：穿黑的，佩匕首，戴着只露两眼的假面具。多么富于诗意的构思啊：粉色，然后是金色，接着是灰色，接着又是黑色。也是那样栩栩如生。先是昼，随后是夜。

他把获奖小说吱拉一声扯下半页，用来揩拭自己。然后系上腰带和背带，扣上纽扣。他将那摇摇晃晃关不紧的门拽上，从昏暗中走进大千世界。

在明亮的阳光下，四肢舒展爽朗起来。他仔细审视着自己的黑裤子：裤脚、膝部、腿窝。丧礼是几点钟来着？最好翻翻报纸。

空中响起金属的摩擦声和低沉的回旋声。这是乔治教堂在敲钟。那钟在报时辰，黑漆漆的铁在轰鸣着。

叮当！叮当！

叮当！叮当！

叮当！叮当！

三刻钟了。又响了一下。回音划破天空跟过来。第三下。

可怜的迪格纳穆！

第四章　注释

1 离布卢姆夫妇所住的埃克尔斯街7号最近的一家以汉隆为店名的牛奶店，坐落在下多尔塞特街26号。

2 普列文是保加利亚北部的城市。在俄土战争（1877—1878）中，俄军对土耳其人占领下的普列文进行围攻，土耳其人被迫投降。布卢姆的岳父特威迪当年曾在支援土耳其的英军中服役，以后又到西班牙南端的英国要塞直布罗陀服役。

3 这个白纸片上印有“亨利·弗罗尔”字样，是布卢姆为了和一位叫作玛莎·克利弗德的女打字员秘密通信而用的化名。

4 土豆是布卢姆亡母的纪念品。他总把它当作护身符，随身携带。

5 可怕的土耳克，参看第1章注42。这里指此人长得像戏里的土耳克王。

6 阿瑟·格里菲思，参看第3章注108。

7 《自由人报》是1780年左右创办的一份爱尔兰报纸，1930年停办。该报站在温和保守的立场上主张爱尔兰自治。以爱尔兰银行大楼（1800年英、爱议会合并前为爱尔兰议会大厦）后一轮太阳为其社论花饰。

8 布卢姆以替《自由人报》拉广告为业。

9 这里，布卢姆联想到一首爱尔兰歌谣（见第12章注189），其主人公与这位老板同名。

10 这一天是1904年6月16日，日俄战争已打了4个月。

11 利特里姆是爱尔兰西北部康诺特省偏僻的郡，当地居民被看作是乡巴佬。

12 亚当·S.芬德莱特尔斯是个经营茶叶和酒的商人，除了总公司，还开设了11家分公司。丹尼尔·塔隆斯是个经营食品杂货和酒的商人，1899年至1900年任都柏林市市长。

13 这是为了便于儿童记忆，用26个英文字母编成的一首歌。这里，原作中用拼音把此歌的唱腔表示出来了。

14 伊尼施土耳克（爱尔兰语：公猪岛）、伊尼沙克（爱尔兰语：公牛岛）和伊尼施勃芬（爱尔兰语：白母牛岛）都是爱尔兰中部西岸的岛屿。

15 布卢姆山位于都柏林市以南55英里处，系同名山脉的主峰。

16 太巴列湖即加利利海的异称，位于巴勒斯坦东北部。《约书亚记》第19章第35节中曾提及基尼烈城，它坐落在加利利海西南，有时也把加利利海叫作基尼烈湖。20世纪初有些犹太企业家在此筹建犹太人聚居区。

17 摩西·蒙蒂斐奥里（1784—1885），犹太裔慈善家。出身于意大利犹太商人世家，幼年随家到英国。他毕生致力于改善流浪于欧洲和中东的犹太人的处境。开办这座农场也是为了给犹太工人提供就业机会。

18 据第17章，布卢姆曾在牲畜市场附近住过，并于1893年至1894年间，在一个叫作约瑟夫·卡夫的牲畜业者手下当过雇员。

19 原文作scapular，也作“肩衣”解。教徒们迷信褐色肩衣是保持贞操的护身符，故以崇敬圣母为宗旨的天主教在俗组织的年轻女子，把它作为虔诚的标志穿在身上。这里把女仆穿的无袖工作服比作肩衣。

20 在1904年，身高5英尺9英寸以上的男子才能当上都柏林市的警察，超过一般市民。

21 《求求你啦，警察先生，噢噢噢》是19世纪90年代蒂利姐妹们在都柏林演唱的一首歌的歌名，歌词作者为E.安德鲁斯。“我在树林子里迷了路”则引自英国童话《树林里的娃娃们》。还有一首同名的民谣。

22 布卢姆原想告诉德鲁加茨，他也是匈牙利裔犹太人，但又打消了这个念头。

23 阿根达斯·内泰穆是希伯来文移民垦殖公司的译音。这是1905年夏天创办的一个企业，旨在帮助犹太人在巴勒斯坦（当时属于土耳其帝国）定居。这里把日期提前了一年。

24 雅法是以色列西部的港口。1950年与特拉维夫合并，改成特拉维夫–雅法，是以色列最大城市和商业、交通、文化的中心。

25 一狄纳穆等于1000平方米。以色列目前仍采用这种面积单位。下文中的西15区，在第15章中作西13区（参看该章注132）。

26 香橼，原文作citron。布卢姆由此联想到住在圣凯文步道17号的西特伦（Citron）。

27 圣凯文步道是都柏林市城南的一条街。在布卢姆夫妇当年住过的西伦巴德街的拐角处。

28 阿尔布图斯小街也距西伦巴德街不远。莫依塞尔住在该街20号，因而与布卢姆是街坊。

29 普莱曾茨是都柏林市城南的街道。

30 犹太教一年一度的住棚节（感恩节，开始于希伯来历第7个月的15日）期间使用的香橼，不但一个渣儿也不能有，连栽培技术及环境都有各种讲究。

31 黎凡特是第一次世界大战前地中海东部诸国的通称。指小亚细亚沿海地带和叙利亚。该词也是中东或近东的同义词。

32 这位挪威船长是个驼背，他叫都柏林的裁缝J.H.克尔斯为自己做了一件衣服，却抱怨说剪裁不得体。克尔斯反驳说，根本无法照着他的身材做衣服。参看艾尔曼著《詹姆斯·乔伊斯》（第23页）。

33 这是天主教祷文《天主经》中的半句话，全句是：“愿你的旨意实现在地上，如同在天上一样。”见《马太福音》第6章第10节。

34 据《创世记》第19章，所多玛与蛾摩拉是罪恶之城，天主使“燃烧着的硫黄从天上降落”，将其毁灭。遗址在今以色列境内死海南端附近利桑半岛以南的浅水之下。这原是青铜时代中期（约公元前2000—前1500）土地肥沃的地区，根据地质学家的考证，系毁于地震时石油与天然气喷发燃烧导致的天灾。

35 埃多姆（旧译以东），古代地名，与古以色列相邻，在今约旦西南部，死海与亚喀巴湾之间。

36 参看《创世记》第19章第24至26节：所多玛和蛾摩拉城被毁后，“罗得的妻子回过头来看一看，就变成一根盐柱”。

37 指爱尔兰大力士尤金·桑道（原名弗雷德里卡·马勒，1867—1925）所编排的健身操。第17章中提到，布卢姆的书架上有一本桑道所著《体力与健身术》。

38 托尔斯、巴特斯比、诺思和麦克阿瑟都是都柏林的房地产经纪人。

39 这句话既指阳光，又隐喻米莉。参看第14章注243至245及有关正文。下文中的波尔迪是利奥波德的爱称。

40 语出自英国诗人埃德蒙·斯宾塞（1552—1599）的长诗《仙后》（1590—1596）。独眼的马尔贝科发现自己的妻子海伦诺尔与人通奸，他便死命地往前跑，眼睛却依然“盯着后面”。见该诗第3章第10节第56段。

41 这是苏格兰人喜戴的一种宽顶无檐软帽，通常用呢料做成，有点儿像贝雷帽，顶上有个毛线球儿。

42 科格伦是开照相馆的，布卢姆的女儿米莉在他手下工作。

43 年轻学生指亚历克·班农，参看第1章注123。

44 布莱泽斯·博伊兰是广告商兼演出业者，系布卢姆之妻女高音歌手玛莉恩的代理人，与她有暧昧关系。他擅长唱哈里·B.诺里斯作词并谱曲的《海滨的姑娘们》（1899）一歌。布莱泽斯（Blazes）是他的绰号，意思是烈火、闪耀。

45 搪须杯里有一种装置，可避免饮水时将胡子沾湿。

46 德比瓷器是约于1750年至1848年间在英国德比制造的一种瓷雕和餐具。

47 这里套用爱尔兰诗人、歌词作家塞缪尔·洛弗（1797—1868）所作的诗（收于1835年出版的《爱尔兰传说与故事》），并把原诗中的“撒迪·布雷迪”改成“米莉·布卢姆”，“布赖恩·加拉格尔虽有房子”改成“凯西·基奥虽有驴”。

48 古德温是个钢琴师，1888年至1895年间曾为摩莉伴奏。下文中提到的那次音乐会是1893年举行的。

49 原文为意大利语，出自奥地利作曲家沃尔夫冈·阿马德乌斯·莫扎特（1756—1791）所作歌剧《唐乔万尼》（1787）第1幕第3场中的二重唱。男主人公唐乔万尼引诱农村姑娘泽莉娜，说：“咱们将结婚，咱们将手拉着手前往……”J.C.多伊尔，参看第6章注33。

50 《古老甜蜜的情歌》（1884）是G.克利夫顿·宾厄姆（1859—1913）作词、爱尔兰作曲家詹姆斯·莱曼·莫洛伊（1837—1909）作曲的一首歌曲。下文中的“酸臭的气味”，布卢姆在夜间重新提到。参看第15章注666。

51、52 原文为意大利歌词，是摩莉即将演唱的泽莉娜对唐乔万尼所作的答复，原作Vorrei enon vorrei，意即：“我愿意，又不愿意”，表达了女主人公在受诱惑时的矛盾心理。在这里，布卢姆却把vorrei（愿意）误作voglio（要）了。

53 后文中的metempsychosis系源于希腊文的外来语，意思是轮回、转生。此词的前半截metem，与英语met him（遇见了他）发音相近。

54 海豚仓是都柏林市西南郊的一条小巷，卢克和卡罗琳·多伊尔夫妇就住在这里。布卢姆与玛莉恩是在他们家初次相遇的。

55 此书原名叫《鲁碧，根据一个马戏团女演员的生活写成的小说》（伦敦，1889），作者为艾米·里德。这里还把马戏团老板恩里科的名字改成马菲。该书写一个13岁上被卖给马戏团的小姑娘鲁碧被虐待致死的事。

56 原文作Sheet kindly lent。扎克·鲍恩在《詹姆斯·乔伊斯的音乐暗喻》（1974，第88

页）中指出，此句与英国枢机主教约翰·亨利·纽曼（1801—1890）所作的颂歌《云柱》（1833）中的诗句Lead kindly light（光啊，仁慈地引导）发音相近。

57 指查理·亨格勒（1820—1887）及其胞弟艾伯特所经营的马戏团的表演。该团在都柏林、爱丁堡、伦敦等6个城市均有固定场地，而不是搭棚做巡回演出。

58 查理-保罗·德·科克（1793—1871），法国作家。所著反映巴黎生活的小说，略有色情描写，曾在欧洲风靡一时。他的全集出版于1835年至1844年间。

59 当时都柏林确有个叫约瑟夫·卡尔尼的人，在卡佩尔街14号经售书籍乐谱。

60 宁芙是音译，希腊神话中半神半人的少女。她们通常住在山林水泽中。

61 《摄影点滴》是1898年在伦敦创刊的一份周刊，每册一便士，逢星期四出版，所刊照片略带色情味道。

62 他指博伊兰。

63 鲁迪是布卢姆的儿子，生下来11天就夭折了。桑顿太太是个接生婆。

64 爱琳王号是一艘游览船，沿都柏林湾航行，并绕过基什的灯台船。基什，见第3章注138。

65 歌词中的晕字，原文作swirls。他指博伊兰。因咬字不清，唱成swurls了。英文中无此字。

66 银行假日指星期日外的公假日，在英国，一年有六次，即耶稣受难日、复活节次日、圣灵降临节（复活节后第五十天）次日、八月的第一个星期一、圣诞节、圣诞节次日。

67 麦科伊是布卢姆的朋友。这个人物曾出现在《都柏林人·圣恩》中，是个铁道办事员，在本书中是都柏林市的验尸官助手。

68 指设在楼梯平台处的厕所。

69 《珍闻·摘自世界最有趣的书报杂志》是1881年问世的一份周刊，每册一便士，逢星期四出版，被认为是现代通俗刊物的滥觞。

70 这里套用爱尔兰一首儿歌。全段为："国王在账房里，数着他的钱币；王后在客厅里，吃面包和蜂蜜。女仆在园子里，晾晒着衣服呢；飞来只小黑鸟，咬掉她的鼻尖。"

71 布卢姆曾于5月23日被蜜蜂螫过，他多次忆及此事。

72 塔拉街是通往巴特桥的一条街，街上有公共澡堂。

73 詹姆斯·斯蒂芬斯是爱尔兰独立运动的志士，参看第2章注54。

74 和斯蒂芬斯打过交道的奥布赖恩有两个，但均未直接参与救他出狱的活动。爱尔兰爱国主义者、青年爱尔兰运动领导人威廉·史密斯·奥布赖恩（1803—1864），曾于1848年在蒂珀雷斯郡的巴林加里领导农民起义，斯蒂芬斯也参加了。起义以失败告终，斯蒂芬斯逃脱，奥布赖恩被捕，以叛国罪被判处死刑，后减为终身流放。1854年获释，住在布鲁塞尔。另一个叫詹姆斯·弗朗西斯·泽维尔·奥布赖恩（1828—1905）。他于1858年在美国参加了芬尼运动。南北战争期间，他在联邦军中当外科医师。战后赴爱尔兰，1867年在科克参加芬尼社起义，失败后被捕，一度判处死刑，后于1869年获释。

75 布卢姆在回忆刚才肉铺老板德鲁加茨对买腊肠的邻居女仆说的话。

76 据艾尔曼著《詹姆斯·乔伊斯》（第308页脚注），乔伊斯在意大利的底里雅斯特教过一个叫作摩西·德鲁加茨（与肉铺老板同姓）的年轻学生。那是个犹太复国主义者，想"在巴勒斯坦为犹太人建立起政治上和法律上都有保障的家园"。

77 “国王在账房里”，参看本章注70。

78 原文作cuckstool，可译为惩椅。旧时把奸商或荡妇绑在上面示众。

79 19世纪90年代确实有个叫作菲利普·博福伊的人经常为《珍闻》撰稿。然而《马查姆的妙举》却是乔伊斯的杜撰。

80 这里，布卢姆在心算。一畿尼为二十一先令，一镑为二十先令。三栏是三镑三先令，再加上半栏，所以是三镑十三先令六便士。六便士相当于半先令。

81 药鼠李是产于北美太平洋沿岸的一种植物，其树皮可制作缓泻剂。

82 葛莉塔·康罗伊是《都柏林人·死者》的女主人公。

83 乐队名，属于都柏林一家出售乐谱并教授音乐和钢琴的梅氏公司。

84 阿米尔卡里·庞契埃利（1834—1886），意大利作曲家。《时间之舞》即出自他的著名歌剧《歌女》（又名《吉康达》，1876）第3幕的剧中剧。

85 意思是：玛莉恩和博伊兰是自从那个晚上一道跳舞后开始接近的。

第五章

布卢姆先生沿着停在约翰·罗杰森爵士码头上的一排货车稳重地走去，一路经过风车巷、利斯克亚麻籽榨油厂和邮政局。要是把这个地址也通知她就好了。走过了水手之家。他避开了早晨码头上的噪声，取道利穆街。一个拾破烂儿的少年在布雷迪公寓[1]旁闲荡，拎着一桶串起来的下水，吸着人家嚼剩的烟头。比他年纪小、额上留有湿疹疤痕的女孩朝他望着，懒洋洋地攥着个压扁了的桶箍。告诉他：吸烟可就长不高了。算啦，随他去吧！他这辈子反正也享不到什么荣华富贵。在酒店外面等着，好把爹领回家去。爹，回家找妈去吧！酒馆已经冷清下来，剩不下几位主顾啦！他横过汤森德街，打绷着面孔的伯特厄尔前面走过。厄尔，对：之家：阿列夫，伯特[2]。接着又走过尼科尔斯殡仪馆。葬礼十一点才举行，时间还从容。我敢说准是科尼·凯莱赫[3]替奥尼尔殡仪馆揽下今天这档子葬事的。闭着眼睛唱歌。科尼这家伙。有一回在公园遇见她啦。摸着黑儿啊。真有趣儿呀。给警察盯上了哩。她说出了姓名和住址，哼唱着我的吐啦噜，吐啦噜，呔。哦，肯定是他兜揽下来的。随便找个地方花不了几个钱把他埋掉算啦！我的吐啦噜，吐啦噜，吐啦噜，吐啦噜。

他在韦斯特兰横街的贝尔法斯特与东方茶叶公司的橱窗前停了下来，读着包装货物的锡纸上的商标说明：精选配制，优良品种，家用红茶。天气怪热的。红茶嘛，得到汤姆·克南[4]那儿去买一些。不过，在葬礼上不便跟他提。他那双眼茫然地继续读着，同时摘下帽子，安详地吸着自己那发油的气味，并且斯文地慢慢伸出右手去抚摩前额和头发。这是个炎热的早晨。他垂下眼皮，瞅了瞅这顶高级帽子衬里上绷着的那圈鞣皮的小小帽花。在这儿哪。他的右手从头上落下来，伸到帽壳里。手指麻利地掏出鞣皮圈后面的名片，将它挪到背心兜里。

真热啊，他再一次更缓慢地伸出右手，摸摸前额和头发，然后又戴上帽子，松了口气。他又读了一遍：精选配制，用最优良的锡兰[5]品种配制而成。远东。那准是个可爱的地方，不啻是世界的乐园；慵懒的宽叶，简直可以坐在上面到处漂浮。

仙人掌，鲜花盛开的草原，还有那他们称作蛇蔓的。难道真是那样的吗？僧伽罗人在阳光下闲荡，什么也不干是美妙的。成天连手都不动弹一下。一年十二个月，睡上六个月。炎热得连架都懒得吵。这是气候的影响。嗜眠症。怠惰之花。主要是靠空气来滋养。氮。植物园中的温室。含羞草。睡莲。花瓣发蔫了。大气中含有瞌睡病。在玫瑰花瓣上踱步。想想看，炖牛肚和牛蹄吃起来该是什么味道。我在什么地方看到过一个人的照片，是在哪儿拍的呢？对啦，他仰卧在死海上，撑着一把阳伞，还在看书哪。盐分太重，你就是想沉也沉不下去。因为水的重量，不，浮在水面上的身体的重量，等于什么东西的重量来着？要么是容积和重量相等吧？横竖是诸如此类的定律。万斯在高中边教着书，边打着榧子。大学课程，紧张的课程。[6]提起重量，说真的，重量究竟是什么？每秒三十二英尺，每秒钟。落体的规律：每秒钟，每秒钟。它们统统都落到地面上。地球。重量乃是地球引力。

他掉转方向，溜溜达达地横过马路。她拿着香肠，一路怎样走来着？是照这样走的吧。他边走边从侧兜里掏出折叠起来的《自由人报》，打开来又把它竖着卷成棍状。每踱一步便隔着裤子用它拍一下小腿，做出一副漫不经心的样子：像是只不过顺路进去看看而已。每秒钟，每秒钟。每秒钟的意思就是每一秒钟。他从人行道的边石那儿朝邮政局门口投了锐利的一瞥。迟投函件的邮筒。倒可以在这儿投邮。一个人也没有。进去吧。

他隔着黄铜格栅把名片递过去。

——有没有给我的信？他问。

当那位女邮政局长在分信箱里查找的时候，他盯着那征募新兵的招贴。上面是各兵种的士兵在列队行进。他把报纸卷的一端举起来按在鼻孔上，嗅着那刚印刷好的糙纸的气味。兴许没有回信。上一次说得过火了。

女邮政局长隔着黄铜格栅把他的名片连同一封信递了过来。他向她道了谢，赶快朝那打了字的信封瞟上一眼：

亨利·弗罗尔先生

本市　　韦斯特兰横街邮政局转交

总算来了回信。他把名片和信塞到侧兜里，又望了望行进中的士兵。老特威迪的团队在哪儿？被抛弃的兵。在那儿：戴着插有鸟颈毛的熊皮帽。不，那是个掷弹兵。尖袖口。他在那儿哪。都柏林近卫步兵连队。红上衣。太显眼了。所以女人才追他们呢。穿军装。无论对入伍还是操练来说，这样的军服都更便当些。莫德·冈内来信提出，他们给咱们爱尔兰首都招来耻辱，夜间应当禁止他们上奥康内尔大街去。格里菲思的报纸如今也在唱同一个调子。这支军队长了杨梅大疮，已经糜烂不堪了。海外的或醉醺醺的帝国。他们看上去半生不熟，像是处于昏睡状态。向前看！原地踏步！贴勃儿：艾勃儿。贝德：艾德。[7]这就是近卫军。他从来也没穿过消防队员或警察的制服。可不是嘛，还加入过共济会哩[8]。

他慢慢腾腾地踱出邮政局，向右转去。难道靠饶舌就能把事情办好嘛！他把手伸进兜里，食指摸索到信封的口盖，分几截把信扯开了。我不认为女人有多么慎重。他用指头把信拽出，并在兜里将信封揉成一团。信上用饰针别着什么东西：兴许是照片吧！头发吗？不是。

麦科伊走过来了。赶紧把他甩掉吧。碍我的事。就讨厌在这种时刻遇上人。

——喂，布卢姆。你到哪儿去呀？

——啊，麦科伊。随便溜溜。

——身体好吗？

——好。你呢？

——凑合活着呗，麦科伊说。

他盯着那黑色领带和衣服，关切地低声问道：

——有什么……我希望没什么麻烦事儿吧。我看到你……

——啊，没有，布卢姆先生说。是这样的，可怜的迪格纳穆，今天他出殡。

——真的，可怜的家伙。原来是这样。几点钟呀？

那不是相片。也许是一枚会徽[9]吧！

——十一点钟，布卢姆先生回答说。

——我得想办法去参加一下，麦科伊说。十一点钟吗？昨天晚上我才听说。谁告诉我的来着？霍罗翰。你认识独脚吧[10]？

——认识。

布卢姆先生朝着停在马路对面格罗夫纳饭店门前的那辆座位朝外的双轮马车望去。脚行举起旅行手提箱，把它放到行李槽里。当那个男人，她的丈夫，也许是兄弟，因为长得像她，摸索兜里的零钱时，她静静地站在那儿等候着。款式新颖的大衣还带那种翻领，看上去像是绒的。今天这样的天气，显得太热了些。她把双手揣在明兜里，漫不经心地站在那儿，活像是在马球赛场上见过的那位高傲仕女。女人们满脑子都是身份地位，直到你触着她的要害部位。品德美才算真美。为了屈就才那么矜持。那位可敬的夫人，而布鲁图是个可敬的人[11]。一旦占有了她，就能够使她服帖就范。

——我跟鲍勃·多兰在一块儿来着，他犯了老毛病，又喝得醉醺醺的了，还有那个名叫班塔姆·莱昂斯[12]的家伙。我们就在那边的康韦酒吧间。

多兰和莱昂斯在康韦酒吧间。她把一只戴着手套的手举到头发那儿。独脚进来了，喝上一通。他仰着脸，眯起眼睛，看见颜色鲜艳的鹿皮手套在强烈的阳光下闪烁着，也看见镶在手套背上的饰纽。今天我可以看得一清二楚了。兴许周围的湿气使人能望到远处。这家伙还在东拉西扯。她有着一双贵夫人的手。到底要从哪边上车呢？

——他说：咱们那个可怜的朋友帕狄真是可惜呀！哪个帕狄？我说。可怜的小帕狄·迪格纳穆。他说。

要到乡间去，说不定是布罗德斯通[13]吧。棕色长筒靴，饰带晃来晃去。脚的曲线很美。他没事儿摆弄那些零钱干什么？她发觉了我在瞅着她。那眼神儿仿佛老是在物色着旁的男人。一个好靠山。弓上总多着一根弦。

——怎么啦？我说。他出了什么事？我说。

高傲而华贵：长筒丝袜。

——唔，布卢姆先生说。

他把头略微偏过去一点，好躲开麦科伊那张谈兴正浓的脸。马上就要上车了。

——他出了什么事？他说。他死啦，他说。真的，他就泪汪汪的了。是帕狄·迪格纳穆吗？我说。乍一听，我不能相信。至少直到上星期五或星期四，我还在阿奇酒店见到了他呢。是的，他说。他走啦。他是星期一去世的，可怜的人儿。

瞧哇！瞧哇！华贵雪白的长袜，丝光闪闪！瞧啊！

一辆沉甸甸的电车，叮叮当当地拉响警笛，拐过来，遮住了他的视线。

马车没影儿了。这吵吵闹闹的狮子鼻真可恶。觉得像是吃了闭门羹似的。“天堂与妖精”[14]。事情总是这样的。就在关键时刻。那是星期一，一个少女在尤斯塔斯街[15]的甬道里整理她的吊袜带来着。她的朋友替她遮住了那露出的部位。**互助精神**[16]。喂，你张着嘴呆看什么呀？

——是啊，是啊，布卢姆先生无精打采地叹了口气说。又走了一个。

——最好的一个，麦科伊说。

电车开过去了。他们的马车驰向环道桥[17]，她用戴着考究的手套的手握着那钢质栏杆。闪烁，闪烁：她帽子上那丝质飘带在阳光下闪烁着，飘荡着。

——你太太好吧？麦科伊换了换语气说。

——啊，好，布卢姆先生说。好极了，谢谢。

他随手打开那卷成棍状的报纸，不经意地读着：

倘若你家里没有，
李树[18]商标肉罐头，
那就是美中不足，
有它才算幸福窝。

——我太太刚刚接到一份聘约，不过还没有谈妥哪。

又来耍这套借手提箱的把戏[19]了。倒也不碍事。谢天谢地，这套手法对我已经不灵啦！

布卢姆先生心怀友谊慢悠悠地将那眼睑厚厚的眼睛移向他。

——我太太也一样，他说。二十五号那天，贝尔法斯特的阿尔斯特会堂举办一次排场很大的音乐会，她将去演唱。

——是吗？麦科伊说。那太好啦，老伙计。谁来主办？

玛莉恩·布卢姆太太。还没起床哪。王后在寝室里，吃面包和[20]。没有书。她的大腿旁并放着七张肮脏的宫廷纸牌。黑发夫人和金发先生[21]。来信。猫蜷缩成一团毛茸茸的黑球。从信封口上撕下来的碎片。

古老
甜蜜的
情

歌，

听见了古老甜蜜的……

——这是一种巡回演出，明白吧，布卢姆先生若有所思地说。甜蜜的情歌。成立了一个委员会，按照股份来分红。

麦科伊点点头，一边揪了揪他那胡楂儿。

——唔，好，他说。这可是个好消息。

他移步要走开。

——喏，你看上去蛮健康，真高兴，他说。咱们说不定在什么地方又能碰见哩！

——是啊，布卢姆先生说。

——话又说回来啦，麦科伊说。在葬礼上，你能不能替我把名字也签上？我很想去，可是也许去不成哩！瞧，沙湾出了一档子淹死人的事件，也许会浮上来。尸体假若找到了，验尸官和我就得去一趟。我要是没到场，就请你把我的名字给塞上好不好？

——好的，布卢姆先生说着就走开了。就这么办吧！

——好吧，麦科伊喜形于色地说。谢谢你啦，老伙计。只要能去，我是会去的。喏，应付一下，写上 C.P. 麦科伊就行啦！

——一准办到，布卢姆先生坚定地说。

那个花招儿没能使我上当。敏捷地脱了身。笨人就容易上当。我可不是什么冤大头。何况那又是我特别心爱的一只手提箱，皮质的。角上加了护皮，边沿还用铆钉护起，并且装上了双锁。去年举办威克洛[22]艇赛音乐会时，鲍勃·考利把自己那只借给了他。打那以后，就一直没下文啦！

布卢姆先生边朝布伦斯威克街溜达，边漾出微笑。“我太太刚刚接到一份。”满脸雀斑、嗓音像芦笛的女高音。用干酪削成的鼻子。唱一支民间小调嘛，倒还凑合。没有气势。你和我，你晓得吗，咱们的处境相同。这是奉承话。那声音刺耳。难道他就听不出其中的区别来吗？想来那样的才中他的意哩！不知怎的却不合我的胃口。我认为贝尔法斯特那场音乐会会把他吸引住的。我希望那里的天花不至于越闹越厉害。她恐怕是不肯重新种牛痘了。你的老婆和我的老婆。

不晓得他会不会在盯梢？

布卢姆先生在街角停下脚步，两眼瞟着那些五颜六色的广告牌。坎特雷尔与科克伦姜麦酒（加了香料的）。克勒利[23]的夏季大甩卖。不，他笔直地走下去了。嘿，今晚上演班德曼·帕默夫人的《丽亚》[24]哩！巴不得再看一遍她扮演这个角色。昨晚她演的是哈姆雷特[25]。女扮男装。说不定他本来就是个女的哩！所以奥菲利娅才自杀了。可怜的爸爸！他常提起凯特·贝特曼[26]扮演的这个角色。他在伦敦的阿德尔菲剧场外面足足等了一个下午才进去的。那是一八六五年——我出生前一年的事。还有里斯托里[27]在维也纳的演出。剧目该怎么叫来着？作者是莫森索尔。是《蕾洁》吧？不是的[28]。他经常谈到的场景是：又老又瞎的亚伯拉罕[29]听出了那声音，就把手指放在他的脸上。

拿单的声音！他儿子的声音！我听到了拿单的声音，他离开了自己的父亲，任他悲惨忧伤地死在我的怀抱里。他就这样离开了父亲的家，并且离开了父亲的上帝[30]。

每句话都讲得那么深沉，利奥波德。

可怜的爸爸！可怜的人！幸而我不曾进屋去瞻仰他的遗容。那是怎样的一天啊！哎呀，天哪！哎呀，天哪！嗬！喏，也许这样对他最好不过。

布卢姆先生拐过街角，从出租马车停车场那些耷拉着脑袋的驽马跟前走过。到了这般地步，再想那档子事也是白搭。这会子该给马套上秣囊了。要是没遇上麦科伊这家伙就好了。

他走近了一些，听到牙齿咀嚼着金色燕麦的嘎吱嘎吱声，轻轻地咀嚼着的牙齿。当他从带股子燕麦清香的马尿气味中走过时，那些马用公羊般的圆鼓鼓的眼睛望着他。这才是它们的理想天地。可怜的傻瓜们！它们一无所知，对什么也漠不关心，只管把长鼻头扎进秣囊里。嘴里塞得那么满，连叫都叫不出来了。好歹能填饱肚子，也不缺睡的地方。而且被阉割过：一片黑色杜仲胶在腰腿之间软软地耷拉下来，摆动着。就那样，它们可能还是蛮幸福的哩！一看就是些善良而可怜的牲口。不过，它们嘶鸣起来也会令人恼火。

他从兜里掏出信来，将它卷在带来的报纸里。说不定会在这儿撞上她。巷子里更安全一些。

他从出租马车夫的车棚前走过。马车夫那种流浪生活真妙。无论什么样的天气，也不管什么地点、时间或距离，都由不得自己的意愿。我要，又不。[31]我喜欢偶尔给他们支香烟抽。交际一下。他们驾车路过的时候，大声嚷出一言半语。他哼唱着：

咱们将手拉着手前往。[32]

啦啦啦啦啦啦。

他拐进坎伯兰街，往前赶了几步，就在车站围墙的背风处停下了。周围一个人也没有。米德木材堆放场。堆积起来的梁木。废墟和公寓。他小心翼翼地踱过“跳房子”游戏的场地，上面还有遗忘下的跳石子儿。我没犯规[33]。一个娃娃孤零零地蹲在木材堆放场附近弹球儿玩，用灵巧的大拇指弹着球。一只明察秋毫的母花猫，俨然是座眨巴着眼睛的斯芬克斯[34]，待在暖洋洋的窗台上朝这边望着，不忍心打搅他们。据说穆罕默德曾为了不把猫弄醒，竟然将斗篷剪掉一块。把信打开吧。当我在那位年迈的女老师开办的学校就读时，也曾玩过弹球儿。她喜爱木樨草。埃利斯太太的学校[35]。她丈夫叫什么名字来着？用报纸遮着，他打开了那封信。

信里夹的是花。我想是。一朵瓣儿已经压瘪了的黄花。那么，她没生我的气喽？信上怎么说？

亲爱的亨利：

我收到了你的上一封信，很是感谢。遗憾的是，你不喜欢我上次的信。你为什么要附邮票呢？我非常生气。我多么希望能够为这件事惩罚你一下啊！我曾称你作淘气鬼，因为我不喜欢那另一个世界[36]。请告诉我那另一个字真正的含义。你在自己家里不幸福吗？你这可怜的小淘气鬼？我巴不得能替你做点什么。请告诉我，你对我这个可怜虫有什么看法。我时常想起你这个名字有多么可爱。亲爱的亨利，咱们什么时候能见面呢？你简直无法想象我多么经常地想念你。我从来没有被一个男人像被你这么吸引过。弄得我心烦意乱。请给我写一封长信，告诉我更多的事情。不然的话我可要惩罚你啦，你可要记住。你这淘气鬼，现在你晓得了，假若你不写信，我会怎样对付你。哦，我多么盼望跟你见面啊！亲爱的亨利，请别拒绝我的要求，否则我的耐心就要耗尽了。到时候我就一股脑儿告诉你。现在，再见吧心爱的淘气鬼。今天我的头痛得厉害，所以一定要立即回信给苦苦思念你的。

玛莎

附言：一定告诉我，你太太使用哪一种香水。我想知道。

他神情严肃地扯下那朵用饰针别着的花儿，嗅了嗅几乎消失殆尽的香气，将它放在胸兜里。花的语言[37]。人们喜欢它，因为谁也听不见。要么就用一束毒花将对方击倒。于是，他慢慢地往前踱着，把信重读一遍，东一个字、西一个词地念出声来。对你 郁金香 生气 亲爱的 男人花 惩罚 你的 仙人掌 假若你不 请 可怜虫 勿忘草 我多么盼望 紫罗兰 给亲爱的 玫瑰 当我们快要 银莲花 见面 一股脑儿 淘气鬼 夜茎[38]太太 玛莎的香水。读完之后，他把信从报纸卷里取出来，又放回到侧兜里。

他心中略有喜意，咧开了嘴。这封信不同于第一封。不知道是不是她亲笔写的。装出一副生气的样子：像我这样的良家少女，品行端正的。随便哪个星期天，等诵完《玫瑰经》，不妨见见。谢谢你，没什么。谈恋爱时候通常会发生的那种小别扭。然后你追我躲的。就跟同摩莉吵架的时候那么麻烦。抽支雪茄烟能起点镇静作用，总算是麻醉剂嘛！一步步地来。淘气鬼。惩罚。当然喽，生怕措词不当。粗暴吗，为什么不？反正不妨试它一试，一步步地来。

他依然用指头在兜里摆弄着那封信，并且把饰针拔下。这不是根普通的饰针吗？他把它扔在街上。是从她衣服的什么地方取下来的：好几根饰针都别在一起。真奇怪，女人身上总有那么多饰针！没有不带刺的玫瑰。

单调的都柏林口音在他的头脑里响着。那天晚上在库姆[39]，两个婊子淋着雨，互相挽着臂在唱：

哦，玛丽亚丢了衬裤的饰针。
她不知道怎么办，
才能不让它脱落。
才能不让它脱落。

饰针？衬裤。头痛得厉害。也许她刚好赶上玫瑰期间[40]。要么就是成天坐着打字的关系。眼睛老盯着，对胃神经不利。你太太使用哪一种香水？谁闹得清这是怎么回事！

才能不让它脱落。

玛莎，玛丽亚。如今我已忘记是在哪儿看到那幅画了。是出自古老大师之手呢，还是为赚钱而制出的赝品？他[41]坐在她们家里，谈着话。挺神秘的。库姆街的那两个婊子也乐意听的。

才能不让它脱落。

傍晚的感觉良好。再也不用到处流浪了。只消懒洋洋地享受这宁静的黄昏，一切全听其自然。忘记一切吧！说说你都去过哪些地方和当地的奇风异俗。另一位头上顶着水罐，在准备晚饭：水果，橄榄，从井里打来的沁凉可口的水。那井像石头一样冰冷，像煞阿什汤的墙壁上的洞[42]。下次去参加小马驾车赛[43]，我得带上个纸杯子。她倾听着，一双大眼睛温柔而且乌黑。告诉她，尽情地说吧，什么也别保留。然后一声叹息，接着是沉默。漫长、漫长、漫长的休息。

他在铁道的拱形陆桥底下走着，一路掏出信封，赶忙把它撕成碎片，朝马路丢去。碎片纷纷散开来，在潮湿的空气中飘零。白茫茫的一片，随后就统统沉落下去了。

亨利·弗罗尔。你蛮可以把一张一百英镑的支票也这么撕掉哩！也不过是一小片纸而已。据说有一回艾弗勋爵[44]在爱尔兰银行就用一张七位数的支票兑换成百万英镑现款。这说明黑啤酒的赚头有多大，可是人家说，他的胞兄阿迪劳恩勋爵[45]依然得每天换四次衬衫，因为他的皮肤上总繁殖虱子或跳蚤。百万英镑，且慢。两便士能买一品脱黑啤酒，四便士能买一夸脱，八便士就是一加仑。不，一加仑得花一先令四便士。二十先令是一先令四便士的多少倍呢？大约十五倍吧！对，正好是十五倍。那就是一千五百万桶黑啤酒喽！

我怎么说起桶来啦？应该说加仑。总归约莫有一百万桶吧！

入站的列车在他的头顶上沉重地响着，车厢一节接着一节。在他的脑袋里，酒桶也在相互碰撞着，黏糊糊的黑啤酒在桶里迸溅着，翻腾着。桶塞一个个地崩掉了，大量混浊的液体淌出来，汇聚在一起，迂回曲折地穿过泥滩，浸漫整个大地。酒池缓缓地打着漩涡，不断地冒起有着宽叶的泡沫花。

他来到诸圣教堂那敞着的后门跟前。边迈进门廊，边摘下帽子，并且从兜里取出名片，塞回到鞣皮帽圈后头。哎呀，我本可以托麦科伊给弄张去穆林加尔的免费车票呢。

门上贴的还是那张告示。十分可敬的耶稣会会士约翰·康米[46]布道，题目是：耶稣会传教士圣彼得·克莱佛尔[47]及非洲传道事业。当格莱斯顿[48]几乎已人事不醒之后，他们仍为他皈依天主教而祷告。新教徒也是一样。要使神学博士威廉·詹·沃尔什[49]皈依真正的宗教。要拯救中国的芸芸众生。不知道他们怎样向中国异教徒宣讲。宁肯要一两鸦片。天朝的子民。对他们而言，这一切是十足的异端邪说。他们的神是如来佛，手托腮帮，安详地侧卧在博物馆里。香烟缭绕。不同于头戴荆冠、钉在十字架上的。"瞧！这个人！[50]"关于三叶苜蓿，圣帕特里克想出的主意太妙了[51]。筷子[52]？康米。马丁·坎宁翰[53]认识他。他气度不凡。可惜我不曾在他身上下过功夫，没托他让摩莉参加唱诗班，我却托了法利神父。那位神父看上去像个傻瓜，其实不然。他们就是被那么培养出来的。他总不至于戴上蓝眼镜，汗水涔涔地去给黑人施洗礼吧，他会吗？太阳镜闪闪发光，会把他们吸引住。这些厚嘴唇的黑人围成一圈坐着，听得入了迷。这副样子倒蛮有看头哩，活像是一幅静物画。我想，他们准是把他传的道当作牛奶那么舐掉了。

圣石发出的冰冷气息呼唤着他。他踏着磨损了的台阶，推开旋转门，悄悄地从祭坛背后走进去。

正在进行着什么活动：教友的聚会吧！可惜这么空空荡荡的。要是找个不显眼的位子，旁边有个少女倒不赖。谁是我的邻人呢[54]？听着悠扬的音乐，挤在一起坐上一个钟头。就是望午夜弥撒时遇见的那个女人，使人觉得仿佛上了七重天。妇女们跪在长凳上，脖间系着深红色圣巾[55]，低着头。有几个跪在祭坛的栏杆那儿。神父嘴里念念有词，双手捧着那东西，从她们前边走过。他在每个人面前都停下来，取出一枚圣体。甩上一两下（难道那是浸泡在水里的不成？[56]），利利索索地送到她嘴里。她的帽子和头夺拉下去。接着就是第二个。她的帽子也立即垂下来。随后是旁边的那个：矮个子的老妪。神父弯下腰，把圣体送进她的嘴里，她不断地咕哝着。那是拉丁文。下一个。闭上眼，张开嘴。是什么来着？ Corpus：body.Corpse[57].用拉丁文可是个高明的主意。首先，那就会使这些女人感到茫然。收容垂死者的救济院[58]。她们好像并不咀嚼：只是把圣体吞咽下去。吃尸体的碎片，可谓异想天开，正投食人族之所好。

他站在一旁，望着蒙起面纱的她们，沿着过道顺序走来，寻找各自的座位。他走到一条长凳跟前，靠边儿坐下，帽子和报纸捧在怀里。我们还得戴那种活像是一口口深锅的帽子。我们理应照着头形缝制帽子。这儿，那儿，周围那些系着深红色圣巾的女人依然低着头，等待圣体在她们的胃里融化。真有点儿像是无酵饼[59]：那种上供用的没有发酵的饼。瞧瞧她们。这会子我敢说圣体使她们感到幸福。就像是吃了棒糖似的。可不是嘛！对，人们管它叫作天使的饼子。这背后还有个宏大的联想：你觉得，心里算是有了那么一种神的王国。初领圣体者[60]。那其实只不过是一便士一撮的骗人的玩意儿。可这下子她们就都感到是家族大团聚。觉得像是在同一座剧场里，同一道溪流中。我相信她们是这样感觉的，因而也就不大孤独了。因为大家都属于咱们的教团了。多余的精力发泄个够，然后，像是狂欢了一场般地走了出来。问题在于，你得真心笃信它。卢尔德[61]的治疗，忘却的河流，诺克[62]的显圣，淌血的圣像[63]。一位老人在那个忏悔阁子旁边打盹儿哪，所以才鼾声不断。盲目的信仰。安然待在那即将降临的天国怀抱里，[64]一切痛苦都止息了。明年这个时候将会苏醒。

他看到神父把圣体杯收好，放回尽里边，对着它跪了片刻，身上那镶有花边的衣裾下边，露出老大的灰色靴底。要是他把里头的饰针弄丢了呢？他就不知道该怎么办啦！后脑勺上秃了一块。他背上写的是 I.N.R.I.[65] 吗？不，是 I.H.S.[66]。有一回我问了问摩莉，她说那是：I have sinned. 要么就是：I have suffered. 另外那个呢？Iron nails ran in.[67]

随便哪个星期天诵完《玫瑰经》之后，都不妨去见见。请别拒绝我的要求。她蒙着面纱，拎上一只黑色手提包，背着光，出现在暮色苍茫中[68]。她在脖颈间系着根丝带进堂，却暗地里干着另一种勾当，就是这么个性格。那个向政府告密、背叛“常胜军”的家伙，他叫凯里，每天早晨都来领圣体。就在这个教堂里。是啊，彼得·凯里。不，我脑子里想的是彼得·克拉弗。唔，是丹尼斯·凯里[69]。想想看。家里还有老婆和六个娃娃哪。可还一直在策划着那档子暗杀事件。那些假虔诚，这个绰号起得好，他们总是带着那么一副狡猾的样子。他们也不是正经的生意人。啊，不，她不在这里。那朵花儿，不，不在。还有，我把那信封撕掉了吗？可不是嘛，就在陆桥底下。

神父在涮圣爵，然后仰脖儿把剩下的酒一饮而尽。葡萄酒。这要比大家喝惯了的吉尼斯黑啤酒或是无酒精饮料，惠特利牌都柏林蛇麻子苦味酒或者坎特雷尔与科克伦姜麦酒（加了香料的）都要来得气派。这是上供用的葡萄酒，一口也不给教徒喝；只给他们面饼。一种冷遇。这是虔诚的骗局，却也做得十分得体。不然的话，一个个酒鬼就都会蜂拥而至，全想过过瘾。整个气氛就会变得莫名其妙了。做得十分得体。这样做完全合理。

布卢姆先生回头望了望唱诗班。可惜不会有音乐了。这儿的管风琴究竟是由谁来按的呢？老格林有本事让那架乐器响起来，发出轻微颤音[70]。大家说他在加德纳街[71]每年有五十英镑的进项。那天摩莉的嗓子好极了，她唱的是罗西尼[72]的《站立的圣母》[73]。先由伯纳德·沃恩神父讲道：基督还是彼拉多？基督，可是不要跟我们扯上一个晚上。大家要听的是音乐。用脚打拍子的声音停下了。连掉根针都能听见。我曾关照她，要朝那个角落引颈高唱。我感觉到那空气的震颤，那洪亮的嗓门儿，那仰望着的听众。

什么人[74]……

有些古老的圣教音乐十分精彩，像梅尔卡丹特的《最后七句话》[75]。莫扎特的《第十二弥撒曲》，尤其是其中的《荣耀颂》[76]。以前的教皇们热衷于音乐、艺术、雕塑以及各种绘画。帕莱斯特里纳[77]就是个例子。他们生逢盛世，享尽了清福。他们也都健康，准时吟诵《圣教日课》，然后就酿酒。有本笃酒[78]和加尔都西绿酒[79]。可是让一些阉人[80]参加唱诗班却大煞风景。他们唱出什么调调呢？听完神父们自己洪亮的男低音，再去听他们那种嗓音，会觉得挺古怪吧？行家嘛！要是被阉后就毫无感觉了呢？从某种意义上来说，是无动于衷。无忧无虑。他们会发福的，对吧？一个个脑满肠肥，身高腿长。兴许是这样的吧！阉割也是个办法。

他看见神父弯下腰去吻祭坛，然后转过身来，祝福全体教友。大家在胸前画了十字，站起来。布卢姆先生四下里打量了一下，然后站起身，隔着会众戴起的帽子望过去。朗诵福音书时，自然要起立喽！随即又统统跪下。他呢，静悄悄地重新在长凳上落座。神父走下祭坛，捧着那东西，和助祭用拉丁文一问一答着。然后神父跪下，开始看着卡片诵读起来：

——啊，天主，我们的避难所和力量……[81]

布卢姆先生为了听得真切一些，就朝前面探探头。用的是英语。丢给他们一块骨头。我依稀想起来了。上次是多久以前来望过弥撒？光荣而圣洁无玷的圣处女。约瑟是她的配偶。彼得[82]和保罗[83]。倘若你能了解这个中情节，就会更有趣一些。这个组织真了不起，一切都按班就绪，有条不紊。忏悔嘛，人人都想做。那么我就一股脑儿对您说出来吧！我悔改，请惩罚我吧！他们手握大权，医生和律师也都只能甘拜下风。女人最渴望忏悔了，而我呢，就嘘嘘嘘嘘嘘嘘。那么你喳喳喳喳喳喳了吗？为什么要这么做？她低头瞧着指环，好找个借口。回音回廊，隔墙有耳。丈夫要是听见了，会大吃一惊的。这是天主开的一个小小的玩笑。然后她就走出来了。其实，所忏悔的只不过是浮皮潦草。多么可爱的羞耻啊！她跪在祭坛前祷告，念着《万福玛利亚》和《至圣玛利亚》。鲜花，香火，蜡烛在融化。她把羞红的脸遮起。救世军[84]不过是赤裸裸的模仿而已。改邪归正的卖淫妇将当众演说：我是怎样找到上主的。那些坐阵罗马的家伙想必是顽固不化的，他们操纵着整套演出。他们不是也搜刮钱财吗？一笔笔遗赠也滚滚而来：教皇能够暂且任意支配的圣厅献金[85]。为了我灵魂的安息，敞开大门公开献弥撒。男女修道院。弗马纳[86]的神父站在证人席上陈述。对他吹胡子瞪眼睛是不灵的。所有的提问他都回答得恰到好处。他维护了我们神圣的母亲——教会的自由，使其发扬光大。教会的博士们编出了整套的神学。

神父祷告道：

——圣米迦勒总领天使，请尔护我于攻魔，卫我于邪神恶计。（吾又哀求天主，严儆斥之！）今魔魁恶鬼，遍散普世，肆害人灵。求尔天上大军之帅，仗主权能，麾入地狱。

神父和助祭站起来走了。诸事完毕。妇女留下来念感谢经。

不如溜之乎也。巴茨[87]修士。他也许会端着募款盘前来：请为复活节捐款。

他站了起来。咦，难道我背心上这两颗纽扣早就开了吗？女人们喜欢看到这样。她们是绝不会提醒你的。要是我们，就会说一声：对不起，小姐，这儿（哦！）有那么一点儿（哦！）毛毛。要么就是她们的裙子腰身后边有个钩子开了，露出一弯月牙形[88]。倘若你不提醒一声，她们会气恼的：你为什么不早点儿告诉我？可她们喜欢你更邋遢一些。幸而不是更靠下边的。他边小心翼翼地扣上纽扣，边沿着两排座位之间的通道走去。穿出正门，步入阳光中。他两眼发花，在冰凉的黑色大理石圣水钵旁边伫立片刻。在他前后各有一位信徒，悄悄地用手蘸了蘸浅浅的圣水。电车，普雷斯科特洗染坊的汽车，一位身穿丧服的寡妇。因为我自己就穿着丧服，所以马上就会留意到。他戴上帽子。几点钟啦？十点一刻。时间还从容。不如去配化妆水。那是在哪儿来着？啊，对，上一次去的是林肯广场的斯威尼药房。开药铺的是轻易不会搬家的。他们那些盛着绿色和金色溶液作为标志的瓶子太重了，不好搬动。汉密尔顿·朗药房，还是发大水的那一年开的张呢。离胡格诺派[89]的教会墓地不远。赶明儿去一趟吧！

他沿着韦斯特兰横街朝南踱去。哎呀，处方在另外那条裤子里哪，而且那把大门钥匙我也忘记带了。这档子葬事真令人厌烦。不过，噢，可怜的伙计，这怪不得他。上次是什么时候给我开的处方呢？且慢。记得我是拿一枚金镑让他找的钱，想必是本月一号或二号喽。对，他可以查查处方存根嘛！

药剂师一页页地往回翻着。他好像散发出一股粗涩、枯萎的气味。脑壳萎缩了。而且上了年纪。炼金术士们曾四处寻找点金石。麻醉剂使你的神经亢奋起来，接着就使你衰老。然后陷入昏睡状态。为什么呢？是一种副作用。一夜之间仿佛就过了一生。会使你的性格逐渐起变化。从早到晚在草药、药膏、消毒剂中间消磨岁月。周围都是些雪花石膏般纯白的瓶瓶罐罐。乳钵与乳钵槌。Aq.Dist.Fol.Laur.Te Virid.[90]这气味几乎教你一闻就百病消除，犹如牙科医生的门铃。庸医[91]。他应该给自己治治病。干药糖剂啦，乳剂啦。头一个采下药草试着医治自己的那个人，可真得需要点勇气哩！药用植物。可得多加小心。这里有的是足以使你神志昏迷的东西。做个试验吧：能把蓝色的石蕊试纸变成红色。用氯仿处理。服用了过量的鸦片酊剂。安眠药。春药。止痛用的鸦片糖浆对咳嗽有害处。要么是毛气孔被堵塞，要么就是黏痰反而会多起来。唯一的办法是以毒攻毒。在你最意想不到的地方能找到疗法。大自然多么乖巧啊！

——大约两周以前吗，先生？

——是的，布卢姆先生说。

他在柜台跟前等待着，慢慢地嗅着药品那冲鼻子的气味以及海绵和丝瓜瓤那满是灰尘的干燥气味，得花不少时间来诉说自己这儿痛那儿痛呢。

——甜杏仁油、安息香酊剂，布卢姆先生说。还有香橙花液……

这确实使她的皮肤细腻白净如蜡一般。

——还有白蜡，他说。

那会使她的眸子显得格外乌黑。当我扣着袖口上的链扣的时候，她把被单一直拉到眼睛底下望着我，一派西班牙风韵，并闻着自己的体臭。这种家用偏方往往最灵不过：草莓对牙齿好，荨麻加雨水；据说还有在脱脂乳里浸泡过的燕麦片。皮肤的滋润剂。老迈的女王的儿子当中的一个——就是那位奥尔巴尼公爵吧？对，他名叫利奥波德[92]。他只有一层皮肤。我们有三层。更糟的是，还长着疣子、腱膜瘤和粉刺。然而，你也想要香水啊！你太太使用哪一种香水？西班牙皮肤[93]。香橙花液多么清新啊！那些肥皂的味儿好香，是纯粹的乳白肥皂。还来得及到拐角处去洗个澡，土耳其式的蒸汽浴。外带按摩。泥垢总是积在肚脐眼里。要是由一位漂亮姑娘给按摩就更好了。我还想干那个。是啊，我。在浴缸里干。奇妙的欲望，我。把水排到水里。正经事同找乐子结合起来了。可惜没有时间按摩。反正这一整天都会感到爽快的。葬礼可真教人阴郁。

——哦，先生，药剂师说，那是两先令九便士。您带瓶子来了吗？

——没带，布卢姆先生说。请给调配好。今天晚些时候我来取吧。我还要一块这种肥皂。多少钱一块？

——四便士，先生。

布卢姆先生把一块肥皂举到鼻孔那儿。蜡状，散发着柠檬的清香。

——我就要这块，他说。统共是三先令一便士。

——是的，先生，药剂师说。等您回头来的时候一道付吧，先生。

——好的，布卢姆先生说。

他从药房里溜达出来，把卷起的报纸夹在腋下，左手握着那块用纸包着、摸上去凉丝丝的肥皂。

从他的腋窝下边传来班塔姆·莱昂斯的声音，并且伸过一只手：

——喂，布卢姆，有什么顶好的消息？这是今天的报纸吗？给咱看一眼。

哎哟，他又刮了口髭！那长长的上唇透出一股凉意。为的是显得少相些。他看上去确实傻里傻气的。比我年轻。

班塔姆·莱昂斯用指甲发黑的黄色手指打开了报纸卷儿。这手也该洗一洗了，去去那层泥垢。早安。你用过皮尔牌肥皂吗[94]？他肩膀上落着头皮屑，脑袋瓜儿该抹抹油啦！

——我想知道一下今天参赛的那匹法国马的消息，班塔姆·莱昂斯说。他妈的，登在哪儿呢？

他把折叠起来的报纸弄得沙沙响，下巴颏儿在高领上扭动着。长了须癣。领子太紧，头发会掉光的。还不如干脆把报纸丢给他，摆脱了拉倒。

——你拿去看吧，布卢姆先生说。

——阿斯科特。金杯赛。等一等，班塔姆·莱昂斯喃喃地说。等一会儿。马克西穆姆二世。[95]

——我正要把它丢掉呢，布卢姆先生说。

班塔姆·莱昂斯蓦地抬起眼睛，茫然地斜瞅着他。

——你说什么来着？他尖声说。

——我说，你可以把它留下，布卢姆先生回答道。我正想丢掉[96]呢。

班塔姆·莱昂斯迟疑了片刻，斜睨着，随后把摊开的报纸塞回布卢姆先生怀里。

——我冒冒风险看，他说。喏，谢谢你。

他朝着康威角[97]匆匆走去。祝这小子成功。

布卢姆先生微笑着，将报纸重新叠成整整齐齐的四方形，把肥皂也塞了进去。那家伙的嘴唇长得蠢。赌博。近来这帮人成天泡在那儿。送信的小伙子们为了弄到六便士的赌本竟去偷窃。只要中了彩，一只肥嫩的大火鸡就到手了。你的圣诞节正餐的代价只是三便士。杰克·弗莱明就是为了赌博而盗用公款的，然后远走高飞去了美国。如今在开着一家饭店。他们是再也不会回来的了。埃及的肉锅[98]。

他高高兴兴地朝那盖得像是一座清真寺的澡堂走去。红砖和尖塔都会使你联想到伊斯兰教的礼拜寺。原来今天学院里正举行运动会[99]。他望了望贴在学院运动场大门上的那张马蹄形海报：骑自行车的恰似锅里的鳕鱼那样蜷缩着身子[100]。多么蹩脚的广告！哪怕做成像车轮那样圆形的也好嘛！辐条上排列起“运动会、运动会、运动会”字样，轮毂上标上“学院”两个大字。这样一来该多醒目啊！

霍恩布洛尔站在门房那儿。跟他拉拉关系。兴许只消点点头就会放你进去转一圈哩！你好吗，霍恩布洛尔先生？你好吗，先生？

天气真是再好不过了。要是一辈子都能像这样该有多好。这正是宜于打板球[101]的天气。在遮阳伞下坐成一圈儿，裁判一再下令改变掷球方向。出局。在这里，他们是没有希望打赢的。六比零。然而主将布勒朝左方的外场守场员猛击出一个长球，竟把基尔达尔街俱乐部的玻璃窗给打碎了。顿尼溪集市[102]更合他们的胃口。麦卡锡一上场，我们砸破了那么多脑壳。[103]一阵热浪，不能持久。生命的长河滚滚向前，我们在流逝的人生中所追溯的轨迹比什么都珍贵。[104]

舒舒服服地洗个澡吧。一大浴缸清水，沁凉的陶瓷，徐缓地流着。这是我的身体。[105]

他预见到自己那赤裸苍白的身子仰卧在温暖的澡水之胎内，手脚尽情地舒展开来，涂满溶化了的滑溜溜的香皂，被水温和地冲洗着。他看见了水在自己那柠檬色的躯体和四肢上面起着涟漪，并托住他，浮力轻轻地把他往上推；看见了状似肉蕾般的肚脐眼；也看见了自己那撮蓬乱的黑色鬈毛在漂浮；那撮毛围绕着千百万个娃娃的软塌塌的父亲——一朵凋萎的漂浮着的花。

第五章　注释

1　布雷迪公寓是与利穆街交叉的一条巷子，两侧排列着简陋公寓房，故名。后文中的下水即食用的牲畜内脏。煮熟后叫杂碎。

2　伯特厄尔（Bethel）是希伯来语“上帝之家”（参看《创世记》第28章第19节）的译音，系救世军总部。伯特是房子，厄尔是上帝。希伯来文字母表的第一个字母是aleph（阿列夫），第二个字母是beth（伯特）。

3　科尼·凯莱赫是奥尼尔殡仪馆的经理，负责为迪格纳穆料理丧事。

4　汤姆·克南是个茶叶等商品的推销员，曾出现在《都柏林人·圣恩》中。

5　锡兰是斯里兰卡的旧称。下文中的“什么也不干是美妙的”，原文为意大利语。

6　据第17章，万斯为布卢姆的母校拉兹马斯·史密斯高中的教师。这里的大学指大学预科。自1878年起，都柏林市教育局要求高中学生参加这种年度考试，成绩好的，可领到助学金。“打榧子”和“紧张的”，原文均为“cracking”。这种双关语，中译文无法表达，只好各取一种含义。

7　原文作：Table：able.Bed：ed.Table和Bed均为英语，意思是“桌子”“床”。able和ed则是去掉首字的尾音。这种操练号令相当于左、右，左、右。

8　“他”指爱德华七世。他于1874年成为共济会领导人，直到1901年即位才辞去此职。共济会是起源于中世纪的石匠和教堂建筑工匠的行会。17世纪初开始允许非石匠的名誉会员参加。一般说来，在使用拉丁语系语言的各国中，共济会吸引着自由思想家及反对教权者；在操盎格鲁-撒克逊语的诸国，会员则多是白人新教徒。

9　这是天主教在俗信徒组织（如公教进行会等）的会员所佩戴的会徽，有的将它当成护身符。

10　独脚霍罗翰是《都柏林人·母亲》中的一个人物。他是爱尔兰共和国胜利会副干事，因跛了一条腿，遂有此外号。

11　高傲仕女，指默雯·塔尔博伊，参看第15章。布卢姆一时记不起她的名字了，但“可敬的”一词令他联想起莎士比亚的历史剧《尤利乌斯·恺撒》第3幕第2场中安东尼所说的“布鲁图是个可敬的人”一语。

12　班塔姆·莱昂斯曾出现在《都柏林人》中的《寄寓》一篇里。

13　布罗德斯通是铁路终点站。布卢姆猜测那位夫人将在那里换乘火车。

14　“天堂与妖精”是爱尔兰诗人托马斯·穆尔（1779—1852）的叙事诗《拉拉·鲁克，一首东方传奇》（1817）中的一个故事：被关在天堂门外的妖精，为了赎罪，把神最喜欢的礼物送上去，遂得以进门。

15　尤斯塔斯街是都柏林市南部的一条通向河岸的大街，在都柏林城址附近。

16　原文为法语。

17　环道桥在都柏林市东部；横跨利菲河上的环行铁道。

18 这条广告虽是虚构的，但当时都柏林确实有个名叫乔治·W.普勒姆垂（Plumtree）的老板开了一家罐头肉厂。此姓与英语的“李树”拼音相同。“把肉装入罐头”是都柏林粗俗俚语，指性交。第17章中，布卢姆看到一只肉罐头空罐，暗指摩莉曾与博伊兰偷情。

19 《都柏林人·圣恩》中提到麦科伊常以太太下乡办事为由，借去旅行包不还。

20 这里把摇篮曲的一句做了改动，省去“蜂蜜”二字。参看第4章注70。

21 宫廷纸牌，原文作court cards，是coat cards的传讹。纸牌上的国王（金发先生）、王后（黑发夫人）等人像皆着外套，故名。

22 威克洛是位于都柏林以南26英里的海滨市镇，每年8月举行一次艇赛。

23 克勒利是都柏林市中心的一家大百货公司。

24 班德曼·帕默夫人（1865—1905），美国名演员，《自由人报》（1904年6月16日）载有她在都柏林的欢乐剧场扮演《被遗弃的丽亚》（1862）一剧中女主角丽亚的广告。该剧以18世纪初叶的奥地利农村为背景，对反犹太主义进行了抨击，是美国剧作家约翰·奥古斯丁·戴利（1838—1899）根据德、奥地利剧作家所罗门·赫尔曼·莫森索尔（1821—1877）的剧本《底波拉》（1850）编译而成。

25 1904年6月16日的《自由人报》曾指出，帕默夫人15日晚上在欢乐剧场扮演哈姆雷特这个角色时，演得“惟妙惟肖”。

26 凯特·贝特曼（1843—1917），美国女演员，以扮演麦克白夫人著称。她在阿德尔菲剧场扮演丽亚获得巨大成功。但这是1863年的事，而不是文中所说的1865年。

27 阿德莱德·里斯托里（1822—1906），颇有国际声望的意大利悲剧女演员，生于奥匈帝国，曾在维也纳扮演过丽亚这个角色。

28 莫森索尔所写的戏应作《底波拉》（见本章注24）。剧中人名均借自《创世记》，所以布卢姆搞混了。丽亚是以色列人的祖先雅各的第一个妻子。雅各原来想娶丽亚的妹妹蕾洁。但根据当地风俗，小女儿不能先嫁，所以做父亲的拉班便让大女儿顶替嫁了过去（见《创世记》第25、27、29节）。底波拉是丽百加（雅各之母）的奶妈（见《创世记》第35章第8节）。

29 在《创世记》中，亚伯拉罕是希伯来人的祖先。在《被遗弃的丽亚》中，他是个双目失明的犹太老人，曾为拿单之父送葬。

30 拿单是个变节的犹太人。他遗弃了丽亚（一个犹太姑娘），并隐瞒自己的身份，冒充基督教徒。亚伯拉罕识破了拿单的真实面目，因而被拿单扼死。

31 原文为意大利语。此句不完整，参看第4章注51。

32 原文为意大利语。参看第4章注49。

33 玩“跳房子”游戏时，如果踩着了线，孩子们便喊“犯规了，犯规了”。这里是说明布卢姆走过场地时没踩着线。

34 斯芬克斯是常见于古埃及和希腊的艺术作品和神话中的狮身人面怪物。

35 据第17章，布卢姆小时曾进过埃利斯太太创办的幼儿学校。

36 原文中，玛莎把word（字）误写成了world（世界）。

37 欧洲一向有给花赋以某种象征意义的传统。伦敦出版过一本无名氏所编的辞典《花的语言》，献辞写于1913年。其中对700多种花的含义做了诠释。下面，布卢姆一面读玛莎的信，一面联想到一些花，例如玫瑰就象征着爱与美。

38 夜茎是一种茄属有毒植物。

39 库姆是圣帕特里克大教堂西边的一条街，现为贫民窟。

40 玫瑰期间暗指经期。

41 “他”指耶稣。据《路加福音》第10章第38至42节，耶稣曾在玛莎和玛丽亚两姐妹家中做客。玛莎忙于接待，玛丽亚则“坐在主的脚前，听他讲道”。玛莎要妹妹也来帮帮忙，耶稣却说：“玛莎！玛莎！你为许多事操心忙乱，但是不可缺少的只有一件。玛丽亚已经选择了最好的，没有人能从她手中夺走。”这里，打字员玛莎刚好与玛莎同名，玛丽亚又与歌中的女主角同名。

42 阿什汤是凤凰公园的一座大门，旁边墙壁上有个洞。选民从洞里伸进手去，就可以拿到一把硬币。这样，他就可以发誓否认见过行贿者，或发生过此等事。

43 每年一度的巴尔斯布里奇马匹展示会（参看第7章注32）期间，在凤凰公园的阿什汤大门外面曾经举行过小马驾车赛，后来取消。

44 艾弗勋爵即爱德华·塞西尔·吉尼斯（1847—1927），为曾任都柏林市长的酿酒商本杰明·李·吉尼斯（1798—1868）之第三子，与其兄亚瑟同为吉尼斯公司股东。酿制烈性黑啤酒的吉尼斯公司是他们的祖父1759年在都柏林创立的。

45 阿迪劳恩勋爵即亚瑟·吉尼斯（1840—1915），政治家，曾任皇家都柏林学会会长。

46 约翰·康米（1847—1910），曾任克朗戈伍斯森林公学校长（1885—1891）。90年代初叶，任贝尔维迪尔公学教务长。

47 圣彼得·克莱佛尔（1581—1654），西班牙天主教耶稣会传教士。1610年曾赴当时南美洲的主要奴隶市场卡塔赫纳（今哥伦比亚境内）传教。

48 威廉·尤尔特·格莱斯顿（1809—1898），英国政治家，自由党领袖，历任四届首相。他一直赞同爱尔兰自治并曾于1886年提出爱尔兰自治法案；尽管在议会中遭到否决，却赢得了爱尔兰天主教徒的好感。

49 威廉·詹·沃尔什（1841—1921），1885年任都柏林罗马天主教会的大主教。

50 原文是拉丁文，指耶稣。据《约翰福音》第19章，兵士给耶稣戴上荆冠后，罗马总督彼拉多指着耶稣，对众人说了此话。后来便转义为头戴荆冠的耶稣。

51 圣帕特里克（活动时期约在5世纪后半叶）是在爱尔兰建立天主教会的传教士，罗马教廷谥为圣徒。他用柄上长着三叶的苜蓿来象征天主的三位一体，此花遂成为爱尔兰的国花，每年3月17日的圣帕特里克节，爱尔兰人均在襟上佩戴之。

52 “筷子”可能是由前文所提的中国人而联想到的，也可能是指下文提到的康米瘦得像筷子。

53 马丁·坎宁翰是以作者之父的朋友、都柏林堡的一个官员马修·F.凯恩为原型而塑造的，1904年游泳时，不慎淹死。第6章中关于迪格纳穆丧事的描述，与他的丧事相符。

54 这原是《路加福音》第10章第29节中法律教师问耶稣的话。这里，则变成一位少女对坐到自己身旁的人感到的好奇。等于在问：“坐在我旁边这个人是谁呀？”

55 圣巾是天主教在俗组织聚会时系的肩巾。

56 神父把圣体送进教友口中时，一般总先甩一两下，看上去像是把圣体上的水甩掉一般，因而引起这样的联想。

57 Corpus，拉丁文，意思是“身体”“物体”，也作“尸体”解。英文中，此词也指身体、躯体，并作为谐谑语，指尸体。Body，英文，意思是“身体”“物体”，也作“尸体”解。Corpse，英文，意思是“尸体”。

58 指天主教慈善会修女所创办的圣母救济院。

59 无酵饼，见《旧约·出埃及记》第23章第15节：天主要求摩西在率领以色列人离开埃及的那一个月，守无酵节；在节期的7天里，吃无酵饼。

60 凡出生后就受洗者，通常在7岁时初领圣体。

61 卢尔德是法国西南部比利牛斯省一城镇。1858年，一个女孩在该镇附近河流左岸洞穴中幻见到圣母玛利亚。从此，洞穴中的地下水被奉为神水，每年必有众多残疾人赴该地朝圣求治。

62 诺克是爱尔兰康诺特省梅奥郡的戈尔韦湾附近一荒村。传说1879年至1880年，圣母玛利亚数次显圣给该村的天主教徒，使其疾病奇迹般地得以治愈。

63 钉在十字架上的耶稣圣像淌血的传说，见克拉拉·厄斯金·克莱门特所著《传说中的神话艺术手册》（波士顿，1891年版）。

64 “安……里”一语，系套用范妮·克罗斯比作词、W.H.多恩作曲的《虔诚之歌》（1869）中的首句：“安然地待在耶稣怀抱里。”只是将“耶稣”改为祷词“即将降临的天国”。

65 这是拉丁文Iesus Nazarenus Rex Iudaeorum的首字，意思是：“拿撒勒人耶稣，犹太人之王。”

66 这是拉丁文Iesus Hominum Salvator的首字，意思是：“万人的救主耶稣。”

67 以上三句话均为英文，意思分别为：“我犯了罪”；“我受了苦”；“把铁钉扎了进去”。摩莉把拉丁字母当作英文，这么乱猜。

68 “背着光，出现在暮色苍茫中”，引自英国剧作家威廉·施文克·吉尔伯特（1836—1911）与沙利文编写的喜剧《陪审团的审判》（1875）。原话是指借此能遮掩那位阔小姐的年衰貌丑等缺陷。

69 此人实名詹姆斯·凯里（1845—1883），是常胜军的指导成员之一，曾参加凤凰公园的暗杀事件。被捕后，出卖同伙，致使其被绞死。由于害怕常胜军报复，他曾化名鲍尔，欲逃往南非，被帕特里克·奥唐奈击毙。他有个兄弟叫彼得，也与常胜军有关联。

70 “轻微颤音”，原文为意大利语。

71 指坐落于该街的圣方济各·沙勿略教堂。

72 乔亚其诺·罗西尼（1792—1868），意大利歌剧作曲家。

73 原文为拉丁文。指耶稣被钉上十字架后，悲恸的圣母站立在十字架脚下。

74 原文为拉丁文。这是《站立的圣母》第3段的开头。全句是：“什么人看见基督的母亲如此悲痛，能够不落泪呢？”

75 萨弗里奥·梅尔卡丹特（1795—1870），生在那不勒斯的意大利作曲家，编写过60多个歌剧。《最后的七句话》是他根据《福音书》上所载耶稣被钉十字架后弥留之际说的七句话所谱的曲子。

76 原文为拉丁文。

77 帕莱斯特里纳（参看第1章注110）创作了大量优美的宗教与世俗音乐，1578年被教皇格列高利十三世授予音乐大师称号。

78 本笃酒是天主教本笃会教士所酿的一种甜酒，产于法国费康，亦名本尼迪克酒。

79 这是天主教修会加尔都西会教士在法国境内加尔都西山谷所酿造的荨麻酒。

80 过去梵蒂冈教廷唱诗班为了使男童歌手保持女高音或女低音声调，将其阉割。直到1878年教皇利奥十三世（1810—1903）登位，才明令禁止。

81 见《诗篇》，第46篇第1节。

82 彼得是早期基督教会所称耶稣12门徒之首。

83 保罗（活动时期1世纪），耶稣的使徒之一，基督教传教士。

84 救世军的创办者是循道会牧师W.布斯。自1865年起，他开始在伦敦东区的贫民窟中传教，1878年他将自己创立的组织易名为“救世军”。其宗教活动的特点之一，是皈依者当众忏悔。

85 圣斤献金是1870年起实行的一种由教徒捐款作为教皇生活费的制度，1929年废止。

86 弗马纳是北爱尔兰一郡。

87 原文作Buzz，可作“忙来忙去”或“扒手”解。前文中的“圣米……地狱”为弥撒后所诵经文。

88 “露出一弯月牙形”一语套用《哈姆雷特》第1幕第4场中哈姆雷特对霍拉旭所说的话。下文中的“更靠下面的”，原文作“更靠南面的”，即指更靠下面的裤纽。

89 胡格诺派是16世纪欧洲宗教改革运动中兴起于法国的新教教派，长期遭迫害。17世纪末，被迫大批逃亡到英格兰、爱尔兰、美洲等地。

90 Aq. Dist（蒸馏水）、Fol. Laur（月桂叶）、Te Virid（绿茶）均为拉丁文。

91 原文作doctor Whack，doctor是医生，whack含有“弥天大谎”意。即指庸医。

92 利奥波德·奥尔巴尼公爵（1853—1884），维多利亚女王的幼子。他患的实际上是血友病，世人则以为他是由于皮肤比一般人薄，才动辄出血不止。

93 原文为法语。

94 布卢姆看到莱昂斯的手脏，便联想起这句风靡一时的肥皂广告用语。

95 阿斯科特是英格兰地名。在伯克郡温莎—梅登黑德区，距伦敦26英里。每年6月举行为期4天的皇家阿斯科特赛马会，胜者获金杯奖。布卢姆拿给莱昂斯看的6月16日的《自由人报》上刊有参赛马匹的全部名单，马克西穆姆二世便是其中的一匹。马名（Maximum，Ⅱ）含有“顶多一秒钟”（Maximum the second）的意思。

96 英语中，throw away是“丢掉”的意思。莱昂斯满脑子都是赛马的事。这里他误以为布卢姆在劝他把赌注压在一匹名叫“丢掉”（Throwaway）的马身上。

97 康威角指康威酒吧间。角（原文作corner）为伦敦的塔特索尔马市场和赛马场的俗称。以后那些兼售马券的私营酒吧间也在店名后面加上corner一词。

98 据《旧约·出埃及记》第16章，以色列人离开埃及后，曾在旷野里挨饿，于是说：

“在埃及，我们至少可以围着肉锅吃肉……”作者用这个典故暗指新到一个地方去的人们不免怀念故土。

99 指在三一学院（也叫都柏林大学，建于1591年，是爱尔兰最古老的学府）举行的赛车会。下文中的霍恩布洛尔是该校司阍。

100 这里套用《约翰尼，我几乎认不出你来了》一歌中佩吉对伤兵约翰尼说的话。原词是：“你像条鳕鱼那样头尾都蜷缩在一起。”

101 板球是英国夏季的国球，使用船桨式木板击球。

102 顿尼溪是都柏林市以南一小镇。自13世纪起，每年举行一次以酒色、赌斗著称的集市，1855年被禁止。顿尼溪集市后来遂成为扰嚷吵闹的代名词。

103 “麦……壳”一语出自罗伯特·马丁所作的歌曲《恩尼斯卡锡》。恩尼斯卡锡是韦克斯福德郡的一个小镇。

104 “生……贵”一语出自爱德华·菲茨勃尔（1792—1873）编写、爱尔兰作曲家威廉·文森特·华莱士（1813—1865）配乐的歌剧《玛丽塔娜》（1845）第2幕第1场。

105 “这……体”，套用耶稣对门徒所说的话，见《路加福音》第22章第19节。

第六章

马丁·坎宁翰首先把戴着丝质大礼帽的头伸进嘎嘎作响的马车，轻捷地进去落座了。鲍尔[1]先生小心翼翼地弯着修长的身躯，跟在他后面也上了车。

——来吧，西蒙。

——您先上，布卢姆先生说。

迪达勒斯先生匆匆戴上帽子，边上车边说：

——好的，好的。

——人都齐了吗？马丁·坎宁翰问。上车吧，布卢姆。

布卢姆先生上了车，在空位子上落座。他反手带上车门，哐哨了两下，直到把它撞严实了才撒手。他将一只胳膊套在拉手吊带里，神情严肃地从敞着的车窗里眺望马路旁那一扇扇拉得低低的百叶窗[2]。有一副帘子被拉到一边，一个老妪正向外窥视。鼻子贴在玻璃窗上又白又扁。她在感谢命运这一遭儿总算饶过了自己。妇女们对尸体所表示的兴趣是异乎寻常的。我们来到世上时给了她们那么多麻烦，所以她们乐意看到我们走。她们好像适合于干这种活儿。在角落里鬼鬼祟祟的。趿拉着拖鞋，轻手轻脚地，生怕惊醒了他。然后给他装裹，以便入殓。摩莉和弗莱明大妈[3]在往棺材里面铺着什么。再往你那边拽拽呀。我们的包尸布。你绝不会知道自己死后谁会来摸你。洗身子啦，洗头啦。我相信她们还会给他剪指甲和头发，并且装在信封里保存一点儿。这之后，照样会长哩。这可是件脏活儿。

大家伫候着，谁也不吭一声儿。大概是在装花圈哪。我坐在硬邦邦的东西上面。唔，原来是我后裤兜儿里的那块香皂。最好把它挪一挪，等有机会再说。

大家全在伫候。过一会儿，前方传来了车轮的转动声，越来越挨近，接着就是马蹄声。车身颠簸了一下。他们的马车开始前进了，摇摇摆摆，吱嘎作响。后面也响起了另外一些马蹄的声音和车轱辘的吱咯声。马路旁的百叶窗向后移动；门环上蒙着黑纱的九号[4]那半掩着的大门，也以步行的速度过去了。

他们依然坐在那里一声不响，膝盖抖动着。直到车子拐了个弯儿，沿着电车轨道走去，这时才打破了沉寂。特里顿维尔路。速度加快了。车轮在卵石铺成的公路上咯噔咯噔地向前滚动，像是发了疯似的玻璃在车门框里咔嗒咔嗒地震颤着。

——他这是拉着咱们走哪条路啊？鲍尔先生隔着车窗边东张西望边问。

——爱尔兰区，马丁·坎宁翰说。这是林森德。布伦斯威克大街。

迪达勒斯先生朝车窗外望着，点了点头。

——这是个古老的好风习[5]，他说。我很高兴如今还没有废除。

大家隔着车窗望了望。行人纷纷脱便帽或礼帽，表示敬意呢。马车经过沃特利巷后就离开电车轨道，走上较为平坦的路。布卢姆先生定睛望望，只见有个身材细溜、穿着丧服、头戴宽檐帽的青年。

——迪达勒斯，你的一个熟人刚刚走过去了，他说。

——谁呀？

——你的公子兼继承人。

——他在哪儿？迪达勒斯说着，斜探过身子来。

马车正沿着一排公寓房子驰去，房前的路面上挖出一条条明沟，沟旁是一溜儿土堆。在拐角处车身蓦地歪了歪，又折回到电车轨道上了，车轮喧闹地咯噔咯噔向前滚动。迪达勒斯先生往后靠了靠身子，说：

——穆利根那家伙跟他在一道吗？他的忠实的阿卡帖斯[6]！

——没有，布卢姆先生说，就他一个人。

——大概是看他的萨莉舅妈去啦，迪达勒斯说。古尔丁那一伙儿：喝得醉醺醺的小成本会计师，还有克莉西，爸爸的小屎橛子，知父莫如聪明的小妞儿。

布卢姆先生望着林森德路凄然一笑。华莱士兄弟瓶厂：多德尔桥。

里奇·古尔丁和律师用的公文包。他管这事务所叫作古尔丁－科利斯－沃德[7]。他开的玩笑如今越来越没味儿了。从前他可是个大淘气包。一个星期天早晨，他用饰针把房东太太的两顶帽子别在头上，同伊格内修斯·加拉赫[8]一道在斯塔默街上跳起华尔兹舞，通宵达旦地在外边疯闹。如今他可垮下来了，我看他的背痛，就是当年埋下的根子。老婆替他按摩背。他满以为服点药丸就能痊愈。其实那统统都只不过是面包渣子。利润高达百分之六百左右。

——他跟一帮下贱痞子鬼混，迪达勒斯先生骂道。大家都说，那个穆利根就是个坏透了的流氓，心肠狠毒，堕落到了极点。他的名字臭遍了整个都柏林城。在天主和圣母的佑助下，我迟早非写封信给他老娘、姑妈或是什么人不可。叫她看了，会把眼睛瞪得像门一样大。我要胳肢他屁股！[9] 我说话算数。

他用大得足以压住车轮咯嗒声的嗓门儿嚷着：

——我绝不能听任她那个杂种侄子毁掉我儿子。他爹是个站柜台的，在我表弟彼得·保罗·麦克斯威尼的店里卖棉线带。我绝不让他得逞。

他住了嘴。布卢姆先生把视线从他那愤怒的口髭，移到鲍尔先生那和蔼的面容，以及马丁·坎宁翰的眼睛和严肃地摇曳着的胡子上。好一个吵吵闹闹、固执己见的人。满脑子都是儿子。他说得对。总得有个继承人啊！倘若小鲁迪还在世的话，我就可以看着他长大。在家里能听到他的声音。他穿着一身伊顿[10]式的制服，和摩莉并肩而行。我的儿子。他眼中的我。那必然会是一番异样的感觉。我的子嗣。纯粹是出于偶然。准是那天早晨发生在雷蒙德高台街的事。她正从窗口眺望着两条狗在停止作恶[11]的墙边搞着。有个警官笑嘻嘻地仰望着。她穿的是那件奶油色长袍，已经绽了线，可她始终也没缝上。摸摸我，波尔迪。天哪，我想得要死。这就是生命的起源。

于是，她有了身孕。葛雷斯顿斯[12]音乐会的邀请也只好推掉。我的儿子在她肚子里。倘若他活着，我原是可以一直帮助他的。那是肯定的。让他能够自立，还学会德语。

——咱们来迟了吗？鲍尔先生问。

——迟了十分钟，马丁·坎宁翰边看着表边说。

摩莉。米莉。一个模子里刻出来的，就是单薄了点。是个假小子，满嘴村话。呸，跳跳蹦蹦的朱庇特哪！你这天神和小鱼儿哪！可她毕竟是个招人疼的好妞儿，很快就要成为妇人啦！穆林加尔。最亲爱的爹爹。年轻学生。是啊，是啊，也是个妇人哩！人生啊，人生。

马车左摇右晃，他们四个人的身躯也跟着颠簸。

——科尼蛮可以给咱们套一辆更宽绰些的车嘛，鲍尔先生说。

——他原是可以的，迪达勒斯先生说。要不是被那斜视症折腾的话。你懂我的意思吗？

他合上了左眼。马丁·坎宁翰开始把腿下的面包渣子掸掉。

——这是什么呀，他说。天哪，是面包渣儿吗？

——想必新近有人在这儿举行过野餐哩，鲍尔先生说。

大家都抬起腿来，厌恶地瞅着那散发着霉臭、扣子也脱落了的座位皮面。迪达勒斯先生抽着鼻子，蹙眉朝下望望说：

——除非是我完全误会了……你觉得怎么样，马丁？

——我也这么认为，马丁·坎宁翰说。

布卢姆先生把大腿放下来。亏得我洗了那个澡。脚上感到很清爽。可要是弗莱明大妈替我把这双短袜补得更细一点就好了。

迪达勒斯先生无可奈何地叹了口气。

——这毕竟是，他说，世界上最自然不过的事。

——汤姆·克南露面了吗？马丁·坎宁翰慢条斯理地捻着胡子梢儿，问道。

——来啦，布卢姆先生回答说。他跟内德·兰伯特[13]和海因斯[14]一道坐在后面哪。

——还有科尼·凯莱赫本人呢？鲍尔先生问。

——他到公墓去啦，马丁·坎宁翰说。

——今天早晨我遇见了麦科伊，布卢姆先生说。他说他尽可能来。

马车猛地停住了。

——怎么啦？

——堵车了。

——咱们这是在哪儿呢？

布卢姆先生从车窗里探出头去。

——大运河，他说。

煤气厂。听说这能治百日咳哩。亏得米莉从来没患上过。可怜的娃娃们！痉挛得都蜷缩成一团了，脸上青一块紫一块的。真够受的。相形之下，她患的病倒比较轻，不过是麻疹而已。煎亚麻籽[15]。猩红热。流行性感冒。我这是在替死神兜揽广告哪。可别错过这个机会。狗收容所就在那边。可怜的老阿索斯[16]！好好照料阿索斯，利奥波德，这是我最后的愿望。**愿你的旨意实现**[17]。对坟墓里的人们我们总是唯命是从。那是他弥留之际潦潦草草写下的。狗伤心得衰竭而死。那是一只温和驯顺的家畜。老人养的狗通常都是这样的。

吧嗒一声一滴雨点落在他的帽子上。他缩回脖子。接着，一阵骤雨滴滴答答地落在灰色的石板路上。奇怪，稀稀落落的，就像是漏勺滤下来的。我料到会下。想起来啦，我的靴子咯吱咯吱直响来着。

——变天啦，他安详地说。

——可惜没一直晴下去，马丁·坎宁翰说。

——乡下可盼着雨哪，鲍尔先生说。太阳又出来啦！

迪达勒斯先生透过眼镜凝视那遮着一层云彩的太阳，朝天空默默地发出诅咒。

——它就跟娃娃的屁股一样没准儿，他说。

——咱们又走啦！

马车又转动起那硬邦邦的轱辘了。他们的身子轻轻地晃悠着。马丁·坎宁翰加快了捻胡须梢儿的动作。

——昨天晚上汤姆·克南真了不起，他说。帕迪·伦纳德[18]当面学他那样儿取笑他。

——噢，马丁，把他的话都引出来吧，鲍尔先生起劲地说。西蒙，你等着听克南对本·多拉德唱的《推平头的小伙子》[19]所做的评论吧！

——了不起，马丁·坎宁翰用夸张的口气说。马丁啊，他把那支纯朴的民歌唱绝了，是我这辈子所听到的气势最为磅礴的演唱。

——气势磅礴，鲍尔先生笑着说。他最喜欢用这个字眼，还爱说回顾性的编排[20]。

——你们读了丹·道森的演说吗？马丁·坎宁翰问。

——我还没读呢，迪达勒斯先生说。登在哪儿啦？

——今天早晨的报纸上。

布卢姆先生从内兜里取出那张报。我得给她换那本书。

——别，别，迪达勒斯先生连忙说。回头再说吧！

布卢姆先生的目光顺着报纸边往下扫视着讣闻栏：卡伦、科尔曼、迪格纳穆、福西特、劳里、瑙曼、皮克。是哪个皮克[21]呢？是在克罗斯比－艾莱恩那儿工作的那家伙吗？不对，是厄布赖特教堂同事。报纸磨破了，上头的油墨字迹很快就模糊了。向小花[22]致以谢忱。深切的哀悼。遗族难以形容的悲恸。久患顽症，医治无效，终年八十八岁。为昆兰举行的周月追思弥撒。仁慈的耶稣，怜悯他的灵魂吧！

亲人亨利已逝去，

住进天室今月弥，
遗族哀伤并悲泣，
翘盼苍穹重相聚。

我把那个信封撕掉了吗？撕掉啦！我在澡堂子里看完她那封信之后，放在哪儿啦？他拍了拍背心上的兜。在这儿放得安安妥妥的。亲人亨利已遁去。趁着我的耐心还没有耗尽。

国立小学。米德木材堆放场。出租马车停车场。如今只剩下两辆了。马在打瞌睡，肚子鼓得像壁虱。马的头盖上，骨头太多了。另一辆载着客人转悠哪。一个钟头以前，我曾打这儿经过。马车夫们举了举帽子。

在布卢姆先生这扇车窗旁边，一个弯着腰的扳道员忽然背着电车的电杆直起了身子。难道他们不能发明一种自动装置吗？那样，车轮转动得就更便当了。不过，那样一来就会砸掉此人的饭碗了吧？但是另一个人却会捞到制造这种新发明的工作吧？

安蒂恩特音乐堂。眼下什么节目也没上演。有个身穿一套淡黄色衣服的男子，臂上佩戴着黑纱。他服的是轻丧，不像是怎么悲伤的样子。兴许是个姻亲吧！

他们默默地经过铁道陆桥下圣马可教堂那光秃秃的讲道坊，又经过女王剧院。海报牌上是尤金·斯特拉顿[23]和班德曼·帕默夫人。也不晓得我今天晚上能不能去看《丽亚》。我原说是要去的。要么就去看《基拉尼的百合》[24]吧？由埃尔斯特·格莱姆斯歌剧团演出。做了大胆的革新。刚刚刷上去、色彩鲜艳的下周节目预告:《布里斯托尔号的愉快航行》[25]。马丁·坎宁翰总能替我弄到一张欢乐剧院的免费券吧。得请他喝上一两杯，反正是一个样。

下午他[26]就来了。她的歌儿。

普拉斯托帽店。纪念菲利普·克兰普顿爵士[27]的喷泉雕像。这是谁[28]呀？

——你好！马丁·坎宁翰边说边把巴掌举到额头那儿行礼。

——他没瞧见咱们，鲍尔先生说。啊，他瞧见啦。你好！

——是谁呀？迪达勒斯先生问。

——是布莱泽斯·博伊兰，鲍尔先生说。他正摘下帽子让他的鬈发透透风哪。

此刻我刚好想到了他。

迪达勒斯先生探过身去打招呼。红沙洲餐厅[29]的门口那儿，白色圆盘状的草帽闪了一下，作为回礼。潇洒的身影过去了。

布卢姆先生端详了一下自己左手的指甲，接着又看右手的。是呀，指甲。除了魅力之外，妇女们，她，在他身上还能看得到旁的什么呢？魅力。他是都柏林最坏的家伙，却凭着这一点活得欢欢势势。妇女们有时能够感觉出对方是个什么样的人。这是一种本能。然而像他那种类型的人嘛。我的指甲。我正瞅着指甲呢。修剪得整整齐齐。然后，我就独自在想着。浑身的皮肉有点儿松软了。我能发觉这一点，因为我记得原先是什么样子。这是怎么造成的呢？估计是肉掉了，而皮肤收缩得却没那么快。但是身材总算保持下来了。依然保持了身材。肩膀。臀部。挺丰满的。舞会的晚上换装时，衬衣后摆竟夹在屁股缝儿里了。

他十指交叉，夹在双膝之间，感到心满意足，茫然地环视着他们的脸。

鲍尔先生问：

——巡回音乐会进行得怎样啦，布卢姆？

——哦，好极啦，布卢姆先生说。我听说，颇受重视哩。你瞧，这可真是个好主意……

——你本人也去吗？

——哦，不，布卢姆先生说。说实在的，我得到克莱尔郡[30]去办点私事。你要知道，这个计划是把几座主要城镇都转上一圈。这儿闹了亏空，可以上那儿去弥补。

——可不是嘛，马丁·坎宁翰说。玛丽·安德森[31]眼下在北边哪。你们有能手吗？

——路易斯·沃纳[32]是我老婆的经纪人，布卢姆先生说。啊，对呀，所有那些第一流的我们都能邀来。我希望 J.C. 多伊尔和约翰·麦科马克[33]也会来。确实是出类拔萃的。

——还有夫人[34]哪，鲍尔先生笑眯眯地说。压轴儿的。

布卢姆先生松开手指，打了个谦恭和蔼的手势，随即双手交叉起来。史密斯·奥布赖恩[35]。有人在那儿放了一束鲜花。女人。准是他的忌日喽。多福多寿[36]。马车从法雷尔[37]所塑造的那座雕像跟前拐了个弯儿。于是，他们就听任膝头毫无声息地碰在一起。

靴子：一个衣着不起眼的老人站在路边，举着他要卖的东西，张着嘴：靴子。

——靴子带儿，一便士四根。

不晓得此人是怎么被除名的。本来他在休姆街开过自己的事务所。跟与摩莉同姓的那位沃德福德郡政府律师特威迪在同一座房屋里。打那时候起，就有了那顶大礼帽。**往昔体面身份的遗迹**[38]。他还服着丧哪。可怜的苦命人，潦倒不堪！像是守灵夜的鼻烟似的，被人踢来踢去。[39]奥卡拉汉已经落魄了[40]。

还有夫人[41]哪。十一点二十分了。起床啦。弗莱明大妈已经来打扫了。她一边哼唱，一边梳理头发。**我要，又不愿意**[42]。不，应该是：**我愿意，又不愿意**[43]。她在端详自己的头发梢儿分叉了没有。我的心跳得快了一点儿[44]。唱到 tre 这个音节时，她的嗓音多么圆润，声调多么凄切。鸫鸟。画眉。画眉一词正是用来形容这种歌喉的。

他悄悄地扫视了一下鲍尔先生那张五官端正的脸。鬓角已花白了。他是笑眯眯地提到夫人的，我也报以微笑。微微笑，顶大用。也许只是出于礼貌吧！蛮好的一个人。人家说他有外遇，谁晓得是真是假？反正对他老婆来说，这可不是什么愉快的事。然而他们又说，是什么人告诉我的来着？并没有发生肉体关系。谁都会认为，那样很快就会吹台的。对啦，是克罗夫顿[45]。有个傍晚撞见他正给她带去一磅牛腿扒。她是干什么的来着？朱里饭店的酒吧女招待，要么就是莫伊拉饭店的吧？

他们从那位披着大斗篷的解放者[46]的铜像下面经过。

马丁·坎宁翰用臂肘轻轻地碰了碰鲍尔先生。

——吕便支族的后裔[47]，他说。

一个留着黑胡须的高大身影，弯腰拄着拐棍，趔趔趄趄地绕过埃尔韦里的象记商店[48]拐角，只见一只张着的手巴掌弯过来放在脊梁上。

——保留了原始的全部英姿，鲍尔先生说。

迪达勒斯先生目送着那拖着沉重脚步而去的背影，温和地说：

——就欠恶魔没弄断你那脊梁骨的大筋啦！

鲍尔先生在窗边一手遮着脸，笑得弯了腰。这时马车正从格雷[49]的雕像前经过。

——咱们都到他那儿去过了，马丁·坎宁翰直率地说。

他的目光同布卢姆先生的相遇。他捋捋胡子，补上一句：

——喏，差不多人人都去过啦！

布卢姆先生望着那些同车人的脸，抽冷子热切地说了起来：

——关于吕便·杰和他儿子，有个非常精彩的传闻。

——是船家那档子事吗？鲍尔先生问。

——是啊。非常精彩吧？

——什么事呀？迪达勒斯先生问。我没听说。

——牵涉到一位姑娘，布卢姆先生讲起来了，于是为了安全起见，他打定主意把儿子送到曼岛[50]上去。可是爷儿俩正……

——什么？就是那个声名狼藉的小伙子吗？

——是啊，布卢姆先生说。爷儿俩正要去搭船，他却想跳下水去淹死……

——淹死巴拉巴[51]！老天爷，我但愿他能淹死！

鲍尔先生从那用手遮住的鼻孔里发出的笑声持续了好半晌。

——不是，布卢姆先生说，是儿子本人……

马丁·坎宁翰粗暴地插嘴说：

——吕便·杰和他儿子沿着河边的码头往下走，正准备搭乘开往曼岛的船，那个小骗子忽然溜掉，翻过堤坝纵身跳进了利菲河。

——天哪！迪达勒斯先生惊吓得大吼一声。他死了吗？

——死？马丁·坎宁翰大声说。他可死不了！有个船夫弄来根竿子，钩住他的裤子，把他捞上岸，半死不活地拖到码头上他老子跟前。全城的人有一半都在那儿围观哪。

——是啊，布卢姆先生说。最逗的是……

——而吕便·杰呢，马丁·坎宁翰说，为了酬劳船夫救了他儿子一条命，给了他两个先令。

从鲍尔先生手下传来一声低微的叹息。

——哦，可不是嘛，马丁·坎宁翰斩钉截铁地说，摆出大人物的架势，赏了他一枚两先令银币。

——非常精彩，对吗？布卢姆先生殷切地说。

——多付了一先令八便士，迪达勒斯先生用冷漠的口吻说。

鲍尔先生忍俊不禁，马车里回荡着低笑声。

纳尔逊纪念柱[52]。

——八个李子一便士！八个才一便士！

——咱们最好显得严肃一些，马丁·坎宁翰说。

迪达勒斯先生叹了口气。

——不过，说实在的，他说，即便笑一笑，可怜的小帕狄也不会在意的。他自己就讲过不少非常逗趣儿的话。

——天主宽恕我！鲍尔先生用手指揩着盈眶的泪水说，可怜的帕狄！一个星期前我最后一次见到他的时候，他还跟平素一样那么精神抖擞呢。我怎么也没想到会这么乘马车给他送葬。他撇下咱们走啦！

——戴过帽子[53]的小个儿当中，难得找到这么正派的，迪达勒斯先生说。他走得着实突然。

——衰竭，马丁·坎宁翰说。心脏。

他悲痛地拍拍自己的胸口。

满脸通红，像团火焰。威士忌喝多了。红鼻头疗法。拼死拼活地灌，把鼻头喝成灰黄色的了。为了把鼻头变成那种颜色，他钱可没少花。

鲍尔先生定睛望着往后退去的那些房屋，黯然神伤。

——他死得真是突然，可怜的人，他说。

——这样死再好不过啦，布卢姆先生说。

大家对他瞠目而视。

——一点儿也没受罪，他说。一眨眼就都完啦。就像在睡眠中死去了似的。

没有人吭气。

街的这半边死气沉沉。就连白天，生意也是萧条的：土地经纪人、戒酒饭店[54]、福尔克纳铁路问讯处、文职人员培训所、吉尔书店、天主教俱乐部、盲人习艺所。这是怎么回事呢？反正有个原因。不是太阳就是风的缘故。晚上也还是这样。只有一些扫烟囱的和做粗活的女用人。在已故的马修神父[55]的庇护下。巴涅尔纪念碑的基石。衰竭。心脏。[56]

前额饰有白色羽毛的几匹白马，在街角的圆形建筑那儿拐了个弯儿，飞奔而来。一口小小的棺材一闪而过。赶着去下葬哩。一辆送葬马车。去世的是未婚者。已婚者用黑马。单身汉用花斑马。修女用棕色的。

——可惜了儿的，马丁·坎宁翰先生说。一个娃娃哩！

一张侏儒的脸，像小鲁迪的那样紫红色而布满皱纹。一副侏儒的身躯，油灰一般软塌塌的，陈放在衬了白布的松木匣子里。费用是丧葬互助会给出的。每周付一便士，就能保证一小块草地。咱们这个小乞丐。小不点儿。无所谓。这是大自然的失误。娃娃要是健康的话，只能归功于妈妈。否则就要怪爸爸[57]。但愿下次走点运。

——可怜的小家伙，迪达勒斯先生说。他总算没尝到人世间的辛酸。

马车放慢速度，沿着拉特兰广场的坡路往上走。骨骼咯咯响，颠簸石路上。不过是个穷人，没人肯认领。[58]

——在生存中[59]，马丁·坎宁翰说。

——然而最要不得的是，鲍尔先生说。自寻短见的人。

马丁·坎宁翰匆匆地掏出怀表，咳嗽一声，又塞了回去。

——给一家人带来莫大的耻辱，鲍尔先生又补上一句。

——当然是一时的精神错乱，马丁·坎宁翰斩钉截铁地说。咱们应该用更宽厚的眼光看这个问题。

——人家都说干这种事儿的是懦夫，迪达勒斯先生说。

——那就不是咱们凡人所能判断的了，马丁·坎宁翰说。

布卢姆先生欲言又止。马丁·坎宁翰那双大眼睛，而今把视线从我身上移开了。他通情达理，富于恻隐之心，天资聪颖。长得像莎士比亚。开口总是与人为善。本地人对那种事儿和杀婴是毫不留情的。不许作为基督教徒来埋葬。早先竟往坟墓中的死者心脏里打进一根木桩[60]，唯恐他的心脏还没有破碎。其实，他们有时也会懊悔的，不过已经来不及了。在河床里发现他的时候，手里还死命地攥住芦苇呢。他[61]瞅我来着。还有他那娘儿们——一个不可救药的醉鬼。一次次地为她把家安顿好，然而几乎一到星期六她就把家具典当一空，让他去赎。他过着像是在地狱里一般的日子。即便是一颗石头做的心脏，也会消磨殆尽的。星期一早晨，他又用肩膀顶着轱辘重新打鼓另开张。老天爷，那天晚上她那副样子真有瞧头。迪达勒斯告诉过我，他刚好在场。她喝得醉醺醺的，抡着马丁的雨伞欢蹦乱跳。

他们称我作亚洲的珍宝，
亚洲的珍宝
日本的艺伎。[62]

他把视线从我身上移开了。他明白。骨骼咯咯响。

验尸的那个下午。桌上摆着个贴有红标签的瓶子。旅馆那个房间里挂着一幅幅狩猎图。令人窒息的气氛。阳光透过威尼斯式软百叶帘射了进来。验尸官那双毛茸茸的大耳朵沐浴在阳光下。茶房做证。起先只当他还睡着呢。随后见到他脸上有些黄道道。已经滑落到床脚了。法医验明为：服药过量。意外事故致死。遗书：致吾儿利奥波德。

再也尝不到痛苦了。再也醒不过来了。无人肯认领。

马车沿着布莱辛顿街辘辘地疾驰着。颠簸石路上。

——我看咱们正飞跑着哪，马丁·坎宁翰说。

——上天保佑，可别把咱们这车人翻在马路上，鲍尔先生说。

——但愿不至于，马丁·坎宁翰说。明天在德国有一场大赛。戈登·贝纳特[63]。

——哎呀，迪达勒斯先生说。那确实值得一看。

当他们拐进伯克利街时，水库附近一架手摇风琴迎面送来一阵喧闹快活的游艺场音乐，走过去后，乐声依然尾随着。这儿可曾有人见过凯利[64]？凯歌的凯，利益的利。接着就是《扫罗》中的送葬曲[65]。他坏得像老安东尼奥，撇下了我孤苦伶仃！[66]足尖立地旋转！仁慈圣母玛利亚医院[67]。这是埃克尔斯街，我家就在前边[68]。一座庞大的建筑，那里为绝症患者所设的病房。真令人感到鼓舞。专收垂死者的圣母济贫院。太平间就在下面，很便当。赖尔登老太太[69]就是在那儿去世的。那些女人的样子好吓人呀。用杯子喂她东西吃，调羹在嘴边儿蹭来蹭去。然后用围屏遮起她的床，等着她咽气。那个年轻的学生[70]多好啊，那一次蜜蜂螫了我，还是他替我包扎的。他们告诉我，如今他转到产科医院去了。从一个极端到了另一个极端。

马车急转了个弯儿：停住了。

——又出了什么事？

身上打了烙印的牛，分两路从马车的车窗外走过去，哞哞叫着，无精打采地挪动着带脚垫的蹄子，尾巴在瘦骨嶙峋、巴着粪的屁股上徐徐地甩来甩去。打了赭红色印记的羊，吓得咩咩直叫，在牛群外侧或当中奔跑。

——简直像是移民一样，鲍尔先生说。

——嗬儿！马车夫一路吆喝着，挥鞭啪啪地打着牲口的侧腹。嗬儿！躲开[71]！

这是星期四嘛，明天该是屠宰日啦！怀仔的母牛。卡夫[72]把它们按每头约莫二十七镑的代价出售。兴许是运到利物浦去的。给老英格兰的烤牛肉[73]。他们把肥嫩的牛统统买走了。这下子连七零八碎都没有了：所有那些生料——皮啦，毛啦，角啦。一年算下来，蛮可观哩，单打一的牛肉生意。屠宰场的下脚料还可以送到鞣皮厂去或者制造肥皂和植物黄油。不晓得那架起重机如今是不是还在克朗西拉[74]从火车上卸下那些次等的肉。

马车又穿过牲畜群继续前进了。

——我不明白市政府为什么不从公园大门口铺一条直通码头的电车道？布卢姆先生说。这么一来，所有这些牲口就都可以用货车运上船了。

——那样也就不至于堵塞道路啦，马丁·坎宁翰说。完全对，他们应该这么做。

——是啊，布卢姆先生说。我还常常转另外一个念头：要像米兰市那样搞起市营的殡仪电车[75]，你们晓得吧！把路轨一直铺到公墓门口，设置专用电车——殡车、送葬车，全齐了。你们明白我的意思吧？

——那可是个奇妙的主意，迪达勒斯先生说。再挂上一节软卧和高级餐车。

——对科尼来说，前景可不美妙啊，鲍尔先生补充了一句。

——怎么会呢？布卢姆先生转向迪达勒斯先生问道，不是比坐双驾马车奔去体面些吗？

——嗯，说得有点儿道理，迪达勒斯先生承认了。

——而且，马丁·坎宁翰说，有一次殡车在敦菲角[76]前面拐弯的时候翻啦，把棺材扣在马路上。像那样的事，也就不会发生了。

——那回太可怕啦，鲍尔先生面呈惧色地说，尸首都滚到马路上去了。可怕啊！

——敦菲领先，迪达勒斯先生点着头说。争夺戈登·贝纳特奖杯。

——颂赞归于天主！马丁·坎宁翰虔诚地说。

咕咚！翻了。一副棺材扑通一声跌到路上。崩开了。帕狄·迪格纳穆身着过于肥大的褐色衣服，被抛出来，僵直地在尘埃中打滚。红脸膛：现呈灰色。嘴巴咧开来。在问这会子出了啥事儿。完全应该替他把嘴合上。张着的模样让人感到不舒服。内脏也腐烂得快。把一切开口都堵上就好得多。对，那也堵起来。用蜡。括约肌松了。一股脑儿封上。

——敦菲酒馆到啦，当马车向右拐的时候，鲍尔先生宣告说。

敦菲角。停着好几辆送葬回来的车。人们在借酒浇愁。可以在路边歇上一会儿。

这是开酒店的上好地点。估计我们归途会在这儿停下来，喝上一杯，为他祝祝冥福，大家也聊以解忧。长生不老剂[77]。

然而假定现在发生了这样一档子事。倘若翻滚的当儿，他身子给钉子扎破了，他会不会流血呢？我猜想，也许流，也许不流。要看扎在什么部位了。血液循环已经停止了。然而碰着了动脉，就可能会渗出点儿血来。下葬时，装裹不如用红色的：深红色。

他们沿着菲布斯巴勒街默默前进。刚从公墓回来的一辆空殡车迎面擦过，马蹄嘚嘚嘚响着，一派轻松模样。

克罗斯冈斯桥：皇家运河。

河水咆哮着冲出闸门。一条驶向下游的驳船上，在一堆堆泥炭当中，站着条汉子，船闸旁的纤路上，有一匹松松地系着缰绳的马。布加布出航[78]。

他们用眼睛盯着他。他乘了这条用一根纤绳拽着的木排，顺着涓涓流淌、杂草蔓生的河道，涉过苇塘，穿过烂泥，越过一只只堵满淤泥的细长瓶子、一具具腐烂的狗尸，从爱尔兰腹地漂向海岸。阿斯隆、穆林加尔、莫伊谷[79]，我可以沿着运河徒步旅行去看望米莉。要么就骑自行车前往。租一匹老马，倒也安全。雷恩[80]上次拍卖的时候倒是有过一辆，不过是女车。发展水路交通。詹姆斯·麦卡恩[81]以用摆渡船把我送过渡口为乐。这种走法要便宜一些。慢悠悠地航行。是带篷的船。可以坐去野营。还有灵柩船，从水路去升天堂。也许我不写信就突然露面。径由莱克斯利普和克朗西拉，通过一道接一道船闸顺流而下，直抵都柏林。从中部的沼泽地带运来了泥炭。致敬。他举起褐色草帽，向帕狄·迪格纳穆致敬。

他们的马车从布赖恩·勃罗马酒家[82]前经过。墓地快到了。

——不晓得咱们的朋友弗格蒂[83]情况怎样了，鲍尔先生说。

——不如去问问汤姆·克南，迪达勒斯先生说。

——怎么回事？马丁·坎宁翰说。把他撇下，听任他去抹眼泪吧，是吗？

——形影虽消失，迪达勒斯先生说，记忆诚可贵。[84]

马车向左拐，走上芬格拉斯路[85]。

右侧是石匠作坊。最后一段工序。狭长的场地，密密匝匝地挤满默默无言的雕像。白色的，悲恸的。有的安详地伸出双手，有的忧伤地下跪，手指着什么地方。还有削下来的石像碎片。在一片白色沉默中哀诉着。为您提供最佳产品。纪念碑建造师及石像雕刻师托马斯・H. 登纳尼。

走过去了。

教堂司事吉米・吉尔里的房屋前，一个老流浪汉坐在人行道的栏石上，一边嘟囔着，一边从他那双开了口、脏成褐色的大靴子里倒着泥土和石子儿。他已走到人生旅途的尽头。

车子经过一座接一座荒芜不堪的花园[86]，一幢幢阴森森的房屋。

鲍尔先生用手指了指。

——那就是蔡尔兹被谋杀的地方，他说。最后那幢房子。

——可不是嘛，迪达勒斯先生说。可怕的凶杀案。西摩・布希[87]让他免于诉讼。谋杀亲哥哥。或者据说是这样。

——检察官没有掌握证据，鲍尔先生说。

——只有旁证，马丁・坎宁翰补充说。司法界有这么一条准则：宁可让九十九个犯人逃脱法网，也不能错判一个无辜者有罪。[88]

他们望了望。一座凶宅。它黑魆魆地向后退去。拉上了百叶窗，没有人住，花园里长满了杂草。这地方整个都完了。被冤枉地定了罪。凶杀。凶手的形象留在被害者的视网膜上。人们就喜欢读这类故事。在花园里发现了男人的脑袋啦。她的穿着打扮啦。她是怎样遇害的啦。新近发生的凶杀案。使用什么凶器。凶手依然逍遥法外。线索。一根鞋带。要掘墓验尸啦。谋杀的内情总会败露[89]。

这辆马车太挤了。她可能不愿意我事先不通知一声就这么忽然跑来。对女人总得谨慎一些。她们脱裤衩时，只要撞上一回，她们就永远也不会饶恕你。她已经十五岁了嘛！

前景公墓[90]的高栅栏涟漪般地从他们的视野里淌过。幽暗的白杨树林，偶尔出现几座白色雕像。雕像越来越多起来，白色石像群集在树间，白色人像及其断片悄无声息地竖立着，在虚空中徒然保持着各种姿态。

车轮的钢圈"嘎"的一声蹭着人行道的栏石，停了下来。马丁・坎宁翰伸出胳膊，拧转把手，用膝盖顶开了车门。他下了马车，鲍尔先生和迪达勒斯先生跟着也下去了。

趁这会子把肥皂挪个窝儿吧。布卢姆先生的手麻利地解开裤子后兜上的纽扣，将巴在纸上的肥皂移到装手绢的内兜里。他边跨下马车，边把另一只手攥着的报纸放回兜里。

简陋的葬礼：一辆大马车，三辆小的。还不都是一样。抬棺人，金色缰绳，安魂弥撒，放吊炮。为死亡摆排场。殿后的马车对面站着个小贩，身旁的手推双轮车上放着糕点和水果。那是些西姆内尔糕饼[91]，整个粘在一起了。那是给死者上供用的糕点。狗饼干[92]。谁吃？正从墓地往外走的送葬者。

他跟随着同伴们。接着就是克南先生和内德·兰伯特。海因斯也走在他们后面。科尼·凯莱赫站在敞着门的灵车旁边，取出一对花圈，并将其中的一个递给了男孩子。

刚才那个娃娃的送葬行列不知消失到哪儿去了？

从芬格拉斯[93]那边来了一群马，吃力地迈着沉重的步子，拖着一辆载有庞大花岗石的大车，发出的嘎嘎响声打破了葬礼的沉寂，走了过去。在前边领路的车把式向他们点头致意。如今是灵柩了。尽管他已死去，却比我们先到了。[94]马扭过头来望着棺材，头上那根羽毛饰斜插向天空。它两眼无神：轭具勒紧了脖子，像是压迫着一根血管还是什么的。这些马晓不晓得自己每天拉车运些什么到这儿来？每天准有二三十档子葬事。新教徒另有杰罗姆山公墓。普天之下，每分钟都在举行着葬礼。要是成车地用铁锨铲进土里，就会快上好几倍。每小时埋上成千上万。世界上人太多了。

送葬者从大门里走了出来。一个妇女和一个小姑娘。妇女的相貌刁悍，尖下巴颏儿，看上去是个胡乱讨价还价的那号人，歪戴着一顶软帽。小姑娘满脸灰尘和泪痕，她挽着妇人的臂，仰望着，等待要她号哭的信号。鱼一般的脸，铁青而毫无血色。

殡殓工们把棺材扛在肩上，抬进大门。尸体沉得很。方才我从浴缸里迈出来，也觉得自己的体重增加了。死者领先，接着是死者的朋友。科尼·凯莱赫和那个男孩子拿着花圈跟在后面。挨着他们的是谁？啊，是死者的内弟。

大家都跟着走。

马丁·坎宁翰悄声说：

——当你在布卢姆面前谈起自杀的事来时，我心里感到万分痛苦。

——为什么？鲍尔先生小声说。怎么回事？

——他父亲就是服毒自杀的，马丁·坎宁翰跟他交头接耳地说。生前在恩尼斯[95]开过皇后饭店。你不是也听见他说要去克莱尔吗？那是忌辰。

——啊，天啊！鲍尔先生压低嗓门儿说。我这是头一回听说。是服毒吗？

他回过头去，朝那张有着一双沉思的乌黑眼睛的脸望去。那人边说话，边跟着他们走向枢机主教的陵墓[96]。

——上保险了吗?

——我想一定上啦，克南先生说。然而保险单已经抵押出去，借了一大笔钱。马丁正想办法把那个男孩子送到阿尔坦[97]去。

——他撇下了几个孩子?

——五个。内德·兰伯特说过，他要想方设法把一个女孩子送进托德[98]去。

——真够惨的，布卢姆先生轻声说。五个幼小的孩子。

——对可怜的妻子来说，是个很大的打击，克南先生又补上一句。

——说的是啊，布卢姆先生随声附和道。

如今，她胜利地活过了他。

他低头望了望自己涂油擦得锃亮的靴子。她的寿数比他长。失去了丈夫。对她来说，这死亡比对我关系重大。总有一个比另一个长寿。明智的人说，世上的女人比男人多。[99]安慰她吧：你的损失太惨重了。我希望你很快就跟随他而去。只有对信奉印度教的寡妇才能这么说[100]。她会再婚的。嫁给他吗?不。然而谁晓得以后会怎样呢?老女王去世后，就不兴守寡了。用炮车运送。维多利亚和阿尔伯特。在福洛格摩举行的追悼仪式。[101]可后来她还是在软帽上插了几朵紫罗兰。在心灵深处[102]，她毕竟好虚荣的。这一切都是为了一个影子。女王的配偶而已，连国王也不是。她儿子的位分才是实实在在的。那可以有新的指望[103]；不像她想要唤回来而白白等待着的过去。过去是永远也不复返了。

总得有人先走。孤零零地入土，不再睡在她那温暖的床上了。

——你好吗，西蒙?内德·兰伯特一边握手，一边柔声地说。近一个月来，连星期天也一直没见着你啦!

——从来没这么好过。科克这座城市[104]里，大家都好吗?

——复活节的星期一，我去看科克公园的赛马[105]了，内德·兰伯特说，还是老一套，六先令八便士[106]。我是在狄克·蒂维家过的夜。

——狄克这个实实在在的人，他好吗?

——他的头皮和苍天之间已经毫无遮拦啦，内德·兰伯特回答说。

——哎呀，我的圣保罗!迪达勒斯先生抑制着心头的惊愕说。狄克·蒂维歇顶了吗?

——马丁正在为那些孩子募集一笔捐款，内德·兰伯特指着前边说。每人几先令。让他们好歹维持到保险金结算为止。

——对，对，迪达勒斯先生迟迟疑疑地说。最前面的那个是大儿子吧？

——是啊，内德·兰伯特说，挨着他舅舅。后面是约翰·亨利·门顿[107]。他认捐了一镑。

——我相信他会这么做的，迪达勒斯先生说。我经常对可怜的帕狄说，他应该在自己那份工作上多下点儿心。约翰·亨利并不是世界上最坏的人。

——他是怎么砸的饭碗？内德·兰伯特问道。酗酒，还是什么？

——很多好人都犯这个毛病，迪达勒斯先生叹了口气说。

他们在停尸所小教堂的门旁停下了。布卢姆先生站在手执花圈的男孩子后面，俯视着他那梳理得光光整整的头发和那系着崭新的硬领、有着凹沟的纤细脖颈。可怜的孩子！也不晓得当他爸爸咽气时，他在不在场？双方都不曾意识到死神即将来临。弥留之际才回光返照，最后一次认出人来。多少未遂的意愿。我欠了奥格雷狄三先令[108]。他能领会吗？殡殓工把棺材抬进了小教堂。他的头在哪一端？

过了一会儿，他跟在别人后头走进去，在透过帘子射进来的日光下眨巴着眼儿。棺材停放在圣坛前的柩架上，四个角各点燃一枝高高的黄蜡烛。它总是在我们的前边。科尼·凯莱赫在四个角各放了一只花圈，然后向那男孩子打了个手势，让他跪下。送葬者东一个西一个地纷纷跪在祈祷桌前。布卢姆先生站在后面，离圣水盂不远。等大家都跪下后，才从兜里掏出报纸摊开来，小心翼翼地铺在地上，屈起右膝跪在上面。他将黑帽子轻轻地扣在左膝上，手扶帽檐，虔诚地弯下身去。

一名助祭提着盛有什么的黄铜桶[109]，从一扇门后面走了进来，白袍神父跟在后面。他一只手整理着祭带，另一只手扶着顶在他那癞蛤蟆般的肚子上的一本小书。谁来读这本书？白嘴鸦说：我。[110]

他们在柩架前停下步子。神父嗄声流畅地读起他那本书来。

科菲神父。我晓得他的姓听上去像"棺材"[111]。哆咪内呐咪内[112]。他的嘴巴那儿显得盛气凌人。专横跋扈。健壮的基督教徒[113]。任何人斜眼瞧他都要遭殃，因为他是神父嘛！你要称作彼得。[114]迪达勒斯曾说：他的肚子会横着撑破的，就像是尽情地吃了三叶草的羊似的。挺着那么个大肚子，活像一只被毒死的小狗。那个人找到了最有趣儿的说法。哼：横里撑破。

——*求你不要审问我，你的仆人。*[115]

用拉丁文为他们祷告，会使他们觉得自己的身价抬高了些。安魂弥撒。身穿绉纱的号丧者[116]。黑框信纸。你的名字已经列在祭坛名单[117]上。这地方凉飕飕的。可得吃点好的才行。在昏暗中一坐就是整个上午，磕着脚后跟，恭候下一位。连眼睛都像是癞蛤蟆的。是什么使他胀成这样呢？摩莉一吃包心菜就肚胀。兴许是此地的空气在作怪。看来弥漫着疠气。这一带必定充满了在地狱里般的疠气。就拿屠夫来说吧：他们变得像生牛排似的。是谁告诉我的来着？是默文·布朗[118]。圣沃伯格教堂有一架可爱的老风琴，已经历了一百五十个星霜。在教堂地下灵堂里，必须不时地在棺材上凿个窟窿，放出疠气，点燃烧掉。蓝色的，一个劲儿地往外冒。只要吸上一口，你就完蛋啦！

我的膝盖硌得痛了。唔。这样就好一些了。

神父从助祭提着的桶里取出一根顶端呈圆形的棍子，朝棺材上甩了甩。然后他走到另一头，又甩了甩。接着他踱了回来，将棍子放回桶里。你安息前怎样，如今还是怎样。一切都有明文规定，他照办就是了。

——*不要让我们受到诱惑。*[119]

助祭尖声细气地应答着[120]。我常常觉得，家里不如雇个小男仆。最大不超过十五岁。再大了，自然就……

那想必是圣水。洒出来的是永眠。这份差事他准干腻了。成天朝送来的所有的尸首甩那劳什子。要是他能看到自己在往谁身上洒圣水，也不碍事嘛！每迎来一天，就有一批新的：中年汉子，老妪，娃娃，死于难产的孕妇，蓄胡子的男人，秃顶商人，胸脯小得像麻雀的结核病姑娘。他成年为他们做同样的祷告，并且朝他们洒圣水：安息吧。如今该轮到迪格纳穆了。

——*在天堂里。*[121]

说是他即将升天堂或已升入天堂。对每个人都这么说。这是一份令人厌烦的差事。可是他总得说点儿什么。

神父合上圣书走了，助祭跟在后面。科尼·凯莱赫打开侧门，掘墓工进来，重新抬起棺材，抬出去装在他们的手推车上。科尼·凯莱赫把一只花圈递给男孩子，另一只递给他舅舅。大家跟在他们后面，走出侧门，来到外边柔和的灰色空气中。布卢姆先生殿后。他又把报纸折好，放回兜里，神情严肃地俯视着地面，直到运棺材的手推车向左拐去。金属轱辘磨在沙砾上，发出尖锐的嘎嘎声。一簇靴子跟在手推车后面踏出钝重的脚步声，沿着墓丛间的小径走去。

嗒哩嗒啦嗒哩嗒啦嗒噜。主啊，我绝不可在这儿哼什么小曲儿。

——奥康内尔的圆塔[122]，迪达勒斯先生四下里望了望说。

鲍尔先生用柔和的目光仰望着那高耸的圆锥形塔的顶端。

——老丹·奥[123]在他的人民当中安息哪，他说，然而他的心脏却埋在罗马[124]。这儿埋葬了多少颗破碎的心啊，西蒙！

——她[125]的坟墓就在那儿，杰克，迪达勒斯先生说。我不久就会抻腿儿躺在她身边了。任凭天主高兴，随时把我接走吧！

他的精神崩溃了，开始暗自哭泣，稍打着趔趄。鲍尔先生挽住他的胳膊。

——她在那儿安息更好，他体贴地说。

——那倒也是，迪达勒斯先生微弱地喘了口气说。假若有天堂的话，我猜想她准是在那里。

科尼·凯莱赫从行列里跨到路边，让送葬者拖着沉重的脚步从他身旁踱过去。

——真是个令人伤心的场合，克南先生彬彬有礼地开口说。

布卢姆先生合上眼，悲恸地点了两下头。

——别人都戴上帽子啦，克南先生说。我想，咱们也可以戴了吧！咱们在后尾儿。在公墓里可不能大意。

他们戴上了帽子。

——你不觉得神父先生念祷文念得太快了些吗？克南先生用嗔怪的口吻说。

布卢姆先生注视着他那双敏锐的、挂满血丝的眼睛，肃然点了点头。诡谲的眼睛，洞察着内心的秘密。我猜想他是共济会的，可也拿不准。又挨着他了。咱们在末尾。同舟共济[126]。巴不得他说点儿旁的。

克南先生又加上一句：

——我敢说杰罗姆山公墓举行的爱尔兰圣公会[127]的仪式更简朴，给人的印象也更深。

布卢姆先生谨慎地表示了同意。当然，语言又当作别论[128]。

克南先生一本正经地说：

——**我就是复活，就是生命**。[129]这话触动人的内心深处。

——是啊，布卢姆先生说。

也许会触动你的心，然而对如今脚尖冲着雏菊、停在六英尺见长、二英尺见宽的棺材里面的那个人来说，又有什么价值呢？触动不了他的心。寄托感情之所在。一颗破碎了的心。终归是个泵而已，每天抽送成千上万加仑的血液。直到有一天堵塞了，也就完事大吉。此地到处都撂着这类器官：肺、心、肝。生了锈的老泵，仅此而已。复活与生命。人一旦死了，就是死了。末日的概念[130]。去敲一座座坟墓，把他们都喊起来。拉撒路，出来！[131]然而他是第五个出来的，所以失业了[132]。起来吧！这是末日！于是，每个人都四下里摸索自己的肝啦、肺啦以及其他内脏。那个早晨要是能把自己凑个齐全，就再好不过了。颅骨里只有一英钱粉末。每英钱合十二克。金衡制[133]。

科尼·凯莱赫和他们并排走起来。

——一切都进行得头等顺利，他说。怎么样？

他用眼睛不慌不忙地打量着他们。警察般的肩膀。吐啦噜吐啦噜地哼着小调儿。

——正应该这样，克南先生说。

——什么？呃？科尼·凯莱赫说。

克南先生请他放心。

——后面那个跟汤姆·克南一道走着的汉子是谁？约翰·亨利·门顿问。看来挺面熟。

内德·兰伯特回过头去瞥了一眼。

——布卢姆，他说，原先，不，我的意思是说现在，有个名叫玛莉恩·特威迪夫人的女高音歌手。她就是此人的老婆。

——啊，可不是嘛，约翰·亨利·门顿说。我已经好久没见到她了。她长得蛮漂亮。我跟她跳过舞；哦，打那以后，已过了十五个——啊，十七个黄金年月啦！那是在圆镇的马特·狄龙[134]家。当年她可有搂头啦！

他回头隔着人缝儿望去。

——他是什么人？他问。做什么的？他干过文具行当吧？一天晚上我跟他吵过架，记得是在滚木球场上。

内德·兰伯特笑了笑。

——对，他干过那一行，他说，在威兹德姆·希利的店里，推销吸墨纸。

——天哪，约翰·亨利·门顿说，她为什么要嫁给这么一个上不了台面的家伙呢？当年她劲头可足啦！

——如今也不含糊，内德·兰伯特说。他管拉些广告。

约翰·亨利·门顿那双大眼睛直勾勾地盯着前面。

手推车转进一条侧径。一个身材魁梧的人在草丛里伫候，举举帽子来表示敬意。掘墓工们也用手碰了一下便帽。

——约翰·奥康内尔，鲍尔先生欣然说。他从来没忘记过朋友。

奥康内尔先生默默地和每一个人握了手。迪达勒斯先生说：

——我又来拜望您啦！

——我亲爱的西蒙，公墓管理员悄声回答说。我压根儿不希望您来光顾！

他向内德·兰伯特和约翰·亨利·门顿致意后，就挨着马丁·坎宁翰继续往前走，还在背后摆弄着两把长钥匙。

——你们听说过关于库姆街的马尔卡希那档子事吗？他问道。

——我没听说，马丁·坎宁翰说。

他们不约而同地把戴着大礼帽的脑袋凑过去，海因斯侧耳静听。管理员的两个大拇指勾在打着弯儿的金表链上。他朝着他们那一张张茫然的笑脸，用谨慎的口吻讲开了。

——人们传说着这么个故事，他说，一个大雾弥漫的傍晚，一对醉鬼到这儿来寻找一个朋友的坟墓。他们打听库姆街的马尔卡希，人家便告诉他们那人埋在哪儿。他们在雾里摸索了好一阵，果真找到了坟墓。一个醉鬼拼出了死者的姓名：特伦斯·马尔卡希。另一个醉鬼却朝死者遗孀托人竖起的那座救世主雕像直眨巴眼儿。

管理员翻起眼睛，冲着他们正走过的一座坟墓瞅了一眼。接着说：

——他睁大了眼朝那座圣像看了好半晌之后说：一点儿也不像那个人。又说：不管是谁雕的，反正这不是马尔卡希。

大家听了，报以微笑。接着他就退到后面，去和科尼·凯莱赫攀谈，收下对方递过来的票据，边走边翻看着。

——全都是故意讲的，马丁·坎宁翰向海因斯解释说。

——我晓得，海因斯说。我也注意到了。

——为的是让人鼓起劲儿来，马丁·坎宁翰说。纯粹是出于好心，绝没有旁的用意。

布卢姆先生欣赏管理员那肥硕、魁梧的身躯。人人都乐意和他往来。约翰·奥康内尔为人正派，是个道地的好人。他身上挂的那两把钥匙就像是凯斯[135]商店的广告似的。不必担心有人会溜出去。不需要通行证。得到人身保护。葬礼结束后，我得办理一下那份广告。那天我写信给玛莎的时候，她闯了进来。我用一个信封遮住了，上面写没写鲍尔斯桥[136]呢？但愿没有被丢进死信保管处。最好刮刮脸。长出灰胡楂儿了，那是头发变灰的兆头。脾气也变坏了。灰发中夹着银丝[137]。想想看，给这样的人做老婆！我纳闷儿他当年是怎么壮起胆子去向人家姑娘求婚的。来吧，跟我在坟场里过日子。用这来诱惑她。起初她也许还会很兴奋呢。向死神求爱。这里，夜幕笼罩下，四处躺着死尸。当坟地张大了口的时候，鬼魂从坟墓里出来[138]。我想，丹尼尔·奥康内尔准是其后裔。是谁来着，常说丹尼尔是个奇怪的、生殖力旺盛的人[139]，同时仍不失为一位伟大的天主教徒，像个顶天立地的巨人矗立在黑暗中。鬼火。坟墓里的瘴气。必须把她的心思从这档子事排遣开才行。不然的话，休想让她受孕。妇女尤其敏感得厉害。在床上给她讲个鬼故事，哄她入睡。你见过鬼吗？喏，我见过。那是个漆黑的夜晚。时钟正敲着十二点。然而只消把情绪适当地调动起来，她们就准会来接吻的。在土耳其，坟墓里照样有窑姐儿。只要年轻的时候就着手，凡事都能学到家。在这儿你兴许还能够勾搭上一位小寡妇呢。男人就好这个。在墓碑丛中谈情说爱。罗密欧[140]。给快乐平添情趣。在死亡中，我们与生存为伍。[141]两头都衔接上了。那些可怜的死者眼睁睁望着，只好干着急呗。那就好比让饥肠辘辘者闻烤牛排的香味，馋得他们心焦火燎。欲望煎熬着人。摩莉很想在窗畔搞来着。反正管理员已有了八个孩子。

他此生已见过不少人入土，躺到周围一片片的茔地底下。神圣的茔地。倘若竖着埋，就必然可以省出些地方。坐着或跪着的姿势可就省不了。站着埋吗[142]？要是有朝一日大地往下陷，他的脑袋兴许会钻出地面，手还指着什么地方。地面底下一准统统成了蜂窝状：由一个个长方形的蜂房所构成。而且他把公墓收拾得非常整洁：又推草坪，又修剪边沿。甘布尔少校[143]管这座杰罗姆山叫作他自己的花园。可不是嘛。应该栽上睡眠花。马斯天斯基[144]曾告诉我说，中国茔地上种着巨大的罂粟，能够采到优等鸦片。植物园就在前边。正是侵入到土壤里的血液给予了新生命。据说犹太人就是本着这个想法来杀害基督教徒的男孩子的[145]。人们的价码各不相同。保养得好好的、肥肥胖胖的尸体，上流人士，美食家，对果园来说是无价之宝。今有新近逝世的威廉·威尔金森（审计员兼会计师）的尸体一具，廉价处理：三镑十三先令六便士。谨此致谢。

我敢说，有了这些尸肥，骨头、肉、指甲，这片土壤一定会肥沃极了。一座座存尸所。令人毛骨悚然。都腐烂了，变成绿色和粉红色。在湿土里，也腐烂得快。瘦削的老人不那么容易烂。然后变成像是牛脂一般的、干酪状的东西。接着就开始发黑，渗出糖浆似的黑液。最后干瘪了。骷髅蛾[146]。当然，细胞也罢，旁的什么也罢，还会继续活下去。不断地变换着。实际上是物质不灭。没有养分的话，就从自己身上吸吮养分。

但是准会繁殖出大量的蛆。土壤里确实有成群的蛆蠕动着。简直让你晕头转向。海滨那些漂亮的小姑娘[147]。他心满意足地望着这一切。想到其他所有的人都比他先入土，给予他一种威力感。不晓得他是怎样看待人生的。嘴里还一个接一个地蹦出笑话，暖一暖心坎上的褶子。有这么个关于一张死亡公报的笑话：斯珀吉昂今晨四时向天堂出发。现已届晚间十一时（关门时间），尚未抵达。彼得[148]。至于死者本人，男的横竖爱听个妙趣横生的笑话，女的想知道什么最时新。来个多汁的梨，或是女士们的潘趣酒[149]，又热和又浓烈又甜。可以搪潮气。你有时候也得笑笑，所以不如这么做。《哈姆雷特》中的掘墓人[150]。显示出对人类心灵的深邃理解。关于死者，起码两年之内不敢拿他们开玩笑。**关于死者，除了过去，什么也别说。**[151]等出了丧期再说。难以想象他本人的葬礼将是怎样的。像是开个玩笑似的。他们说，要是念念自己的讣告，就能延年益寿。使你返老还童，又多活上一辈子。

——明天你有几档子？管理员问。

——两档子，科尼·凯莱赫说。十点半和十一点。

管理员将票据放进自己的兜里。手推车停了下来。送葬者分散开来，小心翼翼地绕过茔丛，踱到墓穴的两侧。掘墓人把棺材抬过来，棺材前端紧贴着墓穴边沿搁下，并且在棺材的周围拢上绳子。

要埋葬他了。我们是来埋葬恺撒的。他的三月中或六月中。[152] 他不晓得都有谁在场，而且也不在乎。

咦，那边那个身穿胶布雨衣[153]、瘦瘦高高的蠢货是谁呀？我倒想知道一下。要是有人告诉我，我情愿送点薄礼。总会有个你怎么也想不到的人露面。一个人能够孤零零地度过一生。是呀，他能够。尽管他可以为自己挖好墓穴，但他死后还是得靠什么人为他盖土。我们都是这样。只有人类死后才要埋葬。不，蚂蚁也埋葬。任何人首先想到的就是这件事。埋葬遗体。据说鲁滨孙·克鲁索过的是顺从于大自然的生活。喏，可他还是由“星期五”埋葬的呢[154]。说起来，每个星期五都埋葬一个星期四哩！

哦，可怜的鲁滨孙·克鲁索！
你怎能这样做？[155]

可怜的迪格纳穆！这是他最后一遭儿了，躺在地面上，装在棺材匣子里。想到所有那些死人，确实像是在糟蹋木料。全都让虫子蛀穿了。他们蛮可以发明一种漂亮的尸架，装有滑板，尸体就那样哧溜下去。啊，他们也许不愿意用旁人使过的器具来入土。他们可挑剔得很哪。把我埋在故乡的土壤里。从圣地取来的一把土[156]。只有母亲和死胎才装在同一口棺材里下葬。我明白这是什么意思。我明白。为的是即便入土之后，也尽可能多保护婴儿一些日子。爱尔兰人的家就是他的棺材。[157] 在地下墓窟里使用防腐香料，跟木乃伊的想法一样。

布卢姆先生拿着帽子站在尽后边，数着那些脱了帽子的脑袋。十二个。我是第十三个。不，那个身穿胶布雨衣的家伙才是第十三个呢。不祥的数目。那家伙究竟是打哪儿突然冒出来的？我敢发誓，刚才他并没在小教堂里。关于十三的迷信[158]，那是瞎扯。

内德·兰伯特那套衣服是用柔软的细花呢做的，色调有点儿发紫。当我们住在伦巴德西街时，我也有过这样的一套。当年他曾经是个讲究穿戴的人，往往每天换上三套衣服。我那身灰衣服得叫梅西雅斯[159]给翻改一下。咦，他那套原来是染过的哩！他老婆。哦，我忘了他是个单身汉，兴许公寓老板娘应该替他把那些线头摘掉[160]。

棺材已经由叉开腿站在墓穴搭脚处的工人们徐徐地撂下去，看不到了。他们爬上来，走出墓穴。大家都摘了帽子。统共是二十人。

静默。

倘若我们忽然间统统变成了旁人呢。

远方有一头驴子在叫。要下雨了。驴并不那么笨。人家说，谁都没见过死驴。它们以死亡为耻，所以躲藏起来。我那可怜的爸爸也是在远处死的。

和煦的馨风围绕着脱帽的脑袋窃窃私语般地吹拂。人们叽叽喳喳起来。站在坟墓上首的男孩子双手捧着花圈，一声不响地定睛望着那黑魆魆、还未封顶的墓穴。布卢姆先生跟在那位身材魁梧、为人厚道的管理员后面移动脚步。剪裁得体的长礼服。兴许正在估量着，看下一个该轮到谁了。喏，这是漫长的安息。再也没有感觉了。只有在咽气的那一刹那才有感觉。准是不愉快透了。开头儿简直难以置信。一定是搞错了，该死的是旁的什么人。到对门那家去问问看。且慢，我要。我还没有。然后，死亡的房间遮暗了。他们要光[161]。你周围有人窃窃私语。你想见见神父吗？接着就漫无边际地胡言乱语起来。隐埋了一辈子的事都在谵语中抖搂出来了。临终前的挣扎。他睡得不自然。按一按他的下眼睑吧。瞧瞧他的鼻子是否耸了起来，下颌是否凹陷，脚心是否发黄。既然他是死定了，就索性把枕头抽掉，让他在地上咽气吧。[162]在“罪人之死”那幅画里，魔鬼让他看一个女人。他只穿着一件衬衫，热切地盼望与她拥抱。《露西亚》[163]的最后一幕。我再也见不到你了吗？砰！他咽了气。终于一命呜呼。人们谈论你一阵，然后就把你忘了。不要忘记为他祷告。祈祷的时候要惦记着他。甚至连巴涅尔也是如此，常春藤日[164]渐渐被人遗忘了。然后，他们也接踵而去，一个接一个地坠入穴中。

眼下我们正为迪格纳穆灵魂的安息而祷告。愿你平平安安，没下地狱。换换环境也蛮好嘛！走出人生的煎锅，进入炼狱[165]的火焰。

他可曾想到过等待着他的那个墓穴？人们说，当你在阳光下打哆嗦时，就说明你想到了。有人在墓上踱步。传唤员来招呼你了：快轮到你啦！我在靠近芬格拉斯路那一带买下一块茔地，我的墓穴就在那里。妈妈，可怜的妈妈，还有小鲁迪也在那里永眠。

掘墓工们拿起铁锹，将沉甸甸的土块儿甩到穴里的棺材上。布卢姆先生扭开他的脸。倘若他一直还活着呢？唷！哎呀，那太可怕啦！不，不，他已经死了，当然喽。他当然已经死啦。他是星期一咽气的。应该规定一条法律，把心脏扎穿，以便知道确已死亡；要么就在棺材里放一只电钟或一部电话，装个帆布做的通气孔也行。求救信号旗。以三天为限。夏天可搁不了这么久。一旦验明确实断了气，还是马上把棺材封闭起来的好。

土坷垃砸下去的声音越来越小了。已开始被淡忘了。眼不见，心也不想了。

管理员移动了几步，戴好帽子。真够了。送葬者们舒了口气，一个个悄悄地戴上帽子。布卢姆先生也把帽子戴好。他望到那个魁梧的身姿正灵巧地穿过墓丛的迷津拐来拐去。他静静地、把握十足地跨过这片悲伤的场地。

海因斯在笔记本上匆匆地记着什么。啊，记名字哪。然而所有的人他都认识啊。咦，朝我走过来了。

——我在记名字，他压低嗓门儿说，你的教名是什么来着？我没把握。

——利，布卢姆先生说。利奥波德。你不妨把麦科伊的名字也写上。他托付过我。

——查理，海因斯边写边说，我晓得。他曾经在《自由人报》工作过。

是这样的。后来他才在收尸所找到了差事，当路易斯·伯恩[166]的帮手。让大夫来验尸倒是个好主意。原来只是凭想象，这下子可以弄明真相了。他是星期二死的[167]。就那样溜了。收了几笔广告费，就携款逃之夭夭。查理，你是我亲爱的人[168]。所以他才托付我的。啊，好的，不碍事的，我替你办就是了，麦科伊。劳驾啦，老伙计，衷心感谢。一点儿都没破费，还让他领了我的情。

——我想打听一下，海因斯说，你认识那个人吗？那边的那个穿，身穿……

他东看看西望望。

——胶布雨衣。是的，我瞅见他了，布卢姆先生说。现在他在哪儿呢？

——焦勃雨伊，海因斯边草草记下边说。我不知道他是谁。这是他的姓吧？

他四下里望了望，走开了。

——不是，布卢姆先生开口说，转过身去，想拦住他。喂，海因斯！

没听见。怎么回事？他到哪儿去啦？连个影儿都没有了。喏，可真是。这儿可曾有人见过？凯歌的凯，利益的利[169]。消失了踪影。天哪，他出了什么事？

第七个掘墓人来到布卢姆先生身旁，拿起一把闲着的铁锹。

——啊，对不起！

他敏捷地闪到一边去。

墓穴里开始露出潮湿的褐色泥土。逐渐隆起。快堆完了。湿土块垒成的坟头越来越高，又隆起一截。掘墓工们停下了挥锹的手。大家再度脱帽片刻。男孩子把他的花圈斜立在角落里，那位舅爷则将自己那一只放在一块土坷垃上。掘墓工们戴上便帽，提着沾满泥土的铁锹，朝手推车走去。接着，在草皮上轻轻地磕打一下锹刃，拾掇得干干净净。一个人弯下腰去摘缠在锹把上的一缕长草。另一个离开伙伴们，把锹当作武器般地扛着，缓步走去，铁刃闪出蓝光。还有一个在坟边一声不响地卷着拢棺材用的绳子。他的脐带。那位舅爷掉过身去要走时，往他那只空着的手里塞了点儿什么。默默地致谢。您费心啦，先生。辛苦啦。摇摇头。我明白。只不过向你们大家表表寸心。

送葬者们沿了弯弯曲曲的小径徐徐地走着，不时地停下来念念墓上的名字。

——咱们弯到首领[170]的坟墓那儿去看看吧，海因斯说。时间还很从容。

——好的，鲍尔先生说。

他们向右拐，一路在缓慢思索着。鲍尔先生怀着敬畏的心情，用淡漠的声调说：

——有人说，他根本就不在那座坟里。棺材里装满石头。说有一天他还会来的。

海因斯摇了摇头。

——巴涅尔再也不会来啦，他说，他的整个肉体都在那里。愿他的遗骨享受安宁。

布卢姆先生悄悄地沿着林荫小径向前踱去。两侧是悲恸的天使，十字架，断裂的圆柱[171]，家茔，仰望天空做祷告的希望的石像，还有古爱尔兰的心和手。倒不如把钱花在为活人办点儿慈善事业上更明智一些哩。为灵魂的安息而祈祷。难道有人真心这么祷告吗？把他埋葬，一了百了。就像用斜槽卸煤一样。然后，为了节省时间，就把他们都凑在一堆儿。万灵节[172]。二十七日我要给父亲上坟。给园丁十先令。他把茔地的杂草清除得一干二净。他自己也上了岁数，还得弯下腰去用大剪刀咯吱咯吱修剪。半截身子已经进了棺材。某人溘然长逝。某人辞世。[173]就好像是他们都出于自愿似的。他们统统是被推进去的。某人翘辫子。倘若再写明这些死者生前干的是哪一行，那就更有趣了。某某人，车轮匠。我兜售软木[174]。我破了产，每镑偿还五先令了事。要么就是一位大娘和她的小平底锅：爱尔兰炖肉是我的拿手好菜。乡村墓园挽歌非那一首莫属，究竟是华兹华斯还是托马斯·坎贝尔作的呢[175]？照新教徒的说法就是进入安息[176]。老穆伦大夫常挂在嘴上的是：伟大的神医召唤他回府。喏，这是天主为他们预备的园地[177]。一座舒适的乡间住宅。新近粉刷油漆过。

对静静地抽烟和阅读《教会时报》[178]来说，是个理想的所在。他们从来不试图把结婚启事登得漂亮些。挂在门把手上的生锈的花圈，花冠是用青铜箔做的。花同样的钱，可就更经久了。不过，还是鲜花更富诗意。金属的倒是永不凋谢，可渐渐地就令人生厌了。灰毛菊[179]，索然无味。

一只鸟儿驯顺地栖在白杨树枝上，宛如制成的标本似的。就像是市政委员胡珀[180]送给我们的结婚礼品。嘿！真是纹丝不动。它晓得这儿没有朝它射来的弹弓。死掉的动物更惨。傻米莉把小死鸟儿葬在厨房的火柴匣里，并在坟上供个雏菊花环，铺一些碎瓷片儿。

那是圣心[181]：裸露着的。掏出心来让人看。应该把它放得靠边一点儿，涂成鲜红色，像一颗真的心一般。爱尔兰就是奉献于它或是类似东西的。看来一点儿也不满意。为什么要受这样的折磨？难道鸟儿会来啄它吗？就像对拎着一篮水果的男孩那样？然而他说不会来啄，因为鸟儿理应是怕那个男孩的。那就是阿波罗[182]。

这许多[183]！所有这些人，生前统统在都柏林转悠过。信仰坚定的死者们。我们曾经像你们现在这样[184]。

而且你又怎么能记得住所有的人呢？眼神、步态、嗓音。声音嘛，倒是有留声机。在每座坟墓里放一架留声机，或是保管在家里也行。星期天吃罢晚饭，放上可怜的老曾祖父的旧唱片。咔啦啦！喂喂喂　我高兴极啦　咔啦咔　高兴极啦能再见到喂喂　高兴极啦　咔噗嘶嘘。会使你记起他的嗓音，犹如照片能使你忆起他的容貌一样。不然的话，相隔那么十五年，你就想不起他的长相了。譬如谁呢？譬如我在威兹德姆·希利的店里时死去的一个伙计。

吱噜吱噜！石头子儿碰撞的声音。且慢。停下来！

他定睛看着一座石砌墓穴。有个什么动物。哦。它在走动哪。

一只胖墩墩的灰鼠[185]趔趔趄趄地沿着墓穴的侧壁爬过去，一路勾动了石头子儿。它是个曾祖父，挺在行哩，懂得窍门。这只灰色的活物想扁起身子钻到石壁脚板下，硬是扭动着身子挤进去了。这可是藏匿珍宝的好场所。

谁住在这儿？罗伯特·埃默里的遗体安葬于此。罗伯特·埃米特是在火炬映照下被埋葬在这儿[186]的吧？老鼠在转悠哪。

如今，尾巴也消失了。

像这么个家伙，三下两下就能把一个人吃掉。无论那是谁的尸体，连骨头都给剔得干干净净。对它们来说，这就是一顿便饭。尸体嘛，左不过是变了质的肉。对，可奶酪又是怎样呢？是牛奶的尸体。我在那本《中国纪行》里读到：中国人说白种人身上有一股尸体的气味。最好火葬。神父们死命地反对[187]。他们这叫吃里爬外。焚尸炉和荷兰铁皮烤肉箱的批发商。闹瘟疫的时期，把尸首扔进生石灰高温坑里去销毁。煤气屠杀室。本是尘埃，还原归于尘埃[188]。要么就海葬。帕西人的沉默之塔在哪里？被鸟儿啄食[189]。土，火，水。人家说，论舒服莫过于淹死。刹那间自己的一生就从眼前闪过去了。然而一旦被救活可就不妙了。不过，空葬是行不通的。从一架飞行器往下投。每逢丢下一具尸体时，不晓得消息会不会就传开了。地下通讯网。我们还是从它们那儿得到的消息呢。这也不足为奇。它们对于像这样一顿正餐已习以为常。人们还没真正咽气，苍蝇就跟踪而至了。迪格纳穆这次，它们也是闻风而来。它们才不介意那臭味呢。盐白色的尸首，软塌塌，即将溃烂，气味和味道都像是生的白萝卜。

大门在前面发着微光，还敞着哪。重返尘世。这地方已经待够了。每来一次，都更挨近一步。上回我到这儿来，是给辛尼柯太太[190]送葬。还有可怜的爸爸。致命的爱。我从书中得知：有人夜里提着灯去扒坟头，找新埋葬了的女尸，甚至那些已经腐烂而且流脓的墓疮。读罢使你真感到毛骨悚然。我死后将会在你面前出现。我死了，你会看到我的幽灵。我死后，将阴魂不散。死后有另一个叫作地狱的世界。她信里写道，我不喜欢那另一个世界[191]。我也不喜欢。还有许许多多要看要听要感受的呢。感受到自己身边那热乎乎的生命。让他们在爬满了蛆的床上长眠去吧。他们休想拉我去参加这个轮回。热乎乎的床铺，热乎乎的、充满活力的生活。

马丁·坎宁翰从旁边的一条小径里出现了，他正和什么人一本正经地谈着话。

那想必是个律师，挺面熟。姓门顿，名叫约翰·亨利，是个律师，经管宣誓书和录口供的专员。迪格纳穆曾在他的事务所里工作过。好久以前了，在马特·狄龙家。快活的马特，欢乐的晚宴。冷冻禽肉、雪茄烟、坦塔罗斯酒柜[192]。马特确实有着一颗金子般的心。对，是门顿。那天傍晚在滚木球的草地上，由于我的球滚进他的内线，他就大发雷霆。纯粹是出于偶然，滚了个偏心球。于是他把我恨之入骨。一见面就引起仇恨。摩莉和芙洛伊·狄龙在一棵丁香树下挽着胳膊笑。男人向来如此，只要有女人在场，就感到耻辱。

咦，他的帽子有一边瘪下去啦，是在马车里碰的吧！

——先生，对不起，布卢姆先生在他们旁边说。

他们停下了脚步。

——你的帽子瘪下去一点儿，布卢姆先生边指了指边说。

约翰·亨利·门顿纹丝不动，凝视了他片刻。

——那个地方，马丁·坎宁翰帮着腔，也用手指了指。

约翰·亨利·门顿摘下礼帽，把瘪下去的部分弄鼓起来，细心地用上衣袖子把丝质帽面的绒毛捋了捋，然后又戴上了。

——现在好啦，马丁·坎宁翰说。

约翰·亨利·门顿点了点头，表示领情。

——谢谢你，他简短地说。

他们继续朝大门走去。布卢姆先生碰了个钉子，灰溜溜地挨后几步，免得听到他们的谈话。马丁一路指手画脚。他只消用一个小指头就能随心所欲地摆弄那样一个蠢货，而本人毫无察觉。

一双牡蛎般的眼睛。管它呢，以后他一旦明白过来，说不定就会懊悔的。只有这样才能摆布他。

谢谢。今天早晨咱们多么了不起啊！

第六章　注释

1　杰克·鲍尔这个人物曾在《都柏林人·圣恩》中出现过，他供职于都柏林堡（英国殖民统治机构）内的皇家爱尔兰警察总署。

2　根据爱尔兰风俗，左近有人家出殡时，店铺一律停业，住户则把百叶窗拉低，以示哀悼。

3　弗莱明大妈是经常到布卢姆家做些家务活儿的女人，这里布卢姆是在回忆他们的独子鲁迪夭折后的情景。前文中的"趿拉着拖鞋"是意译，音译为斯利珀斯莱珀，民谣《狐狸》中的贫穷的老妪（参看第1章注63），象征爱尔兰。

4　他们为之送葬的迪格纳穆，生前就住在纽布里奇大街9号。

5　好风习指的是出殡队伍故意从繁华地区经过，以便让更多的路人向死者表示哀悼。

6　原文为拉丁文。阿卡帖斯是埃涅阿斯的忠实、勇敢的同伴。埃涅阿斯是罗马神话中所传特洛伊和罗马的英雄，关于他的传说，见罗马诗人维吉尔所著史诗《埃涅阿斯纪》。此处老西蒙把自己的儿子斯蒂芬比作埃涅阿斯，把穆利根比作阿卡帖斯。

7　古尔丁（参看第3章注32）是科利斯–沃德律师事务所的一名成本会计师。他却把自己的姓加在事务所前面，以便让人认为他是大老板。

8　伊格内修斯·加拉赫是曾出现在《都柏林人·一朵浮云》中的一个记者。据本书第7章"了不起的加拉赫"一节，凤凰公园暗杀事件发生后，他由于搞到独家新闻而出了名。

9　语出自《亨利四世下篇》第2幕第1场。当野猪头酒店老板娘带着差役来拘捕福斯塔夫时，他骂道："滚开，你这贱婆娘！……我要胳肢你屁股！"

10　伊顿学院是英国贵族公学，设在伯克郡伊顿镇。

11　里奇蒙·布赖德韦尔监狱的门上写有"停止作恶，学习行善"这一标语。语出自《旧约全书·以赛亚书》第1章第16至17节。19世纪末叶，监狱并入韦林顿营房内。布卢姆夫妇住在雷蒙德高台街时，与那所营房遥遥相对。

12　葛雷斯顿斯是都柏林市以南20英里处的高级海滨浴场。

13　内德·兰伯特是布卢姆的熟人，在一家种子谷物商店工作。

14　海因斯（即约瑟夫·麦卡西·海因斯）曾出现在《都柏林人·纪念日，在委员会办公室》中。他追随巴涅尔，在其逝世纪念日朗诵了自己写的一首长诗。其实是乔伊斯本人9岁时，听到巴涅尔逝世的噩耗而写的，经过加工，放在这篇小说的末尾。

15　当时爱尔兰人煎亚麻籽当汤药喝。

16　指都柏林防止虐待动物协会所办的狗收容所，设在大运河码头上。阿索斯是布卢姆的父亲所养的狗。他父亲自杀前在遗书中曾将这条狗托付给他。

17　语出自《路加福音》第11章第2节。这是耶稣教给门徒的经文中的一句，《天主经》即由此而来。

18　帕迪·伦纳德曾出现在《都柏林人·无独有偶》中，他无所事事，成天泡在酒店里。

19 本·多拉德是本地的一名歌手。本书第11章有他演唱《推平头的小伙子》的场面。那是一首颂扬爱尔兰民族主义者的歌谣，作者为爱尔兰历史经济学家、学者、诗人约翰·凯尔斯·英格拉姆（1823—1907）。参看第2章注58。

20 “回顾性的编排”，参看第11章注178及有关正文。后文中的丹·道森，见第7章注55。

21 皮克和下面的艾莱恩都是《无独有偶》中的人物。该作中还提到克罗斯比–艾莱恩律师事务所。

22 小花指圣女小德肋撒（1873—1897），法国人，15岁在利雪城加入加尔默罗会。她的自传《灵心小史》（她自称“天主的小花”）于1897年出版后，有些天主教徒深为推崇，誉为“小花”精神。下面，布卢姆从报上那首小诗联想到他用亨利·弗罗尔这个假名字和玛莎通信的事。

23 尤金·斯特拉顿（1861—1918），出生于美国的黑人歌手，喜剧演员，后在英国成名，当时正在都柏林演出。

24 《基拉尼的百合》（1862）是根据出生于爱尔兰的美国剧作家戴恩·鲍西考尔特（1822—1890）的剧本《金发少女》（1860，原文为爱尔兰语，音译为科伦·鲍恩）改编的一出以情节取胜的爱尔兰歌剧。

25 《布里斯托尔号的愉快航行》是一出音乐喜剧，当时正在皇家剧院上演。

26 “他”指布莱泽斯·博伊兰。

27 菲利普·克兰普顿爵士（1777—1858），都柏林的一位外科医生。

28 “谁”也指布莱泽斯·博伊兰。

29 这个餐厅因供应从爱尔兰西岸克莱尔郡红沙洲捕来的牡蛎而得名。它宣传说，那是全爱尔兰最鲜嫩的牡蛎。

30 据第17章，布卢姆的父亲于1886年6月27日在克莱尔郡自杀身死，他准备前往为亡父的19周年忌辰祭奠。

31 玛丽·安德森（1859—1940），美国女演员，1890年定居英国，继续积极从事戏剧活动。当时正在北爱尔兰首府贝尔法斯特主演《罗密欧与朱丽叶》（花园一景）。

32 路易斯·沃纳当时正在贝尔法斯特为玛丽·安德森的演出担任指挥与伴奏。

33 J.C.多伊尔是男中音歌手。约翰·麦科马克（1884—1945），出生于爱尔兰的男高音歌手，在伦敦成名。

34 原文为法语。

35 指竖在街头的威廉·史密斯·奥布赖恩（1803—1864）的雕像。他是爱尔兰爱国主义者，青年爱尔兰运动领导人，死于6月16日。因此，这一天刚好是他的忌日。

36 原文作：For many happy returns。原是用在生日或喜庆的祝贺语，很少用在忌日。

37 即托马斯·法雷尔（1827—1900），爱尔兰雕刻家。

38 当时确实有个叫作亨利·R.特威迪的。他在沃德福德郡担任首席检察官，在都柏林休姆街拥有自己的事务所。关于他落魄的晚景，未见记载。“往昔……遗迹”一语引自爱尔兰歌曲《我爹戴过的帽子》，作者为约翰尼·佩特森。

39 守灵夜吸鼻烟原是为了压住死亡气息，把它踢来踢去表示没派上正当用场。

40 美国剧作家威廉·贝尔·伯纳德（1807—1875）的二幕滑稽戏《他已穷途末路》（1839）中的主要角色叫作费利克斯·奥卡拉汉。他原是个乡绅，后来落魄。

41 这里和下文中的“夫人”原文均为法语。

42、43 原文为意大利语。后一句中，布卢姆纠正了自己的错误。参看第4章注51、52 。

44 原文为意大利语。这是《伸给她》二重唱中女主角泽尔丽娜对男主角唐乔万尼所唱的歌词。

45 克罗夫顿是《纪念日，在委员会办公室》中的一个人物。他是以J.T.A.克罗夫顿（1838—1907）为原型而塑造的。这人于1888年与乔伊斯之父约翰·斯·乔伊斯（作品中的西蒙·迪达勒斯的原型）在都柏林税务局共过事。

46 解放者指丹尼尔·奥康内尔，参看第2章注51。此处指竖立于奥康内尔大桥桥头的铜像。系由爱尔兰雕刻家约翰·亨利·弗利（1818—1874）所塑。

47 吕便是亚伯拉罕的曾孙。吕便支族是离开埃及后，在迦南定居下来的古以色列12支族之一，见《旧约·民数记》第1章。这里指正从街上走过去的吕便·杰·多德。据说出卖耶稣的犹大即属于吕便支族。这里，此人不但放高利贷，而且刚好也姓吕便，所以把他说成是吕便的后裔。

48 象记商店是一家出售防水用具的商店。

49 约翰·格雷爵士（1816—1875），《自由人报》的经理，因倡议在都柏林市铺设自来水管有功。

50 曼岛（又译为马恩岛）位于英格兰西北岸外，爱尔兰海上，由英国政府管理并享有很大自治权。现政府由代理总督（由曼岛领主委任）和上下议院组成。

51 巴拉巴是个罪恶累累的囚犯，根据民众的要求，他被释放，耶稣却代他受过，被钉在十字架上而死。见《马太福音》第27章。在英国戏剧家克里斯托弗·马洛（1564—1593）的诗剧《马耳他岛的犹太人》（1589）中，主角巴拉巴落入一锅滚水中而死，而那原是他用来陷害敌人的。

52 这是为了纪念纳尔逊的战功而于1908年在奥康内尔街的十字路口建立的纪念柱，柱上有他的雕像，1966年被毁。

53 关于帽子的趣意，参看本章注38。

54 指都柏林的爱丁堡戒酒饭店。这家饭店一概不供应酒类。

55 西奥博尔德·马修神父（1790—1861），爱尔兰天主教司铎，嘉布遣小兄弟会分会会长。他在全爱尔兰奔走游说，劝人戒酒，成绩昭著，故有“戒酒使徒”之称。他的雕像也立在奥康内尔街上。

56 巴涅尔纪念碑的基石早在1899年就安置好了，然而直至1911年才竖立起由美国雕刻家奥古斯塔斯·圣—高丹斯设计的纪念碑。巴涅尔死于由急性肺炎而导致的心力衰竭。

57 根据古老的犹太信条，孩子的健康决定于父亲是否强壮。犹太法律指出，一个男人必须儿女双全，并要求这些儿女也能够繁衍后代。

58 “骨骼咯咯响……没人肯认领”这四句诗摘自英国诗人托马斯·诺埃尔（1799—1861）所作的《为穷人驾灵车》。全诗描写一个马车夫赶着用一匹马拉着的破灵车，把穷人的遗骸送往教堂墓地。

59 这里，马丁·坎宁翰只引用了祷文的上半句，下半句是："我们与死亡为伍。"

60 直到19世纪初叶，爱尔兰民间还迷信自杀者的阴魂会像妖精那样回到人间来作祟。只有往尸体的心脏里打进一根木桩，才能防止。

61 "他"指马丁·坎宁翰。《都柏林人·圣恩》中提及他的妻子是个不可救药的酒鬼，曾六次把家具典当一空。

62 引自轻歌剧《艺伎》中的曲子《亚洲的珍宝》，脚本作者为哈里·格林班克，詹姆斯·菲利普作曲。

63 指一年一度的国际汽车赛，胜者可获得戈登·贝纳特奖杯。戈登·贝纳特（1841—1918）是美国《纽约先驱报》的主编，毕生奖励各种运动竞赛。

64 这是美国人威廉·J.麦克纳根据英国歌曲《来自曼岛的凯利》（1908）改编的俗谣《这儿可曾有人见过凯利？》（1909）的首句，下一句是："来自绿宝石岛的凯利。"绿宝石岛是爱尔兰别名。

65 《扫罗》是德国（后来入了英国籍）作曲家乔治·弗里德里克·亨德尔（1685—1759）取材于《圣经》的清唱剧，1739年在伦敦首次演出。送葬曲是其中的一个插曲。

66 有关凯利的歌前面都冠以一首序歌，叙述一个像凯利一样忘恩负义的意大利冰激凌商人的故事。"他坏得像……伶仃"是其中的两句。

67 原文为拉丁文。这家医院（参看第1章注37）位于伯克利街和埃克尔斯街的交叉处。

68 布卢姆夫妇住在埃克尔斯街7号。

69 赖尔登老太太这个人物曾以丹特这个名字出现在《一个青年艺术家的画像》第1章中。

70 此人名叫迪克森，是个曾在仁慈圣母医院见习的医科学生，在本书第14章中，布卢姆又与他重逢。

71 在《奥德修纪》卷11中，奥德修在阴间看见奥瑞翁赶着他生前在荒山上杀掉的野兽，走过永不凋枯的草原；他手里拿着折不断的铜杖。

72 即约瑟夫·卡夫，参看第4章注18。

73 英国小说家、剧作家亨利·菲尔丁（1707—1754）的早期剧作《现代丈夫》（1732）第3幕第2场中有一首题为《老英格兰的烤牛肉》的诗，后由R. 莱弗里奇作曲，成为流行歌曲。全诗大意是说，英国人由于爱吃烤牛肉，身心健康，士兵也勇敢。这里把原诗中的of改成for，意思就变成"给老英格兰的烤牛肉"了。

74 克朗西拉是位于都柏林以西7英里处的铁路联轨点。

75 米兰市修有一条专供殡仪电车行驶的7英里长的路轨。从市中心直通到郊外的坟地附近。

76 敦菲角位于北环路和菲布斯博罗路的交叉口上。由于这里曾有过一座由托马斯·敦菲开的同名酒吧，故名。在1904年，酒吧改由约翰·多伊尔经营。

77 爱尔兰人称威士忌为长生不老剂。西欧古代的炼金术师曾相信红葡萄能使人长生不老。英国剧作家卞·琼森（1572？—1637）的戏剧《炼金术师》第2幕第1场中有个名句："纯粹的红葡萄酒，我们叫作长生不老剂。"

78 《布加布出航》是J.P. 鲁尼所作的一首讽刺诗，写一个舵手在睡梦中驾着一条名叫"布加布”的驳船运送泥炭。运河上风平浪静，水手们却幻想船正在惊涛骇浪中行驶。

79 阿斯隆、穆林加尔和莫伊谷是位于爱尔兰皇家运河沿岸从西至东的三座城市。

80 指雷恩拍卖行，老板为P.A. 雷恩。

81 詹姆斯·麦卡恩，爱尔兰大运河公司董事长，他已于布卢姆回顾此事的四个月前（即1904年2月12日）逝世。

82 这是一家以布赖恩·勃罗马（926—1014）命名的酒馆。他是爱尔兰西南部芒斯特地方的大王，曾击败盘踞在爱尔兰的丹麦人。这一带是古战场。

83 弗格蒂是《都柏林人·圣恩》中的一个人物，经营一爿食品杂货店。汤姆·克南是他的朋友，曾从他的店里赊购，一直没付款。

84 “形影……诚可贵”是常见于18、19世纪的爱尔兰墓碑和讣文上的用语，还曾编入乔治·林利（1798—1825）的歌曲《你的记忆诚可贵》（1840）。

85 在位于葛拉斯涅文的前景公墓前，路分两岔。右边是葛拉斯涅文路，左边是通往芬格拉斯路的墓地路。

86 哈姆雷特因父王死后母亲改嫁给小叔子，在独白中把世界比作“荒芜不堪的花园”，见《哈姆雷特》第1幕第2场。下文中的“一座凶宅”即指托马斯·蔡尔兹被谋杀的房子。

87 西摩·布希是爱尔兰的著名律师。塞缪尔·蔡尔兹被控于1898年9月2日谋杀亲兄托马斯，布希任其辩护律师。次年10月塞缪尔被宣告无罪。

88 英国法律诠释家威廉·布莱克斯顿（1723—1780）曾说过：“宁可让10个犯人逃脱法网，也不能冤枉一个无辜者。”马丁·坎宁翰把这句话和耶稣的话（“一个罪人悔改，在天上引起的喜悦要大于为99个不需悔改的好人感到的喜悦”，参看《路加福音》第15章第6节）拉扯在一起了。

89 哈姆雷特利用让篡位的叔叔看戏的机会来观察他是否为杀害乃兄的真凶，并作了这样的独白：“谋杀干得再诡秘，内情总会……败露。”见《哈姆雷特》第2幕第2场。

90 前景公墓即送葬队伍的目的地。

91 一种葡萄干糕饼，得名于兰伯特·西姆内尔。参看第3章注153。

92 喂狗用的硬饼干，掺以骨粉等制成。这里，因西姆内尔糕饼的外皮很硬，所以比作狗饼干。

93 芬格拉斯是位于公墓西北方的一个村落，这一带有采石场。

94 这段描写使人联想到《奥德修纪》卷11第4段中奥德修在阴间遇见埃尔屏诺的鬼魂的场面。他问鬼魂：“埃尔屏诺，你怎么已经来到了幽暗的阴间？你的步行看来比我们的黑船还快呢。”（引自杨宪益译本，第133页）

95 恩尼斯是爱尔兰克莱尔郡的一个镇子。

96 指爱德华·麦凯布枢机主教（1816—1885）的陵墓。

97 阿尔坦是位于都柏林市东北部1英里的一个村子，那里有天主教办的一所儿童救济院。

98 托德-伯恩斯公司的简称，是都柏林的一家绸布衣帽店。乔伊斯本人的一个胞妹梅就曾在此做过工。

99 “明智的……人多”，语出自默雷和利所作的一首题为《三女对一男》的滑稽歌曲。

100 印度某些地区的习俗，寡妇为亡夫举行火葬时，也要当众跳进火堆自焚以殉夫。

101 老女王指维多利亚女王（1819—1901）。她统治英国达64年之久（1837—1901），于1861年丧偶，遂在福洛格摩建陵安葬亡夫阿尔伯特亲王，并终身守寡。她本人去世后，根据遗愿，灵柩用炮车运送，遗体与亡夫合葬。

102 紫色象征真挚的爱，服丧时，可用以代替黑色。“心灵深处”，见《哈姆雷特》第3幕第2场中哈姆雷特对霍拉旭所说的话。

103 指维多利亚女王的长子威尔士亲王（参看第2章注50）能够继承王位。

104 《科克这座城市》（1825）是托马斯·克罗夫顿·克罗克（1798—1854）所作歌曲名，内容炫耀当地的吃喝玩乐。科克是爱尔兰芒斯特省科克郡的首府。

105 一年一度的科克公园赛马活动的高峰是复活节星期一，即复活节的次日（1904年为4月4日）。

106 这是当时把一个被处死的罪犯之尸体运到坟地，并按照基督教徒的礼节予以埋葬所需费用。这里，把“六先令八便士”当作“一点儿也没变”的代用语。

107 约翰·亨利·门顿的原型是都柏林的一个同名律师，在小说中，迪格纳穆生前一度在他的事务所任职。

108 爱尔兰有一首滑稽歌曲名叫《我欠了奥格雷狄十块钱》（1887）。作者为哈里·肯尼迪。写一个小裁缝奥格雷狄怎样也讨不回一个失业者（“我”）欠他的钱。

109 黄铜桶里装的是圣水，以及用来蘸圣水往棺材上洒的一根棍子。

110 这是一首由十四段组成的童谣《公知更鸟》中的两句。作者不详，据说是艾奥纳和彼得·奥佩收集整理的。第一段是：“谁杀了公知更鸟？／麻雀说：是我。／用我的弓箭。／我杀了公知更鸟。”与本文有关的是第六段：“谁来当神父？／白嘴鸦说：我。／带着我的小书，／我来当神父。”语句略有出入，不知是布卢姆记错了，还是流传的版本不同。

111 英文里，棺材（coffin）读作科芬，与科菲（coffey）发音相近。

112 这句拉丁文祷词原作In nomine Domini（因主之名）。布卢姆却听成是Domine namine。Domine是“主”，namine则无此字。

113 1857年前后，英国教会里以牧师、小说家、诗人查尔斯·金斯利（1819—1875）为首的一些人主张，基督教徒必须有健壮的身体，这样才能保持节操，并取得真正的宗教信仰。

114 这是耶稣初次见到西门后所说的话。见《约翰福音》第1章第42节。彼得意即“磐石”，指要把教会建立在这块磐石上。从此，西门易名彼得。天主教会奉他为第一代教皇。

115 原文为拉丁文。见《诗篇》第143篇第2节。这是做完安魂弥撒后，即将把棺材往坟地里抬时念的经文首句。

116 花钱雇来的号丧人，身穿廉价的黑色绉纱丧服。

117 这是供参加丧礼者签名的本子或单子。

118 当时都柏林有个名叫默文·布朗的音乐教师和风琴手。《都柏林人·死者》中也有个姓布朗的人物。

119 原文为拉丁文，系《天主经》的倒数第二句。见《马太福音》第6章第13节。

120 这里，助祭照例吟诵《天主教》的最后一句：“乃救我于凶恶，阿门。”

121 原文为拉丁文。这是准备下葬时所念的经文中的词句。

122 奥康内尔去世后，遗体最初安葬在公墓中央的一座被深沟圈起的圆坛里。后来为了纪念他，就在这座公墓里建造了一座160英尺高的圆塔。1869年，他的遗体又被移葬在该塔的地下灵堂里。

123 丹·奥是丹尼尔·奥康内尔的简称。

124 奥康内尔于1847年在日内瓦去世。根据他的遗愿，心脏葬于罗马，遗体则运回都柏林。

125 她指西蒙·迪达勒斯的亡妻玛丽·古尔丁·迪达勒斯。

126 同舟共济，这里指的是送葬者中只有他本人和克南两个人不信天主教，处境相同。

127 爱尔兰圣公会是新教，1537年被定为爱尔兰国家教会，但教徒人数只占总人口的1/8。天主教徒则占4/5。因此，于1869年撤销了其国家教会地位，从此实行自养。

128 爱尔兰圣公会举行仪式时使用英语，不用拉丁文。

129 这是耶稣对玛莎所说的话，见《约翰福音》第11章第25节。

130 据《约翰福音》第6章第40节，耶稣对群众说，天主的旨意是要使所有看见耶稣“而信他的人获得永恒的生命；在末日，我（耶稣）要使他们复活”。

131 据《约翰福音》第11章第39至44节，玛莎的弟弟已入葬了四天，但耶稣叫人把挡在墓穴口的石头挪开，大声喊：“拉撒路，出来！”死者便复活并走了出来。

132 《圣经》英译本中的“came forth”（走出来了）与“came fourth”（第四个出来）谐音。这里是文字游戏，说他是“came fifth”（第五个出来）的，所以失业了。

133 金衡制是英、美用来量金、银、宝石的重量单位。每英镑合12英两，每英两合20英钱，每英钱合24谷（格令）。克为公制重量单位，每克约合15谷半。

134 圆镇一名得自都柏林市南郊特列纽亚村的一圈住宅。马特·狄龙是都柏林市的参议员。后文中的约翰·奥康内尔在第15章中重新出现（见该章注179及有关正文）。

135 英文里，keys（钥匙）与凯斯（Keyes）谐音。后文中的“人身保护”，原文为拉丁文。

136 鲍尔斯桥在都柏林市东南郊外。

137 这里套用一首题为《金发中夹着银丝》（1874）的歌曲。该歌颂扬一对年老的恩爱夫妻，由埃本·E.雷克斯福德作词，哈特·皮斯·丹克斯（1834—1903）作曲。

138 “当……来”一语出自《哈姆雷特》第3幕第2场。此刻王子已打定主意要报杀父之仇，用这段自白来表露心迹。

139 至今都柏林还有关于丹尼尔·奥康内尔曾有过一大批私生子的传说，故称他为“爱尔兰之父”。

140 指罗密欧掘开墓门，见到服了安眠药后昏睡中的朱丽叶。参看《罗密欧与朱丽叶》第5幕第3场。

141 这是把“在生存中，我们与死亡为伍”一语倒过来说的。参看本章注59。

142 古代爱尔兰王和酋长的遗体有时是全身披挂，面部朝着敌国的方向，以站立的姿势入殓的。

143 甘布尔少校是杰罗姆山公墓的管理员。

144 马斯天斯基是布卢姆的街坊。

145 1913年在沙俄统治下的基辅，有个名叫门德尔·贝利斯的犹太人，由于涉嫌为了获取鲜血用在逾越节的宴会上而杀害了一个基督教徒的男孩子，从而受审。西方世界认为这是一种反犹太主义的蓄意诬陷，引起公愤，贝利斯因而获释。但本书是写1904年发生的事。时间上有出入。

146 一种飞蛾，背上有酷似头盖骨的纹，故名。

147 这两句均引自博伊兰关于海滨姑娘的歌（博伊兰曾把“晕”唱成“云”）。第二句略有出入。参看第4章注65及有关正文。

148 据西方民间传说，耶稣的门徒彼得为天堂司阍。易卜生的诗剧《培尔·金特》第3幕第4场中，培尔就哄着弥留之际的母亲说，他要送她升天堂，彼得正在守着天堂的大门。

149 潘趣酒是在葡萄酒里掺上果汁、香料、奶、茶、糖等做成的软性饮料。

150 《哈姆雷特》第5幕第1场中，由两个小丑扮演的掘墓工说了一些既荒唐又似是富于哲理的话。

151 原文为拉丁文谚语。这里，布卢姆记错了一个字，原应作：“关于死者，除了好话，什么也别说。”

152 “我……的”一语出自莎士比亚悲剧《尤利乌斯·恺撒》第3章第2场。古代罗马统帅恺撒被共和党人刺杀后，恺撒的拥护者安东尼向民众发表演说，煽动人民，把共和党人逐出罗马。这句话出现在演说的开头部分。作者引用时把原句中的“我”改成了“我们”。月中是古罗马历3、5、7、10月中的第15日，以及其他各月中的第13日。3月中是恺撒遇刺日，6月中是迪格纳穆的忌日。

153 这个身穿胶布雨衣的人在书中数次出现，艾尔曼在《詹姆斯·乔伊斯》（第516页注）中说，斯图尔特·吉尔伯特认为这个人物的原型为乔伊斯的父亲约翰·乔伊斯任收税官时的同事W.韦瑟厄普。俄裔美国小说家纳博科夫（1899—1977）则在《文学讲稿》（申慧辉等译，北京三联书店1991年10月版）中，根据第9章里斯蒂芬的一段话，认为身穿胶布雨衣者为作家本人。参看第9章注445及有关正文。

154 鲁滨孙·克鲁索是笛福（1660—1731）的同名小说（1719）中的主人公。他流落到荒岛后，在星期五那天从吃人生番手中救下一个土著，取名“星期五”。但在原作中，他并非由“星期五”埋葬，而是搭乘一艘英国船返国的。

155 这是一首题名《可怜的老鲁滨孙·克鲁索》的歌曲的第一句和第四句，引用时略做了改动。原歌为：“可怜的老鲁滨孙·克鲁索失踪了，／人家说是到了一座岛屿，／他偷了一只公山羊的皮，／我不晓得他怎能这样做。”

156 犹太人渴望死后能把遗体运回圣地巴勒斯坦去埋葬，至少也要在棺材里放进一把从该地取来的泥土陪葬。

157 这里，作者诙谐地模拟英国谚语：英格兰人的家就是他的堡垒。

158 按：耶稣被害前夕曾和12个门徒共进晚餐。因此，西方至今仍流传着以13为不吉的迷信。

159 当时在都柏林确实有个名叫乔治·R.梅西雅斯的裁缝。

160 按：染衣服时呢料能吸进紫色染料，而线染过后便发亮。所以这里说，应该把线头摘掉，这样就看不出是染过的了。

161 德国诗人约翰·沃尔夫冈·封·歌德（1749—1832）弥留之际曾说：“亮一些！再

亮一些！”

162 “既然……吧”一语出自法国小说家埃米尔·左拉（1860—1902）的《土地》（1887）。这部长篇小说描述一个老农惨死在贪图其田产的儿子及儿媳手中。

163 《露西亚》是盖塔诺·多尼塞蒂（1797—1848）根据英国小说家沃尔特·司各特（1771—1832）的长篇历史小说《拉马摩尔的新娘》（1819）改编而成的歌剧，1843年在伦敦上演。在最后一幕中，男主角知晓自己的情人露西亚因被迫出嫁，已神经错乱而死，就也自寻短见。

164 每年到了查理·斯图尔特·巴涅尔的忌日（10月6日），他的支持者们总佩戴常春藤叶作为悼念，故名。参看《都柏林人·纪念日，在委员会办公室》。

165 按照天主教的教义，一般人死后，灵魂要先下炼狱，以便把罪恶赎净。善人死后灵魂直接升天堂，恶人则下地狱。

166 当时确实有个叫作路易斯·A.伯恩的医学博士，在都柏林市担任验尸官。

167 这里，布卢姆想起了当天早晨在海滩上，船老大曾告诉他九天前（即上星期二）有人淹死的事。参看第1章注122及有关正文。

168 有一首苏格兰民歌题为《查理是我亲爱的人》，填词者为奈恩夫人。歌中的查理指觊觎王位者查理·爱德华·斯图亚特（1720—1788）。

169 参看本章注64。

170 首领是古老的盖尔族尊称，此处指巴涅尔。

171 坟墓上的石雕作断裂的圆柱状，以象征人生的缺憾。下文中的《古爱尔兰的心和手》系套用一首颂扬爱尔兰的歌曲名，作者为理查德·F.哈维。

172 每年的11月2日，天主教会为一切死者的灵魂做祷告，称为万灵节。

173 “溘然长逝”和“辞世”都是墓碑上常用的词句。

174 第10章（见该章注211及有关正文）和第13章均提到美少女格蒂·麦克道维尔的父亲是靠兜售软木油毡为生的。

175 威廉·华兹华斯（1770—1850）和托马斯·坎贝尔（1777—1844）均未写过这样的诗。倒是另一位英国诗人托马斯·格雷（1716—1771）写过一首《墓园挽歌》（1750），对农民寄予同情，惋惜他们没有发挥天赋的机会，还抨击了大人物的傲慢与奢侈。

176 见《新约·希伯来书》，第4章第10节。全句作：“因为那进入安息的，乃是歇了自己的工，正如神歇了他的工一样。”下文中的老穆伦大夫，全书只提到过两次，参看第8章注109及有关正文。

177 在英国，坟地也被称作“天主的园地”。

178 《教会时报》是英国教会创办的一份周报。

179 也译银苞菊。这种花干枯之后色泽和形状不变，因此适宜在坟墓上插用。

180 市政委员胡珀实有其人。《自由人报》的记者帕迪·胡珀（参看第7章注78“街头行列”）是他的儿子。

181 圣心指耶稣肉身的心脏。1856年教皇宣布设立耶稣圣心节，纪念活动有祝福和敬拜圣心像，圣心像多为带伤痕的心脏，周围饰以荆棘冠冕和光芒。

182 阿波罗在古希腊神话中是太阳、音乐、诗、健康等的守护神。这里，布卢姆把他与雅典画家阿波罗多罗斯（活动时期公元前5世纪）搞混了。古代文献中提到他的《奥德修斯》等画作，无一传世。比他稍晚一些的古希腊著名画家宙克西斯（？—约公元前400）曾创作过一些风俗画，如《持葡萄的男孩》。传说葡萄画得以假乱真，引来一些小鸟啄食。画家本人说，倘若男孩也画得同样逼真，鸟儿就会吓得不敢来啄食了。这里，作者把传说做了一些改动。

183 语出自但丁的《神曲·地狱篇》第3篇。全句是："我要是不看见，真不会相信死神已经办完了这许多！"原作指的是地狱中的幽灵，这里则是坟墓累累之意。

184 这是常见的墓志铭，下面往往还有一句："你们也即将像我们现在这样。"是死者（自称"我们"）对活人讲话的口吻。

185 此鼠在第15章（见该章注186）中重新出现。

186 墓碑上的罗伯特·埃默里这个名字使布卢姆想起同名而姓的发音也近似的爱尔兰民族主义领袖罗伯特·埃米特（1778—1803）。埃米特曾参加1791年成立的以解放天主教和实现议会改革为宗旨的爱尔兰政治组织爱尔兰人联合会，并曾率领一批抗英起义者，向都柏林堡进军。事败后被捕，定为叛国罪，被处绞刑。"这儿"指墓穴。埃米特被处死后，相传其遗体被转移到都柏林的圣迈肯教堂或葛拉斯涅文的这座前景公墓，秘密安葬。然而1903年（埃米特逝世100周年），人们来此寻觅他的骸骨时却毫无所得。

187 按照基督教的教义，人要在世界末日复活。所以神父反对火葬。

188 这里套用《创世记》第3章第19节中造物主对亚当说的话："你是用尘土造的，你要还原归于尘土。"

189 帕西人是公元七八世纪为逃避穆斯林压迫而自波斯移居印度的拜火教（亦名祆教或琐罗亚斯德教）教徒的后裔。拜火教徒把尸体置于塔上，待尸肉被鸟啄食后，将骨骼密封在罐中。

190 辛尼柯太太是《都柏林人·悲痛的往事》中的一个人物，系辛尼柯船长的夫人。她因得不到爱情的温暖而酗酒，在横跨铁道时被火车轧死。

191 这是布卢姆当天早晨收到的玛莎来信中的话，参看第5章注36。

192 坦塔罗斯是希腊传说中宙斯的儿子。《奥德修纪》卷11中提到尤利西斯看见他在冥界所受的酷刑：他站在齐下巴的水里，但每当他张口想喝，那水就退去。他头上挂着累累果实，但只要他伸手去拿，风就把果实吹向云霄。这里指有着暗锁、不能任意取饮的玻璃酒柜。

第七章

在希勃尼亚[1]首都中心

一辆辆电车在纳尔逊纪念柱前减慢了速度，转入岔轨，调换触轮，重新发车，驶往黑岩、国王镇和多基、克朗斯基亚、拉思加尔和特勒努尔、帕默斯顿公园、上拉思曼斯、沙丘草地、拉思曼斯、林森德和沙丘塔以及哈罗德十字路口。都柏林市联合电车公司那个嗓音嘶哑的调度员咆哮着把电车撵走：

——开到拉思加尔和特勒努尔去！

——下一辆开往沙丘草地！

右边是双层电车，左边是辆单层电车。车身咣当咣当地晃悠着，铃铛丁零零地响着，一辆辆地分别从轨道终点发车，各自拐进下行线，并排驶去。

——开往帕默斯顿公园的，发车！

王冠佩戴者

中央邮局的门廊下，擦皮鞋的边吆喝着边擦。亲王北街上是一溜儿朱红色王室邮车，车帮上标着今上御称的首字 E.R.[2]。成袋成袋的挂号以及贴了邮票的函件、明信片、邮简和邮包，都乒啷乓啷地被扔上了车，不是寄往本市或外埠，就是寄往英国本土或外国的。

新闻界人士

穿粗笨靴子的马车夫从亲王货栈[3]里推出酒桶，滚在地上发出钝重的响声，又哐当哐当码在啤酒厂的平台货车上。由穿粗笨靴子的马车夫从亲王货栈里推滚出来的酒桶，在啤酒厂的货车上发出一片钝重的咕咚咕咚声。

——在这儿哪，红毛穆雷[4]说。亚历山大·凯斯。

——请你给剪下来，好吗？布卢姆先生说，我把它送到电讯报报馆去。

拉特利奇的办公室的门嘎地又响了一声。小个子戴维·斯蒂芬斯[5]严严实实地披着一件大斗篷，鬈发上是一顶小毡帽，斗篷下抱着一卷报纸，摆出一副国王信使的架势踱了出去。

红毛穆雷利利索索地用长剪刀将广告从报纸上铰了下来。剪刀和糨糊。

——我到印刷车间去一趟，布卢姆先生拿着铰下来的广告说。

——好哇，要是他需要一块补白的话，红毛穆雷将钢笔往耳朵上一夹，热切地说，我们想法儿安排一下吧！

——好的，布卢姆先生点点头说，我去说说看。

我们。

沙丘奥克兰兹的威廉·布雷登[6]阁下

红毛穆雷用那把大剪刀碰了碰布卢姆先生的胳膊，悄悄地说：

——布雷登。

布卢姆先生回过头去，看见穿着制服的司阍摘了摘他那顶印有字母的帽子。这当儿，一个仪表堂堂的人[7]从《自由人周刊·国民新闻》和《自由人报·国民新闻》的两排阅报栏之间走过来。发出钝重响声的吉尼斯啤酒[8]桶。他用雨伞开路，庄重地踏上楼梯，长满络腮胡子的脸上是一派严肃神色。他那穿着高级绒面呢上衣的脊背，一步步地往上升。脊背。西蒙·迪达勒斯说，他的脑子全都长在后颈里头了。他背后隆起一棱棱的肉。脖颈上，脂肪起着褶皱。脂肪，脖子，脂肪，脖子。

——你不觉得他长得像咱们的救世主吗？红毛穆雷悄悄地说。

拉特利奇那间办公室的门吱嘎嘎地低声响着。为了通风起见，他们总是把两扇门安得对开着。一进一出。

咱们的救世主。周围镶着络腮胡子的鸭蛋脸，在暮色苍茫中说着话儿。玛丽和玛尔塔。男高音歌手马里奥[9]用剑一般的雨伞探路，来到脚亮处跟前。

——要么就像马里奥，布卢姆先生说。

——对，红毛穆雷表示同意："然而人家说，马里奥活脱儿就像咱们的救世主哩！"

红脸蛋的耶稣·马里奥穿着紧身上衣，两条腿又细又长。他把一只手按在胸前，在歌剧《玛尔塔》[10]中演唱着：

回来吧，迷失的你，

回来吧，亲爱的你！[11]

牧杖与钢笔

——主教大人今儿早晨来过两次电话[12]，红毛穆雷板着面孔说。

他们望着那膝盖、小腿、靴子依次消失。脖子。

一个送电报的少年脚步轻盈地踅进来，往柜台上扔下一封电报，只打了声招呼就匆匆地走了：

——《自由人报》！

布卢姆先生慢条斯理地说：

——喏，他也是咱们的救世主之一。

他掀起柜台的活板，穿过一扇侧门，并沿着暖和而昏暗的楼梯和过道走去，还经过如今正回荡着噪声的一个个车间，一路脸上泛着柔和的微笑。然而，难道他挽救得了发行额下跌的局面吗？咣当当。咣当当。

他推开玻璃旋转门，走了进去，迈过散布在地上的包装纸，穿过一道轮转机铿锵作响的甬路，走向南尼蒂[13]的校对室。

海因斯也在这里：也许是来结讣告的账吧！咣当当。咣当。

讣告

一位至为可敬的都柏林市民仙逝

谨由衷地表示哀悼

今天早晨，已故帕特里克·迪格纳穆先生的遗体。机器。倘若被卷了进去，就会碾成齑粉。如今支配着整个世界。他[14]这部机器也起劲地开动着。就像这些机器一样，控制不住了，一片混乱。一个劲儿地干着，沸腾着。又像那只拼命要钻进去的灰色老鼠。

一份伟大的日报是怎样编印出来的

布卢姆先生在工长瘦削的身子后面停下脚步来，欣赏着他那贼亮的秃脑瓢儿。

奇怪的是他从未见过真正的祖国。爱尔兰啊，我的祖国。学院草地的议员。他竭力以普通一工人的身份，使报纸兴旺起来。[15]周刊全靠广告和各种专栏来增加销数，并非靠官方公报[16]发布的那些陈旧新闻。诸如一千 ×× 年政府发行的官报。安妮女王驾崩[17]等。罗森纳利斯镇区的地产，廷纳欣奇男爵领地[18]。有关人士注意：根据官方统计从巴利纳出口的骡子与母驴的数目一览表。[19]园艺琐记[20]。漫画[21]。菲尔·布莱克在周刊上连载的《帕特和布尔》的故事。托比大叔为小娃娃开辟的专页。乡下佬问讯栏。亲爱的编辑先生，有没有治肚胀的灵丹妙剂？编这一栏倒不赖，一边教人，一边也学到很多东西。人间花絮。《人物》[22]。大多是照片[23]。黄金海岸上，丽人们穿着泳装亭亭玉立。世界上最大的氢气球。一对姐妹同时举行婚礼，双喜临门。两位新郎脸对着脸，开怀大笑。其中一个就是排字工人卡普拉尼[24]，比爱尔兰人还更富于爱尔兰气质。

机器以四分之三拍开动着。咣当，咣当，咣当。倘若他在那儿突然中了风，谁都不晓得该怎样关机器，那它就会照样开动下去，一遍遍地反反复复印刷，整个弄得一塌糊涂。可真得要一副冷静的头脑。

——喏，请把这排在晚报的版面上，参议员先生，海因斯说。

过不久就会称他作市长大人[25]啦！据说，高个儿约翰[26]是他的后台。

工长没有答话。他只在纸角上潦潦草草地写上付排，并对排字工人打了个手势。他一声不响地从肮脏的玻璃隔板上面把稿纸递过去。

——好，谢谢啦，海因斯边说边走开。

布卢姆先生挡住了他的去路。

——假若你想领钱，出纳员可正要去吃午饭哪，他说着，跷起大拇指朝后指了指。

——你领了吗？海因斯问。

——唔，布卢姆先生说，赶快去，还来得及。

——谢谢，老伙计，海因斯说，我也去领。

他急切地朝《自由人报》编辑部奔去。

我曾在弥尔酒店里借给他三先令。已经过了三个星期。这是第三回提醒他了。

我们看见广告兜揽员在工作

布卢姆先生将剪报放在南尼蒂先生的写字台上。

——打扰您一下，参议员，他说，这条广告是凯斯的，您还记得吗？

南尼蒂对着那则广告沉吟片刻，点了点头。

——他希望七月里登出来，布卢姆先生说。

工长把铅笔朝剪报移动。

——等一等，布卢姆先生说。他想改动一下。您知道，凯斯，他想在上端再添两把钥匙。

这噪声真讨厌。他听不见啊，南南。得有钢铁般的神经才行。兴许他能理解我的意思。

工长掉过身来，好耐着性子去倾听。他举起一只胳膊，开始慢慢地挠他身上那件羊驼呢夹克的腋窝底下。

——就像这个样子，布卢姆先生在剪报上端交叉起两个食指比画着。

让他首先领会这一点。布卢姆先生从他用指头交叉成的十字上斜望过去，只见工长脸色灰黄，暗自思量他大概有点儿病。那边，恭顺的大卷筒在往轮转机里输送大卷大卷的印刷用纸。铿锵锵、铿锵锵地闹腾吧！那纸要是打开来，总得有好几英里长。印完之后呢？哦，包肉啦，打包裹啦，足能派上一千零一种用场。

每逢噪声音间歇的当儿他就乖巧地插上一言半语，并在遍体斑痕的木桌上麻利地画起图样。

钥匙之家 [27]

——您瞧，是这样的。这儿有两把十字交叉的钥匙 [28]。一个圈儿，字号写在这儿。亚历山大·凯斯，茶叶、葡萄酒及烈酒商什么的。

对他的业务，最好不要去多嘴多舌。

——参议员，您自己晓得他的要求。然后在上端，把钥匙之家这几个铅字排成个圆圈。您明白吧？您不觉得这是个好主意吗？

工长把挠个不停的手移到下肋部，又悄悄地挠着那儿。

——这个主意，布卢姆先生说，是从钥匙议院得来的。您晓得，参议员，是曼克斯议会。这暗示着自治。从曼岛会引来游客的，您瞧，会引人注目的。您能办得到吗？

也许我可以问问他 voglio[29] 这个字该怎样发音。可要是他不晓得，那只不过是把他弄得很尴尬而已。还是不要问为好。

——我们能办到，工长说。你有图案吗？

——我可以弄来，布卢姆先生说。基尔肯尼的一家报纸上登过。他在那儿也开了一家店。我跑一趟去问问他就是了。喏，您可以那么办，再附上一小段，引起注意就成了。您知道通常的写法。店内经特许供应高级酒类，以满足顾客多时的愿望什么的。

工长沉吟了片刻。

——我们能办到，他说。每隔三个月让他跟我们续订一次合同吧！

这时，一个排字工人给他送来一份软塌塌的毛样。他一声不响地开始校对。布卢姆先生站在他身边，听着机器发出的震响，望着那些在活字分格盘旁一声不响地操作着的排字工人。

错字校正

他自己非拼写得准确无讹不可。校对热。今天早晨马丁·坎宁翰忘记给我们出他那个拼写比赛的难题了。看一个焦虑不安的行商在墓地的墙下，测量一只削了皮的梨有多么匀称所感到的无比困惑，是饶有趣味的。[30] 有些莫名其妙，对不？把墓地一词加进去，当然是为了匀称 [31]。

当他戴上那顶大礼帽时，我本该说声谢谢。我应该扯一扯旧帽子什么的。可不，我本来可以这么说。看上去还跟新的一样哩。倒想看看他脸上会有什么反应。

吱。第一部印刷机那最下面的平台把拨纸器“吱”的一声推了出来，上面托着第一沓对折的报纸。它就这样“吱”的一声来引起注意，差不多像个活人了。它竭尽全力来说着话。连那扇门也吱吱响着，在招呼人把它关上。每样东西都用各自的方式说话。吱。

著名的神职人员

不定期的撰稿者

工长突如其来地把毛样递过来说：

——等一下。大主教的信在哪儿呢？还得在《电讯报》上重登一遍。那个叫什么名字来着的人在哪儿？

他朝周围那一部部只顾轰鸣却毫无反响的机器望了望。

——先生，是蒙克斯 [32] 吗？铸字间一个声音问道。

——嗯。蒙克斯在哪儿？

——蒙克斯！

布卢姆先生拿起他那份剪报。该走了。

——那么，我把图案弄来，南尼蒂先生，他说。我知道你准会给它安排个好位置。

——蒙克斯！

——哦，先生。

每隔三个月，续订一次合同。我先得去吸口新鲜空气。好歹试试看吧！八月见报吧！是个好主意：在巴尔斯布里奇举办马匹展示会[33]的月份。旅游者会前来参加展示会的。

排字房的老领班

穿过排字房时，他从一个戴眼镜、系了围裙的驼背老人身边走过。那就是排字房的老领班蒙克斯。他这辈子想必亲手排了许多五花八门的消息：讣告、酒店广告、讲演、离婚诉讼、打捞到溺死者。如今，快要走到生命尽头了。我敢说，这是个处世稳重、一丝不苟的人，银行里多少总有些积蓄。老婆做得一手好菜，衣服洗得干净。闺女在客厅里踩着缝纫机。相貌平庸的简，从不惹是生非。

逾越节[34]到了

他停下脚步，望着一个排字工人利利索索地分字模。先得倒过来读。他读起来快得很。这功夫是练出来的。穆纳格迪·克里特帕。可怜的爸爸曾经拿着《哈加达》书[35]，用手指倒指着念给我听。逾越节[36]。明年在耶路撒冷。唷，哎呀！经过漫长的岁月，吃尽了苦头。我们终于被领出埃及的土地，进入了为奴之家[37]。哈利路亚[38]。以色列人哪，你们要留心听！上主是我们的上帝[39]。不，那是另一档子事。还有那十二个弟兄，雅各的儿子们[40]。再就是羔羊[41]、猫、狗、杖[42]、水[43]和屠夫。然后，死亡的天使杀了屠夫，屠夫杀了公牛，狗杀了猫。[44]乍一听好像有点儿莫名其妙，其实再探究一下就会明白，这意味着正义：大家都在相互你吃我，我吃你。这毕竟就是人生。这活儿他干得多快啊！熟能生巧。他像在用指头读着原稿似的。

布卢姆先生从那咣当咣当的噪声中踱出，穿过走廊，来到楼梯平台。现在我打算一路搭电车前往。也许能找到他吧！不如先给他挂个电话。号码呢？跟西特伦家的门牌号码一样。二八。二八四四。

只再挪一次，那块肥皂

他走下露天的楼梯。是哪个讨厌鬼用火柴在墙上乱涂一气？看上去仿佛是为了打赌而干的。这些厂房里总是弥漫着浓烈的油脂气味。当我待在汤姆[45]隔壁的时候，就老是闻到这种温吞吞的鳔胶气味。

他掏出手绢来搌了搌鼻孔。香橼柠檬？啊，我还在那儿放了块肥皂呢。在那个兜儿里会弄丢的。他放回手绢时取出肥皂，然后把它塞进裤后兜，扣上纽扣。

你太太使用哪一种香水？我还来得及乘电车回家一趟。借口说忘了点儿东西。在她换衣服之前，瞧上一眼。不。这儿。不。

抽冷子从《电讯晚报》的编辑部里传出一阵刺耳的尖笑声。我知道那是谁。怎么啦？溜进去一会儿，打个电话吧！那是内德·兰伯特。

他踅了进去。

爱琳[46]，银海上的绿宝石

——幽灵走来了[47]，麦克休教授嘴里塞满饼干，朝那积着尘埃的窗玻璃低声咕哝。

迪达勒斯先生从空洞洞的壁炉旁朝内德·兰伯特那张泛着冷笑的脸望去，尖酸地问：

——真够呛，这会不会使你的屁股感到烟熏火燎呢？

内德·兰伯特坐在桌子上，继续读下去：

——再则，请注意那打着漩涡蜿蜒曲折地哗哗淌去的汩汩溪流与拦住去路的岩石搏斗，在习习西风轻拂下，冲向海神所支配的波涛汹涌的蔚蓝领国；沿途，水面上荡漾着灿烂的阳光，两边的堤岸爬满青苔，森林中的巨树那架成拱形的繁叶[48]，将阴影投射于溪流那忧郁多思的胸脯上。怎么样，西蒙？他从报纸的上端望着问。挺出色吧？

——他调着样儿喝酒，迪达勒斯先生说。

内德·兰伯特边笑边用报纸拍着自己的膝盖，重复着：

——忧郁多思的胸脯和蒙在屁股上的繁叶。真够绝的了！

——色诺芬[49]俯瞰马拉松[50]，迪达勒斯先生说，他又瞧了瞧壁炉和窗户，马拉松濒临大海。[51]

——行啦，麦克休教授从窗旁大声说。我再也不想听那套啦！

他把啃成月牙形的薄脆饼干吃掉，还觉得饿，正准备再去啃拿在另一只手里的饼干。

咬文嚼字的玩意儿。吹牛皮，空空洞洞。依我看，内德·兰伯特准备请一天假。每逢举行葬礼，这一天就整个被打乱了。人家说，他有势力。大学副校长，老查特顿[52]是他的伯祖父或曾伯祖父。据说眼看就九旬了。也许报馆为这位副校长的噩耗所写的短评老早就准备好了。他简直就是为了刁难他们才活得这么长。说不定他自己倒会先死哩！约翰尼，替你伯父让路吧[53]。赫奇斯·艾尔·查特顿阁下。每逢该交租金的日子，老人就用他那颤巍巍的手给他签上一两张字迹古怪的支票。老人一旦蹦了腿，他就可以发一笔横财。哈利路亚。

——又一阵发作吧，内德·兰伯特说。

——什么呀？布卢姆先生说。

——新近发现的西塞罗[54]断简残篇，麦克休教授煞有介事地回答说。我们美丽的国土。

简单然而扼要

——谁的国土？布卢姆先生简洁地问。

——问得再中肯不过了，教授边咀嚼着边说。并且在谁的上加重了语气。

——丹·道森[55]的国土，迪达勒斯先生说。

——指的是他昨天晚上的演说吗？布卢姆先生问。

内德·兰伯特点了点头。

——且听听这个，他说。

这当儿，门被推开了，球形的门把手碰着了布卢姆先生的腰部。

——对不起，杰·杰·奥莫洛伊边走进来边说。

布卢姆先生敏捷地往旁边一闪。

——不客气，他说。

——你好，杰克。

——请进，请进。

——你好。

——你好吗，迪达勒斯？

——蛮好。你呢?

杰·杰·奥莫洛伊摇了摇头。

伤 心

在年轻一辈的律师中间他曾经是最精明强干的一位。如今患了肺病，可怜的伙计。从他脸上那病态的潮红看，这个人已经病入膏肓，随时都可能一命呜呼。究竟是怎么回事?为金钱发愁吧!

——或者，倘若我们攀登重岩叠嶂的峰巅。

——你的气色异常地好。

——能见见主编吗?杰·杰·奥莫洛伊边往里屋瞅边问。

——当然可以，麦克休教授说。可以见他并且谈谈。他正在自己屋里跟利内翰[56]在一起。

杰·杰·奥莫洛伊踱到办公室里那张斜面写字台前，从后往前翻看着用浅粉色纸印刷的报纸合订本。

本来或许可以有所成就的，可是业务荒疏了，灰心丧气，贪起赌来。弄得债台高筑。播下风，收割的是暴风。[57]过去，狄与托·菲茨杰拉德[58]事务所常常付给他优厚的预约辩护费。他们是为了显示智力而戴假发的。就像是坐落于葛拉斯涅文的塑像似的，炫耀着自己的头脑。他想必是跟加布里埃尔·康罗伊一道为《快报》[59]撰写一些文章。此人博学。迈尔斯·克劳福德是以在《独立报》[60]上写文章起家的。那些报人只要一听说哪儿有空子可钻，马上就见风使舵，煞是可笑。风信鸡。嘴里一会儿吹热气，一会儿又吹冷风![61]不知道该相信哪个好了。听到第二个故事之前，觉得头一个也蛮好。在报上彼此猛烈地开笔仗，然后一切都被淡忘。一转眼就又握手言欢。

——喂，请你们务必听听吧，内德·兰伯特央求说。或者，倘若我们攀登重岩叠嶂的峰巅……

——言过其实!教授暴躁地插嘴说，这种夸夸其谈的空话已经听够啦!

内德·兰伯特继续读下去:

——峰巅，巍然耸立。我们的灵魂恍若沐浴于……

——还不如沐浴一下他的嘴巴呢，迪达勒斯先生说，永恒的上帝，难道他还能从中得到些报酬吗？

——沐浴于爱尔兰全景那无与伦比的风光中。论美，尽管在其他以秀丽见称的宝地也能找到被人广为称颂的典型，然而我们温柔、神秘的爱尔兰在黄昏中那无可比拟的半透明光辉，照耀着郁郁葱葱的森林，绵延起伏的田野，和煦芬芳的绿色牧场。所有这些，真是举世无双的……

——月亮，麦克休教授说。他忘记了《哈姆雷特》。[62]

他家乡的土话

——黄昏辽远而广阔地笼罩着这片景色，直到月亮那皎洁的球体喷薄欲出，闪烁出它那银色的光辉……

——哦！迪达勒斯先生绝望地呻吟着，大声说。狗屁不值！足够啦，内德，人一生时光有限啊！

他摘下大礼帽，不耐烦地吹着他那浓密的口髭，把手指挓挲开来，活像一把威尔士梳子[63]，梳理着头发。

内德·兰伯特把报纸甩到一旁，高兴地暗自笑着。过了一会儿，麦克休教授那架着黑框眼镜、胡子拉碴的脸上，也漾起刺耳的哄笑。

——夹生傻瓜[64]！他大声说。

韦瑟厄普[65]如是说

此文如今白纸黑字已经印了出来，自然尽可以挖苦它一通，可是这类货色就像刚出锅的热饼一样脍炙人口哩！他干过面包糕点这一行，对吧？所以大家才管他叫作夹生傻瓜。反正他也已经赚足了。闺女跟内地税务署的那个拥有小轿车的家伙订了婚。乖巧地让他上了钩，还大张宴席，应酬款待。韦瑟厄普一向说：用酒肉把他们置于掌心。

里屋的门猛地开了，一张有着鹰钩鼻子的红脸膛伸了进来，头上是一撮羽毛似的头发，活像个鸡冠。一双蓝色、盛气凌人的眼睛环视着他们，并且粗声粗气地问：

——什么事？

——冒牌乡绅[66]亲自光临！麦克休教授堂哉皇哉地说。

——去你的吧，你这该死的老教书匠！主编说，算是跟他打了招呼。

——来，内德，迪达勒斯先生边戴帽子边说。这事完了之后[67]，我非得去喝上一盅不可啦！

——喝酒！主编大声说。望弥撒之前，什么也别想喝。

——说得蛮对，迪达勒斯先生说着就往外走。来呀，内德。

内德·兰伯特贴着桌边哧溜了下来。主编的一双蓝眼睛朝着布卢姆先生那张隐隐含着一丝笑意的脸上瞟去。

——你也跟我们一道来吗，迈尔斯？内德·兰伯特问。

回顾难忘的战役

——北科克义勇军！主编跨着大步走到壁炉台跟前，大声嚷着。咱们连战连胜！北科克和西班牙军官们！

——是在哪儿呀，迈尔斯？内德·兰伯特若有所思地望着自己的鞋尖问。

——在俄亥俄！主编吼道。

——可不是嘛，没错儿，内德·兰伯特表示同意。

他一面往外走，一面跟杰·杰·奥莫洛伊打耳喳说：

——酒精中毒，真可悲。

——俄亥俄！主编仰起红脸膛，用尖锐的最高音嚷道。我的俄亥俄[68]！

——地地道道的扬抑扬音步！教授说。长，短，长。

哦，风鸣琴[69]！

他从背心兜里掏出一卷清除牙缝的拉线[70]，扯下一截，灵巧地用它在那未刷过的两对牙齿之间奏出声来。

——乒乒，乓乓。

布卢姆先生看见时机正好，就走向里屋。

——借光，克劳福德先生，他说。为了一件广告的事，我想打个电话。

他走了进去。

——今天晚上那篇社论怎么样？麦克休教授问。他走到主编跟前，一只手牢牢地按在他的肩头。

——那样就行啦！迈尔斯·克劳福德较为平静地说。喂，杰克，不用着急。那样就可以啦！

——你好，迈尔斯，杰·杰·奥莫洛伊说，他手一松，合订本的几页报纸就又软塌塌地滑回去了。加拿大诈骗案[71]今天登出来了吗？

里屋电话铃在丁零零响着。

——二八……不，二〇……四四……对。

看准赢家

利内翰拿着《体育》[72]的毛样从里面的办公室走了出来。

——谁想知道哪匹马准能得金杯奖？他问，就是奥马登所骑的那匹“权杖”。

他把毛样朝桌上一掼。

打赤脚沿着过道跑来的报童的尖叫声忽然挨近了，门猛地被推开。

——安静点儿，利内翰说。我听到脚步声啦！

麦克休教授跨大步走过去，一把拽住那个战战兢兢的少年的脖领，旁的孩子们赶紧沿着过道往外逃，冲下楼梯。那些毛样被穿堂风刮得沙沙响，蓝色的潦草字迹在空中飘荡，然后落到桌子底下。

——不是我，先生。是我背后那个大个子猛推了我一下，先生。

——把他赶出去，关上门，主编说，正在刮飓风哪。

利内翰开始从地板上抓起毛样，两次蹲下去时全嘟嘟囔囔的。

我们在等赛马特辑哪，先生，报童说。帕特·法雷尔猛推了我一把，先生。

他指了指从门框后面窥伺着的两张脸。

——就是他，先生。

——快给我滚，麦克休教授粗暴地说。

他把少年胡乱搡出去，“砰”的一声关上了门。

杰·杰·奥莫洛伊沙沙地翻着那合订本，边咕哝边查找：

——下接第六页第四栏。

——对，这里是《电讯晚报》，布卢姆先生在里间办公室里打着电话，老板呢？……是的，《电讯》……到哪儿去啦？噢！哪家拍卖行？……啊！我明白啦。好的，我一定能找到他。

接着是一次相撞

他刚挂上电话，那铃又丁零一声响了。他赶忙走进外屋，恰好跟又一次捡起毛样正在直起腰来的利内翰撞了个满怀。

——对不起，先生，[73]利内翰说，他紧紧抓了布卢姆先生一把，做了个鬼脸。

——都怪我，布卢姆先生说，他听任对方抓住自己。没伤着你吗？都怪我太急啦！

——我的膝盖，利内翰说。

他做出一副滑稽相，边揉着膝盖边哼哼唧唧地说：

——年岁[74]不饶人啊！

——对不起，布卢姆先生说。

他走到门边，把门推开一半，又停下来了。杰·杰·奥莫洛伊还在翻看着那沉甸甸的纸页。两个蹲在大门外台阶上的报童发出的尖声喊叫和一只口琴吹奏出的音响，在空洞洞的过道里回荡着：

我们是韦克斯福德的男子汉，
凭着胆量和双臂酣战。[75]

布卢姆退场

——我要跑一趟巴切勒步道，布卢姆先生说，张罗一下凯斯这则广告。想把它定下来。听说他正在狄龙拍卖行那儿哪。

他望着他们的脸，迟疑了片刻。主编一手支着头，倚着壁炉架，突然将一只臂往前一伸。

——走吧！他说。世界在你前面呢。[76]

——一会儿就回来，布卢姆边说边匆匆往外走。

杰·杰·奥莫洛伊从利内翰手里接过毛样来读。他轻轻地把它们一页页地吹开，不加评论。

——他准能拉到那宗广告，他透过黑框眼镜，从半截儿窗帘上端眺望着说。瞧那帮小无赖跟在他后面呢。

——让我瞧瞧。在哪儿？利内翰喊叫着，跑到窗前。

街头行列

他们两个人面泛微笑，从半截儿窗帘上端眺望那些跳跳蹦蹦地尾随着布卢姆先生的报童。最后一个少年在和风中放着一只尾巴由一串白色蝴蝶结组成的风筝，像是嘲弄一般在东倒西歪地摆来摆去。

——瞧那群流浪儿跟在他后面大喊大叫，利内翰说，真逗！快把人笑死了。喔，肋骨都笑拧了！学他那扁平足的走法。多么乖巧。逮得着云雀。

他以矫捷而滑稽的玛祖卡舞步从壁炉前滑过，来到杰·杰·奥莫洛伊跟前。奥莫洛伊把毛样递到他那摊开来的手里。

——怎么啦？迈尔斯·克劳福德吃惊地说。另外两位哪儿去啦？

——谁？教授转过身来说。他们到椭圆酒家[77]喝点儿什么去了。帕迪·胡珀[78]和杰克·霍尔[79]也在那儿。是昨天晚上来的。

——那就走吧，迈尔斯·克劳福德说。我的帽子呢？

他趔趔趄趄地走进后面的办公室，撩起背心后面的衩口，丁零当啷地从后兜里掏出钥匙。钥匙又在半空中响了一下，当他锁书桌抽屉时，它们碰在木桌上又响了。

——他的病情不轻哪，麦克休教授低声说。

——看来是这样，杰·杰·奥莫洛伊说。他掏出个香烟盒，若有所思地念叨着，然而也未必如此。谁的火柴最多？

和平的旱烟袋[80]

他敬一支烟给教授，自己也拿了一支。利内翰赶紧划了根火柴，依次为他们点燃了香烟。杰·杰·奥莫洛伊又打开烟盒来让。

——谢喽你[81]，利内翰说着，拿了一支。

主编从里面的办公室走了出来，草帽歪戴在额头上。他凛然地指着麦克休教授，背诵了两句歌词：

地位名声将你蛊惑，

使你醉心的是帝国。[82]

教授那长嘴唇抿得紧紧的，嬉笑着。

——呃？你这暴戾的老罗马帝国？迈尔斯·克劳福德说。

他从开着盖儿的烟盒里取了一支香烟。利内翰立刻殷勤地为他点上，并且说：

——静一静，听听我这崭新的谜语！

——罗马帝国[83]呗。杰·杰·奥莫洛伊安详地说。听上去要比不列颠的或布里克斯顿[84]文雅一些。这个词儿不知怎地使人想到火里的脂肪。

迈尔斯·克劳福德"噗"的一声猛地朝天花板喷出第一口烟。

——对呀，他说。咱们是脂肪。你和我就是火里的脂肪。咱们的处境甚至还不如地狱里的雪球呢。

罗马往昔的辉煌[85]

——且慢，麦克休教授从从容容地举起瘦削得像爪子一样的两只手说。咱们可不能被词藻，被词藻的音调牵着鼻子走。咱们心目中的罗马是帝国的，强制的，专横的。[86]

稍顿了顿，他又以雄辩家的派头，摊开那双从又脏又破的衬衫袖口里伸出的胳膊：

——他们的文明是什么？庞大的，我承认：然而是粗鄙的。厕所[87]：下水道。犹太人在荒野里以及山顶上说：这是个适当的地方，我们为耶和华筑一座圣坛吧！罗马人，正如跟他亦步亦趋的英格兰人一样，每当踏上新岸（他从未踏上过我们的岸边），就一味地执着于修厕所。身穿宽大长袍的他，四下里打量了一下，然后说：**这是个适当的地方，我们装个抽水马桶吧！**

——他们这么说，也就这么做了，利内翰说。据《吉尼斯》第一章[88]，咱们古老的祖先对流水曾有过偏爱。

——他们生来就是绅士，杰·杰·奥莫洛伊咕哝道。然而，咱们也有《罗马法》[89]。

——而庞修斯·彼拉多[90]是那部法典的先知，麦克休教授回答说。

——你晓得税务法庭庭长帕利斯[91]那档子事吗？杰·杰·奥莫洛伊问。那是在王家大学[92]的宴会上。一切都进行得顺顺当当……

——先听我的谜语吧，利内翰说。你们准备好了吗？

身着宽松的多尼戈尔[93]灰色花呢衣服、个子高高的奥马登·伯克[94]先生从过道里走了进来。斯蒂芬·迪达勒斯跟在他后面，边进屋边摘下帽子。

——**请进，小伙子们！**[95]利内翰大声说。

——我是前来护送一个求情者的，奥马登·伯克先生悦耳的声调说。这位青年在饱有经验者的引导下，来拜访一名声名狼藉者了。

——你好吗？主编说着，伸出一只手来。请进。你家老爷子刚走。

? ? ?

利内翰对大家说：

——静一静！哪一出歌剧跟铁路线相似？考虑，沉思，默想，解决了再回答我。

斯蒂芬一面把打字信稿递过去，一面指着标题和署名。

——谁？主编问。

撕掉了一个角儿。

——加勒特·迪希先生，斯蒂芬说。

——又是那个矫情鬼，主编说。这是谁撕的？他忽然想解手了吗？

扬起火焰般的帆，
从南方的风暴中乘快船，
他来了，苍白的吸血鬼，
跟我嘴对嘴地亲吻。[96]

——你好，斯蒂芬，教授说，他凑过来，隔着他们的肩膀望去。口蹄疫？你改行了吗？……

阉牛之友派“大诗人”[97]呗！

在一家著名餐馆里闹起的纠纷

——您好，先生，斯蒂芬涨红了脸回答说。这封信不是我写的。加勒特·迪希先生托我……

——哦，我认识他，迈尔斯·克劳福德说，我也认识他老婆。是个举世无双的凶悍老泼妇。天哪，她准是害上了口蹄疫！那天晚上，她在金星嘉德饭店里，把一盆汤全泼到侍者脸上啦。哎呀！

一个女人把罪恶带到人世间。为了墨涅拉俄斯那个跟人私奔了的妻子海伦，希腊人竟足足打了十年仗。布雷夫尼大公奥鲁尔克[98]。

——他是个鳏夫吗？斯蒂芬问。

——啊，跟老婆分居着哪，迈尔斯·克劳福德边浏览着打字信稿边说。御用马群。哈布斯堡[99]。一个爱尔兰人在维也纳的城堡跟前救了皇帝一命。可不要忘记！爱尔兰的封蒂尔柯涅尔伯爵马克西米连·卡尔·奥唐奈[100]。为了封国王作奥地利陆军元帅，而今把他的嗣子派了来[101]。那儿迟早总有一天会出事。“野鹅”[102]。啊，是的，每一次都是这样。可不要忘记这一点！

——关键在于他忘没忘记，杰·杰·奥莫洛伊把马蹄形的镇纸翻了个过儿，安详地说。拯救了王侯，也不过赢得一声道谢而已。

麦克休教授朝他转过身来。

——不然的话呢？他说。

——我把事情的来龙去脉说一说吧，迈尔斯·克劳福德开口说。有一天，一个匈牙利人[103]……

失败者
被提名的高贵的侯爵

——我们一向忠于失败者[104]，教授说。对我们来说，成功乃是智慧与想象力的灭亡。我们从来不曾效忠于成功者。只不过侍奉他们就是了。我教的是刺耳的拉丁文。我讲的是这样一个民族的语言，他们的智力的顶点乃是一寸光阴一寸金这么一条格言。物质占支配地位。主啊！[105]主啊！这句话的灵性何在？主耶稣还是索尔兹伯里勋爵[106]？伦敦西区一家俱乐部里的沙发[107]。然而希腊文却不同！

主啊，怜悯我们吧！[108]

开朗的微笑使他那戴着黑框眼镜的两眼炯炯有神，长嘴唇咧得更长了。

——希腊文！他又说。主[109]！辉煌的字眼！闪米特族和撒克逊族都不晓得的母音。[110]主啊[111]！智慧的光辉。我应该教希腊文，教这心灵的语言。主啊，怜悯我们吧[112]！修厕所的和挖下水道的[113]永远不能成为我们精神上的主宰。我们是溃败于特拉法尔加[114]的欧洲天主教骑士精神的忠实仆从，又是在伊哥斯波塔米随着雅典舰队一道沉没了的精神帝国[115]——而不是统治权[116]——的忠实仆从。对，对，他们沉没了。皮勒斯被神谕所哄骗[117]，孤注一掷，试图挽回希腊的命运。这是对于失败者的效忠啊！

他离开了他们，跨着大步走向窗口。

——他们开赴战场，奥马登·伯克先生用阴郁的口吻说，然而总吃败仗。[118]

——呜呜！利内翰低声哭泣着，演出[119]快要结束的时候，竟被一片瓦击中[120]。可怜的、可怜的、可怜的皮勒斯！

然后，他跟斯蒂芬打起耳喳来。

利内翰的五行打油诗

学究麦克休好气派，
黑框眼镜成天戴，
醉得瞧啥皆双影，
何必费事把它戴？
我看不出这有啥可笑[121]，你呢？

穆利根说，这是为了悼念萨卢斯特[122]。他母亲死得叫人恶心[123]。

迈尔斯·克劳福德把那几张信稿塞进侧兜里。

——这样就可以啦，他说，回头我再读其余的部分。这样就可以啦！

利内翰摊开双手表示抗议。

——还有我的谜语呢！他说，哪一出歌剧跟铁路线相似？

——歌剧？奥马登·伯克先生那张斯芬克斯般的脸把谜语重复了一遍。

利内翰欢欢喜喜地宣布说：

——《卡斯蒂利亚的玫瑰》。你懂得它俏皮在什么地方吗？谜底是：并排的铸铁。嘻嘻嘻[124]。

他轻轻戳了一下奥马登·伯克先生的侧腹。奥马登·伯克先生假装连气儿都透不过来了，手拄阳伞，风度优雅地朝后一仰。

——帮我一把！他叹了口气。我虚弱得很。

利内翰踮起脚尖，赶紧用毛样沙沙沙地扇了扇他的脸。

教授沿着合订本的架子往回走的时候，用手掠了一下斯蒂芬和奥莫洛伊先生那系得稀松的领带。

——过去和现在的巴黎，他说。你们活像是巴黎公社社员。

——像是炸掉巴士底狱的家伙[125]，杰·杰·奥莫洛伊用安详的口吻挖苦说。要不然，芬兰总督就是你们暗杀的吧？看上去你们仿佛干了这档子事——干掉了博布里科夫将军[126]。

——我们仅仅有过这样的念头罢了，斯蒂芬说。

万紫千红[127]

——这里人才济济，迈尔斯·克劳福德先生说。法律方面啦，古典方面啦……

——赛马啦，利内翰插嘴道。

——文学，新闻界。

——要是布卢姆在场的话，教授说。还有广告这高雅的一行哩！

——还有布卢姆夫人，奥马登·伯克先生加上一句。声乐女神。都柏林的首席歌星。

利内翰大咳一声。

——啊嗨！他用极其细柔的嗓音说。哎，缺口新鲜空气！我在公园里感冒了。大门是敞着的。

“你能胜任！”

主编将一只手神经质地搭在斯蒂芬的肩上。

——我想请你写点东西，他说。带点刺儿的。你能胜任。一看你的脸就知道。青春的词汇里[128]……

从你的脸上就看得出来。从你的眼神里也看得出来。你是个懒散、吊儿郎当的小调皮鬼[129]。

——口蹄疫！主编用轻蔑口吻谩骂道。民族主义党在勃里斯－因－奥索里召开大会[130]。真荒唐！威胁民众！得刺他们两下！把我们统统写进去，让灵魂见鬼去吧！圣父圣子和圣灵，还有茅坑杰克·麦卡锡[131]。

——咱们都能提供精神食粮，奥马登·伯克先生说。

斯蒂芬抬起两眼，目光与那大胆而鲁莽的视线相遇。

——他[132]要把你拉进记者帮呢！杰·杰·奥莫洛伊说。

了不起的加拉赫[133]

——你能胜任，迈尔斯·克劳福德为了加强语气，还攥起拳头，又说了一遍。等着瞧吧，咱们会使欧洲大吃一惊。还是伊格内修斯·加拉赫丢了差事之后，在克拉伦斯[134]当台球记分员时经常说的。加拉赫才算得上是个新闻记者呢。那才叫作笔杆子。你晓得他是怎样一举成名的吗？我告诉你吧。那可是报界有史以来最精彩的一篇特讯哩。八一年[135]五月六日，常胜军时期，凤凰公园发生了暗杀事件[136]。你那时大概还没有出生[137]呢。我找给你看看。

他推开人们，踱向报纸合订本。

——喂，瞧瞧，他回过头来说。《纽约世界报》[138]拍了封海底电报来约一篇特稿。你还记得当时的事吗？

麦克休教授点了点头。

——《纽约世界报》哩，主编兴奋地把草帽往后推了推说。案件发生的地点。蒂姆·凯里，我的意思是说，还有卡瓦纳、乔·布雷迪[139]和其他那些人。剥山羊皮[140]赶马车经过的路程。写明整个路程，明白吧？

——剥山羊皮，奥马登·伯克先生说，就是菲茨哈里斯。听说他在巴特桥那儿经营着一座马车夫棚[141]。是霍罗翰告诉我的。你认识霍罗翰吗？

——那个一瘸一拐的吧？迈尔斯·克劳福德说。

——他告诉我说，可怜的冈穆利也在那儿，替市政府照看石料，守夜的。

斯蒂芬惊愕地回过头来。

——冈穆利？他说。真的吗？那不是家父的一个朋友吗？

——不必管什么冈穆利了！迈尔斯·克劳福德气愤地大声说，就让冈穆利去守着他那石头吧，免得它们跑掉。瞧这个。依纳爵·加拉赫做了什么？我告诉你。凭着天才和灵感，他马上就拍了海底电报。你有三月十七日的《自由人周刊》吗？对，翻到了吗？

他把合订本胡乱往回翻着，将手指戳在一个地方。

——掀到第四版，请看布朗森[142]的咖啡广告。找到了吗？对。

电话铃响了。

远方的声音

——我去接，教授边走向里屋，边说。

——B 代表公园大门[143]。对。

他的手指颤悠悠地跳跃着，从一个点戳到另一个点上。

——T 代表总督府。C 是行凶地点。K 是诺克马龙大门[144]。

他颈部那松弛的筋肉像公鸡的垂肉般颤悠着。没有浆好的衬衫假前胸一下子翘了起来，他猛地将它掖回背心里面。

——喂？是《电讯晚报》。喂？……哪一位？……是的……是的……是的。

——F 至 P 是剥山羊皮为了证明他们当时不在犯罪现场而赶车走过的路线。英奇科尔、圆镇、风亭、帕默斯顿公园、拉尼拉。符号是 F.A.B.P.。懂了吧？ X 是上利森街的戴维酒吧[145]。

教授出现在里屋门口。

——是布卢姆打来的，他说。

——叫他下地狱去吧，主编立刻说。X 戴维酒吧，晓得了吧？

伶俐极了

——伶俐，利内翰说，极了。

——趁热给他们端上来，迈尔斯·克劳福德说，血淋淋地和盘托出。

你永远不会从这场噩梦中苏醒过来[146]。

——我瞧见了，主编自豪地说。我刚好在场。迪克·亚当斯[147]是天主把生命的气吹进去[148]的科克人当中心地最他妈善良的一位。他和我本人都在场。

利内翰朝空中的身影鞠了一躬，宣布说：

——太太，我是亚当。在见到夏娃之前曾经是亚伯[149]。

——历史！迈尔斯·克劳福德大声说。亲王街的老太婆[150]打头阵。读了这篇特稿，哀哭并咬牙切齿[151]。特稿是插在广告里的。格雷戈尔·格雷[152]设计的图案。他从此就扶摇直上。后来帕迪·胡珀在托·鲍面前替他说项，托·鲍就把他拉进了《星报》[153]。如今他和布卢门菲尔德[154]打得火热。这才叫报业呢！这才叫天才呢！派亚特[155]！他简直就是大家的老爹！

——黄色报纸的老爹，利内翰加以证实说，又是克里斯·卡利南[156]的姻亲。

——喂？听得见吗？嗯，他还在这儿哪。你自己过来吧！

——如今，你可到哪儿去找这样的新闻记者呀，呃？主编大声说。

他呼啦一下把合订本合上了。

——很得鬼[157]，利内翰对奥马登·伯克先生说。

——非常精明，奥马登·伯克先生说。

麦克休教授从里面的办公室走了出来。

——说起常胜军，他说，你们晓得吗，一些小贩被市记录法官[158]传了去……

——可不是嘛，杰·杰·奥莫洛伊热切地说。达德利夫人[159]为了瞧瞧被去年那场旋风[160]刮倒了的树，穿过公园走回家去。她打算买一张都柏林市一览图。原来那竟是纪念乔·布雷迪或是老大哥[161]或是剥山羊皮的明信片。而且就在总督府大门外出售着哩，想想看！

——如今这帮家伙净抓些鸡毛蒜皮，迈尔斯·克劳福德说。呸！报业和律师业都是这样！现在吃律师这碗饭的，哪里还有像怀特赛德[162]、像伊萨克·巴特[163]、像口才流利的奥黑根[164]那样的人呢？呃？哎，真是荒唐透顶！呸！只不过是撮堆儿卖的货色！

他没再说下去，嘴唇却一个劲儿地抽搐着，显示出神经质的嘲讽。

难道会有人愿意跟那么个嘴唇接吻吗？你怎么知道呢？那么你为什么又把这写

下来呢?

韵律与理性

冒斯，扫斯。冒斯和扫斯之间多少有些关联吧?要么，难道扫斯就是一种冒斯吗?准是有点儿什么。扫斯，泡特，奥特，少特，芝欧斯。[165]押韵：两个人身穿一样的衣服，长得一模一样，并立着。[166]

……给你太平日子，

……听你喜悦的话语，

趁现在风平浪静的一刻[167]。

但丁瞥见少女们三个三个地走了过来。着绿色、玫瑰色、枯叶色的衣服，相互搂着；穿过了这样幽暗的地方[168]，身着紫红色、紫色的衣服，打着那和平的金光旗[169]，使人更加恳切地注视[170]的金光灿烂的军旗，走了过来。可我瞧见的却是一些年迈的男人，在暗夜中，忏悔着自己的罪行，拖着铅一般沉重的脚步：冒斯、扫斯；拖姆、卧姆[171]。

——说说你的高见吧，奥马登·伯克先生说。

一天应付一天的就够了……

杰·杰·奥莫洛伊那苍白的脸上泛着微笑，应战了。

——亲爱的迈尔斯，他说，一边丢掉纸烟，你曲解了我的话。就我目前掌握的情况而言，我并不认为第三种职业[172]这整个行当都是值得辩护的。然而你的科克腿[173]被感情驱使着哪。为什么不把亨利·格拉顿[174]和弗勒德[175]，以及狄靡西尼[176]和埃德蒙·伯克[177]也抬出来呢?我们全都晓得伊格内修斯·加拉赫，还有他那个老板，在查佩利佐德出版小报的哈姆斯沃思[178]；再有就是他那个出版鲍厄里通俗报纸的美国堂弟[179]。《珀迪·凯利要闻汇编》《皮尤纪事》以及我们那反应敏捷的朋友《斯基勃林之鹰》，[180]就更不用说了。何必扯到怀特赛德这么个法庭辩论场上的雄辩家呢?编报纸，一天应付一天的就够了[181]。

同往昔岁月的联系

——格拉顿和弗勒德都为这家报纸撰过稿，主编朝着他嚷道。爱尔兰义勇军[182]。你们如今都哪儿去啦？一七六三年创刊的。卢卡斯大夫。像约翰·菲尔波特·柯伦[183]这样的人，如今上哪儿去找呀？呸！

——喏，杰·杰·奥莫洛伊说，比方说，英国皇家法律顾问布什[184]。

——布什？主编说。啊，对。布什，对。他有这方面的气质。肯德尔·布什[185]；我指的是西摩·布什。

——他老早就该升任法官了，教授说，要不是……唉，算啦！

杰·杰·奥莫洛伊转向斯蒂芬，安详而慢腾腾地说：

——在我听到过的申辩演说中，最精彩的正是出自西摩·布什之口。那是在审理杀兄事件——蔡尔兹凶杀案。布什替他辩护来着。

注入我的耳腔之内[186]。

顺便问一下，是怎样发觉的呢？他是正在睡着的时候死的呀。还有另外那个双背禽兽[187]的故事呢？

——演说的内容是什么？教授问。

意大利，艺术女教师[188]

——他谈的是《罗马法》的证据法，杰·杰·奥莫洛伊说，把它拿来跟古老的《摩西法典》——也就是说，跟《同态复仇法》[189]——相对照。于是，他就举出安置于罗马教廷的米开朗琪罗的雕塑“摩西”做例证。

——嗬。

——讲几句恰当的话，利内翰做了开场白。请肃静！

静场。杰·杰·奥莫洛伊掏出他的香烟盒。

虚妄的肃静。其实不过是些老生常谈。

那位致开场白的取出他的火柴盒，若有所思地点上一支香烟。

从此，我[190]经常回顾那奇怪的辰光，并发现，划火柴本身固然是很小的一个动作，它却决定了我们两个人那以后的生涯。

千锤百炼的掉尾句

杰·杰·奥莫洛伊字斟句酌地说下去：

——他是这么说的：那座堪称为冻结的音乐[191]的石像，那个长了犄角的可怕的半神半人的形象[192]，那智慧与预言的永恒象征。倘若雕刻家凭着想象力和技艺，用大理石雕成的那些净化了的灵魂和正在净化着的灵魂的化身，作为艺术品有永垂不朽的价值的话，它是当之无愧的。

他挥了挥细长的手，给词句的韵律和抑扬平添了一番优雅。

——很好！迈尔斯·克劳福德立刻说。

——非凡的灵感，奥马登·伯克说。

——你喜欢吗？杰·杰·奥莫洛伊问斯蒂芬。

那些词藻和手势的优美使得斯蒂芬从血液里受到感染。他涨红了脸，从烟盒里取出一支香烟。杰·杰·奥莫洛伊把那烟盒伸向迈尔斯·克劳福德。利内翰像刚才那样为大家点燃香烟，自己也当作战利品似的拿了一支，并且说：

——多多谢谢嘞。

高风亮节之士

——马吉尼斯教授[193]跟我谈到过你，杰·杰·奥莫洛伊对斯蒂芬说。对于那些神秘主义者[194]，乳白色的、沉寂的[195]诗人们以及神秘主义大师 A.E.[196]，你真正的看法是怎样的？这是那个姓勃拉瓦茨基[197]的女人搞起来的。她是个惯于耍花招儿的老婆子。A.E. 曾跟前来采访的美国记者[198]说，你曾在凌晨去看他，向他打听过心理意识的层次。马吉尼斯认为你是在嘲弄 A.E.。马吉尼斯可是一位高风亮节之士哩！

谈到了我。他说了些什么？他说了些什么？他是怎样谈论我的？不要去问。

——不抽，谢谢，麦克休教授边推开香烟盒边说。且慢，我只说说一件事。我平生听到的最精彩的一次演说，是约翰·弗·泰勒[199]在学院的史学会上发表的[200]。法官菲茨吉本[201]先生——现任上诉法庭庭长——刚刚讲完。所要讨论的论文（当时还是蛮新鲜的）是提倡复兴爱尔兰语[202]。

他转过身来对迈尔斯·克劳福德说：

——你认识杰拉尔德·菲茨吉本。那么你就不难想象出他演说的格调了。

——听说眼下他正跟蒂姆·希利[203]一道，杰·杰·奥莫洛伊说，在三一学院担任财产管理委员会委员哪。

——他正跟一个穿长罩衫的乖娃儿[204]在一起哪。迈尔斯·克劳福德说，讲下去吧，呃?

——那篇讲演嘛，你们注意听着，教授说，是雄辩家完美的演说词。既彬彬有礼，又奔放豪迈，用语洗练而流畅。对于新兴的运动虽然还说不上是把惩戒的愤怒倾泻出来[205]，但总归是倾注了高傲者的侮辱。当时那还是个崭新的运动呢。咱们是软弱的，因而是微不足道的。

他那长长的薄嘴唇闭了一下。但他急于说下去，就将一只挓挲开来的手举到眼镜那儿，用颤巍巍的拇指和无名指轻轻扶了一下黑色镜框，使眼镜对准新的焦点。

即席演说

他恢复了平素的口吻，对杰·杰·奥莫洛伊说：

——你应该知道，泰勒是带病前往的。我不相信他预先准备过演说词，因为会场上连一个速记员都没有。他那黝黑瘦削的脸上，胡子拉碴，肮里肮脏的。松松地系着一条白绸领巾，整个来说，看上去像个行将就木之人（尽管并不是这样）。

此刻他的视线徐徐地从杰·杰·奥莫洛伊的脸上转向斯蒂芬，然后垂向地面，仿佛若有所寻。他那没有浆洗过的亚麻布领子从弯下去的脖颈后面露了出来，领子已被枯草般的头发蹭脏了。他继续搜寻着，并且说：

——菲茨吉本的演说结束后，约翰·弗·泰勒站起来反驳他。据我的回忆，大致是这么说的。

他坚毅地抬起头。眼睛里又露出沉思的神色。迟钝的贝壳在厚实的镜片中游来游去，在寻找着出口。

他说：

——主席先生，诸位女士们，先生们：刚才听到我那位学识渊博的朋友对爱尔兰青年所发表的演说，佩服之至。我仿佛被送到离这个国家很远的一个国家，来到离本时代很远的一个时代；我仿佛站在古代埃及的大地上，聆听着那里的某位祭司长对年轻的摩西训话。

听众指间一动也不动地夹着香烟，聆听着。细微的轻烟徐徐上升，和演说一道绽开了花。让香烟袅袅上升[206]。这就要说出崇高的言辞来了。请注意。你自己想不想尝试一下呢?

——我好像听见那位埃及祭司长把声音提高了，带有自豪而傲慢的腔调。我听见了他的话语，并且领悟了他所启迪的含义。

教父[207]们所示

我受到的启迪是：这些事物固然美好，却难免受到腐蚀；只有无比美好的事物，抑或并不美好的事物，才不可能被腐蚀。[208]啊，笨蛋！这是圣奥古斯丁的话哩。

——你们这些犹太人为什么不接受我们的文化、宗教和语言？你们不过是一介牧民，我们却是强大的民族。你们没有城市，更没有财富。我们的都市里，人群熙攘；有着三至四层桨的大帆船[209]，满载着各式各样的商品，驶入全世界各个已知的海洋。你们刚刚脱离原始状态，而我们却拥有文学、僧侣、悠久的历史和政治组织。[210]

尼罗河。

娃娃，大人，偶像。[211]

婴儿的奶妈们跪在尼罗河畔。[212]用宽叶香蒲编的摇篮。格斗起来矫健敏捷[213]的男子。长着一对石角[214]，一副石须，一颗石心。

——你们向本地那无名的偶像[215]祷告。我们的寺院却宏伟而神秘，居住着伊希斯和俄赛里斯，何露斯和阿蒙－瑞。[216]你们信仰奴役、畏惧与谦卑；我们信仰雷和海洋。以色列人是孱弱的，子孙很少；埃及人口众多，武力令人生畏。你们被称作流浪者和打零工的；世界听到我们的名字就吓得发抖。

演说到此顿了一下，他悄悄地打了个饿嗝，接着又气势澎湃地扬起了嗓门儿：

——可是，各位女士，各位先生，倘若年轻的摩西聆听并接受这样的人生观；倘若他在如此妄自尊大的训诫面前俯首屈从，精神委顿，那么他就永远也不会领着选民离开他们被奴役的地方了[217]，更不会白天跟着云柱走[218]。他绝不会在雷电交加中在西奈山顶与永生的天主交谈[219]。更永远不会脸上焕发着灵感之光走下山来，双手捧着十诫的法版，而那是用亡命徒的语言镌刻的。

他住了口，望着他们，欣赏着这片寂静。

不祥之兆——对他而言！

杰·杰·奥莫洛伊不无遗憾地说：

——然而，他还没进入应许给他们的土地就去世啦[220]！

——当时—来得—突然—不过—这病—拖延—已久—早就—频频—预期到会因吐血症—致死的[221]，利内翰说。他本来是会有锦绣前程的。

传来了一群赤足者奔过走廊，并吧嗒吧嗒地上楼梯的声音。

——那才是雄辩之才呢，教授说。没有一个人反驳得了。

随风飘去[222]。位于马勒麻斯特和塔拉那诸王的军队。连绵数英里的柱廊，侧耳聆听。保民官怒吼着，他的话语随风向四方飘去。人们隐蔽在他的嗓音里[223]。业已消逝了的音波。阿卡沙秘录[224]——它记载着古往今来在任何地方发生过的一切。爱戴并称赞他。不要再提我。

我有钱。[225]

——先生们，斯蒂芬说。作为下一项议程，我可不可以提议议会立即休会？

——你叫我吃了一惊。这该不会是法国式的恭维[226]吧？奥马登·伯克先生问道。打个比喻吧，我认为现在正是古老客栈里的那只酒瓮使人觉得无比惬意的时刻哩！

——那么，就明确地加以表决。凡是同意的，请说是，利内翰宣布说。不同意的，就说不。一致通过。到哪家酒馆去呢？……我投穆尼[227]一票！

他领头走着，并告诫说：

——咱们是不是要断然拒绝喝烈性酒呢？对，咱们不喝。无论如何也不。

奥马登·伯克先生紧跟在他后面，用雨伞戳了他一下，以表示是同伙，并且说：

——来，麦克德夫！[228]

——跟你老子长得一模一样！主编大声说着，拍了拍斯蒂芬的肩膀。咱们走吧。那串讨厌的钥匙哪儿去啦？

他在兜里摸索着，拽出那几页揉皱了的打字信稿。

——口蹄疫。我晓得。那能行吧。登得上的。钥匙哪儿去了呢？有啦。

他把信稿塞回兜里，走进了里间办公室。

寄予希望

杰·杰·奥莫洛伊正要跟他往里走，却先悄悄地对斯蒂芬说：

——我希望你能活到它刊登出来的那一天。迈尔斯，等一下。

他走进里间办公室，随手带上了门。

——来吧，斯蒂芬，教授说。挺好的，对吧？颇有预言家的远见。特洛伊不复存在[229]！对多风的特洛伊[230]大举掠夺。世上的万国。地中海的主人们而今已沦落为农奴[231]。

走在顶前面的那个报童紧跟在他们后面。吧嗒吧嗒地冲下楼梯，奔上街头，吆喝着：

——赛马号外！

都柏林。我还有许许多多要学的。

他们沿着阿贝街向左拐去。

——我也有我的远见，斯蒂芬说。

——呃？教授说，为了赶上斯蒂芬的步伐，他双脚跳动着，克劳福德会跟上来的。

另一个报童一个箭步从他们身旁蹿了过去，边跑边吆喝着：

——赛马号外！

可爱而肮脏的都柏林[232]

都柏林人。

——两位都柏林的维斯太[233]，斯蒂芬说，曾经住在凡巴利小巷[234]里。一个是五十岁，另一个五十三。

——在什么地方？教授问。

——在黑坑[235]口外，斯蒂芬说。

湿漉漉的夜晚，飘来生面团气味，引人发馋。倚着墙壁。她那粗斜纹布围巾下面，闪烁着一张苍白的脸。狂乱的心。阿卡沙秘录。快点儿呀，乖乖！[236]

讲出来吧，果敢地。要有生命[237]。

——她们想从纳尔逊纪念柱顶上眺望都柏林的景色。她们在红锡做的信箱形攒钱罐里存起了三先令十便士。从罐里摇出几枚三便士和一枚六便士的小银币，又用刀刃拨出些铜币。两先令三便士是银币，一先令七便士是铜币。然后戴上软帽，穿上最好的衣服，还拿了雨伞，防备下雨。

——聪明的处女们[238]，麦克休教授说。

粗鄙的生活

——她们在马尔巴勒的北城食堂，从老板娘凯特·科林斯手里买了一先令四便士的腌野猪肉和四片面包。在纳尔逊纪念柱脚下，又从一个姑娘手里买了二十四个熟李子，为了吃完咸肉好解渴。她们付给把守旋转栅门的人两枚三便士银币，然后打着趔趄，慢慢腾腾地沿着那螺旋梯攀登，一路咕哝着，气喘吁吁，都害怕黑暗，相互鼓着劲儿。这个问那个带没带上咸肉，并赞颂着天主和童贞圣母玛利亚。忽而说什么干脆下去算了，忽而又隔着通气口往外瞧。荣耀归于天主。她们怎么也没想到纪念柱会有这么高。

——有一个叫安妮·基恩斯，另一个叫弗萝伦斯·麦凯布[239]。安妮·基恩斯患腰肌病，擦着一位太太分给她的路德圣水——一位受难会[240]神父送给那位太太一整瓶。弗萝伦斯·麦凯布每逢星期六晚饭时吃一只猪蹄子，干一瓶双 X 牌啤酒[241]。

——正好相反，教授点了两下头说。维斯太贞女们。我仿佛能够看见她们。咱们的朋友在磨蹭什么哪？

他回过头去。

一群报童连蹦带跳地冲下台阶，吆喝着朝四面八方散去，呼扇呼扇地挥着白色报纸。紧接着，迈尔斯·克劳福德出现在台阶上，帽子像一道光环，镶着他那张红脸。他正在跟杰·杰·奥莫洛伊谈着话。

——来吧，教授挥臂大声嚷道。

他又和斯蒂芬并肩而行。

——是啊，他说。我仿佛看得见她们。

布卢姆归来

在《爱尔兰天主教报》和《都柏林小报》[242] 的公事房附近，布卢姆先生被卷进粗野的报童们的旋涡里，气儿都透不过来了。他招呼道：

——克劳福德先生！等一等！

——《电讯报》！赛马号外！

——什么呀？迈尔斯·克劳福德退后一步说。

一个报童冲着布卢姆的脸嚷道：

鲁思迈因斯的大惨剧！风箱叼住了娃娃！

会见主编

——就是这份广告的事儿，布卢姆先生推开报童们，呼哧呼哧地挤向台阶，并从兜里掏出剪报说。我刚刚跟凯斯先生谈过。他说，他要继续刊登两个月广告，以后再说。然而他还想在星期六的《电讯报》上登一则花边广告，好引人注目。要是来得及的话，他想把《基尔肯尼民众报》[243] 的图案描摹下来。这，我已经告诉南尼蒂参议员了。我可以从国立图书馆弄到这图案。钥匙议院，你明白吧。他姓凯斯。刚好谐音 [244]。然而他实际上已经答应续登了。不过，他要求给弄得花哨一点儿。你有什么话要我捎给他吗，克劳福德先生？

吻我的屁股 [245]

——请你告诉他"吻我的屁股"好吗？迈尔斯·克劳福德边说边摊开胳膊，加强了语气，马上去告诉他这是条直接来自马房的消息。

怪心烦的。留神着点狂风。相互挽着胳膊，大家一道出去喝酒。头戴水手帽的利内翰也跟在后面，想捞上一盅。他像往常一样拍马屁。令人纳闷儿的是，竟然由小迪达勒斯带头。今天他穿了双好靴子。上次我见到他的时候，连脚后跟都露出来了。也不知道在什么地方蹚过烂泥。这小子就是这么大大咧咧。他在爱尔兰区干什么来着？

——喏，布卢姆先生把视线移回来说。要是我能够把图案弄到手，我认为是值得为它写上一段的。他想必会刊登广告。我要对他说……

吻我高贵的爱尔兰屁股[246]

——他可以吻我高贵的爱尔兰屁股，迈尔斯·克劳福德回过头来大声嚷道。告诉他吧，随便什么时候来都行。

正当布卢姆先生站在那儿琢磨着该怎样回答才好并正要泛出笑容的当儿，对方已跨着大步一颠一颠地走掉了。

筹 款

——囊空如洗[247]，杰克，他把手举到下巴颏儿那儿说。水已经淹到我这儿啦！我自己也是穷得一筹莫展。上礼拜我还在找个人出面在我的借据上签字担保呢！对不起，杰克。我是心有余而力不足啊！请你务必体谅我这苦衷。要是好歹能够筹到钱，我一定乐意帮你忙。

杰·杰·奥莫洛伊把脸一耷拉，默默地继续踱着步。他们追上前面的人，和他们并肩而行。

——当她们吃完腌肉和面包，用包面包的纸把二十个指头擦干净之后，就靠近了栅栏。

——你听了会开心的，教授向迈尔斯·克劳福德解释道。两个都柏林老妪爬到纳尔逊纪念柱顶上去啦！

了不起的圆柱！——蹒跚走路者如是说

——这可是挺新鲜，迈尔斯·克劳福德说。够得上是条新闻素材。简直就像是到达格尔[248]去参加皮匠的野餐会。两个刁婆子，后来呢？

——可是她们都害怕柱子会倒下来，斯蒂芬接下去说。她们眺望着那些屋顶，议论着哪座教堂在哪儿：拉思曼斯的蓝色拱顶[249]，亚当与夏娃教堂[250]，圣劳伦斯·奥图尔教堂[251]。瞧着瞧着，她们发晕了。于是，撩起了裙子……

有点儿无法无天的妇女

——大家安静下来！迈尔斯·克劳福德说。谁作诗也不许破格。如今咱们是在大主教的辖区里哪。

——她们垫着条纹衬裙坐了下去，仰望着独臂奸夫[252]的那座铜像。

——独臂奸夫！教授大声说。我喜欢这种说法。我明白你的意思。我明白你指的是什么。

据信，二位女士赠予都柏林市民
高速陨石及催长粒肥

——后来她们的脖子引起了痉挛，斯蒂芬说。累得既不能抬头，也不能低头或说话。她们把那袋李子放在中间，一枚接一枚地掏出来吃。用手绢擦掉从嘴里淌下的汁子，慢悠悠地将核儿吐到栅栏之间[253]。

他猛地发出青春的朗笑声，把故事结束了。利内翰和奥马登·伯克先生闻声回过头来，招招手，带头向穆尼酒馆走去。

——完了吗？迈尔斯·克劳福德说。只要她们没干出更越轨的事就好。

智者派[254]使傲慢的海伦丢丑
斯巴达人咬牙切齿
伊大嘉人断言潘奈洛佩[255]乃天下第一美人

——你使我联想到安提西尼[256]，教授说。智者派高尔吉亚[257]的门徒。据说，谁也弄不清他究竟是对旁人还是对自己更加怨恨。他是一位贵族同一个女奴所生之子。他写过一本书，其中从阿凯人[258]海伦那儿夺走了美的棕榈枝，将它交给了可怜的潘奈洛佩。

贫穷的潘奈洛佩。潘奈洛佩·里奇[259]。

他们准备横穿过奥康内尔街。

喂，喂，总站！

八条轨道上，这儿那儿停着多辆电车，触轮一动也不动。有往外开的，也有开回来的。拉思曼斯、拉思法纳姆[260]、黑岩国王镇，以及多基、沙丘草地、林森德，还有沙丘塔、唐尼布鲁克[261]、帕默斯顿公园，以及上拉思曼斯，全都纹丝不动。由于电流短路的缘故，开不出去了。出租马车、街头揽座儿的马车、送货马车、邮件马车、私人的四轮轿式马车，以及一瓶瓶的矿泉汽水在板条箱里咣当咣当响的平台货车，全都由蹄子嘚嘚响的马儿拉着，咯哒咯哒地疾驰而去。

叫什么？——还有——在哪儿？

——然而，你管它叫什么？迈尔斯·克劳福德问道。她们是在哪儿买到李子的？

老师说要维吉尔风格的，

大学生[262]为摩西老人投一票

——管它叫作——且慢，教授张大了他那长长的嘴唇，左思右想，管它叫作——让我想想。管它叫作：《神赐予我们安宁》[263]怎么样？

——不，斯蒂芬说。我要管它叫《登比斯迦眺望巴勒斯坦[264]》，要么就叫它《李子寓言[265]》。

——我明白了，教授说。

他朗声笑了。

——我明白啦，他带着新的喜悦重复了一遍。摩西和神许诺给他们的土地。他对杰·杰·奥莫洛伊又补了一句：这还是咱们启发他的呢。

在这个明媚的六月日子里，

霍雷肖[266]在众目睽睽之下

杰·杰·奥莫洛伊疲惫地斜睨了铜像一眼，默不作声。

——我明白啦，教授说。

他在竖有约翰·格雷爵士[267]的街心岛上停下脚步，布满皱纹的脸上泛着苦笑，仰望那高耸的纳尔逊。

对轻佻的老妪来说，缺指头简直太逗乐了。

安妮钻孔。弗萝[268]遮遮掩掩

然而，你能责备她们吗？

——独臂奸夫，他狞笑着说。不能不说是挺逗乐的。

——要是能让人们晓得全能的天主的真理的话，迈尔斯·克劳福德说。两位老太婆也觉得挺逗乐的。

第七章　注释

1　希勃尼亚是拉丁文中对爱尔兰的称谓，多用于文学作品中。

2　E.R.是Edwardus Rex（爱德华王的拉丁文称呼）的首字。

3　这是坐落在北亲王街17号的一家货栈。

4　红毛穆雷是约翰·穆雷的绰号，系乔伊斯以他那个在《自由人报》会计科工作的同名二舅为原型而塑造的人物。参看艾尔曼的《詹姆斯·乔伊斯》（第19页）。

5　戴维·斯蒂芬斯是作者根据都柏林一个同名的报亭老板塑造的形象。当爱德华七世于1903年访问爱尔兰时，他曾和国王打过交道，从那以后便以国王的信使自居。

6　威廉·布雷登（1865—1933），爱尔兰律师，《自由人报》主编（1892—1916）。

7　指威廉·布雷登。

8　吉尼斯啤酒，参看第5章注44。

9　乔万尼·马蒂乌·马里奥（1810—1883），意大利歌手，出身贵族家庭，1871年最后一次演出。当时布卢姆才5岁。

10　《玛尔塔》（1847）是法国歌剧作曲家弗里德里希·弗赖赫尔封·弗洛托（1812—1883）用德文写的五幕轻歌剧，后译成意大利文。写英国安妮女王宫廷里的宫女哈丽特装扮成村女，化名玛尔塔，来到里奇蒙集市，遇到富裕农场主莱昂内尔并相爱。玛尔塔一度逃跑，致使莱昂内尔神经失常，直到把集市上初次相见的情景扮演给他看，他才恢复理智，于是有情人终成眷属。

11　这两行摘自《玛尔塔》第4幕中莱昂内尔的咏叹调。

12　艾尔曼在《詹姆斯·乔伊斯》一书（第288页）中说，这里的主教大人指都柏林大主教威廉·J.沃尔什（1841—1921）。1889年他曾带头谴责巴涅尔（参看第2章注81），因而惹怒了支持巴涅尔的《自由人报》发行人托马斯·塞克斯顿。多年来，他的报纸处处贬低沃尔什。沃尔什经常提出抗议。“打了两次电话”即指此事。牧杖见第3章注27。

13　约瑟夫·帕特利克·南尼蒂（1851—1915），在爱尔兰出生的意大利人，当时在《自由人报》报社担任排字房工长。他又是英国议会下院议员兼都柏林市政委员（1900—1906）。

14　他指南尼蒂。

15　学院草地是位于都柏林市中心的一区。南尼蒂常说，他并不是个职业政治家，而是个从事政治活动的工人。

16　官方公报指每星期二、星期五出版的《都柏林公报》。它是经英国政府文书局印刷和发行的。

17　英国女王安妮于1714年逝世的消息早已家喻户晓后，英国散文家约瑟夫·艾迪生（1672—1719）所办刊物《旁观者》才报道说：“安妮女王驾崩。”从此，这个句子遂成为“过时消息”的代用语。

18 廷纳欣奇男爵领地位于都柏林市东南12英里处。1797年，爱尔兰议会把它奖给了亨利·格拉顿（1746—1820）。他曾于1782年领导斗争，迫使英国准许爱尔兰立法独立。

19 巴利纳是爱尔兰马尤郡的一座小商埠。《自由人周刊》辟有“市场新闻”专栏。

20 《自由人周刊》有一栏题为“园艺琐记”，专门探讨农业及畜牧业方面的问题。

21 指《自由人周刊》所编的“我们的漫画”专辑。通常刊登的并非讽刺画，而是政治讽刺诗。

22 《人物》是托马斯·鲍尔·奥康纳（1848—1929）主编的每册一便士、逢星期三出版的周刊。奥康纳是个爱尔兰新闻记者、报刊经营者及政治家，另外还在伦敦主编《太阳》《星报》《星周刊》等报刊。

23 大多是照片，指的是20世纪初《自由人周刊·国民新闻》照相感光制版副刊。

24 文森特·卡普拉尼在《詹姆斯·乔伊斯与我的祖父》（1982）一文中说，20世纪初他的祖父文森特·梅诺蒂·卡普拉尼（约1869—1932）参加了《自由人报》印刷工会。他和胞弟曾与一对奥康纳姐妹同时举行婚礼。

25 1906年，南尼蒂任都柏林市长。

26 高个儿约翰指范宁。他是小说中虚构的都柏林市副行政长官。《都柏林人》中的《纪念日，在委员会办公室》里就曾提到他。另一篇《恩宠》中，说他是“注册经纪人，市长竞选的幕后决策者”。

27 原文作House of Key（e）s。曼岛（参看第6章注50）下议院的院徽图案由两把十字交叉的钥匙构成，故有House of Keys之称。

28 Keyes（凯斯）与keys发音相近。亚历山大·凯斯所开的店叫House of Keyes（凯斯商行），所以他把下议院的这个徽记用在店铺的广告中了。

29 这是意大利文，意思是“要”。参看第4章注52。

30 “看一个……味的”：这里，作者把原文拆开，插进一些说明。

31 英语中，墓地（cemetery）与匀称（symmetry）发音相近。

32 关于蒙克斯，在第16章有续笔（见该章注194及有关正文）。

33 巴尔斯布里奇位于都柏林东南郊。自1731年起，每年在这里举办马匹展示会，吸引世界各地的马匹爱好者。1904年是在8月23日至26日举行的。

34 逾越节是犹太民族的主要节期，约在阴历三四月。犹太人以此节为一年的开始。据《出埃及记》第12章，天主叫犹太人宰羊把血涂在门楣上，天使击杀埃及人的头生子和头生的牲畜时，见有血迹的人家即越门而过，称为“逾越”。随后，摩西率领犹太人离开埃及，摆脱了奴役。

35 《哈加达》书是犹太教法典中的传说部分，载有《出埃及记》故事及礼仪。

36 原文为希伯来文。按：希伯来文是自右至左写，所以说是“倒指着”。

37 《出埃及记》第13章第3节有“从埃及为奴之家出来的这一天”之句。第14节又有“将我们从埃及为奴之家领出来”之句。与这里的意思刚好相反。

38 原文为希伯来文，系犹太教和基督教的欢呼用语，赞美神的意思。

39 原文为希伯来文，系赞美歌，见《旧约·申命记》第6章第4节。

40 雅各（以色列人的祖先）的12个儿子的名字见《出埃及记》第1章。

41 羊羔，见《出埃及记》第12章第3节。

42 杖，见《出埃及记》第7至8章。写亚伦用手中的杖一击地，就使埃及遍地的灰尘都变成虱子。

43 水，见《出埃及记》第17章第6节。以上均指《出埃及记》中的故事。

44 语摘自逾越节中唱的《查德·加迪亚》（希伯来语，意思是《一只小羚羊》）。此歌以弱肉强食为主题，而排在末位、受害最深的小羚羊象征着以色列老百姓。

45 指亚历山大·汤姆印刷出版公司。《自由人报》报社与该公司之间仅相隔一座楼。

46 爱琳（Erin）是爱尔兰古称，由盖尔语爱利（Eire）演变而来。至今仍用作富有诗意的称呼。

47 《电讯晚报》的出纳员名叫拉特利奇。每逢发薪日，他就到各间办公室去转一趟，亲自把工资发到每个人手里。人们戏称他为“幽灵走来了”。乔伊斯借麦克休教授之口把此事写了进去。（见艾尔曼的《詹姆斯·乔伊斯》第289页。）

48 架成拱形，原文作overarching。兰伯特故意把它读成相近的overarsing。按：over含有“蒙在……上面”之意，而arsing则是他杜撰的，系将名词arse（屁股）写成了进行式。

49 色诺芬（参看第1章注14）是苏格拉底的弟子，出生于阿提卡一个雅典人家庭。苏格拉底于公元前399年被处死后，色诺芬曾参加斯巴达国王阿格西劳斯二世所指挥的部队，他们在科罗尼亚战役中打败了希腊联军。

50 马拉松是希腊东南部阿提卡东北岸的一片平原。这里是古战场，公元前490年，雅典军队曾在此击败前来进犯的波斯大军。

51 这里套用拜伦的长诗《唐璜》（1818—1823）第3章的诗句。原诗作：“群山俯瞰马拉松，马拉松濒临大海。”

52 赫奇斯·艾尔·查特顿（1820—1910），都柏林大学副校长，历任副检察长（1866）、首席检察官（1867）等职。

53 这里套用19世纪末叶流行的一首歌曲，只是把原歌中的“汤米”改成了“约翰尼”。

54 马库斯·图利乌斯·西塞罗（公元前106—前43），罗马政治家、律师、古典学者、作家。他的演说辞内容充实，说服力强，讲究层次和对称。教授为了讽刺丹·道森那篇演说词内容空虚，故意把它说成是西塞罗的文章。

55 查理·丹·道森（参看第6章注20）是都柏林面包公司老板，曾任都柏林市市长（1882—1883），1904年任都柏林市政府收税官。

56 利内翰是曾出现在《都柏林人·两个浪子》中的一个人物，系浪子之一，既没有正当职业，也未成家。

57 语出自《旧约·何西阿书》第8章第7节。意思是种下恶行，必收10倍的恶报。

58 当时都柏林确实有个叫作托马斯·菲茨杰拉德的律师，与狄·菲茨杰拉德共同开办一家律师事务所。

59 加布里埃尔·康罗伊是《都柏林人·死者》中的一个人物，经常为《每日快报》撰写文艺评论，就像乔伊斯本人在现实生活中所作的那样。《快报》为《每日快报》（1851—1921）的简称。这是爱尔兰的一家立场保守的报纸，不鼓励民族独立。

60 《爱尔兰独立日报》的简称。这是巴涅尔垮台后创办的报纸，但他逝世后两个月（即1891年12月18日）才出版。不久就由反对巴涅尔的人接管，开始持极端保守的立场。1900年落入威廉·马丁·墨菲（1844—1921）之手。墨菲是个铁路承包商，一度被选入议会（1885—1892），1890年与巴涅尔反目。

61 语出自《伊索寓言·人和羊人》。羊人是希腊神话中一种山野小神。他和一个人交朋友，看见此人把手放在嘴上呵气取暖，又嫌食物太烫，用嘴把它吹凉。羊人认为他反复无常，便说了这句话，遂和他绝交。

62 在《哈姆雷特》一剧第1幕第1场中，霍拉旭说："支配潮汐的月亮……"后来又说："可是瞧，清晨披着赤褐色的外衣，已经踏着那边东方高山上的露水走过来了。"丹·道森这篇文章只描述了月夜的爱尔兰，并没有像霍拉旭那样继续写迎来曙光的爱尔兰，所以麦克休说"他忘记了《哈姆雷特》"。

63 威尔士梳子指五个手指。这是对威尔士人的贬语，说他们粗野，不整洁，用手代替梳子。

64 原文作Doughy Daw。Doughy的意思是夹生。Daw可作傻瓜解。这里，教授故意用与文章作者丹·道森（Dan Dawson）的姓名相近的这样两个词来挖苦他。

65 韦瑟厄普，见第6章注153。

66 冒牌乡绅原是弗朗西斯·希金斯（1746—1802）的绰号，这里以此戏称《自由人报》主编。希金斯本是都柏林市的一名公务员，冒充乡绅，与一个有地位的年轻女子结婚。接着又以开赌场起家，当上了《自由人报》老板，并利用报纸版面诽谤爱尔兰爱国志士。他还把爱德华·菲茨杰拉德（参看第10章注143）躲藏的地方向当局告了密，获得了1000英镑奖赏。

67 指参加葬礼之后。

68 主编所提到的北科克义勇军，在1798年的爱尔兰反英起义中曾站在英军一边。他们接连吃败仗。这支军队跟北美洲的俄亥俄风马牛不相及。1755年，英国倒是曾派爱德华·布雷多克少将（1695—1755）赴弗吉尼亚，任驻北美的英军指挥官。为了将法国人逐出俄亥俄盆地，他率兵远征迪凯纳堡（即今匹兹堡）的法国据点。但中途遭法军及其印第安盟军的突袭，远征遂以失败告终。

69 风鸣琴是靠风力鸣响的一种弦乐器。原文作Harp Eolian，也作"风神的竖琴"解。凯尔特吟游诗人喜奏竖琴，它是爱尔兰这个国家的象征。在土话中，"竖琴"也指爱尔兰天主教徒。

70 清除留在牙缝中的食物碎屑用的细棉线。

71 加拿大诈骗案指当时有个化名萨菲诺·沃特的人，被控以替扎列斯基等人购买赴加拿大的船票为名，诈骗钱财。

72 《体育》是《自由人报》社逢星期六发行的售价一便士的小报，专载每周所有的体育消息。这一期是赛马特辑。

73 原文为法语。

74 原文作A.D.，为拉丁文Anno.Domini（吾主之年）的简称。原指纪元后，口语中，有时亦指"老年""衰龄"。

75 韦克斯福德是爱尔兰东南端伦斯特省一郡，也指该郡海湾和首府。这两句歌词出自爱尔兰民谣《韦克斯福德的男子汉》（1798）。这首民谣描述了在1798年爆发的民众起义中，韦克斯福德的男子汉们怎样在奥拉尔特镇击溃北科克义勇军（参看本章注68）。

76 这里套用约翰·弥尔顿（1608—1674）的长诗《失乐园》（1667）中描述亚当和夏娃被逐出伊甸园的诗句："整个世界在他们前面。"

77 椭圆酒家坐落在《自由人报》社南边。

78 帕迪·胡珀是都柏林一记者，在《自由人报》担任新闻通讯员。

79 杰克·霍尔是都柏林一记者，以善于讲逸事掌故著称。

80 原文作calumet，系印第安人谈判时使用的一种长杆旱烟袋，象征着和平。

81 原文为法语。

82 语出自《卡斯蒂利亚的玫瑰》（1857）第3幕中化装成赶骡人的卡斯蒂利亚国王曼纽尔唱给"卡斯蒂利亚的玫瑰"艾尔微拉听的咏叹调。这部歌剧的作者为英裔爱尔兰歌唱家、作曲家迈克尔·威廉·巴尔夫（1808—1870）。

83 原文为拉丁文。

84 布里克斯顿位于伦敦西南部兰姆贝斯区。在20世纪初，此地曾被认为是枯燥乏味的工业化地区的典型。

85 语出自美国诗人、小说家埃德加·爱伦·坡（1809—1849）的《献给海伦》（1831、1845）一诗的第2段。

86 英文中，帝国的（imperial）、专横的（imperious）、强制的（imperative）这三个形容词的语根都是imper。

87 原文为拉丁文。

88 原文作the first chapter of Guinness。这是双关语。英文里，《创世记》作Genesis，而吉尼斯（参看本章注8）作Guinness，发音相近。直译就是"《吉尼斯》第1章"。暗指爱尔兰人热衷于喝吉尼斯公司所酿造的烈性黑啤酒。

89 《罗马法》是罗马奴隶制国家的法律总称。其中最早的是公元前5世纪中叶颁布的《十二表法》，系一部保护私有制反映商品生产最完备、最典型的古代法律，对现代资本主义国家的民法有较大影响。

90 庞修斯·彼拉多，公元1世纪罗马帝国驻犹太地方的总督（约26—36在职）。据《新约》记载，耶稣是由他判决钉死在十字架上的。

91 指克里斯托弗·帕利斯（1831—1920），爱尔兰律师，税务法庭（于1873年归并高等法院）庭长。

92 王家大学是1880年创立于都柏林的一个审核并认可学位的机构。

93 多尼戈尔是爱尔兰多尼戈尔郡的海港和商业城镇，生产手织花呢。

94 奥马登·伯克这个人物曾出现在《都柏林人·母亲》中。

95 原文为法语。

96 "扬起……亲吻"：这四句诗系斯蒂芬根据《我的忧愁在海上》（参看第3章注169）一诗的末段润色加工而成。

97 参看第2章注85。

98 奥鲁尔克，参看第2章注80。

99 指哈布斯堡王朝（1020—1919），即奥地利帝国，系欧洲最大的王朝之一。

100 封蒂尔柯涅尔伯爵马克西米连·卡尔·奥唐奈是个爱尔兰移民之子，1812年生在奥地利，任奥地利皇帝（1867年奥匈帝国成立，兼匈牙利国王）弗兰西斯·约瑟夫一世（1848—1916在位）的侍从武官。1853年他陪皇帝沿着维也纳周围的堡垒散步。一天，他及时击倒了一个刺伤皇帝的匈牙利裁缝，皇帝说他救了自己一命。

101 大不列颠和爱尔兰国王爱德华七世于1903年对奥匈帝国做国事访问时，在维也纳将英国陆军元帅头衔授予皇帝弗兰西斯·约瑟夫一世。1904年6月9日，奥匈帝国皇位继承人奥地利大公弗兰茨·斐迪南（1863—1914）对英国做国事访问时，回赠给爱德华七世一根奥地利陆军元帅官杖。

102 “野鹅”，参看第3章注68。

103 指对奥地利皇帝行刺的匈牙利裁缝，参看本章注100。

104 创造了真正的文化的希腊却败在罗马手下。克劳福德作为英国的属国爱尔兰的一个公民，这里把英国比作罗马。

105 原文为拉丁文。

106 英文中，勋爵和主（指耶稣、天主）均为Lord。罗伯特·塞西尔·索尔兹伯里勋爵（1830—1903）是英国保守党领袖，曾三次出任首相。他主张不对爱尔兰做任何让步。

107 伦敦西区是繁华地带，有上层人士的俱乐部。此处指索尔兹伯里等人坐在那里舒适的沙发上行使对爱尔兰的统治权。

108 原文为希腊文。天主教和希腊正教用作弥撒的起始语。

109 原文为希腊文。

110 闪米特族是分布在亚洲西南部的大种族，古代包括希伯来人、亚述人、腓尼基人、阿拉伯人、巴比伦人等。撒克逊族是日耳曼民族的一支，古时居住在今石勒苏益格地区和波罗的海沿岸。这里指盎格鲁-撒克逊族。闪米特族和撒克逊族都不晓得的母音，即希腊文第20个字母upsilon，这是希伯来字母和英文字母中所没有的。英文中用u和y来代替。

111、112 原文为希腊文。

113 修厕所的暗指罗马，挖下水道的暗指英国。

114 特拉法尔加是加的斯和直布罗陀海峡之间的一个海角。1805年，法、西舰队在此溃败于纳尔逊麾下的英国舰队，损失了约20艘舰船。

115 伊哥斯波塔米是古代色雷斯的一条河流，它注入赫勒斯滂海峡。公元前405年，来山得率领的斯巴达舰队偷袭雅典海军的停泊地，使其几乎全军覆没，次年雅典被迫投降。精神帝国即指希腊。

116 原文为拉丁文。

117 皮勒斯（参看第2章注1）曾出兵攻打马其顿，把雅典从德米特里的包围中解救出来，又忍受惨重伤亡，打败罗马军队。后来在梦中接受神谕，误以为必胜无疑，就去大举进攻斯巴达，结果死于阿尔戈斯巷战中。

118 “他们开赴战场，然而总吃败仗”一语出自马修·阿诺德的讲演稿《论凯尔特文学研究》（1867）的引言。叶芝曾用此语作为收在《玫瑰集》（1893）中一首诗的标题。

119 原文为法语。

120 参看第2章注15。

121 可笑，原作乔·米勒。此人是英王乔治一世（1714—1727在位）时代享有盛名的喜剧演员。在19世纪，他的笑话集多次再版，从而使他的名字在俚语中即成为“笑话”的代名词。

122 即盖乌斯·萨卢斯特·克里斯普斯（公元前86—公元前35），罗马政治家和历史学家。穆利根的话含有挖苦意，因萨卢斯特结束政治生涯后虽在历史著作中揭露了罗马政治的腐败，但他本人从政期间（他曾任保民官、行政官、行省总督）也曾巧取豪夺。

123 这是穆利根说过的话，参看第1章注37及有关正文。

124 《卡斯蒂利亚的玫瑰》，见本章注82。原文中，“*The Rose of Castile*”这一剧名与“Rows of cast steel”（“并排的铸铁”）读音相近。

125 1789年7月14日，巴黎群众攻占了关押政治犯的巴士底狱，革命政府下令将它拆毁。

126 尼古拉·博布里科夫（1839—1904）原为俄国陆军将官，1898年任俄国驻芬兰大公国总督。由于他大肆镇压芬兰人的消极抵抗，1904年6月16日上午（都柏林时间为清晨）被反对俄国的芬兰人所刺杀。

127 原文为拉丁文。

128 语出自英国小说家、戏剧家爱德华·布尔沃-利顿（1803—1873）的戏剧《黎塞留》（1838）第3幕第1场中的台词，下半句是：“没有失败一词。”

129 在《一个青年艺术家的画像》一书第1章中，斯蒂芬因打碎了眼镜，无法完成作业。教导主任多兰神父对他说：“懒惰的小捣蛋鬼。我从你的脸上就看得出你是个捣蛋鬼。懒散、吊儿郎当的小调皮鬼！”

130 勃里斯-因-奥索里是爱尔兰王后郡的市镇，位于都柏林西南66英里处。1843年，爱尔兰民族独立运动领袖奥康内尔曾在此举行大规模的群众集会。爱尔兰民族主义党领袖约翰·雷德蒙（1856—1918）曾于1904年试图恢复奥康内尔当年举办的那种轰轰烈烈的群众集会，然而毕竟要逊色多了。

131 杰克·麦卡锡是《自由人报》一记者。杰克（Jack）与茅坑（jakes）发音相近。

132 他指主编迈尔斯·克劳福德。

133 加拉赫，参看第6章注8。

134 指都柏林的克拉伦斯商业饭店。

135 这里，克劳福德把年份搞错了。按照史实，应作1882年。转年2月10日，常胜军成员之一的彼得·凯里在法庭上做证，供述了所有参与作案的人。

136 暗杀事件，参看第2章注81。

137 本书第17章中说，斯蒂芬出生于1882年。乔伊斯本人也出生于1882年的2月2日。

138 《纽约世界报》是美国金融家杰伊·古尔德在1876年创办的日报。1882年5月7、8两日，用了不少篇幅来报道凤凰公园暗杀案。

139 以上三个人都是“常胜军”成员。据法庭上的证词，乔·布雷迪为主凶，他将两个被害人刺倒在地。蒂姆·凯里割断了他们的喉咙。作案者乘的出租马车是迈克尔·卡瓦纳驾驭的。

140 剥山羊皮即杰姆斯·菲茨哈里斯的外号。他曾宰掉一只心爱的山羊以卖皮偿还酒债，遂有此绰号。参与凤凰公园暗杀案后，他赶一辆用以迷惑警方的出租马车，取直道从公园来到都柏林。他被判无期徒刑，1902年假释出狱。

141 在1904年，巴特桥是都柏林架在利菲河上的桥梁中尽东头的一座。实际上剥山羊皮的并不是那个马车夫棚的老板，他像下文中提到的冈穆利（一个穷困落魄的中产户）那样，也为都柏林市政府看管石料。

142 布朗森是伦敦的一家股份有限公司。

143 公园大门指凤凰公园东南距都柏林中心区最近的大门。

144 诺克马龙大门是凤凰公园尽西头的大门。

145 这些作案的“常胜军”曾在都柏林郊外的戴维酒吧停下来喝酒。

146 参看第2章注76。

147 迪克·亚当斯（生于1846年），先后任《科克观察报》和《自由人报》记者。1873年成为爱尔兰律师团的一名成员。在凤凰公园暗杀案中，他曾大力为杰姆斯·菲茨哈里斯等人辩护。

148 这里套用《创世记》第2章第7节：“后来，天主……把生命的气吹进他的鼻孔，他就成为有生命的人。”

149 这是文字游戏。原文作：Madam，I'm Adam.And.Able was I ere I saw Elba.这两个短句子，从哪头念都一样，中间用“and”相连接。Eva（夏娃）与Elba读音相近，亚当与夏娃所生的第二个儿子亚伯（Abel）又与Able读音相近，所以可读作：“我是亚当，在见到夏娃之前曾是亚伯。”另一种读法是，由于拿破仑曾说过他的字典里没有“不可能”一词，他失败后被流放到厄尔巴（Elba）岛上，同时他又是个阳痿者，把这几种因素糅在一起，将前面的短句重新组合成：Mad am，I mad am.（疯了，我疯了。）后面的短句则理解成：“在见到厄尔巴之前，我是不知道不可能一词的。”Able语意双关。既可理解为“能够做到”，也可理解为“并非阳痿”。

150 亲王街的老太婆是《自由人报》的绰号。

151 “哀哭并咬牙切齿”一语出自《马太福音》第8章第12节。

152 格雷戈尔·格雷是当时都柏林一美术家。

153 托·鲍是托马斯·鲍尔·奥康纳（见本章注22）的简称。《星报》是他于1888年创办的，他本人主编了两年。

154 拉尔夫·D.布卢门菲尔德（1864—1948），生在美国的报人，1904年成为伦敦《每日快报》编辑。

155 费利克斯·派亚特（1810—1889），法国的一个社会革命家、新闻记者。1871年被卷入巴黎公社起义的旋涡中，后逃往伦敦，为几家报纸撰稿，并主编了几种革命刊物。

156 克里斯·卡利南是都柏林的一个记者。

157 这是文字游戏。利内翰把“Damn clever”（鬼得很）一词的首字互相调换，变成“Clamn dever”。

158 按1904年6月9日的《自由人报》报道说，尽管自1903年11月以来，警察当局三令五申，予以禁止，小贩们仍热衷于出售有关凤凰公园暗杀案的明信片和纪念品。记录法官是季审法院中最初在审判时担任记录、以后对提交季审法院的刑事案件负责单独预审者。

159 当时的爱尔兰总督达德利伯爵（1866—1932）的夫人。

160 指1903年2月27日刮的一场都柏林有史以来最猛烈的台风。

161 “老大哥”是帕特里克·泰南的绰号。他是新闻记者，曾于1904年创办《爱尔兰常胜军及其时代》报，支持民族主义秘密团体常胜军。

162 詹姆斯·怀特赛德（1804—1876），爱尔兰高级律师，以雄辩和为丹尼尔·奥康内尔（1844）以及斯密斯·奥布赖恩（1848）辩护闻名于世。1866年成为爱尔兰高等法院院长。

163 伊萨克·巴特（1813—1879），爱尔兰高级律师、政治家，也是雄辩家，曾为史密斯·奥布赖恩（1848）和芬尼社社员们（1865—1866）进行辩护。

164 托马斯·奥黑根（1812—1885），爱尔兰高级律师、法律专家，是头一个被委任为爱尔兰大法官（1868—1874，1880—1881）的天主教徒。因在1881年通过《爱尔兰土地法案》时，为爱尔兰热烈辩护而声名大噪。

165 这里，作者是在语音上做文章。冒斯（mouth，嘴）、扫斯（South，南）、泡特（pout，噘嘴）、奥特（out，向外）、少特（shout，呼喊）、芝欧斯（drouth，干旱）均为英语叠韵单词的译音。

166 参看《神曲·净界》第29篇：“我看见两个老人，衣服式样不同，但是在态度上是同样庄重而可敬的。”

167 “给你太平……的一刻”，原文为意大利语。出自《神曲·地狱》第5篇。

168 “穿过……幽暗的地方”，原文为意大利语，出自《神曲·地狱》第5篇。

169 “打着……金光旗”，原文为意大利语，出自《神曲·天堂》第31篇。金光旗是天使加百列赐给古时法兰西王的军旗，金地烈火图案。据说打着此旗，无往而不胜。

170 “更加……注视”，原文为意大利语，出自《神曲·天堂》第31篇。

171 拖姆（tomb，坟墓）、卧姆（womb，子宫）为英语叠韵单词的译音。

172 第三种职业指律师、文人、记者、政论家等著述家；第一、二种为神职人员和医务人员。

173 克劳福德是科克人，这里把他和关于科克腿的阿尔斯特歌谣拉扯在一起。科克（Cork）是双关语，既是地名，又作“软木”解。该歌谣的大意是：有个荷兰商人抬脚去踢个穷亲戚，却踢到一只小木桶上，把腿弄断了，只得装一条软木假腿，结果跑个不停，使他不得安宁。

174 亨利·格拉顿（1746—1820），早年为律师。1775年进入爱尔兰议会，不久即以卓越的口才成为爱尔兰民族主义运动领袖。1782年迫使英国给予爱尔兰立法独立。

175 亨利·弗勒德（1732—1791），爱尔兰政治家，有演说天赋。他是英国议会和爱尔兰议会议员，曾协助格拉顿迫使英国政府放弃对爱尔兰贸易的种种限制（1779）。

176 狄靡西尼（公元前384—前322），古希腊政治家，伟大的雄辩家，长期为人撰写状纸。他的演说《金冠辞》被认为是历史上雄辩术的杰作。

177 埃德蒙·伯克（1729—1797），英国政治家，生于都柏林。他善于辞令，1774年当选为议会议员，极力主张英国放宽对爱尔兰的经济控制，并允许爱尔兰在立法上的独立。

178 艾尔弗雷德·C.哈姆斯沃思（1865—1922），英国编辑、出版家。他出生在都柏林西边的查佩利佐德。

179 指美国出版家约瑟夫·普利策（1847—1911）。他不是哈姆斯沃思的堂弟，而是朋友。这里套用汤姆·泰勒（1817—1880）所写的《我们的美国堂弟》（1858）一戏的剧名。普利策于1883年接手《纽约世界报》（参看本章注138），他对报馆人员说，今后要面向鲍厄里（纽约市下曼哈顿区的一个街区。1880年后变成了贫民窟所在地）。

180 《珀迪·凯利要闻汇编》是都柏林的一本幽默周刊（1832—1834）。《皮尤纪事》（1700—约1750）是都柏林最早的一份日报。《斯基勃林之鹰》（约1840—1930）是一份周报，在1904年，易名《科克郡之鹰》。

181 这里套用《马太福音》第6章第34节：明天自有明天的忧虑；一天的难处一天当就够了。

182 爱尔兰义勇军是1778年为了防备法军入侵而组织起来的。1792年曾支援格拉顿争取爱尔兰议会独立的斗争。

183 查尔斯·卢卡斯（1713—1771），爱尔兰医生，爱国主义者，经常为《自由人报》撰稿。约翰·菲尔波特·柯伦（1750—1817），爱尔兰律师、政治家。爱尔兰争取自由的重要鼓吹者和拥护者。爱尔兰爱国志士亨利·格拉顿的朋友和同盟者。

184 指西摩·布什（1853—1922）。他原是高级法庭的爱尔兰律师，后与布卢克爵士夫人姘居。爵士以控告布什犯通奸罪相威胁，故于1901年移居英国。1904年任英国王室法律顾问。

185 查尔斯·肯德尔·布什（1767—1843），爱尔兰律师，雄辩家。亨利·格拉顿的支持者。1822年任爱尔兰民事法院院长。

186 这是哈姆雷特王子之父的亡灵对他说的话。亡灵说，自己的兄弟怎样把毒药注入他的耳腔，害死他后娶了王后，见《哈姆雷特》第1幕第5场。

187 “双背禽兽”暗喻男女交媾（见《奥赛罗》第1幕第1场）。在《哈姆雷特》第1幕第5场中，亡灵对哈姆雷特王子说，克劳狄斯是个“奸淫的畜生”，而王后只是“外表上装得非常贞淑”。斯蒂芬把亡灵的话理解为：克劳狄斯早在哈姆雷特王在世期间就与王后勾搭成奸。

188 原文为拉丁文。

189 原文为拉丁文。指惩罚暴行要以命偿命，以牙还牙。见《出埃及记》第21章第23至25节。下文中提到的“摩西”，指米开朗琪罗于1513年至1516年间所雕的石像。都柏林法院的门廊里也有一座“摩西”石像。

190 “我”指斯蒂芬。

191 德国哲学家弗里德里希·谢林（1775—1854）在《艺术哲学》中说：建筑乃是“空间的音乐，犹如冻结的音乐。”

192 “半神半人的形象”一语出自布莱克的诗集《天真之歌》（1789）中的《神圣的形象》。

193 威廉·马吉尼斯实有其人，为都柏林大学教授，乔伊斯曾受教于他。他赏识乔伊斯的才华，并认为乔伊斯是为了嘲弄拉塞尔才与他接近的。（见马文·马加拉内尔编集的《詹姆斯·乔伊斯杂录》，1962）

194 指20世纪初叶着迷于神秘主义和通神学的一批文人。拉塞尔是1904年经海伦娜·勃拉瓦茨基所认可的通神学会都柏林大白屋支部（又名大雅利安支部）的成员。

195 “乳白色的”和“沉寂的”是拉塞尔本人以及受他影响的年轻诗人（如埃拉·扬）在诗中喜用的词句。

196 A.E.是拉塞尔的笔名，参看第3章注109。

197 海伦娜·佩特罗夫娜·勃拉瓦茨基（1831—1891），俄国女通神学家、著作家，一度嫁给俄国军官勃拉瓦茨基，不久便离婚。1875年与奥尔科特等人共同建立通神学会。1879年赴印度，3年后创办该会杂志《通神学家》，自任主编（1879—1888）。她研究神秘主义和招魂术，多年来足迹遍及亚、欧两洲及美国。晚年在伦敦潜心写作。

198 美国记者指宾夕法尼亚大学的科尼利厄斯·韦安特教授。韦安特曾于1902年夏访问拉塞尔，并在《爱尔兰戏剧与剧作家》（1913）一书中，谈及一个不满21岁的少年（即指乔伊斯）夜间在街上等着拉塞尔，向他打招呼，并跟他探讨文学艺术问题。接着，少年懊丧地叹气并断然说：A.E.当不成他的救世主。

199 约翰·弗·泰勒（约1850—1902），爱尔兰记者，并为出席高等法院的律师。

200 指1770年创立的三一学院史学会，泰勒是在1901年10月24日发表这个演说的。该史学会所举行的大学讨论会是爱尔兰乃至大不列颠历史最悠久的。

201 杰拉尔德·菲茨吉本（1837—1909）于1878年任上诉法庭庭长。他虽然是个爱尔兰人，在任国民教育督察时，却试图使爱尔兰英国化。

202 爱尔兰语及盖尔语，参看第9章注180。

203 蒂摩西（蒂姆为爱称）·迈克尔·希利（1855—1931），爱尔兰政治家，曾当过巴涅尔（见第2章注81）的助手。然而巴涅尔一失势，他又成为带头将其赶下台的人中的一个。

204 乖娃儿指希利。在19世纪，三四岁以下的男童多着长罩衣。这里是挖苦希利装出一副天真的样子来谴责巴涅尔所谓“道德败坏”的罪行。

205 这里套用《启示录》第16章第1节语：“把那七碗天主的愤怒倾泻在地上。”

206 “让……上升”出自辛白林对预言者所讲的话，见莎士比亚的《辛白林》第5幕第5场。

207 教父是对早期基督教会领袖的称呼，这里指圣奥古斯丁（354—430）。他曾于396年至430年任罗马帝国非洲领地希波（即今阿尔及利亚境内）主教，是当时西方教会最杰出的思想家。

208 “我受到……腐蚀”，出自圣奥古斯丁的《忏悔录》第7卷。下面的句子是：“因此，倘若把事物中美好的部分统统剥夺掉，它们也就不存在了。因此，只要它们存在，它们就是美好的。因此，凡是存在的东西，就都是美好的。”

209 古代由奴隶划桨的单层甲板大帆船。

210 这里表现出乔伊斯的民族主义思想。把埃及比作英国，把爱尔兰人比作被其奴役的犹太人。

211 据《出埃及记》第1至4章，埃及王曾下令将希伯来人的新生男婴统统扔进尼罗河。有一对夫妇用蒲草编了只篮子，将自己的男婴放进去，然后把篮子藏在河边芦苇丛里。娃娃被埃及王的女儿所收养。公主说：“我从水里把这孩子拉上来，就叫他摩西吧！”在希伯来语中，“摩西”与“拉出”，发音相近。摩西长大后，被推崇为犹太人的领袖，成为该民族的偶像般的人物。

212 参看《出埃及记》第2章第7至10节。当埃及公主打开篮子，发现里面的男婴后，藏在暗处的婴儿的姐姐走出来，问她：“要不要我去找一个希伯来女人来做他的奶妈？”公主说：“好啊！”于是，那个女孩就把婴儿的生母找来。公主托她把娃娃抚养大。孩子长大后，公主才正式收养他做自己的儿子。

213 据《出埃及记》第2章第11至12节，摩西看见一个埃及人杀了希伯来同胞，便下手杀了那埃及人，把尸首埋在沙里。

214 《出埃及记》第34章第29节有“当摩西带着十诫的法版从西奈山下来的时候，脸上发光”之句，而圣哲罗姆（347—419或420）把《圣经·旧约》从希伯来文译成拉丁文时，却将“发光”误译为“长了犄角”。结果以讹传讹，米开朗琪罗（1396—1472）的雕塑《摩西》以及出自大多数中世纪画家之手的摩西的造型，均长着一对犄角。

215 19世纪末叶西方研究《圣经》的学者一般认为，犹太人的一神教起源于住在西奈山附近、相信这座神圣的山上有位雅赫维神（意即“万有之主”）的那些部族。摩西与其说是一个人物，毋宁说是这些部族的象征性代表。

216 伊希斯是古埃及主要女神之一，司众生之事，能起死回生。俄赛里斯是古埃及主神之一，他统治死者。何露斯是古埃及宗教所奉之神，其形象似隼，太阳和月亮是他的双目。阿蒙-瑞是古埃及的国神，号称众神之王。其像如人，有时生有公羊头，与妻子穆特和养子柯恩苏共为底比斯的三神。

217 摩西对以色列人民说：“要牢记这一天；这一天你们离开了埃及——你们被奴役过的地方。”见《出埃及记》第13章第3节。

218 摩西率领以色列人离开埃及后，“白天，上主走在他们前面，用云柱指示方向……”。参看《出埃及记》第13章第21节。

219 参看《出埃及记》第19章第16至22节。

220 “他”指摩西。据《申命记》第34章，上主让摩西从摩押平原的比斯迦山峰上俯瞰迦南（巴勒斯坦及相毗连的腓尼基一带的古称）全境，并对他说，这就是应许给他后代的土地，“但是你不能进去”。摩西死在摩押地，终生未能进入迦南。

221 “预期到会致死的—吐血症”，原文作expectorated-demise。这是文字游戏。“Expectorate”作“吐痰、吐血”解，“demise”作“死亡”解。“Expectorated”一词，语意双关，如果去掉中间的“ora”三个字母，就成了“expected”，作“预期”解。

222 “随风飘去”一词出自英国颓废派诗人欧内斯特·道森（1867—1900）的题名《在好西纳拉的魔力下，我不再是过去的自己》（1896）的诗。

223 “位于马勒麻斯特……嗓音里”影射奥康内尔的活动。奥康内尔曾以爱尔兰人民的保民官（古罗马各种军事和民政官员的总称。其职责是保护人民，反对行政长官发布的命令）自况。这里还显然把聚集的群众比作古代诸王的军队。“人们隐蔽在他的嗓音里”指的是他作为爱尔兰律师，能够把法庭当成民族主义的讲坛，以表达人民的心声。奥康内尔在全国范围内召开一系列大规模群众集会，其中声势最浩大的是1843年在马勒麻斯特（都柏林西南35英里处的山寨围垣）和塔拉（都柏林西北21英里处的一座矮山，属米斯郡，系爱尔兰古都所在地，有王宫遗址）举行的两次集会，号召爱尔兰人民团结起来争取建立独立的爱尔兰议会。柱廊原指希腊思想家、斯多葛哲学派创立者、季蒂昂的芝诺（约公元前335—约前263）讲学的地方（斯多阿·波伊奇列，意即“彩色的柱廊”）。此外则指聚在一起听奥康内尔讲演的数10万乃至100万群众。

224 阿卡沙是神秘学名词。指关于太初以来人间一切事件、活动、思想和感觉的形象记录。据说是印在阿卡沙（即人类所感觉不到的一种星光——液态以太）上。照神秘学的说法，只有少数鬼魂附体者才能感受得到阿卡沙秘录。

225 从"随风飘去"到"我有钱"，是斯蒂芬的思想活动。"爱戴并赞美他"，套用《辛白林》第5幕第5场中辛白林对预言者所说的"让我们赞美神明"（下面紧接本章注206中所引的"让香烟袅袅上升"）。最后的"我有钱"，指当天斯蒂芬领了薪金。

226 法国式的恭维——指言而无信。

227 穆尼是位于《自由人报》社以东的一家酒馆。与斯蒂芬原约好中午跟穆利根、海恩斯在那里相聚的"船记"酒馆，相隔仅四个门。

228 这是《麦克白》第5幕第8场中，篡夺了王位的麦克白与苏格兰贵族麦克德夫决斗时，麦克白所说的话。

229 原文为拉丁文，出自《埃涅阿斯记》第2卷。在迦太基女王狄多的央求下，埃涅阿斯对她诉说攻陷伊利昂城时的情景。

230 "多风的特洛伊"一语出自丁尼生的《尤利西斯》（1842）一诗。

231 指特洛伊城陷落后，希腊人成了地中海的主人，然而在1904年，希腊已沦为弱国。

232 语出自爱尔兰女作家西德尼·摩根夫人（1780—1859）。

233 维斯太是古罗马宗教所信奉的女灶神。祭司长从7至10岁的童贞女中选6名，让她们主持对该神的国祭，叫作维斯太贞女。一经选中须供职30年，其间必须坚守童贞。期满后方可嫁人。此词转义为童贞女或尼姑。

234、235 凡巴利小巷和黑坑都位于都柏林的自由区（参看第3章注16）。

236 这里，斯蒂芬在回忆自己夜间路遇妓女的经历。

237 这里模仿《创世记》第1章第3节中的语调。原句是：天主命令：要有光，就有了光。

238 典出自耶稣所讲的10个处女挑着油灯去迎接新郎的比喻。其中5个聪明的另外还带了油，就得以和新郎一起进去赴宴。另外5个笨的因没带够油，未能进去赴宴。见《马太福音》第25章。

239 第3章曾提到一位来自自由区的弗萝伦斯·麦凯布。

240 耶稣受难会是1737年由意大利的保罗·弗朗西斯科·丹内（1697—1775）创建的天主教修会。

241 吉尼斯啤酒公司酿造的双X牌啤酒是供内销的，三X牌则是供出口的。

242 《爱尔兰天主教报》和《都柏林小报》都是每逢星期四出版的周报。

243 《基尔肯尼民众报》是每逢星期六在基尔肯尼出版的周报。

244 钥匙（keys）与凯斯（Keyes）谐音。

245 原文作：K.M.A.，为kiss my arse的首字。这是门徒们对魔鬼表示恭顺的方式。

246 原文作：K.M.R.I.A.，为kiss my royal Irish arse的首字。

247 原文为拉丁文。法律用语，指欠债者无财物可变卖抵债或作抵押。按刚才在办公室里，杰·杰·奥莫洛伊曾向克劳福德开口借过钱。

248 达格尔是都柏林以南12英里处的一道风光绮丽的峡谷。

249 拉思曼斯是都柏林的准自治市。蓝色拱顶指1850年建立的圣母堂，距纳尔逊纪念圆柱两英里。

250 指距纳尔逊纪念圆柱半英里多的方济各教堂。由于天主教信仰遭到英国统治者的压制，方济各会的神父们于1618年在罗斯玛丽巷建立了一座“地下”教堂。教徒们望弥撒时，假装到该巷的一家名叫亚当与夏娃的客栈去。为了纪念这段历史，人们至今仍把附近的一座圣方济各教堂称作亚当与夏娃教堂。

251 圣劳伦斯·奥图尔（1132—1180），爱尔兰的主保圣人。以他的名字命名的这座教堂在纪念圆柱附近。

252 奸夫指纳尔逊。1797年在和西班牙舰队进行海战时，他右臂受伤，后截肢。1798年，他与英国驻那不勒斯公使威廉·汉密尔顿爵士（1730—1803）之妻艾玛（约1765—1815）发生暧昧关系，此事成为当时英国政界一大丑闻。

253 见《马太福音》第13章第3至9节中耶稣对群众所讲撒种的寓言。“有些种子落在好土壤里，长大结实，收成有100倍的，有60倍的，也有30倍的。”这里把吐李子核儿和撒种子联系在一起了。

254 智者派指公元前5世纪至前4世纪古希腊的一些演说家、作家和教师。后来此词衍变为“强词夺理的诡辩者”的替代语。

255 潘奈洛佩是伊大嘉国王奥德修之妻，以贞节著称。

256 安提西尼（约公元前445—前365），古希腊哲学家，犬儒学派创始人。他抨击社会上的蠢事和不平，并号召人们克己自制。此派人生活刻苦，衣食简朴。

257 高尔吉亚（活动时期约公元前427—约前399），希腊智者派和雄辩家。

258 阿凯人指希腊人。古希腊有几个地区叫作阿凯斯（包括整个伯罗奔尼撒半岛的东部地区）。

259 潘奈洛佩·里奇（约1562—1607），英国贵妇人。1581年嫁给里奇勋爵，后离婚，改嫁蒙乔伊勋爵。宫廷诗人菲利普·锡德尼爵士（1554—1586）曾与她相爱，并为她写了一组十四行诗《爱星者和星星》（1582）。“星”指的就是她。她为人风流，与奥德修那个从一而终的妻子形成对照，正如她的姓里奇（Rich，意即“阔绰”）与“贫穷”（poor）形成对照。

260 拉思法纳姆是都柏林郊外一村庄，距都柏林中央区以南3英里。

261 唐尼布鲁克是距纪念圆柱东南2英里的村庄。

262 原文作Sophomore，即大学二年级学生。

263 原文为拉丁文。语出自维吉尔的《牧歌》。

264 指摩西从比斯迦山峰上俯瞰迦南一事，参看本章注220。

265 耶稣喜欢用寓言来教导门徒，参看本章注253。照基督教的说法，李子象征忠诚与独立。

266 霍雷肖是纳尔逊的教名。

267 约翰·格雷爵士（参看第6章注49）的雕像坐落在街心岛上。

268 弗萝是弗萝伦斯的爱称。

第八章

菠萝味硬糖果，蜜饯柠檬，黄油糖块。一个被糖弄得黏糊糊的姑娘正在为基督教兄弟会的在俗修士[1]一满勺一满勺地舀着奶油。学校里要举行什么集会吧！让学童享一次口福吧，可是对他们的肠胃并不好。国王陛下御用[2]菱形糖果及糖衣果仁制造厂。上帝拯救我们的……[3]坐在宝座上，把红色的枣味胶糖嘬到发白为止。

一个神色阴郁的基督教青年会[4]的小伙子，站在格雷厄姆·莱蒙的店铺溢出来的温馨、芳香的水蒸气里，留心观察着过往行人，把一张传单塞到布卢姆先生手里。

推心置腹的谈话。

布卢……指的是我吗？不是。

羔羊的血[5]。

他边读边迈着缓慢的步子朝河边走去。你得到拯救了吗？在羔羊的血里洗涤了一切罪愆。上主要求以血做牺牲。分娩，处女膜，殉教，战争，被活埋在房基下者，献身，肾脏的燔祭，德鲁伊特的祭台[6]。以利亚来了[7]。锡安教会的复兴者约翰·亚历山大·道维博士[8]来了。

来了！来了！！来啦！！！

大家衷心欢迎。

这行当挺划算。去年，托里和亚历山大[9]来了。一夫多妻主义。他的妻子会阻拦的。我是在哪儿见到伯明翰某商行那个夜光十字架的广告来着？我们的救世主。半夜醒来，瞥见他悬挂在墙上。佩珀显灵的手法[10]。把铁钉扎了进去[11]。

那准是用磷做的。比方说，倘若你留下一段鳕鱼，就能看见上面泛起一片蓝糊糊的银光。那天夜里我下楼到厨房的食橱去。那里弥漫着各种气味，一打开橱门就冲过来，可不好闻。她想要吃什么来着？马拉加葡萄干[12]。她在思念西班牙。那是鲁迪出生以前的事。那种蓝糊糊、发绿的玩意儿就是磷光。对大脑非常有益。

他从巴特勒这座纪念碑房[13]的拐角处眺望巴切勒步道。迪达勒斯的闺女还待在狄龙的拍卖行外面呢。准是出售什么旧家具来了。她那双眼睛跟她父亲的一模一样，所以一下子就认得出来。她闲荡着，等候父亲出来。母亲一死，一个家必然就不成其为家了。他有十五个孩子，几乎每年生一个。这就是他们的教义[14]，否则神父就不让那可怜的女人忏悔，更不给她赦罪。生养并繁殖吧[15]！你可曾听到过如此荒唐的想法？连家带产都吃个精光。神父本人反正用不着养家糊口。他们享受丰足的生活[16]。神父的酒窖和食品库。我倒是想看看他们在赎罪日[17]是否严格遵守绝食的规定。十字面包[18]。先吃上一顿饭，再着补一道茶点，免得晕倒在祭坛前。你可以去问问一位神父所雇用的管家婆。绝对打听不出来的。正如从她的主人那里讨不到英镑、先令或便士。他独自过得蛮富裕，从来不请客。对旁人一毛不拔。连家里的水都看得很严。你得自带黄油抹面包[19]。神父大人，闭上你的嘴。

天哪，那个可怜的小妞儿，衣服破破烂烂的。她看上去好像营养也不良。成天是土豆和人造黄油，人造黄油和土豆[20]。当他们感觉到的时候，就已来不及了。布丁好坏，一尝便知。这样，身体会垮的。

当他来到奥康内尔桥头时，一大团烟像羽毛般地从栏杆处袅袅升起。那是啤酒厂的一艘驳船，载有供出口的烈性黑啤酒，正驶向英国。我听说海风会使啤酒变酸的。哪一天我要是能通过汉考克弄到一张参观券就好啦，去看看那家啤酒公司[21]该多么有趣。它本身就是个井然有序的世界。排列着大桶大桶的黑啤酒，一派宏伟景象。老鼠也蹿了进来，把肚皮喝得胀鼓鼓的，大得宛若一条柯利狗[22]，漂在酒面上。啤酒喝得烂醉如泥。一直喝到像个基督徒那样[23]呕吐出来。想想看，让我们喝这玩意儿！老鼠，大桶。喏，倘若我们晓得这一切，可就……

他朝下面望去，瞥见几只海鸥使劲拍着翅膀，在萧瑟的码头岸壁间兜着圈子。外面正闹着天气。倘若我纵身跳下去，又将会怎样？吕便·杰的儿子想必就曾灌进一肚子那样的污水。多给了一先令八便士[24]。嘻嘻嘻。西蒙·迪达勒斯的话说得就是这样俏皮。他也确实会讲故事。

海鸥兜着圈子，越飞越低，在寻找猎物。等一等。

他把揉成一团的纸[25]朝海鸥群中掷去。以利亚以每秒三十二英尺的速度前来。海鸥们根本不予理睬。受冷落的纸团落在汹涌浪涛的尾波上，沿着桥墩漂向下游。它们才不是什么大笨蛋呢。有一天我从爱琳王号[26]上也扔了块陈旧的点心，海鸥竟在船后五十码的尾流中把它叼住了。它们鼓翼兜着圈子飞翔，就这样凭着智慧生存下来。

海鸥啊饿得发慌，
飞翔在沉滞的水上。

诗人就这样合辙押韵。莎士比亚却不用韵体。他写的是无韵诗。语言流畅，思想宏伟。

哈姆雷特，我是你父亲的灵魂，
注定在地上游行相当一个时期。[27]

——两个苹果一便士！两个一便士！

他的视线扫过排列在货摊上那些光溜溜的苹果。这个季节嘛，准是从澳大利亚运来的。果皮发亮，想必是用抹布或手绢擦的。

且慢。还有那些可怜的鸟儿哪。

他又停下脚步来，花一便士从卖苹果的老妪手里买了两块班伯里[28]点心，掰开那酥脆的糕饼，一块块地扔进利菲河。瞧见了吗？起初是两只，紧接着所有的海鸥都悄悄地从高处朝猎物猛扑过去，全吃光了。一丁点儿也没剩。他意识到它们的贪婪和诡诈，就将手上沾的点心渣儿掸下去。它们未曾指望会有这样的口福。吗哪[29]。所有的海鸟——海鸥也罢，海鹅也罢，都靠食鱼而生，连肉都带鱼腥味了。安娜·利菲[30]的白天鹅有时顺流而下，游到这里，就用嘴梳理自己的羽毛，炫耀一番。人各有所好。也不晓得天鹅的肉是什么滋味儿。鲁滨孙·克鲁索只得靠它们的肉为生呢[31]。

它们有气无力地拍翅兜着圈子。我再也不丢给你们啦，一便士的就蛮够啦！你们本该好好地向我道声谢的，可是连“呱”的一声都没叫。而且它们还传染口蹄疫。倘若净用栗子粉来煨火鸡，肉也会变成栗子味的。吃猪就像猪。然而咸水鱼为什么不咸呢？究竟是怎么回事？

他扫视着河面，想寻求个答案。只见一艘划艇停泊在形似糖浆的汹涌浪涛上，懒洋洋地摇晃着它那灰胶纸拍板。

吉诺批发店[32]

11 / -

裤子

那倒是个好主意。也不晓得吉诺向市政府当局交租金不。你怎么可能真正拥有水呢？它不断地流，随时都变动着，我们在流逝的人生中追溯着它的轨迹。因为生命是流动的。任何场所统统适合登广告。每一座公用厕所都有治淋病的庸医的招贴。而今完全看不到了。严加保密。亨利·弗兰克斯大夫[33]。跟舞蹈师父马金尼[34]的自我广告一样，一分钱也不用花。要么托人去贴，要么趁着深更半夜悄悄跑进去，借解纽扣的当儿，自己把它贴上。麻利得就像夜晚躲债的。这地方再合适不过了。禁止张贴广告、邮寄一百零十粒药丸。有人服下去，心里火烧火燎的。

倘若他……

哦！

呃？

不……不。

不，不。我不相信。他该不至于吧？

不，不。

布卢姆先生抬起神情困惑的眼睛，向前踱去。不要再想这个了。一点钟过了。港务总局的报时球已经降下来了。邓辛克[35]标准时间。罗伯特·鲍尔爵士[36]的那本小书饶有趣味。视差。我始终也没弄清楚这个词儿的意思。那儿有个神父，可以去问问他。这词儿是希腊文：平行，视差。我告诉她什么叫作轮回之前，她管它叫遇见了他尖头胶皮管[37]。哦，别转文啦！

布卢姆先生，朝着港务总局的两扇窗户泛出微笑。哦，别转文啦！她的话毕竟是对的。用夸张的字眼来表达平凡的事物，只不过是取其音调而已。她讲话并不俏皮，有时候还挺粗鲁。我只是心里想想的话，她却脱口捅了出来。但是倒也不尽然。她常说，本·多拉德有着一副下贱的桶音[38]。他那两条腿就跟桶一样，他仿佛在往桶里唱歌。喏，这话不是说得蛮俏皮嘛！他们通常管他叫大本钟[39]。远不如称他作下贱的桶音来得俏皮。他们饭量大如信天翁。一头牛的脊肉，一顿就吃光。他喝上等巴斯啤酒的本事也不含糊。是只啤酒桶。怎么样？俏皮话说得都很贴切吧！

一排穿白罩褂、胸前背后挂着广告牌的人正沿着明沟慢慢地朝他走来。每个人都在广告牌上斜系着一条猩红的饰带。大甩卖。他们正像今天早晨那位神父一样：我们犯了罪。我们受了苦[40]。他读着分别写在他们那五顶白色高帽上的红字母：H·E·L·Y·S。威兹德姆·希利商店[41]。帽子上写着Y的男子放慢脚步，从胸前的广告牌下面取出一大块面包，塞到嘴里，边走边狼吞虎咽着。我们每天在主食上花三先令，沿着明沟，穿街走巷。靠面包和稀稀的麦片粥，勉强把皮和骨连在一起。他们不是博伊——不，而是默·格拉德[42]的伙计。反正招徕不了多少顾客。我曾向他建议，让两个美女坐在一辆透明的陈列车里写信，并摆上笔记本、信封和吸墨纸。我敢断定，那准会轰动。美女写字，马上就会引人注目。人人都渴望知道她在写什么。要是你站在那里望空发愣，就会有二十个人围上来。谁都想参与别人的事，女人也是如此。好奇心。盐柱[43]。希利不肯接受这个主意，因为这不是他首先想出来的。我还建议做个墨水瓶的广告，用黑色赛璐珞充当流出来的墨水渍。他在广告方面的想法就像在讣告栏底下刊登李树商标肉罐头，冷肉部。你不能小看它们。什么？敝店的信封。——喂，琼斯，你到哪儿去呀？——鲁滨孙，我不能耽误，得赶紧去买唯一靠得住的坎塞尔牌消字灵，戴姆街八十五号希利商店出售的。幸而我不再在那儿干了。去那些修道院收账可真是件苦差事。特兰奎拉女修道院[44]。那儿有个漂亮的修女，一张脸长得可真俊。小小的头上包着尖头巾，非常合适。修女？修女？从她的眼神来看，我敢说她曾失过恋。跟那种女人是很难讨价还价的。那天早晨她正在祈祷的时候，我打扰了她。但是她好像蛮乐意跟外界接触。她说：这是我们的大日子。迦密山[45]的圣母节。名字也挺甜：像糖蜜[46]。她认识我，从她那副样子也看得出，她认识我。要是她结了婚，就不会这样了。我估计修女们确实缺钱。尽管如此，无论煎什么，她们仍旧用上等黄油。她们可不用猪油。吃大油吃得我直烧心。她们喜欢里里外外抹黄油。摩莉掀起头巾，在品尝黄油。修女？她叫帕特·克拉费伊，是当铺的女儿。人们说，铁蒺藜就是一位尼姑发明的[47]。

当那个帽子上写着带有撇号的S字[48]的人拖着沉重的脚步走过去后，他才横穿过韦斯特莫兰街。罗弗自行车铺。今天举行赛车会[49]。那是多久以前的事儿来着？是菲尔·吉利根[50]去世的那一年。我们住在伦巴德西街。且慢，当时我正在汤姆[51]的店铺来着。我们结婚那一年，我在威兹德姆·希利的店里找到了工作。六年。他是十年前——九四年[52]死的。对，就是阿诺特公司着大火的那一年。维尔·狄龙正任市长[53]。格伦克里的午餐会[54]。市参议员罗伯特·奥赖利在比赛开始前，将葡萄酒全倒进汤里。吧唧吧唧替内在的参议员把它舔干净[55]。简直听不清乐队在演奏什么。主啊，所赐万惠，我等……[56]那时候，米莉还是个小娃娃哩！摩莉身穿那件钉着盘花饰扣的灰象皮色衣服。那是男裁缝的手艺，钉了包扣。她不喜欢这身衣服，因为她头一回穿它去参加合唱队在糖锥山[57]举行的野餐会那一天，我把脚脖子扭伤了。就好像该怪它似的。老古德温的大礼帽仿佛是用什么黏糊糊的东西修补过的。那也是给苍蝇开的野餐会哩。她从未穿过剪裁这么得体的衣服。无论肩膀还是臀部，都像戴手套一样，刚好合身。那阵子她的体态开始丰腴了。当天我们吃的是兔肉馅饼。大家都追着她看。

幸福啊！当时我们可比现在幸福。舒适的小房间，四周糊着红色墙纸。是在多克雷尔那家店[58]里买的，每打一先令九便士。给米莉洗澡的那个晚上，我买了一块美国香皂，接骨木花的。澡水散发出馨香的气味。她浑身涂满肥皂，真逗。身材也蛮好。如今她正干着照相这一行。我那可怜的爹告诉我，他曾搞过一间银板照相的暗室[59]。这也是一种祖传的兴趣吧！

他沿着人行道的边石走去。

生命的长河[60]。那个活像是神父的家伙姓什么来着？每逢路过的时候，他总是斜眼望着我们家。视力不佳，女人。曾在圣凯文步道的西特伦[61]家住过一阵。姓彭什么的。是彭迪尼斯吗？近来我的记性简直。彭……？当然喽，那是多年以前的事啦！也许是电车的噪声闹的。哦，既然他连每天见面的排字房老领班姓什么都记不起来[62]。

巴特尔·达西[63]是当时开始出名的男高音歌手。排练后，总送她回家。他是个自命不凡的家伙，用发蜡把胡子捻得挺拔。他教会了她《南方刮来的风》这首歌。

风刮得很猛的那个晚上，我去接她。古德温的演奏会刚在市长官邸的餐厅或橡木室里举行完毕。分会正在那里为彩票的事开着碰头会[64]。他和我跟在后面走。我手里拿着她的乐谱，其中一张被刮得贴在高中校舍的栏杆上。幸亏没刮跑。这种事会破坏她整个晚上的情绪。古德温教授跟她相互挽着臂走在前面。可怜的老酒鬼摇摇晃晃，脚步蹒跚。这是他的告别演奏会了，肯定是最后一次在任何舞台上露面。也许几个月，也许是永远地。[65]我还记得她冲着风畅笑，竖起挡风雪的领子。记得吧？在哈考特街角上，一阵狂风。呜呜呜！她的裙子整个被掀起，她那圆筒形皮毛围巾把老古德温勒得几乎窒息而死。她被风刮得涨红了脸。记得回家后，我把火捅旺，替她煎了几片羊腿肉当晚餐，并浇上她爱吃的酸辣酱。还有加了糖和香料、烫热了的甘蔗酒。从壁炉那儿可以瞥见她在卧室里正解开紧身褡的金属卡子。雪白的。

她的紧身褡嗖的一声轻飘飘地落在床上。总是带着她的体温。她一向喜欢松开一切束缚。她在那儿坐到将近两点钟，一根根地摘下发卡。米莉严严实实地裹在小床里。幸福啊，幸福，就在那个夜晚……

——哦，布卢姆先生，你好吗？

——哦，你好吗，布林太太[66]？

——抱怨也是白搭。摩莉近来怎么样？我好久没见着她啦！

——精神抖擞，布卢姆先生快活地说。喏，知道吗，米莉在穆林加尔找到工作啦！

——离开家啦？可真了不起！

——可不是嘛，在一家照相馆里干活儿。像火场一样忙得团团转。您府上的孩子们好吗？

——个个都有一张吃饭的嘴，布林太太说。

她究竟有多少儿女呢？眼下倒不像是在身怀六甲。

——你戴着孝哪。难道是……？

——没有，布卢姆先生说。我刚刚参加了一场丧礼。

可以想象，今天一整天都会不断有人问起：谁死啦？什么时候怎么死的？反正躲也躲不掉。

——哎呀妈呀！布林太太说。我希望总不是什么近亲。

倒也不妨让她表表同情。

——姓迪格纳穆的，布卢姆先生说。是我的一位老朋友。他死得十分突然，可怜的人哪。我相信得的是心脏病。葬礼是今天早晨举行的。

你的葬礼在明天，
当你穿过裸麦田。[67]
嗨唷嗬，咿呀嗨，
嗨唷嗬……

——老朋友死了真令人伤心，布林太太说。她那女性的眼睛里露出悲怆的神色。

这个话题就说到这儿吧。还是适可而止。轻轻地问候一声她老公吧。

——你先生——当家的好吗？

布林太太抬起她那双大眼睛。她的眼神倒还没失去往日的光泽。

——哦。可别提他啦！她说。他这个人哪，连响尾蛇都会被他吓倒的。眼下他在餐馆里拿着法律书正在查找着诽谤罪的条例哪。我这条命早晚会送在他手里。等一等，我给你看个东西。

一股热腾腾的仿甲鱼汤蒸汽同刚烤好的酥皮果酱馅饼和果酱布丁卷的热气从哈里森饭馆里直往外冒。浓郁的午餐气味刺激着布卢姆先生的胃口。为了做美味的油酥点心，就需要黄油、上等面粉和德梅拉拉沙糖[68]。要么就和滚烫的红茶一道吃。气味或许是这个妇女身上散发出来的吧？一个赤脚的流浪儿站在格子窗跟前，嗅着那一股股香味。借此来缓和一下饥饿的煎熬。这究竟是快乐还是痛苦呢？廉价午餐。刀叉都锁在桌上[69]。

她打开薄皮制成的手提包。帽子上的饰针：对这玩意儿得当心点儿——在电车里可别戳着什么人的眼睛。乱找一气。敞着口儿。钱币。请自己拿一枚吧。她们要是丢了六便士，那可就麻烦啦！惊天动地。丈夫吵吵嚷嚷：星期一我给你的十先令哪儿去啦？难道你在养活你弟弟一家人吗？脏手绢。药瓶。刚掉下去的是润喉片。这个女人要干什么？……

——准是升起了新月，她说。一到这时候老毛病就犯了。你猜他昨儿晚上干什么来着？

她不再用手翻找了。她惊愕地睁大了一双眼睛盯着他，十分惊愕，可还露着笑意。

——怎么啦？布卢姆先生问。

让她说吧。直勾勾地盯着她的眼睛。我相信你的话，相信我吧。

——夜里，他把我叫醒啦，她说。他做了个梦，一场噩梦。

消化不良呗。

——他说，黑桃幺[70]走上楼梯来啦！

——黑桃幺！布卢姆先生说。

她从手提包里掏出一张折叠起来的明信片。

——念念看，她说。他今天早晨接到的。

——这是什么？布卢姆先生边接过明信片，边说。万事休矣。

——万事休矣：完蛋[71]，她说。有人在捉弄他。无论是谁干的，真是太缺德啦！

——确实是这样，布卢姆先生说。

她把明信片收回去，叹了口气。

——他这会子就要到门顿先生的事务所去。他说他要起诉，要求赔偿一万镑。

她把明信片叠好，放回她那凌乱的手提包，“啪”的一声扣上金属卡口。

两年前她穿的也是这件蓝哔叽衣服，料子已经褪色了。从前它可风光过。耳朵上有一小绺蓬乱的头发。还有那顶式样俗气的无檐女帽上头还缀了三颗古色古香的葡萄珠，这才勉强戴得出去。一位寒酸的淑女。从前她可讲究穿戴啦。如今嘴边已经出现了皱纹。才比摩莉大上一两岁。

那个女人从她身旁走过去的时候，曾用怎样的眼神瞅她！残酷啊。不公正的女性[72]。

他依然盯着她，竭力不把心头的不悦形之于色。仿甲鱼汤、牛尾汤、咖喱鸡肉汤的气味冲鼻。我也饿了。她那衣服的贴边上还沾着点心屑呢，腮帮子上也巴着糖渣子。填满了各色果品馅儿的大黄酥皮饼[73]。那时候她叫乔西·鲍威尔。那是好久以前的事了，在海豚仓的卢克·多伊尔家玩过哑剧字谜[74]。万事休矣：完蛋。

换个话题吧。

——最近你见着博福伊太太了吗？布卢姆先生问。

——米娜·普里福伊吗？她说。

我脑子里想的是菲利普·博福伊。戏迷俱乐部。马查姆经常想起那一妙举[75]。我拉没拉那链儿呢[76]？拉了，那是最后一个动作。

——是的。

——我刚才顺路去探望了她一下，看看她是不是已分娩了。眼下她住进了霍利斯街的妇产医院。是霍恩大夫[77]让她住院的。她已足足折腾了三天。

——哦，布卢姆先生说。我听了很难过。

——可不是嘛，布林太太说。家里还有一大帮娃娃哪。护士告诉我，是不常见的难产。

——哎呀，布卢姆先生说。

他的目光表露着深切的怜悯，全神贯注地倾听她这个消息，同情地咂着舌头：

啧！啧！

——我听了很难过，他说。怪可怜的！三天啦！够她受的！

布林太太点了点头。

——从星期二起，阵痛就开始啦……

布卢姆先生轻轻地碰了一下她的胳膊肘尖儿，提醒她说：

——当心！让这个人过去吧。

一个瘦骨嶙峋的人从河边沿着人行道的边石大步流星地走了过来，隔着系有沉甸甸的带子的单片眼镜，茫然地凝视着阳光。一顶小帽像头巾一般紧紧地箍在他头上。迈一步，夹在腋下的那件折叠起来的风衣、拐杖和雨伞就晃荡一阵。

——瞧他，布卢姆先生说。总是在街灯外侧走路。瞧啊！

——我可以问一下他是谁吗？布林太太说。他是个半疯儿吗？

——他名叫卡什尔·博伊尔·奥康内尔·菲茨莫里斯·蒂斯代尔·法雷尔[78]，布卢姆先生笑眯眯地说。瞧啊！

——这串儿够长的啦，她说。丹尼斯迟早也会变成这个样子。

她突然闭上了嘴。

——他出来啦，她说。我得跟着他走。再见吧。请代我向摩莉问候一声，好吗？

——好的，布卢姆先生说。

他望着她一路躲闪着行人，走到店铺前面去。丹尼斯·布林身穿紧巴巴的长礼服，脚蹬蓝色帆布鞋，腋下紧紧地夹着两部沉甸甸的大书，从哈里森饭馆里拖着脚步走了出来。像往常一样，仿佛是一阵风把他从海湾刮来的似的。他听任她赶上自己，并没有感到意外，一路朝她撅起他那脏巴兮兮的灰胡子，摆动着皮肉松弛的下巴，热切地说着什么。

疯狂[79]。完全疯啦！

布卢姆先生继续轻松愉快地走去。瞥见前面阳光下那顶像头巾一般紧紧地箍在头上的小帽，还有那大摇大摆地晃荡着的拐杖、雨伞和风衣。瞧瞧他！又离开了人行道。这也是在世上鬼混的一种方式。还有另一个披头散发、衣衫褴褛的老疯子，到处闲荡。如果跟这种人一道过日子，必然够呛。

万事休矣：完蛋。那准是阿尔夫·柏根或里奇·古尔丁干的。毫无疑问，是在苏格兰屋[80]开着玩笑写的。他正前往门顿的事务所。一路用那双牡蛎般的眼睛瞪着明信片的那副样子，足以让众神大饱眼福。

他从《爱尔兰时报》[81] 社前走过。那儿兴许还放着其他应征者的回信哩。我倒巴不得统统给答复了。这制度倒是替罪犯大开方便之门：暗码。现在正是吃午饭的时候。那边那个戴眼镜的职员并不认识我。啊，就把他们先撂在那儿，慢慢儿来吧。光是把那四十四封信浏览一遍就够费事的了。招聘一名精干的女打字员，协助一位先生从事文字工作。我曾管你叫淘气鬼，因为我不喜欢那另一个世界。请告诉我它的含义。请告诉我，你太太使用哪一种香水 [82]。告诉我世界是谁创造的。她们就像这样劈头盖脑地向你提出各种问题。另外一个叫莉齐・特威格 [83]，说是：我的文学作品有幸受到著名诗人 A.E.（乔・拉塞尔先生）的赞赏。她边呷着混浊的茶，边翻看一本诗集，连梳理头发的工夫都没有。

这家报纸登小广告赛过任何一家。如今扩大到各郡。聘请厨师兼总管家，一级烹调，并有女仆打下手。征聘性格活泼的酒柜侍者。今有品行端正的女青年（罗马天主教徒），愿在水果店或猪肉铺觅职。那份报纸是詹姆斯・卡莱尔 [84] 创办的，百分之六点五的股息。买科茨公司的股票大赚了一笔。一步一步地来。老奸巨猾的苏格兰守财奴。净写一些溜须拍马的报道。我们这位宽厚而深孚众望的总督夫人啦。如今，他连《爱尔兰狩猎报》[85] 也给买下来了。蒙卡什尔夫人产后已完全康复，昨日率领医院俱乐部的一批猎犬骑马前往拉思奥斯参加放猎大会 [86]。不能食用的狐狸 [87]。也有专为果腹而狩猎的。恐怖感能使猎物的肉变得松软多汁。她的骑法就跟男子汉一样，叉开腿跨在马背上。这是一位能够拔山扛鼎的女狩猎家。侧鞍也罢，后鞍也罢，她一概不骑，乔可绝不要 [88]！集合时她首先赶了来。及至杀死猎物时，她也亲临现场。有些女骑手简直健壮得像母种马一样。她们在马房周围大摇大摆地转悠。一眨眼的工夫就把一杯不兑水的白兰地一饮而尽。今天早晨待在格罗夫纳饭店前的那个女人"嗖"的一下就上了马车。嘘——嘘。她敢骑在马上跨过一道石墙或有着五根横木的障碍物 [89]。那个瘪鼻子的电车司机想必是故意使的坏 [90]。她究竟长得像谁呢？对啦！像是曾经在谢尔本饭店把自己的旧罩衫和黑色衬衣卖给我的那位米莉亚姆・丹德拉德太太 [91]。离了婚的西班牙裔美国人。我摆弄它们时，她毫不理会。大概把我看成她的衣服架子了。我是在总督的宴会上遇到她的。公园护林人斯塔布斯 [92] 把我和《快报》[93] 的维兰带进去参加了。吃的是那些达官贵人的残羹剩汤。一顿有肉食的茶点。我把蛋黄酱当作乳蛋羹，浇在李子布丁上了。打那以后，她一定耳鸣了好几个星期。我恨不得当她的公牛。她是个天生的花魁。谢天谢地，看孩子可别找她。

可怜的普里福伊太太！丈夫是个循道公会[94]教徒。他说的虽然是疯话，其中却包含着哲理。[95]中午吃教育奶场[96]所生产的番红花甜面包，喝牛奶和汽水。基督教青年会。边吃边看着记秒表，每分钟嚼三十二下，然而他那上细下圆的羊排状络腮胡子还是长得密密匝匝。据说他的后台挺硬。西奥多的堂弟在都柏林堡[97]。家家都有个显赫的亲戚。每年他总给她一株茁壮的一年生植物[98]。有一次，我看见他光着头正领着一家人从"三个快乐的醉汉"酒馆前大踏步走过。大儿子还用买东西的网兜提着一个。娃娃们大哭大叫。可怜的女人！她得年复一年，整日整夜地喂奶。这些禁酒主义者是自私自利的。马槽里的狗[99]。劳驾，红茶里我只要一块糖就够了。

他在舰队街的十字路口停下来。该吃午饭的时候了。到罗依[100]去吃上一客六便士的份饭吧？还得到国立图书馆去查阅那条广告呢。倒不如到伯顿[101]去吃那八便士一客的，刚好路过那里。

他从博尔顿的韦斯特莫兰店[102]前走过。茶。茶。茶。我忘了向汤姆·克南订购茶叶啦！

咂咂咂，嘚嘚嘚！想想看，她在床上哼了三天，额头上绑着一条泡了醋的手绢，挺着个大肚子。唉！简直太可怕了！胎儿的脑袋太大啦，得用钳子。在她肚子里弯曲着身子，摸索着出口，盲目地试图往外冲。要是我的话，准把命送啦！幸而摩莉十分顺产。他们应该发明点办法来避免这样。生命始于分娩的痛苦。昏睡分娩法。维多利亚女王就使用过这种办法。她生了九胎[103]。一只多产的母鸡。老婆婆以鞋为家，生下一大群娃娃[104]。倘若他患的是肺病呢。现在该是考虑这些的时候了，而别去写什么忧郁多思的胸脯闪着银白色光辉[105]这类的空话了。那是哄傻子的空话。他们完全不用伤筋动骨，三下两下就能盖起一座大医院。从各种税收中，按复利借给每一个出生的娃娃五镑。按五分利计算，到了二十一岁就积累成一百零五先令了。英镑挺麻烦的，得用十进法乘二十。要鼓励大家存钱。二十一年内可存上一百一十多先令[106]。想在纸上好好计算一下。数目相当可观哩，比你想象的要多。

死胎当然不算数。连户口都不给上嘛。那是徒劳。

两个大腹便便的孕妇待在一起，煞是可笑。摩莉和莫依塞尔太太[107]。母亲们的聚会。肺结核暂且收敛，随后又回来了。分娩后，她们的肚皮一下子就扁平了！温和的眼神。卸下了个大包袱的感觉。产婆桑顿老大娘是个快活的人儿[108]。她说：这些都是我的娃娃。喂娃娃之前，她总先把奶面糊糊的匙子放在自己嘴里尝尝。哦，好吃，好吃。替老汤姆·沃尔的儿子接生的时候，她把手扭伤了。那是他头一次亮相。脑袋活像个获奖的老倭瓜。爱生气的穆伦大夫[109]。人们随时都来敲门喊醒他。“求求您啦，大夫。我内人开始阵痛啦！”至于谢礼呢，一连拖欠几个月。那是你老婆的出诊费呀。净是些忘恩负义的家伙。医生大多是好心肠的。

爱尔兰国会大厦[110]那老高老大的门前，一簇鸽子在飞来飞去。它们吃饱了在嬉戏。咱们撒到哪个人身上呢？我挑那个穿黑衣服的家伙。撒了。好运道。从空中往下撒，该是多么过瘾啊！有一回，阿普约翰、我本人和欧文·戈德堡[111]爬上古斯草地附近的树，学猴子玩。他们叫我青花鱼[112]。

一队警察排成纵队，迈着正步从学院路走了过来。一个个吃得脸上发热，汗水顺着钢盔往下淌，轻轻地拍打着警棍。饭后，皮带底下塞满了油汪汪的浓汤。警察的日子通常过得蛮快活。[113]他们分成几股散开来，边敬礼边回到各自的地段上去。放他们出去填饱肚子。最好是在吃布丁的时候去袭击，正进餐的当儿给他一拳头。另一队警察三三两两地分散开来，绕过三一学院的栅栏，走向派出所。饲料槽在等着他们。准备迎接骑兵队。准备迎接浓汤。

他从汤米·穆尔那捣鬼[114]的指头底下横穿过去。他们把他这座铜像竖在一座小便池上，倒是做对了。众水汇合[115]。应该给妇女也修几座厕所。她们总是跑进点心铺，佯说是：“整理一下我的帽子。”世界纵然辽阔，唯数此峡……这是朱莉娅·莫尔坎[116]演唱的拿手歌曲。直到最后的时刻，她的嗓音始终都保持得洪亮如初。她是迈克尔·巴尔夫[117]的女弟子吧？

他目送着最后一名警察那穿着宽宽的制服上衣的背影。干这行当，就得对付一批棘手的主顾。杰克·鲍尔可以告诉你一桩事[118]。他爹就是一名便衣刑警。要是一个家伙在被抓的时候给了他们麻烦，等那人进了拘留所，就狠狠地让他尝尝厉害。干的是那种差事嘛，倒也难怪他们。尤其是年轻警察。乔·张伯伦在三一学院被授予学位的那一天，那个骑警为他可费了大事[119]。这是千真万确！他的马蹄沿着阿贝街一路嘚嘚嘚地朝我们逼来。幸而我灵机一动，一个箭步蹿进曼宁酒吧去，不然我准会惹上麻烦。他真是飞奔而来，想必是栽在人行道的鹅卵石上撞破了脑壳。我悔不该被卷进那批医学院学生当中。还有三一学院那些戴学士帽的一年级学生。反正就是想闹事。不过，这下子我倒结识了小迪克森。我被蜜蜂蜇了的那回，就是他在仁慈圣母医院替我包扎的。如今他在霍利斯街，普里福伊太太就在那儿。轮中套轮[120]。警笛的响声至今还萦回在我耳际。大家仓皇逃走。他为什么单单盯上了我呢？他对我说，你被捕了。事情就是这样开始的。

——支持布尔人[121]！

——为德威特[122]三欢呼！

——把乔·张伯伦吊死在酸苹果树上[123]！

蠢才们。成群的野小子们声嘶力竭地喊叫。醋山岗[124]。奶油交易所的乐队[125]。不出几年，其中半数就必然将成为治安法官[126]和公务员。一打起仗来，就手忙脚乱地参军。就是这些人，过去经常说：哪怕上高高的断头台[127]。

你绝不知道自己在跟什么人说话。科尼·凯莱赫的眼神活像是哈维·达夫[128]。活像是那个密告常胜军计划的彼得——不对，是丹尼斯——不对，是詹姆斯·凯里[129]，其实他是市政府的官员。他煽动莽撞的小伙子去刺探情报，暗地里却不断从都柏林堡领取情报活动津贴。快别再跟他来往了吧，危险哩！这些穿便衣的家伙怎么老是缠住女用人啊？平素穿惯制服的人，一眼就认得出来。把女用人推得紧紧贴着后门，粗鲁地挑逗一番。接着就干起正事了。来的那位先生是谁呀？少爷说过什么没有？从钥匙孔里偷看的汤姆[130]。做囮子的野鸭。血气方刚的年轻大学生抚摩着正在熨衣服的她那丰腴的胳膊，同她起腻。

——这些是你的吗，玛丽？

——我才不穿这样的呢……住手，不然我就向太太告你的状。深更半夜还在外面游荡。

——好日子快要到来了，玛丽。你等着瞧吧！[131]

——喏，你同那快要到来的好日子一道给我滚吧！

还有酒吧间的女招待。纸烟店的姑娘。

詹姆斯·斯蒂芬斯的主意再高明不过了。他了解对方。他们每十个人分作一组，所以一个成员就是告密也超不出本组范围[132]。新芬[133]。要是想开小差，就准会挨一刀。有只看不见的手[134]。留在党内呢，迟早会被刑警队枪杀。看守的闺女帮助他从里奇蒙越狱，乘船离开拉斯科[135]。他曾在警察的鼻子底下住进白金汉宫饭店[136]。加里波第[137]。

你得有点儿个人魅力才行，像巴涅尔那样。阿瑟·格里菲思是个奉公守法的人，然而不孚众望。要么就海阔天空地谈论我们可爱的祖国。腊肉烧菠菜[138]。都柏林面包公司的茶馆。那些讨论会[139]。说共和制乃是最好的政治制度，又说什么国语问题应该优先于经济问题[140]。还说你的女儿们可曾把他们勾引到你家来呢？肉啊酒的，让他们填饱肚子。米迦勒节的鹅[141]。为你准备了一大堆调好了味的麝香草，塞在鹅的肚皮里。趁热再吃一夸脱鹅油吧！半饥半饱的宗教狂们。揣上个一便士的面包卷[142]，就跟着乐队走它一遭儿。东道主忙于切肉，顾不得做感恩祷告啦！一想到另一个人会为你付钱，就吃得格外香。毫不客气。请把那些杏子——其实是桃子——递过来。那个日子不太遥远了。爱尔兰自治的太阳正从西北方冉冉升起。

走着走着，他脸上的笑容消失了。乌云徐徐地遮住太阳，三一学院那阴郁的正面被暗影所笼罩。电车一辆接一辆地往返行驶，叮叮当当响着。说什么也是白搭。日复一日，事物毫无变化。一队警察开出去，又开回来。电车来来往往。那两个疯子到处徘徊。迪格纳穆被车载走了。米娜·普里福伊挺着大肚皮躺在床上，呻吟着，等着娃娃从她肚子里被拽出来。每秒钟都有一个人在什么地方出生，每秒钟另外又有一个死去。自从我喂了那些鸟儿，已经过了五分钟。三百人翘了辫子，另外又有三百个呱呱落地，洗掉血迹。人人都在羔羊的血泊中被洗涤[143]，妈啊啊啊地叫着。

整整一座城市的人都死去了，又生下另一城人，然后也死去。另外又生了，也死去。房屋，一排排的房屋；街道，多少英里的人行道。堆积起来的砖、石料。易手。主人转换着。人们说，房产主是永远不会死的。此人接到搬出去的通知，另一个便来接替。他们用黄金买下了这个地方，而所有的黄金还都在他们手里。也不知道在哪个环节上诈骗的。日积月累发展成城市，又逐年消耗掉。沙中的金字塔。是啃着面包洋葱[144]盖起来的。奴隶们修筑的中国万里长城。巴比伦。而今只剩下巨石。圆塔。此外就是瓦砾，蔓延的郊区，偷工减料草草建成的屋舍。柯万用微风盖起来的那一座蘑菇般的房子[145]。只够睡上一夜的蔽身处。

人是毫无价值的。

这是一天当中最糟糕的时辰。活力。慵懒，忧郁。我就恨这个时辰。只觉得像是被谁吞下去又吐了出来似的。

学院院长的宅第。可敬的萨蒙博士[146]。鲑鱼罐头。严严实实地装在那个罐头里[147]。活像是小教堂的停尸所。即便给我钱，我也不愿意去住那样的地方。今天要是有肝和熏猪肉就好了。大自然讨厌真空状态。

太阳徐徐从云彩间钻出，使街道对面沃尔特·塞克斯顿店那橱窗里的银器熠熠发光。约翰·霍华德·巴涅尔连看也没看一眼就从橱窗前走过去了。

这是那一位的哥哥[148]，跟他长得一模一样。那张脸总是在我眼前晃。这是个巧合。当然，有时你也会想到某人数百次，可就是碰不见他。他那走路的样儿，活像个梦游者。没有人认识他。今天市政府准是在召开什么会议。据说自从他就职以来，连一次也没穿过市政典礼官的制服。他的前任查理·卡瓦纳总是戴着翘角帽，头发上撒了粉，刮了胡子，得意扬扬地骑着高头大马上街。然而，瞧瞧他走路时那副狼狈相，仿佛是个在事业上一败涂地的人。一对荷包蛋般的幽灵的眼睛。我好苦恼。啊，伟人的老弟。乃兄的胞弟。他要是跨上了市政典礼官的坐骑，那才神气呢。兴许还要到都柏林面包公司去喝杯咖啡，在那儿下下象棋。他哥哥曾把部下当作"卒"来使用。对他们一概见死不救。人们吓得不敢说他一句什么。他那眼神让人见了毛骨悚然。这就是他引人瞩目的地方。名气。整个家族都有点儿神经病。疯子范妮[149]，另外一个妹妹就是迪金森太太[150]，给马套上猩红色挽具，赶着车子到处跑。她昂首挺胸，活像是马德尔外科医生[151]。然而在南米斯郡，这位弟弟还是败在大卫·希伊[152]手下了。他曾申请补上奇尔特恩分区的空缺[153]，然后引退成为官吏。爱国主义者的盛宴：在公园里剥橘皮吃[154]。西蒙·迪达勒斯曾经说过，他们要是把这个弟弟拉进议会，巴涅尔就会从坟墓里回来，抓住他的胳膊将他拖出下议院。

——说到这双头章鱼[155]，一个脑袋长在世界的尽头忘记来到的地方，而另一个脑袋则用苏格兰口音讲话。上面长的八腕……

有两个人沿着便道的边石走，从背后赶到布卢姆先生前面去了。胡子[156]和自行车，还有一位年轻女人。

哎呀，他也在那儿。这可真是凑巧了。是第二回。未来的事情早有过预兆。[157]承蒙著名诗人乔·拉塞尔先生的赞赏。跟他走在一起的说不定就是莉齐·特威格哩！ A.E.[158]究竟是什么意思呢？兴许是名姓的首字：艾伯特·爱德华[159]、亚瑟·埃德蒙[160]、阿方萨斯·埃比或埃德或埃利[161]或阁下[162]。他说什么来着？世界的两端用苏格兰口音讲话。八腕：章鱼。大概是什么玄妙的法术或象征含义吧！他在滔滔不绝地说着。她一声不响地聆听着。给一位从事文字工作的先生当个助手。

他目送着那位穿手织呢衣服[163]的高个子，以及他的胡子和那辆自行车，还有他身旁那仔细聆听着的女人。他们是从素饭馆[164]走出来的，只吃了些蔬菜和水果，不吃牛排。你要是吃了，那头母牛的双眼就会永远盯着你。他们说，素食更有益于健康。不过，老是放屁撒尿。我试过。成天净跑厕所了。跟患气胀病[165]一样糟糕。通宵达旦地做梦。他们为什么把给我吃的那玩意儿叫作坚果排[166]呢？坚果主义者，果食主义者。让你觉得你吃的像是牛腿扒。真荒谬。而且咸得很。是用苏打水煮的[167]。害得你整晚守在自来水龙头旁边。

她那双长袜松垮垮地卷在脚脖子上。我最讨厌这个样子，太不雅观了。他们统统是搞文学、有灵气的人。梦幻般的，朦朦胧胧的，象征主义的。他们是唯美主义者。就算是你所看到的食物会造成那种富于诗意的脑波，我也毫不以为奇。就拿那些连衬衫都被爱尔兰土豆洋葱炖羊肉般的黏汗浸透了的警察来说吧，你从他们当中的任何一个也挤不出一行诗来。他甚至不晓得诗是什么。非得沉浸在某种情绪里才行。

梦幻一般朦胧的海鸥，
在沉滞的水上飞翔。[168]

他在纳索街角穿过马路，站在耶茨父子公司[169]的橱窗前，估计着双筒望远镜的价码。要么我到老哈里斯家去串门，跟小辛克莱[170]聊一聊吧？他是个文质彬彬的人。此刻多半正吃着午饭哪。得把我那架旧望远镜送去修理啦！戈埃兹棱镜片要六畿尼。德国人到处钻。他们靠优惠条件来占领市场。削价抢生意。兴许能从铁路遗失物品管理处买上一架。人们忘掉在火车上和小件寄存处的物品之多，简直惊人。脑子里都在想些什么呢？女人也是这样。真是难以置信。去年到恩尼斯去旅行的时候，我只好替那个农场主的女儿捡起她的手提包，在利默里克[171]换车的当儿交给了她。还有无人认领的钱呢。银行屋顶上有一块小表[172]，是用来测试这些望远镜的。

他把眼睑一直耷拉到虹膜的底边。瞧不见。倘若你设想着表在那儿，你就好像能看见似的。然而还是瞧不见。

他掉转身去，站在两个布篷之间，朝太阳伸直了右臂，张开手。他已多次想这么尝试一下了。是啊，很完整。用小指头尖儿遮着太阳的圆盘[173]。准是光线在这里聚焦的缘故。我要是有副墨镜就好了。那该多么有趣呀！我们住在伦巴德西街的时候，关于太阳的黑子，大家议论纷纷。那是可怕的爆炸形成的。今年将有日全蚀，秋季不定什么时候。

现在我才想起来。原来那个报时球是按照格林威治标准时间下降的。从邓辛克接上一根电线，用来操纵时钟。我一定得在某月的第一个星期六去看一趟。我要是能弄到一封给乔利教授[174]的介绍信，或是找到一些有关他的家谱的资料才好呢。叫他出其不意地受到恭维。这挺灵。他会感到怡然自得。贵族总以做国王情妇的后裔为荣。他的女祖先。反正竭力阿谀。脱帽鞠躬，必须畅通无阻。[175]可不能一进去就信口开河地说些明知道不该说的话：视差是什么？结果就是：把这位先生领出去。

哎呀。

他又把右手垂到身边了。

关于这些，完全摸不着头脑。纯粹是浪费时间。一个个气体球儿旋转着。相互交错，然后消失。亘古及今，周而复始。起初是气体，接着就是固体，然后是世界。冷却了，死去的硬壳四处漂流，冻僵的岩石宛如菠萝糖块[176]。月亮。她说：准是升起了新月。我也相信是这样。

他从克莱尔屋[177]前走过。

且慢。两周前的星期日我们在那儿时是满月，所以今天应该刚好是新月。我们沿着托尔卡河往下游走去。费尔维尤那里适宜观赏月色[178]。她低吟着：五月的新月喜洋洋，宝贝。那个男人走在她的另一侧。肘。胳膊。他。荧光灯一闪一闪的，宝贝。[179]互相触摸。指头。这个提出要求。那个回答：好的。

别想下去了，别想下去了。既然必须这样，那就只好这样呗。必须[180]。

布卢姆先生呼吸急促，放慢脚步穿过亚当小巷。

他的心情好容易才宁静下来，神态安详地放眼望去。大白天在这条街上走着的，正是肩膀颇像酒瓶的鲍勃·多兰[181]。麦科伊曾说，他一年一度痛饮一遭。他们纵酒是为了说点什么或者做点什么，要么就是为了追女人[182]。跟相公们和妓女们在库姆街鬼混一阵，一年里的其他日子就像法官那么清醒。

对，果然不出所料。他正溜进帝国酒馆。消失了。光喝苏打水有益于他的健康。在惠特布雷德经营女王剧院之前，这里原是帕特·金塞拉开哈普剧院[183]的地方。他仍保持着孩子气。按照戴恩·鲍西考尔特[184]的派头，在秋月般的脸上扣着一顶式样俗气的无檐圆帽。《三个俊俏姑娘放学了》[185]。日子过得真快啊。呃？他的裙子底下露出长长的红裤子。酒徒们喝啊，笑啊，忽而喷溅出酒沫子，忽而又给酒呛住了。再给我满上吧，帕特。刺眼的红色。醉鬼们寻欢作乐。哄堂大笑，喷烟吐雾。摘下那顶白帽子[186]。他那双喝得挂满了血丝的眼睛。现在他到哪儿去啦？在什么地方当叫化子呢。那把竖琴害得我们大家挨过饿[187]。

那阵子我更幸福一些。可那时的我究竟是我吗？或许难道现在的我才是我吗？当时我二十八，她二十三。我们从伦巴德西街搬走之后[188]，起了点儿变化。鲁迪一死，再也不能像往常那样啦！没法儿叫时光倒流。那就像是想用手去攥住水似的。难道你想回到那个时期吗？刚开始的那个时期。真想吗？你在自己家里不幸福吗，你这可怜的小淘气鬼？她恨不得替我钉纽扣哩。我得写封回信。到图书馆去写吧。

格拉夫顿街上，花花哨哨地张挂着商店的遮阳篷，使他眼花缭乱。平纹印花细布，穿绸衣的太太们和上了岁数的贵妇，还有发出一片叮当声的挽具，在灼热的街遭[189]上低低地响着的马蹄声。那个穿白袜子的女人有着一双粗腿。但愿下场雨，把她弄得满脚烂泥。土里土气的乡巴佬。那些胖到脚后跟的统统都来啦。女人一发福，腿就那么臃肿。摩莉的腿看上去也不直溜。

他溜溜达达地从布朗·托马斯开的那爿绸缎铺的橱窗前走过。瀑布般的飘带。中国薄绢。从一只倾斜的瓮口里垂下血红色的府绸。红艳艳的血。是胡格诺派教徒带进来的。**事业是神圣的。嗒啦。嗒啦。**那个合唱可精彩啦。嗒嘚，嗒啦。用雨水来洗。梅耶贝尔。**嗒啦：嘣嘣嘣**[190]。

针插。我老早就催老婆去买一个了。她到处乱插。窗帘上也插了好几根。

他挽了挽左袖：蜇的痕迹差不多看不见啦。今天就算了吧。得折回去取化妆水。也许等她过生日那天再去买吧。六、七、八,九月八日。差不多还有三个月呢。何况她未必喜欢。女人不肯捡起针来，说是那样就会把爱情断送掉[191]。

闪亮的绸缎，搭在纤细黄铜栏杆上一条条的衬裙，摆成辐射状的扁平长筒丝袜闪闪发光。

回忆过去是徒然的。该当怎样就怎样。把一切都向我讲了吧。

高嗓门儿。被太阳晒暖了的绸缎。马具叮当响。一切都是为了一个女人：家庭和房子，丝织品，银器，多汁的水果，来自雅法的香料。移民垦殖公司[192]。全世界的财富。

一个温馨、丰腴的肉体在他的头脑里安顿下来。他的脑子屈服了，拥抱的芳香从四面八方向他袭来。他的肉体隐然感到如饥似渴，默默地渴望着热烈的爱。

公爵街。终于到了。必须吃点儿什么。伯顿饭馆。那样就会舒坦一点儿。

他在剑桥[193]的犄角拐了弯，依然被那种感觉纠缠着。叮当声，马蹄声。馨香的肉体，温暖而丰满。吻遍了通身。默许了。在盛夏的田野里，在被压得缠在一起的蒿草丛中，在公寓那滴滴答答漏着雨的门厅里，在沙发或咯吱咯吱响的床上。

——杰克，心肝儿！

——宝贝！

——吻我，雷吉！

——我的乖！

——宝宝！

他心里怦怦跳着，推开了伯顿饭馆的门。一股臭气堵塞住他那颤巍巍的呼吸。冲鼻的肉汁，泥浆般的蔬菜。瞧瞧动物们那副狼吞虎咽的样子。

人啊，人啊，人啊。

他们有的端坐在酒柜旁的高凳上，把帽子往后脑勺一推，有的坐在桌前，喊着还要添免费面包。狂饮劣酒，往嘴里填着稀溜溜的什么，鼓起眼睛，揩拭沾湿了的口髭。一个面色苍白、有着一张板油般脸色的小伙子，正用餐巾擦他那玻璃酒杯、刀叉和调羹。又是一批新的细菌。有个男人胸前围着沾满酱油痕迹的小孩餐巾，喉咙里呼噜噜地响着，正往食道里灌着汤汁。另一个把嘴里的东西又吐回到盘子上。那是嚼了一半的软骨，嘴里只剩齿龈了，想嚼却没有了牙。放在铁丝格子上炙烤的厚厚的一大片肋肉，囫囵吞下去拉倒。酒鬼那双悲戚的眼睛。他咬下一大口肉，又嚼不动了。我也像那副样子吗？用别人看我们的眼睛来瞧瞧自己[194]。肚子饿了的就怒气冲天。牙齿和下巴活动着。别嚼啦！哎呀！一块骨头！在教科书的一首诗里写着：爱尔兰最后一位异教徒国王科麦克就是在博因河[195]以南的斯莱镇上噎死的。不晓得他吃的是什么。想必是美味无比的佳肴吧。圣帕特里克后来使他皈依基督教了。不过，他并没能全盘接受[196]。

——烤牛肉和包心菜。

——来一盘焖肉。

男人的气味。啐上了唾沫的锯屑，甜丝丝、温吞吞的纸烟气味，嚼烟的恶臭，洒掉的啤酒，啤酒般的人尿味，发霉的酵母气味。

他快要呕吐了。

在这里，连一口也咽不下去。那个汉子在磨刀叉哪，打算把他面前的东西吃个一干二净。那老家伙在剔牙。一阵轻微的痉挛，肚子填得饱饱的，正在反刍。饭前饭后。饭后的祝祷文。望望这一幅画像，再望望那幅[197]。用浸泡得烂糟糟的面包片蘸肉汁来吃。干脆把盘子都舔个干净算啦，人啊！不要再这样啦！

他紧蹙鼻翼，四下里打量那些坐在凳子上对桌进食的人。

——给咱来两瓶黑啤酒。

——来盘罐头腌牛肉配包心菜。

那家伙挑起满满一刀子包心菜，往嘴里塞，像是靠这来活命似的。一口就吞了下去。我看着都吓一跳。还不如用三只手来吃[198]呢。把肢体一根根地撕裂。这是他的第二天性。他是嘴里叼着一把银刀子生下来的。我认为这话挺俏皮。啊，不。银子就意味着生在阔人家。叼着一把刀子生下来的。可那么一来，隐喻就消失了。

一个腰带系得松松的侍者在稀里哗啦地收走黏糊糊的盘子。法警长罗克[199]站在柜台那儿，把他那大杯上冒起的啤酒泡沫吹掉。冒起了一大堆，黄黄的溅在他的靴子周围。一个就餐者直直地竖起刀叉，双肘倚着桌面，正准备吃下一道菜。他隔着摊在面前的那张污迹斑斑的报纸，正朝着食物升降机那边凝望。另一个家伙嘴里塞得满满的，在跟他谈着什么。很谈得来的知音。饭桌上的谈话。星乞一，我在芒切斯特银行[200]雨见了特。咦，是吗，真的呀?

布卢姆先生迟迟疑疑地把两个手指按在嘴唇上。眼神里表示：

——不在这儿吃啦。别去看他。

走吧。我就恨这种吃相下作的人。

他朝门口退去。到戴维·伯恩那儿去吃点快餐吧。先填上肚皮，好能走动。早饭吃得挺饱。

——这儿要烤牛肉和土豆泥。

——再来一品脱黑啤酒。

大家都在全力以赴，埋头大吃。咕嘟咕嘟。吃下去。咕嘟咕嘟。往嘴里填。

他走出门外，吸到清新一些的空气，就朝格拉夫顿街折回去。要么吃，要么被吃掉。杀！杀！

假定几年以后成立起公共伙房，那会怎么样呢？大家都带上粥钵和饭盒，等人给盛，在街上就把自己那一份吞下去了。这里有约翰·霍华德·巴涅尔，比方说，还有三一学院院长，每一个母亲的儿子[201]。别提你们的院长们和三一学院院长。妇孺、马车夫、神父、牧师、元帅、大主教。来自艾尔斯伯里路、克莱德路、工匠住所、北都柏林联合救济院，市长乘着他那辆富丽堂皇、古色古香的马车，老女王坐着软轿。我的盘子空啦。请你排到我前面来。带上我们市政府的杯子，就跟菲利普·克兰普顿爵士的饮用喷泉一样[202]。用你的手绢擦掉细菌。下一个人又用他的来再擦上去一批。奥弗林神父会指出他们大家的愚昧无知[203]。尽管如此，还是会打架的。人人都争头一份儿。孩子们争夺着巴在锅底儿上的那点儿残渣。得用凤凰公园那样大[204]的一口汤锅才行。用鱼叉叉起腌猪里脊和后腿肉来吃。你会憎恨周围的一切人。她把这叫作市徽饭店的客饭[205]。浓汤、肘子和甜食。永远也无法知晓你咀嚼的究竟是谁的思想。那么，所有这些盘子啦，叉子啦，又由谁来洗呢？到那时候兴许全都靠药片来充饥吧。牙齿就越来越糟了。

素食主义毕竟也有些道理：大地栽培出来的东西总是清香的。当然，大蒜挺臭，像那些意大利摇手风琴师的身上散发出的新鲜葱头、蘑菇和块菌的气味。也给动物带来痛苦。拔掉家禽的羽毛，把下水掏净。牲畜市场上那些不幸的牲口等着屠夫用斧子把它们的头盖骨劈成两半，哞！可怜的、浑身发抖的小牛。咩！打着趔趄的牛崽子[206]。煎白菜牛肉卷。屠夫的桶里装满了颤动着的肺脏。替咱把那爿胸脯肉从钩子上卸下来。啪嗒！刚砍下来的头和鲜血淋漓的骨头[207]。剥了皮、眼睛酷似玻璃球儿般的羊，钩子钩在腰腿部位，从那堵着血淋淋的纸的鼻子里往锯屑上淌浓鼻涕。鞭打陀螺，让它们旋转个不停。娃娃们，可千万不要把它们胡乱抽碎。

他们给痨病患者开的药方是鲜血。什么时候都需要血。不知不觉之间病情就厉害起来了。趁着它还冒着热气儿，把那浓得像糖一样的血舔个干净。饿鬼们。

啊，我饿了。

他走进戴维·伯恩的店。这是一爿规规矩矩的酒吧。老板不喜欢饶舌。偶尔请你白喝上一盅，但次数少得就像四年一度的闰年。有一回他替我兑现了一张支票。

我吃什么好呢？他掏出怀表。现在让我想想看。啤酒兑柠檬汽水？

——喂，布卢姆，大鼻子弗林[208]从他惯常坐的角落里说。

——哦，弗林。

——近来怎么样？

——好得很……让我想想看。来杯勃艮第红葡萄酒[209]和……我想想看。

架子上摆着沙丁鱼。光是望一望就几乎吃出了味道似的。三明治？在火腿和用它做成的食品上涂点儿芥末，夹在面包当中[210]。肉罐头。倘若你家里没有李树商标肉罐头呢？那可就美中不足了[211]。多么愚蠢的广告！他们把这则广告插在讣告下面。这么一来，死者就统统爬上了李子树[212]。迪格纳穆的肉罐头。嗜食人肉者会就着柠檬和大米饭来用餐了。白种人传教士味道太咸了，很像腌猪肉。酋长想必会吃那精华的部分。由于经常使用，肉一定会老吧！他的妻子们全都站成一排，等着看效果。*从前有过一位正统、高贵的黑皮肤老国王。他把可敬的麦克特里格尔先生的什么物儿吃掉了还是怎么了*。有它才算幸福窝。天晓得是怎么搭配的。把胎膜、发霉的肺脏以及气管剁碎，搅和在一起来冒充。费多大劲也找不到一丝肉。清真食品。不能把肉和牛奶放在一道吃。照现在的说法就是食品卫生。犹太教赎罪日的斋戒是内脏的一次春季大扫除。和平与战争取决于某人的消化力。各种宗教。圣诞节的火鸡和鹅。屠杀无辜[213]。吃啊，喝啊，快活一场。[214]然后济贫院的临时收容所遂告爆满。一个个头上缠着绷带。奶酪把本身以外的一切全消化掉。多螨的奶酪[215]。

——你们有奶酪三明治吗？

——有的，先生。

要是有的话，我还想来几颗橄榄。我更喜欢意大利产的。一杯高级勃艮第葡萄酒会使我忘掉那档子事。那是润滑油。一客美味的拌生菜，凉凉的，像是黄瓜。汤姆·克南善于烹调。做得有滋有味。纯的橄榄油。米莉替我在炸肉排旁添上一根嫩嫩的荷兰芹菜，端给我。要一颗西班牙葱头。天主创造了食物，魔鬼制造了厨子。[216]辣子螃蟹[217]。

——太太好吗？

——蛮好，谢谢……那么，来一客奶酪三明治吧。你们有戈尔贡佐拉[218]奶酪吗？

——有的，先生。

大鼻子弗林饮着他那兑水烈酒。

——近来演唱了吗？

瞧他那张嘴。简直能够往自己的耳朵里吹口哨了。再配上一双扇风耳。音乐。这方面他懂得的跟我的马车夫一般多。不过，还是告诉他的好。没什么害处，免费广告嘛！

——她已经订了合同，本月底就参加一次大规模的巡回演出。你也许已经听说了吧？

——没听说。哦，挺时髦的。谁是经纪人？

侍者端上了盘子。

——多少钱？

——七便士，先生……谢谢您，先生。

布卢姆先生把他的三明治切成细条。麦克特里格尔先生。比那梦幻般的、奶油状的玩意儿要好切一些。他那五百个妻子。她们尽情地得到了满足。

——要芥末吗，先生？

——谢谢。

他把三明治一条条揭起，抹满黄色的斑斑点点。得到了满足。我想起来了：它变得越来越大，越来越大，越来越大。

——经纪人？他说。喏，那就像个公司，明白吧。资金大家摊，赚了钱大家分。

——啊，现在我记起来了，大鼻子弗林说。他把一只手伸进兜里去挠大腿窝的痒处，是谁告诉我的来着？布莱泽斯·博伊兰也掺和进去了吧？

芥末热辣辣地刺激着布卢姆先生的心脏。他抬起双眼，跟那座逼视着的挂钟打了个照面。两点钟。酒吧的钟快了五分钟。时间在流逝。指针在移动。两点钟。还不到。

这当儿他的小腹往上翻，随后又垂下去。越发热烈地渴望着，渴望着。

葡萄酒。

他闻着并啜着那醇和的汁液，硬逼着自己的喉咙一饮而尽。然后，小心翼翼地把酒杯撂下。

——是的，他说。实际上他是发起人。

没什么可怕的：这家伙没有头脑。

大鼻子弗林吸溜着鼻涕，挠着痒。跳蚤也正在饱餐着哪。

——杰克·穆尼[219]告诉我，他走了红运。迈勒·基奥在那次拳击比赛中又击败了贝洛港营盘的士兵[220]，所以他赌赢了。真的，他还告诉我，他把那小子带到卡洛郡[221]去啦……

但愿他那鼻涕别溜进他的玻璃杯里去。没有，他又把它吸回去了。

——听我说，比赛之前差不多一个月光景，就让他光嘬鸭蛋，天哪，听候底下的吩咐。用意是让他把酒戒掉，明白吗？哦，天哪，布莱泽斯可是个刁滑的家伙。

戴维·伯恩从后面的柜台那儿走了过来。他的衬衫袖子打了裥，用餐巾抹着嘴唇，脸色红涨得像鲱鱼似的。微笑使他的鼻眼显得那么饱满[222]。活像是在欧洲防风根上抹了过多的大油[223]。

——他本人来啦，精神饱满，大鼻子弗林说。你能告诉我们哪匹马会赢得金杯吗?

——我跟这不沾边儿，弗林先生，戴维·伯恩回答说。我绝不在马身上下赌注。

——这你算做对啦，大鼻子弗林说。

布卢姆先生把他那一条条的三明治吃掉。是新鲜干净的面包做的。呛鼻子的芥末和发出脚丫子味儿的绿奶酪，吃来既恶心可又过瘾。他嘬了几口红葡萄酒，觉得蛮爽口。里面并没掺洋苏木[224]染料。喝起来味道越发醇厚，而且能压压寒气。

精致安静的酒吧。柜台使用的木料也挺精致。刨得非常精致。我喜欢它那曲线美。

——我根本不想沾赛马的边儿，戴维·伯恩说。就是这些马，害得许许多多人破了产。

酒商大发横财。他们获得了在店内供应啤酒、葡萄酒和烈性酒的特许证。正面我赢，反面你输。

——你说得有道理，大鼻子弗林说。除非你了解内情，不然的话，眼下没有不捣鬼的比赛。利内翰就得到了些内情。今天他把赌注压在权杖上。霍华德·德·沃尔登爵士的坐骑馨芳葡萄酒挺走红，它曾在埃普瑟姆[225]赢过。骑手是莫尔尼·卡农。两周以前，我要是把赌注下在圣阿曼上，原是会以七博一获胜的。

——是吗? 戴维·伯恩说。

他朝窗户走去，拿起小额收支账簿翻看。

——这话一点儿不假，大鼻子弗林吸溜着鼻涕说。那可是一匹少见的名马。它老爹是圣弗鲁斯奎。罗思柴尔德的这匹小母马曾在一场雷雨当中获胜，它耳朵里塞了棉花。骑师身穿蓝夹克，头戴淡黄色便帽。大个子本·多拉德和他那约翰·奥冈特统统见鬼去吧! 唉，是他拦住我，劝我别把赌注押在圣阿曼上的。

他无可奈何地喝着杯子里的酒，并且用手指顺着酒杯的槽花往下摸。

——唉，他叹了口气说。

布卢姆先生站在那儿大吃大嚼，一面低头望着他叹气。笨脑瓜大鼻子。我要不要告诉他利内翰那匹马的事? 他已经知道啦! 不如让他忘掉。跑去会输掉更多钱的。

傻瓜和他的钱[226]。鼻涕又往下淌了。他吻女人的时候，鼻子准是冰凉的。兴许她们还高兴呢。女人喜欢针刺般的胡子。狗的鼻子冰凉。市徽饭店里，赖尔登老太太[227]正带着她那条饥肠辘辘的斯凯狸狗[228]。摩莉把它放在腿上抚摩着。啊，好大的狗，汪汪汪，汪，汪汪汪！

葡萄酒把嘴里那卷起来的面包心、芥末和令人一阵恶心的奶酪都浸软了。这可是好酒。我并不渴，所以味道就更醇香了。当然，一方面是由于刚洗完澡。喝上一两口就行了。然后，在六点钟左右我就可以……六点。六点。时光流逝得好快啊！她。

葡萄酒的炆火暖起他的血管。我太需要这杯酒了。近来觉得自己气色不佳。他那双不再饥饿了的眼睛打量着架子上那一排排的罐头：沙丁鱼、颜色鲜艳的龙虾大螯。人们专挑那古里古怪的东西吃。从贝壳和海螺里用针挑出肉来吃。还从树上捉。法国人吃地上的蜗牛。要不就在钩子上挂鱼饵，从海里钓。鱼可真傻，一千年也没学到乖。要是你不晓得随便往嘴里放东西有多么危险。有毒的浆果。犬蔷薇果。圆嘟嘟的，你会以为蛮安全。花哨刺目的颜色会引起你的警惕。大家传来传去就都知道了。先让狗吃吃看。会被那气味或模样吸引住。诱人的水果。圆锥形的冰激凌。奶油。本能。就拿橘树林来说吧，也需要人工灌溉。布莱布特洛伊街[229]。是啊，然而牡蛎怎么样呢？难看得像一口痰，外壳儿也肮里肮脏。要费九牛二虎之力才撬得开。是谁发现的？它们就靠从丢弃的残羹剩饭和下水道的污物长肥的。就着红岸餐馆的牡蛎喝香槟酒。倒是能促进性欲。春药。今天早晨他还在红岸餐馆来着[230]。在饭桌上他活像一只老牡蛎，一到床上身子兴许就变年轻了。不，六月没有 r 字，所以不吃牡蛎[231]。可有些人就是喜欢吃发霉的食品。变了质的野味。用土锅炖的野兔肉。得先逮只野兔。中国人讲究吃贮放了五十年的鸭蛋，颜色先蓝后绿。一桌席上三十道菜。每一道菜都是好端端的，吃下去就掺在一起了。这倒是一篇投毒杀人案小说的好材料。是大公爵利奥波德[232]吗？不，嗯。要么就是哈布斯堡王室后裔的一个叫作奥托的人吧[233]？是谁净吃自己脖颈后面的头皮呀？那是全城最廉价的午饭啦！当然喽，是贵族们，接着，其他人也都跟着赶起时髦来。米莉也说石油加面粉好吃。我自己也喜欢生面团。据说，为了怕跌价，他们把捕到的一半牡蛎又丢回大海里去啦。一便宜就没有买主啦。鱼子酱。那可是美味。盛在绿玻璃杯里的莱茵白葡萄酒。豪华盛宴。某某夫人。敷了脂粉的胸脯上挂着珍珠。*高贵仕女。上流社会的名流。*[234]这帮人为了显示自己的身份，总点些特殊的菜肴。隐士则吃大盘大盘的豆食，这样好抑制肉欲的冲动。

想了解我的话，就来同我一道就餐吧！王室御用的鲟鱼[235]。屠夫科菲从名誉郡长那里获得猎取森林中鹿类的权利。他将半头母牛孝敬了郡长。我曾瞥见摆在高等法院法官[236]府上厨房里的野味。戴白帽的大师傅[237]活像个犹太教教士。火烧鸭子[238]。帕穆公爵夫人式波纹形包心菜[239]。最好写在菜单上，好知道你吃了些什么。药味重了就会毁了肉汤。我有亲身体验。把它放在爱德华牌汤粉里做调料。为了他们，把鹅像傻瓜般地填喂[240]。将龙虾活活地扔进沸水里煮。请吃点雷鸟[241]。在高级饭店里当个侍者倒也不赖。接小费，穿礼服，净是些半裸的夫人。杜比达特小姐[242]，我可以给您再添点儿柠檬汁板鱼片吗？好的，再来点儿，而且她真的吃了。我估计她必是胡格诺派教徒家的。我记得有位杜比达特小姐曾在基利尼[243]住过。我记得法语 du de la[244]。但也许这就是同一条鱼哩，穆尔街的老米基·汉隆为了挣钱，曾把手指伸进那条鱼的腮里，开了膛掏出内脏。他连在支票上签名都不会。咧着嘴，只当是在画一幅风景画呢。默哎迈克尔，吓哎汉[245]。像一大筐翻毛生皮鞋那样愚蠢[246]，却偏偏称有五万英镑。

两只苍蝇巴在窗玻璃上，嗡嗡叫着，紧紧摽在一块儿[247]。

热烘烘的葡萄酒在口腔里打了个转儿就咽了下去，余味仍盘桓不已。把勃艮第葡萄放在榨汁器里碾碎。晒在炎日下。好像悄悄地触摸一下，勾起桩桩往事。触到他那润湿了的感官，使他回忆起来了。他们曾躲藏在霍斯那片野生的羊齿丛里。海湾在我们脚下沉睡着。天空。一片沉寂。天空。在狮子岬，海湾里的水面发紫，到了德鲁姆列克一带就变成绿色了。靠近萨顿那边又呈黄绿色。海底的原野，浮在海藻上那淡褐色条纹。一座座被淹没的都市。她披散着头发，枕着我的上衣。被石楠丛中的蠼螋蹭来蹭去。我的手托着她的后颈。尽情地摆弄我吧。哎呀，太好啦！她伸出涂了油膏、冰凉柔软的手摸着，爱抚着我，一双眼睛直勾勾地凝望着我。我心荡神移地压在她身上，丰腴的嘴唇大张着，吻着她。真好吃。她把嘴里轻轻地咀嚼得热乎乎的香籽糕[248]递送到我的嘴里。先在她口中用牙根嚼得浸透唾沫、又甜又酸、黏糊糊的一团儿。欢乐。我把它吞下了：欢乐。富于青春的生命。她把递过那一团儿的嘴唇噘起来。柔软、热乎乎、黏哑哑、如胶似漆的嘴唇。她的两眼像花儿一样，要我吧，心甘情愿的眼睛。小石子儿掉下来了。她躺在那儿纹丝不动。一只山羊，一个人也没有。在霍斯那高高的山丘上面，一只母山羊缓步走在杜鹃花丛中，醋栗一路坠落着。在羊齿草的屏障下，她被暖暖和和地围裹起来，漾着微笑。我狂热地压在她身上，吻她。

眼睛，嘴唇，她那舒展的脖颈。女人那对乳房在修女薄呢[249]短上衣里面挺得鼓鼓的，怦怦悸动。肥大的奶头高耸着。我用热热的舌头舔着她。她吻了我。我被吻了。她委身于我，爱抚着我的头发。亲嘴儿，她吻了我。

我。而我现在呢。

紧紧摽在一块儿的苍蝇嗡嗡叫着。

他那低垂的眼睛沿着栎木板那寂然无声的纹理扫视。美丽。它画着曲线。曲线是美的。婀娜多姿的女神们。维纳斯，朱诺。举世赞美的曲线。只要到图书馆和博物馆去，就能看见裸体女神伫立在圆形大厅里。有助于消化。无论男人瞧哪个部位，她们全不介意。一览无余。从来不言不语。我的意思是说，从来不对弗林那样的家伙说什么。倘若她真像加拉蒂亚对皮格马利翁[250]那样开了腔，她首先会说什么呢？凡人啊！马上就叫你乖乖就范了。跟众神一道畅饮甘露神酒吧，金盘子里盛的统统是神馔。可不像我们通常吃的那种六便士一份的午餐：炖羊肉、胡萝卜、芜菁和一瓶奥尔索普[251]。神酒，可以设想那就跟喝电光一样。神馔。按照朱诺的形象雕刻的女人那优美的神态。不朽的丽质。然而我们是往一个孔里填塞食品，又从后面排泄。食物，乳糜，血液，粪便，土壤，食物。[252]得像往火车头里添煤似的填塞食品。女神们却没有[253]。从来没见过。今天我倒要瞧一瞧。管理员不会理会的。故意失手掉落一样东西，然后弯下身去拾，好瞧瞧她究竟有没有。

从他的膀胱里点点滴滴地透出无声的信息，去解吗？不去解啦，不，还是去解了吧。作为一个男子汉，他拿定了主意把杯中物一饮而尽，然后起身走到后院去。边走边想：她们觉得自己就像是男人[254]，但也曾委身于男人们，并且跟相恋的男人们睡觉。一个小伙子曾享用过她。

当他的皮靴声消失后，戴维·伯恩边看着账簿边说：

——他是哪一行的？不是干保险这个行当的吗？

——他早就不干那一行啦，大鼻子弗林说。他在给《自由人报》拉广告哪。

——我跟他挺熟的，戴维·伯恩说。他是不是遭到什么不幸啦？

——不幸？大鼻子弗林说。可没听说。怎么看出的？

——我留意到他穿着丧服。

——是吗？大鼻子弗林说。确实是这样。我问过他家里的人都好吗。你说得一点儿不错，他确实穿着丧服。

——我要是看到一位先生在这方面遭到不幸，戴维·伯恩用慈祥的口吻说。我就绝不去碰这个话题。那只会又一次勾起他们的悲伤。

——反正他也不是替老婆戴孝，大鼻子弗林说。前天我还碰见他正从约翰·威思·诺兰的妻子在亨利大街上经营的那家爱尔兰牛奶坊里走出来，手里捧着一罐子奶油，带回去给心爱的太太。真的，她在吃上讲究极啦！胸脯丰满，可妖艳哩！

——他在替《自由人报》做事情吗？戴维·伯恩说。

大鼻子弗林噘起嘴来。

——他可不是靠拉广告的收入来买奶油的，一点儿没错。

——那究竟是怎么回事呢？戴维·伯恩放下他的账簿，走过来说。

大鼻子弗林用手指变戏法般地望空中比画了几下，眨了眨眼。

——他加入共济会啦！

——真的吗？戴维·伯恩说。

——千真万确，大鼻子弗林说。古老、自由而众所公认的行会[255]。天主赐予光、生命和爱。他们帮了他一把。告诉我这话的是一位……喏，还是姑隐其名吧！

——确有此事吗？

——嗯，那可是个出色的组织，大鼻子弗林说。你有困难的时候，他们就助你一臂之力。我晓得有个人正在千方百计想参加，然而他们那门关得可紧啦！他们绝不让女人参加，这一点着实做得对。

戴维·伯恩边微笑边打哈欠边点头。

——啊——哧！

——一回，有个女人躲在一座巨大的时钟里，大鼻子弗林说。想看看他们究竟搞些什么名堂。可他妈的，给他们发觉了，就把她拖了出来，让她当场宣誓，当上一名师父。听说她是唐奈赖尔的圣莱杰家族里的一名成员。[256]

戴维·伯恩打完哈欠后又坐了下来，泪汪汪儿地说：

——这是真的吗？他可是位规规矩矩、不多言不多语的先生呢。他常常光顾这里，可我从来没看见他——喏，酒后失态过。

——连全能的天主都不能把他灌醉，大鼻子弗林斩钉截铁地说。每逢闹腾得过了火，他就开溜啦！你没见到他在瞧自己的表吗？啊，当时你不在座。要是你邀他喝上一盅，他就会先掏出怀表，看看该喝点儿什么。我敢说他确实是这样。

——有些人就是这样的，戴维·伯恩说。我看他是个牢靠的人。

——他这个人不赖，大鼻子弗林边吸溜着鼻涕边说。还听说，他曾伸手去帮过一个伙伴的忙。平心而论，哦，布卢姆有种种长处。然而有一件事，他是绝对不干的。

他把手指当作没有蘸墨水的钢笔，在那杯兑了水的烈性酒旁，做潦潦草草地签字的样子。

——我知道，戴维·伯恩说。

——白纸黑字，他可绝对不肯，大鼻子弗林说。

帕迪·伦纳德和班塔姆·莱昂斯走了进来。汤姆·罗赤福特[257]皱着眉头跟在后面，闷闷不乐地一只手按在紫红色背心上。

——你好，伯恩先生。

——你们好，各位先生。

他们在柜台那儿停下了脚步。

——谁来做东？帕迪·伦纳德问道。

——反正我已经坐下啦[258]，大鼻子弗林回答说。

——那么，喝什么好呢？帕迪·伦纳德问。

——我要姜麦酒加冰块，班塔姆·莱昂斯说。

——来多少？帕迪·伦纳德大声说。你到底是什么时候喜欢上这个的？你要什么，汤姆？

——下水道的干管怎么样啦？大鼻子弗林边呷酒边问。

汤姆·罗赤福特用手紧紧按住胸骨，打了个嗝作为答复。

——劳驾给我杯清水好吗，伯恩先生？他说。

——好的，先生。

帕迪·伦纳德朝着他的酒友们瞟了一眼。

——哎呀，好没出息！他说。我在请什么样的人喝啊，凉水和姜麦酒！分明是两个酒徒，连伤腿上的威士忌都会舔个干净的家伙。他好像掌握着一匹能得金杯的骏马。万无一失啦！

——是馨芳葡萄酒吧？大鼻子弗林问。

汤姆·罗赤福特从纸卷里往摆到他跟前的杯中撒了点儿粉末。

——这消化不良症真讨厌，他在喝下之前说。

——小苏打很有效哩，戴维·伯恩说。

汤姆·罗赤福特点点头，喝了下去。

——是馨香葡萄酒吗？

——什么也不要说！班塔姆·莱昂斯使了个眼色，我准备自己在那马上投五先令。

——妈的，你要是个好汉，就告诉我们吧，帕迪·伦纳德说，这究竟是谁透露给你的？

布卢姆先生一面往外走，一面伸了伸三个指头来致意。

——再见吧！大鼻子弗林说。

其他人都掉过头去。

——就是那个人透露给我的[259]，班塔姆·莱昂斯悄悄地说。

——呸！帕迪·伦纳德鄙夷地说。伯恩先生，我们还要两小瓶詹姆森威士忌，还有……

——冰块姜麦酒，戴维·伯恩彬彬有礼地补充说。

——唉，帕迪·伦纳德说。给娃娃个奶瓶嘬嘬。

布卢姆先生边朝道森大街走去，边用舌头把牙齿舔净。必须是绿色的东西才行：比方说，菠菜。这样，就能用伦琴射线[260]透视办法来追踪了。

在公爵巷，一只贪吃的㹴狗正往鹅卵石路面上吐着一摊令人恶心的肘骨肉，然后又重新热切地舔着。饕餮。把吞下的充分消化后，又怀着谢意把它吐了出来。第一次是香甜的，第二次蛮有滋味。布卢姆先生小心翼翼地绕道而行。反刍动物们。这是第二道菜肴。它们用上颌嚼动着。我倒是想知道汤姆·罗赤福特是怎样对待他那项发明[261]的。对着弗林那张嘴去解释，是白费时间。瘦人嘴巴长。应该有个大厅或什么地方，发明家可以聚在那里，自由自在地搞发明。当然喽，那样一来，各种怪人就会都来找麻烦了。

他哼唱着，用庄严的回声拉长了各小节的尾音：

——唐乔万尼，你邀请我
今晚赴宴。[262]

觉得舒坦些了。勃艮第。能够提神。最早酿酒的是谁呢？什么地方的一个心情忧郁的汉子。酒后撒疯。现在我得到国立图书馆去查查《基尔肯尼民众报》了。

威廉·米勒卫生设备商店的橱窗里摆着一具具光秃秃、干干净净的抽水马桶，把他的思绪又拉回来了。能做到的。吞进一根针去，盯着它一直落下去。有时又在几年后从肋骨里冒出来了。在体内周游一遭：经过不断起着变化的胆汁导管，把忧郁喷了出去的肝脏，胃液，像管子般弯弯曲曲的肠子。然而那被试验的可怜虫老得站在那儿展示自己的内脏。这就是科学。

——A cenar teco.[263]

这里的 teco 是什么意思呢？也许是今晚吧！

——唐乔万尼，你邀请我，

今天同你共进晚餐，

泽，朗姆，泽，朗达姆。

不对头[264]。

凯斯。只要南尼蒂那儿顺顺当当，我就能有两个月的进项。这样就有两镑十先令——两镑八先令左右了。海因斯欠了我三先令。两镑十一先令。普雷斯科特染坊的运货马车就在那儿。要是拉到比利·普雷斯科特[265]的广告，那就能挣两镑十五先令。加在一起是五畿尼左右。打着如意算盘吧！

可以给摩莉买条真丝衬裙，颜色正好配她那副新袜带。

今天。今天。不去想了。

然后到南方逛逛去。英国的海滨浴场怎么样？布赖顿[266]，马盖特[267]。沐浴在月光下的码头。她的嗓音悠然飘荡。海滨那些俏丽的姑娘。一个睡意蒙眬的流浪汉倚着约翰·朗酒吧的墙，边啃着结了一层厚痂的指关节，边深深地陷入冥思。巧手工匠，想找点活儿干。工钱低也行，给啥吃啥。

布卢姆先生在格雷糖果点心铺那摆着售不出去的果酱馅饼的橱窗跟前拐了弯，从可敬的托马斯·康内兰的书店前走过去。《我为什么脱离了罗马教会》[268]。鸟窝会[269]的女人们在支持他。据说，土豆歉收的年头，她们经常施汤给穷孩子们，好叫他们改信新教。以前，爸爸曾到过马路对面那个使穷犹太人皈依基督教的公会[270]。他们用的是同样的诱饵。我们为什么脱离了罗马教会。

一个年轻的盲人站在那儿用根细杖敲着人行道的边石。没有电车的影子。他想横过马路。

——你想到对面去吗？布卢姆先生问。

年轻的盲人没有回答。他那张墙壁般的脸上稍微皱起眉头，茫然地晃动了一下头。

——你现在是在道森大街上，布卢姆先生说。莫尔斯沃思大街就在对面。你想横穿过去吗？眼下什么过路的也没有。

他的手杖颤悠悠地朝左移动。布卢姆先生目送着，就又瞥见普雷斯科特染坊的那辆载货马车还停在德拉格理发馆门前。上午我在同一个地方瞥见他那涂了润发油的头，当时我刚好。马耷拉着脑袋。车把式正在约翰·朗酒吧里润着喉咙呢。

——那儿有一辆载货马车，布卢姆先生说。可是它一动也没动。我送你过去吧。你想到莫尔斯沃思大街去吗？

——是的，年轻人回答说。南弗雷德里克大街。

——来吧，布卢姆先生说。

他轻轻地碰了一下盲青年那瘦削的肘部，然后拉着那只柔弱敏感的手，替他引路。

跟他搭讪一下吧。可别采取居高临下的态度。他们会不相信你的话的。随便拉拉家常吧。

——雨不下啦！

不吭声。

他的上衣污迹斑斑。他必是一边吃一边洒。对他来说，吃起东西来味道也完全不同。最初得用匙子一口一口地喂。他的手就像是娃娃的手。米莉的手也曾经是这样的。很敏感。他多半能凭着我的手估摸出我个头儿有多大。他总该有个名字吧？载货马车。可别让他的手杖碰着马腿。马累得正在打着盹儿。好啦，总算安安全全地过了马路。要从公牛后面，马的前面走[271]。

——谢谢您，先生。

凭着嗓音，知道我是个男的了吧。

——现在行了吧？到了第一个路口就朝左拐。

年轻的盲人敲敲边石，继续往前走。他把拐杖抽回来，又探一探。

布卢姆先生跟在盲人的脚后面走着。他穿着一套剪裁不得体的人字呢衣服。可怜的小伙子！他是怎么知道那辆载货马车就在那儿的呢？准是感觉到的。也许用额头来看东西。有一种体积感。一种比暗色更要黑一些的东西——重量或体积。要是把什么东西移开了，他能感觉得到吗？觉察出一种空隙。关于都柏林城，他想必有一种奇妙的概念，因为他总像那样敲着石头走路。倘若没有那根手杖，他能够在两点之间笔直地走吗？一张毫无血色的、虔诚的脸，就像是许下愿要当神父似的。

彭罗斯[272]！那人就叫这个名字。

瞧，他们可以学会做多少事。用手指读书。为钢琴调音。只要他们稍微有点儿头脑，我们就会感到吃惊。一个残疾人或驼背的要是说出常人也会说的话，我们就会夸他聪明。当然，在其他方面他们的感官比我们灵敏。刺绣。编箩筐。大家应该帮帮他们。等摩莉过生日的时候，给她买一只针线筐吧。她就讨厌做针线活儿。也许会不高兴的。人们管他们叫瞎子。

他们的嗅觉也一定更敏锐。四面八方的气味都聚拢了来。每一条街各有不同的气味。每一个人也是这样。还有春天、夏天，各有不同的气味。种种味道呢？据说双目紧闭或者感冒头痛的时候，就品尝不出酒的味道。还说摸着黑抽烟，一点儿味道也没有。

比方说，对待女人也是如此。看不见就更不会害臊了。那个仰着头从斯图尔特医院[273]跟前走过的姑娘。瞧瞧我，穿戴得多么齐全。要是瞧不见她，该是多么奇怪啊！在他心灵的眼睛里，会映出一种形象。嗓音啦，体温啦。当他用手指摸她的时候，就几乎能瞥见线条，瞥见那些曲线了。比方说，他把手放在她头发上。假定那是黑色的。好的。我们就称它作黑色吧。然后移到她的白皮肤上。兴许感觉就有所不同。白色的感觉。

邮局。得写封回信。今天可真忙啦。用邮政汇票给她寄两先令去——不，半克朗吧！薄礼，尚乞哂纳。这儿刚巧有家文具店。且慢。考虑考虑再说。

他用一根手指非常缓慢地把头发朝耳后拢了拢。又摸了一遍。像是极为柔细的稻草。然后又用手指去抚摩一下右脸颊。这里也有茸毛，不够光滑。最光滑要算肚皮了。四下里没有人。那个青年正走进弗雷德里克大街。也许是到利义斯顿舞蹈学校去给钢琴调音哩。我不妨装出一副调整背带的样子。

他走过多兰酒吧，一边把手偷偷伸进背心和裤腰之间，轻轻拉开衬衫，摸了摸腹部那松弛的皱皮。然而我知道那颜色是黄中透白。还是找个暗处去试试吧！

他缩回了手。把衣服拽拢。

可怜的人哪！他还是个孩子呢。可怕啊。确实可怕。什么都看不见，那么他都做些什么梦呢？对他来说，人生就像是一场幻梦。生就那副样子，哪里还有什么公道可言？那些妇孺参加一年一度的游览活动，在纽约被烧死、淹死[274]。一场浩劫。他们说，业[275]就是为了赎你在前世所犯下的宿孽，而轮回转生，遇见了他尖头胶皮管子[276]。哎呀，哎呀，哎呀。当然值得同情。然而不知怎地，他们总有点儿难以接近。

弗雷德里克·福基纳爵士[277]正步入共济会会堂。庄严如特洛伊[278]。他刚在厄尔斯福特高台街美美地吃过一顿午餐。司法界的一群老朽都聚在一道，起劲地喝着大瓶大瓶的葡萄酒，海阔天空地谈论着法院啦，巡回裁判啦，慈善学校年鉴啦。我判了他十年徒刑。他也许对我喝的那种玩意儿嗤之以鼻。他们喝的是瓶子上沾满尘埃、标着酿造年份的陈年老酒。关于记录官法庭该怎样主持公道，他自有看法。这是位用心良好的老人。警察的刑事诉讼卷宗里塞满了种种案件，他们为了提高破案率而捏造罪名。他要求他们纠正。对那些放债者毫不姑息。曾把吕便·杰狠狠地收拾了一顿。说起来他可不折不扣是个人们所说的可鄙的犹太人。这些法官权力很大。都是些戴假发、脾气暴躁的老酒鬼。就像爪子疼痛发炎的熊一样。愿天主可怜你的灵魂。[279]

哦，招贴画。麦拉斯义卖会。总督阁下。十六日，那就是今天啊[280]！为默塞尔医院募款。《弥赛亚》的首演[281]也是为了这个。对。亨德尔。到那儿去看看怎样？鲍尔斯桥。顺便到凯斯商店走一遭。像水蛭似的巴在他身上也没用。待长了会讨嫌。在门口总会碰上熟人的。

布卢姆先生来到了基尔戴尔大街。首先得去图书馆。

在阳光底下戴着草帽。棕黄色皮鞋。卷边长裤。对，就是他[282]。

他的心轻轻地悸跳着，向右拐吧。博物馆。女神们。他向右拐了个弯儿。

是他吗？多半是。别看他了。酒上了我的脸。我为什么要？太叫人发晕。对，就是他。走路的那个姿势。别看他啦。别看他啦。往前走吧。

他边大步流星地走向博物馆的大门，边抬起眼睛。漂亮的建筑。是托马斯·迪恩爵士[283]设计的。他没跟在我后边吧？

也许他没瞧见我。阳光正晃着他的眼睛。

他气喘吁吁，发出一声声短促的叹息。快点儿。冰冷的雕像群。那里挺僻静，不出一分钟我就安全了。

是啊，他没瞧见我。两点多啦。就在大门口那儿。

我的心脏！

他的眼睛直跳，直勾勾地望着奶油色石头的曲线。托马斯·迪恩爵士，希腊式建筑。

我要找样东西。

他那只焦躁的手急忙伸进一个兜里，掏出来一看，是读后没叠好的移民垦殖公司的广告。可放在哪儿了呢？

匆匆忙忙地找。

他赶快又将公司的广告塞了回去。

她说是下午。

我找的是那个。对，那个。所有的兜都翻遍了。手绢。《自由人报》。放在哪儿了呢？对啦。裤子。皮夹子。土豆。我放在哪儿了呢？

快点儿。放轻脚步。马上就到啦。我的心脏。

他一边用手摸索着那不知放到哪儿去了的东西，一边念叨着还得去取化妆水。在裤兜里找到了肥皂，上面粘着温吞吞的纸。啊，肥皂在这儿哪。对，来到大门口了。

安全啦！

第八章　注释

1　基督教兄弟会是天主教在俗修士的组织，致力于实用通俗教育，学校的经费募自民间。

2　“国王陛下御用”为英国广告习用语。

3　这是16世纪编成的英国国歌首句的前半句，全句是：“上帝拯救我们正义的国王。”到了第15章才点明，嘬糖者指爱德华七世（见该章注882）。

4　基督教青年会通过团体活动来传教。1844年成立于伦敦，1851年传到北美。

5　原文作Bloo。布卢姆，英文作Bloom，而“血”则为“blood”。布卢姆最初以为这里写的是他，及至看下去才知道是“血”。“羔羊的血”一语出自《启示录》第7章第14节：“他们用羔羊的血把自己的衣服洗得干净洁白了。”

6　德鲁伊特，见第1章注48。每逢有人病危或在战争中受重伤时，德鲁伊特即为之献祭。办法是将活人装入人形的柳条笼里焚烧。一般使用罪犯，有时也使用无辜者。

7　以利亚为活动于公元前9世纪的希伯来先知。基督教和伊斯兰教都奉他为先知。中国穆斯林称之为伊利亚斯。《旧约全书》的结尾（《玛拉基书》第4章第5、6节）作：“在上主大而可畏的日子来到以前，我要派先知以利亚到你们那里。他要使父亲和子女重新和好，免得我来毁灭大地。”根据犹太教的信仰，以利亚的再度到来标志着弥赛亚（犹太人所期待的救世主）的来临，而根据基督教的信仰，这也意味着基督再世。

8　约翰·亚历山大·道维（1847—1907），以信仰疗法传教的美国布道家。他通过个人摆脱病痛的经验提出灵性疗法，成立国际神圣疗法协会。1901年纠结约5000信徒在距芝加哥约40英里处建锡安城。同年以再世的以利亚自居。1904年6月11日至18日，他来到欧洲。1906年因滥用资金并宣扬一夫多妻主义等丑闻而为信徒们所唾弃。

9　指美国一批以托里和亚历山大为首的信仰复兴运动者。1903年至1905年间，他们到英国进行活动，并于1904年三四月间前往都柏林。鲁本·阿切尔·托里（1856—1928）宣讲怎样研究《圣经》。查尔斯·麦卡勒姆·亚历山大（1867—1928）是个牧师，负责教堂音乐事宜。

10　指19世纪70年代英国人约翰·佩珀所想出的一套办法：他用灯光、黑帷幕和发磷光的服装等，以加强鬼戏的舞台效果。

11　参看第5章注67。

12　马拉加指西班牙安达卢西亚地区地中海沿岸省份，盛产葡萄，以用麝香葡萄为原料酿造的马拉加葡萄酒闻名于世。

13　乔治·巴特勒所开的乐器制造厂在巴切勒步道口上，紧挨着立在奥康内尔桥头的奥康内尔纪念碑，所以人们称这座厂房为纪念碑房。

14　指天主教禁止教徒节制生育。

15　“生养并繁殖吧”一语出自《创世记》第1章第28节。

16　这原是埃及王劝以色列人约瑟把全家父老兄弟接到埃及来定居时所说的话。全句是：

"我要把埃及最好的土地赐给他们；他们可以在这里享受丰足的生活。"见《创世记》第45章第18节。

17 赎罪日是犹太教最隆重的节日，在犹太教历提市黎月（公历9、10月间）初十。《圣经》称赎罪日为圣安息日。从赎罪日前夕至赎罪日全天，犹太教徒都要进行祈祷和默念，禁绝饮食和男女之事。

18 十字面包是大斋期（耶稣复活节之前40天，也叫四旬斋）吃的一种果仁甜面包，上面有一层十字架形的糖衣饰纹。

19 这是一首俚谣的首句。下面是："自带茶叶和白糖，/但你会赴婚礼的。/你会去的，是不是？"

20 "土豆和……和土豆"一语出自民间唱词，表示贫苦人民的怨艾。

21 指吉尼斯啤酒公司，参看第7章注8。

22 柯利狗是18世纪在英国培育成的一种使役犬，分牧羊和看门用的两种。

23 "像个基督教徒那样"在这里有"像个正派人那样"的含义。

24 在第6章中，马丁·坎宁翰提及吕便·杰给了救他儿子一命的人两先令。西蒙·迪达勒斯挖苦道："多给了一先令八便士。"意思是：只给两便士就够了。

25 指他方才拿到的那张传单。

26 爱琳王号是船名，参看第4章注64及有关正文。

27 "哈姆……时期"一语出自《哈姆雷特》第1幕第5场。

28 班伯里为英国牛津郡查韦尔区一城镇。数百年来以所产啤酒、奶酪和点心闻名。

29 吗哪是希伯来文，为"是什么东西"的译音，系古以色列人漂泊荒野时天主所赐类似蜜饼的白色食物。见《出埃及记》第16章。

30 安娜·利菲是利菲河（爱尔兰语：生命之河）的别称。通常是指流经都柏林市南部和西部景色幽美的上游。

31 在中世纪的英国，天鹅肉是专供国王享用的美味。《鲁滨孙漂流记》（1719）中并未明说鲁滨孙吃过天鹅肉，只是提到当地"有不少种飞禽，肉很好吃。然而，除了那些叫作企鹅的以外，我一概不知道它们的名字"。

32 这是伦敦的服装商 J.C. 吉诺在都柏林所开设的批发成衣的分号。第2行的11/-代表11先令，指每条裤子的价钱。

33 亨利·弗兰克斯大夫是个英籍犹太人，1852年出生于曼彻斯特，1903年来到都柏林。

34 据艾尔曼的《詹姆斯·乔伊斯》（第365页），舞蹈教师丹尼斯·杰·马金尼当时是个中年人，以讲究穿戴著称。

35 邓辛克位于都柏林市西北方约5英里处。这里有一座1785年由三一学院院长弗朗西斯·安德鲁斯博士捐赠的气象台，用气流操纵三一学院的钟。

36 罗伯特·斯托尔·鲍尔爵士（1840—1913），天文学家，毕业于三一学院，在母校任天文学教授。1892年改任剑桥大学天文学和几何学教授。这里指他的《天空的故事》（1885）一书。

37 英文里，除了"transmigration"，另有个源于希腊文的外来语"metempsychosis"，也作

“轮回”解，与“met him pike hoses”（遇见了他尖头胶皮管）读音相似，故有此误会。

38 原文作base barreltone，是文字游戏。Base既可作“下贱”解，又可作“男低音”解。Barreltone的意思是“桶音”，与“barytone”（男中音）谐音。这里还有双关之意。多拉德胖得像是巴恩（Bass）酒厂的酒桶。

39 原文作Big Ben，指英国议会大厦上的大钟。

40 神父身上的祭披背后写有I.H.S三个字母。本为拉丁文“万人的救主耶稣”的首字。摩莉却按照英语把它理解为“我犯了罪”“我受了苦”（参看第5章注67）。这里，把“我”改成了“我们”。

41 HELY（希利）是店老板的姓，后面加上“'S”，代表“的”，意思是“希利所开的店”。

42 博伊指博伊兰。当时确有个叫默·格拉德的人，在都柏林市开一家广告公司。

43 盐柱，指因好奇心而受到处罚。参看第4章注36。

44 这是1833年由天主教的迦尔默罗会在拉思曼斯的特兰奎拉所创立的女修道院。

45 迦密山是以色列西北部一道山岭。在《圣经》中，为先知以利亚与崇拜巴力神的众先知对证真伪之处。这里也是迦尔默罗会的发源地（约1156）。

46 这是文字游戏。迦密的原文作Carmel；而糖蜜的原文是caramel，这两个词音相近。

47 铁蒺藜实际上是由三个美国人（史密斯、亨特、凯利）不约而同地于1867年至1868年间发明的。

48 这是第五个挂广告牌的人，参看本章注41。

49 指在三一学院（参看第5章注99）举行的赛车会。

50 第17章中说明了菲尔·吉利根的死因。

51 即亚历山大·汤姆印刷出版公司，参看第7章注45 。

52 这里，布卢姆想起他儿子鲁迪夭折于1894年的往事。

53 维尔·狄龙实有其人，在1894年至1895年间任都柏林市市长，死于1904年4月2日。

54 这是为了给圣凯文感化院（后改名为格伦克里教养中心）募款而一年一度举行的午餐会。

55 这里套用成语“喂内在的人”，意指吃精神食粮。

56 “主啊，所赐万惠，我等”是天主教的《饭后祝文》。“我等”后面省略了“感激称颂”四字。

57 糖锥山位于都柏林东南14英里处。

58 指坐落于斯蒂芬街上的托马斯·多克雷尔父子公司，经售窗玻璃并负责装修。

59 据第17章注310及有关正文，当年布卢姆的父亲还在匈牙利的塞斯白堡时，他的堂兄弟斯蒂芬·维拉格有过这样一间暗室。

60 生命的长河，参看第5章注104 。

61 西特伦，参看第4章注26。

62 他指《自由人报》工长南尼蒂。在第7章“著名的神职人员……”一节中，他忘记了排字房的老领班的名字。

63 巴特尔·达西是个虚构的人物，曾出现在《都柏林人·死者》中。

64 1893年或1894年，布卢姆由于兜售匈牙利皇家特许彩票，差点儿被抓去坐牢。下文中的高中，指伊拉兹马斯·史密斯高中（创立于1870）。

65 “也许……永远地”出自安妮·巴里·克劳福德作词、弗雷德里克·N.克劳奇作曲的《凯思琳·马沃宁》这首歌的第一段。

66 布林太太是布卢姆的妻子摩莉的女友，原名乔西·鲍威尔。布卢姆曾和她逢场作戏。她后来嫁给了丹尼斯。

67 “你的葬礼在明天”，套用费利克斯·麦格伦农的《他的葬礼在明天》，将“他”改成了“你”。“当你穿过裸麦田”，套用罗勃特·彭斯的诗句《穿过裸麦田》。

68 圭亚那东部的德梅拉拉地区所产的蔗糖。

69 每年冬季，都柏林基督教协会为贫民供应每顿仅一便士半的廉价午餐，每逢星期日免费供应早餐。就餐者站在柜台前吃，而餐具都用铁链锁住。

70 算命的认为“黑桃幺”是不祥（也许是死亡）的预兆。

71 原文作U. P：up。关于此词，众说纷纭。狄更斯的《奥列佛·特维斯特》（1838）第24章中，曾用来指一个老妪即将死亡。这里根据这一解释并参照布林的具体情况而译。

72 双关语：原文作 the unfair sex。the fair sex指女性，fair的意思是“美好”或“公正”。

73 酥皮饼，原文作tart，也有荡妇之意。

74 海豚仓，见第4章注54。哑剧字谜是一种室内游戏，分两组，一组用手势或动作表示一句话或一个词，由另一组来猜。

75 在第4章末尾处，曾提到布卢姆读菲利普·博福伊的小说《马查姆的妙举》。“马查姆……妙举”是小说中的词句。

76 当天早晨布卢姆是坐在恭桶上读那篇小说的，眼下他在回忆曾否抽水把马桶冲干净了。

77 指安德鲁·约翰·霍恩爵士，他曾任爱尔兰皇家医学院副院长，当时（1904）是坐落在霍利斯街的国立妇产医院院长，为该院两位名医之一。

78 据艾尔曼的《詹姆斯·乔伊斯》（第365页），无论前文中为哈利做活广告的那五个人还是这里的法雷尔这个人物，都是乔伊斯早年或以后回来做短期逗留时，在都柏林街头所见。

79 原文为依地语，又称“意第绪语”或“犹太德语”。中欧和东欧大多数犹太人的主要口语。

80 阿尔夫雷德·柏根实有其人，死于1951年或1952年。1904年他担任都柏林行政司法副长官助理。苏格兰屋是都柏林的一家酒吧。

81 《爱尔兰时报》是都柏林一家日报。布卢姆曾在这家报纸上刊登过征求女助手的小广告，从而和玛莎·克利弗德通起信来。

82 “我曾……香水”引自玛莎来信，与原信略有出入。参看第5章注36。

83 莉齐·特威格是拉塞尔的一个女弟子，1904年出版过诗集《歌与诗》，署名伊利斯·尼·克拉欧伊布欣。

84 詹姆斯·卡莱尔是《爱尔兰时报》经理兼社长。

85 《爱尔兰狩猎报》是供乡绅消遣的周报，每逢星期六出版。

86 拉思奥斯是位于都柏林西北25英里处一村落。狩猎开始前，先将关在笼中的狐狸释放出来，供狩猎者追捕。

87 套用王尔德的戏剧《无足轻重的女人》（1893）第1幕中伊林沃思爵士的话。他认为猎狐乃是拼命追逐那“不能食用者”。

88 “乔可绝不要！”一语出自19世纪60年代在都柏林流行的一首歌曲。

89 指5至6英尺高、不易越过的障碍物。

90 这里布卢姆回想起当天上午他正想隔着马路欣赏一个妇女抬腿上马车时，被一个狮子鼻司机开的电车挡住视线的事。见第5章注14及有关正文。

91 在后文中，老鸨贝拉提到了米莉亚姆·丹德拉德太太，见第15章585及有关正文。

92 截至1901年，亨利·G.斯塔布斯一直在凤凰公园当护林人。

93 《每日快报》的简称，参看第7章注59。

94 也译作美以美会，是基督教的一个支派，1727年由约翰·卫斯理（1103—1791）创立。教徒组成小组，小组成员的绰号为“循道者”。

95 “他……哲理”，这里套用《哈姆雷特》第2幕第2场中御前大臣波洛涅斯给予哈姆雷特王子的评语。

96 指教育农场产品公司。该公司所开设的店铺供应“有益健康的食品”和“无酒精饮料”。

97 都柏林堡建于13世纪，参看第6章注1。

98 暗指年年生孩子。

99 这是《伊索寓言》里的故事。一只狗自己不吃草，却钻进饲料槽里，不让马吃草。

100 这是酒商安德鲁·罗依所开的酒馆。

101 指伯顿旅店。该店设有餐厅及弹子房。

102 指威廉·博尔顿公司在韦斯特莫兰街所开设的店，经售食品、杂货、茶叶及酒类。

103 维多利亚女王共生过四男五女。1853年生子时，她接受了昏睡分娩法——一种半麻醉的无痛分娩法。

104 “老婆婆……娃娃”出自英国一首摇篮曲。后两句为：“只给汤喝没面包，狠抽一顿送上床。”下面的“他”指艾伯特。实际上他死于伤寒病。

105 这里，布卢姆把丹·道森文中的两句话拼凑在一起。参看第7章的两节：“爱琳，银海上的绿宝石”和“他家乡的土话”。

106 按五分利把五镑存上21年，连本带利可获13镑18先令。

107 据路易斯·海曼所著《爱尔兰的犹太人；早期至1910年》（香农出版社，1972）第190页，莫依塞尔太太及其丈夫尼桑·莫依塞尔（1814—1909）住在西伦巴德街或附近一带。他们的儿子埃尔雅·沃尔夫·莫依塞尔（1856—1904）之妻巴瑟，与摩莉同在1889年6月生女。

108 “快活的人儿”一语套用一首儿歌。第一句是：“老王科尔是个快活的人儿。”

109 参看第6章注176。

110 1800年以后，这座大厦改为爱尔兰银行，但人们习惯于沿用旧称。

111 珀西·阿普约翰是个虚构的人物，系布卢姆少年时代的伙伴。第17章中提到他在南非战争（1899—1902）中阵亡。欧文·戈德堡是布卢姆在伊拉兹马斯·史密斯高中时的同学。系以住在该校附近一同名人为原型而塑造的。

112 原文（mackerel）作为俚语，含有“男妓”或“拉皮条”之意。

113 此语系把吉尔伯特与沙利文合编的喜剧《彭赞斯的海盗》（1880）中的歌词“警察的日子过得可并不快活”做了改动。

114 汤米是托马斯的爱称。托马斯·穆尔（1779—1852），爱尔兰诗人、讽刺作家。他的主要作品《爱尔兰歌曲集》（1807—1834）曾赢得人们对爱尔兰民族主义者的同情和支持。“捣鬼的指头”暗喻弗朗西斯·马奥尼（1804—1866）的《汤姆·穆尔捣的鬼》一文。这位爱尔兰神父指出，穆尔的几首最流行的歌曲是从法文或拉丁文蹩脚地译过来的。三一学院附近竖有他的雕像，雕像下是一座公共便池。

115 《众水汇合》是托马斯·穆尔的《爱尔兰歌曲集》中的一首歌曲名。“世界纵然辽阔，唯数此峡最美丽”是歌词中的两句。

116 朱莉娅·莫尔坎是曾出现在《都柏林人·死者》中的一个人物。

117 迈克尔·威廉·巴尔夫（1808—1870），爱尔兰歌曲家、作曲家，为歌剧《卡斯蒂利亚的玫瑰》（1857）的作者。

118 “可以告诉你一桩事”出自父王的鬼魂对哈姆雷特王子所说的话。接下去是：“最轻微的几句话都会使你魂飞魄散……”见《哈姆雷特》第1幕第5场。

119 乔是约瑟夫的简称。约瑟夫·张伯伦（1836—1914），英国政客，反对爱尔兰自治。在南非与英国的冲突中，竭力主战。1899年他到都柏林三一学院来接受一项荣誉学位。同一天，莫德·冈妮等爱尔兰爱国志士在利菲河对岸集会支持南非，对英国政府提出抗议，并不顾警察的弹压，过河游行到学院草地。

120 “轮中套轮”一语出《旧约·以西结书》第1章第16节。这里指曾在仁慈圣母医院实习的迪克森如今转到霍利斯街的妇产医院来了，而米娜·普里福伊也在那里住院待产（见本章注77及有关正文），机缘凑巧。

121 布尔人是南非荷兰人后裔。1899年至1902年在南非开展反英独立战争，即布尔战争。

122 克里斯琴·鲁道夫·德威特（1854—1922），南非布尔人的将军，政治家。

123 “我们要把……树上！”套用《约翰·布朗的遗体》歌中的一句。约翰·布朗（1800—1859）是美国废奴主义领袖，因领导奴隶起义，被绞死。这是在南北战争中，联邦政府军所唱的纪念约翰·布朗的歌。原词是：“我们要把杰夫·戴维斯吊死在酸苹果树上！”杰夫（即杰斐逊）·戴维斯（1808—1889）是美国南方联盟（1861—1865）唯一的一任总统。

124 醋山岗在韦克斯福德郡的恩尼斯科西。在1798年的民众起义中，起义军的指挥部即设在这里。当年6月21日被英军击溃。爱尔兰民谣《韦克斯福德的男子汉》（参看第7章注75）末段有“战败在醋山岗，我们准备再打一场仗……”之句。

125 奶油交易所是个奶场场主的同业公会，在爱尔兰的几座城市中设有分会。都柏林分会拥有一支乐队。布卢姆正回忆的那次游行示威，该乐队也参加了。

126 19世纪末叶，爱尔兰各地区（都柏林除外）共有64名治安法庭长官。由于待遇好，被视为最理想的职业。

127 语出自T.D.沙利文（1827—1914）所作《天主保佑爱尔兰》。最后三句是：“哪怕上高高的断头台，我们战死沙场也心甘，只要是为了亲爱的爱尔兰！”

128 哈维·达夫是《少朗》（1874）中的一个乔装成农夫的密探。该剧作者为出生于爱尔兰的美国剧作家戴恩·鲍西考尔特（1822—1890）。

129 詹姆斯·凯里，参看第5章注69。

130 此处的汤姆是泛称，尤指下流的偷看者。

131 此语系套用英国歌曲作者亨利·拉塞尔（1813—1900）的《好日子快要到来了》一歌。原词是："好日子快要到来了，再稍微等一等吧！"

132 詹姆斯·斯蒂芬斯（参看第2章注54）所创立的芬尼社，组织严密，每十人分为一组，各有组长。组内也只有直线联系。

133 指在"新芬"这一口号下从事爱尔兰民族独立运动的芬尼社（亦称爱尔兰共和兄弟会）。新芬党的创立者格里菲思即为芬尼社社员（参看第3章注108）。

134 《看不见的手》（1864）是英国戏剧家汤姆·泰勒（1817—1880）所写的情节剧。在戏中，一只"看不见的手"用砒霜将人们一个个毒死。

135 拉斯科是都柏林以北11英里的港口，濒临爱尔兰海。斯蒂芬斯及其支持者从这里乘煤船驶到苏格兰，上岸后改乘火车抵伦敦，在维多利亚车站附近的王宫饭店住了一宵，次日乘船经法国转往美国。

136 白金汉宫是英国君主在伦敦的王宫。这里，布卢姆为了渲染，故意把皇宫饭店说成是白金汉宫饭店。

137 加里波第（1807—1882），意大利民族英雄。1860年组织红衫党，解放西西里和那不勒斯。次年意大利王国宣告成立。他一生中最大的贡献是为意大利的复兴和统一而进行宣传和战斗。

138 俚语中，转义指家常便饭，毫不稀奇。一首民歌有"肥胖的家禽，丝毫不稀奇"之句。

139 参看第7章注200。

140 意指对爱尔兰的独立事业而言，复兴爱尔兰语言比建立独立的爱尔兰经济还重要。

141 米迦勒节是基督教节日。西方教会定于每年9月29日纪念天使长米迦勒。爱尔兰人和英国人在此节日有食鹅肉的习俗，据说是为了保证来年生活富裕。

142 凡是跟着救世军（成立于1865年）的乐队走街串巷，表示自己悔改的，均能领到一个值一便士的面包卷。

143 照基督教的说法，用羔羊的血可以赎罪。参看本章注5。

144 面包洋葱被视为典型的奴隶伙食。

145 迈克尔·柯万是都柏林的一个建筑承包人，他在凤凰公园东边为都柏林工匠住房公司盖了一批廉价房屋。

146 乔治·萨蒙（1819—1904）曾任三一学院院长（1888—1902）。他的姓萨蒙（Salmon）与鲑鱼拼法相同。1904年，尼·特雷尔（1838—1914）继他之后被任命为院长。

147 都柏林俚语，"装在罐头里"指富有。

148 那一位指查理·斯图尔特·巴涅尔（参看第2章注81）。他的哥哥约翰·霍华德·巴涅尔（1843—1923）自1895年起，任爱尔兰伦斯特省南米斯郡的下议院议员，190[illegible]年被希伊击败。这之后，他改任都柏林市政典礼官兼典当商代理人。

149 范妮（弗朗西斯的简称）·伊莎贝拉·巴涅尔（1849—1882）曾协助其兄查理·斯图尔特·巴涅尔从事爱尔兰民族主义运动，组织能力很强，并擅长演说。后赴美，写了一批充满爱国主义情绪的诗。

150 迪金森太太，原名埃米莉·巴涅尔（1841—1918）。查理·斯图尔特·巴涅尔死后，她写了一部关于她哥哥的传记《一个爱国主义者的错误》。《爱尔兰时报》评论说，此书应改题名为《一个爱国主义者的妹妹的错误》。

151 约翰·S.马德尔是都柏林圣文森特医院的外科医生。

152 大卫·希伊（1844—1932），南米斯郡的下议院议员（1903—1918）。

153 位于贝德福德与赫特福德之间的奇尔特恩山区（属白金汉郡），原是强盗窝。后设置了管理员在该分区巡逻，才消除了这一隐患。但这一空缺一直留给那些失去下议院议员席位的人。布卢姆把约翰·霍华德·巴涅尔担任典礼官比作当管理员这一闲职。

154 橙带党（Orange Order）是1795年成立于北爱尔兰的一个秘密团体，旨在支持新教。爱尔兰民族主义者在凤凰公园聚会时，故意剥橘子（Orange）吃，以表示爱尔兰一旦取得了统一与独立，橙带党必将被吞没。这里，原文作Eating orangepeels（吃橘皮），恰与爱尔兰警察制度的制定者罗伯特·奥林奇·皮尔的姓名在拼法上相同。所以这又是“吃掉警察制度制定者”的双关语。

155 双头章鱼指英国。两个脑袋即英国的伦敦和苏格兰的爱丁堡。暗指它们正在扼杀爱尔兰的经济。

156 胡子指诗人乔·拉塞尔（A.E.）。他留着胡子，总是骑着自行车到处活动，对农民发表演说，并组织他们参加合作社。

157 “未来的事情有过前兆”一语出自托马斯·坎贝尔（1777—1844）所作歌谣《给洛奇尔下的预告》（1802）。

158 A.E.参看第3章注109。

159 艾伯特·爱德华指爱德华七世。

160 指亚瑟·埃德蒙·吉尼斯，参看第5章注45。

161 阿方萨斯，见第15章注663。埃比（Eb）是埃比尼泽（Ebenezer）的简称。埃德（Ed）是埃德加（Edgar）或埃德华（Edward）的简称。埃利（El）是埃利阿斯（Elias）的简称。

162 原文作Esquire，首字为E。

163 拉塞尔一向穿手织布或手织呢衣服，以示他相信爱尔兰作为一个农业国家，其家庭手工艺大有潜力。

164 拉塞尔是个素食主义者。

165 气胀病是以食草料为主的牛羊常患的疾病。

166 坚果排是将坚果磨成粉做成的，供素食主义者食用。

167 19世纪末素食主义者以为用苏打水煮菜可以保持原来的养分和色泽。1912年维生素被发现后，方知这样做足以破坏蔬菜所含的养分。

168 这两句诗在后文中由宁芙引用，见第15章注655。

169 耶茨父子公司制造光学与数学仪器。

170 据艾尔曼的《詹姆斯·乔伊斯》（第230页注），乔伊斯认识老哈里斯（约1823—1909）及其孙子们。据海曼的《爱尔兰的犹太人》（第148至149页），威廉·辛克莱（1882—1938）是老哈里斯的孙子。在祖父的坚持下，他是被当作一个犹太人培养大的。下文中的戈埃兹是一家德国光学仪器厂。

171 恩尼斯是爱尔兰克莱尔郡首府，也是该郡的主要铁路和公路枢纽。1886年布卢姆的父亲死在这里。利默里克是爱尔兰利默里克郡的郡级市、港口和首府。在都柏林西南123英里、恩尼斯西南48英里处。

172 关于这块表的传说流传甚广，但它是否存在，迄今未得到证实。

173 据德鲁伊特（参看本章注6）说，这样做能检验一个人有没有未卜先知的本领。

174 查尔斯·贾斯帕·乔利（1864—1904），三一学院天文学教授，邓辛克气象台台长。该台每月第一个星期六对外开放一天。

175 爱尔兰谚语。意思是：谦恭的人远比傲慢的人吃得开。

176 法国天文学家皮埃尔·西蒙（1749—1827）认为，地球也将像月球那样冷却下去，以致全部生命必然消灭殆尽。

177 原文为法语，是一家专做大礼服的裁缝店。

178 托尔卡是都柏林北边的一条小河，在费尔维尤（Fairview）注入都柏林湾。这一带经过填海拓地，有费尔维尤游憩场之称。这是双关语。费尔维尤又作美景解。

179 “五月的……宝贝”以及“荧光灯……宝贝”均出自托马斯·穆尔的《哦，英俊少年》一诗。

180 原文must是双关语。既指“必须”，又指（大象等在交尾期间的）狂暴状态。这里，布卢姆在回忆他们夫妇同去赏月时，博伊兰也在场。他当时已在怀疑妻子和博伊兰有暧昧关系，从而引起种种联想。

181 鲍勃·多兰这个人物曾在《都柏林人·寄寓》中出现。

182 原文为法语。

183 哈普剧院是边就餐边欣赏歌舞表演的游艺场。后转让给詹姆斯·W.惠特布雷德，改为女王剧院。

184 戴恩·鲍西考尔特（1822—1890），为出生于都柏林的剧作家、演员。他凭着深刻的幽默感弥补了演技之不足。1872年移居美国。

185 《三个俊俏姑娘放学了》是英国作曲家沙利文与吉尔伯特合作的轻歌剧《天皇》（1885）中的插曲。

186 “摘下那顶白帽子”是穆尔与伯吉斯乐队所作滑稽演出中的一个噱头。

187 “那把……挨过饿”，套用托马斯·穆尔所作的《那把竖琴曾越过塔拉大厅》一歌。自古以来竖琴是爱尔兰的象征。

188 据约翰·亨利·雷利所著《利奥波德与摩莉·布卢姆纪年：故事体的〈尤利西斯〉》（加州伯克利，1977），布卢姆生于1866年2月至5月之间，摩莉生于1870年9月8日。他们是1894年从西伦巴德街搬走的，参看本书第17章。

189 按：这条街是用花岗岩铺的。

190 “事业……的”“嗒啦……嘣”，原文均为意大利语。这里，布卢姆站在橱窗前忽然想起《胡格诺派教徒》（1836）中的这些台词。该歌剧系1816年起定居于意大利的德国歌剧作曲家贾埃科莫·梅耶贝尔（1791—1864）用德文所写。但19世纪末叶，歌剧一般都用意大利语演唱。布卢姆忽而看见橱窗里有“绸子得用雨水来洗”的说明，想到雨水不含矿物，水质软。

191 民间有一种迷信，认为如果一个姑娘捡起一根针，就会断送与原来男友之间的爱情，必须另交男友。

192 雅法与移民垦殖公司，参看第4章注23、24。

193 指出售版画并配制镜框的剑桥公司。

194 “用别人……自己”，套用罗伯特·彭斯的《致虱子：在教堂里一个女人的帽子上所见》（1786）。

195 博因河在爱尔兰基尔代尔郡。博因河谷附近有塔拉山。

196 科麦克王（约254—约277在位）是爱尔兰的开国元勋，建都于塔拉山。他是最早皈依基督教的，以致惹怒了德鲁依特（参看本章注6），故意让他吞食大马哈鱼刺因而被卡死。圣帕特里克是432年或433年才到爱尔兰来传教的，当时的爱尔兰国王莱格海尔在塔拉宫接见了他。国王本人并未改信基督教，却答应不阻挠圣帕特里克的传教活动，所以这里说是“未能全盘接受”。布卢姆的记忆与史实不相符。

197 这里是借哈姆雷特王子对母后说的话来形容人们的吃相。王子叫母后把先王（她的前夫）的肖像跟现在的国王克劳狄斯（她的第二个丈夫）的肖像相比。见《哈姆雷特》第3幕第4场。

198 当一个小孩用手抓饭菜时，大人常挖苦说：“你要是有三只手就好啦！”

199 后文中，本·多拉德曾提及此人，见第10章注170及有关正文。

200 指都柏林市芒切斯特与伦斯特银行。前句的“星乞（期）一”（Munchday），及后句的“雨（遇）见”，均是乔伊斯故意错写的。

201 “每一个母亲的儿子”出自《仲夏夜之梦》第1幕第2场中众人回答波顿的话。

202 菲利普·克兰普顿爵士（参看第6章注27）的雕像下面有座喷泉，那里备用的杯子与都柏林市政府所发的一样。

203 前面的“别提……院长”和这里的“奥弗林……无知”均出自艾尔弗雷德·珀西瓦尔·格雷夫斯（1846—1879）的《奥弗林神父会揭露他们大家的愚昧无知》（1879）一书。

204 凤凰公园在1904年被认为是世界上最大的城市公园。

205 原文为法语。

206 原文作bob，指未满月的小牛崽，照规定不许宰食，但仍避免不了被宰的命运。

207 “刚砍……骨头”是爱尔兰民间故事里的妖魔鬼怪的形象。这两段使人联想到奥德修在阴府里遇见亡灵们的情景。他们得先喝坑里那乌黑的血，才能说话。见《奥德修纪》卷11。

208 大鼻子弗林是《都柏林人·无独有偶》里的一个人物。大鼻子是他的绰号，原文作Nosey，也含有“好打听闲事”之意。

209 勃艮第葡萄酒产于法国中东部勃艮第地区，有红白二种，红的甘醇浓郁。

210 这里套用C.C.勃姆鲍所编《文学沃野拾遗，供好奇者鉴赏》（费城，1890）中的一首滑稽诗。该诗有“哈姆一族在那里聚集并繁衍生息”之句，这里改为：哈姆和他的后代在那里聚集并繁衍生息。（Ham and his descendants musterred and bred there）。哈姆（Ham旧译为“含”）是《创世记》中诺亚的第二个儿子，与火腿同音，而descendants既作“后代”解，也作“派生物”解，musterred（聚集）与mustard（芥末）、bred（繁衍生息）与bread（面包）读音都近似，全句语意双关。

211 “倘若……不足”和“有它……窝”均参看第5章注18及有关正文。

212 爬上了李子树含有“被逼入绝境”之意。

213 据《马太福音》第2章：由于星相家预言基督长大后要作犹太人的王，希律王为了杀害他，而“派人把伯利恒和附近地区两岁以内的男孩子都杀掉”。天主教把12月28日定为屠杀无辜婴儿纪念日。

214 “吃啊，喝啊，快活一场”一语出自《旧约·传道书》第8章第15节。

215 制造奶酪时使用晒干的小牛皱胃的内膜，所以16世纪以来就有人说制造奶酪乃是消化的过程。奶酪上寄生着微小的螨，凡是它爬过之处，都留下一层粉状褐色外皮。

216 套用英国作家约翰·泰勒（1580—1653）语。原为：“天主送来了食物，魔鬼送来了厨子。”（《约翰·泰勒全集》）

217 这是文字游戏。原文里，魔鬼是devil，而辣子螃蟹则是devilled crab；devil与devilled读音相近。

218 戈尔贡佐拉是意大利伦巴第区一城镇，以产奶酪著称。

219 杰克·穆尼是鲍勃·多兰的内弟，这个人物曾在《都柏林人·寄寓》中出现。

220 《自由人报》（1904年4月28、29日）曾登出广告说，军民之间将于4月29日和30日两天进行拳击比赛。在29日的比赛中，基奥击败了第六龙旗兵团的加里。这里，乔伊斯把日期改为5月22日，将加里改成英国炮队的军士长珀西·贝内特。贝洛港营盘是位于都柏林郊外的英国兵营。

221 卡洛郡属爱尔兰伦斯特省。位于都柏林西南50英里处。

222 这是歌剧《玛丽塔娜》（参看第5章注104）中唐乔斯的唱词。

223 欧洲防风根抹黄油是一道佳肴。抹了过多的质量次于黄油的大油，有假情假意的含义。

224 洋苏木是豆科乔木，原产中美和西印度群岛。木材硬重，能从树心里提取一种同名黑色染料。

225 埃普瑟姆–尤厄尔的简称。这是英国萨里郡的一区，位于伦敦西侧。1730年起盛行赛马。每逢6月的第一个星期举行著名的埃普瑟姆赛马会。

226 这是一句谚语的上半句。下半句为“相处不长”。

227 赖尔登老太太，见第6章注69。

228 斯凯·狗是苏格兰斯凯岛上产的一种㹴狗。

229 原文为德语，意思是保持忠诚街。

230 布卢姆想起当天早晨他曾瞧见博伊兰待在红岸餐馆外面的事。

231 指英语里，5、6、7、8这四个月没有“r”字。这期间牡蛎的味道不好，只宜在有

"r"字的8个月中吃。

232 巴伐利亚国王奥托一世（1848—1916）自1872年起发疯，于1886年即位，同年由大公爵利奥波德·封·巴耶恩（1821—1921）摄政。

233 哈布斯堡王室是欧洲最大的王室之一，1020年建于今瑞士阿尔高州。其后裔奥地利皇帝弗朗西斯·约瑟夫一世（1830—1916）有个侄子名奥托。

234、237 原文为法语。

235 英王爱德华二世（1307—1327在位）曾宣布英国海域内的鲟鱼，概由王室享用。

236 指安德鲁·马歇尔·波特爵士（1837—1919），1883年至1907年间任爱尔兰高等法院法官。

238 这是法国名菜。把鸭子浸泡在白兰地里，点燃后端上餐桌。

239 "帕……式"，原文为法语。将牛肉末、香草、面包屑填人包心菜卷，烤熟而食。

240 关在笼子里填喂的鹅，其肝格外肥大，宜用来做肥鹅肝饼。

241 雷鸟是生活在寒冷地带的一种松鸡类的鸟。

242 据1894年2月2日的《自由人报》，杜比达特小姐曾在詹姆斯·W.惠特布雷德经营的女王皇家剧院演唱过《到基尔代尔去》。

243 基利尼是都柏林以南的一个工业城市，濒临爱尔兰海。

244 Du是du le（加在阴性名词前即为de la）的缩写，系法语的前置词（表示所属关系），相当于英语的of the（"……的""属于……的"）。

245 这里描述老人一面在嘴里拼音，一面写着自己的姓名迈克尔（Michael）的那副神态。米基是迈克尔的简称。

246 西方形容笨蛋为脑子长在脚上。一大筐翻毛生皮鞋，喻不知更要愚蠢多少倍。

247 "紧紧摽在一块儿"一语，在后文中又用来形容博伊兰和摩莉，见第15章注712。下段中提到的霍斯，见第3章注58。

248 指撒有芬香种子（如芝麻等）的糕饼。前面的"真好吃"一语，当天夜里又由莉迪亚·杜丝嘴里说出来，见第15章注713。

249 一种平纹薄毛呢，起初用来做修女披的头纱，故名。现在也用来做衣料。

250 据希腊神话，皮格马利翁是塞浦路斯国王，他也是位雕刻家，并爱上了他手雕的一座女性象牙雕像加拉蒂亚。后来女神让它变为活人，并与皮格马利翁结为夫妻。从罗马诗人奥维德到20世纪的萧伯纳，都曾在作品中采用这一题材。

251 奥尔索普指都柏林的奥尔索普父子酿酒公司所生产的廉价瓶装啤酒。

252 "食物……食物"这里套用乔达诺·布鲁诺在《关于原因、原则和一》（参看第2章注36）中所阐述的物质循环不已的繁殖过程。

253 指女神们没有肛门。

254 在莎士比亚的《维纳斯与阿都尼》（1593）中，维纳斯像男人追求女人那样来向阿都尼求爱。参看张谷若译文第6行："拚却女儿羞容，凭厚颜，要演一出凰求凤。"第42行："爱既无法使他就范，她就用力把他控制。"

255 此句后面，本书海德1989年版（第145页倒12行）有"他还是名出色的会员呢"之句。

256 共济会（参看第5章注8）分会将成员划为三个主要等级：学徒、师兄弟、师父。该会吸收过几名妇女。伊丽莎白·奥尔沃思（？—1773）是最早的一人。她是第一任唐奈赖尔子爵阿瑟·圣莱杰的独女。据说她17岁时，家里召开共济会的会议，给她撞见了。为了保守秘密，就让她入了会。尤金·伦赫夫所著《共济会》（纽约，1934）一书中刊有她的画像。

257 汤姆·罗赤福特是以一个搭救过下水道工人的同名工程师为原型而塑造的人物。参看第10章注107。

258 这是双关语。英文standing一词，既可作“站着”（与“坐”相反）解，又可作“做东”（“请客”）解。这里，大鼻子弗林故意把它理解为前者。

259 那个人指布卢姆。参看第5章注96 及有关正文。

260 在特定条件下，使一立方厘米空气产生一静电单位正或负离子的电离的辐射量为一伦琴，以德国物理学家威廉·康拉德·封·伦琴的姓氏命名。

261 罗赤福特的发明，参看第10章注103及有关正文。

262 原文为意大利语。这是奥地利作曲家莫扎特的歌剧《唐乔万尼》（1787年首演）中被杀死的骑士长亡灵的唱词。

263 意大利语，意思是“今晚同你”。下面的“teco”是“同你”。

264 布卢姆先用意大利语唱了一句，接着又用英语来唱，因而失去了原作的韵味，所以这里说不对头。

265 在本书末尾，摩莉想到了布卢姆拉比利·普雷斯科特的广告事。参看第18章。

266 布赖顿位于伦敦以南51公里处，为英吉利海峡的海滨胜地。

267 马盖特是英国肯特郡一城镇，位于泰晤士河口湾南面。18世纪以来成为闻名的海滨浴场。

268 《我为什么脱离了罗马教会》（伦敦，1883）是查尔斯·帕斯卡尔·特勒斯弗尔·奇尼其（1809—1899）所写的小册子。他于1833年当上天主教神父，1858年皈依新教，成为加拿大长老会牧师。

269 “鸟窝会”是个新教传道会，收养着170名穷孩子。

270 指附属于犹太人皈依基督教伦敦公会的爱尔兰教会。

271 意思是说，从公牛后面和马前面走才安全。因为公牛喜用犄角顶，马好尥蹶子。

272 彭罗斯，参看本章注62。

273 斯图尔特医院是专门收留弱智儿童和精神病患者的医院。

274 据《自由人报》（1904年6月16日），在美国的德国圣马丁路德教会主日学校当天组织一次乘汽船（“斯洛克姆将军”号）游览的活动。结果船在纽约港起火，烧死1030人，大部分是妇孺。

275 “业”是佛教名词，系梵文karman（羯磨）的意译。佛教认为业发生后不会消除。它将引起善恶等报应。

276 “遇见了他尖头胶皮管”，参看本章注37及有关正文。

277 弗雷德里克·福基纳爵士（1831—1908），都柏林市记录法官（1876—1905），参看第7章注158。他曾任慈善学校（原名“蓝衣学校”）董事，并著有《文学杂记：慈善学校史；法院与巡回裁判的故事》（1909）。

278 都柏林天主教大主教约翰·托马斯·特洛伊（1739—1823）曾对1798年的起义发出过“庄严的声讨”。从那以后，人们总把他的名字和“庄严”一词联系在一起。

279 “愿……魂”是审判长对被判死刑者说的套语。

280 麦拉斯义卖会其实是在1904年5月31日举办的。小说中为了行文方便，把日期移到6月16日。

281 《弥赛亚》是德国作曲家亨德尔（1685—1759）所作最为脍炙人口的圣乐，1742年4月13日在都柏林首演，给人留下极其深刻的印象。

282 他，指布莱泽斯·博伊兰。

283 托马斯·迪恩爵士（1792—1871），爱尔兰建筑家，曾设计过三一学院博物馆（1857）和科克市以及其他城市的重要建筑物。这里所指的爱尔兰国立博物馆（1884）和国立图书馆（1883）则是他的儿子托马斯·纽厄纳姆·迪恩爵士（1830—1899）和孙子托马斯·曼利·迪恩爵士（1851—1933）共同设计的。

第九章

为了缓和大家的情绪，公谊会教徒[1]—图书馆长文质彬彬地轻声说道：

——我们不是还有《威廉·迈斯特》那珍贵的篇章吗？一位伟大的诗人对另一位弟兄般的大诗人加以论述。[2]一具犹豫不决的灵魂，被相互矛盾的疑惑所撕扯，挺身反抗人世无边的苦难[3]，就像我们在现实生活中所看到的那样。

他踏着橐橐作响的牛皮鞋[4]，跳着五步舞[5]前进一步，又跳着五步舞[6]，在肃穆的地板上后退一步。

一名工役悄悄地把门开了个缝儿，默默地朝他做了个手势。

——马上就来，他说，踏着橐橐作响的鞋正要走开，却又踟蹰不前。充满绮丽幻想而又不实际的梦想家，面临严峻的现实，就只有一败涂地。[7]我们读到这里，总觉得歌德的论断真是对极了。他的宏观分析是正确的。

像是听了备加响亮的分析，他踩着“科兰多”舞步[8]走开了。歇顶的他，在门旁耸起那双大耳朵，倾听着工役的每一句话，然后就走了。

只剩下两个人。

——德·拉帕利斯先生，斯蒂芬冷笑着说，直到死前一刻钟还活着[9]。

——你找到那六个勇敢的医科学生了吗？约翰·埃格林顿[10]以长者的刻薄口气问道，好叫他们把《失乐园》[11]笔录下来。他管这叫作《魔鬼之烦恼》[12]。

微笑吧。露出克兰利[13]的微笑吧。

起初他为她搔痒，
接着就抚摩她，
并捅进一根女用导尿管。
因为他是个医科学生，
爽朗快活的老医……

——倘若是写《哈姆雷特》的话，我觉得你还需要再添上一个人物。对神秘主义者来说，七是个可贵的数字。威·巴把它叫作灿烂的七[14]。

他目光炯炯，将长着赤褐色头发的脑袋挨近绿灯罩的台灯，在暗绿的阴影下，寻觅着胡子拉碴的脸——长着圣者的眼睛的奥拉夫般的脸[15]。他低声笑了。这是三一学院工读生[16]的笑。没有人理睬他。

管弦乐队的魔鬼痛哭，
淌下了天使般的眼泪[17]。
然而他以自己的屁股代替了号筒[18]。

他抓住我的愚行当作了把柄。

克兰利手下那十一名土生土长的威克洛[19]男子有志于解放祖国。豁牙子凯思林，她那四片美丽的绿野，她家里的陌生人[20]。还有一个向他致意的："你好，拉比[21]。"蒂那依利市[22]的十二个人。在狭谷的阴影下，他吹口哨吆唤他们。一个又一个夜晚，我把灵魂的青春献给了他。祝你一路平安。好猎手。[23]

穆利根收到了我的电报[24]。

愚行。一不做，二不休。

——咱们爱尔兰的年轻诗人们，约翰·埃格林顿告诫说，还得塑造出一位将被世人誉为能与撒克逊佬莎士比亚的哈姆雷特相媲美的人物。尽管我和老本[25]一样佩服他，并且对他崇拜得五体投地。

——这些纯粹属于学术问题，拉塞尔从阴影里发表宏论。我指的是哈姆雷特究竟是莎士比亚还是詹姆斯一世[26]，抑或是埃塞克斯伯爵[27]这样的问题，就像是由教士们来讨论耶稣在历史上的真实性一样。艺术必须向我们昭示某种观念——无形的精神真髓[28]。关于一部艺术作品首要的问题是：它究竟是从怎样深邃的生命中涌现出来的。古斯塔夫·莫罗[29]的绘画表达了意念。雪莱最精深的诗句，哈姆雷特的话语，都能够使我们的心灵接触到永恒的智慧，接触到柏拉图的观念世界。其他只不过是学生们之间的空想而已。

A.E. 曾对前来采访的美国记者这么说过[30]。唉，该死的！

——学者也得先当学生呀，斯蒂芬极其客气地说。亚里士多德就曾经是柏拉图的学生。

——而且他始终是那样，像我们所希望的，约翰·埃格林顿安详地说。我们仿佛总可以看到他那副腋下夹着文凭的模范生的样子。

他又朝着现在正泛着微笑的那张胡子拉碴的脸，笑了笑。

无形的精神上的。父，道，圣息。万灵之父，天人。[31] 希稣斯·克利斯托斯[32]，美的魔术师，不断地在我们内心里受苦受难的逻各斯[33]。这确实就是那个。我是祭坛上的火。我是供牺牲的黄油[34]。

邓洛普[35]，贾奇[36]，在他们那群人当中最高贵的罗马人[37]，A. E.。阿尔瓦尔[38]，高高在天上的那个应当避讳的名字：库·胡[39]——那是他们的大师，消息灵通人士都晓得其真实面目。大白屋支部[40]的成员们总是观察着，留意他们能否出一臂之力。基督携带着新娘子修女[41]，润湿的光，受胎于圣灵的处女，忏悔的神之智慧[42]，死后进入佛陀的境界。秘教的生活不适宜一般人。芸芸众生必须先赎清宿孽。库珀·奥克利夫人[43]有一次瞥见了我们那位大名鼎鼎的姊妹海·佩·勃的原始状态。

哼！哼！呸！呸！[44]可耻，冒失鬼[45]！你不应该看，太太。当一个女人露出原始状态的时候，那是不许看的。

贝斯特[46]先生进来了。个子高高的，年轻，温和，举止安详。他手里文雅地拿着一本又新又大、洁净而颜色鲜艳的笔记本。

——那个模范学生会认为，斯蒂芬说，哈姆雷特王子针对自己灵魂的来世所作的冥想，那难以置信、毫不足取、平淡无奇的独白，简直跟柏拉图一样浅薄。[47]

约翰·埃格林顿皱起眉头，怒气冲冲地说：

——说实在的，一听见有人把亚里士多德跟柏拉图相比较，我就气炸了肺。

——想把我赶出理想国的，斯蒂芬问，是他们两个当中的哪一个呢？[48]

亮出你那匕首般的定义吧。马性者，一切马匹之本质也。他们崇敬升降流和伊涌[49]。神：街上的喊叫。逍遥学派[50]味道十足。空间：那是你非看不可的东西。穿过比人血中的红血球还小的空间，追在布莱克的臀部后面，他们慢慢爬行到永恒。这个植物世界仅只是它的影子。[51] 紧紧地把握住此时此地，未来的一切都将经由这里涌入过去[52]。

贝斯特先生和蔼可亲地走向他的同僚。

——海恩斯走掉啦，他说。

——是吗？

——我给他看朱班维尔[53]的书来着。要知道，他完全热衷于海德的《康诺特情歌》。我没能把他拉到这儿来听听大家的议论，他到吉尔书店买这本书去了。

我的小册子，快快前去，
向麻木的公众致意，
写作用贫乏寒碜的英语，
绝不是我的原意。[54]

——泥炭烟上了他的大脑，约翰·埃格林顿议论道。

我们英国人觉得[55]……悔悟的窃贼[56]。走掉啦。我吸了他的纸烟。一颗璀璨的绿色宝石。镶嵌在海洋这指环上的绿宝石[57]。

——人们不晓得情歌有多么危险，金蛋[58]拉塞尔用诡谲的口吻警告说，在世界上引起的革命运动，原是在山麓间，在一个庄稼汉的梦境和幻象中产生的。对他们来说，大地不是可供开拓的土壤，而是位活生生的母亲。学院和街心广场那稀薄的空气会产生六先令一本的小说和游艺场的小调。法国通过马拉梅[59]创造了最精致的颓废之花，然而唯有灵性贫乏者[60]，才能获得理想生活的启迪。比方说，荷马笔下的腓尼基人的生活。

听罢这番话，贝斯特先生将那张不冲撞人的脸转向斯蒂芬。

——要知道，马拉梅写下的那些精彩的散文诗，他说，在巴黎的时候，斯蒂芬·麦克纳[61]常朗读给我听。有一首是关于《哈姆雷特》的[62]。他说：他边读一本写他自己的书，边漫步。[63]要知道：边读一本写他自己的书。他描述了一个法国镇子上演《哈姆雷特》的情景。要知道，是内地的一个镇子。他们还登了广告。

他用那只空着的手优雅地比比画画，在虚空中写下小小的字：

哈姆雷特
或者
心神恍惚的男子
莎士比亚的剧作[64]

他对约翰·埃格林顿那再一次皱起来的眉头重复了一遍：

——要知道，**莎士比亚的戏剧**[65]哩。法国味十足。法国人的观点。哈姆雷特或者[66]……

——心神恍惚的乞丐[67]，斯蒂芬替他把话结束了。

约翰·埃格林顿笑了。

——对，依我看就是这样，他说，毫无疑问，那是个优秀的民族，可在某些事物上，目光又短浅得令人厌烦。[68]

豪华而情节呆板、内容夸张的凶杀剧[69]。

——罗伯特·格林曾称他为灵魂的刽子手[70]，斯蒂芬说。他真不愧为屠夫的儿子[71]，在手心上啐口唾沫，就抡起磨得铿亮的杀牛斧[72]。为了他父亲这一条命，葬送掉了九条[73]。我们在炼狱中的父亲[74]。身着土黄色军服的哈姆雷特们毫不迟疑地开枪[75]。第五幕那浴血的惨剧[76]乃是斯温伯恩先生在诗中歌颂过的集中营的前奏[77]。

克兰利，我是他的一名沉默寡言的传令兵，离得远远地观望着战斗。

对凶恶敌人之妇孺，
只有我们予以宽恕……

夹在撒克逊人的微笑与美国人的饶舌之间。魔鬼与深渊之间。

——他想把《哈姆雷特》说成是个鬼怪故事，约翰·埃格林顿替贝斯特先生解释说，像《匹克威克》里的胖小子似的，他想把我们吓得毛骨悚然[78]。

听着，听着，啊，听着！[79]

我的肉身倾听着他的话，心惊胆战地听着。

要是你曾经……[80]

——什么是鬼魂？斯蒂芬精神抖擞地说，那不外乎就是一个人由于死亡，由于不在，由于形态的变化而消失到虚无缥缈中去。伊丽莎白女王时代的伦敦与斯特拉特福[81]相距之远，一如今天堕落的巴黎之于纯洁的都柏林。谁是那个离开了幽禁祖先的所在[82]而返回到已把他遗忘了的世界上来的鬼魂呢？谁是哈姆雷特王呢？

约翰·埃格林顿挪动了一下他那瘦小的身躯，向后靠了靠，在做出判断。

情绪激昂了。

——那是六月中旬的一天，就在这个时辰，斯蒂芬迅疾地扫视了大家一眼，好让人们注意倾听他的话。河滨的剧场升起了旗子。旁边的巴黎园里，撒克逊大熊在栏中吼叫着。跟德雷克一道航过海的老水手们，混在池座的观众当中，嚼着香肠。[83]

地方色彩。把自己晓得的统统揉进去。让他们做同谋者。

——莎士比亚离开了西尔弗街那所胡格诺派教徒的房子，沿着排列在河岸上的天鹅槛走去。然而他并不停下脚步来喂那赶着成群小天鹅朝灯芯草丛中走去的母天鹅。埃文河的天鹅[84]别有心思。

场子的构图[85]。依纳爵·罗耀拉啊，赶快来帮助我吧！

——戏开台了。一个演员从暗处[86]踱了过来。他身披宫廷里哪位花花公子穿剩的铠甲，体格魁梧，有着一副男低音的嗓子。这就是鬼魂，是国王，又不是国王，[87]演员乃是莎士比亚。[88]他毕生的岁月不曾虚度，都倾注在研究《哈姆雷特》上了，以便扮演幽灵这个角色。他隔着绷了一层蜡布[89]的架子，呼唤着站在自己对面的年轻演员伯比奇[90]的名字：

哈姆雷特啊，我是你父亲的阴魂……[91]

并吩咐他听着。他是对儿子，自己的灵魂之子——王子，年轻的哈姆雷特——说话；也对肉身之子哈姆奈特[92]·莎士比亚说话——他死在斯特拉特福，以便让他的同名者获得永生。

身为演员的莎士比亚，由于外出而做了鬼魂，身穿死后做了鬼魂的墓中的丹麦先王的服装[93]，他可不可能就是在对亲生儿子的名字（倘若哈姆奈特·莎士比亚不曾夭折，他就成为哈姆雷特王子的双生兄弟了），说着自己的台词呢？我倒是想知道，他可不可能，有没有理由相信：他并不曾从这些前提中得出或并不曾预见到符合逻辑的结论：你是被废黜的儿子，我是被杀害的父亲，你母亲就是那有罪的王后[94]，娘家姓哈撒韦的安·莎士比亚？

——但是像这样来窥探一个伟大人物的家庭生活，拉塞尔不耐烦地开了腔。

你在那儿吗，老实人？[95]

只有教区执事才对这有兴趣。我的意思是说，我们有剧本在手。也就是说，当我们读《李尔王》的诗篇时，该诗作者究竟是怎样生活过来的，干我们什么事？维利耶·德利尔曾说，我们的仆人们可以替我们活下去[96]。窥视并刺探演员当天在休息室里的飞短流长：诗人怎么酗酒啦，诗人如何负债啦。我们有《李尔王》，而那是不朽的。

这话是说给贝斯特先生听的，他露出赞同的神色。

用你的波浪，你的海洋淹没他们吧，

马南南啊，马南南·麦克李尔……[97]

喂，老兄，你饿肚子的时候他借给你的那一镑钱哪儿去啦？[98]

哎唷，我需要那笔钱来着。

把这枚诺布尔[99]拿去吧！

去你的吧！你把大部分钱都花在牧师的女儿乔治娜·约翰逊[100]的床上啦！内心的呵责。

你打算偿还吗？

嗯，当然。

什么时候？现在吗？

喏……不。

那么，什么时候？

我没欠过债。我没欠过债。

要镇定。他是从博伊恩河彼岸来的。在东北角上[101]。你欠了他钱。

且慢。已经过了五个月。分子统统起了变化。现在的我已换了个人。钱是另外那个我欠下的。

早过时啦[102]！

然而我，生命原理，形态的形态，由于形态是不断变化的，在记忆之中，我依然是我。[103]

我，曾经犯过罪，祈祷过，也守过斋戒。

康米从体罚中拯救过的一个孩子。[104]

我，我和我，我。

A. E. I. O. U.

——难道你想违反已经延续了三个世纪的传统吗？约翰·埃格林顿用吹毛求疵的腔调问道。至少她的亡灵已永远安息了。至少就文学来说，她还没出生之前就已去世。

——她是在出生六十七年之后去世的，斯蒂芬反驳说，她看到他出世，以及离开人间。[105] 她接受了他第一次的拥抱。她生下了他的娃娃们。在他弥留之际，她曾把几枚便士放在他的眼睑上，好让他瞑目。

母亲临终卧在床上。蜡烛。用布单罩起来的镜子。把我生到这世上的人躺在那里，眼睑上放着青铜币，在寥寥几朵廉价的花儿下。饰以百合的光明……[106]

我独自哭泣。

约翰·埃格林顿瞧着他那盏火苗纠缠在一起发出荧光的灯[107]。

——世人相信莎士比亚做错了一件事，他说，并尽快地用最巧妙的办法脱了身。[108]

——那是胡扯！斯蒂芬鲁莽地说。天才是不会做错事的。他是明知故犯，那是认识之门。

认识之门打开了，公谊会教徒—图书馆长走了进来，脚下的鞋轻轻地吱吱响着。他已歇顶，竖起耳朵，兢兢业业。

——很难想象，约翰·埃格林顿卓有见识地说，泼妇会是个有用的认识之门。苏格拉底从赞蒂贝[109]身上又认识到了什么呢？

——辩证法[110]嘛，斯蒂芬说。还从他母亲那儿学会了怎样把思想带到人间[111]。他从另一个老婆默尔托[112]（名字是无所谓的[113]！）——也就是说，“好苏格拉底[114]的灵魂的分身[115]”——那儿学到了什么，任何男人或女人都永远不得而知。然而助产术也罢，闺训[116]也罢，都未能从新芬党[117]的执政官与他们那杯毒芹下救他一命[118]。

——可是安·哈撒韦呢？贝斯特先生像是心不在焉似的以安详的口吻说，是啊，我们好像忘记了她，正如莎士比亚本人也把她遗忘了。

他的视线从冥思着的那个人的胡子扫到吹毛求疵者的脑壳，宛若在提醒他们，和颜悦色地责备他们，然后又转向那尽管无辜却受到迫害的罗拉德派[119]那粉红色的秃脑袋。

——他颇有点儿机智，斯蒂芬说，记忆力也不含糊。当他用口哨吹着《我撇下的姑娘》[120]朝罗马维尔[1210]吃力地走着的时候，他的行囊里就装有记忆。即便那场地震不曾记载下来，[122]我们也应知道，该把蹲在窝里的可怜的小兔，猎犬的吠声，镂饰的缰绳，她那蓝色的窗户[123]，放在他一生的哪个时期。《维纳斯与阿都尼》中所描绘的那番记忆[124]，存在于伦敦每个荡妇的寝室里。悍妇凯瑟丽娜[125]长得丑吗？霍坦西奥说她又年轻又漂亮。难道你以为《安东尼与克莉奥佩特拉》的作者，一个热情的香客[126]，两眼竟长在脑后，单挑沃里克郡最丑的淫妇来跟自己睡觉吗？不错，他撇下了她，而获得了男人的世界[127]。然而由男童所扮演的女角儿们[128]是从一个男童[129]眼中看到的女人们。她们的生活、思想、语言，都是男人所赋予的。难道他没选好吗？我觉得毋宁说他是被选的[130]。倘若其他女人能够从心所欲[131]，安自有她的办法[132]。的的确确，她该受责难。[133]是她这个二十六岁的甜姐儿[134]对他进行引诱的。好比是美妙的开场白[135]，灰眼女神[136]伏在少年阿都尼身上，屈就取胜。这就是厚脸皮的斯特拉特福荡妇，她曾把比自己年轻的情人[137]压翻在麦田里。[138]

轮到我？什么时候？

来吧！

——裸麦地，贝斯特先生欣喜快活地说，并且欣喜地、快活地高举着他那本新书。

然后，他喃喃地吟诵起来；那头金发使大家赏心悦目。

裸麦地的田垄间，
俊俏乡男村女眠。[139]

帕里斯，陶醉了的诱惑者[140]。

身穿毛茸茸的家织布衣的高个子[141]从阴影里站起来，掀开了他从合作社买来的怀表的盖子。

——看来我得到《家园报》去啦！

去哪儿？到可开拓的土地上去。

——你要走了吗？约翰·埃格林顿挑起眉毛问。今儿晚上咱们在穆尔[142]家见面，好吗？派珀[143]要来哩！

——派珀？贝斯特先生尖声说，派珀回来了吗？

彼得·派珀噼噼啪啪地一点点挑选着啄食盐汁胡椒。[144]

——这就难说了。这是星期四嘛，我们还有会呢，要是我能及时脱身的话……

道森套房里那间通神学家们的瑜伽魔室[145]。《揭去面纱的伊希斯》[146]。我们曾试图把他们这本巴利语[147]著作送进当铺。在暗褐色华盖的遮阴下，他盘腿坐在宝座上；在星界发挥机能的阿兹特克族的逻各斯[148]，他们的超灵[149]，大我[150]。已够入门资格的虔诚的秘义信徒们环绕着他，等待着启示。路易斯·H. 维克托里[151]。T. 考尔菲尔德·艾尔温[152]。莲花净土的少女们不断地注视着他们[153]。他们的松果体[154]熠熠发光。他内心里充满了神，登上宝座。芭蕉树下的佛陀[155]。吞入灵魂者，吞没者。[156]他的幽魂，她的幽魂，成群的幽魂。[157]他们呜呜哀号，被卷入旋涡，边旋转，边痛哭[158]。

精妙纤细小身躯，
肉器经年女魂栖。[159]

——他们说在文艺方面将有一桩惊人之举，公谊会教徒—图书馆长友好而诚挚地说。风闻拉塞尔先生正在把我们年轻诗人的作品收成集子[160]。大家都在翘首企盼着哪。

他借那圆锥形的灯光热切地扫视着。在灯光映照下，三张脸发着亮。

看吧，并且记在脑子里。

斯蒂芬俯视着横挂在他膝头的那根梣木手杖柄上的宽檐平顶帽。我的盔和剑。用两根食指轻轻地摸一下。亚里士多德的试验。一个还是两个？必然性就在于此。人只能是自己，不可能是其他任何东西。[161]所以，一顶帽子就是一顶帽子[162]。

听着[163]。

年轻的科拉姆和斯塔基[164]。乔治·罗伯茨[165]负责商务方面。朗沃思[166]会在《快邮报》上把它大捧一通的。噢，他会吗？我喜欢科拉姆的《牲畜商》。对，我认为他具有那种古怪的东西——天才。你认为他真有天才吗？叶芝曾赞美过他这句诗：宛如一只埋在荒漠中的希腊瓶。[167] 是吗？我希望今天晚上你能够来。玛拉基·穆利根也要来的。穆尔托他把海恩斯带来。你听到过米切尔小姐讲的关于穆尔和马丁的笑话吗？她说，穆尔是马丁的浪荡儿。[168] 讲得真是巧妙，令人联想到堂吉诃德和桑丘·潘沙。西格尔逊博士[169] 说，我们民族的史诗至今还没写出来。穆尔正是适当的人选。他是都柏林这里的一位愁容骑士[170]。奥尼尔·拉塞尔[171] 穿一条橘黄色百褶短裙[172] 吗？啊，对，他一定会讲庄重的古语。还有他那位杜尔西尼娅[173] 呢？詹姆斯·斯蒂芬斯[174] 正在写俏皮的小品文。看来我们变得越来越重要了。

考狄利娅。*考德利奥*。李尔那最孤独的女儿[175]。

偏僻荒蛮。现在该上你最拿手的法国磨光漆了。[176]

——非常感谢你，拉塞尔先生，斯蒂芬边站起身来边说。劳驾请把这封信交给诺曼先生……

——啊，好的。假若他认为这重要，就会刊用的。我们的读者来稿踊跃极了。

——我知道，斯蒂芬说。谢谢啦！

天老爷犒劳你[177]。猪猡的报纸[178]。阉牛之友派。

辛格也曾答应我，要为《达娜》杂志[179] 写篇稿子。我们的文章会有读者吗？我认为会有的。盖尔语联盟[180] 要点用爱尔兰语写的东西。我希望今天晚上你肯来。把斯塔基也带来吧！

斯蒂芬坐了下来。

公谊会教徒—图书馆长向那些告辞的人打完招呼之后，就走过来了。他泛红着假面具般的脸说：

——迪达勒斯先生，你的观点极有启发性。

他踮起脚尖，脚步声橐橐地踱来踱去，*鞋跟有多么厚，离天就靠近了多少*。[181] 然后在往外走的一片嘈杂声的掩盖下，他低声说：

——那么，你认为她对诗人不忠贞吗？

那张神色惊愕的脸问我。他为什么走过来呢？是出于礼貌，还是得到了什么内心之光[182]？

——既然有和解，斯蒂芬说，当初想必有过纷争。

——可不是嘛。

穿着鞣皮紧身裤的基督狐。一个亡命徒，藏到枯树杈里，躲避着喧嚣。他没同母狐狸打过交道。孑然一身，被追逐着。他赢得了女人们的心，都是些软心肠的人：有个巴比伦娼妇，还有法官夫人们，以及胖墩墩的酒馆掌柜的娘儿们[183]。狐与鹅群[184]。在新地大宅[185]，有个慵懒的浪荡女人。想当初她曾经像肉桂那么鲜艳、娇嫩、可人，而今全部枝叶都已凋落，一丝不挂，对窄小的墓穴心怀畏惧，并且未得到宽恕。

——可不是嘛。那么，你认为……

门在走出去的人们背后关上了。

一片静寂突然笼罩了这间幽深的拱顶斗室。是温暖和沉滞的空气带来的静寂。

维斯太[186]的一盏灯。

在这里，他冥想着一些莫须有的事：倘若恺撒相信预言家的警告而活下来的话[187]，那么他究竟会做些什么事呢？有可能发生的事。可能发生的、可能的情况的种种可能性[188]。不可知的事情。当阿戏留生活在女辈中间时，他用的是什么名字呢？[189]

我周围是封闭起来的思想，装在木乃伊匣里，填上语言香料保存起来。透特[190]，图书馆的神，头戴月冠的鸟神。我听见那位埃及祭司长的声音：[191] *在那一间间堆满泥板书的彩屋里*。

这些思维是沉寂的。它们在人的头脑里却曾经十分活跃。沉寂：但是它们内部却怀着对死亡的渴望，在我耳际讲个感伤的故事，敦促我表露他们的愿望。

——毫无疑问，约翰·埃格林顿沉吟一下说，在所有的伟人中间，他是最难以理解的。除了他曾生活过并且苦恼过以外，我们对他一无所知。不，连这一点也不清楚。旁人经受我们的置疑。[192] 其余的都遮在阴影之下。[193]

——然而《哈姆雷特》这个作品多么富于个人色彩啊，对吗？贝斯特先生申辩说，要知道，我是说，这是有关他的私生活的一种个人手记——我是说，他的生平。至于谁被杀或是谁是凶手，我倒丝毫也不在意……

他把清白无辜的笔记本放在桌边上，面上泛着挑战似的微笑。用盖尔语所撰写的他的个人记录。*船在陆上*。*我是个僧侣*。[194] 把它译成英文[195]吧，小个子约翰。[196]

小个子约翰·埃格林顿说：

——根据我听玛拉基·穆利根所谈起过的，对于这些奇谈怪论我是有准备的。不过我不妨忠告你：倘若你想动摇我认为莎士比亚就是哈姆雷特的这一信念，那可不是轻而易举的。

原谅我。[197]

斯蒂芬忍受着在皱起的眉毛下，严厉地闪着邪光的那双眼睛的剧毒。小王。[198] **而一经它盯视，人就被蛊惑致死。**[199] 布鲁涅托[200] 先生，我要为这句话而感谢你。

——正像我们，或母亲达娜[201]，一天天地编织再拆散我们的身子，[202] 斯蒂芬说，肉体的分子来来回回穿梭；一位艺术家也这样把自己的人物形象编织起来再拆散。尽管我的肉身反复用新的物质编织起来，我右胸上那颗胎里带来的痣[203] 还在原先的地方。同样地，没有生存在世上的儿子的形象，通过得不到安息的父亲的亡灵，在向前望着。想象力迸发的那一瞬，用雪莱的话来说，当精神化为燃烧殆尽的煤[204] 的那一瞬，过去的我成为现在的我，还可能是未来的我。因此，在未来（它是过去的姊妹）中，我可以看到当前坐在这里的自己，但反映的却是未来的我。

霍索恩登的德拉蒙德[205] 帮助你渡过了难关。

——是啊，贝斯特先生朝气蓬勃地说。我觉得哈姆雷特十分年轻。[206] 他对世事那股子激愤可能来自他父亲，可是跟奥菲利娅的那些段落肯定来自他本人。

这可就大错特错啦！他在我的父亲之中，我在他的儿子之中。

——那颗痣是无从消失的，[207] 斯蒂芬笑着说。

约翰·埃格林顿绷着脸皱起眉头。

——倘若那是天才的胎记，他说，天才就成了市场上的滞销货啦！勒南[208] 所称赞不已的莎士比亚晚年的戏剧，呈现出的可是另一种精神。

——和解的精神，公谊会教徒—图书馆长低声说。

——和解又从何谈起，斯蒂芬说，除非先有过纷争。

话就说到这里。

——倘若你想知道，《李尔王》《奥赛罗》《哈姆雷特》和《特洛伊罗斯与克瑞西达》的可怕时刻，究竟被哪些事件罩上了阴影，你就得先留意这个阴影是什么时候和怎样消失的。在一场场可怕的风暴中，泰尔亲王配力克里斯的船翻了，他像另一个尤利西斯那样受尽磨难。[209] 是什么给他的心带来慰藉呢？

头戴红尖帽，受尽折磨，被泪水遮住了视线。[210]

——一个娃娃——放在他怀里的女孩儿玛丽娜。[211]

——智者派容易误入外典[212]这一歧途的倾向是一条永恒不变的规律，约翰·埃格林顿一语道破。大道[213]固然冷清，然而它通向城市。

好样儿的培根[214]。已经发了霉。莎士比亚即培根这一牵强附会的说法。[215]用密码来变戏法的[216]走在大道上。从事宏伟的探索的人们。到哪座城市去呀，各位好老爷？隐姓埋名：A.E.，永恒。马吉是约翰·埃格林顿。[217]太阳之东，月亮之西，[218]长生不老国[219]。两个人都脚蹬长靴，拄着拐杖。[220]

离都柏林[221]还有多远？

先生，还得走七十英里。

掌灯时分能到吗？

——布兰代斯先生认定，斯蒂芬说，它是晚期的头一部剧本。[222]

——是吗？关于这一点，西德尼·李[223]先生——或照某些人的说法：原名叫西蒙·拉扎勒斯的——又怎么说呢？

——玛丽娜是风暴的孩子，[224]米兰达是奇迹[225]，潘狄塔是失去了。[226]丢失了的，又还给他了：他女儿的娃娃。[227]配力克里斯曾说：我的最亲爱的妻子正像这个女郎一样。[228]任何一个男人，倘若没有爱过母亲，他会爱女儿吗[229]？

——做爷爷的艺术，贝斯特先生开始咕哝道。变得伟大的艺术……[230]

[——他会不会参照自己年轻时代的记忆，在她身上看到另一个形象的新生呢？

你知道自己在说些什么吗？爱——是的。大家都晓得的字眼。[231]爱乃出于给予对方之欲望，使之幸福。要某物，则属对自己愿望之满足。[232]]

——对一个具有那种叫作天才的古怪东西的人来说，他的形象就是一切经验的基准，无论物质还是精神方面的。这样的共鸣会触动他的心弦。跟他同一血统的其他男子的形象，会引起他的反感。他会从中看到大自然预示或重复他自己的那种不伦不类的尝试。

公谊会教徒—图书馆长那宽厚的前额被希望点燃了，泛着玫瑰色。

——为了启发大家，我希望迪达勒斯先生会完成他的这一学说。我们还必须提到另一位爱尔兰注释者乔治·萧伯纳[233]先生。我们也不可忘记弗兰克·哈里斯[234]

先生。他在《星期六评论》上所发表的关于莎士比亚的论文着实精彩。说也奇怪，他也为我们描述了《十四行诗》[235]的作者和“黑夫人”之间不幸的关系。受到这位女人青睐的情敌是彭布罗克伯爵——威廉·赫伯特。[236]我认为，倘若诗人非遭到拒绝不可，那么这样的拒绝——怎么说好呢？——似乎是和我们对于本来不应有的情况所抱观点毋宁是一致的。[237]

他说完这番措辞恰当的话之后，就在众人当中昂起温顺的头，一枚海雀蛋，[238]大家争夺的猎物。

他使用丈夫那种老式词句。浑家啦，内助啦。卿爱否，米莉亚姆？[239]爱汝夫否？[240]

——这也可能吧，斯蒂芬说。马吉喜欢引用歌德的一句话：**当心你年轻时所抱的愿望，因为到了中年就会变为现实。**[241]他为什么派一个小贵族[242]去向一个花姑娘[243]求婚呢？她是人人行驶的海湾，[244]少女时代声名狼藉[245]的宫女。他本人是个语言贵族[246]，成为一位卑微的绅士，他还写了《罗密欧与朱丽叶》。为什么？他的自信心过早地被扼杀了。首先，他曾被压翻在麦田（可以说是裸麦地）里。打那以后，他在自己眼中再也不是赢者了，更不能在笑而躺下的游戏[247]中取胜。无论怎样以唐璜[248]自居，也无济于事。后来再怎么弥补，也无法挽回最初的失败。他被野猪的獠牙咬伤了[249]，悍妇即使输了，她手中也还有那看不见的女性武器。我感觉，他的言辞中有着刺激肉身使其陷入新的激情的东西。这是比最初的激情还要晦暗的影子，甚至使他对自己的认识都模糊起来。同样的命运在等待着他，两种狂乱汇成一股旋涡。

他们在倾听。我往他们的耳腔内注入。

——灵魂已经受到了致命的一击，睡觉的时候，毒草汁被注入耳腔[250]。然而在睡眠中遇害的人不可能了解自己是怎样被害的，除非造物主赋予他们的灵魂以洞察来世的本事。倘若造物主不曾让他晓得，哈姆雷特王的鬼魂不可能知道毒杀以及促使这一行动的双背禽兽[251]的事。正因为如此，他的言辞（贫乏而且寒碜的英语[252]）总是转到旁的方面，转到后面。既是凌辱者又是被凌辱者，既愿意又不愿意，[253]从鲁克丽丝那蓝纹纵横的象牙球般的双乳，[254]到伊摩琴袒露着的胸脯上那颗梅花形的痣，[255]一直紧紧缠绕着他。为了逃避自己，他积累起一大堆创作。如今对这些都已厌倦了，就像一只舔着旧时伤口的老狗似的折回去了。然而，由于失对他来说就是得，他就带着丝毫不曾减弱的人性步入永恒。他所写下的智慧也罢，他所阐明的法则也罢，都没有使他受到教益。他的脸甲掀起来了。[256] 如今他成为亡灵，成为阴影；他成为从艾尔西诺的巉岩间刮过去的风；或是各遂所愿 [257]，成了海洋的声音——只有作为影子的实体的那个人，与父同体的儿子，才听得见的声音。

——阿门！有个声音在门口回答说。

我的冤家呀，你找到我了吗？[258]

幕间休息。[259]

这时，形容猥琐、神态像副主教那样阴沉的勃克·穆利根身穿色彩斑斓的小丑服装，愉快地向笑脸相迎的人们走来。我的电报 [260]。

——假若我没听错的话，你在谈论没有实质的脊椎动物 [261] 吧？他问斯蒂芬。

他穿着淡黄色背心，把他摘下的巴拿马草帽当作丑角的帽子似的抡着，快活地致意。

大家向他表示欢迎。你尽管嘲弄他，也还是得侍奉他。[262]

一群嘲弄者，佛提乌，冒牌的小先知 [263]，约翰·莫斯特 [264]。

他，自我诞生之神，以圣灵为媒介，自己委派自己为赎罪者，来到自己和旁人之间，他受仇敌欺骗，被剥光衣服，遭到鞭笞，被钉在十字架上饿死，宛若蝙蝠钉于谷仓门上，听任自己被埋葬，重新站起，征服了地狱 [265]，升入天堂。一千九百年来，坐于自己的实体之右。当生者全部死亡之日，将从彼而来，审判生死者。[266]

天　主　　受　享　　荣福　于——天。[267]

他举起双手。圣器的帷幕垂下来了。啊，成簇的花儿！一座又一座又一座钟，响成一片。

——是呀，确实是，公谊会教徒—图书馆长说。那是一场最令人受教益的讨论。穆利根先生想必对莎士比亚的戏剧也自有他的高见。应该把人生的各个方面都谈一谈。

他一视同仁地朝四面八方微笑着。

勃克·穆利根困惑地左思右想。

——莎士比亚？他说。我好像听说过这个名字。

他那皮肉松弛的脸上闪过一丝开朗的微笑。

——没错儿，他恍然大悟了。就是写得像辛格[268]的那位老兄。

贝斯特先生转向他。

——海恩斯找你哪，他说。你碰上他了吗？回头他要在都柏林面包公司跟你见面。他到吉尔书店买海德的《康纳特情歌》去了。

——我是从博物馆穿过来的，勃克·穆利根说。他来过这儿吗？

——大诗人的同胞们也许对咱们这精彩的议论颇感厌烦了，约翰·埃格林顿回答说。我听说昨天晚上在都柏林，一位女演员[269]第四百零八次演出《哈姆雷特》。维宁[270]提出，这位王子是个女的。有没有人发现他是个爱尔兰人呢？我相信审判官巴顿[271]正在查找什么线索。他（指王子殿下，而不是审判官大人）曾凭着圣帕特里克的名义起过誓。[272]

——最妙的是王尔德的故事《威·休先生的肖像》，贝斯特先生举起他那出色的笔记本说。他在其中证明《十四行诗》是一个名叫威利·休斯的八面玲珑的人写的。[273]

——那不是献给威利·休斯的吗？公谊会教徒—图书馆长问。

要不就是休依·威尔斯？威廉先生本人。[274]W.H.我是谁？

——我认为是为威利·休斯而写的，贝斯特先生顺口纠正自己的谬误说，当然喽，这全是些似是而非的话。要知道，就像休斯和砍伐和色彩[275]，他的写法独特。要知道，这才是王尔德的精髓呢。落笔轻松。

他泛着微笑，轻轻地扫视大家一眼。白肤金发碧眼的年轻小伙子。王尔德那柔顺的精髓。[276]

你着实鬼得很。用堂迪希的钱[277]喝了三杯威士忌。

我花了多少？哦，不过几个先令。

为了让一群新闻记者喝上一通。讲那些干净的和不干净的笑话。机智。为了把他打扮自己的那身青春的华服弄到手，你不惜舍弃你的五种机智。[278] 欲望得到满足的面貌。[279]

机会是很多的。交媾的时候，把她让给你吧。天神啊，让他们过一个凉快的交尾期吧。[280] 对，把她当作斑鸠那样地疼爱吧。

夏娃在赤裸的小麦色肚皮下面犯的罪孽。一条蛇盘绕着她，龇着毒牙跟她接吻。[281]

——你认为这不过是谬论吗？公谊会教徒—图书馆长在问。当嘲弄者最认真的时候，却从未被认真对待过。

他们严肃地讨论起嘲弄者的真诚。

勃克·穆利根又把脸一耷拉，朝斯蒂芬瞅了几眼。然后摇头晃脑地凑过来，从兜里掏出一封折叠着的电报。他那灵活的嘴唇读时露出微笑，带着新的喜悦。

——电报！他说。了不起的灵感！电报！罗马教皇的训谕！

他坐在桌子灯光照不到的一角，兴高采烈地大声读着：

——*伤感主义者乃只顾享受而对所做之事不深觉歉疚之人*。[282] 署名：迪达勒斯。你是打哪儿打的电报？窑子吗？不。学院公园？你把四镑钱都喝掉了吧？姑妈说是要去拜访你那位非同体的父亲。电报！玛拉基·穆利根。下阿贝街船记酒馆。噢，你这个举世无双的滑稽演员！哦，你这个以教士自居的混蛋金赤！

他乐呵呵地将电报和封套塞到兜里，却又用爱尔兰土腔气冲冲地说：

——是这么回事。好兄弟，当海恩斯亲自把电报拿进来的时候，他和我都正觉得苦恼烦闷来着。我们曾嘟囔说，要足足地喝上它一杯，让行乞的修士都会起魔障。我正转着这个念头，他呢，跟姑娘们黏糊起来了。我们就乖乖儿地坐在康纳里[283] 那儿，一个钟头，两个钟头，三个钟头地等下去，指望着每人喝上五六杯呢。

他唉声叹气地说：

——我们就待在那儿，乖乖[284]，把舌头耷拉得一码长，活像那想酒想得发昏的干嗓子教士。你呢，也不知道躲到哪儿去了，居然还给我们送来了这么个玩意儿。

斯蒂芬笑了。

勃克·穆利根像是要提出警告似的弯下腰去。

——流浪汉辛格[285] 正在找你哪，他说，好把你宰了。他听说你曾往他那坐落在格拉斯特赫尔的房子的正门上撒尿。他趿拉着一双破鞋到处走，说是要把你给宰了。

——我！斯蒂芬喊道。那可是你对文学作出的一桩贡献呀！

勃克・穆利根开心地向后仰着，朝那黑咕隆咚偷听着的天花板大笑。

——宰了你！他笑道。

在圣安德烈艺术街上，我一边吃着下水杂烩，一边望着那些严厉的怪兽形面孔[286]。用那对语言报以语言的语言，讲一通话。[287]莪相和帕特里克[288]。他在克拉玛尔森林遇见了抡着酒瓶的牧羊神。[289]**那是圣星期五！**杀人凶手爱尔兰人。他遇见了自己游荡着的形象。我遇见了我的。我在林中遇见一个傻子。[290]

——利斯特[291]先生，一个工役从半掩着的门外招呼说。

——……每个人都能在其中找到自己的形象。审判官先生马登在他的《威廉・赛伦斯少爷日记》中找到了狩猎术语[292]……啊，什么事？

——老爷，来了一位先生，工役走过来，边递上名片边说。是《自由人报》社的。他是想看看去年的《基尔肯尼民众报》[293]合订本。

——好的，好的，好的。这位先生在……？

他接过那张殷勤地递过来的名片，带看不看地瞥了一眼，放下来，并没有读，只是瞟着，边问边把鞋踩得橐橐作响。又问：

——他在……？哦，在那儿哪！

他快步跳着五步舞[294]出去了。在浴满阳光的走廊上，他不辞劳苦，热情地、口若悬河地谈着，极其公正、极其和蔼地尽着本分，不愧为一名最忠诚的“宽边帽”。[295]

——是这位先生吗？《自由人报》？《基尔肯尼民众报》？对。您好，先生。《基尔肯尼……》……我们当然有喽……

一个男子的侧影耐心地等待着，聆听着。

——主要的地方报纸全都有……《北方辉格》《科克观察报》《恩尼斯科尔西卫报》[296]。去年。一九〇三……请您……埃文斯，给这位先生领路……您只要跟着这个工役……要么，还是我自己……这边……先生，请您……

口若悬河，尽着本分，他领先到放着所有地方报纸的所在。一个鞠着躬的黑影儿尾随着他那匆忙的脚后跟。

门关上了。

——犹太佬！勃克・穆利根大声说。

他一跃而起，一把抓住名片。

——他叫什么名字？艾克依・摩西[297]吗？布卢姆。

他喋喋不休地讲下去：

——包皮的收集者[298]耶和华已经不在了。刚才我在博物馆里遇见过他。我到那儿是去向海泡里诞生的阿佛洛狄忒致意的。这位希腊女神从来没有歪起嘴来祷告过。咱们每天都得向她致敬。**生命的生命，你的嘴唇点燃起火焰。**[299]

他突然转向斯蒂芬：

——他认识你。他认识你的老头子。哦，我怕他，他比希腊人还要希腊化。他那双淡色的加利利[300]眼睛总盯着女神中央那道沟沟。美臀维纳斯。[301]啊，她有着怎样一副腰肢啊！**天神追逐，女郎躲藏。**[302]

——我们还想再听听，约翰・埃格林顿征得贝斯特先生的赞同后说。我们开始对莎[303]太太感兴趣了。在这之前，即便我们想到过她，也不过把她看作是一位有耐心的克丽雪达，[304]留守家中的潘奈洛佩。[305]

戈尔吉亚的弟子安提西尼[306]，斯蒂芬说，从曼涅劳王的妻子、阿凯人海伦手里把美的标志棕榈枝拿过来，交给了可怜的潘奈洛佩。二十位英雄在特洛伊那匹母木马[307]里睡过觉。他[308]在伦敦住了二十年，其间有个时期领的薪水跟爱尔兰总督一样多。他的生活是丰裕的。他的艺术超越了沃尔特・惠特曼所说的封建主义艺术[309]，乃是饱满的艺术。热腾腾的鲱鱼馅饼、绿杯里斟得满满的白葡萄酒、蜂蜜酱、蜜饯玫瑰、杏仁糖、醋栗填鸽、刺芹糖块。沃尔特・雷利爵士[310]被捕的时候，身上穿着值五十万法郎的衣服，包括一件精致的胸衣。放高利贷的伊丽莎・都铎[311]的内衣之多，赛得过示巴女王[312]。足足有二十年之久，他徘徊在夫妻那纯洁缠绵的恩爱与娼妇淫荡的欢乐之间。你们可晓得曼宁汉姆那个关于一个市民老婆的故事吧：她看了迪克[313]・伯比奇在《理查三世》中的演出，就邀请他上自己的床。莎士比亚无意中听到了，没费多大力气[314]就制伏了母牛。当伯比奇前来敲门的时候，他从阉鸡[315]的毯子下面回答说：征服者威廉已比理查三世捷足先登啦！[316]快活的小夫人、情妇菲顿[317]"噢"的一声就骑了上去。[318]还有他那娇滴滴的婆娘潘奈洛佩・里奇[319]。这位端庄的上流夫人适合做个演员；而河堤上的娼妇，一回只要一便士。

王后大道。**再出二十苏吧。给你搞点小花样儿。玩小猫咪？你愿意吗？**[320]

——上流社会的精华。还有牛津的威廉・戴夫南特爵士[321]的母亲，只要是长得像金丝雀那样俊秀的男人，她就请他喝杯加那利酒[322]。

勃克·穆利根虔诚地抬起两眼祷告道：

——圣女玛格丽特·玛丽·安尼科克[323]！

——还有换过六个老婆的哈利的女儿[324]。再就是草地·丁尼生、绅士诗人所唱的：附近邸舍的高贵女友[325]。这漫长的二十年间，你们猜猜，斯特拉德福的潘奈洛佩[326]在菱形窗玻璃后面都干什么来着？

干吧，干吧，[327]干出成绩。他在药用植物学家杰勒德那座位于费特小巷的玫瑰花圃[328]里散步，赤褐色的头发已灰白了。**像她的脉管一样蓝的风信子。**[329]**朱诺的眼睑，紫罗兰。**[330]他散步。人生只有一次，肉体只有一具。干吧。专心致志地干。远处，在淫荡和污浊的臭气中，一双手放在白净的肉身上。

勃克·穆利根使劲敲着约翰·埃格林顿的桌子。

——你猜疑谁呢[331]？他盘问。

——假定他是《十四行诗》里那位被舍弃的情人吧！被舍弃一回，就有第二回。然而宫廷里的那个水性杨花的女子是为了一个贵族——他的好友——而舍弃他的。[332]

不敢说出口的爱[333]。

——你的意思是说，刚毅的约翰·埃格林顿插进嘴去，作为一个英国人，他爱上了一位贵族。

蜥蜴们沿着古老的墙壁一闪而过。我在查伦顿[334]仔细观察过它们。

——好像是的，斯蒂芬说，为了这位贵族，并为所有其他特定的、未被耕耘过的处女的胎[335]，他想尽尽马夫对种马所尽的那种神圣职责。也许跟苏格拉底一样，不仅妻子是个悍妇，母亲也是个产婆呢。然而她，那个喜欢痴笑的水性杨花的女子，并不曾撕毁床头盟。[336]鬼魂[337]满脑子都是那两档子事：誓盟被破坏了，她移情于那个迟钝的乡巴佬——亡夫的兄弟身上。我相信可爱的安是情欲旺盛的。她向男人求过一次爱，就会求第二次。

斯蒂芬在椅子上果敢地转了个身。

——证明这一点的责任在你们而不在我，他皱着眉头说。倘若你们否认他在《哈姆雷特》第五场里就给她打上了不贞的烙印，那么告诉我：为什么在他们结婚三十四年间，从迎娶那天直到她给他送殡，她始终只字没被提到过。这些女人统统为男人送了葬：玛丽送走了她的当家人约翰[338]，安送走了她那可怜的、亲爱的威伦[339]；尽管对比她先走感到愤懑，他还是死在她前头了。琼送走了她的四个弟弟[340]。朱迪斯[341]送走了她丈夫和所有的儿子。苏珊也送走了她丈夫[342]。苏珊的女儿伊丽莎白呢，用爷爷的话说：先把头一个丈夫杀了，再嫁给第二个[343]。哦，对啦。有人提到过。当他在京都伦敦过着豪华的生活时，她不得不向她父亲的牧羊人借四十先令来还债[344]。你们解释好了。还解释一下《天鹅之歌》[345]，作者在诗中向后世颂扬了她。

他面对着大家的沉默。

埃格林顿对他这么说：

你指的是遗嘱。

然而我相信法律家已做了诠释。

按照不成文法，她作为遗孀，

有权利继承遗产。法官们告诉我们，

他具有丰富的法律知识。

恶魔嘲弄他。

嘲弄者：

因此，他把她的名字

从最初的草稿中勾销了；然而他并未勾销对外孙女和女儿们的赠予，

赠予他妹妹以及他在斯特拉特福和伦敦的挚友们的礼物。因此，据

我所知，

当他被提醒说，不要漏掉她的名儿

他才留给她

次好的

床。[346]

要点。[347]

留给她他那

次好的床

留给她他那

顶刮刮的床

次好的床

留给一张床。

喔啊！

——当时连俊俏的乡男村女[348]都几乎没什么家当，约翰·埃格林顿说，倘若我们的农民戏[349]反映得真实的话，他们至今也还是没有多少。

——他是个富有的乡绅，斯蒂芬说，有着盾形纹章，还在斯特拉特福拥有一座庄园，在爱尔兰庭园有一栋房屋。他是个资本家和股东、证券发起人，还是个交纳什一税的农场主。倘若他希望她能在鼾声中平安地度过余生的话，为什么不把自己最好的床留给她呢？

——他显然有两张床，一张最好的，另一张是次好的，次好的贝斯特先生[350]乖巧地说。

——向饭桌和寝室告别[351]，勃克·穆利根说得更透彻些，博得了大家的微笑。

——关于一张张有名的床，古人说过不少话，其次的埃格林顿噘起嘴来，面泛微笑。让我想想看。

——古人记载着那个斯塔基莱特的顽童和秃头的异教贤人的事，斯蒂芬说，他在流亡中弥留时，释放了他的奴隶们，留给他们资财，颂扬祖先，在遗嘱中要求把自己合葬在亡妻的遗骨旁边，并托付友人好生照顾他生前的情妇（不要忘记内尔·格温·赫尔派利斯），让她住在他的别墅里[352]。

——你认为他是这么死的吗？贝斯特先生略表关切地问道。我是说……

——他是喝得烂醉而死的，勃克·穆利根劈头就说。一夸脱浓啤酒，就连国王也喜爱。[353]哦，我得告诉你们多顿[354]说了些什么！

——说了什么？最好的埃格林顿[355]问。

威廉·莎士比亚股份有限公司[356]。人民的威廉。详情可询：爱·多顿，海菲尔德寓所[357]……

——真可爱！勃克·穆利根情意绵绵地叹息说，我问他，关于人们指责那位大诗人有鸡奸行为，他做何感想。他举起双手说：我们所能说的仅仅是：当时的生活中充满了欣喜欢乐[358]。真可爱！

变童。

——对美的意识使我们误入歧途，沉浸在哀愁美中的贝斯特对正在变丑的埃格林顿说。

坚定的约翰严峻地回答道：

——博士可以告诉咱们那话是什么意思。你不能既吃了点心又还拿在手里。[359]

你这么说吗？难道他们要从我们——从我这里夺去美的标志——棕榈枝[360]不成？

——还有对财产的意识，斯蒂芬说。他把夏洛克从他自己的长口袋[361]里拽了出来。作为啤酒批发商和放高利贷者的儿子，他本人也是个小麦批发商和放高利贷的。当由于闹饥荒而引发那场暴动时，他手里存有十托德[362]小麦。毫无疑问，向他借钱的那帮人是切特尔·福斯塔夫所说的信仰各种教派的人。他们都说，他公平交易。为了讨回几袋麦芽的款，他和同一个剧团的演员打官司，作为贷款的利息，索取对方的一磅肉。不然的话，奥布里[363]所说的那个马夫兼剧场听差怎么能这么快就发迹了呢？为了赚钱，他什么都干得出。女王的侍医、犹太佬洛佩斯[364]那颗犹太心脏被活生生地剜出来，在上绞刑架之后，大卸八块，紧接着就是一场对犹太人的迫害。这和夏洛克事件不谋而合。《哈姆雷特》和《麦克白》与有着焚烧女巫的嗜好的伪哲学家的即位赶在同一个时期[365]。在《爱的徒劳》中，被击败的无敌舰队[366]成了他嘲笑的对象。他的露天演出——也就是历史剧，在马弗京的一片狂热[367]中，粉墨登场了。当沃里克郡的耶稣会士受审判后，我们就听到过一个门房关于暧昧不清的说法[368]。"海洋冒险号"从百慕大驶回国时[369]，勒南所称赞过的以我们的美国堂弟帕齐·凯列班[370]为主人公的那出戏写成了。继锡德尼之后，他也写了馨美的十四行诗组诗[371]。关于仙女伊丽莎白（又名红发贝斯），那位胖处女授意而写成的《温莎的风流娘儿们》，就让哪位德国绅士耗用毕生心血去从洗衣筐的尽底儿上收集吧，以便探明它的深邃含义。[372]

我觉得自己颇有领会。那么，把神学、论理学、语言学什么学掺和在一起再看看。*撒着尿，撒了尿，撒着尿的，撒尿。*[373]

——证明他是个犹太人吧，约翰·埃格林顿有所期待地将了一军。你们学院的院长说他是个罗马天主教徒。[374]

——*我应该受到抑制。*[375]

——他是德国制造的[376]，斯蒂芬回答说，是一位用法国磨光漆[377]来涂饰意大利丑闻的高手。

——一位拥有万众之心的人，贝斯特先生提醒道。柯尔律治[378]说他是一位拥有万众之心的人。

泛言之，人类社会中，让众人之间存在友情，乃是至关重要的。[379]

——圣托马斯，斯蒂芬开始说……

——为我等祈[380]，僧侣穆利根边瘫坐在椅子上，边呻吟道。

从那儿，他凄凉地吟起北欧古哀诗来：

——吻我屁股！我心脏的搏动[381]！从今天起，咱们毁灭啦！咱们确实毁灭啦[382]！

大家各自泛出微笑。

——圣托马斯……斯蒂芬笑眯眯地说，那部卷帙繁多的书，我是从原文披阅并赞赏的。他是站在不同于马吉先生所提到的新维也纳学派[383]的立场上，来谈乱伦的问题的。他以他特有的睿智而奇特的方法，把乱伦比作在情感方面的贪得无厌。他指出，血统相近者之间滋生的这种爱情，对于那些可能渴望它的陌生人，却贪婪地被抑制住了。基督教徒谴责犹太人贪婪，而犹太人是所有的民族中最倾向于近亲通婚的。这一谴责是愤怒地发出的。基督教戒律使犹太人成为巨富（对他们来说，正如对罗拉德派一样，风暴为他们提供了避难所），也用钢圈箍在他们的感情上[384]。这些戒律究竟是罪恶还是美德，神老爹[385]会在世界末日告诉我们的。然而一个人如此执着于债权，也同样会执着于所谓夫权。任何笑眯眯的邻居[386]也不可去贪图他的母牛、他的妻子、他的婢女或公驴[387]。

——或是他的母驴，勃克·穆利根接着说道。

——温和的威尔[388]遭到了粗暴的对待，温和的贝斯特先生温和地说。

——哪个威尔呀？勃克·穆利根亲切地打了句诨。简直都掺混不清了。

——活下去的意志，约翰·埃格林顿用哲理解释道，对威尔的遗孀——可怜的安来说，就是为了迎接死亡的遗嘱[389]。

——安息吧[390]！斯蒂芬祷告说。

当年雄心壮志何在？

早已烟消云散。[391]

——尽管你们证明当时的床就像今天的汽车那样珍贵，而床上的雕饰也令七个教区感到惊异；却不能改变她——那蒙面皇后[392]穿着寿衣僵硬地挺在那次好的床上这一事实。在晚年，她跟那些传福音的打得火热——其中的一个跟她一道住在新大宅，共饮那由镇议会付款的一夸脱白葡萄酒。然而，他究竟睡在哪张床上，就不得而知了。她听说自己有个灵魂。她读（或者请旁人读给她听）他那些沿街叫卖的廉价小册子。她喜欢它们更甚于《温莎的风流娘儿们》。她每天晚上跨在尿盆上撒尿[393]，驰想着《信徒长裤上的钩子和扣眼》以及《使最虔诚的信徒打喷嚏的最神圣的鼻烟盒》[394]。维纳斯歪起嘴唇祷告着。内心的苛责。悔恨之心。这是一个精疲力竭的淫妇衰老后在寻觅着神的时代。

——历史表示这是真实的，编年学家埃格林顿引证说[395]。时代不断地更迭。然而一个人最大的仇敌乃是他自己家里的人和家族[396]，这话是有可靠根据的。我觉得拉塞尔是对的。我们何必去管他的老婆或者父亲的事呢？依我说，只有家庭诗人才过家庭生活。福斯塔夫并不是个守在家里的人。我觉得这个胖骑士才是他所创造的绝妙的人物。

瘦骨嶙峋的他往椅背上靠了靠。出于羞涩，否定你的同族吧[397]，你这个自命清高的人[398]。他羞涩地跟那些不信神的人一道吃饭，还偷酒杯[399]。这是住在阿尔斯特省安特里姆[400]的一位先生这样嘱咐他的。每年四季结账时就来找他。马吉先生，有位先生要来见您。我？他说他是您的父亲，先生。请把我的华兹华斯[401]领进来。大马吉·马修[402]进来了。这是个满脸皱纹、粗鲁、蓬头乱发的庄稼汉[403]，穿着胯间有个前兜的紧身短裤[404]，布袜子[405]上沾了十座树林的泥污[406]，手里拿着野生苹果木杖[407]。

你自己的呢？他认得你那老头子[408]——一个鳏夫。

我从繁华的巴黎朝临终前的她那肮脏的床头赶去。在码头上摸了摸他的手。他说着话儿，嗓音里含着新的温情。鲍勃·肯尼大夫[409]在护理她。那双眼睛向我祝福，然而并不了解我。

——一个父亲，斯蒂芬说，在抑制着绝望情绪，这是无可避免的苦难。他是在父亲去世数月之后写的那出戏[410]。这位头发开始花白、有着两个已届婚龄的女儿[411]的年方三十五岁的男子，**正当人生的中途**[412]，却已有了五十岁的人的阅历。倘若你认为他就是威登堡那个没长胡子的大学生[413]，那么你就必须把他那位七十岁的老母看作淫荡的王后。不，约翰·莎士比亚的尸体并不在夜晚到处徘徊[414]。它一小时一小时地腐烂下去[415]。他把那份神秘的遗产[416]留给儿子之后，就摆脱了为父的职责，开始安息了。卜伽丘的卡拉特林[417]是空前绝后的一个自己认为有了身孕的男人。从有意识地生育这个意义上来说，男人是缺乏父性这一概念的。那是从唯一的父到唯一的子之间的神秘等级，是使徒所继承下来的。教会不是建立在乖巧的意大利智慧所抛给欧洲芸芸众生的那座圣母像上，而是建立在这种神秘上——牢固地建立在这上面。因为正如世界，正如大宇宙和小宇宙，它是建立在虚空之上，建立在无常和不定之上的。主生格和宾生格的母爱[418]也许是人生中唯一真实的东西[419]。父性可能是法律上的假定。谁是那位受儿子的爱戴，或疼爱儿子的为人之父呢？

你究竟要扯些什么呢？

我晓得。闭嘴。该死的。我自有道理。

越发。更加。再者。其后。[420]

你注定要这么做吗？

——难以自拔的肉体上的耻辱使父子之间产生隔阂。世上的犯罪年鉴虽被所有其他乱伦与兽奸的记录所玷污，却几乎还没记载过这类越轨行为。子与母、父与女、姐妹之间的同性恋，难以说出口的爱，侄子与祖母，囚犯与钥匙孔，皇后与良种公牛[421]。儿子未出世前便损害了美。出世之后，带来痛苦，分散爱情，增添操劳。他是个新的男性：他的成长乃是他父亲的衰老；他的青春乃是他父亲的妒忌；他的朋友乃是他父亲的仇敌。

在王子街[422]上，我想过此事。

——在自然界，是什么把这二者结合起来的呢？是盲目发情的那一瞬。

我是个父亲吗？倘若我是的话？

皱缩了的、没有把握的手。

——非洲的撒伯里乌[423]，野生动物中最狡猾的异端的首领，坚持说，圣父乃是他自己的圣子。没有不能驾驭的语言的斗犬阿奎那[424]驳斥了他。那么，倘若没有儿子的父亲就不称其为父亲，那么没有父亲的儿子能称其为儿子吗？当拉特兰·培根·南安普敦·莎士比亚[425]或错误的喜剧里的另一个同名[426]诗人撰写《哈姆雷特》的时候，他不仅是自己的儿子之父，而且还由于他不再是儿子了，他就成为、自己也感到成为整个家庭之父——他自己的祖父之父，他那未出世的孙儿之父。顺便提一下，那个孙儿从未诞生过，因为照马吉先生的理解，大自然是讨厌完美无缺的[427]。

埃格林顿两眼洋溢着喜悦，羞怯而恍然似有所悟地抬头望着。这个愉快的清教徒隔着盘绕在一起的野蔷薇[428]，乐呵呵地望着。

恭维一番。极偶然地。然而恭维一番吧！

——他本人就是他自己的父亲[429]，儿子穆利根喃喃自语。且慢。我怀孕了。我脑中有个尚未出世的娃娃。明智女神雅典娜[430]！一出戏！关键在于这出戏！[431]让我分娩吧！

他用那双接生的手抱住自己突出的前额。

——至于他的家庭，斯蒂芬说，他母亲的名字还活在亚登森林里[432]。她的死促使他在《科利奥兰纳斯》中写出伏伦妮娅[433]的场景。《约翰王》中少年亚瑟咽气的场面就描述了他的幼子之死。身着丧服的哈姆雷特王子是哈姆奈特·莎士比亚。我们晓得《暴风雨》《配力克里斯》《冬天的故事》中的少女们都是谁。埃及的肉锅克莉奥佩特拉[434]和克瑞西达[435]以及维纳斯都是谁，我们也猜得出。然而他的眷属中还有一个被记载下来的人。

——情节变得复杂啦，约翰·埃格林顿说。

公谊会教徒—图书馆长震颤着，悄悄地走了进来。颤着他那张没有表情的脸，很快地颤着，颤着，颤着。[436]

门关上了。斗室。白昼。

他们倾听着。三个。他们。

我、你、他、他们。

来吧，开饭啦！

斯蒂芬

他有三个弟兄：吉尔伯特、埃德蒙、理查德[437]。吉尔伯特进入老年后，对几个绅士说，有一次他去望弥撒，教堂收献金的送了他一张免票。于是他就去了，瞅见他哥哥——剧作家伍尔在伦敦上演一出打斗戏，背上还骑着个男人[438]。戏园子里的香肠[439]吉尔伯特吃得可开心啦。哪儿也见不到他。然而可爱的威廉却在作品里记下了一个埃德蒙和一个理查德。

马吉·埃格林·约翰

姓名！姓名有什么意义？[440]

贝斯特

理查德就是我的名字，你晓得吗？我希望你替理查德说句好话。要知道，是为了我的缘故。

（笑声）

勃克·穆利根

（轻柔地，渐弱）[441]

于是，医科学生迪克

对他的医科同学戴维说了……[442]

斯蒂芬

他笔下的黑心肠的三位一体——那帮恶棍扒手：伊阿古、罗锅儿理查德和《李尔王》中的埃德蒙，其中两个的名字都跟他们那坏蛋叔叔一样。何况当他写成或者正在撰写这最后一部戏的时候，他的胞弟埃德蒙正奄奄一息地躺在萨瑟克[443]。

贝斯特

我巴不得埃德蒙遭殃，我不要理查这个名字……

（笑声）

公谊会教徒利斯特

（恢复原速）可是他偷去了我的好名声[444]……

斯蒂芬

（渐快）他把自己的名字——威廉这个美好的名字，隐藏在戏里。在这出戏里是配角，那出戏里又是丑角。就像从前意大利画家在画布的昏暗角落里画上了自己的肖像似的，他在满是威尔字样的《十四行诗》里，表明了这一点[445]。就像冈特·欧·约翰[446]一样，对他来说姓名是宝贵的，就像他拼命巴结到手的纹章——黑地右斜线[447]上绘有象征荣誉的[448]矛或银刃的纹章——那样宝贵。比当上本国最伟大的剧作家这一荣誉还更要宝贵。姓名有什么意义[449]？那正是当我们幼时被告知自己的姓名，并把它写下来之际，所问过自己的。他诞生的时候，出现了一颗星[450]，一颗晨星，一条喷火龙[451]。白天，它在太空中独自闪烁着，比夜间的金星还要明亮。夜里，它照耀在标志着他的首字 W[452]、横卧于群星中的仙后座那三角形上。午夜，当他离开安·哈撒韦的怀抱，从肖特利[453]回去时，他一边走在困倦的夏天田野上，一边放眼望着那低低地躺在大熊座东边的地平线上的这颗星。

两个人都感到满意，我也满意。

不要告诉他们，当那颗星消失的时候，他年方九岁。[454]

而且从她的怀抱当中。

等待着被求爱并占有[455]。哎，你这个懦夫[456]，谁会向你求爱呢？

读一读天空吧。*虐己者*[457]。*斯蒂芬的公牛精神*[458]。你的星座在哪里？斯蒂芬，斯蒂芬，面包要切匀。S.D.：*他的情妇。不错——他的。杰林多打定主意不去恋慕 S.D.*。[459]

——迪达勒斯先生，那是什么呀？公谊会教徒—图书馆长问道，是天体现象吗？

——夜间有星宿，斯蒂芬说，白天有云柱[460]。

此外还有什么可说的呢？

斯蒂芬瞅了瞅自己的帽子、手杖和靴子。

斯蒂法诺斯[461]，我的王冠。我的剑。他的靴子使我的脚变了形。买一双吧。我的短袜净是窟窿。手绢也一样。

——你善于在名字上做文章，约翰·埃格林顿承认道。你自己的名字也够别致的了。我看这就正好说明你这个喜欢幻想的性格。

我、马吉和穆利根。

神话中的工匠[462]。长得像鹰的人。你飞走了。飞向哪里？从纽黑文到迪耶普[463]，统舱客。往返巴黎。凤头麦鸡[464]。伊卡洛斯[465]。父亲啊，帮助我吧[466]。被海水溅湿，一头栽下去，翻滚着。你是一只凤头麦鸡，变成一只凤头麦鸡。

贝斯特先生热切地、安详地举起他的笔记本来说：

——那非常有趣儿。因为，要知道，在爱尔兰传说中，我们也能找到弟兄这一主题。跟你讲的一模一样。莎士比亚哥儿仨。格林[467]里也有。要知道，那些童话里，三弟总是跟睡美人结婚，并获得头奖。

贝斯特弟兄们当中最好[468]的。好，更好，最好。

公谊会教徒—图书馆长来到旁边，像弹簧松了似的突然站住了。

——我想打听一下，他说，是你的哪一位弟兄……假若我没理解错的话，你曾暗示说，你们弟兄当中有一个行为不轨……然而，也许我理解得过了头？

他察觉到自己失言了，四下里望望大家，把底下的话咽了下去。

一个工役站在门口嚷道：

——利斯特先生！迪宁神父[469]要见……

——噢，迪宁神父！马上就来。

他立刻把皮鞋踩得橐橐响，随即径直走了出去。

约翰·埃格林顿提出了挑战。

——喂，他说。咱们听听足下关于理查德和埃德蒙有何高见。你不是把他们留到最后吗？

——我曾请你们记住那两位高贵的亲族[470]——里奇叔叔和埃德蒙叔叔，斯蒂芬回答说，我觉得我也许要求得过多了。弟兄正像一把伞一样，很容易就被人忘记。

凤头麦鸡。

你的弟弟在哪儿？在药剂师的店里[471]。砥砺我者，他，还有克兰利，穆利根。[472]现在是这帮人。夸夸其谈。然而要采取行动。把言语付诸实践。他们嘲弄你是为了考验你。采取行动吧。让他们在你身上采取行动。

凤头麦鸡。

我对自己的声音感到厌烦了，对以扫的声音感到厌烦了[473]。愿用我的王位换一杯酒[474]。

继续说下去吧。

——你会说，这些名字早就写在被他当作戏剧素材的纪年记里了。他为什么不采用旁的，而偏偏采用这些呢？理查德，一个婊子养的畸形的罗锅儿，向寡妇安（姓名有什么意义？）求婚并赢得了她——一个婊子养的风流寡妇。三弟——征服者理查德，继被征服者威廉之后而来。这个剧本的其他四幕，松松散散地接在第一幕后面。在莎士比亚笔下所有的国王中，理查是世界上的天使[475]中他唯一不曾怀着崇敬心情加以庇护的。《李尔王》中埃德蒙登场的插话取自锡德尼的《阿卡迪亚》，为什么要把它填补到比历史还古老的凯尔特传说中去呢？[476]

——那是威尔惯用的手法，约翰·埃格林顿辩护说。我们现在就不可能把北欧神话和乔治·梅瑞狄斯的长篇小说的摘录联结在一起。穆尔就会说："这有什么办法呢？"[477]他把波希米亚搬到海边[478]，让尤利西斯引用亚里士多德。[479]

——为什么呢？斯蒂芬自问自答。因为对莎士比亚来说，撒谎的弟兄、篡位的弟兄、通奸的弟兄，或者三者兼而有之的弟兄，是总也离不开的题材，而穷人却不常跟他在一起[480]。从心里被放逐，从家园被放逐，自《维洛那二绅士》起，这个放逐的旋律一直不间断地响下去，直到普洛斯彼罗折断他那根杖，将它埋在地下数呎深处，并把他的书抛到海里。[481]他进入中年后，这个旋律的音量加强了一倍，反映到另一个人生，照序幕、展开部、最高潮部、结局[482]来复奏一遍。当他行将就木时，这个旋律又重奏一遍。有其母必有其女。那时，他那个已出嫁的女儿苏珊娜被指控以通奸罪[483]。然而使他的头脑变得糊涂、削弱他的意志、促使他强烈地倾向于邪恶的，乃是原罪。照梅努斯的主教大人们说来，原罪者，正因为是厚罪，尽管系旁人所犯，其中也自有他的一份罪愆。[484]在他的临终遗言里，透露了这一点。这话铭刻在他的墓石上。她的遗骨不得葬在下面[485]。岁月不曾使它磨灭。美与和平也不曾使它消失。在他所创造的世界各个角落，都变幻无穷地存在着。[486]在《爱的徒劳》中，两次在《皆大欢喜》中，在《暴风雨》中，《哈姆雷特》中，《一报还一报》中——以及其他所有我还没读过的剧作中。

为了把心灵从精神的羁绊中解放出来，他笑了。

审判官埃格林顿对此加以概括。

——真理在两者之间，他斩钉截铁地说。他是圣灵，又是王子。他什么都是。[487]

——可不是嘛，斯蒂芬说。第一幕里的少年就是第五幕中的那个成熟的男人。他什么都是。在《辛白林》，在《奥赛罗》中，他是老鸨[488]，给戴上了绿头巾，他采取行动，也让别人在他身上采取行动。他抱有理想，或趋向堕落，就像荷西那样杀死那活生生的嘉尔曼[489]。他那冷酷严峻的理性就有如狂怒的伊阿古，不断地巴望自己内心的摩尔人[490]会受折磨。

——咕咕！咕咕！穆利根用淫猥的声调啼叫着。啊，可怕的声音！[491]

黑暗的拱形顶棚接受了这声音，发出回响[492]。

——伊阿古是怎样的一个人物啊！无所畏惧的约翰·埃格林顿喊叫着说。归根结底，小仲马（也许是大仲马[493]吧？）说得对：天主之外，莎士比亚创造的最多。

——男人不能使他感到喜悦；不，女人也不能使他感到喜悦[494]，斯蒂芬说。离开一辈子后，他又回到自己出生的那片土地上。从小到大[495]，他始终是那个地方的一名沉默的目击者。在那里，他走完了人生的旅途。他在地里栽下自己的那棵桑树[496]，然后溘然长逝。呼吸停止了[497]。掘墓者埋葬了大哈姆雷特和小哈姆雷特[498]。国王和王子在音乐伴奏下终于死去了。遭到谋杀也罢，被陷害也罢，又有何干？因为无论他是丹麦人还是都柏林人，所有那些柔软心肠的人都会为之哀泣，悼念死者的这份悲伤乃是她们不肯与之离婚的唯一的丈夫。倘若你喜欢尾声，那么就仔细端详一下吧！幸福的普洛斯彼罗[499]是得到好报的善人。丽齐[500]是外公的宝贝疙瘩；里奇叔叔这个歹徒按照因果报应的原则被送进坏黑人注定去的地方了[501]。结局圆满，幕终。他发现，内在世界有可能实现的，外在世界就已经成为现实了。梅特林克说：*倘若苏格拉底今天离家，他会发现贤人就坐在他门口的台阶上。倘若犹大今晚外出，他的脚会把他引到犹大那儿去。*[502]每一个人的一生都是许多时日，一天接一天。我们从自我内部穿行[503]，遇见强盗、鬼魂、巨人、老者、小伙子、妻子、遗孀、恋爱中的弟兄们，然而，我们遇见的总是我们自己。编写世界这部大书而且写得很蹩脚的那位剧作家（他先给了我们光，隔了两天才给太阳[504]），也就是被天主教徒当中罗马味最足的家伙称之为煞神[505]——绞刑吏之神的万物之主宰；毫无疑问，他什么都是[506]，存在于我们一切人当中：既是马夫，又是屠夫，也是老鸨，并被戴上了绿头巾。然而倘若在天堂实行节约，像哈姆雷特所预言的那样，那么就再也不要什么婚娶；或者有什么光彩的人，半阴半阳的天使，将成为自己的妻子。[507]

——我发现啦[508]！勃克·穆利根大声说。我发现啦！

他突然高兴了，跳起来，一个箭步蹿到约翰·埃格林顿的书桌跟前。

——可以吗？他说。玛拉基接受了神谕[509]。

他在一片纸上胡乱涂写起来。

往外走的时候，从柜台上拿几张纸条儿吧。

——已经结婚的，安详的使者贝斯特先生说，除了一个人，都将活下去。没有结婚的，不准再结婚。[510]

他这个未婚者对独身的文学士约翰·埃格林顿笑了笑。

他们没有家室，没有幻想，存着戒心，每天晚上边摸索各自那部有诸家注释的《驯悍记》，边在沉思。

——你这是谬论，约翰·埃格林顿率直地对斯蒂芬说。你带着我们兜了半天圈子，不过是让我们看到一个法国式的三角关系。你相信自己的见解吗？

——不，斯蒂芬马上说。

——你打算把它写下来吗？贝斯特先生问。你应该写成问答体。知道吧，就像王尔德所写的柏拉图式的对话录。

约翰·埃克列克提康[511]露出暧昧的笑容。

——喏，倘若是那样，他说，既然连你自己都不相信，我就不明白你怎么还能指望得到报酬呢？多顿[512]相信《哈姆雷特》中有些神秘之处，然而他只说到这里为止。派珀在柏林遇见的勃莱布楚先生正在研究关于拉特兰[513]的学说，他相信个中秘密隐藏在斯特拉特福的纪念碑里。派珀说，他即将去拜访当前这位公爵，并向公爵证明，是他的祖先写下了那些戏剧。这会出乎公爵大人的意料，然而勃莱布楚相信自己的见解。

我信，噢，主啊，但是我的信心不足，求您帮助我！[514]就是说，帮助我去信，或者帮助我不去信。谁来帮助我去信？我自己[515]。谁来帮助我不去信呢？另一个家伙。

——在给《达娜》[516]撰稿的人当中，你是唯一要求付酬的。像这样的话，下一期如何就难说了。弗雷德·瑞安[517]还要保留些篇幅来刊登一篇有关经济学的文章呢。

弗莱德琳。他借给过我两枚银币。好歹应付一下吧。经济学。

——要是付一畿尼，斯蒂芬说，你就可以发表这篇访问记了。

面带笑容正在潦潦草草写着什么的勃克·穆利根，这时边笑边站起来，然后笑里藏刀，一本正经地说：

——我到“大诗人”金赤在上梅克伦堡街的夏季别墅那里去拜访过他，发现他正和两个生梅毒的女人——新手内莉和煤炭码头上的婊子罗莎莉[518]——一道埋头研究《反异教大全》[519]呢。

他把话顿了一顿。

——来吧，金赤，来吧，飘忽不定的飞鸟之神安古斯[520]。

出来吧，金赤，你把我们剩的都吃光了[521]。嗯，我把残羹剩饭和下水赏给你吃。

斯蒂芬站起来了。

人生不外乎一天接一天。今天即将结束了。

——今天晚上见，约翰·埃格林顿说。我们的朋友[522]穆尔说，务必请勃克·穆利根来。

勃克·穆利根挥着那纸片和巴拿马帽。

——穆尔先生[523]，他说，爱尔兰青年的法国文学讲师。我去。来吧，金赤，“大诗人”们非喝酒不可。你不用扶能走吗？

他边笑着，边……

痛饮到十一点，爱尔兰的夜宴。

傻大个儿……

斯蒂芬跟在一个傻大个儿后面……

有一天，我们在国立图书馆讨论过一次。莎士[524]。然后，我跟在傻乎乎的他背后走。我和他的脚后跟挨得那么近，简直可以蹭破那上面的冻疮了。[525]

斯蒂芬向大家致意，然后垂头丧气地[526]跟着那个新理过发、头梳得整整齐齐、爱说笑话的傻大个儿，从拱顶斗室走入没有思想的灿烂骄阳中去。

我学到了什么？关于他们？关于我自己？

眼下就像海恩斯那样走吧。

长期读者阅览室。在阅览者签名簿上，卡什尔·博伊尔·奥康纳·菲茨莫里斯·菲斯德尔·法雷尔用龙飞凤舞的字体写下了他那多音节的名字。研究项目：哈姆雷特发疯了吗？歇顶的公谊会教徒正在跟一个小教士虔诚地谈论着书本。

——啊，请您务必……那我真是太高兴啦……

勃克·穆利根觉得有趣，自己点点头，愉快地咕哝道：

——心满意足的波顿[527]。

旋转栅门。

难道是……？饰有蓝绸带的帽子……？胡乱涂写着……？什么？……看见了吗？

弧形扶栏。明契乌斯河缓缓流着，一平如镜。[528]

迫克[529]·穆利根，头戴巴拿马盔，一边走着，一边忽高忽低地唱着：

——约翰·埃格林顿，我的乖，约翰，[530]
你为啥不娶个老婆？

他朝半空中啐了一口，唾沫飞溅。

——噢，没下巴的支那佬！靳张艾林唐。[531]我们曾到过他们那戏棚子，海恩斯和我，在管子工会的会馆。我们的演员们正在像希腊人或梅特林克先生那样，为欧洲创造一种新艺术。阿贝剧院！我闻见了僧侣们阴部的汗臭味。[532]

他漠然地啐了口唾沫。

一股脑儿全抛在脑后了，就像忘记了可恶的路希那顿鞭子一样[533]。也忘记了撇下那个三十岁的女人[534]的事。为什么没再生个娃娃呢？而且，为什么头胎是个女孩儿呢？

事后聪明。从头来一遍。

倔强的隐士依然在那儿呢（他把点心拿在手里[535]），还有那个文静的小伙子，小乖乖[536]，菲多那团团般的金发[537]。

呃……我只是呃……曾经想要……我忘记了……呃……

——朗沃思和麦考迪·阿特金森也在那儿……[538]

迫克·穆利根合辙押韵，颤声吟着：

——每逢喊声传邻里，
或听街头大兵语，
我就忽然间想起，
弗·麦考迪·阿特金森，
一条木腿是假的，
穿着短裤不讲道理，
渴了不敢把酒饮，

嘴缺下巴的马吉，
活了一世怕娶妻，
二人成天搞手淫。[539]

继续嘲弄吧。认识自己。[540]

一个嘲弄者在我下面停下脚步，望着我。我站住了。

——愁眉苦脸的戏子，勃克·穆利根慨叹道。辛格为了活得更自然，不再穿丧服了。只有乌鸦、教士和英国煤炭才是黑色的[541]。

他唇边掠过一丝微笑。

——自从你写了那篇关于狗鳕婆子格雷戈里的文章，他说，朗沃思就感到非常烦闷。哦，你这个好窥人隐私、成天酗酒的犹太耶稣会士！她在报馆里替你谋一份差事，你却骂她是蹩脚演员，写了那些蠢话。你难道不能学点叶芝的笔法吗？[542]

他歪鼻子斜眼地走下楼梯，优雅地抡着胳膊吟诵着：

——我国当代一部最美的书。它令人想到荷马。

他在楼梯下止住了步子。

——我为哑剧演员们构思了一出戏，他认真地说。

有着圆柱的摩尔式大厅，阴影交错。九个头戴有标志的帽子的男人跳的摩利斯舞[543]结束了。

勃克·穆利根用他那甜润、抑扬顿挫的嗓音读着那个法版[544]：

——人人是各自的妻
或
到手的蜜月
（由三次情欲亢进构成的、国民不道德剧）
作者
巴洛基·穆利根[545]

他朝斯蒂芬装出一脸快乐的傻笑，说：

——就怕伪装得不够巧妙。可是且听下去。

他读道，清晰地[546]：

——登场人物

托比·托斯托夫（破了产的波兰人）

克雷布（土匪）[547]

医科学生迪克
和 } 一石二鸟
医科学生戴维

老妪葛罗甘（送水者）

新手内莉

以及

罗莎莉（煤炭码头上的婊子）

他摇头晃脑地笑了，继续往前走，斯蒂芬跟在后面。他对着影子——对着人们的灵魂快快乐乐地说着话儿：

——啊，坎姆顿会堂[548]的那个夜晚啊！——你躺在桑椹色的、五彩缤纷的大量呕吐物当中。为了从你身上迈过去，爱琳[549]的女儿们得撩起她们的裙子！

——她们为之撩起裙子的，斯蒂芬说，是爱琳最天真无邪的儿子。

正要走出门口的当儿，他觉出背后有人，便往旁边一闪。

走吧。现在正是时机。那么，去哪儿呢？倘若苏格拉底今天离开家，倘若犹大今晚外出。为什么？它横在我迟早会无可避免地要到达的空间。

我的意志。与我遥遥相对的是他的意志。中间隔着汪洋大海。

一个男人边鞠躬边致意，从他们之间穿过。

——又碰见了，勃克·穆利根说。

有圆柱的门廊。

为了占卜凶吉，我曾在这里眺望过鸟群。[550]飞鸟之神安古斯。它们飞去又飞来。昨天晚上我飞了。飞得自由自在。人们感到惊异。随后就是娼妓街。他捧着一只淡黄色蜜瓜朝我递过来。进来吧。随你挑[551]。

——一个流浪的犹太人[552]，勃克·穆利根露出小丑那战战兢兢的样子悄悄地说。

你瞅见他的眼神了吗？他色眯眯地盯着你哩。我怕你，老水手。[553] 哦，金赤。你的处境危险呀。去买条结实的裤衩吧。

牛津派头。

白昼。拱形桥的上空，悬着状似独轮手车的太阳。

黑色的脊背迈着豹一般的步伐，走在他们前面，从吊门的[554]倒刺下边钻了出去。

他们跟在后面。

继续对我大放厥词吧，说下去。

柔和的空气使基尔戴尔街的房屋外角轮廓鲜明。没有鸟儿。两缕轻烟从房顶袅袅上升，形成羽毛状，被一阵和风柔和地刮走。

别再厮斗了。辛白林的德鲁伊特祭司们的安宁，阐释秘义：在辽阔的大地上筑起一座祭坛。

让我们赞美神明；
让袅袅香烟从我们神圣的祭坛
爬入他们的鼻孔。[555]

第九章　注释

1　公谊会（参看本章注436），基督教的一个教派。不设神职，没有教会组织或圣事仪式，所办学校着重科学教育。这里的公谊会教徒指爱尔兰国立图书馆馆长托马斯·威廉·利斯特（1855—1920）。他译过邓斯特尔所著《歌德传》（1883）。

2　"珍贵的篇章"指歌德的《威廉·迈斯特的学习时代》（1824）第4部第13章至第5部第12章，写威廉怎样翻译、改编并参加《哈姆雷特》的演出（他本人扮演哈姆雷特王子）。利斯特等人认为歌德是借威廉之口阐述自己对《哈姆雷特》一剧的见解。

3　"挺身反抗人世无边的苦难"，见《哈姆雷特》第3幕第1场中哈姆雷特的独白。在《威廉·迈斯特的学习时代》第4部第13章末尾，威廉说："莎士比亚要描写的正是：一件伟大的事业担负在一个不能胜任者身上。……他是怎样的徘徊、辗转、恐惧、进退维谷……最后几乎失却他当前的目标……"

4　"脚踏牛皮鞋"，见《尤利乌斯·恺撒》第1幕第1场中市民乙所说的话。

5、6　五步舞，见《第十二夜》第1幕第3场中托比对安德鲁所说的话。

7　"充满……涂地"是威廉·迈斯特对哈姆雷特的评论。

8　"踩着'科兰多'舞步"，见《第十二夜》第1幕第3场中托比对安德鲁所说的话。

9　德·拉帕利斯（1400—1452），法国著名将军，原名杰克·德·查邦尼斯。他是骑士团首领，精力非常充沛，受重伤后，一直活跃到咽气前一刻钟。部下为了纪念他，作了一首通俗歌曲。其中有"直到死前一刻钟还活跃"句，后来讹传为"还活着"，因此，"德·拉帕利斯的真理"便成了废话的代用语。

10　约翰·埃格林顿是威廉·柯克柏特里克·马吉（1868—1961）的笔名，爱尔兰文艺复兴运动中敏锐的批评家，是神秘派作家之一。

11　《失乐园》（1667）是弥尔顿晚年双目失明后，口授给女儿们完成的。

12　《魔鬼之烦恼》（1897）是玛利·科雷利（玛利·麦凯的笔名，1855—1924）所著小说。这里，约翰·埃格林顿是借此来挖苦斯蒂芬竟然想重写《失乐园》，并把魔鬼描绘成支持人类与耶和华开展斗争的浪漫主义英雄。

13　克兰利，参看第1章注29。据艾尔曼的《詹姆斯·乔伊斯》（第118页），下面的诗引自戈加蒂（见本书第1章注1）的一首未发表的淫诗《医科学生迪克和医科学生戴维》。

14　根据希伯来、希腊、埃及和东方传统，"七"被认为体现着完美与统一，而早期的基督教作家也把"七"当作完美的数字。威·巴即诗人威廉·巴特勒·叶芝。"灿烂的七"见他的《摇篮曲》（1895年版）。

15　奥拉夫是基督教传来之前，古爱尔兰的博学大师兼诗人。这里指爱尔兰文艺复兴运动的领导人之一拉塞尔。

16　靠服侍院士们并做些杂务以取得免费待遇的学生。他们的标志是头戴红色便帽。

17 “魔鬼痛哭”与“淌下了天使般的眼泪”，系模仿《失乐园》卷1中的诗句。

18 原文为意大利文，出自《神曲·地狱》第21篇末句。

19 克兰利是以乔伊斯的朋友 J.F. 伯恩为原型而塑造的人物（参看第1章注29）。克兰利曾说，在威克洛（爱尔兰伦斯特省一郡，东临爱尔兰海）找得到包括他本人在内的12个有志之士，就足以拯救爱尔兰。

20 在叶芝的剧本《豁牙子凯思林》（1902）中，凯思林这个贫穷的老妪象征着失去自由的爱尔兰。她说她那四片美丽的绿野（指爱尔兰的四省，阿尔斯特、伦斯特、芒斯特、康诺特）都被夺走了。“家里的陌生人”，指英国入侵者。

21 原文为拉丁文。这是犹大出卖耶稣后，为了让他带来的人逮捕耶稣而对耶稣所说的话。见《马太福音》第26章第49节。拉比是犹太教中对老师的尊称。也指犹太教教士，犹太法学家。

22 蒂那依利市在威洛克郡。

23 这里，斯蒂芬转念想到爱尔兰文艺复兴运动的另一领导人，诗剧家约翰·米林顿·辛格（1871—1909）的独幕剧《狭谷的阴影》（1903年首演）。女主角诺拉嫌丈夫对她太冷淡，丈夫连声“祝你一路平安”都没说，就把她赶出家门。诺拉和她所爱的一个好猎手一道投入大自然的怀抱中，寻求自由自在的生活去了。

24 这里，斯蒂芬想起他给穆利根打电报的事。电文参看本章注282及有关正文。

25 指本·琼森（约1572—1637），英国剧作家、诗人及评论家。他曾赞誉莎士比亚为“时代的灵魂”，但又批评他缺少“艺术”。

26 詹姆斯一世（1568—1625），英国斯图亚特王朝第一代国王（1603—1625在位）。

27 指埃塞克斯伯爵三世（1591—1646），英国军人，伊丽莎白一世的宠臣。

28 “无形的精神真髓”是爱尔兰诗人（笔名A.E.）拉塞尔喜用的语汇。例如在《宗教与爱》（1904）中，他就用此词来称赞叶芝写诗的才华。

29 古斯塔夫·莫罗（1826—1898），法国象征主义画家，被认为是抽象表现主义的先驱。

30 这里，斯蒂芬想起了当天中午杰·杰·奥莫洛伊告诉他的事。参看第7章“高风亮节之士”一节。

31 通神学以“父、道、圣息”为三位一体。“道”和“万灵之父”均指三位一体的第二位，即基督。见《约翰福音》第1章。天人指亚当。

32 原文为希腊语，即耶稣·基督。

33 逻各斯是希腊哲学、神学用语。《约翰福音》第1章说，耶稣基督是道（逻各斯）成了肉身。指蕴藏在宇宙之中、支配宇宙并使宇宙具有形式和意义的绝对的神圣之理。

34 英国社会改革家贝赞特夫人（1847—1933），一度为费边社会主义者，后改信海·佩·勃拉瓦茨基的学说，成为神志学者。她曾在印度居住多年，在《古代智慧》（伦敦，1897）一书中对祭燔的戒律也做了研究。斯蒂芬在这里套用了印度史诗《摩诃婆罗多》第6篇《钵迦伏诛记》中的话。

35 丹尼尔·尼科尔·邓洛普，爱尔兰通神论者。曾主编《爱尔兰通神论者》（约1896—1915），并用阿雷塔斯这一笔名发表文章。

36 威廉·Q.贾奇（1851—1896），爱尔兰裔美国通神论者，曾协助海·佩·勃拉瓦茨基建立通神学会。

37 见《尤利乌斯·恺撒》第5幕第5场。这原是安东尼对勃鲁托斯的评语。

38 原指古罗马的祭司团阿尔瓦尔弟兄会。其职责是每年主持献祭以祈祷土地肥沃。成员共12人，从最高阶层选出。从事通神论者运动的也有12人，并起名密教派或阿尔瓦尔。

39 指西藏人库特·胡米大圣。他是海·佩·勃拉瓦茨基的两位大师之一。

40 大白屋支部，参看第7章注194，信奉神秘主义的拉塞尔等人均为其成员。

41 按天主教的说法，修女在精神上已嫁给基督，故终生保持独身。

42 原文作sophia。按照通神论的说法，系指人格化了的神之智慧。此处即指耶稣基督。

43 库珀·奥克利夫人（1854—？）的教名是伊莎贝尔。无论在印度（1884年起）还是伦敦（1890年起），均为海伦娜的得力助手。

44 "哼！哼！"和"呸！呸！"分别套用《哈姆雷特》第1幕第2场和第2幕第2场中哈姆雷特的独白。

45 原文为德语。

46 理查德·欧文·贝斯特（1872—1959），先后任爱尔兰国立图书馆副馆长（1904—1923）、馆长（1924—1940），曾把法国教授玛利·亨利·达勃阿·德·朱班维尔（1827—1910）的《爱尔兰神话始末与凯尔特神话》译成英文，1903年在都柏林出版。

47 柏拉图的《理想国》末尾，既有对现世劳苦的回顾，又有关于来世的冥想。而哈姆雷特在第3幕第1场的独白中，表示既不愿再肩负生活的重担，对不可知的来世又顾虑重重。

48 指柏拉图。亚里士多德的《诗学》被视为对诗人的肯定。柏拉图在《理想国》第10卷"诗人的罪状"中，借苏格拉底之口说"从荷马起，一切诗人都只是模仿者"，并在后面提及"为什么要把诗从理想国驱逐出去"。这些话被视为讥讽，但人们常认为那直接表达了柏拉图的想法。

49 升降流和伊涌均为诺斯替教（融合多种信仰的通神学和哲学的宗教，盛行于2世纪）用语。诺斯替教义主要讲人和人在宇宙中的位置。升降流指宇宙行星的运行，伊涌指至高神所溢出的一批精灵。下文中的"神：街上的喊叫"，参看第2章注78及有关正文。

50 逍遥学派即亚里士多德学派。因古希腊哲学家亚里士多德在学园内漫步讲学而得名。

51 这里套用但丁的《神曲·地狱》和威廉·布莱克的《弥尔顿》。在《地狱》第34篇末尾，维吉尔背着但丁，下降到恶魔的臀部，又掉转来向上爬，从地狱返回人间。威廉·布莱克的《弥尔顿》第1篇："比人血中的红血球还小的每个空间／通向永恒／这个植物世界仅只是其一抹阴影。"

52 套用圣奥古斯丁（353—430）所著《论灵魂之不朽》中的"行动的意志属于现在，未来经由这里涌入过去"一语。

53 参看本章注46。

54 这是道格拉斯·海德（参看第3章注169）的一首诗的第1节。第2行的"麻木"，原诗中作"有教养"。此诗收入其所著《早期盖尔文学的故事》（伦敦，1894）中。海德于1893年创立盖尔语联盟，另外还著有《爱尔兰文学史》（1899）。

55 这是海恩斯在当天早晨前往海湾的路上对斯蒂芬所说的话。见第1章末尾。

56 窃贼指英国人。

57 这是约翰·菲尔波特·柯伦（1750—1817）所写《我的心在跳动》一诗的第2句。绿宝石象征爱尔兰。首句是："好爱琳，你的绿胸起伏，多么诱人。"

58 原文作auric egg，是通神学名词，指卓绝的思想家。见波伊斯·霍尔特所编《通神论术语辞典》（伦敦，1910）。

59 斯蒂芬·马拉梅（1842—1898），法国象征派诗人、理论家。他认为完美形式的真谛在于虚无之中，诗人的任务就是去感知那些真谛并加以凝聚、再现。

60 灵性贫乏者，见《马太福音》第5章第3节。下文中的腓尼基人，见《奥德修纪》卷6中瑙西卡公主的故事。腓尼基人的岛上四季都有水果，男人擅长驾船，女人善于纺织，王侯十分富有。

61 斯蒂芬·麦克纳（1872—1954），爱尔兰新闻记者、语言学家、哲学研究者。

62 指马拉梅的散文诗《哈姆雷特与福廷布拉》（1896）。

63 原文为法语。《哈姆雷特》第2幕第2场有哈姆雷特王子边读着一本书边上场的场面。詹姆斯·乔伊斯的"内心的独白"的写作技巧可以追溯到莎士比亚笔下的独白。评论家斯图尔特·吉尔伯特认为，就像马拉梅对哈姆雷特所做的评述那样，一部《尤利西斯》所记录的就是布卢姆和斯蒂芬"边读着自己心灵的书边漫步"的情景。马拉梅暗示说，假装发疯的哈姆雷特所读的正是"自己心灵的书"，这一点引起了贝斯特先生的兴趣。

64 以上四行的原文为法语。

65、66 原文为法语。

67 《心神恍惚的乞丐》是英国小说家、诗人拉迪亚德·吉卜林（1865—1936）作词、阿瑟·沙利文作曲的一首歌（"恳请你掷入我的小铃鼓一先令，／为了奉调南方穿土黄军服的先生们。"），在南非战争期间演唱，曾为英国士兵募集25000英镑。这里，斯蒂芬是站在爱尔兰人反对英国扩张主义的立场来引用此词的。

68 "优秀的民族"指法国民族，含有挖苦意味。指《哈姆雷特》本来是一出包含深邃哲理的戏，马拉梅却把哈姆雷特王子看作是"心神恍惚的男子"。

69 "豪华……凶杀剧"一语，出自《哈姆雷特与福廷布拉》（见本章注62）。

70 罗伯特·格林（1558—1592），英国小说家、戏剧家、小册子作者，也是散文作家之一。莎士比亚的《冬天的故事》（1610）直接取材于格林的田园诗《潘多斯托》（1588）。他在自传性小册子《百万忏悔换取的四便士的智慧》（1592）里说，贪婪乃是"灵魂的刽子手"。这个小册子附有致三个同时代戏剧家的信，其中攻击莎士比亚是"一只自命不凡的乌鸦，用我们的羽毛美化他自己"。

71 屠夫的儿子指莎士比亚。他父亲约翰（？—1601）做过鞣皮手套工匠。英国文物家约翰·奥布里（1629—1697）是头一个提出他当过屠夫的。

72 原文作wielding the sledded poleaxe。《哈姆雷特》第1幕第1场中，霍拉旭曾说他脸上的那副怒容，活像有一次在谈判决裂后他把那些乘雪橇的波兰人击溃在冰上时的神情。这是双关语。Poleaxe是宰牛斧，而Pole则为波兰人；sledded原为"乘雪橇"，这里解作“磨得锃亮”。

73 事实上，《哈姆雷特》一剧中先后共死掉8个人。

74 《天主经》首句为：“我们在天上的父亲”，这里把“天上”改成了“炼狱”。在《哈姆雷特》第1幕第5场中，哈姆雷特父王的鬼魂曾向他描述自己在炼狱中所受火焰烧灼的情景。

75 这里把《哈姆雷特》一剧末尾的流血惨剧比作南非战争中的杀戮。当时英国士兵均穿土黄色制服。1887年在科克郡的一场骚乱（参看第12章注265）中，有个叫普伦基特的上尉喊出“毫不迟疑地开枪”的口令。从那以后，这便成为爱尔兰人反对英国高压政策的口号。

76 《哈姆雷特》第5幕以埋葬奥菲利娅开头，以哈姆雷特等众人惨死告终。

77 斯温伯恩（见第1章注12）曾写过一首十四行诗《哀悼本森上尉》（1901）向死在布尔俘虏营中的本森上尉致哀，并赞扬英军为包括妇孺在内的布尔市民建立了集中营。有人立即撰文批评了他。他反驳说，既然布尔人虐待了英国战俘，把他们关入集中营也是应该的。

78 在狄更斯的第一部长篇小说《匹克威克外传》（1836—1837）第8章中，胖小子乔（沃德尔先生的仆人）向沃德尔太太报告他看见沃德尔小姐怎样和匹克威克派的一个成员偷情。他劈头就说：“我想把你吓得毛骨悚然。”

79 “听着，听着，啊，听着！”一语出自《哈姆雷特》第1幕第5场里鬼魂对哈姆雷特王子所说的台词。

80 这是鬼魂接上一句所说的话，全句是：“要是你曾经爱过你亲爱的父亲——”

81 莎士比亚的故乡埃文河畔斯特拉特福镇位于伦敦西北，属沃里克郡。

82 原文为拉丁文。据天主教的神学，指《旧约》中的长老和先知的灵魂被幽禁的地方。作为伊丽莎白时代的俚语，则指牢狱。见莎士比亚的历史剧《亨利八世》第5幕第4场。

83 巴黎园指16世纪至18世纪之间坐落于环球剧场附近的熊园。撒克逊大熊是该园的一头著名的熊。参看《温莎的风流娘儿们》第1幕第1场末尾斯兰德的台词。弗朗西斯·德雷克爵士（约1540—1596），英国航海家，1588年他曾率领舰队击溃西班牙无敌舰队。按：当时池座里的观众都站着看戏，并向小贩买各种零食。

84 “埃文河的天鹅”即指莎士比亚。这是本·琼森在《莎士比亚戏剧全集》（1623）的序诗中，对莎士比亚的称誉。

85 “场子的构图”一语出自依纳爵·罗耀拉的《圣功》（1548）。

86 伊丽莎白时代的舞台全靠日光照明，没有灯光。靠近后台处有个顶棚，叫作暗处，便于上演幽灵出没的场面。

87 “是国王，又不是国王”见弗朗西斯·鲍蒙特（1584—1616）与约翰·弗莱彻（1579—1625）合写的同名悲喜剧（1611）。

88 英国诗人、戏剧家尼古拉斯·罗（1674—1718）查明，莎士比亚曾扮演过《哈姆雷特》中的幽灵这一角色。

89 蜡布是裹在遗体上防腐用的。“隔着……蜡布”指幽灵在冥界。

90 理查德·伯比奇（约1567—1619），英国演员，莎士比亚戏剧主要角色扮演者，善于饰演悲剧角色（尤其是哈姆雷特）。莎士比亚在伦敦时同他交往密切，并在遗嘱中给他留下了一件纪念品。

91 这是鬼魂对哈姆雷特王子所说的话，见《哈姆雷特》第1幕第5场。

92 莎士比亚的妻子于1585年2月2日生下一对双胞胎，儿子名叫哈姆奈特，1596年8月，11岁上夭折，女儿名朱迪斯。

93 “身穿……的丹麦先王的服装”，套用霍拉旭对鬼魂说的话，参看《哈姆雷特》第1幕第1场。

94 参看第7章注187。

95 “你在……人？”哈姆雷特正要求霍拉旭等人对见到先王鬼魂一事宣誓严加保密时，听见鬼魂在地下帮腔说：“宣誓！”于是朝着地下说了这句话。见《哈姆雷特》第1幕第5场。

96 维利耶·德利尔–阿达姆（1838—1883），法国诗人、剧作家、短篇小说家。“我们的仆人们可以替我们活下去”出自他的遗作《阿克塞尔》（1890）。主人公阿克塞尔子爵与美人萨拉一见钟情。他建议二人一道自杀，并且说了这句话。叶芝在《秘密的玫瑰》（1897）中以此话作为引语，并献给了拉塞尔。

97 这两句诗出自拉塞尔的三幕诗剧《迪尔德丽》（1902年初次上演，1907年出版）。马南南·麦克李尔，参看第3章注31。

98 按：斯蒂芬欠了拉塞尔一英镑，迄未偿还。

99 诺布尔是英国古金币（用到1461年为止），一诺布尔相当于旧制六先令八便士。

100 在后文中，斯蒂芬对林奇提及乔治娜。参看第15章注689。

101 拉塞尔生在位于爱尔兰东北角上的阿尔斯特郡。

102 这是哈姆雷特对波洛涅斯说的话，表示他向自己报告的消息已经陈旧了。见《哈姆雷特》第2幕第2场。

103 生命原理是亚里士多德的术语，表示使纯系潜在之物变为现实。灵魂（或生命机能）是亚里士多德在其《论灵魂》中所说的有生命机体的生命原理。关于形态，参看第2章注24。

104 斯蒂芬小时在克朗戈伍斯森林公学读书期间，曾因打碎了眼镜，未能写作文，因而被教导主任多兰神父用戒尺打了手心。他向校长康米神父提出申诉，才得以免除进一步的惩罚。参看《一个青年艺术家的画像》一书第1章。下文中的A.E.I.O.U.是英文中的五个元音字母。英国人打借条常用IOU（即I owe you）。这里，就含有“A.E.我欠你”之意。

105 这里，“她”指莎士比亚的妻子安·哈撒韦。莎士比亚是18岁时结婚的，安生于1556年，比他大8岁。莎士比亚死于1616年，而安一直活到1623年。

106 原文为拉丁文。

107 “荧光”，参看第8章注179。

108 “犯了错误”指莎士比亚与安结婚；“脱了身”指莎士比亚于1586年左右把妻儿留在家乡，只身出走伦敦。

109 据说苏格拉底的妻子赞蒂贝是个有名的泼妇。

110 指苏格拉底的方法和目的就是要通过争辩来发现真理。

111 据说苏格拉底的母亲是个产婆。苏格拉底接二连三地向同他交谈的人提问题，迫使对方承认自己的无知，然后引导对方认识真正的美德。换言之，帮助思想的产生（即“助产术”）。

112 据说默尔托（阿里斯泰得斯之女）是苏格拉底的第一个妻子。

113 原文是拉丁文。

114 原文作Socratididion，为苏格拉底的爱称，也可译为“亲爱的苏格拉底”。

115 《灵魂的分身》（1821）是雪莱一首诗的题目，原文作Epipsychidion，系希腊文的复合词。

116 闺训，原文作caudlelectures。Caudle是供病人饮用的滋养饮料。英国剧作家道格拉斯·杰罗尔德（1803—1857）的连载作品《幕训》（1846）中的女主人公考德尔（Caudle）夫人整夜整夜地在闺房中教训丈夫，乔伊斯便据此造了这个词。

117 这里，新芬党指判处苏格拉底死刑的古希腊民主政体。

118 公元前399年苏格拉底被控为“不敬神”。苏格拉底不服，进行申辩，然而法庭仍以微弱的多数票判处他死刑。友人劝他逃跑，但他说，判处虽违背事实，但这是合法法庭的判决，遂服下狱卒交给他的毒药死去。

119 罗拉德派是英国人对威克里夫一派人的谑称，意为喃喃祈祷者。威克里夫（约1330—1384）是英国神学家，他倡导的非正统教义和社会理论是16世纪宗教改革运动的先声。1380年左右，威克里夫与牛津大学的一些同事成立了最早的罗拉德派。1399年曾被当作异端分子镇压。这里指托马斯·威廉·利斯特（见本章注1）。他是个罗拉德派和公谊会教徒，不信天主教，因而公众对他存着戒心。

120 《我撇下的姑娘》是爱尔兰小说家、歌词作家塞缪尔·洛弗（1797—1868）所作歌曲。

121 指伦敦，参看第3章注161。

122 莎士比亚最早的长诗《维纳斯与阿都尼》（1593）第1046至1048行有关于地震的描绘。1580年英国发生过大地震，当时莎士比亚年仅16岁。

123 “可怜的小兔”（第697行）“镂饰的缰绳”（第37行）“蓝色的窗户”（指眼睛，第482行）均见《维纳斯与阿都尼》。

124 指莎士比亚在家乡与安·哈撒韦谈情说爱的事。

125 凯瑟丽娜是莎士比亚的喜剧《驯悍记》中的女主人公，霍坦西奥是她的妹妹比恩卡的求婚者。

126 《热情的香客》（1599）是一部诗集，共20首（或21首诗），其中四五首系莎士比亚所写。

127 “男人的世界”一语出自罗伯特·布朗宁（1812—1889）的双诗《相逢在夜间／分手在清晨》（1845）中的后者。

128 伊丽莎白时代的舞台上，女角概由男童扮演。莎士比亚死后44年（1660），英国舞台上才初次由女演员扮演《奥赛罗》中的苔丝狄蒙娜。

129 男童指年轻时代的莎士比亚。

130 据丹麦文学史家、文学批评家乔治·布兰代斯（1842—1927）的《威廉·莎士比亚》（伦敦，1898）第10页，安未婚先孕，所以女方急于成婚。她与莎士比亚结婚后不足6

个月就生了大女儿苏珊。

131 “从心所欲”，见《十四行诗》第143首末行。

132 “安自有她的办法”，原文作Ann hath a way，与莎士比亚妻子的姓名安·哈撒韦（Ann Hathaway）是双关语。

133 “的的确确，他们该受责难”是奥菲利亚发疯后所唱的歌词中的一句，这里把原歌中的“他们”改成了“她”。见《哈姆雷特》第4幕第5场。

134 “20岁的甜姐儿”原出自小丑唱的歌词。由于安与莎士比亚结婚时是26岁，这里把原歌中的“20”改成了“26”。见《第十二夜》第2幕第3场。

135 “好比是美妙的开场白”是麦克白的一句独白，见《麦克白》第1幕第3场。

136 “灰眼女神”指维纳斯。在伊丽莎白时代，灰眼睛（gray eyes）的gray，指blue（蓝）。《维纳斯与阿都尼》第140行有“我两眼灰亮，转盼多风韵”之句。

137 “比自己年轻的情人”，套用《第十二夜》第2幕第4场中公爵对薇奥拉所说的话。

138 见《皆大欢喜》第5幕第3场歌词第1段：“一对情人并着肩，走过了青青麦田。”

139 见《皆大欢喜》第5幕第3场的歌词第2段。

140 帕里斯（参看第2章注69）与巴黎拼法相同，故与第3章注100有关正文形成双关语。

141 高个子指拉塞尔（A.E.），他是《爱尔兰家园报》的主编。

142 乔治·奥古斯塔斯·穆尔（1852—1933），爱尔兰小说家，1901年迁居都柏林，为筹建阿贝剧院作出贡献。

143 原文作Piper。当时美国波士顿有个女通神学家，名利奥诺拉·派珀夫人。但据阿尔夫·麦克洛赫莱因考证，这里的Piper系指威廉·J. 斯坦顿·派珀（Pyper，1868—1941）。他热衷于复兴爱尔兰语，并对通神学有兴趣。

144 一首儿童绕口令的头一句。

145 据乔伊斯的弟弟斯坦尼斯劳斯回忆说，“瑜伽魔室”是戈加蒂对会议厅或公共设施的叫法。

146 伊希斯是古埃及神话中的重要女神。《揭去面纱的伊希斯——古今科学与通神学奥秘诠释》（1876）一书系海·佩·勃拉瓦茨基所撰，被她的门徒们视为通神学的经典著作。

147 巴利语起源于北印度，公元前1世纪，成为标准的国际佛教语言。海·佩·勃拉瓦茨基的很多活动是和奥尔科特（参看第7章注197）共同开展的，所以这里用复数（“他们”）。“我们”则指乔伊斯和戈加蒂（见艾尔曼著《詹姆斯·乔伊斯》第174页）。

148 海·佩·勃拉瓦茨基在《揭去面纱的伊希斯》一书中说，墨西哥人与古代巴比伦及埃及人的传统甚至所信仰的神明等都有共同之处。因此，阿兹特克族的逻各斯（参看本章注33）是宇宙真理（“宇宙宗教”）的基础。阿兹特克族系操纳华特尔语的民族。15世纪和16世纪初，曾在今墨西哥中南部建立帝国。

149 超灵是由美国作家、19世纪超验主义文学运动领袖拉尔夫·沃尔多·爱默生（1803—1882）创造的哲学用语。他认为真正的智慧是通过“自然”领会神旨，强调人可以通过道德本性和直觉认识真理，从而发展成为超验主义观点。

150 原文为梵语。在通神学中，指进入涅槃（佛教所指的最高境界。后世也称僧人逝世为

"涅槃"）境界。

151 路易斯·H. 维克托里是19世纪末叶的爱尔兰诗人，著有诗集《尘埃中的想象》（伦敦，1903）等。

152 T.考尔菲尔德·艾尔温（1823—1892），爱尔兰诗人、作家。

153 "莲花……他们"一语套用爱诺巴勃斯对阿格立巴所作关于安东尼与克莉奥佩特拉初次见面的描述。参看《安东尼与克莉奥佩特拉》第2幕第2场。

154 据通神学的说法，松果体（亦称松果腺，一种内分泌腺）原是人的"第三只眼睛"，能够透视心灵，后来退化为松果体。

155 根据佛教传说，佛陀是坐在菩提树（并不是芭蕉树）下修行，断除烦恼而成佛的。

156 "吞入灵魂者，吞没者"指普在超灵（即神）。通神学家认为万人灵魂与普在超灵本为一体，作为它的火花的每一灵魂反复投生，又被其吞没，轮回不已。

157 原文作"Hesouls，shesouls，shoals of souls"。读音与下面这首民歌相近：She sells seashells by the seashore。意思是："她在海滨卖海贝。"

158 "他的幽魂……痛哭"使人联想到《神曲·地狱》第5篇中的"把成群的幽魂飘荡着，播弄着，颠之倒之……呼号痛哭……"之句。

159 "精妙……女魂栖"是路易斯·H.维克托里（见本章注151）所作《震撼灵魂的模仿》（收入其诗集《尘埃中的想象》）一诗的头两句，是悼念一个四岁上夭折的娃娃的，作者引用时把"四年"改为"经年"。

160 拉塞尔所编的这部《新诗集》出版于1904年5月。拉塞尔在诗中讴歌爱尔兰传奇中的英雄和神，对其他同辈诗人影响颇大。诗集共收录了乔治·罗伯茨、帕德里克·科拉姆等9个诗人的诗作，但并没有选乔伊斯的作品。见艾尔曼：《詹姆斯·乔伊斯》（第174页）。

161 "必然……东西"一语模仿亚里士多德所著《形而上学》中的论断。

162 "所以……帽子"一语套用《哈姆雷特》第5幕第1场中掘墓者甲的口气："要是水来到他的身上把他淹死了，那就不是他自己把自己淹死；所以，对于他自己的死无罪责的人，并没有缩短他自己的生命。"

163 "听着"紧接着的一大段，是斯蒂芬所听到的人们关于新筹办的杂志的对话。

164 帕德里克·科拉姆（1881—1972），爱尔兰诗人、剧作家、评论家。他的抒情诗保持了爱尔兰民间文学传统。其回忆录《我们的朋友乔伊斯》（1959）是与妻子玛丽（1887？—1957）合著的。他的诗《牲畜商》被收入《新诗集》。詹姆斯·斯塔基（1879—1958），后易名修马斯·奥沙利文，爱尔兰抒情诗人、编辑。《新诗集》里收有他的五首诗。

165 乔治·罗伯茨（？—1952），爱尔兰文人，后来任蒙塞尔出版公司总编辑。

166 欧内斯特·维克托·朗沃思（1874—1935），《快邮报》编辑（1901—1904）。

167 这是《新诗集》中的主诗《一幅肖像》（科拉姆作）中的一句；后易题为《四十年代的穷学者》（《荒漠》，都柏林，1907）。

168 苏姗·米切尔（1866—1926）是受拉塞尔影响的女诗人，《新诗集》里收有她的诗作。爱德华·马丁（1859—1923）是爱尔兰戏剧家。苏姗在《乔治·穆尔》（纽约，1916）一书中写道，穆尔是个“天生的文学强盗”，“对爱德华·马丁进行掠夺”（第103页），将其剧本《一个镇子的故事》（1902）改写，易名《弯枝》。叶芝在《自传》（纽约，1958）中说穆尔是个“农民罪犯”，马丁是个“农民圣人”。这里的浪荡儿，原文作wild oats。Sow one's wild oats指年轻时生活放荡，尤其指婚前性关系混乱。苏姗使用这个譬喻则指马丁与穆尔交往会吃大亏。

169 乔治·西格尔逊博士（1838—1925），爱尔兰学者，他所从事的爱尔兰古代文学的翻译介绍，成为爱尔兰文艺复兴运动的端倪。

170 愁容骑士是堂吉诃德的别称。

171 托马斯·奥尼尔·拉塞尔（1828—1908），语言学家，曾致力于复兴凯尔特语。

172 当时有些爱尔兰民族主义者认为橘黄色百褶短裙是古代爱尔兰的标准衣着，然而近年来学者们认为，这并非爱尔兰的传统服装，这个印象主要是小说中的描写所造成的。

173 杜尔西尼娅是堂吉诃德幻想的意中人。

174 詹姆斯·斯蒂芬斯（1882—1950），拉塞尔所发现的爱尔兰诗人、小说家。

175 考狄利亚是李尔王最小的女儿。她是唯一孝顺老王的，却被她那黑心的姐姐害死。见《李尔王》。“李尔那最孤独的女儿”出自托马斯·穆尔的《菲奥纽娅拉之歌》。穆尔诗中的李尔指爱尔兰海神麦克李尔（见第3章注31），其女菲奥纽娅拉被后母用妖术变成一只天鹅。所以这是双关语。考德利奥是意大利语，发音与考狄利亚相近，含义为“深重的悲哀”。

176 “偏僻荒蛮”出自法国人波旁公爵之口，见莎士比亚的历史剧《亨利五世》第3幕第5场，指的是英国式的粗俗与用法国磨光漆来象征的法国式典雅相对照。

177 “天老爷犒劳你”出自小丑试金石之口，见《皆大欢喜》第5幕第4场。

178 指《爱尔兰家园报》（见第2章注83）。前文中提到的哈里·费利克斯·诺曼（1868—1947）是该报主编（1899？—1905）。

179 辛格，见本章注23。《达娜——独立思考杂志》是由约翰·埃格林顿和爱尔兰经济学家、新闻记者、编辑弗雷德·瑞安（1876—1913）合编的一本小杂志（1904—1905）。达娜见本章注201。

180 19世纪后半叶，爱尔兰民族主义的崛起使人们重新对爱尔兰的语言、文学、历史和民间传说产生兴趣。当时盖尔语（爱尔兰语）作为一种口语已经衰亡，仅在穷乡僻壤使用。盖尔语联盟于1893年成立，为维护盖尔语而进行斗争，直到1922年成立爱尔兰自由邦，承认爱尔兰语与英语同为官方语言为止。

181 “鞋跟有多么厚，离天就靠近了多少”引自哈姆雷特对优伶所说的话，见《哈姆雷特》第2幕第2场。

182 英国基督教公谊会创始人乔治·福克斯（1624—1691）把得自上帝的“内心之光”（灵感）置于教条和《圣经》之上。利斯特是公谊会教徒，所以才把他和福克斯扯在一起。

183 原作这段十分隐晦，作者在这里把莎士比亚和乔治·福克斯联系起来了。基督狐：公谊会认为，基督作为“内心之光”存在于人的精神世界里，因而是一只神秘不可思议的狐狸。福克斯与狐狸拼法相同，故语意双关。福克斯喜欢穿爱尔兰与苏格兰高原地区的那种鞣皮紧身裤。他和他的追随者一向都不尊重官员，不起誓，不纳税，因而经常被捕。他本人曾八次入狱。为了逃避追捕者，有一次他曾藏在枯树杈里。莎士比亚也曾逃离家乡，去了伦敦。“没同母狐狸打过交道”：福克斯直到45岁才结婚，莎士比亚在伦敦过的是单身生活，利斯特终身未娶。“赢得了女人们的心”：福克斯擅长于使人们——尤其是妇女（包括几个声名狼藉者）皈依宗教。他称那些严肃地为灵魂寻觅归宿者为“温柔的人们”。巴比伦的娼妇一典出自《启示录》第17章第5节：她额上写着一个隐秘的名号：“大巴比伦——世上淫妇和一切可憎之物的母亲！”“法官夫人”：福克斯与兰开夏的法官费尔的遗孀玛格丽特结婚（1669）。“酒馆掌柜的娘儿们”：风传莎士比亚曾在约翰·达维楠所开的皇冠客栈下榻，爱上了老板娘。她后来生下诗人、戏剧家威廉·戴夫南特爵士（1606—1668）。

184 狐入鹅群是一种棋戏：由15只鹅对付1只狐狸。鹅不得后退，狐狸却可以任意活动。

185 新地大宅指莎士比亚于1597年在斯特拉特福镇买下的房产。他隐退后住在这里。

186 维斯太，参看第7章注233。

187 在莎士比亚的《尤利乌斯·恺撒》第1幕第2场中，有个预言家警告恺撒要当心3月15日。恺撒未加理睬，结果在这一天就遇刺身死（参看第2章注16）。

188 参看第2章注17。

189 阿戏留是荷马史诗《伊里昂纪》中的英雄人物。他小时，母亲听了预言家的话，怕他死在未来的特洛伊战争中，故把他装扮成女孩子。“当阿戏留……名字呢？”这里套用英国医生、作家托马斯·布朗爵士（1605—1682）于1658年所写的一篇论文中的句子，并将原文中的“藏”改成了“生活”。

190 透特是古埃及所奉的神，原是月神，后司计算及学问。据说他发明了语言和文字，并为诸神担任文书、译员及顾问。

191 “听见那位埃及祭司长的声音”，见第7章“即席演说”一节的结尾处。

192 “旁人经受我们的置疑”，出自马修·阿诺德的关于莎士比亚的一首十四行诗（见于他1844年8月1日写给简·阿诺德的信）。

193 此语模仿哈姆雷特王子咽气前所说的最后一句话：“此外仅余沉默而已。”见《哈姆雷特》第5幕第2场。

194、195 原文是爱尔兰语。

196 小个子约翰是乔治·穆尔给约翰·埃格林顿起的绰号。

197 “原谅我”一语出自安东尼在恺撒的遗体前发表的演说，见《尤利乌斯·恺撒》第3幕第2场。

198 小王是希腊神话中的一种怪物。据说它住在非洲沙漠上，凭借日光和呼出的气息就能使人丧命。它状似蛇、蜥和龙。美洲热带地区江河、溪流附近的树上至今还栖居着一种“王蜥”，因与小王相像而得名。

199 原文为意大利文，引自拉蒂尼的《宝藏集》第1卷。

200 布鲁涅托·拉蒂尼（1220—1294），意大利佛罗伦萨著名学者。但丁在《神曲》中对他十分推崇。他曾用法文撰写过一部散文体百科全书《宝藏集》以及该书的意大利文简编。

201 达娜，又名达努。从爱尔兰到东欧，都崇敬她为大地之母，即阴性之元，诸神都曾受她哺育。

202 “一天天地……身子”，套用英国评论家沃尔特·佩特（1839—1894）所著《文艺复兴》（1873）中的“把我们不断地编织起来再拆散”一语。

203 此句模仿《辛白林》第2幕第2场中阿埃基摩的台词：“在她的左胸还有一颗梅花形的痣……”

204 雪莱在长篇论文《诗之辩护》（写于1821年，1840年出版）中写道：“从事创作的精神犹如即将燃尽的煤……”

205 霍索恩登的威廉·德拉蒙德（1585—1649）是最早用英语写作的苏格兰诗人。因定居于霍索恩登的庄园，故名。收入他的诗集《锡安山之花》（1630）里的散文《丝柏丛》中有一段关于过去、现在和未来的反思。斯蒂芬关于“过去的我成为现在的我，还可能是未来的我”这段话，受其启发，所以这里说德拉蒙德帮助他渡过了难关。

206 《哈姆雷特》第5幕第1场中，掘墓人（小丑甲）说他是“小哈姆雷特出世的那一天……开始干这营生”的，接着又说，他已干了30年。所以哈姆雷特那时已30岁了。

207 这里的“痣”是指品性上的污点，或缺点的烙印，参看《哈姆雷特》第1幕第4场开头部分哈姆雷特的独白。

208 欧内斯特·勒南（1823—1892），法国哲学家及历史学家。他称赞莎士比亚晚年的戏剧（尤其是《暴风雨》）是“成熟的哲学剧”。

209 尤利西斯是《特洛伊罗斯与克瑞西达》中的一个人物。布兰代斯在《威廉·莎士比亚》一书中说：“配力克里斯是个富于浪漫精神的尤利西斯。”见该书第585页。

210 这句话是写约翰·埃格林顿的，同时也影射船只失事后的尤利西斯和配力克里斯。

211 玛丽娜是《泰尔亲王配力克里斯》中的女主人公，配力克里斯亲王的女儿。

212 智者派见第7章注254。外典是不列入正典《圣经》的经籍。早期基督教会所称外典指真伪未辨、不宜在公共场合诵读的著作。20世纪初有些学者认为《泰尔亲王配力克里斯》是莎士比亚的外典，即怀疑它不是莎士比亚所写。见查尔斯·W.华莱士：《关于莎士比亚的新发现：人中之人莎士比亚》（1910）。

213 英国诗人、思想家塞缪尔·泰勒·柯尔律治（1772—1834）称赞莎士比亚始终走在“人类感情的康庄大道上”（《柯尔律治的莎士比亚评论》，托马斯·米德尔顿·雷逊编，1930）。

214 弗朗西斯·培根（1561—1626），英国经验派哲学家、散文家。培根（Bacon）这个姓，与熏猪肉拼法一样。同时，培根在《新学问》（1603）第1部中劝人照《耶利米书》第6章第16节（“你们要站在路上察看，探问古道，那是善道，便行在其间”）行事，所以这里说他思想旧得“已经发了霉”。

215 19世纪中叶有些学者认为莎剧艺术水平之高，非培根莫属。但莎剧是由莎士比亚剧团的两位演员收集成书的，同时代剧作家本·琼森还为这部全集写了献诗，因此怀疑派的观点不能成立。

216 美国小说家、社会改革家伊格内修斯·唐纳利（1831—1901）在《大密码》（芝加哥、伦敦，1887）和《莎士比亚戏剧中的密码》（1900）二书中，曾试图论证莎剧系培根所作。

217 A.E.，见第3章注109。马吉，见本章注10。

218 彼得·克里斯琴·阿斯布琼逊所编、由G.W. 达桑译成英文（1859）的一部北欧民间故事集（1842—1845），以其中的一篇《太阳之东，月亮之西》为书名。

219 长生不老国（原文为爱尔兰语）是爱尔兰神话中的国度，由安古斯神（掌管青春、美和诗的神）所统治。据爱尔兰传说，英雄、说唱诗人莪相曾旅居此地。后来他违反禁令，踏上故乡的土地，遂变成白发苍苍的老人，再也不能返回长生不老国了。

220 这里把A.E. 和马吉比作朝圣者。

221 这里把一首儿歌中的巴比伦这一地名换成了都柏林。

222 布兰代斯，见本章注130。莎士比亚晚期的五个剧本为：《泰尔亲王配力克里斯》（1608）《辛白林》（1609）《冬天的故事》（1610）《暴风雨》（1611）《亨利八世》（1612）。

223 西德尼·李（1859—1926），英国莎士比亚专家，著有《威廉·莎士比亚传》（伦敦，1898）等。

224 配力克里斯之女玛丽娜是在风暴中诞生在海船上的。

225 米兰达是《暴风雨》中的女主人公。那不勒斯王子腓迪南对她一见钟情，说："哦，你是个奇迹！"见第1幕第2场。

226 潘狄塔是《冬天的故事》中西西里国王里昂提斯的女儿，在襁褓中就被遗弃，由牧人抚养大。

227 莎士比亚的大女儿苏珊娜与约翰·霍尔结婚，于1608年生了个女孩，起名伊丽莎白，刚好相当于他写作生涯末期的开始。

228 这是配力克里斯对玛丽娜所说的话。见《泰尔亲王配力克里斯》第5幕第1场。

229 布兰代斯说莎士比亚最宠爱苏珊娜（见《威廉·莎士比亚》第677页），所以使她当了"主要继承人"（见第686页）。这里对此说予以反驳。

230 《做爷爷的艺术》（1877）是法国诗人、小说家维克托·雨果（1802—1885）所著的一部儿童诗集。变得伟大的艺术，原文为法语。法语中，爷爷是"grandp è re"。贝斯特只说到"grandp"，听上去就跟"grand"（伟大）同音了。

231 当天早晨斯蒂芬在海滨上曾问过自己："大家都晓得的那个字眼是什么来着？"参看第3章注177，下文"爱乃……满足"，原文为拉丁文。是摘录托马斯·阿奎那的《神学大全》第1卷第91章中的几个句子而成。

232 [ ]内的两段系根据海德1989年版（第161页第5至9行）补译。

233 萧伯纳在喜剧《十四行诗和"黑夫人"》（1910）中描述了莎士比亚和"黑夫人"之间不幸的关系。戏里把"黑夫人"写成是玛利·菲顿，序言中却又驳斥了这一观点。玛利·菲顿（1578—约1647）自1595年起，任英国女王伊丽莎白一世的侍从宫女。有人认为她是莎士比亚《十四行诗》中的神秘人物"黑夫人"的原型。

234 弗兰克·哈里斯（1856—1931），爱尔兰新闻记者、文学家。他编过好几种杂志，主要的是《星期六评论》（1894—1898）。他在1855年创刊的政治、文艺、科学周刊上发表了一系列关于莎士比亚的评论，后辑成一书：《莎士比亚其人及其悲惨生涯》（伦敦，1898）。

235 莎士比亚的《十四行诗》，开头写诗人对一贵族青年的友谊的升沉变化，是献给一位W.H.先生的（第1—126首），其次写诗人对“黑夫人”的爱恋（第127—152首），最后两首（第153—154首）收尾。

236 威廉·赫伯特（约1506—1570）是第一代彭布罗克伯爵。他自1568年起任王室事务总管。

237 指当时风行的一种说法：莎士比亚“热恋”着威廉·赫伯特（见布兰代斯的《威廉·莎士比亚》，第714页）。

238 海雀是北极的潜鸟，每逢产卵季节，只下一颗布满大理石彩纹的卵，一般视为罕物。这里是指利斯特的头所产生的思想像海雀卵一样斑斓多彩。

239 米莉亚姆是希伯来语中的玛利。这里指玛利·菲顿。

240 公谊会教徒喜用老式字眼。

241 “当心你年轻时所抱的愿望，因为到了中年就会变为现实”是歌德的自传著作《诗与真》（1811—1814）第2卷开头部分的话。

242 小贵族指彭布罗克伯爵。哈里斯（见本章注234）认为，莎士比亚爱上了玛利·菲顿，并请彭布罗克给牵线。结果菲顿反倒和彭布罗克相好了。莎士比亚遂同时失去了意中人和朋友（见《莎士比亚其人及其悲惨生涯》第202页）。

243 “花姑娘”，见《亨利四世》下部第3幕第2场中乡村法官夏禄的台词。

244 “人人行驶的海湾”，见《十四行诗》（第137首第6行）。

245 “少女时代声名狼藉”：哈里斯（第213页）写道，玛利·菲顿早在16岁上就结婚，并和私通的男人生过三个孩子。

246 “语言贵族”，见丁尼生的《致维吉尔》（1882）第2段。

247 “笑而躺下”是伊丽莎白时代的一种纸牌游戏。

248 唐璜是14世纪左右西班牙传说中的一个人物，是浪荡子的典型。唐是西班牙语“先生”的译音，或译作“堂”。西班牙名字“璜”，相当于英语中的“约翰”。

249 套用《维纳斯与阿都尼》（第1052、1056行）：“野猪在他的嫩腰上扎的那个大伤口。……无不染上他的血，像他一样把血流。”

250 “毒……耳腔”，见第7章注186。

251 “双背禽兽”，见第7章注187。

252 “贫乏、寒碜的英语”，见本章注54及有关正文。

253 “既愿意，又不愿意”，套用泽莉娜的唱词，见第4章注51 、52及有关正文。

254 “蓝纹……双乳”，见莎士比亚的长诗《鲁克丽丝受辱记》（1593—1594）第407行。

255 “梅花形的痣”，见莎士比亚的戏剧《辛白林》（1609）第2幕第2场末尾。伊摩琴是英国国王辛白林的女儿，绅士波塞摩斯之妻。波塞摩斯的朋友阿埃基摩用卑鄙手段瞥见了伊摩琴胸脯上的痣，事后向波塞摩斯谎称伊摩琴曾委身于他。

256 “他的脸……来了”，见《哈姆雷特》第1幕第2场。在原剧中，霍拉旭对哈姆雷特王子讲述自己所看到的哈姆雷特王的鬼魂的情况，这里的“他”，则指莎士比亚。

257 “各遂所愿”是《第十二夜》的副标题。

258 “我的……了吗？”见《旧约全书·列王纪上》，第21章第20节。

259 原文为法语。

260 斯蒂芬所打的电报，参看本章注282及有关正文。

261 “没有实质的脊椎动物”指方才斯蒂芬所谈论的“与父同体的儿子”，即耶稣。

262 德国谚语，原文为德语。

263 佛提乌，见第1章注113。玛拉基是纪元前5世纪的小先知，同时又是勃克·穆利根的第二个名字。这是双关语，也可理解为“骗子玛拉基”。

264 约翰·莫斯特（1846—1906），德裔美国装订工人，无政府主义者。因主张对凤凰公园凶杀案的参加者从宽处理而深得爱尔兰人心。

265 据外典（见本章注212），耶稣被钉死在十字架上后，一度前往地狱，解救被囚在那里的善人的灵魂。

266 “自我诞生……生死者”：此段系诙谐地模仿天主教《新约·使徒信经》的文体，纳入了瓦伦廷（见第1章注115）、撒伯里乌（见第1章注116）等人的非正统见解。

267 这是天主教《荣福经》中的第一句，见《新约·路加福音》第2章第14节。

268 叶芝曾称誉当时的爱尔兰戏剧家辛格为埃斯库罗斯（古希腊三大悲剧家之一）再世，这里穆利根故意说得比叶芝更加夸大，把辛格比作莎士比亚。

269 女演员指班德曼·帕默夫人（见第5章注24）。海报上说那是她在都柏林第405（不是8）次演《哈姆雷特》。

270 爱德华·佩森·维宁（1847—1920）在《哈姆雷特之谜——试图解决一个老难题》（费城，1881）一书中说，哈姆雷特原是个女儿身，为了继承丹麦国的王位而装扮成男子。

271 邓巴·普伦凯特·巴顿（1853—1937）自1900年起曾任爱尔兰最高法院审判官。当时正在查寻线索，最后出版了《爱尔兰与莎士比亚的联系》（都柏林，1919）。尽管他并未说哈姆雷特是爱尔兰人，却在第5章中指出，哈姆雷特当王子的时候适值丹麦人统治爱尔兰的时期（弦外之音是，哈姆雷特有可能是爱尔兰的丹麦王子）。在序言中，他说自己曾受了审判官马登（见本章注292）的一篇文章的启迪。

272 鬼魂消失后，哈姆雷特曾对霍拉旭说：“不，凭着圣帕特里克的名义……”见《哈姆雷特》第1幕第5场。

273 王尔德在《威·休·先生的肖像》（伦敦，1889）中提出，《十四行诗》是献给一个叫作威利·休斯（Willie Hughes）的少年演员的（见《十四行诗》第20首第7行：“充满美色的男子，驾驭着一切美色”）。最初这是由英国学者托马斯·蒂里特（1730—1786）提出来的。

274 休依·威尔斯（Hughie Wills）、威廉先生本人（Mr.William Himself）的首字均为W.H.。W.H.即威廉·莎士比亚本人一说原是德国人巴伦斯特尔夫提出来的。

275 休斯（Hughes）、砍伐（hews）、色彩（hues），在原文中都是谐音字。

276 王尔德（Wilde）与粗犷（wild）谐音。他因同性恋问题栽跟头（见第3章注187）后不久，《笨拙》杂志上刊载了一首题为《斯温伯恩论王尔德》的讽刺诗，其中有“诗人名叫王尔德，但其诗是柔顺的”之句。

277 贝斯特和斯蒂芬在同一座学校教书，这一天他们都从迪希校长手里领了薪水。

278 “青春的华服”见《十四行诗》第2首第3行；“五种机智”见第9行，意指所有的机智。

279 “欲望……面貌”，见布莱克的小诗。头一句是：“男人对女人有何要求？”

280 “天神，……吧”是福斯塔夫对福德大娘所说的话。作者引用时，把“我”改成了“他们”。见《温莎的风流娘儿们》第5幕第5场开头部分。

281 参看斯蒂芬关于夏娃的冥想（第3章注19、20和有关正文），以及《创世记》第3章第1至6节中蛇怎样引诱夏娃吃果子的故事。

282 这句话引自英国诗人、小说家梅瑞狄斯（1828—1909）的《理查·弗维莱尔的苦难》（伦敦，1859年初版，乔伊斯引自1875年德国托奇尼兹版）。该书描写弗维莱尔男爵按照贵族的传统教育儿子，表现人的自然本性与社会要求之间的冲突。

283 康纳里是船记酒馆老板。

284 原文为爱尔兰语。穆利根这几段话模仿辛格剧本语言的特殊风格。威克洛郡（辛格的出生地）以及爱尔兰西部的方言是把爱尔兰句法和古英语结合而成。辛格根据它来创造了富于诗意的戏剧语言。

285 辛格经常称自己为流浪汉。他自1894年起留学德国、意大利和法国。以后又5次前往阿兰群岛，从岛民的生活中汲取写作素材。他和乔伊斯是1903年3月在巴黎结识的（见艾尔曼：《詹姆斯·乔伊斯》，第123页）。

286 这里，斯蒂芬在回忆他和辛格在巴黎相聚的情景，并把辛格的脸比作哥特式古典建筑檐口的怪兽形排水装置。

287 原文为西班牙语。

288 据爱尔兰传说，莪相（参看本章注219）一直活到5世纪，曾与帕特里克相遇，并告以结束于3世纪的英雄时代的事。

289 克拉玛尔森林在巴黎西郊。辛格说他在那儿的森林里有个奇遇，可与莪相和帕特里克的邂逅相比拟。

290 “我在林……傻子”是杰奎斯对公爵说的话，见《皆大欢喜》第2幕第7场。

291 参看本章注1。

292 在《亨利四世》下篇第3幕第2场中，乡村法官夏禄提到一个未出场的人物——在牛津读书的威廉·赛伦斯。爱尔兰高等法院审判官道奇森·汉密尔顿·马登（1840—1928）在《威廉·赛伦斯少爷日记——莎士比亚与伊丽莎白时代戏剧研究》中认为，莎士比亚有着丰富的野外运动的知识，对拉特兰伯爵（1576—1612）和夏禄的家乡了如指掌，从而揣测拉特兰伯爵曾替莎士比亚代笔。

293 见第7章注243。

294 见本章注5。

295 公谊会教徒喜戴宽边黑帽，故有此绰号。

296 《北方辉格》是贝尔法斯特的一家日报。《科克观察报》是科克的一家日报。《恩尼斯科尔西卫报》是恩尼斯科尔西（威克斯福德的一个市镇）的一家周报，每逢星期六出版。

297 艾克依·摩西是19世纪末叶爱尔兰人对试图挤进中产阶级的犹太人的蔑称。

298 包皮的收集者耶和华，见第1章注61。

299 “生命的……火焰”，见雪莱的诗剧《解放了的普罗米修斯》（完成于1820，出版于1839）。

300 “他”指布卢姆。加利利位于古代巴勒斯坦最北部地区（相当于今以色列北部）。“淡色的加利利”出自斯温伯恩的《普罗瑟派恩赋》（1866）。

301 美臀，原文为希腊文。美臀维纳斯是从罗马的尼禄金殿遗址发掘出来的一尊大理石雕像，收藏于那不勒斯国立美术馆。

302 “天神……躲藏”，见斯温伯恩的长诗《阿塔兰忒在卡吕冬》（1866）。

303 莎指莎士比亚。

304 克丽雪达是意大利作家乔瓦尼·卜伽丘（1313—1375）的《十日谈》中的一个逆来顺受的女子。英国诗人杰弗里·乔叟（约1343—1400）在《坎特伯雷故事集》中引用过她的故事。

305 潘奈洛佩，见第7章注255。

306 戈尔吉亚（纪元前约483—前约375），希腊哲学家。安提西尼，见第7章注256。

307 在特洛伊战争中，尤利西斯等英雄藏在巨大的木马中潜入伊利昂城。后从里面跳出来，将该城攻陷。这里把引起这场战争的海伦比作母木马。

308 他指莎士比亚。

309 “封建主义艺术”，见美国诗人沃尔特·惠特曼（1819—1892）为诗集《十一月的枝桠》（1888）所写的前言《回顾曾经走过的道路》。

310 沃尔特·雷利爵士（1554—1618），英国探险家。他曾两度被捕，关入伦敦塔。

311 伊丽莎白（伊丽莎为昵称）一世是英国都铎王朝的最后一个君王。

312 示巴女王（活动时期公元前10世纪）以富有著称。传说示巴王国位于阿拉伯半岛西南。据《旧约·列王纪上》第10章记载，所罗门王在位期间，示巴女王曾亲自率领驼队，满载金钱财宝香料前往拜见。

313 迪克是理查德的简称。见本章注90。

314 原文为“without more Ado About Nothing”。莎士比亚的早期喜剧*Much Ado About Nothing*（中译为《无事生非》）这里是反过来说的。

315 阉鸡指妻子跟别人私通的丈夫。

316 布兰代斯的《威廉·莎士比亚》（第19页）一书全文引用了约翰·曼宁汉姆在1601年3月13日的日记中对此所作的记载。曼宁汉姆听爱德华·柯尔说，有个市民的妻子看了迪克·伯比奇扮演的理查三世，便邀他当夜到自己家来。莎士比亚却抢先前往幽会，并按照那两人约好的那样，通报自己是“理查三世”。及至伯比奇来叫门，莎士比亚便派人这样向伯比奇回话。征服者威廉指英格兰第一位诺曼人国王威廉一世（约1028—1087）。他和莎士比亚同名。这里是莎士比亚自况，并把伯比奇比作同名的理查三世。

317 菲顿，参看本章注233。

318 这是波塞摩斯听信阿埃基摩的谎言（参看本章注255），对自己的妻子伊摩琴所作的猜疑。见《辛白林》第2幕第5场。

319 以杰拉德·梅西（1828—1907）为代表的几位英国19世纪学者认为潘奈洛佩·里奇（见第7章注259）乃是莎士比亚《十四行诗》中的“黑夫人”的原型。

320 这是乔伊斯在巴黎王后大道（塞纳河右岸的闹市）所听到的娼妇拉客套话。原文为法语。苏是法国旧铜币，20苏合1法郎。

321 威廉·戴夫南特爵士（1606—1668），英国诗人、剧作家和剧院经理。其母在牛津经营皇冠客栈。莎士比亚在往返伦敦途中总在这里下榻。有人认为她是“黑夫人”的原型。戴夫南特是莎士比亚的教子，也可能是他的儿子。他曾于1667年与批评家、剧作家德莱顿（1631—1700）一道改编莎剧《暴风雨》。

322 加那利（Canary）是一种白葡萄酒，产于大西洋北部的加那利群岛。此字与“金丝雀”拼法相同。

323 安尼科克的原文是Anycock。Any的意思是“任何”，cock原指公鸡，与其他动物名连用时则指雄性。所以此词就含有“只要是公的”之意。法国有个圣女叫玛格丽特·玛丽·阿拉科克（1647—1690）。穆利根把她的姓略加改动，就成了俏皮话。

324 哈利指英国国王亨利八世（1491—1547），他曾结过6次婚。他死后，接连由他的3个子女（爱德华六世、玛丽一世、伊丽莎白一世）继承王位。这里指女王伊丽莎白一世（1533—1603）。

325 “附近……女友”一语出自丁尼生（见第3章注204）的《公主，杂录》（1847）一诗的序。

326 这里把莎士比亚的妻子比作潘奈洛佩。

327 “干吧，干吧”套用《麦克白》第1幕第3场中女巫甲的话。

328 约翰·杰勒德（1545—1612），英国植物学家。他在离伦敦霍尔本的住所不远的费特小巷（毗邻舰队街）拥有一座花园。

329 “像……风信子”，引自阿维拉古斯所说的话，见《辛白林》第4幕第2场。引用时将“你”改成了“她”。

330 “朱诺……紫罗兰”，引自西西里国王里昂提斯的女儿潘狄塔对波希米亚王子弗罗利泽所说的话，见《冬天的故事》第4幕第3场。

331 语出自关于老夫少妻的一个笑话。牛津某学究对朋友说，他的年轻妻子告诉他，自己怀孕了。朋友说：“天哪，你猜疑谁呢？”参看第12章注545。

332 参看本章注242。

333 “不敢说出口的爱”，指同性恋。

334 查伦顿是距巴黎东南5英里的一座小镇。

335 “未被……的胎”，参看《十四行诗》第3首，梁宗岱译为：“因为哪里会有女人那么淑贞——她那处女的胎不愿被你耕种？”

336 “水性杨花的女子”指苏格拉底之妻。“撕毁床头盟”出自《十四行诗》第152首。

337 指哈姆雷特王子的亡父的鬼魂。

338 玛丽指莎士比亚的母亲玛丽·阿登（死于1608），约翰指莎士比亚的父亲（死于1601）。

339 威伦是威廉的爱称，指莎士比亚（死于1616），其妻安死于1623年。

340 琼（1558—1646）是莎士比亚的姐姐。除了莎士比亚，她还有三个弟弟：埃德蒙（1569—1607）、理查德（1584—1613）、吉尔伯特（1566—？）。吉尔伯特也和琼一样长寿，只比她死得略早一点儿。

341 朱迪斯是莎士比亚的二女儿。

342 苏珊是苏珊娜的爱称，莎士比亚的大女儿。她死于1649年，她丈夫约翰·霍尔死于1635年。

343 莎士比亚的外孙女伊丽莎白于1647年居孀，后再嫁给鳏夫约翰·伯纳德。这里借用哈姆雷特王子指责他母亲的话："简直就跟杀了一个国王再去嫁给他的兄弟一样坏。"见《哈姆雷特》第1幕第4场。

344 自从安嫁给莎士比亚（1582），直到丈夫去世，关于安唯一的记载是她曾向过去替她父亲牧过羊的托马斯·惠廷顿借过40先令。

345 "天鹅之歌"见《鲁克丽丝受辱记》（1593—1594）第1613行至1649行。作者把鲁克丽丝比作天鹅。她受辱后，嘱丈夫为自己报仇雪恨，并愤而举刀自刎。

346 莎士比亚于1616年3月25日要求他的律师起草第二份遗嘱，其中写道："我把我次好的床和全部家具留给我妻子。"

347 "要点"，原文为德语。从这一行到"喔啊！"可以用德国作曲家、音乐戏剧家理查德·瓦格纳（1813—1883）的《莱茵黄金》中少女合唱的曲调来唱。

348 参看本章注139及有关正文。

349 参看本章注20、23。

350 原文作Mr. Secondbest Best。贝斯特（Best）这个姓，与"最好的"拼法相同。

351 原文是拉丁文，指分居。根据1857年修订的婚姻法，离婚之前必须经历分居的过程。

352 这里，古人指迪奥杰尼斯·莱厄蒂尤斯（活动于公元前3世纪）。他在《哲学家传记》一书中写道，亚里士多德在遗嘱中曾提出与自己的妻子合葬，让安赫皮莉斯终生住在他的一幢房子里。亚里士多德是斯塔基莱特人，顽童和异教贤人均指的是他。内尔·格温·赫尔派利斯（1650—1687），英国女演员，是英王查理二世（1630—1685）的情妇。他的遗言是："不要让可怜的内尔饿肚子。"

353 语出自流氓奥托里古斯所唱的歌，见《冬天的故事》第4幕第2场。

354 爱德华·多顿（1843—1913），爱尔兰评论家、传记作者、诗人。他的《莎士比亚：关于他的思想和艺术的评论研究》（伦敦，1875）是第一部全面和系统地研究和介绍莎士比亚的英语专著。

355 原文作Besteglinton。贝斯特和约翰·埃格林顿是两个人。这里把两个人的姓连在一起。也可译为"贝斯特·埃格林顿"。

356 《尤利西斯》初版本系于1922年由西尔薇亚·毕奇（1887—1962）在巴黎所开的莎士比亚书店出版。

357 多顿常说莎士比亚是人民的诗人，为人民而写作的诗人。他住在都柏林郡拉思加尔海菲尔德路的海菲尔德寓所。

358 多顿在《莎士比亚》（1877）一文中写道：“16世纪末叶，英国的生活中充满了欣喜欢乐。”

359 博士指西格蒙德·弗洛伊德（1856—1939），奥地利心理学家，精神分析学派的创始人。“既吃了……手里”：英国谚语，指凡事不能两头都占着。

360 美的棕榈枝，参看第7章注255、258及有关正文。这里把艺术家（我们）比作美丽的海伦，把道德家比作贞节的潘奈洛佩。

361 长口袋指吝啬的富人。

362 托德是英国重量单位。1托德合28磅。

363 约翰·奥布里（1626—1697），英国文物研究者、作家，以替同时代人撰写传记小品而闻名。

364 1594年2月，女王侍医、犹太人洛德利格·洛佩斯被控接受了西班牙间谍的贿赂，企图毒死女王和西班牙叛教者安东尼奥·佩雷斯。在证据不足的情况下，他就当众被处以绞刑，因双脚着地，被肢解时尚未咽气。三年后，莎士比亚写成《威尼斯商人》。

365 伪哲学家指詹姆士一世（1566—1625），他曾在苏格兰发表论文《恶魔研究》（1597），表述对精神世界感到恐惧的想法。1603年伊丽莎白一世逝世后，他继承英国王位，在时间上与《哈姆雷特》（1601）和《麦克白》（1606）的写作日期接近。

366 无敌舰队（见第3章注63），原文作Almada。《爱的徒劳》（1594）中有个名叫亚马多的西班牙怪人。西德尼·李在《威廉·莎士比亚传》一书中认为，作者写此剧时显然联想到了无敌舰队的溃败。剧名中的lost一词，亦作“溃败”解。

367 马弗京是南非开普省北部城镇，英国要塞所在地。在布尔战争（英国为一方、布尔人的德兰士瓦共和国和奥兰治共和国为另一方的战争）中，当被围困7个多月的英军于1900年5月迫使布尔军队撤退后，英国曾举国欢腾。“马弗京的狂热”指对令人难以首肯的事所表示的过度狂热。

368 耶稣会士指英格兰的耶稣会隐修院院长亨利·加尼特（1555—1606）。他因参加“火药阴谋”（企图在1605年国会开会时杀死信仰新教的英王詹姆斯一世，以报复当局对天主教徒施加酷刑），被捕处死。在法庭上，他曾作一套暧昧含糊的理论替自己辩护。西德尼·李在《威廉·莎士比亚传》（第239页）中认为，莎士比亚写《麦克白》一剧中门房的下述独白时，曾联想到加尼特：“一定是什么讲起话来暧昧含糊的家伙。……他那条暧昧含糊的舌头却不能把他送上天堂去。”（见第2幕第3场）

369 西德尼·李（第252页）认为，《暴风雨》（1611）的写作受到了“海洋冒险号”船员们经历的启发。该船于1609年开往美国弗吉尼亚州。途中，在百慕大遇难。1610年，船员们历尽风险始得生还，在英国引起轰动。勒南，见本章注208。

370 “我们的美国堂弟”，参看第7章注179。凯列班为《暴风雨》中野性而丑怪的奴隶。为了纪念19世纪爱尔兰移民扮演这个角色，人们在凯列班前加上帕齐（爱尔兰人常用的帕特里克一名的别称）这个教名。

371 英国作家弗朗西斯·梅尔斯（1565—1647）在所著文摘《帕拉迪斯·塔米亚》（1598；

现代版本，1938）一书中称誉莎士比亚的十四行诗组诗为“馨美的十四行组诗”。

372 仙女见于爱德蒙·斯宾塞的长诗《仙后》，影射英国女王伊丽莎白一世。她是红头发，所以绰号叫“红毛贝斯”。“胖处女”指的也是她。英国评论家、剧作家约翰·丹尼斯（1657—1734）曾把莎士比亚的《温莎的风流娘儿们》（1598）改写一遍，易名《滑稽的情郎》。他在题词中重述了莎士比亚当年是根据女王授意而写《温》剧的说法。女王想要看到福斯塔夫在一出戏中坠入情网。在《温》剧第3幕第3场中，福斯塔夫藏进一只洗衣筐，被人连同脏衣服扔进泰晤士河。

373 原文为拉丁文，“尿”字的四种变格，与英语“掺和”一词拼法相近。

374 都柏林大学学院院长约瑟·达林顿（1850—1939）在《莎士比亚戏剧中的天主教信条》（见1897—1898年度《新爱尔兰评论》）一文中曾说莎士比亚是个天主教徒。

375 原文为拉丁文。关于罗马雄辩家哈帖里乌斯，古罗马皇帝奥古斯都（公元前63—公元14）曾说：“他应该受到抑制。”英国评论家本·琼森在其遗著、评论文集《木材，又名关于人与物的发现》（1641）中，曾引用此语来评述莎士比亚。这里，把“他”改成了“我”。

376 这是双关语：一方面暗喻19世纪末叶德国产品开始泛滥于欧洲市场，同时又讽刺德国学者喜用“我们的莎士比亚”一词。

377 法国磨光漆，参看本章注176。

378 塞缪尔·泰勒·柯尔律治（1772—1834），英国湖畔诗人、思想家。他把莎士比亚看成是完美无缺的作家。“拥有万众之心的人”是他在《文学传记》（1817）第15章中对莎士比亚的称誉。

379、380 原文为拉丁文。

381 原文为爱尔兰语。

382 “从今天起，……毁灭啦！”出自辛格（见本章注23）的独幕悲剧《骑马下海的人》（1904年上演）。写老妇莫尔耶的丈夫和6个儿子全溺死在大海中。

383 弗洛伊德（见本章注359）和个体心理学理论的创始人阿尔弗雷德·阿德勒（1870—1937）均为奥地利人，所以这里称之为新维也纳学派。

384 “用钢圈……上”，这里套用波洛涅斯对雷欧提斯所说的话。原话是：“用钢圈箍在你的灵魂上。”见《哈姆雷特》第1幕第3场。

385 神老爹是布莱克在同名诗中所塑造的凶恶的神明形象。

386 “笑眯眯的邻居”出自里昂提斯的独白，见《冬天的故事》第1幕第2场。

387 “不可贪……公驴”，套用《摩西十诫》，原话作：“不可贪图别人的房屋；也不可贪爱别人的妻子、奴婢、牛驴，或其他东西。”见《出埃及记》第20章第17节。

388 本·琼森在《莎士比亚戏剧全集》（1623）前面的序诗中，曾两次用“温和的莎士比亚”一词。这里把莎士比亚改为威尔（威廉的简称）。

389 威尔（Will）如作为人名，首字应大写。小写则可作“愿望、意志及遗嘱”解。

390 原文为拉丁文。

391 这是拉塞尔的《小路上唱的歌》（《诗集》，伦敦，1926）一诗的头两句。

392 “那蒙面皇后”是剧中人物伶甲的台词，皇后指伶后，见《哈姆雷特》第2幕第2场。

393 尿盆的原文作jordan（俚语），与《圣经》里经常提到的约旦河拼法相同，而water既指水，又暗指尿。有些清教徒把约旦河的水视为圣水，装瓶带走，用于施行洗礼时。

394 《信徒长裤上的钩子和扣眼》（伦敦，约1650）是清教徒的一个论慈善事业的小册子；后者则是根据清教徒的另一个小册子《使灵魂虔诚地打喷嚏的神圣的鼻烟盒》（伦敦，1653）的题目略作改动。

395 原文为拉丁文。Chronolologos（编年学家）是把一个希腊字加以拉丁化了。

396 这里套用《新约·马太福音》第10章第36节中耶稣的话：“人的仇敌就是自己家里的人。”

397 参看《罗密欧与朱丽叶》第2幕第2场中，朱丽叶的话：“否认你的父亲，抛弃你的姓名吧！”这里指约翰·埃格林顿放弃自己原来的姓（马吉），并背叛新教，参加神秘主义者的团体。参看本章注10。

398 原文为苏格兰方言，套用彭斯的《致自命清高的人》一诗的标题。

399 在《亨利四世上篇》第3幕第3场中，福斯塔夫抱怨说，“那些坏朋友”（指亲王哈尔等人）害得他好久没进教堂了，并控告他们“偷酒杯”。

400 安特里姆是北爱尔兰东北部一郡。

401 埃格林顿在《关于硕果仔存者的两篇短论》（1896）中，对华兹华斯给予了很高评价。这里把来自农村的埃格林顿之父（一个新教牧师）比作华兹华斯。

402 “大”，原文为爱尔兰语。这里把大马吉（即埃格林顿之父，参看本章注397）比作华兹华斯早期诗歌里的人物马修，一个头发花白的乡村教师。

403 蓬头乱发的庄稼汉，见《理查二世》第2幕第1场。

404 短裤，见《亨利五世》第3幕第7场。

405 布袜子，见《亨利四世上篇》第2幕第4场。

406 “十座树林的泥污”，套用叶芝的戏剧《凯瑟琳伯爵夫人》（1895）第1场中谢姆斯的妻子的台词。

407 “手执野生苹果木杖”，出自华兹华斯的《四月里的两个早晨》（1799、1800）的末段。这是以马修为主人公的诗中的一首。

408 这里，斯蒂芬回忆起穆利根所说的话。见本章注300及有关正文。

409 鲍勃·肯尼是北都柏林济贫法联合医院的一位外科大夫。斯蒂芬的母亲生前曾在这里接受施诊。

410 莎士比亚的父亲约翰·莎士比亚于1601年去世，《哈姆雷特》是在这之后数月内写成并上演的。

411 莎士比亚是1582年结婚的。在1601年，他的两个女儿苏珊娜和朱迪斯分别为18岁和16岁。

412 原文为意大利文。见《神曲·地狱》第1篇首句。当时认为人的平均寿命为70岁。

413 大学生指哈姆雷特王子。父王遇害时，他正在德国威登堡大学读书。

414 在《哈姆雷特》第1幕第5场中，父王的幽灵对哈姆雷特王子说，他的“灵魂……被判在夜晚到处徘徊……”

415 “一小时……烂下去”，见《皆大欢喜》第2幕第7场中杰奎斯对公爵所说的话。引用时，将“我们”改成了“它”。

416 神秘的遗产指天才。

417 卡拉特林是《十日谈》第九天第三个故事中的主人公。他的两个朋友串通大夫哄骗他说，他怀了孕，他竟信以为真。

418 原文为拉丁文。参看第2章注38。

419 “母爱……东西”，是克兰利对斯蒂芬所说的话，参看《一个青年艺术家的画像》第5章。

420 原文为拉丁文。

421 希腊神话中的克里特统治者弥诺斯触怒了海神波塞冬。作为报复，波塞冬使弥诺斯之妻帕西淮爱上一头白公牛，遂生下半人半牛怪物弥诺陶洛斯。

422 原文为法语。20世纪初巴黎红灯区的一条街。

423 撒伯里乌，参看第1章注116。

424 斗犬阿奎那指托马斯·阿奎那，参看第1章注88。

425 拉特兰指第五代拉特兰伯爵罗杰·曼纳斯（1576—1612）。有人认为莎剧是他或培根所写（见本章注214）。也有人认为是莎士比亚的保护人、南安普敦伯爵三世（1573—1624）所写。这里，原文把他们的名字连到一起。参看本章注215。

426 莎士比亚的喜剧《错误的喜剧》中有两对同名的孪生兄弟，所以闹出一连串误会和笑话。

427 “大自……的”一诗出自埃格林顿的《小河中的卵石》（都柏林，1901）一书。

428 这是文字游戏。野蔷薇（eglantine）和埃格林顿（Eglintone）拼写相近。“盘绕……薇”一词，出自弥尔顿的短诗《快乐的人》（1632）。

429 “他……父亲”，参看第1章注116。

430 在希腊宗教里，雅典娜是城市的保护女神和明智女神。她没有母亲，是从宙斯的前额中跳出来的。品达罗斯还说，是赫菲斯托斯用斧头劈开宙斯的头，使她出生的。

431 “关键……戏！”是哈姆雷特的一句独白，见《哈姆雷特》第2幕第2场。

432 莎士比亚的母亲名叫玛丽·亚登，而《皆大欢喜》一剧是以亚登森林为背景的。

433 伏伦妮娅是《科利奥兰纳斯》（1607）的主人公科利奥兰纳斯的母亲。

434 埃及肉锅的典故，见第3章注81。埃及女王克莉奥佩特拉秀色可餐，所以这里把她比作肉锅。

435 克瑞西达是《特洛伊罗斯与克瑞西达》中的女主人公，系向希腊投降的特洛亚祭司之女。

436 作者这里是利用“公谊会”（音译为贵格会）做文章。“贵格”（Quake）原意为“震动”。此会创始人乔治·福克斯于1648年在基督教内部闹过一次革命，反对一系列教条，自称“震动派”（Quaker，即造反之意），因而备受迫害。此会反对一切战争，两次大战均拒服兵役。参看本章注1。

437 参看本章注340。

438 伍尔（Wull）是威廉的俗称。西德尼·李（参看本章注223）在《威廉·莎士比亚传》（第42页）中转述了莎士比亚在《皆大欢喜》一剧中扮演仆人亚当的故事。

439 吃香肠说明吉尔伯特拿到的是池座里的站票。参看本章注83。

440 “姓名有什么意义？”出自朱丽叶的独白，见《罗密欧与朱丽叶》第2幕第2场。

441 括号内的音乐术语均为意大利文，下同。

442 这两句诗出自奥利弗·圣约翰·戈加蒂（参看第1章注1）的未出版的黄色小诗《医学生迪克和医学生戴维》。作者在都柏林三一学院学医时，与乔伊斯同学。毕业后行医之余写了几本书。

443 《李尔王》是1606年圣诞节期间在宫廷上演的；次年年底，埃德蒙·莎士比亚逝世，下葬于萨瑟克郡。

444 “可是他……名声”是旗官伊阿古在摩尔族贵胄奥赛罗面前诽谤奥赛罗的副将凯西奥而说的话。见《奥赛罗》第3幕第3场。

445 纳博科夫（参看第六章注153）认为，“他把自己的名字……表明了这一点”是夫子自道。正如莎士比亚把自己的名字隐藏在戏里一样，乔伊斯借着穿棕色胶布雨衣者这个人物把自己藏在小说里。《十四行诗》指莎士比亚的《十四行诗》第135、136首。

446 冈特·欧·约翰（1340—1399）是英格兰亲王，兰开斯特公爵。在《理查二世》第2幕第1场中，年老多病的他念念不忘自己的姓氏，说了不少俏皮话。

447 盾面的纹章上自右上至左下的右斜线。

448 原文为拉丁文，引自乡人考斯塔德对侍童毛子说的话。见《爱的徒劳》第5幕第1场。

449 见本章注440。

450 丹麦天文学家布拉赫·第谷（1546—1601）于1572年11月11日发现仙后座中出现了一颗比金星还亮的新星，起名第谷新星。按：莎士比亚出生于1564年4月23日，当时是八岁半。

451 喷火龙见于北欧神话。

452 仙后座内的五颗亮星，如以线连接，形似拉丁字母W。那是“威廉”的第一个字母。

453 肖特利是安·哈撒韦的娘家所在的沃利克州一村庄。

454 1574年3月以后，第谷新星不再能用肉眼看到。当时莎士比亚是九岁零十个月。

455 “求爱”和“占有”，摘引自萨福克的旁白，原话是：“她既美如天仙，就该向她求爱；她既是个女人，就能将她占有。”见《亨利六世》第5幕第3场。此处反过来，改成男人被女人求爱和占有。

456 见《驯悍记》第2幕第1场中彼特鲁乔的台词。

457 原文为希腊语。

458 原文（Bous Stephanoumenos）为学生们所杜撰的希腊语。在《一个青年艺术家的画像》第4章中，当立志做艺术家的斯蒂芬向海滨走去时，同学们一遍遍地这么朝他喊叫。

459 原文为意大利语。杰林多是男子名。文中最后的S.D. 是双关语。既是斯蒂芬·迪达勒斯的首字，又是意大利语“sua donna”（“他的情妇”）的缩写。

460 参看《出埃及记》第13章第22节。原典作“白天有云柱，夜间有火柱”。

461 原文作Stephanos，系希腊文，意思是王冠、花环。

462 参看第1章注9。

463 纽黑文是英格兰东萨塞克斯郡的港口城镇。濒临英吉利海峡，与巴黎西北的海港迪耶普遥相望。

464 原文作lapwing，又名田凫。在《哈姆雷特》第5幕第2场中，霍拉旭说："这一只凤头麦鸡顶着壳儿逃走了。"从语源上来看，这是由lap（跳跃的过去式）和wing（飞行）组成的复合词。wing又作"翼"解，故联系到下文中伊卡洛斯的蜡翼。

465 伊卡洛斯是希腊神话中迪达勒斯之子。他借助于蜡翼飞上天空，随父逃离克瑞特。但因违背父嘱，飞得过高，蜡翼为太阳融化，遂坠海而死。

466 原文为拉丁文。在《一个青年艺术家的画像》第5章末尾，斯蒂芬也曾以伊卡洛斯自况，呼吁道："老父亲，古老的巧匠，现在请尽量给我一切帮助吧！"

467 格林指德国民间文学研究者雅科布（1785—1863）和威廉（1786—1859）。他们合编的童话集里有以弟兄为题材的故事，但以睡美人为女主人公的《白雪公主》里，并没有这样的情节。

468 贝斯特弟兄是20世纪初在都柏林开业的两个著名的爱尔兰律师。贝斯特和"最好"（best），拼法相同。

469 帕特里克·S. 迪宁神父（1860—1934），爱尔兰作家、翻译家、编辑及语言学家。

470 这里套用约翰·弗莱彻（1579—1625）所写《两位高贵的亲族》一剧的题目。有些学者认为，莎士比亚也多少参与了该剧的写作。

471 据艾尔曼的《詹姆斯·乔伊斯》（第144页），乔伊斯的胞弟斯坦尼斯劳斯曾一度在药剂师的店里当店员。

472 在《皆大欢喜》第1幕第2场中，西莉娅曾说："傻瓜的愚蠢往往是聪明人的砺石。"这里，斯蒂芬把他弟弟斯坦尼斯劳斯、克兰利和穆利根都当成是促使自己思考问题的人。

473 据《创世记》第25至27章，以扫和雅各是双胞胎。以扫生就浑身是毛，雅各用一碗红豆汤从以扫那里换来了长子的权利。他们的父亲以撒双目失明后，雅各冒充哥哥去接受祝福。以撒觉得那声音像是雅各的，但因雅各用山羊毛裹住双手和脖子，以撒摸了摸，以为站在自己面前的真是长子，就祝福了他，让他统治所有的弟兄。

474 这里把理查三世的一句台词略加改动。原话是："用我的王位换一匹马！"见《理查三世》第5幕第4场。

475 "世界上的天使"，这里指国王。语出自《辛白林》第4幕第2场中贵族培拉律斯袒护王子的台词。

476 莎士比亚在英国史学家拉斐尔·霍林希德（？—约1580）所著《英格兰、苏格兰、爱尔兰编年史》（1857年，第2版）中找到了一个史前世纪的故事（写一个首领宠爱坏儿子，歧视好儿子），把它与菲利普·锡德尼的牧歌传奇《阿卡迪亚》（1590）第2卷第10章中的一个境遇凄凉的国王的末路糅合在一起，写成了《李尔王》（1606）。

477 原文为法语。

478 莎士比亚的《冬天的故事》（1610）一剧直接取材于英国散文家罗伯特·格林（1558？—1592）的田园诗《潘多斯托》（1588），"把波希米亚搬到海边"这个错误即由此而来。

479 在《特洛伊罗斯与克瑞西达》（1602）第2幕第2场中，赫克托（不是尤利西斯）曾说："正像亚里士多德所说的那种……"按：亚里士多德（公元前384—前322）的年代迟于赫克托（公元前12、13世纪）将近1000年。

480 这里反用《新约·马太福音》第26章第11节的话。原话是："常常会有穷人跟你们在一起。"意思是莎士比亚的剧本中很少写穷人。

481 普洛斯彼罗是《暴风雨》中的旧米兰公爵，精通魔术。他的兄弟篡了位，并把他和他的女儿米兰达一道放逐到海岛上。杖指魔杖，书指魔术书。

482 这里把人生比作古希腊悲剧的四个阶段。

483 西德尼·李在《威廉·莎士比亚传》（第266—267页）中写道，莎士比亚曾支持自己的女儿苏珊娜于1613年向宗教法庭控告莱恩以诽谤罪，因为莱恩首先控告已婚的苏珊娜与一个叫作拉尔夫·霍尔的人通奸。届时莱恩未出庭，因而被教会开除。

484 梅努斯是爱尔兰基尔代尔郡一镇，位于都柏林东北15英里。当地的圣帕特里克学院是不列颠诸岛中最大的天主教神学院。斯蒂芬这句话套自《梅努斯教义问答集》（都柏林，1882）。

485 莎士比亚的墓志铭中写着：不得掘开这块碑石，移动遗骨。因而，死在他后面的妻子安就无法与他合葬了。

486 关于克莉奥佩特拉，爱诺巴勃斯曾说："年龄不能使她衰老，习惯也腐蚀不了她那变幻无穷的伎俩……"见《安东尼与克莉奥佩特拉》第2幕第3场。这里套用时把"她"改成"它"，用以指原罪。

487 "他是圣灵"，参看第15章注409，"他什么都是"引自哈姆雷特对霍拉旭说的话。原指哈姆雷特的亡父。见《哈姆雷特》第1幕第2场。

488 在《辛白林》中，阿埃基摩靠谎言促使伊摩琴的丈夫怀疑她与阿埃基摩私通。在《奥赛罗》中，伊阿古欺骗奥赛罗，说其妻子苔丝狄蒙娜与凯西奥私通。这里把他们比作凌辱妇女者。而伊阿古还毫无根据地猜疑自己的妻子与奥赛罗和凯西奥私通。见《奥赛罗》第1幕第3场和第2幕第1场。

489 荷西是法国小说家普罗斯珀·梅里美（1803—1870）的中篇小说《嘉尔曼》（1845）中的一个纯真的青年。他为了爱吉卜赛女郎嘉尔曼而堕落成为强盗，最后将嘉尔曼杀死，自己也被处绞刑。法国作曲家乔治·比才（1838—1875）据此改编的同名歌剧，一直脍炙人口。

490 摩尔人指奥赛罗。

491 "咕咕！咕咕！啊，可怕的声音！"是《爱的徒劳》第5幕第2场末尾《春之歌》中的一行。下一行是"害得做丈夫的肉跳心惊"。咕咕在英文中既是布谷鸟，又指布谷鸟的啼声。Cuckold（奸妇的本夫）一词便是由cuckoo引申而来，而cuckoo也含有"傻子"或"做了王八的丈夫"之意。

492 原文作reverbed。此词曾出现于《李尔王》第1幕第1场肯特的台词中："那些声音低沉的人，发不出空洞的回响，然而并非无情无义。"

493 小仲马（1824—1895）是大仲马（1802—1870）的私生子。父子均名亚历山大，并且都是法国作家。"小"和"大"，原文都是法语。

494 "男人……喜悦"是哈姆雷特王子对朝臣所说的话。见《哈姆雷特》第2幕第2场。两个

“他”，原剧中均作“我”，是哈姆雷特自指。引用时改为“他”，以指莎士比亚。

495 “从小到大”，见《哈姆雷特》第5幕第1场中掘墓者甲的台词。

496 据说莎士比亚在“新地”大宅庭园里栽下一棵桑树，以便让后世知道他被埋葬在什么地方。

497 在《罗密欧与朱丽叶》第3幕第2场中，当朱丽叶误以为罗密欧在决斗中被提伯尔特杀死后，她巴望自己“赶快停止呼吸，……去和罗密欧同眠在一个墓穴里”。

498 “大”“小”，原文为法语。

499 在英文中，富裕、兴旺的（prosperous）与普洛斯彼罗（Prospero）拼音相近。

500 指莎士比亚的头一个外孙女伊丽莎白·霍尔。她是苏珊娜之女，生于1808年。

501 美国作曲家斯蒂芬·福斯特（1826—1864）所作歌曲《内德大叔》中有“好黑人注定去的地方”之句，这里把“好”改成了“坏”。

502 比利时象征主义诗人和剧作家莫里斯·梅特林克（1862—1949）在《明智和命运》（巴黎，1899）中写道：“我们永远不要忘记，与我们的本性不相符的事是不会发生在我们身上的……倘若犹大今晚外出，他就会走向犹大，从而有了出卖的机会；然而倘若苏格拉底打开自己的门，他会发现苏格拉底睡在门口的台阶上，从而就有了变得聪明起来的机会。”乔伊斯引用时做了改动。

503 当晚斯蒂芬反用了“从自我内部穿行”一语，参看第15章注408。下文中的“恋爱中的弟兄们”，原文作brothers-in-love，与brother-in-law（姻兄弟）拼法相近。这是文字游戏。

504 据《创世记》第1章，天主在第一天创造了光，相隔两天又创造了太阳。

505 原文为意大利语。

506 参看本章注487。

507 这一段套用哈姆雷特对奥菲利娅所说的话（“再不要结什么婚了”，见《哈姆雷特》第3幕第1场）和耶稣的一段训话（“他们要跟天上的天使一样，也不娶也不嫁”，见《新约·马太福音》第22章第30节）。

508 原文为希腊文。古希腊理论力学创始人阿基米德（约公元前287—约前212）奉命测定王冠含金的纯度，他洗澡时看到澡水溢出，从而发现了阿基米德浮力定理。这句是他当时所说的话。

509 这里，他以与自己同名的先知玛拉基自况，参看第1章注101。《旧约·玛拉基书》第1章第1节有“上主交代玛拉基转告以色列人民的信息”语。

510 “已经……再结婚”引自哈姆雷特对奥菲利娅所说的一段话。见《哈姆雷特》第3幕第1场。

511 这里，把Eglinton改为Eclecticon，以表示约翰·埃格林顿的观点是把当时流行的观点加以折中（eclectic）汇集而成。

512 爱德华·多顿（见本章注354）在《莎士比亚：关于他的思想和艺术的评论研究》一书（第126页）中写道：莎士比亚把哈姆雷特塑造得很神秘，“永远不可能完全解释清楚”。

513 卡尔·勃莱布楚（1859—1928），德国诗人、评论家、戏剧家。他在《莎士比亚问题解答》（柏林，1907）中提出拉特兰（见本章注425）是真正的莎剧写作者。比在他之前提出这一论点的马登（参看本章注292）较有说服力。“先生”，原文为德语。

514 “我信……我！”这原是求耶稣给自己的儿子治病的父亲所说的话。见《新约·马可福音》第9章第24节。

515 原文为希腊文。

516 《达娜》第4期（1904年8月）上刊有乔伊斯的一首题名《歌》的诗，后收入《室内乐集》（伦敦，1907）。

517 见本章注179。下文中的弗莱德琳是指弗雷德·瑞安咬字不清，把自己的姓名念成那个音调。

518 这是奥利弗·圣约翰·戈加蒂（见本章注442）所收集的两篇民间故事中的人物。其中“新手内莉”还曾出现在戈加蒂的《诗集》（纽约，1954）里。

519 《反异教大全》是圣托马斯·亚奎那的著作。

520 安古斯·奥格神是爱尔兰神话中掌管青春、美和诗的神。他发现经常出现在梦境中的理想伴侣原来是一只白天鹅，自己便也变成白天鹅，与她比翼腾空而去。

521 这里，斯蒂芬想起了当天早晨离开圆形炮塔之前穆利根对他说的那番话。参看第1章。

522、523 原文为法语。

524 原文作shakes，是双关语。既可作莎士比亚的简称，又作“摇晃不定”解。

525 这里把《哈姆雷特》第5幕第1场中哈姆雷特对掘墓工甲所说的话略做了改动。原话是：“庄稼汉的脚趾头和朝廷贵人的脚后跟挨得那么近，足以磨破那上面的冻疮了。”原文作gall his kibe，转义为：触及他的痛处。

526 原文作all amort，是伊丽莎白时代的用语，见《驯悍记》第4幕第3场中彼特鲁乔对凯瑟丽娜所说的话：“不要这样垂头丧气的……”

527 这里，穆利根把谈兴正浓的利斯特比作《仲夏夜之梦》中那个戴着驴头和仙后提泰妮娅谈情说爱的织工波顿。

528 “明契……如镜”引自弥尔顿的《利西达斯》一诗。明契乌斯河在意大利，流经罗马诗人维吉尔的家乡安第斯。

529 迫克（Puck）是中世纪英格兰民间传说中的顽皮小妖，系《仲夏夜之梦》的主角之一。勃克（Buck）也喜欢搞恶作剧，两个名字拼音又相近，所以这么称呼他。

530 这里把罗伯特·彭斯的《约翰·安德森，我的乖》（1789—1790）一诗中的“安德森”改成了“埃格林顿”。安德森和埃格林顿都是秃头。

531 “没……林唐”，套用《艺伎》（见第6章注62）中的歌词，略做改动。

532 管子工会会馆是机工协会会馆的俗称。1904年夏季，该会馆被改建成阿贝剧院。该剧院可以说是爱尔兰文艺复兴运动的摇篮，以叶芝为首的爱尔兰国民戏剧协会即设在这里。“我……臭味”一语暗指僧侣们曾竭力制止在该剧院上演新剧作。

533 关于1586年左右莎士比亚离开家乡的原因，传说最多的是他偷了附近的乡绅托马斯·路希的鹿，挨了一顿鞭子，因而逃往伦敦。

534 原文为法语。巴尔扎克有一部小说也题名为《三十岁的女人》（1831）。

535 这句话与本章注359的“你不能既吃了点心又还拿在手里”相互呼应。

536 见《十四行诗》第126首第9行：“可是你得怕她，你，她的小乖乖！”

537 柏拉图在《菲多篇》中写道，苏格拉底抚摩着弟子菲多的头发说：“我想，菲多，当你明白过来，就会把这头秀发剪掉啦！”意思是说，菲多那套血气方刚的争辩也将随之而去。

538 在第15章中，醉汉菲利普说：“他不姓阿特金森。”（见该章注515）那儿指阿贝剧院。

539 这首打油诗的文体模仿叶芝的《贝尔和艾琳》（1903）一诗第1段。

540 “继续嘲弄吧”，参看本章注262。“认识自己”是坐落于德尔斐的古希腊阿波罗神殿所标出的警句，另一句是“适可而止”。

541 这里，勃克·穆利根在挖苦为亡母戴孝的斯蒂芬。

542 格雷戈里夫人（1852—1932），爱尔兰剧作家。原名伊萨贝拉·奥古斯塔·佩尔斯。她于1892年丧夫后，开始文学生涯，1904年任阿贝剧院经理。乔伊斯写过一篇批评其《诗人与梦想家》的文章，刊载在朗沃思主编的《每日快报》（1903年3月26日）上。叶芝曾称赞格雷戈里夫人的书为“当代爱尔兰首屈一指的”，下文中的“令人想到荷马”，系穆利根添加的。

543 “九个……舞”，见《仲夏夜之梦》第2幕第1场这是英国乡村的一种由九个男人组成的民间舞蹈，通常在五朔节时表演。此词源于“莫里斯科”（morisco），意为“摩尔人的”。

544 《出埃及记》第34章第29节有“摩西带着十诫的法版从西奈山下来”之语，前文（见第1章注101）中提到穆利根与先知同名，所以这里把他手中的纸片说成是法版。

545 意译就是“睾丸的穆利根”。

546 原文为意大利语。

547 在英国大学里，托比和克雷布这两个名字均含有猥亵意。

548 坎姆顿会堂原是卡姆登街的一座货栈，爱尔兰国民剧院协会迁入阿贝戏院之前曾设于此。

549 爱琳是爱尔兰的古称，参看第7章注46。

550 这里，斯蒂芬回忆起他曾站在门廊前的台阶上看鸟的飞翔，试试鸟占（古罗马时期开始的一种占卜办法。通过观察鸟的飞翔情况以判断神的旨意）的往事。参看《一个青年艺术家的画像》第5章。

551 参看第3章注158及有关正文。

552 指刚刚从二人当中穿过去的布卢姆。

553 “我怕你，老水手”，出自柯尔律治的《老水手》（1798）一诗。

554 这是常见于中世纪城堡的一种结实的铁格子吊门。下端有一排倒刺。门卡在两边的承溜当中，可以上下移动。

555 “让我们……鼻孔”，出自《辛白林》第5幕第5场末尾。

第十章

耶稣会会长，十分可敬的约翰·康米[1]边迈下神父住宅的台阶，边把光滑的怀表揣回内兜。差五分三点。还来得及，正好走到阿坦[2]。那个男孩儿姓什么来着？迪格纳穆。对。*着实恰当而正确*[3]。应该去见见斯旺修士[4]。还有一封坎宁翰[5]先生的来信呢。是啊，尽可能满足他的要求吧！这是位善良而能干的天主教徒。布教的时候能派上用场。

一个独腿水手，架着双拐，无精打采地一步一挪地往前悠荡，嘴里哼唱着什么曲调。他悠荡到仁爱会修女院前面，蓦地停了下来，朝着耶稣会这位十分可敬的约翰·康米伸过一顶鸭舌帽，求他施舍。康米神父在阳光下祝福了他，因为神父知道自己的钱包里只有一克朗银币。

康米神父横过马路，跨过蒙乔伊广场。他想了一下被炮弹炸断了腿的士兵和水手怎样在贫民救济所里结束余生的事，又想起红衣主教沃尔西的话："如果我用为国王效劳的热诚来侍奉天主，他也不会在我垂老之年抛弃我。"[6]他沿着树荫，走在闪烁着阳光的树叶底下；议会议员戴维·希伊先生的太太[7]迎面而来。

——我很好，真的，神父。您呢，神父？

康米神父确实非常健康。他也许会到巴克斯顿[8]去洗洗矿泉澡。她的公子们在贝尔维迪尔[9]念得蛮好吧？是吗？康米神父听到这情况，的确很高兴。希伊先生本人呢？还在伦敦。议会仍在开会，可不是嘛。多好的天气啊，真让人心旷神怡。是啊，伯纳德·沃恩[10]神父极可能会再来讲一次道。啊，可不，了不起的成功。的确是位奇才。

康米神父看到议会议员戴维·希伊先生的太太显得那么健康，高兴极了，他恳请她代为向议会议员戴维·希伊先生致意。是的，他准登门去拜访。

——那么，再见吧，希伊太太。

康米神父脱下大礼帽告别，朝着她面纱上那些在阳光下闪着墨光的乌珠茔尔一笑。一边走开一边又漾出微笑。他晓得自己曾用槟榔果膏把牙刷得干干净净。

康米神父踱着，边走边泛出微笑，因为他记起伯纳德·沃恩神父那逗乐儿的眼神和带伦敦土腔的口音。

——彼拉多[11]！你咋不赶走那些起哄的家伙？

不管怎么说，他是个热心肠的人。这一点儿不假。以他独特的方式，确实做过不少好事。这是毫无疑问的。他说他热爱爱尔兰，也热爱爱尔兰人。谁能相信他还出身于世家呢？是威尔士人吧？

哦，可别忘了。那封给管辖教区的神父的信。

在蒙乔伊广场的角落里，康米神父拦住三个小学童。对，他们是贝尔维迪尔的学生。呃，班次很低。他们在学校里都是好学生吗？哦，那就好极啦！那么，他叫什么名字呢？杰克·索恩。他叫什么？杰尔[12]·加拉赫。另一个小不点儿呢？他的名字叫布鲁尼·莱纳姆。哦，起了个多么好的名字。

康米神父从前胸掏出一封信来，递给少年布鲁尼·莱纳姆，并指了指菲茨吉本街拐角处的红色邮筒。

——可是留点儿神，别把你自个儿也投进邮筒里去，小不点儿，他说。

孩子们的六只眼睛盯着康米神父，大声笑了起来：

——哦，您哪。

——喏，让我瞧瞧你会不会投邮，康米神父说。

少年布鲁尼·莱纳姆跑到了马路对面，将康米神父那封写给管辖教区神父的信塞进红艳艳的邮筒口里。康米神父泛着微笑，点了点头。然后又笑了笑，就沿着蒙乔伊广场向东踱去。

舞蹈等课程的教师丹尼斯·杰·马金尼[13]先生头戴丝质大礼帽，身穿滚着绸边的暗蓝灰色长礼服，系着雪白的蝴蝶结，下面是淡紫色紧腿裤；戴着鲜黄色手套，脚蹬尖头漆皮靴。他举止端庄地走着，来到迪格纳穆庭院的角上。这时，马克斯韦尔夫人擦身而过，他赶紧毕恭毕敬地闪到边石上去。

那不是麦吉尼斯太太[14]吗？

满头银发、仪表堂堂的麦吉尼斯太太在对面的人行道上款款而行。她朝康米神父点头致意。康米神父含笑施礼。她近来可好？

夫人风度优雅，颇有点儿像苏格兰女王玛丽[15]。想想看，她竟然是个当铺老板娘！哟，真是的！这么一派……该怎么说呢？……这么一派女王风度。

康米神父沿着大查尔斯街前行，朝左侧那紧闭着门的自由教会[16]瞟了一眼。可敬的文学士 T.R. 格林将（按照神的旨意）[17]布道。他们称他作教区牧师。他呢，认为讲上几句儿乃是义不容辞的[18]。然而，得对他们宽大为怀。不可克服的愚昧。他们毕竟也是根据自己的见解行事的啊！

康米神父拐了弯，沿着北环路踱去。奇怪，这样一条重要的通衢大道，竟然没铺设电车路。肯定应该铺设。

一群背着书包的学童从里奇蒙大街那边跨过马路而来。个个扬起肮里肮脏的便帽。康米神父一次又一次慈祥地朝他们还礼。这都是些公教弟兄会[19]的孩子。

康米神父一路走着，闻到右侧飘来一股烟香。波特兰横街的圣约瑟教堂。那是给贞节的老妪们开设的[20]。神父冲着圣体[21]摘下帽子。她们固然操守高尚，只是，有时脾气挺坏。

来到奥尔德勃勒邸第附近，康米神父想起那位挥金如土的贵族。而今，这里改成了公事房还是什么的。[22]

康米神父开始顺着北滩路走去，站在自己那爿商号门口的威廉·加拉赫先生朝他施礼。康米神父向威廉·加拉赫先生还礼，并嗅到了成条的腌猪肋骨肉和桶里装得满满的冰镇黄油的气味。他走过葛洛根烟草铺，店前斜靠着一块块张贴新闻的告示板，报道发生在纽约的一桩惨案[23]。在美国，这类事件层出不穷。倒霉的人们毫无准备地就那么送了命。不过，彻底悔罪也能获得赦免[24]。

康米神父走过丹尼尔·伯金的酒馆儿。两个没找到活儿干的男人在闲倚着窗口消磨时光。他们向他行礼，他也还了礼。

康米神父走过 H.J. 奥尼尔殡仪馆。科尼·凯莱赫正一边嚼着一片枯草，一边在流水账簿上划算着。一个巡逻的警察向康米神父致敬，康米神父也回敬了一下。走过尤克斯泰特猪肉店，康米神父瞧见里面整整齐齐地摆着黑白红色的猪肉香肠，像是弯曲的管子。在查尔维尔林荫道的树底下，康米神父瞅见一艘泥炭船，一匹拉纤的马低垂着脑袋，头戴脏草帽的船老大坐在船中央，抽着烟，目不转睛地望着头顶上一根白杨树枝。真是一派田园风光。康米神父琢磨着造物主的旨意：让沼泽里产生泥炭，供人们来挖掘，运到城市和村庄。于是，穷人家里就生得起火了。

来到纽科门桥上，上加德纳街圣方济各·沙勿略教堂的这位十分可敬的耶稣会会长约翰·康米跨上一辆驶往郊外的电车。

一辆驶往市内的电车在纽科门桥这一站停住了。圣阿加莎教堂的本堂神父、至尊的尼古拉斯·达德利下了车。

康米神父是由于讨厌徒步跋涉泥岛[25]那段脏路，才在纽科门桥搭乘这趟驶往郊外的电车的。

康米神父在电车的一角落座。他仔细地把一张蓝色车票掖在肥大的小山羊皮手套的扣眼间；而四先令和一枚六便士以及五枚一便士[26]则从他的另一只戴了小山羊皮手套的巴掌上，斜着滑进他的钱包。当电车从爬满常春藤的教堂前驰过的时候，他想道：通常总是刚一粗心大意地扔掉车票，查票的就来了。康米神父觉得，就如此短暂而便宜的旅途而言，车上的乘客未免过于一本正经了。康米神父喜欢过得既愉快而又事事得体。

这是个宁静的日子。坐在康米神父对面那位戴眼镜的绅士解释完了什么，朝下望去。康米神父猜想，那准是他的妻子。

一个小哈欠使那位戴眼镜的绅士的妻子启开了口。她举起戴着手套的小拳头，十分文雅地打了个哈欠，用戴了手套的小拳头轻轻碰了碰启开的嘴，甜甜地泛出一丝微笑。

康米神父觉察出车厢里散发着她那香水的芬芳。他还发觉，挨着她另一边的一个男子局促不安地坐在座位的边沿上[27]。

康米神父曾经在祭坛栏杆边上吃力地把圣体送进一个动作拙笨的老人嘴里。那人患有摇头症。

电车在安斯利桥停了下来。正要开动时，一个老妪抽冷子从她的座位上站了起来。她要下车。售票员拽了一下铃绳，叫刹车，好让她下去。她挎着篮子，提了网兜，踱出车厢。康米神父望见售票员将她连篮子带网兜扶下车去。康米神父思忖，她那一便士车钱都差点儿坐过了头。从这一点来看，她是那种善良人中间的一个，你得一再告诉她们说，已经被赦免了：*祝福你，我的孩子，为我祈祷吧！*[28]然而她们在生活中有那么多忧虑，那么多操心的事儿，可怜的人们。

广告牌上的尤金·斯特拉顿[29]先生咧着黑人的厚嘴唇，朝康米神父做出一副怪相。

康米神父想到黑、棕、黄色人种的灵魂啦，他所做的有关耶稣会的圣彼得·克莱佛尔[30]和非洲传教事业的宣讲啦，传播信仰啦，还有那数百万黑、棕、黄色的灵魂。当大限像夜里的小偷那样忽然来到[31]时，他们却尚未接受洗礼。康米神父认为，那位比利时耶稣会会士所著《选民之人数》[32]一书中的主张，还是入情入理的。那数百万人的灵魂是天主照自己的形象创造[33]的。然而他们不曾（按照神的旨意[34]）获得信仰。但他们毕竟是天主的生灵，是天主所创造的。依康米神父看来，让他们统统沉沦未免太可惜了，而且也可以说是一种浪费。

康米神父在豪斯路那一站下了车。售票员向他致敬，他也还了礼。

马拉海德路一片寂静。这条路和它的名字很合康米神父的心意。马拉海德喜洋洋，庆祝钟声响啊响。[35]马拉海德的塔尔伯特勋爵，马拉海德和毗邻海域世袭海军司令的直系继承者。紧接着，征召令下来了。在同一天，她从处女一变而为妻子和遗孀[36]。那是世风古朴的年月，乡区里一片欢快，是效忠爵爷领地的古老时代。

康米神父边走边思索着自己所著的那本小书《爵爷领地的古老时代》[37]以及另一本值得一写的书：关于耶稣会修道院以及莫尔斯沃思勋爵之女——第一代贝尔弗迪尔伯爵夫人玛丽·罗奇福特[38]。

一个青春已逝、神色倦怠的夫人，沿着艾乃尔湖[39]畔踽踽独行。第一代贝尔弗迪尔伯爵夫人神色倦怠地在苍茫暮色中彷徨。当一只水獭跃进水里时，她也木然无所动。谁晓得实情呢？正在吃醋的贝尔弗迪尔爵爷不可能，听她忏悔的神父也不可能知道她曾否与小叔子完全通奸，曾否被他往自己那女性天然器官内射精[40]吧？按照妇女的常情，倘若她没有完全犯罪，她只需不痛不痒地忏悔一番。知道实情的，只有天主、她本人以及他——她那位小叔子。

康米神父想到了那种暴虐的纵欲，不管怎么说，为了人类在地球上繁衍生息，那是不可或缺的。也想到了我们的所作所为迥乎不同于天主。

唐约翰·康米[41]边走路边在往昔的岁月里徘徊。在那儿，他以慈悲为怀，备受尊重。他把人们所忏悔的桩桩隐私都铭记在心头；在一间天花板上吊着累累果实、用蜜蜡打磨的客厅里，他以笑脸迎迓贵人们一张张笑容可掬的脸。新郎和新娘的手，贵族和贵族，都通过唐约翰·康米，将掌心叠放在一起了。

这是令人心旷神怡的日子。

隔着教堂墓地的停柩门，康米神父望到一畦畦的卷心菜，它们摊开宽绰的下叶向他行着屈膝礼。天空，一小簇白云彩映入眼帘，正徐徐随风飘下。法国人管这叫毛茸茸的[42]。这个词儿恰当而又朴实。

康米神父边诵读日课[43]，边眺望拉思科非[44]上空那簇羊毛般的云彩。他那穿着薄短袜的脚脖子被克朗戈伍斯田野里的残梗乱茬刺得痒痒的。他一面诵着晚课，一面倾听分班排游戏的学童们的喊叫声——稚嫩的嗓音划破傍晚的静谧。当年他曾经当过他们的校长。他管理得很宽厚。[45]

康米神父脱掉手套，掏出红边的《圣教日课》。一片象牙书签标示着该读哪一页。

九时课[46]。按说应该在午饭前诵读的。可是马克斯韦尔夫人来了。

康米神父悄悄地诵毕《天主经》和《圣母经》[47]，在胸前画个十字：天主啊，求你快快拯救我！[48]

他安详地踱步，默诵着九时课，边走边诵，一直诵到心地纯洁的人有福了[49]的第 Res[50] 节：

你法律的中心乃是真理；

你一切公正的戒律永远长存！[51]

一个涨红了脸的小伙子[52]从篱笆缝隙间钻了出来。跟着又钻出一个年轻姑娘，手里握着一束摇曳不停的野雏菊。小伙子突然举帽行了个礼，年轻姑娘赶忙弯下腰去，缓慢仔细地将巴在她那轻飘飘的裙子上的一截小树枝摘掉。

康米神父庄重地祝福了他们俩，然后翻开薄薄的一页《圣教日课》：Sin[53]。

有权势的人无故逼迫我，但我尊重你的法律。[54]

* * *

科尼·凯莱赫合上他那本长方形的流水账簿，用疲惫的目光扫了扫那宛如哨兵般立在角落里的松木棺材盖儿一眼。他挺直了身子，走到棺材盖儿跟前，以它的一角为轴心，旋转了一下，端详着它的形状和铜饰。他边嚼着那片干草，边放回棺材盖儿，来到门口。他在那儿把帽檐往下一拉，好让眼睛有个遮阴，然后倚着门框懒洋洋地朝外面望着。

约翰·康米神父在纽科门桥上了驶往多利山的电车。

科尼·凯莱赫交叉着那双穿了大皮靴子的大脚，帽檐拉得低低的，定睛望着，嘴里还咀嚼着那片干草。

正在巡逻的丙五十七号警察停下脚步，跟他寒暄。

——今儿天气不错，凯莱赫先生。

——可不是嘛，科尼·凯莱赫说。

——闷热得厉害，警察说。

科尼·凯莱赫一声不响地从嘴里啐出一口干草汁，它以弧形线飞了出去。就在这当儿，一只白皙的胳膊从埃克尔斯街上的一扇窗户里慷慨地丢出一枚硬币[55]。

——有什么最好的消息？他问。

——昨儿晚上我看到了那个特别的聚会，警察压低嗓门儿说。

* * *

一个独腿水手架着丁字拐，在麦康内尔药房跟前拐了个弯儿，绕过拉白奥蒂的冰激凌车，一颠一颠地进了埃克尔斯街。拉里·奥罗克[56]只穿了件衬衫站在门口，水手就朝着他毫不友善地吼叫：

——为了英国……

他猛地往前悠荡了几步，从凯蒂和布棣·迪达勒斯身边走过，并站住，吼了一声：

——**为了家园和丽人**[57]。

从杰·杰·奥莫洛伊那张苍白愁苦的脸可以知道，兰伯特先生正在库房里接见来客。

一位胖太太停下来，从手提包里掏出一枚铜币，丢在伸到她跟前的便帽里。水手喃喃地表示谢意，愠怒地朝那些对他置之不理的窗户狠狠地盯了一眼，把脑袋一耷拉，又向前悠荡了四步。

他停下来，怒冲冲地咆哮着：

——**为了英国**……

两个打赤脚的顽童嚼着长长的甘草根，在他身旁站住了，嘴里淌着黄糊糊的涎水，呆呆望着他那残肢。

他使劲朝前悠荡了几步，停下来，冲着一扇窗户仰起头，用拖长的深沉嗓音吼道：

——为了家园和丽人。

窗内发出小鸟鸣啭般的圆润快活的口哨声，持续了一两节才止住。窗帘拉开了。一张写着“房间出租，自备家具”字样的牌子打窗框上滑落下去。窗口露出一只丰腴赤裸、乐善好施的胳膊，是从连着衬裙的白色乳褡那绷得紧紧的吊带间伸出的。女人[58]的一只手隔着地下室前的栏杆掷出一枚硬币。它落在人行道上了。

一个顽童朝这枚硬币跑去，拾了起来，把它投进这位歌手的便帽时，嘴里说着：

——喏，大叔。

* * *

凯蒂和布棣·迪达勒斯推开门，走进那狭窄、蒸汽弥漫的厨房。

——你把书当出去了吗？布棣问。

玛吉站在铁灶[59]跟前，两次用搅锅的棍儿把一团发灰的什么杵进冒泡的肥皂水里，然后擦了擦前额。

——他们一个便士也不给，她说。

康米神父走过克朗戈伍斯田野，他那双穿着薄短袜的脚脖子被残茬扎得痒痒的。

——你到哪家去试的？布棣问。

——麦吉尼斯当铺。

布棣跺了跺脚，把书包往桌上一掼。

——别自以为了不起，叫她遭殃去吧！她嚷道。

凯蒂走到铁灶跟前，眯起眼睛凝视着。

——锅里是什么呀？她问。

——衬衫，玛吉说。

布棣气恼地嚷道：

——天哪！难道咱们什么吃的也没有了吗？

凯蒂用自己的脏裙子垫着手，掀开汤锅的盖儿问：

——这里面是什么？

锅里喷出的一股热气就回答她了。

——豌豆汤，玛吉说。

——你打哪儿弄来的？凯蒂问。

——玛丽·帕特里克修女那儿，玛吉说。

打杂的摇了一下铃。

——丁啷啷！

布棣在桌前落座，饿着肚子说：

——端到这儿来。

玛吉把稠糊糊的汤从锅里倒进了碗。坐在布棣对面的凯蒂边用指尖将面包渣塞进嘴里，边安详地说：

——咱们有这么多吃的就蛮好了。迪丽哪儿去啦？

——接父亲去了，玛吉说。

布棣边把面包大块儿大块儿地掰到黄汤里，边饶上一句：

——我们不在天上的父亲[60]……

玛吉边往凯蒂的碗里倒黄汤，边嚷道：

——布棣！别胡说八道！

一叶小舟——揉成一团丢掉的“以利亚来了”[61]，浮在利菲河上，顺流而下。穿过环道桥[62]，冲出桥墩周围翻滚的激流，绕过船身和锚链，从海关旧船坞与乔治码头之间向东漂去。

* * *

桑顿鲜花水果店的金发姑娘正往柳条筐里铺着窸窣作响的纤丝。布莱泽斯·博伊兰递给她一只裹在粉红色薄绉纸里的瓶子以及一个小罐子。

——把这些先放进去，好吗？他说。

——好的，先生，金发姑娘说。上面放水果。

——行，这样挺好，布莱泽斯·博伊兰说。

她把圆滚滚的梨头尾交错地码得整整齐齐，还在夹缝儿里摞上羞红了脸的熟桃。

布莱泽斯·博伊兰脚上蹬着棕黄色新皮鞋，在果香扑鼻的店堂里踱来踱去，拿起那鲜嫩、多汁、带褶纹的水果，又拿起肥大、红艳艳的番茄，嗅了嗅。

头戴白色高帽的 H.E.L.Y'S[63] 从他面前列队而行；穿过坦吉尔巷，朝着目的地吃力地走去。

他从托在薄木片上的一簇草莓跟前蓦地掉过身来，由表兜里拽出一块金怀表，将表链抻直。

——你们可以搭电车送去吗？马上？

在商贾拱廊内，一个黑乎乎的背影正在翻看着小贩车上的书[64]。

——先生，管保给你送到。是在城里吗？

——可不，布莱泽斯·博伊兰说。十分钟。

金发姑娘递给他标签和铅笔。

——先生，劳您驾写下地址好吗？

布莱泽斯·博伊兰在柜台上写好标签，朝她推过去。

——马上送去，可以吗？他说。是给一位病人的。

——好的，先生。马上就送，先生。

布莱泽斯·博伊兰在裤兜里摆弄着钱，发出一片快乐的声响。

——要多少钱？他问。

金发姑娘用纤指数着水果。

布莱泽斯·博伊兰朝她衬衫的敞口处望了一眼，小雏儿。他从高脚杯里拈起一朵红艳艳的麝香石竹。

——这是给我的吧？他调情地问。

金发姑娘斜瞟了他一眼，见他不惜花费地打扮，领带稍微歪斜的那副样子，不觉飞红了脸。

——是的，先生，她说。

她灵巧地弯下腰去，数了数圆滚滚的梨和羞红的桃子。

布莱泽斯·博伊兰越发心荡神驰地瞅着她那衬衫敞口处，用牙齿叼着红花的茎，嬉笑着。

——可以用你的电话说句话儿吗？他流里流气地问。

* * *

——不过[65]！阿尔米达诺·阿尔蒂弗尼[66]说。

他隔着斯蒂芬的肩膀，凝视着哥尔德斯密斯[67]那疙疙瘩瘩的脑袋。

两辆满载游客的马车徐徐经过，妇女们紧攥着扶手坐在前面。一张张苍白的脸[68]。

男子的胳膊坦然地搂着女人矮小的身子。一行人把视线从三一学院移到爱尔兰银行那耸立着圆柱、大门紧闭的门厅。那里，鸽群正咕咕咕地叫着。

——像你这样年轻的时候[69]，阿尔米达诺·阿尔蒂弗尼说。我也曾这么想过。当时我确信这个世界简直像个猪圈。太糟糕啦。因为你这副嗓子……可以成为你的财源，明白吗？然而你在做着自我牺牲[70]。

——不流血的牺牲[71]，斯蒂芬笑眯眯地说。他攥着梣木手杖的中腰，缓慢地轻轻地来回摆动着。

——但愿如此[72]，蓄着口髭的圆脸蛋儿愉快地说。可是，我的话你也听听才好。考虑考虑吧[73]！

从印契科驰来的一辆电车，服从了格拉顿用严厉的石手[74]发出的停车信号。一群隶属于军乐队的苏格兰高原士兵从车上七零八落地下来了。

——我仔细想一想[75]，斯蒂芬说。低头瞥了一眼笔挺的裤腿。

——你这话是当真的吧，呃？[76]阿尔米达诺·阿尔蒂弗尼说。

他用那厚实的手紧紧握住斯蒂芬的手。一双富于人情味的眼睛朝他好奇地凝视了一下，接着就转向一辆驰往多基的电车。

——来啦，匆忙中，阿尔米达诺·阿尔蒂弗尼友善地说。到我那儿去坐坐，再想想吧。再见，老弟。[77]

——再见，大师，斯蒂芬说，他腾出手来掀了掀帽子说。谢谢您啦！[78]

——客气什么，阿尔米达诺·阿尔蒂弗尼说。原谅我，呃？祝你健康！[79]

阿尔米达诺·阿尔蒂弗尼把乐谱卷成指挥棒形，打了打招呼，迈开结实耐穿的裤腿去赶搭那趟驶往多基的电车。他被卷进那群身着短裤、裸着膝盖的高原士兵——他们偷偷携带着乐器，正在乱哄哄地拥进三一学院的大门[80]——所以他白跑了一趟，招呼也白打了。

* * *

邓恩小姐[81]把那本从卡佩尔大街图书馆借来的《白衣女》[82]藏在抽屉尽里边，将一张花哨的信纸卷进打字机。

里面故弄玄虚的地方太多了。他爱上了那位玛莉恩没有呢？换上一本玛丽·塞西尔·海依[83]的吧。

圆盘[84]顺着槽溜下去。晃了一阵才停住，朝他们飞上一眼：六。

邓恩小姐把打字机键盘敲得咯嗒咯嗒地响着：

——一九〇四年六月十六日。

五个头戴白色高帽的广告人来到莫尼彭尼商店的街角和还不曾竖立沃尔夫·托恩[85]雕像的石板之间，他们那 H.E.L.Y'S 的蜿蜒队形就掉转过来，拖着沉重的脚步沿着原路走回去。

随后，她定睛望着专门扮演轻佻风骚角色的漂亮女演员玛丽·肯德尔[86]的大幅海报，慵懒地倚在桌上，在杂记本上胡乱涂写几个十六和大写的字母 S。芥末色的头发。抹得花里胡哨的脸颊。她并不俊俏，对吗？瞧她捏着裙角那副样子！我倒想知道，那个人今晚到不到乐队去[87]。我要是能叫裁缝给我做一条苏西·内格尔那样的百褶裙该有多好。走起来多有气派。香农和划船俱乐部[88]里所有那些时髦人物眼睛简直都离不开她了。真希望他今天不要把我一直留到七点。

电话铃在她耳边猛地响了起来。

——喂！对，先生。没有，先生。是的，先生。五点以后我给他们打电话。只有那两封——一封寄到贝尔法斯特[89]，一封寄到利物浦。好的，先生。那么，如果您不回来，过六点我就可以走了吧。六点一刻。好，先生。二十七先令六。我会告诉他的。对，一镑七先令六。

她在一个信封上潦草地写下三个数字。

——博伊兰先生！喂！《体育报》那位先生来找过您。对，是利内翰先生。他说，四点钟他要到奥蒙德饭店去。没有，先生。是的，先生。过五点我给他们打电话。

* * *

两张粉红色的脸借着小小火把的光亮出现了[90]。

——谁呀？内德·兰伯特问。是克罗蒂吗？

——林加贝拉和克罗斯黑文，正在用脚探着路的一个声音说。

——嘿，杰克，是你吗？内德·兰伯特说着。在摇曳的火光所映照的拱顶下，扬了扬软木条打着招呼。过来吧，当心脚底下。

教士高举着的手里所攥的涂蜡火柴映出一道长长的柔和火焰燃尽了，掉了下去。红色斑点在他们脚跟前熄灭，周围弥漫着发霉的空气。

——多有趣！昏暗中一个文雅的口音说。

——是啊，神父，内德·兰伯特热切地说。如今咱们正站在圣玛丽修道院的会议厅里。这是一个有历史意义的遗迹。一五三四年，绢饰骑士托马斯[91]就是在这里宣布造反。这是整个都柏林最富于历史意义的地方了。关于这事，总有一天奥马登·勃克会写点儿什么的。合并[92]以前，老爱尔兰银行就在马路对面。犹太人的圣殿原先也设在这儿。后来他们在阿德莱德路盖起了自己的会堂。杰克，你从来没到这儿来过吧？

——没有过，内德。

——他[93]是骑马沿着戴姆人行道来的，那个文雅的口音说。倘若我没记错的话，基尔代尔一家人的宅第就在托马斯大院里。

——可不是嘛，内德·兰伯特说。一点儿也不错，神父。

——承蒙您的好意，教士说，下次可不可以允许我……

——当然可以，内德·兰伯特说。什么时候您高兴，就尽管带着照相机来吧！我会叫人把窗口那些口袋清除掉。您可以从这儿，要么从这儿照。

他在宁静的微光中踱来踱去，用手中的木条敲敲那一袋袋堆得高高的种子，并指点着地板上取景的好去处。

一张长脸蛋上的胡子和视线，都落在一方棋盘上。[94]

——深深感谢，兰伯特先生，教士说。您的时间宝贵，我不打扰了……

——欢迎您光临，神父，内德·兰伯特说。您愿意什么时候光临都行。比方说，下周吧。瞧得见吗？

——瞧得见，瞧得见。那么我就告辞了。兰伯特先生。见到您，我十分高兴。

——我才高兴呢，神父，内德·兰伯特回答。

他把来客送到出口，随手把木条旋转着掷到圆柱之间。他和杰·杰·奥莫洛伊一道慢悠悠地走进玛丽修道院街。那里，车夫们正往一辆辆平板车上装着一麻袋一麻袋角豆面和椰子粉，韦克斯福德的奥康内尔。[95]

他停下脚步来读手里的名片。

——休·C. 洛夫神父，拉思科非[96]。现住：萨林斯[97]的圣迈克尔教堂。一个蛮好的年轻人。他告诉我，他正在写一本关于菲茨杰拉德家族[98]的书。他对历史了如指掌，的的确确。

那个年轻姑娘仔细缓慢地将巴在她那轻飘飘的裙子上的一截小树枝摘掉。[99]

——我还只当你在策划另一次火药阴谋[100]呢，杰·杰·奥莫洛伊说。

内德·兰伯特用手指在空中打了个响榧子。

——哎呀！他失声叫道。我忘记告诉他基尔代尔伯爵[101]放火烧掉卡舍尔大教堂后所说的那番话了。你晓得他说了什么吗？*我干了这档子事实在觉得过意不去*，他说。*然而天主在上，我确实以为大主教正在里面呢*。不过，他也许并不爱听。什么？天哪，不管怎样，我也得告诉他。这就是伟大的伯爵，大[102]菲茨杰拉德。他们统统是火暴性子，杰拉德家族这些人。

当他走过去时，挽具松了的那些马受了惊，一副紧张的样子。他拍了拍挨着他的那匹花斑马的颤抖的腰腿，喊了声：

——吁！好小子！

他掉过脸来问杰·杰·奥莫洛伊：

——呃，杰克。什么事呀？遇到什么麻烦啦？等一会儿。站住。

他张大了嘴，脑袋使劲朝后仰着，凝然不动地站住，旋即大声打了个喷嚏。

——哈哧！他说。该死！

——都怪这些麻袋上的灰尘，杰·杰·奥莫洛伊彬彬有礼地说。

——不是，内德·兰伯特气喘吁吁地说。我着了……凉，前天……该死……前天晚上……而且，那地方的贼风真厉害……

他拿好手绢，准备着打下一个……

——今天早晨……我到……葛拉斯涅文去了……可怜的小……他叫什么来着……哈哧！……摩西他娘啊！

* * *

穿深红色背心的汤姆·罗赤福特[103]手托一摞圆盘，顶在胸前，另一只手拿起最上面的那个。

——瞧，他说。比方说，这是第六个节目。从这儿进去，瞧。眼下节目正在进行。

他把圆盘塞进左边的口子给他们看。它顺着槽溜下去，晃了一阵才停住，朝他们飞上一眼：六。

当年的律师[104]趾高气扬，慷慨陈词。他们看见里奇·古尔丁携带着古尔丁－科利斯－沃德律师事务所的账目公文包，从统一审计办公室一路走到民事诉讼法庭。

然后听到一位上了岁数的妇女身穿宽大的丝质黑裙，窸窸窣窣地走出高等法院[105]海事法庭，进了上诉法庭，她面上泛着半信半疑的微笑，露出假牙。

——瞧，他说。瞧，我最后放进去的那个已经到这儿来了：节目结束。冲击力。杠杆作用。明白了吗？

他让他们看右边那越摞越高的圆盘。

——高明的主意，大鼻子弗林抽着鼻子说。那么来晚了的人就能知道哪个节目正在进行，哪些已经结束了。

——瞧明白了吧？汤姆·罗赤福特说。

他自己塞进了一个圆盘：望着它溜下去，晃动，飞上一眼，停住：四。正在进行的节目。

——我这就到奥蒙德饭店去跟他见面，利内翰说。探探口气。好心总会有好报。

——去吧，汤姆。罗赤福特说。告诉他，我等博伊兰都等急啦！

——晚安，麦科伊抽冷子说。当你们两个人着手干起来的时候……

大鼻子弗林朝那杠杆弯下身去，嗅着。

——可是这地方是怎么活动的呢，汤米？他问道。

——吐啦噜[106]，利内翰说。回头见。

他跟着麦科伊走了出去，穿过克兰普顿大院的小方场。

——他是个英雄，他毫不迟疑地说。

——我晓得，麦科伊说。你指的是排水沟吧。

——排水沟？利内翰说，是阴沟的检修口。

他们走过丹·劳里游艺场，专演风骚角色的妩媚女演员玛丽·肯德尔从海报上朝他们投以画得很蹩脚的微笑。

他们来到锡卡莫街，沿着帝国游艺场旁的人行道走着，利内翰把事情的来龙去脉讲给麦科伊听。有个阴沟口，就像那讨厌的煤气管一样，卡住了一个可怜的家伙。阴沟里的臭气已把他熏个半死。汤姆·罗赤福特连那件经纪人背心也来不及脱，身上系了根绳子，就不顾一切地下去了。还真行，他用绳子套住那可怜的家伙，两个人就都给拽了上来[107]。

——真是英雄的壮举，他说。

在海豚饭店跟前他们站住了，好让急救车从他们身边驰过，直奔杰维斯街。

——这边走，他一面朝右边走一面说。我要到莱纳姆那儿去瞧瞧权杖[108]的起价。你那块带金链儿的金表几点啦？

麦科伊窥伺了一下马库斯·特蒂乌斯·摩西那幽暗的办事处，接着又瞧了瞧奥尼尔茶叶店的挂钟。

——三点多啦，他说。谁骑权杖？

——奥马登，利内翰说。那是匹精神十足的小母马。

在圣殿酒吧前等候的时候，麦科伊躲开一条香蕉皮，然后用脚尖把它轻轻挑到人行道的阴沟里去。谁要是喝得烂醉黑咕隆咚地走到这儿，会很容易就摔个跟头。

为了让总督出行的车马经过，车道[109]前的大门敞开了。

——一博一，利内翰回来说。我在那儿碰见了班塔穆·莱昂斯。他打算押一匹别人教给他的破马，它压根儿就没有过赢的希望。打这儿穿过去。

他们拾级而上。在商贾拱廊内，一个黑乎乎的背影正在翻阅着小贩车上的书。

——他在那儿呢，利内翰说。

——不晓得他在买什么，麦科伊说着，回头瞥了一眼。

——《利奥波德或稞麦花儿开》[110]，利内翰说。

——他是买减价书的能手，麦科伊说。有一天我和他在一起，他在利菲街花两先令从一个老头儿那儿买了一本书。里面有精彩的图片，足足值一倍钱。星星啦，月亮啦，带长尾巴的彗星啦。是一部关于天文学的书。

利内翰笑了。

——我讲给你听一个关于彗星尾巴的极有趣儿的故事，他说。——站到太阳地儿来。

他们横过马路来到铁桥跟前，沿着河堤边的惠灵顿码头走去。

少年帕特里克·阿洛伊修斯·迪格纳穆[111]拿着一磅半猪排，从曼根的（原先是费伦巴克的）店里走了出来。

——那一次格伦克里的感化院举行了盛大的宴会[112]，利内翰起劲地说。要知道，那是一年一度的午餐会。得穿那种浆洗得笔挺的衬衫。市长大人出席了——当时是维尔·狄龙。查尔斯·卡梅伦爵士和丹·道森讲了话，还有音乐。巴特尔·达西演唱了，还有本杰明·多拉德……

——我晓得，麦科伊插了嘴。我太太也在那儿唱过一次。

——是吗？利内翰说。

一张写有“房间出租，自备家具”字样的牌子，又出现在埃克尔斯街七号的窗框上。[113]

他把话打住片刻，接着又呼哧呼哧地喘着气笑开了。

——等等，容我来告诉你，他说。卡姆登街的德拉亨特包办酒菜，鄙人是勤杂司令。布卢姆夫妇也在场。我们供应的东西可海啦：红葡萄酒、雪利酒、陈皮酒，我们也十分对得起那酒，放开量畅饮一通。喝足了才吃：大块的冷冻肘子有的是，还有百果馅饼……[114]

——我晓得，麦科伊说。那一年我太太也在场……

利内翰兴奋地挽住他的胳膊。

——等一等，我来告诉你，他说。寻欢作乐够了，我们还吃了一顿夜宵。当我们走出来时，已经是第二天的凌晨几点[115]啦！回家的路上翻过羽床山，好个出色的冬夜啊，布卢姆和克里斯·卡利南坐在马车的一边，我和他太太坐另一边。我们唱起来了，无伴奏的男声合唱，二重唱。*看啊，清晨的微曦。*[116]她那肚带下面灌满了德拉亨特的红葡萄酒。那该死的车子每颠簸一次，她都撞在我身上。那真开心到家啦！她那一对儿可真棒，上主保佑她。像这样的。

他凹起掌心，将双手伸到胸前一腕尺的地方，蹙着眉头说。

——我不停地为她把车毯往腿下掖，并且整一整她披的那条裘皮围巾。明白我的意思吗？

他用两只手在半空比画出丰满曲线的造型。他快乐得双目紧闭，浑身蜷缩着，嘴里吹出悦耳的小鸟啁啾声。

——反正那小子直挺挺地竖起来了，他叹了口气说。没错儿，那娘儿们是个浪母马。布卢姆把天上所有的星星和彗星都指给克里斯·卡利南和车把式看：什么大熊座啦，武仙座啦，天龙座啦，和其他繁星。可是，对上主发誓，我可以说是身心都沉浸在银河里了。说真格的，他全都认得出。她终于找到一颗很远很远一丁点儿大的小不点儿。“*那是什么星呀，勃尔迪？*”她说，上主啊，她可给布卢姆出了个难题。“那一颗吗？”克里斯·卡利南说，“*没错儿，那说得上是个小针眼儿*[117]。”哎呀，他说的倒是八九不离十。

利内翰停下脚步，身倚河堤，低声笑得上气不接下气。

——我实在支持不住啦，他气喘吁吁地说。

麦科伊那张白脸不时地对此泛出一丝微笑，随即神情又变得严肃起来。利内翰又往前走着。他摘下游艇帽，匆匆地挠挠后脑勺。沐浴在阳光下，他斜睨了麦科伊一眼。

——他真是有教养有见识的人，布卢姆是这样的一位，他一本正经地说。他不是你们那种凡夫俗子……要知道……老布卢姆身上有那么一股艺术家气质。

* * *

布卢姆先生漫不经心地翻着《玛丽亚·蒙克的骇人秘闻》[118]，然后又拿起亚里士多德的《杰作》。印刷得歪七扭八，一塌糊涂。插图有：胎儿蜷缩在一个个血红的子宫里，恰似屠宰后的母牛的肝脏。如今，全世界到处都是。统统想用脑壳往外冲撞。每一分钟都会有娃娃在什么地方诞生。普里福伊太太[119]。

他把两本书都撂在一旁，视线移到第三本上：利奥波德·封·扎赫尔－马索赫所著《犹太人区的故事》[120]。

——这本我读过，他说着，把它推开。

书摊老板另撂了两本在柜台上。

——这两本可好咧，他说。

隔着柜台，一股葱头气味从他那牙齿残缺不全的嘴里袭来。他弯下腰去，将其余的书捆起来，顶着没系纽扣的背心摞了摞，然后就抱到肮里肮脏的帷幕后面去了。

奥康内尔桥上，好多人在望着舞蹈等课程的教师丹尼斯·杰·马金尼先生。他一派端庄的仪态，却穿着花里胡哨的服装。

布卢姆独自在看着书名。詹姆斯·洛夫伯奇[121]的《美丽的暴君们》。晓得是哪一类的书。有过吧？有过。

他翻了翻。果不其然。

从肮里肮脏的帷幕后面传出来女人的嗓音。听：那个男人。

不行，这么厉害的不会中她的意。曾经给她弄到过一本。

他读着另一本的书名：《偷情的快乐》。这会更合她的胃口。拿来看看。

他随手翻到一页就读起来：

——她丈夫给她的那一张张一元钞票，她都花在店铺里那些华丽的长衫和昂贵无比的镶有褶边的裙子上了。为了他！为了拉乌尔[122]！

对。就这一本。怎么样？试试看。

——她的嘴紧紧嘬住他的嘴，淫亵放荡地狂吻着；他呢，这当儿把双手伸进她的衫襟，去抚摩她那丰满的曲线。

对。就要这一本吧。它的结尾是：

——你来迟了，他嗓音嘎哑地说。用炯炯的怀疑目光瞪着她。

那位美女把她那镶边的貂皮大氅脱下来甩在一边，裸露出王后般的双肩和一起一伏的丰腴魅力。她安详地朝他掉转过来，无比可爱的唇边泛着一丝若隐若现的微笑。

布卢姆先生又读了一遍：那位美女……

一股暖流悄悄地浸透他全身，震慑着他的肉体。在揉皱了的衣服里面，肉体彻头彻尾地屈服了。眼白神魂颠倒般地往上一翻。他的鼻孔像是在寻觅猎物一般拱了起来。涂在乳房上的油膏（为了他！为了拉乌尔！）融化了。腋窝下的汗水发出葱头般的气味。鱼胶般的黏液（她那一起一伏的丰腴魅力！）摸摸看！按一按！粉碎啦！两头狮子那硫黄气味的粪！

青春！青春！

一位上了岁数、不再年轻的妇女正从大法院、高等法院、税务法庭和高级民事法院共用的大厦里踱出来。她刚在大法官主持的法庭里旁听了波特顿神经错乱案；在海事法庭上聆听了“凯恩斯夫人号”船主们对“莫纳号”三桅帆船船主们一案的申诉以及当事者一方的辩解；在上诉法庭，倾听了法庭所做关于暂缓审判哈维与海洋事故保险公司一案的决定。

一阵含痰的咳嗽声在书摊的空气中回荡着，把肮里肮脏的帷幕都震得鼓鼓的。摊主咳嗽着走出来了。他那灰白脑袋不曾梳理过，涨红了的脸也没刮过。他粗鲁地清着喉咙，往地板上吐了口黏痰。然后，伸出靴子来踩住自己吐出的，并且弯下腰去，用靴底蹭了蹭。这样，就露出他那剩下不几根毛的秃瓢。

布卢姆先生望到了。

他抑制着恶心的感觉，说：

——我要这一本。

摊主抬起那双被积下的眼屎弄得视力模糊的眼睛。

——《偷情的快乐》，他边敲着书边说。这是本好书。

* * *

站在狄龙拍卖行门旁的伙计又摇了两遍手铃，并且对着用粉笔做了记号的大衣柜镜子照了照自己这副尊容。

待在人行道边石上的迪丽·迪达勒斯听到铃声和里面拍卖商的吆喝声。四先令九。那些可爱的帘子。五先令。使人感到舒适的帘子。新的值两畿尼哪。五先令还有加的吗？五先令成交啦！

伙计举起手铃摇了摇：

——当啷！

最后一圈的铃声响起时，这半英里自行车赛[123]的选手们冲刺起来。J.A. 杰克逊、W.E. 怀利、A. 芒罗和 H.T. 加恩，都伸长了脖子，东摇西摆，巧妙地驰过了学院图书馆旁的弯道。

迪达勒斯先生捋着长长的八字胡，从威廉斯横街拐了过来。他在女儿身边停下脚步。

——来得正是时候，她说。

——求求你啦，站直了吧，迪达勒斯先生说。难道你想学你那吹短号的约翰舅舅[124]，把脑袋缩在肩膀上吗？瞧你这副样子！

迪丽耸了耸肩。迪达勒斯先生双手按住她的肩膀往后扳。

——站得直直的，丫头，他说。不然你会害上脊椎弯曲病的。你晓得自己像个什么样儿吗？

他蓦地垂下脑袋，往前一伸，并拱起肩，把下颌向下一耷拉。

——别这样，爹，迪丽说。大家都在望着你哪。

迪达勒斯先生直起身子，又去捋他那八字胡。

——你弄到点儿钱了吗？迪丽问。

——我上哪儿弄钱去？迪达勒斯先生说。在都柏林，没人肯借给我四便士。

——你准弄到了点儿，迪丽盯着他的眼睛说。

——你怎么晓得？迪达勒斯先生用舌头顶着腮帮子说。

克南[125]先生对自己揽到的这笔订货踌躇满志，正沿着詹姆斯大街高视阔步。

——我晓得你弄到啦，迪丽回答说。刚才你待在苏格兰酒家里来着吧？

——我没去呀，迪达勒斯先生笑吟吟地说。是那些小尼姑把你教得这么调皮吧？拿去。

他递给她一先令。

——看看这够你顶什么用的，他说。

——我猜你准弄到了五先令，迪丽说。再给我点儿吧！

——等一会儿，迪达勒斯先生用恐吓的口吻说。你跟那几个都是一路货，对吧？自从你们那可怜的妈咽气以后，你们就成了一帮不知天高地厚的小母狗啦！可是等着瞧吧！迟早我会把你们彻头彻尾摆脱掉的。满口下流的脏话！我会甩掉你们的。哪怕我硬挺挺地抻了腿儿，你们也无动于衷。说什么：他死啦，楼上那家伙咽气啦！

他撇下她，往前走去。迪丽赶忙跟上去，拽住他的上衣。

——喂，干吗呀？他停下脚步来说。

伙计在他们背后摇铃。

——当啷啷！

——叫你这吵吵闹闹的混账家伙挨天罚！迪达勒斯先生掉过身去冲他嚷着。

伙计意识到这话是朝他来的，就很轻很轻地摇着那耷拉下来的铃舌。

——当！

迪达勒斯先生狠狠地盯了他一眼。

——瞧瞧这个人，他说。真有点儿意思。我倒想知道他还让不让咱们说话啦！

——爹，你弄到的钱不止这么些，迪丽说。

——我要玩个小花招儿给你们看，迪达勒斯先生说。我要撇下你们这一帮，就像当年耶稣撇下犹太人那样[126]。瞧，我统共只有这么多。我从杰克·鲍尔那儿弄到了两先令，为了参加葬礼，还花两便士刮了一下脸。

他局促不安地掏出一把铜币。

——难道你不能从什么地方寻摸俩钱儿来吗？迪丽说。

迪达勒斯先生沉吟了一阵，点了点头。

——好吧，他认认真真地说。我是沿着奥康内尔大街的明沟一路寻摸过来的。这会子我再去这条街试试看。

——你滑稽透了，迪丽说。她笑得露出了牙齿。

——喏，说着。迪达勒斯先生递给她两便士，去弄杯牛奶喝，再买个小圆甜面包什么的。我马上就回家。

他把其他硬币揣回兜里，继续往前走。

总督的车马队在警察卑躬屈膝的敬礼下，穿过公园大门。

——你准还有一先令，迪丽说。

伙计把铃摇得山响。

迪达勒斯先生在一片喧嚣中走开了。他噘起嘴来轻声喃喃自语着：

——小尼姑们！有趣的小妞儿们！噢，她们准不会帮忙的！噢，她们确实不会帮的！是小莫妮卡修女[127]吧！

* * *

克南先生从日晷台走向詹姆斯门，异常得意自己从普尔布鲁克·罗伯逊那儿揽到的订货，沿着詹姆斯大街高视阔步地走过莎克尔顿面粉公司营业处。总算把他说服了。您好吗，克里敏斯[128]先生？好极啦，先生。我还担心您到平利科那另一家公司去了呢。生意怎么样？对付着糊口罢了。这天气多好哇。可不是嘛。对农村是再好不过嘞。那些庄稼汉总是发牢骚。给我来一点点您上好的杜松子酒吧，克里敏斯先生。一小杯杜松子酒吗，先生？是的，先生。“斯洛克姆将军”号爆炸事件[129]太可怕啦！可怕呀，可怕呀！死伤一千人。一派惨绝人寰的景象。一些汉子把妇女和娃娃都踩在脚底下。简直是禽兽。关于肇事原因，他们是怎么说来着？说是自动爆炸。暴露出来的情况真令人震惊。水上竟然没有一只救生艇，水龙带统统破裂了。我简直不明白，那些检验员怎么竟允许像那样一艘船……喏，您说得有道理，克里敏斯先生。您晓得个中底细吗？行了贿呗。是真的吗？毫无疑问。嗯，瞧瞧吧。还说美国是个自由的国度哩。我本来以为糟糕的只是咱们这里呢。

我[130]对他笑了笑。美国嘛，我像这样安详地说。**这又算得了什么？这是从包括敌国在内的各国扫出来的垃圾。不就是这么回事吗？**确实是这样的。

贪污，我亲爱的先生。喏，当然喽，只要金钱在周转，必定就会有人把它捞到手。

我发现他在打量我的大礼服。人就靠服装。再也没有比体面的衣着更起作用的了。能够镇住他们。

——你好，西蒙，考利神父[131]说。近来怎么样？

——你好，鲍勃，老伙计，迪达勒斯先生停下脚步，回答说。

克南先生站在理发师彼得·肯尼迪那面倾斜的镜子前梳妆打扮了一番。毫无疑问，这是件款式新颖的上衣。道森街的斯科特[132]。我付了尼亚利半镑钱，蛮值得。要是订做一件的话，起码也得三畿尼。穿着别提有多么可身。原先多半是基尔代尔街俱乐部[133]哪位花花公子的。昨天在卡莱尔桥上，爱尔兰银行经理约翰·穆利根用锐利的目光盯了我两眼，他好像认出了我似的。

哎嘿！在这些人面前就得讲究穿戴。马路骑士[134]。绅士。就这么样，克里敏斯先生，希望以后继续光顾。俗话说得好：这是使人提神而又不醉的饮料[135]。

北堤和布满了一个个船体、一条条锚链的约翰·罗杰森[136]爵士码头；一叶小舟——揉成一团丢下去的传单，在摆渡驶过后的尾流中颠簸着，向西漂去了。以利亚来了[137]。

克南先生临别对镜顾影自怜。脸色黑红，当然喽。花白胡髭。活像是曾在印度服役回国的军官。他端着膀子，迈着戴鞋罩的脚，雄赳赳地移动那矮粗身躯。马路对面那人是内德·兰伯特的弟弟萨姆吧？怎么？是的。可真像他哩。不对，是那边阳光底下那辆汽车的挡风玻璃，那么一闪。活脱儿像是他。

哎嘿！含杜松液的烈酒使他的内脏和呼出来的气都暖烘烘的。那可是一杯好杜松子酒。肥肥胖胖的他，大摇大摆地走着，燕尾礼服随着他的步伐在骄阳下闪闪发光。

埃米特[138]就是在前面那个地方被绞死的，掏出五脏六腑之后还肢解。油腻腻黑魆魆的绳子。当总督夫人乘双轮马车经过的时候，几只狗正在街上舔着鲜血哩[139]。

那可是邪恶横行的时代。算啦，算啦。过去了，总算结束啦。又都是大酒鬼个个能喝上四瓶。

我想想看。他是葬在圣迈肯教堂的吗？啊不，葛拉斯涅文倒是在午夜里埋过一次。尸体是从墙上的一道暗门弄进去的。如今迪格纳穆就在那儿哩。像是被一阵风卷走的。哎呀呀。不如在这儿拐个弯儿。绕点儿路吧。

克南先生掉转了方向。从吉尼斯啤酒公司接待室的拐角，沿着华特灵大道的下坡路走去。都柏林制酒公司的栈房外面停着一辆游览车[140]，既没有乘客，也没有车把式，缰绳系在车轱辘上。这么做，好险呀。准是从蒂珀雷里[141]来的哪个笨蛋在拿市民的命开玩笑。倘若马脱了缰呢？

丹尼斯·布林夹着他那两部大书，在约翰·亨利·门顿的事务所等了一小时。然后腻烦了，就带着妻子踱过奥康内尔桥，直奔考立斯－沃德法律事务所。

克南先生来到岛街附近了。那是多事之秋。得向内德·兰伯特借借乔纳·巴林顿[142]爵士回忆录。回首往事，回忆录读来就把过去的一切都井井有条地排列起来。在达利俱乐部赌博来着。当时还不兴玩牌时作弊。其中一个家伙被人用匕首把手钉在牌桌上了。爱德华·菲茨杰拉德勋爵[143]就是在这左近甩掉塞尔少校，逃之夭夭的。莫伊拉邸第后面的马厩[144]。

那杜松子可真是好酒。

那是个英姿潇洒的贵公子。当然是出自名门喽。那个恶棍，那戴紫罗兰色手套的冒牌乡绅，把他出卖了。当然他们站到错误的一边。他们是在黑暗邪恶的日子里挺身而出的。那是一首好诗，英格拉姆[145]作的。他们是君子。那首歌谣本·多拉德唱起来确实感人。天衣无缝的表演。

罗斯包围战，我爹勇捐躯。[146]

年级奖：奖给优等生一队车马从从容容地走过彭布罗克码头[147]，骑在马上簇拥着车辆的侍卫们，在鞍上颠簸着，颠簸着。大礼服。嫩黄色的旱伞。

克南先生匆匆朝前赶去，一路气喘吁吁。

总督阁下！糟糕透啦！刚好失之交臂。真该死！太可惜啦！

* * *

斯蒂芬·迪达勒斯隔着罩了铁丝网的窗户，注视着宝石匠[148]的手指在检验一条被岁月磨乌了的链子。尘土像丝网般密布在窗户和陈列盘上。指甲酷似鹰爪的勤劳的手指，也给尘土弄得发暗了。一盘盘颜色晦暗的青铜丝和银丝，菱形的朱砂、红玉以及那些带鳞状斑纹的和绛色的宝石上，都蒙着厚厚的积尘。

这些统统产于黑暗而蠕动着蚯蚓的土壤。火焰的冰冷颗粒，不祥之物，在黑暗中发光。沉沦的大天使把他们额上的星星丢在这儿了。满是泥泞的猪鼻子啊，手啊，又是拱，又是掘，把它们紧紧攥住，吃力地弄到手里。

这里，橡胶与大蒜一道燃着。在一片昏暗中，她翩翩起舞。一个留着赤褐色胡子的水手，边呷着大酒杯里的甘蔗酒，边盯着她。长期的航海生涯不知不觉地使他淫欲旺盛起来。她跳啊蹦啊，扭动着她那母猪般的腰腿和臀部。卵状红玉在肥大的肚皮上摆动着。

老拉塞尔又用一块污迹斑斑的麂皮揩拭出宝石的光泽，把它旋转一下，举到摩西式长胡子梢那儿去端详。猴爷爷贪婪地盯着偷来的珍藏[149]。

而你这个从墓地刨出古老形象的人，又当如何？诡辩家的狂言谵语：安提西尼。推销不出去的学识。光辉夺目、长生不朽的小麦，从亘古到永远。[150]

两个老妪[151]刚刚被含有潮水气味的风吹拂了一阵。她们拖着沉重的脚步沿着伦敦桥路穿过爱尔兰区，一个握着巴满沙子的破旧雨伞，另一个提着产婆用的手提包，里面滚动着十一只蛤蜊。

电力站发出的皮带旋转的噼噼啪啪声以及发电机的隆隆声催促着斯蒂芬赶路。无生命的生命。等一等！外界那无休止的搏动和内部这无休止的搏动[152]。你咏唱的是你那颗心。我介于它们之间？在哪儿？就在两个喧哗、回旋的世界之间——我。砸烂它们算了，两个都砸烂。可是一拳下去，把我也打昏过去吧。谁有力气，尽管把我砸烂了吧。说来既是老鸨，又是屠夫。[153]且慢！一时还定不下来。四下里望望再说。

对，真是这样。大极了，好得很，非常准时。[154]先生，你说得不错。在星期一早晨。正是正是。[155]

斯蒂芬边顺着贝德福德横街走去，边用梣木手杖的柄磕打着肩胛骨。克罗希赛书店橱窗里一幅一八六〇年晒印的褪了色的版画吸引了他的目光。那是希南对塞耶斯的拳击比赛[156]。头戴大礼帽的助威者瞪大了眼睛站在圈了绳子的拳击场周围。两个重量级拳击手穿着紧身小裤衩，彼此把球茎状的拳头柔和地伸向对方。然而它们——英雄们的心脏——正在怦怦直跳。

他掉过身去，在斜立着的书车跟前站了下来。

——两便士一本，摊主说。六便士四本。

净是些破破烂烂的。《爱尔兰养蜂人》[157]《阿尔斯教士传记及奇迹》[158]《基拉尼导游手册》。

兴许能在这儿找到一本我在学校获得后又典当了的奖品。**年级奖：奖给优等生**

斯蒂芬·迪达勒斯[159]。

康米神父已诵读完了九时课，他边喃喃地做着晚祷，边穿过唐尼卡尼小村。

装帧好像太讲究了，这是什么书啊？《摩西经书》第八、第九卷[160]。大卫王的御玺[161]。书页上还沾着拇指痕迹，准是一遍又一遍地被读过的。在我之前是谁打这儿经过的？怎样能使皲裂的手变得柔软。用白葡萄酒酿造醋的秘方。怎样赢得女性的爱情。这对我合适。双手合十，将下列咒语念诵三遍：

——受天主保佑的女性的小天堂！请只爱我一人！

神圣的！阿门！[162]

这是谁写的？最圣洁的修道院院长彼得·萨兰卡[163]的咒语和祷文，公诸所有信男信女。赛得过任何一位修道院院长的咒语，譬如说话含混不清的约阿基姆。下来吧，秃瓢儿，不然就薅光你的毛[164]。

——你在这儿干什么哪，斯蒂芬？

迪丽那高耸的双肩和褴褛的衣衫。

快合上书，别让她瞧见。

——你干什么哪？斯蒂芬说。

最显赫的查理般的斯图尔特[165]脸庞，长长的直发披到肩上。当她蹲下去，把破靴子塞到火里当燃料的时候，两颊被映红了。我对她讲巴黎的事。她喜欢躺在床上睡懒觉，把几件旧大衣当被子盖，抚弄着丹·凯利送的纪念品——一只金色黄铜手镯。天主保佑的女性。

——你拿着什么？斯蒂芬问。

——我花一便士从另外那辆车上买的，迪丽怯生生地笑着说。值得一看吗？

人家都说她这双眼睛活脱儿像我。在别人眼里，我是这样的吗？敏捷，神情恍惚，果敢。我心灵的影子。

他从她手里拿过那本掉了封皮的书。夏登纳尔的《法语初级读本》。

——你干吗要买它？他问。想学法语吗？

她点点头，飞红了脸，把嘴抿得紧紧的。

不要露出惊讶的样子。事情十分自然。

——给你，斯蒂芬说。这还行。留神别让玛吉给你当掉了。我的书大概统统光了。

——一部分，迪丽说。我们也是不得已啊！

她快淹死了。内心的苛责。救救她吧。内心的苛责。一切都跟我们作对。她会使我同她一道淹死的，连眼睛带头发。又长又柔软的海藻头发缠绕着我，我的心，我的灵魂。咸绿的死亡。

我们。

内心的苛责。内心受到苛责。

苦恼！苦恼！

* * *

——你好，西蒙，考利神父说。近来怎么样？

——你好，鲍勃，老伙计，迪达勒斯先生停下脚步，回答说。

他们在雷迪父女古董店外面吵吵嚷嚷地握手。考利神父勾拢着手背频频朝下捋着八字胡。

——有什么最好的消息？迪达勒斯先生问。

——没什么了不起的，考利神父说。我被围困住了，西蒙，有两个人在我家周围荡来荡去，拼命想闯进来。

——真逗，迪达勒斯先生说。是谁指使的呀？

——哦，考利神父说。是咱们认识的一个放高利贷的。

——那个罗锅儿吧，是吗？迪达勒斯先生问。

——就是他，考利神父回答说。那个民族[166]的吕便。我正在等候本·多拉德。他这就去跟高个儿约翰[167]打声招呼，请他把那两个人打发掉。我只要求宽限一段时间。

他抱着茫然的期待上上下下打量着码头，挺大的喉结在脖颈上凸了出来。

——我明白，迪达勒斯先生点点头说。本这个可怜的老罗圈腿！他一向总替人做好事。紧紧抓住本吧！

他戴上眼镜，朝铁桥瞥了一眼。

——他来了，他说，没错儿，连屁股带兜儿都来啦！

穿着宽松的蓝色常礼服、头戴大礼帽、下面是肥大裤子的本·多拉德的身姿迈着大步从铁桥那边穿过码头走了过来。他一面溜溜达达地朝他们踱来，一面在上衣后摆所遮住的部位起劲地挠着。

当他走近后，迪达勒斯先生招呼说：

——抓住这个穿不像样子的裤子的家伙。

——现在就抓吧，本·多拉德说。

迪达勒斯先生以冷峭的目光从头到脚审视本·多拉德一通，随后掉过身去朝考利神父点了点头，讥讽地咕哝道：

——夏天穿这么一身，倒蛮标致哩，对吧？

——哼，但愿你的灵魂永遭天罚，本·多拉德怒不可遏地吼道。我当年丢掉的衣服比你所曾见过的还多哩！

他站在他们旁边，先朝他们，接着又朝自己那身松松垮垮的衣服眉飞色舞地望望。迪达勒斯先生一面从他的衣服上边东一处西一处地掸掉绒毛，一面说：

——无论如何，本，这身衣服是做给身强体健的汉子穿的。

——让那个做衣服的犹太佬遭殃，本·多拉德说。谢天谢地，他还没拿到工钱哪。

——本杰明，你那最低音[168]怎么样啦？考利神父问。

卡什尔·博伊尔·奥康内尔·菲茨莫里斯·蒂斯代尔·法雷尔戴着副眼镜，嘴里念念有词，大步流星地从基尔代尔街俱乐部前走过。

本·多拉德皱起眉头，突然以领唱者的口型，发出个深沉的音符。

——噢！他说。

——就是这个腔调，迪达勒斯先生说。点头对这声单调的低音表示赞许。

——怎么样？本·多拉德说。还不赖吧？怎么样？

他掉过身去对着他们两个人。

——行啊，考利神父也点了点头，说。

休·C. 洛夫神父从圣玛利修道院那古老的教士会堂踱出来，在杰拉尔丁家族那些高大英俊的人的陪伴下，经过詹姆斯与查理·肯尼迪合成酒厂，穿过围栏渡口，朝索尔塞尔[169]走去。

本·多拉德把沉甸甸的身子朝那排商店的门面倾斜着，手指在空中快乐地比比画画，领着他们前行。

——跟我一道到副行政长官的办事处去，他说。我要让你们开开眼，让你们看看罗克[170]新任命为法警的那个美男子。那家伙是罗本古拉和林奇豪恩[171]的混合物。你们听着，他值得一瞧。来吧。刚才我在博德加[172]偶然碰见了约翰·亨利·门顿。除非我……等一等……否则我会栽跟头的。咱们的路子走对了，鲍勃，你相信我好啦！

——告诉他，只消宽限几天，考利神父忧心忡忡地说。

本·多拉德站住了，两眼一瞪，张大了音量很大的嘴，为了听得真切一些，伸手去抠掉厚厚地巴在眼睛上的眼屎。这当儿，上衣的一颗纽扣露着锃亮的背面，吊在仅剩的一根线上，晃啊晃的。

——什么几天？他声音洪亮地问。你的房东不是扣押了你的财物来抵偿房租吗？

——可不是嘛，考利神父说。

——那么，咱们那位朋友的传票就还不如印它的那张纸值钱呢，本·多拉德说。房东有优先权。我把细目统统告诉他了。温泽大街二十九号。姓洛夫吧？

——对呀，考利神父说。洛夫神父。他在乡下某地传教。可是，你对这有把握吗？

——你可以替我告诉巴拉巴[173]，本·多拉德说。说他最好把那张传票收起来，就好比猴子把坚果收藏起来一样。

他勇敢地领着考利神父朝前走去，就像是把神父拴在自己那庞大的身躯上似的。

——我相信那是榛子，迪达勒斯先生边说边让夹鼻眼镜耷拉在上衣胸前，跟随他们而去。

* * *

——小家伙们总会得到妥善安置的，当他们迈出城堡大院的大门时，马丁·坎宁翰说。

警察行了个举手礼。

——辛苦啦，马丁·坎宁翰欣然说。

他向等候着的车夫打了个手势，车夫甩了甩缰绳，直奔爱德华勋爵街而去。

褐发挨着金发，肯尼迪小姐的头挨着杜丝小姐的头，双双出现在奥蒙德饭店的半截儿窗帘上端[174]。

——是啊，马丁·坎宁翰用手指捋着胡子说。我给康米神父写了封信，向他和盘托出了。

——你不妨找咱们的朋友试试看，鲍尔先生怯生生地建议。

——博伊德[175]？马丁·坎宁翰干干脆脆地说。算了吧！

约翰·威思·诺兰落在后面看名单，然后沿着科克山的下坡路匆匆赶了上来。

在市政府门前的台阶上，正往下走着的市政委员南尼蒂同往上走的市参议员考利以及市政委员亚伯拉罕·莱昂打了招呼。

总督府的车空空荡荡地开进了交易所街。

——喂，马丁，约翰·威思·诺兰在《邮报》报社门口赶上了他们，说。我看到布卢姆马上认捐五先令哩！

——正是这样！马丁·坎宁翰接过名单来说。还当场拍出这五先令。

——而且二话没说，鲍尔先生说。

——真不可思议，然而的确如此，马丁·坎宁翰补上一句。

约翰·威思惊奇地睁大了眼睛。

——我认为这个犹太人的心肠倒不坏呢[176]，他文雅地引用了这么一句话。

他们沿着议会街走去。

——看，吉米·亨利[177]在那儿哪，鲍尔先生说。他正朝着卡瓦纳的酒吧走呢。

——果不其然，马丁·坎宁翰说。快去！

克莱尔屋外面，布莱泽斯·博伊兰截住杰克·穆尼的内弟[178]——这个筋骨隆起的人正醉醺醺地走向自由区。

约翰·威思·诺兰和鲍尔先生落在后面，马丁·坎宁翰则挽住一位身穿带白斑点的深色衣服、整洁而短小精悍的人，那个人正迈着急促的脚步趔趔趄趄地从米基·安德森的钟表铺前走过。

——副秘书长[179]脚上长的鸡眼可给了他点儿苦头吃，约翰·威思·诺兰告诉鲍尔先生。

他们跟在后头拐过街角，走向詹姆斯·卡瓦纳的酒馆。总督府那辆空车就在他们前方，停在埃塞克斯大门里。马丁·坎宁翰说个不停，频频打开那张名单，吉米·亨利却不屑一顾。

——高个儿约翰·范宁也在这里，约翰·威思·诺兰说。千真万确。

高个儿约翰·范宁站在门口，他这个庞然大物把甬道整个给堵住了。

——您好，副长官先生，当大家停下来打招呼时，马丁·坎宁翰说。

高个儿约翰·范宁并不为他们让路。他毅然取下叼在嘴里的那一大支亨利·克莱[180]，他那双严峻的大眼睛机智地怒视着他们每个人的脸。

——立法议会议员们还在心平气和地继续协商着吧？他用充满讥讽的口吻对副秘书长说。

吉米·亨利不耐烦地说，给他们那该死的爱尔兰语[181]闹腾得地狱都为基督教徒裂开了口[182]。他倒是想知道，市政典礼官究竟哪儿去啦[183]，怎么不来维持一下市政委员会会场上的秩序。而执权杖的老巴洛因哮喘发作病倒了。桌上没有权杖，秩序一片混乱，连法定人数都不足。哈钦森市长在兰迪德诺[184]呢，由小个子洛坎·舍罗克做他的临时代理[185]。该死的爱尔兰语，咱们祖先的语言。

高个儿约翰·范宁从唇间喷出一口羽毛状的轻烟。

马丁·坎宁翰捻着胡子梢，轮流向副秘书长和副长官搭讪着，约翰·威思·诺兰则闷声不响。

——那个迪格纳穆叫什么名字来着？高个儿约翰·范宁问。

吉米·亨利愁眉苦脸地抬起左脚。

——哎呀，我的鸡眼啊！他哀求着说。行行好，咱们上楼来谈吧，我好找个地方儿坐坐。唔！噢！当心点儿！

他烦躁地从高个儿约翰·范宁身旁挤过去，一径上了楼梯。

——上来吧，马丁·坎宁翰对副长官说。您大概跟他素不相识，不过，兴许您认识他。

鲍尔先生跟约翰·威思·诺兰一道走了进去。

他曾经是个矮小的老好人。

鲍尔先生对着正朝映在镜中的高个儿约翰·范宁走上楼梯的那魁梧的背影说。

——个子相当矮小。门顿事务所的那个迪格纳穆，马丁·坎宁翰说。

高个儿约翰·范宁记不得他了。

外面传来了嘚嘚的马蹄声。

——是什么呀？马丁·坎宁翰说。

大家都就地回过头去。约翰·威思·诺兰又走了下来。他从门道的阴凉处瞧见马队正经过议会街，挽具和润泽光滑的马脚在太阳映照下闪闪发着光。它们快活地从他那冷漠而不友好的视线下徐徐走过。领头的那匹往前跳跳蹿蹿，鞍上骑着开路的侍从们。

——怎么回事呀？

当大家重新走上楼梯的时候，马丁·坎宁翰问道。

——那是陆军中将——爱尔兰总督大人，约翰·威思·诺兰从楼梯脚下回答说。

* * *

当他们从厚实的地毯上走过的时候，勃克·穆利根在巴拿马帽的遮阴下小声对海恩斯说：

——瞧，巴涅尔的哥哥。在那儿，角落里。

他们选择了靠窗的一张小桌子，面对着一个长脸蛋的人——他的胡须和视线都专注在棋盘上。

——就是那个人吗？海恩斯在座位上扭过身去，问道。

——对，穆利根说。那就是他弟弟约翰·霍华德，咱们的市政典礼官。

约翰·霍华德·巴涅尔沉静地挪动了一只自主教，然后举起那灰不溜秋的爪子去托住脑门儿。转瞬之间，在手掌的遮掩下，他两眼闪出妖光，朝自己的对手倏地瞥了一下，再度俯视那鏖战的一角。

——我要一客**奶油什锦水果**[186]，海恩斯对女侍说。

——两客**奶油什锦水果**[187]，勃克·穆利根说。还给咱们来点烤饼、黄油和一些糕点。

她走后，他笑着说：

——我们管这家叫作糟糕公司，因为他们供应糟透了的糕点[188]。哎，可惜你没听到迪达勒斯的《哈姆雷特》论。

海恩斯打开他那本新买来的书。

——真可惜，他说。对所有那些头脑失掉平衡的人[189]来说，莎士比亚都是个最过瘾的猎场。

独腿水手朝着纳尔逊街十四号[190]地下室前那块空地嚷道：

——**英国期待着……**

勃克·穆利根笑得连身上那件淡黄色背心都快活地直颤悠。

——真想让你看看，他说，他的身体失去平衡的那副样子。我管他叫作飘忽不定的安古斯[191]。

——我相信他有个**固定观念**[192]，海恩斯用大拇指和食指沉思地掐着下巴说。眼下我正在揣测着其中有什么内涵。这号人素来是这样的。

勃克·穆利根一本正经地从桌子对面探过身去。

——关于地狱的幻影，他说。使他的思路紊乱了。他永远也捕捉不到古希腊的格调。所有那些诗人当中斯温伯恩的格调——苍白的死亡和殷红的诞生[193]。这是他的悲剧。他永远也当不成诗人[194]。创造的欢乐……

——无止无休的惩罚，海恩斯马马虎虎地点了点头说。我晓得了。今儿早晨我跟他争辩过信仰问题。我看出他有点儿心事。挺有趣儿的是，因为关于这个问题，维也纳的波科尔尼[195]教授提出了个饶有趣味的论点。

勃克·穆利根那双机灵的眼睛注意到女侍来了。他帮助她取下托盘上的东西。

——他在古代爱尔兰神话中找不到地狱的痕迹，海恩斯边快活地饮着酒边说。好像缺乏道德观念、宿命感、因果报应意识。有点儿不可思议的是，他偏偏有这么个固定观念。他为你们的运动写些文章吗？

他把两块方糖灵巧地侧着放进起着泡沫的奶油里。勃克·穆利根将一个冒着热气的烤饼掰成两半，往热气腾腾的饼心里涂满了黄油，狼吞虎咽地咬了一口松软的饼心。

——十年，他边嚼边笑着说。十年之内，他一定要写出点儿什么。[196]

——好像挺遥远的，海恩斯若有所思地举起羹匙说。不过，我并不怀疑他终究会写得出来的。

他舀了一匙子杯中那圆锥形的奶油，品尝了一下。

——我相信这是真正的爱尔兰奶油，他以容忍的口吻说。我可不愿意上当。

以利亚这叶小舟，揉成一团丢掉的轻飘飘的传单，向东航行，沿着一艘艘海轮和拖网渔船的侧腹驶去。它从群岛般的软木浮子[197]当中穿行，将新瓦平街甩在后面[198]，经过本森渡口，并擦过从布里奇沃特运砖来的罗斯韦恩号三桅纵帆船[199]。

* * *

阿尔米达诺·阿蒂弗尼踱过霍利斯街，踱过休厄尔场院。跟在他后面的是卡什尔·博伊尔·奥康内尔·菲茨莫里斯·蒂斯代尔·法雷尔，夹在腋下的防尘罩衣、拐杖和雨伞晃荡着。他避开劳·史密斯先生家门前的路灯，穿过街道，沿着梅里恩方场走去。远远地在他后头，一个盲青年正贴着学院校园的围墙，轻敲着地面摸索前行。

卡什尔·博伊尔·奥康内尔·菲茨莫里斯·蒂斯代尔·法雷尔一直走到刘易斯·沃纳先生那快乐的窗下，随后掉转身，跨大步沿着梅里恩方场折回来。一路上晃荡着风衣、拐杖和雨伞。

他在王尔德商号拐角处站住了，朝着张贴在大都市会堂的以利亚[200]这个名字皱了皱眉，又朝远处公爵草坪上的游园地皱了皱眉。镜片在阳光的反射下，他又皱了皱眉。他龇出老鼠般的牙齿，嘟囔道：

——我是被迫首肯的。[201]

他咬牙切齿地咀嚼着这句愤慨的话语，大步流星地向克莱尔街走去。

当他路过布卢姆[202]先生的牙科诊所窗前时，他那晃晃荡荡的风衣粗暴地蹭着一根正斜敲着探路的细手杖，继续朝前冲去，撞上了一个羸弱的身躯。盲青年将带着病容的脸掉向他那扬长而去的背影。

——天打雷劈的，他愠怒地说，不管你是谁！你总比我还瞎呢，你这婊子养的杂种！[203]

* * *

在拉基·奥多诺荷律师事务所对面，少年帕特里克·阿洛伊修斯·迪格纳穆手里攥着家里打发他从曼根的店（原先是费伦巴克的店）买来的一磅半猪排，在暖洋洋的威克洛街上不急不忙地溜达着。跟斯托尔太太、奎格利太太和麦克道尔太太一道坐在客厅里，太厌烦无聊了；百叶窗拉得严严实实的，她们全都抽着鼻子，一点点地啜饮着巴尼舅舅从滕尼[204]的店里取来的黄褐色上等雪利酒。她们吃着乡村风味果仁糕饼的碎屑，靠磨嘴皮子来消磨讨厌的光阴，唉声叹气着。

走过威克洛巷后，来到多伊尔夫人朝服女帽头饰店的橱窗前。他停下了脚步，站在那儿，望着窗里两个裸体拳师向对方屈臂伸出拳头。两个身穿孝服的少年迪格纳穆，从两侧的镜子里，一声不响地张口呆看。都柏林的宠儿迈勒·基奥跟贝内特军士长——贝洛港的职业拳击家[205]较量，奖金五十英镑。嘿，这场比赛好带劲儿，有瞧头！迈勒·基奥就是这个腰系绿色饰带迎面扑来的汉子。门票两先令，军人减半。我蛮可以把妈糊弄过去。当他转过身时，左边的少年迪格纳穆也跟着转。那就是穿孝服的我喽。什么时候？五月二十二日。当然，这讨厌的比赛总算全过去啦！

他转向右边，右面的少年迪格纳穆也转了过来：歪戴着便帽，硬领翘了起来。他抬起下巴，把领口扣平，就瞅见两个拳师旁边还有玛丽·肯德尔（专演风骚角色的妩媚女演员）的肖像。斯托尔抽的纸烟盒子上就印着这号娘儿们。有一回他正抽着，给他老爹撞见了，狠狠地揍了他一顿。

少年迪格纳穆把领口扣平贴了之后，又溜溜达达往前走。菲茨西蒙斯是天下最有力气的拳击手了。要是那家伙嗖地朝你的腰上来一拳，就得叫你躺到下星期，不含糊！可是论技巧，最棒的拳击手还要数詹姆斯·科贝特。但是无论他怎样躲闪，终于还是被菲茨西蒙斯揍扁了。[206]

在格拉夫顿街，少年迪格纳穆瞥见一个装束入时的男人嘴里叼着红花，还有他穿的那条漂亮的长裤。他正在倾听着一个酒鬼的唠叨，一个劲儿地咧嘴笑着。

没有驶往沙丘的电车。

少年迪格纳穆将猪排换到另一只手里，沿着纳索街前行。他的领子又翘了起来，他使劲往下掖了掖。这讨厌的纽扣比衬衫上的扣眼小得多，所以才这么别扭。他碰见一群背书包的学童。连明天我都不上学，一直缺课到星期一。他又遇到了另外一些学童。他们可曾理会我戴着孝？巴尼舅舅说，今儿晚上他就要登在报上。那么他们就统统可以在报上看到了。讣告上将印着我的名字，还有爹的。

他的脸整个变成灰色的了，不像往日那样红润。一只苍蝇在上面爬，一直爬到眼睛上。在往棺材里拧螺丝的时候，只听到嘎吱嘎吱的响声。把棺材抬下楼梯的当儿，又发出咕咚咕咚的声音。

爹躺在里面，而妈呢，在客厅里哭哪。巴尼舅舅正在关照抬棺的人怎样拐弯。老大一口棺材，高而且沉重。怎么搞的呢？最后那个晚上爹喝得醉醺醺的。他站在楼梯平台那儿，喊人给他拿靴子；他要到滕尼的店里去再灌上几杯。他只穿了件衬衫，看上去又矬又矮，像一只酒桶。可那以后就再也看不见他了。死亡就是这样的。爹死啦。我父亲死了。他嘱咐我要当妈的乖儿子。他还说了些旁的话，我没听清，可我看得出他的舌头和牙在试着把话说得清楚一些。可怜的爹。那就是迪格纳穆先生，我的父亲。但愿眼下他在炼狱里哪，因为星期六晚上他找康罗伊神父做过忏悔。

* * *

达德利伯爵威廉·亨勃尔[207]和达德利夫人用完午膳，就在赫塞尔廷中校的伴随下，从总督府乘车外出。跟随在后面的那辆马车里坐着尊贵的佩吉特太太、德库西小姐和侍从副官尊贵的杰拉尔德·沃德。

这支车队从凤凰公园南大门出来，一路受到卑躬屈膝的警察的敬礼。跨过国王桥[208]，沿着北岸码头走去。总督经过这座大都会时，到处都受到极其热烈的欢迎。在血泊桥[209]畔，托马斯·克南先生从河对岸徒劳地遥遥向他致敬。达德利爵爷的总督府车队打王后桥与惠特沃思桥[210]之间穿行时，从法学学士、文学硕士达特利·怀特先生身边走过。此公却没向他致敬，只是伫立在阿伦街西角M.E.怀特太太那爿当铺外面的阿伦码头上，用食指抚摩着鼻子。为了及早抵达菲布斯巴勒街，他拿不定主意究竟是该换三次电车呢，还是雇一辆马车；要么就步行，穿过史密斯菲尔德、宪法山和布洛德斯通终点站。在高等法院的门廊里，里奇·古尔丁正夹着古尔丁－科利斯－沃德律师事务所的账目公文包，见到他有些吃惊。跨过里奇蒙桥之后，在爱国保险公司代理人吕便·杰·多德律师事务所门口台阶上，一位上了年纪的妇女正要走进去，却又改变了主意。她沿着王记商号的橱窗折回来，对国王陛下的代表投以轻信的微笑。伍德码头堤岸的水闸就在汤姆·德万事务所的下边，波德尔河从这里耷拉着一条效忠的污水舌头。在奥蒙德饭店的半截儿窗帘上端，褐色挨着金色；肯尼迪小姐的头挨着杜丝小姐的头，正一道儿在注视并欣赏着。在奥蒙德码头上，刚好从公共厕所走向副长官办事处的西蒙·迪达勒斯先生，就在街心止步，脱帽深打一躬。总督阁下谦和地向迪达勒斯先生还了礼。文学硕士休·C.洛夫神父从卡希尔印刷厂的拐角处施了一礼，总督却不曾理会。洛夫念念不忘的是：有俸圣职推举权从前都掌握在宽厚的代理国王的诸侯手中。在格拉坦桥上，利内翰和麦科伊正在一边相互告别，一边望着马车经过。格蒂·麦克道维尔[211]替她那缠绵病榻的父亲取来凯茨比公司关于软木亚麻油毡的函件，正走过罗杰·格林律师事务所和多拉德印刷厂的大红厂房。从那气派，她晓得那就是总督夫妇了，却看不到夫人究竟怎样打扮，因为一辆电车和斯普林家具店的一辆大型黄色家具搬运车给总督大人让道，刚好停在她跟前。伦迪·福特烟草店再过去，从卡瓦纳酒吧那被遮住的门口，约翰·怀斯·诺兰朝着国王陛下的代表、爱尔兰总督阁下淡然一笑，但是无人目睹到其神情之冷漠。维多利亚大十字勋章佩戴者、达德利伯爵威廉·亨勃尔大人一路走过米基·安德森店里那众多嘀嘀嗒嗒响个不停的钟表，以及亨利－詹姆斯那些衣着时髦、脸蛋儿鲜艳的蜡制模特儿——绅士亨利与最潇洒的詹姆斯[212]。汤姆·罗赤福特和大鼻子弗林面对着戴姆大门，观看车队渐渐走近。汤姆·罗赤福特发现达德利夫人两眼盯着他，就连忙把插在紫红色背心兜里的两个大拇指伸出来，摘下便帽给她深打一躬。专演风骚角色的妩媚女演员——杰出的玛丽·肯德尔，脸颊上浓妆艳抹，撩起裙子，从海报上朝着达德利伯爵威廉·亨勃尔，也朝着 H.G. 赫塞尔廷中校，还朝着侍从副官、尊贵的杰拉尔德·沃德嫣然笑着。神色愉快的勃克·穆利根和表情严肃的海恩斯，隔着那些全神贯注的顾客的肩膀，从都柏林面包公司的窗口定睛俯视着。簇拥在窗口的形影遮住了约翰·霍华德·巴涅尔的视线。而他正专心致志地注视着棋盘。在弗恩斯街上，迪丽·迪达勒斯从她那本夏登纳尔的《法语初级读本》上抬起眼睛使劲往四下里望，一把把撑开来的遮阳伞以及在炫目的阳光下一些旋转着的车轱辘辐条映入眼帘。约翰·亨利·门顿堵在商业大厦门口，瞪着一双用酒浸大了般的牡蛎眼睛，肥肥的左手攥着一块厚实的双盖金表[213]，他并不看表，对它也无所察觉，在比利王的坐骑[214]抬起前蹄抓挠虚空的地方，布林太太一把拽回她丈夫——他差点儿匆匆地冲到骑马侍从的马蹄底下。她对着他的耳朵大声把这消息嚷给他听。他明白了，于是就把那两本大书挪到左胸前，向第二辆马车致敬。这出乎侍从副官尊贵的杰拉尔德·沃德的意料，就赶忙欣然还礼。在庞森比书店的拐角处，精疲力竭的白色大肚酒瓶 H 站住了，四个戴高帽子的白色大肚酒瓶——E.L.Y' S[215]，也在他身后停下脚步。骑在马上的侍从们拥着车辆，神气十足地打他们跟前奔驰而去。在皮戈特公司乐器栈房对面，舞蹈等课程的教师丹尼斯·杰·马金尼先生被总督赶在前头。后者却不曾理会他那花里胡哨的服装和端庄的步履。沿着学院院长住宅的围墙，布莱泽斯·博伊兰扬扬得意地踩着乐曲《我的意中人是位约克郡姑娘》[216]叠句的节拍走来。——他脚蹬棕黄色皮鞋，短袜跟上还绣着天蓝色的花纹。先导马缀着天蓝色额饰，一副趾高气扬的样子；布莱泽斯·博伊兰则向它们夸示自己这条天蓝色领带、这顶放荡地歪戴着的宽檐草帽和身上穿的这套靛青色哔叽衣服。他双手揣在上衣兜里，忘记行礼了，却向三位淑女大胆献出赞美的目光和他唇间所衔的那朵红花。当车队驶经纳索街的时候，总督大人提醒他那位正在点头还礼的伴侣去留意学院校园中正在演奏着的音乐节目。不见形影的高原小伙子们正肆无忌惮地[217]用嘟嘟嘟的铜号声和咚咚咚的鼓声为车队行列送行：

她虽是工厂姑娘，
并不穿花哨衣裳，

吧啦嘣。

我以约克郡口味，

对约克郡小玫瑰，

倒怀有一种偏爱，

吧啦嘣。

围墙里面，四分之一英里平路障碍赛[218]的参加者 M.C. 格林、H. 施里夫特、T.M. 帕蒂、C. 斯凯夫、J.B. 杰夫斯、G.N. 莫菲、F. 斯蒂文森、C. 阿德利和 W.C. 哈葛德开始了角逐。正跨着大步从芬恩饭店前经过的卡什尔・博伊尔・奥康内尔・菲茨莫里斯・蒂斯代尔・法雷尔隔着单片眼镜射出来的凶恶目光，越过那些马车，凝视着奥匈帝国副领事馆窗内 M.E. 所罗门斯[219]先生那颗脑袋。在莱因斯特街深处，三一学院的后门旁边，保王派霍恩布洛尔手扶嘀嘀帽[220]。当那些皮毛光润的马从梅里恩广场上奔驰而过的时候，等在那儿的少年帕特里克・阿洛伊修斯・迪格纳穆瞧见人们都向那位头戴大礼帽的绅士致敬，就也用自己那只被猪排包装纸弄得满是油腻的手，举起黑色新便帽。他的领子也翘了起来。为默塞尔医院募款的迈勒斯义卖会[221]快要开始了，总督率领着随从们驰向下蒙特街，前往主持开幕式。他在布洛德本特那家店铺对面，从一个年轻盲人身边走过。在下蒙特街，一个身穿棕色胶布雨衣的行人[222]，边啃着没有抹黄油的面包，边从总督的车马前面迅速地穿过马路，没磕也没碰着。在皇家运河桥头，广告牌上的尤金・斯特拉顿先生咧着厚厚嘴唇，对一切前来彭布罗克区[223]的人都笑脸相迎。在哈丁顿路口，两个浑身是沙子的女人停下脚步，手执雨伞和里面滚动着十一只蛤蜊的提包；她们倒要瞧瞧没挂金链条的市长[224]大人和市长夫人是个啥样。在诺森伯兰和兰斯多恩两条路上，总督大人郑重其事地对那些向他致敬的人一一回礼；其中包括稀稀拉拉的男性行人，站在一栋房子的花园门前的两个小学童——据说一八四九年已故女王[225]偕丈夫前来访问爱尔兰首府时，这座房子承蒙她深表赞赏。还有被一扇正在关闭着的门所吞没的、穿着厚实长裤的阿尔米达诺・阿尔蒂弗尼的敬礼。

第十章　注释

1 冠于天主教圣职人员姓名前的敬称，分三个等级。可敬的（神父）、十分可敬的（教长）、至尊的（主教）。约翰·康米神父是方济各·沙勿略教堂的教长，耶稣会会长（1897—1905）。他就住在教堂隔壁。方济各·沙勿略（1506—1552）是天主教耶稣会创始人之一。

2 阿坦在都柏林东北郊，距上加德纳街（圣方济各·沙勿略教堂所在地）约2.5英里。

3 原文为拉丁文，弥撒用语。其中dignum（恰当）一词，与Dignam（迪格纳穆）读音近似。

4 斯旺修士是儿童救济院主任，该院在阿坦左近。

5 马丁·坎宁翰，见第6章注61。他曾为迪格纳穆的遗孤们募款。

6 托马斯·沃尔西（约1475—1530），英国红衣主教，政治家。1530年一度受宠于亨利八世，后因未能按国王意愿让教皇宣布国王与阿拉贡的凯瑟琳的婚姻无效，被指控犯有叛逆罪（与法国王室通信），被捕后在即将受审时身死。“如果……弃我”，见莎士比亚的历史剧《亨利八世》第3幕第2场末尾。

7 指贝西·希伊。她的丈夫为戴维·希伊（1844—1932）。

8 巴克斯顿是英国德比郡海皮克区的一个地方，建有矿泉浴池，对痛风等症有疗效。

9 贝尔维迪尔是都柏林的一所由耶稣会创办的学校。康米神父在该校当教务主任期间，乔伊斯曾与希伊夫妇的两个儿子（理查和尤金）是该校同学。理查与乔伊斯均毕业于1898年。

10 伯纳德·沃恩（1847—1922），英国耶稣会神父，为当时有名的布道师，著作甚丰。乔伊斯本人曾说，《都柏林人·圣恩》中的珀登神父就是以他为原型而塑造的人物。

11 彼拉多，参看第7章注90。这里指为什么不制止那些受蒙蔽而要求把耶稣处死的群众。

12 杰尔是杰拉尔德的爱称。

13 马金尼，参看第8章注34。

14 艾伦·麦吉尼斯太太是个当铺老板娘。

15 玛丽（1542—1587），苏格兰国王詹姆斯五世之女，美貌绝伦，是英格兰王位的假定继承人。支持玛丽的天主教徒们于1586年企图暗杀英国女王伊丽莎白一世，拟让玛丽即位。事败，玛丽被处死。

16 狭义的自由教会指四个英国非主教制教会（浸礼会、公谊会、循道公会、长老会）。1662年以前，统称为清教徒，19世纪末叶起，自称自由教会。

17 原文为拉丁文。

18 这是文字游戏。教区牧师和义不容辞，原文均作incumbent。下文“不可克服的愚昧”反映了天主教神父康米对新教的看法。

19 公教弟兄会是从事青少年教育工作的在俗人员组织。1802年，爱尔兰公教学校弟兄会成立于沃特福德，为爱尔兰贫穷的天主教徒子弟提供受教育的机会。

20 指毗邻圣约瑟教堂的圣约瑟贞节妇女养老院。

21 圣体供在天主教堂祭坛上的圣龛内（见第1章注7）。神父每逢从教堂外面走过，必向它表示敬意。

22 奥尔德勃勒勋爵（？—1801）曾斥资4万英镑、费时6年（1792—1798），为妻子在此盖了一座豪华住宅。妻子却嫌地势不佳（当时为都柏林郊区），连一天也没住。1904年改为邮政总局。

23 指汽船起火案。参看第8章注274。

24 按：天主教的教义，病人临终前必须向神父作告解，痛悔毕生所犯罪行，方能获得赦免。这里指在特殊情况下，真诚悔罪也能取得同样的效果。

25 泥岛指都柏林东北郊的浅滩。

26 康米神父原有一枚值五先令的一克朗硬币。他买了一张一便士的票，所以找了四先令十一便士。按1971年以前的旧币制，一先令合十二便士。

27 后文中点明由于这位有夫之妇把屁股蹭过来，该男乘客才局促不安地坐在座位的边沿上（见第15章注844）。

28 这是教徒向神父忏悔后，神父代表天主赦免其罪时所说的话。

29 尤金·斯特拉顿，参看第6章注23。

30 圣彼得·克莱佛尔，参看第5章注47。

31 “像……来到”，引自《新约·帖撒罗马迦前书》第5章第2节。

32 《选民之人数》（布鲁塞尔，1899）一书是A.卡斯特莱因神父用法文所写，主张大多数人死后灵魂均能获救。而按罗马天主教的教义，未受天主教洗礼者，其灵魂是不能升天堂的，该书因而遭到非议。

33 “天主……创造”，引自《创世记》第1章第27节。

34 原文为拉丁文。

35 “马拉……响”是爱尔兰诗人杰拉尔德·格里芬（1803—1840）所作《马拉海德的新娘》一诗的首句。此诗写莫德·普伦克特结婚后，喜庆之钟一下子变成丧钟。

36 普伦克特勋爵之女莫德最初嫁给赫西·高尔特里姆。刚举行完婚礼，他就奉命带兵去剿匪，因而阵亡。于是莫德在一天之内就从处女变成妻子和寡妇。以后她改嫁两次。第三个丈夫是马拉海德的理查·塔尔伯特爵士（？—1329）。下文中的乡区是隶属于爱尔兰教区的小区。

37 凯文·沙利文在《乔伊斯在耶稣会士当中》（纽约，1958）一书的第17页，曾提及在都柏林出版的康米神父这部充满怀乡之情的著作。

38 玛丽·罗奇福特（1720—约1790）被控与小叔子私通，被丈夫罗伯特·贝尔弗迪尔伯爵（1708—1774）囚禁在家中多年，伯爵去世后，她虽获得了自由，却终身过着隐居生活。

39 艾乃尔湖位于爱尔兰韦斯特米斯郡，玛丽即被囚禁在湖畔的伯爵私邸里。

40 原文为拉丁文。这是天主教裁定通奸案时法规中对性交的定义。

41 唐约翰，参看第9章注248。

42 原文为法语。

43 天主教神职人员每日七次诵读《圣教日课》。
44 拉思科非是位于都柏林以西16英里处的一座村庄。
45 这里，康米神父回顾着他在拉思科非村附近的克朗戈伍斯森林公学担任校长时的往事。学童们曾说："他是克朗戈伍斯有史以来最正派的校长。"见《一个青年艺术家的画像》第1章末尾。
46 九时课是日出后第九时的日课。这是按古罗马的计算法，相当于现在的下午三点钟。
47 《天主经》和《圣母经》，原文均为拉丁文，是九时课的序章。
48 "天……我！"原文为拉丁文，《诗篇》第70篇的首句。是九时课正文的开头部分。
49 原文为拉丁文，语出自《新约·马太福音》第5章第8节。这是九时课的一部分。
50 Res是希伯来文第20个字母，用来标明章节次序。
51 原文为拉丁文。语出自《诗篇》第119篇第160行。
52 后文说明这个小伙子是斯蒂芬的朋友文森特·林奇，见第14章注262。林奇曾在《一个青年艺术家的画像》第5章中出现。
53 Sin是希伯来文的第21个字母。在英文中，此词作"罪"（道德上的）解。
54 原文为拉丁文。语出自《诗篇》第119篇第161行。
55 这里，从窗口伸出胳膊丢钱给伤兵的是摩莉。布卢姆夫妇即住在埃克尔斯街7号。参看第4章注1。
56 当时都柏林有个叫名安东尼·拉白奥蒂的人，拥有几辆冰激凌车，沿街叫卖冰和冰激凌，参看第15章注1。拉里·奥罗克是一家酒吧的老板。参看第4章注9及有关正文。
57 "为了英国……"和"为……丽人"，出自S.J. 阿诺德作词、J. 布雷厄姆作曲的颂扬独臂英雄为国捐躯的歌曲《纳尔逊之死》。接下去的歌词是："期待每人今天各尽自己的职责。"参看第1章注78。
58 女人指摩莉。
59 一种多用途铁灶，既能利用余热烧水又可烤面包。
60 这里，布棣把《天主经》首句祷词"我们在天上的父亲"（见《新约·马太福音》第6章第9节）改为相反的意思。
61 第8章开头部分提到有人塞给布卢姆一张写有"以利亚来了"字样的传单，他把它揉成一团丢给了海鸥。
62 环道桥，见第5章注17。
63 这是为威兹德姆·希利的店做广告的队伍，布卢姆曾为该店推销过吸墨纸。参看第6章注134及有关正文。
64 商贾拱廊位于利菲河南岸，从坦普尔酒吧间通到韦林顿码头，廊内有书市，"黑乎乎的背影"指布卢姆。
65 原文皆为意大利语。
66 据艾尔曼的《詹姆斯·乔伊斯》（第185页），1904年11月乔伊斯在波拉的伯利兹学校教书，次年3月又转往的里雅斯特的伯利兹学校任教。这里，作者借用了这两所学校的校长阿尔米达诺·阿尔蒂弗尼的姓名。

67 指奥利弗·哥尔德斯密斯（1730—1774）的雕像。他是英国诗人、剧作家、小说家，出生在爱尔兰，毕业于都柏林大学三一学院。其雕像即竖在该学院内。

68 指英国游客。

69—73 原文皆为意大利语。“不流血的牺牲”是双关语，也可以作“弥撒”解。古代用羔羊祭祀，耶稣提出用面饼和葡萄酒来代替。参看第1章注7。

74 亨利·格拉顿（1746—1820），爱尔兰政治家，1782年迫使英国给予爱尔兰立法独立运动的领袖。议会大厦（后改为爱尔兰银行大厦）前竖着他的一座塑像，高举右手做辩论的姿势。原像是青铜铸的，并非石雕。

75—79 原文皆为意大利语。

80 后文中说明，高原士兵组成的这支乐队在校园中奏起了通俗歌曲《我的意中人是位约克郡姑娘》。参看本章注216。

81 邓恩小姐是博伊兰的秘书。后文中写到，布卢姆被控曾给她打过电话，说了些不堪入耳的话。参看第15章注594及有关正文。

82 《白衣女》是英国神秘小说家威尔基·科林斯（1824—1889）所著惊险小说。

83 玛丽·塞西尔·海依（1840—1886），女作家，主要写言情小说。

84 这是汤姆·罗赤福特所设计的一种标示赛马节目的装置。见本章后文。

85 西奥博尔德·沃尔夫·托恩（1763—1798），爱尔兰共和主义者。1792年，在都柏林召开天主教徒代表大会，强迫议会通过天主教徒解救法案。1798年他率领3000士兵发动抗英革命，失败后被捕。即将被处绞刑前，自杀身死。100年后，爱尔兰人着手在格拉夫顿街对面的圣斯蒂芬草坪上为其竖立雕像。但台座竣工后，便搁置下来。

86 玛丽·肯德尔（1874—1964），英国女歌手、喜剧演员。

87 指在国王镇东码头举行的露天音乐会，参看第2章注10。

88 苏西·内格尔是阿基·内格尔（参看第12章注114）的姐妹。在1904年，国王镇至少有三个划船俱乐部。

89 贝尔法斯特为北爱尔兰首府。

90 这里，场面转到种子谷物商店的库房，参看第6章注13。这原是圣玛丽亚修道院的会议厅。

91 绢饰骑士托马斯，参看第3章注151。

92 英国政府以收买选票等手段取得多数，于1800年8月1日通过了合并条约，使大不列颠（英格兰和苏格兰）和爱尔兰以联合王国的名义结合在一起。于是，爱尔兰议会并入英国议会，尔后爱尔兰银行即迁入原议会大厦。

93 “他”指绢饰骑士托马斯。

94 指都柏林市政典礼官约翰·霍华德·巴涅尔，此刻他正在都柏林面包公司下棋。

95 19世纪末叶，英国曾大量进口角豆面和椰子粉（提炼椰油后剩下的渣子），用来喂牛。这些平板车是奥康内尔运输公司的。

96 指拉思科非（见本章注44）的一座隐修院。

97 萨林斯是都柏林西南18英里的一座镇子。

98 菲茨杰拉德家族是12世纪初英裔爱尔兰望族，基尔代尔伯爵这一支尤其显赫。

99　参看本章注52及有关正文。

100　火药阴谋指1605年英国天主教徒在地窖里埋下炸药，企图炸毁议会，炸死英王詹姆斯一世的案件。这个计划未遂，全体参与者均被击毙或处决。从此，天主教徒越发遭到迫害。参看第9章注368。

101　第八代基尔代尔伯爵（1456—1513）杰拉德·菲茨杰拉德于1495年与克雷大主教闹翻，纵火烧掉了卡舍尔大教堂。

102　“大”，原文是爱尔兰语。

103　汤姆·罗赤福特在第15章重新出现，参看该章注187及有关正文。

104　当年的律师指竖立在法院大厦中厅的著名法官及律师的雕像。

105　高等法院的建筑是1786年竣工的，坐落于都柏林市西部，以富丽堂皇著称。1922年在内战中被毁。

106　吐啦噜是一首歌的叠句，参看第5章第1段。

107　据报载，汤姆·罗赤福特（参看第8章注257）于1905年5月6日搭救过因中毒气而昏迷过去的下水道工人。在小说中，乔伊斯把这一善举的日期移前了一年多。

108　权杖是参加阿斯科特赛马会（参看第5章注95）的一匹马。

109　指凤凰公园车道。当时爱尔兰总督官邸就在这座公园里。

110　《稞麦花儿开》是爱德华·费茨勃尔作词、亨利·比舍普（1786—1855）作曲的一首歌。原来有个副标题叫“我可爱的简”。这里把“利奥波德”改成正标题，“稞麦花儿开”改成副标题，以便把利奥波德·布卢姆连名带姓套用。取Bloom（布卢姆）与“花儿开”的双关之意。

111　这是已故帕特里克·迪格纳穆的遗孤。下文中的查尔斯·卡梅伦爵士，在第15章（见该章注834及有关正文）中重新提及。

112　宴会是为感化院募捐而举办的。参看第8章注54。

113　前文曾交代布卢姆之妻摩莉丢硬币给伤兵时，把牌子碰掉了。现在她又将牌子挂回原处。参看本章注58及有关正文。

114　百果馅饼，在肉末里掺上剁碎的苹果、葡萄干、醋栗、糖腌柠檬等，浸在白兰地里做成馅。

115　这里套用由胡利安·罗布雷多作曲的多萝西·特里斯所作抒情诗《凌晨三点》（1921）的词句，只是把“三”改成了“几”。下文中的克里斯·卡利南，见第7章注156。

116　“看啊……曦”一语出自迈克尔·威廉·巴尔夫所作歌剧《围攻罗切尔》（1835）第1幕中的四重唱（不是二重唱）。

117　原文作pinprick，有的注家说：此词含有“小小的阴茎”之意。

118　《玛丽亚·蒙克的骇人秘闻》（纽约，1836）是一部揭露加拿大蒙特利尔一座天主教修女院内幕的书。内容纯属捏造。出版后，查明作者并非像本人所宣称的那样是从修女院里逃出来的，但并未影响此书的销路。下文中的《杰作》是17、18世纪流行于英国的一本关于性的伪科学书，伪称为亚里士多德所著。

119　普里福伊太太正在医院里待产。参看第8章注77及有关正文。

120 利奥波德·封·扎赫尔-马索赫（1836—1895），奥地利小说家，以描写色情受虐狂的变态心理著称。受虐狂（masochism）一词即源于他的姓（Masoch）。《犹太人区的故事》（芝加哥，1894）的主旨是反对迫害犹太人。

121 洛夫伯奇（Lovebirch）一名，由爱（love）和桦枝（birch）二词组成。桦枝一般用来体罚学童。因此，以受虐狂为主题的小说作者喜用这个笔名。

122 拉乌尔是《偷情的快乐》一书之女主人公的情人。后文中的“曲线”，原文为法语。

123 指当天都柏林三一学院所举行的自行车赛。

124 约翰舅舅，参看第3章注32。

125 克南，参看第5章注4。

126 按照基督教的观点，由于犹太人使得救世主耶稣被钉死在十字架上，这个民族便永远遭到天谴。

127 按：迪达勒斯家附近有一座由天主教修女经管的莫尼卡寡妇救济院。

128 威廉·克里敏斯实有其人，是茶叶和酒类的批发商。这里，克南正向他兜售茶叶。

129 参看第8章注274。这一消息见诸当天的都柏林各报端。

130 我指克南。

131 考利神父曾在《一个青年艺术家的画像》中出现过。他因欠了吕便·杰的高利贷，狼狈不堪。

132 斯科特是都柏林的一家高级服装店。

133 基尔代尔街俱乐部是当时都柏林首屈一指的英裔爱尔兰人俱乐部。

134 马路骑士一语出自同名喜歌剧（都柏林，1891），珀西·弗伦奇作词，豪斯顿·科利斯顿作曲。这里是双关语，既作拦路贼解，又含有“流动推销员”的意思。

135 饮料，指茶。

136 北堤位于利菲河东口入海处的北岸，隔河与爵士码头遥遥相对。

137 以利亚来了，见本章注61。

138 埃米特，参看第6章注186。

139 参看《旧约·列王纪上》第21章第19节：上主叫先知以利亚转告亚哈：“狗在什么地方舔拿伯的血，也要在那里舔你的血！”

140 都柏林的一种做短途游览的轻快三轮马车。中间有个放东西的台子，左右两个车轮上各设彼此背向的座席。

141 蒂珀雷里是都柏林西南78英里处的城镇。

142 乔纳·巴林顿（1760—1834），爱尔兰法律家、历史学家，著有《爱尔兰历史回忆录》（上卷1809，下卷1833）和《当代个人见闻录》（1827—1832）二书。

143 爱德华·菲茨杰拉德勋爵（1763—1798），1798年爱尔兰抗英革命的主要策划者。革命之前，他的同盟者被捕。他也在激烈的战斗中受伤，躲藏起来。一天，他在岛街附近甩掉追捕者都柏林市驻军军官亨利·查尔斯·塞尔少校，逃到他的支持者尼古拉斯·墨菲家里。但由于弗朗西斯·希金斯（参看第7章注66）告密，次日仍被捕。后因伤势过重死于狱中。

144 菲茨杰拉德于逃亡期间，曾在友人莫伊拉伯爵（1754—1824）家后面的马厩里与妻子帕梅拉相会。

145 约翰·凯尔斯·英格拉姆，参看第6章注19。“他们在黑暗邪恶的日子里挺身而出”引自英格拉姆为了纪念1798年起义而作的《纪念死者》（1843）一诗。该诗首句是：“谁害怕谈到1798年？”

146 引自歌谣《推平头的小伙子》，参看第6章注19。罗斯是爱尔兰东南部的镇子。信天主教的爱尔兰农民起义军在1798年6月5日的罗斯包围战中被英军击溃。

147 克南正走在华特灵大道上，隔着利菲河可以望到北岸的彭布罗克码头。

148 宝石匠指托马斯·拉塞尔，他在利菲河以南与之平行的舰队街上开了一爿店铺。

149 叶芝在《凯尔特的黎明·食宝石者》（1893）中曾这样描述凯尔特的地狱幻景：“宝石闪烁着红红绿绿的光，猴子无比贪婪地吞食着它们。”

150 “小麦……永远”，前文中，斯蒂芬曾把夏娃的肚皮比作一堆白色小麦。参看第3章注20及有关正文。

151 这是斯蒂芬当天早晨在海滩上遇见的两个老妪，参看第3章注15及有关正文。

152 “外界……搏动”，系套用美国小说家詹姆斯·莱恩·艾伦（1849—1925）所著小说《牧场精神》（纽约，1903）第125页的字句。

153 这里，斯蒂芬在回忆当天他在图书馆发表的议论。参看第9章注488及有关正文。

154 “大……准时”，这时斯蒂芬正经过威廉·沃尔什的钟表店，它坐落在贝德福德路上，门牌一号。

155 前文中斯蒂芬以嘲弄的态度对待天主和宇宙。眼下他经过钟表店，感到宇宙运行得就像钟表一般准时。然而他不去直截了当地表达这一心情，却借用了哈姆雷特为了装疯卖傻，故意说给波洛涅斯听的“你说得……正是”这句话。见《哈姆雷特》第2幕第2场。

156 1860年4月，英国拳击手汤姆·塞耶斯（1826—1865）在英国汉普郡法恩伯勒迎战美国拳击手约翰·希南（1833—1873），争夺国际冠军。经两小时42个回合后，眼看希南即将获胜。然而观众冲上比赛台，裁判员只得判这场比赛为平局，双方并列冠军。

157 《爱尔兰养蜂人》是爱尔兰养蜂协会在都柏林发行的月刊。

158 阿尔斯（法国东北部洛林的一个小镇，位于摩泽尔河上）地方的教士琼-巴普蒂斯特·玛利·维阿尼（1786—1859）以能够洞察向他忏悔的教徒的内心活动著称，所以这里把法国神父穆宁所著《阿尔斯教士传记》（巴尔的摩，1865）一书的书名加上“奇迹”二字。

159 “年……勒斯”，原文为拉丁文。

160 《摩西经书》指《旧约全书》中的前5卷，所谓第8、9卷是伪造的，刊登秘方、法术等。

161 大卫（公元前11世纪—前962）是古以色列国第二代国王，其事迹见《旧约·列王纪》。大卫王御玺上的图案是由两个等边三角形重叠而成的六角形。在犹太教中，这象征吉祥。

162 “受……保佑的……！阿门”，这是由西班牙语、中古时期的西班牙-阿拉伯语混合而成的咒语，中间夹有错别字。

163 据《摩西经书》第8、9卷，彼得·萨兰卡是一座著名的西班牙特拉普派修道院的院长。

164 这里，斯蒂芬把约阿基姆的拉丁文预言（参看第3章注48）译成含有戏谑意味的英语。

165 指查理一世（1600—1649），他是斯图尔特王室中第二个继承英国和爱尔兰王位（1625—1649在位）的。

166 指犹太民族。

167 高个儿约翰姓范宁，参看第7章注26。

168 原文为意大利音乐术语。

169 索尔塞尔是爱尔兰语收税馆舍的音译，建于14世纪初，坐落在利菲河以南，都柏林中央区。1806年拆毁，只剩了个地名。原文作Ford of Hurdles。在爱尔兰语中，为Ath Cliath（亚斯克莱斯）。都柏林的爱尔兰名称Baile Atha Cliath（亚萨克莱斯之地）即由此而来。现仍用于邮戳。

170 罗克是法警长，见第8章注199。

171 罗本古拉（约1836—1894），南罗德西亚大恩德贝勒（马塔贝勒）的国王，曾顽强抵抗英国殖民统治，但他的王国终于1893年10月被消灭。林奇豪恩是爱尔兰凶手詹姆斯·沃尔什的化名。被判无期徒刑（1895）后，逃往美国。以后又潜回爱尔兰并再度甩掉警察的追捕，逃之夭夭。他是辛格的喜剧《西方世界的花花公子》（1907）中的男主角克里斯蒂·马洪的原型之一。

172 博德加是一家酒厂附设的酒吧间。

173 按照犹太人的惯例，每年在逾越节可以释放一名囚犯。当罗马总督彼拉多让犹太群众做选择时，他们却情愿释放凶杀犯巴拉巴，而把耶稣钉在十字架上。参看《约翰福音》第18章第39至40节。这里指放高利贷的吕便·杰。

174 肯尼迪小姐和杜丝小姐是奥蒙德饭店的女侍。参看第11章注1及有关正文。

175 威廉·博伊德是都柏林基督教青年会（参看第8章注4）总干事。

176 这是夏洛克在逾期不还必须割一磅肉的条件下，答应借钱给安东尼奥后，后者所说的话。见《威尼斯商人》第1幕第3场。

177 吉米·亨利，当时为市政厅的执事助理。下文中的克莱尔屋，原文为法语，参看第8章注177。

178 杰克·穆尼的内弟即鲍勃·多兰，参看第8章注181。

179 即都柏林市副秘书长吉米·亨利。

180 以美国爱国者和政治家亨利·克莱（1777—1852）命名的雪茄烟。

181 盖尔语即爱尔兰语。19世纪初叶以来，议会里曾有人倡导提高爱尔兰语地位的运动。

182 这里套用意大利耶稣会会士乔万尼·皮埃特罗·皮纳蒙蒂（1632—1703）所著书名：《地狱为基督教徒裂开了口；告诫他们不要堕入》（1688）。该书英译本于1868年在都柏林问世。

183 指约翰·霍华德·巴涅尔，参看本章注94。

184 约瑟夫·哈钦森于1904年至1905年间任都柏林市市长。兰迪德诺是威尔士圭奈斯郡阿伯康威区首府和海滨胜地。

185 原文为拉丁文。洛坎·舍罗克后来升为都柏林市市长（1912—1914）。

186、187 原文为法语。

188 这是文字游戏。“糟透了的糕点”，原文作damn bad cakes，首字是D.B.C；与都柏林面包公司（Dublin Bread Corporation）的首字相同。

189 指唐纳利等人，参看第9章注216。

190 这是一家小客栈。

191 安古斯，参看第9章注520。

192 原文为法语。

193 “苍白……诞生”一语出自斯温伯恩（见第1章注12）以意大利争取自由的斗争为主题的长诗《日出前的歌》（1871）。诗人认为“殷红的诞生”乃是希腊精神的特征。

194 这里套用英国诗人约翰·德莱顿（1631—1700）对斯威夫特所说的话：“表弟斯威夫特，你永远也当不成诗人。”

195 朱利叶斯·波科尔尼（1887—1970），捷克出生的欧罗巴语言学家。主要著作有《爱尔兰历史》（1916）、《古爱尔兰语语法》（1925）和《古凯尔特诗歌》（1944）。

196 这里套用英国诗人约翰·济慈（1795—1821）的《睡眠与诗》（1817）中的诗句：“十年之内，我将写出大量的诗。”

197 软木浮子是钓鱼用的。

198 新瓦平街在利菲河北岸，本森渡口在街东，靠近利菲河口。

199 布里奇沃特是布里斯托尔海峡的港口，在英格兰西南部的萨默塞特郡。关于这艘帆船，参看第3章注211。

200 指自封为先知以利亚的约翰·亚历山大·道维，参看第8章注8。其实，法雷尔是在梅里恩会堂看到这个招贴的。（大都市会堂坐落在阿贝街上。）参看第14章注403。

201 原文为拉丁文。语出自《查士丁尼法典》（拜占廷皇帝查士丁尼一世主持下于529年至565年完成的法律和法律解释的汇编）。

202 当时有个叫马库斯·J. 布卢姆的牙医在都柏林克莱尔街开业，但与本书主人公布卢姆无关。

203 “天打……种！”参看第11章注51。

204 威廉·J. 滕尼实有其人，在林森德开一爿食品杂货店。

205 拳赛，参看第8章注220 。

206 罗伯特·菲茨西蒙斯（1862—1917），美国职业拳击运动员，1891年获得次重量级世界冠军。1897年和1903年，先后获得最重量级和重量级世界冠军。詹姆斯·约翰·科贝特（1866—1933），美国职业拳击运动员。1892年获最重量级世界冠军。1897年败于菲茨西蒙斯。他为拳击界开创了以技巧取胜的策略。詹姆是詹姆斯的昵称。

207 威廉·亨勃尔·沃德（1866—1932）于1902年至1906年间任爱尔兰总督。

208 国王桥在凤凰公园大门外，横跨利菲河。为了纪念乔治四世于1821年访问都柏林而取此名。现已易名肖恩·休斯顿桥。

209 在1904年，国王桥东边有座巴拉克桥，那是在一座木桥的旧址上修建的。木桥于1670年竣工后，因学徒暴动而引起流血事件，故名。

210 王后桥是为了纪念乔治三世之妻夏洛特而于1768年建成的。惠特沃思桥是为了纪念爱尔兰总督（1813—1817）惠特沃思伯爵而建成的。

211 格蒂·麦克道维尔是出现在第13章中的漂亮少女。

212 这是文字游戏。亨利–詹姆斯服装店的店名是由两个老板（亨利、詹姆斯）的名字组成的。而美国小说家，亨利·詹姆斯（1843—1916，1915年入英国籍）熟悉上流社会，素喜刻画绅士、淑女的形象。“最潇洒的”，原文为法语，既可用来形容亨利·詹姆斯的文笔，又可用来描述店中的人体模型。

213 有金属盖保护表面的猎表。

214 指竖立在都柏林三一学院校园外学院草地上的英王威廉（比利是昵称）三世（1650—1702）骑着马的铜像（1929年移走）。他于1690年出兵征服了爱尔兰。

215 这五个人身穿白罩褂，走街串巷，是为威兹德姆·希利的店铺做广告的。参看第8章注41。

216 参看本章注80及有关正文。这是隔着围墙传出来的高原士兵所奏通俗歌曲《我的意中人是位约克郡姑娘》（作者为C.W.墨菲和丹利普顿）。内容是两个追求同一女子的男人一道来到她家，发现她原来是有夫之妇。

217 这是文字游戏。原文作brazen，既可作“肆无忌惮”“厚着脸皮”解，又可以理解为发出像破铜锣一样刺耳的声音。同时也使人联想到他们所使用的是黄铜乐器。

218 障碍赛，参看本章注123。

219 M.E.所罗门斯是都柏林犹太人社会中一知名人士。他是个眼镜商，兼制造数学仪器与助听器。

220 原文作tallyho cap。三一学院司阍戴的鸭舌帽，状似猎狐时戴的那种便帽。猎人发现狐狸后，发出嗬嗬声以嗾狗，故名。

221 迈勒斯义卖会是5月31日举行的，小说中把它改为6月16日。

222 当天上午在坟地，布卢姆曾见到一个穿胶布雨衣的人。参看第6章注153。

223 彭布罗克是都柏林东南郊区。

224 她们误以为乘车者是市长，而都柏林市长在正式场合一向是挂金链条的。

225 即维多利亚女王。1849年8月6日至10日，她和丈夫阿尔伯特亲王曾联袂访问都柏林，7日的《自由人报》做了详细报道。

第十一章

褐色挨着金色[1]，听见了蹄铁声，钢铁零零响。

粗噜噜、噜噜噜[2]。

碎屑，从坚硬的大拇指甲上削下碎屑，碎屑。

讨厌鬼！金色越发涨红了脸。

横笛吹奏出的沙哑音调。

吹奏。花儿蓝。

绾成高髻的金发上。

裹在缎衫里的酥胸上，一朵起伏着的玫瑰，卡斯蒂利亚的玫瑰。

颤悠悠，颤悠悠：艾多洛勒斯[3]。

闷儿！谁在那个角落……瞥见了一抹金色？

与怀着怜悯的褐色相配合，丁零一声响了[4]。

清纯、悠长的颤音。好久才息的呼声。

诱惑。温柔的话语。可是，看啊！灿烂的星辰褪了色[5]。

啊，玫瑰！婉转奏出酬答的旋律。卡斯蒂利亚。即将破晓。

辚辚，轻快双轮马车辚辚。

硬币哐啷啷。时钟咯嗒嗒。

表明心迹。**敲响**。我舍不得……袜带弹回来的响声……离开你。啪！**那口钟**[6]！在大腿上"啪"的一下。表明心迹。温存的。心上人，再见！

辚辚。布卢。

嗡嗡响彻的和弦。爱得神魂颠倒的时候。战争！战争！耳膜。

帆船！面纱随着波涛起伏。

失去。画眉清脆地啭鸣。现在一切都失去啦[7]！

犄角。呜——号角。

当他初见。哎呀！

情欲亢奋。心里怦怦直跳。

颤音歌唱。啊，诱惑！令人陶醉的。

玛尔塔！归来吧[8]！

叽叽喳喳，叽叽咕咕，叽里喳喇。

天哪，他平生从没听到过。

又耳聋又秃头的帕特送来吸墨纸，拿起刀子。

月夜的呼唤：遥远地，遥远地。

我感到那么悲伤。附言：那么无比地孤寂。

听啊！

冰凉的，尖而弯曲的海螺。你有没有？独个儿地，接着又相互之间，波浪的迸溅和沉默的海啸。

一颗颗珍珠。当她。奏起李斯特的狂想曲[9]。嘘嘘嘘。

你不至于吧？

不曾，不、不、相信。莉迪利德[10]。喀呵，咔啦[11]。

黑色的。

深邃的声音。唱吧，本，唱吧。

侍奉的时候就侍奉吧。嘻嘻。嘻嘻笑着侍奉吧。

可是，且慢！

深深地在地底下黑暗处。埋着的矿砂。

因主之名[12]。全都完啦，全都倒下啦[13]！

她的处女发[14]。那颤巍巍的纤叶。

阿门！他气得咬牙切齿。

此方。彼方，此方。一根冰冷的棍子伸了出来。

褐发莉迪亚挨着金发米娜。

挨着褐色，挨着金色，在海绿色阴影下。布卢姆。老布卢姆。

有人笃笃敲，有人砰砰拍，咔啦，喀呵。

为他祷告吧！祷告吧，善良的人们！

他那患痛风症的手指头发出击响板般的声音[15]。

大本钟本。大本本[16]。

夏日最后一朵卡斯蒂利亚的玫瑰撇下了布卢姆，我孤零零地感到悲哀[17]。

嘘！微风发出笛子般的声音：嘘！

地道的男子汉。利德·克·考·迪和多拉。哎，哎。

就像诸位那样。咱们一道举杯哧沁咔、哧冲咔吧[18]。

呋呋呋！噢！

褐色从近处到什么地方？金色从远处到什么地方？蹄在什么地方？

噜噗噜。咔啦啦。咔啦得儿。

直到那时，只有到了那时，方为我写下墓志铭。

完了[19]。

开始[20]！

褐色挨着金色，杜丝小姐的头挨着肯尼迪小姐的头。在奥蒙德酒吧的半截儿窗帘上端听见了总督车队奔驰而过，马蹄发出锒锒的钢铁声。

——那是她吗？肯尼迪小姐问。

杜丝小姐说是啊，和大人并肩坐着，发灰的珍珠色和一片淡绿蓝色[21]。

——绝妙的对照，肯尼迪小姐说。

这当儿，兴奋极了的杜丝小姐热切地说：

——瞧那个戴大礼帽的家伙[22]。

——谁？哪儿呀？金色更加热切地问。

——第二辆马车里，杜丝小姐笑呵呵地沐浴着阳光，用湿润的嘴唇说。他朝四下里望着哪。等一下，容我过去看看。

她，褐色，一个箭步就蹿到最后边的角落去，急匆匆地哈上一圈儿气，将脸庞紧贴在窗玻璃上。

她那湿润的嘴唇嗤嗤地笑着说：

——他死命地往回瞧哩！

她朗笑道：

——哎，天哪！男人都是些可怕的傻瓜，你说呢？

怀着悲戚之情。

肯尼迪小姐悲戚地从明亮的光线底下慢慢腾腾地踱了回来，边捻着散在耳后的一缕乱发。她悲戚地边溜达边连捋带捻着那已不再在太阳下闪着金光的头发。她就这样一面溜达着一面悲戚地把金发捻到曲形的耳后。

——他们可开心啦，于是她黯然神伤地说。

一个男人。

布卢姆怀着偷情的快乐[23]，从牟兰那家店的烟斗旁走过，心中萦绕着偷情时的甜言蜜语，走过瓦恩那家店的古董，又为了拉乌尔，从卡洛尔宝石店里那磨损并且发乌了的镀金器皿前面踱过。

擦鞋侍役[24]到她们，酒吧里的她们，酒吧女侍，这儿来了。她们不曾理睬他。于是，他便替她们把那一托盘咯嗒咯嗒响的瓷器嘭的一声撂在柜台上，并且说：

——这是给你们的茶。

肯尼迪小姐扭扭捏捏地把茶盘低低地挪到人们看不见的低处，一只底朝天的柳条筐上，那原是装成瓶的矿泉水用的。

——什么事？大嗓门儿的擦鞋侍役粗鲁地问。

——你猜猜看，杜丝小姐边离开她那侦察点，边回答说。

——是你的意中人，对吧？

傲慢的褐色回答说：

——我要是再听到你这么粗鲁地侮辱人，我就向德·梅西太太告你的状。

——粗噜噜、噜噜噜，擦鞋侍役对她这番恐吓粗野地嗤之以鼻，然后沿着原路走回去。

开花[25]。

杜丝小姐朝自己的花皱了皱眉，说：

——那个小子太放肆啦！他要是不放规矩些，我就把他的耳朵扯到一码长。

一副淑女派头，鲜明的对照。

——理他呢，肯尼迪小姐回答说。

她斟了一杯茶，又把茶倒回壶里。她们蜷缩在暗礁般的柜台后面，坐在底朝天的柳条筐上，等待茶泡出味道来。她们各自摆弄着身上的衬衫，那都是黑缎子做的：一件是两先令九便士一码；另一件是两先令七便士一码的。就这样等着茶泡出味儿来。

是啊，褐色从近处，金色从远处听见了。听见了近处钢铁的铿锵，远处的蹄嘚嘚。听见了蹄铁铿锵，嚓嚓嗒嗒。

——我晒得厉害吗？

褐色小姐解开衬衫纽扣，露出脖颈。

——没有，肯尼迪小姐说。以后会变成褐色。你试没试过兑上硼砂的樱桃月桂水？

杜丝小姐欠起身来，在酒吧间的镜子里斜眼照了照自己的皮肤；镜子里盛有白葡萄酒和红葡萄酒的玻璃杯闪闪发光，中间还摆着一只海螺壳。

——连我的手都晒黑了，她说。

——擦点甘油试试看，肯尼迪小姐出了个点子。

杜丝小姐同自己的脖子和手告了别，回答说：

——那些玩意儿不过让人长疙瘩就是了。她重新坐了下来。我已经托博伊德那家店里的老古板去给我弄点擦皮肤的东西了。

肯尼迪小姐边斟着这会子刚泡出味儿来的茶，边皱起眉头央告道：

——求求你啦，可别跟我提他啦！

——可你听我说呀。杜丝小姐恳求说。

肯尼迪小姐斟了甜茶，兑上牛奶，并用小指堵起双耳。

——不，别说啦。她大声说。

——我不要听。她大声说。

可是，布卢姆呢？

杜丝小姐学着老古板的鼻音瓮声瓮气地说：

——擦在你的什么部位？他就是这么说的。

肯尼迪小姐为了倾听和说话，不再堵起耳朵了。可是她又开口说，并且恳求道

——不要再让我想起他了，不然我会断气儿的。卑鄙讨厌的老家伙！那天晚上在安蒂恩特音乐堂里。

她啜了一口自己兑好的热茶，不大合她口味。她一点点地啜着甜甜的茶。

——瞧他那个德行，杜丝小姐说，并且把她那褐发的头抬起四分之三，鼓着鼻翼。呼哧！呼哧！

肯尼迪小姐的喉咙里爆出尖锐刺耳的大笑声。杜丝小姐那鼓起的鼻孔喷着气

像正在寻觅猎物的猎犬那样颤动着，粗鲁地发出吭哧吭哧声。

——哎呀！肯尼迪小姐尖声嚷道。你怎么能忘掉他那双滴溜儿转的眼睛呢？

杜丝小姐发出深沉的古铜笑声来帮腔，并嚷道：

——还有你的另一只眼睛[26]！

布卢姆那黑黑的眼睛读到了艾伦·菲加特纳的名字。我为什么老以为是菲加泽尔呢？大概联想到了采集无花果[27]吧。普罗斯珀·洛尔[28]这个名字必然是个胡格诺派。布卢姆那双黑黑的眼睛从巴希[29]的几座圣母玛利亚像前掠过。白衬衣上罩了蓝袍[30]的人儿呀，到我这儿来吧。人们都相信她是神：女神。今儿那些女神。我没能看到那个地方。那家伙谈话来着，是个学生。后来跟迪达勒斯的儿子搞到一块儿去了。他或许就是穆利根吧。这都是些俏丽的处女。所以才把那些浪荡子弟都招来了。她那白净的。

他的眼光掠过去了。偷情的快乐。快乐是甜蜜的。

偷情的。

焕发着青春的、古铜的嗓门儿交织成一片响亮的痴笑，杜丝和肯尼迪，你那另一只眼睛。她们——褐发和咻咻地笑的金发往后仰着年轻的头，开怀大笑，尖声大叫，你那另一只，相互使了个眼色，发出尖锐刺耳的声调。

啊，喘着气儿，叹息，叹息。啊，筋疲力尽，她们的欢乐逐渐平息了。

肯尼迪小姐把嘴唇凑到杯边，举杯呷了一口，咻咻地笑着。杜丝小姐朝茶盘弯下腰去，又把鼻子一皱，滴溜儿地转着她那双眼皮厚实、带滑稽意味的眼睛。肯尼迪又咻咻咻地笑着，俯下她那绾成高髻的金发；一俯下去，就露出插在后颈上的一把鳖甲梳子来了。她嘴里喷溅出茶水，给茶水和笑声噎住了，噎得直咳嗽，就嚷着。

——噢，好油腻的眼睛！想想看，竟嫁给那么一个男人！她嚷道。还留着一撮小胡子！

杜丝尽情地喊得很出色，这是个风华正茂的女子的洪亮喊声：喜悦，快乐，愤慨。

——竟嫁给那么个油腻腻的鼻子！她嚷道。

尖嗓门儿，夹杂着深沉的笑声，金色的紧跟着褐色，你追我赶，一声接一声，变幻着腔调，褐金的，金褐的，尖锐深沉，笑声接连不停。她们又笑了一大阵。真是油腻腻的哩。耗尽了精力，上气不接下气，她们将晃着的头，那是用有光泽的梳子梳理成辫子并绾成高髻的，倚在柜台边儿上。全都涨红了脸（噢！），气喘吁吁，淌着汗（噢！），都透不过气儿来了。

嫁给布卢姆，嫁给那油腻腻的布卢姆。

——哦，天上的圣徒们！杜丝小姐说。她低头望了望在自己胸前颤动着的玫瑰，叹了口气。我从来还没笑得这么厉害过呢。我浑身都湿透了。

——啊，杜丝小姐！肯尼迪小姐表示异议。你个讨厌鬼！

她越发涨红了脸（你这讨厌鬼！），越发金光焕发。

油腻腻的布卢姆正在坎特维尔的营业处，在塞皮[31]的几座油光闪闪的圣母像旁游荡。南尼蒂的父亲就曾挨门挨户地叫卖过这类货品，像我这样用花言巧语骗人。宗教有赚头。为了凯斯那条广告的事儿，得跟他见一面。先填饱肚子再说。我想要。还不到时候哪。她说过，在四点钟[32]。光阴跑得真快。时针转个不停。向前走。在哪儿吃呀？克拉伦斯[33]，海豚[34]。向前走。为了拉乌尔。如果我能从那些广告上捞到五畿尼。紫罗兰色的丝绸衬裙。还不到时候。偷情的快乐。

脸上的红润消退了，越来越消退了，金黄色变得淡了。

迪达勒斯先生溜溜达达地走进了她们的酒吧。碎屑，从他那两个大拇指的灰指甲上削下碎屑。碎屑。他漫步走来。

——咦，欢迎你回来啦，杜丝小姐。

他握着她的手，问她假日度得可开心吗。

——再开心不过啦！

他希望她在罗斯特雷沃[35]赶上了好天气。

——天气好极了。她说。瞧瞧我都晒成什么样子啦！成天躺在沙滩上。

褐中透白。

——那你可太淘气[36]啦。迪达勒斯先生对她说，并放纵地紧握住她的手。可怜的傻男人都给你迷住啦！

身着缎子衬衫的杜丝小姐安详地将自己的胳膊抽了回去。

——哦，你给我走吧！我可不认为你是个非常傻的人。

可他是傻里傻气的。

——喏，我就是傻，他沉思了一下，我在摇篮里就显得那么傻，他们就给我耶名叫傻西蒙[37]。

——那时候你准是挺逗人爱的，杜丝小姐回答说。今天大夫要你喝点什么呀？

——唔，喏，他沉吟了一忽儿，凡事都听你的吧。我想麻烦你给我来点清水和半杯威士忌。

丁零。

——马上就端来，杜丝小姐答应道。

她风度翩翩地发挥了麻利快这一本事之后，立刻就转向镀有坎特雷尔与科克伦一行金字的镜子。她举止娴雅地拔开透明容器的塞子，倒出一份金色的威士忌。迪达勒斯先生从上衣下摆底下掏出烟草袋和烟斗。她敏捷地为他把酒端了来。他用烟斗两次吹出横笛的沙哑音响。

——可不是嘛，他若有所思地说。我一直想去看看莫恩山[38]。那儿的空气准有益于健康。但是俗话说得好，久而久之，前兆终究会应验。是啊。是啊。

是啊。他把一小撮细丝，她的处女发，她的人鱼发[39]，塞进烟斗里。碎屑。一小绺。沉思。缄默无言。

谁都不曾说只言片语。是啊。

杜丝小姐边快活地打磨着平底大酒杯，边颤悠悠地唱了起来：

噢，艾多洛勒斯，东海的女王[40]！

——利德维尔先生今天来过吗？

利内翰走进来了。利内翰四下里打量着。布卢姆先生走到埃塞克斯桥跟前。是啊，布卢姆先生跨过耶塞克斯桥[41]。我得给玛莎写封信。买点信纸。达利烟店。那里的女店员挺殷勤的。布卢姆，老布卢姆。稞麦地开蓝花[42]。

——吃午饭的时候他来过，杜丝小姐说。

利内翰凑近了些。

——博伊兰先生找我来着吗？

他问。她回答说：

——肯尼迪小姐，我在楼上的时候博伊兰先生来过吗？

肯尼迪把第二杯茶端稳了，两眼盯着书页，用小姐式的腔调回答她这句问话：

——没有，他没来过。

肯尼迪虽听见了，却连抬也不抬一下她那小姐派头的目光，继续读下去。利内翰那圆滚滚的身躯绕着放三明治的钟形玻璃罩走了一圈。

——闷儿！谁在那个角落里哪[43]？

肯尼迪连睬都不曾睬他一眼，可他还是试着向她献殷勤，提醒她要注意句号。教她光读黑字：圆圆的O和弯曲的S[44]。

辚辚，轻快双轮马车辚辚。

金发女侍看着书，连睬都不睬。她不屑一顾。当他凭着记忆用没有抑扬的腔调呆板地背诵浅显的寓言[45]时，她还是不屑一顾：

——一只狐狸遇见了一只鹳。狐狸对鹳说：你把嘴伸进我的喉咙，替我拽出一根骨头好不好[46]？

他徒然地用单调低沉的声音讲了这么一段。杜丝小姐把脸掉向旁边那杯茶。

他叹了口气，自言自语地说：

——哎呀！啊唷！

他向迪达勒斯先生致意，对方朝他点了点头。

——一位著名的儿子向他的著名的父亲问候。

——你指的是谁呀？迪达勒斯先生说。

利内翰极其和蔼地摊开了双臂。谁呀？

——能是谁呢？他问。你还用得着问吗？是斯蒂芬，青年"大诗人"呀！

干渴。

著名的父亲迪达勒斯先生将他那填满干烟叶的烟斗搁在一旁。

——原来如此。他说。我一时还没悟过来指的是谁呢。我听说他交的朋友都是精心挑选的。你新近见到过他吗？

他见过。

——今天我还和他一道痛饮过美酒哩！利内翰说。城里的穆尼酒馆和海滨上的穆尼酒馆。凭着在诗歌上的努力，他拿到了一笔钱。

他朝着褐发女侍那被茶水润湿了的嘴唇——倾听着他说话的嘴唇和眼睛，露出了微笑：

——爱琳[48]的精英们都洗耳恭听。包括都柏林最有才华的新闻记者兼编辑、堂的饱学之士休·麦克休，和那位生在荒芜多雨的西部、以奥马登·伯克这一动听的称呼闻名的少年吟游诗人[49]。

过了一会儿，迪达勒斯先生举起他那杯兑水威士忌。

——那一定挺逗趣儿的，他说。我明白了。

他明白了。他饮着酒。眼睛里露出眺望远处哀伤之山[50]的神色。他将玻璃杯撂下了。

他朝大厅的门望去。

——看来你们把钢琴挪动了位置。

——今天调音师来了，杜丝小姐回答说。是为了举办允许吸烟的音乐会而调的音。我从来没见过像他那样出色的钢琴演奏家。

——真的吗？

——他弹得好吧，肯尼迪小姐？要知道，真正的古典弹奏法。他还是个盲人呢，怪可怜的。我敢肯定他还不满二十岁。

——真的吗？迪达勒斯先生说。

他喝完了酒，缓步走开了。

——我一看他的脸就觉得难过，杜丝小姐用同情的口吻说。

天打雷劈的，你这婊子养的杂种[51]！

与她表示的怜悯相配合[52]，餐厅的铃铛丁啷一声响了。秃头帕特到酒吧和餐厅的门口来了。聋子帕特来了，奥蒙德饭店的茶房帕特来了。给吃饭的客人预备的陈啤酒[53]。她不慌不忙地端上了陈啤酒。

利内翰耐心地等待着不耐烦的博伊兰，等待着辚辚地驾着轻快双轮马车而来的那个恶魔般的纨绔子[54]。

掀开盖子，他[55]（谁？）逼视着木框（棺材？）里那斜绷着的三重（钢琴！）钢丝。他（就是曾经放肆地紧握过她的手的那个人）踩着柔音踏板，按了按三个三和弦音键，试一下油毛毡厚度的变化，听一听用毡子裹住的琴槌敲击出的音响效果。

聪明的布卢姆（亨利·弗罗尔[56]）在达利商行买了两张奶油色的仿羔皮纸（一张是备用的），两个信封，边买边回想着自己在威兹德姆·希利的店里工作时的事。你在自己家里不幸福吗[57]？花是为了安慰我，把爱情断送掉的针[58]。花的语言[59]是有含义的。那是一朵雏菊吗？象征着天真无邪。望完弥撒后，跟品行端正的良家少女[60]见面。多谢多谢。聪明的布卢姆望着贴在门上的一张招贴画。一个吸着烟的美人鱼在绮丽的波浪当中扭动着腰肢。吸美人鱼牌香烟吧，吸那无比凉爽的烟吧。头发随波飘荡，害着相思病。为了某个男人。为了拉乌尔。他放眼望去，只见在埃塞克斯桥上，远远地望到一顶花哨的帽子乘着二轮轻快马车。那就是[61]。又碰见了。这是第三回了。巧合。

马车那柔软的胶皮轱辘从桥上辚辚地驰向奥蒙德码头。跟上去。冒一下险。快点儿走。四点钟。如今快到了。走出去吧。

——两便士，先生，女店员壮起胆子来说。

——啊……我忘记了……对不起……

——外加四便士。

四点钟，她。她朝着布卢姆嫣然一笑。布卢、微笑、快、走[62]。再见。难道你以为自己是沙滩上唯一的小石头子儿吗？她对所有的人都这样，只要是男人。

金发女侍昏昏欲睡，默默地朝着她正读着的书页俯下身去。

从大厅里传来一阵声音，拖得长长的，逐渐消失。这是调音师忘下的音叉，他[63]正拿着敲呢。又响了一声。他把它悬空拿着，这次它发出了颤音。你听见了吗？它发出了颤音，清纯，更加清纯；柔和，更加柔和。那营营声拖得长长的。呼唤声拖得越来越悠长，逐渐消失。

帕特替客人叫的那瓶现拔塞子的酒付了款。在离开之前，秃头而面带困惑表情的他，隔着大酒杯、托盘和现拔塞子的那瓶酒，跟杜丝小姐打起耳喳来。

——灿烂的星辰褪了色……[64]。

从里面传来无声歌[65]的曲调：

——……即将破晓。

一双敏感的手下，十二个半音像小鸟鸣啭一般做出快活的最高音区的回应。所有的音键都明亮地闪烁着，相互联结，统统像羽管键琴[66]般轰鸣着，呼吁歌喉去那被露水打湿了的早晨，唱青春，唱与情人的离别，唱生命和爱的清晨。

——露水如珍珠……

利内翰的嘴唇隔着柜台低低地吹着诱人的口哨。

——可是朝这边望望吧，他说。你这朵卡斯蒂利亚的玫瑰[67]。

轻快双轮马车辚辚地驰到人行道的边石那儿停住了。

她站起来，合上书本。这朵卡斯蒂利亚的玫瑰烦恼而孤寂，睡眼惺忪地站了起来。

——她[68]是自甘堕落呢，还是被迫的呢？他问她。

她以轻蔑口吻回答：

——别问了，你也就听不到瞎话啦！

像个大家闺秀，摆出大家闺秀的架势。

布莱泽斯・博伊兰那双款式新颖的棕黄色皮鞋在他大踏步走着的酒吧间地板上橐橐响着。是啊，金发女侍从近处，褐发女侍从远处。利内翰听见了，晓得是他，并向他欢呼：

——瞧，英雄的征服者驾到[69]。

布卢姆这位不可征服的英雄从马车与窗户之间小心翼翼地穿过去。说不定他还瞧见了我呢。他坐过的座位还有股热气儿呢。他像一只谨慎的黑色公猫似的朝着里奇・古尔丁那只举起来向他打招呼的公文包走去。

——而我从卿卿……

——我听说你到这儿来啦。布莱泽斯・博伊兰说。

他用手碰了一下歪戴着的草帽檐儿，向金发的肯尼迪小姐致意。她朝他笑了笑。可是跟她形同姐妹的那个褐发女侍笑得比她还甜，像是在向他夸耀着自己那更加浓密的头发和那插着玫瑰的酥胸。

[潇洒的][70]博伊兰叫了酒。

——你要点儿什么？苦啤酒？请给来一杯苦啤酒。给我野梅红杜松子酒。结果出来了吗[71]？

还没有。四点钟，他。都说是四点钟。

考利神父那红润的耳朵垂儿和突出的喉结出现在行政司法长官公署的门口。躲开他吧。赶巧碰上了古尔丁。他在奥蒙德干什么哪？还让马车等着。且慢。

喂，你好。到哪儿去呀？要吃点儿什么吗？我也刚好要。就在这儿吧。哦，奥蒙德？在都柏林说得上是最实惠的。哦，是吗？餐厅。就一动不动地坐在那儿。能够看见他，却别让他看见自己。我陪你一道去。来吧。里奇在前面引路。布卢姆跟在他的公文包后边。这饭菜足可以招待王爷[72]。

杜丝小姐伸出她那裹在缎袖中的胳膊去够一只大肚酒瓶，她那胸脯挺得高高的，几乎快绷裂了。

——噢！噢！她每往上一挺，利内翰就倒吸一口气，并急促地说。噢！

然而她顺顺当当地抓到了猎物，得意扬扬地把它撂在低处。

——你为什么不长高点儿呢？布莱泽斯·博伊兰问。

这位褐发女侍从瓶子里为他的嘴唇倾倒出浓郁的甜酒，望着它哗哗地往外流（他上衣上那朵花儿，是谁送的呢？），然后用甜得像糖浆般的嗓音说：

——好货色总是小包装的。

这指的是她本人喽！她灵巧地慢慢倾倒着那糖浆状野梅红杜松子酒。

——祝你走运，布莱泽斯说。

他掷下一枚大硬币。硬币哐啷一响。

——等着吧，利内翰说，直到我……

——交了好运。他表达自己的愿望，并举起冒泡的淡色浓啤酒。

——权杖[73]不费吹灰之力就能取胜。他说。

——我下了点儿赌注。博伊兰边眨眼边喝着酒说。要知道，不是我本人出的钱。是我的一个朋友心血来潮。

利内翰继续喝着酒，并且朝自己杯中这倾斜着的啤酒以及杜丝小姐那微启的嘴唇咧嘴笑了笑。她那嘴唇差点儿把刚才颤巍巍地唱过的海洋之歌哼出来。艾多洛勒斯。东海。

时钟在响着。肯尼迪小姐从他们旁边经过（花儿，我纳闷儿是谁送的？），端走了托盘。时钟咔嗒咔嗒地响着。

杜丝小姐拿起博伊兰的硬币，使劲用它敲了一下现金出纳机。它发出一片哐啷声。时钟咔嗒咔嗒地响着。埃及美女[74]在钱箱里又扒拉又挑拣，嘴里哼唱着，递给了他找头。朝西边望去[75]，咔嗒。为了我。

——几点钟啦？布莱泽斯·博伊兰问。四点？

钟。

利内翰那双小眼睛贪婪地盯住正在哼唱着的她，盯住哼唱着的胸脯，并拽拽布莱泽斯·博伊兰的袖管。

——咱们听听那个拍子[76]吧，他说。

古尔丁－科利斯－沃德法律事务所的那只公文包领着布卢姆，从那些裸麦地里开着花的桌子[77]之间穿行。他对自己的目的感到兴奋，在秃头帕特的侍奉下，随随便便选了一张靠近门口的桌子。好挨得近一点儿。四点钟。难道他忘记了不成？兴许是玩花样。不来了——吊吊胃口。我可做不到。等啊，等啊！帕特，茶房，侍奉着。

褐发女侍那对闪亮的碧眼瞅着布莱泽斯那天蓝色的蝴蝶领结和一双天蓝色的眼睛。

——来吧，利内翰苦苦相劝，谁都不在嘛。他还从来没听过呢。

——……紧步凑向弗萝拉的嘴唇[78]。

高高的、高高的音调——最高音部，清晰地响彻着。

褐发女侍杜丝边跟自己那朵忽沉忽浮的玫瑰谈着心，边渴求布莱泽斯·博伊兰的鲜花和眼睛。

——劳驾啦，劳驾啦！

为了让她说出表示同意的话，他一再央求着。

——我离不开卿卿[79]……

——待会儿再说，杜丝小姐羞答答地答应道。

——不，马上就来，利内翰催促着。敲响那口钟[80]！喏，来吧！谁都不在嘛！

她瞧了瞧。可得抓紧。从肯小姐[81]所在的地方是听不见的。猛地弯下身去。两张兴奋起来的面庞正凝视着她弯腰。

游离主调的和弦，失去的和弦[82]颤悠悠地重新找到了，接着又失去了，并又找到了震颤的主调。

——来吧！干吧！敲响[83]！

她弯下身，捏着裙子下摆一直撩到膝盖以上。磨磨蹭蹭地。弯着腰，迟迟疑疑，以胸有成竹的眼神继续挑逗着他们。

——敲响[84]！

啪！她突然撒开捏着松紧袜带的手，让它“啪”的一声富有弹性地碰回到她那包在暖和的长袜里、能够发出声响的女人大腿上。

——那口钟[85]！利内翰极高兴地嚷道。老板训练有方。无可挑剔。

她目空一切地堆出一脸做作的笑容（哭鼻子了！男人不就会这样吗？），却朝亮处悄悄溜去，对博伊兰投以柔和的微笑。

——你这个人庸俗透顶，她边说边滑溜地走去。

博伊兰以目传神，以目传神。他把厚厚的嘴唇凑在倾着的杯子上，干了那一小杯，啜着杯中最后几滴糖浆般的紫罗兰色浓酒。当她的头从酒吧间里那镀了金字的拱形镜子旁边闪过时，他那双着了迷的眼睛紧紧追随着她；镜中可以望到的盛着姜麦酒、白葡萄酒和红葡萄酒的玻璃杯，以及一只又尖又长的海螺闪了过去，褐发女侍和更加明亮的褐发女侍一时交相辉映。

是啊，褐发女侍从近处走开了。

——……情人啊，再见吧[86]！

——我走啦。博伊兰不耐烦地说。

他精神抖擞地推开杯子，一把抓起找给他的零钱。

——等一会儿。利内翰赶忙把酒喝了恳求说。我有话告诉你。托姆·罗赤福特……

——他就欠下地狱啦。布莱泽斯·博伊兰边说边抬起脚就走。

利内翰为了好跟着他走，把酒一饮而尽。

——难道你勃起[87]了吗？他说。等一等。马上我就来。

他跟在那双匆匆地橐橐响着的鞋后边走去，然而到了门口就麻利地在一胖一瘦两个互相寒暄着的身影旁边站住了。

——你好，本·多拉德先生。

——呃？好吗？好吗？正在听考利神父诉苦的本·多拉德，掉过脸去，用含含糊糊的男低音说。他不会来找你什么麻烦了，鲍勃。阿尔夫·柏根会跟那高个子[88]谈一谈。这回咱们要往加略人犹大[89]的耳朵里塞根大麦秆。

迪达勒斯先生叹着气穿过大厅走来了，他用一个指头揉着眼睑。

——嘿，嘿，咱们就是得给他塞，本·多拉德就像是用约德尔唱法[90]似的兴高采烈地说。来吧，西蒙。给咱唱个小调儿。我们听到你弹的钢琴喽！

谢顶的帕特，耳聋的茶房正等着客人们叫饮料。里奇叫的是鲍尔威士忌[91]。布卢姆呢？让我想想看。省得让他跑两趟。他脚上长了鸡眼呢。此刻已经四点钟啦。这身黑衣服穿着多热呀。当然，神经也有些作怪。它折射着（是吗？）热能。让我想想看。苹果酒。对，一瓶苹果酒。

——那算什么呀？迪达勒斯先生说。伙计，我不过是凑凑热闹。

——来吧，来吧，本·多拉德嚷道。把忧愁赶走[92]！来呀，鲍勃。

他——多拉德，穿着那条肥大的裤子，领着他们（瞧那个衣着不整的家伙，现在就瞧）缓步走进大厅。他——多拉德，一屁股坐在琴凳上。他那双患痛风症的手"咚"的一声戳了一下琴键。咚的一声，又戛然而止。

秃头帕特在门道里碰见手里没有了茶盘的金发女侍走了回来。他面带困惑神色请她端杯鲍尔威士忌和一瓶苹果酒来。褐发女侍在窗畔注视着。褐发女侍从远处。

轻快双轮马车辚辚地驰过。

布卢姆听见"辚"的一声，轻微地。他走啦。布卢姆对着沉默的蓝色花儿，像呜咽一般轻轻地叹了口气。辚辚。他走啦。辚辚。听哪。

——《恋爱与战争》[93]，本，迪达勒斯先生说。天主祝福往昔的岁月。

杜丝小姐那双大胆的眼睛无人理睬，她受不了阳光的刺激，就把视线从半截帘子那儿移开了。走掉啦。郁郁不乐（有谁知道呢？），实在太扎眼（那刺目的阳光！）她拽了拽拉绳，撂下了窗帘。这当儿，褐发下面浮泛着郁郁不乐之色。（他为什么这么匆匆忙忙地就走开了，正当我要？）款款来到酒吧间。秃头正挨着金发姊妹站在那儿，形成了不协调的对比，对比起来不协调，全然不协调的对比。徐缓、冰凉、朦胧地滑到阴影深处的海绿色，**一片淡绿蓝色**[94]。

——那天晚上弹钢琴的是可怜的古德温老爷爷，考利神父提醒他们说。他本人和那架科勒德牌三角钢琴[95]不大合得来。

是这样的。

——光听他一个人说了，迪达勒斯先生说。连魔鬼都制止不了他。喝得半醉的时候，他就成了个怪脾气的老家伙。

——哎唷，你还记得吗？本，大块头多拉德从受他惩罚的琴键前掉转身来说。而且他妈的我当时也没有婚礼服呢。

他们三个人都笑了。他没有结婚。三个全笑了。没有婚礼穿的礼服。

——那个晚上，咱们的朋友布卢姆可帮了大忙，迪达勒斯先生说。哦，我的烟斗哪儿去啦？

他踱回到酒吧间去找那支失去的和弦烟斗[96]。秃头帕特正给里奇和帕迪两位顾客送饮料。考利神父又笑了一通。

——看来是我给救了急，本。

——可不就是你嘛，本·多拉德斩钉截铁地说。我还记得那条紧巴巴的长裤的事儿。那可是个高明的主意，鲍勃。

考利神父的脸一直涨红到紫红色的耳垂儿。他打开了局面。紧巴巴的长裤。高明的主意。

——我晓得他手头紧。他老婆每星期六在咖啡宫[97]弹钢琴，挣不了几个钱。是谁来着，透露给我说，她在干着另一种行当[98]。为了寻找他们，我们不得不走遍整条霍利斯街，最后还是基奥那家店里的伙计告诉了我们门牌号码。记得吗？

本记起来了，他那张宽脸盘儿露出诧异的神情。

——哎唷，她尽管住在那样的地方，却还有赴歌剧院的豪华大氅什么的。

迪达勒斯先生手里拿着烟斗，溜溜达达地走回来了。

——梅里昂方场[99]的款式。好多件舞衣，哎唷，还有不少件宫廷服装。然而他从来不让老婆掏钱。对吧？她有一大堆两端尖的帽子、博莱罗[100]和灯笼裤。对吧？

——唉，唉，迪达勒斯先生点了点头，玛莉恩·布卢姆太太有各式各样不再穿的衣服[101]。

轻快双轮马车辚辚地沿着码头奔驰而去。布莱泽斯在富于弹性的轮胎上伸开四肢，颠簸着。

——肝和熏猪肉。牛排配腰子饼。好的，先生，好的，帕特说。

玛莉恩太太。遇见了他尖头胶皮管[102]。一股煳味儿，一本保罗·德·科克[103]的。他这个名字多好！

——她叫什么来着？倒是个活泼丰满的姑娘。玛莉恩……？

——特威迪。

——对。她还活着吗？

——活得欢实着哪。

——她是谁的闺女来着……

——联队的闺女。

——对，一点儿不假。我记起那个老鼓手长来了。

迪达勒斯先生划了根火柴，“嚓”的一声点燃了，噗地喷出一口馨香的烟，又喷出一口。

——是爱尔兰人吗？我真不知道哩！她是吗，西蒙？

然后猛吸进一口，强烈，馨香，发出一阵噼啪声。

——脸蛋儿上的肌肉……怎样？……有点儿褪了色……噢，她是……我的爱尔兰妞儿摩莉，噢[104]。

他吐出一股刺鼻的羽毛状的烟。

——从直布罗陀的岩石那儿……大老远地来的。

她们在海洋的阴影深处苦苦地恋慕着[105]，金发女侍守在啤酒泵柄旁，褐发女侍挨着野樱桃酒；两个人都陷入沉思。住在德拉姆康德拉[106]的利斯英尔高台街四号的米娜·肯尼迪以及艾多洛勒斯，一位女王，多洛勒斯[107]，都一声不响。

帕特上了菜，把罩子一一掀开。利奥波德切着肝。正如前文[108]所说的，他吃起下水、有嚼头的胗和炸雌鳕卵来真是津津有味。考立斯－沃德律师事务所的里奇·古尔丁则吃着牛排配腰子饼。他先吃牛排，然后吃腰子。他一口口地吃饼。布卢姆吃着，他们吃着。

布卢姆和古尔丁默默地相互配合，吃了起来。那是一顿足以招待王爷的正餐。

单身汉[109]布莱泽斯·博伊兰顶着太阳在溽暑中乘着双轮轻便马车，母马那光滑的臀部被鞭子轻打着，倚靠那富于弹性的轮胎，沿着巴切勒[110]便道辚辚前进。博伊兰摊开四肢焐暖着座席，心里急不可耐，热切而大胆。犄角。你长那个了吗？犄角。你长了吗？犄——犄——犄角[111]。

多拉德的嗓门儿像大管[112]似的冲来，压过他们那炮轰般的和音：

——当狂恋使我神魂颠倒之际……

本灵魂本杰明[113]那雷鸣般的声音震撼屋宇，震得天窗玻璃直颤抖着，爱情的颤抖。

——战争！战争！考利神父大声在嚷。你是勇士。

——正是这样，勇士本笑着说。我正想着你的房东[114]呢。恋爱也罢，金钱也罢。

他住了口。为了自己犯的大错，他摇晃着大脸盘上的大胡子。

——就凭你这样的声量，迪达勒斯先生在香烟缭绕中说。你准会弄破她的膜[115]，伙计。

多拉德摇晃着胡子，在键盘上大笑了一通。他是做得到的。

——且别提另一个膜了，考利神父补充说。歇口气吧。含情但勿过甚[116]。我来弹吧。

肯尼迪小姐给两位先生端来两大杯清凉烈性黑啤酒。她寒暄了一声。第一位先生说，这可真是好天气。他们喝着清凉烈性黑啤酒。她可晓得总督大人是到哪儿去吗？可曾听见蹄铁响，马蹄声。不，她说不准。不过，这会儿报的。噢，不用麻烦她啦。不麻烦。她摇晃着那份摊开的《独立报》，她寻找着总督大人。她那高高绾起的发髻慢慢移动着，寻找着总督大人。第一位先生说，太麻烦了。哪里，一点儿也不费事。喏，他就像那样盯着看。总督大人。金发挨着褐发，听见了蹄铁声，钢铁响。

——……我神魂颠倒之际
顾不得为明天而焦虑[117]。

布卢姆在肝汁里搅拌着土豆泥。《恋爱与战争》，有人就是。本·多拉德那著名的。有一天晚上，他跑来向我们借一套为了赴那次音乐会穿的夜礼服。裤子像鼓面那样紧紧地绷在他身上。一头音乐猪。他走出去之后，摩莉大笑了一阵。她仰面往床上一倒，又是尖叫，又是踢踢踹踹。这不是把他的物儿统统都展览出来了吗？啊，天上的圣人们，我真是一身大汗！啊，坐在前排的女客可怎么好！啊，我从来没笑得这么厉害过！喏，就是那样，他才能发得出那低沉的桶音[118]。比方说，那些阉人。谁在弹琴呢？韵味儿不错。准是考利，有音乐素质。无论奏什么曲调，都能理解。可是他有口臭的毛病，可怜的人。琴声停止了。

富于魅力的杜丝小姐，莉迪亚·杜丝朝着正走进来的一位先生——和蔼可亲的初级律师乔治·利德维尔鞠着躬。您好。她伸出一只湿润的、上流小姐的手，他紧紧地握住。您好。是的，她已经回来啦！又忙忙碌碌地干起来了。

——您的朋友们在里面呢，利德维尔先生。

乔治·利德维尔，和蔼可亲，像是受诱惑般地握住一只肉感的手[119]。

正如前文说过的，布卢姆吃了肝。这里至少挺清洁。在伯顿饭馆，那家伙用齿龈对付软骨。这里什么人也没有。除了古尔丁和我。干净的桌布、花儿、状似主教冠的餐巾。帕特张罗来张罗去。秃头帕特。无所事事。在都柏林市，这里最物美价廉了。

又是钢琴。那是考利。当他面对它而坐时，好像和它融为一体，相互理解。那些徒有其表、令人厌烦的乐师在弦上乱拨一气。盯着琴弓的一头，就像拉锯般地拉起大提琴，使你想起牙痛时的情景。她高声打起长的呼噜。那晚上我们坐在包厢里，幕间休息的时候，长号在下面像海豚般地喘着气；另一个吹铜管乐器的汉子拧了一下螺丝，把积存的唾沫倒出来。指挥的两条腿在松松垮垮的长裤里跳着吉格舞[120]。把他们遮藏起来还是对的。

双轮轻快马车辚辚地疾驰而去。

只有竖琴。可爱灿烂的金光。少女拨弄着它。可爱的臀部，倒很适宜蘸上点儿肉汁。黄金的船。爱琳。那竖琴也被摸过一两次。冰凉的手[121]。霍斯山，杜鹃花丛。我们是她们的竖琴。我。他。老的。年轻的。

——啊，我不行，老兄，迪达勒斯先生畏畏缩缩、无精打采地说。

得用强硬的口气。

——弹下去，妈的！本·多拉德大声嚷道。一小段一小段地来吧！

——来一段《爱情如今》[122]，西蒙，考利神父说。

他朝舞台下首迈了几大步，神情严肃，无限悲伤地摊开了长长的胳膊。他的喉结嘶哑地发出轻微的嗄声。他对着那里的一幅罩满尘土的海景画《最后的诀别》[123]柔声唱了起来。伸入大海中的岬角，一艘船，随着起伏的孤帆。再见吧。可爱的少女。她的面纱随风围着她刮，它在风中朝着岬角飘动。

考利唱道：

——爱情如今造访，

攫住我的目光……

少女不去听考利的歌声。她对那离去的心上人，对风，对恋情，对疾驶的帆，对归去者，摇着她的轻纱。

——弹下去吧，西蒙。

——哎，我的全盛时期确实已经过去了[124]，本……喏……

迪达勒斯先生将自己的烟斗搁在音叉旁边，坐下来，碰了碰那顺从的键盘。

——不，西蒙，考利神父掉过身来说。照原来的谱子来弹。一个降号[125]。

键盘乖乖地变得高昂了，诉说着，踌躇着，表白着，迷惘着。

考利神父朝舞台上首大踏步走去。

——喂，西蒙，我为你伴奏，他说。起来吧。

那辆轻快双轮马车从格雷厄姆·莱蒙店里的菠萝味硬糖果和埃尔韦里的象记商店旁边，辚辚地驰过去。

布卢姆和古尔丁俨然像王侯一般坐下来，牛排、腰子、肝、土豆泥，吃那顿适宜给王侯吃的饭。他们像进餐中的王侯似的举杯而饮鲍尔威士忌和苹果酒。

里奇说，这是迄今为男高音写的最优美的曲调：《梦游女》[126]。一天晚上，他曾听见约·马斯[127]演唱过。啊，麦古金[128]真了不起！对。有他独特的方式。少年唱诗班的味道。那少年名叫马斯。弥撒[129]少年。可以说他是抒情性的男高音。听了之后永远不会忘记，永远不会。

布卢姆消灭了肝之后，就边吃剩下的牛排，边满怀同情地看着对面那张绷起来的脸上泛出的紧张神色。他背痛。布赖特氏病患者那种明亮的目光[130]。节目单上下一个项目。付钱给吹笛手[131]。药片，像是用面包渣做成的玩意儿，一畿尼一匣。拖欠一阵再说。也来唱唱：倒在死者当中[132]。腰子饼。好花儿给[133]。赚不了多少钱。东西倒是值。鲍尔威士忌，喝起酒来挺挑剔：什么玻璃杯有碴儿啦，要换一杯瓦尔特里[134]水啦。为了省几个钱，就从柜台上捞几盒火柴。然后又去挥霍一金镑。等到该付钱的时候，却又一文也拿不出来了。喝醉了就连马车钱也赖着不给。好古怪的家伙。

里奇永远也不会忘记那个夜晚。只要他活着一天，就绝忘不掉的。在古老的皇家剧场的顶层楼座，还带着小皮克[135]。刚一奏起第一个音符。

里奇把到嘴边儿的话咽回去了。

眼下撒开弥天大谎来了。无论说什么都狂热地夸张。还相信自己的瞎话。真的深信不疑。天字第一号撒谎家。可他缺的是一份好记性[136]。

——那是什么曲子呀？利奥波德·布卢姆问。

——现在一切都失去啦[137]！

里奇噘起嘴来。可爱的猎女[138]喃喃地唱着音调低沉的序曲：一切。一只画眉。一只画眉鸟。他的呼吸像鸟鸣那样甜美，他引为自豪的一口好牙之间，以长笛般的声音唱出哀愁苦恼。失去了。嗓音圆润。这当儿两个音调融合在一起了。我在山楂谷[139]听见了画眉的啭鸣。它接过我的基调，将其糅合，变了调。过于新颖的呼声，消失在万有之中。回声。多么婉转悠扬的回音啊[140]！那是怎样形成的呢？现在一切都失去啦[141]！他哀恸地吹着口哨。垮台，降伏，消失。

布卢姆一面把花边桌垫的流苏塞到花瓶底下，一面竖起他那豹子[142]耳朵。秩序。是啊，我记得。可人的曲子。在梦游中她来到他跟前。一位沐浴在月光中的天真烂漫的少女。勇敢。不了解他们所面临的险境。然而还是把她留住吧。呼唤她的名字。摸摸水[143]。轻快双轮马车辚辚。太迟啦[144]！她巴望着去。正因为如此。女人。拦截海水倒还容易一些。是的，一切都失去啦！

——一支优美的曲子，布卢姆，忘乎所以的利奥波德说。我对它很熟悉。

里奇·古尔丁平生从来不曾。

他对这一点也一清二楚。或许已有所觉察。依然念念不忘地提他的女儿[145]。迪达勒斯曾说：只有聪明的女儿才会知道自己的父亲[146]。我呢？

布卢姆隔着他那只肝儿已经吃光了的盘子，斜眼望去。失去了一切的人的面庞。这位里奇一度也曾沉湎于狂欢作乐。他玩的那些把戏而今都已过时了。什么扇耳朵啦，透过餐巾套环[147]往外窥伺啦！现在他派儿子送出去几封告帮信。斗鸡眼的沃尔特[148]说，爹，我照办了，爹。我不想麻烦您，但我原是指望能收到一笔钱。替自己辩解。

又是钢琴。音色比我上次听到的要好些。大概调了音。又停止了。

多拉德和考利还在催促那个迟迟疑疑的歌手唱起来。

——来吧，西蒙。

——来，西蒙。

——女士们，先生们，承蒙各位不弃，我深深表示感谢。

——来，西蒙。

——我不趁钱，然而您们要是肯听的话，我就为大家唱一支沉痛的心灵之曲[149]。

在帘子的遮阴下，钟形三明治容器旁边，莉迪亚胸前插了朵玫瑰。一位褐发淑女的娴雅派头，忽隐忽现；而金发绾成高髻、沉浸在冰凉而银光闪闪的一片淡绿蓝色[150]中的米娜，在两位举着大酒杯的顾客面前也是这样。

前奏旋律结束了。拖得长长的、仿佛有所期待的和弦消失了。

——当我初见那绰约身姿时[151]……

里奇回过头去。

——西·迪达勒斯的声音，他说。

他们脑子里充满了兴奋欣喜，涨红了双颊，边听边感受到一股恋慕之情流过肌肤、四肢、心脏、灵魂和脊背。布卢姆朝耳背头秃的帕特打了个手势，叫他把酒吧间的门半开着。酒吧间的门。就是这样。这样就行了。茶房帕特在那儿听候吩咐，因为站在门口听不清楚。

——……我的悲哀似乎将消失。

一个低沉的声音穿过静寂的空气传了过来。那不是雨，也不是沙沙作响的树叶；既不像是弦音或芦苇声，又不像那叫什么来着——杜西玛琴[152]；用歌词触碰他们静静的耳朵，在他们各自宁静的心中，勾起往日生活的记忆，好哇，值得一听。他们刚刚一听，两个人的悲哀就好像分别消失了。当他们——里奇和波尔迪——初见美的女神而感到茫然时，他们从丝毫也不曾想到的人儿嘴里，第一次听到温柔眷恋、情意脉脉、无限缠绵的话语。

爱情在歌唱。古老甜蜜的情歌[153]。布卢姆缓缓地解开他那包包上的松紧带。敲响恋人那古老甜蜜的金发[154]。布卢姆将松紧带绕在四根叉开来的指头上，伸开来，松了松，又将它两道、四道、八道地绕在不安的指头上，勒得紧紧的。

——胸中充满希望欣喜……

男高音歌手能够把好几十个女人弄到手。这样他们的嗓音就洪亮了。妇女们朝他脚下投鲜花。咱们什么时候能见面呢？[155]简直让我晕头[156]。辚辚地响着，欢天喜地。他不能专为戴大礼帽的演唱。简直让你晕头转向[157]为他而擦香水。你太太使用哪一种香水。我想知道。辚辚。停下来了。敲门[158]。在开门之前，她总是先对着镜子照上最后一眼。门厅。啊，来了！你好吗？我很好。那儿吗？什么？要么就是？她的手提包里装着口香片，接吻时吃的糖果。要吗？双手去抚摩她那丰满的[159]……

哎呀，歌声高昂了，叹息着，变了调。洪亮，饱满，辉煌，自豪。

——幻梦破灭一场空虚……

他至今仍有着一副极美妙的歌喉。科克人的歌声就是柔和一些，就连土腔都是这样。傻瓜！本来能够挣到海钱的。净唱错歌词。把他老婆活活地累死了。现下他倒唱起来了。然而很难说。只有他们两个[160]在一起。只要他不垮下来。沿着林荫路还能跑出个样儿来。他的四肢也都在歌唱。喝酒吧。神经绷得太紧了。为了唱歌，饮食得有节制。詹妮·林德[161]式的汤：原汁，洋苏叶，生鸡蛋，半品脱奶油。为了浓郁的、梦幻般的歌喉。

柔情蜜意涌了上来。缓缓地，膨胀着，悸动着。就是那话儿。哈，给啦！接呀！怦怦跳动着，傲然挺立着。

歌词？音乐？不，是那背后的东西。

布卢姆缠上又松开来，结了个活扣儿，又重新解开来。

布卢姆。温吞吞、乐融融，舔光这股秘密热流，化为音乐，化为情欲，任情淌流，为了舔那淌流的东西而侵入。推倒她抚摩她拍拍她压住她。公羊。毛孔膨胀扩大。公羊。那种欢乐，那种感触，那种亲昵，那种。公羊。冲过闸门滚滚而下的激流。洪水，激流，涨潮，欢乐的激流，公羊震动。啊！爱情的语言。

——……希望的一线曙光……

喜气洋溢。女神莉迪亚一副淑女派头，尖声尖气地对利德维尔说着话。听不见，是由于希望的曙光被尖声压住了。

是《玛尔塔》。巧合[162]。我正要写信呢。莱昂内尔的歌。你这名字挺可爱。不能写。请笑纳我这份小小礼物。拨弄她的心弦，也拨弄钱包的丝带。她是个。我曾称你作淘气鬼[163]。然而这个名字：玛莎。多么奇怪呀！今天。

莱昂内尔的声音又回来了，比先前减弱了，但并不疲倦。它再一次对里奇、波尔迪、莉迪亚、利德维尔歌唱，也对那边张着嘴竖起耳朵、边等着伺候顾客的帕特歌唱。他是怎样初次瞥见那绰约的身姿，悲哀是怎样似乎消失的，她的眼神、丰韵和谈吐如何使古尔德[164]和利德维尔着迷，如何赢得了帕特·布卢姆的心。

不过，我要是能瞧见他[165]的脸就好了。意思就更清楚了。这下子我明白，当我在德雷格理发店对着镜中理发师的脸说话时，他何以总要望着我的脸了。尽管离得有点儿远，在这儿还是比在酒吧间听得真切一些。

——遇见你那温雅明眸……

我在特列纽亚的马特·狄龙家初次见到她的那个夜晚。她身穿黑网眼的嫩黄色衣衫。音乐椅[166]。最后只剩下我们两个。命运。我追在她后面。命运。慢慢腾腾地兜圈子。快点儿转吧。我们两个人。大家都看着哪。停！她坐了下来。被淘汰的面面相觑。个个咧着嘴笑着。嫩黄色的膝盖。

——我的眼睛被迷惑……

歌唱着。她唱的是《等候》[167]。我替她翻乐谱。音域广阔，香气袭人。你的丁香树，什么牌的香水。我看见了胸脯，两边那么丰腴，喉咙颤抖着。当我初见，她向我道谢。她为什么……我呢？缘分。西班牙风韵的眼睛。此时此刻，在古老的马德里[168]，多洛勒斯[169]——她，多洛勒斯，在中院儿梨树下的阴影下。望着我。引诱着。啊，诱惑着。

——玛尔塔！啊，玛尔塔！

莱昂内尔摆脱了心头的一切郁闷，以愈益深邃而愈益高昂的和谐音调，饱含着强有力的激情，唱起悲歌，呼唤着恋人归来。莱昂内尔那孤独的呼唤，她是应该能理解的；玛尔塔是应该察觉到的。因为他所等待的只有她一人。在哪儿？这儿，那儿；试试那儿，这儿；哪儿都试试看。在哪儿。在某处。

——回来吧，迷失的你！

回来吧，我亲爱的你！

孤零零的，唯一的爱。唯一的希望。我唯一的慰藉。玛尔塔，胸腔共鸣[170]，回来吧！

——回来吧！

声音飞翔着，一只鸟儿，不停地飞翔，迅疾、清越的叫声。蹁跹吧，银色的球体；它安详地跳跃，迅疾地，持续地来到了。气不要拖得太长，他的底气足，能长寿。高高地翱翔，在高处闪耀，燃烧，头戴王冠，高高地在象征性的光辉中，高高地在上苍的怀抱里，高高地在浩瀚、至高无上的光芒普照中，全都飞翔着，全都环绕着万物而旋转，绵绵无绝期，无绝期，无绝期……

——回到我这里[171]！

西奥波德！

耗尽了。

哦，唱得好。大家鼓掌。她应该来的。到我这儿，到他那儿，到她那儿，还有你，我，我们。

——妙哇！啪啪啪。真了不起，好得很，西蒙。噼啪噼啪。再来一个！噼噼啪啪。很是嘹亮。妙哇，西蒙！噼里啪啦。再来一个！再来鼓掌。本·多拉德、莉迪亚·杜丝、乔治·利德维尔、帕特、米娜[172]，面前摆着两只大酒杯的绅士、考利、拥着大酒杯的第一位绅士，还有褐发女侍杜丝小姐和金发女侍米娜小姐，个个不住地说啊，叫唤啊，拍手啊！

布莱泽斯·博伊兰那双款式新颖的棕黄色皮鞋橐橐地走在酒吧间地板上，这在前边已说过了。正如适才所说的，轻快双轮马车辚辚地从约翰·格雷爵士、霍雷肖·纳尔逊和可敬的西奥博尔德·马修神父的雕像前驰过。马儿颠颠小跑着，热腾腾的，坐在那儿也热腾腾的。**那口钟。敲响。那口钟。敲响**[173]。母马略减速度，沿着拉特兰广场圆堂旁的小丘徐徐前进。母马一颠一摇地向前踱着。对情绪亢奋的博伊兰，急不可待的博伊兰来说，真是太慢了。

考利的伴奏结束了，缭绕的余音消失在充满感性的空气中。

里奇·古尔丁呢，就饮着他那鲍尔威士忌，利奥波德·布卢姆呷着他的苹果酒，利德维尔则啜着他那吉尼斯啤酒。第二位绅士说，倘若她不介意的话，他们很想再喝上两大杯。肯尼迪小姐那珊瑚般的嘴唇对第一位和第二位绅士冷冰冰地露出装腔作势的笑容，说她并不介意。

——把你在牢里关上七天，本·多拉德说。光靠面包和水来过活。西蒙，那样你就会唱得像花园里的一只画眉。

莱昂内尔·西蒙，歌手，笑了。鲍勃·考利神父弹琴。米娜·肯尼迪伺候着。第二位绅士会的钞。汤姆·克南大摇大摆地走了进来。莉迪亚既赞赏又博得赞赏。布卢姆唱的却是一支沉默之歌。

赞赏着。

里奇边赞赏边畅谈那个人的非凡的嗓子。他记得多年以前的一个夜晚。他永远也忘不了那个夜晚。那一次，西在内德·兰伯特家演唱《地位名声》[174]。天哪，他平生从没听到过那样的旋律。从来没听到过把“*宁可分手，负心人*”那句唱得那么美妙。天哪，唱“*爱情既已不复存*”时，歌喉是那样婉转清越。问问兰伯特，他也会这么说。

古尔丁那张苍白的脸兴奋得泛红了。他告诉布卢姆先生说，那个夜晚西·迪达勒斯在内德·兰伯特家演唱《地位名声》。

内兄。亲戚。我们擦身而过，彼此从不过话[175]。我想，他们之间有着不和的前兆[176]。他以轻蔑态度对待他。然而，他对他却越发仰慕。西演唱的那个夜晚。他用喉咙唱出的歌声宛如由两根纤细的丝弦奏出来的，比其他任何人都出色。

那是哀叹的声音。现在平稳一些了。只有在静寂中，你才能感受自己所听到的。震颤。而今是沉默之曲。

布卢姆把十指交叉的双手松开来，用皮肤松弛的指头拨响那细细的肠线[177]。他将线拽长并拨响，发出嗡嗡声，然后又嘭的一声。这当儿，古尔丁谈起巴勒克拉夫[178]的发声法。汤姆·克南按照回顾性的编排[179]，有条不紊地向洗耳恭听着的考利神父谈着往事。神父正即兴弹奏着，边弹边点头。这当儿，身材魁梧的本·多拉德点上烟，和正抽着烟的西蒙·迪达勒斯聊了起来。他抽烟时，西蒙点着头。

失去了的你[180]。这是所有的歌的主题。布卢姆把松紧带拽得更长了。好像挺残酷的。让人们相互钟情，诱使他们越陷越深。然后再把他们拆散。死亡啦。爆炸啦。猛击头部啦。于是，就堕入地狱里去。人的生命。迪格纳穆。唔，老鼠尾巴在扭动着哪！我给了五先令。**天堂里的尸体**[181]。秧鸡般地咯咯叫着。肚子像是被灌了毒药的狗崽子。走掉了。他们唱歌。被遗忘了。我也如此。迟早有一天，她也。撇下她。腻烦了。她就该痛苦啦。抽抽噎噎地哭泣。那双西班牙式的大眼睛直勾勾地望空干瞪着。她那波一浪一状、沉一甸一甸的头发不曾梳理[182]。

然而幸福过了头也令人腻烦。他一个劲儿地拽那根松紧带。你在自己家里不幸福吗？它"啪"的一声绷回去了。

车子辚辚地驶进多尔塞特街。

杜丝小姐抽回她那裹在缎袖里的胳膊，半嗔半喜。

——别这么没深没浅的，她说。咱们不过是刚刚相识。

乔治·利德维尔告诉她，这是千真万确的，然而她不相信。

第一位绅士告诉米娜，确实是这样的。她问他，真是这样的吗？第二个握着大酒杯的人告诉她是这样的。那么就是这样的。

杜丝小姐，莉迪亚小姐，不曾相信。肯尼迪小姐，米娜，不曾相信。乔治·利德维尔，不，杜丝小姐不曾。第一个，第一个握着大酒杯的绅士；相信，不，不；

不曾，肯尼迪小姐，莉迪莉迪亚维尔，大酒杯[183]。

还不如在这里写呢。邮政局里的鹅毛笔不是给嚼瘪了，就是弄弯了。

秃头帕特在示意下凑了过来。要钢笔和墨水。他去了。要吸墨纸本[184]。他去了。吸墨水用的本子。他听见了，耳背的帕特。

——对，布卢姆先生边摆弄那卷曲的肠线边说。没错儿。写上几行就行啦。我的礼物。意大利的华丽音乐都是这样的。这是谁写的呀？要是知道那名字，就能理解得更透彻一些。（若无其事地掏出信纸信封）那富于特征。

——那是整出歌剧中最壮丽的乐章[185]，古尔丁说。

——确实是这样，布卢姆说。

都是数目[186]！想想看，所有的音乐都是如此。二乘二除二分之一等于两个一[187]。这些是和弦，产生振动。一加二加六等于七[188]。你可以随心所欲地用这些数字变换花样。总能发现这个等于那个。墓地墙下的匀称[189]。他没注意到我的丧服。没有心肝！只关心自己的胃[190]。冥想数学[191]。而你还认为自己在倾听天体音乐哪。然而，倘若你这么说：玛莎，七乘九减 X 等于三万五千。这就平淡无奇了。那全凭的是音。

比方说，现在他正弹着。是即兴弹奏。听到歌词之前，你还以为正是你自己心爱的曲子呢。你很想留神[192]聆听。用心听。开头蛮好。接着就有些走调了。觉得有点儿茫然了。钻进麻袋又钻出来，跨过一只只的桶，跨越铁蒺藜，进行一场障碍竞走。时间会谱成曲调。问题在于你的心境[193]如何。总之，听音乐总是愉快的。除了女孩子们的音阶练习外。隔壁人家，两个女学生一道。应该为她们发明一种不出声的钢琴。米莉不会欣赏音乐。奇怪的是我们两个人都……我的意思是。我为她买过《花赞》[194]。这个谱名[195]。有个姑娘慢慢地弹奏它，当我晚上回家来的时候，那个姑娘。塞西莉亚街附近那几座马厩的门。

秃头耳背的帕特送来十分扁平[196]的吸墨纸本和墨水。帕特将十分扁平的吸墨纸本和墨水钢笔一道撂下。帕特拿起盘子刀叉。帕特走了。

——那是唯一的语言，迪达勒斯先生对本说。他小时候在林加贝拉，克罗斯黑文，林加贝拉[197]听到过人们唱船歌。王后镇[198]港口挤满了意大利船。喏，本，他们在月光下，头戴地震帽[199]走来走去。歌声汇在一起。天哪，那可是了不起的音乐。本，我小时听过。穿越林加贝拉港的月夜之歌[200]。

他撂开乏味的烟斗，一只手遮拢在唇边，咕呜呜地发出月光之夜的呼唤，近听清晰，远方有回声。

布卢姆用另一只眼睛[201]，将卷成指挥棒形的《自由人报》浏览到下端，想查明那是在哪儿见到的。卡伦、科尔曼、迪格纳穆·帕特里克。嗨嗬！嗨嗬！福西特。哎呀！我要找的就是这个。

但愿他[202]没望见，机敏得像耗子一般。他把《自由人报》打开，竖起。这下子就瞅不见了。记住要写希腊字母 E[203]。布卢姆蘸了墨水。布卢姆嘟囔道：台端。亲爱的亨利写道：亲爱的玛迪[204]。收到了你的信和花。见鬼，我把它放在哪儿啦？哪个兜儿里哪。今天完全不可能。要在不可能下面画个杠杠。写信。

这可为难了。面有难色的布卢姆把帕特送来的扁平吸墨纸本当作手鼓似的轻敲着，那指头就表示我正在考虑着。

写下去。懂我的意思吧。不，把那个 E 换掉。奉上薄礼，请哂纳。别要求她写回信。等一下。给了迪格纳穆五先令。在这家店约莫要花上两先令。在海鸥身上花了一便士。以利亚来啦。在戴维·伯恩的酒吧开销了七便士。总计八先令左右。给半克朗吧。奉上薄礼：价值两先令六便士的邮政汇票。请给我写一封长信[205]。你不屑于吗？辚辚，难道你长了那个吗？真是兴奋呀。你为什么叫我淘气鬼？你不也是个淘气鬼吗？哦，玛丽亚丢了带子[206]。今天就写到这里为止，再见。是的，是的，会告诉你的。想要。才能不让它脱落。请告诉我那另一个[207]。她写道：那另一个世界。我的耐心耗尽。才能不让它脱落。你一定要相信。相信。大酒杯。那。是。真的。

我写的是些蠢话吗？丈夫们是不会这么写的。结了婚，有了老婆，就得那样。因为我不在。倘若。可是，怎样能做到呢？她必须，保持青春。倘若她发现了夹在我那顶礼帽里的卡片。不，我才不一股脑儿告诉她呢。无益的痛苦。只要她们没撞上。女人们。半斤八两[208]。

家住多尼布鲁克－哈莫尼大街一号的车夫詹姆斯·巴顿所赶的第三百二十四号出租马车上，坐着一位乘客，一位年轻绅士。他那套款式新颖的靛蓝色哔叽衣服是住在伊登码头区五号的缝纫兼剪裁师乔治·罗伯特·梅西雅斯[209]做的，而头上戴的那顶极其时髦漂亮的草帽子是从大布伦斯维克街一号的帽商约翰·普拉斯托那儿买的。呃？这就是那辆轻轻颠摇着辚辚前进的轻快双轮马车。母马扭动着壮实的屁股，从德鲁加茨猪肉店和阿根达斯公司那锃亮的金属管子旁边驰过。

——是为广告的事写回信吗？里奇目光锐利地问布卢姆。

——是的，布卢姆先生说。是给市内的旅行推销员，我估计搞不出什么名堂来。

布卢姆嘟哝着：提供的线索倒都是最好的[210]。然而亨利却写道：这会使我兴奋。你晓得个中情况。匆致。亨利。写希腊字母 E。最好加个附言。他在弹什么哪？即兴的间奏曲。附言：啷当当。你要怎样来惩罚我？你要惩罚我[211]？歪歪拧拧的裙子在摇来摆去，嘭嘭[212]。告诉我，我想。知道[213]。噢。当然喽，假若我不想知道的话，也就不会问了。拉、拉、拉、来。进入小调就悲怆地消失了。小调为什么就悲怆呢？签上 H。女人们都喜欢来个悲怆的结尾。再加个附言：拉、拉、拉、来。今天我感到那么悲伤。拉、来。那么孤寂。亲[214]。

他赶紧用帕特的吸墨纸吸了一下。信封。地址。从报纸上抄一个就是了。他嘴里念念有词：卡伦－科尔曼股份有限公司台启。亨利却写道：

都柏林市

海豚仓巷邮政局收转

玛莎·克利弗德小姐

用已经印有字迹的部分来吸，这样他[215]就认不出了。就这样。蛮好。这可以做《珍闻》悬赏小说的主题。某位侦探从吸墨纸上读到了什么。稿费每栏一畿尼。马查姆经常想起大笑着的魔女[216]。可怜的普里福伊太太。万事休矣。完蛋[217]。

用悲怆一词，未免太富有诗意了。这是音乐使然。莎士比亚说过：音乐有一种魔力[218]。一年到头每天都在引用的名句。生存还是毁灭，这是一个值得考虑的问题[219]。智慧出自等待。

他在杰勒德那座位于费特小巷的玫瑰花圃里散步，赤褐色的头发已灰白了。人生只有一次，肉体只有一具。干吧。专心致志地干[220]。

反正已经干完啦。邮政汇票，邮票。邮政局还在前面哪。这次走去吧。时间还来得及。我答应在巴尼·基尔南的酒店跟他们见面的。这可不是什么愉快的差事。办丧事的家[221]。走呀。帕特！听不见。这家伙是个耳聋的笨蛋。

马车快到那儿了。聊聊吧。聊聊吧。帕特！听不见。在折叠那些餐巾哪。他每天准得走一大片地。要是在他的后脑勺上画张脸，他就成两个人了。但愿他们再唱些歌儿，我也好排遣一下。

面有难色的秃头帕特将一条条餐巾都折叠成主教冠的形状。帕特是个耳背的茶房。当你等候着时，帕特这位茶房服侍你。嘻嘻嘻嘻。你等候时，他服侍。嘻嘻。他是个茶房。嘻嘻嘻嘻。他服侍，而你在等候。当你等候时，倘若你等候着，他就服侍，在你等候的当儿。嘻嘻嘻嘻。唏。你等候时，他服侍[222]。

这会子，杜丝。杜丝·莉迪亚。褐发与玫瑰。

她的假日过得好极啦，简直好极啦！瞧瞧她带回来的这枚可爱的贝壳。

她轻悄悄地将那尖而弯曲的海螺拿到酒吧间另一头，好让他，律师乔治·利德维尔，能够听见。

——听啊！她怂恿他。

随着汤姆·克南那被杜松子酒醺热了的词句，伴奏者缓慢地编织着音乐。确凿的事实。沃尔特·巴普蒂[223]的嗓子是怎样失灵的。喏，先生，那个做丈夫的一把卡住了他的喉咙。恶棍，他说，**再也不让你唱情歌啦！**果不其然，汤姆先生。鲍勃·考利编织着。男高音歌手把女人弄到手。考利把身子往后一仰。

啊，现在他听见了，她捧起海螺对准他的耳朵。听哪！他倾听着。真精彩。她又把它对着自己的耳朵。借着那透过来的光线，淡金色的头发一晃而过，形成对照。听一听。

笃，笃。

布卢姆隔着酒吧间的门，瞥见她们将一枚海螺对准自己的耳朵。他微微听到：她们先是各自，接着又替对方听见了波浪的迸溅、喧噪，以及深沉的海啸。

褐发女侍挨着金发女侍，从近处，从远处，她们聆听着。

她的耳朵也是一枚贝壳，有着耳垂儿。曾经去过一趟海滨。海滨那些俏丽的姑娘[224]。皮肤被太阳晒得辣辣作痛。应该先擦点冷霜晒成棕色就好了。涂了奶油的烤面包片。哦，可别忘了那化妆水。她嘴角上长了疱疹。简直让你晕头转向[225]。头发梳成辫子。贝壳上缠着海藻。她们为什么要用海藻般的头发遮住耳朵呢？而土耳其妇女甚至还遮住嘴。为什么？她那双眼睛露在布巾上面。面纱。找入口。那是个洞穴。闲人免进。

她们自以为能听到海的声音。歌唱着。咆哮。这是血液的声音。有时淌进耳腔。喏，那是海洋。血球群岛。

真了不起。那么清晰。又冲过来了。乔治·利德维尔边听边捕捉着它那低诉，随听随将它轻轻地撂开。

——你说那惊涛骇浪在说着什么[226]？他笑吟吟地问她。

娇媚，面上泛着海洋般的微笑，莉迪亚却不回答。她只对利德维尔微笑着。

笃，笃。

从拉里·奥罗克那爿酒店旁边，从拉里，果敢的拉里·奥旁边，博伊兰颠簸着走过，博伊兰拐了个弯儿。

米娜从那被抛弃的海螺旁边翩然来到正等待着她的那大酒杯跟前。不，她并不怎么寂寞，杜丝小姐的头昂然地告诉利德维尔先生。月光下在海滨散步。不，不是一个人。跟谁一道呀？她气势轩昂地回答说：跟一位绅士朋友。

鲍勃·考利那疾迅动着的手指又在高音部弹奏起来了。房东有优先权。只消宽限几天[227]。高个子约翰。大本钟[228]。他轻轻地弹奏一支轻松明快清脆的调子，为了脚步轻快、调皮而笑容可掬的淑女们，也为了他们的情郎，绅士朋友们。一。一、一、一、一、一。二、一、三、四。

海、风、树叶、雷、河水、哞哞叫的母牛、牲畜市场、公鸡、母鸡不打鸣儿、蛇发出嘶嘶声。世上处处都有音乐。拉特利奇的门吱吱响。不，那只是噪声。他现在正弹着《唐璜》的小步舞曲。在城堡那一间间大厅里翩翩起舞的宫廷那五颜六色的服饰，外面却是悲惨的庄稼人，他们饥肠辘辘，面带菜色，吃的是酸模叶子。多好看。瞧，瞧，瞧，瞧，瞧，瞧。你们朝我们瞧。

我能感觉到那是欢乐的。从来不曾把它写成个曲子。为什么呢？我的欢乐是另一种欢乐。不过，两种都是欢乐。是啊，那无疑是欢乐。单从音乐这一事实来考虑，也能明白这一点。我常常以为她[229]情绪低落，可她又欢唱起来了。这下子我才恍然大悟。

麦科伊的手提箱。我太太和你太太[230]。喵喵叫的猫声。如裂帛。她说起话来舌头就像风箱的响板似的。她们无法掌握男人的音程[231]。她们自己的声音也有漏气的时候。把我填满了吧。我是热乎乎、黑洞洞而且敞着口的。摩莉唱着《什么人……》[232]梅尔卡丹特[233]。我把耳朵贴在墙上听。要的是一位能孚众望的女性。

马儿缓步前进，颠簸，轻摇，停住。花花公子博伊兰那棕黄色的鞋、短袜、跟部绣着天蓝色花纹，轻盈地踏在地面上。

噢，瞧咱们这副打扮！室内音乐。可以编个双关的俏皮话。当她那个的时候，我常想起这种音乐。那是声学。丁零零。空的容器发出的响声最大。因为从声学上来说，共鸣就像水压相等于液体下降的法则那样起变化的。正如李斯特所作的那些狂想曲。匈牙利味儿，吉卜赛女人的眼睛。珍珠。水滴。雨。快快摇啊，混作一团，一大堆啊，嘘嘘嘘嘘。现在。多半是现在。要么就更早一些[234]。

有人笃笃敲门，有人砰砰拍。他，保罗·德·科克[235]拍了。用响亮、高傲的门环，咔呵、咔啦咔啦咔啦、咔呵。咔呵咔呵[236]。

敲。笃，笃。

——唱"这里，愤怒"[237]吧？考利神父说。

——不，本，汤姆·克南插嘴说。来《推平头的小伙子》，用咱们爱尔兰土腔。

——啊，本，还是唱吧，迪达勒斯先生说。地道的好男儿[238]。

——唱吧，唱吧，他们齐声央求着。

我该走啦！喂，帕特，再过来一次。来呀。他来了，他来了。他走过去了。到我这儿来。多少钱？

——什么调？是六个升号吗？

——升F大调，本·多拉德说。

鲍勃·考利那双摊开来的利爪抓住了低音的黑键。

布卢姆对里奇说，他该走了。不，里奇说。不，非走不可。不知打哪儿弄到了一笔钱。打算纵酒取乐，一直闹到脊背都痛了。多少钱？他听人说话，总是靠观察嘴唇的动作。一先令九便士。其中一便士是给你的。放在这儿啦。给他两便士小费。耳聋，面带困惑神情。然而他的老婆和一家人也许在等候，等候[239]帕特回家来。嘿嘿嘿嘿。一家人等候的当儿，聋子伺候着。

然而等一下。然而听哪。阴暗的和弦。阴—郁—的。低低的。在地底下黑暗的洞穴里。埋着的矿砂。大量的音乐。

黑暗时代的声音，无情的声音，大地的疲惫，使得坟墓接近，带来痛苦。那声音来自远方，来自苍白的群山，呼唤善良、地道的人们。

他要找神父。要跟神父说一句话[240]。

笃笃。

本·多拉德的嗓门儿。低沉的桶音[241]。使出他浑身的解数来唱。男人、月亮和女人都没有的辽阔沼泽地，一片蛙叫声。另一个失落者。他一度做过海船的船具零售商。还记得那些涂了树脂的绳索和船上的提灯吧。亏空了一万镑。如今住在艾弗救济院[242]里。一间斗室，多少多少号。都怪巴斯厂生产的头号啤酒，把他害到这地步。

神父在家里。一个冒牌神父的仆役把他迎了进去。请进。圣洁的神父。奸细仆役深打一躬[243]。和弦那缭绕的尾音。

毁了他们。使他们倾家荡产。然后给他们盖点子斗室，让他们在那里了此一生。睡吧，乖乖。唱支摇篮曲。死吧，狗儿。小狗崽，死吧。

警告声，严峻的警告声告诉他们：那个小伙子已走进那间阒然无人的大厅，告诉他们他的脚步声如何庄重地在那儿响着，向他们描述那间昏暗的屋子和那位身着长袍、坐在那里听取忏悔的神父[244]。

正派人[245]。眼下有几分醉意。他自以为能在诗人画谜活动的《答案》[246]中获奖。我们奉送你一张崭新的五镑纸币。抱窝的鸟儿。他认为答案是《最末一个游吟诗人之歌》[247]。C 空白 T，打一只家畜[248]。T 破折号 R 是最勇敢的水手[249]。他依然有副好嗓子。既然拥有这一切，正说明他还不是个阉人。

听哪。布卢姆在听。里奇·古尔丁在听。而门口，耳聋的帕特，秃头的帕特，拿到了小费的帕特也在听着。

和弦变得缓慢一些了。

忏悔与悲伤的声音徐徐传来，这是被美化了的、发颤的声音。本那副悔悟的胡子做着告解。因天主之名，因天主之名。他跪了下来。用手捶胸，忏悔着：我的罪过[250]。

又是拉丁文。那就像粘鸟胶一样鳔住人们。神父手里拿着赐给妇女们的圣体。停尸所里的那个家伙。棺材或者科菲[251]，因尸体之名[252]。那只老鼠如今在哪儿哪？嘎吱嘎吱。

笃笃。

他们倾听着。大酒杯们和肯尼迪小姐。眼睑富于表情的乔治·利德维尔。乳房丰满的缎子[253]。克南。西[254]。

哀伤的声音叹息着唱了起来。罪过。复活节以来他曾诅咒过三次[255]。你这婊子养的杂种[256]！有一次举行弥撒的时候，他却游荡去了。有一次他路过坟地，却不曾为亡母的安息而祈求冥福。一个小伙子。一个推平头的小伙子。

正在啤酒泵旁边倾听的褐发女侍定睛望着远方。全神贯注地。她一点儿也料不到我正在瞧着她呢。摩莉最有本事发觉瞅自己的人了。

金发女侍斜睨着远处。那儿有一面镜子。那是她最俊俏的半边脸蛋儿吗？她们总是知道的。有人敲门。最后再找补一下。

咔呵咔啦咔啦。

听音乐的时候，她们都想些什么呢？捕追响尾蛇的方法。那天晚上，迈克尔·冈恩[257]让我们坐在包厢里。乐队开始对音。波斯王[258]最喜欢这支曲子了。使他联想到《家，可爱的家》[259]。他还曾用帷幕揩鼻涕。也许是他那个民族的习惯。那也是一种音乐。并不像说得那样糟糕。呜——呜——。铜管乐器朝上的管子发出驴叫般的声音。低音提琴的侧面有着深长的切口[260]，奄奄一息。木管乐器[261]像母牛似的哞哞叫。掀起盖子的小三角钢琴有如张着上下颚的鳄鱼，音乐就从那里发出。木管乐器像是古德温[262]这个姓。

她看上去蛮漂亮。橘黄色的上衣，领子开得低低的，袒露着胸部。当她在剧场里弯下身去问什么的时候，总是发散出一股丁香气味。我把可怜的爸爸那本书里所引的斯宾诺莎[263]那段话，讲给她听了。她仔细听着，就像被催眠了似的。就是那样的眼神。弯着身子。二楼包厢一个家伙拼命用小望远镜盯着她。音乐的美你得听两次才能领略到。对大自然和女人，只消瞥上半眼。天主创造了田园。人类创造了曲调[264]。遇见了他尖头胶皮管[265]。哲学。哦，别转文啦[266]！

全都完啦。全都倒下啦。他的父亲死在罗斯包围战[267]中，他的哥哥们都是在戈雷倒下的。到韦克斯福德去。我们是韦克斯福德的小伙子，他非去不可。他是这个姓氏和家族中最后的一个。

我也一样，是我这个家族的最后一个。米莉，年轻学生。喏，也许怪我。没有儿子。鲁迪。如今已太迟了。哦，要是不太迟呢？要是不呢？要是还成呢？

他没有怨恨[268]。

恨。爱。那些不过是名词而已。鲁迪。我快要老了。

大本钟放开了嗓门儿。里奇·古尔丁那苍白的脸上好不容易泛出了一片红晕，对快要老了的布卢姆说：了不起的嗓子。然而，什么时候又年轻过呢？

爱尔兰的时代到来了。我的国家在国王之上[269]。她倾听着。谁害怕谈到一九〇四年[270]？该开溜啦。看够了。

——祝福我，爸爸，推平头的小伙子多拉德大声嚷道。祝福我，让我去吧[271]！

笃笃。

布卢姆窥伺着不等祝福就溜掉的机会，着意打扮起来，好把人迷住。周薪十八先令。掏腰包的一向是男人们。你时刻可得留神着。那些姑娘，那些俏丽的[272]。挨着令人伤感的海浪[273]。歌剧合唱队女队员的风流韵事。为了证实毁约而在法庭上宣读信件。鸡宝宝的意中人。法庭上哄堂大笑。亨利。我从来没有在那上面签过名。你这个名字有多么可爱[274]。

音乐的曲调和唱词都变得低沉了，随后又转快。冒牌神父窸窸窣窣地脱掉长袍，露出戎装。义勇骑兵队队长。他们全都背下来了。他们所渴望的那阵狂喜。义勇骑兵队队长。

笃笃。笃笃。笃笃。

她激动地倾听着，探出身子去听，起着共鸣。

脸上毫无表情。该是个处女吧。要么就只是用手指摸过。在上面写点什么：页数。不然的话，她们会怎样呢？衰弱。绝望。让她们青春常在。甚至自我赞赏。瞧吧。在她身上弹奏。用嘴唇来吹。白皙的女人身子，一支活生生的笛子。轻轻地吹。大声地吹。所有的女人都有三个眼儿。那位女神怎样，我没瞧见。她们要的就是这个。不宜对她们太客气。也正因为这样，他[275]才能把她们搞到手。兜里揣着金子，脸皮[276]要厚。说点儿什么。让她听着。眉来眼去。无词歌[277]。摩莉和那个年轻的轮擦提琴[278]手。当他说猴子病了，她晓得他指的是什么。或许由于那和西班牙语很接近。照这样，对动物也能有所理解。所罗门就理解[279]。这是天赋的能力。

用腹语术讲话。我的嘴唇是闭着的。在肚子里思考。想些什么呢？

怎么样？你呢？我。要。你。到。

队长粗暴、嗄声愤怒地咒骂着：你这长了肿瘤、中了风、婊子养的杂种。小伙子，你来得好。你还有一个钟头好活，你最后的[280]。

笃笃。笃笃。

此刻心里怦怦地跳着。她们觉得可怜。要揩拭那渴望为死去的殉难者而流下的一滴眼泪。为所有即将死去者，为所有出生者。可怜的普里福伊太太。但愿她已分娩。因为她们的子宫。

用女人那子宫的液体润湿了的眼球，在睫毛的篱笆下安详地注视着，聆听着。当她不说话的时候，眼睛才显出真正的美。在那边的河上[281]。每逢裹在缎衣里的酥胸波浪般缓缓地起伏（她那一起一伏的丰腴魅力[282]），红玫瑰也徐徐升起，红玫瑰又徐徐落下。随着呼吸，她的心脏悸动着。呼吸就是生命。处女发[283]所有那些细小、细小的纤叶都颤动着。

可是，瞧！灿烂的星辰褪了色。哦，玫瑰！卡斯蒂莉亚。破晓[284]。

哈。利德维尔。那么，为的是他而不是为[285]。迷上了。我是那个样儿吗？不过，从这儿望望她吧！"砰"的一声拔掉的瓶塞，迸溅出来的啤酒泡沫儿，堆积如山的空瓶子。

莉迪亚那丰满的手轻轻地搭在啤酒泵突出来的光滑挺棍上。交给我吧。她完全沉浸在对推平头的那个少年的怜悯中。后，前；前，后。在打磨得锃亮的球形捏手（她晓得他的眼睛、我的眼睛、她的眼睛）上，怀着怜悯搬动着她的大拇指和食指。搬动一下又停下来，文雅地摸了摸，然后极其柔和地顺着那冰冷、坚硬的白色珐琅质挺棍慢慢滑下去。挺棍从两根手指形成的光滑的环里突了出来。

喀呵一声，咔啦一声。

笃笃。笃笃。笃笃。

我保有这座房子。阿门。他气得咬牙切齿。叛徒们将被绞死[286]。

和弦随声附和了。非常悲戚。然而无可奈何。

别等完就走吧。谢谢，真是不同凡响啊！我的帽子在哪儿？从她身边走过去。可以把那张《自由人报》撂下。信我带着哪。倘若她对我[287]？不会的。步行，步行，步行。像卡什尔·博伊罗·康诺罗·科伊罗·蒂斯代尔·莫里斯·蒂逊代尔·法雷尔[288]。步——行。

喏，我得走了。你要走了吗？嗯，得告辞啦！布卢姆站了起来。裸麦上空高且蓝[289]。噢。布卢姆站了起来。屁股后边那块肥皂怪黏糊糊的。准是出汗了。音乐。可别忘记那化妆水。那么，再见。高级帽子。里面夹着卡片。对。

布卢姆从站在门口紧张地竖起耳朵的聋子帕特身边走过去。

小伙子在日内瓦兵营丧命。他的遗体葬在帕塞吉[290]。悲伤！哦，他感到悲伤[291]！哀恸的领唱人的声音向哀伤的祷告者呼唤。

从玫瑰花、裹在缎衣里的酥胸、爱抚的手、溢出的酒以及"砰"的一声崩掉的塞子旁边，布卢姆一面致意一面走过去，经过一双双眼睛，经过海绿色阴影下的褐色和淡金色的处女发。温柔的布卢姆，我感到很孤寂的布卢姆。

笃笃。笃笃。笃笃。

多拉德用男低音祷告道：为他祈祷吧！你们这些在平安中聆听的人。低声祈祷，抹一滴泪，善良的男人，善良的人们。他生前是个推平头的小伙子[292]。

布卢姆把正在那儿偷听的擦鞋侍役，推平头的擦鞋小伙子吓了一跳。他在奥蒙德的门厅里听见叫嚷和喝彩的声音和用胖嘟嘟的手拍着脊背的响声以及用靴子跺地板的声音，是靴子，而不是擦鞋侍役。大家异口同声地喊着要狂饮一通。亏得我逃脱了。

——喂，本，来吧，西蒙·迪达勒斯大声说。千真万确，你唱得跟过去一样好。

——更好哩，正喝着杜松子酒的汤姆·克南说。我敢担保，再也没有人能把这民歌唱得如此淋漓尽致的了。

——拉布拉凯[293]，考利神父说。

本·多拉德像是跳卡丘查舞[294]似的迈着沉重的步子，将他那庞大身躯移向酒吧。盛赞之下，他喜气洋洋，患痛风症的手指仿佛击响板[295]一般，望空摆动着，打出种种节奏。

大本钟本·多拉德。大本本。大本本[296]。

噜噜噜[297]。

大家深为感动。西蒙从他那宛如雾中警号筒的鼻子里哼出表示共鸣的声音，人们朗笑着，把情绪极高的本·多拉德簇拥过来。

——你看上去红光满面，乔治－利德维尔说。

杜丝小姐先整了整玫瑰花，再来服侍他们。

——**我心中的山峰**[298]，迪达勒斯先生拍了拍本那肥厚的后肩胛骨说，很结实[299]，不过身上藏的脂肪太多了点儿。

噜噜噜噜噜——嘶——。

——致命的脂肪啊，西蒙，本·多拉德瓮声瓮气地说。

里奇独自坐在不和的前兆[300]中。古尔丁－科利斯－沃德。他犹豫不决地等在那儿。没有拿到钱的帕特也在等着。

笃笃。笃笃。笃笃。笃笃。

米娜·肯尼迪小姐将嘴唇凑到一号大酒杯的耳边。

——多拉德先生，那嘴唇小声咕唧着。

——多拉德，大酒杯咕唧着。

当肯尼迪小姐说那是多拉的时候，一号大酒杯相信了。她、多拉。大酒杯。

他喃喃地说。他晓得这个名字。那就是说，他对这个名字很熟悉。也即是说，他听说过这个名字。是多拉德吗？多拉德，对。

是的，她的嘴唇说得大声一些，多拉德先生。米娜喃喃地说，那首歌他唱得很可爱。多拉德先生。而《夏日最后的玫瑰》是一支可爱的歌。米娜爱这支歌。大酒杯爱米娜所爱的歌。

那是多拉德撇下的夏日最后的玫瑰。布卢姆感到肠气在腹中回旋。

苹果酒净是气体，还会引起便秘。等一等。吕便·杰家附近的那家邮局。交一先令八便士。把这档子事解决了吧。为了避人耳目，沿着希腊街绕过去。我要是没跟他约会就好了。在户外更自由自在。音乐。刺激你的神经。啤酒泵。她那只推摇篮的手支配着。霍斯山。支配着世界[301]。

遥远。遥远。遥远。遥远。

笃笃。笃笃。笃笃。笃笃。

莱昂内尔·利奥波德[302]沿着码头朝上游走去，淘气的亨利揣着写给玛迪的信。波尔迪往前走去，拿着《偷情的快乐》，其中提到为了拉乌尔的那条镶有褶边的裙子[303]，还想着遇见了他尖头胶皮管[304]。

笃笃的盲人，笃笃地敲着走，笃笃地一路敲着边石，笃笃又笃笃。

考利给弄得发晕了。像是喝醉了。男人摆弄姑娘[305]，不如适可而止。比方说，那些狂热的听众。全身都是耳朵。连三十二分音符都不肯听漏。双目紧闭。随着节拍不时点着头。神魂颠倒了。你一动也不敢动。切不可思考。三句话不离本行。扯来扯去是关于音调的无聊话。

全都是在试着找个话题。一中断就会引起不快，因为你很难说。加德纳大街上的那架风琴。老格林每年有五十英镑的进项[306]。他好古怪，独自住在那小阁楼里，又是音栓，又是制音器，又是琴键。成天坐在管风琴跟前[307]。一连唠叨[308]上几个钟头，不是自言自语，就是跟那个替他拉风箱[309]的人说话。忽而低声怒吼，忽而尖声咒骂（他要塞进点儿什么，她大声说：不行[310]。）接着，突然轻轻地释放出很小很小的“噼”的一股气。

噼！很小的噼咿咿的一股气。在布卢姆的小不点儿里。

——是他吗？迪达勒斯先生取回烟斗说。今天早晨我跟他在一起来着，在可怜的小帕狄・迪格纳穆的……

——哎，愿天主降仁慈于他。

——顺便提一下，那上头有个音叉……

笃笃。笃笃。笃笃。笃笃。

——他的老婆有副金嗓子。也许应该说是曾经有过。对吧？利德维尔问。

——哦，那准是调音师忘掉的，莉迪亚对头一个看到[311]音叉的西蒙・莱昂纳尔说。他刚才到这儿来过。

她告诉第二个看到音叉的乔治・利德维尔说，那是个盲人。弹得非常精彩，听来很有味道。灿烂的对照：褐发女莉迪亚，米娜金发女。

——大声喊啊！本・多拉德边斟酒边嚷道。唱出声儿来！

——我来！考利神父大声说。

噜噜噜噜噜噜。

我觉得我想要……

笃笃。笃笃。笃笃。笃笃。笃笃。笃笃。

——非常想要，迪达勒斯先生直勾勾地盯着一条没有头的沙丁鱼说。

在钟形三明治容器下面，在面包搭成的尸架上，停放着夏日最后的一条沙丁鱼，最后的，孤零零的。布卢姆孤零零地[312]。

——好得很，他盯着。尤其是低音区。

笃笃。笃笃。笃笃。笃笃。笃笃。笃笃。笃笃。笃笃。

布卢姆贴着巴里服装公司踱去。但愿我能够。等一等。我要是能把那个创造奇迹的人搞到手。这所房子里有二十四个律师。我点过数。诉讼。你们要彼此相爱[313]。一摞摞的羊皮纸文件。皮克－波克特[314]法律事务所拥有代理权。古尔丁－科利斯－沃德法律事务所。

然而，就拿那个击大鼓的汉子来说吧。他的职业是：米基・鲁尼乐队。奇怪起初他是怎么想到干这一行的呢？坐在家里，吃罢猪头肉和包心菜，就坐在扶手椅上，抱着那只鼓，排练起他本人在乐队里演奏的那部分。嘭。嘭噼嘀。老婆听了倒挺开心。驴皮。驴子一辈子挨鞭子抽，死了之后继续挨猛打[315]。嘭。猛打。这好像是耶希麦克[316]，不，我的意思是基斯麦特[317]。命运。

笃笃。笃笃。一个双目失明的青年用手杖笃笃地跺路，笃笃、笃笃、笃笃地经过达利的橱窗。那儿有个人鱼，头发整个飘动着（不过他瞧不见），噗噗地抽着人鱼的烟（瞎了，瞧不见），沁凉无比的人鱼的烟。

乐器。一片草叶，她双手合十作贝壳状，然后就吹奏。甚至用一把梳子和一张薄绉纸，也能吹出个曲调来。住在西伦巴德街的时候，摩莉穿着衬裙[318]，披散着头发。我想，各行各业都有自身独特的音乐，你明白吧？猎户有号角。豁！你有角吗？**敲响那口钟**[319]！牧羊人有他的笛子。嘣，小小的，一丁点儿。警察有哨子。修理锁和钥匙哇！扫烟囱咧！四点钟，一切正常，睡觉吧！现在一切都失去啦[320]！大鼓吗？嘭噼嘀。等一等。我晓得。还有发布员[321]。小官吏。高个儿约翰。把死者唤醒。嘭。迪格纳穆。可怜小小的**因主之名**[322]。嘭。那是音乐。当然，我的意思是这一切都是嘭嘭嘭，很像所谓**从头**[323]。你依然可以听到。当我们行进时，我们一路走去，一路走去。嘭。

我实在憋不住了。呋呋呋。可是如果在宴会上放了呢？这纯粹是个风俗习惯问题，例如波斯王[324]。念一声祷文，抹一滴眼泪[325]。然而，他想必是生来有点儿傻[326]，竟没有看出那是个义勇骑兵队队长。整个遮起来了。坟地上那个身穿棕色胶布雨衣的到底是什么人呢？哎呀，小巷里的妓女来啦！

一个歪戴着黑色水手草帽、邋里邋遢的妓女，大白天就两眼无神地沿着码头朝布卢姆先生踱了过来。当他初见那绰约的身姿时[327]。对，可不就是她嘛。我真是感到孤寂。雨夜在小巷子里。角。谁有呢？他有，她瞧见了。这里不是她的地盘。她是什么人？她多半是。您哪，有没有衣服让我洗呢？她认识摩莉。把我甩掉了。一位身穿棕色衣衫、富富态态的女人跟你在一起。弄得你张皇失措。我们约会了，尽管晓得那是永远也不可能，简直是不可能的[328]。代价太高，离家，可爱的家又太近。她瞧着我吗？白天看上去是个丑八怪。脸像是在水里泡过。讨厌死啦。喔，可是，她也得像旁人那样活下去呀。瞧瞧这儿吧。

在莱昂内尔·马克古董店橱窗里，是高傲的亨利·莱昂内尔·利奥波德，亲爱的亨利·弗罗尔。利奥波德·布卢姆先生认真地审视着残旧的烛台和那一个个鼓着状似蛆虫般的吹奏袋的谐音手风琴。大贱卖：六先令。不妨买下来学着拉拉。倒不贵。让她走过去吧。当然喽，凡是用不着的东西，你都会觉得贵。高明的售货员正好一显身手。他想卖什么，就让你去买什么。有个家伙用瑞典制造的刀片替我刮了脸，然后我就买下了。他甚至向我讨刮脸费。现在她走过去了。六先令。

想必是苹果酒的关系，要么兴许是那杯勃艮第。

从近处看，在褐发女旁；从远处看，在金发女旁；在褐发女侍莉迪亚那朵诱人的夏日最后的玫瑰，卡斯蒂利亚的玫瑰跟前，他们一个个目光灼灼，大献殷勤，叮叮哨哨地碰着杯。首先是利德，随后是迪、考、克，第五个是多拉。利德维尔、西·迪达勒斯、鲍勃·考利、克南和大个儿本·多拉德。

笃笃。一个青年走进了阒无一人的奥蒙德的门厅[329]。

布卢姆端详着挂在莱昂内尔·马克橱窗里的那幅豪迈的英雄肖像。罗伯特·埃米特最后的话。最后七句话。引自迈耶贝尔的作品[330]。

——诸位地道的男子汉。

——好哇，好哇，本。

——咱们一道举杯吧。

他们举起杯来。

哧吣咔、哧冲咔[331]。

笃笃。一个双目失明的青年站在门口。他没瞧褐发女，也没瞧金发女，更没瞧本、鲍勃、汤姆、西、乔治、大酒杯、里奇、帕特。嘻嘻嘻嘻。他都没有瞧。

腻腻的布卢姆，油腻腻的布卢姆悄悄地读着那最后几句话。**当我的祖国在世界各国之间**。

噗。

准是那杯勃艮第在作怪。

呋！噢。噜噜。

占有了一席之地。背后一个人也没有。她已经走过去了。**直到那时**。**只有到了那时**。电车咔唧喀唧喀唧。好机会。来了。咔唧得咔唧咔唧。我敢说是那杯勃艮第。是的。一、二。方为我写下。喀啦啊啊啊啊啊啊。墓志铭。我的话。

噗噜噜噜噜呋。

完了[332]。

第十一章 注释

1 指肯尼迪小姐和杜丝小姐的头，见第10章注174。在原文中，本章开头的60行用节奏感很强的词句概括了高潮部分的主题。

2 原指《卡斯蒂利亚的玫瑰》的女主人公艾尔微拉。这里指酒吧女侍莉迪亚。见第7章注82。

3 艾多洛勒斯是莱斯利·斯图尔特所作轻歌剧《弗洛勒多拉》（1899）中的漂亮轻浮的女主角。弗洛勒多拉是南海一岛，以所产香料驰名于世。

4 “闷儿……角落”，参看本章注43。“与怀着……了”，指褐发的杜丝小姐对双目失明的调音师表示的同情。与此同时，顾客摇铃呼唤女侍。参看本章注51。

5 “灿烂……色”和下面的“即将破晓”是简·威廉斯（1806—1885）作词、约翰·L.哈顿（1809—1886）作曲的《再见，宝贝儿，再见》一歌的第1、2句。

6 “敲响”和“那口钟”，原文为法语。参看本章注76。

7 “现……啦”一语出自《梦游女》（1831）。这是意大利作曲家温琴佐·贝利尼（1801—1835）作曲、费利采·罗马尼编剧的二幕歌剧。剧中描写一个磨坊女在梦游中误入伯爵卧室，她的未婚夫以为她失了身，便唱道，“现在一切都失去啦”，以表达自己的绝望心情。下文中的号角，原文为horn。既作犄角解，又作号角解。参看本章注87及有关正文。

8 语出自歌剧《玛尔塔》的插曲《爱情如今》，参看第7章注10。

9 弗朗兹·李斯特（1811—1886），匈牙利作曲家、钢琴家，曾创作匈牙利狂想曲20首（1851—1886）。

10 莉迪利德是把莉迪亚和利德维尔二名拼凑而成，参看本章注183及有关正文。

11 “喀……啦”，参看本章注236及有关正文。

12 原文（Naminedamine）为拉丁文祷词，有讹，参看第6章注112。“因主之名”后面，海德1989年版（第211页第8行）有“他是一位传教士”之句。

13 “全都……啦”是《推平头的小伙子》（见第6章注19）中的歌词。

14 原文为maiden hair，是一种植物，学名叫掌叶铁线蕨。这里是意译。

15 参看本章注295。

16 参看本章注296。

17 这里把托马斯·穆尔所作歌曲《夏日最后的玫瑰》的首句（夏日最后的玫瑰，被撇下独自开放）加以改动。Bloom是双关语，既作“开花”解，又指布卢姆。

18 “地道的男子汉”和“咱们一道举杯”，参看本章注331。“利德·克·考·迪和多拉”分别为利德维尔、克南、考利、迪达勒斯以及多拉德的简称。哧吣咔、哧冲咔是演唱蒂莫西·丹尼尔·沙利文（1827—1914）所作饮酒歌《三十二个郡》时，用来表达碰杯声的。

19 1803年起义失败后，埃米特在判他死刑的法庭上最后宣称：“任何人也不要为我写墓志铭……等我的祖国在世界各国之间占有了一席之地，直到那时，只有到了那时，方为我写下墓志铭。我的话完了。”“直到那时”至“完了”，摘自他的最后几句话。

20 “开始！”意指下面开始转入正文。

21 原文为法语，意思是“尼罗河水”，指淡绿蓝色。

22 指总督的侍从副官杰拉尔德·沃德，见第10章注207及有关正文。

23 这是双关语，既指布卢姆怀里揣着方才为妻子买的那本《偷情的快乐》，又指布卢姆背着老婆与玛莎交换情书。下面的牟兰是一家宝石店，兼售进口烟斗。

24 原文作boots（靴子），系指饭店里为旅客擦鞋并干些搬运行李等杂活的伙计。

25 原文（Bloom）是双关语，参看本章注17。

26 “还有……睛”出自19世纪末叶都柏林杂耍剧场里常唱的一首歌《当你眨巴另一只眼睛》中的一句。

27 艾伦·菲加泽尔是个宝石商。他的姓菲加泽尔（Figather）读音近似“采集无花果”（fig gather）。

28 普罗斯珀·洛尔是个帽子批发商。

29 奥利利厄·巴希是个雕塑与镜框制造者。

30 这是圣母玛利亚的传统服装。

31 指制造雕像、镜框、镜子的彼得·塞皮父子公司。

32 布卢姆想起早晨妻子曾告诉他，当天下午博伊兰要把节目单给她送到家里来的事。参看第4章注49及有关正文。

33 指克拉伦斯商业饭店。

34 指海豚饭店（设有餐馆与酒吧间）。

35 罗斯特雷沃是爱尔兰东北岸的海滨浴场。

36 在第15章中，布卢姆也对女侍说了这句话（见该章注244）。

37 傻西蒙出自一首摇篮曲：“傻西蒙遇见了一个卖饼的，卖饼的正要去赶集……”

38 莫恩山在北爱尔兰郡，绵延于纽卡斯尔和罗斯蒂弗之间，长14公里半。

39 处女发，参看本章注14。人鱼发是当时人们喜用的一种细丝烟叶。

40 “噢……女王”出自《弗洛勒多拉》（参看本章注3）。在第1幕中，艾多洛勒斯与弗兰克谈情说爱，弗兰克对她唱起《棕榈树阴》。这是其中的一句。

41 这是文字游戏。埃塞克斯（Essex）、是啊（yes）、耶塞克斯（yessex），分别夹有yes或sex（性）。

42 这也是文字游戏。原文中，Old Bloom（老布卢姆）与Blue bloom（花儿蓝）发音相近。稞麦开蓝花又使人联想到比舍普作词的一首歌《稞麦花儿开》，见第10章注110及有关正文。

43 “闷儿！谁……哪？”是捉迷藏时的提问。这里借以表达利内翰想勾引肯尼迪小姐的用意。

44 “圆圆的O”指句点。“弯曲的S”指问号。

45 原文作Solfa fable。Solfa指首调唱名法，比固定调唱名法要浅显。Fable是寓言之意。Solfa fable即含义浅显的寓言。这里指下文中的《伊索寓言》。

46 这里，利内翰把《狼和鹭鸶》故事中的角色变成了“狐狸和鹳”。原来的情节是：鹭鸶把头伸进狼的喉咙，替它取出了骨头。狼不但不给讲定的报酬，还说：“你能从狼嘴里平安无事地把头缩回去，还不满意，竟要索取报酬吗？”

47 “城里的”和“海滨上的”，原文为法语。城里的穆尼酒馆，参看第7章注227。海滨上的穆尼酒馆在利菲河北码头。

48 爱琳，参看第7章注46。下文中的麦克休，见第7章注47及有关正文。据艾尔曼：《詹姆斯·乔伊斯》（第289页），这是以《电讯晚报》的编辑休·麦克涅尔为原型而塑造的人物。

49 托马斯·穆尔的《爱尔兰歌曲集》中有一首题名为《少年吟游诗人》。

50 这是文字游戏。前文中提到迪达勒斯想看看莫恩山（参看本章注38）。原文中，莫恩（Mourne）与哀伤（mourning）发音相近。

51 这是双目失明的年轻调音师被法雷尔撞着后，对他发出的咒语。参看第10章注203。

52 指杜丝小姐对盲调音师的同情。参看本章注4。

53 原文作lagger。一种淡啤酒，酿成后贮藏数月，澄清后饮用。又作lagger beer。

54 原文blazes boy有双关含义。博伊兰的教名为Blaze，而old Blazes又有恶魔意。本书第4章米莉致布卢姆的信中，有“我差点儿写成布莱泽斯·博伊兰了”之句，说明在“布莱泽”之名后加上“斯”，实际上是外号。小写的blazes则作“地狱”解。参看第15章注708。

55 “他”指西蒙·迪达勒斯。

56 亨利·弗罗尔，参看第4章注3。

57 这是玛莎来信中的话，参看第5章注36及有关正文。

58 参看第8章注191。

59 参看第5章注37。

60 这是布卢姆看了玛莎来信后转的念头，参看第5章有关正文。

61 布卢姆看见的那个戴着花哨帽子乘马车的人是博伊兰。

62 原文作Bloo smi qui go.这是用文字来形容人物动作的节奏。原应作Bloom smiling quickly goes。作者略去每个词的下半截，以形容布卢姆匆促的动作。

63 “他”指西蒙·迪达勒斯。

64 参看本章注5。

65 原文作“A voiceless song”（无声歌），系将德国作曲家费利克斯·门德尔松（1809—1847）所作钢琴曲集《无词歌》（Song Without Words）的题目略做变动。

66 羽管键琴是一种卧式竖琴形或梯形键盘乐器，用羽管或皮制簧片拨弦发声。

67 参看第7章注82。

68 “她”指小说里的女主人公。下文中的“别问……啦”一语出自奥利弗·哥尔德斯密斯的喜剧《委曲求全》（1773）。这是当汤姆·伦普金被问怎样把他母亲的宝石弄到手时所作的回答，见第3场。

69 “瞧……驾到”原是托马斯·莫雷尔（1703—1784）一首诗的首句。韩德尔将它谱入其清唱剧《犹大·马卡巴厄斯》（1747）和《约书亚》（1748）中。

70 [ ]内的“潇洒的”一词系根据海德1989年版和2001年版（第218页第4行）补译。

71 前文中的“你”，指利内翰。这里指当天举行的阿斯科特赛马会的结果。参看第5章注95。下文中的“都说是四点钟”，海德版（第218页第7行）作：“四点钟，是谁说的来着？”

72 在第15章中，古尔丁重述了“在都……的”和“足……王爷”二语，见该章注566及有关正文。

73 “权杖”，参看第10章注108。

74 因杜丝小姐方才唱的歌里有“东海的女王”（参看本章注40）一词，这里把她比作埃及美女。

75 按：爱尔兰在埃及的西边。

76 这是酒吧女侍向顾客献殷勤的一种办法。把袜带拉长后一撒手，弹回来碰在腿上发出啪的一声，叫作：“敲响那口钟！”

77 指桌布上的花样，参看本章注42。

78、79 “紧步……唇”和“我……卿”出自《再见，宝贝儿，再见》（见本章注5）。弗萝拉亦含有“花和春的女神”意。

80 原文为法语。

81 即肯尼迪小姐。

82 语出自阿德莱德·普罗克特（1825—1864）作词、阿瑟·沙利文作曲的钢琴伴奏独唱曲《失去的和弦》。

83—85 原文为法语。

86 “情……吧！”出自《再见，宝贝儿，再见》。

87 原文作got the horn。西方谓老婆与人通奸，丈夫头上就长犄角；这里则指“阴茎勃起”。

88 指高个子约翰。

89 出生于加略的犹大（？—约30）是耶稣的12门徒之一，他以30块银币的价钱出卖了耶稣。这里指放高利贷给考利神父的吕便·杰。

90 约德尔唱法是用高音假声、低音胸声作快速交替的一种唱法，风行于瑞士阿尔卑斯山民之间。

91 指约翰·鲍尔父子公司所酿造的爱尔兰威士忌。

92 “把忧愁赶走！”是一首饮酒歌的首句，作者不详，收在普莱福德所编《音乐伴侣》（1687）中。后面的三句是：“务请离开我！把忧愁赶走！咱俩死对头。”

93 《恋爱与战争》是托马斯·库克所作的二重唱曲。

94 原文为法语。参看本章注21。

95 这是一种中档英国制三角钢琴，在1904年，每架约值110英镑。

96 原文作lost chord pipe。这是文字游戏，把lost pipe（丢失了的烟斗）和本章注82中提到的曲名The Lost Chord（失去的和弦）套用在一起。

97 咖啡宫是都柏林戒酒协会所经营的一座餐馆，在都柏林东部。

98 布卢姆夫妇住在霍利斯街（居民多属于中下阶层）时，穷困潦倒，以致靠收买旧衣和戏装为生。

99 梅里昂方场是个高级住宅区。

100 博莱罗，又译波莱罗。3/4拍的西班牙舞。这里指舞衣。

101 原文作Mrs Marion Bloom has left off clothes of all descriptions。据说20世纪初都柏林的电车里曾贴过一个售旧衣的广告："怀特小姐有各式各样不再穿的衣服"，left-off，也可译为"弃置不用的衣服"。这里套用时，把left-off改成left off，就成了双关语，也可以理解为："……脱下了各式各样的衣服。"

102 参看第4章注53和第8章注37，这里同时又暗喻玛莉恩与博伊兰幽会事。

103 保罗·德·科克，参看第4章注58及有关正文。

104 "我的……噢"是爱尔兰歌谣《爱尔兰妞儿摩莉，噢》中的叠句。歌中摩莉之父不许她与外族人通婚，致使"我"（一个苏格兰小伙子）为之心碎。

105 这里把两位女侍比作希腊神话中的人面鸟身的赛仑。她们因未能把奥德修吸引到岛上而焦虑。

106 德拉姆康德拉是都柏林郊外的地名。

107 "艾……斯"，语出自《棕榈树阴》，参看本章注40。

108 指第4章开头部分。

109、110 英文中，单身汉（bachelor）和巴切勒（Bachelor）拼写相同。

111 犄角，参看本章注7、注87及有关正文。原文为horn，号角解，也作犄角。

112 又名巴松管。16世纪发明的一种管弦乐队中的主要次中音和低音木管乐器，向后弯成对折。

113 "当……际"，出自《棕榈树阴》，参看本章注40。下面的本灵魂本杰明：从本·多拉德的本，联想到通过实验证明雷即电、并发明了避雷针的美国人本杰明·富兰克林（1706—1790）。灵魂（soul）与扫罗（Saul）谐音，见《使徒行传》第9章第3、4节："忽然有一道光从天上下来，四面照射着他。……有声音对他说：'扫罗……'"

114 考利神父的房东名叫休·洛夫（Love）。英语中，此字的主要词义为爱情。而此二重唱的爱情部分由高音歌手演唱。

115 前文中的声量，原文为organ，也作"器官"解。中世纪西方传说童贞玛利亚是通过耳膜而怀上耶稣的。膜（drum）是双关语，既指鼓膜，又作耳膜解。所以下文中考利神父有"且别提另一个膜（指耳膜）了"之语。

116 原文为意大利文。借"但勿过甚"这个音乐用语来提醒对方贪色也要适可而止。

117 "我……虑"，语出自《棕榈树阴》，参看本章注40。

118 原文作base barreltone，与bass-baritone（男低中音，有时指对于较高的音区能控制自如的男低音）发音相近。古时base与bass（低音）相通。此字另外也含有"下流"之意。

119 下面，海德版1989年版（见第222页倒1行）多了一行"辚辚"。

120 吉格舞是一种轻松快速的三拍子舞。

121 "可爱……手"，这一段令人联想起《安东尼与克莉奥佩特拉》第2幕第2场中爱诺巴勃斯对克莉奥佩特拉所作的描述："犹如在水上燃烧的灿烂的宝座；船尾是用黄金打成的。……鲛人装束的女郎……她那如花的纤手……"臀部，原文作poop，是双关语，主要词义为"船尾"，在俚语中亦指臀部。文中提及少女和肉汁，可联系到我国的“秀色可餐”一词。爱琳，参看第7章注46。它指竖琴。爱尔兰有一种古币，反面镌刻着少女奏竖琴的图案。

122 原文为意大利文。这是歌剧《玛尔塔》（参看第7章注10）第3幕的插曲。

123 这幅海景画是为约翰·威利斯的《最后的诀别》一歌所作的插图。

124 “我……了”，套用《约翰尼，我几乎认不出你来了》（参看第5章注100）一歌的第3段中的话。原词是：“你的全盛时期确实已经过去了！”

125 一个降号的调即指F大调。

126 参看本章注7。

127 约瑟夫·马斯（1847—1886），著名英国男高音歌手。他是从教堂唱诗班走上歌坛的。

128 巴顿·麦古金（1852—1913），爱尔兰男高音歌手，原先也曾参加唱诗班。

129 这是文字游戏。弥撒（Mass）与马斯（Mass）谐音，唱诗班多在举行弥撒时演唱。

130 布赖特氏病亦称肾小球肾炎、肾炎。由于英国医师理查·布赖特（1789—1858）首次描述了这种疾病的临床表现（如脊背痛、眼睛发亮，大都是酗酒所致）而得名。这里，布赖特（Bright）与“明亮”（bright）拼法及发音相同，又是一文字游戏。

131 这是英国流行的一种说法：“你要是在其伴奏下跳舞，就得付钱给吹笛手。”含有“自作自受”意。此处指酗酒必然落到的下场。

132 《倒在死者当中》是根据英国诗人约翰·戴尔（1700—1758）的诗所谱的歌。大意是说，不喝酒的人还不如倒在死者当中。

133 原文作Sweets to the。在《哈姆雷特》第5幕第1场中，王后边往奥菲利娅的棺材上撒花，边说：“好花儿给美人儿。”这里引用时，省略了后面的sweet。意思是：给患肾炎者吃腰子，正如好花儿给美人儿。当时人们相信，丸药对疾病无济于事，不如食补。

134 瓦尔特里是都柏林以西18英里处的一座巨大水库，把瓦尔特里河的水引进来做都柏林市的公共水源。

135 1880年，古老的皇家剧场焚毁于火灾，1884年重建。小皮克，参看第6章注21。

136 按：古罗马修辞学家与教师昆体良（又译昆提利安，约35—96）有云：“撒谎者必须有好记性。”

137 参看本章注7。

138 狺女是苏格兰传说中的女妖。据说若夜间听见其哀号恸哭，家里必将死人。

139 又名荆豆谷或弗里谷，位于凤凰公园西南的一道峡谷，两边长满了荆豆丛和山楂树丛。

140 这里套用收在托马斯·穆尔所编《爱尔兰歌曲集》中的《回音》：“回音的反响多么婉转悠扬。”

141 参看本章注7。

142 这是文字游戏。布卢姆的教名利奥波德（Leopold）与豹子（Ieopard）发音近似。

143 西方迷信：若轻轻呼唤梦游者名字，或让他（她）摸摸水，就能使其清醒。

144 “轻快双轮马车辚辚”一词在本章中出现多次，反映布卢姆明明知道博伊兰正乘此车到他家里去，与他的妻子幽会而又无可奈何的心境。由于一直想着玛莉恩和博伊兰的事，布卢姆甚至认为梦游女其实是巴望着去和伯爵幽会，他从而对该女的未婚夫产生共鸣。

145 这里把《哈姆雷特》第2幕第2场波洛涅斯台词中的“我”改为“他”。原话是：“依然念念不忘地提我的女儿。”

146 在《威尼斯商人》第2幕第2场中，夏洛克的仆人朗斯洛特曾说：“只有聪明的父亲才会知道自己的儿子。”这里是反过来说的。

147 餐巾不用时，叠起来插在银质或骨质套环里。

148 沃尔特是里奇·古尔丁之子，参看第3章注32。

149 《沉痛的心灵》是威廉·巴尔夫（见第7章注82）的歌剧《波希米亚姑娘》（1843）第2幕中的一支插曲。

150 原文为法语。参看本章注21。

151 从“当我初……时”到本章注171的“回到我这里”，文中共插进了12句歌词，均出自《玛尔塔》中莱昂内尔演唱的插曲《爱情如今》。

152 杜西玛琴是源自东方的古代击弦乐器，形似拨弦扬琴，系钢琴的原型。目前仍流行于匈牙利，称匈牙利大扬琴。

153 参看第4章注50。

154 “敲响”，原文为法语。这句话是将金发女侍弹袜带以娱顾客（参看本章注76）一举与正唱着的歌词拼凑而成。

155 “咱们……呢？”和后文中的“你太太……知道”均为玛莎来信中的词句，见第5章注36及有关正文。

156、157 “简……头”，下面省略了“转向”；“我”，原作“你”。下文中（“简……转向”），博伊兰把“晕”唱成“云”。均参看第4章注65及有关正文。

158 这里，布卢姆想象着博伊兰乘马车去他家与他的妻子摩莉幽会的情景。

159 这是布卢姆为摩莉选购的《偷情的快乐》一书中的词句。参看第10章注122及有关正文。

160 这时布卢姆又在设想他妻子独自在家中接待博伊兰的事。

161 詹妮·林德（1820—1887），瑞典歌剧及清唱剧女高音歌唱家。1847年在伦敦演唱迈耶贝尔的《西里西亚野战营》中专为她写的女高音部分，轰动一时。

162 “玛尔塔”在英文中为“玛莎”。布卢姆正要给玛莎·克利弗德写信时，忽然传来歌剧《玛尔塔》的插曲，所以说是巧合。

163 这是玛莎来信中的词句。参看第5章注36及有关正文。

164 古尔德指里奇·古尔丁。帕特是侍役的教名。这里把帕特和布卢姆连在一起，表示同时赢得了帕特和布卢姆这两个人的。

165 他指西蒙·迪达勒斯。

166 音乐椅是在音乐伴奏下围着椅子转的一种游戏。音乐一停，就各自抢座位，每次必淘汰一人，并抽掉一把椅子。马特·狄龙，参看第6章注134。

167 《等候》（1867）是艾伦·弗拉格作词、H.米勒德配乐的歌曲。

168 《在古老的马德里》是G. 克利夫顿·宾厄姆作词、亨利·特罗特作乐的一首歌曲。

169 多洛勒斯即艾多洛勒斯。参看本章注40。

170 原文为chest note，音乐术语。胸腔共鸣是嗓音的较低声区，以区别于较高声区，即“头腔共鸣”。

171 这是《爱情如今》的最后一句。参看本章注151。下一行的西奥波德，原文作Siopold，系将唱者西蒙（Simon）与听者利奥波德（Leopold）的名字合并而成，以表示二人感情上的共鸣。同时也暗喻斯蒂芬的生身之父西蒙与精神之父利奥波德融为一体。

172 海德1989年版（第227页第12行）作米娜·肯尼迪。

173 原文为法语。参看本章注76。

174 《地位名声》是《卡斯蒂利亚的玫瑰》中的咏叹调，见第7章注82。前文中的西，见第3章注33。

175 《我们擦身而过，彼此从不过话》（1882）是美国弗兰克·埃杰顿所作的歌曲名。

176 “他们之间有着不和的前兆”，语出自丁尼生的《默林与维维恩》（1859）一诗。

177 肠线指松紧带。

178 阿瑟·巴勒克拉夫是当时都柏林的一个声乐教师。

179 “回顾性的编排”，参看第6章注20。

180 “失去了的你”一语出自《爱情如今》，见本章注122。

181 原文为拉丁文，是用布卢姆当天在教堂里听到的两个词拼凑而成。参看第5章注56、第6章注121。

182 这里，布卢姆想象着自己的妻子将来被情人博伊兰遗弃的情景。最后一句中把wavy（波浪状）和heavy（沉甸甸）交织在一起以表达唱歌时的颤音。

183 这一段描绘酒吧女侍和两位绅士打交道的情景断断续续地传到布卢姆耳际。

184 原文作pad，与帕特（Pat）发音相近。指供一张张扯下来用的便条本子，如吸墨纸本等。

185、186 原文均作number，系双关语。

187 指第八度音是下一音阶的第一度音，所以说是“两个一”。第八度音（即第二个“哆”，简谱上写作“1”）与第一个“哆”构成一个八度。

188 指音阶：“1”是“哆”，“2”是“来”。从“来”数起，第6个音阶是“西”。“哆”至“西”形成七度。

189 这是个谜。参看第7章注30、31。

190 原文作gut，是双关语，也指提琴的肠线。

191 原文作musemathematics。Muse是双关语，也指司文艺、音乐的女神。

192 原文作sharp，是双关语，也作“升号”“升半音”解。

193 原文作mood，是双关语，也作“调式”解。

194 《花赞》是德国作曲家古斯塔夫·兰格（1830—1889）所作的钢琴小曲。

195 意思是由于喜欢这个琴谱的名称而买。

196 原文作flat，也作“降半音”解。

197 原文作Ringabella，Crosshaven，Ringabella。从字面上看，仅仅是把两个地名排列起来而已。拆开来读就成为：Ring a bell，across haven，ring a bell……（敲响钟啊，响彻港口，敲响钟啊……）

198 王后镇，现名科夫，爱尔兰科克郡的海港。

199 意大利水手上岸时戴的一种圆锥形帽子，是用爱尔兰人俗称“地震草”编的。

200 原文作Cross Ringabella haven mooncarole。这里，把Crosshaven这个地名拆开来，用以描述船夫的歌声穿越港口，像钟声一样响彻。也可以理解为：林加贝拉和克罗斯黑文的月夜之歌。

201 参看本章注26。

202 “他”指里奇·古尔丁。

203 手写的希腊字母E（ε），公认为表示一种艺术气质。

204 这里，布卢姆为了让里奇以为他写的是与业务有关的信，故意这么嘟囔。其实，化名亨利的他所写的却是给玛迪（即玛莎）的情书。

205 “请……信”，玛莎来信中语，参看第5章注36及有关词句。下文中的“那个”指“角”。参看本章注87。

206 “哦，玛丽亚丢了带子”和下文中的“才能不让它脱落”均出自一首俚曲，参看第5章注39、40及有关正文。“带子”，原作“衬裤的饰针”。

207 “请……个”和下文中的“那另……耗尽”，均为玛莎来信中的词句。见第5章注36及有关正文。

208 英国成语：“适用于母鹅的佐料也适用于公鹅”，意译为“母鹅和公鹅是半斤八两”。这里只用了后半句。

209 乔治·罗伯特·梅西雅斯，参看第6章注159。乘马车的情节，重新出现于第15章（见该章注706）。

210 指推销员提出曾经与他打过交道的人或单位，供布卢姆去调查。

211 这是玛莎来信中“不然的话我可要惩罚你啦”一语所引起的联想。参看第5章。

212 指邻家女仆，见第4章注18及有关正文。

213 见玛莎来信的附言。

214 下面省略了“爱的”二字。

215 “他”指里奇。

216 “马查姆……魔女”，语出自布卢姆早晨在家里所读的《珍闻》。参看第4章注81及有关正文。

217 参看第8章注71。

218 “音……魔力”，出自文森修公爵对玛利安娜所说的话，见《一报还一报》第4幕第1场。

219 “生……问题”，出自哈姆雷特的独白，见《哈姆雷特》第3幕第1场。

220 参看第9章注327及有关正文。

221 “办……家”，语出自《旧约·传道书》第7章第2节。这里指迪格纳穆的遗族。

222 在此段中，作者利用waiter（茶房、侍者）及wait（侍候，也作“等待”解）这两个派生英文词，一方面产生音乐效果，同时表达布卢姆竭力排遣心头的烦闷，不去想自己的妻子即将在家里与博伊兰幽会一事。

223 沃尔特·巴普蒂（1850—1915），都柏林的音乐教师，一年一度的音乐节及歌唱比赛的组织者之一。

224、225 “海……娘”和“简……向”，均出自博伊兰所唱的歌，见第4章注65及有关正文。

226 《惊涛骇浪在说着什么？》是约瑟夫·爱德华·卡彭特作词、斯蒂芬·格洛弗（1813—1870）作曲的一首二重唱曲。

227 “房东有优先权”是本·多拉德说的，“只消宽限几天”是考利神父说的，见第10章注172、173及有关正文。

228 “大本钟”是本·多拉德的外号，参看第8章注39。

229 她指布卢姆的妻子玛莉恩。

230 “我太太和你太太”一语出自美国民歌《灰鹅》。而当天早晨布卢姆和麦科伊在街头相遇时，也曾谈论彼此的妻子参加演出的事。

231 原文为interval，也作间歇解。

232 原文为拉丁文。参看第5章注74。

233 参看第5章注75。

234 这里，布卢姆在揣测博伊兰这会子该到他家了。

235 布卢姆把博伊兰比作保罗·德·科克（参看第4章注58）的言情小说中的主人公。

236 这是文字游戏。原文作cock carracarracarra cock.Cockcock.Cock可作公鸡解，而在隐语中，又含有阴茎意。南美等地产一种长脚鹰，俗称咔啦咔啦（caracara），其羽毛是天蓝色的，有光泽，而博伊兰穿的衣服和短袜也是天蓝色的。故这里特地用喀呵（cock）和咔啦（carra）来表达博伊兰的敲门声。

237 原文为意大利语。这是莫扎特的歌剧《魔笛》（1791）第2幕第3场中的咏叹调《在这些圣堂里》的首句。

238 “地道的好男儿”是《推平头的小伙子》（见第6章注19）的首句。

239 这里套用了摩莉唱过的歌曲名。参看本章注167。

240 在《推平头的小伙子》中，小伙子来向乔装的神父忏悔。这里把原词中的“我”，改成了“他”。

241 参看本章注118。

242 艾弗伯爵（参看第5章注44）所创设的救济院。

243 “神父……一躬”，这一段写的是《推平头的小伙子》中的情节。

244 “警告……神父”，同注243。

245 正派人指本·多拉德。

246 《答案》是艾尔弗雷德·哈姆斯沃思（参看第7章注178）于1888年创办的一种每册一便士的周刊。凡是猜中它所举办的画谜（谜底为一首名诗的题目）者，可获5英镑奖金。

247 《最末一个吟游诗人之歌》是英国小说家、诗人沃尔特·司各特（1771—1832）的长篇叙事诗。其中“歌”一词，原文作“lay”，既作“民歌”“民谣”“歌曲”解，又有“产卵”“生蛋”的意思。

248 按：空白应填A字。英语中CAT是猫。

249 按：破折号应填A字。英语中TAR原指柏油，亦含有“水手”意。
250 自“因天主之名”至“我的罪过”（原文均为拉丁文），见《推平头的小伙子》。
251 参看第6章注111。
252 这里，布卢姆把他听到的两个拉丁词拼凑在一起。尸体（corpus）见第5章注56，“因……之名”（nomine）见第6章注112。
253 指身穿缎子衣服的杜丝小姐。
254 “西”指西蒙·迪达勒斯。
255 “复活……三次”，语出自《推平头的小伙子》。
256 “你这……杂种！”参看本章注51。
257 迈克尔·冈恩（死于1901），自1871年起，担任都柏林欢乐剧场的经营管理工作达30年之久。
258 指波斯王纳绥尔–艾尔·丁（死于1896），他曾于1873年和1889年两度对英做国事访问。
259 《家，可爱的家》是美国戏剧家约翰·霍华德·佩恩（1791—1852）的《米兰姑娘克拉丽》（伦敦，1823）中的插曲，由英国作曲家亨利·罗利·毕晓普（1786—1855）配乐。
260 低音提琴是音域最低的大型弓弦乐器，其特征是斜肩，所以这么说。
261 木管乐器指笛类和簧管类（即单簧管、双簧管、大管、萨克管）管乐器。
262 木管乐器在英文中是woodwind（乌德温），与Goodwin（古德温）发音相近。
263 巴鲁克·斯宾诺莎（1632—1677），出生于荷兰的一个犹太人家庭的唯理性主义者和无神论者。
264 英国诗人威廉·柯珀（173l—1800）的长诗《任务》中有“天主创造了田园，人类创造了市镇”之句，这里把“市镇”（town）改为发音相近的“音调”（tune）。
265 “遇见……管”，参看第8章注37及有关正文。
266 “哦，别转文啦！”参看第4章注53及有关正文。
267 “全……啦”，参看本章注13。罗斯包围战，参看第10章注146。
268 “他没有怨恨”，这里把《推平头的小伙子》中的“我没有怀恨”做了改动。
269 “我……上”，语出自《推平头的小伙子》。
270 本书所描述的是1904年6月16日发生的事。这里把《悼死者》（参看第10章注145）一诗首句中的“谁害怕谈到1798年？”改为“1904年”。
271 “祝福……去吧”，语出自《推平头的小伙子》。
272 参看第4章注65及有关正文。
273 “挨着令人伤感的海浪”一语出自朱利叶斯·本尼迪克特（1804—1885）所作歌剧《威尼斯的新娘》（1843）中的一首诗。
274 “你……可爱”是玛莎来信中的话，参看第5章。
275 他指博伊兰。
276 原文作brass in your face，直译是“脸上呈黄铜色”。但brass又可作“厚脸皮”解。
277 按：德国作曲家费利克斯·门德尔松（1809—1847）作有钢琴曲集《无词歌》第一集（1834—1845）。

278 轮擦提琴是一种宽矮的梨形弦乐器，不用弓拉弦，而由琴端的柄来转动涂有松香的木轮边，摩擦发音。直到20世纪初西方还有民间艺人和街头乐师使用此琴，后为手摇风琴所取代。

279 据民间故事，所罗门王能凭着一只魔戒指通晓动物的语言。

280 “队长……咒骂着”和“小伙子……后的”，出自《推平头的小伙子》。“婊子养的杂种”则是盲调音师发出的诅咒（见第10章注203及有关正文）。

281 “在那边的河上”，出自《推平头的小伙子》。

282 “她那……魅力”，出自《偷情的快乐》，参看第10章注122和有关正文。

283 “处女发”，参看本章注14。

284 “灿烂……色”和“破晓”，见本章注5。

285 意思是：原来莉迪亚小姐为的是利德维尔，而不是为布卢姆自己。

286 这一段与《推平头的小伙子》的歌词略有出入。原词是：“我们为天主和国王保有这座房子。我说：阿门！让叛徒们统统被绞死！”“他气得咬牙切齿”，“他”指队长。

287 布卢姆巴不得莉迪亚对他有意，故在离开之前有点儿留恋不舍。

288 法雷尔的全名叫卡什尔·博伊尔·奥康内尔·菲茨莫里斯·蒂斯代尔。这里，布卢姆把心里想的姓名和本·多拉德唱着的歌词相混了。

289 参看本章注42。

290 “小伙子……命”和“他……塞吉”是《推平头的小伙子》一歌倒数第四句和第三句。帕塞吉是爱尔兰科克郡的地名。

291 “悲伤！……伤！”语出自《棕榈树阴》，参看本章注40。

292 “为他……小伙子”，这一段把《推平头的小伙子》后两句略做了改动。原词是：“生活在平安与欢乐中的善人们，为推平头的小伙子喃喃祷告，抹一掬泪吧！”

293 路易吉·拉布拉凯（1794—1858），生在爱尔兰（法国父亲，爱尔兰母亲）的意大利歌剧男低音歌唱家，曾在伦敦演唱。舒伯特专为他谱写过歌曲。

294 卡丘查舞是一种西班牙独舞，节奏略似波莱罗舞曲。

295 响板是流行于西班牙和南意大利等地的民间打击乐器。由两块贝壳形硬木组成，其间用带子连接，带子绕在拇指上，其他手指使木块拍击作响。

296 这里用本本以代鼓掌声。

297 从这里到本章结束为止，作者用长短不一的“噜”音来表示布卢姆因肠胃里憋着气而发出的噜噜声。

298 原文为爱尔兰语。

299 “很结实”，直译是：“像提琴一样合适。”

300 “不和的前兆”，直译是：“笛子上的裂痕。”均为与音乐有关的成语。

301 威廉·罗斯·华莱士（1819—1881）的诗《什么支配着世界？》中引用了英国谚语：“推摇篮的手就是支配着世界的手。”

302 利奥波德·布卢姆以歌剧《玛尔塔》的男主角莱昂内尔自居。

303 “镶……裙子”，参看第10章注122及有关的正文。

304 “遇见……管”，参看第8章注37。

305 《男人摆弄姑娘》是19世纪末叶出版的一本作者不详的色情作品，写女主角艾丽斯在男主角杰克的引诱下堕落的过程。

306 “老……进项”，参看第5章注71及有关正文。

307 “成天……前”是《失去的和弦》（见本章注82）的首句。这里把原句中的“有一天”，改为“成天”。

308 当时有个专作富于感伤气息的教会音乐的作曲家，名叫约翰·亨利·蒙德（Maunder），与“唠叨”（maunder），拼法相同。所以这里是语意双关。

309 近代的管风琴常有两排以上的键盘和各自的风箱、音栓（控制音管的“开关”），琴师可变换音栓，或换用键盘以获得所需要的各种音响。

310 在《男人摆弄姑娘》（见本章注305）中，艾丽斯再三大声嚷着“不行”一语，以反映女主人公在逐渐堕落下去的过程中的矛盾心情。

311 “我头一个看到”与莱昂内尔所唱的《爱情如今》的首句“我初见”，原文均为“first I saw”。

312 这里把玫瑰改成了沙丁鱼。布卢姆（Bloom）是双关语。参看本章注17。

313 见《约翰福音》第15章第12节。

314 原文作Pick and Pocket。按：pickpocket作“扒手”解。

315 驴皮被认为最适宜做鼓面。

316 耶希麦克是土耳其语yashmak（面纱）的音译。

317 基斯麦特是土耳其语kismet（命运）的音译。

318 原文作shift。作为音乐术语，指“换把”，即演奏弦乐器时，左手把位的变换。

319 原文为法语。见本章注76。

320 “现在……啦”，见本章注7。

321 指市镇上负责口头宣讲新颁法规的公务员。

322 原文（nominedomine）为拉丁文祷词，有讹，参看第6章注112。

323 “从头”原文为意大利文，系音乐术语，意思是回到乐曲的开头。“行进”（march），作为音乐术语，指进行曲。

324 参看本章注258。

325 这是本·多拉德所唱歌词的末句，参看本章注292。

326 原文作natural，既作“天生的白痴”解，又是音乐术语，指风琴等的白键、本位音，即不升半音，又不降半音的音。

327 这里把西蒙·迪达勒斯唱的《爱情如今》（参看本章注151）首句中的“我”，改成了“他”。

328 “永远……的”是威廉·吉尔伯特作词、沙利文作曲的喜歌剧《爱上了水手的姑娘》（1878）中的叠句。午夜，布鲁姆又遇见了这个妓女，参看第16章注109及有关正文。

329 《推平头的小伙子》中有“一个青年走进了阒无一人的门厅”之句，这里加上了“奥蒙德的”一词，这样，青年便指盲调音师了。

330 这里，布卢姆把迈耶贝尔的作品《最后的七句话》（参看第5章注75），同埃米特（参看第6章注186）在判他死刑的法庭上所作发言中最后一段的七句话（其中涉及他的墓志铭）相提并论。

331 “诸位地道的男子汉”和“咱们一道举杯吧”引自《纪念死者》（参看第10章注145）第1段，只是把原词中的“满上”，改为“举杯”。哧吣咔、哧冲咔，参看本章注18。

332 布卢姆一边读着英雄埃米特留下的最后几句话（参看本章注19），一边趁着电车驶来时的噪音，把憋了好久的屁放出来。

第十二章

正当我跟首都警察署的老特洛伊在阿伯山[1]拐角处闲聊的时候，真该死，一个扫烟囱的混蛋走了过来，差点儿把他那家什捅进我的眼睛里。我转过身去，刚要狠狠地骂他一顿，只见沿着斯托尼·巴特尔街蹒跚踱来的，不是别人，正是乔·海因斯。

——喂，乔，我说。你混得怎么样？你瞧见了吗，那个扫烟囱的混蛋差点儿用他的刷子把我的眼珠子捅出来？

——煤烟可是个吉祥的东西，乔说。你跟他说话的那个老笨蛋是谁呀？

——老特洛伊呗，我说。在军队里待过。刚才那家伙用扫帚、梯子什么的妨碍了交通，我还没拿定主意要不要控告他哩！

——你在这一带干什么哪？乔说。

——干不出啥名堂，我说。守备队教堂再过去，雏鸡小巷拐角处，有个狡猾透顶的混账贼——老特洛伊刚才透露给我关于他的一些底细。他自称在唐郡有座农场，于是就从住在海特斯勃利大街附近一个名叫摩西·赫佐格的侏儒那儿，勒索来大量的茶叶和砂糖。决定要他每星期付三先令。

——是行过割礼的家伙[2]吧？乔说。

——对，我说。割下一点儿尖儿[3]。是个老管子工，姓杰拉蒂。两个星期来我一直跟他泡，可是他一个便士也不肯掏。

——这就是你目前干的行当吗？乔说。

——唉，我说。英雄们竟倒下了[4]！就靠收呆账和荒账为业。但是走上一整天也轻易碰不到像他那样声名狼藉的混账强盗。他那一脸麻子足盛得下一场阵雨。告诉他，他说，我才不怕他呢，他说，他就是再一次派你来，我也一点儿都不怕。要是他派的话，他说，我就让法庭去传讯他。我一定要控告他无执照营业。然后他吃得肚子都快撑破了。天哪，小个儿犹太佬大发脾气，我忍不住笑起来了。他喝的是俺的茶。他吃的是俺的糖。因为他不把欠俺的钱还给俺！对不？

从都柏林市伍德码头区圣凯文步道十三号的商人摩西·赫佐格（以下称作卖方）那里购入并出售提交给都柏林市阿伦码头区阿伯斜坡二十九号的绅士迈克尔·E. 杰拉蒂[5]（以下称作买方）的耐久商品，计有常衡每磅三先令整的特级茶叶常衡五磅，常衡每磅三便士的结晶粒状砂糖常衡三斯通[6]。作为代价，上述买方应付给上述卖方一镑五先令六便士的货款。此款应按周分期付款，每七天支付三先令整。经上述卖方及其法定继承人、业务后继者、受托人和受让人为一方，买方及其法定继承人、业务后继者、受托人和受让人为另一方；在上述买方按照经双方同意，本日所议定的支付方法将款项准时付清卖方之前，上述买方不得将上述耐久商品予以典当、抵押、出售或用其他方式转让。上述卖方对这些商品仍然享有独占权，只能凭借他的信誉和意志来处置。

——你是个严格的戒酒主义者吗？乔问。

——在两次饮酒之间，一滴也不入。我说。

——向咱们的朋友表示一下敬意怎么样？乔说。

——谁呀？我说。他疯了，住进了“天主的约翰”[7]，可怜的人。

——喝的是他自己的那种酒吧？乔说。

——可不是嘛，我说。威士忌兑脑水肿[8]。

——到巴尼·基尔南酒吧去吧，乔说。我想去见见“市民”[9]。

——就在老相识[10]巴尼那儿吧，我说。有什么新奇的或者了不起的事吗，乔？

——一点儿也没有，乔说。我刚刚开完市徽饭店的那个会。

——什么会呀？我说。

——牲畜商的聚会[11]，乔说。谈的是口蹄疫问题。关于这，我要向“市民”透露点儿内幕消息。

于是我们东拉西扯地闲聊着，沿着亚麻厅营房[12]和法院后身走去。乔这个人哪，有钱的时候挺大方，可是像他这副样子，确实从来也没有过钱。天哪，我可不能原谅那个大白天抢劫的强盗，混账狡猾的杰拉蒂。他竟然说什么要控告人家无执照营业。

在美丽的伊尼斯费尔[13]有片土地，神圣的迈昌[14]土地。那儿高高耸立着一座望楼[15]，人们从远处就可以望到它。里面躺着卓绝的死者——将士和煊赫一世的王侯们。他们睡得就像还活着似的[16]。那真是一片欢乐的土地，淙淙的溪水，河流里满是嬉戏的鱼：绿鳍鱼、鲽鱼、石斑鱼、庸鲽、雄黑线鳕[17]、幼鲑、比目鱼、滑菱鲆、鲽形目鱼、绿鳕，下等杂鱼以及水界的其他不胜枚举的鱼类。在微微的西风和东风中，高耸的树朝四面八方摇摆着它们那优美的茂叶，飘香的埃及榕、黎巴嫩杉、冲天的法国梧桐、良种桉树以及郁郁葱葱遍布这一地区的其他乔木界瑰宝。可爱的姑娘们紧紧倚着可爱的树木根部，唱着最可爱的歌，用各种可爱的东西做游戏，诸如金锭、银鱼、成斗的鲱鱼、一网网的鳝鱼和幼鳕、一篓篓的仔鲑、海里的紫色珍宝以及顽皮的昆虫们。从埃布拉纳至斯利夫马吉[18]，各地的英雄们远远地漂洋过海来向她们求爱。盖世无双的亲王们来自自由的芒斯特、正义的康诺特、光滑整洁的伦斯特、克鲁亚昌的领地、辉煌的阿马、博伊尔的崇高地区[19]。他们是王子，即国王的子嗣[20]。

那里还矗立着一座灿烂的宫殿[21]。它那闪闪发光的水晶屋顶，映入了水手们的眼帘。他们乘着特制的三桅帆船，穿越浩淼的海洋，把当地所有的牲畜、肥禽和初摘的水果，统统运来。由奥康内尔·菲茨蒙[22]向他们收税。他是一位族长——也是族长的后裔。用一辆辆巨大的敞篷马车载来的是田里丰饶的收获：装在浅筐中的花椰菜，成车的菠菜、大块头的菠萝、仰光豆[23]，若干斯揣克[24]番茄，盛在一只只圆桶里的无花果、条播的瑞典芜菁、球形土豆、好几捆约克种以及萨沃伊种彩虹色羽衣甘兰，还有盛在一只只浅箱里的大地之珍珠[25]——葱头；此外就是一扁篮一扁篮的蘑菇、乳黄色食用葫芦、饱满的大巢菜、大麦和芸苔，红绿黄褐朽叶色的又甜又大又苦又熟又有斑点的苹果，装在一只只薄木匣里的杨梅，一粗筐一粗筐的醋栗。多汁而皮上毛茸茸的，再就是可供王侯吃的草莓和刚摘下的木莓。

——*我才不怕他呢*，那家伙说，*一点儿都不怕*。滚出来，杰拉蒂，你这臭名远扬的混账山贼，溪谷里的强盗！

这样，无数牲畜成群地沿着这条路走去。有系了铃铛的阉羊、亢奋的母羊、没有阉过的剪了毛的公羊、羊羔、胡茬鹅[26]、半大不小的食用阉牛、患了喘鸣症的母马、锯了角的牛犊子、长毛羊、为了出售而养肥的羊、卡夫[27]那即将产仔的上好母牛、不够标准的牛羊、割去卵巢的母猪、做熏肉用的阉过的公猪、各类不同品种的优良猪、安格斯小母羊、无斑点的纯种去角阉牛，以及正当年的头等乳牛和肉牛；从拉斯克、拉什和卡里克梅恩斯那一片片牧场，从托蒙德那流水潺潺的山谷，从麦吉利卡迪那难以攀登的山岭和气派十足、深不可测的香农河[28]，从隶属于凯亚[29]族的缓坡地带，不停地传来成群的羊、猪和拖着沉重蹄子的母牛那践踏声，咯咯、吼叫、哞哞、咩咩、喘气、喧哗、哼哼、磨牙、咀嚼的声音。一只只的乳房几乎涨破了，那过剩的乳汁，一桶桶黄油，一副副内膜[30]中的奶酪，一只只农家小木桶[31]里装满了一块块羊羔颈胸肉，多少克拉诺克[32]的小麦，以及大小不一，或玛瑙色，或焦茶色，成百上千的椭圆形鸡蛋，就这样源源不断地运来。

于是，我们转身走进了巴尼·基尔南酒吧。果不其然，"市民"那家伙正坐在角落里，一会儿喃喃自语，一会儿又跟那只长满癞疮的杂种狗加里欧文[33]大耍贫嘴，等候着天上滴下什么酒来。

——他在那儿呢，我说，在他的光荣洞里，跟满满的小坛子[34]和一大堆报纸在一起，正在为主义而工作着。

那只混账杂种狗嗷嗷叫的声音使人起鸡皮疙瘩。要是哪位肯把它宰了，那可是桩肉体上的善行[35]哩！听说当桑特里[36]的宪警去送蓝色文件[37]时，它竟把他的裤子咬掉了一大块，这话千真万确。

——站住，交出来[38]，他说。

——可以啦，"市民"，乔说。这里都是自己人。

——过去吧，自己人，他说。

然后他用手揉揉一只眼睛，说：

——你们对时局怎么看？

他以**强人**[39]和山中的罗里[40]自居。可是，乔这家伙确实应付得了。

——我认为行情在看涨，他说着，将一只手滑到股骨那儿。

于是，"市民"这家伙用巴掌拍了拍膝头说：

——这都是外国的战争[41]造成的。

乔把大拇指戳进兜里，说：

——想称霸的是俄国人哩！

——荒唐[42]！别胡说八道啦，乔，我说。我的喉咙干得厉害，就是喝上它半克朗的酒，也解不了渴。

——你点吧，"市民"，乔说。

——国酒[43]呗，他说。

——你要点儿什么？乔说。

——跟马卡纳斯贝一样[44]，我说。

——来上三品脱，特里，乔说。老宝贝儿，好吗，“市民”？他说。

——再好不过啦，**我的朋友**[45]，他说。怎么，加利？咱们能得手吗，呃？

他随说着，随抓住那只讨厌的大狗的颈背。天哪，差点儿把它勒死。

坐在圆形炮塔脚下大圆石上的那个人生得肩宽胸厚，四肢健壮，眼神坦率，红头发，满脸雀斑，胡子拉碴，阔嘴大鼻，长长的头，嗓音深沉，光着膝盖，膂力过人，腿上多毛，面色红润，胳膊发达，一副英雄气概。两肩之间宽达数埃尔[46]。他那如磐石、若山岳的双膝，就像身上其他裸露着的部分一样，全结结实实地长满了黄褐色扎扎呼呼的毛。无论颜色还是那韧劲儿，都像是山荆豆（**学名乌列克斯·尤列庇欧斯**[47]）鼻翼宽阔的鼻孔里挓挲着同样是黄褐色的硬毛，容积大如洞穴，可供草地鹨在那幽暗处宽宽绰绰地筑巢。泪水与微笑不断地争夺主次的那双眼睛[48]，足有一大棵花椰菜那么大。从他那口腔的深窝里，每隔一定时间就吐出一股强烈温暖的气息；而他那颗坚强的心脏总在响亮、有力而健壮地跳动着，产生有节奏的共鸣，像雷一般轰隆轰隆的，使大地、高耸的塔顶，以及更高的洞穴的内壁都为之震颤。

他身穿用新近剥下来的公牛皮做的坎肩，长及膝盖，下摆是宽松的苏格兰式百褶短裙。腰间系着用麦秆和灯芯草编织的带子。里面穿的是用肠线潦潦草草缝就的鹿皮紧身裤。胫部裹着染成苔紫色的高地巴尔布里良[49]皮绑腿，脚蹬低跟镂花皮鞋，是用盐腌过的母牛皮制成的，并系着同一牲畜的气管做的鞋带。他的腰带上垂挂着一串海卵石。每当他那可怕的身躯一摆动，就叮当乱响。在这些卵石上，以粗犷而高超的技艺刻着许许多多古代爱尔兰部族的男女英雄的形象：库楚林、百战之康恩、做过九次人质的奈尔[50]、金克拉的布赖恩[51]、玛拉基大王、阿尔特·麦克默拉、沙恩·奥尼尔[52]、约翰·墨菲神父、欧文·罗[53]、帕特里克·萨斯菲尔德[54]、红发休·奥唐奈、红发吉姆·麦克德莫特[55]、索加斯·尤格翰·奥格罗尼[56]、迈克尔·德怀尔、弗朗西斯·希金斯[57]、亨利·乔伊·莫克拉肯[58]、歌利亚[59]、霍勒斯·惠特利[60]、托马斯·康内夫、佩格·沃芬顿[61]、乡村铁匠[62]、穆恩莱特上尉[63]、杯葛上尉[64]、但丁·阿利吉耶里、克里斯托弗·哥伦布、圣弗尔萨[65]、圣布伦丹[66]、麦克马洪[67]元帅、查理曼[68]、西奥博尔德·沃尔夫·托恩[69]、马加比弟兄之母[70]、最后的莫希干人[71]、卡斯蒂利亚的玫瑰[72]、攻克戈尔韦的人[73]、使蒙特卡洛的赌场主破产了的人[74]、把关者[75]、没做的女人[76]、本杰明·富兰克林、拿破仑·波拿巴、约翰·劳·沙利文[77]、克莉奥佩特拉、我忠实的宝贝儿[78]、尤利乌斯·恺撒、帕拉切尔苏斯[79]、托马斯·利普顿爵士[80]、威廉·退尔[81]、米开朗琪罗·海斯[82]、穆罕默德、拉默穆尔的新娘[83]、隐修士彼得[84]、打包商彼得[85]、黑发罗莎琳[86]、帕特里克·威·莎士比亚[87]、布赖恩·孔子[88]、穆尔塔赫·谷登堡[89]、帕特里西奥·委拉斯开兹[90]、内莫船长[91]、特里斯丹和绮瑟[92]、第一任威尔士亲王[93]、托马斯·库克父子[94]、勇敢的少年兵[95]、爱吻者[96]、迪克·特平[97]、路德维希·贝多芬、金发少女[98]、摇摆的希利[99]、神仆团团员安格斯[100]、多利丘、西德尼散步道、霍斯山[101]、瓦伦丁·格雷特雷克斯[102]、亚当与夏娃[103]、阿瑟·韦尔斯利[104]、领袖克罗克[105]、希罗多德[106]、杀掉巨人的杰克[107]、乔答摩·佛陀[108]、戈黛娃夫人[109]、基拉尼的百合[110]、恶毒眼巴洛尔[111]、示巴女王[112]、阿基·内格尔[113]、乔·内格尔[114]、亚历山德罗·伏特[115]、杰里迈亚·奥多诺万·罗萨[116]、堂菲利普·奥沙利文·比尔[117]。他身旁横着一杆用磨尖了的花岗石做成的矛，他脚下卧着一条属于犬类的野兽。它像打呼噜般地喘着气，表明它已沉入了不安宁的睡眠中。这从它嘶哑的嗥叫和痉挛性的动作得到证实。主人不时地抡起用旧石器时代的石头粗糙地做成的大棍子来敲打，以便镇住并抑制它。

于是，特里总算把乔请客的三品脱端来了。好家伙，当我瞧见他拍出一枚金镑的时候，我这双眼睛差点儿瞎了。啊，真格的，多么玲珑的一镑金币。

——还有的是哪，他说。

——你是从慈善箱里抢来的吧，乔，我说。

——这是从我的脑门儿淌下来的汗水，乔说。是那个谨慎的家伙把信息透露给我的[118]。

——遇到你之前，我看见他啦，我说。正沿着皮尔小巷和希腊街闲荡哪。他那大鳕鱼眼连每根鱼肠子都不放过。

是谁通身披挂着黑色铠甲，穿过迈昌的土地[119]前来？是罗里[120]的儿子奥布卢姆。正是他。罗里的儿子是无所畏惧的。他是个谨慎的人。

——为亲王街的老太婆[121]工作着吧，“市民”说。为那份领着津贴的机关报。因在议会里宣过誓而受到拘束。瞧瞧这该死的破报，他说。瞧瞧这个，他说。《爱尔兰独立日报》，你们看多奇怪，竟然是“巴涅尔所创办，工人之友”哩。不妨听听这份**一切为了爱尔兰的《爱尔兰独立日报》**上所登的出生通知和讣告吧，我得谢谢你们。还有结婚启事呢。

他就开始朗读起来：

——埃克塞特市[122]巴恩菲尔德·新月街的戈登；住在滨海圣安妮之艾弗利的雷德梅因，威廉·T.雷德梅因之妻生一子。这怎么样呢？赖特和弗林特；文森特和吉勒特，罗萨与已故乔治·艾尔弗雷德·吉勒特之女罗莎·玛莉恩，斯托克维尔[123]克列帕姆路一七九号，普莱伍德和里兹代尔，在肯辛顿的圣朱德教堂举行婚礼，主婚人为武斯特副主教、十分可敬的弗雷斯特博士。呃？讣告：住在伦敦白厅小巷的布里斯托；住在斯托克·纽因顿[124]的卡尔，因患胃炎与心脏病；住在切普斯托[125]莫特馆的科克伯恩……

——我晓得那家伙，乔说。吃过他的苦头。

——科克伯恩·迪穆赛，已故海军大将大卫·迪穆赛的妻子；住在托特纳姆的米勒，享年八十五；住在利物浦坎宁街三十五号的伊莎贝拉·海伦·威尔士于六月十二日去世。一份民族的报纸怎么会刊登这样的玩意儿呢，呃，我的褐色小子[126]？班特里这个假公济私的马丁·墨菲[127]，搞的是什么名堂呢？

——啊，喔，乔说着把酒递过来。感谢天主，他们赶在咱们头里啦[128]！喝吧，“市民”。

——好的，他说。大老爷。

——祝你健康，乔，我说。也祝大家健康。

啊！哦！别聊啦！我就想着喝上一品脱，想得发了霉，我敢对上主发誓，我能听见酒在我的胃囊上滴答。

瞧，当他们快活地将那酒一饮而尽时，天神般的使者转眼到来。这是个英俊少年，灿烂如太阳，跟在他后面踱进来的是位雍容高雅的长者。他手执法典圣卷，伴随而来的是他那位门第无比高贵的夫人，女性中的佼佼者。

小个子阿尔夫·柏根踅进门来，藏在巴尼的小单间里，拼命地笑。喝得烂醉如泥，坐在我没看见的角落一个劲儿地打鼾的，不是别人，正是鲍勃·多兰。我并不晓得在发生什么事。阿尔夫一个劲儿地朝门外指指画画。好家伙，原来是那个该死的老丑角丹尼斯·布林。他趿拉着洗澡穿的拖鞋，腋下夹着两部该死的大书。他老婆——一个倒霉可怜的女人——像鬈毛狗那样迈着碎步，紧赶慢赶地跟在后面。我真怕阿尔夫会笑破肚皮。

——瞧他，他说。布林。有人给他寄来了一张写着“万事休矣”的明信片。于是他就在都柏林走街串巷，一门心思去起……

接着他笑得弯了腰。

——起什么？我说。

——起诉，控告他诽谤罪，他说。要求赔偿一万镑。

——胡闹！我说。

那只该死的杂种狗发现出了什么事，嗥叫得令人毛骨悚然，然而“市民”只朝着它的肋骨踹了一脚。

——**不许出声**[129]！他说。

——是谁呀？乔说。

——布林，阿尔夫说。他起先在约翰·亨利·门顿那里，接着又绕到考立斯-沃德事务所去。后来汤姆·罗赤福特碰见了他，就开玩笑地支使他到副行政司法长官那儿去。噢，天哪，把我肚子都笑痛了。万事休矣：完蛋。那高个儿像是要传讯他似的盯了他一眼，如今那个老疯子到格林街去找警察啦！

——高个儿约翰究竟什么时候绞死关在蒙乔伊的那个家伙[130]？乔说。

——柏根，鲍勃·多兰醒过来说。那是阿尔夫·柏根吗？

——是啊，阿尔夫说。绞死吗？等着瞧吧！特里，给咱来一小杯。那个该死的老傻瓜！一万镑。你该看看高个儿约翰那双眼睛。万事休矣……

于是他笑起来了。

——你在笑谁哪？鲍勃·多兰说。是柏根吗？

——快点儿，特里[131]伙计，阿尔夫说。

特伦斯·奥赖恩听见这话，立刻端来一只透明的杯子，里面满是冒泡的乌黑浓啤酒。这是那对高贵的双胞胎邦吉维和邦加耿朗[132]在他们那神圣的大桶里酿造的。他们像永生的勒达[133]所生的两个儿子一样精明，储藏大量的蛇麻子[134]那多汁的浆果，经过堆积，精选，研碎，酿制，再掺上酸汁，把刚兑好的汁液放在圣火上。这对精明的弟兄称得起是大酒桶之王，夜以继日地操劳着。

那么你，豪侠的特伦斯，便按照熟习的风俗[135]，用透明的杯子盛上甘美的饮料，端给侠肠义胆、美如神明的口渴的他。

然而他，奥伯甘的年轻族长，论慷慨大度绝不甘拜他人之下风，遂宽厚大方地付了一枚铸有头像的最贵重的青铜币[136]。上面，用精巧的冶金工艺浮雕出仪表堂堂的女王像，她是布伦维克家族[137]的后裔，名叫维多利亚。承蒙上主的恩宠，至高无上的女王陛下君临大不列颠和爱尔兰联合王国以及海外英国领土。她是女王，信仰的捍卫者，印度的女皇。就是她，战胜了众邦，受到万人的崇敬，从日出到日落之地[138]，苍白、浅黑、微红到黝黑皮肤的人们，都晓得并爱戴她。

——那个该死的共济会会员在干什么哪，“市民”说。在外面鬼鬼祟祟地荡来荡去？

——怎么回事儿？乔说。

——喏，阿尔夫边把钱丢过去边说。谈到绞刑，我要让你们瞧一件你们从来没见过的东西：刽子手亲笔写的信。瞧。

于是他从兜里掏出一沓装在信封里的信。

——你在作弄我吗？我说。

——地地道道的真货，阿尔夫说。读吧。

于是，乔拿起了那些信。

——你在笑谁哪？鲍勃·多兰说。

我看出有点儿闹纠纷的苗头。鲍勃这家伙一喝酒就失态。于是，我就找个话茬儿说：

——威利·默雷[139]近来怎么样，阿尔夫？

——不知道，阿尔夫说。刚才我在卡佩尔街上瞧见他跟帕狄·迪格纳穆待在一起。可当时我正在追赶着那个……

——你什么？乔丢下那些信说。跟谁在一起？

——跟迪格纳穆，阿尔夫说。

——你指的是帕狄吗？乔说。

——是呀，阿尔夫说。怎么啦？

——你不晓得他死了吗？乔说。

——帕狄·迪格纳穆死啦？阿尔夫说。

——可不，乔说。

——不到五分钟之前，我确实还曾看见了他，阿尔夫说。跟枪柄一样千真万确[140]。

——谁死啦？鲍勃·多兰说。

——那么，你瞧见的是他的幽灵呗，乔说。天主啊，保佑我们别遭到不幸。

——怎么？阿尔夫说。真是不过五……哦？……而且还有威利·默雷跟他在一起，他们两个人在那个叫什么店号来着……怎么？迪格纳穆死了吗？

——迪格纳穆怎么啦？鲍勃·多兰说。你们在扯些什么呀……？

——死啦！阿尔夫说。他跟你一样，活得欢实着哪。

——也许是的，乔说。横竖今儿早晨他们已经擅自把他埋掉了[141]。

——帕狄吗？阿尔夫说。

——是啊，乔说。他寿终正寝啦，愿天主怜悯他。

——慈悲的基督啊！阿尔夫说。

他的确是所谓吓破了胆。

在黑暗中，使人感到幽灵的手在晃动。当按照密宗经咒[142]作的祷告送至应达处时，一抹微弱然而愈益明亮起来的红宝石光泽逐渐映入眼帘。从头顶和脸上散发出来的吉瓦光，使得虚灵体格外逼真[143]。信息交流是脑下垂体以及骶骨部和太阳神经丛所释放出的橙色与鲜红色光线促成的。问起他生前的名字和现在天界何方，他答以如今正在劫末[144]或回归途中，但仍在星界低域，某些嗜血者手中经受着磨难。被问以当他越过那浩渺的境界后最初的感想如何，他回答说：原先他所看见的好比是映在镜子里的模糊不清的影像[145]，然而已经越境者面前随即揭示出发展“我”[146]这一至高无上的可能性。及至问起来世的生活是否与有着肉身的我们在现世中的经验相仿佛时，他回答说，那些已进入灵界的受宠者曾告诉他说，在他们的住处，现代化家庭用品一应俱全，诸如塔拉梵那、阿拉瓦塔尔、哈特阿克尔达、沃特克拉撒特[147]。无比资深的能手沉浸在最纯粹的逸乐的波浪里。他想要一夸脱脱脂牛奶，立刻就给他端来，他显然解了渴。问他有没有什么口信捎给生者，他告诫所有那些依然处于摩耶[148]中的人：要悟正道，因为天界盛传，马尔斯[149]和朱庇特[150]已下降到东方的角落来捣乱，而那是白羊宫[151]的势力范围。这时又问，故人这方面有没有特别的愿望，回答是：“至今犹活在肉身中的尘世间之凡朋俗友们，吾曹向汝等致意。勿容科·凯牟取暴利。”据悉，这里指的是科尼利厄斯[152]·凯莱赫。他是死者的私人朋友，也是有名气的 H.J. 奥尼尔殡仪馆经理，丧事就是他经办的。告辞之前他要求转告他的爱子帕齐，说帕齐所要找的那只靴子目前在侧屋[153]的五斗柜底下。这双靴子的后跟还挺结实，只消送到卡伦鞋店去补一下靴底就成了。他说，在来世，他一直记挂着这件事，心绪极为不宁。务必请代为转告。

大家向他担保一定照办，他明白表示感到满意。

他离开了尘寰。噢，迪格纳穆，我们的旭日。他踩在欧洲蕨上的脚步是那样疾迅。额头闪闪发光的帕特里克啊！邦芭[154]，随着你的风悲叹吧。海洋啊，随着你的旋风悲叹吧。

——他又到那儿去了，“市民”盯着外面说。

——谁？我说。

——布卢姆，他说。他就像是值勤的警察似的在那儿溜达十分钟啦！

没错儿，我瞧见他伸进脸蛋儿窥伺了一下，随后又偷偷溜掉了。

小个儿阿尔夫吓得腰都直不起来了，一点儿不假。

——大慈大悲的基督啊！我敢发誓，那就是他。

鲍勃·多兰一喝醉了，就堕落成整个都柏林最下流的歹徒。他把帽子歪戴在后脑勺上，说：

——谁说基督是大慈大悲的？

——请你原谅，阿尔夫说。

——什么大慈大悲的基督！不是他把可怜的小威利·迪格纳穆给带走的吗？

——啊，啫，阿尔夫试图搪塞过去，他说。这下子他再也用不着操劳啦！

然而鲍勃·多兰咆哮道：

——我说他是个残忍的恶棍，居然把可怜的小威利·迪格纳穆给带走啦！

特里走过来，向他使了个眼色，让他安静下来，说这可是一家特准卖酒的体面的店哩，请不要谈这类话。于是，鲍勃·多兰就为帕狄·迪格纳穆号起丧来了，哭得真真切切。

——再也没有那么好样儿的人啦，他抽抽搭搭地说。最好样儿的、最纯真的人。

该死的泪水快流到眼边[155]。他说着那该死的大话。还不如回家去找他娶的那个梦游症患者小个子浪女人呢。就是一名小执行吏的闺女穆尼[156]。她娘在哈德威克街开了个娼家，经常在楼梯平台上转悠。在她那儿住过的班塔姆·莱昂斯告诉我，都凌晨两点了她还一丝不挂、整个光着身子待在那儿，来者不拒，一视同仁。

——这个最正派、最地道的却走了，他说。可怜的小威利，可怜的小帕狄·迪格纳穆！

于是，他满腔悲痛，心情沉重地为那一道天光之熄灭而哭泣。

老狗加里欧文又朝着在门口窥伺的布卢姆狂吠起来。

——进来吧，进来吧，“市民”说。它不会把你吃掉的。

布卢姆就边用那双鳕鱼眼盯着狗，边侧身踅了进来，并且问特里，马丁·坎宁翰在不在那儿。

——噢，天哪，麦基奥[157]，乔说，他正在读着那些信中的一封。听听好不好？

他就读起一封信来。

亨特街七号

利物浦市

都柏林市都柏林行政司法长官台鉴：

敬启者，敝人曾志愿为执行上述极刑服务。一九〇〇年二月十二日。敝人曾在布特尔监狱绞死乔·甘恩[158]。敝人还绞死过……

——给咱看看，乔，我说。

……杀害杰西·蒂尔希特的凶手、士兵阿瑟·蔡斯。他是在彭顿维尔监狱被处绞刑的。敝人还曾任助手……

——天哪。我说。

……那一次，比林顿[159]将凶恶的杀人犯托德·史密斯[160]处以绞刑……

“市民”想把那封信夺过来。

——等一等，乔说。

敝人有一窍门：一旦套上绞索，他就休想挣脱开。如蒙可敬的阁下录用，不胜荣幸。敝人索酬五畿尼。

霍·朗博尔德[161]顿首

高级理发师

——他还是个凶猛、残暴的野蛮人[162]呢，“市民”说。

——而且，这混蛋还写一手狗爬字，乔说。喏，他说。阿尔夫，快把它拿开，我不要看。喂，布卢姆，他说。你喝点儿什么？

于是他们争论起这一点来。布卢姆说他不想喝，也不会喝，请原谅，不要见怪。接着又说，那么就讨一支雪茄烟抽吧。哼，他是个谨慎的会员，这可一点儿也不含糊。

——特里，给咱一支你们店里味道最浓的，乔说。

这时阿尔夫告诉我们，有个家伙给了一张服丧时用的加黑框的名片。

——那些家伙都是理发师，他说。是从黑乡[163]来的。只要给他们五镑钱，并且管旅费，哪怕自己的亲爹他们也肯下手绞死。

他还告诉我们，把犯人悬空吊起后，等在下面的两个人就拽他的脚后跟，好让他彻底咽气。然后他们把绞索切成一截一截的，每副头盖骨按多少先令卖掉[164]。

这些恶狠狠的、操利刃的骑士都住在黑乡。他们紧握着那致命的绳索。对，无论是谁，凡是杀过人的必然统统给套住，打发到厄瑞勃斯[165]去。因为上主曾说，我无论如何不能饶恕此等罪行。

于是，大家聊起死刑的事儿来了。布卢姆自然也闲扯起死刑的来龙去脉以及种种无稽之谈。那条老狗不停地嗅着他。我听说这些犹太佬身上总发散着一股奇怪的气味，能够吸引周围的狗，还能治服什么。

——可是有一样物件它是治服不了的，阿尔夫说。

——什么物件？乔说。

——就是被绞死的可怜虫的阳物，阿尔夫说。

——是吗？乔说。

——千真万确，阿尔夫说。我是听基尔门哈姆监狱的看守长说的。他们绞死“常胜军”的乔·布雷迪[166]之后，就发生了这种情形。他告诉我，当他们割断绞索把吊死鬼儿撂下来时，那阳物就像一根拨火棍儿似的戳到他们面前。

——占主导地位的感情到死还是强烈的，乔说。正像某人[167]说过的那样。

——这可以用科学来解释，布卢姆说。不过是个自然现象，不是吗，因为由于……

于是他咬文嚼字地大谈其现象与科学啦，这一现象那一现象什么的。

杰出的科学家卢伊特波尔德·布卢门达夫特[168]教授先生曾提出下述医学根据加以阐明：按照医学上公认的传统学说，颈椎骨的猝折以及伴随而来的脊髓截断，不可避免地会给予人身神经中枢以强烈刺激，从而引起**海绵体**的弹性细孔疾速膨胀，促使血液瞬时注入在人体解剖学上称为阴茎即男性生殖器的这一部位。其结果是：**在颈骨断裂导致死亡的那一瞬**[169]，诱发出专家称之为“生殖器病态地向前上方多产性勃起”这一现象[170]。

“市民”当然急不可耐地等着插嘴的机会。接着就高谈阔论起“常胜军”啦，激进分子[171]啦，六七年那帮人[172]啦，还有那些怕谈到九八年[173]的人什么的。乔也跟他扯起那些为了事业经临时军事法庭审判而被绞死、开膛或流放的人，以及新爱尔兰，新这个，新那个什么的。说起新爱尔兰，这家伙倒应该去物色一条新狗，可不是嘛。眼下这条畜生浑身长满癞疮，饥肠辘辘，到处嗅来嗅去，打喷嚏，又搔它那疮痂。接着，这狗就转悠到正请阿尔夫喝半品脱酒的鲍勃·多兰跟前，向他讨点儿什么吃的。于是，鲍勃·多兰当然就干起缺德的傻事儿来了。

——伸爪子！伸爪子，狗儿！乖乖老狗儿！伸过爪子来！伸爪子让咱捏捏！

荒唐[174]！也甭去捏该死的什么爪子了，他差点儿从该死的凳子上倒栽葱跌到该死的老狗脑袋上。阿尔夫试图扶住他。他嘴里还喋喋不休地说着种种蠢话，什么训练得靠慈爱之心啦，纯种狗啦，聪明的狗啦！该死的真使你感到厌恶。然后他又从叫特里拿来的印着雅各布商标的罐头底儿上掏出几块陈旧碎饼干。狗把它当作旧靴子那样嘎吱嘎吱吞了下去，舌头耷拉出一码长，还想吃。这条饥饿的该死的杂种狗，几乎连罐头都吞下去嘞。

且说“市民”和布卢姆正围绕刚才那个问题争论着呢：被处死于阿伯山的希尔斯弟兄[175]和沃尔夫·托恩[176]啦，罗伯特·埃米特[177]为国捐躯啦，汤米·穆尔关于萨拉·柯伦的笔触——她远离故土[178]啦！满脸脂肪的布卢姆当然装腔作势地叼着一支浓烈得使人昏迷的雪茄。现象！他娶的那位胖墩儿才是个稀奇透顶的老现象哩。她的后背足有滚木球的球道那么宽。精明鬼伯克告诉我，有一阵这对夫妻住在市徽饭店，里面有位老太婆[179]，带着个疯疯傻傻、令人丢脸[180]的侄子。布卢姆指望她在遗嘱里赠给自己点儿什么，就试图使她的心肠软下来。于是，就对她百般奉承，和颜悦色地陪她玩比齐克[181]牌戏。老太婆总是做出一副虔诚的样子，每逢星期五布卢姆也跟着不吃肉，还带那个蠢才去散步。有一回他领着这个侄子满都柏林转悠凭着神圣的乡巴佬发誓，布卢姆连一句也没唠叨，直到那家伙醉得像一只炖熟的猫头鹰，这才把他带回来。他说他这么做是为了教给那个侄子酗酒的害处。要是那个老太婆、布卢姆的老婆和旅店老板娘奥多德太太这三位妇人没差点儿把他整个烤了，也够不寻常的了。耶稣哪，精明鬼伯克学他们争辩的样儿给我看，我不得不笑。布卢姆说着他那些口头禅，什么你们不明白吗？要么就是然而，另一方面。不瞒您说，我刚刚谈到的那个蠢才从此就成了科普街鲍尔鸡尾酒店的常客：每星期五次，必把那家该死的店里的每一种酒都喝个遍，腰腿瘫软得动弹不了，只好雇马车回去。真是个现象！

——为了纪念死者[182]，“市民”举起他那一品脱装的玻璃杯，瞪着布卢姆说。

——好的，好的，乔说。

——你没抓住我话中的要点，布卢姆说。我的意思是……

——我们自己[183]！“市民”说。我们自己就够了[184]！我们所爱的朋友站在我们这边，我们所憎恨的仇敌在我们对面[185]。

最后的诀别[186]令人感动之至。丧钟从远远近近的钟楼里不停地响着，教堂幽暗的院子周围，一百面声音闷哑的大鼓发出不祥的警告，不时地被大炮那瓮声瓮气的轰鸣所打断。震耳欲聋的雷鸣和映出骇人景象的耀眼闪电，证明天公的炮火给这本来就已令人毛骨悚然的景色，平添了超自然的威势。瀑布般的大雨从愤怒的苍穹的水门倾泻到聚集在那里的据估计起码也不下五十万大众那未戴帽子的光头上。都柏林市警察署武装队在警察署长的亲自指挥下，在庞大的人群中维持着治安。约克街的铜管乐队和簧管乐队用缠了黑纱的乐器出色地演奏出我们从摇篮里就爱上的那支由于斯佩兰扎的哀戚歌词[187]而最为动人的曲调。这样，使群众得以消磨一下大会开始前的这段时间。为了供临时浩浩荡荡赶来参加的那些乡亲舒适地享用，还准备了特快游览列车和敞篷软座公共马车。都柏林的街头红歌手利 × 翰和穆 × 根[188]，像往常那样用诙谐逗乐的腔调唱《拉里被处绞刑的前夕》[189]。我们这两位无与伦比的小丑在热爱喜剧要素的观众当中兜售刊有歌词的大幅印张，销路极佳。凡是在心灵深处懂得欣赏毫不粗俗的爱尔兰幽默的人，绝不会在乎把自己辛辛苦苦地挣来的几便士掏给他们。男女弃儿医院的娃娃们也挤满一个个窗口俯瞰这一情景，对于出乎意料地添加到今天的游艺中的这一余兴感到欢快。济贫小姊妹会的修女们想出个高明主意：让这些没爹没妈的可怜的娃娃享受到一次真正富于教育意义的娱乐，值得称赞。来自总督府家宴的宾客包括许多社交界知名淑女，她们在总督伉俪的陪同下，在正面看台的特等席上落座。坐在对面看台上的是衣着鲜艳的外国代表团。通称作绿宝石岛[190]之友。全体出席的代表团包括骑士团司令官巴奇巴奇・贝尼诺贝诺内[191]（这位代表团团长[192]因半身不遂，只得借助于蒸汽起重机坐下来）、皮埃尔保罗・佩蒂特埃珀坦先生[193]、杰出的滑稽家乌拉基米尔・波克特汉克切夫[194]、大滑稽家莱奥波尔德・鲁道尔夫・封・施万岑巴德－赫登塔勒[195]、玛尔哈・维拉佳・吉萨斯左尼・普特拉佩斯蒂[196]伯爵夫人、海勒姆・Y. 邦布斯特、阿塔纳托斯・卡拉梅勒洛斯伯爵[197]、阿里巴巴・贝克西西・拉哈特・洛库姆・埃芬迪[198]、伊达尔戈・卡瓦列罗・堂・佩卡迪洛・伊・帕拉布拉斯・伊・帕特诺斯特・德・拉・马洛拉・德・拉・马拉利亚先生[199]、赫克波克・哈拉基利[200]，席鸿章[201]、奥拉夫・克贝尔克德尔森[202]、特里克・范・特龙普斯先生[203]、潘・波尔阿克斯・帕迪利斯基[204]，古斯庞德・普鲁库鲁斯托尔・克拉特奇纳布利奇兹伊奇[205]，勃鲁斯・胡平柯夫[206]、赫尔豪斯迪莱克托尔普莱西登特・汉斯・丘赤里－斯托伊尔里先生[207]、国立体育博物馆疗养所及悬肌普通无薪俸讲师通史专家教授博士克里格弗里德・于贝尔阿尔杰曼[208]。所有的代表对他们被请来目睹的难以名状的野蛮行径，都毫无例外地竭力使用最强烈的各自迥异的言辞发表了意见。于是，关于爱尔兰的主保圣人[209]的诞辰究竟是三月八日还是九日，绿宝石岛之友们展开了热烈的争辩（大家全都参加了）。在争辩的过程中，使用了炮弹、单刃短弯刀、往返飞镖[210]、老式大口径短程霰弹枪、便器、绞肉机、雨伞、弹弓、指关节保护套[211]、沙袋、铣铁块等武器，尽情地相互大打出手。还派信使专程从布特尔斯唐[212]把娃娃警察麦克法登巡警召了来。他很快就恢复了秩序，并火速提出，生日乃是同月十七日[213]。这一解答使争辩双方都保住了面子。人人欢迎九尺汉子[214]这个随机应变的建议，全场一致通过。绿宝石岛之友个个都向麦克法登巡警衷心表示谢忱，而其中几个正大量淌着血。骑士团司令官贝尼诺贝诺内被人从大会主席的扶手椅底下解救出来，然后他的法律顾问帕格米米律师[215]解释说，藏在他那三十二个兜[216]里的形形色色的物品，都是他趁乱从资历较浅的同僚兜里掏出来的，以促使他们恢复理智。这些物品（包括几百位淑女绅士的金表和银表）被立即归还给合法的原主。和谐融洽的气氛笼罩全场。

朗博尔德身穿笔挺的常礼服，佩带着一朵他心爱的血迹斑斑的剑兰花[217]，安详谦逊地走上断头台。他凭着轻轻的一声朗博尔德派头的咳嗽通知了自己的到来。这种咳嗽多少人想模仿（却学不来）：短促、吃力而富有特色。这位闻名全世界的刽子手到来后，大批围观者报以暴风雨般的欢呼。总督府的贵妇们兴奋得挥着手帕。比她们更容易兴奋的外国使节杂七杂八地喝彩着，**霍赫、邦在、艾尔珍、吉维奥、钦钦、波拉·克罗尼亚、希普希普、维沃、安拉的**叫声混成一片。其中可以清楚地听到歌之国代表那响亮的哎夫维瓦[218]声（高出两个八度的 F 音，令人回忆起阉歌手卡塔拉尼[219]当年曾经怎样用那尖锐优美的歌声使得我们的高祖母们为之倾倒）。这时已十七点整。扩音器里传出了祈祷的信号。全体与会者立即脱帽，骑士团司令官那顶标志着族长身份的高顶阔边帽（自林齐[220]那场革命以来，这就归他这一家人所有了），由他身边的侍医皮普[221]博士摘掉了。当英勇的烈士即将被处死刑之际，一位学识渊博的教长在主持圣教赐予最后慰藉的仪式。本着最崇高的基督教精神，跪在一泓雨水中，将教袍撩到白发苍苍的头上，向慈悲的宝座发出热切恳求的祷告。断头台旁立着绞刑吏那阴森恐怖的身影，脸上罩着一顶可容十加仑的高帽子[222]，上面钻了两个圆洞，一双眼睛从中炯炯地发出怒火。在等待那致命的信号的当儿，他把凶器的利刃放在筋骨隆隆的手臂上磨砺，要么就迅疾地挨个儿砍掉一群绵羊的头。这是他的仰慕者们为了让他执行这项虽残忍却非完成不可的任务而准备的。他身边的一张漂亮的红木桌上，整整齐齐地排列着肢解用刀、各式各样精工锻成的摘取内脏用的器具（都是举世闻名的、谢菲尔德市约翰·朗德父子公司[223]刀具制造厂特制的）。还有一只赤土陶制平底锅，成功地把十二指肠、结肠、盲肠、阑尾等摘除后，就装在里面。另外有两个容量可观的牛奶罐：是盛最宝贵的牺牲者那最宝贵的血液用的。猫狗联合收容所[224]的膳务员也在场。这些容器装满后，就由他运到那家慈善机构去。当局还用意周到地为这场悲剧的中心人物提供了一份丰盛的膳食，包括火腿煎鸡蛋、炸得很好的洋葱配牛排、早餐用热气腾腾的美味面包卷儿，以及提神的茶。他精神抖擞，视死如归，自始至终极其关心这档子事的种种细节。他以当代罕见的克制，不失时机地站起来，慷慨激昂地表明了自己临终的一个愿望（并立即得到首肯）：要求将这份膳食平均分配给贫病寄宿者协会的会员们，以表示他对他们的关怀和敬重。当那位被遴选出来的新娘涨红了脸，拨开围观者密集的行列冲过来，投进为了她的缘故而即将被送入永恒世界的那个人壮健的胸脯时，大家的情**绪高涨到极点**[225]。英雄深情地搂抱着她那苗条的身子，亲昵地低声说：**希拉，我心爱的**。听到这样称她的教名，她深受鼓舞。于是她就以不至于损害他那身囚衣的体面为度，热情地吻着他身上所有那些适当的部位。当他们二人的眼泪汇成一股咸流时，她向他发誓说，她会永远珍视关于他的记忆，绝不会忘怀他这个英勇的小伙子是怎样嘴里哼着歌儿，就像是到克隆土耳克公园[226]去打爱尔兰曲棍球那样地走向死亡。她使他回忆起幸福的儿童时代那快乐日子。那时他们一道在安娜·利菲河岸上尽情地做着天真烂漫的幼儿游戏。他们忘却了当前这可怕的现实，一道畅怀大笑。所有在场的人，包括可敬的教士，也参与到弥漫全场的欢快气氛中。怪物般万头攒动的观众简直笑得前仰后合。然而不久他们两个人就又被悲哀所压倒，最后一次紧紧地握了手。从他们的泪腺里再一次滔滔地涌出泪水。众多的围观者打心坎里感动了，悲痛欲绝地哽咽起来，连年迈的受俸教士本人也同样哀伤。膀大腰粗的彪形大汉、在场维持治安的官员以及皇家爱尔兰警察部队那些和蔼的巨人都毫无忌惮地用手绢擦拭着。可以蛮有把握地说，在这规模空前的大集会上，没有一双眼睛不曾被泪水润湿。这时一桩最富于浪漫主义色彩的事情发生了：一个以敬重妇女著称的年轻英俊的牛津大学毕业生[227]走上前去，递上自己的名片、银行存折和家谱，并向那位不幸的少女求婚，恳请她定下日期。她当场就首肯了。在场的每位太太小姐都接受了一件大方雅致的纪念品：一枚骷髅枯骨图案[228]的饰针。这一既合时宜又慷慨的举动重新激发了众人的情绪。于是，这位善于向妇女献殷勤的年轻的牛津大学毕业生（顺便提一下，他拥有阿尔比安[229]有史以来最享盛名的姓氏）将一枚用几颗绿宝石镶成四叶白花酢浆草状的名贵的订婚戒指，套在他那忸怩得涨红了脸的未婚妻手指上时，人们感到无比兴奋。甚至连主持这一悲惨场面的面容严峻的宪兵司令，那位陆军中校汤姆金－马克斯韦尔·弗伦奇马伦·汤姆林森，尽管他曾经毫不犹豫地用炮弹把众多印度兵炸得血肉横飞[230]，当前也抑制不住感情的自然流露了。他伸出有着锁子甲的防护长手套，悄然抹掉一滴泪[231]。那些有幸站在他身边的随行人员听见他低声喃喃自语着：

——该死，那个娘儿们可是尤物哩，那个令人心如刀绞的丫头。该死，我一看见她就感到心如刀绞，快要哭出来了。老实说，就是这样。因为她使我想起在利姆豪斯路等待着我的旧酿酒桶[232]。

于是，“市民”就谈起爱尔兰语啦，市政府会议啦，以及所有那些不会讲本国语言、态度傲慢的自封的绅士啦！乔是由于今天从什么人手里捞到了一镑金币，也来插嘴。布卢姆叼着向乔讨来的值两便士的烟头，探过他那黏乎乎的老脑袋瓜儿大谈起盖尔语协会啦，反对飨宴联盟[233]啦，以及爱尔兰的祸害——酗酒。由他来提反对飨宴，倒蛮合适哩！哼，他会让你往他的喉咙里灌各种酒，一直灌到上主把他召走，你也见不到他请的那品脱酒的泡沫儿。有个晚上，我和一个伙伴儿去参加他们的音乐晚会。照例载歌载舞：她能爬上干草堆，她能，我的莫琳·蕾[234]。那儿有个家伙佩戴着巴利胡利蓝绶带徽章[235]，用爱尔兰语唱着绝妙的歌儿。还有好多金发少女[236]带着不含酒精的饮料到处转悠，兜售纪念章、橘子和柠檬汽水以及一些陈旧发干的小圆面包。哦，丰富多彩的[237]娱乐，就甭提啦，禁酒的爱尔兰乃是自由的爱尔兰[238]。接着，一个老家伙吹起风笛来。那些骗子就都随着老母牛听腻了的曲调[239]在地上拖曳着脚步，一两个天国的向导四下里监视着，防止人们行为猥亵，对女人动手动脚。

不管怎样，正如我方才说过的，那条老狗瞧见罐头已经空了，就开始围着乔和我转来转去，觅着食。倘若这是我的狗，我就老老实实地教训它一顿，一定的。不时地朝着不会把它弄瞎的部位使劲踢上一脚，好让它打起精神来。

——你怕它咬你一口吗？“市民”讥笑着问。

——哪儿的话，我说。可它兴许会把我的腿当成路灯柱子哩。

于是，他把那只老狗喊了过去。

——加里，你怎么啦？他说。

于是，他着手把它拖过来，捉弄了一通，还跟它讲爱尔兰话。老狗咆哮着作为应答，就像歌剧中的二重唱似的。像这样的相互咆哮简直是前所未闻。闲得没事的人应该给报纸写篇《为了公益》[240]，提出对这样的狗应该下道封口令。这狗又是咆哮，又是呜呜号叫。它喉咙干枯，眼睛挂满了血丝，从口腔里滴滴答答地淌着狂犬症的涎水。

凡是关心对下等动物（它们数目众多[241]）传播人类文化者，切不可漏掉这条著名的爱尔兰老塞特种红毛狼狗。先前它曾以“加里欧文”这一外号闻名，新近在它那范围很广的熟人朋友的圈子内，又被改名为欧文·加里[242]了。诚然令人惊异的是此狗所显示的“人化”现象。基于多年慈祥的训练和精心安排的食谱，这次表演的众多成就中，还包括诗歌朗诵。当今我国最伟大的语音学专家（任何野马也不得把他从我们当中拖走！）不遗余力地对它所朗诵的诗加以阐释比较，查明此诗与古代凯尔特吟游诗人的作品有着显著的（重点系我们所加）相似之处。这里说的并非读书界所熟悉的那种悦耳的情歌，原作者真名不详，使用的是“可爱的小枝”[243]这一文雅的笔名；而是（正如署名 D.O.C. 的撰稿人在当代某晚报上发表的饶有兴味的通信中所指出的那种）更辛辣、更动人的调子。眼下颇孚众望的现代派色彩更浓的抒情诗人自不用说，就连在著名的拉夫特里[244]和多纳尔·麦科康西丁[245]的讽刺性漫笔中也可以找到。这里我们添加一首由一位卓越学者译成英文的诗作为范例。眼下我们不便将他的大名公诸于世。不过我们相信，读者准能从主题上得到暗示，而不必指名道姓。狗的这首原诗在韵律上使人联想到威尔士十四行诗那错综的头韵法和等音节规律，只是要复杂多了。然而我们相信读者会同意，译文巧妙地捕捉了原诗的神髓。也许还应该补充一句：倘若用缓慢而含混不清的声调来朗读欧文这首诗，那就更能暗示出被抑制的愤懑，效果会大为增加。

我发出最厉害的咒语
一周中的每一日
七个禁酒的星期四
巴尼·基尔南，诅咒你，
从未让我啜过水一滴
以平息我这腾腾怒气，
我的肠子火烧火燎地吼哩：
要把劳里的肺脏吞下去[246]。

于是，他叫特里给狗拿点水来。说真格的，相隔一英里，你都听得见狗舔水的声音。乔问他要不要再喝一杯。

——好的，他说。伙伴[247]，以表示我对你没有敌意。

说实在的，他长得虽然土头土脑，可一点儿也不傻。他从一家酒馆喝到另一家酒账嘛，一向叫别人付。他带的那条吉尔特拉普老爷爷[248]的狗，也是靠纳税人和法人[249]饲养的。人兽都得到款待。于是，乔说：

——你能再喝一品脱吗？

——水能凫鸭子吗？我说。

——照样再添一杯，特里，乔说。你真的什么饮料都不要吗？他说。

——谢谢你，不要，布卢姆说。说实在的，我只是想见见马丁·坎宁翰。要知道，是为了可怜的迪格纳穆的人寿保险的事儿。马丁叫我到迪格纳穆家去。要知道，他——我指的是迪格纳穆，当初根本没有通知公司办理让予手续的事，所以根据法令，受押人就没有名义去从保险额中领取款项了。

——好家伙，乔笑着说。要是老夏洛克[250]陷入困境，那可就有趣儿啦！那么，老婆就占上风了吧？

——那位老婆的仰慕者们所着眼的，布卢姆说。正是这一点。

——谁的仰慕者？乔说。

——我指的是给那位老婆出主意的人们，布卢姆说。

接着，他就全都搞混了，胡乱扯起根据法令抵押人什么的，并用大法官在法庭上宣读判决的口吻，说是为了他妻子的利益，已成立信托啦；然而另一方面，迪格纳穆确实欠了布里奇曼一笔款，倘若现在妻子或遗孀要否定受押人的权利啦，最后他那根据法令抵押人什么的，几乎把我弄得头昏脑涨了。那回根据法令，他差点儿就作为无赖或流浪汉被关进去，亏了他在法院有个朋友，这才得以幸免。售义卖会的入场券，或是匈牙利皇家特许彩票[251]。这都千真万确。哦，请代我向犹太人致意！匈牙利皇家特许的掠夺。

于是，鲍勃·多兰脚步蹒跚地走过来了。他请布卢姆转告迪格纳穆太太，对她遭到的不幸，他深感悲哀。他未能参加葬礼，也非常遗憾。还请告诉她，他本人以及每一个认识他的人都说，再也没有比已经故去的可怜的小威利更忠实、更正派的人了。他说着这些夸张的蠢话，声音都哽住了。边说请转告她，边以悲剧演员的神态跟布卢姆握手。咱们握手吧，兄弟。你是无赖，我也是一个。

——请您恕我莽撞，他说。咱们的交谊如果仅仅拿时间来衡量，好像很浅。尽管如此，我希望并且相信，它是建立在相互尊重的感情上的。所以我才胆敢恳求您帮这个忙。然而，倘若我的恳求不够含蓄，超过了限度，请您务必把我的冒昧看作是感情真挚的流露而加以原谅。

——哪里的话，对方回答说。我充分了解促使你采取这一行动的动机，并会尽力完成您委托我办的事。尽管这是一桩悲哀的使命，想到您是如此信任我这一事实，这杯苦酒在一定程度上会变甜的。

——那么，请容许我握握您的手。他说。以您心地的善良，我确信您能道出比我这拙劣的言辞更为恰当的话语。倘若要我来表达自己强烈的感情，我会连话都讲不出的。

随后他就走出去了，吃力地想把步子迈得直一些。刚刚五点钟，就已经喝得醉醺醺的了。有一天晚上，他差点儿给抓起来，幸亏帕迪·伦纳德认得甲十四号警察。直到打烊之后，他还在布赖德街的一家非法出售偷税酒的店里，喝得昏天黑地。他让一个拉客的给放哨，一边跟两个“披肩”[252]调情，一边用茶杯大喝黑啤酒。他对那两个“披肩”说，自己是名叫约瑟夫·马努奥的法国佬，并且大骂天主教。扬言自己年轻时在亚当与夏娃教堂当过弥撒的助祭，闭着眼睛也能说出《新约全书》是谁写的，《旧约全书》又是谁写的。于是，他跟她们搂搂抱抱，狎昵调戏。两个“披肩”一边笑得死去活来，一边把他兜里的钱包摸走了。可这该死的傻瓜呢，把黑啤酒洒得满床都是。两个“披肩”相互间尖声叫着，笑着。说什么：**你的《圣经》怎么样啦？你的《旧约》还在吗？**要知道，就在这当儿，帕迪刚好从那儿走过。每逢星期天，他就跟他那个小妾般的老婆出门。她脚蹬漆皮靴子，胸前插着一束可爱的紫罗兰，扭着屁股穿过教堂的甬道，俨然一副娇小贵夫人的派头。那是杰克·穆尼的妹妹。母亲是个老婊子，给露水夫妻提供房间。哼，杰克管束着那家伙。告诉他，如果不把锅锔上[253]，他妈的就连屎都给他踢出来。

这当儿，特里端来了那三品脱酒。

——干杯，乔作为东道主说。干杯，“市民”。

——**祝你健康**[254]，他说。

——好运道，乔，我说。祝你健康，“市民”。

好家伙，他已灌下半杯啦！要想供他喝酒，可得一份家产哩！

——阿尔夫，那个高个子在市长竞选中帮谁跑哪？乔说。

——你的一位朋友，阿尔夫说。

——是南南[255]吗？乔说。那个议员吗？

——我不想说出名字，阿尔夫说。

——我猜到了，乔说。我曾看见他跟下院议员威廉·菲尔德[256]一道去参加牲畜商的集会。

——长发艾奥帕斯[257]，“市民”说。那座喷火山，各国的宝贝儿，本国的偶像。

于是，乔对“市民”讲起口蹄疫啦，牲畜商啦，对这些采取的措施啦！“市民”一味唱对台戏。布卢姆也聊起治疥癣用的洗羊液、供牛犊子止咳用的线虫灌服药水，以及牛舌炎的特效药。这是由于他一度曾在废牲畜屠宰场工作过嘛。他手执账簿和铅笔踱来踱去，光动脑子，五体不勤。到头来由于顶撞了一位畜牧业者，被乔·卡夫解雇拉倒。这是个“万事通”先生，还想向自己的奶奶传授怎样挤鸭奶呢。精明鬼伯克告诉我，住在旅店里那阵子，那个老婆由于浑身长满了八英寸厚的脂肪，往往朝着奥多德太太几乎把眼睛都哭出来了，泪水流成了河。她解不开放屁带[258]，“老鳕鱼眼”却边围着她跳华尔兹舞，边教她该怎么解。今天你有何方案？是啊，要用人道的方式。因为可怜的动物会感到痛苦的。专家们说，不使动物疼痛的最佳治疗方法就是轻轻地处理患部。哼，大概把手伸到母鸡[259]的下腹去时也那么柔和吧。

嘎嘎嘎啦。咔噜呵，咔噜呵，咔噜呵。黑丽泽是咱们的母鸡。她为咱们下蛋。下了蛋。她好快活啊。嘎啦。咔噜呵，咔噜呵，咔噜呵。随后好叔叔利奥来啦。他把手伸到黑丽泽下身，拿走那个刚下的蛋。嘎嘎嘎嘎，嘎啦。咔噜呵，咔噜呵，咔噜呵。

——横竖，乔说。菲尔德和南尼蒂今天晚上动身去伦敦，在下院议席上对此事提出质询。

——你对市参议员要去的事有把握吗？布卢姆说。我刚好想见见他哩！

——喏，他搭乘邮船去，乔说。今天晚上动身。

——那可糟啦，布卢姆说。我特别想见见他。也许光是菲尔德先生一个人去吧？我又不能打电话。不能打。他一准去吗？

——南南也去，乔说。关于警察署署长禁止在公园里举行爱尔兰国技比赛的事，协会[260]要他明天提出质询。“市民”，你对这有什么看法？爱尔兰军[261]。

考维·科纳克勒先生（马尔提法纳姆。民。）：关于希利拉格[262]选区的议员——尊敬的朋友提出的问题，请允许我向阁下质问一下：政府是否已下令，即便从医学上对这些动物的病理状态提不出任何证据，也要一律予以屠宰呢？

奥尔福斯先生（塔莫尚特。保[263]。）：尊敬的议员们已经掌握了提交给全院委员会的证据。我感到自己没有什么可补充的材料。对尊敬的议员所提出的问题。回答是肯定的。

奥尔利·奥赖利先生（蒙特诺特[264]。民。）：是否下达了同样的命令，要把那些胆敢在凤凰公园举行爱尔兰国技比赛的人类这种动物也予以屠宰？

奥尔福斯先生：回答是否定的。

考维·科纳克勒先生：内阁大臣们的政策是否受到了阁下那封著名的米切尔斯镇电报[265]的启发呢？（一片噢噢声。）

奥尔福斯先生：这个问题我预先没有得到通知[266]。

斯忒勒维特先生（邦库姆。独[267]。）：要毫不犹豫地射击[268]。（在野党讥讽地喝倒彩。）

会议主席：请安静！请安静！（散会。喝彩。）

——正是那个人，乔说。使盖尔族的体育复兴了。他就坐在那儿呢。是他把詹姆斯·斯蒂芬斯[269]放跑了。他是掷十六磅铅球的全爱尔兰冠军。你掷铅球的最高纪录是多少，“市民”？

——不值得一提[270]，“市民”故作谦虚地说。当年我可比谁也不差。

——可以这么说，“市民”，乔说。你的表演更有瞧头哩！

——真是这样吗？阿尔夫说。

——是啊，布卢姆说。人人都知道。难道你不晓得吗？

于是他们聊起爱尔兰体育运动来了，谈起绅士派的游戏——草地网球、爱尔兰曲棍球、投掷石头，谈到地地道道的本土风味以及重建国家[271]等话题。当然，布卢姆也搬一搬他那一套：说即便一个家伙有着赛船划手那样结实的心脏，激烈的运动也还是有害的。我凭着椅背套断言：倘若你从该死的地板上拾起一根稻草，对布卢姆说：瞧啊，布卢姆。你看见这根稻草了吗？这是一根稻草哩！我凭着姑妈敢说：他能就此谈上一个钟头，并且从从容容地继续谈下去。

在爱尔兰军[272]主持下，在小不列颠街[273]的布赖恩·奥西亚楠[274]那座古色古香的大厅里进行了一场极为有趣的讨论：谈到古代盖尔族体育运动的复兴，谈到古希腊罗马以及古代爱尔兰的人们怎样懂得体育文化对振兴民族的重要性。这一高尚集会由可敬的主席主持，与会者来自各界。主席做了一番富于启发性的开场白——那是以雄辩有力的辞藻发表的一篇精彩有力的演说。接着又以通常那种优良的高水平，针对着复兴我们古代泛凯尔特祖先那历史悠久的竞技和运动之可取性，进行了一场饶有兴趣而富有启发性的讨论。然后我们古代语运动的著名而备受尊敬的学者约瑟夫·麦卡锡·海因斯先生就复兴古代盖尔族的运动和游戏问题，做了雄辩的演说。这些竞技是当年芬恩·麦库尔[275]所朝朝暮暮操练的，旨在复兴自古以来的无与伦比的尚武传统。利·布卢姆因为站在反对论调的一边，人们对他的发言毁誉参半。身为声乐家的主席，经会众一再要求，并在全场鼓掌声中，极其出色地唱了不朽的托马斯·奥斯本·戴维斯[276]那首永远清新的诗《重建国家》(幸而它家喻户晓，用不着在此重复了)，这样就结束了这场讨论。说这位资深的爱国斗士演唱得完全超过他平素的水平，无人会有异言。这位爱尔兰的卡鲁索－加里波第[277]处于最佳状态。当他用洪亮声腔高唱那首只有我们的公民才能演唱的久负盛名的国歌时，发挥得真是淋漓尽致。他那卓越高超的嗓音，以其不同凡响的音色大大提高了本来就已饮誉全球的声望。会众报以热烈的掌声。听众当中可以看到许多杰出的神职人员和新闻界、律师界以及学术文化界人士。会议就这样结束了。

与会的神职人员包括耶稣会法学博士威廉·德拉尼教长、神学博士杰拉尔德·莫洛伊主教、圣神修士团的帕·菲·卡瓦纳神父[278]、本堂神父T.沃特斯、教区神父约翰·M.艾弗斯；圣方济各修道会的P.J.克利里神父[279]、布道兄弟会的L.J.希基神父、圣方济各托钵修道会的尼古拉斯教长、赤脚加尔默罗会的B.戈尔曼教长[280]、耶稣会的T.马尔神父、耶稣会的詹姆斯·墨菲教长、地方主教代理约翰·莱弗里神父[281]、神学博士威廉·多尔蒂教长、主母会的彼得·费根神父、圣奥古斯丁隐修会的T.布兰甘神父[282]、本堂神父J.弗莱文、本堂神父马·A.哈克特、本堂神父W.赫尔利[283]、至尊的主教总代理麦克马纳斯阁下、无原罪圣母奉献会的B.R.斯莱特里神父、教区司铎迈·D.斯卡利教长[284]、布道兄弟会的托·F.珀塞尔神父[285]、十分可敬的教区蒙席蒂莫西·戈尔曼、本堂神父约·弗拉纳根[286]。在俗人士P.费伊、托·奎克[287]等。

——提起激烈的运动，阿尔夫说。基奥和贝内特之间的那场拳赛[288]，你们去看了吗？

——没有，乔说。

——我听说某某人在那场拳赛中，足足赚了一百金镑，阿尔夫说。

——谁？布莱泽斯吗？乔说。

于是布卢姆说：

——譬如说到网球，我指的就是动作要敏捷，眼力得有训练。

——对，布莱泽斯，阿尔夫说。为了增加迈勒获胜的机会，他到处散布说，迈勒成天酗啤酒。其实迈勒总在埋头练着拳。

——我们了解他，“市民”说。叛徒[289]的儿子。我们晓得他是怎样把英国金币捞到自己兜里去的。

——你说得对，乔说。

布卢姆又插嘴谈起草地网球和血液循环，并且问阿尔夫：

——喂，柏根，你不这么认为吗?

——迈勒用对方的身子擦了地板，阿尔夫说。相形之下希南和塞耶斯的[290]拳赛不过瞎胡闹。简直像爹妈管教儿子那样把他揍个痛快。那小个子连对方的肚脐眼儿都够不着，大个子净扑空了。天哪，他终于朝着对方的心窝给了一拳。什么昆斯伯里规则[291]统统置诸不顾，弄得对方把从未吃进去的东西都吐出来了。

迈勒和珀西[292]为了争夺五十金镑奖金所展开的是一场具有历史意义的戴手套的重量级拳击。都柏林的羔羊凭着他那杰出的技巧，弥补了体重的不足。最后的信号打响后，两个斗士都遭到重创。在上一次的厮斗中，次中量级军士长[293]狠狠地左右开弓，基奥只能当个接收大员。这位炮手[294]朝着宠儿的鼻子利利索索地饱以老拳，使他鼻孔出血。迈勒看上去已晕头转向了。军人[295]以挥起左拳猛击为开端，拿出看家本领来了。迎战的爱尔兰斗士作为回击，就对准贝内特的下巴颏儿尖儿猛地打过去。红衣兵[296]赶忙弯下腰去闪开了。然而那个都柏林人用左肘弯将对方的身子朝上一顶，这一着打得煞是漂亮。双方开始厮拼了。迈勒立即发动攻势，压倒了对方。这个回合以迈勒把那个彪形大汉逼到围栏索跟前惩罚一顿而告终。那个英国人的右眼几乎给揍瞎了。他回到自己那个角落，被浇以大量冷水。铃一响，他就又斗志昂扬、浑身是胆地上场了，充满了立即击倒那个埃布拉尼[297]拳手的信心。这是一场一决胜负的殊死战。两个人像老虎般猛烈拼搏，观众兴奋不已。裁判员两次警告调皮蛋珀西因搂人犯了规，然而这位宠儿非常灵巧，他那脚技真有看头。双方经过短短几个回合，军人来个猛烈的上手拳，致使对方的嘴巴鲜血淋漓。这时，羔羊抽冷子从正面进攻，一记凶狠的左拳落在好斗的贝内特腹部使他栽了个大马爬。这一击利落痛快地把对方彻底打垮了。在紧张的期待中，当迈勒的助手奥利·弗特斯·韦茨坦[298]把毛巾丢过去的时候，贝洛港的职业拳击家败局已定。桑特里[299]的小伙子被宣判为胜者。观众狂热地喝彩，冲过围栏索，欢喜若狂地将他团团围起。

——他[300]晓得面包的哪一面涂着黄油，阿尔夫说。我听说他正在组织一次去北方的巡回演出呢。

——没错儿，乔说。对吧?

——谁?布卢姆说。呃，对。一点儿不假。对，要知道，是一次消夏旅行。不过是去度假罢了!

——布太太是一颗格外灿烂的明星[301]，对不?乔说。

——我内人吗?布卢姆说。对，她会去唱的，而且我估计会获得成功。他是一位很好的组织者。挺有本事。

我对自己说，我说[302]：嗬，原来如此!这就明白了椰子壳里为啥有汁液，动物的胸脯上为啥没毛。布莱泽斯轻轻地吹奏笛子[303]。巡回演出。跟布尔人打仗[304]的时候，住在岛桥[305]那一边的骗子、贪心鬼丹，把同一群马卖给政府两次。布莱泽斯就是丹的儿子。那老爷子成天把什么挂在嘴上。我登门拜访，并且说：博伊兰先生，我讨济贫费和水费来啦!你什么?水费，博伊兰先生。你什么，什么呀?听我的劝告吧，那个花花公子早晚会把那个娘儿们组织到手的。这只是我你之间说的私话。怎么，又来了吗[306]?

卡尔普[307]岩山的骄傲。特威迪这位头发像乌鸦般油黑的女儿。她在那弥漫着枇杷和杏子芬芳的土地上，出落成一位绝世美女。阿拉梅达诸园[308]熟悉她的脚步声。橄榄园认识她并向她弯腰鞠躬。她就是利奥波德的贞洁配偶，有着一对丰满乳房的玛莉恩。

看哪，奥莫洛伊家族的一名成员[309]走进来了，他面颊白里透红，是位容貌清秀的英雄。他精通法典，任国王陛下的顾问官。跟他一道来的是继承伦巴德家高贵门第的公子和后嗣[310]。

——你好，内德。

——你好，阿尔夫。

——你好，杰克。

——你好，乔。

——天主保佑你，“市民”说。

——仁慈地保佑你，杰·杰说。喝多少，内德?

——半下子，内德说。

于是，杰·杰叫了酒。

——你到法院去过了吗？乔说。

——去过啦，杰·杰说。那档子事他会妥善处理的，内德。

——但愿如此，内德说。

眼下这两个人究竟企图干些什么？杰·杰的名字从大陪审团的名单[311]上被勾掉了，另外一位想帮他一把。他的大名刊登在斯塔布斯[312]上。玩纸牌，跟那些戴着时髦的单片眼镜、华而不实的纨挎子弟一道开怀对酌，痛饮香槟酒。其实，传票和扣押令纷至沓来，几乎使他窒息。他赴弗朗西斯街的卡明斯当铺，把金表典当出去。进的是内部办公室，那儿谁都不认得他。当时正碰上我陪着精明鬼到那里去，赎他典当的一双长筒靴子。先生，你叫什么名字？邓恩[313]，他说。哎，而且这下子完了[314]，我说。我寻思，迟早有一天，他会弄得寸步难行。

——你在附近遇到那个该死的疯子布林了吗？阿尔夫说。万事休矣，完蛋啦！

——遇见啦，杰·杰说。正在物色一名私人侦探。

——是啊，内德说。他不顾一切地要立即告到法庭上去。不过科尼·凯莱赫说服了他，叫他先请人去鉴定一下笔迹。

——一万镑，阿尔夫笑着说。我不惜一切代价也想听听他在法官和陪审团面前怎样说法。

——是你干的吗，阿尔夫？乔说。请吉米·约翰逊帮助你，说实话，全部是实话，只有实话[315]。

——我？阿尔夫说。不要污蔑我的人格。

——无论你怎样陈述，乔说。都会被作为对你不利的证言记录下来。

——当然喽，这场诉讼是会被受理的，杰·杰说。这意味着他并非神经健全[316]。万事休矣，完蛋啦！

——你得有一双健全[317]的眼睛！阿尔夫笑着说。你不知道他低能吗？瞧瞧他的脑袋。你知道吗，有些早晨他得用鞋拔子才能把帽子戴上去。

——我知道，杰·杰说。倘若你由于公布了某件事而被控以诽谤罪，即使那是确凿的，从法律观点看，还是无可开脱。

——唔，唔，阿尔夫，乔说。

——不过，布卢姆说。由于那个可怜的女人——我指的是那人的妻子。

——她是怪可怜的，“市民”说。或是任何其他嫁给半吊子的女人。

——怎么个半吊子法儿？布卢姆说。难道你的意思是说，他……

——半吊子指的是，“市民”说。一个非鱼非肉的家伙。

——更不是一条好样的红鲱鱼，乔说。

——我就是这个意思，“市民”说。邪魔附体[318]，这么说你就能明白了吧？

我确实看出要惹麻烦来了。布卢姆还在解释说，他指的是由于做老婆的不得不追在那个口吃的老傻瓜后面跑跑颠颠，这太残酷了。将该死的穷鬼布林撒到野外，几乎能被自己的胡子绊倒。老天爷看了都会哭上一场。残酷得就跟虐待动物一样。嫁给他之后，她一度得意扬扬，鼻孔朝天，因为她公公的一个堂弟在罗马教廷担任教堂领座人。墙上挂着他的一幅肖像，留着斯马沙尔·斯威尼[319]般的小胡子。这位萨默希尔[320]出生的布利尼先生[321]，意大利人[322]，教皇手下的祖亚沃兵[323]，从码头区搬到莫斯街[324]去了。告诉咱，他究竟是个什么人？一个无名小卒，住的是两层楼梯带廊子的后屋，房租每周七先令。然而他全身披挂，向世人进行挑战。

——况且，杰·杰说。寄了明信片，就等于把事情公布出去了。萨德格罗夫对霍尔的判例中，明信片就被认为对怀有恶意[325]这一点提供了充分的证据。依我看，诉讼是能够成立的。

请付六先令八便士[326]。谁也不要听你的意见。咱们消消停停地喝酒吧。妈的，连这一点都挺不容易的。

——喏，为你的健康干杯，杰克，内德说。

——为健康干杯，杰·杰说。

——他又出现啦，乔说。

——在哪儿？阿尔夫说。

果然，他腋下夹着书，同老婆并肩从门前走过。科尼·凯莱赫也和他们在一起，路过时还翻着白眼朝门里面窥伺，并且想卖给他一副二手货棺材。他说话时口吻俨然像个老子。

——加拿大那档子诈骗案[327]怎样啦？乔说。

——收审啦，杰·杰说。

一个叫作詹姆斯·沃特，又名萨菲洛，又名斯帕克与斯皮罗的酒糟鼻联谊会[328]成员在报纸上登广告说，只消出二十先令，他就售给一张赴加拿大的船票。什么？你以为我容易受骗吗？当然，这是一场该死的骗局。哦？米斯郡的老妈子和乡巴佬[329]啦，跟他同一个联谊会的啦，统统上当了。杰·杰告诉我们，有个叫扎列兹基还是什么名字的犹太老头儿，戴着帽子[330]在证人席上哭哭啼啼，他以圣摩西的名字发誓说，自己被骗去两镑。

——这案子是谁审理的？乔说。

——市记录法官，内德说。

——可怜的老弗雷德里克爵士[331]，阿尔夫说。你可以让他眼睁睁地受骗上当。

——他的度量像狮子一般大，阿尔夫说。只要向他编一套悲惨的故事，什么拖欠了多少房租啦，老婆生病啦，一大帮孩子啦，管保他就在法官席上泪流满面。

——可不，阿尔夫说。前些日子，当吕便·杰控告那个在巴特桥[332]附近替公司看守石料的可怜的小个子冈穆利的时候，他本人没给押到被告席上就算他妈的万幸啦！

于是，他模仿起年迈的市记录法官的哭哭啼啼的腔调说：

——这简直是再可耻不过了！你是个勤勤恳恳干活儿的穷人嘛！有几个娃娃？你说的是十个吗？

——是啊，大老爷。俺娘儿们还害着伤寒病哪。

——老婆还害着伤寒病！可耻！请你马上退出法庭。不，先生，本法官绝不下令要被告付款。先生，你怎么敢到我这里要我勒令他付款！这是个勤劳苦干的穷人呀！本法官拒绝受理。

牛眼女神月[333]的十六日，适值神圣不可分的三位一体节日[334]后的第三周。这时，处女月——苍穹的女儿正当上弦，学识渊博的审判官们恰好来到司法大厅里。助理法官考特尼[335]坐在自己的办公室里发表意见。首席法官安德鲁斯[336]在不设陪审团的情况下开庭，检验遗嘱。在该遗嘱中，被深切哀悼的已故葡萄酒商雅各布·哈利戴留给了神经不正常的未成年人利文斯通和另一个人各一份动产与不动产。关于[337]第一债权人对这份呈交上来以供检验其合法性、并最终确定如何予以执行的遗嘱中记载的财产所提出的要求，他正在慎重衡量并深思熟虑。不久，驯鹰者弗雷德里克[338]爵士到格林街这座庄严的法庭上来了。他于五点钟左右入座。以便在都柏林市郡以及所属各地区实施布里恩法律[339]的职权。列席者为由爱阿尔的十二族组成最高评议会，每族限一名。帕特里克族、休族、欧文族、康恩族、奥斯卡族、弗格斯族、芬恩族、德莫特族、科麦克族、凯文族、卡奥尔特族、莪相族[340]——共计十二名正直而善良的人。他以死在十字架上的上主之名，恳求他们说，要慎重而真实地进行审议，在至高无上的君主——国王陛下与站在法庭上的囚犯之间的诉讼中，做公允的评决，凭着证据，做出正确的判决。他祈求上主庇佑他们，并请他们吻《圣经》。他们这十二名爱阿尔，个个从席位上起立，并以从亘古就存在的上主[341]之名发誓说，他们将为主主持正义。于是，狱卒们立即把严正执法、行动敏捷的侦探们根据密告所逮捕并拘留在主楼里的犯人押出，给他上了手铐脚镣，不准许保释。他们就是要指控他，因为他是个犯罪分子[342]。

——这些家伙倒也不赖，“市民”说。他们大批地拥进爱尔兰，弄得全国都是臭虫。

布卢姆装作什么也没听见。他和乔攀谈起来，说小小不言的事儿，在下月一日之前不用放在心上。然而要是跟克劳福德先生讲一声就好了。于是，乔指着各路神祇发誓说，打下手的活儿他都包下了。

——因为，你要知道，布卢姆说。广告就靠反复登，再也没有旁的诀窍了。

——交给我办吧，乔说。

——受骗的是爱尔兰的庄稼汉，“市民”说。以及穷人。再也不要放陌生人进咱们家啦[343]！

——噢，我敢说那样就成了，海因斯，布卢姆说。要知道，就是凯斯那档子事儿。

——你就只当事情已经定下来了就是啦，乔说。

——谢谢你的好意，布卢姆说。

——陌生人嘛，“市民”说。都怪咱们自己。是咱们放他们进来的，咱们引他们进来的，奸妇和她的姘夫[344]把萨克森强盗们带到这儿来了。

——附有条件的离婚判决书[345]，杰·杰说。

于是，布卢姆做出一副对酒桶后的角落里那张蜘蛛网——一个毫不起眼的东西——极感兴趣的样子。“市民”从背后满面怒容地瞪着布卢姆，他脚下那只老狗仰头望着他，在打量该咬谁以及什么时候下口。

——一个不守贞操的老婆，“市民”说。这就是咱们一切不幸的根源。

——她就在这儿哪，正跟特里一道在柜台上对着一份《警察时报》[346]咯咯笑着的阿尔夫说。打扮得花里胡哨的。

——让咱瞧一眼，我说。

那不过是特里向科尼·凯莱赫借来的美国佬黄色照片中的一张。放大阴部的秘诀。社交界美女的丑闻。芝加哥的一位富有的承包人诺曼·W.塔珀，发现自己那位漂亮然而不贞的妻子，坐在泰勒军官的腿上。那位穿着灯笼裤的美人儿可不正经，正让情夫抚摩她那痒处呢。诺曼·W.塔珀带着小口径枪蹦进去时，迟了一步，她刚刚跟泰勒军官干完套环游戏[347]。

——哦，好的，天哪，乔说。你的衬衫多短呀！

——瞧那头发[348]，乔，我说。从那罐头咸牛肉上弄下一截怪味儿的老尾巴尖儿，对不？

这时，约翰·威思·诺兰和利内翰进来了，后者的脸耷拉得老长，活像一顿没完没了的早餐。

——喏，"市民"说。现场有什么最新消息？关于爱尔兰语，那些锔锅匠在市政厅召开的秘密会议上都做了什么决定？

穿戴锃亮铠甲的奥诺兰朝着全爱琳这个位高势大的首领深打一躬，禀明了事情的原委。这座无比忠顺的城市，国内第二大都会的神情肃穆的元老们聚集在索尔塞尔[349]，照例对天界的神明们祷告一番后，关于该采取何等措施俾能让一衣带水的盖尔族[350]那崇高的语言得以光彩地在世间复兴，严肃地进行了审议。

——正进展着哪，"市民"说。该死而野蛮的撒克逊佬[351]和他们的土音[352]，统统都下地狱去吧。

于是，杰·杰就摆出绅士派头插嘴说，光听片面之词可弄不清楚事实的真相，那是照纳尔逊的做法，用瞎了的那只眼睛对着望远镜[353]，并谈起制定褫夺公权法以弹劾国家[354]。布卢姆尽力支持他，同时讲着做事不可过火，以免招来麻烦，还说到他们的属地和文明等。

——你说的是他们的梅毒文明[355]喽！"市民"说。让那跟他们一道下地狱去吧！让那不中用的上帝发出的诅咒，斜落在那些婊子养的厚耳朵混蛋崽子身上吧，活该！音乐、美术、文学全谈不上，简直没有值得一提的。他们的任何文明都是从咱们这儿偷去的。鬼模鬼样的私生子那些短舌头的崽子们。

——欧洲民族，杰·杰说……

——他们才不是欧洲民族呢，“市民”说。我跟巴黎的凯文·伊根一道在欧洲待过。欧洲虽广，除了在厕所[356]里，你一点儿也看不到他们或他们的语言的痕迹。

于是约翰·威思说：

——多少朵花生得嫣红，怎奈无人知晓[357]。

懂得一点儿外语皮毛的利内翰说：

——打倒英国人！背信弃义的英国[358]！

说罢，他就用那双粗壮、结实、强有力的大手，举起一大木杯[359]正在冒泡的烈性黑色浓啤酒，吆喝着本族口号“红手迎胜利[360]”，祈求敌族——那宛若永生的众神一般默然坐在雪花石膏宝座上的刚毅勇猛的英雄们，海洋上的霸主[361]——彻底毁灭。

——你怎么啦？我对利内翰说。你这家伙就像是丢了一先令只找到了一枚六便士硬币似的。

——金质奖杯，他说。

——哪匹马赢啦，利内翰先生？特里说。

——丢掉[362]，他说。以二十博一。原是一匹冷门儿马。其余的全不在话下[363]。

——巴斯那匹母马[364]呢？特里说。

——还跑着哪，他说。我们统统惨败啦！博伊兰那小子，在我透露消息给他的“权杖”身上，为他自己和一位女友下了两镑赌注。

——我也下了半克朗，特里说。根据弗林先生出的点子，把赌注下在“馨香葡萄酒”身上了。那是霍华德·德沃尔登勋爵[365]的马。

——以二十博一，利内翰说。马房的生活就是如此。“丢掉”做了让人失望的事[366]，他说。还闲扯些什么拇指囊肿胀。脆弱啊，你的名字就是“权杖”[367]。

于是，他走到鲍勃·多兰留下的饼干罐那儿去，瞧瞧能不能捞到点儿什么。那只老杂种狗为了撞撞运气，抬起生满疥癣的大鼻子跟在后面。所谓老嬷嬷哈伯德，走向食橱[368]。

——这儿没有哩，我的乖，他说。

——打起精神来，乔说。要是没有另外那匹劣马，它原是会赢的嘛！

杰·杰和“市民”就法律和历史争论起来，布卢姆也不时地插进一些妙论。

——有些人，布卢姆说。只看见旁人眼中的木屑，却不管自己眼中的大梁[369]。

——胡说，“市民”说。再也没有比视而不见的人更盲目的了，也不知道你懂不懂得我的意思。咱们这里本来应该有两千万爱尔兰人，如今却只有四百万。咱们失去了的部族都哪儿去啦[370]？还有咱们那全世界最美的陶器和纺织品！还有尤维纳利斯[371]那个时代在罗马出售的咱们的羊毛，咱们的亚麻布和那在安特里姆的织布机织出来的花缎，以及咱们的利默里克花边[372]呢？咱们的鞣皮厂和远处的巴利布[373]附近所生产的白色火石玻璃呢？打从里昂的雅克以来咱们就拥有的胡格诺府绸[374]，咱们的丝织品，咱们的福克斯福特花呢[375]，新罗斯的加尔默罗隐修院所生产的举世无双的象牙针绣[376]呢？当年，希腊商人从赫剌克勒斯的两根柱子[377]——也就是如今已被人类公敌霸占了的直布罗陀——之间穿行前来，以便在韦克斯福德的卡曼集市上出售他们带来的黄金和推罗紫[378]，如今安在？读读塔西佗[379]、托勒密[380]，以至吉拉德斯·卡姆布伦希斯[381]吧！葡萄酒、皮货、康尼马拉大理石[382]、蒂珀雷里所产上好银子[383]。咱们那至今远近驰名的骏马——爱尔兰小马。西班牙的菲利普，为了取得在咱们领海上的捕渔权，还提出要付关税[384]。在咱们的贸易和家园毁于一旦这一点上，那些卑鄙的英国佬欠下了多大的一笔债啊！他们不肯把巴罗河和香农河[385]的河床挖深，以致好几百万英亩良田都成为沼泽和泥炭地，足以害得咱们大家全都死于肺病。

——咱们这儿很快就会像葡萄牙那样，连棵树都没有啦，约翰·威思说。或者像黑尔戈兰[386]那样，只剩下一棵树，除非采取措施来重新植树造林。落叶松啦，冷杉啦，所有的针叶树正在迅速走向毁灭。我读卡斯尔顿勋爵的报告书[387]来着……

——救救这些树木吧，“市民”说。戈尔韦的巨梣[388]，以及那棵树干有四十英尺、枝叶茂盛达一英亩的基尔代尔首领榆。啊，为了爱利那秀丽山丘[389]上的未来的爱尔兰人，救救爱尔兰的树木吧！

——整个欧洲都在盯着你哪，利内翰说。

今天下午，众多[390]国际社交界人士莅临参加爱尔兰国民林务员的高级林务主任琼·怀斯·德诺兰[391]骑士与松谷的冷杉·针叶树[392]小姐的婚礼，给爱尔兰增添了光彩。贵宾有：西尔威斯特[393]·榆荫夫人、芭芭拉·爱桦太太、波尔·梣[394]太太、冬青·榛眼太太[395]、瑞香·月桂树小姐、多萝西·竹丛小姐、克莱德·十二棵树太太、山楸·格林[396]太太、海伦·藤蔓生[397]太太、五叶地锦[398]小姐、格拉迪斯·毕奇小姐[399]、橄榄·花园小姐、白枫[400]小姐、莫德·红木小姐、迈拉·常春花小姐、普丽西拉·接骨木花小姐[401]、蜜蜂·忍冬[402]小姐、格蕾丝·白杨小姐、哦·含羞草小姐[403]、蕾切尔·雪松叶[404]小姐、莉莲和薇奥拉·丁香花[405]小姐、羞怯·白杨奥尔[406]小姐、基蒂·杜威－莫斯[407]小姐、五月·山楂[408]小姐、格罗丽亚娜·帕默[409]太太、莉亚娜·福雷斯特[410]太太、阿拉贝拉[411]·金合欢太太以及奥克霍姆·里吉斯的诺马·圣栎[412]。新娘由她父亲格兰的麦克针叶树[413]挽臂送到新郎跟前。她穿着款式新颖的绿丝光绸长衫，跟里面那件素淡的灰衬衣一样可身。腰系翠绿宽饰带，下摆上镶着颜色更浓郁的三道荷叶边。在这样的底色上，衬托以近似橡子的褐色吊带和臀饰。看上去无比姣好。两位伴娘落叶松·针叶树和云杉·针叶树是新娘的妹妹，穿戴着同一色调非常得体的服饰。褶子上用极细的线条绣出图案[414]精巧的羽毛状玫瑰。翡翠色的无檐女帽上，也别出心裁地插着淡珊瑚色苍鹭羽毛，与之配衬。恩里克·弗洛先生[415]以闻名遐迩的技艺奏起风琴：除了婚礼弥撒中所规定的一些乐章外，仪式结束后还奏了一支动人心弦的新曲调《伐木者，莫砍那棵树》[416]。接受了教皇的祝福[417]，临离开庭园内的圣菲亚克[418]教堂时，人们开玩笑地将榛子、槲子、月桂叶、柳絮、繁茂的常春藤叶、冬青果、槲寄生小枝和花楸的嫩条像密集的炮火一般撒在这对幸福的新人身上。威思·针叶树·诺兰先生和夫人将到黑森林里去度幽静的蜜月[419]。

——然而，咱们用眼睛盯着欧洲，“市民”说。那些杂种还没呱呱落地之前，咱们就跟西班牙人、法国人和佛兰芒人搞起贸易来了[420]。戈尔韦有了西班牙浓啤酒，葡萄紫的大海[421]上泊满了运酒船。

——还会那样的，乔说。

——在天主圣母的帮助下，咱们会振作起来的，“市民”拍着他的大腿说。咱们那些空空荡荡的港口又会变得满满当当。王后镇、金塞尔、黑草地湾、凯里王国的文特里[422]。还有基利贝格斯。那是广阔世界上第三大港[423]，当年德斯蒙德伯爵能够和查理五世皇帝本人直接签订条约[424]的时候，从港内一眼可以望到戈尔韦的林奇家、卡文的奥赖利家以及都柏林的奥肯尼迪家[425]那足有一个舰队那么多的桅杆。还会振作起来的，他说，到那时，咱们将会看到第一艘爱尔兰军舰乘风破浪而来，舰头飘着咱们自己的旗子。才不是你亨利·都铎的竖琴[426]呢。绝不是，那是在船上挂过的最古老的旗子，德斯蒙德和索门德省的旗子，蓝地上三个王冠、米列修斯[427]的三个儿子。

于是，他把杯中剩下的一饮而尽。倒挺像那么回事儿的[428]。犹如制革厂的猫似的又是放屁又是撒尿[429]。康诺特的母牛犄角长[430]。尽管他势头这么冲，狗命要紧，他才不会到沙那戈尔登[431]去向聚集的群众吹牛呢。由于他抢夺了退租的佃户的家当[432]，摩莉·马奎斯们[433]正在寻找他，要在他身上戳个洞，弄得他简直不敢在那儿露面。

——听，听这套话，约翰·威思说。你喝点儿啥？

——来杯“帝国义勇骑兵”[434]，利内翰说。庆祝一番嘛！

——半下子，特里，约翰·威思说。再要一瓶“举手”[435]。特里！你睡着了吗？

——好的，先生，特里说。小杯威士忌，还要一瓶奥尔索普。好的。先生。

不去服侍公众，却寻求下流的刺激，跟阿尔夫一道读那该死的报纸来过瘾。一幅是顶头比赛，低下脑袋，就像公牛撞门似的相互撞去，要撞得使该死的对方开瓢儿。另一幅是《黑兽被焚烧于佐治亚奥马哈》[436]：一大群歪戴帽子的戴德伍德·迪克[437]朝吊在树上的黑鬼[438]开火。他伸出舌头，身子底下燃着篝火。让他坐完电椅并将他钉在十字架上之后，还应该把他丢到大海里。这样才有把握置他于死地。

——关于善战的海军，你怎么看？内德说。它阻止了敌人前进[439]。

——你听我说，“市民”说。那是座人间地狱。你去读读几家报纸关于朴次茅斯的练习舰上滥施笞刑所做的那些揭露吧，是个自称感到厌恶[440]的人写的。

于是，他开始对我们讲起体罚啦，舰上那些排成一列头戴三角帽的水手、军官、海军少将啦，以及那位手持新教《圣经》为这场刑罚做证的牧师啦！还谈到一个年轻小伙子被押上来，号叫着：妈！他们把他捆绑在大炮的后座上。

——臀部着十二杖，“市民”说。这是老恶棍约翰·贝雷斯福德[441]爵士的喊法。然而，现代化的上帝的英国人喊鞭打屁股。

约翰·威思说：

——这种习俗还不如把它破坏了，倒比遵守它还体面些[442]。

然后他告诉我们，纠察长手里拿着一根长长的笞杖走了过来，抡起它，对准可怜的小伙子的后屁股就狠抽一通，直到他喊出一千声[443]“杀人啦”！

——这就是你们那称霸世界的光荣的英国海军，“市民”说。这些永远不做奴隶的人[444]有着天主的地球上唯一世袭的议院[445]，国土掌握在一打赌徒和装腔作势的贵族手里。这就是他们所夸耀的那个苦役和被鞭打的农奴的伟大帝国。

——在那上面，太阳是永远不升的[446]，乔说。

——悲剧在于，“市民”说。他们相信这个。那些不幸的雅胡[447]相信这个。

他们相信笞杖：全能的惩罚者，人间地狱的创造者；亦信大炮之子水手；他因邪恶的夸耀降孕，生于好战的海军。其臀部着十二杖，供作牺牲，活剥皮，制成革，鬼哭狼嚎，犹如该死的地狱。第三日自床上爬起，驶进港口，坐于船梁末端，等待下一道命令，以便为糊口而做苦役，关一份饷。[448]

——可是，布卢姆说。走遍天下，惩罚不都是一样的吗？我的意思是，要是你们以暴力对抗暴力，在这儿[449]不也一样吗？

我不是告诉你了吗？就像我此刻饮着黑啤酒那样真切，即使在弥留之际，他也会试图让你相信，死去就是活着。

——我们将以暴力对抗暴力，“市民”说。在大洋彼岸，我们有更大的爱尔兰[450]。在黑色的四七年[451]，他们被赶出了家园。他们的土屋和路旁那些牧羊窝棚被大槌砸坍后，《泰晤士报》搓着双手告诉那些胆小鬼萨克逊人说：爱尔兰的爱尔兰人很快就会减到像美国的红皮肤人那么稀少[452]。甚至连土耳其大公都送来他的比塞塔[453]。然而撒克逊的混蛋们处心积虑地要把本国老百姓饿死。当时遍地都是粮食，贪婪的英国人买下来，卖到里约热内卢去[454]。哎，他们把庄稼人成群地赶出去。两万名死在棺材船[455]里。然而抵达自由国土[456]的人们，对那片被奴役之地[457]记忆犹新。他们会怀着报复之心回来的。他们不是胆小鬼，而是葛拉纽爱尔[458]的儿子们，豁牙子凯思林[459]的斗士们。

——千真万确，布卢姆说。然而，我指的是……

——我们盼望已久了，“市民”，内德说。打从那个可怜的穷老太太告诉我们法国人在海上，并且在基拉拉上了岸的那一天起[460]。

——哎，约翰·威思说。我们为斯图尔特王室战斗过，他们却在威廉那一派面前变了节，背叛了我们[461]。记住利默里克和那块记载着被撕毁了的条约的石头[462]。我们那些“野鹅”为法国和西班牙流尽了最宝贵的血[463]。丰特努瓦[464]怎么样？还有萨斯菲尔德[465]和西班牙的得土安公爵奥唐奈[466]，以及做过玛丽亚·特蕾莎的陆军元帅的、卡穆的尤利西斯·布朗[467]。可我们究竟得到了什么？

——法国人！“市民”说。不过是一帮教跳舞的！你晓得那是什么玩意儿吗？

对爱尔兰来说，他们从来连个屁也不值。眼下他们不是正试图在泰·佩[468]的晚餐会上跟背信弃义的英国达成**真诚的谅解**[469]吗？他们从来就是欧洲的纵火犯。

——打倒法国人[470]！利内翰边啜啤酒边说。

——还有普鲁士王室和汉诺威王室那帮家伙，乔说。从汉诺威选侯乔治到那个日耳曼小伙子以及那个已故自负的老婊子[471]，难道坐到咱们王位上吃香肠的私生子还少了吗？

天哪，听他描述那个戴遮眼罩的老家伙的事，我不禁笑出声来。老维克每晚在皇宫里大杯大杯地喝苏格兰威士忌酒，灌得烂醉。她的车夫[472]把她整个抱起，往床上一滚。她一把抓住他的络腮胡子，为他唱起《莱茵河畔的埃伦》[473]和《到酒更便宜的地方去》[474]中她所熟悉的片段。

——喏，杰·杰说。如今和平缔造者爱德华[475]上了台。

——那是讲给傻瓜听的，"市民"说。那位花花公子所缔造的该死的梅毒倒比和平来得多些。爱德华·圭尔夫－韦亭！[476]

——你们怎么看，乔说。教会里的那帮家伙——爱尔兰的神父主教们，竟然把他在梅努斯[477]下榻的那间屋子涂成魔鬼陛下的骑装的颜色，还将他那些骑师骑过的马匹的照片统统贴在那里。而且连都柏林伯爵[478]的照片也在内。

——他们还应该把他本人骑过的女人的照片统统贴上去，小阿尔夫说。

于是，杰·杰说：

——考虑到地方不够，那些大人拿不定主意。

——想再来一杯吗，"市民"？乔说。

——好的，先生，他说。来吧！

——你呢？乔说。

——多谢啦，乔，我说。但愿你的影子永远不会淡下去[479]。

——照原样儿再开一剂，乔说。

布卢姆和约翰·威思一个劲儿地聊，兴奋得脸上泛着暗灰褐泥色，一双熟透了的李子般的眼睛滴溜儿直转。

——那叫作迫害，他说。世界历史上充满了这种迫害，使各民族之间永远存在仇恨。

——可你晓得什么叫作民族吗？约翰·威思说。

——晓得，布卢姆说。

——它是什么？约翰·威思说。

——民族？布卢姆说。民族指的就是同一批人住在同一个地方。

——天哪，那么，内德笑道。要是这样的话，我就是一个民族了。因为过去五年来，我一直住在同一个地方。

这样，大家当然嘲笑了布卢姆一通。他试图摆脱困境，就说：

——另外也指住在不同地方的人。

——我的情况就属于这一种，乔说。

——请问你是哪个民族的？"市民"问。

——爱尔兰，布卢姆说。我是生在这儿的。爱尔兰。

——"市民"什么也没说，只从喉咙里清出一口痰，而且，好家伙，"嗖"的一下吐到屋角去的竟是一只红沙洲餐厅的牡蛎[480]。

——我随大溜儿，乔。他说着掏出手绢，把嘴边揩干。

——喏，"市民"，乔说。用右手拿着它，跟着我重复下面这段话。

这时，极为珍贵、精心刺绣的古代爱尔兰面巾被小心翼翼地取出来，使观者赞赏不已。据传它出自《巴利莫特书》[481]的著者德罗马的所罗门和马努斯之手，是在托马尔塔赤·麦克多诺格家完成的。至于堪称艺术顶峰的四个角落的旷世之美，就毋庸赘述了。观者足以清清楚楚地辨认出，四部福音书的作者分别向四位大师[482]赠送福音的象征：一根用泥炭栎木制成的权杖，一头北美洲狮（附带说一句，它是比英国所产高贵得多的百兽之王），一头凯里小牛以及一只卡朗突奥山[483]的金鹰。绣在排泄面上的图像，显示出我们的古代山寨、土寨、环列巨石柱群、古堡的日光间[484]、寺院和咒石堆[485]。古老的巴米塞德时代[486]斯莱戈那些书册装饰家奔放地发挥艺术幻想所描绘的景物还是那样奇妙绚丽，色彩也是那么柔和。二湖谷、基拉尼那些可爱的湖泊、克朗麦克诺伊斯[487]的废墟、康大寺院，衣纳格峡谷和十二山丘、爱尔兰之眼[488]、塔拉特的绿色丘陵、克罗阿·帕特里克山[489]、阿瑟·吉尼斯父子（股份有限）公司的酿酒厂、拉夫·尼格湖畔、奥沃卡峡谷[490]、伊索德塔、玛帕斯方尖塔[491]、圣帕特里克·邓恩爵士医院[492]、克利尔岬角、阿赫尔罗峡谷[493]、林奇城堡、苏格兰屋、拉夫林斯顿的拉思唐联合贫民习艺所[494]、图拉莫尔监狱、卡斯尔克尼尔瀑布[495]、市镇树林约翰之子教堂、[496]莫纳斯特尔勃衣斯的十字架、朱里饭店、圣帕特里克的炼狱[497]、鲑鱼飞跃、梅努斯学院饭厅、柯利洞穴[498]、第一任威灵顿公爵的三个诞生地、卡舍尔岩石[499]、艾伦沼泽、亨利街批发庄、芬戈尔洞[500]——所有这一切动人的[501]情景今天依然为我们而存在。历经忧伤之流的冲刷，以及随着时光的推移逐渐形成的丰富积累，使它们越发绮丽多姿了。

——把酒递过来。我说。哪一杯是哪个的？

——这是我的，乔就像魔鬼跟一命呜呼的警察说话那样斩钉截铁地说。

——我还属于一个被仇视、受迫害的民族，布卢姆说。现在也是这样。就在此刻。这一瞬。

嘿，那陈旧的雪茄烟蒂差点儿烧了他的手指。

——被盗劫，他说。被掠夺。受凌辱。被迫害。把根据正当权利属于我们的财产拿走。就在此刻，他伸出拳头来说。还在摩洛哥[502]当作奴隶或牲畜那么地被拍卖。

——你谈的是新耶路撒冷[503]吗？“市民”说。

——我谈的是不公正，布卢姆说。

——知道了，约翰·威思说。那么，有种的就站起来，用暴力来对抗好啦！

就像是印在月份牌上的一幅图画似的。不啻是个软头子弹的活靶子。一张老迈、满是脂肪的脸蛋儿迎着那执行职务的枪口仰起来，嘿，只要系上一条保姆的围裙，他最适宜配上一把扫帚了。然后他就会蓦地垮下来，转过身，把脊背掉向敌人，软瘫如一块湿抹布。

——然而这什么用也没有，他说。暴力、仇恨、历史，所有这一切。对男人和女人来说，侮辱和仇恨并不是生命。每一个人都晓得真正的生命同那是恰恰相反的。

——那么是什么呢？阿尔夫说。

——是爱，布卢姆说。我指的是恨的反面。现在我得走啦，他对约翰·威思说。我要到法院去看看马丁在不在那儿。要是他来了，告诉他我马上就回来。只去一会儿。

谁也没拦住你呀！他宛如注了油的闪电，一溜烟儿就跑掉了。

——来到异邦人当中的新使徒，“市民”说。普遍的爱。

——喏，约翰·威思说。还不就是咱们听过的吗：要爱你的邻居[504]。

——那家伙吗？“市民”说。他的座右铭是：抢光我的邻居[505]。好个爱[506]！他倒是罗密欧与朱丽叶的好模子。

爱情思恋着去爱慕爱情[507]。护士爱新来的药剂师。甲十四号警察爱玛丽・凯里。格蒂・麦克道维尔爱那个有辆自行车的男孩子。摩・布爱一位金发绅士。礼记汉爱吻茶蒲州[508]。大象江勃爱大象艾丽思[509]。耳朵上装了号筒[510]的弗斯科伊尔老先生爱长了一双斗鸡眼的弗斯科伊尔老太太。身穿棕色胶布雨衣的人爱一位已故的夫人[511]。国王陛下爱女王陛下。诺曼・W. 塔珀太太爱泰勒军官。你爱某人，而这个人又爱另一个人。每个人都爱某一个人，但是天主爱所有的人。

——喏，乔，我说。为了你的健康和歌儿，再来杯鲍尔威士忌，"市民"。

——好哇，来吧，乔说。

——天主、玛利亚和帕特里克祝福你，"市民"说。

于是，他举起那一品脱酒，把胡子都沾湿了。

——我们晓得那些伪善者[512]，他说。一面讲道，一面摸你的包。假虔诚的克伦威尔和他的"铁甲军"怎么样呢？在德罗赫达他们一面残杀妇孺[513]，一面又把《圣经》里的"上帝是爱"这句话贴在炮口上。《圣经》！你读没读今天的《爱尔兰人联合报》上关于正在访问英国的祖鲁酋长那篇讽刺文章[514]？

——谈了些什么？乔说。

于是，"市民"掏出一张他随身携带的报纸朗读起来：

——昨日曼彻斯特棉纱业巨头一行，在金杖侍卫沃尔克普・翁・埃各斯[515]的沃尔克普勋爵陪同下，前往谒见阿贝库塔的阿拉基[516]陛下，并为在陛下之领土上对英国商贾所提供之便利，致以衷心谢悃。代表团与陛下共进午餐。此皮肤微黑之君主于午宴即将结束时，发表愉快的演说，由英国牧师、可敬的亚拿尼亚・普列斯戛德・贝尔本[517]流畅地译出。陛下对沃尔克普先生[518]深表谢忱。强调阿贝库塔与大英帝国之间的友好关系，并谓承蒙白人女酋长、伟大而具男子气概之维多利亚女王馈赠插图本《圣经》，彼将珍藏，视为至宝。书中载有神之宝训以及英国伟大的奥秘，并亲手题以献辞[519]。随后，阿拉基高举爱杯（系用卡卡察卡察克王朝先王、绰号四十瘊子之头盖骨做成），痛饮浓烈之黑与白威士忌[520]。然后前往棉都[521]各主要工厂访问，并在来宾留言簿上签名。最后，以贵宾表演婀娜多姿之古代阿贝库塔出征舞收尾，其间，舞者当众吞下刀叉数把，博得少女之狂热喝彩。

——孀居女人，内德说。她干得出来。我倒想知道她会不会给它派上跟我一样的用场[522]。

——岂止一样，用的次数还更多哩，利内翰说。自那以后，在那片丰饶的土地上，宽叶芒果一直长得非常茂盛。

——这是格里菲思写的吗？约翰·威思说。

——不是，“市民”说。署名不是尚戛纳霍。只有 P 这么个首字[523]。

——这个首字很好哩，乔说。

——都是这么进行的，“市民”说。贸易总是跟在国旗后边。

——喏，杰·杰说。只要他们比刚果自由邦的比利时人再坏一点儿，他们就准是坏人。你读过那个人的报告了吗，他叫什么来着？

——凯斯门特[524]，“市民”说。是个爱尔兰人。

——对，就是他，杰·杰说。强奸妇女和姑娘们，鞭打土著的肚皮，尽量从他们那里榨取红橡胶。

——我知道他到哪儿去了，利内翰用手指打着榧子说。

——谁？我说。

——布卢姆，他说。法院不过是个遮掩。他在“丢掉”身上下了几先令的赌注，这会子收他那几个钱去啦！

——那个白眼卡菲尔吗[525]？“市民”说。他可一辈子从来也没下狠心在马身上赌过。

——他正是到那儿去啦，利内翰说。我碰见了正要往那匹马身上下赌注的班塔姆·莱昂斯。我就劝阻他，他告诉我说是布卢姆给他出的点子。下五先令赌注，管保他会赚上一百先令。全都柏林他是唯一这么做的人。一匹“黑马”。

——他自己就是一匹该死的“黑马”，乔说。

——喂，乔，我说。告诉咱出口在哪儿？

——就在那儿，特里说。

再见吧，爱尔兰，我要到戈尔特去[526]。于是，我绕到后院去撒尿。他妈的（五先令赢回了一百），一边排泄（“丢掉”，以二十博一），卸下重担，一边对自己说：我晓得他心里（乔请的一品脱酒钱有了，在斯莱特里[527]喝的一品脱也有了），他心里不安，想转移目标溜掉（一百先令就是五镑哩）。精明鬼伯克告诉我，当他们在（“黑马”）家赌纸牌的时候，他也假装孩子生病啦（嘿，准足足撒了约莫一加仑）。

那个屁股松垮的老婆从楼上通过管道传话说：她好一点儿啦或是：她……（噢！）其实，这都是花招儿：要是他赌赢了一大笔，就可以揣着赢头溜之乎也。（哎呀，憋了这么一大泡！）无执照营业。（噢！）他说什么爱尔兰是我的民族。（呜！哎呀！）千万别接近那些该死的（完啦）耶路撒冷（啊！）杜鹃[528]。

当我好歹回去时，他们正吵得不亦乐乎。约翰·威思说，正是布卢姆给格里菲思出了个新芬党的主意，让他在自己那份报纸上出各种各样的点子：什么任意改划选区以谋取私利啦，买通陪审团啦，偷税漏税啦，往世界各地派领事以便兜售爱尔兰工业品啦！反正是抢了彼得再给保罗。呸，要是那双又老又脏的眼睛有意拆我们的台，那就他妈的彻底告吹啦，他妈的给咱个机会吧。天主，把爱尔兰从那帮该死的耗子般的家伙手里拯救出来吧。喜欢抬杠的布卢姆先生，还有上一代那个老诈骗师，老玛土撒拉[529]·布卢姆，巧取豪夺的行商。他那些骗钱货和假钻石把全国都坑遍了，然后服上一剂氢氰酸[530]自杀了事。凭邮贷款，条件优厚。亲笔借据，金额不限。遐迩不拘。无须抵押。嘿，他就像是兰蒂·麦克黑尔的山羊[531]，乐意跟任何人结为旅伴。

——喏，反正是事实，约翰·威思说。刚好来了一个能够告诉你们详细情况的人，马丁·坎宁翰。

果然城堡的马车赶过来了，马丁和杰克·鲍尔坐在上面，还有个姓克罗夫特尔或克罗夫顿[532]的橙带党人，他在关税局长那里领着津贴，又在布莱克本那儿登了记，也关着一份饷，还用国王的费用游遍全国。此人也许姓克劳福德。

我们的旅客们抵达了这座乡村客栈，纵身跳下坐骑[533]。

——来呀，小崽子！这一行人中一个首领模样的汉子大吼道。鲁莽小厮！伺候！

他边说边用刀柄大声敲打敞着的格子窗。

店家披上粗呢宽外衣，应声而出。

——各位老爷们，晚上好，他低三下四地深鞠一躬说。

——别磨磨蹭蹭的，老头儿！方才敲打的那人嚷道。仔细照料我们的马匹。把店里的好饭好菜赶紧给我们端来。因为大家饿得很哪。

——大老爷们，这可如何是好！店家说。小店食品仓里空空的，也不知该给各位官人吃点啥好。

——咋的，这厮？来客中又一人嚷道。此人倒还和颜悦色，塔普同掌柜，难道你就如此怠慢国王差来的御使吗？

店家闻听此言，神色顿改。

——请各位老爷们宽恕，他恭顺地说。老爷们既是国王差来的御使（天主保佑国王陛下！）那就悉听吩咐。敢向御使诸公保证，（天主祝福国王陛下！）既蒙光临小店，就绝不会让各位饿着肚子走。

——那就赶快！一位迄未作声而看来食欲颇旺的来客大声叫道。有啥可给我们吃的？

老板又深鞠一躬，回答说：

——现在开几样菜码，请老爷们酌定。油酥面雏鸽馅饼，薄鹿肉片，小牛里脊，配上酥脆熏猪肉的赤颈凫，配上阿月浑子籽儿的公猪头肉；一盘令人赏心悦目的乳蛋糕，配上欧楂的艾菊，再来一壶陈莱茵白葡萄酒，不知老爷们意下如何？

——嘿嘿！最后开口的那人大声说。能这么就满意了。来点阿月浑子籽儿还差不多。

——啊哈！那位神情愉快的人叫唤道。还说什么小店食品仓里空空的哩！好个逗乐的骗子[534]！

这时马丁走了进来，打听布卢姆到哪儿去了。

——他哪儿去啦？利内翰说。欺诈孤儿寡妇去啦！

——关于布卢姆和新芬党，约翰·威思说。我告诉“市民”的那档子事儿不是真的吗？

——是真的，马丁说。至少他们都斩钉截铁地这么说。

——是谁这么断定的？阿尔夫说。

——是我，乔说。我像鳄鱼一样一口咬定了。

——无论怎么说，约翰·威思说。犹太人为什么就不能像旁人那样爱自己的国家呢？

——没什么不能爱的，杰·杰说。可得弄准了自己国家是哪一个。

——他究竟是犹太人还是非犹太人呢？究竟是神圣罗马，还是襁褓儿[535]，或是什么玩意儿呢？内德说。他究竟是谁呢？我无意惹你生气，克罗夫顿。

——朱尼厄斯[536]是何许人？杰·杰说。

——我们才不要他呢，橙带党人或长老会教友克罗夫特尔说。

——他是个脾气乖张的犹太人，马丁说。是从匈牙利什么地方来的。就是他，按照匈牙利制度拟订了所有那些计划[537]。我们城堡当局对此都一清二楚。

——他不是牙医布卢姆的堂兄弟[538]吗？杰克·鲍尔说。

——根本不是，马丁说。不过是同姓而已。他原来姓维拉格[539]，是他那个服毒自杀的父亲的姓。他父亲凭着一纸单独盖章的证书就把姓改了。

——这正是爱尔兰的新救世主！"市民"说。圣者和贤人的岛屿[540]！

——喏，他们至今还在等待着救世主，马丁说。就这一点而论，咱们何尝不是这样。

——是呀，杰·杰说。每生一个男孩儿，他们就认为那可能是他们的弥赛亚[541]。而且我相信，每一个犹太人都总是处于高度亢奋状态，直到他晓得那是个父亲还是母亲[542]。

——每一分钟都在企盼着，以为这一回该是了，利内翰说。

——哦，天哪，内德说。真应该让你瞧瞧他那个夭折了的儿子出生之前布卢姆那副神态。早在他老婆分娩六星期之前的一天，我就在南边的公共市场碰见他在购买尼夫罐头食品[543]了。

——**它已经在母亲的肚子里了**[544]，杰·杰说。

——你们还能管他叫作男人吗？"市民"说。

——我怀疑他可曾把它搁进去过，"市民"说。

——喏，反正已经养了两个娃娃啦，杰克·鲍尔说。

——他猜疑谁呢[545]？"市民"说。

嘿，笑话里包含着不少实话。他就是个两性掺在一起的中性人。精明鬼告诉过我，住在旅馆里的时候，每个月他都患一次头痛，就像女孩子来月经似的。你晓得我在跟你说什么吗？要是把这么个家伙抓住，丢到该死的大海里，倒不失为天主的作为呢！那将是正当的杀人。身上有五镑，然后却连一品脱的酒钱也不付就溜掉了，简直丢尽男子汉的脸。祝福我们吧。可也别让我们盲目起来。

——对邻居要宽厚，马丁说。可是他在哪儿？咱们不能再等下去啦！

——披着羊皮的狼，"市民"说。这就是他。从匈牙利来的维拉格！我管他叫作亚哈随鲁[546]。受到天主的咒诅。

——你能抽空儿很快地喝上一杯吗，马丁？内德说。

——只能喝一杯，马丁说。我们不能耽误。我要约·詹[547]和S。

——杰克，你呢？克罗夫顿呢？要三杯半品脱的，特里。

——在听任那帮家伙玷污了咱们的海岸之后，“市民”说。圣帕特里克恨不得再在巴利金拉尔[548]登一次陆，好让咱们改邪归正。

——喏，马丁边敲打桌子催促他那杯酒边说。天主祝福所有在场的人——这就是我的祷告。

——阿门，“市民”说。

——而且我相信上主会倾听你的祷告，乔说。

随着圣餐铃的丁零声[549]，由捧持十字架者领先，辅祭、提香炉的、捧香盒的、诵经的、司阍、执事、副执事以及被祝福的一行人走了过来。这边是头戴主教冠的大修道院院长、小修道院院长、方济各会修道院院长、修士、托钵修士；斯波莱托[550]的本笃会修士、加尔都西会和卡马尔多利会的修士[551]、西多会和奥利维坦会的修士[552]、奥拉托利会和瓦隆布罗萨会的修士[553]，以及奥古斯丁会修士、布里吉特会修女[554]；普雷蒙特雷修会、圣仆会[555]和圣三一赎奴会修士，彼得·诺拉斯科的孩子们[556]；还有先知以利亚的孩子们也在主教艾伯特和阿维拉的德肋撒的引导下从加尔默山下来了，穿鞋的和另一派[557]；褐衣和灰衣托钵修士们，安贫方济各的儿子们[558]；嘉布遣会[559]修士们、科德利埃会修士们、小兄弟会修士们和遵规派修士们[560]；克拉蕾的女儿们[561]，还有多明我会的儿子们、托钵传教士们，以及遣使会[562]的儿子们。再就是圣沃尔斯坦[563]的修士们、依纳爵的弟子们[564]，以及可敬的在俗修士埃德蒙·依纳爵·赖斯率领下的圣教学校兄弟会会员们[565]。随后来的是所有那些圣徒和殉教者、童贞修女和忏悔师。包括圣西尔、圣伊西多勒·阿拉托尔[566]、圣小詹姆斯[567]、锡诺普的圣佛卡斯、殷勤的圣朱利安、圣菲利克斯·德坎塔里斯[568]、柱头修士圣西门、第一个殉教者圣斯蒂芬、天主的圣约翰[569]、圣费雷欧尔、圣勒加德、圣西奥多图斯[570]、圣沃尔玛尔、圣理查、圣味增爵·德保罗[571]、托迪的圣马丁、图尔的圣马丁[572]、圣阿尔弗烈德、圣约瑟[573]、圣但尼、圣科尔内留斯、圣利奥波德[574]、圣伯尔纳、圣特伦斯、圣爱德华[575]、圣欧文·卡尼库鲁斯[576]、圣匿名、圣祖名、圣伪名、圣同名、圣同语源、圣同义语圣劳伦斯·奥图尔、丁格尔和科穆帕斯帖拉的圣詹姆斯[577]、圣科拉姆西尔和圣科伦巴、圣切莱斯廷[578]、圣科尔曼[579]、圣凯文[580]、圣布伦丹、圣弗里吉迪安、圣瑟南[581]、圣法契特纳、圣高隆班、圣加尔、圣弗尔萨[582]、圣芬坦、圣菲亚克、圣约翰·内波玛克、圣托马斯·阿奎那[583]、不列塔尼的圣艾夫斯、圣麦昌、圣赫尔曼－约瑟[584]、三个圣青年的主保圣人——圣阿洛伊苏斯·贡萨加、圣斯坦尼斯劳斯·科斯塔卡、圣约翰·勃赤曼斯[585]、热尔瓦修斯、瑟瓦修斯、博尼费斯[586]等圣徒、圣女布赖德、圣基兰、基尔肯尼的圣卡尼克[587]、蒂尤厄姆的圣贾拉斯、圣芬巴尔、巴利曼的圣帕平[588]、阿洛伊修斯·帕西费库斯修士、路易斯·贝利克苏斯修士[589]、利马和维泰博的二位圣女萝丝[590]、伯大尼的圣女玛莎、埃及的圣女玛丽、圣女露西、圣女布里奇特[591]、圣女阿特拉克塔、圣女迪姆普娜[592]、圣女艾塔、圣女玛莉恩·卡尔彭西斯[593]、小耶稣的圣修女德肋撒、圣女芭巴拉、圣女斯科拉丝蒂卡，还有圣女乌尔苏拉以及她那一万一千名童贞女[594]。所有这些人都跟光环、后光与光轮一道出现了。他们手执棕榈叶、竖琴、剑、橄榄冠，袍子上织出了他们的职能的神圣象征：角质墨水瓶[595]、箭、面包、坛子、脚镣、斧子、树木、桥梁、浴槽里的娃娃们、贝壳、行囊[596]、大剪刀、钥匙、龙[597]、百合花、鹿弹、胡须、猪、灯、风箱、蜂窝、长柄杓、星星、蛇[598]、铁砧、一盒盒凡士林、钟、丁字拐、镊子、鹿角、防水胶靴、老鹰、磨石、盘子上的一双眼球[599]、蜡烛、洒圣水器、独角兽[600]。他们一边沿着纳尔逊圆柱、亨利街、玛利街、卡佩尔街、小不列颠街逶迤而行，一边吟唱以“**起来吧。发光**”[601]为首句的“将祭经”《**上主显现**》[602]，接着又无比甜美地唱着圣歌“**示巴的众人**”[603]。他们行着各种神迹：诸如驱逐污灵，使死者复活，使鱼变多，治好跛子和盲人[604]。还找到了种种遗失物品，阐释并应验《圣经》中的话，祝福并做预言。最后，由玛拉基和帕特里克陪伴着，可敬的奥弗林神父[605]在金布华盖的遮阴下出现了。这几位好神父抵达了指定地点，小布列颠街八、九、十号的伯纳德·基尔南股份有限公司的店堂；这是食品杂货批发商，葡萄酒和白兰地装运商；特准在店内零售啤酒、葡萄酒和烈酒。司仪神父祝福了店堂，焚香熏了那装有直棂的窗户、交叉拱、拱顶、棱、柱头、山墙、上楣、锯齿状拱门、尖顶和圆顶阁，把圣水洒在过梁上，祈求天主祝福这座房舍，一如曾经祝福过亚伯拉罕、以撒和雅各的房舍那样，并且让天主的光明天使们住在里面。神父一面往里走，一面祝福食品与饮料。所有那些被祝福的会众，都应答着他的祷词。

——因主之名，济佑我等。

——上天下地，皆主所造。

——主与尔偕焉。

——亦与尔灵偕焉。[606]

于是他将双手放在他所祝福的东西上面，念感谢经，并做祷告，众人也随之祷告。

——主啊，万物因尔之言而圣洁，俯垂护佑尔所创造之生灵。凡感谢尔之恩宠，恪遵规诫，服从尔旨者，俯允其颂扬尔圣名，俾使肉身健康，灵魂平安。因基利斯督我等主。[607]

——咱们大家都念同样的经，杰克说。

——每年收入一千镑[608]，兰伯特，克罗夫顿或姓克劳福德的说。

——对，内德拿起他那杯“约翰·詹姆森”[609]说。鱼肉不能缺黄油[610]。

我正挨个儿看他们的脸，琢磨着到底谁能出个好主意，刚巧该死的他又十万火急地闯进来了。

——我刚才到法院兜了一圈找你去啦，他说。但愿我没有……

——哪里的话，马丁说。我们准备好了。

法院？天晓得！金币和银币塞得你的衣兜裤兜都往下坠了吧。该死的抠门儿鬼。叫你请我们每人喝一杯哪。真见鬼，他简直吓得要死！地地道道的犹太佬！只顾自己合适。跟茅坑里的老鼠一样狡猾。以一百博五。

——谁也不要告诉，“市民”说。

——请问，你指的是什么？他说。

——来吧，伙计们，马丁发现形势不妙，就说。马上就去吧。

——跟谁也别说，“市民”大嚷大叫地说。这可是个秘密。

那条该死的狗也醒了过来，低声怒吼着。

——大家伙儿再见喽，马丁说。

他就尽快地催他们出去了，杰克·鲍尔和克罗夫顿，或随便你叫他什么吧，那家伙夹在中间，假装出一副茫然的样子，挤上了那辆该死的二轮轻便马车。

——快走，马丁对车夫说。

乳白色的海豚蓦地甩了一下鬃毛，舵手在金色船尾站起来，顶着风扯开帆，使它兜满了风。左舷张起大三角帆，所有的帆都张开，船便向大海航去。众多俊美的宁芙[611]忽而挨近右舷，忽而凑近左舷，依依不舍地跟在华贵的三桅帆船两侧。她们将闪闪发光的身子盘绕在一起，犹如灵巧的轮匠在车轮的轴心周围嵌上互为姐妹的等距离的轮辐，并从外面将所有一切都用轮辋把她们统统箍住。这样就加快了男人们奔赴沙场或为博得淑女嫣然一笑而争相赶路的步伐。这些殷勤的宁芙，这些长生不老的姐妹欣然而来。船破浪前进，她们一路欢笑，在水泡环中嬉戏着[612]。

然而，天哪，我正要把杯中残酒一饮而尽时，只见“市民”腾地站起来，因患水肿病呼呼大喘，踉踉跄跄走向门口，用爱尔兰语的“钟、《圣经》与蜡烛[613]”，对那家伙发出克伦威尔的诅咒[614]，还呸呸地吐着唾沫。乔和小阿尔夫像小妖精般地围着他，试图使他息怒。

——别管我，他说。

嘿，当他走到门口，两个人把他拽住时，那家伙大吼了一声：

——为以色列三呼万岁！

哎呀，为了基督的缘故，像在议会里那样庄重地一屁股坐下，别在大庭广众之下丑态毕露啦！哼，一向都有一些该死的小丑什么的，无缘无故地干出骇人听闻的勾当。呸，照这样下去，黑啤酒会在你肠肚里发馊的，一定的。

于是，全国的邋遢汉和婊子们都聚到门口来了。马丁叫车把式快赶起来，“市民”乱吼一气，阿尔夫和乔叫他**住口**[615]。那家伙呢，趾高气扬地大谈犹太人。二流子们起哄要他发表演说，杰克·鲍尔试图叫他在马车里坐下来，让他闭上该死的嘴巴。有个一只眼睛上蒙着眼罩的二流子，扯着喉咙唱开了：**倘若月亮里那个男子是个犹太人，犹太人，犹太人**[616]；有个婊子大喊道：

——哎，老爷！你的裤纽儿开啦，喏，老爷！

于是他说：

——门德尔松[617]是个犹太人，还有卡尔·马克思、梅尔卡丹特和斯宾诺莎[618]。救世主也是个犹太人，他爹就是个犹太人。你们的天主。

——他没有爹，马丁说。成啦。往前赶吧。

——谁的天主？“市民”说。

——喏，他舅舅是个犹太人，他说。你们的天主是个犹太人。耶稣是个犹太人。跟我一样。

嗬，“市民”一个箭步蹿回到店堂里去。

——耶稣在上，他说。我要让那个该死的犹太佬开瓢儿，他竟然敢滥用那个神圣的名字。哦，我非把他钉上十字架不可。把那个饼干罐儿递给我。

——住手！住手！乔说。

从首都都柏林及其郊区拥来好几千名满怀赞赏之情的朋友知己们，为曾任皇家印刷厂亚历山大·汤姆公司职员的纳吉亚撒葛斯·乌拉姆·利波蒂·维拉格[619]送行。他要前往远方的地区撒兹哈明兹兹布洛尤古里亚斯－都古拉斯[620]（潺潺流水的牧场）。在大声喝彩声中举行的仪式以洋溢着无比温暖的友爱之情为特征。一幅出自爱尔兰艺术家之手的爱尔兰古代犊皮纸彩饰真迹卷轴，被赠送给这位杰出的现象学[621]家，聊表社会上很大一部分市民之心意。附带还送了一只银匣，是按古代凯尔特风格制成的雅致大方的装饰品，足以反映厂家雅各布与雅各布先生们[622]的盛誉。起程的旅客受到热烈的欢送。经过选拔的爱尔兰风笛奏起家喻户晓的曲调《回到爱琳来》[623]，紧接着就是《拉科齐进行曲》[624]。在场的众人显然大受感动。柏油桶和篝火沿着四海[625]的海岸，在霍斯山、三岩山、糖锥山[626]、布莱岬角、莫恩山、加尔蒂山脉[627]、牛山、多尼戈尔、斯佩林山岭、纳格尔和博格拉[628]、康尼马拉山、麦吉利卡迪[629]的雾霭、奥蒂山、贝尔纳山和布卢姆山[630]燃起。远处，聚集在康布利亚和卡利多尼亚[631]群山上的众多支持者，对那响彻云霄的喝彩声报以欢呼。最后，在场的众多女性的代表向巨象般的游览船献花表示敬意，接着它便缓缓驶去。它由彩船队护卫着顺流而下时，港务总局、海关、鸽房水电站以及普尔贝格灯塔[632]都向它点旗致敬。**再见吧，我亲爱的朋友！再见吧**[633]！离去了，但是不曾被遗忘。

他好歹抓住那只该死的罐头飞奔出去，小阿尔夫吊在他的胳膊上。哼！连魔鬼也不会去阻拦。他就像是被刺穿了的猪那样嘶叫着，精彩得可以同皇家剧场上演的任何一出该死的戏媲美。

——他在哪儿？我非宰了他不可！

内德和杰·杰都笑瘫啦！

——一场血腥的战斗，我说。我能赶上最后一段福音[634]。

运气还不错，车把式将驽马的头掉转过去，一溜烟儿疾驰而去。

——别这样，“市民”，乔说。住手！

他妈的，他把手朝后一抡。竭尽全力抛出去。天主保佑，阳光晃了他的两眼，否则对方会一命呜呼的。哼，凭着那势头，他差点儿把它甩到朗福德郡[635]去。该死的驽马吓惊了，那条老杂种狗宛如该死的地狱一般追在马车后边。乌合之众大叫大笑，那老马口铁罐头沿街咯嗒咯嗒滚去。

这场灾祸立即造成可怕的后果。根据邓辛克气象台[636]记录，一共震动了十一次。照梅尔卡利的仪器[637]计算，统统达到了震级的第五级。五三四年，也就是绢骑士托马斯[638]起义那一年的地震以来，我岛现存的记录中还没有过如此剧烈的地壳运动。震中好像在首都的客栈码头区至圣麦昌教区一带，面积达四十一英亩二路德一平方杆（或波尔赤）[639]。司法官左近的巍峨建筑一股脑儿坍塌了；就连灾变之际正在进行法律方面的重要辩论的那座富丽堂皇的大厦，也全部彻底地化为一片废墟，在场的人恐怕一个不漏地都被活埋了。据目击者报告说，震波伴随着狂暴的旋风性大气变动。搜查队在本岛的偏僻地区发现了一顶帽子，已查明系属于那位备受尊重的法庭书记乔治·弗特里尔[640]先生；还有一把绸面雨伞，金柄上镌刻着都柏林市记录法官[641]博学可敬的季审法院院长弗雷德里克·福基纳爵士姓名的首字、盾形纹章以及住宅号码。也就是说，前者位于巨人堤道[642]第三玄武岩埂上；后者埋在古老的金塞尔海岬[643]附近霍尔奥彭湾的沙滩深达一英尺三英寸的地方。其他目击者还做证说，他们瞥见一颗发白热光的庞然大物，以骇人的速度沿着抛射体的轨道朝西南偏西方向腾空而去。每个钟头都有吊唁及慰问的函电从各大洲各个地方纷至沓来。罗马教皇慨然恩准颁布教令：为了安慰那些从我们当中如此出乎意料地被召唤而去的虔诚的故人之灵，凡是隶属于教廷精神权威的主教管辖区，每座大教堂都应在同一时刻，由教区主教亲自专门举行一场追思已亡日弥撒。一切救助工作，被毁物[644]及遗体等的搬运，均托付给大布伦斯威克街一五九号的迈克尔·米德父子公司以及北沃尔街七十七、七十八、七十九和八十号的 T 与 C. 马丁公司办理，并由康沃尔公爵麾下轻步兵团的军官和士兵们在海军少将阁下赫尔克里斯·汉尼拔·哈比亚斯·科尔普斯[645]·安德森爵士殿下的指挥下予以协助。殿下的头衔包括：嘉德勋位爵士、圣帕特里克修会勋位爵士、圣殿骑士团骑士、枢密院顾问官、巴斯高级骑士、下院议员、治安推事、医学士、杰出服务勋位获得者、鸡奸者、[646]猎狐犬管理官、爱尔兰皇家学会院士、法学士、音乐博士、济贫会委员、都柏林三一学院院士、爱尔兰皇家大学院士、爱尔兰皇家内科医师学会会员和爱尔兰皇家外科医师学会会员。

自从呱呱落地以来，你绝没有见过这样的场面。呸，要是这骰子击中了他的脑袋，连他也会想起金质奖杯的事，准会的；可是他妈的“市民”就会以暴行殴打、乔则以教唆帮凶的罪名被逮捕。车把式拼死拼活地赶着车，就像天主创造了摩西那样地有把握，遂救了那家伙一命。什么？啊，天哪，可不是嘛！他从后面向那家伙发出连珠炮般的咒骂。

——我杀死他了吗，他说。还是怎么的？

接着又对他那只该死的狗嚷道：

——追呀，加利！追呀，小子！

我们最后看到的是：该死的马车拐过弯去，坐在车上的那张怯生生的老脸在打着手势。那只该死的杂种狗穷追不舍，耳朵贴在后面，恨不得把他撕成八瓣儿！以一百博五！天哪，我敢担保，它可把那家伙得到的好处都给搞掉了。

此刻，看哪，他们所有的人都为极其明亮的光辉所笼罩。他们望到他站在里面的那辆战车升上天去[647]。于是他们瞅见他在战车里，身披灿烂的光辉，穿着宛若太阳般的衣服，洁白如月亮，是那样骇人，他们出于敬畏，简直不敢仰望[648]。这时，天空中发出**以利亚！以利亚！**的呼唤声，他铿锵有力地回答道：**阿爸！阿多尼**[649]。于是他们望到了他，确实是他，儿子布卢姆·以利亚，在众天使簇拥下，于小格林街多诺霍亭上空，以四十五度的斜角，像用铁锹甩起来的土块一般升到灿烂的光辉中去。

第十二章　注释

1　特洛伊是个警官，他的名字在第15章中重新出现，见该章注853及有关正文。阿伯山是与利菲河平行的一条街，在都柏林中心区以西。

2　行过割礼的家伙指犹太人。

3　俚语中，“尖儿”含有“精华”的意思。这里套用一首俗曲的歌名：《只消为我割下一点儿尖儿》（作者为默雷和利）。在这首歌曲的第一段中，宾客们酒足饭饱后，还要求东道主把布丁的尖儿割下来给他们吃。

4　“英……下了！”一语出自《旧约·撒母耳记下》第1章第25节。

5　迈克尔·E.杰拉蒂在后文中重新出现，见第15章注852。

6　斯通为英国重量单位，每斯通一般合14磅。

7　“天主的约翰”指都柏林郡的一家精神病院，为天主的圣约翰护病会所创办。

8　原文作Whisky and water on the brain，是双关语。Whisky and water是威士忌兑水，water on the brain是脑水肿。

9　据艾尔曼的《詹姆斯·乔伊斯》（第61页），“市民”是以盖尔体育协会的创办者迈克尔·丘萨克（1847—1907）为原型而塑造的人物。他口口声声称自己为“市民丘萨克”，因而得名。

10　老相识，原文为爱尔兰语。

11　牲畜商的聚会，参看第2章注84。

12　原为1715年给英国政府资助的那些爱尔兰亚麻布制品商兴建的一批工房。19世纪末废弃，偶尔充作兵营。

13　伊尼斯费尔是对爱尔兰的富于诗意的美称，意思是“命运之岛”。“在美……尔”一语出自詹姆斯·克拉伦斯·曼根（1803—1849）从爱尔兰文翻译的《奥尔德弗里德游记》。该书作者奥尔德弗里德为7世纪的诺森伯兰王。本段和下一段中，另外还套用了曼根译文中的一些词句，并嘲讽地模仿了格雷戈里夫人翻译的爱尔兰传说《神与战士》（1904）的文体。

14　巴尼·基尔南的酒店坐落在圣迈昌教区。圣迈昌教堂建立于1676年。

15　教堂的望楼有100平方英尺，其建立年代可追溯到12世纪。

16　教堂的地下灵堂里保存着包括十字军东征的战士们以及1798年的起义领袖的若干遗体。

17　产卵期的雄黑线鳕，下颚尖上出现一道弯钩。

18　埃布拉纳是希腊地理学家托勒密（公元2世纪）对都柏林旧址的称呼。斯利夫马吉是位于都柏林东南约60英里处的一座山。

19　克鲁亚昌是康诺特的一座宫殿。阿马是古爱尔兰的首都。博伊尔是位于都柏林西北90英里处的古城。

20 国王的子嗣，参看第2章注59。
21 灿烂的宫殿，指都柏林果菜鱼市，与巴尼·基尔南酒吧相距一个街区。
22 奥康内尔·菲茨蒙是当时（1904）食品商场的总管理人。
23 仰光豆是一种香瓜，两三英尺长，直径一至三英寸，状似菜豆，故名。
24 斯揣克是英国的一种重量单位，一斯揣克相当于半蒲式耳至四蒲式耳，每蒲式耳合36升。
25 大地之珍珠是古埃及对葱头的美称。
26 胡茬鹅是灰腿鹅的俗称。
27 即约瑟夫·卡夫，参看第4章注18。
28 拉斯克是都柏林以北11英里处的一座教区。拉什是该教区的一个小海港。卡里克梅恩斯是都柏林东南10英里处的一座村子。托蒙德是北芒斯特省的一个古代小王国。麦吉利卡迪是爱尔兰最高的山区，在芒斯特省凯里郡。香农河流经爱尔兰中央低地，注入大西洋。
29 凯亚是公元1世纪的康诺特（爱尔兰古代王国）女王梅伊芙的私生子。他的后代在凯里郡繁衍生息。
30 小牛皱胃的内膜含有乳酵素，将其晒干后，用来凝固牛奶中的酪朊，制成干酪。
31 这种小木桶是装油脂用的，容量为8至9磅。
32 克拉诺克是古时在爱尔兰、威尔士和英格兰西部通用过的一种计量单位。量小麦时，每克拉诺克合二至四蒲式耳。
33 加里欧文是都柏林市民J.J. 吉尔特拉普的爱尔兰猎狗的名字。芒斯特省利默利克郡郊外有此地名，居民以蛮悍著称。
34 满满的小坛子，原文为爱尔兰语，是一首爱尔兰民歌的歌名。其中有“我的心爱的，我的小坛子”之句。
35 肉体上的善行共有七桩，与精神上的善行相对。第一桩分别为：埋葬死者（肉体上），规劝罪人（精神上）。
36 桑特里是都柏林北郊一乡村教区。
37 蓝色文件指传票。
38 这是模仿拦路打劫者的口吻。
39 原文为爱尔兰语。指爱尔兰战争（1689—1891）中正规军投降后，任何采用游击战方式抵抗英军的民族主义者。由于国外援助被切断，终被击败。
40 《山中的罗里》是查理·约瑟夫·基克哈姆（1830—1882）的一首诗的题目。诗中把山中的罗里描述为有着民族主义思想的农民。1880年一批鼓动土地改革者也曾以罗里自称。
41 指日俄战争。
42 “荒唐”，原文为英语化了的爱尔兰语。
43 国酒，指黑啤酒。
44 意思是：“也要黑啤酒。”巴涅尔（见第2章注81）垮台前的纷争中，有个姓马卡纳斯贝的都柏林墓碑工在一次公众集会上发表冗长的讲演。后面的发言者简单地说了句：“跟马卡纳斯贝一样。”
45 我的朋友，原文为爱尔兰语。

46 埃尔是英国古尺名，每埃尔合45英寸。

47 原文为拉丁文。这是音译。

48 “泪水……眼睛”，这里将托马斯·穆尔的《爱琳，你眼中的泪与微笑》（见《爱尔兰歌曲》）一诗的题目做了改动。

49 巴尔布里艮是都柏林辖区的一座港埠。

50 库楚林是爱尔兰中世纪传奇小说中的英雄，貌美而力大无比。百战之康恩是最早统一爱尔兰的古代国王（123—157）。做过9次人质的奈尔指爱尔兰古代国王奈尔·诺依吉亚拉克（379—405在位）。

51 布赖恩指爱尔兰古代国王布赖恩·勃鲁（926—1014），也作勃罗马或勃罗衣梅。金克拉是他的王宫所在地。他曾率兵击败占领都柏林的丹麦入侵者。

52 玛拉基大王（10世纪末叶）是爱尔兰中古时代国王。阿尔特·麦克默拉是爱尔兰民族英雄，1399年5月英格兰国王理查二世（1367—1400）出兵入侵爱尔兰，遭到他的抗击。沙恩·奥尼尔（约1530—1567），爱尔兰爱国志士。康恩·奥尼尔的长子。其父死后，成为奥尼尔家族的首领。

53 约翰·墨菲神父（约1753—1798），爱尔兰爱国志士。1798年起义的主要领导者之一。最初获胜，后被俘处以极刑。欧文·罗·奥尼尔（约1590—1649），1642年率领一支爱尔兰部队，支持查理一世。后被克伦威尔的军队击败。

54 帕特里克·萨斯菲尔德（约1650—1693），爱尔兰陆军中将。1690年7月大不列颠的威廉三世（1650—1702）在博因河战役中战胜爱尔兰抗英部队后，萨斯菲尔德曾集结败兵，袭击并重创威廉的炮兵部队。

55 红发休·奥唐奈，指爱尔兰古盖尔族最后一代国王休·罗·奥唐奈（约1571—1602）。他的首要目标是赶走英格兰的行政长官，并获得成功，后被伊丽莎白一世派去的密探詹姆斯·布莱克毒死。红发吉姆·麦克德莫特为芬尼社成员，1868年沦为叛徒。

56 即尤金·奥格罗尼神父（1863—1899），致力于复兴盖尔语，是盖尔学会（1893）的创建者之一。

57 迈克尔·德怀尔（1771—1816），1798年起义领袖之一。原想参加罗伯特·艾米特于1803年发动的起义，后投降，并被押往澳大利亚。弗朗西斯·希金斯的外号叫冒牌绅士，参看第7章注66。

58 亨利·乔伊·莫克拉肯（1767—1798），阿尔斯特省爱尔兰人联合会会长。

59 歌利亚为菲利士（起源于爱琴海的民族）一巨人，在一次决斗中，被少年大卫（后来的大卫王）所杀（纪元前1063）。见《旧约·撒母耳记上》第17章。

60 霍勒斯·惠特利是19世纪90年代的一个杂耍剧场卖艺人。

61 佩格（玛格丽特的昵称）·沃芬顿（约1720—1760），爱尔兰女演员。1737年，因在《哈姆雷特》中扮演奥菲利亚成名。1742年在都柏林与戴维·加里克同台演出。

62 美国诗人亨利·沃兹沃思·朗费罗（1807—1882）所写《乡村铁匠》（1841）一诗的主人公。

63 19世纪七八十年代，爱尔兰人广泛使用穆恩莱特上尉这一笔名来撰文鼓动土地革命。

64 杯葛上尉，指查尔斯·坎宁安·杯葛（1832—1897），原为退役陆军上尉，后任英国贵族在爱尔兰的田庄管理人。1880年爱尔兰民族主义政治家查理·斯图尔特·巴涅尔领导佃农对拒绝降低地租并声言要收回租地的杯葛（Boycott）进行了有效的抵制。从此杯葛（boycott）一词便成为“抵制”的代用语。

65 圣弗尔萨（死于约650），爱尔兰的天主教圣徒，曾在爱尔兰、英格兰和欧洲大陆建立修道院。乔伊斯曾提到过他对地狱和天堂所做的描述。那要比但丁的《神曲》（约1313）早数世纪。

66 圣布伦丹（484—577），凯尔特人，天主教圣徒，曾在爱尔兰和苏格兰建立隐修院。他还曾越洋在佛罗里达登陆，那比哥伦布发现新大陆（1492）要早1000年。

67 麦克马洪，指马利–埃德米–帕特里斯–莫里斯伯爵（1808—1893）。他是在斯图亚特王朝时逃到法国来的一个爱尔兰家族的后裔，后成为法国元帅，并为法兰西第三共和国第二任总统。

68 查理曼大帝（约742—814），法兰克国王，800年称帝。按照爱尔兰人传说，他被视为出身于凯尔特族并信基督教的早期爱尔兰人。

69 西奥博尔德·沃尔夫·托恩，参看第10章注85。

70 马加比弟兄，指犹大（？—公元前161）、约拿单（？—公元前143或前142）、西门（？—公元前135）。犹大率领游击队抗击塞琉西国王安条克四世（公元前215—前164）的入侵。他战死后，约拿单使犹太获得独立。约拿单被诱杀后，西门在犹太建立了哈斯蒙王朝。他们的母亲莎洛美由于不肯背叛犹太教而于纪元前168年左右，和她的另外七个孩子一道被安条克四世所杀害。

71 指美国小说家詹姆斯·费尼莫尔·库珀（1789—1851）的小说《最后的莫希干人》（1826）中的主人公安加斯——一个勇敢的红印第安青年。

72 卡斯蒂利亚的玫瑰，参看第7章注82。

73 《攻克戈尔韦的人》为查理·詹姆斯·利弗（1806—1872）所作歌曲的歌名。戈尔韦是爱尔兰西部康诺特省一郡。郡内有同名的港市。

74 《使蒙特卡洛的赌场主破产了的人》（1892）是弗雷德·吉尔伯特（1850—1905）所作歌曲的歌名。蒙特卡洛是摩纳哥三个行政区之一。1861年开业以来，即成为全世界最著名的赌场。

75 在古代爱尔兰，每当一部族面临受侵略告急时，即由一个勇士守在关口。后沿用为足球场上的守门员。

76 这里把加拿大的葛兰特·艾伦（1848—1899）的一部触及社会问题的小说《做了的女人》（1895）的题目改了。

77 约翰·劳伦斯·沙利文（1858—1918），爱尔兰裔美国职业拳击运动员。1882年获得徒手拳击最重量级冠军。

78 原文为爱尔兰语，是乔治·科尔门（1762—1836）所作歌谣名。描述一个年轻士兵与情人告别时的感伤。

79 帕拉切尔苏斯（1493—1541），医生、炼金师，促进了药物化学的发展，对现代医学作出了贡献。出生于艾恩西德伦（今瑞士）。这个名字的含义是“赛过切尔苏斯”（1世纪罗马名医）。

80 托马斯·利普顿爵士（1850—1931），爱尔兰裔英国商人，利普顿茶叶企业帝国的创始人。

81 威廉·退尔（13世纪末—14世纪初），瑞士传奇英雄。是为政治和个人自由而斗争的象征。

82 米开朗琪罗·海斯（1820—1877），爱尔兰插图作者和漫画家，后成为都柏林市市长。

83 指司各特所著历史小说《拉默穆尔的新娘》（1819）中的女主人公露西·艾休顿。她是一个苏格兰领主的女儿。

84 隐修士彼得（约1050—1115），又名阿缅斯的彼得，生于法国的苦行僧，为第一次十字军东征（1095—1099）的领导。

85 打包商彼得是基尔费诺拉的彼得·奥布赖恩爵士（1842—1914）的绰号。先后任检察官和爱尔兰首席法官。他试图迫使陪审团采取亲英立场，因而得名。

86 《黑发罗莎琳》为16世纪一首作者不详的爱尔兰诗歌。女主人公罗莎琳是爱尔兰的象征。

87 这里，在威廉·莎士比亚的姓名前面加上了爱尔兰的主保圣人帕特里克的名字，从而把莎士比亚爱尔兰化了。

88 这里，在孔子前面加上了爱尔兰人常用的名字布赖恩，从而把中国的孔子也搬到爱尔兰去了。

89 这里，把德国工匠和活字印刷术发明者约翰尼斯·谷登堡（约14世纪90年代—1468）的教名改为爱尔兰人通用的穆尔塔赫一名。

90 这里，把西班牙画家迭戈·委拉斯开兹（1599—1660）的名字爱尔兰化了。西班牙的帕特里西奥相当于爱尔兰的帕特里克。委拉斯开兹描绘出物象的意境，成为19世纪法国印象主义的先驱之一。

91 内莫船长是法国作家朱尔斯·凡尔纳（1828—1905）的科幻小说《海底两万里》（1870）的主人公。

92 特里斯丹和绮瑟是盛行于中世纪凯尔特族间一传说中的男女主人公。绮瑟是个爱尔兰公主。在某些版本中，这对情侣死在都柏林西边的查佩利佐德村。

93 英王爱德华一世（1239—1307）征服威尔士后，处死威尔士的最后一个亲王，并于1301年把这一称号赐给了自己的儿子，即未来的爱德华二世（1284—1327）。从此，这就成了英国王储的专用称号。

94 英国人托马斯·库克（1808—1892）及其子约翰·梅森·库克（1834—1899）为世界旅行社“托马斯·库克父子公司”的创办者。

95 《勇敢的少年兵》是英国小说家塞缪尔·洛弗（1797—1868）所作的诗。

96 原文为爱尔兰语。《爱吻者》是戴恩·鲍西考尔特（1822—1890）所写的剧本。

97 迪克·特平，又名理查德·特平。他生于1706或1711年，1793年被处死刑。这个英国强盗因被写入传说和小说而闻名。

98 原文为爱尔兰语。同名歌剧中的女主角，参看第6章注24。

99 指蒂尤厄姆（爱尔兰戈尔韦郡一商业城镇）的大主教约翰·希利（1841—1918）。他走路摇摇摆摆，故名。

100 神仆团是基督教的一个教团，9世纪至14世纪之间，爱尔兰和苏格兰均有其隐修院。安格斯（死于820）以富于自我牺牲精神著称。

101 多利丘是都柏林东北郊一村。西德尼散步道靠近都柏林湾，在沙丘以南。霍斯山是高耸于都柏林湾东北岬角的一座小山，参看第3章注58。

102 瓦伦丁·格雷特雷克斯（1629—1683），爱尔兰医师，据说他能用按摩和催眠术治病。

103 亚当与夏娃，参看第7章250。

104 阿瑟·韦尔斯利（1769—1852）即威灵顿公爵。他生于都柏林，但在爱尔兰不受欢迎，因为他担任首相期间（1828—1830）曾对改革采取保守态度，并支持英国黩武主义。

105 指理查·克罗克（1843—1922），生在爱尔兰的美国政治家。他成为坦曼尼协会（操纵纽约市政的民主党执行委员会的俗称）领袖。

106 希罗多德（约公元前484—前425），古希腊历史学家。

107 杰克是《杰克与豆茎》中的主人公。这个民间故事广泛流传于冰岛人和祖鲁人（非洲东南部班图族的一支）之间。

108 乔答摩是佛教创始人佛陀（纪元前约563—前483）的姓。他原名悉达多，佛陀（或如来佛）是尊称。

109 戈黛娃夫人（活动时期约1040—1080），盎格鲁-撒克逊的贵妇，她丈夫是英国沃里克郡考文垂的领主，说要是她裸体骑马通过该市镇，就可减免当地的重税。她用长发遮盖全身，照办了。除了一个叫作汤姆的裁缝，全市无一偷看者，而汤姆立即瞎了眼。因此，“偷看的汤姆”便成了下流的偷看者的泛称。参看第8章注130。

110 基拉尼的百合，参看第6章注24。

111 恶毒眼巴洛尔是凯尔特传说中一巨人，他有一只能够使对方丧失战斗力的眼睛，只有打仗时才睁开。

112 示巴女王，参看第9章注312。

113 即约翰·乔基姆·阿基·内格尔，约·内格尔茶酒公司老板。

114 即詹姆斯·约瑟夫·内格尔，阿基·内格尔的弟弟，也是同一公司的经营者。

115 亚历山德罗·伏特（1745—1827），意大利物理学家，电池的发明者。至今电压的单位“伏特”，即为纪念他而命名的。

116 杰里迈亚·奥多诺万·罗萨（约1831—1915），芬尼社领导者之一。后来流亡美国，参看第2章注54。

117 堂菲利普·奥沙利文·比尔（约1590—1660），生在爱尔兰的西班牙士兵，后成为历史学家。所著有关伊丽莎白时代的战事的书，1621年在里斯本出版。

118 “谨慎的家伙”指布卢姆。共济会规定，不许会员对外人作关于本会的“不谨慎”的谈话。

119 布卢姆正经过迈昌教区，参看本章注14。

120 指罗里·奥穆尔（活动时期为1641—1652），1641年起义的主要领导者，以勇敢、通情达理而著称。

121 亲王街的老太婆指《自由人报》，见第4章注7。该报虽主张爱尔兰自治，但立场温和。要求彻底独立的民族主义者认为它是受到以地方自治为宗旨的爱尔兰议会党团津贴的。下文中的《爱尔兰独立日报》，见第7章注60。

122 埃克塞特是英格兰德文郡的港口城市。下面“市民”诵读的是《爱尔兰独立日报》（1904年6月16日）上所载英国人名地名，读时略去一些爱尔兰人的姓名地址。

123 斯托克维尔是伦敦的一区。

124 斯托克·纽因顿是位于伦敦东北的自治城市。

125 切普斯托是威尔士格特温特郡蒙茅斯区集镇和古要塞。

126 褐色小子是阴茎的低俗俚语。

127 班特里是墨菲的出生地，系爱尔兰科克郡班特里湾头附近的城镇。马丁·墨菲，参看第7章注60。

128 “感……里啦”，这句话模仿当时流行的饮酒歌《为咱们四个，再喝上一杯》中“荣归天主，咱们一个也不剩了”之句。

129 “不许出声！”原文为爱尔兰语。

130 那一天（1904年6月16日），蒙乔伊监狱关着一个因打死了妻子、经过初审被判绞刑的犯人，当年8月复审，9月执行绞刑。

131 特里是特伦斯的昵称。

132 邦是俚语，指斟掺水烈酒者。邦吉维和邦加耿朗指酿酒商本杰明·吉尼斯和亚瑟·吉尼斯。他们虽非双胞胎，却是同胞弟兄，见第5章注44、45。

133 据希腊神话，主神宙斯曾化作一只天鹅来接近勒达，使她产下两只蛋。从而生出了两对双胞胎：卡斯托耳（男）和克吕泰涅斯特拉（女），波吕丢刻斯（男）和海伦（女）。

134 蛇麻子能够使啤酒略带苦味。

135 “熟习的风俗”一语出自《哈姆雷特》第1幕第4场中王子对霍拉旭所说的话。

136 这是亨利八世（1509—1547在位）及爱德华六世（1547—1553在位）时代发行的一种硬币，上镌当时国王的胸像。起初币值为十便士，后来降至六便士。此处指一便士。

137 维多利亚女王（1837—1901在位）属汉诺威王室。母亲是德意志布伦维克公国的公主。

138 “从日……地”一语出自《诗篇》第50篇第1节：“从日出到日落之地都发出呼唤。”参看第2章注48。这里指大英帝国属地遍全球。

139 威利（威廉的爱称）·默雷是乔伊斯的舅舅，参看第3章注32。乔伊斯在小说中以他为原型塑造了里奇·古尔丁这个人物，这里又用他的真名实姓写成另一个人。

140 “跟枪柄一样千真万确”一语出自约翰·拜罗姆（1691—1763）《致友人函》，后即成为谚语。

141 “横……埋掉了”，这句俏皮话出典于斯威夫特（见第3章注44）的《文雅绝妙的对话全集》（1738）。原书中一个人物对某人是否已死提出疑问。斯帕基施勋爵回答说：“是啊，除非他不幸被冤枉了；因为他们已把他埋掉了。”

142 密宗经咒即论述印度教、佛教和耆那教某些派别中的神秘修炼的经文。

143 吉瓦是印度教用语，指灵魂的活力。按照通灵学的说法，人是由虚灵体与实密体结合而成。人死后虚灵体不马上消灭，却反复投生，轮回不已。

144 劫末，原文为通灵学梵文术语。指人死后灵魂将息期。
145 “模糊……影像”一语出自《新约·哥林多前书》第13章第12节。
146 “我”（音译为“阿特曼”）是印度哲学中最基本的概念之一，指人本身的永恒核心。它在人死后继续存在，并且转移到一个新生命中去。
147 这里把英语的电话、电梯、冷与热、抽水马桶拼成梵语样子，以嘲讽通神学家对使用梵文的癖好。
148 摩耶是印度斯坦语，音译摩诃摩耶之略，意即“大幻”或“幻”。
149 原文作Mars，是双关语。意译是“火星”，呈红色，古罗马人把这颗太阳系八大行星之一称为战神玛尔斯。
150 原文作Jupiter，是双关语。意译是“木星”，太阳系九大行星中最大的一颗。古罗马人把它叫作主神朱庇特。
151 白羊宫状似一只公羊。是原先位于白羊座的一颗星星，故名。由于岁差，现已移到双鱼座。
152 科尼是科尼利厄斯的昵称。
153 加盖在住房外面的突出来的屋子。在后文中，迪格纳穆的妻子穿上了这双靴子。见第15章注721及有关正文。
154 据杰弗里·基廷（约1580—约1644）所著《爱尔兰历史》（约1629），邦芭是亚当和夏娃之子该隐的大女儿。她和两个妹妹（爱琳和福撒）是爱尔兰最早的居民。邦芭又是神话中的王后，跟爱琳一样，成为爱尔兰的诗意称呼。
155 “泪……眼边”，这里把托马斯·穆尔的诗的题目做了改动。参看本章注48。
156 鲍勃·多兰向波莉·穆尼求婚的故事见《都柏林人·寄寓》。
157 当时都柏林邮政总局有个姓麦基奥的人。
158 据艾尔曼的《詹姆斯·乔伊斯》（第427、440、441页），乔·甘恩是苏黎世英国领事馆一名官员。他曾得罪过乔伊斯，大概是出于报复，乔伊斯便给这个绞刑犯起了此名。
159 有个姓比林顿的英国绞刑吏，曾在1899年一周之内接连绞死三名爱尔兰罪犯。
160 托德·史密斯是乔·甘恩（见本章注158）的同事。
161 据艾尔曼的《詹姆斯·乔伊斯》（第458页），1918年任英国驻瑞士公使的霍勒斯·朗博尔德爵士也开罪了乔伊斯。因而他在这里又为这个写信的绞刑吏起了此名。
162 理发师原先也兼任外科医生和牙医。1461年成立理发师外科医生行会，直到1715年这两个行业才分开。理发师（barber）、残暴（barbarous）和野蛮人（barbarian）这三个单词，在英文中读音相近。
163 黑乡位于英国伯明翰市以西米德兰地区的南斯塔福德郡工矿区，因工业污染严重而得名。
164 意思是说，每绞死一个人，可以把绞索一截一截地卖掉。第15章注908及有关正文有更详细的说明。
165 厄瑞勃斯是希腊神话中人世与地狱之间的黑暗区域。
166 乔·布雷迪，于1883年5月14日在基尔门哈姆被绞死，参看第7章注139。

167 “占……的”一语出自英国诗人亚历山大·蒲柏（1688—1744）的《道德小品文》书信体诗文第1篇。

168 指利奥波德·布卢姆。卢伊特波尔德是德文中对利奥波德的老式称谓。布卢门达夫特是德文“花香”的音译。

169 “在……间”和前文中的“海绵体”，原文均为拉丁文。

170 “按照……现象”，这一段文字系模仿医学月刊上所载医学会会议报告的文体。

171 激进分子指芬尼社，其中包括杰里迈亚·奥多诺万·罗萨，参看本章注116。

172 指1867年的芬尼社起义。参看第3章注130。

173 指1798年沃尔夫·托恩领导的爱尔兰抗英革命。参看第10章注85。典出自《纪念死者》一诗，见第10章注145。

174 “荒唐！”参看本章注42。

175 指亨利·希尔斯（1755—1798）和约翰·希尔斯（1766—1798）。这对弟兄都是爱尔兰人联合会的成员，曾参加1798年的抗英革命。因有人告密被捕，二人携手同赴刑场。

176 沃尔夫·托恩是在阿伯山上的老普罗沃斯特·马歇尔监狱自杀的，离巴尼·基尔南酒吧不远。

177 罗伯特·埃米特，见第6章注186。

178 “为国捐躯”和“她远离故土”均出自汤米（托马斯的昵称）·穆尔的《她远离故土》（见《爱尔兰歌曲集》，参看第8章注114），该诗描写埃米特牺牲后，他的未婚妻萨拉·柯伦对他的怀念。

179 老太婆指赖尔登太太。这个人物曾经出现在《一个青年艺术家的画像》第1章中，名叫丹特。

180 令人丢脸，原文为爱尔兰语。

181 比齐克是由2人或4人玩64张牌的一种纸牌戏。以赢墩数多寡计胜负。

182 《纪念死者》，参看第10章注145。

183、184 原文为爱尔兰语。参看第1章注34。蒂莫西·丹尼尔·沙利文的《西方苏醒了》一诗的末行引用了这两句话。

185 “我们……对面”之句，套用托马斯·穆尔的《奴隶在哪里？》（见《爱尔兰歌曲集》），只是把原词中的“我们经过考验的朋友”改成“我们所爱的朋友”。

186 从“最后的诀别”到“我的旧酿酒桶”（见本章注232）为止，系模仿美国作家华盛顿·欧文（1783—1859）的《一颗破碎的心》（见《见闻札记》）的文体。罗伯特·埃米特是在公众面前被野蛮地绞死后又斩首的。作者对此事做了虚构和艺术夸张。

187 斯佩兰扎是奥斯卡·王尔德的母亲、爱尔兰民族主义女诗人珍妮·弗兰西斯卡（1826—1896）的笔名。她有一首悼念被残杀的希尔斯弟兄的诗作：《哥儿俩：亨利与约翰·希尔斯》，充满悲愤之情，见本章注175。

188 指利内翰和穆利根。

189 《拉里被处绞刑的前夕》是流行于18世纪的一首爱尔兰歌谣。从拉里被处绞刑前伙伴们探望他，一直写到他被埋葬。

190 绿宝石岛是爱尔兰的雅称。

191 原文为意大利语。巴奇巴奇（Bacibaci）是“亲吻，亲吻”的变形。贝尼诺（Benino）是“很好”，贝诺内（benone）是“非常好”的音译。以下人名都是把各国语汇诙谐地拼凑而成的。

192 原文为法语。

193 原文为法语。皮埃尔保罗是把常见的两个法国男人的名字拼在一起而成。佩蒂特是Petit（小）的音译。

194 乌拉基米尔是俄国男人常见的名字。波克特汉克切夫是把两个英文词“衣袋”（Pocket）和“手绢”（handkerchief）略加改动，拼在一起，冒充俄国姓。

195 原文为德语。莱奥波尔德和鲁道尔夫是德国男人常见的名字。其复姓由几个德文词拼凑而成。意思是：阴茎入浴—精巢谷居民。

196 原文为匈牙利语。意思是：母牛伯爵夫人·某人之花·普特拉佩斯蒂小姐。“普特拉佩斯蒂”与布达佩斯发音相近。

197 原文为当代希腊语。意思是：不朽·糖果摊贩伯爵。

198 阿里巴巴是《一千零一夜·阿里巴巴和四十大盗的故事》中的主人公。贝克西西是贿赂，拉哈特·洛库姆是阿拉伯-土耳其语，意思是尊贵的、辉煌的。埃芬迪（effendi）是土耳其语，是政府官员的尊称，意思是阁下、先生，1935年废止。在地中海东部各国，此词指权贵或学者。

199 原文为西班牙语，意思是：骑士阁下大人皮卡笛罗先生以及疟疾的灾难时刻福音与《天主经》。

200 赫克波克（Hokopoko）是赫克斯波克斯（hocuspocus，变戏法者为转移观众注意力所用的咒语）的变形。Harakiri是日语“腹切”（意思是“剖腹”）的音译。这里把日本武士的剖腹自杀当作魔术表演。

201 这里把李鸿章（1823—1901）的姓改成了发音相近的席。

202 奥拉夫是北欧各国常见的男子名。克贝尔克德尔森（Kobberkeddelsen）是把挪威语“铜壶儿子”改为姓氏。

203 “先生”的原文为荷兰语（Mynheer）。“范”（van）一词夹在荷兰人姓名中表示出生地，相当于英语的“of”，意即“的”。特里克（Trik）和特龙普斯（Trumps）是把英文的trick（把戏）和trumps（老实人的复数）改变得像是荷兰人的姓名。

204 潘（Pan）是波兰语中对男子的尊称。波尔阿克斯是把英语的战斧（poleaxe）改成波兰式的名字。（英语Polack一词，是对波兰血统者的蔑称）。帕迪利斯基（Paddyrisky）是波兰的姓帕岱莱夫斯基（Paderewski）的变形。Paddy一词，大写就是对爱尔兰人的俗称，小写则指水稻。与之相连的ris是法语的“米”，前面的Pan一词，又与法语“面包”（Pain）发音相近。

205 古斯庞德与俄语郭斯波今（意思是先生）发音相近。紧接着的名字也与俄国名字相仿。

206 勃鲁斯与戈东诺夫（约1551—1605）的名字勃利斯发音相近。此人原为沙皇费多尔一世的主要谋士，费多尔死后，即位为沙皇。

207 这个长名字由两个德语单词：赫尔豪斯（Huren haus=妓院，省略了“en”）、迪莱克托尔（Direktor=经理），以及英语单词普莱西登特（president=总统）拼凑而成。丘赤里–斯托伊尔里是德裔瑞士人的姓。“先生”的原文为德语。

208 这个长名中，译成中文的部分，原文为英文。无薪俸讲师指德国等的大学中，不支薪俸，仅以学生的学费为报酬的讲师。以下几个词均为德语：克里格（Krieg=战争）、弗里德（Fried，是Friede=和平的变形）、于贝尔（Ueber=全面的）、阿尔杰曼（allgemein=普遍的）。

209 指圣帕特里克。

210 澳大利亚土著居民使用的一种扔出后能飞回的飞镖。

211 这是格斗用的武器，将铜片套在四指关节上，握拳时铜片向外。

212 布特尔斯唐是距都柏林中心区东南4英里处的村子。

213 关于圣帕特里克的生日究竟是3月8日还是9日，塞缪尔·洛弗在《圣帕特里克的诞生》一诗中写道：一位马尔卡希神父建议说，与其为8或9闹分裂，不如合并。于是8加9得出17这个数字。

214 这里是夸张的说法。在都柏林，警察的标准身高是5.9英尺以上。

215 律师，原文是意大利语。帕格米米是把意大利作曲家尼克洛·帕格尼尼（1787—1840）的姓改得诙谐了，mimi（米米）的拼法近似意大利语mimo（滑稽演员）。

216 暗指爱尔兰有32个郡。

217 原文为作者杜撰的（拉丁文）学名。

218 霍赫是德语hoch、邦在是日语，ンザイ的音译。意思均为万岁。艾尔珍是匈牙利语éljen，吉维奥是塞尔维亚克罗地亚语zivio的音译，意思分别为祝他长寿和祝你长寿。钦钦是洋泾浜英语chinchin的音译，意为我向你致敬。波拉·克罗尼亚是现代希腊语polla kronia的音译，意即长寿。希普希普（hiphip）是美国人的集体喝彩欢呼声，意译为“嗨，嗨”。维沃是法语vive的音译，意思是“万岁”。安拉（Allah）是阿拉伯语，即伊斯兰教的真主。哎夫维瓦是意大利语evviva的音译，是欢呼声，意译为“万岁！”或“好哇！”。

219 安吉莉卡·卡塔拉尼（1780—1845），意大利女高音声乐家。其音域以能够达到高出中央C三个八度著称（一般女高音的音域在两个八度以内）。她的音域令人联想起童音歌手或阉歌手。

220 尼科罗·加布里尼·林齐（1313—1354），古罗马护民官和改革家。1347年他领导了一场革命，成功地把贵族统治阶层赶下台，进行了政治改革。

221 皮普是Pippi的音译，两个p字，令人联想到Parish Priest（教区神父）的首字。

222 原文作pot，也作“罐”“壶”解。

223 约翰·朗德父子公司是19世纪英国一家出名的钢刀器具制造厂。

224 简称狗收容所。参看第6章注16。

225 “高涨到极点”，原文为拉丁文。下文中的希拉，与埃米特的未婚妻萨拉发音相近，是爱尔兰的雅称。索伊玛斯·麦克马纳斯夫人（笔名艾斯纳·卡贝莉，1866—

1902）写过《希拉，我心爱的》一诗，其中描述人格化了的希拉怎样翘盼那“用忧患赢得的快乐”。

226 克隆土耳克公园位于都柏林东郊22英里处。

227 实际上萨拉·柯伦是1806年（罗伯特·埃米特死后3年）嫁给亨利·斯特金上尉（约1781—1814）的，他并不是牛津大学毕业生。

228 这一图案是由一个骷髅和两根交叉的枯骨组成的，以象征死亡。

229 阿尔比安是古时对英格兰的诗意的称呼。

230 旧时英帝国军队中的印度土著兵，只要违抗命令，便一律被处以极刑。

231 《悄然抹掉一滴泪》出自意大利歌剧作曲家盖塔诺·唐尼采蒂（1797—1848）所作喜歌剧《爱之甘露》（1832，编剧者为罗曼尼）第2幕第2场中的一段男高音咏叹调。

232 利姆豪斯路是伦敦的贫民窟。模仿欧文的文体的段落，到“我的旧酿酒桶”为止，参看本章注186。

233 全名为圣帕特里克反对飨宴联盟。成立于1902年，其宗旨是促进戒酒。

234 “她……蕾”，出自塞缪尔·洛弗的《低靠背的车》一诗。

235 佩戴蓝绶带徽章是戒酒队队员的标志，该队系由被誉为“禁酒使徒”的爱尔兰天主教神父西奥博尔德·马修（1790—1856）在科克郡巴利胡利村所建立。

236 金发少女，原文为爱尔兰语。参看第6章注24。

237 丰富多彩的，原文为英语化了的爱尔兰语。

238 “禁酒……爱尔兰”，是爱尔兰幽默家、新闻记者罗伯特·A.威尔逊（笔名巴尼·马格洛尼，1820—1875）提出来的口号。他还写过一批禁酒歌。

239 “老母……调”指令人不愉快的曲调。在爱尔兰和苏格兰某些地区，则指用讲演来代替捐献。有一首苏格兰小调写道，一个吹笛手光吹曲子给母牛听，母牛说，你不如给我一把干草。下文中的“天国的向导”，指神父。

240 原文为拉丁文。

241 “数目众多”一语出自《新约·马可福音》第5章第9节。

242 欧文·加里是爱尔兰半传说中的伦斯特王，活动时期为公元3世纪。

243 “可爱的小枝”是道格拉斯·海德的笔名，参看第3章注169。

244 安东尼·拉夫特里（约1784—1834），双目失明的爱尔兰诗人。19世纪末叶海德等人把他的作品从爱尔兰文译成英文。

245 多纳尔·麦科康西丁（活动时期为19世纪中叶），爱尔兰诗人、盖尔文书法家。

246 当时有些人试图模仿爱尔兰古典诗的格调来写英文诗。这首打油诗就是对这种尝试所作的讽刺。

247 原文为意大利语。

248 吉尔特拉普老爷爷是格蒂·麦克道维尔（参看第13章）的外祖父，参看本章注33。

249 法人指行政区里那些有资格选举政府官员者。1903年，在都柏林市28.7万人中，他们占8.5万人。

250 这里把迪格纳穆的债主布里奇曼，比作《威尼斯商人》中放高利贷的犹太人夏洛克。

251 匈牙利皇家特许彩票，参看第8章注64。

252 “披肩”是都柏林俚语，即指妓女。

253 锔锅是俚语，指男人娶自己使之怀孕的女人，转义为“放规矩点儿”。

254 原文为爱尔兰语。

255 南南，指市政委员南尼蒂，参看第7章注13。

256 威廉·菲尔德（生于1848），都柏林一餐馆老板，并兼爱尔兰牲畜商、牧场主协会主席。

257 长发艾奥帕斯是出现在古罗马诗人维吉尔（公元前70—公元前19）的史诗《埃涅阿斯纪》第1卷末尾的诗人，他在狄多的宫殿里唱歌狂饮。

258 英国成语“教老奶奶怎样嘬鸡蛋”，意指在长辈面前班门弄斧。这里改为“挤鸭奶”，意即不可能的事。后文中的放屁带（原文作farting strings）是作者杜撰的词：fart是放屁意，指布卢姆的妻子由于太胖，需松开身上束的带子，才放得出屁来。此词与farthingale（16、17世纪妇女撑开裙子用的鲸骨衬箍）读音相近，故更添诙谐意味。

259 母鸡，隐指情妇。

260 指盖尔体育协会（见本章注9）。该协会曾于1904年6月16日通过南尼蒂在议会上就警察署署长禁止在凤凰公园举行爱尔兰体育运动一事提出质询。这里把日期推迟了一天。

261 原文为爱尔兰语。爱尔兰军是个民族主义团体。

262 括弧内是议员所代表的选区以及党派简称。马尔提法纳姆为爱尔兰牧区一村庄，并未设选区。“民”为爱尔兰民族主义党简称。希利拉格是爱尔兰伦斯特省威克洛郡（设有郡议会）的一个村子。

263 奥尔福斯暗指英国当时的首相阿瑟·詹姆斯·贝尔福（1848—1930）。他坚决反对爱尔兰自治运动，并由于残酷地镇压骚乱而得到“血腥的贝尔福”的诨名。塔莫尚特（Tamoshant）这一地名是作者根据苏格兰人的宽顶无檐呢绒圆帽（Tamoshanter）杜撰的。“保”为保守党简称。

264 迈尔斯·乔治·奥赖利（生于1830）是旧秩序的台柱子。蒙特诺特位于科克市郊外。

265 1887年9月，巴涅尔的一个同伴约翰·狄龙（1851—1927）准备在科克郡的米切尔斯镇发表演说。由于警察介入，引起一场骚乱，三个人被警察击毙，参看第9章注75。对于下院议员愤怒地提出的质询，当时任爱尔兰事务首席大臣的贝尔福，凭着警察当局草率发来的电报来证明镇压有理。英国自由党领袖威廉·埃瓦尔特·格莱斯顿（1809—1898）用“记住米切尔斯镇”这一口号来激发反英情绪。在1904年，贝尔福是英国首相兼首席财政大臣。这里针对英国禁运爱尔兰牧牛问题提出质询：英国对爱尔兰的经济制裁是否出自高压政治。

266 此话意为对于预先没有得到通知的质询，他有权拒绝回答。

267 邦库姆是美国北卡罗莱纳州一县。该县代表费利克斯·沃克曾在第16届国会上说：“我为邦库姆发言。”从此，“邦库姆”成了“讨好选民的演说”一词的代用语。“独”为独立党简称。

268 “要……射击”，参看第9章注75。

269 “他”指迈克尔·丘萨克，参看本章注9。詹姆斯·斯蒂芬斯，参看第2章注54。

270 “不值得一提”，原文为爱尔兰语。

271 《重建国家》是托马斯·奥斯本·戴维斯的一首爱国诗篇的题目，参看本章注276。

272—274 原文为爱尔兰语。

275 芬恩·麦库尔（约死于284），爱尔兰半神话的骑士头目，为芬尼社所崇拜。

276 托马斯·奥斯本·戴维斯（1814—1845），爱尔兰作家和政治家，青年爱尔兰运动的主要组织者。他的文章成为新芬党的经典之作。

277 恩利科·卡鲁索（1873—1921）是意大利歌剧男高音歌唱家。把他和加里波第的姓联结在一起，遂有了爱国志士兼歌手的含义，参看第8章注137。

278 威廉·德拉尼教长为爱尔兰耶稣会教育家。杰拉尔德·莫洛伊主教（1834—1906），爱尔兰神学家、教育家。帕特里克·菲德利斯·卡瓦纳神父（1834—1916），爱尔兰诗人、历史学家。

279 托马斯·沃特斯是布莱克的洛克施洗者圣约翰罗马天主教堂本堂神父。约翰·迈克尔·艾弗斯并非教区神父，而是都柏林圣保罗罗马天主教堂本堂神父。P.J.克利里是都柏林圣方济各教堂（俗称亚当与夏娃教堂）本堂神父。

280 L.J.希基是都柏林布道兄弟会成员，圣救世主多明我修道院的教区代理主教。尼古拉斯教长为都柏林圣方济各托钵修道会、方济各托钵修院的教区代理主教。B.戈尔曼为都柏林赤脚加尔默罗会（又称圣衣会）的教区教长。加尔默罗会成立于12世纪。16世纪出现改革派，修士着草鞋，不穿袜。故有赤脚加尔默罗会之称，以别于老派。

281 T.马尔为都柏林耶稣会圣方济各·沙勿略教会的神父。詹姆斯·墨菲为管辖耶稣会圣方济各·沙勿略教会的教长。约翰·莱弗里神父是都柏林西郊菲布斯勃拉夫圣彼得管辖区的传道会会员。

282 威廉·多尔蒂是无原罪圣母玛利亚主教教堂的本堂教长。主母会的彼得·费根神父常驻于都柏林天主教大学附属中学。T. 布兰甘神父常驻于都柏林奥古斯丁隐修会教堂。

283 J.弗莱文是无原罪圣母玛利亚主教教堂的本堂神父。马·A. 哈克特是位于芬格拉斯（见第6章注93）的圣玛格丽特罗马天主教堂的教区神父。W. 赫尔利是都柏林圣詹姆斯罗马天主教堂本堂神父。

284 麦克马纳斯是都柏林圣凯瑟琳罗马天主教堂的教区司铎。当时无原罪圣母奉献会并没有姓斯莱特里的神父，都柏林圣救世主教堂则有个叫J.D. 斯莱特里的神父。迈·D. 斯卡利是都柏林圣尼古拉斯罗马天主教堂的教区司铎。

285 托·F.珀塞尔是都柏林布道兄弟会成员，圣救世主多明我修道院的神父。

286 蒂莫西·戈尔曼是都柏林圣迈克尔与圣约翰罗马天主教堂蒙席（天主教神职职称，有主教的名分，却没有主教的权力）。约·弗拉纳根是无原罪圣母玛利亚主教教堂的本堂神父。

287 P.费伊是都柏林P.A. 父子牲畜贸易公司经理。托·奎克是都柏林一律师。

288 拳赛，参看第8章注220。下文中的迈勒是基奥的姓。

289 “叛徒”指威廉·基奥。他是19世纪50年代的天主教自卫运动的领导之一。后因接受爱尔兰副检察长职务，从而背叛了其支持者们。他的名字成为叛徒与腐败的同义语。

290 希南和塞耶斯，参看第10章注156。

291 昆斯伯里规则是在昆斯伯爵约翰·肖尔托·道格拉斯（1844—1900）的支持下，于1865年制定的标准拳击规则。

292—295 珀西是贝内特的姓。文中次中量级军士长、炮手和军人均指贝内特·珀西。

296 红衣兵即指英国兵，因制服上衣为红色的而得名。

297 埃布拉尼是埃布拉纳的变格，指都柏林，参看本章注18。

298 据艾尔曼的《詹姆斯·乔伊斯》（第440页和452页），写本书第12章时，乔伊斯正在打官司。一位叫乔治·韦茨坦的辩护律师触犯了他，他便给迈勒的助手起了这么个姓。

299 贝洛港，参看第8章注220。桑特里，见本章注36。

300 他指博伊兰。

301 “一颗……明星”，出自莎士比亚的《终成眷属》第1幕第1场中海丽娜的台词。

302 “我对……我说”，出自吉尔伯特与沙利文合编的喜歌剧《艾欧朗斯，或贵族与美人》（1882）第1幕。

303 “轻轻……笛子”一语出自珀西·弗伦奇所作歌曲《听笛手菲尔的舞会》。

304 跟布尔人打仗，参看第8章注121。

305 岛桥是利菲河南岸、都柏林西郊一地区。

306 “怎……吗？”原文为爱尔兰语。

307 卡尔普是希腊神话中的岩山名，在直布罗陀，长达2.5英里。

308 阿拉梅达诸园是靠近直布罗陀海峡的几座花园，周围栽有白杨树。

309 指杰·杰·奥莫洛伊。

310 指内德·伦巴德。

311 这里指律师的名单。

312 指都柏林学院街的斯塔布斯商业事务处所出版的《每周公报》。该报刊登负债不还者的姓名，还说明本机构的目的是保护银行家、商业家、贸易商等不至于在从事种种交易时上当。

313、314 邓恩（Dunne）与“完了”（Done），在英文中读音相近。

315 凡是在法庭上做证者必须举起右手宣誓：“请天主助我，因为我……实话。”这里把“天主”改为“吉米·约翰逊”。詹姆斯·约翰逊（活动时期1870—1900）是个苏格兰长老会教友，自封为“真理的使徒”，出版了一系列基督徒生活指南的书。

316、317 原文为拉丁文。

318 邪魔附体，原文为英语化了的爱尔兰语。

319 斯威尼是哑剧中的一个角色。他捋着小胡子，在一家瓷器店里扮演滑稽的爱尔兰人的形象。

320 萨默希尔是都柏林东北的区域。

321 原文为意大利语。布利尼（Brini）是把布林（Breen）这个英文姓意大利化了。

322 原文作eyetallyano，是作者杜撰的词。eye可作“盯着”解，tally可作“账目”解。此词语意双关，发音接近“意大利人”（Italian），而又含有“盯着账目的人”之意。

323 教皇庇护九世（1792—1878）于1860年任命拉摩里西尔（1806—1865）为教皇军的统率。这位被放逐到意大利的法国将军曾任阿尔及利亚总督（1845），他叫教皇军穿上祖亚沃军服，故名。

324 在1904年，莫斯街是一条满是低级公共住宅的破破烂烂的街道。

325 霍尔是一家伦敦公司的经理。为了扩建厂房，他雇了一位建筑师。建筑师又雇萨德格罗夫去估计所需用料和款项。萨德格罗夫给七个营建业者发出他的估算。霍尔寄明信片给其中二人，说萨德格罗夫“完全估算错了”。尽管明信片上未写明他的名字，萨德格罗夫仍控告霍尔败坏了自己作为会计师的名誉。

326 这是18世纪中叶规定的应付给律师的谈话费。

327 “加拿……案”，参看第7章注71。

328 酒糟鼻联谊会是对犹太人的蔑称。

329 乡巴佬，原文为英语化了的爱尔兰语。

330 按：犹太人宣誓时照例戴着帽子。

331 弗雷德里克·福基纳爵士（1831—1908）为当时的都柏林市记录法官（参看第7章注158）。

332 巴特桥，参看第7章注141。

333 牛眼女神指朱诺（Juno），因其名字与六月（June）发音相近，所以这么说。从“牛眼女神月”至“犯罪分子”（见本章注342）这一大段，系模仿审判记录与爱尔兰传说的文体。

334 1904年5月29日（星期日）为三位一体节日。

335 阿瑟·H.考特尼（生于1852），爱尔兰高等法院助理法官（1904）。

336 威廉·德雷南·安德鲁斯（1832—1924），爱尔兰高等法院法官（1904）。

337 原文为拉丁文。

338 这里把记录法官（见本章注331）福基纳（Falkiner）的姓改成与之发音相近的驯鹰者（Falconer）。

339 布里恩法律是8世纪时用盖尔语写成的古爱尔兰法律。布里恩是个公断人或仲裁人，而不是近代意义上的法官。下文中的爱阿尔是爱尔兰的古称。

340 古代以色列人有12部族（见《旧约·民数记》第1章）。这里把爱尔兰人也凑成12部族，每个部族充当一名陪审员。（1）爱尔兰的主保圣人帕特里克。（2）休·马卡尼麦尔（572—598），爱尔兰传说中的古王。（3）欧文，2世纪的芒斯特王。（4）百战之康恩，参看本章注50。（5）奥斯卡，传说中的勇士莪相之子，见第9章注219。（6）弗格斯，参看第1章注41。（7）芬恩·麦库尔，参看本章注275。（8）德莫特·麦克默罗（？—1171），参看第2章注80。（9）科麦克，参看第8章注196。（10）圣凯文（？—618），爱尔兰基督教传教士，都柏林的主保圣人之一。（11）卡奥尔特·麦克罗南，传说中的武士和诗人，在5世纪后半叶与圣帕特里克谈过话。（12）莪相是芬恩·麦库尔之子。

341 此语套用《诗篇》第93篇第2节：“上主啊，……从亘古你就存在。”

342 模仿审判记录与爱尔兰传说的文字到此为止。参看本章注333。

343 陌生人指英国入侵者，参看第9章注20。

344 奸妇指爱尔兰一小邦布雷夫尼的大公奥鲁尔克之妻，姘夫指另一小邦伦斯特的麦克默罗王。麦克默罗王与奥鲁尔克之妻姘居，导致英国人入侵爱尔兰，参看第2章注80。

345 这种判决书附带的条件是：六星期内无异议方能生效。

346 指《国家警察时报》，是1846年在纽约创刊的一份周报。1879年爱尔兰移民理查德·凯尔·福克斯（死于1922）接手该报以来，开始刊登社会丑闻和宣扬暴力的故事。

347 这是狂欢节时玩的一种游戏，投掷小木环去套住桩子者，能获得奖品。

348 这里套用当时一首流行歌曲的词句。写一个歌手的头发受到女友和威尔士亲王以及动物园的一头老猩猩的一致赞扬，他们异口同声地说："瞧那头发。"

349 索尔塞尔，见第10章注169。这里是小写，指斤堂。这段文字系模仿爱尔兰中世纪传奇的风格。

350 盖尔族（凯尔特族的一支）是从西班牙北部移民到爱尔兰的，所以说一衣带水，参看第2章注48。

351 撒克逊佬，原文为爱尔兰语。

352 原文为法语。

353 纳尔逊于1801年随帕克海军上将率舰队赴哥本哈根。帕克担心他损失过重，发出信号令其撤退。他把已瞎了的右眼凑在望远镜上，说他看不见旗号，遂继续激战，重创丹麦舰队。

354 阿瑟·格里菲思，参看第3章注108。他组织的新芬党的方针之一就是公布这样一条法律来在世界舆论的"法庭"上控诉英国。

355 他们，指英国；syphilisation是杜撰的词，将梅毒（syphilis）与文明（civilisation）拼在一起，遂成为"梅毒文明"。

356、358 原文为法语。

357 "多少……知晓"一语出自托马斯·葛雷的《哀歌：写于乡下坟场》。

359 木杯，原文为爱尔兰语，一种整木剜成的四角形酒杯。

360 红手是爱尔兰古代省份阿尔斯特的标记。也是奥尼尔族的家徽图案。奥尔索普牌瓶装啤酒即以此图案作为商标。

361 海洋的霸主，指英国在19世纪末叶至20世纪初叶对海军力量的夸耀。参看第1章注93。

362 "丢掉"，参看第5章注96。

363 名马"蚀"于1769年获胜后，马主人丹尼·凯利上尉曾说："'蚀'得了第一名，其余的全不在话下。"

364 指英国运动家威廉·巴斯（生于1879）的坐骑"权杖"。它原是一匹小公马（并不是母马），获得第三名。

365 指托马斯·伊夫林·伊尔斯（生于1880）。他的坐骑"馨香葡萄酒"屈居第二名。

366 原文为"takes the biscuit"，直译为"拿了饼干"，作为俚语，含有"让人失望"之意。这里指由于"丢掉"获胜，使那些把赌注押在其他热门马身上的人大失所望。

367 这是根据哈姆雷特的名句"脆弱啊，你的名字就是女人"改的。参看《哈姆雷特》第1幕第2场。

368 这是萨拉·凯瑟琳·马丁（1768—1826）的摇篮曲《老嬷嬷哈伯德》（约1804）中

的第一句，接下去是："给她的老狗啊，拿块骨头。"

369 这里套用《新约·马太福音》第7章第3节中耶稣的训词。原话是："你为什么只看见你弟兄眼中的木屑，却不管自己眼中的大梁呢？"下文中的"胡说"，原文为爱尔兰语。

370 19世纪中叶以来，因饥馑、移民等原因，爱尔兰人口由1841年的819万强减到1901年的446万弱（照原先的自然增长率，本应增加到1800万）。据统计，19世纪有400万爱尔兰人移居美国。这里把爱尔兰人比作以色列人。纪元前8世纪，由于遭受亚述侵略，以色列人原来的12部族（参看本章注340）只剩下2个部族了。

371 德西默斯·朱尼厄斯·尤维纳利斯（约60—约140），古罗马讽刺诗人。

372 安特里姆是北爱尔兰东北部一郡。17世纪后半叶以来，爱尔兰利默里克（都柏林西南120英里）的手织花边业很是发达。进入19世纪后，在机织花边的竞争下，逐渐衰落。

373 巴利布是都柏林中心区以北二英里处一小村。从附近的洞穴里曾发掘出古代爱尔兰生产的玻璃碎片。

374 胡格诺，参看第5章注89。早在1693年，其难民便把织府绸的技术带到都柏林。生于里昂的法国技师约瑟夫·玛利·雅克（1752—1834）在1801年左右所发明的雅克式织布机传进来后，都柏林所生产的府绸不但数量增加，质量也提高了。

375 福克斯福特是爱尔兰梅奥郡一村。19世纪在当地一家修道院的倡导下，办起手织花呢的制作。

376 新罗斯是韦克斯福德郡的一村。这里的加尔默罗隐修院保存着几件古代象牙针绣，并小规模地进行仿造。

377 赫剌克勒斯的两根柱子指直布罗陀海峡东北侧的两座巉岩。直布罗陀即建立在其中联结半岛的一座上。人类公敌指英国。

378 推罗紫是一种颜料，产于黎巴嫩沿海提尔镇（《圣经》中译为提罗），今名苏尔。

379 科尼利厄斯·塔西佗（约56—约120），罗马帝国高级官员。他在历史著作《阿格里科拉传》（公元98）中提到英国和爱尔兰的宗教活动没什么差别。

380 托勒密（活动时期公元2世纪），天文学家、地理学家和数学家。其主要研究成果是在埃及亚历山大城完成的。他根据腓尼基人提供的资料，对爱尔兰做了相当准确的描述。

381 吉拉德斯·卡姆布伦希斯（1146—1220），威尔士历史学家，留下了两部关于爱尔兰的著作。

382 康尼马拉是爱尔兰戈尔韦郡的一个地区。这里产的大理石通常用来做装饰品。

383 蒂珀雷里是爱尔兰芒斯特省一郡。自17世纪起，这里的银矿开采量很大。进入19世纪后，由于世界性的竞争，遂一蹶不振。

384 1553年西班牙国王腓力二世（1556—1598在位）与爱尔兰达成21年的协议，在每年付爱尔兰国库1000英镑的条件下，获得爱尔兰领海的捕鱼权。

385 巴罗河是爱尔兰中部河流。香农河是爱尔兰最长的河。干流流经中央低地，沿岸多水草地和沼泽。

386 黑尔戈兰是德国石勒苏益格—荷尔斯泰因州的岛屿，遍布港口、船坞、造船设施、地下防御工事和海岸炮台等。

387 卡斯尔顿勋爵报告书是1908年4月提交议会的，同时在都柏林出版，内容涉及爱尔兰的树林濒临毁灭以及植树造林问题。这里把日期移前了4年。

388 戈尔韦是爱尔兰康诺特省一郡。栲是爱尔兰七种首领树（区别于普通树）之一。

389 爱利是爱尔兰语，爱尔兰共和国的旧称。《为了爱利那秀丽山丘，啊》，是多诺·麦康-马拉（1738—1814）用爱尔兰文写的一首歌曲，由詹姆斯·克拉伦斯·曼根译成英文。

390 原文为法语。自“今天下午”至“幽静的蜜月”（见本章注419）。这一大段，模仿报纸上对重要社会新闻的报道。从树木的罗列可看出作者在这里受了斯宾塞的《仙后》第1章的影响。

391 爱尔兰国民林务员标榜为非官方团体，富于天主教与民族主义色彩。在1904年，由约瑟夫·哈钦森担任总书记，参看第10章注184。琼·怀斯·德诺兰是把约翰·威思·诺兰的名字法国化了，旨在模仿斯宾塞的骑士传奇文体。

392 原文作Fir Conifer.Fir是冷杉，Conifer是针叶树。本段的夫人、小姐的姓名大多用树名或与树木有关的词构成。兹采取音译、意译结合的办法。

393 西尔威斯特（Sylvester）是法国名字。法语中，sylvestre作“长在森林中”解，发音相近。只是语尾略有变化。

394 原名Poll（波尔）含有“剪修”意，是为了防止栲树的枝叶长得过密。

395 冬青·榛眼太太，在“花的语言”中，冬青意味着远见，所以在这位太太的姓（榛）上加了个“眼”字。参看第5章注37。

396 在“花的语言”中，山栲意味着谨慎。Greene（格林）则与green（绿）发音相近。

397 原文作Vinegadding，是由Vine（藤）和gadding（蔓生）二词组成的复合词。

398 原文作Virginia Creeper，系将virginia-creeper（五叶地锦）这个复合词拆开来，首字改为大写，就成了女子的姓名。

399 Glady含有“像是沼泽地”之意。Gladys又与Gladden（带来快乐）发音相近。作者很可能借此机会来感谢最早出版《尤利西斯》的西尔薇亚·毕奇，参看第9章注396。Beech（毕奇）的小写，作“榆”解。在“花的语言”中，俐象征繁荣。

400 原文为法语。白枫是高级家具用料。

401 常春花象征爱情。接骨木花意味着嫉妒。

402 此名使人联想到艾伯特·H.菲茨与威廉·H. 佩恩所作《忍冬与蜜蜂》（1901）一歌。在“花的语言”中，忍冬象征爱情的纽带、温柔的性格。

403 含羞草小姐是《艺伎》的中心人物之一，参看第6章注62。

404 雪松叶象征着“我为你而活着”。

405 莉莲（Lilian）源于象征纯洁的百合花（lily）。薇奥拉（Viola）源于象征忠诚的紫罗兰（violet）。丁香花象征天真烂漫。

406 原文作Aspenall，系由aspen（白杨属；也指像白杨树叶般飕飕地颤抖）与all（所有的）组成的复合词。

407 原文作Kitty Dewey-Mosses。Kitty与kittul（东印度的棕榈）发音相近。Dewey与dewy

（带露水的）发音相近。Mosses与moss（苔）发音相近。苔象征母爱。

408 在爱尔兰，山楂于五月开花，它象征希望。五月（May）亦可作女性的名字。

409 格罗丽亚娜是斯宾塞的《仙后》中“最伟大光荣的王后”（见原诗第1章）。原文作Gloriana Palme。Gloriana源于拉丁文goria（赞颂光荣）。Palme与palm（棕榈枝）谐音。在古代，棕榈枝被视为胜利和光荣的标志。

410 原文作Liana Forrest。Liana的意思是藤本植物。Forrest与forest（森林）谐音。

411 原文作Arabella，与arabesque（蔓藤花纹）发音相近。

412 奥克霍姆·里吉斯（Oakholm Regis）是个杜撰的地名。Oak是栎树，holm作为古字，指圣栎（holmoak）。Regis是拉丁文，意思是王。诺马是贝利尼的歌剧《诺马》（1831）中的女祭司。

413 原文作the M’Conifer of the Glands。Gland（格兰）是个古字，意为栎子。爱尔兰历史上，只有数人被赋予过of the Glands（格兰的）这一称号。其中的一个是红发休·奥唐奈，见本章注55。

414 原文为法语。

415 “先生”，原文为葡萄牙语。葡萄牙姓名恩里克·弗洛相当于英国的亨利·弗罗尔（布卢姆所用的化名），参看第4章注3。

416 《伐木者，莫砍那棵树》是美国乔治·莫里斯和亨利·拉塞尔所作的通俗歌曲。

417 天主教徒举行婚礼时如能收到一封教皇祝福他们的信，便表示新人的社会地位显赫。

418 “庭园内的”，原文为拉丁文。爱尔兰南部沙岸上的基尔菲拉有一座圣菲亚克的隐修院，参看第3章注87。

419 模仿新闻报道的文体，到此为止。参看本章注390。在《仙后》中，红十字骑士和乌娜也曾到树林里去逗留。

420 佛兰芒人是近代比利时的两个文化语言集团之一，比利时荷兰语一般称作佛兰芒语。诺曼人（北欧维金人的一支）征服英格兰（1066）以及英格兰人和诺曼人联合入侵爱尔兰（起始于1169）之前，七八世纪以来爱尔兰和欧洲大陆之间的贸易相当发达。

421 戈尔韦见第2章注67。葡萄紫的大海，见第1章注13。

422 王后镇，参看第11章注198。金塞尔是科克郡的商业城镇和海港。黑草地湾在梅奥郡，距戈尔韦湾65英里。文特里港在爱尔兰凯里郡丁格尔湾北岸。

423 基利贝格斯是爱尔兰西北多尼戈尔郡一海港。它从来也不是世界第三大港。这里，通过夸张表现出人物的自我膨胀。

424 德斯蒙德是爱尔兰古代一地区，大致为现凯里和利克二郡的领域。詹姆斯·菲茨莫利斯·菲茨杰拉德是第10代德斯蒙德伯爵。他的势力大到敢于违抗英国国王亨利八世。为了签订同盟条约来对抗英国，1529年曾和神圣罗马帝国皇帝查理五世（1519—1556在位）进行谈判。但他当年即死去，故未达成协议。

425 林奇家是戈尔韦郡最有影响的家族。教皇英诺森八世（1484—1492在位）曾任他们为戈尔韦天主教会的教区委员。奥赖利家是卡文郡望族，夸耀自己是米列修斯的第二个儿子赫里蒙的后裔，参看本章注427。奥肯尼迪家夸耀自己是布赖恩·勃罗马之侄子的后裔。勃罗马也姓肯尼迪，做过都柏林王（1002—1014在位），参看第6章注82。

426 亨利八世将蓝地金竖琴图案嵌入英国王室纹章，以表示他君临爱尔兰。

427 在古代爱尔兰，芒斯特省分为德斯蒙德（芒斯特南部）和索门德（芒斯特北部）。据传说，最后入侵爱尔兰的是西班牙的米列修斯的三个儿子（埃贝尔、赫里蒙、伊斯）所率领的米列西亚族。其旗帜是“蓝地上三个王冠”，因而是“爱尔兰船上挂过的最古老的旗帜”。米列西亚族遂被视为爱尔兰王族的祖先。

428 原文是英语化了的爱尔兰语。

429 这是句谚语。制革厂的猫以吹牛和无能出名，因为那里不缺啃啮的东西。

430 “康诺……长”这句爱尔兰谚语的意思是说，母牛离得越远，牛离得越远，它的犄角越长（指名声）。康诺特在爱尔兰尽西边。

431 沙那戈尔登是利默里克郡一教区，设有邮局。

432 在为土地改革而进行的斗争中，有些人把被退租佃户所腾出来的房屋和租地强占了去，以迫使地主让步。

433 在1904年，摩莉·马奎斯是爱尔兰恐怖主义者的通称。这个团体是1641年利尼利厄斯·马奎斯为了帮助民众起义而组织的，由于成员们男扮女装，故叫作摩莉。

434 这支队伍的前身是1745年组织起来的，每年只训练两周。由于在布尔战争中有功，被授予此称号。在爱尔兰人看来，英国是借这场战争征服了另一个自由民族。这里把“帝国义勇骑兵”当作酒的代名词，旨在讽刺这支非正规部队需要借酒来鼓舞士气。

435 奥尔索普牌浓啤酒瓶上的商标是阿尔斯特的一双红手，象征着该古国类神话的英雄们。

436 1919年9月28日，美国内布拉斯加州奥马哈发生了一起震惊全球的将黑人（被控强奸白人少妇）“吊在树上开枪扫射后再加以焚烧”的事件，举世为之震惊。30日的伦敦《泰晤士报》把州名误写成佐治亚。

437 戴德伍德·迪克是专写惊险小说的爱德华·L.惠勒（约1854—约1885）的作品《戴德伍德·迪克，拦路王子》中的主人公。这个赌徒兼绿林好汉被描述为“一顶宽檐黑帽歪戴在他的眼睛上”。

438 原文出自西班牙语，是对黑人的蔑称。

439 “它……前进”，出自《穿深蓝色海军制服的小伙子》一歌。

440 1904年，英国各报读者来函广泛开展对海军练习舰上施笞刑的讨论。萧伯纳在信中写道：“我对此感到厌恶。”该信刊登于伦敦《泰晤士报》（1904年6月14日）上。

441 约翰·贝雷斯福德（1738—1805），曾任爱尔兰枢密官、爱尔兰税务局科员和局长。在1797年至1798年的爱尔兰民族起义中，他坚决站在英国方面。他还创办了一所骑术学校，对那些持不同意见的爱尔兰人任意进行鞭笞或施以其他酷刑。当时英国海军里，有个生在爱尔兰的海军上将，叫作约翰·普·贝雷斯福德（1768—1844），并无鞭笞方面的劣迹。两相比较，前者更够得上“老恶棍”这一称呼。

442 “这种……些”，见《哈姆雷特》第1幕第4场中哈姆雷特对霍拉旭说的话。

443 “一千声”，原文是英语化了的爱尔兰语。

444 这里套用詹姆斯·汤姆森（1700—1748）作词、托马斯·阿恩（1710—1778）作曲的颂歌《统治吧，大不列颠》（1740）中的词句。原词是："大不列颠人永远、永远、永远不做奴隶。"

445 这里，"市民"指的是英国议会的上院。此言不确。实际上，其议员不是清一色（因为少数议员是从英格兰和爱尔兰贵族中遴选的）世袭的，而普鲁士的上院包括大地主和市镇的代表，也采用世袭制或终身制。

446 这里把"太阳是永远不落的"一语颠倒过来了。参看第2章注48。

447 雅胡是斯威夫特的《格列佛游记》中的人形动物。他们是罪恶的化身，与胡乙姆（智马）形成对照，参看第3章注45。

448 本段模仿《使徒信经》文体，参看第1章注111。文中用了不少双关语，如笞杖（rod）与上主（Lord）、夸耀（boast）与野兽（beast）发音相近。船梁末端（beamend）亦作"经济窘迫万分"解。

449 这儿指爱尔兰。

450 更大的爱尔兰，指美国，参看本章注370。19世纪中叶以来，爱尔兰裔美国人不断地捐款训练起义者，以争取民族独立。

451 因1845年土豆歉收而引起的饥馑，造成霍乱等传染病。在1847年达到高峰。

452 地主或其代理人把佃户轰走后，往往毁掉他们的住房。修马斯·麦克马纳斯在《爱尔兰种族的故事》（纽约，1967）中引用了伦敦《泰晤士报》的这样一段话："他们正在离开！他们正在离开！爱尔兰人正怀着复仇心离开。很快地，爱尔兰的凯尔特人将会变得跟纽约曼哈顿岛上的红印第安人那样稀少。"

453 比塞塔是旧硬币。1933年由库鲁（亦称里拉）所代替。

454 美国律师、记者约翰·米切尔（1815—1875）说，1847年有一位船长曾在里约热内卢目击到一只船上满载爱尔兰麦子（据T.P. 奥康内尔著《格拉德斯通、巴涅尔和爱尔兰的伟大斗争》，第366页，费城，1886）。

455 棺材船一词是19世纪30年代出现的，指那些肮脏狭窄、缺水和食品的船。时人认为与其说它是船，不如说更像是棺材。

456 "自由国土"一语出自美国律师F.S.基所作的美国国歌《星条旗》（1814）。

457 语出自《申命记》第5章第6节："上主说：'……我曾经领你从被奴役之地埃及出来。'"这里把爱尔兰人比作以色列人。

458 葛拉纽爱尔是格蕾斯·奥马利（约1530—1600）的爱尔兰名字。她是西爱尔兰的女酋长和船长，据说曾培植当地的起义者达40年之久。

459 豁牙子凯思林是爱尔兰传统的象征之一，参看第9章注20。

460 1798年秋约1000名法国人在爱尔兰梅奥郡的基拉拉登陆，起初得势。由于当年的爱尔兰起义已被击溃，这支远征军没有援军被迫投降。参看第1章注86。

461 斯图尔特王室的末代国王詹姆斯二世，参看第3章注68。1690年，他在博因河被威廉三世击败，遂背叛了爱尔兰支持者，逃往欧洲大陆。

462 帕特里克·萨斯菲尔德，参看本章注54。1691年10月3日，他领导下的爱尔兰部队与威廉三世的部队在利默里克的一块石头上写下条约。在萨斯菲尔德以及他的核心部队（11000名）流亡法国的条件下，英方决定在承认信仰天主教等问题上对爱尔兰做出让步。然而在1695年，在英国的默许和同意下，爱尔兰（新教）议会公然撕毁了该条约。

463 “野鹅”，参看第3章注68。当时流亡到法、西等国的爱尔兰人大都从了军。

464 在法军为一方、同盟军（英、汉诺威、荷、奥）为另一方的丰特努瓦战役（1745）中，在法军中服役的爱尔兰旅，配合法国炮兵与骑兵，向英军右翼冲锋，迫使英国–汉诺威的步兵退却。

465 帕特里克·萨斯菲尔德在法军中服役，战死于兰登之役（1693）。

466 利奥波德·奥唐奈（1809—1867）是博因河战役后流亡到西班牙的奥唐奈家族的后裔。1856年至1866年间，三次任首相。在摩洛哥战争（1859—1860）中功绩显赫，获公爵称号。

467 这里，诺兰把两个陆军元帅混淆了。（1）尤利西斯·马克西米连（1705—1757），爱尔兰流亡者的儿子，生于奥地利。1751年玛丽亚·特蕾莎（1717—1780，奥地利女大公、匈牙利女王、波希米亚女王、神圣罗马帝国弗兰西斯一世的皇后）任命他为驻波希米亚奥军总司令。后在布拉格战役中阵亡。（2）布朗伯爵乔治（1698—1782），则生在爱尔兰利默里克的卡穆，后成为俄军陆军元帅，得到玛丽亚·特蕾莎和沙俄的叶卡捷琳娜二世（大帝）的宠信。

468 泰·佩是托马斯·鲍尔·奥康纳的绰号，参看第7章注22。某些爱尔兰激进分子认为他创办的周刊《人物》有着浓厚的英国晚餐会气息。

469 真诚的谅解，原文为法语。1904年4月，英美之间达成谅解，联合起来对付德、奥匈帝国和意大利的联盟。英国听任法国插手摩洛哥，法国对英国征服埃及置若罔闻。

470 “打倒法国人！”原文为法语。

471 汉诺威是神圣罗马帝国的选侯（选帝侯的领土、爵位），1866年成为普鲁士一省。乔治一世（1660—1727）既是汉诺威选侯（1698—1727），又是英国汉诺威王朝第一代国王（1714—1727在位）。老婊子和日耳曼小伙子，指维多利亚女王及其丈夫阿尔伯特亲王，参看第六章注101。维多利亚属于汉诺威王室，母亲是德国公主。阿尔伯特是维多利亚的大表兄，系萨克森–科堡–哥达亲王。

472 马车夫，指女王的侍从斯科特·约翰·布朗（1826—1883）。在生活中，女王对此人十分依赖。

473 《莱茵河畔的埃伦》是美国人科布和威廉·哈钦森所作歌谣，写一个士兵与其情人诀别。

474 《到酒更便宜的地方去》一歌系乔治·丹斯（死于1932）模仿斯蒂芬·福斯特的《到我心上人躺着做梦的地方去》而作。

475 这是英法之间达成谅解之后，法国人对英王爱德华七世（1901—1910在位）的赞称。后者曾致力于改善与奥地利以及他的侄子德皇威廉二世（1888—1918在位）的关系，参看第7章注101。

476 爱德华七世的私生活不检点，时有丑闻揭出。这里，梅毒用的是英语（pox），而和平则用的是法语（pax），二词发音相近。圭尔夫是汉诺威王室的姓。韦亭是爱德华之父艾伯特亲王的姓。维多利亚结婚时，把圭尔夫这个姓去掉（第一次世界大战期间，韦亭被改成英国姓温莎）。

477 梅努斯是爱尔兰基尔代尔郡一村庄，那里的圣帕特里克学院是不列颠诸岛上最大的天主教神学院，由爱尔兰红衣大主教和主教们领导。当乔治七世于1903年7月正式访问爱尔兰时，学院当局把饭厅用亲王骑装的颜色装饰起来，还点缀以他最喜爱的两匹坐骑的雕刻。

478 维多利亚女王于1849年第一次正式访问都柏林时，曾把当时的威尔士亲王爱德华封为都柏林伯爵。

479 “但愿你的影子永远不会淡下去”是爱尔兰人通常用的祝酒词。

480 红沙洲餐厅的牡蛎，参看第6章注29。

481 《巴利莫特书》是一部古籍选集，约1391年由所罗门·奥德罗玛、马努斯·奥杜依盖楠等人在爱尔兰斯莱戈郡托马尔塔赤·麦克多诺格家中编选而成。

482 四位大师指编著《爱尔兰王国编年史》（或《四大师编年史》，1632—1636）的方济各会修士迈克尔·奥克勒里（1575—1643）、科奈尔·奥克勒里、库科伊克利切·奥克勒里和费尔菲萨·奥穆尔成里。

483 凯里是爱尔兰西南部荒芜的一郡。卡朗突奥山位于该郡，是爱尔兰最高的山。

484 山寨、土寨、日光间，原文均为爱尔兰语。

485 这是纪念灾难的石堆，路人各自往上面添石头。据迷信，这样就能埋掉灾难。

486 “巴米塞德时代”，套用生于爱尔兰的英国诗人詹姆斯·克拉伦斯·曼根（1803—1849）所作一首诗的题目。巴米塞德是8世纪的波斯显赫家族。

487 二湖谷（音译为格伦达洛谷）在爱尔兰威克洛郡内。原有的教堂已化为废墟，只剩下11、12世纪建的一座叫作“圣凯文厨房”的小教堂。克朗麦克诺伊斯是爱尔兰香农河左岸早期基督教中心。现仍保存有7座古教堂的遗址。

488 康大寺院在戈尔韦郡，最早建于624年，19世纪重新修复。衣纳格峡谷是戈尔韦郡一条漫长的峡谷，一侧排列着12座圆锥形小山。爱尔兰之眼是霍斯岬角以北一英里处一小岛，有一座7世纪小教堂的废墟。

489 塔拉特的绿色丘陵位于都柏林西南方。克罗阿·帕特里克山是爱尔兰梅奥郡的一座石英岩石山峰，顶上有座小教堂。据传公元5世纪圣帕特里克曾到过此山。

490 吉尼斯公司酿酒厂在都柏林中心区西部，利菲河以南。拉夫·尼格是不列颠群岛中最大的湖泊，位于爱尔兰东北部。奥沃卡峡谷在都柏林河以南，威克洛郡内，为几条河流汇合之处。

491 伊索德之塔修建于中世纪，位于都柏林市中心区利菲河以南。1675年被毁。玛帕mode方尖塔修建于1741年，在基拉尼，位于都柏林东南9英里的岸上。

492 这座医院建于1803年，坐落在都柏林大运河街上。经费悉从苏格兰–爱尔兰医生和政治家圣帕特里克·邓恩（1642—1713）的遗产中支付。

493 克利尔岬角位于爱尔兰最南端。阿赫尔罗峡谷有8英里长、2英里宽，位于蒂珀雷里、科克两郡交界处。

494 林奇的城堡在戈尔韦，是16世纪初担任戈尔韦教区委员的詹姆斯·林奇的寓所，参本章注425。苏格兰屋，见第8章注80。拉思唐联合贫民习艺所修建于1841年，在都柏林东南8英里半处。

495 图拉莫尔监狱在爱尔兰中东部的艾伦沼泽区（位于利菲河和香农河之间）的图拉莫尔镇上。卡斯尔克尼尔瀑布在爱尔兰中部。香农河在此穿过无数岩礁，形成瀑布。

496 原文为爱尔兰语。

497 莫纳斯特尔勃衣斯位于都柏林西北35英里处，有教堂废墟和三座石制十字架。朱里饭店坐落于都柏林的学院草地。圣帕特里克的炼狱在爱尔兰多尼戈尔郡的圣徒岛上。据说圣帕特里克曾在这里的一个洞穴里目睹炼狱的幻景，后世（约自1150年起）成为信徒朝圣之地。

498 鲑鱼飞跃是利菲河莱克斯口的一座瀑布，距都柏林8英里。梅努斯学院饭厅，参看本章注477。柯利洞穴是多利蒙特（都柏林西北郊）的一个天然浴池。

499 关于第一任威灵顿公爵在都柏林的诞生地，众说纷纭。现公认为以上梅里逊街24号最为可信。卡舍尔岩石高踞蒂珀雷里郡城镇中，山顶有古建筑遗迹。

500 艾伦沼泽是爱尔兰中东部的泥炭沼泽，位于利菲河和香农河之间，沼泽区中有一座早期隐修院遗址。亨利街批发庄在都柏林亨利街和丹麦街上，批发服饰和缝纫用品。芬戈尔洞是苏格兰斯塔法岛西南岸的玄武岩洞。

501 原文为moving，也作“移动的”解。1904年，摩洛哥的犹太人依然被当地的穆斯林强制从事种种劳役，直到1907年才明文废止。

502、503 《启示录》第21、22章有关于新耶路撒冷的描述。那是犹太人所向往的理想国。这里，“市民”是站在反犹太主义立场上问布卢姆是否支持犹太复国主义。

504 引自《新约·马太福音》第19章第19节中耶稣的话，下半句是：“像爱自己一样”。

505 “抢光我的邻居”，原文为英语化了的爱尔兰语。这是两个孩子玩的纸牌游戏，把对方的牌全都夺到手者为胜。

506 “好个”，原文为英语化了的爱尔兰语。

507 这里套用圣奥古斯丁（354—430）所著《忏悔录》第3卷中的话。奥古斯丁指的是在他发现天主是唯一和最终的爱情归宿之前，自己曾沉湎于肉欲。原话是：我思恋爱情，寻觅着所能爱的，爱慕爱情。

508 这里把中国的《礼记》、汉朝、茶叶、蒲州凑在一起，变成两个人名。

509 江勃和艾丽思分别为伦敦皇家动物园的公象和母象。当江勃于1882年离开该园时，艾丽思大吼，惊动了整个动物园。

510 号筒，指过去半聋人用的号筒形助听器。

511 本书第14章中提到这个穿胶布雨衣的人的身世，参看该章注38及有关正文。《都柏林人·悲痛的往事》里的达菲就对一位已故的夫人缅怀不已。

512 “伪善者”是17世纪时天主教徒给清教徒起的外号。

513 奥利弗·克伦威尔（1599—1658），英格兰军人和政治家，1649年在处死国王查理一世时，他是主要领导者。随后宣布在英伦三岛成立共和国，爱尔兰人予以抵制。他猛攻德罗赫达（位于都柏林以北32英里的海边），打死了至少2800名守备队（另有数千无辜妇孺被野蛮地屠杀），迫使爱尔兰臣服。

514 《爱尔兰人联合报》，每逢星期四出版，参看第3章注108。当天（6月16日）确实刊登了一篇类似的讽刺文章，但内容不尽相同。

515 原文作Walkup on Eggs，意思是“走在鸡蛋上”，与walk on airs（得意扬扬）发音相近。国王的侍从武官在盛大仪式上捧金杖。

516 阿贝库塔是西尼日利亚一省。阿拉基是小国的首领，类似苏丹。他于1904年夏季确实访问了英国，但他不是祖鲁人（见第1章注27）。

517 这个牧师的姓名是由两个反对天主教的人的姓名拼凑而成的。亚拿尼亚是《新约·使徒行传》第23章第2节中的犹太人祭司，他曾吩咐侍从打使徒保罗的嘴巴。普列斯戛德·贝尔本（Praisegod Barebones），意译为“赞美上帝·瘦人”。英国历史上有个叫作普列斯戛德·巴本（约1596—1679）的传教士。克伦威尔组织新国会后，曾请他参加。因巴本（Barbon）一姓与“瘦人”（barebone）发音相近，世人遂戏称新国会为“瘦人国会”。信天主教的查理二世复辟后，他坚决反对，从而被关进伦敦塔。

518 “先生”，原文“massa”是美国南方的黑人土话。

519 按：阿拉基访英时曾和爱德华七世谈及这部《圣经》。

520 “爱杯”是有数个把手以便轮流饮的大酒杯。“黑与白”，原文作Black and White，有一种以此为商标的苏格兰威士忌酒。“威士忌”，原文为爱尔兰语。

521 棉都是曼彻斯特的别称。

522 此话含有贬义，指的是把《圣经》当作手纸用了。

523 格里菲思确实写过“市民”朗读的这类讽刺文章。起初用的笔名是尚戛纳霍（爱尔兰语，含有“恳谈”意），后来只用个首字P（可能是为了纪念巴涅尔）。参看第3章注108。

524 罗杰·凯斯门特爵士（1864—1916），反抗英国统治的起义中的爱尔兰烈士。1895年至1904年，他历任英国驻葡属东非、安哥拉和刚果自由邦的领事。由于揭露白种商人在刚果对土著劳工的残酷剥削而博得国际声誉。1914年他参加新芬党，同德国商洽获得军事援助事，未果，1916年被处决。

525 卡菲尔是属于南非班图族的一支土著。当时爱尔兰有个叫作G.H.奇尔格温（1855—1922）的杂耍演员。表演时，将脸涂黑，眼睛周围画上一圈白色大钻石，自称白色卡菲尔。下文中利内翰劝阻莱昂斯一事，第16章有续笔。

526 这里指要去厕所。通常的说法是：再见吧，都柏林，我要到戈尔特去。戈尔特是爱尔兰西部斯莱戈附近一寒村。原意是表示农民在城市里待不惯。

527 威廉·斯莱特里在都柏林中心区所经营的酒吧。

528 这个未说明姓名、身份的“我”一边解手一边发出噢、呜、哎呀、啊等呻吟声，暗示他患有淋病。杜鹃占其他鸟的窝下蛋，耶路撒冷杜鹃是19世纪出现的一种对犹太复国主义者的贬称。

529 玛土撒拉是《圣经》中最长寿的人，活到969岁。见《创世记》第5章第27节。这里指布卢姆的父亲。

530 布卢姆之父其实是服用过量的乌头（其侧根叫附子）而死，参看第17章。

531 通常说“兰蒂（或拉利）·麦克黑尔的狗”。爱尔兰作家查理·詹姆斯·利弗

（1806—1872）在《拉利·麦克黑尔》一诗中描述了他那条与人十分亲昵的狗。

532 城堡指都柏林堡。克罗夫顿这个人物曾出现在《都柏林人·纪念日，在委员会办公室》中。在1904年，他一面领着关税总局的津贴，一面担任都柏林郡议会秘书R.T.布莱克本的助手。

533 从此段至“好个逗乐的骗子！”（见本章注534），作者嘲弄地模仿那些写于19世纪末叶的中世纪传奇的文体。

534 模仿传奇文体的段落，到此为止。参看本章注533。

535 袼褙儿是爱尔兰天主教徒对美以美教派（以后推而至于一切新教徒）的蔑称。

536 朱尼厄斯是1769年至1772年间在伦敦《公共广告报》上刊登的一批弹劾信上所署的笔名。20世纪初，人们大都认为那封弹劾信是在都柏林的英国政治家菲利普·弗朗西斯爵士（1740—1818）所写。

537 坎宁翰指的是阿瑟·格里菲思在《爱尔兰联合报》上连载（1904年1月至6月）的《匈牙利的复兴》。该书写匈牙利怎样摆脱奥地利的统治，争取民族独立，把这作为爱尔兰的典范。他误认为布卢姆是格里菲思的智囊。

538 牙医布卢姆，参看第10章注202。

539 维拉格是匈牙利语“花”的音译。

540 圣者和贤人的岛屿，参看第3章注55。

541 指犹太人总是期待弥赛亚（救世主）的诞生。

542 意思是说，生下的是能够做父亲的还是能够做母亲的，借以强调犹太人急于繁衍后代的心情。

543 这是当时都柏林出售的一种供婴儿、病人、成长期儿童及老人吃的营养食品。

544 原文为法语。

545 这里把一则笑话中的“你猜疑那是谁呢？”改了一个字（“你”改为“他”），参看第9章注331。

546 “披着羊皮的狼”，套用《新约·马太福音》第7章第15节：“他们假先知来到你们面前，外表看来像绵羊，里面却是凶狠的豺狼。”亚哈随鲁是《旧约·以斯帖记》（第1—3章）中的波斯王，犹太女子以斯帖的丈夫。这里泛指流浪的犹太人。

547 “约·詹”是都柏林酒厂约翰·詹姆森父子公司所酿造的一种爱尔兰威士忌。

548 巴利金拉尔是爱尔兰唐郡一荒村，也有人说圣帕特里克就是在都柏林以南的范特利河口登陆的，见第5章注50。

549 此句至“因基利斯督我等主”（见本章注607），戏谑地模仿天主教会中关于宗教庆祝活动的描述。

550 斯波莱托是意大利翁布里亚区一城镇，本笃会隐修院（后成为欧洲主要经籍研究的学术中心）创办者圣本笃（约480—约547）生在该镇附近的努尔西亚。

551 加尔都西会是1084年由科隆的布鲁诺创建的苦修会，参看第5章注79。卡马尔多利修会是1210年由圣罗穆埃尔在隐修院改革运动中成立于意大利阿雷德附近卡马尔多利的本笃会独立分支。

552 西多会是1098年由本笃会的罗伯特·德莫勒斯米等人在法国境内勃艮第地区第戎附近的西多建立的，故名。奥利维坦会是本笃会另一独立分支，1319年由乔万尼·德托罗梅（1272—1348）建立于意大利的奥利维托山。

553 奥拉托利会是1575年由圣菲力普·内里（1515—1595）创立于罗马的在俗司铎修会。瓦隆布罗萨修会是由圣约翰·瓜尔维特（985—1073）于1056年前后在意大利佛罗伦萨附近的瓦隆布罗萨镇建立的。

554 奥古斯丁隐修会是中世纪四大托钵修会之一，遵循圣奥古斯丁（354—430）所制定的规章。布里吉特女修会，又称至圣救主会，于1346年由瑞典修女圣布里吉特（1303—1373）创立。

555 普雷蒙特雷修会，俗称白衣修士会，是1120年圣诺贝特（约生于1080）会同13名同道在法国境内普雷蒙特雷创立的隐修院。圣仆会是天主教托钵修会之一。1233年由佛罗伦萨7名布商所创始。特别提倡崇奉圣母玛利亚，并附设有女修会。

556 圣三一赎奴会是1198年由马都的圣约翰成立于法兰西的天主教修会，旨在赎救近东、北非一带被俘虏为奴的基督教徒。“彼得·诺拉斯科的孩子们”指1218年由圣彼得·诺拉斯科在西班牙创立的天主教梅塞德修会会员，该会的宗旨在于赎救被摩尔人俘虏的基督教徒。

557 先知以利亚的孩子们指加尔默罗会。早年有人相信这个修会的创建者是先知以利亚，其实是参加过十字军东征的利莫各斯伯爵贝特朗。1156年他和一些朝圣者在巴勒斯坦境内加尔默山定居，这便是加尔默罗会的前身。1208年前后，耶路撒冷主教艾伯特为该修会制定了会规。阿维拉的圣女德肋撒（1515—1582）于1562年建立女隐修院，并对男隐修院进行改革。改革派修士赤脚着草鞋，以别于老派（穿鞋的）。文中的另一派即指赤脚派。

558 多明我会修士着褐衣，方济各会着灰衣。多明我会是1215年由西班牙修士圣多明我（约1170—1221）创立的布道托钵修会。方济各托钵修会是圣方济各（阿西西的，1182—1226）于1209年创立的，他要求修士们安贫。

559 正式名称为嘉布遣小兄弟会，是从遵规派（约于1460年脱离方济各会的住院派或集体派而成立的独立分支）中分化出来的。1525年由马特奥创立。修士们赤足。

560 科德利埃会是方济各会的独立分支，他们腰系打了结的绳子，以表示严格遵守圣方济各的会规。小兄弟会是帕奥拉（在意大利境内）的圣方济各（1416—1507）于1454年创立的托钵修会。

561 克拉蕾的女儿们指圣方济各协助贵族妇女克拉蕾于1212年创立的方济各第二会（即克拉蕾安贫会）。

562 遣使会是1624年由法国修士圣味增爵·德保罗（1576—1660）创建的修会，又名味增爵会。

563 圣沃尔斯坦（1008—1095），英国伍斯特郡最后一任萨克逊主教。他属于本笃会，曾建立一个修会。

564 指依纳爵创建的耶稣会，参看第1章注4。

565 埃德蒙·依纳爵·赖斯（1762—1844），爱尔兰人，1802年起，在沃特福德、都柏林等地开办学校，并创建由在俗人员组成的圣教学校兄弟会。1821年任第一任会长。

566 圣西尔是法国人对圣西里库斯（约于304年殉教）的称谓。圣伊西多勒·阿拉托尔（1070—1130），西班牙忏悔师，农民的主保圣人。

567 圣小詹姆斯即《新约·马太福音》第10章第2节中亚勒腓的儿子雅各，耶稣十二使徒之一。为有别于同名的另一使徒（西庇太的儿子雅各），在名字前加个“小”字。

568 锡诺普（小亚细亚北岸，土耳其一港埠）的圣佛卡斯为殉教徒。圣朱利安是行路者和吟游诗人的主保圣人。圣菲利克斯·德坎塔里斯是阿布鲁齐（意大利中部地区）一农民，后成为嘉布遣小兄弟会修士。

569 圣西门（388—459）是柱头苦修的首倡者，他长时间站在柱头上祈祷，栉风沐雨，靠门生缘梯送饭维持生命。圣斯蒂芬，参看第1章注9。天主的圣约翰（1495—1550），葡萄牙人，慈善医院的主保圣人。

570 圣费雷欧尔是传说中6世纪初的西班牙人。圣勒加德（死于608），爱尔兰修道院院长和传教士。圣西奥多图斯（约304），殉教徒，旅店主的主保圣人。

571 圣沃尔玛尔（活动时期为7世纪），法国隐士，创建了修道院，任院长。圣理查·德维赤（1197—1253），英国主教。圣味增爵·德保罗，参看本章注562。

572 托迪的圣马丁，指意大利籍教皇马丁一世（649—655在位），他生于意大利的托迪，因不肯在教义问题上做出让步，被拜占廷皇帝康斯坦茨二世流放到克里米亚而死。图尔的圣马丁（约316—397）是法国图尔的主教。

573 圣阿尔弗烈德（849—899），英国西南部撒克逊人的韦塞克斯王朝国王（871—899在位）。他还是个教会改革者，但从未被正式封为圣徒。圣约瑟，圣母玛利亚的未婚夫（见《新约·路加福音》第1章第27节）。

574 圣但尼，巴黎主教，法国的主保圣人之一，约于275年殉教。圣科尔内留斯（251—253，任教皇），罗马人，被流放到桑图塞拉而死。圣利奥波德（1073—1136），原为奥地利一名士兵，被誉为善人利奥波德，创建过几座修院。

575 圣伯尔纳（1090—1153），法国人，天主教西多会修士，1115年在明谷（在今德国奥布省）创立隐修院。他在神学辩论会上任仲裁人，又在罗马教廷内部的互相倾轧中，进行调停。从而获得了“甜如蜜的教义师”这一美称。圣特伦斯是1世纪的主教和殉教者。圣爱德华（962—979），英国国王，殉教者。

576 拉丁文Canicula的意思是小狗。因此，圣欧文·卡尼库鲁斯含有“小狗的圣欧文”之意。这里把杂种狗加里欧文列入圣徒的队伍中了，参看本章注33。

577 圣劳伦斯·奥图尔（1132—1180），都柏林大主教，都柏林的主保圣人之一。丁格尔和科穆帕斯帖拉的圣詹姆斯，即耶稣十二使徒之一圣大詹姆斯（西庇太的儿子雅各），参看本章注567。据说公元44年左右他在耶路撒冷被斩首后，遗体神奇地被转移到西班牙的科穆帕斯帖拉。该地因而成为西欧最出名的朝香之地。爱尔兰西南部的丁格尔湾也有一座纪念他的教堂。

578 圣科拉姆西尔和圣科伦巴（约521—597）是同一个爱尔兰天主教教士的两个名字。他一生致力于向苏格兰传教。圣切莱斯廷一世是意大利籍教皇（422—432在位）。

是他把圣帕特里克派到爱尔兰来传教的。

579 圣科尔曼（约605—676），原在爱尔兰爱奥纳岛上当修士，661年任林迪斯法尔内主教兼隐修院院长。

580 圣凯文（死于618），二湖谷修道院的创建者和院长，参看本章注487。

581 圣布伦丹，参看本章注66。圣弗里吉迪安（约死于558），爱尔兰圣徒，到意大利去做隐修士，后成为古城卢卡的主教。圣瑟南（约488—约544），他曾到罗马去朝圣。回到爱尔兰后盖了几座教堂，其中一座在香农河心（河名即为纪念他而起的）的斯卡特里岛上。

582 圣法契特纳（活动时期为6世纪），罗斯的主教，在那里创办了爱尔兰屈指可数的一座修道院学校。圣高隆班，参看第2章注31。圣加尔（约551—645），圣高隆班的伙伴，前往欧洲大陆的爱尔兰传教士，被誉为“瑞典使徒”。圣弗尔萨，参看本章注65。

583 圣芬坦（死于597），在爱尔兰的克罗涅建立了一座修道院。圣菲亚克，参看第3章注87。圣约翰·内波玛克（约1340—1393），忏悔师，殉教者。波希米亚的主保圣人之一。圣托马斯·阿奎那，参看第1章注88。

584 不列塔尼的圣艾夫斯，即艾夫斯·赫洛里（1253—1303），爱尔兰忏悔师，律师的主保圣人。圣麦昌是11世纪的丹麦—爱尔兰圣徒。都柏林有一座以他名字命名的教堂。圣赫尔曼-约瑟（1150—1241），德国的神秘主义者。

585 圣青年指耶稣会所办学校的男童。圣阿洛伊苏斯·贡萨加（1568—1591），意大利耶稣会圣徒，由于看护传染病患者而死。圣斯坦尼斯劳斯·科斯塔卡（1550—1568），他从维也纳步行350英里到罗马，当上了耶稣会见习修士。圣约翰·勃赤曼斯（1599—1621），耶稣会士，以焕发着年轻人的激情著称。

586 热尔瓦修斯，因在米兰被罗马将军阿斯塔修斯用铁鞭毒打，约于165年殉教而死。瑟瓦修斯（约卒于384），通格勒斯（在今比利时境内）主教，在中世纪西颇受尊重。圣博尼费斯（约675—754），生于英国，成为“日耳曼使徒”，美因慈大主教，在一场对基督教徒的大屠杀中殉教而死。

587 圣女布赖德（约453—523），又名圣女布里奇特，爱尔兰三个主保圣人之一。圣基兰（约500—约560），奥索里主教，“爱尔兰十二使徒”之一。圣卡尼克，参看第3章注135。

588 圣贾拉斯（约卒于540）在爱尔兰东戈尔韦郡蒂尤厄姆镇建造了教堂，并设置了康诺特省的第一个主教管区。圣芬巴尔（约550—623）在科克设置了主教管区，他是该市主保圣人。圣帕平（活动时期为6世纪）是桑特里教区修道院院长。

589 阿洛伊修斯·帕西费库斯修士是圣方济各（阿西西的）的胞弟和弟子，参看本章注558。路易斯·贝利克苏斯这一姓名可能是杜撰的。Bellicosus（拉丁文）的意思是“好战的”，与路易斯的姓Pacificus（拉丁文，“和平的”）针锋相对。

590 利马的圣女萝丝（1586—1617），生于秘鲁，南美洲的主保圣女。1606年加入圣多明我第三会隐修。维泰博的圣女萝丝（卒于1252），曾在圣方济各第三会隐修。她是意大利城市维泰博的主保圣女。

591 伯大尼的圣女玛莎，参看第5章注41。她是拉撒路的姐姐，见《新约·约翰福音》第11章第1至3节。埃及的圣女玛丽（活动时期为4世纪）原是亚历山大的妓女，步行到耶路撒冷朝圣，并在荒野里苦行赎罪达47年之久。圣女露西是西西里岛锡拉库扎市主保圣人，304年殉教而死。圣女布里奇特，参看本章注587。

592 圣女阿特拉克塔（或圣女阿拉特，活动时期为5世纪）。据说她入女修会时是圣帕特里克给她戴的面纱。她在戈尔韦和斯莱戈创设了几座修道院。圣女迪姆普娜是7世纪的基督教徒，被其异教徒的父王杀害。传说她的遗骨能显圣，故成为神经失常者的主保圣人。

593 圣女艾塔（约548—570）在利默里克附近创设了一座宗教机构和一所学校。圣女玛莉恩·卡尔彭西斯，指摩莉·布卢姆。卡尔彭西斯的意思是“卡尔普的”，而卡尔普是直布罗陀的旧称。

594 小耶稣的圣修女德肋撒，参看第6章注22。圣女芭巴拉，炮兵的主保圣人，在比希尼亚（约236）或埃及（约306）殉教而死。圣女斯科拉丝蒂卡（约480—约543），圣本笃之妹，529年圣本笃在意大利的卡西诺山建立隐修院，她也跟随而去，创建一座女修道院。圣女乌尔苏拉，参看第1章注21。

595 角质墨水瓶象征学识渊博，如圣奥古斯丁，参看第7章注207。

596 行囊象征朝圣，如埃及的圣女玛丽，参看本章注591。

597 传说耶稣被钉十字架后，伯大尼的圣女玛莎曾前往法国，除掉了那里的一条恶龙。下文中的“鹿弹”，参看第17章注247。

598 圣母玛利亚被称作“海洋之星”，“头上戴着一项有十二颗星的冠冕”（参看《启示录》第12章第1节）。画像中的圣帕特里克通常都踩着几条蛇，以象征他为爱尔兰除害。

599 据说有人因看中了圣女露西那双美丽的眼睛，向她求婚。于是她便剜掉眼珠子，以表示誓为天主童贞女的决心，参看本章注591。

600 独角兽，见第14章注30。

601 原文为拉丁文，见《旧约·以赛亚书》第60章第1节。按：这是显现节（每年1月6日纪念耶稣显灵）所颂日课的首句，而祭经的首句是：“看，他来了，上主和征服者。”

602 原文为拉丁文。

603 原文为拉丁文。语出自《以赛亚书》第60章第6节：“示巴的众人都必来到，要奉上黄金乳香……”

604 “驱逐……盲人”，以上均为《福音书》上所载耶稣行的神迹。

605 玛拉基，参看第1章注101。帕特里克，参看第5章注50。奥弗林神父，参看第8章注203。

606 原文为拉丁文。

607 原文为拉丁文。模仿宗教庆祝活动的描述，到此为止。参看本章注549。

608 祝酒词，发财走红运之意。

609 “约翰·詹姆森”，参看本章注547。

610 祝酒词，咱们不能缺酒喝之意。

611 宁芙，参看第4章注60。

612 此段模仿19世纪末叶写中世纪传奇的文体。

613 这是宣告把教徒永远开除教籍时的用语。钟是作为警告用的，《圣经》中包含着所需词句，蜡烛意味着将它吹灭后灵魂便将陷入黑暗。

614 指克伦威尔在残酷地屠杀爱尔兰人时所发出的诅咒，参看本章注513。
615 原文为爱尔兰语。
616 这个歌词是根据弗雷德·费希尔所作美国通俗歌曲《倘若月亮里那个男子是个黑人，黑人，黑人》（1905）而改的。
617 指摩西·门德尔松（1729—1786），出生于德国的犹太哲学家，或费利克斯·门德尔松（1809—1847），德国作曲家，父母均为犹太人。
618 卡尔·马克思（1818—1883），生于普鲁士的莱茵省特里尔城，父母均为犹太人。梅尔卡丹特不是犹太人，而是一个意大利天主教徒，参看第五章注75。巴鲁克·斯宾诺莎（1632—1677），哲学家，唯理性主义者，出生在荷兰的一个犹太人家庭。
619 原文为匈牙利语。纳吉亚的意思是伟大的，撒葛斯是接尾语。乌拉姆是殿下。利波蒂即英文的利奥波德。维拉格是花。
620 原文为匈牙利语。撒兹是一百。哈明兹是三十。兹布洛尤是小牛。古里亚斯是牧牛人。都古拉斯是塞住。下文中的“大声喝彩”，原文为法语。
621 现象学是20世纪一种哲学流派，其主旨在于对自觉地经验到的现象做直接的研究和描述。
622 这是以都柏林的饼干制造商W.雅各布与R.雅各布为老板的一家股份有限公司。
623 《回到爱琳来》一歌是英国歌谣作曲家夏洛特·阿林顿·巴顿多（1830—1869）所作。
624 《拉科齐进行曲》是米克洛斯·斯克尔于1809年所作的歌曲。后曾被采用为匈牙利国歌。
625 四海，指环绕爱尔兰东北的北海峡、东边的爱尔兰、东南的乔治海峡和大西洋。
626 霍斯山，参看本章注101。三岩山位于都柏林以南，自都柏林市内可眺望之。糖锥山，参看第8章注57。
627 布莱岬角，参看第1章注35。莫恩山，参看第11章注38。加尔蒂山脉在爱尔兰利默里克郡西南部和蒂珀雷里郡东南部之间。
628 牛山是西爱尔兰莱戈郡的山脉。多尼戈尔是爱尔兰西北遍地是山的一郡。斯佩林山在北爱尔兰蒂龙和伦敦德里两郡交界处。纳格尔和博格拉是科克郡北部的两道山脉。
629 康尼马拉山在西爱尔兰戈尔韦郡沿岸。麦吉利卡迪，见本章注28。
630 奥蒂山是介于戈尔韦、克莱尔两郡之间的山脉。贝尔纳山是莫恩山脉中的第二座高山。布卢姆山，见第4章注15。
631 康布利亚和卡利多尼亚分别为古罗马时期对威尔士和苏格兰的称呼，隔海与爱尔兰遥遥相对。
632 鸽房水电站和普尔贝格灯塔，参看第3章注66和140。
633 原文为匈牙利语。
634 指弥撒中最后一段福音，见《新约·约翰福音》第1章第1至14节。
635 朗福德郡在都柏林西北约90英里处。
636 邓辛克气象台，参看第8章注35。
637 朱塞佩·梅尔卡利（1850—1914）发明了一种五级地震检波器。
638 绢骑士托马斯，见第3章注151。
639 路德是英国面积单位，一路德为1/4英亩。一杆（或波尔赤）是英国长度单位，一杆

（或波尔赤）等于5.5码。

640 乔治·弗特里尔在第15章中重新出现，见该章注119及有关正文。

641 记录法官，参看第7章注158。

642 巨人堤道指北爱尔兰北岸的火山岩石柱群。

643 金塞尔岬角濒临爱尔兰科克郡的班敦河河口。

644 “追思已亡日弥撒”和“被毁物”，原文均为拉丁文。

645 这个虚构的海军少将的长名中的赫尔克里斯是希腊神话中的大力神，汉尼拔（公元前247—前183）是迦太基的军事统帅，哈比亚斯·科尔普斯是拉丁文“人身保护令”的译音。

646 原文作S.O.D.，系把前面的杰出服务勋位的首字（D.S.O.）调换而成。Sod是sodomite（鸡奸）的简写。

647 “此刻……去”之句，系模仿《列王纪·下》第2章第11节的笔调。

648 “于是……仰望”之句，模仿《新约·马太福音》第17章第1至5节的描述。

649 阿爸是古叙利亚—希腊语中对天主圣父的称呼。见《新约·马可福音》第14章第36节。阿多尼是希伯来语“天主”的音译。

第十三章

夏日的黄昏开始把世界拢在神秘的怀抱中。在遥远的西边，太阳沉落了。这一天转瞬即逝，晚霞将最后一抹余晖含情脉脉地投射在海洋和岸滩上，投射在一如往日那样厮守着湾水傲然屹立的亲爱的老霍斯岬角以及沙丘海岸那杂草蔓生的岸石上；最后的但并非微不足道的，也投射在肃穆的教堂上。从这里，时而划破寂静，倾泻出向圣母玛利亚祷告的声音。她，海洋之星[1]，发出清纯的光辉，永远像灯塔般照耀着人们那被暴风颠簸的心灵。

三个少女结伴坐在岩石上，饱览着傍晚的风景，享受着那清新而还不太凉的微风。她们曾多次[2]到自己所喜爱的这个地方来，在闪亮的波浪旁亲切畅快地谈论女人的家常。西茜·卡弗里和伊迪·博德曼将娃娃放在婴儿车里，还带着两个鬈发的小男孩汤米和杰基·卡弗里。他们身穿水手服，头戴水手帽，衣帽上均印染着H.M.S.[3]美岛号字样。汤米和杰基·卡弗里是双胞胎，不满四岁，有时吵闹得厉害，被宠坏了。尽管那样，两张活泼快乐的小脸蛋儿和惹人喜爱的动作使他们依然是人人疼爱的小宝宝。他们手执铲子和桶，弄得浑身是沙子，像一般孩童那样筑城堡，或者玩他们的大彩球，快快乐乐地打发着光阴。伊迪·博德曼一前一后地摇着婴儿车里胖嘟嘟的娃娃。那位小绅士高兴得咯咯直笑。他才十一个月零九天。尽管刚趔趔趄趄地学步，却已开始咿呀学语了。西茜·卡弗里朝他弯下身去，逗弄他那胖嘟嘟的小脸蛋儿和腮帮上那个可爱的小酒窝儿。

——喏，小娃娃，西茜·卡弗里说。大、大声说吧。我要喝口水。

娃娃跟着她学舌：

——荷、荷、咳、随。

西茜·卡弗里紧紧地搂抱住小不点儿，因为她非常喜欢孩子，对小病人极有耐性。除非是由西茜·卡弗里捏着汤米·卡弗里的鼻子并且答应给他一截面包尖儿，或涂满金色糖浆的黑面包，他是绝不肯服蓖麻油的。这个姑娘的说服力有多么大啊！当然，娃娃博德曼也确实很乖，他围着崭新的涎布，是个再可爱不过的小家伙。西茜·卡弗里完全不是像弗洛拉·麦克弗利姆西[4]那种被宠坏了的美人儿。她是位世上罕见的心地纯正的少女：一双吉卜赛人式的眼睛总是笑吟吟的，熟樱桃般的红唇[5]，随口说着逗人的话，真是再可爱不过了。伊迪·博德曼听了小弟弟的妙语，不禁也笑起来。

但就在这当儿，汤米和杰基哥儿俩之间发生了一场小小的争执。男孩儿毕竟是男孩儿，我们这对双胞胎也越不出这颠扑不破的道理。争端缘于杰基公子所筑的一座沙堡，汤米公子非要从建筑上对它加以改进，装上一扇圆形炮塔般的正门。然而倘若汤米公子刚愎自用，杰基公子也同样固执己见。俗话说得好：再渺小的爱尔兰人在自己家中也是一座城堡之主。于是，杰基公子便扑向他那誓不两立的劲敌。到头来，不但把他所攻击的对手打得一败涂地（说起来令人伤心！），连他所垂涎的那座城堡，也变成一片废墟。不用说，败下阵来的汤米公子的哭声惊动了女伴们。

——汤米，到这儿来，他姐姐用刻不容缓的语气嚷道。马上来！还有你，杰基，把可怜的汤米推到脏沙子里，你害不害羞！等着瞧吧，我得给你点儿厉害尝尝。

汤米公子噙着满眶热泪，视线模糊起来。他立即应命走来，因为这对双胞胎向来是把姐姐的话当作金科玉律的。败北了的他，可真是一副惨相。小小的水手帽和裤子上沾满沙子。然而西茜·卡弗里少年老成，是舒解生活中小烦扰的能手。转眼之间，他那身漂亮衣服上就连一粒沙子也看不见了，可是那双蓝眼睛里依然热泪盈眶。于是她就用一阵亲吻抹去了他心头的创伤，用拳头朝罪魁祸首杰基公子比画比画，滴溜儿转着两眼训诫道，要是她在旁边，可轻饶不了他。

——杰基这个讨厌鬼真不讲理！她大声说。

她用一只胳膊搂住小水手，讨好地哄着他：

——你叫什么名字呀？叫黄油和奶油吧？

——告诉我们，谁是你的心上人？伊迪·博德曼说。西茜是你的心上人吗？

——不呜，泪汪汪的汤米说。

——伊迪·博德曼是你的心上人吗？西茜问。

——不呜，汤米说。

——我知道，伊迪·博德曼那双近视眼诡秘地一闪，略微带点刺儿地说。我知道谁是汤米的心上人喽，格蒂是汤米的心上人。

——不呜，汤米险些儿掉了眼泪。

西茜以她那母性的机警，立即有所察觉。她跟伊迪·博德曼打耳喳说，把他领到那位绅士瞧不见的婴儿车后面去，还得留意不要让他弄湿那双崭新的棕黄色皮鞋。

然而，格蒂是谁呢？

格蒂·麦克道维尔坐在离伙伴不远处。她凝望远方，沉湎在默想中。她在富于魅力的爱尔兰姑娘中间，确实是位不多见的美少女典范。凡是认识她的人都一口称道她的美貌。人们常说，她长得与其说是像父方麦克道维尔家的，倒不如说是更像母方吉尔特拉普家的人。她身材苗条优美，甚至有些纤弱，然而她近日服用的铁片，比寡妇韦尔奇的妇女丸药对她更加滋补。过去常有的白带什么的少了，疲劳感也减轻了不少。她那蜡一般白皙的脸，纯净如象牙，真是天仙一般。她那玫瑰花蕾般的嘴唇，确实是爱神之弓，有着匀称的希腊美。她那双有着细微血管的手像是雪花膏做成的，纤纤手指如烛心，只有柠檬汁和高级软膏才能使它们这般白嫩。然而关于她睡觉时戴羔羊皮手套和用牛奶泡脚之说，则纯属捏造。有一次伯莎·萨波尔被格蒂气昏了头，大有剑拔弩张之势（彼此要好的少女们自然也像其他凡人一样，不时地会闹些小别扭），她便故意对伊迪·博德曼撒了这么个谎。伯莎还告诉伊迪，千万不要对人说这话是从她那儿听来的，不然的话，她就再也不跟伊迪说话了。她当然没有说出去。但是荣誉归于该享受它的人。格蒂天生优雅，有着楚楚动人、女王般的**非凡气宇**[6]。她那双秀丽的手和高高拱起的脚背确凿无疑地证明了这一点。倘若福星高照，让她投生上流社会家庭，并受到良好的教育，格蒂·麦克道维尔就会成为与本国任何贵妇相比也毫不逊色的淑女。她额上就会戴起宝石，穿着讲究，跟前必然围满了竞相向她献殷勤的贵公子们。也许是这种本来有可能尝到的爱情，使她那柔和俊秀的脸上有时露出自我克制的紧张神色。于是她那双美丽的眼睛就掠过一抹不可思议的渴望的影子。这样的魅力是几乎没有人不倾倒的。女人的眼睛为什么如此富于魅力？格蒂那双爱尔兰蓝眼睛是再蓝不过的，并且有带光泽的睫毛和富于表情的深色眉毛相衬托。她的眉毛原本并不像这样丝绒一般地迷人。还是主编《公主中篇小说》[7]美容栏的维拉·维利蒂太太最早劝她试着描描眉毛。这样就为她的眼睛平添了一种诱人神情，而这是十分合乎社交界名流趋向的。她从未因之而后悔过。还有用科学方法治愈脸红的毛病啦，怎样用身高促进法来使你身材颀长啦，再就是你有张漂亮脸蛋儿，可是鼻子呢？对迪格纳穆太太挺合式，因为她长的是个蒜头鼻子。然而格蒂最值得夸耀的还是她那一头丰茂的秀发：是深褐色的，而且天生地拳曲。为了图个新月上升的吉利，当天早晨她曾把头发剪了剪，浓密的鬈发蓬蓬松松地环绕在她那俊秀的头上。她还修剪了指甲。星期四剪，招财进宝。此刻经伊迪这么一说，泄露隐情的红色就像最娇嫩的玫瑰花一般柔和地爬上了她的双颊。甜蜜而少女气的羞涩使她看上去如此姣好。确实踏遍天主的绮丽国土爱尔兰，也找不到能同她媲美的。

她带着些许忧郁，双目低垂，沉默了一会儿。她刚要抢白两句，可是话到嘴边又咽了回去。若按她的脾气，是想回嘴的，可是自尊心告诫她，还是保持缄默为好。她只噘了一下芳唇，接着就抬头望一下，快活地笑了，声音里充满了五月早晨的青春气息。她比任何人都清楚，斜眼伊迪为什么这么说。她认为他的感情冷漠了，其实那只不过是恋人之间闹闹别扭而已。由于那个拥有一辆自行车的男孩子总是[8]在她窗前骑来骑去，伊迪觉得可不是滋味啦！不过眼下正当取得奖学金资格的期中考试，他父亲把他关在家里，要他拼命用功。念完高中后，他将进入三一学院去学医，就像他那位在三一学院参加自行车赛的哥哥 W.E. 怀利那样。她心里时而像剜了个洞一般隐隐作痛，一直刺到内心深处，他对此似乎无动于衷。然而他还年轻，到一定的时候说不定就学会爱起她来。他家里是新教徒，而格蒂呢，当然晓得哪一位最重要。其次是圣母玛利亚，然后是圣约瑟。然而他确实是个英俊少年，鼻子长得很美，浑身处处都不折不扣地是位上等人。没戴帽子的时候，从背后望去，她就能认得出来。因为他就是有点儿与众不同。他在街灯那儿撒开车把转弯的那副样子也罢，还有他吸的那种上等纸烟好闻的香味也罢，都非同凡响。而且他和她个头儿也那么般配。由于他没有骑着车在格蒂家的小院子前面荡来荡去，伊迪·博德曼自以为聪明透顶，说到了点子上。

格蒂穿戴朴素，却又具有一个时髦少女出于本能对社交界流行习尚的敏感。因为她感到，他有可能出门来了。整洁的电光蓝色宽胸罩衫是她亲手染的（因为据《夫人画报》[9]，这是即将时新的颜色），V 字形的领口潇潇洒洒地开到胸部和手帕兜那儿（手帕会使兜儿变形，所以她一向总在里面放一片脱脂棉，上面洒了她心爱的香水），再加上一条剪裁适度的海军蓝短裙，把她那优美苗条的身材衬托得更加仪态万方。她戴的那顶俏丽可人的小帽是用褐黑色麦秆粗粗编成的，与镶在帽檐底下的蛋青色绳绒形成鲜明对照。边上系着同一色调的丝质蝴蝶结。上星期二整个下午，她到处物色配色的绳绒，终于在克勒利[10]的夏季大甩卖上寻觅到中意的了。她要的正是它，尽管多少摆旧了点儿，然而谁也觉察不出来。一共七中指长[11]，花了两先令一便士。她亲手把它镶上。试戴时，她朝着映在镜中的倩影嫣然一笑，自是心满意足！当她为了怕帽子走形而把它放在水罐上的时候，她才意识到这样做会使某些熟人黯然失色。她的鞋是当前最时髦的。伊迪·博德曼引为得意的是她的鞋号码很小[12]，然而她从未长过格蒂·麦克道维尔那样一双仅仅五号的脚，永远也不会的[13]。鞋尖是漆皮的，高高拱起的脚背上有着精致的饰扣。她那露在裙子底下的漂亮的脚脖子生得极其匀称，线条优美的小腿也合乎体统地略微露出一截，上面套着几乎透明的长袜。脚后跟的部位是特别编织的，上面还系着宽袜带。最使格蒂操心的要算是内衣了。凡是晓得甜蜜的十七岁（格蒂已经同十七岁永远告别了）那种怔忪不安的热望和恐惧的人，难道忍心去责备她吗？她有四套绣得非常精致的出门穿的衣服，三件家常穿的，另外还有几件睡衣。每套出门穿的衣服都分别缀着各色缎带：有玫瑰色、淡蓝色、紫红色和豆青色的。每穿一次，她总是亲自晾晒。从洗衣坊里送回来后，又亲手上蓝，并给烫平。她还有一块垫熨斗用的砖片，因为她怕洗衣妇会把衣服烫煳，简直信不过她们。她穿蓝色是图个吉祥，希望交好运。这是她自己的颜色，新娘子身上要是带一点蓝色总会吉利的。上星期那一天她穿的是豆青色的，就带来了忧伤，因为她父亲把她关在家里让她用功，好参加取得奖学金资格的期中考试。她原寻思，他兴许会出门的，因为今儿早晨换衣服的时候，她差点儿把旧裤衩反着穿。除非是赶在星期五，反过来穿是会走运的，有利于情人幽会。要么，如果裤衩松开来了，那就说明他在想念你哩！

可是——可是！瞧她脸上那副紧张的神色！总是显得那么忧心忡忡。灵魂通过她那双眼睛透露出来，她渴望能够独自待在住惯了的房间里，好好哭上一场，用泪水减轻她心头的郁闷。可又不能哭得太厉害。她对着镜子掌握分寸，要哭得恰到好处。镜子说：格蒂，你长得真美。黄昏时分那苍白的余晖投射到一张悲伤、愁闷之至的脸庞上。格蒂·麦克道维尔这种缱绻的情思是徒然的。她从一开始就知道，关于举行一场婚礼的幻想啦，为雷吉·怀利·T.C.D. 太太（因为嫁给他哥哥的那一位才能做怀利太太）敲响的喜钟啦，以及据社交栏的报道，格楚德·怀利太太穿了一身用昂贵的青狐皮镶边的豪华灰服，都是不可能的。他太年轻了，还不懂事。他不会相信恋爱，而那是女人生来的权利。很久以前，在斯托尔家举行的晚宴上（他还穿着短裤呢），只有他们两个人在一起时，他悄悄地用一只胳膊搂了她的腰；她呢，连嘴唇都吓白了。他古里古怪地嗄着嗓儿叫着她小不点儿，冷不防还接了半个吻（第一遭儿！），然而他碰着的仅仅是她的鼻尖儿。随后，他赶忙走出房间，念叨着吃茶点的话。好个鲁莽的小伙子！雷吉·怀利从来不曾以性格鲜明见长，而向格蒂·麦克道维尔求婚并赢得她的爱情者，必须是个杰出人物[14]。然而她只能等待，总是等待人家来求婚。这又是个闰年，很快就会过去的。她的意中人并不是将珍贵、神奇的爱情献在她脚前的风流倜傥的王子，他毋宁是个刚毅的男子汉；神情安详的脸上蕴含着坚强的意志，却还没有找到理想的女子。他的头发也许或多或少已经斑白了，他会理解她，伸出胳膊来保护她，凭着他那深沉多情的天性紧紧搂住她，并用长长的亲吻安慰她。那就像是天堂一般。在这馨香的夏日傍晚，她企盼着的就是这么一位。她衷心渴望委身于他，做他信誓旦旦的妻子：贫富共当，无论患病或健康，直到死亡使我们分手，自今日以至将来[15]。

于是，当伊迪·博德曼带着小汤米待在婴儿车后面的时候，她正在思忖，能够称自己为他的幼妻的那一天是否会到来。那样，大家就会议论她，直到脸上发青。伯莎·萨波尔也不例外；还有小炮竹伊迪，因为十一月她就满二十二岁了。她也会照顾他，使他衣食上舒适。格蒂凭着她那份妇道人家的智慧，晓得但凡是个男人，都喜欢那种家庭气氛。她那烤成金褐色的薄饼和放有大量美味奶油的安妮女王布丁[16]曾赢得过众人的好评。因为她有一双灵巧的手，无论点火，还是撒上一层加了发酵粉的精白面，不断地朝一个方向搅和，然后掺上牛奶白糖，调成奶油，或是将蛋清搅匀，她样样擅长。不过，她可不喜欢当着人面吃什么，怪害臊的。她常常纳闷儿为什么不能吃一些像紫罗兰或玫瑰花那样富于诗情的东西！他们还会有一间布置优雅的客厅，装饰着绘画、雕刻以及外祖父吉尔特拉普那只可爱的狗加里欧文[17]的照片。它是那样通人性，几乎能说话了。椅子套着光滑的印花棉布罩子，还有来自克莱利的夏季旧杂货义卖展上的银质烤面包架，就像阔人家拥有的那样。他身材高大，肩膀宽阔（她一向欣赏高个子，丈夫就得要这样的），在仔细修剪过的弯弯的口髭下面，闪烁着一口雪白牙齿。他们将到大陆上去度蜜月（多么美妙的三个星期！）然后就安顿在精致、整洁、舒适而又亲切的安乐窝里。每天早晨他们两人共进早餐，吃得虽然简单，却都是精心烹制的。他去治公之前，总先热烈地紧紧拥抱一下亲爱的小妻子，并且垂下头去深深凝视一会儿她的眼睛。

伊迪·博德曼问汤米·卡弗里好了吗，他说嗯，于是她就替他扣上小小短裤的纽扣，叫他跑去跟杰基玩耍，要乖乖的，可别打架。但是汤米说他要那只球，而伊迪告诉他说，不行，娃娃在玩球呢；要是他把球拿了去，又该吵架了。然而汤米说，这是他的球，他要自己的球。瞧，他竟然在地上跺起脚来了。好大的脾气！哦，他已经成人了，小汤米·卡弗里成人啦，因为已经摘掉围嘴儿了嘛！伊迪对他说，不行，不行，马上走开吧，她还告诉西茜·卡弗里，对他可不能让步。

——你不是我姐姐，淘气包汤米说。这是我的球。

但是西茜·卡弗里对小娃子博德曼说，高高地望上看，看她的指头！这时，她飞快地把球抢到手，沿着沙地丢过去，汤米胜利了，就一溜烟儿拼命在后面追。

——为了图清静，怎么着都行[18]，西丝[19]笑道。

于是，她就轻搔了一下小娃子的脸蛋儿，好让他分神，哄着他玩什么市长大人出门啦，这里是他的两匹马啦，这里是他的花哨马车。瞧，他进来了，咕喽喽，咕喽喽，咕喽喽，咕[20]。然而伊迪对他非常气恼，都怪大家总是溺爱他，把他惯得这么任性。

——我恨不得揍他一顿，她说，至于揍哪儿，我就不说啦！

——屁依股呜上呗，西茜快活地笑道。

格蒂·麦克道维尔低下头去，单是想到她自己一辈子也说不出口的、不像是大家闺秀的话，西茜居然会这么大声说了出来，就弄得格蒂羞红了脸，浮泛出一片深玫瑰色。伊迪·博德曼估计对面那位先生准听见了她那句话。然而西茜丝毫也不在乎。

——随他听去吧！她挑衅地把头一抬，尖刻地翘起鼻子说。恨不得迅雷不及掩耳地也朝他那部位来一下子。

鲁莽的西茜，长着一头古怪的黑面木偶般的鬈发，有时会惹你发笑。例如，当她问你要不要再喝点中国茶和碧玉浆果酒以及把水罐拽过去时，她那指甲上用红墨水画的男人的脸，会叫你笑破肚皮；她想去方便一下的话，就说什么要跑去拜访怀特小姐。这就是西茜一惯的做法。哦，你永远也不会忘记那个傍晚：她穿戴上父亲的衣帽，用软木炭画上口髭，边抽雪茄烟边沿着特里顿维尔[21]走去。逗起乐来，谁都赛不过她。然而她真是诚恳到家了，是上天创造的最勇敢、最真诚的一位，绝不是通常那种表里不一的家伙。甜言蜜语是不可能由衷诚恳的。

接着，合唱声和风琴奏出的嘹亮圣歌声从空中传来。这是耶稣会传教士约翰·休斯所主持的成人戒酒活动，他们在那里静修，诵《玫瑰经》，倾听布道并接受圣体降福。大家聚集在那里，彼此间没有社会阶层的畛域（那是最为感人的情景）。饱经令人厌倦的现世风暴后，在浪涛旁边这座简陋的教堂里，跪在无染原罪圣母的脚下，口诵洛雷托圣母[22]的启应祷文。用自古以来说惯了的圣母玛利亚、童贞中之圣童贞等称呼，恳请她代他们祈求。可怜的格蒂听了，心中何等悲戚！倘若她父亲发誓戒酒或服用《皮尔逊周刊》[23]上所载的那些根除酒瘾的粉剂，摆脱了酒的魔爪，而今她蛮能乘着马车到处兜风，绝不逊于任何人。由于她讨厌室内有两个亮光，就连灯也不点。忧思重重，守着炉火的余烬出神，一遍又一遍地对自己这么说着。有时她又一连几个钟头恍恍惚惚地凝视着窗外那打在生锈的铁桶上的雨水，沉思默想。然而那个曾经破坏过多少家庭的罪孽深重的杯中物，给她的童年也投下了阴影。岂止是这样，她甚至在家里目击到酗酒引起的暴行，看到她的亲爹撒酒疯，完全失了常态。格蒂比什么都知道得清楚的是：凡是并非为了帮助女人而对女人动手的男子，理应都被打上最卑鄙者的烙印[24]。

向最有权能的童贞，最大慈大悲的童贞祈求的诵歌声继续传来。格蒂陷入沉思，对于女伴们和正在稚气地嬉戏着的双胞胎以及从沙丘草地那边走来的先生，她几乎都视而不见，听而不闻。西茜·卡弗里说那位沿着岸滩做短途散步的先生像煞格蒂她爹。不过西茜从来没见过喝得醉醺醺的他。不管怎样，她才不想要这么个爹呢。也许因为他太苍老，要么就是由于他那张脸的缘故（活脱儿像是费尔博士[25]），或是他那长满酒刺的红鼻子和鼻下那银丝斑斑的沙色口髭。可怜的爹！他缺点纵多，她依然爱他[26]。当他唱《告诉我玛丽，怎样向你求爱》[27]和“我的意中人及其茅舍在罗切尔附近”[28]，一家人作为晚饭吃炖乌蛤和拌上拉曾拜的生菜调味料的莴苣，以及他和迪格纳穆（那位先生因患脑溢血突然逝世，已被埋葬了，天主对他发慈悲吧）合唱《月亮升起来了》[29]的时候。那是她妈妈的生日，查理在家休假，还有汤姆[30]、迪格纳穆夫妇、帕齐和弗雷迪·迪格纳穆[31]，要是大家合影留念就好了。谁也不曾料到他这么快就会死去。如今他已长眠了。她妈妈对他爹说，让他终身把这引以为戒吧！由于患痛风症，他连葬礼都没能去参加。她只好进城到他的办公室去替他取来凯茨比公司关于软木亚麻油毡的函件和样品：富于艺术性，标准图案，适于装饰豪华宅邸，耐久力极强，能使府上永远明亮而愉快。

在家里，格蒂是个真正的好女儿，恰似第二个母亲，还是个护守天使[32]。她那颗小小的心，贵重如黄金。当她妈妈头痛欲裂的时候，替她在前额上擦锥形薄荷锭的不是别人，正是格蒂。不过，她讨厌妈妈吸鼻烟的嗜好，母女之间也仅仅就吸鼻烟一事拌过嘴。大家都认为对人体贴入微的她是个乖妞儿。每天晚上扭紧煤气总开关的是她。她从来也没忘记过每两周在那个地方[33]撒盐酸石灰。把过圣诞节时食品杂货商滕尼[34]先生送的日历贴在那面墙上的，也是她。那是一幅以哈尔西昂时期[35]为题材的画：一个青年绅士身着当时流行的衣服，头戴三角帽，隔着格子窗以往昔的骑士气概向他所爱慕的姑娘献上一束鲜花。可以看出，个中必有一段故事。色调十分优美。她穿的是柔和而剪裁得体的白衫，举止端庄稳重。男子则是一身巧克力色服装，显出地地道道的贵族派头。每逢她去方便一下时，就心荡神移地望着他们，挽起袖子，抚摩着自己那双像她那样白皙柔嫩的膀子[36]，并驰想着那个时代的往事。因为她在外祖父吉尔特拉普所收藏的《沃尔克发音辞典》[37]中查到了哈尔西昂一词的含义。

现在这对双生兄弟无比和睦地玩耍着，接着，鲁莽到了家的杰基公子故意使出吃奶的力气把球猛地朝着覆满海藻的岩石踢去。不消说，可怜的汤米立即沮丧地叫了起来。幸而独自坐在那儿的一位穿黑衣的绅士仗义帮了忙，把球截住了。我们这对小选手使劲地喊叫，要求把球还给他们。为了避免惹麻烦，西茜·卡弗里就大声招呼那位绅士，请他把球扔给她。绅士用球瞄了瞄，就从岸滩朝上扔给西茜·卡弗里。但是球沿坡滚下，刚好停在格蒂的裙子下面，离岩石旁的小小水洼子不远。双胞胎又吵吵闹闹地要球，西茜叫格蒂把球踢开，任他们两个去争夺。于是，格蒂将一只脚向后一抬，暗想：要是这只笨球没滚到她这儿多好。她踢了一脚，却没踢中，招得伊迪和西茜大声笑了起来。

——失败了，就再试它一回[38]，伊迪·博德曼说。

格蒂笑一笑，表示同意，并且咬了咬嘴唇。淡淡的粉红色爬上她俊美的两颊，然而她打定主意要让他们看个究竟。于是就把裙子稍微撩起，免得碍事，对准了目标，使劲踢了一脚。球滚得老远，那对双胞胎就跟在后面跑向满是沙砾的海滩。当然，伊迪纯粹是出于嫉妒才这么说的。唯有这样才能引起对面望着的那位绅士的注意。她感到一阵热辣辣的红晕高涨着，燃烧着她的双颊。对格蒂·麦克道维尔来说，这一向是个危险信号。在这之前，他们两人仅只极其漫不经心地交换过一下视线。

而今，她大胆地从新帽子的帽檐底下瞥了他一眼。迎着她的视线的那张浮泛在暮色苍茫中的脸，憔悴而奇怪地扭歪着，她好像从未见过那么悲戚的面色。

从教堂那敞着的窗口里飘溢出阵阵馨香，同时还传来无染原罪始胎之母那些芬香的名字；妙神之器，为我等祈；可崇之器，为我等祈；圣情大器，为我等祈；玄义玫瑰。那些饱经忧患的心灵，为每天的面包操劳的，众多误入歧途，到处流浪的。他们的眼睛被悔恨之泪打湿，却又放出希望的光辉，因为可敬的休神父曾经把伟大的圣伯尔纳在他那篇歌颂玛利亚的著名祷文[39]中所说的话告诉过他们：任何时代也不曾记载过，那些恳求最虔诚的童贞玛利亚为之祈祷、有力地保护他们的人，曾被她所遗弃。

这对双胞胎如今又十分快活地玩起来了，因为儿时的烦恼犹如夏日的骤雨一般短暂。西茜·卡弗里哄着娃娃博德曼玩耍。他一会儿就快活地咯咯笑了起来，望空中拍着娃娃手。她躲在婴儿车的篷子后面喊了声不在，伊迪就问，西茜哪儿去啦？于是，西茜抽冷子伸出脑袋来叫了一声啊！瞧，小家伙甭提有多么高兴啦！接着她又教他说爸爸。

——说爸爸，娃娃。说爸爸爸爸爸爸爸爸。

娃娃就使出吃奶的力气来说。因为他才十一个月，大家都说他非常聪明，个子也比一般娃娃要大，简直是健康的化身，是爱情完美的小结晶。大家都说，他将成为一个了不起的人物。

——哈加、加、加、哈加。

西茜用围嘴替他揩了揩小嘴儿，要他坐直了，说爸爸爸；但是当她解开皮带时却大声嚷道，哎呀呀，这娃娃都湿透啦，得把垫在下面的小毛毯翻过来重新叠一叠。当然喽，娃娃陛下对这种方便安排极为抵触，并且让人人都知晓：

——哈吧啊、吧啊哈吧啊、吧啊啊。

于是，两大行晶莹的泪水沿着他的面颊滚滚淌下。用那套乖乖乖，娃娃乖来哄他，给他讲叽叽的故事，告诉他噗噗在哪儿都是白搭，然而一向能随机应变的西茜把奶瓶嘴往他的嘴里一塞，这下子小异教徒立即被安抚了。

格蒂衷心巴望他们能把叽哇乱叫的娃娃打这儿领回家去，免得再刺激她的神经。现在已不适宜待在外面了，对那孪生的调皮鬼来说也是一样。她放眼凝望着海洋远处。那景色宛如画匠用彩色粉笔在马路上作的画。多么可惜，那一幅幅画就全留在那儿等人给抹掉。暮色渐深，云雾弥漫，霍斯岬角的贝利灯台的光，乐声萦回耳际。还吹来教堂里所焚的馨香气味。她一边眺望着，一边心里怦怦直跳。可不是嘛，他瞧的正是她呢，而且他的目光是意味深长的。他的眼神犹如烈火，烧进她的内心，仿佛要把她搜索个透，要对她的灵魂了如指掌。那是一双神采奕奕的眼睛，表情丰富，可是信得过吗？人们就是这样古怪。从他那双黑眼睛和苍白而富于理智的脸来看，他是个外国人，长得跟她所收藏的那帧红极一时的小生马丁·哈维[40]的照片一模一样。只不过多了两撇小胡子。然而她更喜欢有胡子，因为她不像温妮·里平哈姆那样一心一意想当演员，看了一出戏[41]后就说咱们老是穿同样的衣服吧。但是她看不出坐在那边的他，长的是鹰钩鼻呢，还是不明显的**狮子鼻**[42]。她看得出，他身穿纯黑的丧服，戚容满面，为了了解个中原因，她不惜任何代价。他纹丝不动，专心致志地仰望着。当她踢球的时候，他瞅见了她怎样趾尖朝下，把脚摆动得很细心，也许他还看到了她鞋上那锃亮的钢质饰扣哩！她很高兴由于某种预感而穿上了这双透明的袜子。原来想的是兴许雷吉·怀利会出门，然而那已经过去了。她一向梦寐以求的，就在眼前。重要的是他，她喜形于色，因为她要他；因为她直觉地感到，他跟任何人都不一样。这个稚气未脱的女人的整个一颗心，扑向他——她幻梦中的丈夫，因为她一眼就看出他就是她的意中人。倘若他受过苦，没有犯多大罪，却受了很大冤屈[43]；不，哪怕他本人就是个罪人，一个坏人，她也满不在乎。即使他是个新教徒或循道公会教徒，倘若他真心爱她，她还是不难把他改变过来的[44]。有些创伤只能用爱情的香膏来医治。她是个温柔的女性，不像他所认识的那种没有女人气的轻浮丫头，那些骑上自行车到处炫耀自己所并不具备的品质的人。她渴望他能把什么都告诉自己，她什么都能宽恕；倘若她能使他爱上自己，她就能使他忘掉过去的回忆[45]。那样一来，他或许就会像个真正的男子汉那样温存地拥抱她，把她那绵软的身子紧紧地搂住，爱她——唯一属于他的姑娘。他只爱她一个人。

罪人之避难所，苦恼者之安慰。**为我等祈**[46]。这话说得对：凡是怀着信仰持续不断地向她祷告者，永远不会迷失方向或遭到遗弃。说圣母是受苦受难者的避难港也是贴切的，因为她自己的心脏就被七苦[47]刺穿了。格蒂能够想象得出教堂里的一切情景：被灯光照亮的彩色玻璃，蜡烛，鲜花，圣母玛利亚教友会的蓝色旗帜。康罗伊神父在祭坛上协助教堂蒙席奥汉龙，他双目低垂，把一些圣器搬出搬进。他看上去几乎是一位圣徒。他那间忏悔阁子是那么宁静、清洁、幽暗，他那双手白得像蜡一般。倘若有朝一日她当上了多明我会的修女，身着白袍，说不定他会到女修道院来主持圣多明我的九日敬礼[48]哩！她在忏悔的当儿告诉他那档子事后，生怕他看得见，连头发根儿都羞红了。他却说，不要苦恼，因为那不过是自然的声音，而我们生在现世，都要服从自然的规律。那不是什么过错，因为它来自天主所制定的妇女天性。他还说，我们的圣母玛利亚本人就曾对大天使加百列说过，愿你的话应验在我身上[49]。他是那样的和蔼、圣洁，她多次想做一只带褶饰的绣花茶壶保温罩送给他。要么就是一只座钟。只是那一天她为了四十小时朝拜[50]用的鲜花而去那里时，曾注意到他们的壁炉台上摆着一只白、金两色的座钟，一只金丝雀从一个小屋里踱出报时。想知道送什么礼物合适可真难哪。干脆送一本都柏林或什么地方的彩色风景画册吧！

令人发急的双生小家伙们又吵起来了。杰基把球朝大海丢去，两个人一道跟在后面追。这样的小猴儿就像沟里的水似的，到处乱蹿。除非什么人把他们双双逮住，狠狠地揍上一顿，他们是不会消停下来的。西茜和伊迪大声喊他们回来，生怕会涨潮，把他们淹死。

——杰基！汤米！

他们才不回来呢！多么任性的娃娃们呀！西茜说，她再也不带他们出门啦！她跳起来，喊叫他们，从他身边擦过去，跑下了坡，头发披散在背后。头发的颜色倒还过得去，只是不够浓密，尽管她不断地擦着什么药，由于不对路子，总也不见长。所以她对那药的怨气可大啦！她像雄鹅一般迈着大步跑，裙子箍得那么紧，令人惊异的是居然没裂开。西茜·卡弗里颇像个假小子，只要认为有个一显身手的机会，就不放弃。她有双飞毛腿，跑起来她那皮包骨的腿肚子抬得高高的，能够让他看到她的衬裙下摆。为了使身材显得高一些，她特意穿上了弓形的法国式高跟鞋。要是不巧绊倒在什么东西上头，摔了个屁股墩儿，那才活该呢。**看哪**[51]！满可以让像那样一位绅士赏心悦目的了。

他们向诸天神之王后，诸圣祖之王后，诸先知之王后，诸圣人之王后，至圣玫瑰之王后祷告。然后，康罗伊神父把香炉递给教堂蒙席奥汉龙。他添上香料，把圣心熏香。西茜·卡弗里逮住了双胞胎，她恨不得掴他们几个大耳刮子，但是想到他也许在瞧着，所以她没这么做。然而西茜一辈子也没有过更大的误会，因为格蒂即使不看也能知道，他始终目不转睛地看着的是她。然后，教堂蒙席奥汉龙将香炉递还给康罗伊神父，跪下来瞻仰圣心。唱诗班开始吟唱堂堂圣体。她随着堂堂圣体奥——妙至极[52]的悠扬乐声，用一只脚一前一后地踩着拍子。她在乔治街的斯帕罗商店花三先令十一便士买下了这双长袜。那是星期二，不——是复活节前的星期一。他定睛望着的正是这双连一根线也没绽的透明袜子，而不是西茜那双毫无可取、一点样儿也没有的袜子（真是丢人现眼！）。他有眼光，辨别得出其间的差别。

西茜领着一对双胞胎带着他们的球，沿着沙滩走来了。由于跑了一阵，帽子歪到一边去了，勉强扣在脑袋上。两个星期前才买的便宜衬衫像抹布似的耷拉在背后，还邋里邋遢地拖出一截衬裙下摆，那副样子简直像是拖着两个娃娃的*荡妇*[53]。为了整理一下头发，格蒂摘了一会儿帽子。还没见过一个少女肩上披散着这么漂亮、优美的一头深栗色鬈发呢。看上去如此娇艳可爱，说实在的，妖娆得几乎令人发狂。你得走上多少英里漫长的道路才能遇上这么一头美发。她几乎可以看到他对此蓦地做出的反应：两眼闪过一丝赞赏的目光，她的每一根神经都为之震颤。她戴上帽子，好从帽檐底下窥伺。当她瞥见他眼睛里的神情时，不禁紧张起来，就赶快甩开那只有着饰扣的鞋。他就像是蛇盯住猎物般地盯着她。女人的本能告诉她，她唤醒了他心中的魔鬼。这么一想，一片火红色就从喉咙唰地掠到眉宇间，最后，她那鲜活的面庞变成一朵容光焕发的玫瑰。

伊迪·博德曼也发觉了这一点，因为她一面斜起眼睛望着格蒂，一面像个老处女似的戴着眼镜，半笑不笑的，假装在哄娃娃。她动不动就生气，像一只蚋似的，永远也改不了，因此谁都跟她处不好。与她毫无关系的事，她也会横加干涉。于是，她就对格蒂说：

——你呆呆地在想什么呢？

——什么？格蒂回答说，皓齿使她的微笑格外迷人。我只是纳闷儿天色是不是太晚了。

因为她巴不得她们早些把这对净流鼻涕的双胞胎和那个娃娃领回家去，省得他们老在这里淘气，所以才委婉地暗示天色已晚的话。当西茜走上来时，伊迪问她几点了。爱耍贫嘴的西茜小姐说，接吻时间已过了半小时，到了再接吻一次的时刻啦[54]！然而伊迪还是想知道时间，因为家里要他们早点儿回去。

——等一等，西茜说，我跑去问问那边的我那位彼得伯伯[55]，他那只大破表儿点钟啦！

于是，她走过去了。当他瞧见她走过来时，格蒂看到他把手从兜里掏出来，紧张地边抬头望望教堂边摆弄着表链。格蒂看得出，尽管他是个多情的人，自我抑制力却极强。刚才他还被一位倩女弄得神魂颠倒，目不转睛地盯着她看；转瞬之间他又成为举止安详、神态端庄的绅士了，堂堂仪表的每个线条都显示出他的自制力。

西茜对他说，劳驾，能不能麻烦他告诉她一下准确的时间。格蒂看见他掏出表，听了听，仰起脸来，清了清喉咙，说他非常抱歉，他的表停了。然而，他估计八点过了，因为太阳已经落下。从他的声音听得出是有教养的，语调虽平稳，圆润的嗓音却带点儿颤巍。西茜道了谢，走回来伸伸舌头说，那位伯伯说他的水道[56]堵塞啦！

接着，他们唱起*跪拜赞颂*第二段。教堂蒙席奥汉龙又站起来，向圣体献香，重新跪下。他告诉康罗伊神父，有一支蜡几乎把鲜花点着了，康罗伊神父便起身去侍弄好。格蒂瞧见那位绅士正在给表上弦。听到那咔嗒咔嗒声，她越发使劲一前一后地甩腿打着拍子。天色越来越黑下来了，但是他还看得见，而且无论正给表上弦还是摆弄它的当儿，他都一直在看着。随后，他把表塞回去，双手揣在兜里。她感到一股激情涌遍全身，凭着头皮的感觉和触碰胸衣时引起的焦躁感，告诉她那个想必快来了。因为上次她为了新月而铰头发时，就有过这样的感觉。他那双黑黑眸子又盯住她了，陶醉在她的整个轮廓里，朴朴实实地参拜着她的神龛。倘若男人那热情洋溢的注视中含有不加掩饰的爱慕的话，那就在此人脸上表露得再清楚不过了。都是为了你呀，格楚德·麦克道维尔，而且你是知道的。

伊迪开始准备回去，而且也到了该回去的时刻。格蒂留意到，她所给的小小暗示已产生了预期的效果，因为沿着岸滩走上一大段路才能够抵达把婴儿车推上大道的地方。西茜摘掉双胞胎的便帽，替他们拢了拢头发，当然，这是为了使她自己富于魅力。身穿领口打着褶子的祭袍的教堂蒙席奥汉龙站了起来，康罗伊神父递给他一张卡片来读。于是，他诵读起*你赐予他们神粮*[57]。伊迪和西茜一直在谈论时间，还向格蒂打听。格蒂倒也善于以其人之道还治其人之身，口气辛辣而彬彬有礼地做了答复。这时伊迪又问格蒂，她莫非是由于遭到男朋友的遗弃而心碎。一阵剧烈的痉挛穿过格蒂的全身。刹那间，她的眼睛里闪出冰冷的火焰，显示出无限轻蔑。她受到了创伤——对，深重的创伤。伊迪活像是一只可恶的小猫，偏偏用一种独特的安详口吻说这类明知道会伤害对方的话。格蒂旋即张开嘴要说什么，但是她竭力抑制住涌到嗓子眼里的哽咽——她喉咙的造型细溜、完美而俊秀，像是艺术家所梦寐以求的。她对那个青年爱得比他所知道的还要强烈。他跟所有其他男性一样，是个轻浮的负心人，见异思迁，永远也不会理解他在她心目中是何等重要。她那双蓝眼睛倏地热泪盈眶。她们两个人的眼睛冷酷无情地盯着她望。但是她却英勇地以同情的目光瞟了她新征服的那个男子一眼，让她们瞧瞧。

——哦，格蒂迅如闪电地回应，笑着，傲然仰起头。这是个闰年嘛，我喜欢谁，就追求谁。

她的话清澈如水晶，比斑尾林鸽咕咕的叫声还要悦耳；然而却像冰块似的划破了寂静。她那年轻的声音宣告说：她可不是能够随随便便地被人摆布的。至于凭着几个钱就那么神气活现的雷吉先生，她蛮可以当作垃圾一样地把他抛掉，再也不会想到他，并把他寄来的那张无聊的明信片撕个粉碎。倘若今后他胆敢放肆，她就会从容冷静地对他投以轻蔑的一瞥，使他当场蜷缩成一团。寒酸小姐小伊迪的神情颇为沮丧。格蒂看到她脸色非常阴沉，便知道这个鲁莽自负的丫头简直气得厉害，尽管她还在掩饰。因为格蒂那句锋利的话刺穿了她那小气的嫉妒心。她们两人都知道，格蒂孑然一身，与众不同，属于另一个星球。她不是她们当中的一个，永远也不会是。另外一位先生也晓得这一点，并且亲眼看到了。让她们扪心自问去吧[58]。

伊迪把娃娃博德曼的衣服整理停当，准备动身了。西茜将皮球、铲子和桶一股脑儿塞进去。而且确实也该回去了，因为睡魔已经来接小少爷博德曼了。西茜也告诉他说，伙伴眨巴眼儿快来了，娃娃该睡啦！娃娃看上去简直太可爱了，他抬起一双喜气洋洋的眼睛笑着。西茜为了逗乐儿戳了一下他那胖胖的小肚皮，娃娃连声对不起也没说，却把他的答谢一股脑儿送到他那崭新的围嘴上了。

——啊唷！布丁和馅饼！西茜大叫了一声。他把围嘴儿糟蹋啦！

这一小小**事故**[59]给她添了麻烦，然而转眼她就把这档子小事料理好了。

格蒂将冒到嗓子眼儿的喊叫抑制住了，神经质地咳嗽了一下。伊迪问她怎么啦。她差点儿对伊迪说，谁有工夫回答你这种过了时的问题！然而她是向来不忘记上流妇女的举止的，所以就十分机敏地说了句正在降福呢，就给敷衍过去了。刚好这当儿，宁静的海滨传来教堂的钟声，教堂蒙席[60]奥汉龙围着康罗伊神父替他披上去的肩衣，登上祭坛，双手捧圣体，举行降福仪式。

暮色苍茫，这片景色是多么的动人啊！爱琳那最后一抹姿容，晚钟[61]那扣人心弦的合奏；同时从爬满常春藤的钟楼里飞出一只蝙蝠，穿过黄昏，东飞西飞，发出微弱的哀鸣。她能看见远处灯塔的光，美丽如画。她巴不得自己带着一匣颜料，因为写生比画人物素描要容易。灯夫很快就会沿路点起街灯了。他将走过长老会教堂场地，沿着特里顿维尔大树的树荫下踱来。人们成双成对地在这里漫步。他还点燃她那扇窗户附近的一盏灯，雷吉・怀利常在这里骑车表演空轮[62]，就像卡明女士那本《点灯夫》中所描述的那样。她也是《梅布尔・沃恩》和其他一些故事的作者[63]。格蒂有着无人知晓的梦想。她喜爱读诗。伯莎・萨波尔送给她一本珊瑚色封面的漂亮忏悔簿，以便她把随感记下来。她就将它放到梳妆台抽屉里了。这张桌子虽不豪华，却整洁干净得纤尘不染。这是姑娘的宝库，收藏着玳瑁梳子、“玛利亚的孩子”[64]徽章、白玫瑰香水、描眉膏、雪花石膏香盒、替换着钉在洗衣房刚送回来的衣服上用的丝带等。忏悔簿上记载着她用紫罗兰色墨水（是从戴姆街希利[65]的店里买来的）写下的一些隽永的思想。因为她感到，只要她能够像如此深深地感染了她的这首诗那样表达自己，她就也能够写诗。那还是一天傍晚，她从包蔬菜的报纸上找到并抄下来的。以《我理想的人儿，你是凡人吗？》为题的此诗作者是玛赫拉非尔特的路易斯・J. 沃尔什。后面还有什么“**薄暮中，你会到来吗？**”之句[66]。诗是那样可爱，其中所描绘的无常之美是那样令人悲伤，以致她的眼睛曾多次被沉默的泪水模糊了。因为她感到时光年复一年地逝去，倘非有那唯一的缺陷，她原是不用怕跟任何人竞争的。那次事故是她下多基山时发生的，她总是试图掩盖它。但是她感到，应该了结啦！倘若她看到了他眼中那种着了魔般的诱惑，那就什么力量也阻止不住她了。爱情嘲笑锁匠[67]。她会付出巨大的牺牲，尽一切力量和他心心相印。她将会比整个世界对他更为亲密，并使他的生活由于幸福而熠熠生辉。有个最重要的问题：她渴望知道他究竟是个有妇之夫，抑或是个丧偶的鳏夫呢，要么就像那位来自歌之国[68]有着外国名字的贵族，他只好把妻子关进疯人医院——为了仁慈，不得不采取残忍手段[69]。真是悲剧！然而即便如此——那又怎么样？难道会有多大分别吗？她禀性高尚，对任何稍微有点儿粗俗的东西，都会本能地回避开。她讨厌那种在多德尔河畔的客栈附近跟大兵以及粗俗的男人鬼混的浪荡女人。她们毫不爱惜少女的贞操，丢尽女人的脸，给抓到警察局去。不，不，那种事我可不干。他们仅仅是好朋友而已，就像是大哥哥和小妹妹，完全没有那方面的事，尽管并不符合一般社交界的惯例[70]。也许他在哀悼已淡忘了的往昔岁月的情人呢。她认为她是理解的。她要试图理解他，因为男人们是那样的不同。老情人等待着，伸出白皙的小手等待着，还有那双动人的蓝眼睛。我的意中人！她会跟随她梦中之恋，服从她心灵的指挥。它告诉她，他是她一切的一切。整个世界上，他是她唯一的男人，因为爱情才是最有权威的向导。其他都无所谓。不管怎样，她就是要无拘无束，自由奔放。

教堂蒙席奥汉龙将圣体放回圣龛，屈膝跪拜。接着，唱诗班唱起：列国啊，你们要颂赞上主[71]！然后，他锁上圣龛，因为降福仪式已结束。康罗伊神父递给他帽子让他戴上。刁猫伊迪问格蒂走不走，可是杰基·卡弗里嚷道：

——啊，看哪，西茜！

于是，他们都看了。原以为那是一道闪电，然而汤米也看见了：在教堂旁边的树林上空，起初是蓝的，继而是绿的和紫的。

——放焰火哪！西茜·卡弗里说。

于是，为了观赏屋舍和教堂上空的焰火，她们全都慌慌张张地沿着岸滩跑去。伊迪推着娃娃博德曼所坐的那辆婴儿车，西茜拉着汤米和杰基的手，免得他们栽跟头。

——来呀，格蒂，西茜喊叫道。是义卖会[72]的焰火哩。

然而格蒂态度坚决，无意听任她们摆布。倘若她们能够像荡妇[73]那样野跑，她蛮可以这么原地坐着；所以她说，她从自己坐的地方也瞧得见。那双紧盯着她的眼睛，使她的心怦怦直跳。她瞥了他一眼，视线同他相遇。那道光穿透了她全身。那张脸上有着炽热的激情，像坟墓般寂静的激情。她遂成为他的了。终于只剩下他们两个了，再也没有人刺探并叽叽喳喳。而且她晓得他是至死不渝的，坚定不移，牢固可靠，通身刚正不阿。他的双手和五官都在活动，于是，她浑身战栗起来。她尽量仰着身子，用目光寻觅那焰火，双手抱膝，免得栽倒。除了他和她以外，没有一个人在看着，所以她把她那双俊秀而形态优美、娇嫩柔韧而细溜丰腴的小腿整个裸露出来。她似乎听到他那颗心的悸跳，粗声粗气的喘息，因为她也晓得像他那样血气方刚的男人，会有着怎样的情欲。还因为一次伯莎·萨波尔告诉过她一桩绝对的秘密，并要她发誓永远不说出去。她家的一位在人口密集地区调查局[74]工作的房客，从报纸上剪下那些表演短裙舞和跷腿舞的舞女的照片。她说，他不时地在床上做些不大文雅的勾当，这，你也想象得到吧。不过，眼下这档子事可跟那个大不相同，情况完全两样。她几乎觉得他使她的脸贴近他自己的脸，并用他那俊俏的嘴唇飞快地给了她一个热烈的初吻。再说，只要你在婚前不做那另一档子事，罪行就能得到赦免。应该设个女忏悔师，即便你不说出口，她也能领会得一清二楚。西茜·卡弗里两眼有时也露出梦幻般的恍惚神情，唷，她准也是那样的。还有温妮·里平哈姆，对一些男演员的照片简直入了迷，而且是由于那个快来了，才会有这种感觉。

这时，杰基·卡弗里大声嚷道，瞧，又来了一个。格蒂把上半身往后仰，露出的蓝袜带刚好同透明的长袜子般配。他们都瞅见了，并且都嚷着，瞧，瞧，就在那儿。她一个劲儿地往后仰着看那焰火。这时，有个软软的古怪玩意儿腾空飞来飞去，黑黑的。她瞧见一支长长的罗马蜡烛[75]高高地蹿到树木上空，高高地，高高地。大家紧张地沉默着。待它越升越高时，大家兴奋得大气儿不出。为了追踪着瞧，她只好越发往后仰。焰火越升越高。几乎望不到了。由于拼命往后仰，她脸上洋溢出一片神圣而迷人的红晕。他还能看到她旁的什么，抚摩皮肤的印度薄棉布裤衩，因为是白色的，比四先令十一便士的那条绿色佩蒂怀斯牌的看得更清楚。她袒露给他，并意识到了他的视线，焰火升得那么高，刹那间望不到了，她往后仰得太厉害，以致四肢发颤，膝盖以上高高的，整个映入他的眼帘。就连打秋千或蹚水时，她也不曾让人这么看过，她固然不知羞耻，而他像那样放肆地盯着看，倒也不觉得害臊，他情不自禁地凝望着一半是送上来的这令人惊异的袒露，看啊，看个不停，就像着短裙的舞女们当着绅士们的面那么没羞没臊。她恨不得抽抽搭搭地对他喊叫，朝他伸出那双雪白、细溜的双臂，让他过来，并将他的嘴唇触到她那白皙的前额上。这是一个年轻姑娘的爱之呼声，从她的胸脯里绞出来的、被抑制住的小声叫唤，古往今来这叫喊一直响彻着。这当儿一支火箭蹿了上去，"嘣"的一声射向黑暗的夜空。哦，紧接着，罗马蜡烛爆开来，恰似"哦"的一声叹息。每个人都兴高采烈地哦哦直叫。这当儿，喷出一股金发丝，像雨一般倾泻下来。啊！全都是绿色的、露水般的星群，接连不断地散发着金光，哦，多么可爱，哦，多么柔和、甜蜜、柔和！

然后，一切都宛若露水一般融化到灰色的氛围里。万籁俱寂。啊！当她敏捷地向前弯过身去的时候，瞥了他一眼。这是感伤的短短一瞥，带有可怜巴巴的抗议和羞怯的嗔怪，弄得他像个少女一般飞红了脸。他正倚着背后的岩石。在那双年轻天真的眼睛面前，利奥波德·布卢姆（因为这正是他）耷拉着脑袋，默默地站着。他是何等残忍啊！又干了吗？一个纯洁美丽的灵魂向他呼唤，而他这个卑鄙的家伙竟做出了什么样的回应呢？他简直下流透顶！偏偏是他！然而她那双眼睛里却蕴蓄着无穷无尽的慈祥，连对他也有一句宽恕的话，尽管他做错了事，犯了罪，误入歧途。

一个姑娘家应该倾吐出来吗？不，一千个不。这是他们的秘密，仅属于他们两个人之间的秘密。他们两个人独自藏身在薄暮中，没有人知晓，他们也不会泄露。除了那只穿过薄暮轻盈地飞来飞去的小蝙蝠，而小蝙蝠们是不会泄露隐情的。

西茜·卡弗里学着足球场上的少年们那么吹口哨，以便显示她多么了不起。接着，她喊道：

——格蒂！格蒂！我们走啦。来吧。从那边高处也瞧得见。

格蒂想到了主意，一个小小的爱情策略。她把一只手伸进手绢兜里，掏出那块洒了香水的棉布，挥动几下作为回答。当然不让他知道用意，然后又把它悄悄地放了回去。不晓得他是不是离得太远了。她站了起来。分别了吗？她非走不可啦，然而他们还会在那儿见面的。直到那时，直到明天，她都会重温今晚这个好梦的。她站直了身子。他们的灵魂在依依不舍的最后一瞥中相遇。射到她心坎上的他那视线，充满了奇异的光辉，如醉如痴地死死盯着她那美丽如花的脸。她对他露出苍白的微笑，表示宽恕的温柔的微笑，热泪盈眶的微笑。接着，两个人就分手了。

她连头都没回，慢慢地沿着坑坑洼洼的岸滩走向西茜、伊迪，走向杰基与汤米·卡弗里，走向小娃娃博德曼。暮色更浓了，岸滩上有着石头、碎木片儿以及容易让人滑倒的海藻。她以特有的安详和威严款款而行，小心翼翼，而且走得非常慢，因为——因为格蒂·麦克道维尔是……

靴子太紧了吗？不。她是个瘸子！哦！

布卢姆先生守望着她一瘸一拐地离去。可怜的姑娘！所以旁人才撇下她，一溜烟儿跑掉了。一直觉得她的动作有点儿别扭来着。被遗弃的美人儿。女人要是落了残疾，得倒霉十倍。可这会使她们变得文雅。幸而她袒露的时候我还不曾知道这一点。无论怎样，她毕竟是个风流的小妞儿。我倒不在乎。犹如对修女、黑女人或戴眼镜的姑娘所抱的那种好奇心。那个斜眼儿姑娘倒也挺爱挑剔的。我估计她的经期快到了，所以才那么烦躁。今天我的头痛得厉害[76]。我把信放在哪儿啦？嗯，不要紧。各种古怪的欲望。舔舔一便士的硬币什么的。那个修女说，特兰奎拉女修道院[77]有个姑娘爱闻石油气味。估计处女们到头来会发疯的。修女吗？如今都柏林有多少修女呢？玛莎，她。能够有所觉察。都是月亮的关系。既然这样，为什么所有的女人不在同一个月亮升上来的时候一齐来月经呢？我推测这要看她们是什么时候生的。兴许开头一致，后来就错开了，有时摩莉和米莉赶在同一个时候。反正我沾了光，亏得今天上午在澡堂里我没为她那封我可要惩罚你啦的傻信干上一通。今儿早晨电车司机那档子事，这下子也得到了补偿[78]。那个骗子麦科伊拦住了我，说了一通废话。什么他老婆要到乡间去巡回演出啦，手提箱啦[79]，那嗓门儿就像是鹤嘴锄。为点小恩小惠就很感激。而且要价不高，有求必应。因为她们自己也想搞。这是她们生来的欲望。每天傍晚，她们成群结伙地从办公室里往外拥。你不如做出一副冷漠的样子。你不要，她们就会送上门来。那么就捉活蹦乱跳的吧。噢，可惜她们看不到自己。关于涨得鼓鼓的紧身裤的那场梦。是在哪儿看的来着？啊，对啦。卡佩尔街上的活动幻灯器[80]：仅许成年男子观看。《从钥匙孔里偷看的汤姆》[81]。《姑娘们拿威利的帽子做了什么？》那些姑娘的镜头究竟是抓拍的呢，还是故意做戏呢？棉布汗衫[82]给以刺激。抚摩她那曲线[83]。那样一来，也会使她们兴奋的。我是十分干净的，来把我弄脏了吧。在做出牺牲之前，她们还爱相互打扮。米莉可喜欢摩莉的新衬衫了。起初，统统穿上去，无非是为了再脱个精光。摩莉。所以我才给她买了一副紫罗兰色的袜带。我们也一样。他系的领带，他那漂亮的短袜和裤脚翻边儿的长裤。我们初次见面的那个晚上[84]，他穿了双高帮松紧靴。他那件华丽衬衫闪闪发光，外面罩了件什么呢？黑玉色的。女人每摘掉一根饰针，就失去一份魅力。靠饰针拢在一起。哦，玛丽亚丢了衬裤的饰针[85]。为某人打扮得尽善尽美。赶时髦是女性魅力的一部分。你一旦探出女人的秘密，她的态度就起变化。东方的可不同。玛丽亚，玛莎[86]。从前是如此，现在还是如此。不会拒绝任何正正经经提出来的要求。她也并不着急。去会男人时，女人总是急匆匆的。她们从来不爽约。也许是出于一种投机心理。她们相信机缘，因为她们本身就像是机缘。另外那两个动辄就对她说上一句莫名其妙的挖苦话。学校里的女伴儿们相互搂着脖子或彼此把十指勾在一起。在女修道院的庭园里又是接吻，又是叽叽喳喳说些莫须有的秘密。修女们那一张张白得像石灰水般的脸，素净的头巾以及举上举下的念珠。对她们自己得不到的东西说着尖刻的话语。铁蒺藜[87]。喏，一定要给我写信啊。我也会给你写的。一定的，好吗？摩莉和乔西·鲍威尔[88]。以后白马王子来了，就轻易见不着面了。看哪[89]！哦，天哪，瞧，那是谁呀！你好吗？你都干什么来着？（亲吻）真高兴，（再吻一下）能够见到你。相互挑剔对方的衣装。你这身打扮真漂亮。姊妹般的感情。相互龇着牙齿。你还剩几个孩子呀？彼此连一撮盐也不肯借给对方。

啊！

身上那玩意儿一来，女人就成了魔鬼。神色阴沉可怕。摩莉常常告诉我，只觉得什么都有一英吨重。替我搔搔脚底板儿。哦，就这样！哦，舒服极啦！连我都会有那么一种感觉。偶尔休息一下是有好处的。身上来了的时候搞，也不晓得好不好。从某一方面来说是安全的。会把牛奶变酸，使提琴“啪”的一声断了弦。有点儿像我在什么书上读到过的关于花园里的树都会枯了的事。他们还说，要是哪个女人佩戴的花儿枯了，她就是个卖弄风情者。她们都是。我敢说她对我有所觉察。当你有那种感觉的时候，常常会遇见跟你有同样感觉的人。她对我有好感吗？她们总先注意服装打扮。一眼就能知道谁在献着殷勤。硬领和袖口。喏。公鸡和狮子也这么样吗？还有雄鹿。同时，她们兴许喜欢松开来的领带或是什么的。长裤？那时候我该不至于……吧？不，要轻轻地搞。莽莽撞撞会招对方讨厌。摸着黑儿接吻，永远莫说出口[90]。她看中了我的什么地方。不知道是哪一点。她宁可要保持真正面目的我，也不要个所谓诗人，那种头发上涂满胶泥般的熊油，右边的眼镜片上耷拉着一绺爱发[91]。协助一位先生从事文字工作[92]。到了我这年纪，就该注意一下仪表了。我没让她瞧见我的侧脸。可也难说。漂亮姑娘会嫁给丑男人。美女与野兽[93]。而且我不能那样做，倘若摩莉……她摘下帽子来显示头发。宽檐的。买来遮掩她的脸。要是遇见了可能认识她的人，就低下头去，或是捧起一束鲜花来闻。动情的时候，头发的气味很强烈。当我们住在霍利斯街日子过得很紧的时候，我曾把摩莉脱落的头发卖了十先令。那有什么关系呢？只要他给她钱，为什么不可以呢？这全都是偏见。她值十先令，十五先令，也许还不止——值一镑哩！什么？我是这么想的。一个钱也不要。笔力遒劲：玛莉恩太太[94]。我忘没忘记在那封信上写地址呢，就像我寄给弗林的那张明信片那样？再就是那天我连领带都没系就到德里米公司[95]去了。和摩莉拌了嘴，弄得我心烦意乱。不，我想起来了。是在里奇·古尔丁家。他的景况也一样，心思很重。奇怪，我的表四点半钟就停了，准是灰尘闹的。他们曾经用鲨鱼肝油来擦油垢。我自己都干得了。节约嘛。时间是不是刚好他和她？

哦，他搞了。进入了她。她搞了。搞完了。

啊！

布卢姆先生小心翼翼地动手整理他那湿了的衬衫。哦，天哪，那个瘸腿小鬼。开始感到凉冰冰黏糊糊的。事后的滋味并不好受。反正你也得想办法把它抹掉。她们才不在乎呢。也许还觉得受到恭维了呢。回到家，吃上一顿美味的面包牛奶，跟娃娃们一道做晚间祷告。喏，她们不就是这样的吗？要是看穿了女人的本色，就大失风趣了。无论如何也得有舞台装置、胭脂、衣装、身份、音乐。还有名字。女演员们的恋爱[96]。内尔·格温、布雷斯格德尔夫人[97]、莫德·布兰斯科姆[98]。启幕。灿烂的银色月光。胸中充满忧郁的少女出现。小情人儿，来吻我吧。我依然感觉得出。它给予男人的力量。这就是其中的奥妙。从迪格纳穆家一出来，我就在墙后痛痛快快地干了一场。都是由于喝了苹果酒的关系。不然的话，我是不会的。事后你就想唱唱歌。**事业是神圣的。嗒啦。嗒啦**[99]。假若我跟她说话呢。说些什么？不过，你要是不晓得怎样结束这谈话，可就糟啦！向她们提一个问题，她们也会问你一句，倘若谈不下去了，这么问也是个办法。可以争取时间。可是那么一来，你就走入困境啦！当然，如果你打招呼说：晚上好，对方也有意，就会回答说：晚上好，那就太妙啦！哦，可那个黑夜在阿皮安路上，我差点儿跟克林奇太太那么打招呼，噢，以为她是那个。哎呀！那天晚上在米思街遇到的那个姑娘。我叫她把所有的脏话都说遍了。当然，说的驴唇不对马嘴。说什么我的方舟[100]。想找个像样的有多么难哪。喂喂！要是她们来拉客而你却不理睬，她们一定会难堪吧！后来也就铁了心。当我多付给她两先令时，她吻了我的手。鹦鹉。一按电钮，鸟儿就会叽叽叫唤。她要是没称我作先生就好了。哦，黑暗中，她那张嘴啊！哦，你这个有家室的人跟这个黄花姑娘！女人就喜欢这么样。把另外一个女人的男人夺过来。或者，哪怕就这么说说。我可不然。我愿意离旁人的老婆远远的。凭什么吃旁人的残羹剩饭！今天在巴顿饭馆里，那家伙把齿龈嚼过的软骨吐了出去[101]。法国信[102]还在我的皮夹子里哪。一半祸端就是它[103]引起来的。但是有时可能会发生哩，我想不至于吧。进来吧[104]，什么都准备好啦！我做了个梦。梦见什么？最坏的开始发生了。女人一不顺心就转换话题。问你喜不喜欢蘑菇，因为她曾经认识一位喜欢蘑菇的先生。如果什么人说了半截话，念头一转住了口，她就问你那人究竟想说什么来着？不过我要是一不做二不休的话，就会说：我想搞什么的。因为我真是想搞嘛。她也想。先冒犯她，再向她讨好。先假装非常想要一样东西，随后又为她的缘故把它放弃。拼命夸她。她很可能一直都在想着旁的什么男人。那又有什么关系呢？她从懂事以来想的就是男人，这个男人和那个男人。头一回的接吻就使她开了窍。那是幸福的一刹那。在她的内部有个什么突然萌动起来。痴情，眼神里含着痴情，偷偷摸摸的。最早的情愫是最美好的。直到死去的那一天都会铭记心头。摩莉，马尔维中尉在花园旁边的摩尔墙角下吻了她[105]。她告诉我，当时她才十五岁。然而奶头已经丰满了。那一次她睡着了。发生在格伦克里的宴会结束之后，我们驱车回家去，翻过羽毛山。她在睡梦中咬着牙。市长大人也用两眼盯着她。维尔·狄龙[106]。患有中风。

她正在下边等着看焰火呢。我的焰火啊。蹿上去时像火箭，下来时像棍子[107]。那两个孩子想必是双胞胎，等着瞧热闹。巴不得长大成人，穿上妈妈的衣服。时间充裕得很，逐渐懂得了一切人情世故。还有那个皮肤黑黑的丫头，头发乱蓬蓬的，嘴巴像黑人。我晓得她会吹口哨，天生的一张吹口哨的嘴。就像摩莉。说起来，詹米特旅馆[108]里的高级妓女把围巾只围到鼻子那儿。对不起，能不能告诉我一下几点啦？咱们到一条黑咕隆咚的小巷去，我就告诉你准确的时间。每天早晨说四十遍梅干和棱镜[109]，就能治好肥嘴唇。她还在亲热地抚摩小男孩们哪。旁观的人一眼就看穿。当然喽，她们了解鸟儿、动物和娃娃。这是她们的本行。

她沿着岸滩往下走时，并没有回头看。才不那么让人称心呢。那些姑娘，那些姑娘，海滨那些俏丽的姑娘[110]。她长着一双好看的眼睛，清澈如洗。这双眼睛格外引人注目的毋宁说是眼白，而不是瞳孔。她知道我是什么样的？当然喽，就像一只猫坐在狗所蹿不到的地方。女人们可从来没见过像威尔金斯那样的：他一面在中学[111]画维纳斯像，一面把自己的物儿一股脑儿袒露出来。难道这叫作天真吗？可怜的白痴！他的老婆真够呛的。从来没看到过女人坐在标明油漆未干字样的长凳上。她们浑身都是眼睛。床底下什么都没有，她们也要探头去瞧一瞧。渴望着在生活中遇上骇人的事。她们敏感得像针似的。当我对摩莉说，卡夫街拐角那儿的男子长得英俊，她想必喜欢这样的，她却马上发现他有一只胳膊是假的。果不其然是那样。她们究竟是打哪儿得到的线索呢？女打字员一步两磴地跨上罗杰·格林[112]的楼梯，以显示她对男人的理解。由父亲传下来，我的意思是说，由母亲传给女儿。血统里带来的。比方说，米莉把手绢贴在镜面上晾干，就省得用熨斗烫了。把广告贴在镜面上最能吸引女人的目光了。有一次我派米莉到普雷斯科特[113]去取摩莉那条佩斯利披肩。对了，我还得安排一下那档子广告。她竟把找给她的零钱塞在袜筒里捎回来了！好聪明的小顽皮妞儿。我可从来也没教过她。她挟着大包小包的，动作总是那么麻利。像这样的小地方，却能吸引男人。当手涨红了的时候，就举起来，挥动着让血淌回去。这你倒是跟谁学的呢？没跟任何人学。是护士教的。噢，她们知道得可多啦！我们从西伦巴德街搬走之前不久，三岁的她居然就坐在摩莉的梳妆台前面我的脸儿漂亮吧。穆林加尔。谁知道呢？人之常情。年轻的学生。不管怎样，两条腿直直溜溜，不像另外那个。不过，那妞儿还是蛮够意思的。哎呀，我湿了。你这个鬼丫头。小腿肚子鼓鼓的。透明的袜子，绷得都快裂了。跟今天那个穿得邋里邋遢的女人可不一样。A.E. 皱巴巴的长筒袜子[114]。或是格拉夫顿街上的那个。白的[115]。喔！胖到脚后跟。

智利松型火箭爆开了，噼噼啪啪地四下里迸溅。吱啦、吱啦、吱啦、吱啦。西茜、汤米和杰基赶紧跑出去看，伊迪推着娃娃车跟在后面，接着就是从岩石拐角绕过去的格蒂。她会……吗？瞧！瞧！看哪！回头啦。她闻见了一股葱头气味[116]。亲爱的，我看见了，你的。我统统看见了。

啊呀！

不管怎样，我总算得了济。基尔南啦，迪格纳穆啦，弄得我灰溜溜的[117]。你来替换，多谢啦[118]。这是《哈姆雷特》里的。啊呀！各种感情搅在一起。兴奋啊。当她朝后仰的时候，我感到舌头尖儿一阵疼痛。简直弄得你晕头转向[119]。他说得对。我原是有可能闹出更大的笑话的，而不是仅只说些无聊的话。那么我就什么都告诉你吧。然而，那只能是我们两人能理解的话。该不是？不，她们叫她作格蒂来着。不过，也可能是个假名字哩，就像我的名字似的。海豚仓这个地址也不清楚。

布朗是杰迈玛娘家的姓氏，
她跟母亲住在爱尔兰区。[120]

估计我是由于地点的关系才想到那个的。这些姑娘都一模一样。把钢笔尖儿往袜筒上擦。然而那只球好像会意地朝着她滚了去。每颗子弹都得有个归宿。当然喽，在学校的时候我从来没有笔直地扔过什么，总是弯弯曲曲。像公羊犄角。然而可悲的是，青春只有短暂的几年。然后她们就围着锅台转。不久，威利穿起爸爸的裤子就合身了[121]。或是嘘嘘地给娃娃把尿时，还得用上漂白土[122]。家务可不轻。这倒也保全了她们，免得她们走入歧途。这是天性。给娃娃洗澡，为尸体净身。迪格纳穆。总是被孩子们缠着。头盖骨像椰子，像猴子。起初甚至没有长结实，襁褓里那馊奶的变了质、肮里肮脏的凝乳。不该给那个孩子空橡皮奶头去咂。得灌满空气才行。普福伊太太，普里福伊[123]。得到医院去探望一下。不知道卡伦护士是不是还在那里。当摩莉在咖啡宫[124]的时候，她来照看过几个晚上。我注意到，她为年轻的奥黑尔大夫刷上衣。布林太太和迪格纳穆太太也曾这么做过。到了结婚年龄。在市徽饭店，达根太太告诉我，最糟糕的是在晚上。丈夫醉醺醺地滚进来，浑身散发着酒吧气味，像只臭猫似的。你在黑暗中闻一闻试试，一股子馊酒味儿。到了早晨却来问：昨天夜里我醉了吗？然而，责备丈夫并不是上策。小雏儿们是回窝来歇一歇的。他们彼此摽在一块儿。也许女人也有责任。在这一点上，她们都得甘拜摩莉的下风。这是由于她那南国的血液吧。摩尔人的。还有她那体态、身材。伸手抚摩她那丰满的[125]……譬如说，把她跟旁的女人比比看。关在家里的老婆，家丑不可外扬。请允许我介绍我的。然后他们让人见一位不起眼的妇女，也不晓得该怎样称呼她。总是能在一个人的妻子身上看到他的弱点，然而他们是命中注定爱上的。他们之间有独自的隐秘。这些男人要是得不到女人的照顾，就准会堕落下去。再就是把总共值一先令的铜币[126]摞在一起那么高的小不点儿丫头，带上她那小矮子丈夫。天主造了他们，并使他们结缡。有时候娃娃们长得不赖。零乘零得一。要么就是七旬老富翁娶上一位羞答答的新娘。五月结的婚，十二月就懊悔了。湿漉漉的，真不舒服。黏糊糊的。咦，原来是包皮还沾着哪。不如把它拽开。

啊呀！

另一方面，六英尺高的大汉娶个只有他的表兜高的小娘子。长短搭配。大男子和小女人。我的表可真怪。手表总是出毛病。莫非人与人之间也会发生磁力作用不成。因为就在这个时刻，他即将。对，我估计是这样，分秒不差。猫儿不在，老鼠翻天。记得我曾在皮尔小巷看过一次。眼下这也是磁力的力量。什么东西背后都有磁力。比方说，地球一方面产生磁力，同时又被磁力所吸引。这就是运动的起源。至于时间呢，喏，时间就是运动所需要的东西。那么，如果一样东西停止了，整体就会一点点地停下来。这一切都是安排好了的。磁针告诉你，太阳和星体正发生着什么事。小小的钢铁片。当你把叉子靠上时，它就会颤啊，颤啊，轻轻地碰一下。这就是男人和女人。叉子与钢铁。摩莉，他。梳妆打扮，以目传情并且暗示。让你看，再多看一些。还将你一军：倘若你是个男子汉，就瞧吧。仿佛要打喷嚏似的瞧啊，瞧这两条腿。有种的，你就。轻轻地碰一下。只有放纵下去了。

她那个部位究竟有什么感觉呢？在第三者面前才装出一副害臊的样子。长袜上要是有个洞，就更尴尬了。那次在马匹展示会[127]上摩莉看到脚蹬马靴、上了踢马刺的农场主就不禁将下颌往前一伸，仰起了头。我们住在西伦巴德街的时候，画家们曾经来过。那家伙的嗓门儿真好，就像是刚走上歌坛时的吉乌利尼[128]。我闻了闻，宛若鲜花儿似的。可不是嘛。紫罗兰。那大概是颜料中的松节油气味吧。无论什么东西，女人们都自有用途。正搞着的时候，用拖鞋在地板上蹭来蹭去，免得让别人听见。但是我认为，很多女人达不到高潮。一连能搞几个钟头。仿佛浸透我整个身子，直到脊背。

且慢。哼。哼。我是她那香水。所以她才挥手来着。我把这留给你，当我在远处睡下时，你好思念我。那是什么？天芥菜花吗？不是。风信子吗？哦，我想是玫瑰吧。这倒像是她喜爱的那种气味。芳香而便宜。很快就会发馊的。喏，摩莉喜欢苦树脂。这对她合适，还掺上点儿茉莉花。她的高音和低音。在晚间的舞会上，她遇见了他，《时间之舞》[129]。热气把香味发散开来。她穿的是件黑衫，上面还留有上一次的香气。黑色是良导体吧？抑或是不良导体呢？还有光。假定它和光有什么联系。比方说，你要是走进黑黝黝的地窖子。还挺神秘的哩。我怎么现在才闻出来呢？起反应需要时间，就像她自己似的，来得缓慢却确凿。假若有几百万微粒子被刮过来。对，就是粒子。因为那些香料群岛，今天早晨发自锡兰岛的香气，多少海里以外都闻得见。告诉你那是什么吧。那就像是整个罩在皮肤上的极薄的一层纱巾或蛛网，细微得宛若游丝。它总是从女人体内释放出来，无比纤细，犹如肉眼辨认不出的彩虹色。它巴在她脱下来的一切东西上面。长筒袜面。焐热了的鞋。紧身褡。衬裤。轻轻地踢上一脚，脱了下来。下次再见。猫儿也喜欢闻她床上的衬衣。在一千个人当中，它也嗅得出她的气味来。她泡过澡的水也是这样。使我联想到草莓与奶油。究竟是哪儿来的气味呢？是那个部位还是腋窝或脖颈底下。因为只要有孔眼和关节，就有气味。风信子香水的原料是油、乙醚或什么东西。麝鼠。尾巴底下有个兜儿。一个颗粒就能散发出几年的香气。两只狗互相绕到对方的后部。晚上好。晚上好。你闻起来如何？哼，哼。非常好，谢谢你。动物们就靠这么闻。是啊，想想看，咱们也是一样。比方说，有些女人来月经的时候，发出警告信号。你挨近一下试试。顿时就准能嗅到一股令人掩鼻的气味。像什么？腐烂了的罐头曹白鱼什么的。唔。勿踏草地。

说不定她们也闻得出我们所发出的男人气味。然而，那是什么样的气味呢？那一天，高个儿约翰在桌子上摆了双雪茄烟气味的手套。口臭？就看你吃什么喝什么啦。不，我指的是男人的气味。想必是与那个有关，因为被认为是童贞的神父们，气味就大不一样。女人们就像苍蝇跟踪糖蜜似的嗡嗡嗡地包围着。不顾祭坛周围的栏杆，千方百计想凑过去。树上的禁神父[130]。哦，神父，求求您啦，让我头一个来尝吧。那气味四处弥漫、渗透全身。生命的源泉。那气味奇妙之至。芹菜汁吧。让我闻闻。

布卢姆先生伸了伸鼻子。哼。伸进。哼。背心襟口。是杏仁或者。不。是柠檬。啊，不，是肥皂哩！

啊，对啦，还有化妆水呢。我就觉得自己在记挂什么事来着。一直没回去，肥皂也没付钱。我不愿意像今天早晨那个老太婆那样提着瓶子走路。按说海因斯该还我那三先令了。可以向他提一下马尔商店的事，也许他就会记起来的。然而，倘若他把那一段写好了。两先令九便士[131]。不然的话，他对我的印象就坏了。明天再去吧。我欠你多少？三先令九便士吗？不，两先令九便士，先生。啊。兴许下回他就不肯再赊账了。可也有由于那样就失掉主顾的。酒吧就是这样。有些家伙由于账房石板上的账赊多了，就溜到后巷另外一家去了。

刚才走过去的老爷又来了，是一阵风把他从海湾刮来的。走去多远，照样又走回来。午餐时总是在家。浑身狼狈不堪。美美地饱餐上一顿。眼下正在欣赏自然风光。饭后念祝文。晚饭之后再去散步一英里。他准在某家银行略有存款。有份闲职。就像今天报童尾随着我那样。现在跟在他后面走会使他难堪，不过，你还是学到了点乖。用旁人的眼光反过来看自己。只要不遭到女人的嘲笑，又有什么关系？只有那样才能弄清楚。你自问一下他如今是何许人。《珍闻》悬赏小说《海滩上的神秘人物》，利奥波德·布卢姆著。稿酬：每栏一畿尼[132]。还有今天在墓边的那个身穿棕色胶布雨衣的家伙。不过，他脚[133]上长了鸡眼。对健康倒是有好处，因为什么都吸收了。据说吹口哨能唤雨。总有地方在下雨。奥蒙德饭店的盐就发潮。身体能感觉出周围的气氛。老贝蒂就闹着关节痛。希普顿妈妈预言说，将会有一种一眨眼的工夫就绕世界一周的船。不，关节痛是下雨的预兆。皇家读本[134]。远山好像靠近了[135]。

霍斯。贝利灯台的光。二、四、六、八、九。瞧啊。非这么旋转不可，不然的话，会以为它是一幢房子。营救船。格蕾斯·达令[136]。人们害怕黑暗。也怕萤火虫、骑自行车的人：点灯时间[137]。宝石、金刚钻更亮一些。女人。光使人心里踏实。不会伤害你。如今当然比早年好多了。乡间的道路。无端地就刺穿你的小肚子。可是还得同两种人打交道：绷着脸的或笑眯眯的。对不起。没关系。日落之后，最适宜在阴凉地儿给花喷水。稍微还有点儿阳光。射线就数红色的长。是罗伊格比夫·万斯[138]教给我们的：红、橙、黄、绿、蓝、靛青、紫罗兰。我望到了一颗星。是金星吗？还弄不清。两颗。倘若有了三颗，就是晚上了。夜云老是浮在那儿吗？看上去宛如一艘幽灵船。不。等一等。它们是树吧？视力的错觉。海市蜃楼。这是落日之国[139]。自治的太阳在东南方向下沉[140]。我的祖国啊，晚安[141]。

降露了。亲爱的。坐在那块石头上会伤身体的。患白带下。除非娃娃又大又壮，能靠自己的力量生下来，否则就连娃娃也养不成。我本人说不定还会患痔疮哩。就像夏天患感冒似的，且好不了呢。伤口辣辣作痛。被草叶或纸张割破的最糟糕。摩擦伤口。我恨不得充当她坐着的那块岩石。哦，甜蜜的小妞儿，你简直不知道你看上去有多么俊美！我喜欢上这个年龄的姑娘了。绿苹果。既然送到嘴边，就饱餐一顿。只有在这个年龄才会翘起二郎腿坐着呢。还有今天在图书馆看到的那些女毕业生。她们坐的那一把把椅子，多么幸福啊！然而那是黄昏的影响。她们也都感觉到。知道什么时候该像花儿那么怒放。宛如向日葵啦，北美菊芋啦。在舞厅，在枝形吊灯下，在林荫路的街灯下。马特·狄龙家的花园里开着紫茉莉花。在那儿，我吻了她的肩膀。我要是有一幅她当时的全身油画肖像该有多好！我求婚，也是在六月。年复一年。岁月周而复始。巉岩和山峰啊，我又回到你们这儿来了[142]。人生，恋爱，环绕着你自己的小小世界航行。而今呢？当然，你为她瘸腿一事感到悲哀，但是提防着点儿，不要过于动恻隐之心。会被人钻空子的。

眼下，霍斯笼罩在一片寂静中。远山好像[143]。我们在那儿。杜鹃花。也许我是个傻子。他[144]得到的是李子，我得到的是核儿。这就是我扮演的角色。那座古老的小山把一切都看在眼里。演员的名字换了，仅此而已。一对情侣。真好吃。真好吃。

现在我觉得累了。站起来吗？小妖精，把我身上的精力都吸净了。她吻了我。我的青春一去不复返了。它只来一次。她的青春也一样。明天乘火车到那儿去吧。不，回去就全不一样了。像孩子似的重新回到一座房子。我要的是新的。太阳底下一件新事都没有[145]。海豚仓邮局转。难道你在自己家里不幸福吗？亲爱的淘气鬼。在海豚仓的卢克·多伊尔家里玩哑剧字谜游戏。马特·狄龙和他那一大群闺女：蒂尼、阿蒂、弗洛伊、梅米、卢伊、赫蒂。摩莉也在场。那是八七年。我们结婚的头一年。还有老鼓手长，喜欢一点点地呷着酒的那个。真妙，她是个独生女，我也是个独生子。下一代也是这样。以为可以逃脱，结果自己还是撞上了。以为绕了最远的路，原来是回自己家的最近的路。就在这当儿，他和她。马戏团的马兜着圈子走。我们玩瑞普·凡·温克尔来着。瑞普：亨尼·多伊尔的大衣裂缝。凡：运货车。温克尔：海扇壳和海螺[146]。接着，我扮演重返家园的瑞普·凡·温克尔。她倚着餐具柜，观看着。摩尔人般的眼睛。在睡谷[147]里睡了二十年。一切都变了。被遗忘了。原来的年轻人变老了。他的猎枪由于沾上露水生了锈。

身魂[148]。是什么在飞来飞去？燕子吗？大概是蝙蝠吧。只当我是一棵树哩，简直是个瞎子。难道鸟儿没有嗅觉吗？轮回转世。人们曾经相信，悲伤可以使人变成一棵树。泣柳[149]。身魂。又飞来了。可笑的小叫化子。我倒想知道它住在哪儿。那边高处的钟楼上。很可能。在一片圣洁的馨香中，用脚后跟倒吊着。我想它们必是被钟声惊吓得飞出来的。弥撒好像已完毕。可以听到会众的声音。为我等祈。为我等祈。为我等祈。一遍遍地重复，是个好主意。广告也是这样。请在本店购买。请在本店购买。对，那是神父住宅的灯光。他们吃着简朴的饭菜。记得我在汤姆那爿店的时候，曾做过错误的估计。是二十八。他们有两所房子。加布里埃尔·康罗伊[150]的兄弟是位教区神父。身魂。又来啦。它们为什么一到晚间就像小耗子似的跑出来呢？是杂种。鸟儿就像是跳跳蹿蹿的耗子。是什么吓住了它们呢？灯光还是喧嚣声？还不如静静地坐着呢。这全都是出于本能，犹如干旱时的鸟儿，往水罐里丢石头子儿，好让水从罐嘴儿淌出来[151]。它仿佛是个穿大衣的矮子，有着一双小手。纤细的骨架。几乎能看到它们发出微光，一种发蓝的白色。颜色要看你在什么光线下看了。比方说，要是照老鹰那样朝太阳逼视，再瞧瞧鞋，发黄的小斑点便映入眼帘。太阳总想在一切东西上盖上自己的标记。例如，今天早晨待在楼梯上的那只猫。毛色如褐色草皮。你说是从来没见过三色毛的猫。才不是那么回事呢。市徽饭店那只前额上有着 M 字形花纹的猫，毛皮就是玳瑁色的，夹着白斑纹。人身上有五十种不同的颜色。刚才霍斯还是紫晶色的。那是玻璃照的。因此，脑袋瓜儿极灵的某人就利用凸透镜来点火。石楠丛生的荒野也会起火。绝不会是旅人的火柴引起的。是什么呢？兴许是枯干的茎与茎被风刮得互相摩擦燃起来的。要么就是荆豆丛中的玻璃瓶碎片在阳光下起到凸透镜的作用。阿基米德[152]！我发现啦！我的性还不是那么坏。

身魂。谁知道它们为什么老是那样飞。昆虫吗？上星期钻到屋里的那只蜜蜂，跟映在天花板上的自己的影子嬉戏来着。说不定就是蜇过我的那一只呢，又回来看一看。鸟儿也是一样。它们究竟在说些什么，永远也无从知晓。就像我们聊天儿似的。她一句，他一句。它们挺有勇气，从海面上飞过来飞过去。死在风暴中或触着电线的，想必很多。水手们也过着可怕的生活。巨兽般的越洋轮船在一团漆黑中踉跄前进，像海洋似的吼叫着。**前进无阻**[153]！滚开，混账！另外一些人坐的是小船，一旦狂风大作[154]，就会像守灵夜的鼻烟那样被扔来扔去[155]。他们还是结了婚的。有时候一连几年漂泊在地球尽头。其实也并非尽头，因为地球是圆的。他们说，在每个港口都有个老婆。让做老婆的在家里规规矩矩地一直等到约翰尼阔步返回家园[156]，倒也不容易。一旦回来了，浑身散发着个个港口的里巷气味。

他们怎么会爱那海洋呢？然而他们就是爱哩。起锚了[157]。为了图个吉利，他披上肩衣或佩戴徽章[158]，乘船而去。就是这样。还有那个护符——不，他们叫它作什么来着。可怜的爹的父亲曾把它挂在门上让大家摸[159]。它把我们领出埃及的土地，进入为奴之家[160]。任何迷信都是有些名堂的，因为你一旦外出，就无从知道会有什么危险。拼死拼活地抓住一块板子，或跨在一根桁条上，身上缠着救生带[161]，嘴里灌进海水。这是他最后的挣扎了，直到被鲨鱼捉住。鱼儿在海里也会发晕吗？

接着就是美丽的平静，海面光滑明净，万里无云。船员和货物，一片残骸碎片。水手的坟墓[162]。月亮安详地俯瞰着。这怪不得我。自命不凡的小家伙。

为默塞尔医院募款而举办的麦拉斯义卖会上，最后一支孤寂的蜡烛[163]飘上天空，绽开来，一面落下去，一面撒出一簇紫罗兰色的星星，其中只有一颗是白的。它们飘浮着，往下落，逐渐消失了。牧羊人的时辰，把羊群关进栏内的时辰，幽会的时辰。晚上九点那趟的邮递员，从一家到另一家，敲两下门，永远受到欢迎。他腰带上的那盏荧光灯一闪一闪的[164]，在月桂树篱间穿行。在五棵小树之间，一根火绳杆伸了出去，点燃了莱希家阳台上的灯。沿着那一连串灯光明亮的窗户，沿着那排一模一样的庭园，一路用尖嗓门儿嚷着："《电讯晚报》，最后一版！金杯赛马的结果！"有个男孩儿从迪格纳穆的房子里跑出来，呼喊了一声。蝙蝠唧唧叫着，飞这儿飞那儿。远远地在沙滩上，碎浪爬了过来，灰灰的。漫长的时日，真好吃，真好吃[165]。杜鹃花丛，使霍斯山丘感到疲惫了（它老了）。夜风习习，拨弄着羊齿苇毛，给他以快感。他卧在那里，却睁开一只未入睡的眼睛，深深地、缓慢地呼吸着，虽困盹却是醒着的。远远地在基什的防波堤那儿，抛锚的灯台船上，灯光闪烁着，向布卢姆先生眨巴着眼儿。

那艘船上的人们过的日子真够受的，成天总是待在一个地方，动弹不得。爱尔兰灯塔管理处。为了他们所犯的罪愆而受到的惩罚。沿岸警备队也是如此。火箭和救生裤，浮圈和救生艇。发生在我们乘爱琳王号[166]去游览的那一天。曾丢给他们一袋旧报纸。简直成了动物园里的熊。那可是一次肮脏的旅行。醉汉跑到甲板上来倾倒他们胃里的东西。吐到船外，好喂曹白鱼。晕船。妇女们满脸惧怕天主的神色。米莉可毫无害怕的苗头。她笑着，淡蓝色头巾系得松松的。她那个年龄还不懂什么叫作死呢。而且胃里也干净。她们就是害怕迷路。在克鲁姆林[167]，当我和玛莉恩藏到树后时（我原是不愿意这么藏的），她就嚷：妈妈！妈妈！树林里的娃娃们[168]。戴上假面具，吓唬她们一下。把她们抛到半空，然后再去接住。说什么我要杀你。难道仅仅是半开玩笑吗？孩子们打仗玩，也是一本正经。怎么能够相互拿枪口瞄准对方呢。有时会走火的呀。可怜的孩子们！只有丹毒和荨麻疹这两种病最麻烦。为了这，我给她买了甘汞泻剂。病好了一点，她就和摩莉睡在一起了。她那口牙长得和妈妈的一样。女人多么疼爱孩子！当作自己的化身吗？但是一天早晨，她拿着雨伞去追那孩子来着。大概不至于伤害她。我号了号她的脉。怦怦跳着。那手多小啊。如今大了。最亲爱的爹爹。当你抚摩那只手的时候，它像是有那么多话要说。她喜欢数我背心上的纽扣。我记得她头一回系的胸衣，可把我逗乐了。奶头起初挺小。我想，左边的那只更敏感一些。我的也是如此。因为离心脏更近一些吧？流行大奶的时候，就填上点儿什么。晚上痛得厉害了，就叫嚷，把我喊醒。头一回来月经那次，可把她吓坏了。可怜的孩子！对妈妈来说，那也是个奇怪的时刻。把她带回到少女时代了。直布罗陀。从布埃纳维斯塔俯瞰。奥哈拉之塔[169]。海鸟尖声叫着。把家族统统吞食掉的老叟猴[170]。日暮时分，通知士兵返回要塞的号炮。那是像这样的一个傍晚，但是晴朗无云。她一边眺望海洋，一边对我说：我一直以为我会嫁给一个拥有私人游艇的贵族或绅士。**晚上好，小姐。男人爱美丽的年轻姑娘**[171]。为什么嫁了我呢？因为你和别人那么不同。

最好不要像帽贝似的整个晚上黏在这儿。这样的气候，令人感到沉闷。从天光看，想必快到九点了。来不及去看《丽亚》了。《基拉尼的百合》[172]。不，也许还没演完呢。到医院去探望一下吧。但愿她已经完事了[173]。这可是漫长的一天：玛莎、洗澡、葬礼、钥匙议院、女神像所在的博物馆，迪达勒斯之歌。还有在巴尼·基尔南酒馆里那个骂骂咧咧的家伙。我也顶撞了他。那帮吹牛皮的醉鬼，我说的那句关于他的天主的话，使他不敢回嘴了。难道不该反击他吗？不。他们应该回家去嘲笑自己。总想聚在一起狂饮一通。就像两岁的娃娃似的，害怕孤独。倘若他揍了我一顿。从他的立场来看，倒也不赖。兴许他也无意伤害我。为以色列三呼万岁。为他到处带着走的小姨子三呼万岁，她嘴里长着三颗犬齿哩。同一类的美人儿吧。特别适宜一道喝杯茶。勃尼奥的野人妻子刚进城[174]。想想看，一清早旁边有了这么一个人。莫里斯边吻母牛边说，人嘛，总是各有所好[175]。然而迪格纳穆那档子事把什么都弄得一团糟。办丧事的家[176]，大家总是愁眉不展的，因为你永远不知道下文。总之，那位寡妇缺钱。得去找找苏格兰遗孀[177]，照我答应过的。古怪的名字。认为丈夫先一命呜呼乃是理所当然的事。就在星期一，那个寡妇在克拉默那家店外面瞧我来着。把可怜的丈夫埋葬了，然而靠保险金过得也蛮不错。她那寡妇的铜板[178]。那又怎么样？你还指望她做什么？她得花言巧语，好歹活下去。我讨厌瞧见鳏夫。看上去那么孤独无助。奥康纳这个人好可怜哪，老婆和五个孩子在这儿都吃蛤贝中毒死了。污水。真没办法。得由一位戴卷边平顶毡帽的、主妇般的善心女人来对他尽尽母道。大浅盘脸的大妈，系上一条大围裙，照料着他。灰法兰绒布卢默女裤[179]，三先令一条，便宜得惊人。人家说，被爱上的丑女人将永远被爱上。丑陋：没有女人认为自己长得丑。恋爱吧，扯谎吧，保持得漂漂亮亮，因为明天我们总将死去。不时地碰见他走来走去，试图找到那个捉弄他的人。万事休矣：完蛋。这是命中注定的。轮到他头上了，而不是我。店铺也常常被人贴上一张警告。就像是被灾祸紧紧缠住了似的。昨天夜里做梦了吗[180]？且慢。有些弄混了。她趿拉着红拖鞋：土耳其式的。穿着紧身裤。倘若她真穿上了呢？我会不会更喜欢她穿宽松的睡衣裤呢？这就很难说啦。南尼蒂也走啦。乘的是邮船，这会子快到霍利黑德[181]啦。得把凯斯那则广告敲定了。做做海因斯和克劳福德的工作。替摩莉买条衬裙。她倒是有一副好身材。那是什么呀？说不定是钞票哩。

布卢姆先生弯下身去，从沙滩上捡起一片纸。把它凑到眼前，迎着暮色看。是信吗？不。没法儿辨认。不如走吧。那要好一些。我累得不想动了。这是一本旧练习簿的一页。有这么多的窟窿和小石头子儿。谁数得过来呢？永远也不知道你能找到什么。轮船遇难时，把财宝的下落写在一张纸上，塞进瓶子里。邮包。孩子们总爱往海里扔东西。是信仰“将你的粮食撒在水面”[182]这话吗？这是什么？一截木棍。

哦！那个女人把我弄得筋疲力尽。如今已经不那么年轻了。明天她还到这儿来吗？在什么地方永永远远地等待她。准会再来一次。杀人犯都是这样的。我怎么样呢？

布卢姆先生用那截木棍轻轻地搅和脚下的厚沙。为她写下一句话吧。兴许能留下来。写什么呢？

我。

明天早晨就会有个拖着脚步走路的人把它踏平。白费力。会被波浪冲掉。涨潮的时候到这儿来，看见她脚跟前有个水洼子。弯下身去，照照我的脸，黑乎乎的镜子，朝它哈口气，弄得一片朦胧。所有的岩石上都净是道道、斑痕和字迹。噢，那双透明的袜子！而且她们也不了解。

另一个世界意味着什么。我曾称你作淘气鬼，因为我不喜欢[183]。

是。阿[184]。

写不下。算了吧！

布卢姆先生用靴子慢慢地把字涂掉了。沙子这玩意儿毫无用处。什么也不生长。一切都会消失。用不着担心大船会驶到这儿来。除非是吉尼斯公司的驳船。八十天环游基什[185]。一半是出于天意。

他扔掉了水笔。那截木棍戳到沉积的泥沙里，竖立不动了。可你要是有意让它竖着不动，一连试上一个星期，也办不到。机缘。咱们再也见不着了。然而那是何等地快乐啊。再见吧，亲爱的。谢谢。那曾使我感到那么年轻。

这会子我倒是想打个盹儿。大概将近九点钟了。驶往利物浦的船[186]早就开走了。连烟都不见了。她也可以搞嘛。已经搞完了。然后前往贝尔法斯特。我不想去。匆匆赶去，再匆匆赶回恩尼斯。随它去吧。闭会儿眼睛。不过，不会入睡的。半睡半醒。往事不会重演了。又是蝙蝠。没有害处。不过几只。

哦　心肝儿　你那小小的白皙少女　尽里边我统统瞧见了　肮脏的吊裤带　使我做了爱　黏糊糊　我们这两个淘气鬼　格蕾斯·达令[187]　她他越过床的一半　遇见了他尖头胶皮管[188]　为了拉乌尔的褶边[189]　香水　你太太　黑头发　一起一伏的丰腴魅力　小姐　年轻的眼睛　马尔维　胖小子们　我　面包·凡·温克尔[190]　红拖鞋　她生锈的　睡觉　流浪　多年的岁月　回来　下端　阿根达斯[191]　神魂颠倒

可爱的 给我看她那 第二年 抽屉里 返回 下一个 她的下一个 她的下一个

蝙蝠翩翔着。这儿。那儿。这儿。远远地在一片灰暗中，钟声响了。布卢姆先生张着嘴，将左脚上的靴子斜插在沙子里，倚着它，呼吸着。仅仅一会儿工夫。

咕咕

咕咕

咕咕[192]

神父住宅的壁炉台上的座钟咕的一声响了，教堂蒙席奥汉龙、康罗伊神父和耶稣会士约翰·休斯神父边喝茶，吃着涂了黄油的苏打面包、浇了番茄酱的炸羊肉片，边谈着

傻话

傻话

傻话[193]

从一间小屋中出来报时的是一只小金丝雀。格蒂·麦克道维尔那次来这儿，立即注意到了，因为关于这类事情，她比谁都敏感。格蒂·麦克道维尔就是这样的。她还顿时发觉，那位坐在岩石上朝这边望着的外国绅士，是个

王八

王八

王八[194]。

第十三章　注释

1　海洋之星，参看第12章注598。

2　见《威尼斯商人》第1幕第3场夏洛克的台词：“多次您在交易所里骂我。”

3　H.M.S.是“国王陛下之船”的首字。

4　弗洛拉·麦克弗利姆西是美国律师兼诗人威廉·艾伦·巴特勒（1825—1902）的《无衣可穿》（1857）一诗中的女主人公。

5　“熟……红唇”出自托马斯·坎皮恩（1567—1620）的《她脸上有座庭园》一歌。

6　非凡气宇，原文为法语。

7　《公主中篇小说》（1886—1904）是伦敦一周刊名，每期至少刊登一篇中篇小说。

8　据海德1989年版（第287页第6至7行）：“总是”后面有从伦敦桥路那边之句。伦敦桥路是爱尔兰区的一条街，格蒂一家人就住在这一带。

9　《夫人画报》是当时每逢星期四在伦敦出版的周刊，内容为时装、音乐、戏剧、文艺方面的图片。

10　克勒利，参看第5章注23。

11　一中指约4.5英寸长。

12　小，原文为法语。

13　这里是意译。直译就是“棼木、樫树或榆树”，出自英国诗人拉迪亚德·吉卜林（1865—1936）的《树木之歌》，是对永恒的象征性譬喻。

14　“杰出人物”一语出自塞缪尔·瓦伦特·科尔（1851—1925）的《林肯》一诗。

15　“自……将来”，这里，格蒂把天主教婚配祝文援引错了，应作：“自今日起，祸福同享，贫富共当，无论患病或健康，唯有死亡才能使我们分手。”

16　一种放了山莓果酱的乳蛋布丁。

17　加里欧文，参看第12章注33。

18　《为了图清静，怎么着都行》（1626）是英国戏剧家托马斯·米德尔顿（约1570—1627）的剧作的题目。

19　西丝和西茜都是瑟西莉亚的昵称。

20　这是哄孩子玩的童谣，参加者在提到“市长大人”“马”和“马车”时，分别摸摸前额或其他部位。

21　特里顿维尔是沙丘的一条通衢大道。

22　洛雷托是意大利马尔凯区城镇，以圣母堂闻名。堂内壁龛竖有圣母圣婴像。

23　《皮尔逊周刊》是每逢星期四在伦敦出版的一种定价一便士的周刊。

24　“凡是……烙印”一语出自约翰·托宾（1770—1804）的剧作《蜜月》第2幕第1场，引用时做了一些改动。

25 约翰·费尔（1625—1686），英国圣公会牧师，牛津大学教长和主教，曾迫害宗教信仰上的自由主义学派。

26 《他的……他》，这里把门罗·H.罗森菲尔德所作通俗歌曲《她缺点纵多，我依然爱她》（1888）中的“她”改成了“他”，“我”改成了“她”。

27 《告诉……爱》是G.H. 霍德森所作通俗歌曲。

28 “我……附近”出自《围攻罗切尔》（参看第10章注116）第2幕中的咏叹调。

29 《月亮升起来了》是《基拉尼的百合》（参看第6章注24）中一插曲。

30 从行文看，查理和汤姆是格蒂的弟弟。

31 帕齐和弗雷迪是迪格纳穆的两个儿子。

32 “护守天使”一语出自《哈姆雷特》第5幕第1场中雷欧提斯对哈姆雷特王子所说的话。

33 那个地方指厕所。

34 滕尼，参看第10章注204。

35 据《希腊神话》，风神之女阿久娥涅（哈尔西昂）因新婚的丈夫溺死，伤心而投海自尽。众神遂把这对夫妇变成翠鸟。冬至前后两周，风神使海上风平浪静，以便于翠鸟筑窝。因此，冬至前后的两周即通称哈尔西昂时期。

36 按：《奥德修纪》卷6中描述瑙西卡公主有着一双白皙的胳膊。

37 指英国词典编纂者约翰·沃尔克（1732—1807）所编《英语发音评注辞典》。

38 “失……一回”一语套用威廉·爱德华·希克森（1803—1870）的诗《试吧，再试它一回》。原词是：“假若最初你没成功，试吧，再试它一回。”

39 圣伯尔纳（参看第12章注575）曾称赞、吟诵并引用过这篇以首句“记住”为题的歌颂圣母的祷文，但祷词不是他编写的。

40 圣约翰·马丁·哈维（1863—1944），英国演员，20世纪初曾在都柏林演出。

41 指詹姆斯·艾伯里（1838—1899）所作喜剧《两朵玫瑰》（1870），女主角是一对总穿同样衣服的姊妹。

42 狮子鼻，原文为法语。

43 “没有……冤屈”一语出自《李尔王》第3幕第2场中李尔王对肯特所说的话。

44 意思是使他皈依天主教。

45 “过去的回忆”一语出自《玛丽塔娜》（见第5章注104）第2幕第2场的歌曲《有一朵盛开的花》。

46 “为我等祈”，原文为拉丁文。

47 圣母七苦指耶稣被钉十字架（第5苦）、被埋葬（第7苦）等，均见《新约全书》。下文中的“蒙席”，参看第12章注286。

48 九日敬礼是天主教一种连续九天的祷告。

49 见《新约·路加福音》第1章第38节。

50 “四十小时朝拜”是天主教的一种仪式，一连供奉耶稣圣心（参看第6章注181）达40小时，让教徒朝拜。

51 “看哪！”原文为法语。

52 “堂堂圣体，奥妙至极，吾叩首行敬礼”是圣托马斯·阿奎那所作的圣歌最后两段的首句，在圣体降福仪式中吟唱。格蒂不谙拉丁文，故把音节断错了。
53 荡妇，原文为英语化了的爱尔兰语。
54 这是惯常应付那些不停地问时间的孩子的话。
55 我的彼得伯伯是俚语，指当铺老板，一个能够给予经济援助的阔伯伯。
56 俚语，水道暗指尿道。
57 原文为拉丁文，是紧接着“跪拜赞颂”而诵的经。
58 “扪心自问”一语出自英国诗人理查·哈里斯·巴勒姆（笔名：托马斯·英戈尔德比，1788—1845）的《圣奥迪尔之歌》。
59 原文为法语。
60 原文作canon，大教堂参事会（教士会）成员。蒙席是天主教对这一职称的习惯用语。
61 爱琳，参看第7章注46。“爱琳……姿容”和“晚钟”均出自托马斯·穆尔的诗作。
62 指当骑者愿意原地蹬车时，就可以使后轮脱离车架的一种自行车。
63 19世纪美国女作家玛丽亚·卡明所著《点灯夫》的扉页上记载着表演空轮的故事。《梅布尔·沃恩》（1857）的女主人公与格蒂同名，后为点灯夫所收养。
64 “玛利亚的孩子”指1847年由仁爱会修女所创设的天主教联谊会。
65 在第6章中，兰伯特曾谈到布卢姆在希利的店里推销过吸墨纸。见该章注184及有关正文。
66 乔伊斯在《斯蒂芬英雄》中曾引用此诗：“你是凡人吗，我理想的人儿？在柔和的薄暮中，你会到来吗？”
67 《爱情嘲笑锁匠》（1803）是乔治·科曼（1762—1836）剧作的题目，后成为谚语，用来比喻什么也阻挡不了爱情。
68 歌之国，指意大利。
69 “为了……手段”一语出自《哈姆雷特》第3幕第4场中哈姆雷特王子的台词。
70 惯例指当时从中下层的人们看来，社交界（这里指上层社会）的已婚者倘若因婚姻不幸而分居，是允许与人通奸的。下一句中的“已淡……岁月”一语出自《古老甜蜜的情歌》，参看第4章注50。
71 “列国……上主！”一语出自《诗篇》第117篇。
72 指麦拉斯义卖会，参看第8章注280。
73 荡妇，原文为英语化了的爱尔兰语。
74 这是根据《土地购买法》（1891）设立的机构，旨在解决爱尔兰西部穷乡僻壤的人口过剩问题。
75 罗马蜡烛是焰火的一种。
76 这是玛莎信中的话，参看第5章注36及有关正文。
77 特兰奎拉女修道院，参看第8章注44。
78 指由于电车挡住视线，布卢姆未能看到女人的长筒丝袜。参看第5章注13及有关正文。
79 指麦克伊借口妻子要下乡，向人借手提箱。参看第5章注19。
80 这是一种初期的电影放映机，在圆筒的一端嵌上逐渐变化的画片，边看边旋转，使人产生画面在活动的错觉。

81 偷看的汤姆，参看第8章注130。

82 棉布汗衫，原文为法语。

83 “抚摸她那曲线”（“曲线”，原文为法语），参看第10章注122及有关正文，引用时省略了“丰满的”一词。

84 “我们……晚上”一语出自托马斯·海恩斯·贝利和J.菲利普·奈特所作的一首通俗歌曲。前后文中的“他”，均指博伊兰。

85 “哦……饰针”，参看第5章注39及有关正文。

86 玛丽亚和玛莎，参看第5章注41。

87 铁蒺藜，参看第8章注47。

88 乔西·鲍威尔是布林太太婚前的姓名，参看第8章注74及有关正文。

89 “看哪！”原文为法语。

90 这里是把英国讽刺喜剧作家威廉·康格里夫（1670—1729）的剧作《以爱还爱》（1695）第2幕第10场中的“你可莫接吻并说出口”一语反过来说的。

91 爱发是男子用丝带扎起来、垂在耳边的一绺头发，伊丽莎白女皇一世及詹姆斯一世在位期间曾流行于英国上层社会。

92 “协助……工作”，这是布卢姆在报纸上刊登的招聘女打字员广告中的措词，参看第8章注82及有关正文。

93 这是个民间故事。野兽的善良和智慧赢得了美女的爱，而美女真挚的爱又破了魔力，使野兽重新变成了英俊王子。

94 “笔力……太太”，指博伊兰给玛莉恩写的信。参看第4章注39及有关正文。

95 布卢姆曾受雇于大卫·德里米父子人寿火灾保险公司。

96 恋爱，原文为法语。

97 内尔·格温，参看第9章注352。安妮·布雷斯格德尔（1663—1748），以貌美著称的英国女演员。

98 莫德·布兰斯科姆（活动时期1875—1910），以貌美著称的英国女演员。

99 “事业……啦”，原文为意大利语。参看第8章注190。

100 这里，妓女把屁股（arse）说成了方舟（arks）。下文中的鹦鹉，在第15章中重新提及。见该章注490及有关正文。

101 吐软骨，参看第8章注194及有关正文。

102 法国信（letter）是避孕套的隐语。此字又可作“文学”解。

103 它指性病。

104 指进妓院，参看第3章注158及有关正文。

105 哈利·马尔维中尉是个虚构的人物，隶属于英国皇家海军。摩尔墙，参看第18章注282。花园指阿拉梅达园，见第12章注308。

106 “格伦克里的宴会”至“维尔·狄龙”，参看第10章注112至116及有关正文。

107 “蹿上去……棍子”一语出自美国作家托马斯·潘恩（1737—1809）的一封信，原是批评英国政治家埃德蒙·伯克（1729—1797）从支持美国革命到反对法国革命这一截然相反的态度的。

108 詹米特兄弟所开设的一家旅馆，兼营餐馆，坐落在三一学院附近。下文中的“能不能告诉我一声几点啦？”参看本章注55及有关正文。

109 “梅干和棱镜”一语出自狄更斯的长篇小说《小杜丽》（1855—1857）第2卷第5章。在原文中，这两个词很绕口。

110 “那些……姑娘”，参看第4章注65及有关正文。

111 威尔金斯实有其人，是伊拉兹马斯·史密斯高中（参看第8章注64）校长。

112 罗杰·格林实有其人，是都柏林一律师，这里指他的法律事务所。

113 当天上午布卢姆从教堂出来后，曾看到普雷斯科特洗染坊的汽车，参看第5章注88及有关正文。

114 “皱……袜子”，指当天下午布卢姆遇见的那个和拉塞尔（A.E.）一道走着的女人穿的袜子。见第8章注163和有关正文。

115 白的，指当天下午布卢姆在格拉夫顿街上看到的那个穿白袜子的女人。参看第8章注189及有关正文。

116 典出自一个笑话。有个男人为了避免女人爱上他，总是先吃些生洋葱再与女人接触。然而有个女人特别喜闻那股洋葱气味。于是，这个男人的决心就动摇了。

117 指他在巴尼·基尔南的酒馆跟人吵架（见第12章末尾）以及参加迪格纳穆的丧事（见第6章）。

118 这原是弗兰西斯科对接他班的勃那多所说的话（见《哈姆雷特》第1幕第1场）。这里，布卢姆用来指格蒂取代了迪格纳穆等人，给他带来慰藉。

119 “简直……向”一语出自博伊兰所唱的歌，参看第4章注65。下文中的“他”指博伊兰。

120 这首俚谣的爱尔兰版本已佚，美国艺人哈利·克利夫顿却写过一首题名《杰迈玛·布朗》的俗谣。

121 “不久……合身了”一语出自美国的一首打油诗。

122 一种软质黄色泥，可除衣上油渍。

123 这里，布卢姆把在医院中待产的米娜·普里福伊误记成博福伊（参看第4章注79），接着又想起来了，参看第8章注75及有关正文。

124 按：摩莉曾在咖啡宫弹钢琴，参看第11章注97及有关正文。卡伦护士和奥黑尔大夫，见第14章注9及有关正文。

125 引自《偷情的快乐》，参看第10章注122。

126 即12枚各值1便士的铜币。

127 马匹展示会，参看第7章注32。

128 安东尼·吉乌利尼（1827—1865），意大利男高音歌手，1857年以后在都柏林走红。

129 这里，布卢姆在追忆摩莉初遇博伊兰的往事。《时间之舞》出自歌剧《歌女》。参看第4章注84、85。

130 这里把伊甸园中“树上的禁果”（见《创世记》第2章第17节）这一典故中的“果”，改为

"神父"。

131 这是布卢姆在药店里为摩莉配制的化妆水的金额。参看第5章注93及有关正文。

132 参看第4章注80及有关正文。

133 这是双关语。原文作kismet，土耳其语，意思是命运。而英语中的fate（命运）一词，在爱尔兰乡间读作feet（脚）。

134 希普顿妈妈（1486？—1561？），英国女预言家，《希普顿妈妈的预言》（1641）一书记载了她的事迹。皇家读本共六卷。1870出版于伦敦，是《皇家学校丛书》的一部分。这里指的是希普顿妈妈。她解读并预告皇室命运，故云。

135 "远山……了"，参看本章注143。

136 格蕾斯·达令（1815—1842），英国朗斯顿灯塔看守员之女，1838年协助其父曾两次出船搭救一艘遇难船上的乘客。

137 据1904年6月16日的《电讯晚报》，当天自行车的点灯时间为晚上9点17分。

138 万斯（参看第5章注6）的绰号罗伊格比夫是用红、橙、黄、绿、蓝、靛青、紫罗兰共七种颜色的首字拼凑而成的。

139 沃尔特·G.马歇尔在《横越美国》（伦敦，1882）一书中提到加利福尼亚州是"日没之国"。

140 自治的太阳，参看第4章注6及有关正文。

141 "我……晚安"一语出自拜伦的长诗《恰尔德·哈罗尔德游记》（1812）第1章第1节。

142 "巉……来了"一语出自戏剧家詹姆斯·谢里登·诺尔斯（1784—1862）的悲剧《威廉·退尔》（1825）第1幕第2场。

143 这里把前文中的句子引了一半，参看本章注135。

144 "他"指博伊兰。后文中的"一对情侣"则指当年的布卢姆夫妇。布卢姆想起摩莉把自己嚼过的香籽糕递送到他嘴里的往事。参看第8章注248。

145 "太阳……没有"一语出自《旧约·传道书》第1章第9节。

146 这是根据美国作家华盛顿·欧文（1783—1859）所著《见闻札记》中的短篇小说《瑞普·凡·温克尔》主人公的名字编成的哑剧字谜游戏。Rip（瑞普）含有"扯裂"意。Van（凡）含有"运货车"意。Winkle（温克尔）一词包含在periwinkle（海螺）里。这个人物在山谷里一睡20载。参看第15章注612。

147 《睡谷的传说》是《见闻札记》中的另一短篇小说。

148 身魂是古埃及宗教教义中灵魂的一个片面，形如鸟，象征人死后其灵魂的活动。

149 即垂杨柳（Weeping willow）。这里是照字面译的。

150 加布里埃尔·康罗伊是《都柏林人·死者》中的中心人物。"二十八"指教区神父那两座房子每年的房租各为28英镑。

151 《伊索寓言·乌鸦和水罐》中的乌鸦，就是用这个办法喝上水的。

152 据说阿基米德（参看第9章注508）曾利用镜子凝聚日照，焚烧罗马舰艇，从而推迟了罗马名将马塞卢斯（约公元前268—前208）攻克叙拉古的日期。

153 原文为爱尔兰语，是皇家爱尔兰明火枪团的呐喊声。

154 “一旦……大作”一语出自帕克所作通俗歌曲《美人鱼》（1840）。

155 “鼻烟……去”，参看第6章注39。

156 《直到约翰尼阔步返回家园》是美国南北战争期间联邦军的进行曲。作者为帕特里克·萨斯菲尔德·吉尔摩（1829—1892）。

157 《起锚了》是阿诺尔德和布雷厄姆所作歌曲。

158 根据天主教传统，水手们披肩衣、戴徽章以求得圣徒的保护。

159 这里，布卢姆指的是门柱圣卷，即犹太家庭挂在门柱上的小羊皮纸圣经卷。

160 为奴之家，参看第7章注37。

161 “跨在一根桁条上，身上缠着救生带”之句令人联想到《奥德修纪》卷5中关于奥德修“跨在一条木头上”，在海上漂浮的描述。后来他又把女神的面纱当作救生带，终于上了岸。

162 “水手的坟墓”，直译是“戴维·琼斯的库房”。戴维·琼斯指海鬼或海妖，海底是他的库房。

163 “最后……烛”，参看第11章注17。

164 “荧光……的”，参看第8章注179。

165 “真……吃”，指情侣在这里咀嚼香籽糕，参看第8章注248 。

166 爱琳王号，参看第4章注64及有关正文。

167 克鲁姆林是距都柏林中心区西南3英里半的一座村庄和教区。

168 《树林里的娃娃们》，参看第4章注21。

169 布埃纳维斯塔（意译是“南糖卷山”）是直布罗陀最高的一座山。奥哈拉之塔离该山不远，在狼崖上。

170 音译是“柏柏里猴”，群栖于直布罗陀等地的无尾猕猴。

171 “晚上……姑娘”，原文为西班牙语。

172 《被遗弃的丽亚》（见第5章注24）和《基拉尼的百合》（见第6章注24）均于当天晚上8点开演。

173 这里，布卢姆表示希望米娜·普里福伊太太已经生完了娃娃。参看第8章注77及有关正文。

174 “勃……进城”一语套用一首俗曲，原作：“勃尼奥的野人妻子刚进城。”

175 “莫……所好”一语，是把习惯上的说法做了改动：那位好女人吻母牛时说：“喏，每个人各有所好。”见斯威夫特所著《文雅绝妙会话大全》（1738）。

176 办丧事的家，见第11章注221。

177 指苏格兰遗孀基金人寿保险公司；总公司设于爱丁堡，在都柏林有5个代理人。

178 “寡妇的铜板”这一典故出自《新约·路加福音》第21章。耶稣称赞一个捐献了两个小铜板的寡妇，因为那是她的全部财产。

179 1850年阿米莉亚·詹克斯·布卢默提倡一种女用长裤。这个名词后来用以指裙裤、灯笼裤等。

180 指布林做梦的事，参看第8章注70及有关正文。

181 霍利黑德是威尔士霍利岛港口，与爱尔兰的邓莱里之间有定期班轮。

182 “将……水面”一语出自《传道书》第11章第1节。下半句是“因为日久必能得着”。

183 “另一个世界……不喜欢”，参看第5章注36及有关正文。引文与原信略有出入。

184 布卢姆原来打算写“我是阿尔法，就是开始”，见《启示录》第1章第8节。阿尔法是希腊字母中的首字。

185 这里把法国科幻小说家朱尔斯·凡尔纳（1828—1905）所著《八十天环游地球》（1873）一书的“地球”改为“基什”（见第3章注138）。

186 每天中午和下午9点，有班轮渡从都柏林驶往利物浦。

187 格蕾斯·达令（见本章注136）的姓与“亲爱的”拼法相同，有双关语意。

188 这是摩莉对轮回一词的误会，参看第8章注37。

189 均为《偷情的快乐》中的情节，参看第10章注122及有关正文。

190 这是文字游戏。荷兰人姓名瑞普·凡·温克尔（见本章注146）中的“凡”，表示出生地。这里把“瑞普”改成“面包”，意译就是“温克尔的面包”。

191 阿根达斯，参看第4章注23。

192—194 原文Cuckoo既可作“杜鹃”解，指其鸣叫声，还含有“傻”的意思，并隐指老婆与人私通的丈夫。参看第9章注491。

第十四章

朝右走向霍利斯街[1]。朝右走向霍利斯街。朝右走向霍利斯街。

光神啊，日神啊，霍霍恩[2]啊，将那经过胎动期、孕育于子宫之果实赐予我等。光神啊，日神啊，霍霍恩啊，将那经过胎动期、孕育于子宫之果实赐予我等。光神啊，日神啊，霍霍恩啊，将那经过胎动期、孕育于子宫之果实赐予我等。

呼啦，男娃啊男娃，呼啦[3]！呼啦，男娃啊男娃，呼啦！呼啦，男娃啊男娃，呼啦！

最精通教义故最能赢得众人尊重，精神崇高且值得骄傲之人士所经常倡导，并得到社会公认之见解乃是：只要其他情况未起变化，一个民族之繁荣兴盛并非取决于其表面之光辉，乃取决于该民族对繁衍子孙所寄予之考虑及改进之程度。缺乎此，即构成罪恶之根源。今幸有此寄予，则能确保获得万能大自然之纯洁恩泽。倘有人于此主张毫无所知，彼对诸事之认识（即有识之士视为裨益良多之研究）必极为肤浅，绝非贤人也。此乃一般世人之观点。盖凡能认识重要事物者，必知表面之光辉无非掩盖其内在之虚弱而已。且无论何等蠢人亦应省悟：大自然赐予之所有恩惠，均无法与繁殖之恩惠相比拟。故一切正直之市民皆须对同胞劝诫忠告，并为之焦虑，唯恐本民族过去所开创之辉煌业绩，日后不能发扬光大也。倘因风俗之愚昧，对世代相传之光荣习惯加以轻视，否定其深远意义，从而对有关分娩作用之崇高要义等闲视之，岂不令人深恶痛绝哉！盖此要义系天主所做繁殖之预言[4]及对减少繁衍之警告，并命令全人类遵照行事，使之做出承诺。

因此，据杰出之史家所云，在本质上毫无值得珍视之物，亦从未珍视过何物之凯尔特人中，唯医术受到极高推崇，亦不足为奇[5]。举凡医院、麻风病人收容所、蒸汽浴室、瘟疫患者埋葬所自不待言，彼等之名医奥希尔家族、奥希基家族、奥利家族[6]，亦均孜孜不倦制定了能够使病人及旧病复发者康复之种种疗法，无论彼等所患为乳毒病、痨病抑或痢疾。凡属有意义之社会保健事业，咸须慎重进行筹备。

彼等遂采取一项方案[7]（不知为深思熟虑之结果，抑或出自积年累月之经验，尚难断言。因后世研究者意见纷纭，迄今尚无定论）。分娩乃女性所面临之最大苦难。当此之际，只需交纳微不足道之费用，无论其家道殷实，抑或仅能勉强糊口，乃至一贫如洗，产院一律施以必要之医疗，俾使孕妇免遭任何可能发生之意外。

就孕妇而言，产前产后均应无任何忧虑，因全体市民皆知，倘无伊等多产之母，任何繁荣皆无从实现。彼等深知只因有母性，彼等方能享有永恒与神明，死亡与出生。临盆用车辆将孕妇送到产院，其他妇女受此启发，亦纷纷渴望由该院收容。众人在产妇身上见到一位未来的母亲，产妇则感到自己开始受到爱护。伟哉，此乃彼稳健国民之功绩！不仅目睹而已，更应赞许传颂。

婴儿尚未诞生，即蒙祝福。尚在胎中，便受礼赞。举凡此种场合应做之事，均已做到。分娩之前，众人即凭借明智之预见，将助产妇所守护之卧榻，有益于健康之食品以及舒适而洁净之襁褓一一备齐，一如婴儿已呱呱坠地。另有药品以及临盆孕妇所需之外科器械，一应俱全。此外，尤匠心独运，于室内悬挂寰球各地绮丽风光，并配以神明及凡人之画像。孕妇身怀六甲，产期临近时，即为分娩而至此浴满阳光、构造牢固之广厦。此乃清洁华美的母亲之家，四周景物赏心悦目，促使腹部蠕动，从而得以顺产。

夜幕即将降临之际，流浪男子伫立于产院门口。此人属以色列族，出于恻隐之心，踽踽独行，远途跋涉而至此产院。

安·霍恩乃本院院主。彼在此院设有床位七十张，孕妇卧于床上，强忍阵痛，生下健壮婴儿，即如天主派遣之天使对玛利亚所言者[8]。两白衣护士彻夜不眠，在产房中巡视，为产妇止痛治病，每年达三百次。二人兢兢业业为霍恩看守病房，确属无限忠诚之护士。

正当护士恪尽职守之际，一名护士忽闻一心地温良者至。伊遂裹上头巾，趋前将门启开。俄而但见一道令人炫目之闪电，蹿遍爱尔兰西部上空。护士不禁畏惧，疑为怒神降临，欲以倾盆之雨将人类毁灭殆尽，以惩其所犯罪愆。护士忙在胸前画十字，并邀来者速进陋室。男子接受其盛情，遂步入霍恩产院。

来访者深恐冒失，乃执帽伫立于霍恩产院之门厅内。盖彼曾偕爱妻娇女与此护士住于同一屋顶之下。兹后海陆漂泊长达九年之久。某日于本市码头与护士邂逅。护士向彼致意，彼未摘帽还礼。今特来恳请护士宽恕，并解释曰：上次擦身走过，因觉汝极其年少，未敢贸然相认。护士闻言，双目遽然生辉。面庞倏地绽开红花。

此时护士乃将目光转向来者身着之黑色丧服，并满怀忧戚，讯及彼有何伤心之事。后又消除疑虑。彼问及奥黑尔大夫可曾从遥远之彼岸捎信来？护士不胜悲伤，乃叹曰：奥黑尔大夫已升天堂矣。男子闻讫，哀痛万分，肠断魂销。此刻护士方倾诉全部情况，对英年早逝之友深表哀悼，然又谓此乃出于天主正当之旨意，不敢妄加评议。护士云：蒙上主恩宠，彼临终已向主持弥撒之神父忏悔，并领圣体。病体被涂以圣油，获得清清白白之善终。男子诚心诚意讯问护士，死者因患何疾而终？护士答曰，彼在莫纳岛[9]死于肠癌。不日到来之圣婴孩殉教节[10]为其三周年忌辰。护士向大慈大悲之天主祷告，俾使彼亲爱之灵魂获得永生。该男子闻护士所陈可悲之经过，持帽瞠目凄然而视。二人伫立片刻，均沉浸于阴郁哀思之中。

故人生在世，俱应预想其最终之归宿。举凡母胎所生者，终必面临死亡，并化为尘埃。我等赤条条来自母胎，亦终必仍赤条条而去。

该男子问护士曰，彼待产之妇女情况如何。护士答曰，妇人之阵痛已持续三昼夜，诚属无法忍受之难产，然而即将产矣。伊复曰，余曾目睹多少妇女之分娩，从无难产至此者。伊遂将经过情况向曾在此间居住之男子和盘托出。男子聆听其言，洞悉妇女为分娩所受之痛苦，频感惊异。彼端详伊在任何男人眼中均不失为俊秀之脸庞，并纳闷儿伊为何多年来停留于用人身份。九年来，每年十二次月经，责怪伊何以仍不受孕，而使血潮徒然流失。

当彼等谈话时，城堡[11]之门开启，众多就餐者之喧嚣声在近旁响起。名叫迪克森[12]之年轻学生骑士，步向彼等站立之处。旅人利奥波德与彼相识。盖该学生骑士因故服务于仁慈圣母医院之际，旅人利奥波德曾被一可怕丑陋之龙用标枪刺穿胸膛，负重伤，[13]前往就医。骑士曾于伤口上涂以大量挥发性油及圣油，予以妥善处置。此时对利奥波德云："欲入城堡与众人喝酒作乐欤？"旅人利奥波德为人谨慎机智，答以另有去处。妇人深知利奥波德乃是出于慎重而说谎，但因对彼抱有同感，遂嗔怪学生骑士不该如此建议。然而学生骑士既不容旅人说一否字，不允许旅人违背己意，对妇人之谴责更充耳不闻，乃曰，那是座何等神奇之城堡。旅人利奥波德周游列国，长途跋涉，时而纵欲，四肢酸痛，遂入堡歇息片刻。

城堡中央设芬兰桦木桌一座，系由该国四名侏儒所支撑。彼等被妖术蛊惑，动弹不得。桌上摆有大小刀剑若干，寒气逼人；此刀剑均于冶炼魔王之巨大洞穴中，以白色火焰铸成，再套以群栖于当地的水牛与牡鹿之角。此外还有凭着玛罕德[14]之魔法以海沙与空气制成，并由魔术师以丹田之气吹制的许多容器。桌上珍膳佳馔样样俱全，无人能做出如此丰盛美味之菜肴。尚有银缸一只，其盖须用特殊技巧方能开启。内横卧无头怪鱼[15]。此情此景，心存疑窦者非亲眼所见绝难相信。诸鱼浸于运自葡萄牙的油液中；此液脂肪甚丰，酷似榨自橄榄之油。堡内，凭借魔术从迦勒底[16]所产丰腴的小麦胚胎中制成之混合物，又以烈性酵剂使之奇妙膨胀为状如大山之物[17]。彼等并还将长竿插于地中，令蛇缠于竿上，并在蛇鳞中酿出蜂蜜酒般之饮料。

学生骑士嘱为贵胄利奥波德斟酒，劝彼畅饮，一似座中众人。贵胄利奥波德为了讨好，乃掀起面甲[18]，略加品尝以示亲睦。然而彼素无饮蜂蜜酒之习惯，遂将酒杯置于一旁，少顷潜将大半杯倾入邻人杯中，邻人则浑然不觉。彼在堡内与众人同座片刻，以便歇息。感谢全能之主。

此刻，善良之护士伫立门口，恳请众人出于对我等祭坛主耶稣之敬畏，中止欢宴，因楼上一位有身孕之贵妇即将分娩。利奥波德爵士闻楼上尖叫声，正疑此声发自何人，子欤？母欤？“怪哉，”爵士曰，“迄未生而今方生乎，何其太久。”唯见桌子对面坐一年长乡绅，名利内翰，二人同为享有崇高荣誉之骑士。利奥波德稍长几岁，遂文雅恳切地启口云：“承蒙天主恩宠，伊即将安产，喜得婴孩，伊已等候甚久矣。”酩酊大醉之乡绅乃曰：“此子便是时刻所盼企者。”[19]不待人请或劝，彼即举起眼前之杯，曰：“曷不痛饮。”乃畅饮一通，祝母子健康。盖彼素以擅长寻欢作乐著称。利奥波德爵士为曾莅临学生食堂之最佳宾客，彼乃将手伸到母鸡[20]下腹之最温顺和蔼的丈夫，亦为世上最忠实地向贵族小姐奉献爱情之骑士，遂殷勤地干了杯。彼思忖妇女之苦难，不胜惊奇。

话题转至众人肆饮大醉上。桌子两侧就坐者为：仁慈圣母玛利亚医院三年级学生迪克森、其伙伴医科学生林奇和马登[21]、乡绅利内翰、阿尔巴·隆加出身之克罗瑟斯[22]，以及青年斯蒂芬。斯蒂芬面庞酷似修士，坐于上座，另有不久前因表现出豪饮之勇而获得潘趣[23]·科斯特洛之雅号的科斯特洛（座中除了青年斯蒂芬之外，彼乃最烂醉如泥者，越醉越讨蜂蜜酒喝），再有即是谦和的利奥波德爵士。此刻众人在等候青年玛拉基，彼曾允诺前来。心感不悦者责彼何以爽约。利奥波德爵士留于席间，盖彼与西蒙爵士及其公子、青年斯蒂芬亲密无间。彼长途跋涉后，备受殷勤款待，倦意渐消。恋情驱使彼到处漂泊，此刻却满怀友情，不忍遽然离去。

彼等均为聪颖学生，乃就分娩与正义展开辩论。青年马登强调，在此种情况[24]下，听任产妇死去未免过于残忍（数载前，如今已谢世的一名艾布拉那[25]妇女即于霍恩产院面临此问题。伊逝世前，全体医师及药剂师曾为伊会诊）。众人又云，创世之初，曾谓妇女须经历生产的阵痛[26]，因而应让伊活下去。持同样见解者断言，青年马登所云听任产妇死去有昧良心之语，乃是真话。尽管心术不良者并不相信，但不少人，其中包括青年林奇在内，均认为现世正被空前的邪恶所支配，而法律及法官均矫正乏术。乃祷告曰："天主啊，乞予匡正。"话音甫落，众口齐声叫道："不，童贞圣母玛利亚在上，妻子应活下去，让婴儿死掉。"争论与饮酒，使彼等面泛红晕，乡绅利内翰唯恐席间缺乏欢乐，频频为众人斟上浓啤酒。青年马登遂原原本本告以实情，并云产妇如何一命呜呼，其夫凭借虔诚之信仰，遵从托钵修士与祈祷僧的劝诫，并根据彼对阿尔布拉坎的圣乌尔坦[27]所发之誓，曾如何祈愿勿让伊死去。众人听罢，哀痛不已。青年斯蒂芬曰："诸君，俗众间亦频频窃窃私议。而今，婴孩及其母，一在混混沌沌的地狱外缘[28]，一在炼狱火焰中，偕崇敬造物主。然而，按照天主之旨意，本应生存之灵魂，我等则逐夜消灭之，岂非对圣神，天主本身，上主以及生命之赐予者[29]犯下罪孽？因为诸君，"彼又云："我等之情欲犹如过眼浮云。对我等内部之小生命而言，我等仅一媒介而已。大自然冥冥之中另有用意。"青年迪克森旋即对潘趣·科斯特洛云："汝解其目的乎？"然而彼烂醉如泥，仅曰："为了发泄郁积之情欲，只要有机会，则不拘他人之妻、处女，抑或情妇，一概奸污之。"此刻，阿尔巴·隆加的克罗瑟斯吟咏了青年玛拉基为每千年长一次角的独角兽[30]所作之赞歌。众人竖耳聆听，皆笑且讥之，曰："以圣福蒂努斯[31]之名发誓，众所周知，凡是男子所能做到者，其[32]器官均能做到。"在座者嘻嘻哈哈大笑一通，唯有青年斯蒂芬与利奥波德爵士则毫无笑意。利奥波德虽不言，想法却与众不同。无论是谁，在何处分娩，彼均抱有恻隐之心。青年斯蒂芬傲然谈及母亲教会[33]欲将彼推出其怀抱，谈及教规以及堕胎之守护神夜妖利利斯。并谈及妊娠之种种原因：或由风播下光辉的种子[34]，或通过吸血鬼之魔力嘴对嘴地[35]怀上了孕；或如维吉尔所云，借西风之力[36]，或借月光花之腥臭[37]，或与一名刚跟丈夫睡过觉的女人刻不容缓地去睡觉。据阿威罗伊与摩西·迈蒙尼德之见解，或入浴时亦能怀孕[38]。彼又云："次月底，胎儿被注入一具人类的灵魂，我等神圣之母[39]为了天主更大之光荣，永远庇护所有灵魂。而地上之母仅只是一头下仔的母兽而已，依照教规理应死去。掌握渔夫印玺之圣彼得亦如是说。神圣的教会永远建立在磐石彼得之上[40]。”众单身汉问利奥波德爵士曰：“在类似情况下，汝为拯救一条命，不惜让产妇冒丧命之危险乎？”彼为人谨慎，为了做出迎合众人心意之答复，手托下颌，乃按习惯诡称：“吾虽外行，却挚爱医术，目睹如此罕见之事件，吾以为母亲教会如能同时拿到诞生与死亡之献金[41]，确为一举两得之好事。”遂用此言岔开彼等之质疑。“此话确实不假，”迪克森曰，“倘使吾未听错，亦堪称意义深长之语。”青年斯蒂芬闻讫，喜出望外，并断言：“偷自贫穷的，就是借给耶和华[42]。”每当酒醉，彼即狂态毕露，今又故态复萌矣。

然而利奥波德爵士嘴上虽如是云，却忧心如焚。盖彼仍怜悯因产前阵痛而发出骇人尖声喊叫之产妇也。彼亦念及曾为彼产独子之贤夫人玛莉恩，因医疗乏术，命途乖舛，该婴生后十一日即夭折矣。伊为此横祸痛心疾首。时值隆冬，伊唯恐亡儿冻僵，尸骨无存，遂以通称为羊群之花的小羊羔毛制一精致胸衣，裹于儿身。利奥波德爵士失却嗣子后，每当目睹友人之子，即怀念往日之幸福，遂沉浸于凄楚之中。悲的固然是与心地如此善良之子嗣永别（众人皆对彼之前途寄予厚望焉），亦同样为青年斯蒂芬哀伤，盖彼与诸荡儿为伍，饮酒狂闹，将财产糟蹋在娼妓身上[43]。

此刻青年斯蒂芬将空杯斟满，倘非较彼谨慎者出面拦阻，则所余即无几矣。斯蒂芬继续忙于劝酒，既祈愿获得教皇之祝福，又提出为基督之代理干杯，并曰，教皇堪称布雷教区代理主教[44]。斯蒂芬曰：“干杯，诸君，且饮蜂蜜酒。虽非属吾肉身，此亦吾魂魄之象征。对仅靠面包而生存者[45]，赐之以面包。勿愁酒将匮乏。面包使人沮丧，酒则带来慰藉。且看！”言罢，遂亮出贡品，闪闪发光之硬币及金饰师所制钞票[46]，共计二镑十九先令。谓此乃彼所作歌曲之报酬。在座者均知彼素来拮据，故见此巨款，均惊异不止。此时，彼陈辞如下：“诸君，且听吾言，于时间之废墟上筑造永恒之宫殿。此话何解？情欲之风摧残荆棘丛，随后荆棘丛在时间之小园中萌芽，绽开玫瑰。聆听吾言：在女子的子宫内，道成了肉身[47]，然而在造物主心中，所有必将消亡之肉身，一概变成不会消亡之道。此乃第二创造也。**凡有血气者，均来归顺**。我等强有力的母亲，可敬之母[48]，孕育了为凡人赎罪者，即救世主、牧人之贵体，其名何其有力。伯尔纳[49]此言不谬矣。圣母玛利亚**拥有向天主恳求的全能之术**[50]。吾辈凭借连绵不绝之脐带与之保持血缘的远祖[51]，为了一只便宜苹果竟将我等子孙、种族，祖祖辈辈悉数出卖，而玛利亚作为第二个夏娃，正如奥古斯丁[52]所云，拯救了芸芸众生。问题在于：第二个夏娃知晓基督乃是神之子，伊身为**童贞之母，汝子之女**[53]，仅只是造物主所造之物；抑或不知基督乃神之子，与住在杰克所盖之房[54]中之渔夫彼得以及木匠约瑟（彼乃使一切不幸婚姻获得圆满之主保圣人）一道不认耶稣或对耶稣不予理睬[55]。**因利奥·塔克西尔告诸吾曹，使伊沦至此步尴尬田地者，圣鸽也。天主可怜我等**[56]！非变体论即同体论，然而绝非实体下[57]。”众人闻讫，大叫曰：“此言可鄙矣。”“受孕无愉悦，”彼曰，“分娩无阵痛，肉身无疤痕，腹部未鼓起。好色之徒自可虔诚、热烈礼赞之。吾曹断然予以抵制，抗拒。”

此时，潘趣·科斯特洛砰然以拳击桌，唱起淫猥小调《斯塔布·斯塔贝拉》，谓醉汉使阿尔马尼[58]一少女有了身孕云，并径自吆喝道：

——头三个月她身上不舒服，斯塔布。

护士奎格利遂从门口怒吼曰：“不害臊嘛！安静点儿。”盖伊一心一意欲在安德鲁君到来之前，将一切整顿就绪。唯恐无聊之喧嚣，有损于伊值勤之声誉，理应敦促彼等切记之。老护士面带戚色，神情安详，步伐稳重，身着暗褐长袍，与其布满皱纹之阴郁面庞颇为相称。此番劝诫当即见效，潘趣·科斯特洛遂成为众矢之的。彼等或软硬兼施，给以教诲，或郑重严肃训斥此村夫。齐声谴责曰：“遭瘟之白痴！”“冒失鬼！”“乡巴佬！”“侏儒！”“私生子！”“废物！”“猪小肠！”“乱臣贼子！”“生在阴沟里的！”“不足月份的！”“闭上汝那为神诅咒之猴嘴，少说酒后之胡言乱语！”以举止温和镇静为特征之贤明绅士利奥波德亦建议曰：“当前乃最神圣之时刻，亦为最不可侵犯之时刻。霍恩产院应为静谧氛围所笼罩。”

长话短说。随后，埃克尔斯街仁慈圣母玛利亚医院之迪克森君乃会心一笑，问青年斯蒂芬曰：“汝为何未立誓出家当修士。”彼答曰：“在胎中必顺从，入墓后自贞节。余毕生受穷，实非出自本意也。”利内翰君立即驳斥曰：“吾风闻汝之恶行。”遂将所闻一一道来，谓彼曾玷污信任彼之女子那百合般之贞操，此乃未成年者之堕落行为也。举座咸证明确属事实，乃欢声大作，为彼做人之父而干杯。然而斯蒂芬曰：“与汝等所想大相径庭。吾乃永恒之子，至今仍为童贞。”闻讫，众人愈益欢呼，对彼曰："汝之婚礼犹如祭司于马达加斯加岛上所举行之稀奇仪式[59]，剥掉新娘衣裳，使其失去贞操。新娘身裹素白与橘黄嫁衣，新郎着洁白与胭脂色衣，点燃甘松油脂及小蜡烛，双双躺在新婚床上。众教士齐唱'主啊'[60]及赞歌'为了通晓性交之全部奥秘'[61]，直至新娘当场被破瓜为止。"斯蒂芬遂将敏感之诗人约翰·弗莱彻君与弗朗西斯·博蒙特君所作《处女之悲剧》中旨在开导情侣之精彩结婚小调教给众人。在维金纳琴[62]和谐伴奏下，反复唱叠句："上床！上床[63]！"此首绝妙而优美动听之喜歌，给予年轻情侣莫大慰藉及信念。彼等在男女傧相所持馥郁华丽之花烛照耀下，来到颠鸾倒凤所用之四脚舞台跟前。"彼等二人幸得相会矣，"迪克森君喜曰，"然而，年轻的先生，且听吾言，彼等毋宁改称博·蒙特与莱彻[64]。这一结合，成果必甚丰。"青年斯蒂芬曰，彼记得一清二楚，彼等二人共享有一名情妇，伊实为娼妇是也[65]。彼时生活中充满了欣喜欢乐[66]，伊周旋于二人之间。家乡风俗[67]对此甚为宽容。"一个人让妻子与友同寝，"彼曰，"人间之爱莫此为甚[68]。'汝去，照样为之[69]。'此言，或其他有类似含义之言语，系出自曾在牛尾大学开法国文学钦定讲座之查拉图斯特拉[70]教授。此人赐予人类之恩惠，无人企及。带陌生人入汝之圆形炮塔，汝必睡次好之床[71]，否则大难必然临头。弟兄们，为吾本人祈祷[72]。众人遂曰：'阿门。'让爱琳记住历代之年，上古之日[73]。汝何以不尊重吾人及吾言，擅将陌生人引进吾门，于吾眼前行邪淫[74]，如耶书仑，渐渐肥胖，踢踢踹踹[75]。因此，汝背叛光犯下罪行，致使汝主沦为众仆之奴[76]。归来兮，归来兮，米利族：勿忘吾，噫，米列西亚族[77]。汝为何在余眼前作恶，为一名药喇叭商贾踢开余[78]？汝女为何不认余，并与罗马人及不通语言之印度人共寝于豪华床榻[79]？看哪，吾民，自何列布、尼波与比斯迦[80]以及哈顿角峰[81]，俯瞰那流淌奶与钱之地方[82]。然而，汝供余饮者，苦奶也。余之太阴与太阳，则被汝永远消灭之。汝将余永远撇在苦难黑暗之路途上。汝吻吾唇时，有股湿灰气味[83]。此乃内心之黑暗也。"彼续曰："以《七十子希腊文本圣经》[84]之睿智，亦未能使其豁然开朗，甚至只字未提。来自苍穹之黎明已破地狱之门，并造访极偏远之黑暗[85]。对暴虐习以为常，遂麻木不仁矣（正如塔尔[86]关于亲爱的斯多葛派所云）。哈姆雷特之父即不曾将燎浆泡之疤痕[87]出示王子。出现于人生白昼之不透明，犹如埃及之灾害，唯有生前与死后之黑暗，方为最适当之场所与途径[88]。然而万物之目的及终局多少均与发端及起源相一致：即诞生后逐渐发育成长，随后则依自然法则，朝终局缩小、退步，以后退之变化告终。吾曹在天日下之生存，亦同于上述众多相对关系。三名老姊妹[89]为吾曹接生：吾曹涕哭、长胖、嬉戏、接吻、拥抱、别离、衰老、死亡。伊等则屈身俯视我等遗容。初卧于老尼罗河之畔芦苇丛中用枝条所编之床上，得到拯救[90]。最后，伴以山猫与鹗鸟之齐声哀鸣，埋葬于隐蔽之墓中。该墓之所在无人知晓[91]，吾曹将受何判决：赴陀斐特[92]抑或伊甸城[93]，亦全然不知。回顾后方，欲知吾曹存在之意义，起源于何等遥远地域，亦不可得矣。"

此刻，潘趣·科斯特洛高声引唱《斯蒂芬，唱啊》[94]。彼大叫曰："看，智慧为自己盖起一座殿堂，乃造物主之水晶宫[95]，宽敞、巍峨、永恒之苍穹，井然有序，找到豌豆者即奖给一便士。[96]"

——瞧，巧匠杰克盖起了大房，
看，满溢的麦芽存了多少囊，
在杰克约翰露营的漂亮马戏场。[97]

呜呼！阴沉沉之器物破碎声响彻街头，发出回音。托尔[98]在左边轰鸣。掷锤者之愤怒可畏。暴风雨袭来，使科斯特洛之心得以沉静。林奇君嘱彼曰，力戒对人出口不逊，肆意谩骂，盖其应下地狱之饶舌与亵渎神明之言辞，使神震怒也。彼原先肆意寻衅，而今则面色倏地发白，引人注目，并缩成一团。其始气势汹汹，俄而闻言丧胆，雷声隆隆之时，心在胸膛内狂跳不已。有人挖苦，有人嘲笑。潘趣·科斯特洛复狂饮啤酒，利内翰君发誓曰："吾亦效之。"此言既轻浮且具挑衅性，不值得理睬。然彼吹牛大王则叫嚣曰："即便神老爹[99]藏于吾杯中，与吾何干？吾绝不落人后。"然彼乃蜷缩于霍恩大厅之内而出此言，愈益显示其懦弱之至也。为鼓起勇气，彼遂将杯中物一饮而尽。此时雷声经久不息，遍及苍穹。马登君耳闻世界末日之霹雳信号，一时满腔敬畏，捶胸不已。布卢姆君则趋近吹牛者，以缓和其巨大恐惧，并安慰曰："吾仅略闻噪声。看，雷神头部降雨矣，此皆正常之自然现象耳。"

然而青年吹牛大王所怀恐惧，因安抚者之语而消失欤？否。盖彼胸中插有尖钉，名曰苦恼，非语言所能消除者也。彼能安详若布卢姆，虔诚若马登乎？彼虽愿如此，却未能如愿。但彼能否努力重新觅到少年时代赖以为生之纯洁瓶欤？诚然，彼缺圣恩，无从寻觅该瓶，奈何。彼是否在轰鸣中闻得生育神之声，或安抚者所云现象之噪声乎？闻欤？若非塞住理解之管（彼并未塞），彼必闻之。通过该管，彼始领悟自己位于现象之国，迟早必死。盖彼一如他人，在进行一场即将消逝之演出也。彼肯于接受死亡，如他人一般消逝乎？彼绝不欲接受。现象根据《法则》一书，命令彼从事男人与妻子所行之举，彼亦断然拒绝。盖彼不欲从事更多之演出也。然彼对被称作信吾者[100]之另一国土，欢喜王之福地，无死、无生、不娶不嫁[101]、无母性、凡信仰者悉能进入之永恒之地，一无所知乎？然。虔诚告彼以该国之事，节操指示彼以通往该国之路。但途中，彼遇一形貌艳丽之妓，自称一鸟在手，曰：呔，汝美男子，跟吾来，带汝赴一极佳之所。一片甜言蜜语，将彼从正路诱入歧途！凭借甜嘴蜜舌，将彼引入名双鸟在林之洞穴，学者或称之为肉欲。

此乃在母性之舍中围桌而坐之众人所渴求者也。倘彼等遇该妓一鸟在手（伊栖于一切瘟疫、怪物及一个恶魔中），势必竭尽全力接近之，并与之交媾。彼等曰：信吾者系一观念而已，无从领会。首先，伊诱彼等前去之双鸟在林，乃天下第一洞，内设置四枕，附四标签，印有骑角，颠倒、赧颜、狎昵字样。其次，预防法给彼等以牛肠制成之坚固盾牌，对恶疫全身梅毒及其他妖怪，亦无须惧怕。最后，凭借称作杀婴之盾牌，恶鬼子孙亦无从加害于彼等。彼等遂沉湎于盲目幻想。挑剔氏、时或虔诚氏、狂饮猴氏、伪自由民氏、臭美迪克森氏、青年吹牛大王以及谨慎安抚者氏。呜呼，尔等不幸之徒，皆受骗矣。盖该轰鸣巨响乃上主无比悲愤之声，因彼等违背上主繁衍生息之令，肆意滥用浪费，上主遂伸臂扬弃彼等之灵魂。

于是，六月十六日（星期四）帕特里克·迪格纳穆卒于脑溢血。葬于地下。久旱之后，天降喜雨。一名运泥炭约航行五十英里水路之船夫曰："种子无从萌芽，田野涸竭，色极暗淡，恶臭冲天，沼地与小丘亦如是矣。"无人记得旱魃为虐始自何时，嫩芽尽皆枯萎，呼吸亦复艰难。玫瑰花蕾均化为褐色，锈迹斑斑，丘陵上唯有干涸之菖蒲与枝条而已。星星之火，即可燎原。举世皆云，与此旱情相比，去岁二月间风暴之灾亦小巫见大巫矣。如前所述，日暮时，风起西空，夜幕降临后，出现大朵乌云，翻滚膨胀。喜观天象者咸望之：唯见一道道闪电，十时许，一声巨雷，伴以悠长轰鸣，骤雨若烟雾，众人仓皇遁往家中。暴雨乍下，男子即以布片或手帕遮草帽，女子则撩起裙裾，跳蹿而去。自伊利广场、巴戈特街与杜克草坪，穿过梅里翁草地，直至霍尔街。当初干涸龟裂，而今猛水奔流，轿子、公共马车、出租小马车，一概不见踪影。然而最初之霹雳后，即不再闻雷声。在法官菲茨吉本[102]阁下（彼乃于大学境内与律师希利[103]平起平坐之人物）住宅之对门，绅士中之绅士玛拉基·穆利根适从作家穆尔[104]先生（原为教皇派，人谓而今乃虔诚之威廉派[105]）家中步出，路遇亚历克·班农[106]。班农留短发（身着肯达尔绿色粗呢舞衣者近来时兴此种发式），正乘驿马车从穆林加尔进城来。彼日，彼堂弟与玛拉基·穆利根之弟在该处逗留一月，直至圣斯维辛节[107]。相互讯问欲往何处？班农曰："返家途中。"穆利根曰："吾应邀赴安德烈·霍恩产院，饮上一盅。"并要班农告以身高超过同龄人、胖到脚后跟之轻佻妞儿[108]事，因大雨滂沱，二人同赴霍恩产院。《克劳福德日报》之利奥波德·布卢姆与一帮喜诙谐、看似好争论之徒于此宽坐。计有：仁慈圣母医院三年级学生迪克森、文·林奇、一苏格兰人、威尔·马登、为亲自下赌注之马伤心不已之托·利内翰和斯蒂芬·迪。利奥波德·布卢姆原为解乏而来，现略恢复元气。今晚彼曾做一奇梦：其妻摩莉足蹬红拖鞋，身着土耳其式紧身裤，博闻多识者谓此乃进入一个新阶段之征兆。普里福伊太太系住院待产妇[109]，惜预产期已过二日，仍卧于产褥上，助产士焦急万分，不见分娩。灌以可充作上好收敛剂之米汤一碗，亦呕吐之，且呼吸无比困难。众人云：据胎动，必得一顽皮小子，企盼天主使其平安产下。吾闻此胎儿乃第九名生存者。报喜节日[110]，普里福伊太太曾为满周岁之小儿剪指甲。然该儿已尾随其三个曾哺以母乳之兄姊夭折，仅在君王《圣经》[111]上用秀丽字迹留下芳名而已。夫君普里福伊业已五十开外，虽系循道公会教徒，仍照领圣体[112]不误。每逢主日，倘天气晴朗，彼即携二儿至阉牛港[113]外，以装有牢固鱼轮之竿垂钓，或乘自备方头平底船，用拖网捕比目鱼与绿鳕，满载而归。如是我闻。简言之，大雨无尽，万物复苏，丰收在望。然而见多识广者云：据玛拉基[114]之历书，风雨之后预测将有火灾（吾闻拉塞尔先生本着源于印度的同一要旨，为其"农民报"[115]撰写预见性咒文），三者不可缺一。此乃无稽之谈，仅能迷惑老妪小儿而已，但偶尔立论亦能恰当中肯，实为奇妙。

此刻利内翰趋至桌边，曰"当日晚报上刊一函[116]"，遂浑身翻找（彼赌咒云，该函使彼牵肠挂肚）。经斯蒂芬劝解，彼方作罢，并嘱迅速在近旁落座。彼放荡成性，自谓生性滑稽诙谐、调皮而不怀恶意。平素玩弄女人、赛马、传播淫秽艳闻为其拿手好戏。实言之，彼身无长物，与人贩子、马夫、赌注经纪人、二流子、走私者、徒弟、暗娼、妓女以及其他无赖为伍，多在咖啡店及小酒馆中盘桓。或经常与萍水相逢之法警及巡警狂饮蛋糖白葡萄酒[117]，自午夜至天明，探听众多黄色丑闻。

彼通常就餐于简易食堂，只凭囊中仅有之一枚六便士银币，即可吃上一碗残羹剩饭或一盘下水。随即鼓起舌簧，满口皆趸自娼妓之流的淫乱秽语，致使每个母胎所生之子莫不捧腹。另一男子科斯特洛闻言，问该函文系诗乎？或故事乎？利内翰曰："皆非也，弗兰克（此乃科斯特洛之名），该函涉及因瘟疫而即将悉数被屠杀之凯里母牛。让其连同罐头牛肉一道见鬼去！（彼眨眼云）遭瘟的！锡器中盛有无比美味之鱼，请品尝之。"遂殷勤劝弗兰克进食旁边所置腌西鲱鱼。其间，利内翰贪婪注视之，终于得手。彼饿矣，食鱼实乃此行之主要目的。弗兰克遂用法语云："让母牛死光。"彼曾受雇于一名在波尔多[118]拥有酒窖之白兰地出口商，操上流人士之文雅法语。弗兰克生性怠惰，其父（一小警官）煞费苦心，送彼学习文理并掌握地球仪；注册升入大学，专攻机械学。然而彼任性放肆若未驯之野驹，对法官与教区差役比对书本更亲。彼一度志愿做演员，继而欲当随军酒食小贩，时赖赌账，时又耽于斗熊[119]与斗鸡。忽而立志乘船远航，忽而又与吉卜赛人结伙，浪迹天涯；借月光绑架乡绅之嗣子，或偷女用人之内衣，或藏身于柴垣之后，勒死雏鸡。彼离家出走之次数与猫儿转生不相上下。每逢囊空如洗，彼即返回家中。其父任小警官，每次见彼即洒下一品脱泪水。利奥波德先生诚心欲知晓缘由，乃抱臂曰："彼等欲将牛屠杀殆尽乎？今朝吾确曾见到牛群，将用船载往利物浦[120]。吾不相信事情竟至如此糟糕。"数载前，彼曾在约瑟夫·卡夫[121]先生手下任雇员。卡夫乃一可敬之生意人，在普鲁西亚街加文·洛先生的牧场附近从事畜牧业，在草地上拍卖牲畜。因此，布卢姆对传种牲畜、产前之母牛、满两岁之肥公猪以及阉羊，均十分熟悉。"吾对汝言持有疑问，"彼曰，"牛所患之疾病听来更似支气管炎或牛舌炎。"斯蒂芬先生略为动容，但仍文质彬彬地答曰："并非如此。奥地利皇帝[122]之御马主事已发来快函表示谢意。彼将派遣全莫斯科维[123]首屈一指之名兽医[124]牛瘟博士，凭借一两粒大药丸，即能抓住公牛角。[125]""吠，吠，"文森特先生曰，"坦率言之，倘该博士对爱尔兰公牛动手，必将被牛角钩住，进退维谷。""名称与产地均为爱尔兰。"斯蒂芬先生曰，并依次为众人斟浓啤酒，一如闯入英国瓷器店中之一头爱尔兰公牛。[126]"吾理解汝意，"迪克森先生曰，"此即农场主尼古拉斯送往本岛之同一公牛[127]耳。彼为最优秀之家畜饲养员，鼻孔上穿着一枚绿宝石[128]环。""诚然诚然，"文森特先生隔桌曰，"一语道破，如此膘肥体壮之公牛，从未在三叶苜蓿[129]上拉过屎。彼生有巨角，毛色金黄，鼻孔散发芳香，若袅袅轻烟。本岛妇女遂撇下生面团与擀面杖，与公牛殿下戴上串串雏菊花环，随彼而去。”“何以至此？”迪克森先生曰，“公牛动身之前，宦官兼农场主尼古拉斯嘱一帮同为阉人之医生，将其彻底阉割之。尼古拉斯云：‘去！吾表弟哈利陛下之命令，汝必言听计从。现接受农场主之祝福！’话音未落，啪地击其臀部。”“表示祝福之一击，裨益良多。”文森特先生曰，“作为补偿，彼将力量相当于两头公牛之秘诀传授下来。处女、妻子、女修道院院长与寡妇至今断言，伊等与其跟爱尔兰四片绿野[130]上最英俊、强壮、专门勾引女人之年轻小伙子睡觉，不如随时都于幽暗牛棚中，对着牛耳嗫嚅[131]，并希望彼用神圣的长舌舔自己的脖颈。”此刻另一男子曰：“伊等给彼穿上刺绣花边衣裙，配以坎肩及腰带，袖口缀以褶边，将额发剪短，浑身涂以鲸脑油[132]。于每一街角为其筑一座黄金牛槽[133]，装满市上最上等干草，供其尽情伏卧拉屎。此时教友们之神父（彼等对公牛之别称）因过于肥胖，难以步行至牧场。为了不使其受累，工于心计之妇人及姑娘乃将饲料兜在围裙中为彼送去。饱餐后，彼用后腿立起，供太太小姐一窥奥秘，并以公牛之语既吼且叫，伊等齐声效之。”“哎，”另一人曰，“彼益愈纵容自己，除了供自己食用之绿草（彼头脑中唯有绿色）不容国土上生长任何植物。岛屿中央之小山丘，竖有一牌，上云：‘奉哈利王[134]御旨，地上生绿草。”“因此，”迪克森先生曰，“只要风闻罗斯康芒或康尼马拉原野上有盗牲畜者，抑或斯莱戈[135]农夫播种一把芥籽或一袋菜籽，彼即奉哈利王御旨，跑遍半壁乡村，用犄角将所种之物连根掘起。”“起初二人之间发生争执，”文森特先生曰，“哈利王称农场主尼古拉斯为‘天下老尼克[136]之大杂烩’，家中蓄七名私娼之老鸨[137]。吾欲惩戒之。尼古拉斯曰：‘用先父遗下之牛阴茎快鞭，使此畜生一尝地狱味道。”“然某日傍晚，”迪克森先生曰，“哈利王于划船比赛中获得冠军（彼使用锹型桨子，唯依比赛规章第一条，其他选手均用草耙划船），为了赴晚宴，彼正修整高贵之皮肤[138]时，发现自己酷似公牛。遂翻阅藏于餐具室、手垢斑斑之小册子[139]，查明自己确系罗马人通称为**牛中之牛**[140]那头著名斗牛[141]旁系之后裔。其名字确为蹩脚拉丁语，意即：展览主持者。”“此后，”文森特先生曰，“哈利王当众廷臣之面，将头扎进牛之饮水槽，及至从水中伸出头后，告以自己之新名[142]。彼听任水哗哗流淌，身着祖母所遗旧罩衫及裙子，并购一册公牛语[143]语法书习之。然而只学会人称代名词，遂用大字抄录，默记之。每当外出散步，衣袋中辄装满粉笔，在岩石边沿、茶馆桌子、棉花包或软木浮子上胡乱涂写。简言之，彼与爱尔兰牛[144]旋即成为莫逆，犹如臀部与衬衫然。”“此不差，”斯蒂芬先生曰，“其结果，本岛男子发现负情女子异口同声，无可救药。遂建造舟筏，携家财登船，桅杆尽皆竖起，举行登舷礼，转船首向风，顶风停泊，扬起三面帆，在风与水之间挺起船首，起锚，转舵向左，海盗旗迎风飘扬，三呼万岁，每次三遍，开动舱底污水泵，离开兜售杂物之小舟，驶至海面上，航往美洲大陆。”“彼时，”文森特先生曰，“一水手长谱一首滑稽歌曲：

教皇彼得虽尿床，
仍不失为男子汉。”[145]

学生们之寓言行将结束时，吾等畏友玛拉基·穆利根先生偕初邂逅之友出现于门口，系一青年绅士，名亚历克·班农[146]也。彼新近进城，报名参军，欲在国防军中购一旗手或骑兵旗手之位置[147]。适才谈论之治病方案，与穆利根先生之方针不谋而合，因此彼欣然表示兴趣。乃递予众人各一组名片，系当日出自昆内尔先生之印刷厂承印者。上以秀丽之斜体字印着**兰贝岛**[148]**受精媒介业与人工授精业玛拉基·穆利根先生**。彼阐述曰：在城里，福普林·波平杰伊[149]爵士与米尔克索普·奎德南克[150]爵士游手好闲，专事寻欢作乐。彼拟远离此圈子，献身于赋予吾曹肉体机能之最高尚事业。“好友请道来，吾等当洗耳恭听，”迪克森先生曰，“个中想必有猥亵气味。二位且移身坐下。坐与站都一样便宜[151]。”穆利根先生遂接受邀请，对听众详述其计划。此计划系根据对不妊之原因进行考察而得，原因包括抑制与禁欲。抑制乃夫妇不和或互不协调所致，禁欲则由于天生缺陷或后天之习癖。彼曰：目睹新婚燕尔之床最宝贵之担保[152]被剥夺，痛何如哉。众多可人之富孀被恶贯满盈之僧侣所霸占，禁锢于格格不入之女修道院中，使光艳藏诸木斗之下[153]；另有如花似玉之女子，在市井粗鄙之徒怀中凋零，而伊等本应倍享幸福。如上诸多冰清玉洁之女性成为牺牲品，而附近本有百名英俊男子欲爱之不能。穆利根云，每念及此，心如刀割。为了免除祸患（彼已下结论，认为此乃潜热受到压抑之故），彼乃与有识之士共商对策，决心向兰贝岛主塔尔博特·德马拉海德爵士[154]购买该岛土地之绝对所有权及自由保有权。此爵士系著名之托利党成员，对蒸蒸日上之吾党颇加赞许。乃提议在此建造国立受精场[155]，取名中心，并竖一方尖碑[156]，乃据埃及式样凿成。无论何等身份之女子，凡欲满足其天然官能者一旦来此，彼必为之忠心效劳，俾使之受孕。

彼曰，吾所图并非金钱，劳务费不取分文。最穷之厨娘乃至社交界阔夫人，只要渴望在身心方面得到尽情满足，均能在彼处找到理想之男性。彼曰，为了取得营养，食谱限于馥郁之球根、鱼及野兔——尤其后者乃多产啮齿动物，极适宜达到彼之目的。无论烤或炖，只需添上一片肉豆蔻叶，一二颗辣椒即可。热切而坚定地发表完此冗长演说之后，穆利根先生立即取下遮帽手帕。二人似均受雨淋。虽已加快步伐，通身仍均湿透，见于彼所着灰色手织灰呢短裤上之斑纹。众人闻其计划，莫不欣喜，并衷心颂扬之。唯独玛利亚医院之迪克森先生则故意责难。谓：彼欲运煤至纽卡斯尔[157]乎？穆利根先生则对该学者报以脑中所记一段恰如其分之古典引文，根据既充分，又能雍容大方地支持其论点：**噫，诸市民，当代道义之颓废，江河日下。吾辈家中妇女，偏爱被温柔男子以手指作淫荡之搔痒，而弃罗马百人队长之沉重睾丸及异常勃起于不顾**[158]。彼并为不够机智者举出更合乎彼等胃口之动物界实例——诸如树林间空地上之公鹿母鹿，农家场院中之公鸭母鸭等，以此类推，阐述要点。

彼饶舌家着实仪表堂堂，并素以风度翩翩自豪。现将话题转至本人服装上，对天气之乍变，愤然予以谴责。众人则大赞此公所提方案。其友，一年轻绅士，对新近之艳遇[159]喜不自胜，不禁告知邻座。此刻，穆利根先生扫视桌面，问饼与鱼[160]系供何人食用？及至瞥见异邦人，乃彬彬有礼地深打一躬，问曰："敢问足下需要吾曹在专业方面提供协助欤？"异邦人闻言，衷心表示谢意，却依然保持适当之距离。答曰：彼乃为霍恩产院一名女病友而来。不幸伊属难产（言至此，深叹一声），欲知是否已安然分娩。迪克森先生嘲笑穆利根先生之初期腹部肥大症以转换气氛，曰："此乃前列腺囊内部或男性子宫内部卵子怀胎之征兆乎？抑或如名医奥斯汀·梅尔顿[161]先生所云，乃胃中之狼[162]所致乎？"穆利根先生从腰部发出一阵哄笑作答，毅然拍打横隔膜下部，并很精彩且滑稽地模仿葛罗甘老婆婆[163]（惜伊系一妓女[164]，但仍不失为最杰出之女性），同时扬言："妾腹从未养过私孩子也。"彼演技高超奇巧，哄笑屡屡爆发，使满室无不振奋喜悦。倘非前厅发出警报声，此场轻快喧嚣之模拟闹剧仍将续演。

闻者非他人，乃一苏格兰学生也。此公性易激动，金发宛如亚麻，以无比热烈之语气向该年轻绅士[165]深表祝贺。绅士谈兴正浓时，彼予以打断，以谦恭之神态向对面所坐人士招手，恳请递与一瓶甘露酒。同时，将头一歪，似有所迟疑（即使整整一世纪之良好教养，亦未必能训练出如此优雅之举止）。然后将瓶子朝相反方向倾之，以清楚之口齿询问该讲述者：“饮一杯如何？”“**拜受**[166]，贵客，”彼欣然曰，“**万谢**[167]，此举正合时宜。有此杯酒，吾之幸福方能完满。然而，上天保佑，即使吾行囊中仅有些许饼屑，以及一杯井水，吾亦深感满足，并甘愿跪于地下，为万宝之赐予者所确保之幸福，向上苍之神力致谢。”言讫，彼将杯凑至唇边，以心满意足之神态，饮甘露酒少许，抚发袒胸，拽出丝带所系之小匣。匣内嵌有女友亲笔题字之相片。彼接后，甚为珍爱。彼含情脉脉审视该面影，并曰：“噫，先生，倘汝若吾然，于激动人心之刹那间，目睹伊人身着雅致披肩，头戴俏丽新软帽[168]（伊以悦耳声调，告以此乃生日礼物也），淳朴洒脱，温存妖冶；足下必慨然向之五体投地，或永远逃离战场。吾断言，此生从未如此动心。主啊，感谢尔为吾创造日日夜夜。备受该倩女青睐者，诚为三生有幸。”无限温存之叹息愈益使此番话语感人至深。彼将小匣揣入怀中，并再度拭泪叹息。“大慈大悲之天主，尔所创造之物，普获尔之祝福。尔之治下最美妙者乃人之恋情也。恋情如此深广伟大，足以使自由人与奴隶，蠢乡巴佬与文雅纨袴子弟，风华正茂、热情奔放之情人与中年丈夫，均顿然堕入五里雾中。然而先生，吾走题矣。吾曹现世之欢乐是何等杂以悲哀，何等不完美。命运不济！”彼痛苦呼叫曰，“倘若主上赋吾以先见之明，提醒吾携带雨衣，当不至此！”遂不禁落泪。“纵下七场骤雨，对吾曹亦毫无害处。吾过于大意矣！”彼手击前额，大声曰，“明日将迎来新的一天，雷鸣千遍。吾识**一外衣商人**[169]波因茨先生，可售与法式舒适外衣，每件一**里弗尔**[170]，确保不致湿及女方。”“呔呔！”**授精业者**[171]大声插嘴曰，“吾友穆尔[172]先生乃一非凡之旅人（适才**吾与彼**[173]曾共饮酒半瓶，座中有市内博学之士），彼据可靠消息告知，霍恩岬角，雨势**猛烈**[174]，致使所有外衣（无论何等结实），均已湿透。”彼曰：“**诚然**[175]，大雨倾盆，罹难者无一不当即匆匆告别人世。”“呸！**一里弗尔**[176]！”林奇先生大声曰，“货色粗陋至此，不值一苏[177]耳。伞[178]之大小纵然仅及仙女蘑菇[179]，然亦顶得过十件如此搪孔之物。任何稍有机智之女子，绝不会用此等外衣。吾之情妇基蒂今日相告，伊情愿舞于洪水中，亦不愿在救命方舟中挨饿。何耶？伊对予倾诉云（此时，尽管除翩翩起舞之蝴蝶，绝无偷听者，伊依然脸色红涨，附耳低语）：‘吾曹生就无垢之肌肤，换个情况必将导致破坏礼仪，然而**在二种场合下**[180]，会成为唯一之可身衣裳。’蒙自然女神赐予神圣祝福后，吾曹心中铭刻该语之意，而今已家喻户晓。吾搀扶该姣好哲学家坐上双轮马车后，伊用舌尖轻触吾外耳廓以引起吾之注意，告曰：‘头一种场合，乃是入浴……'" 彼时，前厅铃响，今番足以丰富吾曹知识宝库之议论遂被打断矣。

正当举座说笑寻欢作乐之际，铃声大作，众人遂纷纷猜测。须臾，卡伦小姐步入，对青年迪克森先生嗫嚅数言讫，向与座者深打一躬，然后退去。一贤淑端庄、容貌标致之淑女一时出现于荡子群中，彼等淫荡之徒便即刻收敛其轻佻猥亵。然而俟伊退出后，秽言秽语刹那间重新爆发。"吾甚觉荒唐矣，"酩酊大醉之痞子科斯特洛曰，"极美味之母牛肉！伊想必邀汝幽会。狗杂种作如何想？汝精于此道矣。""确然如此，"林奇先生曰，"圣母济贫院同人擅长床上技巧。孽种奥加格大夫不曾搔诸护士下颔欤？七个月以来，吾基蒂在该院病房任护士，此系伊所告，当属确凿。""大夫，祈天主可怜奴家！"身着淡黄色背心之后生[181]仿妇人腔调狂呼傻笑，并扭动身躯作淫荡态早曰，"汝勿戏弄奴家！讨厌鬼！呜呼，妾浑身颤悠发晕矣。汝之轻薄，确与可爱之小神父坎特基塞姆[182]不相上下！""倘若伊未身怀六甲，"科斯特洛大叫曰，"吾将被此啤酒呛得半死矣！大凡由于有喜而膨胀之妇女，吾只消瞟一眼即可看出。"此时青年外科医生[183]起身，乞求众人准其退席，盖护士顷通知彼需立即赶赴病房也。彼曰："该怀孕妇女曾以可钦之刚毅忍受阵痛，而上苍大发慈悲，已结束其苦难，使之生下一名强壮男婴。吾无法容忍某些人士。彼等既无足以使人开心之机智又乏指导他人之学识，竟对护士这一高贵天职肆意辱骂，而除却应予以敬畏之神明外，护士乃最造福人间者。伊所从事之高尚职业，非但不应成为笑柄，且可激励人心，使之向上。吾敢断言，倘有必要，吾能推出多如云彩之证人[184]，以阐述该项职业如何不比寻常。吾实难宽恕彼等。何以竟中伤和蔼可亲之卡伦小姐这等人！伊乃女性之光辉，实令男性叹服不已。护士所接生者乃用尘土造出之[185]小娃，当此最关键之时刻加以诽谤，该念头实属可恶至极！竟播下如此邪恶之种子，以致产妇与接生婆在霍恩产院得不到应有之尊重。每念及民族之未来，辄不寒而栗。"谴责完毕，彼乃向与座众人点头示意，走向门外。举座发出一片赞同之低语声，有人扬言应立即将该下流醉汉逐之门外。此计划几近付诸实践，将给彼以应有之惩罚。然而彼可鄙地赌咒发誓（而且发得八面玲珑），谓彼乃天下最善良之人子也，从而减轻其罪责。"谨以吾之生命发誓，"彼曰，"诚实的弗兰克·科斯特洛自幼被教以格外孝敬父母[186]。家母擅长做果酱布丁卷与麦片糊，吾一向对她怀有敬爱之心。"

却说布卢姆先生乍一进来，留意到那片肆无忌惮之冷嘲热讽，认为此系年少逞常不懂怜悯所致，故容忍之。彼等荡儿实似狂妄自大之顽童，喜议论喧嚣，用语费解，且口出不逊。每闻其暴躁与寡廉鲜耻之**话语**[187]，顿感愤慨。虽能以血气方刚勉强为之开脱，但如此无礼实难以忍受。尤使人不快者为科斯特洛先生言辞之粗野。据观察，此令人作呕之流氓乃私生子耳。彼呱呱坠地即畸形缺耳，身躯伛偻，满口生牙。分娩时属逆产，足先露，且驼背[188]。外科医用钳子在彼头盖上留下了明显痕迹。布卢姆遂联想到，彼即已故富于独创性之达尔文先生毕生探求不已之进化论中所谈之过渡生物[189]也。布卢姆已过人生之半途[190]，历尽沧桑，系一谨慎民族之后裔，生就稀有的先见之明，遂抑制心中所冒怒气，最迅速慎重地克制住感情，告诫自己胸中要怀一忍字。心地卑鄙者对此加以嘲笑，性急之判断者藐视之，然而众人咸认为此乃稳妥之举。妙语连珠以损害女性之优雅，乃精神上一大恶习，彼坚不赞成；彼不认为此种人堪称才子，更弗言继承良好教养之传统。布卢姆对彼等实忍无可忍，根据往日经验，只得采取激烈之手段，以迫使此傲慢之徒丢尽颜面，及时退却。盖年轻气盛之徒，向来无视年老昏愦者之皱眉与道学家之抱怨，一味欲食（据圣书著者凭借纯洁想象所写）树上禁果；布卢姆与彼等未尝不抱有同感。唯当一淑女分娩产子之际，无论如何亦不得对人性等闲视之。最后，据护士所云，布卢姆曾预料产妇迅将分娩，经此长时间之阵痛后，果然瓜熟蒂落，此事再度证明天主之恩惠与慈悲，使布卢姆顿感释然。

布卢姆遂与邻座坦诚相见，曰："吾对此事之看法（不妨将己见发表）为：彼妇并非由于本人之过错而受尽痛苦，闻其安产而不知喜悦者，想必生性淡漠或心肠冷酷也。"该衣着入时之浮华青年[191]曰："使伊陷入如此困境者，其夫也；理应是其夫，除非伊乃另一名以弗所女子[192]。"此时，克罗瑟斯击桌以使众人倾听其嗓音洪亮之话语："吾有话告汝等。蓄邓德利尔里式胡子[193]之老叟——年迈之格洛里·阿列路朱拉姆[194]今日又来矣。彼用鼻音央告曰：'吾欲对吾之生命（此即彼对伊之称呼）威廉明娜进一言。'吾嘱彼心中宜有数，盖婴儿即将呱呱坠地矣。见鬼！容吾坦率道来。吾不禁叹服该老汉之生殖力，竟足以令伊再生一胎。"众人异口同声赞誉老叟，唯独该风流后生[195]坚持己见曰："否。把关者[196]非其夫也，乃修道院之教士、夜间向导（有勇气者）或家庭用品之行商。"客人闻讫，暗自思量：彼等具有之神奇的轮回力实无与伦比，不同凡响。产院与解剖室均已变为轻佻话语之操练厅。然而一旦获得学位，彼等轻浮荡子摇身一变即成为被杰出人士誉为最高尚技艺之典范实践者。然而，彼继续思索，或许彼等平时个个心中郁愤，欲寻解脱。因吾曾屡次目睹同一色羽毛之鸟齐声大笑[197]也。

彼异邦人系承蒙仁慈之陛下核准而取得市民权，然而吾曹欲询问彼之保护者总督阁下，彼凭何资格而取得我国内政之最高权力欤[198]？发自满腔忠诚之感激，如今安在哉？在近日之战争[199]中，只要敌人凭借手榴弹暂时取得优势，该叛徒即一面唯恐其四分利公债暴跌而浑身颤抖，一面则抓紧机会向根据其本人意愿而臣服之帝国开火！彼是否已忘却此事，一如忘却其所承受之一切恩泽？倘传闻无谬，彼则为只顾个人享乐之利己主义者，诚属欺世盗名。闯入贞节妇女（一名勇敢少校之女）之寝室，或对其妇德妄加谴责，此决非君子所为。若彼欲引人注意（其实，此举对彼甚为不利），亦无可奈何也。该妇命途多舛，其合法特权屡遭践踏，时间既久，对方态度复顽强，致使伊每闻彼之斥责，辄报以由绝望而导致之嘲笑。彼身为社会风纪监察官，虔诚俨若鹈鹕[200]，竟将自然之羁绊抛诸脑后，肆无忌惮，试图与出身于社会最下层之女仆发生暧昧关系！倘非该女仆以擦地所用之毛刷为护守天神，进行自卫，则必身遭不幸，有如埃及女夏甲[201]。然！关于牧场问题，彼之乖戾粗暴已臭名远扬。某次，当着卡夫先生之面，触怒一牧场主，以致遭到该乡人以刻薄言辞之反击。彼不适宜宣扬福音。家旁岂不有片耕地，只因无人播种，遂闲置下来。青春期之恶习，人届中年遂成为第二天性，带来耻辱。倘若彼一定要将基列香油[202]这一效验可疑之秘方与金科玉律，分发给一代乳臭未干之荡子，以促使彼等康复，则应使彼之行为与正全力奉行之教义相一致。身为丈夫，彼之内心乃诸多秘密之储藏库。为了体面，而轻易不肯泄露，色衰之美女或以淫言猥语挑逗之，代替因被冷遇以致堕落之妻，给彼以慰藉。然而人伦之新倡导者以及恶行之矫正者，充其量仅为异邦之树。其扎根于东方本土时，则茁壮繁茂，香脂丰腴，迨移植于他处暖土，根即失去原有之勃勃生机，香脂亦变为混浊发酸，失去灵效。

嗣子诞生消息之通告极其慎重，令人联想及土耳其朝廷仪式之惯例：由第二女护士转告值勤之下级医务官，彼再向代表团传达。彼遂赴产室，以便在内务大臣与枢密顾问官（彼等由于争先称赞已精疲力竭，沉默不语）亲临下，协助完成规定之产后仪式。漫长肃穆之值勤使代表团焦躁不安。彼等认为既逢喜事，放纵一番亦应获得宽容。于是，护士与医务官走后，立即展开舌战。只闻兜揽员布卢姆先生竭力劝解之，平息之，抑制之，均属徒然。此乃最适宜高谈阔论之良机，亦为将彼等性格迥异者联结起来之唯一纽带。分娩问题依次从各个方面加以剖析：异父兄弟之间先天的敌对、剖腹产、遗腹子，以及稀有的例子——产妇死后之分娩。蔡尔兹谋杀胞兄案，由于律师布希先生之激烈辩护，被诬告者已被宣判无罪。此事至今仍被人们广为铭记在心；长子继承权，国王赐予双胞胎与三胞胎赏金；流产及溺婴，加以伪装或掩饰；缺乏心脏的**胎儿内胎儿**[203]以及充血导致的缺脸。某缺下巴支那佬[204]（候补者穆利根先生语）之男系亲属，先天性缺颚乃系沿中线颚骨突起接合不全之结果，（据彼曰）一只耳朵能听见另一只所云。麻醉或昏睡分娩法[205]之长处。高年妊娠的情况下，因受血管压迫，阵痛延长。早期破水（眼下即一实例）导致的子宫败血症之危险。用注射器进行人工授精。闭经后之子宫收缩。因被强奸而妊娠的情况下，人种之延续问题。勃兰登堡[206]人称之为**坠生**[207]的可怕分娩。医学记载中之月经期间怀孕或近亲结婚导致之一产多胎、阴阳儿、畸形儿等。一言以蔽之，亚里士多德在其《杰作》[208]中附上彩色石印插图加以分类的人类出生之各种情形。对产科学与法医学上至关重要之问题，以及关于妊娠最普遍的信念（诸如唯恐母体之活动将导致脐带勒死胎儿，遂禁止孕妇迈田舍栅栏；或强烈情欲得不到有效满足时，辄将手放诸身上由于经年使用而作为惩戒场所[209]被神圣化之部位），均予以热烈研讨。有人断言，兔唇、胸痣、冗指、黑痣、赤痣、紫痣等畸形，均足以对时而诞生之猪头儿（人们并没有淡忘格莉塞尔·斯蒂文斯夫人[210]的例子）或狗毛婴儿做出**确凿**[211]而自然之说明。喀里多尼亚[212]使节所提出之原生质记忆假定，无愧于彼所代表的具有形而上学传统[213]之国土。预见到此等例子乃胎儿发育达到人类这一阶段前被抑制之表征。某异国使节则驳斥上述意见，以热切而坚信不疑之口吻曰："此乃女子与雄兽交媾所生者。"其根据则为优雅拉丁诗人凭其才华在《变形记》中所传至今之弥诺陶洛斯之类神话[214]。彼之话语立即引起轰动，然而为时短暂。因候补者穆利根先生比任何人均了解开玩笑所能引起之效果，乃面谕曰："如要发泄淫欲，宜寻一干净可爱之老叟。"遂使方才那番感动顿然消失。同时，使节马登先生与候补者林奇先生之间就连体双胞胎[215]中之一名先逝世之际，在法学及神学上之矛盾，展开激烈争论。经双方同意，将此难题委托兜揽员布卢姆先生立即交由副主祭助手迪达勒斯先生处理。不知彼是否欲以超自然之庄重，显示其衣着之奇妙威严，抑或服从内心之声音，迄今保持缄默。此刻亦仅简短地（有人认为敷衍塞责地）陈述《福音书》之教导曰："天主所配合的，人不可拆开[216]。"

然而玛拉基之故事则使彼等不寒而栗。彼一念咒，如下情景即出现在彼等面前：壁炉旁的暗门吱呀一声开启，海恩斯从中出现！我等无不毛骨悚然！彼一手持装满凯尔特文学之公事包，另一只手则持写有毒品字样之小瓶。当彼面泛鬼笑扫视众人时，个个脸上露出惊讶、恐怖、厌恶之神色。“如此之接待原在吾预料之中，”彼遂发出阴森之笑声并谓，“看来这要怪历史[217]。吾乃杀害塞缪尔·蔡尔兹之凶手，千真万确。吾已遭到何等惩罚！吾对地狱毫无畏惧。可惧者幽灵附体也。耶稣之眼泪伤口[218]！究竟如何吾方能得到安息乎？”彼嗓音模糊，“吾携自己所整理之民谣，在都柏林长期流浪，而幽灵宛如淫梦魔[219]或牛魔般跟踪不止。吾之地狱以及爱尔兰之地狱，皆在现世。为了忘却所犯罪恶，吾曾多方设法：消愁解闷，射击白嘴鸦，学习埃尔斯语[220]（遂诵数句），服鸦片酊（彼将小瓶举至唇边），扎营露宿。一切均归徒然！彼之亡灵与吾形影不离。吞服鸦片乃吾唯一希望……呜呼！毁灭矣！黑豹[221]！”彼大叫一声，须臾间消失矣，暗门滑动着，闭紧。少顷，彼在对面门口露头，曰：“十一时十分，到韦斯特兰横街车站[222]与吾碰头。”彼去矣。众放荡之徒涕泗滂沱。占卜者[223]举手向天，嗫嚅曰：“马南南之报复[224]！”哲人反复曰：“同态复仇法。伤感主义者乃只顾享受而对所做之事不深觉歉疚之人[225]。”玛拉基激动之至，闭口不言。谜底遂揭开矣。海恩斯为三弟[226]，真名蔡尔兹，黑豹为彼父之鬼魂也。彼吞服鸦片，以忘却此事，使予得到解脱，不胜感谢[227]。坟场旁之房屋无人居住。谁都不肯居于彼处。蜘蛛在孤寂中张网。夜鼠自洞穴中窥伺。该屋受咒诅。闹鬼。为一座凶宅[228]。

人之灵魂，寿命有多长？灵魂禀有变色龙之特性，每接近一样新物即改变颜色，与欢乐者接近即愉快，与悲哀者相处则沮丧，年龄亦随情绪而改变。利奥波德坐在那里，反刍并咀嚼往事之回忆时，彼已不再是沉着踏实之广告经纪人，亦非一小笔公债之所有者。念载光阴顿然消失，彼已成为少年利奥波德矣。仿佛是通过回顾性之安排，镜中镜（刹那间）照出本人。彼目睹自家当年之英姿，早熟而老气横秋，于刺骨寒晨，将书包（内装有母亲精心制作之美味大面包）当作子弹带般挎着从克兰布拉西尔街之老宅踱向高中。一两年后，同一身姿初戴硬毡帽（啊，何等神气！）已开始跑外勤。彼乃家族公司之正式推销员，备有订货簿，洒了香水的手帕（不仅是为了充当样品），皮箱里装满锃亮之小装饰品。（噫！可惜均属于往昔岁月！）彼到处对犹豫不决而用指尖掐算之主妇或妙龄女郎，满脸掬以殷勤温顺之笑容。后者对彼佯装出之礼仪[229]，亦羞涩地点头会意。（然而其内心如何，则天晓得矣！）香水气息，微笑，尤其乌黑眸子及圆滑周到之谈吐应对，使彼于傍晚为公司老板[230]携回大量订货单。老板做完同样工作，口衔雅各烟斗[231]，坐在祖传的炉边（上面必煮着面条），透过角质圆框眼镜，阅读一个月前之欧洲大陆报纸。然而，刹那间镜面模糊了，少年游侠骑士后退，干瘪，缩成雾中极细微之一点。而今自己做了父亲，周围兴许是儿辈。谁知晓欤！聪明的父亲方知自己之子[232]。彼思及哈奇街关栈附近蒙蒙细雨之夜。彼与伊在一道（可怜，伊无家可归，系私生女，只付一先令与一便士吉利钱，便属于汝，属于吾，属于众人），当两名夜警头戴雨帽之阴影路过新修建的皇家大学时，彼等一道倾听其沉重脚步声。布赖迪！布赖迪·凯利[233]！彼绝不会忘记此名，将永远铭记该夜：初夜，新婚之夜。彼等（求者与被求者）于黑暗之底层缠扭在一起。转瞬之间。（*要有！*）光就浴满世界。心与心可曾悸动在一起！否，敬爱的读者，一霎时事即毕，然而——“且慢，撒开！不许如此！”可怜的姑娘摸着黑，逃之夭夭。伊乃黑暗之新娘，夜之新娘。伊不敢生下白昼那金太阳之子。不，利奥波德。名字与记忆无从给汝慰藉。青年时期汝对精力所抱幻想，已被剥夺——一切归于徒然。汝之腰力已生不出子嗣，无能为力矣。鲁道尔夫[234]生利奥波德，而今利奥波德却不再能有子嗣矣。

众声纷杂，融入阴暗之寂静中。寂静乃无限之空间也。灵魂迅疾而沉默地飘浮于世世代代生息不已之空间。灰色薄暮弥漫于此，却从不落到暗绿色之辽阔牧场上。仅降下苍茫暮色，抛撒星宿的永恒之露。伊步履蹒跚，跟随乃母，犹如由母马带引之小母马驹。伊等乃一片朦胧中之幻影，然而婀娜多姿，腰肢纤细优美，脖颈柔韧多腱，面容温顺，头脑聪慧。阴郁之幻象逐渐模糊，以至消失殆尽。阿根达斯乃荒原也，向为仓枭与半盲戴胜鸟栖息之所。鼎盛之内泰穆[235]已不复存在。彼等群兽亡灵发出反叛之雷鸣，沿着云彩大道拥来。呼！哈咔！呼[236]！视差[237]从背后阔步逼向彼等，用刺棒戳之，射自其眉眼之光锐利如蝎。大角鹿与牦牛，巴珊[238]与巴比伦之公牛，猛犸象与柱牙象，均成群结队拥向下陷之海——死海[239]。那一大群黄道十二宫不祥而伺机报复之兽类！彼等呻吟，越云而来，犄角或长或短，有长鼻者，獠牙者，或鬃毛若狮，或有多叉巨角，用鼻拱者，爬行者，啮齿动物，反刍动物，厚皮动物，彼等大群地移动、吼叫。太阳之屠杀者[240]。

彼等踏着大地朝死海挺进，以便贪婪而不知餍足地狂饮那沉滞呆倦、永不枯涸之咸湖水。此刻，马状怪物于寂寥之空中复长大矣，大得犹如天空本身，漫无边际，朦朦胧胧出现于室女座[241]之上端。看哪，轮回之奇迹，伊乃永恒之新娘，晨星之信使，新娘——永恒之处女。伊乃玛尔塔，失去了的你[242]，年轻，可爱、光艳照人之米莉森特[243]。稍早于黎明前之最后时刻，伊足蹬灿烂之金色凉鞋[244]，身披汝所称之薄纱巾。伊乃昴星团[245]女王，此刻正冉冉升起，何等安详。面纱在伊那星宿所生之肌肤周围飘扬，融为鲜绿、天蓝、紫红与淡紫色，任凭穿过星际刮来之阵阵冷风摆布，翻腾、卷曲、回旋，在天空中蜿蜒移动，写出神秘字迹。其表象经过轮回之千变万化，成为金牛座额上之一颗红宝石，三角形标记阿尔法[246]，熠熠发光。

弗朗西朗斯正在提醒斯蒂芬，多年前康米神父任校长时，他们二人曾同过学的事。他问起格劳康、亚西比德[247]和皮西斯特拉图斯[248]。“他们如今在哪儿？”两个人都不晓得。“你所谈的是过去和它的幽灵，”斯蒂芬说，“何必去想那些呢？要是我隔着忘川[249]把它们唤回到现世来，那些可怜的幽灵会不会应声而至呢？有谁知道呢？我，斯蒂芬的公牛精神[250]，阉牛之友派‘大诗人[251]’乃是它们的主人，又是赋予它们生命的人。”他把葡萄叶编个环儿戴在蓬乱的头发上，并朝文森特微笑着。“当你能够凭着远比两三首轻飘飘的诗更为伟大的作品向你天才的父亲[252]呼唤时，”文森特对他说，“这句答复和那些叶子就能成为更适合于你的装饰了。凡是为你着想的人，都盼望这样。大家都巴不得你完成你所构思的这部作品，并称赞你是戴花冠者[253]。我衷心祝愿你不要让他们失望。”“哦，不，文森特，”利内翰把一只手放在挨近他的文森特的肩膀上说，“不用担心。他才不会让他母亲做孤儿[254]呢。”那个年轻人的脸色阴郁了。大家都看得出，对他来说，被人提醒对前途的指望和新近丧母一事是何等难以忍受。倘非喧嚣声减轻了痛苦，他会退出宴席的。马登只因为一时看上了骑手的名字，便心血来潮地把赌注下在“权杖”[255]身上，结果输了五德拉克马[256]。利内翰的损失也那么大。他对大家讲述赛马情况。旗子往下一挥，呼啦！母马驮着奥马登，一个箭步蹿出去，精神饱满地奔跑起来，它领先。每一颗心都怦怦悸动。连菲莉斯[257]都克制不住自己了。她挥舞头巾喊着：“好哇！‘权杖’赢啦！”然而在快要到终点的直线跑道上，“丢掉”[258]迫近、拉平并超过了它。全都完啦[259]。菲莉斯一声不响：她的两眼像是悲哀的银莲花。“朱诺，”她大声说，“我输定啦。”然而她的情侣安慰她，给她带来一只闪亮的小金匣，里面装着几块椭圆形小糖果。她吃了。她落了泪，仅只一滴。“W. 莱恩可是个顶出色的骑手，”利内翰说，“昨天赢了四场，今天三场。哪里有比得上他的骑手呢？骆驼也罢，狂暴的野牛也罢，他都骑得稳稳当当。可是咱们也像古人那样忍耐吧。对不走运者发发慈悲吧！可怜的‘权杖’！”说到这里，他轻轻叹了口气，“它再也不是从前那匹精神抖擞的小母马啦。我敢发誓，咱们永远再也看不到那样一匹马了。老兄，我对天主发誓，它是马中女王，你还记得它吗，文森特？”“我倒是巴不得你今天能见到我的女王哩，”文森特说，“她有多么年轻，容光焕发（拉拉吉[260]跟她站在一起也会黯然失色），穿着淡黄色的鞋和好像是平纹细布做的连衣裙。遮蔽我们的栗子树花儿正盛开。诱人的花香与飘浮在我们周围的花粉使空气浓郁得往下垂。在浴满阳光的小块儿地面的石头上，似乎毫不费力地就能烤出一炉科林斯水果馅小圆面包——就是佩利普里波米涅斯[261]在桥头摆摊卖的那种。然而，除了我那只搂住她的胳膊，她没得可咬的。于是，每逢我搂紧了，她就顽皮地咬我一口。一星期前她卧病四天，然而今天她神态自在，快快活活，还拿病危开着玩笑。这当儿，她就更富于魅力了。还有她那花束！她可真是个疯疯癫癫的野丫头。我们相互偎倚着的时候，她采够了花。这话只能悄悄地告诉你，我的朋友。我们离开田野的时候，你简直想不到我们竟碰见了谁。不是别人，正是康米呀[262]！他沿着篱笆踱来，正在读着什么，好像是《圣教日课》。我相信他当作书签夹在里面的准是葛莉色拉或奇洛伊[263]写来的一封俏皮的信。我那甜姐儿狼狈得飞红了脸，假装整理稍微弄乱了的衣裳。矮树丛的一截小树枝巴在上面了，因为连树棵子都爱慕她。当康米走过去后，她就用随身携带的小镜子照自己的芳容。然而他挺慈祥，走过去的时候，还祝福了我们呢。”“神明也从来都是仁慈的，”利内翰说，“虽然我在巴思那匹母马身上吃了亏，也许他这酒[264]倒更合胃口哩。”他把手放在酒瓶上。玛拉基瞅见了，就制止他这一动作，并指了指那个异邦人和鲜红色商标[265]。“小心点儿，”玛拉基悄悄地说，“像德鲁伊特[266]那样保持沉默吧。他的灵魂飘到远处去了。从幻梦中醒过来，也许跟出生同样痛苦。任何东西，只要认真逼视，兴许都可以进入诸神不朽的永恒世界之门。你不这么认为吗，斯蒂芬？”“西奥索弗斯[267]对我这么说过，”斯蒂芬说，“在前世，埃及司祭曾向他传授过因果报应法则的奥秘。西奥索弗斯对我说，月亮上的君主乃是太阳系游星阿尔法用船送来的橘黄色火焰。不凭灵气来再现自己，以第二星座之红玉色的自我为化身。”

然而，说实在的，关于他[268]处于某种郁闷状态或被施行了催眠术之类的荒谬臆测，纯属最浅薄之误解，有悖于事实。正在发生这些事的当儿，此公两眼开始显露勃勃生机。即使不比别人更敏锐，至少也跟他同样敏锐。任何曾经做过相反推测的人，都会立即发现自己搞错了。他朝特伦特河畔伯顿的巴思公司所产瓶装一级啤酒凝望了足足四分钟。它夹在好多瓶酒当中，刚好摆在他对面，其鲜红色商标，无疑是为了引起所有人的注意。在方才那番关于少年时代和赛马的谈话后，由于只有他自己才知道得最透彻的理由（这一点，后来才弄清楚），周围发生的事被涂上了迥异的色彩。于是，他就沉浸在两三档子私事的回忆里。对此，另两个人犹如尚未出生的婴儿一般，丝毫也不了解。不过，他们二人的视线终于相遇。他一旦明白对方迫不及待地想要喝上一盅，便不由自主地决定为他斟上。因此，他攥着那装有对方所渴求的液体之中型玻璃容器颈部，足倒一气，以致它都快空了，然而又相当小心翼翼地，不让一滴啤酒溅到外面。

随后进行的辩论，其范围与进度均是人生旅途的缩影。会场也罢，讨论也罢，都气派十足。论头脑之敏锐，参加辩论者乃属海内第一流的，所论的主题则无比崇高重要。霍恩产院那高顶棚的大厅，从未见过如此有代表性而且富于变化的集会。这座建筑的古老椽子，也从未听到过如此博大精深的言辞。那确实是一派雄伟景象。克罗瑟斯身穿醒目的高地服装，坐在末席上。加洛韦岬角[269]那含有潮水气味的风，使他容光焕发。坐在对面的是林奇，少年时代行为放荡以及早慧，都已在他脸上留下烙印。挨着苏格兰人的座位是留给怪人科斯特洛的；马登蹲坐在科斯特洛旁边，呆头呆脑地纹丝不动。壁炉前的主席那把椅子是空着的，两边分别为身穿探险家派头的花呢短裤、脚蹬生牛皮翻毛靴子的班农，还有与他形成鲜明对照的玛拉基·罗兰·圣约翰·穆利根那淡黄色的优美服装和一派城市的举止教养。最后，桌子上首坐着位年轻诗人，他逃脱了教师这个行当和形而上学的审问，在苏格拉底式讨论的快活氛围中找到了避难所。右边是刚从赛马场来的油嘴滑舌的预言家，左边是那位谨慎的流浪者。他被旅途与厮打扬起的尘埃弄脏，又沾上了难以洗刷的不名誉的污点。然而他那坚定不移、忠贞不渝的心中却怀着妖娆的倩女面影，那是拉斐特[270]在灵感触发下用那支画笔描绘下来的传世之作。任何诱惑、危险、威胁、屈辱，都无法消除。

开头最好先说明一下：斯·迪达勒斯先生（**神性怀疑论者**[271]）的议论似乎证明他所沉溺并被歪曲的先验论，与一般人所接受的科学方法是截然相反的。重复多少遍也不为过分的是：科学乃处理有实质的现象的。科学家正如一般人一样，必须面对硬邦邦的现实，不容躲闪，并须做出详尽的说明。目前确实可能还有一些科学所不能解答的问题，例如利·布卢姆先生（广告经纪人）所提的头一个问题：即将诞生者的性别是如何决定的。我们究竟应该接受特利纳克利亚的恩培多克勒的说法，即认为男子的诞生决定于右卵巢[272]（另外一些人则主张是在月经后的时期），还是应该认为被放置过久的精子或精虫乃是决定性别的重要因素？抑或像众多胚胎学家（卡尔佩珀、斯帕兰札尼[273]、布鲁门巴赫、勒斯克、赫特维希[274]、利奥波德和瓦伦丁[275]）所设想的那样，是二者的混合物呢？这个论点也许意味着：一方面是**精虫的生殖本能**[276]；另一方面是被动因素那巧妙地选择的体位——即**卧在下面受胎**[277]之间的协力（大自然喜用的方法之一）。同一位问讯者所提出的另一问题，其重要性不亚于此：婴儿死亡率。这个问题很有意思，因为他中肯恰当地提出：尽管我们诞生的方式相同，死法却各异。玛·穆利根先生（卫生学兼优生学博士）谴责本地的卫生状态道，我们这些肺部发灰的市民吸进了飘浮在尘埃中的细菌，以致患上腺样增殖症和肺结核等症。他声称，民族素质的衰退应统统归咎于这些因素以及我们街头上那些令人厌恶的景象：触目惊心的海报，各种支派的教士，陆海军的残废军人，风里雨里赶马车的坏血症患者，悬吊着的兽骸，患偏执狂的单身汉以及不能生育的护理妇。他预言**审美学**[278]将普遍地为人们所接受，生活中所有的优美事物，纯正的好音乐，令人赏心悦目的文学，轻松愉快的哲学，饶有教育意义的绘画，维纳斯与阿波罗等古典雕刻的石膏复制像，优良婴儿的艺术彩照——只要在这些方面略加注意，就能使孕妇在无比愉快中度过分娩前的那几个月。J. 克罗瑟斯先生（议论学学士）将婴儿夭折的一部分原因归咎于女工在工厂内从事重劳动引起的腹腔部外伤，以及婚后夫妻生活中的节制问题，但绝大多数还是由于在公私两方面的疏忽。这种疏忽达到极点，便会造成遗弃新生婴儿、堕胎犯罪或残忍的杀婴罪。尽管前者（我们指的是疏忽）毫无疑问是确凿的，但他所举的那个关于护士忘记点清填入腹腔的海绵数目之事例，太不经见了，不足为训。其实，当我们仔细调查这个问题时就会发现，尽管有上述种种人为的缺陷，往往妨碍大自然的意图，但是妊娠与分娩却依然在大量地顺利地进行着，诚然令人惊奇。文·林奇先生（算术学士）提出了富于独创性的建议：出生与死亡，与所有其他进化现象（潮汐的涨落、月亮的盈亏、体温的高低、一般疾病）一样。总而言之，大自然之巨大作坊中的万物，远方一颗恒星之消失乃至点缀公园的无数鲜花之绽开，均应受计数法则的支配，而这一法则迄今尚未确定下来。但是这里也有个简单而直截了当的问题：为什么一对正常、健康的父母所生下的看上去健康并得到适当照顾的娃娃，竟会莫名其妙地夭折，而同一婚姻中所生的其他孩子并不这样呢？用诗人的话来说，这确实不能不使我们踌躇顾虑[279]。我们确信，大自然无论做什么，都自有充分而中肯的理由。这样的死亡很可能是某种预测的法则所导致的。据此法则，病原菌所栖息的生物（现代科学毫无争论余地地显示：只有原生质的实体可以是不朽的）越是在发育初期，死亡率越高。这种安排纵然给我们的某种感情（尤其是母性）以痛苦，然而有些人认为从长远来看是有益于一般人类的，因为它保证了适者生存。斯·迪达勒斯先生（神学怀疑论者）发表意见（或者应该说是插话）道，患黄疸症的政治家和害萎黄病的尼姑自不用说，由于分娩而衰弱的女癌症患者和从事专门职业的胖绅士总是咀嚼形形色色的食品，下咽，消化，并以绝对的沉着使其经过通常的导管。当这些杂食动物吃小牛崽肉这样好消化的食品时，大概会减轻肠胃的负担吧！这番话从极其不利的角度无比透彻地揭示了上述倾向。这位有着病态精神的审美学兼胚胎哲学家，尽管连酸与碱都分不清，在科学知识上却摆出一副傲慢自负的架子。为了启发那些对市立屠宰场的细节没他那么熟悉的人，也许应该在此说明一下：我们那些拥有卖酒执照的低级饮食店的俚语小牛崽肉，指的就是打着趔趄的牛崽子[280]那可供烹调食用的肉。在霍利斯街第二十九、三十、三十一号国立妇产医院的公共食堂里，能干而有名望的院长安·霍恩博士（领有产科医生执照、曾为爱尔兰女王医学院成员）最近与利·布卢姆先生（广告经纪人）之间举行了一场公开辩论。据目击者说，该院长曾指出，一个女人一旦把猫放进口袋里（这大概是对大自然之最复杂而奇妙的作用——交媾的雅喻），她就非把它再送出去不可；或赐予它生命（用他的话来说），以便保全自己的命。他的论敌富于说服力地驳斥说：这可是冒着自己丧失生命的危险！尽管说话的语调温和而有分寸，仍然击中了要害。

这当儿，医生的本领与耐心导致了一次可喜的**分娩**[281]。无论对产妇还是医生来说，那都是令人厌倦、疲劳的一段时间。凡是外科技术所能做的，都做到了。这位产妇也极为勇敢，她用坚忍不拔的精神加以配合。她确实这么做了。打了一场漂亮仗[282]，而今她非常非常快乐。那些过来人，比她先经历过这一过程的，也高高兴兴地面带微笑俯视着这一动人情景。她们虔诚地望着她。她目含母性之光，横卧在那里，对全人类的丈夫——天主，默诵感谢经。新的母性之花初放，殷切地渴望摸到婴儿的指头（多么可爱的情景）。当她用那双无限柔情的眼睛望着婴儿时，她只盼望着再有一种福气：让她亲爱的大肥[283]在她身边分享她的快乐，把天主的这一小片尘土[284]——他们的合法拥抱之果实，放在他怀抱里。而今他上了些岁数（这是你我之间的悄悄话），双肩稍见弯曲。但是随着岁月的流逝，厄尔斯特银行学院草地分行的这位认真负责的副会计师已具有了一种庄重的威严。“哦，大肥，往昔的恋人，如今的忠实生活伴侣，遥远的过去那玫瑰花一般的岁月再也不会回来了！”她像从前那样摇摇俊美的头，回顾着那些日子。天哪！而今透过岁月之雾望去，那是何等美丽呀！在她的想象中，他们——他和她——的孩子们聚拢在床畔：查理、玛丽·艾丽斯、弗雷德里克·艾伯特（倘若他不曾夭折）、玛米、布吉（维多利亚·弗朗西丝）、汤姆、维奥莱特·康斯坦斯·路易莎、亲爱的小鲍勃西（是根据南非战争中我们的著名英雄——沃特福德与坎大哈的鲍勃斯勋爵[285]而命名的）。现在又生下了他们二人结合的最后的象征，一个地地道道的普里福伊，长着真正的普里福伊家的鼻子。这个前途无量的婴儿，将以普里福伊先生那个在都柏林堡财务厅工作的有声望的远房堂弟莫蒂默·爱德华而命名。光阴荏苒。然而时间老爹轻而易举地就把事情了结啦。不，亲爱的、温柔的米娜，不要从你胸中叹气。还有大肥，把你烟斗里的灰磕打掉吧。通知熄灯的晚钟已敲（但愿那是遥远的未来的事！），你却还在摆弄着使惯了的这只欧石南根烟斗。用以读《圣经》的灯也给熄灭了吧，因为油已剩得不多了，所以还是心情平稳地上床休息吧。天主无所不知，到时候就会来召唤你。你曾打了一场漂亮仗，忠实地履行了男人的职责。先生，请握住我的手。干得出色，你这善良而忠实的仆人[286]！

有一种罪或者（照世人的叫法就是）恶的记忆，隐蔽在人们心中最黑暗处，埋伏在那里，等待时机。一个人尽可以听任记忆淡漠下去，将其撂开，仿佛不存在一般，并竭力说服自己，好像那些记忆并不存在或至少是以另一种形式存在。然而抽冷子一句话会勾起这些记忆：会在各种各样的场合——幻想或梦境里，或者当铃鼓与竖琴抚慰他的感觉之际，或在傍晚那凉爽的银色寂静中，或像当前这样深夜在宴席上畅饮时——浮现在他面前。这个幻象并非为了侮辱他而至，像对待那些屈服于她的愤怒的人那样，也并非为了使他与生者离别，对他进行报复，而是裹以过去那可怜的尸衣，沉默，冷漠，嗔怪着。

异邦人继续望着自己眼前这个人脸上那故意做出的冷静神情慢慢地消失。出于习惯或乖巧心计的这种不自然的冷静似乎也包含在他的辛辣话语之中，好像在谴责说话人对人生粗野方面的不健康的偏爱[287]。听者的记忆里，宛若被一句朴实自然的话所唤醒了一般，浮现出一副光景。仿佛是往昔的岁月伴随着当前的种种喜悦真的存在于现实中似的（就像某些人所想的那样）。平静的五月傍晚那修剪过的草坪。他们对朗德镇[288]或紫或白的丁香花丛记忆犹新。小球缓缓地沿着草地向前滚去，要么就相互碰撞，短暂机警地震颤一下，挨在一起停了下来。香气袭人的苗条淑女们兴致勃勃地观看着。那边，每逢灰色水池里的灌溉用水徐徐流淌，水面便泛起涟漪。水池周围，你可以瞥见同样香气袭人的姐妹们：弗洛伊、阿蒂、蒂尼[289]以及她们那位身姿不知怎地分外引人注目的肤色稍黑的朋友——樱桃王后[290]。她一只耳朵上佩戴着玲珑的樱桃耳坠子：冰凉火红的果实衬着异国情调的温暖肌肤，相得益彰。（正是开花时节。及至将滚球聚拢起来收进箱子，大家就围坐在温暖的炉边，其乐融融。）一名身穿亚麻羊毛混纺衣服的四五岁幼童正站在池边，姑娘们用爱怜的手围成一圈，保护着他。现在男童略微皱起眉来。也许他像这个青年似的过于意识到自身处境危险的快感，但是又只得不时地朝他母亲瞥上一眼。她正从面对花坛的游廊[291]守望着，喜悦之中却又含着一抹漠然或嗔怪之色（凡事都是无常的[292]）。

注意下述事件并且铭记在心头吧，结局来得很突然。走进学生们聚集的产房外面的前厅，留意他们的神色吧。那里仿佛丝毫也没有鲁莽或强暴的痕迹。一片守护者的宁静，这倒很合乎他们在产院中的地位。恰似昔日在犹太的伯利恒，牧羊人和天使曾通宵达旦守护在马槽周围一样[293]。然而闪电之前，密集的雨云因含湿气过多变得沉甸甸的，膨胀起来。大团大团地蔓延，围住天与地，使其处于深沉的酣睡状态；并低垂在干涸的原野、困倦的牛和枯萎的灌木丛与新绿的嫩叶上。接着，刹那间闪光将它们一劈两半，随着雷声轰鸣，大雨倾盆而下。话音刚落，立即发生了急剧的变化。

到伯克[294]去！爵爷斯蒂芬喊罢，一个箭步向前蹿去。那群帮腔的也一起跟在后面：有血气方刚的、顽劣的、赖债的、庸医，还有一本正经的布卢姆。大家分别攥着帽子、梣木手杖、比尔博剑[295]、巴拿马帽和剑鞘、采尔马特登山杖[296]等。这儿有各式各样的壮小伙子，一个个气宇轩昂的学生。卡伦护士在门厅里给吓了一跳，她拦也拦不住。正笑嘻嘻地走下楼梯的外科医生也阻止不了——他是来告诉大家胎盘已处置完毕，足足有一磅重。他们催促着他。大门！敞着吗？好极啦！他们喧嚣地冲出去，雄赳赳地参加一分钟的赛跑，最终目的地乃是登齐尔和霍利斯这两条街交叉处的伯克。迪克森对他们说了些尖酸话语，并咒诅了一句，也跟了来。布卢姆想托护士给楼上那位欣喜的母亲和她的宝宝捎句问候，所以就在她身边停下脚步。最好的治疗就是营养和静养。她的脸色不是正表露出这一点吗？憔悴苍白，说明霍恩产院里那些夜以继日的护理多么辛苦。大家既然都已走光，他就仗着天生的智慧，临告辞时凑近她，悄悄地说：太太，鹳鸟啥时候来找你呢[297]？

户外的空气饱含着雨露的润湿，来自天上的生命之精髓，在星光闪烁的苍穹下，在都柏林之石上闪闪发光。天主的大气，全能的天父之大气，光芒四射的柔和的大气，深深地吸进去吧！老天在上，西奥多·普里福伊，你漂漂亮亮地做出一桩壮举！我敢起誓，在包罗万象最为庞杂的烦冗记录中，你是无比出众的繁殖者。真令人吃惊啊！她身上有着天主所赐予的、按照天主形象而造人的可能性[298]，你作为男子汉，不费吹灰之力便使她结了果实。跟她紧密结合吧！侍奉吧！操劳吧！完全像一只看门狗那样忠于职守，把学者和所有的马尔萨斯人口论者统统绞死吧。西奥多，你是他们所有人的老爹。在家里，你为肉铺的账单；在账房里，则为金锭银块（都不是你的！）辛辛苦苦操持，莫非不堪重负而意气消沉了吗？昂起头来！每新生一个娃娃，你便会收获一侯马[299]熟小麦。瞧，你的毛都湿透了。你羡慕达比·达尔曼和他的琼[300]吗？他们的子孙只是些鸣声凄婉的松鸡和烂眼儿的杂种狗。呸！告诉你吧！他是一头骡子，一个死了的软体动物：既无精力，又无体力，连一枚有裂纹的克娄泽[301]都不值。没有生殖的性交！不，我说！婴儿屠杀者希律[302]才是他更真实的名字。真的，光吃蔬菜，夫妇同床可不怀孕！给她吃牛排吧：红殷殷，生的，带着血的！她是各种疾病盘踞的白发魔窟：瘰疬、流行性腮腺炎、扁桃体周脓肿、拇趾囊肿胀、枯草热、褥疮、金钱癣、浮游肾、甲状腺肿、瘊子、胆汁病、胆结石、冷血症和静脉瘤。诵悼歌，连续举行三十天的弥撒，《耶利米哀歌》[303]，以及所有这类哀悼的歌。一概谢绝吧！不要后悔那二十年的婚姻生活。你不同于许许多多曾经企盼、愿望、等待过而一直也不曾实现的。你瞧见了你的美国[304]，你毕生的事业，像大洋彼岸的野牛那样，为了交配而猛冲过。琐罗亚斯德[305]是怎么说的呢？*你从悲哀这头母牛身上挤奶。现在你喝着它的乳房里那甜美的奶*[306]。瞧！它为了你而充裕地流淌。喝吧，老兄，满满一乳房！母亲的乳汁，普里福伊，人类的乳汁[307]，也是在上空化为稀薄的水蒸气，灼灼生辉，扩展开来的银河的乳汁，放荡者在酒店里咕嘟咕嘟狂饮的潘趣[308]奶，疯狂的乳汁，迦南乐土的奶与蜜[309]，母牛的奶头挺坚硬，是吗？对，然而她的奶水又浓又甜，最能滋补。那是不会发硬，然而黏稠浓厚的酸凝乳。老族长，到她那儿去吧！奶头！凭着女神帕图拉和珀滕达，让我们干杯[310]！

为了纵酒豪饮，大家相互挽着臂，沿街大喊大叫地冲去。真正的[311]。昨晚你是在哪儿睡的？打扁了的碎嘴子蒂莫西[312]那儿。加油儿，快点儿。家里有雨伞或长筒胶靴吗？给亨利·内维尔[313]瞧过病的穿旧衣的外科医生在哪儿？对不起，谁都不知道。喂，迪克斯！往前走到缎带柜台那儿。潘趣在哪儿？百事顺利。天哪，瞧瞧那个从产院走出来的醉醺醺的牧师[314]！伏唯全能至仁天主圣父，及圣子……降福保全我众[315]。一个冤大头[316]，先生。登齐尔巷的小伙子们[317]。见鬼，活该！快去。对，以撒[318]，把他们从明亮的地方赶走。亲爱的先生，你要跟我们一道去吗？一点儿也不碍事。你是个好人，咱们彼此不必见外。去吧，我的孩子们[319]！第一炮手，开火。到伯克去！到伯克去！他们从那里挺进了五帕拉桑[320]。斯莱特里那骑马的步兵[321]。该死的丑东西在哪儿？背弃教义的[322]斯蒂芬牧师！不，不，是穆利根！在后面哪！朝前推进。要盯着钟。打烊的时间[323]。穆丽！你怎么啦？我妈叫我出嫁啦[324]！英国人的至福[325]！擂鼓吧，咚咚，嘭嘭[326]，赞成者占多数。由德鲁伊特德鲁姆印刷厂印刷装订，并经两位女装帧家设计[327]。犊皮封面，那绿色就像是小便沤过的。色彩深浅有致，精美绝伦，是当代爱尔兰所出版的最漂亮的书。肃静[328]！最后冲刺。立正。向最近的饭馆前进，占领它的酒窖。前进！沙沙、沙沙、沙沙，小伙子们（拉开架子！）干渴[329]。啤酒、牛肉、生意、《圣经》、猛犬、战船、鸡奸与主教[330]。哪怕上高高的断头台[331]。啤酒，牛肉，践踏《圣经》。只要是为了亲爱的爱尔兰[332]。践踏那剥夺自由者。晴天霹雳！一个劲儿地往前冲。我们倒下去了。香甜葡萄酒的酒吧。站住！顶风停下来。橄榄球。并列争球。踢球时可不要踢着人。哎呀，我的脚噢！你受伤了吗？实在为你难过！

打听一下，今儿晚上谁请客？老子口袋里可空空如也。实在可怜。打赌输了个精光。我没有钱。一星期来，一个便士也没进过。你喝啥？来杯超人[333]喝的世代相传的蜂蜜酒。我也照样。来五杯一号的[334]。你呢，先生？姜汁甜露酒。嘿，是车把式喝的蛋酒汁。刺激得浑身热腾腾的。给钟[335]上弦。突然停摆，再也不走了。

当老[336]……我要苦艾酒，知道了吗？**哎呀**[337]！要一份蛋酒或加了调料的生蛋。几点钟啦？我的表进当铺啦。差十分。费心啦。不用客气。是胸部外伤吗，呃，迪克斯？千真万确。只要睡在他那小院儿里，随时都会挨蜜蜂蜇的。家就住在圣母医院附近。这位仁兄有妻室。认识他太太吗？嗯，当然认识喽。她身材可丰腴哩。瞧瞧她脱掉衣服时的样子吧，那裸体真能饱人眼福。漂亮的母牛可跟你们那瘦母牛[338]不一样，一点儿也不。拉下百叶窗，宝宝[339]。两杯阿迪劳恩[340]。我也一样。麻利点儿，要是倒下，就马上爬起来：五，七，九。好极啦！她有着一双顶好看的眼睛，一点儿不含糊。还有她那奶头和丰满的臀部。只有亲眼看了才能相信。你那双饥饿的眼睛和石膏的脖颈，把我的心偷去了。噢，排精的气味。先生，土豆？又是风湿病吗[341]？真是荒唐，请原谅我这么说。大家都这么认为。我看你可能是个大傻瓜。呃，大夫？刚从拉普兰[342]回来吗？您还是这么富态，贵体安康吧？老婆娃娃都好吗？尊夫人快生养了吧？站住，交出来[343]。口令。瞧那头发[344]。苍白的死亡和殷红的诞生[345]。嘿！唾沫溅到你眼睛里去啦，老板！打给戏子的电报。从梅瑞狄斯那儿剽窃来的[346]。以耶稣自居的那个患了睾丸炎、满是臭虫跳蚤的耶稣会会士！我姨妈给金赤他爹去了信，说坏透了的斯蒂芬把好极了的玛拉基带上邪路啦！

嗨，小伙子，抓住球[347]！把那啤酒递过来。为了勇敢的苏格兰高地小伙子，干上一杯麦芽酒[348]！祝你的烟囱长久冒烟，你的汤锅长久沸腾[349]。我的烈酒。**谢谢**[350]。祝咱们大家健康。怎么样？犯了规。别把我这条新裤子弄脏了。喂，给我撒上点儿那边的胡椒粉。喏，接着。带上茳茴香籽儿[351]。你明白吗？沉默的喊叫。每个汉子都去找自己的漂亮姑娘[352]。肉欲维纳斯[353]。**小妇人们**[354]。来自穆林加尔镇的厚脸皮的坏姑娘[355]。告诉她，我打听她来着。搂着萨拉的腰肢[356]。通往马拉海德[357]的路上。我吗？勾引我的那个女人，哪怕留下名字也好[358]。你花九便士要买什么？我的心，**我的小坛子**[359]。跟放荡的窑姐儿搞一通。一块儿摇桨。**退场**[360]！

你在等着吗，头儿？就那么一回，可不是嘛。瞧你那副发愣的神儿，好像亮闪闪的金钱不见了似的。明白了吗？他身上有的是钱。刚才我瞅见他差不多有三镑哩，说是他自己的。我们都是你请来的客人，晓得吧？你掏腰包，老弟。拿出钱来呀。才两先令一便士呀。这手法你是从法国骗子那儿学来的吧？你那一套在这儿可行不通。小伙子，对不起。这一带就数我的脑袋瓜儿灵。千真万确。你呀，我们没喝醉，我们一点儿也没醉[361]。**再见，先生**[362]。谢谢你。

对，可不是嘛。你说啥？这是在非法的秘密酒店。完全喝醉啦。老弟。班塔姆，你已经有两天滴酒未沾了。除了红葡萄酒，啥也不喝[363]。给我滚！瞧一眼吧，务必瞧瞧。天哪，不会吧！他刚去过理发馆[364]。喝得太多，连话都说不出来啦。跟车站上的一个家伙在一块儿。你怎么知道的？他爱听歌剧吗？《卡斯蒂利亚的玫瑰》。并排的铸[365]。叫警察来呀！给这位晕过去的先生拿点儿水来。瞧瞧班塔姆有多么年轻。哎呀，他哼起来啦。金发少女。我的金发少女[366]。喂，停下吧！用手使劲捂住他那肮脏的嘴巴。本来他是蛮有把握的，只因为我跟他暗通消息，告诉了他绝对可靠的事，这才砸了锅。就欠让魔鬼掰掉脑袋[367]的斯蒂芬·汉德这个家伙塞给了我一匹劣马。他遇见一个从练马场替巴思老板往仓库送电报的人。他给了那人四便士，借着蒸汽私拆了那封电报。母马竞技状态良好[368]。好比是花金币买醋栗。这是一种骗局。《福音书》中的真理。莫非是恶劣的消遣吗？我想是这样的。没错儿。要是被警察当作猎物逮住了，就得去坐牢。马登把赌注下在马登骑的那匹马上了，发疯地下赌注[369]。啊，肉欲，我们的避难所和力量[370]。开溜啦。你非走不可吗？回到妈妈那儿去。付账。可别让人瞧出我的脸盘儿发红。要是给他发现了，就完蛋啦。回家去吧，班塔姆。再见，老伙计。别忘记给老婆捎立金花[371]去。老老实实告诉我，是谁把小公马的事儿透露给你的？这只是你我之间的悄悄话。不瞒你说，凭着圣托马斯[372]发誓，是她的丈夫。不骗你，是利奥[373]那个老家伙。我发誓，真格的。要是我撒了谎，就让我粉身碎骨。我对着神圣的大托钵修士发誓。你为啥没有告诉我？哼，倘若不是那个犹太人的奸计，就让我暴死。凭着上主阴茎发誓，阿门。

你要提议吗？斯蒂夫老弟，你再破费点儿也成吧？妈的，还喝得下去吧？你这个出手无比大方的东道主，肯让这开始得如此豪华的酒宴散席吗？要知道，你请来的客人个个都是极度贫困、渴得厉害的啊。总得喘口气。老板，老板，你有好酒吗，斯塔布[374]？喂，老板，让咱们开开斋。请大家尽情地喝吧。好的，老板！给每人斟杯苦艾酒。咱们个个**喝绿毒，谁来迟了就倒霉**[375]。打烊了，先生们，呃？给那神气活现的布卢姆来杯朗姆酒，我听你说过葱头[376]？布卢？那个兜揽广告的？那个照相姑娘的爹[377]，可让我吃了一惊。小声点儿，伙计。悄悄地溜掉吧。**各位，晚安**[378]。卫我于梅毒魔鬼[379]。那个花花公子和女模女样[380]的家伙哪儿去啦？上当了吧？逃走了。啊，好的，你们爱到哪儿就到哪儿去吧。将军。王移到象的位置。善良的基督徒，请你帮助这个被朋友夺走住处钥匙的小伙子[381]找个今晚睡觉的地方。

唷，我快要酩酊大醉啦。妈的，我敢说这是最好的、最开心的假日。喂。伙计，给这孩子几块点心。扯淡，我才不吃那白兰地夹心糖呢！那是哄女人孩子的，我才不吃呢！把梅毒丢到地狱里去吧。连同那领了执照的烈性酒[382]。时间到了，先生们！祝大家健康！祝你[383]！

天哪！那边穿胶布雨衣的家伙究竟是谁呀？达斯蒂·罗兹[384]，瞧他那身打扮。可真神气。他在吃啥？六十周年纪念羊肉[385]。对着詹姆斯发誓，像是喝牛肉汁。真想吃上点儿。你认识那个穿旧短袜的吗？里奇蒙[386]那个下流讨厌的怪家伙吗？痛苦得很哪！他认定自己的阴茎里有颗子弹。胡言乱语的疯子。我们称他作“面包巴特尔”[387]。先生，他曾经是个家道兴旺的市民。穿破衣服的男人娶了个孤女[388]。可是姑娘逃之夭夭。瞧，就是那个被遗弃的男人。穿着件胶布雨衣在寂寞的峡谷里徜徉[389]。喝完酒就去睡吧，规定的时间到了，盯着点儿警察。对不起，你今天在葬礼上瞧见他了吗？是你那个翘了辫子的伙伴吗？天主啊，对他发发慈悲吧！可怜的孩子们！波德老兄，千万别说下去啦！莫非因为朋友帕德尼[390]被装在黑口袋里运走了，你们就泪如雨下吗？在所有的黑人当中，帕特是最好的一个。我平生没见过这么好的一个人。别说了，别说了[391]，然而这是个非常可悲的故事，千真万确。哎呀，滚！在九分之一坡度的地方翻了车。活动车轴碎得一塌糊涂。杰纳齐准定会彻底打败他的[392]。日本佬吗？朝高角度开炮，是吗？据战时号外，给击沉了。他说，形势对俄国有利，而不是日本[393]。到时间了。十一点啦，走吧。前进，醉得脚步蹒跚的人们！晚安。晚安。但愿至尊的真主今晚大力保护你的灵魂。

喂，留点神！我们一点儿也没醉[394]。是利斯的警察把我们撵走的[395]。一点儿也不宽容。小心，那家伙要呕吐啦！他觉得恶心。哇！晚安。蒙娜，我真诚的宝贝。哇！蒙娜，我的心肝儿宝贝[396]。噢！

听哪！别吵吵闹闹的啦，呼啦！呼啦！着火哪。瞧，去啦。消防队！改变方向。沿着蒙特街走去。招摇过市！呼啦！嗬嗬。你不来吗？跑吧，冲啊，赛跑。呼啦！

林奇！什么？跟我往这边走。这是登齐尔小巷。从这儿拐弯，到窑子去。她说，咱们俩去找那见不得人的玛丽所在的窑子[397]。好的，自古以来就是如此。愿他们在床上欢呼[398]。你不一道来吗？小声告诉我，那个穿黑衣的家伙究竟是谁呀？对光犯下了罪[399]，他用火来审判世界的日子即将到来[400]。呜呜呜！这正应验了《圣经》上所说的[401]。唱一支歌谣。于是，医科学生迪克对他的医科同学戴维说了[402]。梅里恩会堂张贴的这个卑鄙的臭屎蛋布道家是谁呀[403]？以利亚来啦。用羔羊的血洗涤。来吧，你们这些喝葡萄酒、呷杜松子酒、狂饮一气的家伙[404]！来吧，你这个丧家之犬，牛脖子、甲虫额、猪下巴、花生脑袋、鼬鼠眼睛的牛皮大王，昙花一现的家伙们，以及过时货！来吧，你们这些声名狼藉的双料渣滓。我的名字叫作亚历山大·约·克赖斯特·道维。从旧金山海滨到海参崴，我名扬大半个星球。神明可不是花上一枚镍币就能观赏的杂耍表演。我告诉你们，神明是公正的，是无与伦比的存在。你们可别忘记，他又是最伟大的。向主耶稣大声祈求，俾能得救。你们这些罪人哪，倘欲欺骗全能的天主，就得起个大早[405]。呜呜呜呜！岂止如此。我的朋友，天主在后兜里还为你准备了掺潘趣酒的止咳药水哩。你不妨试试看。

第十四章　注释

1　本章中，作者用英国散文发展史来象征婴儿从胚胎到分娩的发育过程。文中使用了古盖尔文、古拉丁文、古英文等多种语言，并模拟了班扬、笛福、斯特恩、谢里丹、古本、德·昆西、狄更斯、卡莱尔等英国文学史上20余位散文大家的写作风格，以及20世纪初的新闻体、传教士的说教体和科学论文体。越到后面，文体越通俗，最后一种文体还掺杂了不少方言、俚语。这些在中译文中实难以表达。译者仅在前半部使用了半文半白的文体，逐渐恢复到白话。第一段的原文就是由古拉丁文和古盖尔文组成的。

2　霍霍恩指霍利斯街妇产医院院长安德鲁·霍恩爵士，参看第8章注77。

3　这是产婆为男婴接生后的吆喝。

4　“繁殖之预言”，见《创世记》第9章第7节：“你们要生养众多，你们的子孙要布满全世界。”

5　按：15世纪以来，爱尔兰在医学方面已取得了可观的成就。

6　奥希尔、奥希基和奥利均为世代行医的家族，其中以尤格翰·奥希尔最为著名。他是吉尔肯尼帮派的军队中的首席医生，曾参与拥护英国查理一世的战役。在爱尔兰语中，奥希基这个姓氏的语根就是“治疗者”。奥利家族于15世纪提供了一份完整的医学研究手抄本。

7　指创设妇产医院。

8　见《新约·路加福音》第1章第31节：“你要怀孕生一个儿子，要给他取名叫耶稣。”

9　莫纳岛是安格尔西岛（威尔士最大岛屿）的古称。

10　据《新约·马太福音》第2章第16节，耶稣降生后，希律王曾下令将伯利恒和附近地区两岁以内的男婴一律杀尽。每年12月28日为了纪念这些无辜者而举行圣婴孩殉教节。

11　城堡，指产院的食堂。

12　在1904年，都柏林确实有个叫作约瑟·迪克森的实习大夫，住在凤凰公园附近的一条街上。

13　指布卢姆被蜜蜂蜇过的事，参看第4章注71。

14　玛罕德是中世纪对穆罕默德的通称。

15　指沙丁鱼罐头。

16　迦勒底指巴比伦尼亚南部（今伊拉克南部）地区。

17　指面包。

18　这里把《哈姆雷特》第1幕第2场中霍拉旭的话略加改动。原话是：“它有面甲是掀起的。”

19　指犹太人每生一子，都盼望着他是救世主。参看第12章注541。

20　母鸡，指情妇，参看第12章注259及有关正文。

21　文森特·林奇是斯蒂芬的朋友，见第10章注52 。威廉·马登是医科学生。

22　阿尔巴·隆加为意大利古代城市，约公元前1152年建立。约公元前600年为罗马人所毁。爱尔兰语中，阿尔巴指苏格兰，J. 克罗瑟斯是医科学生。

23 潘趣是酒名，见第6章注149。

24 指难产时，究竟是保产妇还是保婴儿。

25 据托勒密记载，艾布拉那位于都柏林的旧址。托勒密，见第12章注380。

26 见《创世记》第3章第16节："天主对那女人说：'我要大大增加你怀孕的痛苦，生产的阵痛。'"

27 阿尔布拉坎的圣乌尔坦（约死于656）是爱尔兰派往荷兰的传教士。

28 地狱外缘指善良的非基督徒或未受洗礼者的灵魂之归宿。

29 逐夜消灭之，暗指避孕与手淫。在第15章中，布卢姆把西茜称作"生命之赐予者"，见该章注935。

30 作为《圣经》上的动物，独角兽在基督教会中常用以比作基督；基督长着一只拯救人类的角，被圣母玛利亚所孕育。

31 圣福蒂努斯，即圣福丁，3世纪时法国里昂的主教。

32 指玛拉基。

33 母亲教会是教会的拟人化，"亲爱的教会"之意。下文中的夜妖利利斯是犹太民间传说中的女妖，她司情欲，伤害儿童。但只要佩戴有天使名字的护身符就可以消灾。

34 "风播下……种子"，参看本章注36。

35 "通过……嘴对嘴地"，套用《我的忧愁在海上》的诗句，参看第3章注169。

36 据维吉尔的长诗《农事诗》第3卷，母马面对西风，站在巉岩上，吸进微风，不经交配，便能怀孕。

37 "月光花之腥臭"，指"月经期的女人"。古罗马作家普林尼（23—79）在他所著的《博物志》（77）中提到月经期间的妇女能够医治其他妇女的不孕症。

38 当天早晨，斯蒂芬曾把阿威罗伊与摩西·迈蒙尼德联系在一起。参看第3章注33、34。阿威罗伊在《医学通则》（1169）中举例说，有个妇女与男子同浴，男子排到水中之精子遂使之怀孕。17世纪的托马斯·布朗爵士在1646年的著作中提出这种事是绝对不可能的。

39 神圣之母，指教会。

40 彼得原是个渔夫（见《新约·马太福音》第4章第18至20节）。耶稣说他是磐石，"在这磐石上，我要建立我的教会"（同上第16章第18节）。彼得被视为第一任教皇，故有渔夫之印玺一说。

41 指无论产妇死亡后奉献黑弥撒还是为了新生婴儿举行洗礼，均需花钱。

42 这里，斯蒂芬借用当天早晨勃克·穆利根所篡改《箴言》的话。参看第1章注129。

43 这是浪子回头的譬喻中大儿子向财主抱怨他弟弟的话。参看《新约·路加福音》第15章第29节。原话是："他把你的财产都花在娼妓身上。"下文中的"谨慎者"，指布卢姆。

44 布雷是爱尔兰威克洛郡的一座滨海城镇。《布雷教区代理主教》是一首歌的歌名，描写一个随风转舵的代理主教。教皇庇护十世（1903—1914在位）一方面推行前任的方针批评意大利政府将罗马并入意大利王国；另一方面又与意大利政府保持友好关系，所以把他比作布雷教区代理主教。基督的代理则指教皇。

45 此处把耶稣的话做了一些改动，原话是："人的生存不仅是靠面包……"

46 到18世纪为止，西欧的金饰业兼开银行，发行钞票。

47 "道成了肉身"一语出自《新约·约翰福音》第1章第14节。"道"指耶稣。后面的"凡有血气者，均来归顺"，原文为拉丁文，参看第3章注168。

48 "强有力的母亲"，见第1章注16。"可敬之母"则是把《圣母德叙祷文》中的"可敬者贞女"做了改动。

49 伯尔纳，指明谷的圣伯尔纳，参看第12章注575、第13章注39。

50 "拥有……术"，原文为拉丁文。

51 远祖，指夏娃。

52 奥古斯丁，见第12章注507。

53 原文为意大利语，出自《神曲·天堂》第33篇第1行，均指圣母玛利亚。按基督教的教义，玛利亚虽是童贞女，却因圣神降临而生下耶稣，所以说她是"童贞之母"（见《新约·路加福音》第1章）。耶稣虽是她的儿子，即又是天主圣子，以色列人一向称天主作父亲（见《新约·马太福音》第5章第16节："你们在天上的父亲。"），故有"汝子之女"的说法。

54 杰克是约翰的别称。《杰克所盖之房》系一首摇篮曲的歌名。

55 参看《新约·马太福音》第26章第34节："耶稣对彼得说：'我告诉你，今天晚上，鸡叫以前，你会三次不认我。'"

56 "因……等！"原文为法语。鸽子与利奥·塔克西尔，参看第3章注67、75。

57 "非"和"即"，原文为德语。变体论是天主教会和基督教某些教派所使用的神学名词，谓圣餐礼所用的饼和酒经过祝福立即在实体上变成基督的肉与血。参看第1章注7。同体论是基督教神学名词，与变体论有根本性区别，认为基督的肉和血在实体上与圣餐礼上经过祝福的饼和酒同在。"实体下"是作者杜撰的名词，暗指饼与肉变了质。

58 阿尔马尼是德国古称。原文中《斯塔布·斯塔贝拉》与《站立的圣母》发音相近，参看第5章注73。这是奥利弗·圣约翰·戈加蒂所作另一首淫猥小调，参看第1章注102。

59 英国公理会牧师威廉·埃利斯（1794—1872）在《三游马达加斯加》（伦敦，1838）一书中，对此略有记载。

60 主啊，原文为希腊文，参看第7章注108。

61 "为……秘"，原文为拉丁文。这是对赞歌的戏谑性模仿。

62 维金纳琴是16、17世纪流行于英国的拨弦键琴。

63 "上床！上床！"是约翰·弗莱彻（1579—1625）与弗朗西斯·博蒙特（约1584—1616）合写的戏剧《处女的悲剧》（约1610）中的小调的叠句。

64 Beau（博）含有"花花公子"意，lecher（莱彻）含有"淫棍"意。

65 关于弗莱彻与博蒙特跟一名娼妓住在一起的传说，见于约翰·奥布里（1626—1697）的《短促的生涯》（1898）。但书中所写不尽属实。例如奥布里说他们二人均为单身汉，与一名娼妓同住，但事实上弗莱彻是有妻室的。

66 “生活……乐”一语，见第9章注358。

67 《家乡风俗》（约1628）是弗莱彻与菲利普·马辛格尔（1583—1640）合写的一出戏的剧名。

68 这里戏谑地改动了耶稣对门徒讲的话。原话是：“一个人为朋友牺牲自己的性命，人间的爱没有比这更伟大的了。”见《新约·约翰福音》第15章第13节。

69 “汝去，照样为之。”这里戏谑地套用了耶稣对法律教师说的话，耶稣的原意是叫这个法律教师像善良的撒马利亚人那样以仁慈待自己的邻人。见《新约·路加福音》第10章第30至37节。

70 查拉图斯特拉，见第1章注128。“法国文学”，亦可译为“法国信”，见第13章注102。

71 “次好之床”，见第9章注346。

72 原文为拉丁文。“弟……祷”，这里把弥撒中教徒捐款后神父对众人所说的话做了改动。原话是：“弟兄们，伏祈全能天主圣父俯纳吾及汝等所作奉献。”

73 “让……之日”一语，系将托马斯·穆尔的《让爱琳记住古老的岁月》和《申命记》第32章第7节“你当追想上古之日，思念历代之年”合并而成，参看第3章注146。

74 “行邪淫”一语出自《以西结书》第16章第15节。

75 “如耶……踹踹”一语出自《申命记》第32章第15节。耶书仑是对上主的子民以色列的诗意称呼。

76 参看《旧约·耶利米哀歌》第5首第7、8节：“我们的祖宗犯了罪……我们被奴隶不如的人辖制。”

77 米利是米列西亚的爱尔兰语称谓。参看第12章注427。

78 指穆利根与海恩斯（其父经售用药喇叭根做成的泻药，参看第1章注26）站在一道，排斥斯蒂芬。

79 以色列人对东方各王和罗马人的屈从，被视为乃是对上帝的背叛。《旧约·以斯帖记》第1章第1节和第8章均提及印度王亚哈随鲁的事。

80 何列布（西奈）、尼波与比斯迦这三座山均象征着摩西对以色列子民的领导地位，参看第7章注220。

81 哈顿角峰，又名希亭角峰，加利利海以南的山区。

82 天主允许赐给亚伯拉罕子孙的迦南乐土被称作“流淌奶与蜜的地方”，见《出埃及记》第33章第3节。这里把“蜜”改成了“钱”。

83 这是斯蒂芬梦见他母亲的情景，参看第1章注45及有关正文。

84 《七十子希腊文本圣经》是现存最古老的《旧约》希腊文译本。据传，公元前3世纪左右，从以色列12支派中各选6人共72人，根据希伯来文译出。

85 “来自穹苍之黎明”指耶稣。关于耶稣，《新约·路加福音》第1章第78节有“黎明从穹苍照耀我们，对一切生活在死亡阴影下的人赐予光明”之句。据尼科迪默斯伪经，耶稣复活后西蒙的两个儿子从死人中复活，告以耶稣一进入地狱，那里的黄铜之门便裂开了。

86 塔尔是图利乌斯的简称。马库斯·图利乌斯·西塞罗，参看第7章注54。

87 在《哈姆雷特》第1幕第5场中，父王的鬼魂对王子说他“白昼忍受火焰的烧灼……我不能违犯禁令，泄露我在地狱中的秘密……”

88 埃及之灾害，指蝇灾、雹灾、黑暗之灾等，参看《出埃及记》第7至12章。“场所”与“途径”，原文为拉丁文。

89 指希腊神话中的命运三女神：老三织生命之线，老二规定线的长度，老大将线割断。

90 用枝条所编之床指婴儿摩西躺在里面的篮子，参看第3章注144，第7章注211、212。

91 参看《申命记》第34章第5、6节：“上主的仆人摩西死在摩押地……上主把他埋在伯比珥城对面的摩押山谷；直到今天，没有人知道他埋葬的地方。”

92 在这里，陀斐特是地狱的代名词，典出自《耶利米书》第7章第30至33节。

93 伊甸城，参看第3章注18。

94 《斯……啊》，原文为法语。法国名字Étienne相当于Stephen。

95 水晶宫建于1851年，设计者为约瑟夫·帕克斯顿（1801—1865）与查尔斯·福克斯（1810—1874），原在海德公园，1854年迁至伦敦近郊，1936年焚毁。

96 这是农村集市上的一种赌博，能够猜中哪只贝壳底下藏有豌豆者获奖。

97 这是乔治·谢泼德·伯利所作游戏诗《杰克盖起了大房》（1857）的头三行。第3行的杰克约翰，原诗作“伊凡”。

98 托尔是北欧神话中的雷神，他的锤子是雷霆的象征，每次掷出后，又自动回到他手里。

99 神老爹，参看第9章注385。

100 语出《新约·约翰福音》第6章第35节：“信吾者，永远不渴。”

101 语出《新约·马可福音》第12章第25节：“他们从死里复活的时候，要跟天上的天使一样，不娶亦不嫁。”

102 菲茨吉本，参看第7章注201。

103 希利，参看第7章注203。

104 爱尔兰小说家乔治·穆尔（1852—1933）原为天主教徒，后皈依新教，袒护英国。

105 威廉派指英国国教派。

106 亚历克·班农是布卢姆的女儿米莉的男友，见第1章注123。

107 圣斯维辛（死于862）是英国温切斯特地方的主教，每年7月15为其节日。

108 轻佻妞儿，指布卢姆的女儿米莉。“胖到脚后跟”是她给布卢姆的家信中语，见第4章注62及有关正文。

109 原文作pleading her belly，指为了保存胎儿而对被判死刑的怀孕妇女缓期执行。从字面上可译为“为她的肚子求情”。

110 报喜节是纪念天使加百列告知圣母玛利亚她将生下耶稣的节日，每年3月25日举行。

111 指詹姆斯王所钦定的《圣经》。

112 意即普里福伊是个老式循道公会教徒。该会初成立时，教徒每周领圣体两次。1784年卫斯理宣布其教会已脱离圣公会独立。但有些保守教徒仍前往天主教堂领圣体。参看第8章注94。

113 阉牛港，参看第1章注121。

114 玛拉基，参看第1章注101。
115 指《爱尔兰家园报》，参看第2章注83。
116 指斯蒂芬介绍的迪希的信稿，参看第7章“在一家著名餐店里闹起的纠纷”一节。
117 在西班牙产的白葡萄酒里掺上生鸡蛋和糖做成的饮料。
118 波尔多是法国西南部吉伦特省省会，城郊有悠久的酿酒历史。
119 将熊与几只狗关在一只坑里，在它们身上下赌注，并使其互斗。
120 “牛群……浦”，参看第6章注71及有关正文。
121 约瑟夫·卡夫，参看第4章注18。
122 前文中曾提到奥地利的御用马群以及该国兽医挂牌医治牛瘟的事。见第2章注71及有关正文。
123 莫斯科维（俄国古称），原为1271年以莫斯科为中心而建立的封建大公国，逐渐并吞周围的公国，完成统一大业。
124 原文（cowcatcher）指车头前面的排障器。兽医是作者杜撰的含义。
125 “抓住公牛角”，意指处理难题，参看第2章注72。
126 瓷器店里的公牛是个成语，指动辄闯祸的莽汉，此处喻斯蒂芬毛手毛脚。Bull（公牛）一词，又含有“教皇训谕”意（见下注）。
127 尼古拉斯指历史上唯一的英格兰籍教皇阿德里安四世（1154—1159在位），他曾授予英国坎特伯雷总主教秘书、索尔兹伯里的约翰一份训谕，将爱尔兰赠予英格兰国王亨利二世（参看第2章注80）。
128 据索尔兹伯里记载，阿德里安四世（1154—1189在位）于1155年赠予亨利二世一颗嵌于金戒指上之绿宝石（爱尔兰岛别名绿宝石岛）。
129 三叶苜蓿是爱尔兰国花，参看第5章注50。
130 四片绿野，指爱尔兰的四省，参看第9章注20。
131 指在忏悔阁子里向神父忏悔。
132 国王登基时涂鲸脑油。
133 黄金牛槽，指教堂。
134 原文作Lord Harry。哈利是亨利的昵称。Lord Harry（或Old Harry）亦指魔鬼。
135 罗斯康芒和斯莱戈各为爱尔兰康诺特省的一郡。康尼马拉是戈尔韦郡一地区。
136 尼克是尼古拉斯的昵称，老尼克指魔鬼。
137 指尼古拉斯蓄有七妾。
138 “高贵之皮肤”一语出自都柏林盲歌手迈克尔·莫兰（1794—1346）的一首通俗歌曲，叶芝在《凯尔特的黎明》（伦敦，1393）中曾引用。
139 小册子指教皇训谕，参看本章注127。
140 “牛中之牛”，原文为不规范的拉丁文。
141 著名斗牛，指圣彼得。
142 新名指亨利二世于1154年继承王位，成为英格兰国王。
143 公牛语指英语（英国或英国人的绰号为约翰牛）。按：亨利二世是在法国长大的，只会讲法语和拉丁语。

144 这里的“彼”指亨利八世（1509—1547在位），在其治下，英国国会于1534年通过“至尊法案”，确定国王代替教皇成为英国圣公会首脑。1541年他成为爱尔兰国王（也是爱尔兰圣公会首脑）。

145 “虽尿床”一语出自作者不明的一首俚谣。“仍……子汉”一语出自罗伯特·彭斯的诗《尽管这样又那样》（1795）。

146 班农，见第4章中米莉致布卢姆信。

147 在1871年进行改革之前，英陆军中可用钱购买军官头衔。

148 兰贝岛位于都柏林东北12英里处，系著名的鸟类禁猎地。

149 福普林（Fopling）含有“花花公子”意。波平杰伊（popinjay），意即“自负者”。英国剧作家乔治·埃思里奇爵士（约1635—约1692）的喜剧《摩登人物》（1676）中的主角名叫福普林·弗贞特爵士。

150 米尔克索普（Milksop）含有“儒夫”意。奎德南克（Quidnunc）意即“爱搬弄是非者”，英国作家理查德·斯梯尔（1672—1729）在《闲谈者》上发表的讽刺小品中的人物的名字与此相近。

151 “坐……便宜”，一语出自斯威夫特的《文雅绝妙会话大全》。

152 “最……担保”一语出自斯宾塞的《仙后》第1章，指子女。

153 这里反用耶稣打的一个比喻。原作“有谁点了灯，拿来放在斗底或床下？”见《马可福音》第4章第21节。

154 塔尔博特·德马拉海德爵士（生于1846）是个退休军人与地主。1878年，这个家族将兰贝岛售出。

155 按：英国人类学家弗朗西斯·高尔顿爵士（1822—1911）所倡导的“优生学”，当时方兴未艾。在《遗传天赋》（1869）一书中，他认为心理和生理特征是遗传的。

156 “中心”，原文为希腊文，参看第1章注34。方尖碑是成对地耸立在古埃及神庙前的锥形石碑，以整块石料凿成，常用以向太阳神作奉献，祈祝丰饶多产。

157 泰恩河畔纽卡斯尔是英国煤都，自16世纪起出口煤炭，因此，“运煤至纽卡斯尔”就成了“多此一举”的代用语。

158 “噫……不顾”，原文为拉丁文，系穆利根所杜撰。百人队为古代罗马的步兵组织，每队100人，60队为一军团。

159 指班农与布卢姆的女儿米莉交往的事，见第1章注124。

160 “饼与鱼”一语出自《新约·马太福音》第14章第17节。

161 奥斯汀·梅尔顿是当时都柏林杰维斯街医院的外科主治医生。

162 胃中之狼是成语，意思是饿到极点，此处指穆利根贪吃。

163 葛罗甘老婆婆，参看第1章注54及有关正文。

164 《可惜她是个妓女》（1633）是约翰·福特（约1586—约1655）的剧目名。

165 苏格兰学生，指克罗瑟斯。年轻绅士，指班农。

166、167 原文为法语。

168　软帽是布卢姆送给女儿米莉的，参看第4章米莉来信。

169　原文为法语。Capote（外衣）为避孕套的隐语。

170　原文为法语。里弗尔原为法国金币，以后又发行银币与铜币。1794年废止，为法郎所代替。

171　授精业者，原文为法语，指穆利根。

172　指乔治·穆尔，参看第9章注142。

173—176　原文为法语。

177　苏是法国旧铜币，一苏为五生丁，二十苏为一法郎。

178　"伞"为子宫帽的隐语。

179　传说中认为由于仙女经常跳舞，致使茂草丛中生长环状的蘑菇。

180　"在……下"，原文为法语。

181　"后生"指穆利根。

182　坎特基塞姆（Cantekissem）与《要理问答》（Catechism）发音相近。

183　外科医生，指迪克森。

184　"多如云彩之证人"一语，出自《新约·希伯来书》第12章第1节。

185　"尘土造出之"一语参看《创世记》第2章第7节："后来，天主用地上的尘土造人。"

186　"孝敬父母"是《天主十诫》中的第五诫，见《出埃及记》第20章第12节。

187　话语，原文为法语。

188　在《亨利六世下篇》第5幕第6场中，亨利王说葛罗斯特公爵（后为理查三世）"一下地就满口生牙"。葛罗斯特说自己"出世时是两条腿先下地的"。此剧及《理查二世》中，均屡次提到葛罗斯特是驼背。

189　指英国进化论的奠基人查理·达尔文（1809—1882）在《人类起源及性的选择》（1871）中所提人类与类人猿之间存在一种过渡生物的设想。

190　"人生之半途"一语出自《神曲·地狱》第1篇。那时70岁被视为人的平均年龄，而在1904年布卢姆为38岁。

191　"浮华青年"指穆利根。

192　以弗所系希腊城市名。古罗马作家佩特罗尼乌斯（？—66）所著小说《萨蒂利孔》写一个以弗所寡妇，丈夫尸骨未寒，便另觅新欢。

193　邓德利尔里勋爵是《我们的美国堂弟》中的人物，参看第7章注179。英国喜剧演员爱德华·萨森（1826—1881）扮演这个角色时，曾蓄一副长长的八字胡，因而风靡一时。

194　格洛里·阿列路朱拉姆（指普里福伊）与拉丁文"天上的荣光·哈利路亚"发音相近，哈利路亚为犹太教与基督教的欢呼语，意为"赞美神"。

195　"风流后生"指穆利根。

196　把关者，见第12章注75。

197　这里把谚语中的"同一色羽毛之鸟聚在一起"（意即物以类聚）做了改动。

198　按：布卢姆被认为是《爱尔兰联合报》主笔阿瑟·格里菲思的幕后指挥者，参看第3章注108。

199 指1902年结束的布尔战争，参看第8章注121。

200 中世纪的动物寓言中，把鹈鹕与耶稣联系在一起，母鹈鹕将自己的肋旁戳破，把鲜血浇在幼雏的尸体上，使之复活。参看《新约·约翰福音》第19章第34节：“一个士兵用枪刺耶稣的肋旁，立刻有血和水流出来。”

201 据《创世记》第16章，亚伯兰的妻子莎莱不能生育，便提议收埃及女夏甲为妾，夏甲怀孕后，瞧不起莎莱，莎莱遂虐待夏甲。夏甲逃走，路遇天使，在其劝说下，回到莎莱跟前，从此顺从她，并生下以实玛利。

202 基列是约旦河以东古代巴勒斯坦地区，即今约旦西北部，盛产草药。基列香油见《耶利米书》第8章第22节。

203 “胎儿内胎儿”，原文为拉丁文。

204 参看第9章注531及有关正文。

205 昏睡分娩法，参看第8章注103。

206 勃兰登堡是德国东北平原中央的一座城市。

207 坠生，原文为德语。也叫坠胎，指坠落分娩。

208 《杰作》，参看第10章注118。

209 场所，原文作seat，亦作“臀部”解。

210 格莉塞尔·斯蒂文斯夫人（1653—1746）是都柏林名医理查德之妹，她把哥哥的遗产捐献出来修建一座医院。她外出时总是蒙着面纱，以致人们疑她长着猪头。

211 确凿，原文为拉丁文。

212 喀里多尼亚是英伦三岛北部一地区的古称，大致相当于现在的苏格兰。

213 指包括实在论者托马斯·里德（1710—1796）、詹姆斯·贝蒂（1735—1803）、杜格尔德·斯图尔特（1753—1828）等的苏格兰哲学派。此派的中心主张是：人类对世界和万物的本原有着直觉的认识。

214 古罗马诗人奥维德（公元前43—公元18）在《变形记》第8卷中，描写克里特王弥诺斯之妻帕西淮与一头白毛公牛通奸，生下半人半牛之怪物弥诺陶洛斯，它被关在迪达勒斯（见第1章注9）修建的迷宫里。

215 照字面译是“暹罗双胞胎”，是一对中国血统的连体儿（1811—1874），一个叫章，一个叫炎，自胸骨至脐部以系带相连，遂成为连体双胞胎的代用语。

216 “天主……开”一语，原是耶稣用来指夫妻关系的，见《新约·马太福音》第19章第6节。

217 “看来……史”为海恩斯对斯蒂芬说过的话，见第1章注108及有关正文。

218 “耶……口”，原文为英语化了的爱尔兰语，一句轻微的咒诅。

219 淫梦魔为变成女子与男子交媾之恶魔。

220 埃尔斯语即苏格兰盖尔语。

221 第一章开头部分，斯蒂芬曾向穆利根抱怨海恩斯“整宵都在说着关于一只什么黑豹的梦话”。

222 韦斯特兰横街车站离产院不远，穆利根和海恩斯将在那里搭乘十一点一刻的末班车，返回沙湾。

223 “占卜者”指穆利根。

224 指马南南（参看第3章注31、第9章注97）对在海洋上肆意劫掠的巨人（福尔莫利安族）进行报复。

225 “伤感……人”是斯蒂芬发给穆利根之电文。参看第9章注282。

226 三弟，参看第9章注467及有关正文。

227 此处引用的是《哈姆雷特》第1幕第1场中弗兰西斯科的话。原文中的relief，既指“换防”，又有“使人得到解脱”意。

228 “一座凶宅”，参看第6章注86。

229 礼仪，原文为法语。

230 老板，指布卢姆之父。

231 这是欧洲大陆所产的一种大型烟斗，因雕成人头状，故把它和雅各（犹太人的祖先之一）联系在一起。

232 “聪明……子”是朗斯洛特对老高波说的话，见《威尼斯商人》第2幕第2场。

233 在第15章，布赖迪·凯利以嫖客身份重新出现，见该章注40及有关正文。下文括号中的“要有！”，原文为拉丁文，其后省略了“光”字。参看《创世记》第1章第2至3节：“深渊一片黑暗，天主的灵运行在水面上，天主命令：‘要有光，’光就出现。”

234 鲁道尔夫是布卢姆之父。

235 阿根达斯·内泰穆，见第4章注23。

236 “呼！哈咋！呼！”与英语中的“谁！听哪！谁！”谐音。

237 布卢姆是通过罗伯特·鲍尔爵士所写的小书获得了关于视差的知识的。参看第8章注36及有关正文。

238 巴珊是巴勒斯坦东部三个古代地区中最北面的一个。据《旧约全书》，这里牧草丰盛，森林茂密。

239 “死海”，原文为拉丁文。

240 据《奥德修纪》卷12，尤利西斯的伙伴们趁他熟睡之际，把太阳神的一群牛宰了，然而牛皮开始爬动，串起来烧烤着的或生或熟的肉都发出吼声，像牛叫一样。

241 室女座为黄道十二宫之第六宫。其形象是手持一捆麦子的一个少女。

242 “失去了的你”是西蒙所唱《玛尔塔》中的歌词，见第11章注180及有关正文。

243 米莉森特是布卢姆的女儿米莉的昵称。

244 参看第4章注39。

245 昴星团是位于黄道星座金牛座中的疏散星团，我国俗称七姐妹星团。在古希腊神话中，昴星团的七颗亮星被视为系由阿特拉斯和普莱奥娜的七个女儿变成的。

246 金牛座为黄道十二宫之第二宫。座中最亮之恒星毕宿五（金牛座阿尔法）为一等星。

247 格劳康是柏拉图的《共和国》中一个耿直人物。亚西比德（约公元前450—前404），雅典政治家、将军，是苏格拉底的朋友。

248 皮西斯特拉图斯（约公元前600—前527）是雅典的暴君，公元前560年篡位。

249 希腊神话中不和女神埃里斯的女儿和遗忘的化身。古希腊一种神秘宗教运动俄尔甫斯教把水泉区分为记忆之泉和忘却之泉。凡饮后一种水者，过去的记忆就都付诸东流。
250 “斯……精神”，参看第9章注458。
251 参看第2章注85。
252 “天才的父亲”，指神话中的工匠迪达勒斯，参看第9章注462。
253 原文作stephaneferos，为学生杜撰的希腊语。参看第9章注461。
254 意思是说，斯蒂芬不会把司艺术的缪斯女神丢下不管。这里暗喻斯蒂芬未为临终前的生身之母祈祷。
255 “权杖”，参看第10章注108。
256 德拉克马是古希腊银币和现代希腊货币单位。这里指先令。
257 菲莉斯是希腊神话里的色雷斯王之女。因丈夫未如期归来，她以瑞亚（希腊神话中的古代女神）之名咒诅丈夫并自杀身死。下文中，菲莉斯以朱诺（罗马神话中的古代女神）之名赌咒，说明作者的寓意。瑞亚的女儿赫拉，相当于朱诺。
258 “丢掉”，参看第5章注96。
259 “全都完啦”，参看第11章注13。
260 拉拉吉是贺拉斯在《歌集》（第2卷）中所塑造的古典美人典型。
261 科林斯是希腊城市，位于伯罗奔尼撒半岛，盛产水果。佩利普里波米涅斯是杜撰的希腊名字，含有“水果摊贩”意。
262 关于康米神父撞见文森特及其女友的场面，参看第10章注52及有关正文。
263 葛莉色拉和奇洛伊均为古希腊的美人，前者为画家波西亚斯的情人，后者为希腊传奇《达佛尼斯与克萝伊》（公元前4世纪或5世纪）中的牧羊女。
264 利内翰曾把赌注押在威廉·阿瑟·哈默·巴思（生于1879）的座骑“权杖”上，而在英国特伦特河畔伯顿开办巴思啤酒公司的则是威廉的伯父伯顿男爵阿瑟·巴思（1837—1909）。这里，利内翰误把伯侄二人当作一人了。
265 “异邦人”指布卢姆，一号巴思啤酒的商标图案是鲜红色的三角形。
266 “德鲁伊特”，参看第1章注47。
267 西奥索弗斯（Theosophos）是斯蒂芬根据通神学者（theosopher）一词杜撰的人名，指西藏人库特·胡米大圣，参看第9章注39。
268 “他”指布卢姆。
269 加洛韦岬角是苏格兰西南部一地区，那里饲养黑色无角的加洛韦奶牛。
270 詹姆斯·拉斐特是维多利亚女王及皇家的御用摄影师。
271 “神……者”，原文为拉丁文。
272 特利纳克利亚是西西里岛的古称，用在这里是为了渲染此作与《奥德修纪》的关系。希腊哲学家和生理学家恩培多克勒（约公元前490—前430）提出的其实是性别决定于月经方面的原因，亚理斯多德在《动物的生殖》中，驳斥了他以及希腊自然哲学家安那克萨哥拉（约公元前500—前428）所提性别决定于卵巢这一说法。
273 尼古拉斯·卡尔佩珀（1616—1654），英国医生。拉扎罗·斯帕兰札尼（1729—

1799），意大利生理学家，认为精液与卵接触后，卵中预成的胚胎逐渐展开而形成新的个体，精液中起作用的物质是其中的蛋白质及脂肪。

274 约翰·弗里德里克·布鲁门巴赫（1752—1840），德国生理学家、比较解剖学家。威廉·汤普森·勒斯克（1838—1897），美国产科医生。奥斯卡·赫特维希（1849—1922），德国胚胎学家和细胞学家，均率先承认精子和卵的核结合是受精作用的实质。

275 克里斯琴·格哈特·利奥波德（1846—1911），德国胚胎学家、妇科医生。吉乌利奥·瓦伦丁（生于1860），意大利医生、胚胎学家。

276 “精……能”，原文为希腊文。

277 “卧……胎”，原文为拉丁文。

278 审美学，原文为希腊文。

279 诗人指莎士比亚。“不能不使我们踌躇顾虑”，出自《哈姆雷特》第3幕第1场中哈姆雷特王子的独白。

280 打着趔趄的牛崽子，见第8章注206。

281 原文为法语。

282 “打了一场漂亮仗”，见《新约·提摩太前书》第6章第11节。

283 这里把普里福伊比作大肥。大肥是狄更斯所著《大卫·科波菲尔》的主人公大卫之稚气妻子朵拉对丈夫的昵称。乔伊斯在本段（上文“这当儿”至下文“可靠的仆人！”）戏谑地模拟该书第53章“又一度回顾”的风格。

284 参看《创世记》第2章第7节：“天主用地上的尘土造人，……”

285 沃特福德是爱尔兰东南部主要城镇，坎大哈在南阿富汗。弗雷德里克·斯莱·罗伯茨（1832—1914）是英国陆军元帅，第二次阿富汗战争（1878—1880）及南非战争（1899—1902）中的指挥官。鲍勃西和鲍勃斯都是罗伯茨的昵称。

286 “你这……人”一语出自《新约·马太福音》第25章第21节。

287 原文为法语。

288 朗德镇是布卢姆与玛莉恩初逢的地方，参看第6章注134。

289 弗洛伊等三人是曾参加哑剧字谜游戏的马特·狄龙的女儿们，见第13章注146及有关正文。

290 樱桃是圣母玛利亚的标志，这里指布卢姆的妻子玛莉恩。

291 游廊，原文为意大利语。

292 “凡事……的”，原文为德语，出自歌德的《浮士德》第2部（1832）最后的合唱。

293 参看《新约·路加福音》第2章第8至18节中关于耶稣诞生的描述。

294 伯克为一爿酒吧。

295 西班牙比尔博所铸造的剑。

296 瑞士南部瓦莱州采尔马特城所产的登山杖。

297 西方人哄骗孩子说，婴儿是鹳鸟送来的。下文中的“苍穹下”，原文为拉丁文。

298 参看《创世记》第1章第26节：“天主说：‘我们要按照自己的形象，自己的样式造人。’”

299 倭马是古时希伯来人的重量名称，一倭马相当于225升。

300 达比·达尔曼和琼是亨利·桑普森·伍德福尔（1739—1805）所作歌谣《快乐的老夫妇》中的一对白头偕老的夫妇。

301 克娄泽是13世纪至19世纪中叶德国和奥地利通行的一种小铜币。

302 希律，参看第8章注213。

303 三十日连续弥撒系为死者而做。《耶利米哀歌》是《旧约》中的一卷，哀悼公元前586年巴比伦军队蹂躏耶路撒冷和圣殿之事。此处泛指哀歌。

304 “你……美国”，这里套用英国哲理诗人约翰·多恩（1572—1631）的哀歌《上床》。原词为：“哦，我的美国！我发现的新大陆。”

305 琐罗亚斯德，参看第1章注128。

306 “你从……的奶”，原文为德语。

307 参看《麦克白》第1幕第5场中麦克白夫人的独白：“它充满了太多的人情的乳汁。”

308 潘趣，见第6章注149。

309 “迦……蜜”，参看本章注82。

310 “凭着……杯！”原文为拉丁文。帕图拉和珀滕达均为罗马女神，前者司生育，后者司丧失贞操。“让我们干杯！”是贺拉斯的《颂歌》第37首的首句。

311 原文为拉丁文，指真正的旅客。在英国，星期日酒店不开业，只供应酒给那些能“证明”自己是未能在途中吃喝的旅客。

312 蒂莫西·奥布赖恩爵士在都柏林开了一家酒店，他的绰号叫“打扁了的碎嘴子骑士”。店里的酒杯是打扁了的，故供应的酒量不足。

313 亨利·内维尔（1822—1890），英国演员。

314 指斯蒂芬，因为他穿黑服，戴软帽，打扮得像个牧师。

315 原文为拉丁文。这是神父做完弥撒后念的经文。圣子后面省略了“及圣神”。

316 冤大头，指斯蒂芬。

317 登齐尔巷的小伙子们是都柏林人对“常胜军”（参看第2章注81）的俗称。

318 以撒是希伯来族长，系对犹太人的蔑称，这里指布卢姆。

319 原文为法语。

320 帕拉桑为古波斯的长度名，一帕拉桑约合五公里半。“他们……桑”一语出自希腊历史学家色诺芬的《远征记》（参看第1章注14）。

321 《斯……兵》是珀西·弗伦奇的一首滑稽歌曲的歌名。

322 原文作apostabes’ creed（背弃教义的），与Apostles’ creed（《使徒信经》）发音相近。

323 在1904年，都柏林市的店铺于晚间11点钟打烊。

324 “我……啦”，原文为法语，是法国一首黄色小调的首句。

325 “英……福”，指下文中所开列的“啤酒……主教”，见本章注330。

326 “擂……嘭”，原文为法语，是“我……啦”（见本章注324）后面的句子。

327 女装帧家指叶芝的两个姐妹莉莉和伊丽莎白。当时伊丽莎白在经营邓恩·埃默出版社，参看第1章注57。

328　“肃静！”原文为拉丁文。

329　这是乔治·F.鲁特在美国南北战争时期所作进行曲《沙沙、沙沙、沙沙》的合唱首句，只是把原词中的“前进”（marching）改成发音相近的“干渴”（parching）了。

330　这是模仿亚历山大·蒲柏（1688—1744）的长篇讽刺诗《夺发记》（1714）中的词句。原词为“粉扑、香粉、美人斑、《圣经》、情书”，这里改为8项，每项均以b字起头，号称“英国八福”，“八福”是耶稣在山上宝训中所提到的8种有福之人（虚心的人、温柔的人等），见《新约·马太福音》第5章第3至10节。

331、332　“哪……台”和“只……兰！”均见第8章注127。

333　超人，原文为德语，参看第1章注127。

334　指一号巴思啤酒，参看本章注265。

335　原文作ticker，是双关语，俚语中亦作“心脏”解。

336　这是美国诗人亨利·C.沃克所作《我爷爷的钟》（1876）一歌的末句。这里只引用了开头“当老”二字，而略去了下面的“人死去的时候”。

337　原文为西班牙语。

338　“瘦母牛”，典出自《创世记》第41章第19节：“有七头又瘦又弱的母牛。”

339　“拉……宝”为查尔斯·麦卡锡所作歌曲的歌名，也是歌中再三重复的句子。指一个姑娘与情人幽会时叫他拉下百叶窗。

340　指吉尼斯公司出产的烈性黑啤酒。因该公司老板之一阿迪劳恩勋爵而得名，参看第5章注45。

341　布卢姆随身携带土豆（参看第4章注4），据传这样就可以避免患风湿病。

342　拉普兰是北欧一地区，大部分在北极圈内。这里则泛指世界尽头。

343　“交出来”，参看第12章注38。

344　“瞧那头发”，参看第12章注348。

345　“苍……生”，参看第10章注193。

346　指斯蒂芬拍给穆利根的电文中，引用了英国小说家梅瑞狄斯的句子，参看第9章注282。

347　意思是“拿起杯子”。

348　“为了……子”和“干……酒”，分别出自罗伯特·彭斯的诗《快乐的乞丐》（1785）和《威利酿造了大量麦芽酒》（1789）。

349　“祝……腾”，苏格兰祝酒词。

350　原文为法语。

351　茳茴香籽儿一向被用来掩盖酒气。

352　“汉子”和“漂亮姑娘”，均出自理查德·黑德的《恶棍喜赞共闯江湖的姘头》一诗的首段，参看第3章注162。

353　音译为“维纳斯·潘狄莫斯”，维纳斯是古代意大利女神，司肉欲。潘狄莫斯的意思是“在一切人当中”。

354　原文为法语。

355　美国歌曲《无赖》中有“一个狂放的坏家伙”一语。这里把“家伙”改为“妞娘”，用以指布卢姆的女儿米莉。

356 “搂……肢”，出自罗伯特·彭斯的《你知道格罗斯上尉的下落吗？》一诗。

357 马拉海德路，见第10章注34及有关正文。

358 这里把托马斯·穆尔所作歌曲《赞美你的他》中的词句做了改动。原词作“赞美你的他，哪怕留下名字……”。

359 “我……子”，原文为爱尔兰语。见第12章注34。

360 原文为拉丁文。“一……桨”模仿约翰逊和德拉蒙德所作《伊顿划船歌》“退场！”。

361 “我……醉”，出自《威利酿造了大量麦芽酒》，参看本章注348。

362 “再见，先生”，原文为法语。

363 “除……喝”，出自爱尔兰歌曲《马洛的荡子》。马洛为爱尔兰一镇名。

364 前文中提到班塔姆刮了口髭，见第5章注94及有关正文。但在伦敦东区的俚语中，此词亦作“酒醉”解。

365 “铸”下面省略了“铁”字。这里，班塔姆想起了他所作的谜语，参看第7章“利内翰的五行打油诗”一节及注124。

366 金发少女，参看第6章注24。

367 “魔鬼掰掉脑袋”一语出自理查·黑德的《乞丐的咒诅》（《隐语学会》，伦敦，1673）。

368 按：乔伊斯曾于1927年3月6日致函《尤利西斯》之德译者乔治·戈耶特，说都柏林人斯蒂芬·汉德确实私拆了巴思的电报，参看本章注264，那是打给警察局仓库的一个友人的，劝其支持自己的小公马（不是母马）“权杖”，参看第10章注108。

369 这是文字游戏，后一个马登应作奥马登，参看本章注255及有关正文。在原文中“马登”与“发疯地”发音相近。

370 这里把弥撒经文中的“啊，天主……”改为“啊，肉欲……”，见第5章注81。

371 立金花是轻浮的象征。

372 圣托马斯是阴茎的隐语。

373 利奥和下文中的布卢，均指利奥波德·布卢姆。下文中的斯蒂夫是斯蒂芬的别称。

374 斯塔布，见本章注58。

375 原文为拉丁文，绿毒指苦艾酒。

376 英语中葱头一词相当绕口，所以警察用以测试某人是否喝醉了。

377 这时班农才知道米莉（照相姑娘）原来是布卢姆的女儿。参看第1章注124和第4章中米莉写给布卢姆的信。

378 “各位，晚安”，原文为法语。霍加特与沃辛顿在《詹姆斯·乔伊斯的作品中所引用之歌曲》（纽约，1959）一书中指出，这是莫德所作一首歌的歌名。

379 这里仿照弥撒后所诵经文中的“卫我于邪神恶计”，参看第5章注87及有关正文。

380 “女模女样”，音译为“纳姆比·艾姆比”，出自英国诗人兼剧作家安布罗斯·普利普斯（1674—1749）的作品。

381 基督徒是英国散文作家约翰·班扬（1628—1688）的代表作讽喻小说《天路历程》

（1678）中的主要人物。小伙子指斯蒂芬，参看第1章末尾。

382 “把梅毒……烈性酒”这段话的原文，与弥撒后所诵经文中的“今魔魁恶鬼，遍散普世，仗主权能，魔人地狱”发音相近，见本章注379、第5章注87及有关正文。

383 原文为法语。“祝你”后面省略了“健康”二字。

384 达斯蒂·罗兹是1900年开始问世的一部美国连环图画中的流浪汉。达斯蒂是通常给姓罗兹的人取的绰号，意思是“满身灰尘”。

385 1897年英国庆祝女王维多利亚即位60周年纪时，曾施舍给都柏林贫民一些羊肉；但因数量太少，“60周年纪念羊肉”遂成为“供不应求”的代语。

386 指里奇蒙精神病院，参看第1章注19。

387 乔伊斯曾对德译者就这句话做过解释，说他指的是送面包或吃面包的巴特尔，见本章注368。

388 “穿……女”，出自《杰克所盖之房》，参看本章注54。

389 “胶……徉”一语诙谐地模仿美国西部廉价小说的题目。

390 帕德尼即当天举行葬礼的帕特·迪格纳穆。他并不是黑人。乔伊斯为了玩弄字眼（“黑口袋”），下文中硬把他说成是“黑人”。

391 “别……了”，原文为法语。

392 杰纳齐是比利时选手，预定于1904年6月17日代表德国参加在德国举行的戈登·贝纳特国际汽车大赛，参看第6章注63。《电讯晚报》记者原估计他会打败另一德国选手德卡特尔斯男爵，结果却输给了法国选手特利。“他”即指男爵。

393 1904年2月间的日俄战争中，俄国海军舰队受重创，遂加紧进行修补。6月16日的《电讯晚报》报道说：“俄国海军司令官有人事更动。”故这里有“形势对俄国有利”之语。然而当年夏天俄舰队复遭惨败。

394 “我……醉”，出自《威利酿造了大量麦芽酒》，参看本章注348。

395 “是利……的”是一首摇篮曲的首句。在原文中很绕嘴，利斯是苏格兰城市爱丁堡的港口。乔伊斯在致德译者的信中说，警察叫酒徒一遍遍地重复此语，以便弄清他是否喝醉了。

396 “蒙娜……贝”这两句均出自韦瑟利和亚当斯所作歌曲《我的心肝儿宝贝》。

397 “咱们俩……子”，这里把英国诗人丹特·加布里埃尔·罗塞蒂（1828—1882）的诗《神女》（1850）首句做了改动，原诗是：“她说‘咱们俩要去找玛丽小姐所在的树丛’。”

398 “愿……呼”，原文为拉丁文，出自《诗篇》第149篇第5节，上半句是：“愿圣民因所得的荣耀高兴。”

399 指犹太人把耶稣钉在十字架上，参看第2章注37、74。

400 “他”指天主，按基督教的说法，在最后的审判那一天，天主将把世界烧尽，对“流浪的犹太人”的惩罚届时才会结束。见第9章注552。

401 “这……的”一语出自《约翰福音》第19章第24节。

402 “于……说了”一语见第9章注442。

403 斯蒂芬和林奇看到的是自封为以利亚的道维的布道宣传品。参看第8章注7、注8，第1

章注200。

404 “来吧……家伙们”至本章末句“你不妨试试看”，模仿美国作家马克·吐温（1835—1910）的《密西西比河上》（1883）第2章“筏运”的写作风格。

405 “你们……大早”一语，出自美国诗人、评论家詹姆斯·拉塞尔·洛威尔（1819—1891）的代表作《比格罗诗稿》。原用以表示美洲土著对白人不断掠夺他们的土地所感到的愤慨。乔伊斯把这句话引用在他诙谑地模仿美国传教士的布道宣传品里了。

第十五章

（通向红灯区的马博特街口。路面未铺卵石，骨骼般的电车岔道伸向远方，沿线是像鬼火似的红绿信号灯和危险信号机。一排排简陋的房屋半敞着门。偶有灯火朦朦胧胧地映出彩虹般的扇形光环。一群矮小的男男女女围着停在这里的拉白奥蒂的平底船型冰激凌车[1]，争争吵吵。他们抓取夹有煤炭色[2]和紫铜色冰激凌的薄脆饼。这些孩子边嘬着，边缓缓地散去。平底车高高抬起鸡冠形天鹅头，穿过灯台下的黑暗前进，依稀浮现出蓝白两色。回荡着口哨的相互呼应声。）

呼声

等一等，亲爱的。我跟你一道去。

应答

到马棚后面来。

（一个又聋又哑的白痴鼓着金鱼眼，松弛的嘴巴淌着口水，因患舞蹈病浑身发颤，趔趔趄趄地走过。孩子们手拉着手，把他圈在中间。）

孩子们

左撇子！敬礼！

白痴

（举起麻痹的左臂，发出咯咯声）金立！

孩子们

老爷儿哪儿去啦？

白痴

（结结巴巴地）施边儿[3]。

（他们放开了他。他打着趔趄往前走。一个侏儒女子在两道栏杆之间吊根绳子，坐在上面打秋千，口中数着数。一个男子趴在垃圾箱上，用胳膊和帽子掩着脸，移动一下[4]，呻吟，咯吱咯吱地磨牙齿，接着又打起呼噜。台阶上，一个到处掏垃圾的侏儒，蹲下身去，把一袋破布烂骨扛到肩上。一个老妪手执一盏满是油烟的煤油灯站在一旁，将她那最后一只瓶子塞进他的口袋。男子扛起猎物，将鸭舌帽拽歪，一声不响地蹒跚而去。老妪摇晃着灯，也回到自己的窝。一个罗圈腿娃娃手里拿着纸做的羽毛球，蹲在门口，跟在她后面使劲地横爬着，并抓住她的裙子往上攀。一个喝得醉醺醺的壮工双手握住地窖子前的栅栏，东倒西歪，踉踉跄跄地踱着。拐角处，两个披着短斗篷的夜班巡警，手按着装警棍的皮套，朦朦胧胧中身影显得高大无比。一只盘子打碎了，一个女人尖声嚷叫，接着是娃娃的啼哭声。男人厉声咒骂，嘟嘟囔囔，随后沉默下来。几个人影晃来晃去，忽而潜藏起来，忽而又从破房子里窥伺。一间点燃着嵌在瓶口里的蜡烛的屋中，一个邋里邋遢的女人正替一个长着瘰疬的娃娃梳理着其乱如麻的头发。从一条巷子里传出西茜·卡弗里那依然很年轻的高亢歌声。）

西茜·卡弗里

我把它给了摩莉，
因为她无忧无虑，
把鸭腿儿给了她，
把鸭腿儿给了她。

（士兵卡尔和士兵康普顿[5]，腋下紧紧夹着短棍，摇摇晃晃地走着，向右转，一起放屁。从巷子里传出男人们的一阵朗笑声。一个悍妇嗄声恶言还击。）

悍妇

天打雷霹的，毛屁股蛋儿。卡文妞儿，加油儿。

西茜·卡弗里

我运气好着呢。卡文、库特黑尔和贝尔士尔贝特[6]。(唱)

我把它给了内莉,
让她戳到肚皮里,
把鸭腿儿给了她,
把鸭腿儿给了她。

(士兵卡尔和士兵康普顿转过身来反唇相讥。他们的军服在灯光映照下鲜艳如血色,凹陷的黑军帽扣在剪得短短的金黄色头发上。斯蒂芬·迪达勒斯和林奇穿过人群,同英国兵擦身而过。)

士兵康普顿

(晃动手指)给牧师[7]让路。

士兵卡尔

(转过身来招呼)哦,牧师!

西茜·卡弗里

(嗓音越来越高)

她拿到了鸭腿儿。
不知放在哪儿啦,
把鸭腿儿给了她。

(斯蒂芬左手抡着梣木手杖,快活地唱着复活节"将祭文"。林奇陪伴着她,将骑手帽低低地拉到额下,皱起眉头,面上泛着不悦的冷笑。)

斯蒂芬

我瞧见殿堂右手喷出一股水。哈利路亚。

（一个上了年纪的妓院老鸨从门口龇出饥饿的龅牙。）

老鸨

（嗓音嘶哑地低声说）嘘！过来呀，我告诉你。里面有个黄花姑娘哩。嘘！

斯蒂芬

（略提高嗓音）凡是挨近水的人。

老鸨

（在他们背后恶狠狠地啐了一口）三一学院的医科学生。输卵管咋啦？尽管长了根鸡巴，可一个子儿也不称。

（伊迪·博德曼吸吮着鼻涕，跟伯莎·萨波尔蜷缩在一起。此刻拉过披肩掩住鼻孔。）

伊迪·博德曼

（骂骂咧咧地）接着，那家伙说：我瞧见你在弗思富尔广场跟你那个戴睡帽的浪荡汉——铁道涂油工一道鬼混啦！你瞧见了又怎么样？我说。你这是多管闲事，我说。你从来也没见我跟一个有老婆的山地人勾搭过！我说。瞧她那副德行！一个告密者！顽固得像头骡子！她自己才同时跟两个男人一道溜达呢：火车司机基尔布赖德和一等兵奥利芬特。

斯蒂芬

（得意扬扬地）个个都得到拯救[8]。

（他胡乱抡着梣木手杖，瓦斯灯的晕轮便抖动起来，那光洒遍世界。一只到处觅食的白色褐斑长毛垂耳狗吼叫着，跟在他后面。林奇踢了它一脚，把它吓跑了。）

林奇

还有呢？

斯蒂芬

（回头望了望）因此，将成为人类共同语言的，乃是手势，而并非音乐或气味。这种传达手段所明确显示的不是通常的意义，而是生命第一原理，结构性的节奏。

林奇

黄色哲学的言语宗教学。梅克伦堡街[9]的形而上学！

斯蒂芬

莎士比亚就受尽了悍妇的折磨，苏格拉底也怕老婆。就连那位绝顶聪明的斯塔基莱特人[10]都被一个荡妇套上嚼子和笼头，骑来骑去。

林奇

哎！

斯蒂芬

不管怎样，谁需要打两次手势来比画面包和瓮呢？在我默的诗里，这个动作就表示面包和酒瓮[11]。替我拿着手杖。

林奇

让你的黄手杖见鬼去吧。咱们到哪儿去呀？

斯蒂芬

好色的山猫[12]，咱们找无情的美女乔治娜·约翰逊[13]去，走向年少时曾赐予我欢乐的女神[14]。

（斯蒂芬把梣木手杖塞给林奇，缓缓摊开双手，头朝后仰。在距胸部一拃的地方手心向下，十指尖交叉，若即若离。左手举得略高。）

林奇

哪个是面包瓮[15]？简直不中用。究竟是瓮还是海关，你来说明吧！喏，接住你的拐棍儿，走吧！

（他们走过去。汤米·卡弗里爬行到一根瓦斯灯杆跟前，紧紧抱住它，使劲爬上去。接着又从顶上前蹬后踹地哧溜下来。杰基·卡弗里也抱住灯杆要往上爬。一个壮工歪倚着灯杆。双胞胎摸着黑仓皇逃走。工人晃晃悠悠地用食指按住鼻翼的一边，从另一边鼻孔里擤出长长的一条鼻涕。壮工挑着忽明忽暗的号灯，从人丛中脚步蹒跚地踱去。

河雾宛若一条条蛇一般徐徐蠕动过来。从阴沟、裂缝、污水坑和粪堆，向四面八方发散出污浊的臭气。南面，在朝海洋流去的河水那边，有红光跳跃着。壮工拨开人群，朝着电车轨道侧线趔趔趄趄地走去。远处，布卢姆出现在铁桥下的彼端，面庞涨得通红，气喘吁吁，正往侧兜里塞面包和巧克力。隔着吉伦理发店的窗户可以瞥见一帧综合照片[16]，映出纳尔逊的潇洒英姿。映在旁边那凹面镜里的是害着相思病、憔悴不堪、阴郁忧伤的布——卢——姆。严峻的格拉顿从正面逼视着他——身为布卢姆的布卢姆。骠悍的威灵顿瞪着双目，吓得他赶紧走过去，然而映在凸面镜里那小猪眼睛肥下巴胖脸蛋儿、快快活活的波尔迪，逗乐的笨蛋，笑嘻嘻的，却丝毫也没让他受惊。

布卢姆走到安东尼奥·拉白奥蒂的门口时停下脚步。在亮晃晃的弧光灯下淌着汗。他消失了一下，俄而又重新出现，匆匆赶路。）

布卢姆

鱼配土豆，哎，真够呛！

（他消失在正往下撂百叶窗的奥尔豪森猪肉店里。少顷，呼哧呼哧的布——卢——姆，气喘吁吁的波尔迪，又从百叶窗底下钻出来。两只手里各拎着一个包儿。一包是温吞吞的猪脚，另一包是冷羊蹄，上面撒着整粒的胡椒。他喘着气，直挺挺地站在那里。然后歪起身子，用一个包儿顶住肋骨，呻吟着。）

布卢姆

小肚子痛得慌。我何必这么跑呢？

（他小心翼翼地呼吸，慢慢腾腾地朝着点了灯的岔道走去。红灯又跳跃了。）

布卢姆

那是什么？是信号灯吗？是探照灯哩！

（他站在科马克那家店的拐角处，观望着。）

布卢姆

是北极光[17]，还是炼钢厂？啊，当然是消防队喽！不管怎样，是南边。好大一片火焰。说不定是他[18]的房子哩！贝格尔灌木[19]。我们家不要紧。（他愉快地哼唱。）伦敦着火啦，伦敦着火啦[20]！着火啦；着火啦！（他瞥见壮工在塔尔博街另一头拨开人群穿行。）我会跟他失散的。跑！快点儿。不如从这儿穿过去。

（他一个箭步蹿过马路。顽童们喊叫。）

顽童们

当心点儿，大爷！

（两个骑车人，点燃的纸灯晃悠着，丁零零地响着铃，像游泳般地擦身而过。）

铃铛

丁零零，丁零零。

布卢姆

（脚上抽筋，直挺挺地站着）噢！

（他四下里望望，猛地朝前一蹿。穿过朦朦上升的雾，一辆龙头撒沙车[21]谨慎地驶来。它眨巴着巨大的前灯，沉甸甸地朝他压将过来。车顶的触轮嗞嗞地摩擦着电线。驾驶员当当地踩着脚钟。）

警钟

当当布啦吧咔布啦德吧咯布卢。

（制动器猛烈地嘎嘎响。布卢姆举起那只像警察般戴着白手套的手，双腿僵直地跌跌撞撞跳离路轨。长着狮子鼻的电车司机猛地栽到驾驶盘上。他一边滑也似的驶过去，一边从轮锁与销子上面叫喊。）

司机

嘿，你这屎裤子，打算耍帽子把戏[22]吗？

（布卢姆灵巧地跳到边石上，又停下脚步。他伸出一只拿着包包的手，从脸蛋儿上抹掉溅上去的泥点子。）

布卢姆

原来是禁止通行。好险哪，然而这下子疼痛倒是消了，又得重新练练桑道操[23]了。俯卧撑。还得加入交通事故保险才行。天主保佑。（他摸了摸裤兜。）可怜的妈妈的护身符。鞋后跟动不动就被轨道卡住，鞋带又容易被车轮勾住。有一天在利奥纳德街的拐角那儿，警察局的囚车把我一只鞋刮走了。第三回就灵验了。用鞋耍把戏。司机真蛮横。我本该举报他。他们太紧张了，所以弄得神经过敏。今天早晨我瞧马车里那个女人时，跟我捣乱的，兴许就是这个家伙。同一类的美人儿。不管怎么说，他的动作够敏捷的哩。腿脚不灵便了。用打趣的口吻说真心话。在莱德小巷，抽筋抽得好厉害。我大概是食物中毒吧。幸运的征兆。怎么回事呢？那也许是私宰的牛。牲口身上打着烙印。（他闭一会儿眼睛。）头有点儿发晕。每月都闹一次，要么就是另外那档子事的反应。脑袋瓜儿晕晕乎乎的。那种疲倦的感觉。我已经吃不消啦。噢！

（一个不祥的人影交叉着腿，倚着奥贝恩[24]的墙。这是一张陌生的脸，仿佛注射了发黑的水银。那人影从一顶墨西哥阔边帽底下，用凶狠的目光盯着他。）

布卢姆

晚上好，怀特小姐。这是什么街呀[25]？

人影

（面无表情地举起胳膊作为信号）口令。马博特街[26]。

布卢姆

哈哈。谢谢。世界语。再见[27]。（他喃喃地说）是那个爱打架的家伙派来的盖尔语联盟的密探。

（他向前迈步。一个肩上扛着麻袋的拾破烂儿的拦住他的去路。他朝左边走，拾破烂儿的也朝左拐。）

布卢姆

劳驾。

（他朝右边跳去，拾破烂儿的也朝右跳。）

布卢姆

劳驾。

（他转了个弯，侧身而行，躲到一旁，悄悄地溜过去往前走。）

布卢姆

一直靠右边、右边、右边走。旅行俱乐部在斯蒂普阿塞德竖起了路标，是谁带来这项公共福利的呢？是由于我迷了路，给《爱尔兰骑车人》的读者来信栏写了封信，题目是《在最黑暗的斯蒂普阿塞德》。靠、靠、靠右边走。半夜里捡着破烂儿和骨头。倒更像是买卖贼赃哩。杀人凶手首先会到这种地方来，以便洗涤尘世间的罪恶。

（杰基·卡弗里被汤米·卡弗里追逐着奔来，同布卢姆撞个满怀。）

布卢姆

噢！

（吓了一跳，大腿发软，停了下来。汤米和杰基就在那儿，当场失去踪影。布卢姆双手持包，轻拍着怀表袋，装笔记本的裤兜，装皮夹子的裤兜，那本《偷情的快乐》、土豆和香皂。）

布卢姆

可得当心扒手。小偷儿惯耍的花招儿：撞你一下，顺手就摸走你的包。

（一只能叼回猎物的狼狗，鼻子贴地嗅着，踱了过来。一个仰卧着的人影打了个喷嚏。出现了一个弯腰驼背、留着胡子的人。他身着锡安的长老所穿的那种长袍，头戴有着深红流苏的吸烟帽。玳瑁框眼镜一直耷拉到鼻翼上。鼻歪嘴斜的脸上是一道道黄色毒药的斑痕。)

鲁道尔夫

今天你是第二次浪费半克朗银币了。我不是跟你说过吗：绝不可跟那帮异教徒醉鬼混在一起。瞧，你就是攒不住钱。

布卢姆

(将猪脚和羊蹄藏在背后，垂头丧气地抚摩着温吞吞的和冰冷的脚肉和蹄肉。)是的，我明白，爹[28]。

鲁道尔夫

你在这儿干些什么名堂啊？你没有灵魂吗？(他伸出虚弱的秃鹫爪子，抚摩着布卢姆那沉默的脸。)你不是我儿子利奥波德吗？不是利奥波德的孙子吗？你不是我那亲爱的儿子利奥波德吗？就是那个离开父亲的家，也离开祖先亚伯拉罕和雅各的上帝的利奥波德吗？

布卢姆

(惶恐地)大概是的，父亲。莫森索尔[29]。这就是他的下场。

鲁道尔夫

(严厉地)那天晚上，你把宝贵的金钱挥霍了一通，喝得烂醉如泥，被他们护送回家。那帮流浪汉究竟是你的一些什么人？

布卢姆

(身着年轻人穿的一套时髦的蓝色牛津服装，白色窄肩背心，头戴褐色登山帽。怀里是一块绅士用的纯银沃特伯里牌转柄表，佩着一条缀有图章的艾伯特双饰链[30]。半边身子满是厚厚一层泥巴。)是越野赛跑的选手，父亲。我就那么一回。

鲁道尔夫

一回！从头到脚都是泥。手上还划破了个口子。会患破伤风的。他们会要你命的，充满生气的利奥波德。对那帮家伙你可得当心啊！

布卢姆

（懦弱地）他们问我敢不敢比比短跑。道路上净是泥，我跌了一跤。

鲁道尔夫

（轻蔑地）不务正业的异教徒[31]。你那可怜的母亲要是看见了该怎么说！

布卢姆

妈妈！

艾琳·布卢姆

（她手里斜端着蜡台，出现在楼梯栏杆上端。头戴哑剧中贵妇人戴的那种下巴上系带子的头巾式软帽，身穿寡妇吐安基[32]那种有衬架和腰垫的裙子；衬衫纽扣钉在背后，袖子是羊脚型的；戴着灰色露指长手套，配以有浮雕的玉石胸针。盘成辫子的头发用绉网罩起。她吃惊地尖声嚷叫。）噢，神圣的救世主，这孩子给糟践成什么样子啦！快给我嗅盐[33]。（她撩起一道裙褶，在那铅灰色条纹衬裙的兜儿里摸索。从兜儿里掉出一只小药瓶、一枚"天主羔羊"[34]、一只干瘪的土豆和一个赛璐珞玩偶。）圣母圣心啊，你到底在哪儿呢，在哪儿呢？

（布卢姆嗫嚅着，两眼垂下，开始把那两个包儿往鼓鼓囊囊的兜儿里塞，却又打消了这个念头，嘴里不知嘟囔些什么。）

声音

（尖锐地）波尔迪！

布卢姆

谁呀？（他急忙弯下腰去，笨拙地搪开什么人打过来的一拳。）有何贵干？

（他抬头看。眼前出现了一位亭亭玉立、身着土耳其装束的美女，旁边是几棵枣椰树的蜃景。丰腴的曲线将她那猩红色长裤与短上衣撑得鼓鼓的，开衩儿处露出金色衬里。她系着一条宽幅黄色腰带，脸上蒙着白色——夜间变为紫罗兰色——面纱，只露出一双乌黑的大眼睛和黑亮的头发。）

布卢姆

摩莉！

玛莉恩

什么呀？亲爱的，打今儿起，你招呼我的时候，就叫我玛莉恩太太吧！（用挖苦口吻）可怜的小丈夫，叫你等了这么半天，脚都冰凉了吧？

布卢姆

（调换了一下双脚的位置）不，不，一点儿都不。

（他极其激动地呼吸着，大口大口地吞进空气。有多少话想问，有多少希望，为她的晚餐备下的猪脚，要告诉她的事，解释，欲望，简直着迷了。一枚硬币在她前额上闪烁着。她脚上戴着几枚宝石趾环。踝部戴着纤细的脚镣。她身旁是一只骆驼，缠着塔楼状头巾，伫候着。那上下跳动着的驼桥[35]，垂下一道有着无数阶磴的绸梯。骆驼不大情愿地摆动着它那臀部，慢慢腾腾地凑过来。她猛揍了一下它的屁股，包金的手镯丁零零响着，愠怒地用摩尔话骂他。）

玛莉恩

女性的小天堂[36]！

（骆驼举起一只前脚，从树上摘下一枚大杧果，将它夹在偶蹄间，献给女主人。然后它眨巴着眼睛，仰起脖子，耷拉下脑袋，咕哝着，挣扎着跪下。布卢姆像做蛙跳游戏般地弯下腰去。）

布卢姆

我可以给你……我的意思是说：作为你的经纪人……玛莉恩太太……假若你……

玛莉恩

那么，你注意到什么变化了吗？（双手徐徐地抚摩饰着珠宝的三角胸衣，眼中逐渐显出友善的揶揄神色。）哦，波尔迪，波尔迪，你依然是个老古板！去见见世面，到广阔的天地中去[37]开开眼界吧！

布卢姆

我正要折回去取那加了香橙花液的白蜡洗剂呢。每逢星期四，铺子总要提前打烊。可是，明天早晨我首先要办的就是这事儿。（他把身上的几个兜儿都拍了拍。）浮游肾。哎！

（他指指南边，又指指东边。一块洁净、崭新的柠檬肥皂发散出光与芳香，冉冉升起。）

肥皂

布卢姆和我，是般配的一对。
他拭亮地球，我擦光天空。

（药剂师斯威尼那张满是雀斑的脸出现在太阳牌肥皂的圆盘上。）

斯威尼

您哪，三先令一便士。

布卢姆

好的。是为我老婆买的。玛莉恩太太。特制的。

玛莉恩

（柔声）波尔迪！

布卢姆

哦，太太？

玛莉恩

你的心跳得快些了吗[38]？

（她面泛轻蔑神色款款踱开，嘴里哼着《唐乔万尼》中的二重唱。她身材丰满得像只娇养着的胸脯鼓鼓的鸽子。）

布卢姆

关于“沃利奥[39]”，你有把握吗？我指的是发音……

（他尾随于后，四处嗅着的猩狗又跟踪着他。上了年纪的老鸨拽住他的袖子。她下巴上的那颗黑痣上长的毛闪闪发光。）

老鸨

一个处女十先令。黄花姑娘哩，从来没有人碰过。才十五岁。家里除了她那烂醉的爹，啥人也没有。

（她伸手指了指。布赖迪·凯利[40]被雨淋得浸湿，站在她那黑洞洞的魔窟裂缝里。）

布赖迪

哈奇街。你心目中有好的吗？

（她尖叫一声。呼扇着蝙蝠般的披肩，撒腿就跑。一个粗壮的暴徒脚蹬长靴，跨着大步追赶着。他在台阶那儿磕绊了一下，站稳了，纵身一跳，消失在黑暗中。传来一阵微弱的尖笑声，越来越低微了。）

老鸨

（她那狼一般的雪亮的眼睛）那位老爷找乐子去啦！在妓院里可弄不到黄花闺女。十先令。可要是整宵泡在这儿，会给便衣警察撞上的。六十七号巡警可真是个狗养的。

（格蒂·麦克道维尔斜瞅着。一瘸一拐地走过来。她一面送秋波，一面从背后抽出血迹斑斑的布片，卖弄风情地拿给他看。）

格蒂

我把在世上的全部财产你和你[41]。（她喃喃地说）是你干的。我恨你。

布卢姆

我？什么时候？你做梦哪。我从来没见过你。

老鸨

你这骗子，放开老爷。还给老爷写什么满纸瞎话的信。满街拉客卖淫。像你这么个荡妇，就欠你妈没把你捆在床柱子上，用皮带抽你一顿。

格蒂

（对布卢姆说）我那衬裤的秘密，你统统瞧见了。（她哽咽着，爱抚他的袖子。）你这个下流的有妇之夫！正因为你对我干了那档子事，我爱你。

（她跛着脚溜走了。布林太太身穿有着松垮垮的褶裥口袋的起绒粗呢男大氅，伫立在人行道上。她那双调皮的眼睛睁得老大，笑眯眯地龇着食草动物般的龅牙。）

布林太太

这位先生是……

布卢姆

（庄重地咳嗽着）太太，我荣幸地收到了您本月十六日的大函……

布林太太

布卢姆先生！你竟跑到这罪恶的魔窟来啦！这下狐狸尾巴可给我抓住啦！你这个流氓！

布卢姆

别那么大声喊我的名字。你究竟把我看成什么人啦？可别出卖我。隔墙有耳嘛。你好吗？好久不见啦。你看上去挺好。可不是嘛。这月气候真好。黑色能够折射光。从这儿抄近路就到家啦。这一带蛮有趣。拯救沦落的风尘女子。玛达琳济良所。我是秘书……

布林太太

（*跷起一只手指*）喏，别瞎扯啦！我知道有人不喜欢这样。哦，等我见了摩莉再说！（*狡黠地*）你最好马上如实招来，否则就会大难临头！

布卢姆

（*回头看看*）她时常念叨要来见识见识哩。逛逛这花街柳巷。喏，异国情调嘛。她说要是有钱，还想雇上几名穿号衣的黑皮肤仆役呢。就像黑兽奥赛罗那样的[42]。尤金·斯特拉顿[43]。连利弗莫尔黑脸合唱团[44]的打拍员和巧辩演员[45]都行。还有博赫弟兄[46]。只要是黑的，连扫烟囱的都成。

（化装成黑脸的汤姆和萨姆·博赫跳了出来，身穿雪白帆布上衣，猩红短袜，浆洗得硬邦邦的萨姆勃[47]高领，扣眼儿里插着大朵的鲜红紫菀花。肩上各挂着一把五弦琴[48]。黑人特有的浅黑小手嘣嘣地拨弄着琴弦。一双白色卡菲尔[49]那样的眼睛和一嘴龅牙闪闪发光。他们脚蹬粗陋的木靴，咯噔咯噔地跳着喧嚣、急促的双人舞。拨弦，歌唱，忽而背对背，忽而脚尖挨后跟，忽而又后跟挨脚尖。用黑人的厚嘴唇吱吱咂咂地鼓噪助威。）

汤姆与萨姆

有人和迪娜一道在家里，
有人待在家里，我知道的，
有人和迪娜一道在家里，
弹奏那把古老的五弦琴[50]。

（他们猛地摘掉黑人面具，露出那淳朴的娃娃脸。然后哧哧窃笑，哈哈大笑，咚咚、当当地奏着琴，跳着步态舞，扬长而去。）

布卢姆

要是你有兴致的话，咱俩何妨也厮混一阵？也许你肯让我拥抱上那么几分之一秒吧？

布林太太

哦，你这个傻瓜！也该去照照镜子！

布卢姆

咱们是老交情嘛！我的意思不过是要在两对不同的小夫妻间再来个杂婚，也就是交换老婆。你晓得，在我心窝儿里对你总有点儿意思。情人节那天，是我把那张可爱的小羚羊图片送给你的。

布林太太

哎呀，天哪，瞧你这副丑样子！简直是滑稽。（她好奇地伸出一只手。）你背后藏着什么？告诉咱，好乖乖。

布卢姆

当年的乔西·鲍威尔[51]是都柏林首屈一指的美人儿。时间过得好快啊！咱们回顾一下吧。你还记得一个圣诞夜，乔治娜·辛普森举行新屋落成宴那次，他们玩欧文·毕晓普游戏[52]：蒙起眼睛找饰针啦，表演测心术什么的。提问：这只鼻烟盒里装着什么？

布林太太

那天晚上你可是明星，表演半滑稽的朗诵，演得惟妙惟肖。你一向都是妇女们的红人儿。

布卢姆

（装扮成贵妇的随从。身着波纹绸镶边的无尾晚礼服，扣眼儿上戴着一枚共济会蓝色徽章，系着黑蝴蝶结领带，珍珠领扣，一只手里歪举着棱形的香槟酒杯。）女士们，先生们，为了爱尔兰，为了家园和丽人[53]干杯。

布林太太

那一去不复返的日子令人怀念。那古老甜蜜的情歌[54]。

布卢姆

（有意把嗓门儿放低）说实在的，我怀着强烈的好奇心想知道，某一位的某物眼下是不是有点儿热热的。

布林太太

亲昵地热得厉害！伦敦热热的，我简直浑身热热的！（同他的侧腹相蹭蹬）咱们在客厅里玩猜谜游戏，再从圣诞树上取下摔炮玩它一阵，然后就坐在楼梯口的长凳上，槲寄生枝[55]的阴影里。光是咱俩在一起。

布卢姆

（头戴缀有琥珀色半月的紫色拿破仑帽，慢慢地把手指放到她那柔软、湿润、丰腴的手心里。她顺从地听任他摆布。）那是一夜之中最阴森的时候[56]。我小心翼翼地从这只手里慢慢儿挑出一根刺。（将一枚红玉戒指轻轻地套到她的手指上，并温存地说）手拉着手[57]。

布林太太

（身穿染成月白色的连衣裙式晚礼服，额上戴着一顶华丽灿烂的仙女冠，跳舞卡片落在月白色缎子拖鞋旁边。她温柔地弯起手掌。急促地喘着气。）我要，又[58]……你发烧哪！你都烫伤啦！左手最挨近心脏啦！

布卢姆

当你做了目前这个选择时，人家都说你们不啻是美女与野兽[59]。对这一点，我永远也不能饶恕你。（他攥起一个拳头，按住前额。）想想看，这对我意味着什么。当年，你对我意味着一切。（沙哑地）女人哪，快要把我毁灭啦！

（丹尼斯·布林头戴白色大礼帽，前后胸挂着威兹德姆·希利的广告牌，趿拉着毡拖鞋，从他们身边磨蹭着踱过去。他那把不起眼的胡子挓挲着，忽而朝左边，忽而朝右边咕哝着。小个子阿尔夫·柏根身穿印有黑桃幺[60]的外套，笑弯了腰。忽而朝左忽而朝右地跟踪着他。）

阿尔夫·柏根

（嘲弄地指着广告牌）万事休矣：完蛋。

布林太太

（对布卢姆）楼下在表演天翻地覆[61]。（给他递了个媚眼）你为什么不吻一吻那个部位，好医治创伤呢？你心里直痒痒嘛！

布卢姆

你是摩莉最好的朋友啊！怎么能这样？

布林太太

（从嘴唇间伸出果肉般的舌头，想要给他个鸽吻）哼。你问得无聊，没法儿回答。你那里有什么小礼物送给我吗？

布卢姆

清真食品。当晚饭吃的快餐。家里没有李树商标罐头肉，那就是美中不足[62]。我看了《丽亚》的演出，班德曼·帕默夫人，她演的莎士比亚，真是再精彩不过了。可惜我把节目单扔了。要是买猪脚，就数这个地方好。摸摸看。

（里奇·古尔丁用饰针在头上别了三顶女帽，腋下夹着考立斯－沃德律师事务所的公文包，上面用白灰涂着一副骷髅与交叉的大腿骨。公文包太重，使他的身子往一边坠。打开一看，满是半熟的干香肠，熏曹白鱼、芬顿[63]黑线鳕和裹得严严实实的药丸。）

里奇

都柏林的东西，货真价实。

（秃头帕特，愁眉苦脸的聋子，站在人行道的边石上，折叠着餐巾，等着服侍客人。）

帕特

（斜端着一只盘子，滴滴答答地洒着肉汁）牛排和腰子。一瓶储存啤酒[64]。嘻嘻嘻。等着我来上吧！

里奇

老天爷，我从来也没吃过……

（他耷拉着脑袋一个劲儿地往前走。躲藏在左近的壮工用火热的角叉戳了他一下。）

里奇

（伸手按住背部，痛苦地喊叫）啊！布赖特氏病[65]！肺脏！

布卢姆

（指着壮工）一个奸细。别惹人注意。我对愚蠢的人群厌恶透了，我可没有心情去找乐子，我处在严重的困境中。

布林太太

你这是照例用老一套的谎话来骗人。

布卢姆

关于我怎么会来到这儿，我想透露给你个小小的秘密。但是你可别告诉旁人。甚至连对摩莉也不能说。有个特殊的原因。

布林太太

（极度兴奋）哦，无论如何也不会说出去。

布卢姆

咱们去散散步好吗？

布林太太

好的。

（老鸨打了个手势，无人理睬。布卢姆和布林太太一道走起来。㹴狗可怜巴巴地呜呜叫着，摇着尾巴跟在后面。）

老鸨

犹太人的脾脏！

布卢姆

（身穿燕麦色运动服，翻领上插着一小枝忍冬草，里面是时髦的浅黄色衬衫，系着印有圣安德鲁十字架的黑白方格花呢领带。白色鞋罩，臂上挎了件鹿毛色风衣，脚蹬赤褐色生皮翻毛皮鞋。将一架双筒望远镜像子弹带那样斜挎在肩上，头戴一顶灰色宽边低顶的毡帽。）你还记得吗，很久很久，多年以前，米莉——我们管她叫玛莉奥内特。刚断奶，我们大家曾一道去看过仙女房赛马会？

布林太太

（穿一身定做的款式新颖的萨克森蓝衣衫，头戴白丝绒帽，脸上蒙着蛛网状面纱。）在利奥波德镇。

布卢姆

对，是利奥波德镇。摩莉把赌注下在一匹名叫永勿说的马上，赢了七先令。然后坐那辆有五个座位的双轮破旧马车，沿着福克斯罗克回的家。当时你可风华正茂，戴着镶了一圈鼹鼠皮的白丝绒新帽。那是海斯太太劝你买的，因为价钱降到十九先令十一便士了。其实就是那么一点铜丝支着一些破破烂烂的旧丝绒。我敢跟你打赌，她准是故意的……

布林太太

当然喽，可不是嘛，猫婆子！别说下去啦！真会出馊主意！

布卢姆

比起另外那顶插上极乐鸟翅膀的可爱的宽顶无檐小圆帽来，它连四分之一也跟你般配不上。你戴上那一顶，简直太迷人啦，我十分神往。可惜宰那只鸟儿太损了，你这淘气残忍的人儿。那小鸟的心脏只有一个句号那么大呀！

布林太太

（捏他的胳膊，假笑）我确实又淘气又残忍来着！

布卢姆

（低声说悄悄话，语调越来越快）摩莉还从乔·加拉赫太太[66]的午餐篮里拿了一块香辣牛肉三明治吃。老实说，尽管她有一批参谋或崇拜者，我一向不喜欢她那派头。她……

布林太太

过于……

布卢姆

是呀。摩莉那时正在笑，因为当我们从一座农舍前面经过的时候，罗杰斯和马戈特·奥里利学起鸡叫来了。茶叶商人马库斯·特蒂乌斯·摩西带上他的女儿乘着轻便双轮马车赶到我们前面去了。她名叫舞女摩西。坐在她腿上的那只长卷毛狗神气活现地昂着头。你问我，可曾听说过、读到过、经历过或遇上过……

布林太太

对呀，对呀，对呀，对呀，对呀，对呀，对呀！

（她从他身边倏地消失。他朝地狱门[67]走去，后边跟了一条呜呜叫着的㹴狗。一个妇女站在拱道上，弯下身子，叉开双腿，像头母牛那样在撒尿。已经撂下百叶窗的酒吧外面，聚着一群游手好闲的人，倾听着他们那个塌鼻梁的工头用急躁刺耳的沙声讲着妙趣横生的故事。其中一对缺臂者半开玩笑地扭打起来。残疾人之间进行着拙笨的较量，吼叫着，扑通一声倒下去。）

工头

（蹲着，瓮声瓮气地）当凯恩斯从比弗街的脚手架上走下来后，你们猜猜他往什么地方撒来着？竟然往放在刨花上的那桶黑啤酒里撒了一泡，可那是给德尔旺的泥水匠准备的呀[68]！

游手好闲的人们

（从豁嘴唇里发出傻笑）哦，天哪！

（他们摇晃着那满是油漆斑点的帽子，这些无臂者身上沾满了作坊的胶料和石灰，在他周围跳跳蹦蹦。）

布卢姆

也是个巧合。他们还觉得挺可笑哩！其实，一点儿也不。光天化日之下，想试着走走。幸亏没有女人在场。

游手好闲的人们

天哪，真有意思。结晶硫酸钠。哦，天哪，往那些人的黑啤酒里撒了一泡。

（布卢姆走过去。下等窑姐儿，或只身或结伴，裹着披肩，头发蓬乱，从小巷子、门口和拐角处大声拉客。）

窑姐儿们

去远处吗怪哥哥?

中间那条腿好吗?

身上没带火柴吗?

来吧，我把你那根弄硬了。

（他拖着沉重的脚步穿过她们那片污水坑，走向灯光明亮的大街。鼓着风的窗帘那边，留声机扬起那老掉了牙的黄铜喇叭。阴影里，一家非法出售漏税酒的酒吧老板正跟壮工和两个英国兵在讨价还价。）

壮工

（打嗝）那家该死的小店儿在哪儿?

老板

珀登街。一瓶黑啤酒一先令[69]。还有体面的娘儿们。

壮工

（拽住两个英国兵，跟他们一道脚步蹒跚地往前走。）来呀，你们这些英国兵!

士兵卡尔

（在他背后）这小子一点儿也不傻。

士兵康普顿

（大笑）嗬，可不是嘛!

士兵卡尔

（对壮工）贝洛港营盘[70]的小卖部。找卡尔。光找卡尔就行。

壮工

（大声喊）我们是韦克斯福德的男子汉[71]。

士兵康普顿

喂！你觉得军士长怎么样？

士兵卡尔

贝内特吗？他是我的伙伴。我喜欢亲爱的贝内特[72]。

壮工

（大喊）

……磨人的锁链，

迎来祖国的解放[73]。

（他拖着他们，摇摇晃晃地往前走。布卢姆不知所措，停下脚步。狸狗耷拉着舌头，气喘吁吁地靠过来。）

布卢姆

简直就像是在追野鹅[74]。乌七八糟的妓院。天晓得他们到哪儿去了。醉汉跑起来要快上一倍。一场热闹的混战。先在韦斯特兰横街车站吵了一通，然后又拿着三等车票跳进头等车厢。一下子被拉得老远。火车头是装在列车后头的。有可能把我拉到马拉海德，要么就在侧线过夜，要么就是两趟列车相撞。都是喝第二遍喝醉的。一遍其实正好。我跟在他后面干什么？无论怎样，他是那帮人当中最像个样儿的。要不是听说了博福伊·普里福伊太太的事儿，我绝不会去，那么也就遇不上他了。这都是命中注定的。他会丢失那笔钱的。这里是济贫所[75]。沿街叫卖的小贩和放高利贷的倒是有好生意可做啦。你缺点儿啥？来得容易，去得也快。有一次，几乎给司机开的那辆当啷啷响的锃亮有轨电动讫里什那神像车[76]轱辘压了。要不是我头脑镇定，早就把命送掉了。不过，并非每一次都能幸免。那天倘若我迟两分钟走过鲁洛克的窗户，就会给枪杀的。亏得我没在那儿。然而，要是子弹仅仅穿透了我的上衣，我倒是能为了受惊而索取五百英镑的赔偿费哩。他是干什么的来着？基尔代尔街俱乐部的花花公子。替他看守猎场也够不容易的。

（他朝前望着那用粉笔在一面墙上胡乱画着的阴茎图案，下面题着：《梦遗》。）

奇怪！在金斯敦，摩莉也曾往结了一层霜的马车玻璃上画各式各样的图来着。画的是些什么呢？（衣着花哨、像玩偶般的女人懒洋洋地靠在灯光明亮的门口或漏斗状窗口，吸着鸟眼纹理烟卷[77]。令人作呕的甜蜜的烟草气味慢慢形成椭圆形的环，向他飘来。）

烟环

快乐真甜蜜。偷情的快乐[78]。

布卢姆

我的脊骨有点儿酸痛。往前走，还是折回去呢？还有这吃的呢？吃下去，浑身都会沾上猪的味道。我太荒谬了。白糟蹋钱。多付了一先令八便士[79]。（狼狗摇着尾巴，流着鼻涕的冰凉鼻子往他手上蹭。）奇怪，它们怎么这么喜欢我。今天连那只猛犬都是这样。不妨先跟它说说话。它们就像女人一样，喜欢逢场作戏[80]。发出一股鸡貂的气味。各有所好。兴许这还是一条疯狗呢。大热天的。脚步也不稳。费多！好小子！加里欧文[81]。（那只狼狗摊开四肢趴在他的背上，伸出长长的黑舌头。用乞讨的前爪做猥亵状，扭动着。）是环境的影响。给它点儿什么，把它打发走吧。只要没有人在场。（亲切地招呼着，像一个鬼鬼祟祟的偷猎者似的蹒蹒跚跚地踅回来。在那只塞特种猎狗的跟随下，走进满是尿骚气味的黑暗角落。他打开一个包儿，刚要轻轻地丢掉猪脚，却又停下手来，并摸摸羊蹄。）才三便士，可真不小。但是我只好用左手拿着它。更吃力一些。为什么呢？不大用，所以就抽缩了。哦，给掉拉倒。两先令六便士。

（他打开包，依依不舍地将猪脚羊蹄丢过去。那只皮滑腰短的大看家狗拙笨地撕咬着那摊肉，贪婪地嗥叫着，嘎吱嘎吱啃着骨头。两名披着防雨斗篷的巡警在旁警戒着，默默地走近。他们不约而同地念叨。）

巡警们

布卢姆。布卢姆的。为布卢姆。布卢姆[82]。

（他们各伸出一只手，按在布卢姆肩上。）

巡警甲

当场抓获，不许随地小便。

布卢姆

（结巴着）我在替大家做好事哪。

（一群海鸥与海燕饥饿地从利菲河的稀泥里飞起，口中衔着班伯里馅饼。）

海鸥们

嗒噶啦嘣吧哩吓乒[83]。

布卢姆

这是人类的朋友，是用慈爱之心来培养的。

（他指了指。鲍勃·多兰正从酒吧间的高凳上越过嘴里正贪馋地咀嚼着什么的长毛垂耳狗，栽了下来。）

鲍勃·多兰

陶瑟尔。把爪子伸过来。把爪子伸过来[84]。

（那只斗犬竖起颈背，低沉地怒吼着。它用臼齿叼着猪蹄，齿缝间滴滴答答淌着狂犬病那满是泡沫的涎水。鲍勃·多兰静悄悄地跌到地下室前的空地上。）

巡警乙

禁止虐待动物。

布卢姆

（热切地）功德无量！在哈罗德陆桥上，有个车把式正虐待一匹被挽具磨伤了皮肉的可怜的马，我就朝他嚷了一通。结果白费力气，倒招得他用法国话骂了我一顿。当然喽，那天下着霜，又是末班马车。所有关于马戏团生活的故事，全都是其有伤风化的。

（马菲[85]先生兴奋得脸色苍白，身穿驯狮人的服装，迈步向前。衬衫前胸钉有钻石饰扣，手执马戏团用的大纸圈，马车夫的弯鞭以及一把转轮手枪。他用手枪瞄准大吃大嚼的猎野猪犬。）

马菲先生

（面泛狞笑）女士们，先生们，这是我训练出来的灵猰[86]。用食肉动物专利特许的尖钉鞍，把那匹北美西部平原的野马埃阿斯驯服的，也是我。用满是结子的皮条鞭打它肚子下边。无论多么暴躁的狮子，哪怕是利比亚的食人兽——一头猛狮，只要装个滑车，狠狠地一勒，也会乖乖儿地就范。用烧得通红的铁棍烙过之后，再在烫伤处涂上膏药，便把阿姆斯特丹的弗里茨，会思考的鬣狗造就出来了。（目光炯炯）我掌握印度咒文[87]。靠的是我的两眼和胸前的钻石。（面泛带有魔力的微笑）现在我来介绍一下马戏团的明星鲁碧小姐。

巡警甲

说！姓名和地址。

布卢姆

我一时忘记了。啊，对啦！（他摘下那顶高级帽子，敬礼）布卢姆医生[88]，利奥波德，牙科手术师。你们一定听说过封·布鲁姆·帕夏[89]吧。财产也不知有多少亿英镑。好家伙[90]！他拥有半个奥地利。还有埃及。他是我堂兄。

巡警甲

拿出证据来。

（一张名片从布卢姆那顶帽子的鞣皮圈里掉了下来。）

布卢姆

（头戴红色土耳其帽，身穿穆斯林法官长袍，腰系宽幅绿饰带，胸佩一枚伪造的法国勋级会荣誉军团[91]勋章。他赶紧捡起名片，递上去。）请过目。敝人是陆海军青年军官俱乐部[92]的会员。律师是约翰·亨利·门顿。住在巴切勒步道二十七号。

巡警甲

（读）亨利·弗罗尔。无固定住址。犯有非法埋伏并骚扰罪。

巡警乙

要拿出你不在作案现场的证明。对你是一直提防着的。

布卢姆

（从胸兜里掏出一朵揉皱了的黄花）这就是关键性的那朵花。是一个我连姓名都不晓得的人给我的。（花言巧语地）你知道《卡斯蒂利亚的玫瑰》那个古老的笑话吧。布卢姆。把姓名改改呗。维拉格[93]。（他熟头熟脑地说起贴心话来。）您啊，警官先生，我们是订了婚的。这档子事儿涉及一个女人。爱情纠纷嘛。（他轻轻地拍着巡警乙的肩膀。）真讨厌。我们这些海军里的英俊小伙子总是碰上这种事儿。都是这身军服惹出的麻烦。（他一本正经地转向巡警甲。）不过，当然喽，有时也会一败涂地。哪天晚上顺路过来坐坐，咱们喝上一杯陈年的老勃艮第酒吧。（快活地对巡警乙）我来介绍一下，警官先生。她劲头可足啦。不费吹灰之力就能搞到手。

（出现了一张被含汞的药弄得浅黑的脸，后面跟随一个蒙着面纱的身影。）

浅黑水银

都柏林堡正在搜索他呢。他是给军队开除的。

玛莎

（蒙着厚厚的面纱，脖间系着深红色圣巾[94]，手执一份《爱尔兰时报》，以谴责口吻指着说。）亨利！利奥波德！莱昂内尔，迷失的你[95]！替我恢复名誉。

巡警甲

（严峻地）到警察局来一趟吧。

布卢姆

（惊愕，戴上帽子，向后退一步。然后，抓挠胸口，将右臂伸成直角形，做共济会会员的手势和正当防卫的架势。）哪里的话，可敬的师父[96]，这是个轻佻的女人。她认错人啦。里昂邮件。莱苏尔柯和杜博斯[97]。您该还记得蔡尔兹杀兄案[98]吧。我们是医生。控告我用小斧子把他砍死了，实在是冤枉啊！宁可让一个犯人逃脱法网，也不能错判九十九个无辜者有罪[99]。

玛莎

（蒙着面纱啜泣）他毁弃了誓约。我的真名实姓是佩吉·格里芬。他给我写信说，他很不幸。你这没心肝的专门玩弄女人的家伙，我要告诉我哥哥，他可是贝克蒂夫橄榄球队[100]的后卫哩！

布卢姆

（用手捂脸）她喝醉啦。这女人喝得酩酊大醉。（他含混不清地咕哝着以法莲人的口令。）示布罗列[101]。

巡警乙

（泪汪汪地，对布卢姆）你应该感到十分害臊。

布卢姆

陪审团的各位先生，请听我解释一下。真是搞得一塌糊涂啊！我被误解啦。我给当成了替罪羊。我是个体面的有妇之夫，一向品行端正，没有污点。我住在埃克尔斯街，我老婆是赫赫有名的指挥官的女儿，一个豪侠耿直之士，对，叫作布赖恩·特威迪陆军少将，是一位屡次在战役中立过功勋的英国军人，由于英勇地保卫了洛克滩，曾被授予少将头衔[102]。

巡警甲

属于哪个团队？

布卢姆

（转向旁听席）各位，属于举世闻名的都柏林近卫连队，那是社会中坚[103]啊！我好像瞧见你们当中就有几位他的老战友哩。都柏林近卫步兵连队与首都警察署一道保卫咱们的家园，也是忠于国王陛下的最骁勇精壮的小伙子们。

一个声音

叛徒！谁喊“支持布尔人”来着！谁侮辱了乔·张伯伦[104]？

布卢姆

（一只手扶着巡警甲的肩膀）我老爹也曾当过治安推事。我跟你们一样，也是个忠诚的英国人。正如当时的电讯所报道的那样，为了国王与祖国，我也曾在公园里那位郭富将军麾下，在那场令人心神恍惚的战争中服过役[105]，转战于斯皮昂·科帕和布隆方丹，受了伤[106]。战报里还提到过我。凡是白人所能做的，我全做到了。（安详地，带着感情）吉姆·布卢德索。把船鼻子转向岸边[107]。

巡警甲

报你的职业或行当。

布卢姆

喏，我是耍笔杆子的，作家兼记者。说实在的，我们正在策划出版悬赏短篇小说集，这是我想出来的，是个空前的举动。我跟英国和爱尔兰报纸都有联系。假若你打电话……

（迈尔斯·克劳福德口衔鹅毛笔，跨着大步趔趔趄趄地出现。他那通红的鼻子在草帽的光环中闪闪生辉。他一只手甩着一串西班牙葱头，另一只手将电话机听筒贴着耳朵。）

迈尔斯·克劳福德

（他颈部那公鸡般的垂肉晃来晃去。）喂，七七八四。喂，这里是《自由人尿壶和《擦臀周刊》[108]。会使欧洲大吃一惊[109]。你是哪儿？哦，《蓝袋》[110]吗？由谁抄笔？布卢姆吗？

（面色苍白的菲利普·博福伊[111]先生站在证人席上。他身穿整洁的常礼服，胸兜里露出尖尖的一角手绢，笔挺的淡紫色长裤和漆皮靴子。他拎着一只大公事包，上面标着《马查姆的妙举》字样。）

博福伊

（慢腾腾地）不，你不是那样的人。无论怎么看，我也绝不认为你是那样的人。一个人只要生来就是个绅士，只要具有绅士那种最起码的素质，就绝不会堕落到干下如此令人深恶痛绝的勾当。审判长阁下，他就是那帮人当中的一个。是个剽窃者。戴着文人[112]面具的油滑而卑怯的家伙。显而易见，他以天生的卑鄙，抄袭了我的几部畅销书。都是些真正了不起的作品，完美的珠玉之作。毫无疑问，他剽窃了其中描绘恋爱的段落。审判长阁下，对以爱情和财富为主题的《博福伊作品集》，您想必是熟悉的，它在王国内也是家喻户晓的。

布卢姆

（羞愧畏缩，低声咕哝）我对那段关于大笑着的魔女手拉着手[113]的描写有异议，如果我可以……

博福伊

（撇着嘴，目空一切地朝整个法庭狞笑着）你这可笑的笨驴，你呀！简直卑鄙得让人无法形容了！我认为你最好不这么过度地替自己开脱。我的出版代理人J.B. 平克尔[114]也在座。审判长阁下，我相信会照例付给我们证人出庭费吧？这个讨厌的报人几乎使我们囊空如洗了，这个里姆斯的贼寒鸦[115]连大学都没上过。

布卢姆

（含混不清地）人生的大学。堕落的艺术。

博福伊

（大声嚷）卑鄙下流的谎话，证明他在道德上的腐败堕落！（打开他的公事包）

我这里铁证如山，掌握犯罪事实[116]。审判长阁下，这是我的杰作的样本，可是被这畜生弄上的印记给糟蹋啦[117]！

旁听席上的声音

摩西，摩西，犹太王，
用《日报》把屁股擦。

布卢姆

（勇敢地）太夸张了。

博福伊

你这下流痞子！就该把你丢到洗马池里去，你这无赖！（对法庭）喏，瞧瞧这家伙的私生活吧！他当面一套，背后一套。在外面他是天使，回到家里就成了恶魔。当着妇女的面，他的行为简直不堪入耳！真是当代最大的阴谋家！

布卢姆

（对法庭）可他是个单身汉呀，怎么会……

巡警甲

公诉人控告布卢姆。传妇女德里斯科尔出庭。

庭役

女用人玛丽·德里斯科尔！

（衣着邋遢的年轻女用人玛丽·德里斯科尔走来。臂上挎着一只桶，手持擦地用的刷子。）

巡警乙

又来了一个！你也属于那不幸的阶级吧？

玛丽·德里斯科尔

（愤慨地）我可不是个坏女人。我品行端正，在先前伺候的那一家待了四个月呢。工钱是每年六英镑，星期五放假。可是这个人调戏我，我就只好辞工不干啦！

巡警甲

你控告他什么？

玛丽·德里斯科尔

他调戏过我。我尽管穷，却懂得自重。

布卢姆

（身穿波纹细呢家常短上衣，法兰绒长裤，没有后跟的拖鞋，胡子拉碴，头发稍乱。）我待你蛮好。我送过你纪念品，远远超过你身份的漂亮的鲜棕色袜带。当女主人责备你偷了东西的时候，我轻率地偏袒了你。什么都不要过分，为人得公正。

玛丽·德里斯科尔

（激昂地）今晚当着天主的面发誓。我才不会伸手去拿这样的好处呢！

巡警甲

你控告他什么？发生什么事了吗？

玛丽·德里斯科尔

这个人在房屋后院抽冷子把我吓了一跳，审判长老爷。一天早晨，趁着女主人出门买东西的当儿，他要我摘下一根饰针给他，又搂住了我，害得我身上至今还有四块紫斑。他还两次把手捅进我的衣服里。

布卢姆

她回手打了我。

玛丽·德里斯科尔

（轻蔑地）我更尊重的是擦地的毛刷[118]，正是这样。审判长老爷，我责备他了。他对我说，可别张扬出去。

乔治·弗特里尔[119]

肃静！现在由被告做他编造的供词。

（布卢姆申辩自己无罪。他手持一朵盛开的睡莲花，开始一场冗长而难以理解的发言。人们将会听取辩护人下面这段对大陪审团所作激动人心的陈说：被告落魄潦倒，尽管被打上害群之马的烙印，他却有决心改邪归正，全然温顺地缅怀过去，作为养得很驯顺的动物回归大自然。他曾经是个七个月就出生的早产儿，由多病并断了弦的老父精心抚养大的。他本人是可能几次误入歧途的父亲，可他渴望翻开新的一页。如今终于面对被绑上去受鞭挞的台柱，就巴不得周围弥漫着家族的温暖气息，在团聚中度过晚年。他已经被环境熏陶成了英国人。那个夏天的傍晚，当雨住了的时候，他站在环行线铁道公司机车驾驶室的踏板上，隔着都柏林市内和郊区那些恩爱之家的窗户，瞥见幸福的、地地道道牧歌式的乡间生活，墙上糊的是由多克雷尔[120]店里买来的每打一先令九便士的墙纸。这里，在英国出生的天真烂漫的娃娃们，口齿不清地对圣婴做着祷告；年轻学子们拼死拼活地用着功；模范的淑女们弹着钢琴，或围着噼噼啪啪燃烧着的那截圣诞夜圆木，阖家念诵《玫瑰经》。同时，姑娘们和小伙子们沿着绿阴幽径徜徉；随着他们的步调，传来了美国式簧风琴的旋律，音质听来像煞管风琴，用不列颠合金[121]镶边，有四个挺好使的音栓和十二褶层风箱，售价低廉，最便宜的货色……

又爆发了一阵哄笑。他语无伦次地咕哝着。审判记录员们抱怨听不清楚。）

普通记录员和速记员

（依旧低头看着记录册）让他放松一点。

马休教授

（在记者席上咳嗽一声，大声嚷）统统咳出来，伙计，一点一点地。

（关于布卢姆和那只桶的盘讯。一只大桶。布卢姆本人。拉肚子。在比弗街。肠绞痛，对。痛得厉害。泥水匠的桶[122]。）两腿发僵，拖着脚步走。忍受难以形容的痛苦。痛得要命。接近晌午的时候。要么是情欲，要么是勃艮第葡萄酒。对，一点儿菠菜。关键时刻。他不曾往桶里看。无人在场。一团糟。没有拉完。一份过期的《珍闻》[123]。

（起哄鼓噪，一片嘘声。布卢姆身穿沾满石灰水、破破烂烂的大礼服，歪戴着瘪下去一块的大礼帽，鼻子上横贴着一条橡皮膏，低声说着话。）

杰·杰·奥莫洛伊

本庭并非可以肆意发表猥亵轻率的演说，不惜伤害一个酒后犯罪者的场所。这里既不是斗熊场，也不是可以从事恶作剧的牛津[124]。不能在法庭上表演滑稽戏。我的辩护委托人尚未成年，一个来自外国的可怜的移民。他开头是个偷渡客，如今正竭力靠规规矩矩地工作挣点钱。被诬告的那些不轨行为是幻觉引起偶发的遗传性神经错乱导致的。本案中被控所犯的亲昵举动，在我这位辩护委托人的出生地法老[125]之国，是完全被容许的。我要说的是，据初次印象[126]，并没有肉欲的企图。既没发生暧昧关系，而德里斯科尔所指控的对她的调戏，也并没有重犯。我要特别提出隔代遗传的问题。我这位辩护委托人的家族中有着精神彻底崩溃与梦游症的病史。倘若允许被告陈述的话，他就可以诉说一桩事[127]——那是书里所曾叙述过的最奇妙的故事之一。审判长阁下，他在肉体方面是个废人，这是补鞋匠通常患的那种肺病造成的。据他所申诉的，他属于蒙古血统，对自己的行为不负任何责任。事实上，什么问题都不存在。

布卢姆

（赤脚，鸡胸，身着东印度水手的衫裤，歉疚般地将两脚的大趾头摆成内八字。睁开鼹鼠般的眯缝眼儿，茫然四顾，慢腾腾地用一只手抚摩前额。随后按水手的派头把腰带使劲一勒，以东方人的方式耸肩向法庭深打一躬，朝天跷起大拇指。）多、好、的、夜、晚。（天真地欢唱起来。）

可怜小娃子莉莉，
每晚猪脚送来哩，
两个先令付给你……

（众人怪叫，把他轰下台去。）

杰·杰·奥莫洛伊

（愤怒地对起哄者）这是一场匹马单枪的斗争。我对冥王哈得斯发誓，绝不能允许我的辩护委托人像这样被一帮野狗和大笑着的鬣狗所玩弄，而且还不准他发言。《摩西法典》[128]已经取代了丛林法令。我绝不想损害司法的目的，然而这一点我必须反复强调指出：被告不是事先参与预谋的从犯，而起诉人被玩弄的事实也不存在。被告一直把该年轻女子当作自己的女儿来对待。我要举出反证，彻底证明那只看不见的手[129]又在玩弄惯用的伎俩了。要是还认为可疑，就尽管迫害布卢姆好了。我这位辩护委托人生性腼腆，绝做不出那种被损害贞节者会抗议的非礼举动。当一个理应对姑娘的状况负责的懦夫，在她身上满足了自己的情欲，使她误入歧途之后，他是绝不会去朝她扔石头的。他要做个循规蹈矩的人。他是我所认识的人当中最高尚清白的一位。眼下他的境遇不佳，因为他那份移民垦殖公司的辽阔地产被抵押出去了，那是在遥远的小亚细亚。现在把幻灯片放给你们看。（对布卢姆）我建议你出手大方一些。

布卢姆

每英镑付一便士[130]。

（墙上映出其尼烈湖的影像：朦朦胧胧一片银色的薄雾中，牛群在吃草。长着一双鼹鼠眼的白化病患者摩西·德鲁加茨[131]从旁听席上站起来。他身穿印度粗蓝斜纹布褂子，双手各持着香橼、橘子和一副猪腰子。）

德鲁加茨

（嘶哑地）柏林西十三区布莱布特留大街[132]。

（杰·杰·奥莫洛伊迈上低矮的台座，一本正经地攥住上衣翻领。他的脸变得长而苍白，胡子拉碴，两眼深陷，像约翰·弗·泰勒[133]那样出现了结核症的肿疱，颊骨上一片潮红。他用手绢捂着嘴，审视着迸溅出来的一股玫瑰色血液。）

杰·杰·奥莫洛伊

（声音小得几乎听不见）请原谅。我浑身冷得厉害，新近才离开病床。扼要地说几句话。（他模仿那有着鸟一般的头、狐狸似的胡子和宛若大象的鼻子的西摩·布希[134]的雄辩。）当天使的书被打开来的时候，萌生于沉思的胸中那颗净化了的灵魂和正在净化着的灵魂的化身，倘若还有存在下去的任何价值的话[135]，我就要提出，请对这位刑事被告人所蒙受的嫌疑，给予神圣而有利的裁定。

（一张写了些字的纸条被递交给法庭。）

布卢姆

（身着礼服）我可以提出最好的证人，就是卡伦和科尔曼[136]二位先生、威兹德姆·希利·J.P. 先生、我以前的上司乔·卡夫、前都柏林市长维尔·B. 狄龙[137]先生。我和上流社会富于魅力的人士有交往……都柏林社交界的名媛们。（漫不经心地）今天下午我还在总督官邸的一个招待会上，跟老朋友天文台长罗伯特·鲍尔爵士和夫人聊天儿来着。我说：鲍勃[138]爵士……

耶尔弗顿·巴里[139]夫人

（身穿开领低低的乳白色舞衫，戴一副长及臂肘的象牙色手套，罩着用黑貂皮镶边、薄薄地絮了棉花、纳出花纹的砖色披肩式外衣，头发上插着一把嵌着宝石的梳子和白鹭羽饰。）警察，逮捕他吧。当我丈夫参加芒斯特的巡回审判，前往蒂珀雷里[140]北区的时候，他用反手给我写了一封字体蹩脚的匿名信，署名詹姆斯·洛夫伯奇[141]。信里说，当我坐在皇家剧场包厢里观看《蚱蜢》的御前公演时[142]，他从楼座看见了我那举世无双的眼珠。他说，我使他的感情像烈火般高涨起来了。他向我做了非礼的表示，邀我下星期四在邓辛克[143]标准时间下午四点半钟跟他幽会。他还表示要邮寄给我保罗·德·科克先生的一本小说，书名是《系了三条紧身褡的姑娘》[144]。

贝林厄姆夫人

（头戴无边帽，身披仿海豹兔皮斗篷，领子一直围到鼻子上。她走下四轮轿式马车，从她那只袋鼠皮大手笼里掏出一副龟甲框带柄单眼镜。）他对我也曾这样说过。对，这准是那个行为不端的家伙。一八九三年二月间下雨夹雪的一天，冷得连污水管的铁格子和澡缸的浮球活栓都结了冰。在索恩利·斯托克爵士[145]的住宅外面，他替我关上了马车门。随后，他在信里附了一朵火绒草，说是为了向我表示敬慕，特地从山丘上采来的。我请一位植物学专家给鉴定一下。原来是他从模范农场的催熟箱里偷来的本地所产马铃薯花。

耶尔弗顿・巴里夫人

真不要脸！

（一群妓女与邋遢汉一拥而上。）

妓女与邋遢汉

（尖声喊叫）可别让贼跑啦！好哇，蓝胡子[146]！犹太佬摩[147]万岁！

巡警乙

（掏出手铐）放老实点！

贝林厄姆夫人

这家伙用种种笔迹给我写信，肉麻地恭维我是穿皮衣的维纳斯[148]，说他深切地同情我那冻僵了的马车夫帕尔默，同时又表示羡慕帕尔默的帽子护耳、蓬蓬松松的羊皮外衣以及他能待在我身边有多么幸运。也就是说，羡慕他身穿印有贝林厄姆家徽的号衣——黑色盾纹面上配以金线绣的雄鹿头。他肆无忌惮地夸奖我的脚尖，严严实实裹在丝袜子里的丰满的腿肚子，还热切地颂扬我那藏在昂贵花边里的另外一些宝贝，说这一切仿佛都历历在目。他怂恿我——还说他感到怂恿我乃是他一生的使命——尽早抓个机会玷污婚姻之床，犯淫乱之罪。

默雯・塔尔博伊贵妇人[149]

（身着骑马装，头戴圆顶硬礼帽，脚蹬长筒靴——上面装有状似公鸡脚上的距那样的踢马刺；朱红色背心，戴着火枪手用的小鹿皮长手套——手套筒是编织成的。她撩起长长的裙裾，不断地甩着猎鞭，抽打鞭子的滚边。）他对我也是这样。因为在凤凰公园的马球赛场上，他瞥见了我。那一次，全爱尔兰队和爱尔兰第二队[150]举行对抗赛。当英尼斯基林的强手登内希上尉骑着他所宠爱的那匹短腿壮马森特，在最后一局中获胜的时候，我的眼睛发出了圣洁的光。这个平民唐瓒[151]从一辆出租马车背后瞅见了我。他把一张淫秽的相片——就是天黑之后在巴黎的大马路上卖的那种——装在双层信封里寄给了我。对任何上流妇女来说，这都是不能容忍的。我至今还保留着哪。相片上是一位半裸的女士，纤弱美丽——他一本正经地告诉我，这是他的老婆，是实地拍的。她正在跟一个壮实的徒步斗牛士[152]——显然是个坏蛋——偷偷干着那种事。他怂恿我也这么做，放荡一下，去跟驻军的军官们干不规矩的事。他央求我用说不出口的方式弄脏他那封信，惩罚他——其实他就欠挨一顿严厉的惩罚——容许他驮着我，把他当马骑，并且狠狠地鞭打他。

贝林厄姆夫人

他对我也是这样。

耶尔弗顿·巴里太太

对我也是这样。

（几位都柏林的最上流的夫人都举起布卢姆写给她们的卑鄙龌龊的信给大家看。）

默雯·塔尔博伊贵妇人

（突然发起怒来。她脚下的踢马刺叮当作响。）向天主发誓，我要教训教训他。我要使劲鞭打这条胆小卑劣的野狗。我要活剥他的皮。

布卢姆

（闭上眼睛，自知难以幸免，缩作一团）是当场吗？（窘促不安地蠕动着）又是一次！（战战兢兢地喘着气）我喜欢冒这样的危险。

默雯·塔尔博伊贵妇人

正是这样！我要给你点厉害尝尝。叫你像杰克·拉坦那样跳舞[153]。

贝林厄姆夫人

这个暴发户！使劲揍他的屁股。在那上面划得一道道的，就像星条旗那样。

耶尔弗顿·巴里夫人

丢人现眼！他没有什么可辩解的！一个有妇之夫！

布卢姆

这些人哪。我的意思是拍打拍打而已。热辣辣地一片红，可又不至于流血。文雅地用桦木条抽打几下，还能促进血液循环哩！

默雯·塔尔博伊贵妇人

（嘲笑）咦，真的吗，我的好人儿？那么，当着神圣的天主发誓，我会吓掉你的小命的。我说话算话，准让你挨到一顿最残酷的鞭打。你已经把沉睡在我天性中的那只母老虎激怒了。

贝林厄姆夫人

（咬牙切齿地摇晃着围巾和带柄单眼镜）亲爱的哈纳，让他尝尝滋味。给他块生姜[154]。用九尾鞭把这杂种狗抽打个半死。把他阉割了。把他劈成八块儿。

布卢姆

（浑身发抖，缩作一团，卑躬屈膝地双手合十）噢，好冷啊！噢，我一个劲儿地打哆嗦！那是因为您美得像天仙似的。忘掉吧，宽恕吧。这都是天命[155]啊。请饶恕我这一次。（他伸过另一边面颊。）

耶尔弗顿·巴里夫人

（严峻地）塔尔博伊夫人，绝不能饶恕他！应该痛打他一顿！

默雯·塔尔博伊贵妇人

（气势汹汹地解开长手套的纽扣）凭什么宽恕他。狗畜生，而且生下来就是这副德行！他居然敢向我求爱！我要在大街上把他打得黑一块蓝一块的。把踢马刺上的齿轮刺进他的肉里。人人都晓得他是个王八。（她凶猛地凌空甩着猎鞭。）马上扒下他的裤子！过来，你这家伙！快点儿！准备好了吗？

布卢姆

（浑身发抖，开始照她的话做）今天天气还挺暖和。

（鬈发的戴维·斯蒂芬斯[156]跟一群赤足报童一道走过去。）

戴维·斯蒂芬斯

《圣心使者》[157]和《电讯晚报》，附有圣帕特里克节日的增刊，上面刊登了都柏林所有那些王八的地址。

（披着金色斗篷的教长——教堂蒙席奥汉龙举起大理石座钟给众人看。康罗伊神父和耶稣会的约翰·休斯神父低垂着头。）

时钟

（钟门启开。）

咕咕。

咕咕。

咕咕。

（传来床架上的黄铜环丁零当啷的响声。）

铜环

咭咯甲咯。咭嘎唁嘎。咭咯甲咯[158]。

（雾做成的镶板急剧地向后滚去，陪审员席上突然出现了一张张脸：戴大礼帽的首席陪审员马丁·坎宁翰、杰克·鲍尔、西蒙·迪达勒斯、汤姆·克南、内德·兰伯特、约翰·亨利·门顿、迈尔斯·克劳福德、利内翰、帕迪·伦纳德、大鼻子弗林、麦科伊以及一无名氏[159]的毫无特征的脸。）

无名氏

光着屁股骑裸马。按照年龄规定的负载重量[160]。混蛋。他把她骗到了手。

陪审员们

（一起朝着声音转过头去）真的吗？

无名氏

（咆哮）还撅起屁股来。我敢打赌，以一百先令博五先令。

陪审员们

（一起低下头去表示同意）我们大多认为大概是这么回事。

巡警甲

这家伙是个嫌疑犯。另一个姑娘的辫子给铰掉了[161]。通缉杀人犯杰克[162]。悬奖一千英镑。

巡警乙

（畏惧，低语）还穿着黑衣服。是个一夫多妻主义者。无政府主义者。

庭役

（大声地）没有固定地址的利奥波德·布卢姆是个臭名昭著的使用炸药的盗匪，他还是伪造文书者、重婚犯、猥亵者，又是个王八。他有损都柏林市民的公益。如今在本巡回法庭陪审团面前，经庭长阁下……

（都柏林市记录法官、弗雷德里克·福基纳爵士阁下，身穿灰白石色袍子，蓄着石像[163]般的胡须，从法官席上站起来。他双手捧着雨伞状的权杖。前额上直挺挺地长出一双摩西那样的公羊角。）

记录法官

本法官将断然废止这种贩卖白奴的活动，以使都柏林免遭可憎的蠹虫之危害。真是令人发指！（他戴上黑帽子[164]。）行政司法副长官先生，把站在被告席的这个家伙押下去，关进蒙乔伊监狱里，听候国王陛下的圣旨。然后把他绞死，要做到万无一失。愿天主大发慈悲，保佑你的灵魂。把他带走。

（一顶黑色头盖帽[165]扣到布卢姆头上。行政司法副长官高个儿约翰·范宁出现了，他吸着一支刺鼻的亨利·克莱[166]。）

高个儿约翰·范宁

（脸色阴沉，用洪亮、圆润的嗓音说）谁来绞死加略人犹大？

（高级理发师霍·朗博尔德[167]穿着血红色紧身皮背心，系着鞣皮工人的围裙，肩上扛着盘成一圈的绳子，爬上绞刑架。腰带上插着救生用具和一根满是钉子的大头棒。他使劲搓着那双因戴着金属质关节保护套而隆起的手。）

朗博尔德

（用令人发怵的亲昵语气对记录法官说）陛下[168]，敝人是绞刑吏哈利，默西河[169]的凶神。每绞死一名，酬金五畿尼。脖子不断不要钱[170]。

（乔治教堂的钟缓慢地响着，铁在黑暗中轰鸣着[171]。）

众钟

叮当！叮当！！

布卢姆

（绝望地）等一等。住手。这是一场骗局。发发善心。我瞧见了。清白无辜。姑娘给关在猴圈里。动物园。淫猥的黑猩猩。（上气不接下气地）骨盆。姑娘天真地羞红了脸，使我浑身瘫软[172]。（激动不已）我离开了那地方。（转向群众中的一个人，哀求地）海因斯，我能跟你说句话吗？你认得我。那三先令，你就留下吧[173]。假若你还想多要一点的话……

海因斯

（冷漠地）我和你素不相识。

巡警乙

（指着一个角落）炸弹在这儿哪。

巡警甲

一颗可怕的定时炸弹。

布卢姆

不，不。那是只猪脚。我参加葬礼去了。

巡警甲

（抄起警棍）你撒谎！

（猎兔狗抬起鼻子尖儿，露出帕狄·迪格纳穆那张患坏血症的灰脸。他已经吃得一干二净。他吐出一股像是吃了腐肉般的臭气。他长得个头儿和形状都跟人一样了。那身猎獾狗的黑褐色毛皮成为褐色尸衣。一双绿眼睛杀气腾腾地闪着光。半截耳朵、整个鼻子和双手的大拇指都被食尸鬼吃掉了。）

帕狄·迪格纳穆

（瓮声瓮气地）可不是嘛。是我的葬礼。菲纽肯大夫[174]给开了死亡诊断书。我是因病自然死亡的。

（他把那张残缺不全的死灰般的脸转向月亮，忧伤地吠着。）

布卢姆

（昂然自得地）你们听见了吗？

帕狄·迪格纳穆

布卢姆，我是帕狄·迪格纳穆的鬼魂。听着，听着，啊，听着[175]！

布卢姆

这是以扫的声音[176]。

巡警乙

（画十字）这怎么可能呢？

巡警甲

一便士一本的《要理问答》里可没有[177]。

帕狄·迪格纳穆

是转生[178]。亡灵。

一个嗓音

哦，别转文啦！

帕狄·迪格纳穆

诚挚地我曾经是约·亨·门顿的雇员，他是律师，负责办理宣誓和宣誓书事务，住在巴切勒步道二十七号。如今我因心壁肥大而死了。时运不济啊。我那可怜的老婆可遭了殃。她怎样忍受着这一切呢？可别让她挨近那瓶雪利酒。（他四下里打量着。）给我一盏灯。我得满足一下动物的欲望。那脱脂奶不合我的口味。

（公墓管理员约翰·奥康内尔[179]那魁梧的身姿出现了。他手持一串系了黑纱的钥匙。站在他身边的是教诲师科菲神父[180]，肚子鼓得像只癞蛤蟆，歪脖儿，身穿白色法衣，头戴印花布夜帽，昏昏欲睡地拄着一根用罂粟编成的手杖。）

科菲神父

（打个呵欠，用阴郁的嗄声吟诵）呐咪内。雅各。尔饼干[181]。阿门。

约翰·奥康内尔

（用喇叭筒像吹雾中警报般大声喊叫）已故迪格纳穆·帕特里克·T。

帕狄·迪格纳穆

（尖起耳朵，畏畏缩缩地）陪音[182]。（挣扎着向前移动，将一只耳朵贴在地面上）是我主人的声音[183]！

约翰·奥康内尔

埋葬许可证死亡[184]第八万五千号。第十七墓区。钥匙议院[185]。第一〇一号地域。

（帕狄·迪格纳穆一边沉思默想，一边直挺挺地翘着尾巴尖儿，竖起耳朵，显然在使劲地倾听着。）

帕狄·迪格纳穆

祈求他的灵魂获得永安。

（他沿着地下堆煤场的抛煤口像虫子一般慢慢地向前蠕动，系着褐衣的带子从卵石上拖过去，喳喳作响。一只胖墩墩的老鼠[186]爷爷趔趔趄趄地跟在后面。它长着一双蘑菇般的乌龟爪子和灰色甲壳。从地底下传来迪格纳穆那闷哑的呻吟声："迪格纳穆已死，并已入葬了。"汤姆·罗赤福特身穿深红色背心和马裤，头戴便帽，从他那有两根圆柱的机器里跳出来。）

汤姆·罗赤福特

（一手按着胸骨，深打一躬）那是吕便·杰。我得从他手里搞到一枚两先令银币。（他死死地盯着检修口[187]。）轮到我啦。跟我去卡洛[188]。

（他就像是一条鲁莽的鲑鱼一般纵身跳到空中，被吸入抛煤口。圆柱上的两个圆盘晃了晃，宛如一双眼睛。显示出一对零字。一切都消失了。布卢姆拖着沉重的脚步蹬着污水继续向前走。众吻在尘雾的空隙间，吱吱响着。传来了钢琴声。他在一座点了灯的房舍前停下脚步，倾听着。众吻从它们藏匿的地方展翼飞出，在他周围翱翔，啁哳着，啾唧着，颤颤巍巍地唱着。）

众吻

（颤巍巍地唱着）利奥！（啁哳着）黏糊糊，舔啊舔，腻得得，吧唧唧，跟利奥！（啾唧着）咕咕咕！真好吃，吱吱吱！（颤巍巍地唱着）大呀大！转啊转！利奥波波德！（啁哳着）利奥利！（颤巍巍地唱着）噢，利奥！

（众吻飒飒响着，在他的衣服上拍翅，飞落在上面，成为锃亮得令人眼花缭乱的斑点，化为银光闪闪的圆形金属小饰片。）

布卢姆

准是男人弹的。悲哀的曲子。教堂音乐哩。兴许就在这儿。

（年轻妓女佐伊·希金斯[189]身穿钉有三颗青铜纽扣的蔚蓝色宽松套衫，脖颈上系了一条长长的黑色天鹅绒细带。她点点头，轻盈飞快地跑下台阶，勾引他。）

佐伊

你在找什么人吗？他正在里面跟他的朋友在一道哪。

布卢姆

这里是麦克太太[190]家吗？

佐伊

不，她住八十一号。这里是科恩太太家。你走得越远，可能越倒霉。斯利珀斯莱珀老妈妈[191]。（亲昵地）今儿晚上她自个儿在跟兽医搞着哪。他就是那个向她透露消息的人，告诉她哪些马会获胜，还接济她儿子在牛津读书。打了烊她照样接客。可是今天她并不走运。（觉得蹊跷地）你该不是他爹吧？

布卢姆

我可不是！

佐伊

你们两个人都穿黑衣服哩。今儿晚上小耗子儿痒痒吗？

（他的皮肤敏锐地感觉出她的指尖儿挨近了。一只手沿着他的左边大腿滑动。）

佐伊

球球儿好吗？

布卢姆

在另一边。可怪啦，我的长在右边儿。想必分量更重一些。我的裁缝梅西雅斯[192]说，每一百万人当中才有一个。

佐伊

（猛地大吃一惊）你患了硬下疳啦！

布卢姆

不会吧?

佐伊

我摸出来啦!

(她把手滑进他左边的裤兜,拽出一个又硬又黑、干瘪了的土豆。她紧闭着湿润的嘴唇,打量着土豆和布卢姆。)

布卢姆

是个护身符。传家宝。

佐伊

是给佐伊的吧?留作纪念?我对你多好哇,呃?

(她贪婪地把土豆塞进自己的衣兜,挽住他的臂,柔情缱绻地搂抱着他。他不自在地泛着微笑。东方音乐徐徐奏起,一曲接一曲。他凝视着她那双眼圈涂得黑黑的、像黄褐色水晶般的眼睛。他的微笑变得柔和了。)

佐伊

下次你就是熟客了。

布卢姆

(哀切地)我只要跟可爱的羚羊亲热那么一回,我就永远也不会……

(一群羚羊跳跳蹦蹦,在山上吃着草。附近有几个湖泊。沿着湖畔是一溜杉树丛的黑色阴影。升起一股芳香,树脂发出生发剂般的浓郁气味。东方,蔚蓝的苍穹燃烧着,青铜色的鹰群划破天空,展翅飞去。下面横卧着女都[193],赤裸,白皙,纹丝不动,清凉,呈现着豪华气派。淡红色玫瑰丛中,喷泉淙淙响着。巨大的玫瑰咕哝着深红色葡萄的事。耻辱、肉欲与血液之酒,奇妙地私语着,淌了出来。)

佐伊

（她那后宫女奴般的嘴唇上，令人腻味地涂满了猪油与玫瑰香水调成的软膏，配合着音乐，声调平板地低语。）

耶路撒冷的女子们哪，我虽然黝黑，却秀美[194]。

布卢姆

（神魂颠倒）从你的发音，我想你的家庭出身必然不错。

佐伊

我心里想些什么，你能知道吗？

（她用镶金小牙轻轻地咬他的耳朵，朝他喷着浓郁的烂蒜气息。那簇玫瑰花分裂开来，露出历代国王的金基和他们那朽骨。）

布卢姆

（犹豫了一下，笨拙地挖挲着手，机械地爱抚她的右乳房）你是个都柏林姑娘吗？

佐伊

（灵巧地握住一根散发，将它和绾起来的头发拢在一起）用不着担心。我是英国人。你有烟卷儿吗？

布卢姆

（继续爱抚着）我难得抽烟卷儿，亲爱的，偶尔倒吸根雪茄烟。哄孩子玩的。（好色地）嘴里与其叼那臭烟草卷成的圆筒，不如派上更好的用场。

佐伊

接下去！用它发表一通政见演说吧。

布卢姆

（身穿工人的灯芯绒工装裤和黑色羊毛衫，系着一条飘扬的红领带，头戴阿帕切[195]

式便帽。）人类是不可救药的。沃尔特·雷利爵士[196]从新大陆带回了土豆和烟草。前者能够借吸收作用消灭恶疫[197]，后者毒害耳朵、眼睛、心脏、记忆力、意志力、理解力，它毒害一切。也就是说，他带回了毒药，这比我忘记了名字的带回食品来的另一位要早一百年。自杀。谎言。一切我们都习以为常。喏，瞧瞧我们的公共生活吧！

（从远处的尖塔传来了午夜钟声。）

钟声

回来吧，利奥波德！都柏林的市长大人！

布卢姆

（身穿高级市政官的长袍，挂着链子）阿伦码头、英斯码头、圆堂、蒙乔伊和北船坞的选民们，我认为应该从牲畜市场铺设一条电车道，一直通到河边[198]。这是未来的音乐。是敝人提出的施政方案。谁能获得好处[199]？然而我们这几位搭乘金融界幽灵船的冒险家范德狄肯们[200]……

一个选民

为我们未来的总督九呼万岁！

（火炬游行队伍中的北极光跳跃着。）

持火炬者

万岁！

（几位大名鼎鼎的议员、本市大亨以及市民们与布卢姆握手，向他祝贺。曾经连任三届都柏林市长的蒂莫西·哈林顿[201]，身穿市长的猩红色袍子，胸佩金链，系着白丝领带，仪表堂堂，与临时代理洛坎·舍洛克参议员攀谈着。二人频频点头，表示已谈妥。）

哈林顿前市长

（身穿猩红袍子，手执权杖，佩戴市长的金链，系着白丝大领带）高级市政官利奥·布卢姆爵士的演说词将付梓，费用由地方纳税者支付。他出生的那所房子用纪念牌装饰起来。科克街尽头的那条原名考·帕勒的通道，今后将改名为布卢姆大街。

参议员洛坎·舍洛克

全场一致通过。

布卢姆

（*充满激情地*）这些飞行的荷兰人或撒谎的荷兰人，当他们斜倚在布置一新的船尾楼甲板上掷骰子时，他们在乎什么呢？机器是他们的口号，他们的非分之想，他们的万应妙丹。那是节省劳力的设备，是褫夺者，是妖精，是为了互相残杀而制造出来的怪物，是根据一群资本家的欲望，用我们所出售的劳动生产出来的可怕的妖怪。穷人在挨饿。他们却饲养着高贵的牡山鹿，沉溺在目光短浅的虚饰中，利用他们的财富和权势，对庄稼人也罢，鹧鸪也罢，胡乱射杀。然而他们的海盗统治已垮台，永远地，永远地，永[202]……

（*经久不息的掌声。五彩缤纷的饰柱、五月柱[203]和节日的牌楼拔地而起。街上张挂起写有"十万个欢迎"和"以色列王多么美好"[204]字样的幡。所有的窗口都簇拥着看热闹的人，大多是妇女。沿途，都柏林近卫步兵连队、苏格兰边防近卫军、卡梅伦高原连队以及威尔士步兵连队的士兵们，以立正的姿势排列着，挡住群众。高中的男生们蹲在街灯柱、电线杆、窗口、檐口檐槽、烟囱顶管、栏杆和排水管上，又是吹口哨，又是欢呼。出现了云柱[205]。远处传来鼓笛队演奏《我们的一切誓约》的声音。先遣队举着帝国的鹰徽[206]，旗帜随风飘扬，摇着东方的棕榈叶。用黄金与象牙装饰起来的教皇旗帜高高耸起，周围是一面面细长的三角形市旗。队伍的头排出现了，领先的是身穿棋盘花样袍子的市政典礼官约翰·霍华德·巴涅尔[207]，阿斯隆地方选出来的议员兼阿尔斯特纹章院院长。跟在后面的是都柏林市市长阁下约瑟夫·哈钦森[208]、科克市市长阁下、利默里克、戈尔韦、斯莱戈和沃特福德等市的市长阁下，二十八位爱尔兰贵族代表[209]，印度的达官贵人们，西班牙的大公们，佩戴着宝座饰布的印度大君，都柏林首都消防队，按照资财顺序排列的一群财界圣徒，唐郡兼康纳主教[210]、全爱尔兰首席阿马大主教——红衣主教迈克尔·洛格阁下，全爱尔兰首席阿马大主教——神学博士威廉·亚历山大阁下，犹太教教长、长老派教会大会主席，浸礼会、再浸礼会、卫理公会以及弟兄会首脑，还有公谊会的名誉干*

事。走在他们后面的是各种行会、同业工会和民团，打着飘扬的旗帜行进。其中包括桶匠、小鸟商人、水磨匠、报纸推销员、公证人、按摩师、葡萄酒商、疝带制造者、扫烟囱的，提炼猪油的、织波纹塔夫绸和府绸的，钉马掌的铁匠，意大利批发商，教堂装饰师，制造靴拔子的，殡仪事业经营人、绸缎商、宝石商、推销员、制造软木塞的、火灾损失估价员、开洗染行的，从事出口用装瓶业的，毛皮商、印名片的，纹章图章雕刻师、屯马场的工役、金银经纪人、板球与射箭用具商、制造粗筛子的，鸡蛋土豆经销人、经售男袜内衣和针织品商人、手套商、自来水工程承包人。尾随于后的是侍寝官、黑仗侍卫、勋章院副院长、仪仗队队长、主马官、侍从长、纹章局局长，以及手持御剑、圣斯蒂芬铁制王冠、圣爵与《圣经》的侍从武官长。四名司号步兵吹信号。卫兵们答以欢迎的号角。没戴帽子的布卢姆出现在凯旋门下。他披着镶了白貂皮边的绯红天鹅绒斗篷，手执圣爱德华的权杖、象征王权的宝珠、有着鸽状装饰的王节和慈悲剑[211]。他骑着一匹乳白色的马，它甩着猩红色的长尾巴，鞍辔装点得十分华丽，马笼头是用金子制成的。狂热的兴奋。显贵的妇女们从阳台上掷下玫瑰花瓣。空气里弥漫着一片馨香气息。男人们喝彩。布卢姆的侍童们拿着山楂枝与鹪鹩枝[212]，在围观的人丛中跑来跑去。）

布卢姆的侍童们

鹪鹩啊，鹪鹩啊，
众鸟之王当推你；
圣斯蒂芬的节日，
你被缠于荆豆枝。

一个铁匠

（喃喃地）真了不起！原来这就是布卢姆？看上去还不到三十一岁哪！

石板铺装工

呃，那就是遐迩闻名的布卢姆，世界上最伟大的改革家。向他脱帽致敬！

（众人摘帽。妇女们热切地交头接耳。）

一位女富豪

（阔气地）这个人多么了不起啊！

一位贵妇

（高贵地）他见识该有多么广！

一位女权运动者

（富于男子气概地）而且干了那么多！

一个装铃匠

一张典雅的脸！他有着一位思想家的前额。

（艳阳天[213]。太阳从西北方向光芒四射[214]。）

唐郡兼康纳主教

毫无疑问，这是我国领土的无比沉着强悍、有权有势的统治者，他集皇帝、大总统、国王、议长于一身。愿天主保佑利奥波德一世！

众人

愿天主保佑利奥波德一世！

布卢姆

（身穿加冕服，披着紫斗篷，威风凛凛地对唐郡兼康纳主教）谢谢你，多少有些名气的阁下。

阿马大主教威廉

（系着紫色宽领带，头戴宽边铲形帽）陛下对爱尔兰及其属地进行审判的时候，会尽力慈悲为怀来施行法律吗？

布卢姆

（将右手放在睾丸上，宣誓[215]。）愿造物主引导我如此行事。我发誓将这样去做。

阿马大主教迈克尔

（将瓦罐里的发油倒在布卢姆头上）我向你们宣布一桩大喜讯：我们有了一位刽子手[216]。利奥波德，帕特里克，安德鲁，大卫，乔治。现在我为你涂油！

（布卢姆披上一件金线织成的斗篷，戴上一枚红玉戒指。他拾级而上，站在即位的石台上。贵族代表们也戴上他们那二十八顶王冠。基督教堂、圣帕特里克教堂、乔治教堂与快乐的马拉海德响起一片祝福的钟声。麦拉斯义卖会的焰火从四面八方升上天空，构成辉煌灿烂的象征阴茎的图案。贵族们一个挨一个地走到跟前，屈膝表示敬意。）

贵族们

愿做您的臣民，全心全意捍卫您在地上的尊严。

（布卢姆举起右手，上面闪烁着科—依—诺尔钻石[217]。他的坐骑嘶鸣着。周围立即万籁俱寂。架起洲际及行星际的无线电发报机，以接收信息。）

布卢姆

朕的臣民们！朕特此任命忠实的战马幸运的纽带为世袭首相[218]，并且宣布，今天就与前妻离婚，迎娶夜之光辉塞勒涅[219]公主为妻。

（布卢姆那位身份悬殊的前任配偶旋即被警察局的囚车押走。塞勒涅公主穿着月白色衣裳，头戴银色月牙儿，从一辆由两个巨人抬着的轿子里走下来。一阵暴风雨般的喝彩声。）

约翰·霍华德·巴涅尔

（举起王旗）卓越的布卢姆！我那遐迩闻名的兄长的继承人！

布卢姆

（拥抱约翰·霍华德·巴涅尔）约翰，由于你在我们共同的祖先所许下的土地[220]——绿色的爱琳上，给朕以与国王般的隆重欢迎。朕衷心感谢你的厚意。

（他被授予体现着宪章的荣誉市民权，呈给他的都柏林市钥匙交叉放在深红色的软垫上。他让大家看他穿的是绿袜子[221]。）

汤姆·克南

陛下啊，您是当之无愧的。

布卢姆

二十年前的今天，我们在莱迪史密斯[222]击败了宿敌。我们的榴弹炮和轻回旋炮接连击中敌军阵地，给以重创。前进一英里半[223]！敌军冲过来了！一切都失去啦[224]！投降吗？绝不！无论如何也要把他们击退！看哪！冲锋啊！我们的轻骑兵队扫荡普列文高地，一路呐喊着：忠诚的士兵[225]！把萨拉逊[226]的炮兵杀得一个也不留。

《自由人报》排字工人工会

说得好！说得好！

约翰·怀斯·诺兰

放跑了詹姆斯·斯蒂芬斯[227]的就是他。

慈善学校学童

真棒！

一个老居民

您是国家的光荣，老爷，不折不扣是这样。

卖苹果的老妪[228]

他正是爱尔兰所需要的人。

布卢姆

亲爱的臣民们，一个新时代即将来临。朕布卢姆，老实告诉你们，它甚至就在我们眼前。是的，朕以布卢姆的名义发誓，不久你们就将进入未来的新爱尔兰的金都新布卢姆撒冷[229]。

（来自爱尔兰各郡的三十二名工人[230]，佩戴着玫瑰花饰，在营造业者德尔旺[231]的指挥下，建筑起崭新的布卢姆撒冷。那是一座水晶屋顶的广厦，状如巨大的猪肾，内有四万间屋子。在扩建的过程中，曾拆毁了数座建筑物和纪念碑。政府官厅暂时迁移到铁道库房里。大批房屋被夷为平地。居民搬到用红笔标出利·布字样的桶里和箱子里。几名贫民从梯子上跌下来。挤满了忠实围观者的都柏林城墙的一部分坍塌下来。）

围观者们

（奄奄一息）行将咽气者向您致敬[232]。（他们死去。）

（一个穿棕色胶布雨衣的人从活板门里跳出来，用伸长了的手指[233]指着布卢姆。）

穿胶布雨衣的人

他的话，你们一句也别信。这个人叫作利奥波德·明托施，是个臭名昭著的纵火犯。其实，他姓希金斯[234]。

布卢姆

开枪打死他！像狗一样的基督教徒！管他什么明托施呢！

（一声炮响，身穿胶布雨衣的人不见踪影了。布卢姆抡起权杖将一株株罂粟砍倒。有人报告说，众多劲敌、牲畜业者、下院议员、常务委员会委员当即死亡了。布卢姆的卫兵们散发濯足节的贫民抚恤金[235]、纪念章、面包和鱼、戒酒会员徽章、昂贵的亨利·克莱雪茄、煮汤用的免费牛骨、装在密封的信封里并捆着金线的橡胶预防用具、菠萝味硬糖果、黄油糖块、折叠成三角帽形的情书、成衣、一碗碗裹有奶油面糊的烤牛排、一瓶瓶杰耶斯溶液、购货券、四十天大赦[236]、伪币、奶场饲养的猪做成的香肠、剧场免票、电车季票、匈牙利皇家特许彩票[237]、一便士食堂的餐券、十二卷世界最劣书的廉价版:《法国佬与德国佬》(政治学)、《怎样育婴》[238](幼儿学)、《七先令六便士的菜肴五十种》(烹饪学)、《耶稣是太阳神话吗?》(史学)、《止痛法》(医学)、《供幼儿阅读的宇宙概略》(宇宙学)、《福临笑家门》(乐天生活法)、《广告兜揽员便览》(报业学)、《助产妇情书》(情欲学)、《宇宙空间人名录》(星辰学)、《动人心弦的歌曲》(旋律学)、《省小钱发财法》(吝啬学)。全场争先恐后地一拥而上。妇女们往前挤,以便触摸布卢姆那件袍子的下摆。格温多林·杜比达特小姐[239]推开人群,跳上他的马,在掌声雷动中吻他的双颊。用镁光灯为他们拍摄了照片。婴儿们与乳儿们被高高举起。)

妇女们

小爹[240]!小爹!

婴儿们与乳儿们

拍拍手等待,波尔迪回家来,
兜里的点心,只给利奥吃。

(布卢姆弯下身,轻轻地戳博德曼娃娃的肚皮。)

娃娃博德曼

(打嗝儿,凝乳从他嘴里往外冒)哈加加加。

布卢姆

(跟一个双目失明的小伙子握手)你比我的兄弟还亲!(伸出双臂搂着一对老夫妻的肩膀)亲爱的老朋友们!(他与衣衫褴褛的少男少女玩抢壁角游戏。)不在!猫儿!(他推着双胞胎所坐的那辆婴儿车。)嘀嗒乖乖俩,你们穿鞋吗?(他变起魔术,从嘴里拽出红、橙、黄、绿、蓝、靛青以及紫罗兰色的丝帕。)罗伊格比夫[241]。每秒三十二英尺[242]。(他安慰一位寡妇。)独居使心灵更加年轻。(他以怪诞的滑稽动作跳起苏格兰高地舞。）跳呀，伙计们！（他吻一位瘫痪老兵的褥疮。）光荣负伤！（他把一位胖警察绊了一跤。）万事休矣：完蛋[243]。万事休矣：完蛋。（他跟一个羞红了脸的女侍咬耳朵，和善地微笑着。）啊，淘气[244]，淘气！（他啃着农民莫里斯·巴特里[245]递给他的一个生芜菁。）不错！好极啦！（他拒绝接受记者约瑟夫·海因斯递过来的三先令。）我亲爱的伙计，这可不行！（他把上衣送给一个乞丐。）请你收下。（他参加上了年岁的男女瘫子的爬行比赛。）来呀，小伙子们！向前爬呀，姑娘们！

市民

（感动得说不出话来，用鲜绿色围巾擦拭眼泪。）愿好天主保佑他！

（山羊角制号角[246]响了，要人们保持肃静。升起了锡安旗[247]。）

布卢姆

（威风凛凛地脱下大氅，露出肥胖的身躯。打开一卷纸，庄严地朗读。）阿列夫、贝特、吉梅尔、达列特[248]、《哈加达》书[249]、门柱圣卷[250]、合礼[251]、赎罪日[252]、再献圣殿节[253]、罗施·哈沙纳[254]、圣约之子会[255]、受诫礼、无酵饼[256]、德系犹太人、梅殊加[257]、带流苏的围巾[258]。

（市政府副书记官吉米·亨利[259]宣读一篇正式译文。）

吉米·亨利

债权法院现在开庭。最宽宏大量的陛下即将举行户外审判。免费提供医学和法律方面的咨询。解答模棱两可的词句以及其他问题。竭诚欢迎大家光临。乐园历元年于我们忠实的王都都柏林举行。

帕迪·伦纳德

我的地方税和国税怎么办？

布卢姆

朋友，就交纳吧！

帕迪·伦纳德

谢谢您。

大鼻子弗林

我能用火灾保险证书做抵押吗?

布卢姆

(冷漠地)各位先生,请注意,由于你们的侵权行为,应交保释金五英镑,限期六个月。

杰·杰·奥莫洛伊

我说过他是个但尼尔[260]吗?不!他简直就是彼得·奥布赖恩[261]。

大鼻子弗林

这五英镑,我打哪儿支取呢?

精明鬼[262]伯克

膀胱有毛病怎么办?

布卢姆

稀硝盐酸[263],二十滴。

酊剂混合催吐剂[264],五滴。

蒲公英精液[265],三十滴。

兑上蒸馏水,每日三次[266]。

克里斯·卡利南[267]

毕宿五的周年视差是多少[268]?

布卢姆

克里斯，很高兴能见到你。吉 11。

乔·海因斯

你为什么不穿制服？

布卢姆

当我那道德崇高的祖先身穿奥地利暴君的制服被关在潮湿的牢房里的时候，你的祖先哪儿去啦？

本·多拉德

三色堇？

布卢姆

装饰（美化）郊区的花园。

本·多拉德

双胞胎到来的时候呢？

布卢姆

父亲（老子、爹）开始思索[269]。

拉里·奥罗克[270]

为我新开的这家酒吧发个八天的许可证[271]吧。利奥爵士，还记得我吧？那时你们住在七号来着，我正要给你太太送一打烈性黑啤酒哩！

布卢姆

（冷冰冰地）你的记性比我的好。可布卢姆太太是从来不接受礼物的。

克罗夫顿

这真像是过节。

布卢姆

（*庄严地*）你说这是过节。我说这是领圣体。

亚历山大·凯斯

我们什么时候才能有自己的钥匙议院[272]呢?

布卢姆

我主张整顿本市的风纪，推行简明浅显的《十诫》。让新的世界取代旧的。犹太教徒、伊斯兰教徒与异教徒都联合起来。每一个大自然之子都将领到三英亩土地和一头母牛[273]。豪华的殡仪汽车[274]。强制万民从事体力劳动。所有的公园统统昼夜向公众开放。电动洗盘机。一切肺病、精神病、战争与行乞必须立即绝迹。普遍大赦。每周举行一次准许戴假面具的狂欢会。一律发奖金。推行世界语以促进普天之下的博爱。再也不要酒吧间食客和以治水肿病为幌子来行骗的家伙们的那种爱国主义了。自由货币，豁免房地租，自由恋爱以及自由世俗国家中的一所自由世俗教会。

奥马登·伯克

一个自由鸡窝里的自由狐狸。

戴维·伯恩[275]

（*打哈欠*）啊——哧!

布卢姆

混合人种和混合通婚。

利内翰

男女混浴怎样?

（布卢姆向身边的人们阐述了自己的社会改革计划。众人一致表示同意。基尔代尔街博物馆的管理员出现了。他拉着一辆排子车，上面摇摇晃晃地载着几具裸体女神雕像：美臀维纳斯[276]、肉欲维纳斯[277]、轮回维纳斯[278]，还有九位也是裸体的新缪斯女神石膏像。她们司的是：商业、歌剧、恋爱、广告、工业、言论自由、多重投票权、烹调法、家庭卫生法、海边音乐会、无痛分娩法和通俗天文学。）

法利神父[279]

他是个主教派[280]教友，一个不可知论者，一个企图推翻我们神圣信仰的无教义者。

赖尔登老太太[281]

（撕碎她的遗嘱）我对你失望啦！你这坏蛋！

葛罗甘老婆婆[282]

（脱掉一只长靴子朝布卢姆丢去）你这畜生！可恶的家伙！

大鼻子弗林

给咱们唱个小曲儿吧，布卢姆。唱一支古老甜蜜的情歌[283]。

布卢姆

（欢乐诙谐地逗弄着）

我发誓不离开她，永永远远，
原来她好残忍，把我欺骗，
我的吐啦噜，吐啦噜，吐啦噜[284]。

“独脚”霍罗翰[285]

好样的老布卢姆！不管谁也比不过他。

帕迪・伦纳德

爱尔兰戏子！

布卢姆

哪一出铁道歌剧像一条直布罗陀的电车线路？并排的铸铁[286]。（笑声。）

利内翰

剽窃家！打倒布卢姆！

蒙面纱的女巫

（狂热地）我是布卢姆的信徒，并且以此为荣。不管怎样，我相信他。他是天底下最逗的人，我情愿为他献出自己的生命。

布卢姆

（朝围观者眨眼）我敢断定她准是个漂亮姑娘。

西奥多・普里福伊[287]

（头戴钓鱼帽，身穿防水布夹克）他利用机械的设计来阻挠大自然神圣擘画的实现。

蒙面纱的女巫

（用短刀刺胸脯）我英雄的天神啊！（死去。）

（众多最富于魅力和狂热的妇女也纷纷自杀。有用匕首刺胸口的，有自溺的，服氢氰酸、附子或砒霜的，割动脉的，绝食的，纵身投到蒸汽碾路机轮下的，从纳尔逊纪念柱顶上跳进吉尼斯啤酒公司那巨大酒桶里的，还有把头伸到煤气灶底下气绝身死，用时髦的袜带自缢，或从各层楼窗口跳下的。）

亚历山大・约・道维[288]

（语气激烈地）基督教徒们和反布卢姆主义者，这个名叫布卢姆的家伙是从地狱的底层来的，丢尽了基督教徒的脸。门德斯这只臭山羊[289]从小就是个恶魔似的浪子，露出早熟幼儿的淫荡症状，令人联想到低地各镇[290]。而且他竟跟一个放荡的老妪勾勾搭搭。这个厚颜无耻、假冒为善的恶棍，简直就是《启示录》里提到的那只白牛[291]。他是绯红女[292]的崇拜者。他鼻孔里呼吸的净是阴谋诡计。火刑柱和烧滚了的油锅正是他的去处。凯列班[293]！

群氓

用私刑拷打他！把他活活烧死！他跟巴涅尔一样坏。福克斯先生[294]！

（葛罗甘老婆婆把长靴朝布卢姆丢去。上多尔塞特街上方和下方的几家店的老板朝他丢一些廉价的或根本不值一文的物品：火腿骨头、炼乳罐头、卖不出去的卷心菜、陈面包、羊尾和肥猪肉碎片。）

布卢姆

（兴奋地）这简直是中了暑又在发疯了[295]，又开起可怕的玩笑来了。对上苍发誓，我就像没有被太阳照射过的白雪一般皎洁[296]。那是我哥哥亨利干的。我们两个人长得一模一样。他住在海豚仓巷二号。谣言这条毒蛇对我进行了恶意中伤[297]。各位同胞，索然无味的故事犹如没有马的公共马车[298]。我提请我的老友、性病专家玛拉基·穆利根博士对我从医学上做出鉴定。

穆利根博士

（身着驾车穿的皮夹克，额上戴着一副绿色防尘眼镜）布卢姆博士是个变态的阴阳人。他是新近从优斯塔斯大夫为神经失常的男病人所设的私立精神病院里逃出来的。他有着遗传性癫痫病征象，这是纵欲所导致的。曾经发现他的祖先有着象皮病迹象。慢性下体裸露狂的征候十分明显。还潜伏着灵巧地使用双手的现象。由于手淫，他过早地歇了顶，结果形成了乖僻的梦想家气质。他是个改邪归正的放荡者，装有金牙。家庭矛盾使他暂时丧失了记忆。我相信他是个并没有犯多大罪，却受了很大冤屈的人[299]。我曾对他做过全面检查，对肛门、腋窝、胸部和阴部的五千四百二十七根毛做了酸性试验。我敢断言，他是个处女膜未受损的童贞女[300]。

（布卢姆用高级礼帽遮住自己的生殖器。）

马登[301]大夫

泌尿生殖器高度畸形也很显著。为了裨益后世，我建议把患部用酒精浸泡，保存在国立畸形博物馆里。

克罗瑟斯大夫

我检查了患者的尿。含有硬蛋白。唾液的分泌不充分，膝反射是间歇性的。

潘趣·科斯特洛大夫

犹太人气味[302]也挺显著。

迪克森大夫

（宣读健康诊断书）布卢姆先生是新型阴性男人的最佳典型。他的品行淳朴可爱。许多人认为他是个和蔼可亲的男子，和蔼可亲的人。整个说来，他挺古怪。从医学上看，他虽腼腆，但不低能。他曾经给改革派牧师保护协会的法庭委员写过一封措辞优美的信，堪称是一首诗，它把一切都解释得一清二楚。他简直是个绝对戒酒的人。我敢断言，他睡在稻草褥子上，吃的是最俭朴的食物——菜店里那冰凉的干豌豆。无论冬夏，穿的都是爱尔兰制造的马尾毛织的衬衫。每星期六鞭打自己一顿。我听说他曾经是格伦克里感化院[303]里品行最坏的少年犯。据另一份报告，他还是个地地道道的遗腹子。我以人类的发声器官所发出过的最神圣的言辞，恳请对他宽大处理。他眼看就要生娃娃啦。

（全场骚动，一致表示同情。妇女们晕倒。一位美国富翁为布卢姆在街头募款。转眼之间就募到金币与银币、空白支票、钞票、宝石、债券、已到期的汇票、借据、结婚戒指、表链、小金盒、项链和手镯。）

布卢姆

噢，我多么想做妈妈呀！

桑顿太太[304]

（身穿护士服）亲爱的，紧紧地搂住我。很快就结束了。紧紧地，亲爱的。

（布卢姆紧紧搂住她，并生下八个黄种和白种男娃。他们出现在铺了红地毯、装饰着珍贵花草的楼梯上。这八胞胎个个相貌英俊，有着贵重金属般的脸，身材匀称，衣着体面，举止端庄，能够流利地操五种现代语言，对各种艺术与科学饶有兴趣。每个人的名字都清晰地印在衬衫前襟上：金鼻[305]、金指、金口[306]、金手[307]、银微笑、银本身[308]、水银[309]、全银[310]。他们当即被委以几国的重要公职，诸如银行总裁、铁路运输经理、股份有限公司董事长、饭店联合组织的副主席。）

一个声音

布卢姆，你是救世主本·约瑟夫还是本·大卫[311]？

布卢姆

（阴郁地）你说的是[312]。

巴茨修士[313]

那么，就像查尔斯神父那样创造奇迹吧！

班塔姆·莱昂斯

你预言一下哪一匹马将在圣莱杰赛场上获胜[314]。

（布卢姆在一张网上踱步。他用左耳遮住左眼，穿越几堵墙，爬上纳尔逊纪念柱，用眼睑钩住柱顶横梁，悬空吊在那里。他吃掉十二打牡蛎（连同外壳），治好了几名瘰疬患者，颦蹙起鼻子眼来模仿众多历史人物：贝肯斯菲尔德伯爵[315]、拜伦勋爵、沃特·泰勒[316]、埃及的摩西、摩西·迈蒙尼德[317]、摩西·门德尔松[318]、亨利·欧文[319]、瑞普·凡·温克尔[320]、科苏特[321]、冉—雅克·卢梭[322]、利奥波德·罗思柴尔德男爵[323]、鲁滨孙·克鲁索、夏洛克·福尔摩斯、巴斯德[324]。他将两条腿同时朝不同的方向调换，吩咐潮水倒流，伸出小指，导致日食[325]。）

罗马教皇的大使布利尼[326]

（身穿教皇军的祖亚沃军服，披着钢制铠甲，包括胸甲、臂甲、护腿具、护胫具；蓄着亵渎神明的大胡子，头戴褐色纸制主教冠。）利奥波德的家谱如下[327]：摩西生诺亚[328]，诺亚生尤尼克[329]，尤尼克生奥哈罗汉，奥哈罗汉生古根海姆[330]，古根海姆生阿根达斯，阿根达斯生内泰穆[331]，内泰穆生勒·希尔施[332]，勒·希尔施生耶书仑[333]，耶书仑生麦凯，麦凯生奥斯特罗洛普斯基，奥斯特罗洛普斯基生斯梅尔多兹[334]，斯梅尔多兹生韦斯，韦斯生施瓦茨[335]，施瓦茨生阿德里安堡[336]，阿德里安堡生阿兰胡埃斯[337]，阿兰胡埃斯生卢维·劳森，卢维·劳森生以迦博多诺索[338]，以迦博多诺索生奥唐奈·马格纳斯[339]，奥唐奈·马格纳斯生克里斯特鲍默[340]，克里斯特鲍默生本·迈默[341]，本·迈默生达斯蒂·罗兹[342]，达斯蒂·罗兹生本阿莫尔[343]，本阿莫尔生琼斯—史密斯[344]，琼斯—史密斯生萨沃楠奥维奇[345]，萨沃楠奥维奇生贾斯珀斯通[346]，贾斯珀斯通生万图尼耶姆，万图尼耶姆生松博特海伊[347]，松博特海伊生维拉格，维拉格生布卢姆，给他起名叫以马内利[348]。

一只死者的手[349]

（在墙上写着）布卢姆是个傻瓜。

克雷布[350]

（土匪装束）你在基尔巴拉克后面的牛洞里干啥来着[351]？

一个女娃

（摇着拨浪鼓）在巴利鲍桥[352]下又干了些什么？

冬青树[353]

在魔鬼谷[354]里呢？

布卢姆

（从前额一直涨红到臀部，左眼落下三滴泪）我那些往事，请不要去提啦！

被赶出去的爱尔兰房客们

（穿着紧身衣和短裤，手持顿尼溪集市[355]上使用的那种橡树棒。）用犀牛鞭[356]抽他一顿！

（布卢姆长着一副驴耳朵[357]，交抱着胳膊，伸出两脚，坐在示众台上。他用口哨吹起《唐乔万尼》中的今晚同你[358]。阿尔坦[359]的孤儿们手拉着手在他周围跳跳蹦蹦。狱门救济会[360]的姑娘们也手拉着手，朝相反的方向跳跳蹦蹦。）

阿尔坦的孤儿们

你是猪猡，你是脏狗！
娘儿们咋会爱上你！

狱门救济会的姑娘们

你若遇凯伊，
告诉他可以
喝茶时见你，
替我捎此语[361]。

霍恩布洛尔[362]

（身罩祭披[363]，头戴猎帽，宣布说）他将为众人负罪，前往住在荒野里的恶魔阿撒泻勒[364]以及夜妖利利斯[365]那里。对，来自阿根达斯·内泰穆[366]和属于含的土地麦西[367]的人们，全都朝他扔石头，羞辱他。

（众人朝布卢姆做掷石状。许多真正的旅客[368]的丧家之犬凑近他，羞辱他。马斯羌斯基和西特伦穿着宽大长外套，耳后垂着长长的鬈发，走了过来。他们朝布卢姆摇着大胡子。）

马斯羌斯基和西特伦

恶魔！伊斯特拉的莱姆兰[369]，伪救世主！阿布拉非亚[370]！叛教者！

（布卢姆的裁缝乔治·R. 梅西雅斯[371]腋下夹个弯把熨斗出现，他出示一张账单。）

梅西雅斯

改一条裤子的工钱：十一先令。

布卢姆

（快快活活地搓着两只手）还是老样子。布卢姆一文不名！

（黑胡子叛徒吕便·杰·多德，坏心眼的牧羊人，将其子的溺尸扛在肩上，走近示众台跟前。）

吕便·杰·多德

（嗄声悄悄地说）事情败露了。奸细向警察告了密。一见到出租马车立刻就给拦截住。

消防队

呜呜呜！

巴茨修士

（给布卢姆穿上一件黄袍，上面绣着色彩鲜明的火焰，并给他戴上一顶高尖帽。还在布卢姆的脖颈上挂起一口袋火药，把他交到市政当局手里，并且说：）赦免他的罪过[372]。

（根据众人的要求，都柏林市消防队的迈尔斯[373]中尉在布卢姆身上点了火。一片悲叹声。）

"市民"[374]

谢天谢地！

布卢姆

（身穿标有I.H.S[375]字样的无缝衣，直挺挺地站在火凤凰[376]的火焰中）爱琳的女儿们啊！别为我哭泣[377]。

（他向都柏林的新闻记者们出示自己身上烧灼的伤痕。爱琳的女子们身穿黑衣，手持巨大的祈祷书和点起的长蜡烛，跪下来祷告。）

爱琳的女儿们

布卢姆之腰子，为我等祈[378]。
浴槽之花，为我等祈。
门顿之导师，为我等祈。
《自由人报》的广告兜揽员，为我等祈。
仁慈之共济会会员，为我等祈。
漂泊之肥皂，为我等祈。
《偷情的快乐》，为我等祈。
《无言之歌》，为我等祈。
市民之训斥者，为我等祈。
褶边之友，为我等祈。
最仁慈之产婆，为我等祈。
驱灾避邪之土豆，为我等祈。

（由文森特·奥布赖恩[379]先生指挥的六百人的唱诗班，在约瑟夫·格林[380]的风琴伴奏下，齐唱叠句《弥赛亚》中的哈利路亚叠句。布卢姆沉默下来，逐渐缩小，焦化了。）

佐伊

一直聊到脸上发黑吧！

布卢姆

（头戴一顶破旧帽子，帽带上插着一支陶质烟斗。脚蹬一双满是尘埃的生皮翻毛鞋[381]，手执移民的红手绢包，拽着一口用稻草绳拴着的黑泥炭色的猪，眼中含笑。）现在放我走吧，大姐，因为凭着康尼马拉[382]所有的山羊发誓，我刚刚挨的那顿毒打真够呛。（眼里噙着一滴泪）一切都是疯狂的。爱国主义也罢，哀悼死者也罢，音乐或民族的未来也罢。生存还是毁灭[383]。人生之梦结束了。但求一个善终。他们可以活下去。(他哀痛地望着远方。)我完蛋啦。服上几片附子。拉下百叶窗。留一封信。然后躺下来安息。(他轻轻地呼吸。)不过如此而已。我曾经生活过。去了。再见。

佐伊

(把手指插到缠在脖颈上的缎带里，板起面孔)你说的是老实话吗？下次再说吧。(她冷笑)我猜你是从不同于往日的那边下的床[384]，要么就是跟你相好的姑娘操之过急。噢，你转些什么念头，我都一清二楚！

布卢姆

(惨痛地)男女，做爱，算什么？塞子和瓶子罢了[385]。

佐伊

(怫然作色)我就恨口是心非的无赖。你去嫖下等窑姐儿好啦。

布卢姆

(表示反悔)我知道自己着实叫人厌烦。你固然邪恶，可我没你还真不行。你是从哪儿来的？伦敦吗？

佐伊

(伶牙俐齿地)连猪都弹风琴的霍格斯·诺顿[386]。我是在约克郡[387]出生的。(她握住他那只正在抚摩她乳房的手。)喂，汤米·小耗子儿[388]。别这样，来点更带劲儿的。你身上有够干一会儿的钱吗？十先令？

布卢姆

(微笑，慢慢点头)有更多的，霍丽[389]，更多的。

佐伊

有更多的吗？(她用天鹅绒般柔嫩的手不在意地拍着他。)你要到音乐室里去瞧瞧我们那架新的自动钢琴吗？来吧，我会脱光的。

布卢姆

（像一个焦虑不安的行商那样打量她那对削了皮的梨有多么匀称，感到无比困惑[390]，迟迟疑疑地摸着后脑勺。）要是给某人知道了，她吃起醋来可厉害哩。一个绿眼的恶魔[391]。（一本正经地）不用说你也晓得会有多么棘手。

佐伊

（受宠若惊）眼不见心不烦。（她拍拍他。）来吧。

布卢姆

大笑着的魔女！推摇篮的手[392]。

佐伊

娃娃呀！

布卢姆

（裹着襁褓和斗篷，脑袋挺大，乌黑的头发恰似胎膜。一双大眼睛盯着她那晃来晃去的衬裙，用胖嘟嘟的指头数着上面的青铜纽扣。他伸出湿漉漉的舌头，口齿不清地说：）一、二、山（三）、山（三）、儿（二）、咦（一）。

纽扣们

爱我，不爱我，爱我[393]。

佐伊

沉默就表示同意喽。（挓挲着小小指头，抓住他的手，用食指尖戳戳他的掌心，悄悄地给他暗示[394]，把他诱向毁灭。）手热证明内脏冷。

（他在香气、乐声与诱惑中犹豫不决。她把他领向台阶，用她腋下的气味、描了眼线的双目的魅力以及套裙的窸窣声吸引着他，荷叶边的裙褶还遗留着所有那些曾经占有过她的雄兽如狮子般的臭气。）

雄兽们

（散发出发情、粪便和硫黄的气味，在饲养场里横冲直撞，低声吼叫，摇晃着服了麻醉药的脑袋。）真够味儿！

（佐伊和布卢姆来到门口，一对姐妹妓女坐在那里。她们画了眉，抬起眼睛好奇地打量着他。他连忙鞠了一躬，她们报以微笑。他笨手笨脚地差点儿摔倒。）

佐伊

（亏得她立即伸出一只手扶住了他。）哎呀！可别栽到楼上去[395]。

布卢姆

正直的人可以摔七个跟头。（他在门口让路。）照规矩，请您先走。

佐伊

夫人先走，先生随后。

（她迈门槛。他迟疑着。她转过身，伸出双手，将他往里拽。他跳了进去。门厅里那个多叉鹿角状衣帽架上，挂着一顶男帽和一件雨衣。布卢姆摘下帽子，然而一眼瞥见那些，就皱起眉头，微笑着出起神来。楼梯平台处一扇门猛地打开。一个穿紫衫灰裤褐色袜子的男人迈着猴子般的步子走过。他仰着秃头和山羊胡，紧紧抱着一只装满了水的罐子，一副黑背带一直耷拉到脚后跟那儿。布卢姆赶紧扭过脸去，弯下身，端详起放在门厅里桌子上的那只剥制狐狸：它做着跑步的姿势，有着一双长毛垂耳狗那样的眼睛。随后，他抬起头嗅着，跟着佐伊走进音乐室。红紫色的薄纸罩子把枝形吊灯的光线遮暗了。一只蛾子正围在那里飞来飞去，东冲西撞地想逃出去。地板上铺着翡翠、天蓝、朱红三色扁菱形拼花图案的漆布，上面布满了形形色色的脚印：脚跟顶着脚跟，脚跟对着脚心，脚尖顶着脚尖，交叉起来的脚以及没有身子的幽灵拖着脚步在跳莫利斯舞的脚，都乱七八糟地扭在一起。四壁上糊着的墙纸图案是：紫杉木和明亮的林中小径。壁炉格子前展开一扇孔雀毛花样的屏风。反戴着便帽的林奇盘腿坐在用兽毛编织的炉毯上。他用一根细棍缓慢地打着拍子。基蒂·里凯茨，一个身着海军服、瘦骨嶙峋、面色苍白的妓女，把鹿皮手套翻过来，露出珊瑚镯子。她拿着麻花式样的手提包，高高地坐在桌边上，悠荡着一条腿，对着壁炉台上端那面镀金的镜子，顾影自怜。她上衣底下略微露出一点儿垂下来的胸衣饰穗。林奇嘲笑般地指了指坐在钢琴对面的一对男女。)

基蒂

(用手捂着嘴，咳嗽。)她有点儿傻头傻脑。(她晃着食指，打手势。)布噜布噜。(林奇用小棍挑起她的裙子和白衬裙。她连忙又拽好。)放规矩点儿。(她打个嗝儿，然后赶快低下她那水手帽，她那用散沫花染料染红了的头发在帽檐底下闪着光。)噢，对不起！

佐伊

再弄亮点儿，查理。(她走到枝形吊灯跟前，将煤气开关拧到头。)

基蒂

(瞅着煤气灯的火苗)今天晚上出了什么毛病？

林奇

(声音低沉地)亡灵和妖怪上场。

佐伊

替佐伊捶捶背吧！

(林奇晃了一下手里的细棍：这是一根黄铜拨火棍。斯蒂芬站在自动钢琴旁边，琴上胡乱丢着他的帽子和梣木手杖。他用两个手指再一次重复空五度[396]的音程。弗洛莉·塔尔博特，一个虚弱、胖得像鹅一样的金发娼妇，身穿发霉的草莓色褴褛衣衫，摊开四肢躺在沙发的一角，一只前臂从长枕上耷拉下来，倾听着。困倦的眼皮患了严重的麦粒炎。)

基蒂

(又打了个嗝儿，同时用悬空的脚一踢)噢，对不起！

佐伊

（赶紧说）你的心上人在想你哪。把汗衫带子系好吧。

（基蒂·里凯茨低下头去。她那圆筒形皮毛围巾松开了，哧溜哧溜地顺着肩、背、臂、椅子，一直滑落到地上。林奇用他手里的细棍挑起那蜷曲的毛毛虫般的东西。她扭着脖子，做小鸟依人状。斯蒂芬掉过头去，朝那个反戴着便帽、盘腿而坐的身影瞥了一眼。）

斯蒂芬

事实上，究竟是本尼迪多·马尔切罗[397]所发现的，还是他创作的，那无关紧要。仪式是诗人的安息。那也许是献给得墨忒耳[398]的一首古老赞歌，要么就是为诸天宣布上帝的荣耀[399]谱的曲。它的音节或音阶可能迥乎不同，正如高于弗里吉亚调式与混合吕底亚[400]调式之间的差别很大似的。歌词也可能很不一样，犹如围绕着大卫——不，刻尔吉[401]，我在说些什么呀，我指的是刻瑞斯[402]——的祭坛，祭司们所发出的喧嚣声不同于大卫从马房里得来又讲给首席巴松管吹奏者[403]听的有关神之全能的那些话。哎呀，说实在的，这完全是风马牛不相及的两码事。趁着年轻干荒唐勾当吧，青春一去不复返嘛[404]。（他住了口，指着林奇的便帽，始而微笑，继而大笑起来。）你的智慧瘤子长在哪边？

便帽

（忧郁消沉）呸！正因为才所以。这是妇道人家的歪理。犹太裔希腊人是希腊裔犹太人。物极必反。死亡是生命的最高形式。算了吧！

斯蒂芬

我所有的错误、自负、过失，你都记得相当准确。对于你的不忠诚，我还要继续闭眼睛到什么时候呢？砺石[405]！

便帽

哎！

斯蒂芬

我还有句话跟你说。(他皱起眉头。)原因是基音和全音阶第五音被最大限度的音程[406]分割开来了，它……

便帽

它？说完呀。你说不完。

斯蒂芬

(竭力说下去)音程分割开来了，它就是最大限度的省略。两极相通。八度。它。

便帽

它?

(外面，留声机喧嚣地奏起《圣城》[407]。)

斯蒂芬

(唐突地)为了不从自我内部穿行[408]，一直跋涉到世界尽头。天主、太阳、莎士比亚[409]、推销员，走遍了现实，方成为自我本身。且慢。等一等。街上那家伙的喊叫[410]真该死。预先就安排好不可避免地会成为这个样子。瞧[411]！

林奇

(发出哀鸣般的嘲笑声，朝着布卢姆和佐伊·希金斯咧嘴一笑。)多么渊博的一番演说啊，呃?

佐伊

(刻薄地)你的脑袋空空如也，他知道的比你忘掉的还多哩!

(弗洛莉·塔尔博特又胖又蠢地望着斯蒂芬。)

弗洛莉

人家说，世界末日[412]今年夏天就到了。

基蒂

不会的。

佐伊

（哈哈大笑）伟大的天主好不公道啊！

弗洛莉

（不悦）喏，是报纸上登伪基督[413]的事时提到的。哦，我的脚好痒啊！

（破衣烂衫的赤足报童放着一只尾巴摆来摆去的风筝[414]，啪嗒啪嗒地跑过去，大声嚷着。）

报童们

最新消息。摇木马比赛的结果出来啦。皇家运河里出现了一条海蛇[415]。伪基督平安抵达。

（斯蒂芬掉过身去，瞥见了布卢姆。）

斯蒂芬

一拍子、多拍子和半拍子[416]。

（吕便·杰·伪基督，一个流浪的犹太人，张开紧握着的手，按着脊梁骨，脚步蹒跚地走来。他腰上系着一只香客的行囊，露出约定支付的期票和遭到拒付的票据。肩上高高地扛着长长的船篙，一头钩着他那湿透了缩作一团的独子的裤裆，是刚从利菲河里救上来的。暮色苍茫中，跟潘趣·科斯特洛长得一模一样的妖怪翻着跟头滚了过来。他瘸腿，驼背，患有脑水肿，下巴突出，前额凹陷，长着阿里·斯洛珀[417]式的鼻子。）

众人

哦？

妖怪

（下颌咔嗒咔嗒响着，蹿来蹿去，转动着眼珠，尖声叫着，像只大袋鼠般地跳跳蹦蹦，摊开双臂，仿佛要一把抓住什么似的。随即猛地从叉开的两腿间伸出他那张缺嘴唇的脸。）出来啦！笑面人。原始人[418]！（他发出苦修教士那种哀号，打转转。）先生们，女士们，请下赌注[419]！（他蹲下来，变戏法。从他手里飞出轮盘赌用的小行星。）来，赌个输赢[420]！（行星们相互碰撞，发出脆亮的噼噼啪啪声。）到此为止[421]。（行星们化为轻飘飘的气球，涨大并飞走。他跳进虚空，消失了。）

弗洛莉

（茫然失措，悄悄地连连画十字。）世界末日到了！

（从她身上散发出女性温吞吞的臭气。周围星云弥漫，一片朦胧。穿过飘浮在外面的雾，留声机的轰鸣压住了咳嗽声和嚓嚓的脚步声。）

留声机

耶路撒冷呀！
敞开城门唱吧：
和散那[422]……

（焰火冲上天空，爆炸开。一颗白星从中坠下，宣告万物的终结和以利亚的再度来临[423]。从天顶到天底，紧紧绷着一根肉眼看不见的、没有尽头的绳子。世界末日——身穿苏格兰高地游猎侍从的百褶格子呢短裙和格子花呢服、头戴熊皮鸟缨高顶帽的双头章鱼[424]，以人的三条腿[425]的姿势头朝下顺着此绳在黑暗中旋转着。）

世界末日

（用苏格兰口音）谁来跳划船舞，划船舞，划船舞[426]？

（以利亚的嗓音像秧鸡般刺耳，在天际回荡，压住了一阵过堂风和哽噎般的咳嗽声。他身穿有着漏斗形袖子、宽宽松松的上等细麻布白色法衣，以执牧杖者的神气，汗涔涔地出现在悬挂着古老光荣之旗[427]的讲坛上。他砰砰地敲着栏杆。）

以利亚

请不要在这间小屋子里吵吵嚷嚷。杰克·克兰、克雷奥利·休[428]、达夫·坎贝尔、阿贝·基尔施内尔，你们要闭着嘴咳嗽。喏，这条干线完全由我来操纵。伙计们，现在就登记吧！上帝的时间[429]是十二点二十五分。告诉母亲你们将会在那儿[430]。赶紧去订，那才是捷足先登哪。就在这儿当场参加吧。买一张通往来世联轨点的直达票，一路上不停车。再说一句。你们是神呢，还是该死的傻瓜？基督一旦再度来到科尼艾兰[431]，咱们准备好了吗？弗洛莉·基督、斯蒂芬·基督、佐伊·基督、布卢姆·基督、基蒂·基督、林奇·基督，宇宙的力量应该由你们去感觉。我们害怕宇宙吗？不。要站在天使这边[432]。当一面棱镜[433]。你们内心里有那么一种更崇高的自我。你们能够跟耶稣、跟乔答摩[434]、跟英格索尔[435]平起平坐。你们统统处在这样的震颤中吗？我认为是这样。各位会众，你们一旦有所领悟，前往天堂的起劲愉快的兜风，就不赶趟儿了。你们明白我的意思吗？这确实是回春灵药。最强烈的玩意儿。完整的果酱馅儿饼。再也没有比这更乖巧、伶俐的货色了。它是无穷无尽，无比豪华的。它使人恢复健康，生气勃勃。我知道，我也是个使人振奋者。且别开玩笑，归根结底，就是亚·约·基督·道维以及调和的哲学。诸位明白了吗？好的。六十九街西七十七号。明白我的意思了吗？对啦。随时都可以给我挂太阳电话。烂醉如泥的酒徒们，省下那邮票吧。（*大嚷*）那么，现在唱赞美歌吧。大伙儿都一道热情地唱吧。再来一个！（*他唱起来。*）耶路……

唱片

（*压住他的声音*）和路撒拉米牛亥和……（*唱针摩擦唱片，吱吱嘎嘎响。*）

三名妓女

（*捂住耳朵，粗声喊着*）啊咯咯咯！

以利亚

（*挽起衬衫袖子，满脸乌黑*[436]*，高举双臂，声嘶力竭地嚷着*）天上的大哥啊，总统先生，我刚才跟你说的话，你该听见了吧！我当然坚决相信你，总统先生。现在我确实认为，希金斯小姐和里凯茨小姐虔心信着教。说实在的，我从来也没见过像你这般吓得战战兢兢的女子，弗洛莉小姐，正如我刚才瞧见的那样。总统先生，你来帮我拯救咱们亲爱的姐妹们吧！（他朝听众眨巴眼睛。）咱们的总统先生对一切都了如指掌，可是他啥也不说。

基蒂—凯特

我一时控制不住自己，脆弱失足，在宪法山[437]干下了那样的事。是主教为我行的坚振礼[438]，[我还参加了褐色肩衣组织[439]。]我姨妈嫁给了蒙莫朗西[440]家的人。我原是纯洁的，可一个管子工破坏了我的贞操。

佐伊—范妮

为了逗趣儿，我让他把那物儿像鞭子似的塞到我里面。

弗洛莉—德肋撒

都是由于喝了亨尼西的三星[441]，再掺上葡萄酒的缘故。当维兰[442]溜进我的被窝之后，我就失了身。

斯蒂芬

太初有道[443]，以迨永远，及世之世[444]。保佑八福[445]。

（迪克森、马登、克罗瑟斯、科斯特洛、利内翰、班农、穆利根与林奇等八福，身穿外科医学生的白大褂，排成四路纵队，喧嚣地快步走过去。）

八福

（语无伦次地）啤酒、牛肉、斗犬、牛贩子、生意、酒吧、鸡奸、主教[446]。

利斯特[447]

（身穿公谊会教徒的灰色短裤，头戴宽檐帽，慎重地）他是我们的朋友。我用不着提名道姓。你去寻求光[448]吧！

（他踩着科兰多舞步[449]过去了。贝斯特[450]身穿理发师那浆洗得发亮的罩衣，鬈发上缠着卷发纸。他领着约翰·埃格林顿[451]走进来，后者穿的是印有蜥蜴形文字的黄色中国朝服，头戴宝塔式高帽。）

贝斯特

（笑吟吟地摘下帽子，露出剃过的头，脑顶翘起一条根部扎着橙黄蝴蝶结的辫子。）你们知道吗，我正在打扮他哪。美丽的事物[452]，你们知道吗？这是叶芝说的——不，是济慈说的。

约翰·埃格林顿

（取出一盏绿罩暗灯，把灯光朝屋角晃。用挑剔的口吻）美学和化妆品是为闺房而设的。我要寻求的则是真理。朴素人的朴素真理。坦德拉吉[453]人要的是事实，而且非得到不可。

（在投射到煤篓后面的探照灯那圆锥形光束里，马南南·麦克李尔将下颌托在膝盖上，沉思默想着[454]。他长着圣者的眼睛，奥拉夫般的脸上胡子拉碴的。他慢腾腾地站起来。从他那活像是德鲁伊特[455]的嘴里冒出凛冽的海风，鳝鱼与小鳗鱼在他头部周围翻腾着。他身上覆满海藻和贝壳。右手握着一只自行车[456]打气筒。左手攥着一只巨大的蝲蛄的双爪。）

马南南·麦克李尔

（用波浪声）噢姆！嘿咔！哇噜！啊咔！噜哺！摩啊！嘛[457]！诸神的白色瑜珈僧。赫尔墨斯·特里斯美吉斯托斯的玄妙的《派曼德尔》[458]。（发出海风呼啸声）普纳尔甲纳穆·帕齐·潘·贾乌布[459]！我绝不受人愚弄。有人说：当心左边，对萨克蒂的膜拜[460]。（发出预告暴风雨的海燕的叫声）萨克蒂、湿婆、黑暗神秘之父！（他用打气筒敲打左手捏着的蝲蛄。他那只合作社的表盘上，黄道十二宫图在灼灼发光。他以海洋汹涌澎湃的势头大声哭号。）噢姆！咆姆！毗噍姆！我是家园的光[461]！我是梦幻般的奶油状黄油[462]。

（一只瘦骨嶙峋的犹大的手压住了光。绿光越来越淡。变成红紫色。煤气灯在吱吱地哀鸣。）

煤气灯

噗啊！噗咿咿咿咿咿咿！

（佐伊跑到枝形吊灯跟前，弯起一条腿，把灯罩摆摆正。）

佐伊

谁给我支烟抽？

林奇

（轻轻地往桌上丢一支烟）拿去。

佐伊

（佯装傲慢地把头一歪）怎么能这样递东西给一位女士呢？（她不慌不忙地把烟卷捻松探过身去，就着火苗把它点上，露出腋窝里那簇褐色毛毛。林奇大胆地用拨火棍撩起她那半边套裙。袜带上边裸露出的肉，在天蓝色套裙的遮掩下，呈现出水中精灵的绿色。她安详地喷着烟雾。）你瞧见我屁股后头那颗美人痣了吗？

林奇

我没在看。

佐伊

（送着秋波）没看吗？光看还不讨瘾哩。你要咂个柠檬吗？

（她装出一副羞答答的样子，斜眼望着布卢姆，朝他扭过身去，把被拨火棍勾住的套裙拽开。一片天蓝色液体重新流到她身上。布卢姆站在那儿，眼里露出贪馋的神色微笑着，摆弄两手的拇指。基蒂·里凯茨用唾沫舔湿中指，对着镜子抹平双眉。皇家文书利波蒂·维拉格沿着壁炉烟囱的槽敏捷地滑下来，踩着粗糙的粉红色高跷，趾高气扬地朝左边迈两步。他身上紧紧地裹着几件大氅，外面罩着棕色胶布雨衣。雨衣下面，手里拿着个羊皮纸书卷。左眼上戴着卡什尔·博伊尔·奥康内尔·菲茨莫里斯·蒂斯代尔·法雷尔[463]那闪闪发光的单片眼镜。他头顶埃及双冠[464]。两耳上伸出两支鹅毛笔。)

维拉格

(脚跟并拢，鞠躬)我是维拉格·利波蒂，松博特海伊人[465]。(他若有所思地干咳了几声。)这里男女混杂，赤身露体，触目皆是，呃？我无意中瞥见了她的后身，说明她并没有穿你特别喜爱的那种贴身内衣。我希望你已瞅见了她大腿上注射的痕迹，呃？好吧。

布卢姆

爷爷[466]。可是……

维拉格

另一方面，第二个姑娘，那涂了樱桃红唇膏，戴着白色头饰，头发上抹了不少咱们犹太族传统的侧柏[467]灵液的，穿着散步衣。从她坐的姿势来看，想必是胸罩勒得紧紧的。也可以说是把脊梁骨掉到前面来了。如果我理解错了，请指出来。可我一向认为，那些轻佻女子隐隐约约地让你瞥见内衣。这种下体裸露狂患者的表现，正投你的所好。一句话，是半鹰半马的怪兽[468]。我说得对吗？

布卢姆

她太瘦啦！

维拉格

(不无愉快地)正是这样！观察得很细。裙子上撑出两个兜儿，略作陀螺形，是为了让屁股显得格外丰满。想必是刚从专门敲诈的大甩卖摊子上买的。钱也是从哪个冤大头手里骗来的。那是用来糊弄人的俗不可耐的玩意儿。瞧她们怎样留意细小的斑点。今天能穿的，绝不要拖到明天。视差！(扭动一下脑袋)你听见我的头咔嗒一声响了吗？多音节的绕嘴词[469]！

布卢姆

（手托臂肘，食指杵着面颊）她好像挺悲哀的。

维拉格

（讥诮地，龇着鼬鼠般的黄板牙，用手指翻开左眼皮，扯着嘶哑的嗓音吼叫）骗子！当心这轻佻丫头和她假装出的悲伤。巷子里的百合[470]。人人都有鲁亚尔杜斯·科隆博所发现的矢车菊。压翻她[471]。让她变得像只鸽子。水性杨花的女人。（口吻温和了一些）喏，请你注意第三位吧。她的大部分身子都展现在眼前。仔细观察她脑壳上那簇用氧处理过的植物质吧。嗨哟，她撞着了[472]。长腿大屁股，伙伴中的丑小鸭。

布卢姆

（懊悔不迭）偏偏我没带枪出来。

维拉格

无论是什么号的——宽松的、中等的、紧的，都能提供。只要出钱，随便挑。哪一个都能使你快乐[473]……

布卢姆

哪一个……？

维拉格

（卷着舌头）利姆[474]！瞧，她可真丰满，浑身长了好厚的一层脂肪。从胸脯的分量看，她显然是个哺乳动物。你能看到她身子前面突出两个尺寸可观的大肉疙瘩，大得几乎垂进午饭的汤盆里。背后下身也有两个隆起的东西，看来直肠必是结实的。那两个鼓包摸着会给人以快感，唯一的美中不足是不够紧。注意保养就能使这个部位的肉厚实。要是关起来喂，肝脏就会长得像象那么大[475]。把掺了胡芦巴[476]和安息香的新鲜面包搓成小丸，浸泡在一剂绿茶里吞服，就能在短暂的一生中，自自然然长出一身肥膘，活像是个球形针插。这样该中你的意了吧，呃？使人馋涎欲滴的热腾腾的埃及肉锅[477]。尽情享受吧。石松粉[478]。（他的喉咙抽搐着。）恰好，他又干起来啦[479]！

布卢姆

我讨厌麦粒肿。

维拉格

（扬扬眉毛）他们说，用金戒指碰一下就好了[480]。利用女性的弱点来辩论[481]。这是旧时罗马和古代希腊的狄普罗多库斯和伊赤泰欧扫罗斯[482]担任执政官时所说的。此外，单靠夏娃的灵药就够了。非卖品。只供租借。胡格诺派[483]。（抽动一下喉咙）好古怪的声音。（像是为了振作起来般地咳嗽）然而，这也许只不过是个瘊子。我想你还记得我曾经教过你的一个处方吧？小麦粉里掺上蜂蜜和肉豆蔻。

布卢姆

（仔细琢磨）小麦粉里掺上石松粉和希拉巴克斯[484]。这可是个严峻的考验啊。今天是个格外劳累的日子，一连串的灾难。且慢，我的意思是，您说过，瘊子血能使瘊子传播开来。……

维拉格

（鹰钩鼻子，眨巴着眼睛，严厉地）别再摆弄你那大拇指了，好好想想吧。瞧，你已经忘记了。运用一下你的记忆术吧。事业是神圣的。嗒啦。嗒啦[485]。（旁白）他准会想起来的。

布卢姆

记得您提到过迷迭香和抑制寄生组织的意志力的事。那么，不，不，我想起来啦。让死者的手摸一下就能痊愈。记得吗？

维拉格

（兴奋地）可不是嘛。可不是嘛。正是这样。记忆术。（使劲拍打他那个羊皮纸书卷）此书详尽地告诉你该怎样处置。查查索引吧。用附子来治错乱性恐怖，用盐酸来治忧郁症，用白头翁来炼制春药。下面维拉格还要谈谈截肢术。我们的老友腐蚀剂。对瘊子要采取饥饿疗法。等它干瘪成空壳之后，用马鬃齐根勒掉。然而把论点移到保加利亚人和巴斯克人身上。关于喜不喜欢女扮男装，你究竟拿定主意了没有[486]？（干涩地窃笑）你曾打算花上一整年的时间来研究宗教问题。一八八六年夏季，你曾试图绘制一幅与圆形面积相等的正方形[487]，赢得那一百万英镑。石榴[488]！崇高和荒谬只有一步之差[489]。比方说，睡衣睡裤。或者垫有三角形布料的针织扎口死裆短裤？要么就是那种复杂的混合物——连裤女衬衣？（他嘲弄般地学鸡叫。）咯、咯尔、咯！

（布卢姆迟迟疑疑地环顾三名妓女，然后又盯着蒙了罩子的红紫色灯光，听着那飞个不停的蛾声。）

布卢姆

那么现在就该做出结论了。睡衣是从来也不。所以是这个样儿。不过，明天将是新的一天。过去曾经是今日。因此，到了明天，现在也会成为过去的昨天。

维拉格

（像是提词般地低声私语）蜉蝣在不断地交媾中度过短暂的一生。雌性的体态虽逊于雄性，背后那外阴部却是精美绝伦的，它被其气味所引诱。美丽的鹦鹉[490]！（他那鹦鹉的黄嘴用鼻音急促不清地说着）犹太历五五五〇年前后，喀尔巴阡山脉[491]有过一句谚语。一大调羹蜂蜜要比六桶最高级的麦芽醋更能吸引熊先生。熊直哼哼，蜜蜂嫌吵。且慢。这容别的时候再接着说吧。我们这些局外人很高兴。（他咳嗽一声，低下头，用掏挖的手势若有所思地搓着鼻子。）你会发现这些夜虫总是跟踪着灯光。这是错觉。要记住，它们长着无法调节的复眼。关于这些棘手的论点，可参看我著的《性科学原理，或爱的情欲》第十七卷。利・布・博士说，这是本年度最为轰动的一部书。举例来说，有些人的动作是自发的。深入领会。那是适合于他的太阳。夜鸟，夜阳，夜镇。追我吧，查理！（他朝布卢姆的耳朵嚷。）嗡嗡！

布卢姆

那天不知是蜜蜂还是青蝇，撞着了墙上的影子，撞晕了。于是迷迷糊糊地冲进了我的衬衫，害得我好苦……

维拉格

（面无表情，以圆润、女声女气的腔调笑着）妙极了！他的裤裆里藏着斑蝥，或者阴茎上贴着芥末软膏。（晃动着颈上那火鸡般的垂肉，并像火鸡似的贪婪地咯咯叫着）火鸡！火鸡！咱们说到哪儿来着？芝麻，开门[492]！出来吧！（他麻利地打开那个羊皮纸书卷，读起来。他牢牢抓住书卷，萤火虫般的鼻子沿那文字倒着迅速地移动[493]。）且慢，好朋友，我给你带来了答案。咱们很快就能吃上红沙洲的牡蛎[494]了。我是手艺最高的厨师。这种有滋味的双壳贝对身体有好处，让无所不吃的猪先生去挖掘佩里戈尔[495]的块菌，那对神经衰弱和悍妇炎患者有着奇效。尽管发臭，却富于刺激性。（摇头晃脑，尖声讥笑着）滑稽啊。眼睛里塞进单片眼镜[496]。（他打了个喷嚏。）阿门！

布卢姆

（心不在焉地）妇女患的双壳贝病更厉害。什么时候都是开着的芝麻[497]。裂开的女性[498]。所以她们害怕虫子啦，爬虫动物什么的。然而夏娃和蛇却不然。这并不是史实吧。依我看，显然是以此类推。蛇对女人的奶也贪得无厌。它们从包罗万象的森林里蜿蜒爬行好几英里前来，吱吱地把她的乳房吮干。就像在艾里芳图利亚里斯[499]的作品中所读到的那些雄火鸡般滑稽的罗马婆娘似的。

维拉格

（嘴上嘬出深深的皱纹，两眼像石头般绝望地紧闭着，以异国情调用单音咏诵圣歌。）那些乳房胀鼓鼓的母牛，它们四远驰名……

布卢姆

我想要大声喊叫。请您原谅。哦？那么，（他重复一遍。）主动地去找到蜥蜴窝，以便供其贪婪地吸吮自己的乳房。蚂蚁吸蚜虫的奶水。（意味深长地）本能支配着世界[500]。无论生前，还是死后。

维拉格

（歪着头，脊背与隆起如翼状的肩膀，弯作弓形，鼓起昏花的两眼凝视着蛾，用触角般的指头指指点点，喊叫。）谁是蛾，蛾？谁是亲爱的杰拉尔德[501]？亲爱的杰，是你吗？哦，哎呀，他就是杰拉尔德。哦，我非常担心他会被严重地烧伤。有人肯摇摇高级餐巾来防止这场灾难吗？（学猫叫）猫咪猫咪猫咪猫咪！（他叹口气，朝后退，下颌低垂，朝两旁斜睨着。）好的，好的。这家伙等下就会安静下来的。（望空猛地咬了一口。）

飞蛾

我是个小小东西，
永远翱翔在春季，
兜着圈子且嬉戏。
想当年，我曾登基，
到如今展开双翼，
天地间飞来飞去！

砰！（他冲向红紫色灯罩，喧噪地拍着翅膀。）漂亮、漂亮、漂亮、漂亮、漂亮、漂亮的衬裙。

（亨利·弗罗尔从左首上端的入口登场。他溜着脚步悄悄走了两步，来到左前方中央。他披着深色斗篷，头戴一顶垂着羽毛饰的墨西哥宽边帽。手执一把嵌了花纹的银弦大扬琴和一支有着长竹管的雅各烟斗[502]，陶质的烟袋锅作女头状。他穿着深色天鹅绒紧身裤，浅口无带轻舞鞋有着银质饰扣。他的脸像是一位充满浪漫主义色彩的救世主，鬈发飘垂，胡子和口髭稀稀疏疏。一双细长的腿和麻雀脚活脱儿像是男高音歌手坎迪亚亲王马里奥[503]。他理了理皱领的褶子，伸出好色的舌头舔湿了嘴唇。）

亨利

（一面拨弄吉他琴弦，一面以低沉动听的嗓音唱道）有一朵盛开的花[504]。

（蛮横的维拉格收拢起下巴，盯着灯。庄重的布卢姆端详着佐伊的脖颈。风流的亨利颈部的肉耷拉着，转向钢琴。）

斯蒂芬

（自言自语）闭上眼睛弹琴吧，学爸爸的样儿。把我的肚子填满猪食。这已经够受的了。我要起身，回到我的[505]。想必这就是。斯蒂芬，你可陷入了窘境。得去看望老迪希，要么就给他打个电报。我们今天早晨的会见给我留下了深刻的印象。尽管我们的年龄。明天我将尽情地写出来。说起来，我真有点儿醉啦！（他又碰一下键盘。）这一次是小三和弦。是的。醉得还不厉害。

（阿尔米达诺·阿尔蒂弗尼一边精神抖擞地捋着口髭，一边伸出用乐谱卷成的指挥棒。）

阿尔蒂弗尼

好好考虑一下吧。你毁掉了一切[506]。

弗洛莉

给咱唱点什么吧。《古老甜蜜的情歌》[507]。

斯蒂芬

没有嗓子。我是个最有才能的艺术家。林奇，我给你看过关于古琵琶[508]的那封信了吗？

弗洛莉

（假笑）一只会唱可是不肯唱的鸟儿呗！

（在牛津大学做特别研究员的一对连体双胞胎：醉汉菲利普和清醒菲利普[509]拿着推草机出现在漏斗状斜面墙上的窗口。两个人都戴着马修·阿诺德[510]的假面具。）

清醒菲利普

接受一个傻子的忠告吧。有点儿不对头。用铅笔头数数看，像个乖乖的小傻瓜那样。你有三镑十二先令。两张纸币，一英镑的金币，两克朗。倘若年轻人有经验[511]。城里的穆尼酒馆，海岸上的穆尼，莫伊拉那一家，拉切特那一家[512]，霍尔街医院，伯克[513]。呃？我在盯着你哪。

醉汉菲利普

（*不耐烦地*）啊，瞎说，你这家伙。下地狱去吧！我没欠过债。我要是能够弄明白八音度是怎么回事就好了。双重人格。是谁把他的名字告诉我的呢？（*他的推草机开始嗡嗡地响起来。*）啊哈，对啦。*我的生命，我爱你*[514]。我觉得先前到这儿来过。是什么时候来着？他不姓阿特金森[515]，我有他的名片，不知放在哪儿啦。叫作麦克什么的。想起来了，叫昂马克。他跟我谈起过——且慢，是斯温伯恩[516]吧，对吗？

弗洛莉

那么，歌儿呢？

斯蒂芬

心灵固然愿意，肉体却是软弱的[517]。

弗洛莉

你是梅努斯毕业的吗？你跟我过去认识的一个人长得可像哩！

斯蒂芬

如今已经毕业啦。（*自言自语*）脑袋瓜儿挺灵。

醉汉菲利普与清醒菲利普

（*他们的推草机嗡嗡响着，草茎随之轻快地跳跃起来。*）脑袋瓜儿一向挺灵。已经毕业啦，已经毕业啦。顺便问一声，你可有那本书，那玩意儿，那根梣木手杖吗？对，就在那儿。脑袋瓜儿一向挺灵，如今已经毕业了。要保持下去。像我们这样。

佐伊

前天晚上有个教士到这儿来办点事。他把上衣纽扣扣得严严实实的。我对他说，你用不着那么躲躲闪闪的。我认得出你那脖领是天主教教士的。

维拉格

从他的角度来说，这完全是理所当然的。人的堕落。（愤怒地瞪大眼睛，厉声地）让教皇下地狱去！太阳底下没有新鲜事[518]。我就是曾经揭露出僧侣与处女的性之秘密的那个维拉格。我为什么脱离了罗马教会。读读那本《神父、女人与忏悔阁子》[519]吧。彭罗斯[520]。弗力勃铁·捷贝特[521]。（他扭动身子。）女人带着甜蜜的羞涩解开灯芯草编的腰带，将湿透了的阴部献给男子的阳物。少顷，男子赠予女人丛林之中的几片兽肉。女悦，以带羽之皮遮身。男人用大而硬的阳物热烈爱抚女人之阴部。（他大喊。）我是被迫首肯的[522]。于是，轻浮的女人四处乱跑。强壮的男人抓住女人的手脖子。女人尖声呼叫，又咬又啐[523]。此刻，男人怒气冲天，揍女人那肥胖的臀部[524]。（他追逐自己的屁股。）唏嘶！啵啵！（他停下脚步，打喷嚏。）哈哧！（他咬住自己的屁股，晃悠着。）噗噜噜！

林奇

我希望你让那位好神父用苦行来赎罪。飞个主教[525]，就要罚他念九遍《荣耀颂》。

佐伊

（从鼻孔中喷出海象般的烟雾）他根本搞不了。你知道，仅仅兴奋一阵。干巴巴地摩擦一通罢了。

布卢姆

可怜的人哪！

佐伊

（满不在乎地）他就能这样嘛！

布卢姆

怎样呢?

维拉格

（龇牙咧嘴，冒出恶魔般的黑光，歪扭着脸，朝前伸着骨瘦如柴的脖子。他仰起妖精[526]般的鼻子眼，怒吼。）可恶的基督教徒们[527]！他有个父亲，四十个父亲[528]。他从来也没存在过。猪神！他长着两只左脚[529]。他是犹大·伊阿其阿[530]，一个利比亚的宦官，教皇的私生子。（他身倚扭曲了的前爪，僵硬地弯着臂，扁平的骷髅脖颈上端是一双神色痛苦的眼睛，朝沉默的世界叫喊。）婊子的儿子。《启示录》。

基蒂

玛丽·肖特尔被蓝帽[531]吉米·皮金传染上了梅毒，住进了花柳病医院。她还跟那家伙生了个娃娃，连奶都不会咽。因惊风在被窝里憋死了。我们大家捐钱，给办的葬事。

醉汉菲利普

（严肃地）谁使你落到这步田地的呢，菲利普[532]？

清醒菲利普

（快活地）是由于神圣的鸽子所赐，菲利普[533]。

（基蒂摘下帽子上的饰针，安详地把帽子撂下，拍了拍她那用散沫花染过的头发。从没见过一个娼妓肩上披散着这么一头秀美漂亮、光艳动人的鬈发呢。林奇把她的帽子戴在自己的头上。她把它扒拉下去。）

林奇

（笑）令人高兴的是，梅奇尼科夫[534]在类人猿身上接了种。

弗洛莉

（点头）运动机能失调了。

佐伊

（快活地）哦，我得翻翻字典。

林奇

三位聪明的处女[535]。

维拉格

（因疟疾犯了打起冷战，喷出大量的淡黄色鱼卵。他那皮包骨的患癫痫的嘴唇上冒着泡。）她贩卖春药、白蜡、香橙花。一个名叫“豹”的罗马百人队长[536]用自己的生殖器把她玷污了。（他手按在胯间，伸出闪烁着光的蝎子般的舌头。）救世主啊！他弄破了她的膜[537]。（他叽叽喳喳地发出狒狒的叫声，玩世不恭地抽搐着，扭动着屁股。）嘻咳！嘿咳！哈咳！嗬咳！呼咳！咔咳！咕咳！

（本·大象·多拉德走向前来。他生得红脸膛，肌肉僵硬，鼻孔里毛茸茸的，大胡子，白菜耳朵，胸脯多毛，头发蓬乱，奶头肥大。腰部和生殖器紧紧地箍在黑色的游泳裤里。）

本·多拉德

（肥胖的大手奏着骨质响板，愉快地用约德尔唱法发出低沉的桶音。）当狂恋使我神魂颠倒之际。

（两个处女——卡伦护士与奎格利护士猛地冲过竞技场的管理员和拦绳，张开双臂朝他扑来。）

处女们

（极度热情地）大本钟！本，我的心肝儿[538]！

一个声音

抓住那个穿不像样子的裤子的家伙。

本·多拉德

（拍着大腿哈哈大笑）马上把他抓住。

亨利

（怀里抱着一个砍下来的女头，边爱抚着边喃喃自语）你的心，我的爱。（拨弄着古琵琶弦）当我初见[539]……

维拉格

（蜕皮，大量羽毛脱落下来）混蛋！（他打个哈欠，露出漆黑的喉咙，用羊皮书卷卷成的圆筒朝上一顶，闭上口腔。）说完这些，我就告辞了。再见。多多保重。狗屁[540]！

（亨利·弗罗尔用随身携带的梳子迅速地梳理口髭和胡子，并蘸着唾沫抹平头发。他用长剑掌舵，疾步向门口走去，背后挎着荒腔走调的竖琴[541]。维拉格翘起尾巴，像踩高跷般笨拙地跳了两下，来到门边。他熟练地在墙上斜贴了一张黄脓液色的传单，用头顶着按紧。）

传单

吉·11。禁止招贴。严加保密。亨利·弗兰克斯大夫[542]。

亨利

现在一切都失去啦[543]！

（维拉格转瞬间取下螺丝，摘掉自己的头，夹在腋下。）

维拉格的头

庸医！

（二人分别退场。）

斯蒂芬

（侧过头来对佐伊说）你大概会更喜欢创立了新教异端邪说的那个好斗的牧师[544]

吧。但是要当心犬儒学派的安提西尼[545]和异教祖师爷阿里乌的最后下场。在厕所里所受的死的痛苦[546]。

林奇

对她来说，是同一个神。

斯蒂芬

（虔诚地）而且是支配万物的至高无上的主。

弗洛莉

（对斯蒂芬）你准是个酒肉神父。要么就是个修士。

林奇

可不是嘛。一位红衣主教的儿子。

斯蒂芬

犯了大罪[547]。不守清规的修士们[548]。

（全爱尔兰首席红衣主教、西蒙·斯蒂芬·迪达勒斯大人在门口出现。他身着红色法衣、短袜便鞋。担任助祭的小人猿——即七样大罪，也穿红衣，捧着他的衣裾，从下面窥伺。他头上歪戴着一顶压扁了的大礼帽。他张开手掌，把大拇指戳在腋窝里，脖子上挂着一串软木塞制成的念珠，末端是一把十字架形的螺丝锥，垂在胸前。他撇开大拇指，从高处以波浪状大摇大摆的姿势祈求神灵保佑，并趾高气扬、装模作样地宣告。）

红衣主教

康瑟维奥陷囹圄，
躺在地牢深又深，
手铐脚镣戴在身，

重量又何止三吨[549]。

（他右眼紧闭，鼓起左颊，朝众人望了片刻。然后抑制不住内心的快乐，就双手叉腰，浑身晃来晃去，嘻嘻哈哈地畅怀唱着。）

噢，可怜的小东西，
它、它的脚那么黄，
蹿动如蛇身宽胖，
可该死的野蛮人，
为了给白菜添油荤，
竟把内莉·弗莱厄蒂的爱鸭屠宰[550]。

（大群小虫白花花地簇拥在他的法衣上。他交抱着胳膊，抓挠着双肋，愁眉苦脸地叫唤。）

我正在受着被打入地狱的苦难。凭着这把廉价的提琴发誓，感谢耶稣，这帮可笑的小家伙还没有一起出动。不然的话，它们就会使我离开这该死的地球啦！

（他歪着头，用食指和中指敷敷衍衍地祝福众人，并给予复活节的亲吻。他边来回晃动着帽子，边拖着滑稽的双舞步溜走。转瞬间他的个子就缩到捧衣裾者那么小了。那些助祭的侏儒哧哧地笑着，窥伺着，用肘轻捅着，挤眉弄眼，或给予复活节之吻，跟在他后面走成之字形。从远处传来他那圆润嗓音，慈祥而充满阳刚之气，优美动听。）

把我的心带给你，
把我的心带给你，
馨香微风夜飘溢，
把我的心带给你[551]！

（魔门的把手转了一下。）

门把手

吱咿——!

佐伊

门里有魔鬼。

（一个男子的身影走下咯吱作响的楼梯。传来他从挂钩上取下雨衣和帽子的声音。布卢姆不由自主地冲向前，顺便把门半掩上，从兜里掏出巧克力，怯生生地朝佐伊递过去。）

佐伊

（起劲地嗅他的头发）唔！谢谢你母亲送给我的兔子。我喜欢什么东西，简直就着了迷。

布卢姆

（听见一个男人在门阶上同妓女们交谈的声音，便竖起两耳。）假若是他呢？干完了吗？要么是没搞？要么就是吃回头草？

佐伊

（展开银纸）没有叉子以前就有指头了。（她掰下一截，啃起来，递给基蒂·里凯茨一截，又像只小猫咪似的转向林奇。）不讨厌法国菱形糖果吧？（他点点头。她吊他的胃口。）是现在要，还是等把它弄到手呢？（他仰起头，张开嘴。她把奖赏朝左边转，他的头跟着转过去。她又把它朝右边转过来。他盯着她。）接住！

（她抛起一截巧克力。他敏捷地叼住它，嘎吱一声咬下一块。）

基蒂

（咀嚼着）在义卖会[552]上跟我在一道的那位工程师有好吃的巧克力。里面满是高级甜露酒。总督也带着夫人去啦[553]。我们骑上托夫特的旋转木马，好开心哪。至今我还发晕呢。

布卢姆

（身穿斯文加利[554]式的皮大衣，交抱双肘，前额上垂着拿破仑式鬈发。他双眉紧皱，念着腹语术的驱邪咒文，用老鹰般锐利的目光凝视着门。然后僵直地迈出左脚，右臂顺着左肩滑下来，用咄咄逼人的指头在空中迅速地一划，做了老练的师父[555]的暗号。）不管你是谁，我借着法术命令你：走，走，走！

（穿过外面的雾，传来一个男子边咳嗽边逐渐走远的脚步声。布卢姆的表情变得松弛了。他一只手插进背心，安详地摆好姿势。佐伊将巧克力朝他递过去。）

布卢姆

（一本正经地）谢谢。

佐伊

叫你怎么做，你就怎么做吧。给！

（从楼梯上传来坚定的脚步橐橐声。）

布卢姆

（接巧克力）是春药吗？艾菊与薄荷。可这是我买的呀。香子兰是镇静剂呢，还是？能够增进记忆。光线混乱，连记忆都混乱了。红色对狼疮有效[556]。颜色能够左右女人的性格，倘若她们有性格的话。这黑色使我难过。为了明天，吃喝玩乐吧[557]。（他吃起来。）淡紫色也对口味产生影响。可已经过了那么久啦，自从我。所以觉得那么新鲜。春。那个教士。准会来的。晚来总比不来强。我在安德鲁斯试试块菌吧[558]。

（门开了。贝拉·科恩，一个大块头老鸨走了进来。她身穿半长不短的象牙色袍子，褶边上镶着流苏。像《卡门》中的明妮·豪克[559]那样扇起一把黑色角质柄扇子来凉快一下。左手上戴着结婚戒指和护圈。眼线描得浓浓的。她长着淡淡的口髭，那橄榄色的脸蛋厚厚实实，略有汗意。鼻子老大，鼻孔是橙色的。她戴着一副绿玉的大坠子。）

贝拉

哎呀！我浑身出着臭汗。

（她环顾一对对男女。然后，目光停在布卢姆身上，一个劲儿地端详着他。她手中那把大扇子不住地朝她那热腾腾的脸、脖子和富富态态的身躯上扇着。她那双鹰隼般的眼睛发出锐利的光。）

扇子
（起先迅速地，接着又缓慢地挥动[560]。）喔，结过婚的。

布卢姆
是的。并不完全，阴错阳差的……

扇子
（先打开一半，然后一边收拢一边说）太太当家。夫人统治。

布卢姆
（垂下两眼，怯懦地咧嘴笑着）可不是嘛！

扇子
（折叠起来，托着她左边的耳坠子）你忘记我了吗？

布卢姆
没。哦[561]。

扇子
（收拢，斜顶着腰肢）你原先梦想过的她，就是我吗？那么，她和他是在你跟咱们相识之后吗？我现在是所有的女人，又是同一个女人吗？
（贝拉走过来，轻轻地用扇子拍打着。）

布卢姆
（畏缩）好厉害的人儿。她看到了我眼中那种睡意，那正是使女人们着迷的[562]。

扇子

（轻轻拍打着）咱们相遇了。你是我的。这是命运。

布卢姆

（被吓退）精力充沛的女人。我非常渴望受你的统治。我已精疲力竭，心灰意懒，不再年轻了。我像是手持一封尚未投递的信函，上面按规章贴着特别的邮资[563]，站在人生这所邮政总局所设的迟投函件邮筒前。按照物体坠落的规律，门窗开成直角形便导致每秒钟三十二英尺的穿堂风。这会儿我感到左臀肌的坐骨神经痛。这是我们这个家族的遗传。可怜亲爱的爸爸，一个鳏夫，每逢犯病就能预知天气的变化。他相信动物能保暖。冬天他穿的背心是用斑猫皮做里子的。快死的时候，他想起大卫王和舒念的故事[564]，就跟阿索斯睡在一起。他去世后，这条狗也一直忠于他。狗的唾沫，你大概[565]……（他退缩）啊！

里奇·古尔丁

（挟着沉重的文件包，从门口经过）弄假成真。在都柏林说得上是最实惠的。足可以招待一位王爷[566]。肝和腰子。

扇子

（轻轻拍打）什么事都得有个结局。做我的心上人吧。现在。

布卢姆

（犹豫不决）现在就？那个避邪物我不该撒手。雨啦，暴露在海边岩石上的露水里啦。到了我这把年纪，竟还闹了那么个过失。所有的现象都是自然的原因造成的。

扇子

（慢慢地朝下指着）你可以动手了。

布卢姆

（朝下望去，瞧见她把靴带松开了）咱们可是在众目睽睽之下。

扇子

（迅速地朝下指着）你非动手不可。

布卢姆

（既有意，又忸怩）我会打地道的黑花结。是在凯利特的店[567]里当伙计，管发送邮购货物的时候学的。熟练着呢。每个结子都各有各的名堂。我来吧。算是尽一片心意。今天我已经跪过一回啦。啊！

（贝拉略提起衣裾，摆好架势，把蹬着半高腰靴的胖蹄子和穿丝袜的丰满的胶骨举到椅边。上了岁数的布卢姆腿脚僵硬，伏在她的蹄子上，用柔和的手指替她把靴带穿出穿进。）

布卢姆

（温柔地咕哝着）我年轻时候做的一个心爱的梦，就是在曼菲尔德[568]当上一名替人试鞋的伙计。克莱德街[569]的太太们那缎子衬里的考究的小山羊皮靴简直小得出奇，令人难以置信。我为那靴子扣上纽扣，把带子十字交叉地一直系到齐膝盖，那就别提有多么快活啦！我甚至曾每天去参观雷蒙德的蜡人，欣赏妇人脚上穿的那种巴黎式蛛网状长筒袜和大黄茎般光滑的脚趾尖。

蹄子

闻闻我这热腾腾的山羊皮气味吧。掂掂我这沉甸甸的分量。

布卢姆

（十字交叉地系着活扣儿）太紧了吧？

蹄子

你要是弄不好，可就汉迪·安迪[570]，我朝你的要害处踢上一脚。

布卢姆

可别像那个晚上在义卖会的舞会上似的，穿错了眼儿。倒霉。穿到她——就是您说的那一位——的鞋扣环里去了……当天晚上她遇到了……好啦！

（他系好了靴带。贝拉将脚撂到地板上。布卢姆抬起头来。她那胖脸，她的两眼从正面逼视着他。他的目光呆滞，暗淡下来，眼皮松弛，鼻翼鼓起。）

布卢姆

（嗫嚅着）先生们，听候各位的吩咐……

贝洛

（像怪物小王[571]那样恶狠狠地瞪着他，然后用男中音[572]说）不要脸的狗！

布卢姆

（神魂颠倒地）女皇！

贝洛

（他那胖嘟嘟的腮颊松垂下来。）通奸的臀部的崇拜者！

布卢姆

（可怜巴巴地）硕大无比！

贝洛

贪吃大粪的人！

布卢姆

（半屈膝）庄严崇高！

贝洛

弯下身去！（他用扇子拍打她的肩膀。）双脚向前屈！左脚向后退一步！你会倒下的。正在倒。手扶地，趴下！

布卢姆

（眼睛往上翻，表示仰慕，边闭眼边大叫）块菌！

（随着一声癫痫性的喊叫，她趴了下来，呼噜呼噜直喘，喷着鼻子，刨着脚跟前的地。然后双目紧闭，眼睑颤动，以无比娴熟的技巧把身子弯成弓形，装死躺下。）

贝洛

（头发剪得短短的，紫色的肉垂了下来。剃过的唇边是一圈浓密的口髭。打着登山家的绑腿，身穿有着银纽扣的绿色上衣和运动裙，头戴饰有公赤松鸡羽毛的登山帽。双手深深插进裤兜，将脚后跟放在她的脖颈上，嘎吱嘎吱地踩着。）脚凳！让你知道一下我的分量。奴才，你的暴君那灿烂的脚后跟骄傲地翘立着，闪闪发光。你在这王座前叩拜吧！

布卢姆

（慑服，颤声说）我发誓，永远不违背您的旨意。

贝洛

（大笑）天哪！你还不知道会落到什么样的下场哪。我就是那个决定你这贱人的命运、要你就范的鞑靼人！老儿子，我敢打赌，要是不能把你收拾出个样子，就情愿请大家喝一通肯塔基鸡尾酒。你敢顶撞我一下试试。那你就穿上运动服浑身打着哆嗦等挨一顿脚后跟的惩罚吧。

（布卢姆钻到沙发底下，偷偷从缘饰的缝隙间窥伺。）

佐伊

（摊开裙裾，遮住布卢姆）她不在这儿。

布卢姆

（合上眼睛）她不在这儿。

弗洛莉

（用长衫藏起布卢姆）贝洛先生，她不是故意的。老爷，她会放乖的。

基蒂

不要对她太凶狠啦，贝洛先生。老爷，您准不会的。

贝洛

（用好话引逗着）来呀，好乖乖，我有话跟你说，亲爱的，我不过是训斥你两句罢了。咱们说点儿知心话吧，心肝儿。（布卢姆胆怯地探出头来。）这才是个好姑娘。（贝洛粗暴地一把揪住她的头发，把她硬往前边拽。）我只是为你好，才想在那个又软和又安全的地方来整治你一下。你那嫩屁股怎样啦？哦，宝贝儿，我只不过轻轻儿地爱抚一下。开始准备吧。

布卢姆

（快晕过去了）可别把我劈成两半……

贝洛

（狂暴地）笛子吹奏起来的当儿，我要让你像努比亚奴隶[573]似的，把套鼻圈、用老虎钳来夹、打脚掌、吊钩、鞭打的滋味，全都尝个够。这回可叫你赶上啦。我得让你至死也忘不了我。（他额上暴起青筋，脸上充血。）每天早晨我先进一顿包括马特森[574]的煎肥火腿片和一瓶吉尼斯黑啤酒的讲究的早餐，接着就跨在你的背上，只当那是铺了绒垫的鞍子。（他打个嗝。）然后，我一边读《特许饮食业报》[575]，一边吸着证券交易所的高级雪茄烟。我很可能会叫人在我的马房里把你宰掉，把你的肉用扦子串起来，涂上油，放在马口铁罐里，烤得像乳猪似的又松又脆；配上米饭、柠檬或蘸着醋栗酱，津津有味地吃它一片。够你受的吧。

（贝洛拧布卢姆的胳膊，把她摔个仰八脚儿。布卢姆尖声呼叫。）

布卢姆

别这么残忍，护士！别这样！

贝洛

（拧着）再来一遍！

布卢姆

（尖叫）哦，简直是活地狱啊！我浑身痛得发狂！

贝洛

（大喊）好哇！凭着扭屁股跳跳蹦蹦的将军！这可是六个星期以来我听到的最好的消息。混蛋！别耽搁我的工夫。（他掴了她个耳光。）

布卢姆

（抽噎地诉说）你打我啦。我要去告你……

贝洛

按住这家伙，姑娘们，我要跨在这家伙身上。

佐伊

对。踩这家伙吧！我给你按住。

弗洛莉

我来按。别那么贪心。

基蒂

不，我来。把这家伙借给我。

（妓院厨娘基奥大妈在门口出现。满脸皱纹，胡子花白，系着满是油垢的围裙，脚穿男人的灰绿相间的短袜和生皮翻毛鞋，裸露着通红的胳膊，手里攥着一根巴满生面的擀面杖。）

基奥大妈

（凶狠地）我能帮上忙吗？

（众人抓住布卢姆，紧紧按住。）

贝洛

（咕哝一声，一屁股坐在布卢姆那仰着的脸上，一口口猛喷着雪茄烟，揉着胖胖的小腿。）我晓得基廷·克莱被选做里奇蒙精神病院[576]副院长啦。顺便说一句，吉尼斯的特惠股份是十六镑四分之三[577]。我真是个笨蛋，竟没把克雷格和加德纳[578]同我谈起的那一股买下来。真是倒霉透顶，他们的。可是那匹该死的没有希望赢的“丢掉”[579]，居然以二十博一获胜了。（他气冲冲地在布卢姆的耳朵上掐灭雪茄烟。）那只该死的混账烟灰缸哪儿去啦？

布卢姆

（受尽折磨，被屁股压得透不过气来。）唉！唉！禽兽！残酷的家伙！

贝洛

叫你每隔十分钟就央告一次。乞求吧。使出吃奶的劲儿来祈求吧。（他攥起拳头，然后把臭烘烘的雪茄烟夹在指间[580]，表示轻蔑地伸过来。）喂，吻一吻。两样都吻。（他迈开一条腿，跨坐在布卢姆身上，像骑士那样用双膝紧紧夹着布卢姆，厉声喊。）驾！骑上木马摇啊摇，摇到班伯里十字路口[581]。我要骑着这家伙到埃克里普斯的有奖赛马场上去。（他把身子弯向一边，粗暴地攥住坐骑的睾丸，喊着。）嗬！向前冲呀。我要照正规方式训练你。（他像是跨坐在木马上似的，在鞍上蹦蹦跳跳。）小姐碎步款款行，马夫驾车快步走，老爷骑马直奔跑，奔跑，奔跑，奔跑。

弗洛莉

（指指贝洛）该让我骑了。你已经骑够啦。我比你先开的口。

佐伊

（拽拽弗洛莉）我。我。你还没够吗，吸血鬼！

布卢姆

（奄奄一息）不行啦！

贝洛

唔，我还没够呢。慢着。（他屏住气。）混账。喏。这只塞子快要崩掉了。（他拔掉屁股后头的塞子，然后，扭歪着脸，放个响屁。）接着！（重新塞好）是啊，天哪，十六镑四分之三。

布卢姆

（浑身淌满汗水）不是男人。（嗅着。）是个女人哩！

贝洛

（站起来）别这么三心二意的。你所梦寐以求的，终于实现啦。从此，你不再是男人，却真正属于我了，并被套上了轭[582]。这会儿穿上你的惩戒服吧。你得脱掉你那男人衣服，明白吗，鲁碧·科恩？你要穿上这身闪光绸，头上和肩上都窸窣作响，雍容华贵。而且马上就换！

布卢姆

（畏缩起来）太太说是绸子！哦，窸窸窣窣、沙啦沙啦的！难道我得用指尖悄悄地摸吗？

贝洛

（指着他那帮妓女）看到她们现在的样子了吧，你也将跟她们一样[583]。戴上假发，用火剪卷边，洒香水，擦香粉，腋窝剃得光光溜溜的。用卷尺贴身替你量尺寸。你将被狠狠地塞进胸部有着鲸骨架、活像老虎钳子的淡红灰色斜纹帆布紧身衣里，带子一直勒到尽头——装饰着钻石的骨盆那儿。你的身材比放任自流的时候要来得丰满，将把它束缚在网眼的紧身衣里，另外还有那二英两重的漂亮衬裙和流苏什么的，上面当然都标着我家的徽记。为艾丽斯做的漂亮亚麻布衬衣，和为她准备的上等香水。艾丽斯会伸手去摸摸吊袜带。玛莎和玛丽亚[584]腿上穿得那么薄，起先会觉得有点儿凉。可你那光着的膝盖周围一旦用薄丝带镶起褶边，就会使你想到……

布卢姆

（一个娇媚的女仆，双颊厚厚地涂了脂粉，芥末色头发，长着一双男人的手和鼻子，眼睛斜睨着。）在霍利斯街的时候，我只半开玩笑地试穿过两次她的衣服。那阵子我们手头紧，为了省下洗衣店那笔开销，我都是亲自洗。我还翻改自己的衬衫。过的是最节省不过的日子。

贝洛

（嘲笑）是为了让妈妈高兴才做的吧，呃？然后把百叶窗拉严，身上只穿件化装舞衣，对着镜子，轻佻地卖弄你那脱了裙子的大腿和公山羊的乳房，做出各种委身的姿势，呃？哈哈，我不得不笑。米莉亚姆·丹德拉德太太[585]在谢尔本饭店卖给你的那件黑色旧高级敞领衬衣和短裤，上次被她[586]强奸的时候全都绽线了吧，呃？

布卢姆

米莉亚姆。黑色的。名声不好的女人。

贝洛

（大笑）伟大的基督，这简直太逗啦！你把后门的毛剃干净，盖上那玩意儿，晕倒在床上的时候，可真成了美人儿米莉亚姆啦！活像是即将被下面这些人强奸的丹德拉德太太。他们是：斯迈思－斯迈思陆军中尉、下院议员菲利普·奥古斯塔斯·布洛克维尔先生、健壮的男高音拉西·达列莫[587]先生、开电梯的蓝眼睛伯特、因获得戈登·贝纳特奖杯[588]而扬名的亨利·弗勒里、曾在三一学院的大学代表队做过滑艇第八号选手的黑白混血大富豪谢里登、她那只漂亮的纽芬兰狗庞托，以及马诺汉密尔顿[589]公爵遗孀鲍勃斯。（他又大笑一阵。）哎呀，连暹罗猫都给招笑了。

布卢姆

（她活动着双手和五官。）当我念高中的时候，曾在《颠倒》[590]这出戏里扮演过女角。那回，杰拉尔德[591]使我真正变成一个胸衣爱好者。对，就是亲爱的杰拉尔德。他对姐妹的紧身褡着了迷，养成了这么个怪毛病。如今可爱的杰拉尔德擦粉红色的油彩，还把眼睑涂成金色的。这是对美的崇拜。

贝洛

（不正经地嬉笑着）美！当你撩起裙子巨浪式的荷叶边，以女人特有的细心坐到打磨得光光滑滑的宝座上的时候，连气儿都喘不过来了！

布卢姆

这是一门科学。把我们各自享受的形形色色的快乐比较一下。（热切地）说实在的，还是那个姿势好一些……因为过去我常常弄湿……

贝洛

（严厉地）不许顶嘴！角落里为你准备好锯末了。我不是严格地指示过你吗？站着干，老兄！我要教你像个骗子那样干！你敢在襁褓上留点污痕试试。哎嘿！凭着多兰的驴[592]发誓，你会发现我是个纪律严明的人。你过去的罪恶会起来声讨你。很多。好几百桩。

过去的罪恶

（声音混杂中）他在黑教堂[593]的阴影中，至少跟一个女人偷偷举行了婚礼。他一边对公共电话阁子的电话机做猥亵的举动，一边在精神上给居住在多利尔某号的邓恩小姐[594]打电话，说些不堪入耳的话。他还公然用言语和行动来怂恿暗娼把粪便和其他污物丢到空房旁边龌龊的厕所里。在五个公共厕所里，他都用铅笔写道，愿为一切身体强壮之男子提供本人的妻子。难道他不曾每夜在发散异臭的硫酸工厂[595]附近，从一对对热恋着的情侣身边走过，想碰碰运气，巴不得多少能看到点儿什么吗？难道这头肥公猪不曾躺在床上，用姜汁饼和邮政汇票来鼓励一个讨厌的妓女，让她提供用过好多遍令人作呕的草纸，并躺在床上馋涎欲滴地盯视它吗？

贝洛

（大声吹口哨）喂！在你这罪恶的生涯中，最使人恶心的淫荡行为是什么？统统说出来。吐个干净！这回可要老老实实地讲。

（一张张沉默、冷酷的脸拥过来，有的斜眼瞅着，有的在逐渐消失，有的在嘲笑着。波尔迪·德·科克[596]、靴子带儿一便士[597]、卡西迪的老妪[598]、盲青年[599]、拉里·莱诺塞罗斯[600]、姑娘、妇女、娼妓，另外还有……）

布卢姆

不要问我！咱们共同的信仰[601]。普莱曾茨街。我只转了一半念头……我凭着神圣的誓约保证……

贝洛

（断然地）回答！你这讨人嫌的下贱货！我非知道不可。给我讲点开心的事：无论是猥亵的，还是血淋淋、顶呱呱的鬼故事，要么就来上一行诗。快，快，快！在哪儿发生的？用什么方法？什么时候？跟多少人？我只给你三秒钟。一！二！三！……

布卢姆

（俯首帖耳，喉咙里发出咯咯声）我下、下、下作地嗅了讨、讨、讨厌的东西……

贝洛

（专横地）哦，给我滚出去，你这贱人！住口！问到你，再回答。

布卢姆

（鞠躬）老爷！太太！驯服男子的人！

（他举起双臂。没有卡子的手镯落地。）

贝洛

（刻薄地）白天，你把我们那一套套臭烘烘的内衣衬裤泡在水里捶打。我们这些夫人不舒服的时候，也得你来伺候。你还得撩起衣服，屁股后头拴块搌布，替我们擦茅房。那该有多么称心啊！（他把一枚红玉戒指套在她的手指上。）这就好啦！戴上这戒指，你就属于我啦。

布卢姆

谢谢您，太太。

贝洛

你得为我们叠被铺床，替我准备洗澡水，倒各间房里的尿罐，包括老厨娘基奥那只沙色的。对，你还得记住把七只尿罐都好好涮一遍，或当作香槟酒那样舔个干净。把我撒的尿趁热喝下去。你得麻麻利利、低三下四地伺候着，不然的话，我就训斥你不懂规矩。鲁碧[602]小姐，我要用头发刷子狠狠地揍你的光屁股。这样，你就会懂得怎样循规蹈矩了。晚上，你那双擦足了雪花膏、套上镯子的手，还得戴上一副有着四十三个纽扣、刚涂过滑石粉的手套，指尖上考究地洒了香水。为了能得到这些好处，从前的骑士不惜献出生命。（他咯咯笑着。）我手下那些小伙子看到你这副贵妇人的风度一定会神魂颠倒，尤其是那位上校，当他们在婚礼前夕来这儿爱抚我这个靴子后跟镀了金的新招牌姑娘的时候。首先，我得亲自试试你。我在赛马场上结识的查尔斯·艾伯塔·马什——我刚刚跟他睡过觉。还有一位文件筐与小包保管科[603]的先生，正在物色一个百依百顺的女仆。挺起胸脯来。笑一笑。垂下肩去。肯出多少钱？现货就在这里。经过雇主的训练，能嘴里叼着水桶，搬呀运呀。（他挽起袖管，将前臂整个伸进布卢姆的阴户。）够深的吧！怎样，小伙子们？见了这，你们还能不挺起来吗？（他把胳膊伸到一个竞买者脸前。）喏，搞吧，挨着个儿地来！

一个竞买者

两先令银币。

（狄龙[604]的伙计摇着手铃。）

伙计

当啷！

一个声音

多付了一先令八便士[605]。

查尔斯·艾伯塔·马什

想必是个处女。气儿挺足。蛮干净。

贝洛

（抡起拍卖槌重重地敲了一下）两先令。低到了家的价钱，这简直跟白扔似的。有十四个举手的，摸一摸，检查一下她的部位。尽管用手摆弄。这长了茸毛的皮肤，这么柔软的筋，这么嫩的肉。要是我那把金锥子在手头就好了！而且奶水也挺足。一天能挤三加仑新鲜的奶。是多产的纯种，不出一小时就能下崽。她老子的产奶纪录是四十周之内产两千加仑纯奶。嗬，我的宝贝儿！央求一下！嗬！（他把自己姓氏的首字C刺在布卢姆的臀部。）行啦！地地道道的科恩牌[606]！两先令还给涨多少，先生们？

浅黑脸男子

（用假嗓子）一百英镑整。

众声

（放低嗓门儿）拍卖结果归哈利发了。哈伦·拉施德[607]。

贝洛

（兴高采烈地）好吧。让他们统统都来吧。窄小而毫无顾忌，只及膝盖的短裙，裙裾掀起，露出一抹白色宽松裤子，乃是强有力的武器。还有那透明的长袜，笔直的长长的棱线直伸到膝盖上端，再系上鲜绿色袜带，很投合城里玩厌了的人那种想别开生面的本能。要学会穿路易十五式后跟足有四英寸高的鞋[608]，走路时忸忸怩怩，装腔作势。还得会行希腊式的屈膝礼，挑逗地撅起屁股，大腿丰腴匀称，双膝端庄地并着。朝他们发挥出你的全部魅力吧。勾引他们去沉溺在蛾摩拉的恶习中[609]。

布卢姆

（把羞得通红的脸藏在腋窝里，口叼食指，傻笑。）哦，我现在好容易才明白你暗示的是什么了！

贝洛

像你这么个阳痿的家伙，除此之外还能做什么？（他弯下身去，边盯视边用扇子粗暴地戳布卢姆臀部那脂肪很厚的褶皱下面。）起来！起来！曼克斯猫[610]！这是怎么啦？你那卷毛的茶壶哪儿去啦？要么就是什么人把它铰掉了吗，你这鸟儿？唱吧，鸟儿，唱呀。软耷拉的，就跟在马车后面撒尿的六岁娃娃那物儿一样。买只桶或卖掉水泵。（大声）你起得了男人的作用吗？

布卢姆

在埃克尔斯街……

贝洛

（讽刺地）我绝不想伤害你的感情，可有个肌肉发达的男人在那儿顶替了你。这叫作形势逆转，你这年轻的相公！他可是个粗壮有力的剽悍男子。咳，你这窝囊废，要是你也有那么个满是疙瘩、瘤子和瘊子的物儿就好啦。告诉你吧，他把浑身的劲头全使出来啦。脚对脚，膝对膝，肚子对肚子，乳房对胸脯！他可不是个阉人。屁股后头像荆豆丛似的挓挲着一簇红毛毛！小伙子，等上九个月吧！哎呀呀，它已经在她肚子里上下翻腾，蹬蹬踹踹，又咳嗽什么的！难道这还不使你气得火冒三丈吗？碰到痛处了吧？（他轻蔑地朝布卢姆啐口唾沫。）你这痰盂！

布卢姆

我深深受了凌辱，我……要去告警察。索赔一百英镑。竟然说得出口！我……

贝洛

有能耐你就去告吧，瘸鸭子。我们要的是瓢泼大雨，不是你那毛毛细雨。

布卢姆

会把我逼疯的！摩尔[611]！我忘记了！饶恕我吧！摩尔……我们……还……

贝洛

（冷酷无情地）不行，利奥波德·布卢姆。自从你趴在睡谷里，在睡眠中度过长达二十年的夜晚[612]，一切都按女人的意志改变了。回去瞧瞧吧。

（老睡谷隔着荒原呼唤。）

睡谷

瑞普·凡·温克尔！瑞普·凡·温克尔！

布卢姆

（脚上穿着破破烂烂的鹿皮靴，手里拿着一杆锈迹斑斑的鸟枪。他踮起脚尖，用手指摸索着。面容憔悴，骨瘦如柴而胡子拉碴的脸，对着菱形窗玻璃凝视，然后喊道）我看见她啦！是她！在马特·狄龙家第一次见到她的那个夜晚！可那件衣裳，绿色的！她的头发染成了金色的，而他……

贝洛

（愚弄地笑着）你这猫头鹰，那是你闺女哩，正跟穆林加尔的一名学生在一起。

（米莉·布卢姆，一头金发，身着绿衫，足蹬细长的凉鞋[613]，听任蓝色头巾被海风吹拂得翻卷，甩开情人的双臂，惊奇地睁大眼睛叫着。）

米莉

天哪！这是爹爹啊。可是，哦，爹爹，你怎么苍老成这个样子啦！

贝洛

变啦，对吧？咱们的什锦柜，咱们那张从没在上边写过字的书桌，姨姥姥哈格蒂的扶手椅，是按古代大师的作品仿制的。一个男人和他的男友们在那儿养尊处优。王八窝[614]。这也好嘛。你有过多少女人，呃，在黑咕隆咚的街上拖着脚步走，跟在她们后面，瓮声瓮气地咕哝着，使她们兴奋起来。怎样啊，你这男妓？跟踪那些捧着一包包食品杂货的规规矩矩的太太。向后转吧。我的公鹅啊，你和母鹅是半斤八两[615]。

布卢姆

她们……我……

贝洛

（尖酸刻薄地）我们的鞋后跟将踩着你从雷恩[616]拍卖行买的那条仿制的布鲁塞尔地毯。他们跟顽皮的莫尔胡闹一气，捉她裤子里的雄跳蚤，把你为艺术而艺术冒雨抱回家的那座小小雕像[617]一下子砸个粉碎。他们把你收藏在尽底下那只抽屉里的秘密全暴露出来。他们将把你那本天文学手册扯碎，搓成擦烟斗用的纸捻儿。他们还往你从汉普顿·利德姆[618]那家店里花十先令买来的黄铜炉档里啐唾沫。

布卢姆

是十先令六便士。卑鄙无赖干下的勾当。放我走吧。我要回去。我要证明……

一个声音

宣誓[619]！

（布卢姆攥紧拳头，口叼长猎刀，匍匐前进。）

贝洛

是作为一名房客，还是一个男妾呢？太迟啦[620]！你既然做了那张次好的床[621]，其他人就得睡在上面。你的墓志铭[622]已经写好了。老家伙，可不要忘记，你已经完蛋了，被逐出去啦！

布卢姆

正义啊！整个爱尔兰在跟一个人做对！难道谁都……

（他吮吸自己的大拇指。）

贝洛

要是你还有一点点自尊心或体面感的话，就死掉并下地狱去吧。我可以给你点珍藏的陈年老酒，你喝了就能跳跳蹦蹦地往返一趟地狱。签下一份遗嘱，将现钱统统留给我们！要是你一文不名，那么就偷也罢，抢也罢，横竖你这混蛋就非得把钱弄到手不可！我们把你葬在灌木丛中的茅坑里。那儿有我嫁过的继侄老卡克·科恩——一个该死的老痛风患者、诉讼代理人、颈部不断抽筋儿的鸡奸者。还有我另外十个或十一个丈夫，不管这帮鸡奸者叫什么名字，反正你都将跟他们死在一起，浑身龌龊，窒息在同一个粪坑里。（他爆发出含痰的朗笑声。）我们会把你沤成肥料的，弗罗尔先生！（他嘲弄地吹口哨。）拜拜，波尔迪！拜拜，爹爹！

布卢姆

（紧紧抱着自己的头，）我的意志力！记忆！我犯了罪！我受了苦[623]！

（他哭了起来。）

贝洛

（讥笑）哭娃娃！鳄鱼的眼泪！

（布卢姆丧魂落魄，紧紧地蒙起眼睛，脸伏在地上哽咽着，等待着当牺牲品。这时，传来丧钟声。行过割礼者披着黑围巾的身姿，着麻蒙灰，伫立在饮泣墙[624]旁。M. 舒勒莫维茨、约瑟夫·戈德华特、摩西·赫佐格、哈里斯·罗森堡、M. 莫依塞尔、J. 西特伦、明尼·沃赤曼、P. 马斯添斯基，以及领唱者利奥波德·阿布拉莫维茨导师[625]。他们摇着手臂，呼唤着圣灵，为哀悼叛教者布卢姆之死而恸哭。）

行过割礼者

（他们边以阴郁的喉音唱着，边往他身上撒死海之果，没有鲜花[626]。）以色列人哪，你们要留心听！上主是我们的上帝；唯有他是上主[627]。

众声

（叹息）那么，他走啦。啊，对。对，正是这样。布卢姆？从来没有听说过他。

没有？是个古怪家伙。还有个寡妇。是吗？啊，对。

（从寡妇殉夫自焚的柴堆里，升起橡胶樟脑的火焰。香烟像棺衣一般遮住周围，逐渐消散。一位宁芙[628]从栎木镜框里走了出来。她披散着头发，身上轻飘飘地穿着人工着色的茶褐色衣服，钻出她的洞穴，从枝叶交错的几棵紫杉下经过，站在布卢姆旁边。）

紫杉们

（叶子叽叽喳喳）是姐姐。咱们的姐姐。嘘！

宁芙

（柔声）凡人！（亲切地）不，可不要哭！

布卢姆

（软绵绵地在枝叶下匍匐前进，浴着透过枝叶缝隙射进来的阳光，威严地）落到这么个境地。我早就觉出会是这样的。习惯势力。

宁芙

凡人！你在一堆歹徒当中找到了我。跳大腿舞的、沿街叫卖水果蔬菜的小贩、拳师、得人心的将军、穿肉色紧身衣道德败坏的哑剧演员、在20世纪最叫座儿的歌舞节目《曙光女神和卡利尼》中跳希米舞[629]的俏皮漂亮的舞女。我藏在散发着石油气味的粉红色廉价纸页当中。周围是俱乐部的男人们那些老掉牙的猥亵之谈，扰乱乳臭未干的小青年心情的话语，以及各种广告：透明装饰图片、按照几何图形制造的骰子、护胸、专利品、经疝气患者试用证明合格的疝带。有益于已婚者的须知。

布卢姆

（朝她的膝盖抬起海龟头）咱们曾经见过面。在另一个星球上。

宁芙

（悲戚地）橡胶制品。永远不会破的品种，专供贵族人士使用。男用胸衣。保治惊厥，无效退款。沃尔德曼教授神奇胸部扩大器使用者主动寄来的感谢信。据格斯·鲁布林太太来信说：我的胸围在三周内扩大了四英寸，并附照片。

布卢姆

你指的是《摄影点滴》吗？

宁芙

是啊。你带走了我，将我镶在装饰着金属箔的栎木镜框里，把我挂在你们夫妻的床上端。一个夏日傍晚，当没人看到时，你还吻了我身上的四个部位，并怀着爱慕心情用铅笔把我的眼睛、乳房和阴部都涂黑了。

布卢姆

（谦卑地吻她的长发）美丽的不朽的人儿啊，你有着何等古典的曲线。你是美的化身。我曾经仰慕你，赞颂你，几乎向你祷告。

宁芙

在漫漫黑夜，我听见了你的赞美。

布卢姆

（急促地）是啊，是啊。你指的是我……睡眠把每个人的最坏的一面暴露出来，也许孩子们是例外。我晓得我曾从床上滚了下去，或者毋宁说是被推下去了。据说浸过铁屑的葡萄酒能够治疗打鼾。另外，还有那个英国人的发明。尽管地址写错了，几天前我还是收到了关于医治打鼾的那份小册子。它说，能使人打一种不出声、不妨碍任何人的鼾。（叹息）一向都是这样的：脆弱啊，你的名字就是婚姻[630]。

宁芙

（用手指堵住耳朵）还有话。我的字典里可没有那些话。

布卢姆

你听得懂那些话吗?

紫杉们

嘘!

宁芙

(用手捂住脸)在那间屋子里,我什么没见到呀?我不得不瞧些什么呀!

布卢姆

(抱歉地)我晓得。贴身穿的脏衬衣,还特意给翻了过来。床架上的环儿也松了,是老早以前由海上从直布罗陀运来的。

宁芙

(垂下头去)比那还糟糕,比那还糟糕!

布卢姆

(仔细审慎地想)是那个陈旧的尿盆吧?那不怪她的体重。她刚好是一百六十七磅。断奶后,增加了九磅。尿盆上有个碴儿,胶也脱落了。呃?那只有一个把儿的、布满回纹的蹩脚用具。

(传来瀑布晶莹地倾泻而下的声音。)

瀑布

噗啦呋咔[631],噗啦呋咔。

噗啦呋咔,噗啦呋咔。

紫杉们

(枝条交叉)听啊。小点儿声。姐姐说得对。我们是在噗啦呋咔瀑布旁边生长的。在令人倦怠的夏日,我们供大家遮阴。

约翰·怀思·诺兰

（身穿国民林务员制服，出现在后方。摘下那顶插了饰毛的帽子。）在令人倦怠的日子，遮阴吧，爱尔兰的树木！

紫杉们

（低语）是谁随同高中生的郊游到噗啦呋咔来啦？是谁丢下寻觅坚果的同学们，到我们树底下找阴凉儿来啦[632]？

布卢姆

（鸡胸，瓶状肩膀，身穿不三不四的黑灰条纹相间、尺寸太小的童装，脚蹬白网球鞋，滚边的翻筒长袜，头上是一顶带着徽章的红色学生帽。）我当时才十几岁，是个正在发育的男孩儿。看什么都有趣儿。颠簸的车啦，妇人衣帽间和厕所混淆在一起的气味啦，密密匝匝地拥塞在古老的皇家剧场[633]楼梯上的人群啦！因为他们喜欢你拥我挤，这是群体的本能，而且散发出淫荡气味的黑洞洞的剧场更使邪恶猖獗起来。我甚至喜欢看袜子的价目表。还有那股暑气。那个夏季，太阳上出现了黑点。学期结束。还有浸了葡萄酒的醉饼。多么宁静幸福的日子啊！

（宁静幸福的日子：高中男生穿着蓝白相间的足球运动衫和短裤。唐纳德·特恩·布尔、亚伯拉罕·查特顿、欧文·戈德堡、杰克·梅雷迪思和珀西·阿普约翰[634]站在林间空地上，朝着少年利奥波德·布卢姆喊叫。）

宁静幸福的日子

青花鱼[635]！咱们再一道玩玩吧。好得很！（他们喝彩）

布卢姆

（一个笨拙的小伙子，戴着暖和的手套，裹着妈妈的围巾，朝他丢来的松软的雪球像星星般地沾在身上。他挣扎着要站起来。）再一道！我觉得又回到十六岁啦！真有趣儿！咱们把蒙塔古街[636]上所有的钟都敲响吧！（他有气无力地欢呼）好得很，高中时代！

回声

傻瓜!

紫杉们

(飒飒作响)咱们的姐姐说得对。小声些。(整座树林子里，遍处都是嘁嘁喳喳的接吻声。树精从树干与枝叶间露出脸来窥伺，猛地绽开一朵朵的花。)是谁玷污了咱们这寂静的树荫儿?

宁芙

(羞答答地，从挓挲开的指缝间)那儿吗?在光天化日之下?

紫杉们

(朝下弯曲)是啊，姐姐。而且是在咱们这纯洁的草地上。

瀑布

噗啦呋咔，噗啦呋咔，
噗咔呋咔，噗咔呋咔。

宁芙

(挓挲着手指)哦，不要脸!

布卢姆

我曾经是个早熟的孩子。青春时期，法乌娜[637]。我向森林之神献了祭。春季开的花儿[638]。那是交尾的季节。毛细管引力是自然现象。我用可怜的爸爸那架小望远镜，从没拉严的窗帘缝儿偷看了亚麻色头发的洛蒂·克拉克在化晚妆。那个轻浮丫头吃起草来可野啦。在里亚托桥[639]，她滚下山去，用她那旺盛的血气来勾引我。她爬上了弯弯曲曲的树，而我呢。连个圣徒也抑制不住自己。恶魔附在我身上啦。而且，谁也不曾看见呀。

（一头打着趔趄的无角白色小牛崽[640]从叶丛间伸出头来。它蠕动着嘴，鼻孔湿漉漉的。）

刚生下的小牛崽

（大滴大滴的泪珠子从鼓起的眼睛里滚滚而下，吸溜着鼻涕）我。我瞧。

布卢姆

仅仅是为了满足一阵欲望，我……（凄楚地）我追求姑娘，却没有一个理睬我。太丑啦。她们不肯跟我玩……

（在高高的霍斯山顶儿上，一只大奶、短尾母山羊缓步走在杜鹃花丛中，醋栗一路坠落着[641]。）

母山羊

（鸣叫）咩、咩、咩、咩！呐喃呐呢！

布卢姆

（无帽，涨红着脸，浑身沾满蓟冠毛和荆豆刺）正式订了婚。境遇迁，情况变[642]。（目不转睛地俯视水面）每秒三十二英尺[643]，倒栽葱跌下去。印刷品的噩梦。发晕的以利亚[644]。从断崖上坠落。政府印刷公司职员[645]的悲惨下场。

（裹成木乃伊状的布卢姆木偶，穿过夏日静穆的银色空气，从狮子岬角的崖上旋转着滚进等待着他的紫水。）

木偶木乃伊

布布布布布卢卢卢卢卢布卢布卢布卢布罗布施布！

（远远地在海湾的水面上，爱琳王号[646]从贝利灯塔与基什灯塔之间穿行。烟囱吐出羽毛状煤烟，扩散开来，朝岸边飘浮。）

市政委员南尼蒂[647]

（独自站在甲板上。身着黑色羊驼呢衣服，面作黄褐色，手插进背心敞口，口若悬河地演说着。）当我的祖国在世界各国之间占有了一席之地，直到那时，只有到了那时，方为我写下墓志铭，我的话……

布卢姆

完了。噗噜呋！

宁芙

（高傲地）我们这些神明，正如你今天所瞧见的那样，身上没有那个部位，也没长着毛[648]。我们像石头一样冰凉而纯洁。我们吃电光。（她把身子淫荡地弯成弓形，咬着食指。）你对我说话来着吧。声音是从背后传来的，你怎么竟能这样？

布卢姆

（沮丧地用脚踢着石楠丛）哎，我真是地地道道的一头猪猡。我甚至还灌了肠。从苦树采下的苦味液三分之一品脱，兑上一汤匙岩盐。插进肛门。用的是妇女之友牌汉密尔顿·朗[649]的灌肠器。

宁芙

当着我的面。粉扑。（飞红了脸，屈膝）还不止这一桩呢！

布卢姆

（垂头丧气）对。我犯了罪[650]！我已经向不再这么叫的后背那个部位——一座活生生的祭坛致了敬。（突然以热切的口吻）为什么那双馥郁秀丽、珠光宝气的手，支配……的手[651]？

（一个个身影缓缓地勾勒出森林图案，像蛇一般缠到树干上，柔声呼唤着）

基蒂的声音

（在矮树丛里）拿出个靠垫给咱瞧瞧。

弗洛莉的声音

喏。

（一只松鸡笨拙地从乱丛棵子中扑扇而过。）

林奇的声音

（在矮树丛里）哎唷！热得快开锅啦！

佐伊的声音

（在矮树丛里）从热地儿来的嘛！

维拉格的声音

（百鸟首领，披戴着饰以蓝竖纹羽毛的全副甲胄，手执标枪，踩着山毛榉果和橡子，大踏步穿过噼噼啪啪响的藤丛。）好热啊！好热！可得提防着坐牛[652]！

布卢姆

我受不了啦！她那热乎乎的身子留下的热烘烘的烙印。就连在女人坐过的地方坐坐都受不了，尤其在那叉开大腿仿佛要最后开恩的地方，甚至还留下把圆盘般的白棉缎衬裙高高撩起来的痕迹。充满了女人气息。我已经满得饱和啦！

瀑布

啡啦噗啦，噗啦呋咔，

噗啦呋咔，噗啦呋咔。

紫杉们

嘘！姐姐，说呀！

宁芙

（双目失明，身穿修女的白袍，包着两边张出翼状大折裥的头巾，望着远处安详地）特兰奎拉女修道院。阿加塔修女。迦密山[653]。诺克和卢尔德的显圣[654]。沙有了欲望。（她垂下头去叹气）只剩下苍穹的灵气了。梦幻一般浓郁的海鸥，在沉滞的水上飞翔[655]。

（布卢姆欠起身来。他的后裤兜儿上的纽扣崩掉了。）

纽扣

嘣！

（库姆[656]的两个婊子身披围巾，淋着雨，边跳着舞过去，边用呆板的音调嚷着。）

哦，利奥波德丢了衬裤的饰针。

他不知道怎么办，

才能不让它脱落，

才能不让它脱落。

布卢姆

（冷漠地）你们把符咒给破了。这可是最后一根稻草[657]啊。倘若只有天上的灵气，该把你们这些圣职申请者和见习修女往哪儿摆呢？羞涩而心甘情愿，就像一头撒尿的驴。

紫杉们

（银纸叶子坠落，骨瘦如柴的胳膊老迈而摇来摆去。）虚幻无常！

宁芙[658]

这简直是亵渎神明！竟敢试图破坏我的贞操！（她的衣服上出现一大片湿漉漉的污痕。）玷污我的清白！你不配摸一位纯洁女子的衣服。（她重新把衣服拢紧）且慢。魔鬼，不许你再唱情歌。阿门。阿门。阿门。阿门。（她拔出短剑，披着从九名中选拔出来的骑士[659]的锁子甲，朝布卢姆的腰部扎去。）你这个孽障！

布卢姆

（大吃一惊，攥住她的手。）嗬！受保佑的[660]！有九条命的猫！太太，要讲讲公道，用刀子割可使不得。是狐狸和酸葡萄吧，呃？你已经有了铁蒺藜[661]，还缺什么？难道十字架还不够粗吗？（一把抓住她的头巾）你究竟想要可敬的男修道院院长呢，还是瘸腿园丁布罗菲；要么就是没有出水口的送水人[662]雕像，或是好母亲阿方萨斯，呃，列那[663]？

宁芙

（大叫一声，丢下头巾，逃出他的手掌。她那用石膏塑成的壳子出现裂纹，从裂缝里冒出一股臭气[664]。）警……！

布卢姆

（从她背后喊）倒好像你自己并没有加倍地享乐似的。连动也不动一下就浑身糊满各种各样的黏液了。我试了一下。你的长处就是我们的弱点。你给我多少配种费呀？马上付多少现款？我读过关于你们在里维埃拉雇舞男的事[665]。（正在逃跑的宁芙哭了一声。）呃？我像黑奴般地干了十六年的苦役。难道明天陪审员会给我五先令的赡养费吗，呃？去愚弄旁人吧，我可不上这个当。（嗅着）动情。葱头。酸臭的气味[666]。硫黄。脂肪。

（贝拉·科恩[667]的身影站在他面前。）

贝拉

下次你就认得我啦！

布卢姆

（安详地打量着她。）容颜衰退[668]。老婊子装扮成少妇的样子。牙齿长，头发密。晚上临睡吃生葱头，可以滋润容颜。通过锻炼，能消除双下巴颏儿。你那两眼就像你那只剥制狐狸的玻璃眼睛那么呆滞。它们跟你的胸腰臀尺寸也相当。就是这样。我可不是一架三翼螺旋桨。

贝拉

（轻蔑地）其实你已经不行啦！（她那母猪的阴部吼叫着。）吹牛皮！

布卢姆

（轻蔑地）先把你那没有指甲的中指擦干净吧。你那情人的冰凉精液正在从你的鸡冠上滴答着哪。抓把干草自己擦擦吧。

贝拉

我晓得你是个拉广告的！阳痿！

布卢姆

我瞧见你的情人啦：窑子老板！贩卖梅毒和后淋症的！

贝拉

（转向钢琴）你们之间是谁弹《扫罗》中的送葬曲[669]来着？

佐伊

是我。当心你的鸡眼儿吧[670]。（她一个箭步蹿到钢琴跟前，交抱着胳膊使劲碰琴键。）平板、机械、单调、生硬的旋律。（她回过头来瞟一眼）呃？谁在向我的情人儿献殷勤？（她一个箭步蹿回到桌边。）你的就是我的，我的就是我自己的。

（吉蒂仓皇失措，用银纸遮住牙齿。布卢姆走近佐伊。）

布卢姆

（用柔和的声调）把那个土豆还给我好吗？

佐伊

没收啦。好东西，非常好的东西。

布卢姆

（深情地）那玩意儿什么价值也没有，但毕竟是我可怜的妈妈的遗物。

佐伊

给人东西又索讨，
天主问哪儿去了，
你就推说不知道，
天主送你下地狱[671]。

布卢姆

这是有纪念意义的。我想拥有它。

斯蒂芬

拥有还是没有，这是一个值得考虑的问题[672]。

佐伊

喏。（她撩起衬裙褶子，露出裸着的大腿，然后往下卷了卷长袜口，掏出土豆。）藏的人自然知道上哪儿去找。

贝拉

（皱眉）喂，这儿可不是有音乐伴奏、透过小孔看的那种下流表演。可别把那架钢琴砸烂啦。账由谁付呀？

（她走到自动钢琴旁边。斯蒂芬掏兜，捏着一张纸币的角儿，提拎出来递给她。）

斯蒂芬

（故作夸张的彬彬有礼）这个丝质钱包我是用酒吧间的猪耳朵做的[673]。太太，请原谅。要是您允许的话。（他含含糊糊地指林奇和布卢姆。）金奇和林奇，我们同赌共济[674]。在我们开庭的这家窑子里[675]。

林奇

（从炉边招呼）迪达勒斯！替我祝福她吧[676]。

斯蒂芬

（递给贝拉一枚硬币）喏，还是金的哩。她已经被祝福过啦。

贝拉

（瞧瞧钱[677]，然后看看佐伊、弗洛莉和基蒂）你们要三个姑娘吗？这里是十先令。

斯蒂芬

（欣喜地）十万个对不起。（他又掏兜，并摸出两枚克朗递给她。）请原谅，少给了[678]，我的眼神儿有点儿毛病。

（贝拉走到桌边去数钱，斯蒂芬用单音节词喃喃自语。佐伊朝桌子弯下身去。基蒂偎倚着佐伊的脖颈。林奇站起来，把便帽扶正，紧紧搂住基蒂的腰肢，把头凑到众人当中。）

弗洛莉

（使劲挣扎着站起来）噢！我的脚发麻。（她一瘸一拐地来到桌边。布卢姆挨了过去。）

贝拉、佐伊、基蒂、林奇、布卢姆

（叽里呱啦，拌嘴）那位先生……十先令……付了三份……稍等一等……这位先生的账另外算……谁在碰它？……噢！……掐我，可饶不了你……你是过夜呢，还是只泡一会儿？……谁干的？……你撒谎，对不起……这位先生已经像个上等人那样结清了账……喝酒……早就过十一点啦！

斯蒂芬

（在自动钢琴旁边，做表示厌恶的手势）不要酒啦！什么，十一点？一个谜语[679]！

佐伊

（撩起裙裾，将那枚半克朗金币夹在长袜口里）这是躺在床上好不容易才挣到的哪。

林奇

（把基蒂从桌旁抱起）来呀！

基蒂

等一等。（她一把抓住两枚克朗）

弗洛莉

还有我哪？

林奇

呼啦！

（他举起她，把她抱到沙发跟前，咕咚一声撂下去。）

狐狸叫，公鸡飞，

天堂钟声响，

整整十一点。

她可怜的灵魂，

该离开天堂啦[680]。

布卢姆

（不动声色地把一枚半英镑金币放在贝拉与弗洛莉之间的桌子上。）就这样，请允许我。（他拿起那张一英镑纸币。）十乘三。咱们两不欠[681]。

贝拉

（钦佩地）你可真狡猾，翘尾巴的老家伙。我都想吻吻你啦。

佐伊

（指着）他吗？深得像口吊桶井。

（林奇弯下身去吻着仰面躺在沙发上的基蒂。布卢姆拿着那张一英镑钞票，走到斯蒂芬跟前。)

布卢姆

这是你的。

斯蒂芬

这是怎么回事?心神恍惚的男子[682]或心神恍惚的乞丐[683]。(他又掏兜,摸出一把硬币。掉了一样东西。)掉啦。

布卢姆

(蹲下去,捡起一盒火柴,递给斯蒂芬。)这个。

斯蒂芬

晓星[684]。谢谢。

布卢姆

(温和地)你不如把那笔现款交给我来保管。凭什么多付呢?

斯蒂芬

(把硬币统统交给他。)先公正再慷慨[685]。

布卢姆

我要这么做,可这是个明智的办法吗?(他数着)一,七,十一,再加上五。六。十一。你可能已经丢失的,我就不负责任了。

斯蒂芬

为什么说是敲了十一点呢?从语尾倒数第二音节上有重音。莱辛说:"动作中的某一顷刻[686]。"口渴的狐狸。(他大笑)埋葬它的奶奶[687]。兴许她还是死在他手里的呢[688]。

布卢姆

统共是一英镑六先令十一便士。就算是一英镑七先令吧！

斯蒂芬

管它呢，没关系。

布卢姆

那倒也是，不过……

斯蒂芬

（来到桌旁）给我根香烟。（从沙发那儿往桌上丢了一支香烟。）于是，乔治娜·约翰逊[689]死去了，并且结过婚。（一支香烟出现在桌上。斯蒂芬瞅着它。）奇怪。客厅里的魔术。结过婚。哼。（他划着一根火柴，沉浸在神秘的忧郁中，试图点燃香烟。）

林奇

（注视着他）要是把火柴挨近一点，就更容易点着了。

斯蒂芬

（把火柴凑到眼前）山猫般锐利的目光。得配副眼镜。昨天把眼镜打碎了。十六年前[690]。距离。一眼望去，都是平面。（他把火柴移开。熄灭了。）脑子在思索。是近还是远[691]。无可避免的视觉认知形态[692]。（他故作玄虚地皱皱眉头。）哼。斯芬克斯。双背禽兽[693]在半夜里结了婚。

佐伊

娶她的是一个行商，把她带走啦！

弗洛莉

（点点头）伦敦的兰姆先生。

斯蒂芬

伦敦的羔羊，带走世人罪孽的[694]。

林奇

（在沙发上搂抱着基蒂，用深沉的嗓音吟诵。）赐我等平安[695]。

（香烟从斯蒂芬的手指间滑落下去。布卢姆拾起，投到炉格子后面。）

布卢姆

别抽烟啦。你得吃。我碰上的那条狗真可恶。（对佐伊）你们这儿什么都没有吗？

佐伊

他饿了吗？

斯蒂芬

（笑吟吟地朝她伸出一只手，用《众神的黄昏》中“血誓”[696]的曲调诵着。）

腹中难耐的饥饿，
刨根问底的老婆，
我们全都休想活[697]。

佐伊

（悲剧味十足）哈姆雷特，我是你父亲的手锥[698]！（她抓住他的手。）蓝眼睛的美男子，我要替你看看手相。（她指着他的前额）缺智慧，没皱纹。（她数着。）二，三，战神丘[699]，表明有勇气。（斯蒂芬摇摇头。）不骗你。

林奇

这是片状闪电的勇气。小伙子不会惊恐战栗。（对佐伊）是谁教会你看手相的？

佐伊

（转过身来）问问我压根儿就没有的睾丸吧。（对斯蒂芬）从你脸上就看得出来。眼神儿，像这样。（她低下头去，皱皱眉。）

林奇

（边笑边啪啪地打了两下基蒂的屁股。）像这样吧。戒尺。

（戒尺啪啪地大声响了两下。自动钢琴这口棺材的盖儿飞快地打开，多兰神父那又小又圆的秃头就像玩具匣里的木偶一般蹿了上来。）

多兰神父

哪个孩子想要挨顿打？打碎了他的眼镜？游手好闲、吊儿郎当的小懒虫！从你的眼神儿就看得出来。

（唐约翰·康米的头从自动钢琴这口棺材里伸了出来：温厚，慈祥，一副校长派头，用训诫口吻。）

唐约翰·康米

喏，多兰神父！喏，我保证斯蒂芬是个非常乖的小男孩儿[700]。

佐伊

（仔细看斯蒂芬的掌心）是只女人的手。

斯蒂芬

（咕哝）说下去。躺下。搂着我。爱抚。除了留在黑线鳕身上的他那罪恶的大拇指印，我永远也辨认不出他的笔迹[701]。

佐伊

你的生日是星期几？

斯蒂芬

星期四[702]。今天。

佐伊

星期四生的孩子前程远大[703]。（她追踪着他的掌纹。）命运纹。结交有权有势的朋友。

弗洛莉

（指着）富于想象。

佐伊

月丘。你会遇上一个……（突然端详起他的双手来。）对你不利的兆头，我就不告诉你啦。难道你想要知道吗？

布卢姆

（拽开她的手指，摊开自己的手掌。）凶多吉少。这儿，替我瞧瞧。

贝拉

让我来瞧。（把布卢姆的手翻过来。）不出我的所料：骨节突起，为了女人。

佐伊

（凝视布卢姆的手心。）活像个铁丝格子。漂洋过海，为钱结婚。

布卢姆

不对。

佐伊

（快嘴快舌地）哦，我明白啦。小指短短的。怕老婆。不对吗？

（大母鸡黑丽泽[704]在粉笔画的圈儿里孵着蛋。这时站了起来，扑扇着翅膀鸣叫。）

黑丽泽

嘎啦。咔噜呵。咔噜呵。咔噜呵。

（它离开刚下的蛋，摇摇摆摆地走掉。）

布卢姆

（指着自己的手）这疤瘌是个伤痕。二十二年前跌了个跤划破的。当时我十六岁。

佐伊

瞎子说：我明白啦，告诉咱点消息。

斯蒂芬

明白吗？朝着一个伟大的目标前进[705]。我二十二岁。十六年前，我在二十二岁上跌了个跤。二十二年前，十六岁的他从摇马上跌了下去。（他畏缩）我手上的什么地方伤着了。得去找牙医瞧瞧。钱呢？

（佐伊跟弗洛莉交头接耳。二人痴痴地笑。布卢姆把手抽回来，用铅笔在桌上反手随意写着字，形成舒缓的曲线。）

弗洛莉

怎么？

（家住多尼布鲁克—哈莫尼大街的詹姆斯·巴顿赶的第三百二十四号出租马车，由一匹扭着壮实的屁股小跑的母马拉着驰过。博伊兰和利内翰摊开手脚躺在两侧的座席上，晃来晃去[706]。奥蒙德的擦鞋侍役蜷缩在后面的车轴上边。莉迪亚·杜丝和米娜·肯尼迪隔着半截儿窗帘悲哀地凝望着。）

擦鞋侍役

（颠簸着，伸出大拇指和像虫子般扭动的另外几个指头，嘲弄女人们）嗬，嗬，你们长了角吗？

（金发女侍和褐发女侍窃窃私语）

佐伊

（对弗洛莉）交头接耳。

（布莱泽斯·博伊兰倚着马车座席靠背。他歪戴硬壳平顶草帽，口衔红花。利内翰头戴游艇驾驶人的便帽，脚蹬白鞋，爱管闲事地从布莱泽斯·博伊兰的大衣肩上摘掉一根长发。）

利内翰

嗬！我看见的是什么呀？难道你从几个阴道上掸掉蜘蛛网来着吗？

博伊兰

（心满意足，微笑）我在薅火鸡毛哪[707]。

利内翰

够你干个整宿的。

博伊兰

（伸出形成钝角的四个粗手指，挤了挤眼。）让凯特狂热起来[708]！倘若和样品不同，就照样退款。（他把小指伸过去。）闻一闻。

利内翰

（开心地嗅着）啊！像是浇了蛋黄酱的龙虾。啊！

佐伊和弗洛莉

（一道笑着）哈哈哈哈。

博伊兰

（矫健地跳下马车，用人人都听得见的大嗓门儿嚷着）嘿，布卢姆！布卢姆太太穿好衣服了吗？

布卢姆

（身着仆役穿的那种深紫红色长毛绒上衣和短裤，浅黄色长袜，头戴撒了粉的假发。）好像还没有，老爷。还差几样东西……

博伊兰

（丢给他一枚六便士硬币）喂，去买杯兑苏打水的杜松子酒喝吧。（灵巧地把帽子挂在布卢姆头上长的多叉鹿角尖儿上。）给我引路。我跟你妻子之间有件小小的私事要办，你懂吗？

布卢姆

谢谢，老爷。是的，老爷。特威迪太太正在洗澡呢，老爷。

玛莉恩

他应该感到非常荣幸才是。（她噗噜噜地飞溅着澡水，走了出来。）拉乌尔[709]亲爱的，来替我擦干了。我光着身子哪。除了一顶新帽子和随身携带的海绵，我可一丝不挂。

博伊兰

（眼睛快乐地一闪）再好不过啦！

贝拉

什么？怎么回事？

（佐伊跟她打耳喳。）

玛莉恩

让他看着，邪魔附体[710]！男妓！他该鞭打自己一顿！我要写信给有势力的妓女巴托罗莫娜，一个长胡子的女人，叫她在他身上留下一英寸厚的鞭痕，并且要他给我带回一张签字盖章的字据[711]。

贝拉

（嘲笑）呵呵呵呵。

博伊兰

（侧过身来对布卢姆）我去跟她干几回。这当儿，你可以把眼睛凑在钥匙孔上，自己跟自己干干。

布卢姆

谢谢您，老爷，我一定遵命，老爷。我可不可以带上两个伙伴来见识见识，并且拍张快照？（捧上一罐软膏）要凡士林吗，老爷？橙花油呢？……温水？

基蒂

（从沙发上）告诉咱，弗洛莉，告诉咱。什么……

（弗洛莉跟她打耳喳。悄悄地说着情话，啪嚓啪嚓地大声咂着嘴唇，吧唧吧唧，噼嚓噼嚓。）

米娜·肯尼迪

（两眼朝上翻着）噢，准是像天竺葵和可爱的桃子那样的气味！噢，他简直把她每个部位都膜拜到了，紧紧摽在一块儿[712]！浑身都吻遍了！

莉迪亚·杜丝

（张着嘴）真好吃，真好吃[713]。噢，他一边搞，一边抱着她满屋子转！骑着一匹摇木马。他们这样搞法，甚至在巴黎和纽约，你都听得见。就像是嘴里塞满了草莓和奶油似的。

基蒂

（大笑）嘻嘻嘻。

博伊兰的嗓音

（既甜蜜又嘶哑，发自胸口窝）啊！天主布莱泽咯噜咔哺噜咔咏咔啦施特！

玛莉恩的嗓音

（既嘶哑又甜蜜，从嗓子眼儿里涌出来）喂施哇施特吻呐噗咿嘶呐噗嘫咔！

布卢姆

（狂热地圆睁双目，抱着肘）露出来！藏起来！露出来！耕她！加把劲儿！射！

贝拉、佐伊、弗洛莉、基蒂

嗬嗬！哈哈！嘿嘿！

林奇

（指着）一面反映自然[714]的镜子。（他笑着）咏咏咏咏！

（斯蒂芬和布卢姆朝镜中凝望。威廉·莎士比亚那张没有胡子的脸在那里出现。面部麻痹僵硬，头上顶着大厅里那个多叉驯鹿角形帽架的反影。）

莎士比亚

（作庄严的腹语）高声大笑是心灵空虚的反映[715]。（对布卢姆）你以为人们瞧不见你的形影。瞧瞧吧。（他发出黑色阉鸡[716]的笑声，啼鸣。）伊阿古古！我的老伙伴怎样勒死了他的星期四莫娜[717]。伊阿古古古！

布卢姆

（懦怯地朝三个婊子微笑）什么时候我才能听听这个笑话呢？

佐伊

在你两度结婚并做一次鳏夫之前。

布卢姆

对过失要宽容。就连伟大的拿破仑，当他死后赤身裸体地被人量尺寸的时候[718]……

（守了寡的迪格纳穆太太由于谈论死者而流了泪，并饮滕尼[719]的黄褐色雪利酒，使她那狮子鼻和面颊泛红起来。她身着丧服，歪戴软帽，涂了口红，脸上抹着粉，匆匆赶路，活像一只母天鹅赶着成群的小天鹅[720]。裙子底下露出她的亡夫家常穿的长裤和那双帮口翻过来的八英寸大号靴子。她手持苏格兰遗孀保险公司[721]的保险单，打着一把大阳伞。她那窝小雏在伞下跟着她跑。帕齐用穿着单帮鞋的那只脚在前边跳跳蹿蹿，脖领松开来，手里提拎着一块猪排。弗雷迪啜泣着。苏茜那张嘴活像是哭着的鳕。艾丽斯吃力地抱着个娃娃。她啪啪地打着孩子们，催他们往前走，黑纱高高地飘扬着。）

弗雷迪

啊，妈，别这么拽我呀！

苏茜

妈妈，牛肉茶[722]都噗出来啦！

莎士比亚

（带着中风患者的愤怒）先把头一个丈夫杀了，然后嫁给第二个[723]。

（莎士比亚那张没有胡子的脸，变成马丁·坎宁翰的胡子拉碴的脸。阳伞仿佛喝得酩酊大醉，晃晃悠悠。孩子们都躲闪开来。坎宁翰太太头戴风流寡妇帽[724]，身穿和服式晨衣，出现在伞下。她像日本人那样滴溜溜地旋转，鞠着躬，滑也似的侧身走过。）

坎宁翰太太

（唱）

他们称我作亚洲的珍宝[725]。

马丁·坎宁翰

（冷漠地凝视着她）好家伙！最恶毒、最令人讨厌的婆娘！

斯蒂芬

唯有义人之角，必被高抬[726]。皇后们跟优良公牛们一道睡觉。要记住：由于帕西菲的荒淫，我那肥胖的老祖父修建了第一间忏悔阁子[727]。不要忘记格莉塞尔·斯蒂文斯夫人[728]，也不要忘记兰伯特家的猪子猪孙[729]。诺亚喝醉了酒[730]。他的方舟[731]敞着盖儿。

贝拉

可别在这儿来这一套。你认错门儿啦！

林奇

随他去吧。他是从巴黎回来的。

佐伊

（*跑到斯蒂芬身边，挽住他的臂*）哦，说下去！说几句法国话给咱们听。

（*斯蒂芬急忙戴上帽子，一个箭步蹿到壁炉跟前，耸肩伫立在那里。他摊开鱼鳍般的一双手，脸上勉强微笑着。*）

林奇

（*用拳头连擂沙发*）噜哞噜哞噜哞，噜呜哞呜。

斯蒂芬

（*像牵线木偶般地颤悠着身子，唠叨着*）有千百家娱乐场所供你和可爱的仕女们消磨夜晚。她们把手套和其他东西，也许甚至连心都卖给你。在应有尽有的时髦而又非常新奇的啤酒厅里，许多穿得漂漂亮亮的公主般的高等妓女跳着康康舞[732]，给外国单身汉表演特别荒唐的巴黎式滑稽舞蹈。尽管英国话讲得蹩脚，然而风骚淫荡起来，她们可真是驾轻就熟。凡是对冶游格外挑剔的老爷们，可务必去观赏一下她们在流银色泪水的葬仪蜡烛映照下的天堂地狱表演[733]。那是每天晚上都举行的。普天之下再也没有比这更加阴森可怕、触目惊心的对宗教的嘲弄了。所有那些时髦潇洒的妇道人家，端庄淑静地走来，随即脱光衣服，尖声大叫起来，观看那个扮成吸血鬼的男人奸污衬衣凌乱[734]的非常年轻鲜嫩的尼姑。（大声砸舌）哎呀呀！瞧他那大鼻子！

林奇

吸血鬼万岁[735]！

妓女们

法国话说得好！

斯蒂芬

（仰面朝天地大笑，做怪相，为自己鼓掌喝彩）笑得大获成功。既有很像窑姐儿的天使，又有大恶棍式的神圣使徒。有些高级娼妇衣着极其可人，佩戴着一颗颗璀璨晶莹、闪闪发光的钻石。要么，你更喜欢老人们那种说得上是现代派快乐的猥亵吗？（他以怪诞的手势向周围指指点点，林奇和妓女们回应着）把可以翻转的弹性橡皮女偶或非常肉感的等身大处女裸体像吻上五遍十遍。进来吧，先生们，瞧瞧镜子里的这些偶人扭着身子的各种姿势。要是想看更加过瘾的，还有肉铺小徒弟把温吞吞的牛肚或莎士比亚的剧作[736]煎蛋饼[737]放在肚子上手淫的场面。

贝拉

（拍着肚子，深深地往沙发上一躺，放开嗓门儿大笑着。）煎蛋饼放在……嗬！嗬！嗬！嗬！……煎蛋饼放在……

斯蒂芬

（吞吞吐吐地）我爱你，亲爱的先生。为了相互间达成真诚的谅解[738]，我讲你们的英国话吧。哦，对，我的狼[739]。得花多少钱。滑铁卢。抽水马桶。（他突然止住，伸出个小指。）

贝拉

（笑着）煎蛋饼……

妓女们

（笑着）再来一个！再来一个！

斯蒂芬

注意听着。我梦见一个西瓜。

佐伊

那就意味着到海外去，爱上一个外国女人。

林奇

为了讨个老婆，去周游世界。

弗洛莉

梦和现实正相反。

斯蒂芬

（摊开双臂）就在这儿。娼妓街[740]。在蛇根木林荫路上，魔王让我看到了她——一个矮胖寡妇[741]。红地毯铺在哪儿呢？

布卢姆

（挨近斯蒂芬）瞧……

斯蒂芬

不，我飞了。我的仇敌在我下面[742]。以迨永远，及世之世[743]。（他哭了）父亲[744]！自由！

布卢姆

喂，你呀……

斯蒂芬

他想要使我意气消沉吗？哦，他妈的[745]！（他那秃鹫爪子磨得尖尖的，喊叫着。）喂，呵，呵[746]！

（西蒙·迪达勒斯的嗓音。虽昏昏欲睡，却及时呵，呵地回应着。）

西蒙

好的。（他展开结实、沉重的秃鹰翅膀，雄赳赳地啼叫着，边兜圈子边从空中笨拙地飞下来）呵，儿子！你将要赢吗？嗬！呸！净跟那些杂种厮混在一起。不许他们挨近你。抬起头来！让咱们的旗帜飘扬！图案是银白地上，一只展翅飞翔的赤鹰。周身披甲的阿尔斯特王！咳嗬！（他学猎兔犬发现猎物时的吠叫声）哺儿哺儿！哺儿哺噜哺噜哺儿噜哺噜！嘿，儿子！

（墙纸上的叶子图案和底色排成队迅速地越过田野。一只肥壮的狐狸，从隐匿处被赶出来，刚刚埋葬完奶奶[747]，翘起尾巴，两眼发出锐利的光，在树叶底下寻觅獾的洞穴。一群猎鹿犬跟随着。鼻子贴在地面上，嗅着猎物的气味，哺儿哺噜哺儿哺噜地发出嗜血的吠声。医院俱乐部[748]的男女猎人跟它们一道活动，起劲地捕杀猎物。尾随于后的是来自六英里小岬、平屋[749]和九英里石标[750]的助猎者，拿着满是节疤的棍子、干草叉、鲑鱼钩和套索；还有手执牧鞭的羊倌，挎着长筒鼓的耍熊师，携带斗牛剑的斗牛士，摇晃着火把的老练的黑人。成群的赌徒、掷冕锚游戏的[751]、玩杯艺的[752]和玩牌时作弊的，大喊大叫。替盗贼把风者和头戴魔术师高帽、嗓子嘶哑的赌注经纪人，震耳欲聋地吵吵嚷嚷。）

群众

参赛马的程序单。赛马一览表！

冷门马是以十博一！

这里有赚头！生意有赚头！

以十博一，除了一匹[753]！

旋转詹尼[754]，撞撞你的运气！
以十博一，除了一匹！
卖猴子[755]！
我来个以十博一！
以十博一，除了一匹！

（一匹没有骑手的黑马，鬃毛在月光下汗水淋漓，眼珠子像星宿似的闪着光，宛若幽灵般冲过决胜终点。冷门马成群地弓背猛跳着，跟在后面。精瘦的马匹们，权仗、马克西姆二世、馨芳葡萄酒，威斯敏斯特公爵的跨越、挫败、波弗特公爵那匹获巴黎奖的锡兰[756]。侏儒们披戴锈迹斑斑的铠甲，骑在马上，并在鞍上跳跃，跳跃。在淅淅沥沥的雨中，殿后的是骑着热门马北方的科克[757][呼吸急促的灰黄色驽马]的加勒特·迪希。他头戴蜂蜜色便帽，身穿绿夹克衫，橙色袖子。他一手紧攥缰绳，一手执曲棍球棒，摆好了姿势。驽马那一跛一跛的四肢上打着白色绑腿，一路险巇[758]，缓步前进。）

橙带党[759]分支成员们

（嘲笑着）老爷，下来推推吧。最后一圈儿啦！晚上您才能到家呢！

加勒特·迪希

（直挺挺地骑在马上，被指甲抓破了的脸上贴满邮票，抡着曲棍球棒，在枝形吊灯灿烂光辉的照耀下，一双蓝眼闪烁着，以练马的步调飞跑过去。）

走正路[760]！

（一对桶整个儿翻在他和用后脚站起的驽马身上，漂浮着硬币般的胡萝卜、大麦、葱头、芜菁、土豆的羊肉汁倾泻而下。）

绿党[761]分支成员们

雨天儿，约翰爵士！雨天儿！阁下！

（士兵卡尔、士兵康普顿和西茜·卡弗里从窗下走过，荒腔走板地唱着。）

斯蒂芬

听哪！咱们的朋友，街上的喊叫[762]。

佐伊

（举起一只手）站住！

士兵卡尔、士兵康普顿和西茜·卡弗里

可是我有种偏爱，

对约克郡[763]……

佐伊

那指的是我。（她拍着手）跳舞！跳舞！（她跑到自动钢琴跟前）谁有两便士？

布卢姆

谁要……？

林奇

（递给她硬币）喏。

斯蒂芬

（不耐烦地撅着手指发出声音）快！快！我那占卜师的手杖呢[764]？（跑到钢琴跟前，拿起他那梣木手杖，踏着拍子跳起庄严的祭神舞[765]。）

佐伊

（转着自动钢琴的把手）来吧。

（她往投钱口里丢进两便士。金色、桃红色和紫罗兰色的光束射了出来。圆筒咕噜咕噜转动，迟迟疑疑地以低音调奏出华尔兹舞曲。古德温教授[766]戴着绾成活结的假发，大礼服外面披着污迹斑斑、带护肩的斗篷。他年迈得惊人，身子已经弯成两半截，双手发颤，脚步蹒跚地踱到房间另一端。小得可怜的他端坐在钢琴凳上，像个少女似的娴雅地点点头，活结一颤一颤的，用无手的、棒槌般的双臂敲着琴键。）

佐伊

（用脚后跟打着拍子，滴溜溜地旋转身子。）跳舞吧。这儿有什么人要跳？谁跳舞？把桌子清一清。

（在变幻莫测的灯光下，自动钢琴以华尔兹舞曲的拍子演奏起《我的意中人是位约克郡姑娘》的序曲。斯蒂芬将他的梣木手杖丢到桌上，一把搂住佐伊的腰。弗洛莉和贝拉把桌子朝壁炉推了推。斯蒂芬以夸张的高雅风度搂着佐伊，在室内旋转着跳起华尔兹舞。她的袖子从动作优雅的臂上滑落下来，露出种痘留下的白肉花。布卢姆站在一旁。马金尼[767]教师从帷幕间伸出一只脚来，大礼帽在脚趾尖上滴溜溜旋转。他熟练地一踢，那帽子便旋转着飞到他的头顶上了。他春风得意，滑也似的溜进了屋子。他身穿有着紫红色绸翻领的暗蓝灰色长礼服，系着奶油色护颈胸薄纱，背心的领口开得低低的，打成蝴蝶结的雪白宽饰领，淡紫色紧腿裤，脚蹬浅口无带的漆皮轻舞鞋，手上戴着鲜黄色手套。扣眼里插着一大朵大丽花。他朝相反的方向旋转着一根有云状花纹的手杖，随后又把它紧紧夹在腋下。他将一只手轻轻按着胸骨，深打一躬，把玩着花儿和纽扣。）

马金尼

运动的诗，健美体操的艺术。跟莱格特・伯恩夫人或利文斯顿[768]毫无关系。还安排了化装舞会。举止端庄[769]。凯蒂・兰内尔[770]舞步。那么，好好看着我！注意我的舞蹈本领。（他以蜜蜂般轻快的步伐向前迈出三个小碎步。）大家向前走！鞠躬！各就各位[771]！

（序曲终止。古德温教授出神地用臂打着拍子，逐渐缩小、干瘪下去，他那斗篷像活物一般垂落到钢琴凳周围。主旋律越发清晰了，是华尔兹舞曲的节奏。斯蒂芬和佐伊自由自在地旋转着。灯光忽而金色，忽而玫瑰色，忽而紫罗兰色，渐明渐暗地变幻着。）

自动钢琴

两个小伙子谈着他们的姑娘，姑娘，姑娘，

他们留下的心上人[772]……

（早晨的时光们[773]从角落里跑了出来。金发，足蹬细长的凉鞋，身穿女孩儿气的蓝衣，马蜂腰，清白的手。她们矫健地跳着舞，抡着跳绳。晌午的时光们穿的是呈琥珀色的金黄衣裳。她们笑着，手挽着手，高高地插在头上的梳子闪闪发光，举起双臂，用嘲讽的镜子[774]捕捉阳光。）

马金尼

（轻轻拍着戴了手套发不出声音的手）摆好方阵！一对儿一对儿地前进[775]！呼吸要平稳！身体保持平衡[776]！

（早晨的时光们与晌午的时光们各自就地跳起华尔兹舞，旋转着，相互挨近，身子扭来扭去，互行鞠躬礼。站在她们身后的舞伴把胳膊弯成弓形，支撑着，忽而又把手落到她们的肩上，抚摩一下，再抬起来。）

时光们

你可以摸我的……

献殷勤的男舞伴们

我可以摸你的……吗？

时光们

哦，可要轻点儿！

献殷勤的舞伴们

啊，轻轻儿地！

自动钢琴

我那羞答答的小妞儿的腰肢[777]……

（佐伊和斯蒂芬更舒缓地晃着身子，奔放地旋转着。黄昏的时光们出现在投到地上的长长的影子里，向前移动。拖拖拉拉，散散漫漫，眼神呆滞，脸颊上淡雅地涂着散沫花染料，呈现出一抹人为的红润。她们身穿灰色网纱衣服，在从陆地吹向海上的微风中，扑扇着黑不溜秋的蝙蝠袖。）

马金尼

四对儿前进！面对面！点头致意！交换手！互换方向[778]！

（夜晚的时光们一个挨一个地悄悄来到最后的那个地方。早晨、晌午和黄昏的时光们从她们面前退下去。她们戴着假面具，头发上插着匕首，套着铃铛串成的音色低沉的手镯。她们精疲力竭，隔着面纱行屈膝礼。）

手镯们

嗨嗬！嗨嗬！

佐伊

（滴溜溜地旋转着，手搭凉棚）哦！

马金尼

排在中间！女人手拉手做链条！呈篮子状！背对背[779]！

（她们疲倦地将身体屈向前，一足落地，一足后伸，两手前后平伸，在地板上组成图案。织毕又拆开，行屈膝礼，打着转转翩翩起舞，简直构成旋涡形。）

佐伊

我发晕啦！

（她挣脱开，瘫倒在一把椅子上。斯蒂芬一把抓住弗洛莉，跟她一道旋转起来。）

马金尼

揉面包！兜圈子！手搭桥！摇木马！螺旋形[780]！

（夜晚的时光们忽而扭在一起，忽而松开，相互拉着的手来回交替，将胳膊弯成弓形，用动作构成拼花图样。斯蒂芬和弗洛莉笨拙地旋转着。）

马金尼

跟女伴跳舞！调换舞伴！送小小的花束给女伴！互相道谢[781]！

自动钢琴

美极了，美极了，
吧啦嘣！

基蒂
（跳起来）哦，在迈勒斯义卖会的旋转木马上，就奏这个曲子来着！

（她朝斯蒂芬奔去。他唐突地撇下弗洛莉，又抓住基蒂。一只苍鸻的尖叫声像哨子般刺耳。托夫特那笨重的旋转木马，呻吟抱怨咯咯响，朝右慢腾腾地旋转，在室内兜着圈子。）

自动钢琴

我的妞儿是个约克郡姑娘。

佐伊

地地道道的约克郡姑娘[782]！

都来跳吧！
（她抓住弗洛莉，同她跳起华尔兹舞。）

斯蒂芬

独舞！

（他把基蒂旋转到林奇的怀抱中，从桌上抓起他那根梣木手杖，参加跳舞。大家滴溜溜地旋转着，翩翩跳起华尔兹舞：布卢姆与贝拉，基蒂与林奇，弗洛莉与佐伊，嚼着枣味胶糖的女人们。斯蒂芬头戴帽子，手执梣木杖，脚像青蛙似的叉开，对准半空，不高不低地踢着脚。他闭着嘴，半攥着的手放在大腿下。槌子叮当铿锵咚咚乱响，吹号角的嘀嘀地吹着。蓝、绿、黄色的闪光。托夫特那笨重的木马旋转着，骑手们晃来晃去地悬挂在镀金蛇上。腑脏跳方登戈舞[783]，踢起泥土，用脚踩拍子，随即停了下来。）

自动钢琴

她虽是工厂姑娘。
却不穿花哨衣裳[784]。

（他们紧紧地搂抱着，在炫目、灿烂、摇曳的光芒中，迅速、愈益迅速，嗖嗖嗖，飞也似的走过，脚步声沉重而响亮。吧啦嘣！）

全体
再来一个！再来一个[785]！妙啊！再来一个！

西蒙

替你妈妈娘家的人想一想！

斯蒂芬

死亡的舞蹈。

（当啷，伙计的手铃又当啷一声。马、驽马、阉牛、猪仔，康米神父骑着基督驴[786]，拄着拐的独脚瘸腿水兵在小艇上交抱着胳膊，拉纤，跛行，蹀脚，跳的整个是号笛舞[787]。吧啦嘣！骑着驽马、阉猪、系着铃铛的马、加大拉[788]猪，科尼[789]在棺材里。钢铁鲨鱼[790]、石头独臂纳尔逊，两个狡猾的婆娘[791]身上满是李子汁，大声喊着从婴儿车[792]里滚下来。天啊，他是无与伦比的[793]。酒桶出贵族[794]，蓝色的引线[795]，洛夫神父[796]晚祷，布莱泽斯乘轻便双轮马车，盲人[797]，恰似鳕鱼那样蜷缩着身子[798]骑自行车的人们，迪丽拿着雪酥糕[799]，不穿花哨衣裳。最后，是一场之字形舞，动作迟缓，步子沉重，一上一下，酿酒桶[800]嘎噔嘎噔的。合乎总督和王后[801]的口味，呱嗒呱嗒噼通扑通玫瑰花。吧拉嘣！）

（一对对舞伴退到一旁去。斯蒂芬跳得眩晕起来，屋子朝后旋转。他双目紧闭，脚步蹒跚。红栅栏朝着宇宙飞去。太阳周围的全部星辰绕着大圈子旋转。亮的蠓虫在墙上跳舞。他猛地停了下来。）

斯蒂芬

嗬！

（斯蒂芬的母亲憔悴不堪，僵直地穿过地板出现了。她身穿癞病患者的灰衣服，手执枯谢的橘花环，披着扯破的婚纱。面容枯槁，没有鼻子，坟里的霉菌使她浑身发绿。她披散着稀疏的长发，用眼圈发蓝的凹陷的眼窝凝视斯蒂芬，张开牙齿掉光了的嘴，说了句无音的话。童贞女和听忏悔的神父组成的唱诗班唱着无声之歌。）

唱诗班

饰以百合的光明的是司铎群……

极乐圣童贞之群[802]……

（勃克·穆利根身穿深褐与浅黄色相间的小丑服，头戴装有旋涡形铃铛的丑角帽，站在那里目瞪口呆地凝视着她。他手里拿着掰开来涂了黄油、热气腾腾的甜烤饼。）

勃克·穆利根

她死得怪惨的。真可怜！穆利根遇见了那位不幸的母亲。（他把两眼朝上一翻）墨丘利·玛拉基[803]！

母亲

（脸上泛着难以捉摸的微笑，显示出死亡带来的疯狂）我曾经是美丽的梅·古尔丁。我死啦！

斯蒂芬

（吓得发抖）狐猴[804]，你是谁？不。这是什么妖魔耍的鬼把戏？

勃克·穆利根

（摇着他帽子上那旋涡形铃铛）真是恶作剧！金赤这小狗[805]杀了那母狗婆娘。她翘辫子啦！（溶化了的黄油泪从他的两眼里滴到甜烤饼上）我们的伟大而可爱的母亲[806]！葡萄紫的大海[807]。

母亲

（挨近了些，轻轻地朝他呼出一股湿灰的气味）斯蒂芬，这是人人都得经受的。世上女人比男人多[808]。你也一样。时候会到来的。

斯蒂芬

（惊愕、悔恨和恐惧使他喘不上气来）母亲，他们说是我杀死你的。那家伙亵渎了对你的记忆。是癌症害死你的，不是我。这是命运。

母亲

（嘴的一边滴滴答答地淌下绿色胆汁。）你曾为我唱过那首歌。爱情那苦涩的奥秘[809]。

斯蒂芬

（热切地）妈妈，要是你现在知道的话，就告诉我那个字眼吧。那是大家都晓得的字眼[810]。

母亲

那个晚上，当你和帕狄在多基[811]跳上火车的时候，是谁救的你？当你在陌生人当中感到悲哀的时候，是谁可怜过你？祷告是万能的。念乌尔苏拉祈祷书里那段为受苦灵魂的经文，就可以获得四十天大赦[812]。悔改吧，斯蒂芬。

斯蒂芬

食尸鬼！鬣狗！

母亲

我在另一个世界[813]为你祷告。每天晚上用完脑子以后，叫迪丽给你煮点大米粥。自打在肚子里怀上你，多少年来我一直爱着你。哦，我的儿子，我的头一胎。

佐伊

（用大扇子扇着自己）我都快融化啦！

弗洛莉

（指着斯蒂芬）瞧！他脸色苍白。

布卢姆

（走到窗边，把它开大一些）叫人发晕。

母亲

（两眼露出郁闷的神色）悔改吧！啊，地狱的火焰！

斯蒂芬

（气喘吁吁）经受永劫之火[814]！啖尸肉者！刚砍下来的头和鲜血淋漓的骨头[815]。

母亲

（她的脸越挨越近，发出湿灰气息。）当心哪！（她抬起那变黑了的、干瘪的右臂，挖挲着手指，慢慢伸向斯蒂芬的胸口。）当心天主的手[816]！（一只长着一双恶毒的红眼睛的绿螃蟹，将它那龇牙咧嘴的钳子深深戳进斯蒂芬的心脏。）

斯蒂芬

（怒不可遏，几乎窒息，面容变得灰暗苍老。）狗屎！

布卢姆

（在窗边）怎么啦?

斯蒂芬

天哪，没什么[817]！理智的想象！对我来说：要么得到一切，要么一无所有[818]。我不侍奉[819]。

弗洛莉

给他点儿冷水。等一等。（她连忙跑出去。）

母亲

（缓慢地使劲扭着双手）噢，耶稣圣心啊，怜悯他吧！啊，神圣的圣心啊！拯救他免下地狱。

斯蒂芬

不！不！不！你们在家有本事就挫我的锐气吧！我将叫你们一个个屈膝投降！

母亲

（临死时痛苦地挣扎着，发出痰声）主啊，为了我的缘故，可怜可怜斯蒂芬吧！当我在骷髅冈[820]上怀着爱、悲哀和凄楚咽气的时候，我的痛苦是难以形容的。

斯蒂芬

护身剑[821]！

（他用双手高高举起梣木杖，把枝形吊灯击碎。时光那最后一缕死灰色火焰往上一蹿，紧接着在一片黑暗中，是整个空间的毁灭，玻璃碎成碴儿，砖石建筑坍塌下来[822]。）

瓦斯灯

卟呋咯！

布卢姆

住手！

林奇

（冲上前去，抓住斯蒂芬的手）喂！别这样！不要胡闹！

贝拉

警察！

（斯蒂芬丢掉梣木手杖，将头和胳膊僵直地往后一挺，跺着地板，从门口的娼妇们当中穿过，逃出屋子。）

贝拉

（叫嚷）追上他！

（两个妓女奔到大门口。林奇、基蒂和佐伊从屋里争先恐后地跑出去。他们激动地说着话。布卢姆也跟了出去，又返回来。）

妓女们

（簇拥在大门口，指着）在那儿哪。

佐伊

（指着）哦，准是出了什么事。

贝拉

灯钱归谁赔？（她一把抓住布卢姆的上衣后摆）嘿，你跟他在一块儿来着，灯被打碎了。

布卢姆

（冲到门厅，又奔跑回来）什么灯呀，大娘？

一个妓女

他的上衣撕破了。

贝拉

（眼神冷酷，充满了愤怒与贪婪，指着）谁来赔这个？十先令。你是见证人。

布卢姆

（抓起斯蒂芬的梣木手杖）我？十先令？难道你还没从他那儿捞够吗？难道他没有……？

贝拉

（大声地）喂，别说大话啦！这里可不是窑子。这是十先令的店。

布卢姆

（他把头伸到灯下，拽了一下链子。刚一拽，瓦斯灯光的映照下，一个破碎了的淡紫色罩子便映入眼帘。他举起梣木手杖。）只打碎了灯罩。他不过是……

贝拉

（退缩，尖叫）哎呀！可别！

布卢姆

（把手杖闪开）我只想让你看看他是怎样打那罩子的。造成的损害还到不了六便士呢。十先令！

弗洛莉

（端着一杯水进来）他哪儿去啦？

贝拉

你要我去喊警察吗？

布卢姆

哦，我知道，宅院里的斗犬[823]。然而他可是三一学院的学生。那儿净是你们这个店的主顾。替你们出房租的先生们[824]。（他做了个共济会会员的手势[825]）你明白我的意思吗？他是副院长的侄子哩。你不愿意闹出丑闻吧。

贝拉

（愤然）三一学院。赛艇以后闯到这儿来，胡闹一气，连一个便士也不掏。你在这儿是我的长官吗？他在哪儿？我要控告他！让他丢尽了脸！我说到做到！（大声嚷）佐伊！佐伊！

布卢姆

（穷追不舍）这要是你那个在牛津的亲儿子呢？（用警告的口吻）我知道[826]。

贝拉

（几乎说不出话来）您是哪一位？微服私访！

佐伊

（在大门口）那儿有人打架哪。

布卢姆

什么？哪儿？（他往桌子上丢了一枚先令，然后说）这是灯罩钱。在哪儿？我需要吸点山里的空气[827]。

（他匆匆穿过门厅走到外面。娼妓们在指着。弗洛莉跟在后面，从她歪拿着的玻璃酒杯一路洒下水来。所有聚在大门口台阶上的娼妓们都指着雾已消散了的右方，七嘴八舌地说着。从左手辚辚地驶来了一辆出租马车。它逐渐减慢了速度，停在房前。布卢姆在大门口瞅见科尼·凯莱赫正要跟两个闷声不响的淫棍一道走下马车。贝拉在门厅里催促着手下的娼妓们。她们给以黏黏涎涎、吧唧吧唧的飞吻。科尼·凯莱赫报以幽灵般轻薄的微笑。一言不发的淫棍们转身去付钱给马车夫。佐伊和基蒂还在朝右边指着。布卢姆飞快地从她们二人当中穿过去，把他那哈里发的头巾拉得低低的，整理一下，穗饰披肩，将脸扭向一边，匆忙冲下台阶。布卢姆俨然成了微服出访的哈伦·拉希德[828]，从淫棍们背后穿过去，沿着栏杆，以豹子般的飞毛腿往前冲去，一路抛撒着在大茴香籽汁里浸泡过的一个个撕破了的信封，留下臭迹[829]。每迈一步，柊木手杖便戳出一个印儿。三一学院的霍恩布洛尔头戴嗬嗬帽[830]，身穿灰色长裤，手里抡着一根狗鞭，领着一群警犬，远远地跟在后面。它们嗅着那股气味，靠近一些，长吠一声，气喘吁吁，失掉了臭迹，四散奔跑，耷拉着舌头，又咬布卢姆的脚后跟，在他后面跳跳蹦蹦。他忽走忽跑，忽而按之字形前进，忽而又飞奔起来，两耳贴着后脑勺。沙砾、白菜帮子、饼干匣、鸡蛋、土豆、死鳕鱼、妇女所趿拉的拖鞋[831]都雨点子般地朝他掷过来。重新嗅到气味的一群学领袖样儿[832]的队伍取之字形，大喊大叫、吵吵闹闹地奔跑着追逐他，其中包括夜警丙六十五号和丙六十六号、约翰·亨利·门顿、威兹德姆·希利、维·B. 狄龙、参议员南尼蒂、亚历山大·凯斯、拉利·奥鲁尔克、乔·卡夫、奥多德太太、精明鬼伯克、无名氏、赖尔登太太[833]、“市民”、加里欧文、某人、陌生面孔、似曾相识者、一面之缘者、伙伴、克里斯·卡利南、查尔斯·卡梅伦爵士[834]、本杰明·多拉德、利内翰、巴特尔·达西、乔·海因斯、红穆雷、编辑布雷顿、蒂·迈·希利、菲茨吉本法官先生[835]、约翰·霍华德·巴涅尔、可敬的鲑鱼罐头萨蒙、乔利教授[836]、布林太太、丹尼斯·布林、西奥多·普里福伊、米娜·普里福伊、韦斯特兰横街邮政局女局长[837]、C.P. 麦科伊、莱昂斯的朋友、独脚霍罗翰[838]、街上的男人、街上的另一男人、足球靴子、狮子鼻汽车司机、新教徒阔太太、戴维·伯恩、艾伦·麦吉尼斯太太[839]、乔·加拉赫太太[840]、乔治·利德维尔、长了鸡眼的吉米·亨利[841]、拉拉西校长[842]、考利神父、曾在税务局任职的克罗夫顿、丹·道森、手持镊子的牙医布卢姆[843]、鲍勃·多兰太太、肯内菲克太太、怀思·诺兰太太、约翰·怀思·诺兰、在驶往克朗斯基亚的电车里的那位将大屁股蹭过来的漂亮的有夫之妇[844]、出售《偷情的快乐》的书摊老板、杜比达特小姐——而且她真的吃了[845]、罗巴克[846]的杰拉德·莫兰太太和斯坦尼斯劳斯·莫兰太太、德里米[847]的事务员、韦瑟亚普、海斯上校[848]、马斯添斯基、西特伦[849]、彭罗斯[850]、艾伦·菲加泽尔[851]、摩西·赫佐格、迈克尔·E. 杰拉蒂[852]、警官特洛伊[853]、加尔布雷斯太太[854]、埃克尔斯街拐角处的警官、带着听诊器的老医生布雷迪[855]、海滨上的神秘人物[856]、衔回猎物的狗、米莉亚姆·丹德拉德太太[857]和她所有的情人。)

叫嚣声

(慌慌张张,气恼混乱)他就是布卢姆!拦住布卢姆!把布卢姆截住!截住强盗!喂!喂!在拐角那儿堵住他!

(布卢姆上气不接下气地来到比弗街[858]的脚手架下,在喧嚣地吵着架的一簇人边上停下脚步。至于是谁在骂骂咧咧地吵着什么,围观者完全摸不着头脑。)

斯蒂芬

(以优美的姿态,缓慢地深呼吸)你们是我的客人。不速之客。多亏了乔治五世和爱德华七世[859]。看来这要怪历史[860]。记忆的母亲们所编的寓言[861]。

士兵卡尔

(对西茜·卡弗里)这家伙是在侮辱你吗?

斯蒂芬

我用女性称呼跟她寒暄来着。也许是中性。不生格[862]。

众人的声音

没有，他没有。我看见他啦。那个姑娘。他去科恩太太那儿了。出了什么事？士兵和市民搅在一起。

西茜·卡弗里

我跟士兵们待在一块儿来着，后来他们方便去了，你知道，于是这个小伙子从我背后跑了过来。我对在我身上花钱的主顾是讲信用的，尽管我只是个一次一先令的婊子。

斯蒂芬

（瞧见了林奇和吉蒂的头）你们好，西绪福斯[863]。（他指着自己和旁人。）富于诗意。有新诗情趣。

众人的声音

她对男人是讲信用的。

西茜·卡弗里

是啊，谁跟他走。我跟一个当兵的朋友走！

士兵康普顿

这个下贱东西就欠挨个耳光。哈里，揍他一拳。

士兵卡尔

（对西茜）当我和他去撒尿的时候，这家伙侮辱你来着吗？

丁尼生勋爵

（一位绅士诗人，身着美国国旗图案的鲜艳夺目的运动上衣，下身是打板球穿的法兰绒裤子。秃头，胡子飘垂着。）他们用不着去问个究竟[864]。

士兵康普顿

揍他，哈里。

斯蒂芬

（对士兵康普顿）我叫不出你的名字啦，但你说得很对。斯威夫特博士说过，一个全副武装的能打倒十个穿衬衫的人[865]。衬衫是举隅法。举一反三，举三反一。

西茜·卡弗里

（对群众）不，我曾跟士兵们待在一起。

斯蒂芬

（和蔼地）为什么不能？勇敢的少年兵[866]。依我看，比方说，每一位妇女……

士兵卡尔

（歪戴着军帽，朝斯蒂芬走来。）喂，老板，我要是朝你的下巴颏儿来上一拳，怎么样？

斯蒂芬

（仰望天空）怎么样？非常不舒服。自吹的高尚技艺[867]。就我个人来说，我憎恶行动。（他挥挥手。）我的手有点儿痛。这毕竟是你们的争吵，不是我的[868]。（对西茜·卡弗里）这儿有什么纠纷。究竟是怎么回事呀？

多利·格雷[869]

（从她家的阳台上挥着手绢，做耶利哥女杰的记号）喇合[870]。再见吧，厨师的儿子[871]。平平安安地回到多利那里吧。在梦中与你撇下的姑娘[872]相会吧，她也会梦见你。

（士兵们将眩晕的眼睛转向她。）

布卢姆

（用臂肘拨开人群，使劲拽斯蒂芬的袖子。）马上就去吧。老师，车夫在等着哪。

斯蒂芬

（掉过身来）呃？（挣脱开）凭什么不让我跟他或是在这扁圆形橘子[873]上笔直地走着的任何人说话呢？（用指头指着）只要看到对方的眼睛，跟谁说话我都不怕。保持直直地站着的姿势。

（他蹒跚地后退一步）

布卢姆

（扶住他）你自己可要保持平衡。

斯蒂芬

（发出空洞的笑声）我的重心已经移动了。我忘记了窍门儿。咱们找个地方坐下来谈谈吧。生存竞争是人生的规律，然而人类的和平爱好者，尤其是沙皇和英国国王，却发明了仲裁术[874]。（他拍拍自己的前额）但是在这里，我必须杀死教士和国王[875]。

患淋病的女仆

你们听见教授说的话了吗？他是学院里的教授哩。

坎蒂[876]·凯特

听见了。我听见啦。

患淋病的女仆

他是用那么极为文雅的语言来表达自己。

坎蒂·凯特

对，可不是嘛。可同时既尖锐锋利，又恰到好处。

士兵卡尔

（甩开拦住他的人，迈步向前）你在怎么说我的国王来着？

（爱德华七世在拱廊上出现。他身穿绣着圣心[877]的白色运动衫，胸间佩戴着嘉德勋章、蓟花勋章、金羊毛勋章、丹麦的象勋章[878]、斯金纳与普罗宾的骑兵章[879]、林肯法学团体[880]主管委员章、古老光荣的马萨诸塞炮兵连队[881]队徽。他嘴里嚼着红色枣味胶糖[882]，身穿被推选出来的堂皇完美崇高的共济会会员的衣服，右手拿着袜子，系着围裙，上面标明德国制造[883]，左手提着用印刷体写着禁止小便字样的泥水匠的桶。人们以雷鸣般的欢呼声来迎接他。）

爱德华七世

（缓慢、庄重，然而含混不清地）和平，真正的和平[884]。为了表明身份，朕手里特提着此桶。小伙子们，你们好。（他转向臣民们）朕来此是为目睹一场光明正大、势均力敌的角斗的。朕衷心祝愿双方好运。你的老子诡计多端[885]。

（他同士兵卡尔、士兵康普顿、斯蒂芬、布卢姆和林奇握手。掌声雷动。爱德华七世谦和地举起手中的桶，以表谢意。）

士兵卡尔

（对斯蒂芬）再说一遍。

斯蒂芬

（紧张不安，态度友好，竭力打起精神）我明白你的见解，尽管眼下我自己没有国王。这是专利成药的时代。在这么个地方很难进行议论。然而要点是：你为你的国家而死。假定是如此。（他把自己的胳膊搭在士兵卡尔的袖子上）我并不希望你会这样。不过我说：让我的国家为我而亡吧[886]。到目前为止，已经是这样了。我并不曾希望祖国灭亡。灭亡。去他妈的吧。生命永垂不朽！

爱德华七世

（漂浮在成堆的被屠杀者尸体上面。他身穿滑稽的耶稣[887]的衣裳，头上为耶稣的光晕所环绕。那张散发着磷光的脸上有一颗白色的枣味胶糖）

我有个新颖办法，人人都称奇：
尘埃丢进盲者眼，立刻就复明[888]。

斯蒂芬

国王们和独角兽们[889]！（他朝后退了一步）咱们找个地方去……那个姑娘说什么来着？……

士兵康普顿

喂，哈里，朝他的小肚子底下踢上一脚。给小便那儿也来一下子。

布卢姆

（轻声地对士兵们）他自己都不晓得在说些什么。喝得有点儿过了头，在作怪呢。苦艾酒。绿妖精[890]。我了解他。他是个有身份的人，一位诗人。不会有什么事的。

斯蒂芬

（点点头，笑逐颜开）有身份的人，爱国主义者，学者，又是审判骗子的法官。

士兵卡尔

我才管不着他是谁呢。

士兵康普顿

我们才管不着他是谁呢。

斯蒂芬

我好像把他们惹恼了，拿绿布给公牛看[891]。

（巴黎的凯文·伊根身穿有着西班牙式流苏的黑色衬衫，头戴晓党[892]式的帽子，对斯蒂芬打了个手势。）

凯文·伊根

喂，早安[893]！长着黄牙齿[894]的母夜叉[895]。

（帕特里克·伊根[896]从后面窥伺。他有着一张兔子般的脸，正在啃着榅桲叶。）

帕特里克

社会主义者[897]！

堂埃米尔·帕特里吉奥·弗兰兹·鲁佩尔托·蒲柏·亨尼西[898]

（披戴着中世纪的锁子甲和有着两只野鹅飞翔图案的头盔。出于崇高的义愤，伸出一只戴着连环甲的手，指着士兵们）把这些犹太佬打趴在脚下，浑身都是肉汁的大肥猪，卑鄙的英国佬们[899]！

布卢姆

（对斯蒂芬）回家来吧。你会惹上麻烦的。

斯蒂芬

（恍恍惚惚地）我才不逃跑呢。是他对我的理智进行挑衅。

患淋病的女仆

一眼就看得出他是贵族出身。

悍妇

绿胜似红。这是沃尔夫·托恩说的[900]。

老鸨

红不比绿差。还更强呢。士兵万岁！爱德华国王万岁！

粗野的人

（笑）唉！向德威特[901]投降吧！

市民

（围着鲜绿色大头巾，手执橡木棒，喊叫着）

祈愿天主从上苍，
一只鸽子派世上，
牙齿锋利若剃刀，
割破英国狗咽喉，
多少爱尔兰领袖，
被他们送上绞架。

推平头的小伙子[902]

（脖子上套着绞索，用双手按住淌出来的内脏）

对世人我不仇恨，
爱祖国胜过国王。

恶魔理发师朗博尔德[903]

（在两个戴黑面具的帮助伴随下，提着一只旅行包，边往前走，边将它打开。）女士们，先生们，这把大菜刀是皮尔西太太为了砍死莫格而买的[904]。这把餐刀是沃伊辛用来肢解一位同胞的老婆的。他用床单将尸体裹起，藏在地窖里。那个不幸的女人的咽喉被从右耳割断到左耳。这是从巴伦小姐的尸体里提取的砒霜，塞登就因而被送上了绞架[905]。

（他突然拽了一下绞索。助手们蹿跳到被害者脚下，边咕哝边把他往下拽，推平头的小伙子的舌头猛地耷拉下来。）

推平头的小伙子

忘、记、为、母、祈、冥、福[906]。

（他咽了气。由于被绞死者急剧的勃起[907]，精液透过尸体迸溅到鹅卵石上。贝林厄姆夫人、耶尔弗顿·巴里夫人和默雯·塔尔博伊贵夫人赶紧冲上前，用她们的手绢把精液蘸起。）

朗博尔德

我自己也快轮到了。（他解开绞索）这是曾经绞死过可怕的反叛者的绳索。经向女王陛下请示，每次是十先令[908]。（他把头扎进被绞死者那剖开的肚子里，等到伸出来时，上面已经粘满了盘绕在一起、热气腾腾的肠子。）我的痛苦的职务已经完成。上帝保佑国王！

爱德华七世

（缓慢、庄严地跳舞，咯嗒咯嗒地敲打着桶，心满意足地柔声歌唱。）

在加冕日，在加冕日，
啊，咱们快乐一番好吗？
喝威士忌、啤酒和葡萄酒[909]！

士兵卡尔

喂。关于我的国王，你说什么来着？

斯蒂芬

（举起双手）哦，别老说车轱辘话啦！我什么也没说。为了他那野蛮帝国，他要我的钱，还要我的命，而他本来就是伺候“索取”这个主子的。钱，我是没有的。（他面无表情地在兜里掏来掏去）给了什么人啦！

士兵卡尔

谁稀罕你那臭钱？

斯蒂芬

（想走开）有谁能够告诉我，在什么地方最能躲开这种无可避免的灾难呢？在巴黎也有这类事[910]。并不是我……然而，凭着圣帕特里克的名义[911]……！

（几个妇女把头凑在一起。缺牙老奶奶戴着一顶塔糖状的帽子，坐在毒菌[912]上出现，胸前插着一朵生枯萎病凋谢了的土豆花。）

斯蒂芬

哎嘿！我认识你，老奶奶！哈姆雷特，报复[913]！吃掉自己的猪崽子的老母猪[914]！

缺牙老奶奶

（来回晃悠）爱尔兰的情人，西班牙国王的女儿，我亲爱的[915]。对我家里的陌生人[916]可不能讲礼貌！（她像猖女[917]那样不祥地恸哭着）哎哟！哎哟！毛皮像绢丝般的牛[918]（她哀号着说）你遇见了可怜的老爱尔兰，她怎样啦[919]？

斯蒂芬

我怎么来容忍你好呢？帽子的戏法[920]！三位一体的第三位在哪儿呢？我热爱的教士[921]吗？可敬的吃腐肉的乌鸦[922]。

西茜·卡弗里

（尖声尖气）拦住，别让他们打起来！

粗野的人

我们的士兵撤退啦!

士兵卡尔

(勒紧自己的皮带)哪个混账家伙敢说一句反对我那混蛋国王的话,我就拧断他的脖子!

市民

艾琳加油!(特维迪上校和市民互相展示奖章、勋章、战利品,两人都带着强烈的敌意向他们敬礼。)

布卢姆

(害怕起来)他什么也没说。一个字也没说。纯粹是一场误会。

士兵康普顿

干吧,哈里。照他眼睛上给一拳。他是个亲布尔[923]派。

斯蒂芬

我说过吗?什么时候?

布卢姆

(对红衣兵们)我们为你们在南非打过仗。对,爱尔兰的射击队。这不就是史实吗?都柏林近卫步兵连队。我们的君主曾表彰过[924]。

壮工

(脚步蹒跚地走过去)哦,对啦!哦,天哪,对!哦,打吧,狠狠地打吧!哦!布[925]!

(披甲戴铠的戟兵在枪尖上挑着一堆呈斜顶棚状的内脏,伸了过来。特威迪鼓手长留着可怕的土耳克[926]那样的口髭,头顶插有鸟颈毛的熊皮帽,军服上佩戴着肩章和镀金的山形袖章,腰刀带上挂着佩囊,胸前是亮晃晃的勋章,准备进击。他打了个圣殿骑士团[927]的朝圣武士的手势。)

特威迪鼓手长

(粗暴地咆哮)洛克滩[928]！禁卫军，振奋起来，向他们进攻！快抢，速夺[929]！

士兵卡尔[930]

我要干掉他。

士兵康普顿

(让群众往后退)这里讲究公平合理。把这坏蛋宰得血淋淋的，像在肉店里那样。

(多人组成的乐队奏起《加里欧文》和《上帝拯救我们的国王》[931]。)

西茜·卡弗里

他们快要打起来了。为了我！

坎蒂·凯特

勇士与丽人[932]呗！

患淋病的女仆

我认为那位黑衣骑士的马上枪法是首屈一指的。

坎蒂·凯特

(脸涨得通红)不，太太。我支持的是穿红色紧身上衣的那位快活的圣乔治[933]！

斯蒂芬

妓女走街串巷到处高呼，

为老爱尔兰织起裹尸布[934]。

士兵卡尔

（边松开他的皮带边喊）哪个他妈的杂种敢说一句反对我那残暴的混蛋国王的话，我就拧断他的脖子！

布卢姆

（摇撼西茜·卡弗里的肩膀）说呀，你！你给吓成哑巴了吗？你是国民与国民、世代与世代之间的纽带呀！说吧，女人，神圣的生命之赐予者[935]！

西茜·卡弗里

（惊慌，抓住士兵卡尔的袖子）我不是跟你待在一起的吗？我不是你的姑娘吗？西茜是你的姑娘呀！（她喊叫）警察！

斯蒂芬

（欣喜若狂地对西茜·卡弗里）

双手白净红嘴唇，
你的身子真娇嫩[936]。

众声

警察！

远处，众声

都柏林着火啦！都柏林着火啦[937]！着火啦，着火啦！

（硫黄火熊熊燃烧。浓云滚滚。重加特林机枪[938]轰鸣着。魔窟。队伍疏散开来。马蹄飞奔。炮兵队。嘶哑的发号施令声。钟声铿锵。赌客吆喝。醉汉大喊大嚷。娼妓尖叫。雾笛嘟嘟。勇士大吼。临终发出的悲鸣。铁镐叮叮当当地敲着胸甲[939]。盗贼剥走被害者的衣物。猛禽们或从海上飞来，或从沼泽地腾空而起，或从崖上巢窝俯冲猛扑，盘旋嘶鸣：成群的塘鹅、鸬鹚、秃鹫、苍鹰、山鹬、游隼、灰背隼、黑琴鸡、白尾鹰、鸥、信天翁、北极黑雁。午夜的日头暗了下来。大地震动[940]。来自前景公墓和杰罗姆山公墓[941]的都柏林死者们复活了。他们有的身着白绵羊皮外套，有的披着黑山羊皮斗篷[942]，在很多人面前出现。一个裂缝无声地张开了大口。冠军汤姆·罗赤福特身着运动员背心和短裤，在全国跳栏障碍赛中领先，接着纵身跳进真空。参加竞赛的人们或跑或跳地跟在后面。他们狂热地从悬崖边沿往下跳，身子倒栽葱地跌下去。穿着花哨衣裳的工厂姑娘[943]掷出一颗颗炽热的约克郡炸弹。社交界的显贵妇女们将裙子撩到头顶上，保护着自己。大笑着的魔女[944]身穿红色短衬衣，骑着扫帚把腾空而去。公谊会教徒利斯特[945]在水疱上贴了膏药。龙牙如雨注。从垄沟里跳出一批全副武装的英雄们[946]。他们友好地交换红十字骑士团[947]的口令，用骑兵的军刀比武：沃尔夫·托恩对亨利·格拉顿[948]，史密斯·奥布赖恩对丹尼尔·奥康内尔[949]，迈克尔·达维特对伊萨克·巴特[950]，贾斯廷·麦卡锡对巴涅尔[951]，阿瑟·格里菲思对约翰·雷德蒙[952]，约翰·奥利里对利尔奥·约翰尼[953]，爱德华·菲茨杰拉德勋爵对杰拉德·菲茨爱德华勋爵[954]，峡谷的奥德诺霍对奥德诺霍的峡谷[955]。大地中央的高处，矗立着圣女芭巴拉[956]的祭台。放福音书和放使徒书信的角上，各竖着一支黑蜡烛。从塔那高高的碉楼，两道光束倾泻到轻烟缭绕的祭台石面上。背理女神米娜·普里福伊太太套着脚镣，赤条条地躺在祭台石面上，鼓起的肚皮上放着圣爵。玛拉基·奥弗林神父穿着网织衬裙和把里子翻过来的祭披；他有一双反长着的左脚[957]，正在举行露营弥撒。可敬的文学硕士休·C. 海恩斯·洛夫教士先生[958]，身穿素净的黑袍，戴学士帽，脑袋和脖领都扭到后面去，打着一把撑开的雨伞，替神父遮着头。）

玛拉基·奥弗林神父

我要走向魔鬼的祭台[959]。

海恩斯·洛夫教士先生

走向年少时曾赐予我欢乐的魔鬼[960]。

玛拉基·奥弗林神父

（从圣爵里取出一杯鲜血淋漓的圣体，举扬之。）我的肉体[961]。

海恩斯·洛夫教士先生

（将司铎的衬裙高高撩起，露出他那插着一根胡萝卜的毛茸茸的灰色光屁股。）我的肉体。

全体被咒诅者之声

王了做主天的能全——主的们我为因，亚路利哈[962]！

（阿多奈[963]从空中呼唤。）

阿多奈

主——天！[964]

全体受祝福者[965]之声

哈利路亚，因为我们的主——全能的天主做了王！

（阿多奈从空中呼唤。）

阿多奈

天——主！

（橙带党和绿党的农民和市民嘈杂刺耳地唱着《踢教皇》和《每天为玛利亚唱赞歌》[966]。）

士兵卡尔

（以凶猛的口吻）我要干掉他，愿混蛋基督助我！我要扭断这混账杂种的残暴该死混蛋的气管[967]！

缺牙老奶奶

（将一把匕首朝着斯蒂芬的手递过去）除掉他，啊，豆豆[968]。上午八点三十五分你就该升天堂了[969]，爱尔兰将获得自由[970]。（她祷告着）哦，好天主，接纳他吧！

布卢姆

（跑向林奇）你不能把他弄走吗？

林奇

他喜欢辩证法这一人类共同语言。基蒂！（对布卢姆）你把他弄走吧。他不听我的话。

（他拽走基蒂。）

斯蒂芬

（指着）犹大出去。上吊自杀[971]。

布卢姆

（奔向斯蒂芬）趁着更坏的情况还没发生，马上就跟我走吧。这儿是你的手杖。

斯蒂芬

不要手杖。要理性。这是一次纯粹理性的筵席。

西茜·卡弗里

（拽着士兵卡尔）来呀，你喝醉啦！那家伙侮辱了我，可我原谅他，（对着卡尔的耳朵嚷）我原谅他对我的侮辱。

布卢姆

（隔着斯蒂芬的肩膀）唉，走吧。你瞧，他已经酩酊大醉啦！

士兵卡尔

（挣脱开）我要侮辱他一顿。

（他冲向斯蒂芬，伸出拳头，朝他的脸揍了一拳。斯蒂芬打了个趔趄，垮下来，倒在地上，昏迷不醒。他仰面朝天直挺挺地躺着，帽子向墙下滚去。布卢姆追在后面，将它拾起。）

特威迪鼓手长

（大声地）把卡宾枪丢开！停火！敬礼！

猎狗

（狂怒地吠着）汪汪汪汪汪汪汪汪。

群众

把他扶起来！不许打已经倒下去的人！人工呼吸！谁干的？大兵揍的他。他是个教授哩！他伤着了吗？不许粗暴地对待他！他昏死过去啦！

一个丑婆子

红衣兵凭什么揍咱们的上等人呀，而且又是喝醉了的。让他们去跟布尔人打仗好啦！

老鸨

听听是谁在说话哪！大兵凭什么就不能带着他的妞儿溜达啊！这家伙卑鄙地给了一拳[972]。

（她们相互揪住头发，用指甲抓，并且朝对方啐唾沫。）

猎狗

（吠着）汪汪汪。

布卢姆

（使劲把她们往后推，大声地）往后退，后面站！

士兵康普顿

（拽他的伙伴）喂。开溜吧，哈里，警察来啦！

（两个头戴雨帽、身材高大的巡警站到人群当中。）

巡警甲

这儿出了什么乱子？

士兵康普顿

我们跟这位小姐在一起来着。他侮辱了我们。还袭击了我的伙伴。（猎狗狂吠）这只血腥的杂种狗是谁的？

西茜·卡弗里

（以期待口吻）他流血了吗？

一个男人

（原是屈着膝的，这时站了起来）没有。只是晕过去啦。会缓过气儿来的。

布卢姆

（目光锐利地瞥了那人一眼）把他交给我吧。我能够很容易地就……

巡警乙

你是谁？你认识他吗？

士兵卡尔

（东倒西歪地凑到巡警跟前）是他侮辱了我的女朋友。

布卢姆

（愤怒地）他没招你没惹你，你就揍了他。是我亲眼看到的。警官，请把他的部队番号记下来。

巡警乙

我执行任务，用不着你来指手画脚。

士兵康普顿

（拽他的伙伴）喂，开溜吧，哈里。不然的话，贝内特军士长[973]会罚你关禁闭。

士兵卡尔

（趔趔趄趄地被拽走）去他妈的老贝内特。他是个白屁股鸡奸者。狗屁不如的家伙！

巡警甲

（取出笔记本）他叫什么名字？

布卢姆

（隔着人群定睛望着）我看见那儿有辆马车。要是您肯为我搭把手，巡官……

巡警甲

姓名和地址。

（科尼·凯莱赫手执送殡的花圈，帽子周围缠着黑纱，出现在围观者当中。）

布卢姆

（快嘴快舌地）哦，来得正好！（打耳喳）西蒙·迪达勒斯的儿子。有点儿醉啦。让警察们叫这些起哄的往后退一退。

巡警乙

晚安，凯莱赫先生。

科尼·凯莱赫

（对巡警，睡眼惺忪地）不要紧的。我认识他。赛马赢了点儿钱。金杯奖。“丢掉”。（他笑了笑）以二十博一。你明白我的话吗？

巡警甲

（转向人群）喂，你们大家张着嘴在瞧什么哪？快给我躲开。

（群众慢慢地沿着小巷散开，一路上还咕咕哝哝着。）

科尼·凯莱赫

交给我吧，巡官。不要紧的。（他笑着，摇摇头）咱们自己当年也往往那样荒唐过，可不，也许还更厉害呢。怎么样？呃，怎么样？

巡警甲

（笑）那倒也是。

科尼·凯莱赫

（用臂肘轻轻捅捅巡警乙）这事儿就一笔勾销吧！（他摇头晃脑，快活地唱着）我的吐啦噜，吐啦噜，吐啦噜，吐啦噜[974]。怎么，呃，你明白我的话吗？

巡警乙

（和蔼地）啊，咱们确实是过来人。

科尼·凯莱赫

（眨巴眼儿）小伙子们就是那样的。我有一辆车在那儿。

巡警乙

好吧，凯莱赫先生。晚安。

科尼·凯莱赫

这件事我会处理的。

布卢姆

（轮流与两个巡警握手）非常感谢你们，先生们，谢谢你们。（像是在说悄悄话般地咕哝）你们也知道，我们并不愿意引起丑闻。他父亲是一位声望极高、很受尊重的市民。

巡警甲

噢，先生，我明白。

巡警乙

那蛮好，先生。

巡警甲

只有在有人受到伤害的情况下，我才得向局里汇报。

布卢姆

（赶紧点头）敢情。说得对。这只是你们的职责所在。

巡警乙

这是我们的职责。

科尼·凯莱赫

晚安，二位。

巡警们

（一起敬礼）晚安，先生们。

（他们迈着沉重的脚步慢慢离去。）

布卢姆

（喘口气）多亏了你来到现场，这是天意啊。你有辆车吗？……

科尼·凯莱赫

（边笑边隔着右肩用拇指指着停在脚手架旁的马车。）两个推销员在詹米特餐馆[975]请我喝香槟酒来着。简直像王侯一样，真的。他们中间的一个在赛马上输了两英镑。于是借酒浇愁。接着就要去跟姑娘们寻欢作乐。所以我让他们搭贝汉的车到夜街来了。

布卢姆

我正沿着加德纳街回家去，刚好碰上……

科尼·凯莱赫

（笑）他们确实也曾要我去参加冶游。我说：不，可去不得。像你我这样的老马，可使不得。（他又笑了，用呆滞的眼睛斜睨着。）谢天谢地，我们家里的就足够了。怎么样，呃，你明白我的意思吧？哈！哈！哈！

布卢姆

（勉强笑了笑）嘻、嘻、嘻！对。说实在的，我是到那儿拜访一位老朋友去的。姓维拉格，你不认识他（可怜的家伙，整个上星期他都在生病）。我们一道干了一杯，我正往家走……

（马儿嘶鸣。）

马儿

嗬嗬嗬嗬嗬嗬！嗬嗬嗬嗬哞！

科尼·凯莱赫

把两个推销员留在科恩太太的店里后，正是我们的车夫贝汉把这档子事儿告诉了我。他就在那儿哪。我叫他把车停住，下来瞧个究竟。（他笑了笑）这位车夫没喝醉酒，赶柩车是他的本行。要不要我送他回家去？他住在哪儿？是卡布拉[976]的什么地方吧？

布卢姆

不，根据他无意中说出的，我相信是沙湾。

（斯蒂芬仰面躺在那儿，对着星星呼吸。科尼·凯莱赫慢腾腾地斜眼望着马。布卢姆心情忧郁，在一片朦胧中屈身。）

科尼·凯莱赫

（挠着后颈）沙湾！（他弯下身去，朝斯蒂芬嚷道）呃！（他又嚷）喂！反正他浑身都是刨花哩。查一查他们是不是偷走了他什么东西。

布卢姆

没有，没有，没有。他把钱交给了我。他的帽子和手杖也都在这儿哪。

科尼·凯莱赫

啊，那就好，他总会恢复神志的。喏，我要赶路了。（他笑着）明儿早晨我还有个约会。是关于出殡的事儿。路上当心点儿！

马儿

（嘶鸣）嗬嗬嗬嗬嗬哞。

布卢姆

晚安。我再等一等，不一会儿就把这个人……

（科尼·凯莱赫回到敞篷双轮马车旁，坐了上去。马具叮当乱响。）

科尼·凯莱赫

（从马车上，站在那儿）晚安。

布卢姆

晚安。

（车夫甩甩缰绳，精神抖擞地扬起鞭子。车和马缓慢笨重地向后倒，拐了个弯儿。科尼·凯莱赫坐在边沿的座位上，摇晃着脑袋，嘲弄布卢姆的狼狈处境。车夫也参与了这场一言不发的哑剧的欢乐，从另一头的座位上点着头。布卢姆摇摇头，快活地做着无言的回答。科尼·凯莱赫用大拇指和手掌再一次向他保证：两个警察也别无他法，只得允许他继续睡下去。布卢姆慢腾腾地点了一下头，表示谢意，因为这正是斯蒂芬所需要的。马车发出吐啦噜的声响，辚辚地在吐啦噜巷子的尽头拐了弯儿。科尼·凯莱赫再度摆摆手，让他放心。布卢姆打手势告诉科尼·凯莱赫，他已经十分放心了。嘚嘚的马蹄声和叮叮当当的挽具声，随着吐啦噜噜噜噜的音调，逐渐微弱了。布卢姆拿着斯蒂芬那顶挂满了刨花的帽子和梣木手杖，犹豫不决地站在那里。然后他朝斯蒂芬弯下身去，摇晃他的肩膀。)

布卢姆

呃！嗬！（没有回答。他再度弯下身去。）迪达勒斯先生！（没有回答）得叫他的名字。梦游患者[977]。（他重新弯下身去，迟迟疑疑地把嘴凑近平卧着的斯蒂芬的脸上。）斯蒂芬！（没有回答。他又叫了一遍。）斯蒂芬！

斯蒂芬

（皱皱眉）谁？黑豹。吸血鬼[978]。（他叹了口气，伸开四肢，随即拖长母音，口齿不清地低语。）

而今谁……弗格斯驱车……
穿过……林织成的树荫[979]？……

（他边叹气边朝左边翻身，缩作一团。）

布卢姆

诗。有教养。可怜啊。（他又弯下身去，解开斯蒂芬的背心纽扣。）呼吸吧。（他用手和指头轻轻地把斯蒂芬衣服上的刨花掸掉。）一英镑七先令。好在没受伤。（他竖起耳朵去听。）什么？

斯蒂芬

（嘟喃）

……林……阴影，

……混沌的海洋……雪白的胸脯[980]。

（他摊开双臂，又叹息了一声，蜷起身子。布卢姆手持帽子和梣木手杖，站得直直的。一条狗在远处吠着。布卢姆忽紧忽松地握着梣木手杖。他弯下身去俯视斯蒂芬的脸和身姿。）

布卢姆

（与黑夜交谈）这张脸使我想起他那可怜的母亲。树林的阴影。深邃的雪白胸脯。我仿佛听他说是弗格森。是个姑娘。不知是哪儿的一位姑娘。他可能遇上了最大的幸运。（他嘟哝着）……我发誓。无论是任何工作，任何技艺，我都一概接受，永远守密，绝不泄露[981]。……（他低语）……在海边的粗沙里……距岸边有一锚链长[982]……那里，潮退……潮涨……

（他沉默下来，若有所思，警觉着。他用手指按着嘴唇，俨然是一位共济会师父。一个人影背对着黑暗的墙壁徐徐出现。这是个十一岁的仙童，被仙女诱拐了去的。身穿伊顿学院的制服，脚蹬玻璃鞋[983]，头戴小小的青铜盔，手捧一本书。他不出声地自右至左地读着[984]，笑吟吟地吻着书页。）

布卢姆

（惊异万分，不出声地呼唤）鲁迪！

鲁迪

（视而不见地凝望着布卢姆的眼睛，继续阅读，吻着，微笑着。他的脸挺秀气，是紫红色的。衣服上钉着钻石和红宝石纽扣。左手攥着一根系有紫色蝴蝶结的细长象牙手杖。一只小羊羔从他背心兜里探头偷看。）

第十五章　注释

1　作者在本章中使以前写过的人物陆续出现。拉白奥蒂，参看第10章注56。

2　这里的“煤炭色”，海德1989年版作“珊瑚色”（见第350页第7行）。

3　白痴吐字不清，把“敬礼”说成“金立”，“西边儿”说成“施边儿”。老爷儿指太阳。

4　这里的“移动一下”，海德1989年版作“打呼噜”（见第350页末一行）。

5　艾尔曼在所著《詹姆斯·乔伊斯》（第459页）中说，有个叫亨利·卡尔的英国驻苏黎世领事馆官员和一个叫康普顿的人曾开罪过乔伊斯，所以这里他借着给这两个士兵取名来报复。

6　卡文为旧北爱尔兰省的三个郡之一，现为爱尔兰共和国的一部分。库特黑尔和贝尔土尔贝特均为卡文郡小镇。

7　因斯蒂芬身穿黑服，戴礼帽，所以这里康普顿戏称他为牧师。文中的西茜·卡弗里、伊迪·博德曼和伯莎·萨波尔，均见第13章。

8　“个个都得到拯救”以及斯蒂芬在前面所引用的“我瞧见……路亚”“凡是挨近水的人”，原文均为拉丁文。

9　梅克伦堡街是都柏林红灯区的一条街，现易名为铁路街。

10　斯塔基莱特人指亚里士多德。荡妇指其妾赫皮莉斯，均见第9章注352。

11　莪默·伽亚谟（1048—1122），波斯诗人。英国诗人爱德华·菲茨杰拉德（1809—1883）曾把他的“四行诗”（流传下来的真作不超过102行）译为英文出版（1859），其中第12段有“一瓮酒，一个面包”之句。

12　山猫的音译为“林克斯”，与林奇发音相近。

13　“无……女”，原文为法语。乔治娜·约翰逊是个牧师之女，曾与斯蒂芬发生过关系。参看第9章注100。

14　原文为拉丁文，是教徒对弥撒开始时，神父吟诵的“我要走向天主的祭台”一语所作的回应。只是这里把“神”改成了“女神”。

15　这里把前文中的“面包和酒瓮”一语扯在一起了。

16　综合照片，指由几张底片合印成的照片。下文中的格拉顿，指亨利·格拉顿的塑像（见第10章注74）。波尔迪，见第4章注39。

17　北极光，原文为拉丁文。

18　他，指博伊兰。

19　贝格尔灌木位于都柏林市中心东南的郊区。

20　这里套用一首通俗歌曲的词句：“苏格兰着火啦，苏格兰着火啦！”把“苏格兰”改成“伦敦”。

21　这是用来撒沙借以清除铁轨上的泥和垃圾的电动车。

22 这是爱尔兰人捉弄警察的把戏。把帽子扣在人行道边石的粪堆上，骗警察说，帽子底下有只鸟，叫警察看着，自己乘机溜掉。
23 桑道操，参看第4章注37。下文中的护身符，参看第4章注4。
24 指坐落在马博特街上的奥贝恩兄弟茶叶酒类批发店。
25 “晚上……呀？”原文为西班牙语。
26 “马博特街”，原文为爱尔兰语。
27 “谢谢”和“再见”，原文为法语。
28 “是的……爹”，原文为德语。
29 莫森索尔，见第5章注28。
30 这是以维多利亚女王的丈夫艾伯特命名的表链。
31 “不……徒”，原文为依地语。
32 寡妇吐安基是根据《一千零一夜》中神灯的故事改编的哑剧《阿拉丁》的同名主人公之母。
33 嗅盐是治昏厥、头痛用的碳酸铵镇静剂。
34 这里，“天主羔羊”指印有羔羊（耶稣的象征）图案的徽章。
35 驼轿是驮在骆驼背上可供数人乘坐的凉亭状座位。
36 “女性的小天堂！”是由混合语构成的咒语。参看第10章注162及有关正文。
37 “到广阔的天地中去”一语，出自《被遗弃的丽亚》第3幕第2场，参看第5章注24。
38 原文为意大利语，是《唐乔万尼》中泽莉娜的唱词。参看第4章注49。
39 “沃利奥”是意大利语“要”的音译。参看第4章注52。
40 布赖迪·凯利，参看第14章注233。
41 “我……你和你”，这里，格蒂把天主教徒在婚礼上的祝文引错了。应作：“我把在世上的全部财产给予你。”她不懂古语，把原文中的“给予你”（thee endow）说成“你和你”（thee and thou）。thee和thou分别为“你”的宾格和主格。参看第13章注15。
42 在《奥赛罗》第1幕第1场中，伊阿古曾咒骂奥赛罗是“老黑羊”“黑马”。
43 尤金·斯特拉顿，见第6章注23。
44 全称是利弗莫尔弟兄世界驰名黑脸歌唱团，由一批化装成黑脸的白人演员演唱黑人歌曲，1894年曾在都柏林公演。
45 巧辩演员分别站在发问者两端，手持响板和手鼓，做滑稽表演。
46 博赫弟兄，指汤姆和萨姆·博赫。他们组织的黑脸歌唱团也于1894年开始在都柏林演出。
47 萨姆勃是西班牙语“黑人”的音译。
48 原名班卓琴，源于非洲的一种弦乐器。19世纪由黑奴在美国推广，后输入欧洲。
49 白色卡菲尔，参看第12章注525。
50 这四句歌词是就19世纪流行的一首美国歌曲《我曾在铁路上工作》略做了改动。
51 乔西·鲍威尔，参看第8章注66。
52 这是一种猜谜游戏，名称取自美国测心术者欧文·毕晓普（1847—1889）。他也表演魔术，在英伦三岛曾颇有名气。

53 这里把歌词“为了英国，为了家园和丽人”中的“英国”，改成了“爱尔兰”，参看第10章注57。

54 摩莉演唱的一首歌曲的名字，参看第4章注50。

55 圣诞节期间，用槲寄生枝编成的装饰。

56 “一夜……候”一语出自《哈姆雷特》第3幕第2场末尾王子的独白。

57 原文为意大利语，这是摩莉演唱的一首歌曲名，参看第4章注49。

58 原文为意大利语。参看第4章注51及有关正文。

59 “美……兽”，参看第13章注93。

60 布林曾梦见黑桃幺走上楼梯来了，参看第8章注70。

61 天翻地覆是一种室内游戏，中签者须表演一些滑稽的或显然力不从心的绝技。

62 这是布卢姆在报上读到的一段广告。参看第5章注18及有关正文。下文中的帕默夫人，参看第5章注24及有关正文。

63 芬顿是苏格兰一渔村名。

64 一种淡啤酒。酿成后贮存数月，澄清后饮用。

65 布赖特氏病，参看第11章注130。

66 据艾尔曼的《詹姆斯·乔伊斯》（第46页注），乔·加拉赫太太是乔伊斯家一友人。

67 地狱门位于马博特街与蒂龙街的交叉点。因这里聚集着下等妓院，故名。

68 詹姆斯·德尔旺是都柏林一营造业者。把啤酒桶误当成尿桶是当时流行的一则笑话。

69 当时在合法的酒吧，黑啤酒每瓶才四便士，一先令可买三瓶。

70 贝洛港营盘，参看第8章注220。

71 “我……子汉”，见第7章注75。

72 即珀西·贝内特，见第8章注220。

73 这是《韦克斯福德的男子汉》（见第7章注75）中的两句。“磨人的锁链”前省略了“挣断”二字。

74 “野鹅”，见第3章注68。

75 指都柏林的一家贷款给贫民的机构。

76 许多印度教徒相信，被讫里什那神像车碾死即可升天，因而每年把此神像供在车上举行巡行仪式时，总有人纵身投于轮下。

77 这种烟卷的叶子是竖着割下的。

78 这是布卢姆为摩莉买的一本书的名字。参看第10章注122及有关正文。

79 “多……士”是当天上午西蒙·迪达勒斯在马车中说过的俏皮话。参看第6章开头部分。

80 “逢场作戏”和下文中的“各有所好”，原文均为法语。

81 加里欧文，参看第12章注33。

82 这里，巡警把“布卢姆”当作拉丁文名词，罗列其四种变格：主格、所有格、与格、直接宾格。

83 这里用海鸥叫声表达了“他给了班伯里馅饼”一语。

84 关于鲍勃·多兰和狗，参看第12章注173至175之间的正文。

85 马菲和下文中的鲁碧，均见第4章注55。

86 俗称灰猎狗。一种善跑的狗，主要用于追捕野兔、鹿和狼。

87 掌握印度咒文意味着能够对人和兽施催眠术。

88 牙科医生布卢姆，参看第10章注202。

89 朱利叶斯·布鲁姆爵士（生于1843）是个英国富翁，曾在埃及做官，被称作布鲁姆·帕夏（本义为首脑，转指伊斯兰国家的高级官衔）。1890年改赴奥地利维也纳任职。

90 “好家伙！”原文为德语。

91 1802年拿破仑为表彰有功勋者而成立的荣誉团体名。

92 陆海军青年军官俱乐部是伦敦的一家很有名气的俱乐部，只有中级军官才有资格参加。下文中的约翰·亨利·门顿，见第6章注107。

93 《卡斯蒂利亚的玫瑰》，参看第7章注82。布卢姆是英语“开花”的音译，维拉格为匈牙利语“花”的音译。

94 “脖……圣巾”，见第5章注54及有关正文。

95 “迷失的你！”参看第7章注10、11。

96 师父是共济会里对资深会员的称呼。在这里，布卢姆利用自己对共济会的知识，想让对方觉得他是有来头的。

97 《里昂邮件》是英国作家查理·里德（1814—1884）根据一出法国戏改编成的。该剧写的是实际发生的一桩冤案：法国人莱苏尔柯被控杀害了邮递员并抢走邮件，被处死刑。4年后（1800），长相酷似莱苏尔柯的真凶杜博斯才落网。

98 蔡尔兹杀兄案，见第6章注87、第7章注185及有关正文。

99 “宁……有罪”，见第6章注88及有关正文。

100 这支橄榄球队以贝克蒂夫大教堂（其遗址在都柏林西南方15英里处）命名，在1904年是一支劲旅。

101 据《旧约·士师记》第12章第1至6节，基列人占领了约旦河上的几个渡口后，为了防止以法莲人逃跑，要求其逃兵以“示播列”为口令。以法莲人口音不纯，必说成“示布罗列”，遂被杀死。

102 当时英国军队中确实有个名叫威利斯·特威迪的陆军少将，但他并非布卢姆的岳父。1879年在南非东部爆发祖鲁战争，英国军队成功地保卫了洛克滩，最后击败了祖鲁人。两个指挥官均被提升为少将，但特威迪根本未参加此次战役。

103 这里，“社会中坚”是意译，《新约·马太福音》第5章第13节中直译为“世上的盐”。

104 “支持布尔人！”和“乔·张伯伦”，见第8章注121、123。

105 这里，布卢姆把两个同姓不同名的军人弄混了。在1904年，凤凰公园中竖有休·郭富（1779—1869）的骑马塑像。鸦片战争期间（1839—1842），他曾率军入侵中国，1843年在印度任总司令。而这里的“那场令人心神恍惚的战争”指的却是南非战争（支持那场战争的人们曾演唱《心神恍惚的乞丐》一歌，为士兵募款。参看第9章注67）。当时，休伯特·德拉波伊尔·郭富（又译为高夫，1870—1963），曾以长矛骑兵团成员的身份参加。

106 在南非战争中，斯皮昂·科帕（南非纳塔尔省的一座山）和布隆方丹（现为南非共和国奥兰治自由邦首府）均为重要战场。

107 吉姆·布卢德索是美国人约翰·海（1838—1905）所作歌曲《“美牧野”的吉姆·布卢德索》中的主人公。他是“美牧野”号船的船长。

108 挖苦《自由人周刊》和《自由人报》，参看第7章注7及有关正文。

109 “会使……惊”是加拉赫说过的话，见第7章注133及有关正文。

110 “蓝袋”是警察的外号。因英国警察穿的蓝色长裤一般是肥大而不合身的。

111 博福伊，见第4章注79。

112 文人，原文为法语。

113 “大笑……手”一语，见第4章注81及有关正文。

114 J.B.平克尔是乔伊斯在伦敦的出版代理人。见艾尔曼的《詹姆斯·乔伊斯》（第384页）。

115 理查·哈里斯·巴勒姆（1788—1845）所写的韵文体传说《里姆斯的寒鸦》中的寒鸦，曾偷过一只戒指。通常“寒鸦”一词即用来骂饶舌的笨蛋。

116 犯罪事实，原文为拉丁文。

117 指布卢姆曾把刊登在报纸上的博福伊的小说扯下半页当手纸用，见第4章末尾。

118 指用毛刷自卫，参看第14章注201及有关正文。

119 乔治·弗特里尔，参看第12章注640及有关正文。

120 多克雷尔，参看第8章注58。

121 不列颠合金是锡、铜、锑的银白色合金。

122 这里，布卢姆把自己听到的关于往泥水匠那桶黑啤酒里撒尿的故事（见本章注68），当成自己干的，供述出来。

123 《珍闻》，见第4章注79。

124 恶作剧的牛津，指牛津大学欺侮新生的举动。

125 法老是埃及国王的通称。

126 原文为拉丁文。

127 “他……事”是父王的鬼魂对哈姆雷特所说的话，见《哈姆雷特》第1幕第5场。

128 《摩西法典》，参看第7章注189及有关正文。

129 “看不见的手”，参看第8章注134。

130 布卢姆提出，每欠债主一英镑，就赔偿他一便士。

131 德鲁加茨，参看第4章注22。

132 原文为德语，参看第4章注25及有关正文。

133 泰勒，参看第7章注199。

134 西摩·布希，参看第6章注87。

135 “净化……的话”，参看第7章注192及有关正文。

136 卡伦和科尔曼是布卢姆在报纸的讣闻栏看到的名字。参看第6章注21及有关正文。

137 维尔·狄龙已于1904年4月2日去世，参看第8章注53。

138 罗伯特·鲍尔爵士，参看第8章注36。鲍勃是罗伯特的昵称。

139 这里把爱尔兰政治家、法官巴里·耶尔弗顿（1736—1805）的姓名颠倒过来了。

140 蒂珀雷里是芒斯特省一郡，分为南、北两个行政区。

141 詹姆斯·洛夫伯奇，参看第10章注121。

142 《蚱蜢》是法国人亨利·迈尔哈克（1831—1897）和卢多维克·哈勒维（1834—1908）所作三幕喜剧，由约翰·H.德拉菲尔德译成英文，于1879年搬上舞台。这里的御前公演指在总督面前演出。

143 邓辛克，见第8章注35。

144 查理-保罗·德·科克（见第4章注58）所著小说《系了三条紧身褡的姑娘》，于1878年在巴黎出版。

145 索恩利·斯托克爵士（1845—1912）是都柏林一著名外科医生。

146 蓝胡子是欧洲传说中曾经接连杀害几个老婆的男人。有各种版本，其中以法国作家查尔斯·佩劳特（1628—1703）所写的为著。

147 摩是摩西的简称，参看第9章注297。

148 《穿皮衣的维纳斯》是奥地利小说家利奥波德·冯·扎赫尔-马佐赫（1836—1895）所著小说。受虐狂者塞弗林称女主人公旺达为“穿皮衣的维纳斯”，并从受她虐待中获得满足。

149 默雯·塔尔博伊贵妇人，见第5章注11。

150 全爱尔兰队和爱尔兰第二队是由一流选手组成的马球队，队员都是从驻守爱尔兰的部队中调来的。

151 唐璜，参看第9章注248。这里暗指好色之徒。

152 “徒步斗牛士”和前文中的“女士”，原文均为西班牙语。

153 这里是“严加惩罚”意。杰克·拉坦曾打赌说，他要从莫里斯敦一路跳舞跳到都柏林，每浪（英国长度单位，1/8英里）换一下舞步。莫里斯敦距都柏林有约20英里。

154 指马贩子把生姜塞在萎靡不振的马匹尾巴底下，使它显得精神抖擞。

155 天命，原文为土耳其语。

156 戴维·斯蒂芬斯，见第7章注5。

157 《圣心使者》，又名《爱尔兰玫瑰经》，发行于都柏林的天主教月报。

158 这是阿拉伯与地中海一带的俚语，“性交”的音译。

159 无名氏指身穿胶布雨衣的人，参看第6章注153。詹姆斯·克拉伦斯·曼根写过一首题为《无名氏》的诗。

160 指赛马时，根据马的年龄规定负载重量。

161 辫子给铰掉，指失去贞操。

162 杀人犯杰克是一个英国凶手的绰号。1888年他在伦敦杀害了多名妓女。

163 弗雷德里克·福基纳，参看第12章注331。他是当时的记录法官，参看第7章注158。石像指摩西石像，参看第7章注189。

164 英国法官在宣布死刑时，照例戴上黑帽子。

165 头盖帽是紧紧箍在头上的无边帽，大多用绸料或天鹅绒制成。

166 约翰·范宁，参看第7章注26。亨利·克莱，参看第10章注180。

167 霍·朗博尔德，参看第12章注161。

168 对记录法官应称作阁下，而不是陛下。

169 朗博尔德住在利物浦，该市位于默西河口。

170 这原是斯威夫特的《文雅绝妙会话大全》中语。

171 “铁……着”，参看第4章末尾。

172 “姑……软”，参看第13章布卢姆与格蒂在海滩上萍水相逢的场面。

173 “那……吧”，第7章曾提到海因斯欠布卢姆钱的事。

174 当时在黑岩村有个叫作托马斯·D.菲纽肯的大夫，距迪格纳穆居住的沙丘有3英里。

175 “我是……听着！”系套用父王的鬼魂对哈姆雷特王子所说的话，只是把“我父亲”改成帕狄·迪格纳穆了。见《哈姆雷特》第1幕第5场。

176 “以扫的声音”，见第9章注473。

177 意思是说，缩写的《要理问答》并没提到有鬼魂。

178 当天早晨布卢姆对摩莉用过“转生”一词。下文中的“哦，别转文啦！”是摩莉的回答。见第4章注53及有关正文。

179 约翰·奥康内尔，见第6章注134及有关正文。

180 科菲神父，参看第6章注111。

181 呐咪内，参看第6章注112。下面，神父吟诵的是“Dominus vobiscum”（主与尔偕焉），布卢姆却听成是“Jacobs. Vobiscuibs”。“Vos”（尔等）为拉丁文。“Biscuits”（饼干）为英语。

182 一般的乐音都是复音，一个复音中，除去基音（频率最低的纯音）外，所有其余的纯音均是陪音（也作泛音）。

183 胜利牌留声机的商标是蹲坐在留声机旁倾听音乐的一只狗，旁边写着：“他主人的声音。”

184 “死亡”，原文作U.P.，参看第8章注71。

185 钥匙议院，见第7章注27。

186 这是曾出入墓穴的老鼠，见第6章注185及有关正文。

187 关于汤姆·罗赤福特发明的那架显示节目番号的机器以及他跳进阴沟检修口救人的事，参看第10章注103、107及有关正文。

188 卡洛是爱尔兰伦斯特省一郡，其首府也名卡洛。《跟我去卡洛》是都柏林人帕特里克·麦考尔所作的一首歌曲，颂扬爱尔兰民族英雄费伊·麦克休·奥伯恩（1544—1597）。

189 佐伊是希腊文“生命”的音译，而布卢姆的母亲婚前姓希金斯。

190 麦克太太是都柏林一老鸨，她所在的红灯区有麦克镇之称。

191 斯利珀斯莱珀老妈妈是象征爱尔兰的“贫穷的老妪”之一。参看第1章注63。

192 梅西雅斯，参看第6章注159。

193 女都，见威廉·布莱克的长诗《四天神》。

194 “耶路……美”，原文为希伯来文，见《雅歌》第1首第9节。

195 阿帕切是北美西北部印第安人。

196 沃尔特·雷利爵士，见第9章注310。他曾于1584年赴今北卡罗来纳。1595年率领远征队到圭亚那。

197 参看第14章注341。

198 牲畜市场位于都柏林西北部，从都柏林用船往外运牲畜，必须先从利菲河沿岸的以上5个选区中穿行。白天在送葬的马车里布卢姆就曾谈到铺设电车道的想法。参看第6章注75及有关正文。

199 “谁能获得好处？”原文为拉丁文。

200 范德狄肯是一艘名叫“漂泊的荷兰人”的幽灵船的船长。由于触犯了神明，该船注定永远在海上漂泊。“金融界”与“冒险家”则是把这位船长和美国航运与铁路巨头科尼利厄斯·范德比尔特（1794—1877）扯到一起。科·范德比尔特及其后代被叫作“冒险的金融家”。

201 蒂莫西·哈林顿（1851—1910），爱尔兰政治家、爱国志士，曾连任三届都柏林市长（1901、1902、1903）。

202 “他们的……永”，这里把《弥赛亚》（参看第8章注281）中所套用的《启示录》第11章第15节的句子改成相反的意思了。

203 用鲜花和彩条装饰起来的柱子，五朔节期间少男少女围绕着它跳民间舞。

204 “十万个欢迎”，原文为爱尔兰语。“以色……好”，原文为希伯来文。这里把巴兰的预言“以色列王的帐篷多么美好”一句中的“的帐篷”省略了（见《旧约·民数记》第24章第5节）。

205 云柱，参看第7章注218。下文中的《我们的一切誓约》，原文为希伯来文。这是犹太教徒在赎罪日前夕所吟咏的祷文题目。

206 罗马帝国的军徽以鹰为标志。

207 约翰·霍华德·巴涅尔，参看第8章注148。阿斯隆是爱尔兰韦斯特米斯郡城镇。

208 约瑟夫·哈钦森，见第10章注184。

209 1800年英格兰议会与爱尔兰议会合并，28位爱尔兰人被选入上议院，任终身制议员。

210 在1904年，唐郡兼康纳主教为托马斯·詹姆斯·韦兰（1830—1907）。

211 慈悲剑是英王加冕仪式上所持的无尖剑，以表示仁慈。

212 每年在纪念圣斯蒂芬殉教的日子（12月26日），爱尔兰孩子手执缠了丝带的荆豆枝（他们假定丝带里面藏着鹪鹩的尸体），挨家挨户唱着：“给我们一便士来埋葬鹪鹩。”

213 原文是双关语，直译是“布卢姆的天气”。

214 “太阳……射”，这里的太阳为爱尔兰自治的象征。参看第4章注7及有关正文。

215 这种宣誓办法见于《创世记》第24章第2至3节：“他对……仆人说：‘把你的手放在我双腿之间发誓。’”

216 原文为拉丁文。这里把向罗马人民宣布新教皇加冕时的语句中的“教皇”，改为“刽子手”。

217 科–依–诺尔是波斯语“山之光”的音译，系现存宝石中最古老的一颗椭圆形钻石。

218 “幸运的纽带”，原文为拉丁文。罗马皇帝卡利古拉（12—41）确曾把他的爱马封为执政官。

219 塞勒涅是希腊神话中的月亮女神。

220 这里把爱尔兰（爱琳是其古称）比作迦南（应许给以色列人的土地）。参看第7章注220。

221 爱尔兰民族英雄查理·斯图尔特·巴涅尔（参看第2章注81）非常迷信，这里暗喻他认为绿色是不吉利的。

222 莱迪史密斯是南非纳塔尔省西部城镇。

223 “前……半！”一语出自丁尼生的《轻骑旅》（1854）一诗的首句。

224 “一……啦”，参看第11章注7。

225 “忠诚的”，原文为拉丁文。“士兵”，原文为希伯来文。

226 萨拉逊人，现泛指阿拉伯人或伊斯兰教徒。

227 詹姆斯·斯蒂芬斯，参看第2章注54。

228 布卢姆曾从老妪手里买过点心，参看第8章注28及有关正文。

229 “布卢姆撒冷”是套用“耶路撒冷”，见第12章注503。

230 据阿瑟·格里菲思的《匈牙利的复兴》（见第12章注537）记载，在庆祝匈牙利取得部分独立时，弗兰西斯·约瑟夫一世（1830—1916）曾受到“来自匈牙利各郡的52个工人的喝彩”。

231 德尔旺，参看本章注68。

232 原文为拉丁文。这是古罗马时代参加角斗者在比赛开始前时向皇帝致的辞。

233 “手指”（finger）系根据海德1989年版（第395页倒4行）译出。莎士比亚书屋1922年版（第458页第13行）作“figure”，意思是“形状”“人影”。

234 有个叫作约翰·明托施的苏格兰人曾为罗伯特·埃米特（见第6章注186）管理一座秘密军火库，后来向塞尔少校（见第10章注143）告密。希金斯，参看本章注189。

235 为了纪念耶稣为门徒洗脚一事，每年在复活节前的星期四，英王向贫民施舍抚恤金。

236 杰耶斯溶液，指伦敦的杰耶斯卫生公司所出产的下水道消毒剂。大赦是天主教名词，指信徒犯罪后通过忏悔并行善功（如念经等），在天主面前获得宽免罪罚若干天。

237 匈牙利皇家特许彩票，参看第8章注64。

238 《怎样育婴》（费城，1898）的作者为J.P.克罗泽·格里菲思（1856—1941）。

239 杜比达特小姐，参看第8章注242。

240 小爹是传统上农民对沙皇的称呼。

241 罗伊格比夫，参看第13章注138。

242 “每……尺”是当天上午布卢姆从他早先看过的一张照片引起的联想，参看第5章注6及有关正文。

243 “万……蛋”，参看第8章注71。

244 “淘气”，参看第11章注36。

245 巴特里，参看第1章注84。

246 这是犹太教举行仪式时用的乐器，音译为“绍法”。

247 锡安旗象征犹太人的选民身份。

248 “阿列夫”至“达列特”是头四个希伯来字母的音译。

249 《哈加达》书，见第7章注35。

250 门柱圣卷，参看第13章注159。

251 合礼，犹太教用语，一般指食物符合饮食禁忌要求。但也用于其他物件，如礼拜用的号角等。

252 赎罪日，参看第8章注17。

253 再献圣殿节是犹太教节日（在公历12月），纪念公元前165年，把耶路撒冷第二圣殿重新献给上帝。

254 罗施·哈沙纳是犹太新年（在公历9、10月间）。

255 圣约之子会是历史最悠久而规模最大的犹太人服务性组织。在世界许多国家设有男、女和青年组织。

256 受诫礼是犹太教各派普遍实行的典礼。男子满13岁经过此礼就必须谨守一切诫命。无酵饼原是为了纪念犹太人离开埃及的日子而吃的未发酵的饼。见《出埃及记》第13章。

257 梅殊加是依地语（20世纪以前，德系犹太人广泛使用的语言），参看第8章注79。

258 这是犹太男子做早祷时所披的围巾。

259 吉米·亨利，参看第10章注179。

260 但尼尔是以色列人的著名法官。夏洛克和葛莱西安诺都曾把鲍西娅比作但尼尔，见《威尼斯商人》第4幕第1场。

261 彼得·奥布赖恩是个精明过人的法官，以善于断案著称。

262 原文作pisser，也含有“小便者”意，下文中他向布卢姆提出了“膀胱有毛病怎么办？”这个问题。

263—266 原文都为拉丁文。

267 克里斯·卡利南，见第7章注156。

268 毕宿五即金牛座阿尔法，为金牛座中之红色巨星。参看第14章注246。卡利南这个提问的正确答案是：0.048弧秒。布卢姆所说的却是他当天看到的广告牌上的数字。见第8章注32。

269 西欧民间迷信，谓双胞胎乃两个父亲所生。

270 拉里·奥罗克，见第4章注8及有关正文。

271 酒吧根据所领执照，每周供应6天或7天酒。这里，拉里在要求布卢姆允许他每周卖8天酒。

272 钥匙议院，参看第7章注27、28。原文作House of Keys，与第7章的House of Key（e）s有区别。

273 “大自然之子”，指基督教徒，模仿“光之子”（“光”指耶稣）这一称呼。参看《约翰福音》第12章第36节。“三英亩土地和一头母牛”是英国土地改革家杰西·科林斯（1831—1920）提出的口号。他竭力主张农民拥有耕地。

274 白天在送葬途中布卢姆曾谈到设置殡仪电车的计划所引起的想法。参看第6章注75。

275 戴维·伯恩是个酒吧老板，见第8章注222及有关正文。

276 美臀维纳斯，见第9章注301。

277 肉欲维纳斯，见第14章注353。

278 轮回维纳斯，见第4章注53。

279 当天上午在教堂里，布卢姆曾从马丁·坎宁翰（参看第5章注52）联想到康米神父，接着又想起法利神父，当时确实有个耶稣会会士叫查尔斯·法利神父。

280 主教派认为，教会的最高权力应属于主教团，教皇只是主教团的代表而已。

281 赖尔登老太太，见第6章注69。

282 葛罗甘老婆婆，见第1章注54。

283 古老甜蜜的情歌，见第4章注50。

284 吐啦噜，见第5章第一段末尾。

285 “独脚”霍罗翰，见第5章注10。

286 布卢姆是在模仿利内翰所做的谜语，见第7章注124，第14章注365。

287 西奥多·普里福伊，见第14章注112、283及有关正文。

288 亚历山大·约·道维，见第8章注8。

289 门德斯山羊是埃及神话中的三种圣兽之一，象征生殖力。

290 低地各镇，指所多玛和蛾摩拉，见第4章注34。

291 《新约·启示录》里没有直接提到白牛。第4章第7节有“第二个像牛犊”之句。第13章第11节作：“我又看见另有一兽从地中上来，有两角如同羊羔，说话好像龙。”

292 新教徒骂罗马天主教会为绯红女，此词出自《启示录》第17章第3至5节：“我看见一个女人骑着一只绯红兽；那兽遍体写满了亵渎的名号。那女人穿着绯红大紫的衣服，额上写着……‘大巴比伦——世上淫妇和一切可憎之物的母！’”

293 凯列班，见第1章注22。

294 福克斯是巴涅尔在私信中用过的一个假名字。

295 “这……疯了”，出自奥丽维娅对马伏里奥的评语，见《第十二夜》第3幕第4场。

296 “就像……洁”，出自波塞摩斯的台词，见《辛白林》第2幕第5场。

297 毕萨尼奥把主人要他刺杀伊摩琴的信拿给伊摩琴看的时候说：“谣言……散播它的恶意的诽谤”，见《辛白林》第3幕第4场。

298 “索……车”，原文为蹩脚的爱尔兰语。

299 “我是……人”，原是李尔王自指，见《李尔王》第3幕第2场，借用时，把“我是”改成“我相信他是”。

300 “处……女”，原文为拉丁文。

301 马登和下文中的克罗瑟斯、科斯特洛、迪克森均为医科学生，见第14章注165、183及有关正文。

302 犹太人气味，原文为拉丁文。下文中，迪克森所说的“阴性男人”一词出自犹太裔奥地利哲学家奥托·魏宁格（1880—1903）所著反犹太的《性和性格》（1903）。在此书中，他认为一切生物都是由不同比例的阳性元素和阴性元素结合而成，而犹太人则是阴性的、非道德性的。
303 格伦克里感化院，见第10章注112。
304 桑顿太太，参看第4章注63及有关正文。
305 金鼻，原文为意大利语。
306 金口，参看第1章注8。
307 金手，原文为法语。
308 银本身，原文为德语。
309 水银，原文为法语。
310 全银，原文为希腊语。
311 据犹太教的启示录，救世主本·约瑟夫把以色列人召集起来，让他们统治耶路撒冷。救世主本·大卫则作为复活的力量光临，并使新世界诞生。
312 据《路加福音》第23章第3节：彼拉多问耶稣说："你是犹太人的王吗？"耶稣回答说："你说的是。"
313 巴茨修士，见第5章注87。
314 圣莱杰赛为英格兰传统赛马，每年9月在约克郡唐克斯镇赛马场举行，限3龄马驹参加。
315 英国政治家和小说家本杰明·迪斯累里（1804—1881）于1876年被封为贝肯斯菲尔德伯爵。
316 沃特·泰勒（？—1381），英国历史上第一次大规模人民起义的领袖。
317 摩西·迈蒙尼德，见第2章注34。
318 摩西·门德尔松，见第12章注617。
319 亨利·欧文（1838—1905），英国演员、舞台监督。
320 瑞普·凡·温克尔，见第13章注146。
321 拉乔斯·科苏特（1802—1894），19世纪中期匈牙利独立运动领袖。
322 冉—雅克·卢梭（1712—1778），法国哲学家。
323 利奥波德·罗思柴尔德男爵（1845—1917），英国议会中头一个犹太裔议员。
324 路易·巴斯德（1822—1895），法国化学家、微生物学家。
325 "伸……食"，见第8章注173及有关正文。
326 布利尼，见第12章注321。
327 原文为拉丁文，模仿《马太福音》第1章第1节（"耶稣的家谱如下"）的文体。下文中的家谱，模仿同书第1至16节的文体。
328 据《创世记》第5章第28节，诺亚之父名叫"拉麦"。《出埃及记》第2章第1节说摩西之父是"一个利未族的人"。
329 诺亚有三子：闪、含、雅弗。尤尼克是"阉人"的译音。
330 迈耶·古根海姆（1828—1905），美国企业家。
331 阿根达斯·内泰穆，见第4章注23。
332 莫里斯·德·希尔施男爵（1831—1896），犹太人实业家。
333 耶书仑，见第14章注75。

334 斯梅尔多兹是波斯王冈比西斯二世（公元前529—前522在位）之弟。公元前523年被其兄杀害。

335 韦斯与施瓦茨是德语“白”与“黑”的音译。

336 阿德里安堡是土耳其省会埃迪尔内的古称。

337 阿兰胡埃斯是西班牙新卡斯蒂利亚地区马德里省城镇。

338 以迦博是希伯来文“没有荣耀”的音译。非利士人击败以色列人后，一个寡妇给遗腹子起了此名（见《撒母耳记上》第4章）。以迦博多诺索的发音又与曾俘虏万名耶路撒冷人的巴比伦王尼布甲尼撒的名字相近（见《列王纪上》第24—25章）。

339 奥唐奈·马格纳斯，即红发休·奥唐奈，见第12章注55。

340 克里斯特鲍默是德语“圣诞树”的音译。

341 本·迈默指摩西·迈蒙尼德，见第2章注34。

342 达斯蒂·罗兹，见第14章注384。

343 这是把希伯来文“本”（“之子”）和拉丁文的“爱”字拼凑而成的名字，意思是“爱之子”。

344 这是把英国极普通的两个姓拼凑而成的。

345 俄语中，“奥维奇”的意思是“之子”，萨沃楠奥维奇即是萨沃楠之子的意思。

346 贾斯珀斯通是英语“碧玉”的音译。碧玉代表雅各的第12个儿子亚设（见《出埃及记》第28章第17—21节）。“亚设所得的祝福多过其他支族”（见《申命记》第33章第24节）。

347 万图尼耶姆是法语“第二十一”的音译，也可以指纸牌中的二十一点。松博特海伊是匈牙利城镇，系布卢姆之父的出生地。

348 “给他起名叫”，原文为拉丁文。“以马内利”为希伯来文“上帝与我们同在”的音译，原指耶稣。见《以赛亚书》第7章第14节。

349 在巴比伦王伯沙撒的宴会上，出现了一只人手，在王宫的墙上写下谁也不认得的字。但以理被请去，把字义解释给国王听。见《但以理书》第5章第25至28节。

350 克雷布，见第9章注547及有关正文。

351 基尔巴拉克是都柏林东北鲍多伊村的一条路，路后有一个供牛钻行的窄洞。

352 巴利鲍桥是都柏林东北郊托尔卡河上的一座桥。

353 冬青树，见第2章注29。

354 魔鬼谷是都柏林东南22英里处的一道一英里半长的峡谷。

355 顿尼溪集市，见第5章注102。

356 这是南非的一种大鞭子。

357 在希腊神话中，以愚蠢知名的弥达斯王曾在比赛中判玛息阿获胜，输了的阿波罗就使他长出两只驴耳朵。

358 “今晚同你”，见第8章注263。

359 阿尔坦，见第6章注97。

360 都柏林狱门救济会是个新教组织，旨在教育那些犯轻罪而刑满出狱的妇女和姑娘，并为她们在洗衣坊里找到就业机会。

361 这首诗的第一句（If you see Kay）含有“性交”（F.U.C.K）意，第三句（See you in tea）含有“女性阴部”（C.U.N.T）意。

362 霍恩布洛尔，见第5章注99。

363 原文为希伯来文，译音作“以弗得”，《圣经·旧约》所载古代以色列大祭司礼服的一部分，着于外袍之上。

364 阿撒泻勒是犹太教传说中的一个邪灵，象征污秽。犹太人古俗，赎罪日挑选一只公羊给阿撒泻勒（见《旧约·利未记》第16章第8节），背负犹太人所犯的罪，为他们做替罪羊。

365 夜妖利利斯，见第14章注33。

366 阿根达斯·内泰穆，见第4章注23。

367 含是诺亚之二子，见第1章注51。麦西是《旧约》中对埃及的称呼。《创世记》第10章第6节中，把麦西列为含的儿子之一。

368 真正的旅客，见第14章注311。

369 阿谢尔·莱姆兰是1502年出现在伊斯特拉（南斯拉夫的三角形半岛）的一个持异端邪说的犹太先知，自封为救世主本·约瑟夫，见本章注311。

370 亚伯拉罕·本·塞缪尔·阿布拉非亚（约1240—1291），西班牙的一个犹太人，自封为救世主。

371 乔治·R.梅西雅斯，见第6章注159。

372 这里把《新约·马太福音》第6章第12节中的祷文“饶恕我们的罪过”做了改动。

373 在1904年，都柏林市消防队队长确实名叫约翰·J.迈尔斯。

374 “市民”，见第12章注9。

375 I.H.S，见第5章注66。

376 火凤凰是埃及神话里的长生鸟，相传每500年自焚后再生。

377 据《新约·路加福音》第23章第28节，耶稣对为他哀哭的妇女说：“耶路撒冷的女子啊！别为我哭……”这里把“耶路撒冷”改为“爱琳”。

378 从这一行起，共12行，均出自当天布卢姆所接触之事物。模仿天主教祷文的格式，上半句是神父念的，后半句是教徒的“回应”。

379 文森特·奥布赖恩是爱尔兰作曲家与音乐家，曾在都柏林的主教教堂担任唱诗班指挥（1898—1902）。

380 当天上午在教堂里，布卢姆曾从唱诗班联想到约瑟夫·格林弹奏管风琴的本事，见第5章注70及有关正文。

381 布卢姆这身装束仿效的是扮演爱尔兰丑角时的戴恩·鲍西考尔特，参看第8章注184。

382 康尼马拉是爱尔兰戈尔韦郡一地区。

383 “生……灭”一语出自哈姆雷特王子的独白。见《哈姆雷特》第3幕第1场。

384 “从……床”，见第4章注37及有关正文。

385 据海德1989年版，下面有“我感到腻烦了，一切都随它去吧。”之句（见第407页倒2至倒1行）。

386 霍格斯·诺顿是英国中部莱斯特郡的一个村子。由于霍格（hog）和皮格（pig）均指猪，故该村的风琴手曾被称作皮格斯（Piggs）。

387 约克郡是当时英国最大的郡。1974年撤销。

388 这是一首童谣的首句。第一段是："小汤米，小不点儿耗子，住着小房子；它在别人的水沟里啊，逮着了小鱼儿。"

389 霍丽是虔诚的伊斯兰教徒升天堂后被赐予的美女。

390 "像一个……困惑"，这里套用第7章"错字校正"（见该章注30及有关正文）中的谜语，并把"一只削了皮的梨"改成"她那对削了皮的梨"。用以指裸露的乳房。

391 "一个……魔"一语出自《奥赛罗》第3幕第3场中伊阿古挑拨奥赛罗时所作的谗言。

392 "大笑……女"一语出自《马查姆的妙举》，参看第4章注79及有关正文。"推摇篮的手"，见第11章注301及有关正文。

393 这里模仿儿童游戏时用语，一边数着花瓣，一边轮流说："她爱我，她不爱我，她爱我。"数到最后一瓣时说："真的。"

394 妓女戳嫖客掌心，是表示勾引。这里，原文为双关语，也指共济会成员打的秘密手势。下文中的"手热内脏冷"是把谚语"手冷心肠热"颠倒过来了。

395 "栽到楼上去"是一种迷信的说法，意指去一个不受欢迎或会倒霉的地方。

396 空五度指省略了三和弦中的三音，因而辨别不出是大调还是小调。

397 本尼迪多·马尔切罗（1686—1739），意大利作曲家和作家。他的《诗意和谐的随想》（1724—1726）是为吉罗拉莫·吉乌斯蒂尼亚尼的诗篇前50首用声乐和器乐混合谱写的。马尔切罗在序言中说，他是在犹太人聚居的地方发现这音乐的。斯蒂芬指的是，马尔切罗所谱写的音乐有着古代希伯来味道，无论是作者发现的还是创作的，都无关紧要。

398 得墨忒耳是希腊神话中的谷物女神。

399 "诸……耀"，原文为拉丁文，出自《诗篇》第19篇第1节。只是把原文中的"主"改成了"上帝"。

400 弗里吉亚是古安纳托利亚中西部一地区。弗里吉亚调式的特征是庄重严肃。吕底亚是古安纳托利亚西部一地区。吕底亚调式的特征是轻快活泼。

401 刻尔吉是《奥德修纪》第10卷中埃亚依岛上的女神。

402 刻瑞斯是古罗马宗教所信奉的女神，司掌粮食作物的生长。

403 《诗篇》第19篇开头处有"大卫的诗，交与伶长"之句。首席巴松管吹奏者即指伶长。

404 "趁着……返嘛"和前文中的"哎呀……的"，原文均为法语。

405 砺石，见第9章注472。

406 最大限度的音程指八度。

407 《圣城》（1892）是英国歌曲作者弗雷德里克·韦瑟利（1848—1929）作词、斯蒂芬·亚当斯作曲的一首赞美歌。

408 "从自……行"，参看第9章注503及有关正文。

409 "天主、太阳、莎士比亚"是新的三位一体。太阳指耶稣，见《玛拉基书》第4章第2节："将有拯救的太阳照耀你们。"莎士比亚指圣灵，见第9章注487。

410 “街上……叫”，参看第2章注78。

411 原文（Ecco）为拉丁文。中世纪进行学术辩论时的常用语，意指：“已阐述明确。”

412 末日，参看第6章注130。

413 伪基督，指亚历山大·道维，见第8章注8。

414 风筝，见第7章“街头行列”一节。

415 当时皇家运河曾通到都柏林北郊。《启示录》第12章第9节有“大龙就是那古蛇，名叫魔，又叫撒旦”之句。

416 这句话可以意译为“只一回，经常如此，不大可能”。

417 阿里·斯洛珀是19世纪末伦敦每逢星期六发行的同名彩色幽默周刊上的一个漫画人物，其特征是有着一个球茎状的大鼻子。

418 “出……人！”原文为法语。“笑面人”是维克托·雨果（1802—1885）的同名小说（1869）中的主人公。

419 “先……注！”原文为法语。这是轮盘赌的司盘人在转轮时说的话。

420、421 “来……赢”和“到……止”，原文为法语。

422 和散那是希伯来文“赞美”的音译。

423 “以……临”，见第8章注7。

424 双头章鱼，见第8章注155。

425 按：马南南（见第3章注31）有本事生出三条腿。

426 这是一首苏格兰歌曲中的一句。

427 古老光荣之旗是美国国旗的俗称。

428 《克雷奥利·休》（1898）是由古希·L.戴维斯作词、配乐的一首美国流行歌曲的歌名。

429 上帝的时间是美国俚语，指1883年在美国和加拿大制定的标准地方时间。

430 这里套用查尔斯·菲尔莫尔所作美国流行歌曲《告诉母亲我会在那儿》（1890），把“我”改为“你们”。

431 科尼艾兰是美国纽约市一娱乐区，濒临大西洋。

432 这里套用迪斯累里（见本章注315）于1864年驳斥达尔文的进化论时所说的话。全句为：“问题是：人究竟是猴子还是天使？我站在天使这边。”

433 棱镜出自1849年迪斯累里在英国下议院的致辞。他认为“人必须透过周围气氛的彩色棱镜来观察世界上的一般事物”。

434 乔答摩是佛教创始人释迦牟尼的姓。

435 罗伯特·格林·英格索尔（1833—1899），美国政治家、演说家。曾对《圣经》严厉批判。

436 这时以利亚已摇身一变，成为黑人歌手尤金·斯特拉顿，见第6章注23。

437 在1904年，宪法山是都柏林的一个满是公寓的区域，名声不佳。

438 凡受过洗礼的天主教徒，满7周岁即可受坚振礼。

439 括号内的话，系根据海德1989年版（第415页第9至10行）补译。褐色肩衣组织，见第4章注19。

440 蒙莫朗西是都柏林郡一支英裔爱尔兰望族。在1904年，其族长为第四代弗兰克福特·德·蒙莫朗西子爵。

441 亨尼西的三星是一种高级的法国白兰地酒。

442 维兰，见第8章注93及有关正文。

443 “太初有道”，见《新约·约翰福音》第1章第1节。

444 “以……世”，见第2章注41、44及有关正文。

445 八福，参看第14章注330。

446 参看第14章注330，其中buybull（买牛）的发音与《圣经》（*Bible*）相近，又联系到“买约翰牛”（“约翰牛”为英国人的绰号，意指“只买英国货”）的口号。菲尼亚斯·泰勒·巴纳姆（1810—1891）为美国游艺节目演出的经理人。

447 利斯特，见第9章注1。

448 指“内心之光”，参看第9章注182。

449 踩首“科兰多”舞步，见第9章注8。

450 贝斯特，见第9章注46。

451 约翰·埃格林顿，见第9章注10。

452 “美丽的事物”一词见于英国诗人约翰·济慈（1795—1821）的长诗《恩底弥翁》（1818）的首句。

453 坦德拉吉是爱尔兰阿马郡一镇，在都柏林以北。

454 这里把拉塞尔比作马南南·麦克李尔，见第3章注31。这段描写与前文相呼应。参看第9章注15及有关正文。

455 德鲁伊特，见第1章注47。

456 自行车，参看第8章注156及有关正文。

457 拉塞尔在《幻影之烛》（伦敦，1918）一书的“天主的语言”和“古代直感”二章中，对以上各种音的意义分别做了解释。

458 赫尔墨斯·特里斯美吉斯托斯是希腊人对埃及神透特的称呼，见第9章注190。《赫耳墨斯秘义书》据称系他所撰著，其中《派曼德尔》是根据神明派曼德尔在梦幻中向他揭示的秘义写成的。

459 普纳尔甲纳穆是通神学术语，意思是轮回转生。潘即超灵，贯乌布的意思是战胜。

460 萨克蒂是性力教（与毗瑟拏教和湿婆教同为印度教三大教派）崇奉的最高女神，系男神湿婆之配偶。女神在左边，男神在右边。

461 这里在套用耶稣所说的“我是世界的光”（见《新约·约翰福音》第8章第12节），只是把“世界”改为“家园”。当时拉塞尔是《爱尔兰家园报》的主编，见第9章注141。

462 “我是……黄油”，参看第9章注34及有关正文。

463 法雷尔，参看第8章注78。

464 这里指将上埃及（圆锥形白帽上冠以雕球饰）的王冠和下埃及的红冠合并而成的双冠。

465 维拉格·利波蒂，见第12章注619。维拉格是姓，利波蒂是名字，匈牙利人通常把姓放在前面。松博特海伊，见本章注347。

466 爷爷，原文为依地语。
467 侧柏是制造诺亚方舟时用的树木，音译为“歌斐木”，见《创世记》第6章第14节。
468 音译为“希波格里夫”，希腊神话中半鹰半马的有翅怪兽。
469 据斯图尔特·吉尔伯特的《詹姆斯·乔伊斯的〈尤利西斯〉》（纽约，1952年版，第332页），派珀夫人每次从鬼魂附体状态中恢复过来后，都要问：“你听见我的头咔嗒一声响了吗？”见第9章注143。“多音节的绕嘴词”是作者用“多音节词”与“斧子”二词拼凑而成的。意指如此冗长绕嘴的词，使人感到像是挨了一斧子似的。
470 这是由《峡谷里的百合》（1886，L.沃尔夫和阿纳托尔·弗里德兰作）和《我们巷子里的萨莉》（亨利·凯里作）二歌的歌名拼凑而成。
471 矢车菊，隐喻阴核。阴核是意大利解剖学家鲁亚尔杜斯·科隆博（1516—1559）最早发现的。“压翻”，见第9章注138。
472 《嗨哟，她撞着了》是哈里·卡斯林和A. J.米尔斯作通俗歌曲的歌名。
473 “哪……乐”一语出自英国诗人、戏剧家约翰·盖依（1685—1732）的《乞丐的歌剧》（1728）第2幕。
474 利姆是利奥波德·布卢姆的简称。
475 这里指填肥鹅。参看第8章注240。
476 胡芦巴是一种豆科植物。
477 埃及肉锅，见第3章注81。
478 石松粉除了药用外，又是冶金工业上的脱模剂，也用于照明工业中。
479 这里把谢里登所作通俗歌曲《恰好，我们又来到这儿》的歌名做了改动。
480 民间迷信，用金戒指碰一下患部，就能医治目疾。
481 原文为拉丁文，系把“利用对方的论据的辩论”一语做了改动。
482 “狄普罗多库斯”和“伊赤泰欧扫罗斯”分别为古生物恐龙——梁龙和鱼龙的译音。
483 胡格诺派（见第5章注89）一词，从字面上也可以读作“巨大的瘤子”。
484 希拉巴克斯是布卢姆将维拉格刚才用过的“多音节的词”拆开来，取其后半截杜撰而成的词。
485 “事业……啦”，原文为意大利语，参看第8章注190及有关正文。
486 保加利亚和巴斯克（住在西班牙与法国交界处一民族）的妇女，均在裙子里面着紧身长裤。
487 这是根本不可能的，所以“绘制与圆形面积相等的正方形”便成了“做异想天开的事”的代用语。
488 古代犹太宗教中，石榴是唯一能够被带进圣殿的水果。根据礼仪，把小石榴缝在大祭祀的袍子上。
489 这句话原是用来指1812年在俄国转胜为败的拿破仑一世的。
490 鹦鹉，参看第13章注100及有关正文。
491 犹太历5550年即公元1789年。喀尔巴阡山脉在欧洲中部，是阿尔卑斯山系向东延伸部分。下文中的熊先生，是童话《列那狐的故事》中的拟人动物。

492 “火鸡”，原文为苏格兰俚语。“芝麻，开门！”是阿里巴巴为了打开藏宝的洞门而念的咒语，参看第12章注198。

493 阿拉伯文的行文习惯是自右往左，与一般西文刚好相反，故说“倒着”。

494 “红沙洲的牡蛎”，见第6章注29。

495 佩里戈尔位于法国西南部，是法国历史和文化胜地。居民利用猪、狗到楝树林下寻找块菌（一种美味的食用真菌）。

496 “眼……镜”一语见吉尔伯特与沙利文合写的轻歌剧《佩深丝》（1881）。原词作“把单片眼镜塞进他的眼睛”。

497 “开着的芝麻”，见本章注492。

498 这里把通常用来指女人的“美丽的女性”一词做了改动。

499 这里，布卢姆把色情书籍的作者艾里芳蒂斯的名字记错了（艾里芳图利亚里斯为“象皮病”的译音）。据说艾里芳蒂斯是个女作家，其诗受到古罗马皇帝提比略（公元前42—公元37）的赏识。

500 “本……界”，参看第11章注301。

501 在后文中，布卢姆也提到了杰拉尔德，见本章注591。

502 雅各烟斗，见第14章注231。

503 坎迪亚是希腊克里特岛北部一海港。马里奥，见第7章注9。

504 “有一朵盛开的花”是同名歌曲中的首句，见第13章注45。

505 “回到我的”后面省略了“父亲那里去”，见《新约·路加福音》第15章第15节。浪子花尽钱财后，“恨不得拿喂猪的豆荚充饥”，于是决定“起身，回到父亲那里去”。下文中的斯蒂夫为斯蒂芬的昵称。

506 “好……一切”，原文为意大利语。

507 《古老甜蜜的情歌》，见第4章注50。

508 古琵琶，也称作诗琴，是16、17世纪盛行于欧洲的一种拨弦乐器。乔伊斯本人确曾写过一封关于古琵琶的信。参看第16章注287。

509 据说马其顿有个叫菲利普的法官，酒后判错了一个案子，酒醒后予以纠正。因此，“从酒醉菲利普到清醒菲利普”就成了“对仓促间做出的判断再重新考虑”的代用语。

510 马修·阿诺德，见第1章注33。

511 “倘若……经验”和后文中的“我没欠过债”（醉汉菲利普语）均见于当天早晨迪希对斯蒂芬所说的话。参看第2章注47至注49及有关正文。

512 穆尼，见第7章注227、第11章注47。莫伊拉和拉切特分别是斯蒂芬当天曾去过的酒吧和餐馆。

513 伯克，见第14章注294。

514 原文为希腊文，是拜伦的抒情诗《与雅典女郎分袂前》（1810）中的引语及叠句。

515 阿特金森，参看第9章注538。

516 斯温伯恩，参看第 1 章注12。

517 “心……的”，出自耶稣对彼得说的话，见《马太福音》第26章第41节。下文中的梅努斯，见第9章注484。

518 “太……事”，出自《旧约·传道书》第1章第9节。

519 “我为什么脱离了罗马教会”，借用查尔斯·帕斯卡尔·特勒斯弗尔·奇尼奇所著同名的书题，见第8章注268。《神父、女人与忏悔阁子》（1874）亦出自同一作者之手。书中指斥让妇女向男人袒露内心隐秘，乃是道德败坏之举，因而10年内连印了24版。

520 彭罗斯，见第8章注62。

521 在《李尔王》第3幕第4场中，乔装成疯子“可怜的汤姆”的爱德伽故意把父亲葛罗斯特误认作恶魔“弗力勃铁·捷贝特”。

522 “我……的”，原文为拉丁文。见第10章注201。

523 啐，原文为德语。

524 臀部，原文为梵语。

525 “飞个主教”原是国际象棋中的术语。“主教”即“象”，形状为教士帽。作为隐语，此词又指性交时女子的体位在上。

526 《暴风雨》第3幕第2场中，斯丹法诺不止一次地称凯列班（见第1章注22）作“妖精”，此词按字面翻译为“月牛”，也指先天性白痴，此处从朱生豪的译法。

527 “可恶……们！”，原文为依地语。

528 “他有……父亲”一语出自法国作家古斯塔夫·福楼拜（1821—1880）的《圣安东的诱惑》（1872）。这是一群异教祖师就耶稣的出身问题对安东所喊的话。

529 《凯尔斯书》（约于9世纪在爱尔兰米斯郡的凯尔斯镇印制的拉丁文福音书）中有一张图给圣母玛利亚画了两只右脚，小耶稣则有两只左脚，遂成为俚语。“有两只左脚”意指不适当。

530 伊阿其阿，即酒神。公元2世纪罗马帝国东部曾出现该隐派。他们崇拜加略人犹大，且著有《新约·犹大福音》等经籍。《圣安东的诱惑》中曾提及该隐派的《新约·犹大福音》。

531 该都柏林近卫步兵连队的士兵戴蓝帽。

532、533 “谁使你……普？”和“是由于……普”，原文为法语，参看第3章注67。

534 伊利·梅奇尼科夫（1845—1916），俄国动物学家、微生物学家。1903年和E.鲁一起用接种的办法成功地使类人猿感染上梅毒。因在动物体内发现噬细胞而与埃尔利希共获1908年诺贝尔生理学及医学奖。

535 “聪明的处女”，参看第7章注238。

536 罗马百人队长，见第14章注158。

537 “弄……膜”，参看第11章注115。

538 “我的心肝儿”，原文为爱尔兰语。前文中的“约德尔唱法”，见第11章注90。“低沉的桶音”和“大本钟”，参看第8章注38、39。“当狂……际”，参看第11章注117。

539 “当我初见……”，见第11章注151。

540 “狗屁！”原文为依地语。

541 “背后……琴”一语出自《少年吟游诗人》，见第11章注49。

542 吉·11，参看第8章注32。“严加……大夫”，见第8章注33。

543 “现……啦”，见第11章注7。

544 “好斗的牧师”，指马丁·路德（1483—1546）。

545 “犬儒……西尼”，参看第7章注256。

546 阿里乌，见第1章注114。“在厕……痛苦”，见第3章注26。

547 “犯了大罪”是双关语，也含有“红衣主教之罪”意。大罪共有七样：骄傲、悭吝、迷色、愤怒、嫉妒、贪饕、懒惰。

548 “不守清规的修士们”是18世纪的一个爱尔兰律师、政客和知识分子的组织（又名“圣帕特里克修会”）。他们穿上修士袍子，仅仅是为了吃喝玩乐时更富于情趣。约翰·菲尔波特·柯伦是该“修会”会长，曾写过一首与该组织同名的诗。见第7章注183。

549 据乔伊斯本人的一份笔记（今收藏在美国康奈尔大学）所载，这是他经常听他父亲引用的一首诗。

550 这首诗是把爱尔兰民谣《内莉·弗莱厄蒂的鸭子》第2段略加修改而成。

551 这是《南方刮来的风》中的词句，巴特尔·达西（见第8章注63及有关正文）曾教过布卢姆之妻摩莉演唱此歌。

552 指麦拉斯义卖会，见第8章注280。

553 总督，见第10章注207及有关正文。

554 斯文加利是英国漫画家乔治·杜莫里埃所著小说《软毡帽》（1894）中的流氓头子，一个讨厌而富于音乐天才的奥裔犹太人。

555 共济会（见第5章注8）分会将成员划为三个等级：学徒、师兄弟及师父。

556 丹麦医生尼尔斯·赖伯格·芬森（1860—1904）于1893年发现了天花患者长时间暴露于排除光谱紫色端的红光之下，可防止脓疱或痘痕的形成。他还发明了寻常狼疮的紫外线疗法。

557 “吃喝玩乐吧”一语出自《路加福音》第12章第19节。下文中的教士，指斯蒂芬。

558 安德鲁斯公司是都柏林一家出售酒类和食品杂货的店铺。这里，布卢姆在暗示块菌能够起到春药的作用。参看本章注495。

559 明妮·豪克（1852—1929），美国女高音歌剧演员。19世纪七八十年代多次去欧洲（包括都柏林）巡回演出，尤以扮演吉卜赛女郎卡门著称。

560 原文是双关语，也含有“调情”意。

561 原文为“nes.yo”，钱钟书在《管锥编》（中华书局1979年版）第1册第394页《史记·太史公自序》一文中，曾用此词来解释“唯唯否否”一语：“英语常以‘亦唯亦否’（yes and no）为‘综合答问’（synthetic answer）。当世名小说（Joyce, *Ulysses*）中至约成一字（nes.yo）则真‘正反并用’……”

562 在《穿皮衣的维纳斯》中，女主人公旺达反复提到受虐狂者塞弗林眼中那种“睡意”或“睡眼惺忪的神色”。塞弗林则说旺达是个“好厉害的人儿”，见本章注148。下文中，布卢姆和贝拉分别扮演塞弗林与旺达的角色。

563 指邮局关门后，贴上额外邮资的信函可以通过铁路专递。

564 据《列王纪》（上）第1章，大卫王老迈后，大臣从舒念地方找到一个叫作雅比莎的少女，让她睡在他旁边，以暖其身。

565 这里，布卢姆想替父亲的自杀开脱，认为父亲是因狗唾沫带来的狂犬病而死。

566 “在都……的”和“足……王爷”这两句话曾出现在第11章，参看该章注72及有关正文。

567 指大卫·凯利特所开的都柏林一家出售绸布、女帽头饰的商店。

568 《心爱的青春之梦》是托马斯·穆尔的一首诗的题目。曼菲尔德父子公司是都柏林一家时新的鞋店。

569 克莱德街是中上阶层的英裔爱尔兰人聚居的地带。

570 汉迪·安迪是塞缪尔·洛弗（见第4章注47）的同名长篇小说中的主人公。他经常出差错，所以这里就把布卢姆与他相比。

571 小王是希腊神话中的一种怪物，见第9章注198。

572 从这里起，贝拉变成男的，并改称贝洛，布卢姆变成了女的。下文中的“他”指贝洛，“她”指布卢姆。

573 努比亚是东北非古代地区名。14世纪至20世纪初，这里曾经是阿拉伯贩卖奴隶的中心。

574 马特森父子公司是都柏林一家经售各种食品的商店。

575 《特许饮食业报》是伦敦发行的一种行业周报，对象为持有卖酒执照的饭店和酒吧。

576 里奇蒙精神病院，见第1章注19。

577 据1904年6月16日的《电讯晚报》，吉尼斯啤酒公司的特惠股份当天保持在16$\frac{1}{16}$英镑。

578 克雷格和加德纳实有其人，是两名会计师，在都柏林开了一家克雷格、加德纳公司。

579 “丢掉”，见第14章注258及有关正文。

580 这种污辱人的手势是将大拇指放在食指和中指之间，见《神曲·地狱篇》第25篇开头部分。

581 “骑……口”一语，出自一首童谣，通常是孩子骑在大人腿上或和大人一道骑木马时所唱。“班伯里”见第8章注28。

582 《穿皮衣的维纳斯》，见本章注562。其中有旺达叫她的三个女黑奴给塞弗林套上了轭的情节。

583 “看……样”一语，系模仿第6章注184中那段墓志铭的词句：“你们也即将像我们现在这样。”

584 玛莎和玛丽亚，见第5章注41。

585 米莉亚姆·丹德拉德太太，见第8章注91及有关正文。

586 这里，“她”指布卢姆之妻摩莉。

587 拉西·达列莫是摩莉和多伊尔合唱的意大利歌曲《手拉着手》的译音，见第4章注49。

588 戈登·贝纳特奖杯，见第6章注63。

589 马诺汉密尔顿是爱尔兰西岸利特里姆郡一村。

590 《颠倒》（1882）是英国作家托马斯·安斯蒂·格思里（笔名弗朗西丝·安斯蒂，1856—1934）所著小说，由爱德华·罗斯改编成剧本，于1883年公演。

591 杰拉尔德，见本章注501。

592 《多兰的驴》是一首爱尔兰歌谣，主人公帕迪喝醉了酒，把这头驴误当作自己的心上人。
593 圣玛利亚教堂是用都柏林黑石建成的，故俗称黑教堂。它位于布卢姆所住的埃克尔街南边。
594 邓恩小姐是博伊兰的秘书，见第10章注81。
595 都柏林东北郊有一座硫酸工厂。
596 这里把布卢姆的爱称波尔迪冠在法国作家保罗·德·科克的姓前面了。参看第4章注58。
597 这是特威迪的叫卖声，后面省略了“四根”二字。见第6章注38及有关正文。
598 指从卡西迪酒店里走出来的老妪，见第4章注35及有关正文。
599 “盲青年”，指双目失明的年轻调音师，参看第10章注203、第11章注51及有关正文。
600 这里把会做生意的酒店老板拉里·奥罗克的姓做了改动，参看第4章注9及有关正文。“莱诺”是英国俚语“钱”的译音。
601 根据贝拉·科恩的姓名，布卢姆猜测她可能也是犹太人，所以这么说。下文中的普莱曾茨街，见第4章注29。
602 鲁碧，见第4章注55及有关正文。
603 这是爱尔兰高等法院记录处的一个部门，主管大法官的秘书工作。
604 狄龙是一家拍卖行，见第10章注123及有关正文。
605 “多……士”，原是当天上午乘马车送葬途中西蒙·迪达勒斯用来挖苦吕便·杰的话，见第6章注51及有关正文。
606 科恩是犹太人常见的姓。科恩牌，意指犹太牌。
607 哈伦·拉施德，见第3章注159。
608 在路易十五（1715—1774在位）统治法国的后期，妇女的裙裾缩短到露出脚脖子，并时兴穿高跟鞋。但4英寸还是夸张了。前文中的“玩厌了的”，原文为法语。
609 据《创世记》第19章，所多玛和蛾摩拉二城，因居民犯鸡奸等罪被毁，见第4章注34。
610 曼克斯猫是一种无尾家猫，产于英国曼岛，见第6章注50。
611 摩尔是布卢姆之妻摩莉这个名字的男性化。
612 这里把《瑞普·凡·温克尔》和《睡谷的传说》的情节糅在一起了，参看第13章注146、147。瑞普·凡·温克尔以怕老婆出名。他到山谷城打猎，一睡20年，回来后老婆早已死去，他本人也被遗忘多时。
613 “足……鞋”，参看第4章注39及有关正文。
614 “王八窝”，参看第9章注491。
615 “公鹅”指“男妓”，“母鹅”指“妓女”，参看第11章注208。
616 “雷恩”，参看第6章注80。
617 指希腊神话里的美少年纳希素斯的雕像，他因爱上自己映在水中之倩影而溺死并变为水仙。
618 汉普顿·利德姆是都柏林一家公司，出售瓷器、金属制品等。
619 在《哈姆雷特》第1幕第5场末尾，父王的鬼魂四次说：“宣誓！”
620 “太迟啦”见第11章注144及有关正文。

621 “次好的床”，见第9章注346。

622 “墓志铭”，参看第11章注330。

623 “我犯了罪！”“我受了苦！”见第5章注67。

624 饮泣墙是耶路撒冷犹太会堂的残壁，为犹太人凭吊故国之处。

625 这里，作者把虚构的人物和真人真事杂糅在一起。1904年，西伦巴德街38号确有个名叫J.布卢姆的人。M.舒勒莫维茨（死于1940）在该街57号的犹太图书馆当秘书。约瑟夫·戈德华特住在77号。摩西·赫佐格，见第12章注2及有关正文。哈里斯·罗森堡住在该街63号。M.莫依塞尔，见第4章注28及有关正文。J.西特伦见第4章注26及有关正文。明尼·沃赤曼住在圣凯文步道20号（位于西伦巴德街拐角处）。利奥波德·阿布拉莫维茨实有其人（死于1907），是个犹太教的拉比（教士）。

626 死海之果，指死海附近所多玛所产的苹果，其味道涩苦。按照犹太教习惯，葬礼和坟墓上禁止使用鲜花。

627 “以……上主”，原文为希伯来文，见《申命记》第6章第4节，参看第7章注39及有关正文。

628 这幅《宁芙沐浴图》原是《摄影点滴》周刊的附录，见第4章注60、61及有关正文。

629 希米舞是20世纪初风行于美国黑人中的爵士舞的一种，主要动作是抖动双肩或全身颤动。

630 “脆……婚姻。”参看第12章注366。

631 噗啦呋咔为利菲河上游景色幽美的瀑布，位于都柏林西南20英里，是根据凯尔特神话中的调皮小精灵呋咔而命名的。

632 据海德1989年版（见第447页第1至5行），下面有布卢姆的台词和舞台动作：布卢姆（惊愕）：“噗啦的高中吗？记忆法？记忆力失灵。脑震荡。被电车辗过。”回声：“骗子！”

633 “古老的皇家剧场”，见第11章注135。

634 布卢姆是个虚构的人物，这里罗列的5个他在坐落于哈考特街的伊拉兹马斯·史密斯高中就读时的同学，则实有其人。除了阿普约翰，全住在学校附近。1904年，特恩布尔住在哈考特街53号。同年，查特顿（生于1862）在该校当注册员和会计。戈德堡和阿普约翰，见第8章注111。梅雷迪思住在哈丁顿路97号。

635 这是同学们给布卢姆取的外号，见第8章注112。

636 蒙塔古街位于伊拉兹马斯·史密斯高中所在的哈考特街以北，仅隔一个街区。

637 法乌娜是古罗马宗教所信奉的女神，保佑森林、农田和畜牧业丰产。

638 “春……儿”一语出自吉尔伯特与沙利文合编的轻歌剧《天皇》（1885）第2幕。

639 里亚托桥在大运河上，位于都柏林西郊。

640 “打着……牛崽”，见第8章注206，第14章注280及有关正文。

641 “在高……着”，当天中午在酒吧里，布卢姆曾想起他和摩莉在山顶上谈情说爱时看到了一只母山羊。见第8章注248及有关正文。

642 《境遇迁，情况变》是威廉·琼斯·霍平（1813—1889）根据大仲马的《应邀赴华尔兹舞会》改编的独幕喜剧。

643 每秒32英尺，指落体的规律，见第5章注6及有关正文。

644 这里指布卢姆从码头上丢给海鸥的印有以利亚字样的传单，见第8章注25及有关正文；第12章末尾把布卢姆比作以利亚。

645 前文中曾提到布卢姆在汤姆公司做过职员，见第12章注619及有关正文。

646 爱琳王号是船名，参看第4章注64及有关正文。

647 参议员南尼蒂当时为排字房工长，见第7章注25及有关正文。

648 “你今天所瞧见的那样”，暗指当天布卢姆到博物馆去看那里的女神雕像有无肛门和阴毛的事。

649 汉密尔顿·朗是都柏林一家药房，坐落在胡格诺派的教会墓地附近，见第5章注89及有关正文。

650 “我犯了罪！”原文为拉丁文。参看第5章注67。

651 “支配……的手”，见第11章注301。

652 坐牛（约1831—1890）是美国达科他州特顿印第安人首领。他的印第安名为塔坦卡·约塔克，曾领导苏人部落为捍卫在大平原上的生存权而斗争。

653 特兰奎拉女修道院和迦密山，分别见第8章注44、45。阿加塔修女（活动时期约公元3世纪）为传说中一个基督教圣女，因不肯委身于罗马皇帝戴修斯派任的西西里行政长官，受火刑而死。

654 诺克和卢尔德的显圣，分别见第5章注61、62。

655 “梦……翔”，这是布卢姆当天上午想起的两句诗，见第8章注168及有关正文。但引用时把“朦胧”改成了“浓郁”。

656 库姆和下面的四句诗，均见第5章注39及有关正文。引用时把原诗第一行中的“玛丽亚”改为“利奥波德”，第二行中的“她”改为“他”。

657 指谚语“压垮骆驼的是最后一根稻草”。意思是：“凡事稍微做过了头，就会前功尽弃。”

658 据海德1989年版（见451页第17行），宁芙的台词前有这样一句舞台动作：（表情越来越冷酷，在衣褶间摸索着。）

659 指1118年帕扬等9名法兰西骑士组成的基督教军事团体圣殿骑士团。该团以保卫朝圣者为宗旨，是共济会的前身。

660 这是一句咒语，见第10章注162。

661 指铁蒺藜是由尼姑发明的传说，见第8章注47及有关正文。

662 英文中称宝瓶座（摩羯座和双鱼座之间的一个黄道星座）为“送水人”，其形象宛如一人从水罐里倒出一条水流。

663 阿方萨斯指西班牙神父、历史学家圣母玛利亚·阿方萨斯（1396—1456）。“好母亲”是对他的戏称。布卢姆在当天中午也曾想到过此人。参看第8章注161及有关正文。列那是德语组诗《列那狐》（产生于10至11世纪之间，以后成为英、法等国的寓言的主人公）中的一只不讲道德、狡猾、怯懦、追求私利的狐狸。

664 据《神曲·净界》第19篇开头部分，但丁梦见一个妇人，由丑变美，唱起了迷惑了尤利西斯的茜冷娜之歌。随后维其略撕开了这妇人的衣服，把她的肚子露出来给他看，只觉有一股冲鼻的臭味。
665 里维埃拉是地中海滨海地区，开辟了不少休养地。布卢姆曾读过的那本书里谈到阔太太与雇来的舞男之间的风流韵事。
666 布卢姆发觉他老婆的香水有股“酸臭的气味”，见第4章注50及有关正文。
667 这时贝拉和布卢姆已分别恢复原来的性别。
668 “容颜衰退”，原文为法语。
669 《扫罗》中的送葬曲，见第6章注65。
670 “当……吧”是少管闲事的双关语。也可译为“当心你的矢车菊吧”。矢车菊（cornflower）是个复合词，前一半与鸡眼（corn）拼法相同。
671 仿流行于爱尔兰戈尔韦郡劳伦斯镇的一首童谣。
672 这里在套用哈姆雷特的著名独白（见《哈姆雷特》第3幕第1场）中的“生存还是毁灭”。
673 这里，斯蒂芬是把“猪耳朵做不出丝钱包来”这一成语倒过来说的。
674 金奇，见第1章注3。同赌共济是把同舟共济做了改动。
675 原文为法语，是把法国诗人弗朗索瓦·维庸（1431—1463？）的《胖马尔戈之歌》中的叠句略加改动。
676 意思是要斯蒂芬替他付账。
677 “瞧瞧钱”后面，海德版（见454页第4行）有“随即又打量一下斯蒂芬”之句。
678 原文为意大利语。斯蒂芬已经给了面值一镑的纸币（20先令），接着又递给贝拉一枚半英镑金币，共折合30先令，所以贝拉问他是否要三个姑娘。斯蒂芬却误以为贝拉说他给少了，故又补了两克朗银币（合10先令）。
679 指斯蒂芬当天上午在课堂上叫学生猜的谜语，见第2章注28。
680 这里把第2章注28的谜语做了改动。
681 这里，布卢姆用半英镑金币换了一英镑纸币，替斯蒂芬收回了他多付的10先令。
682 心神恍惚的男子指哈姆雷特王子，见第9章注64及有关正文。
683 心神恍惚的乞丐，见第9章注67。
684 晓星是1827年发明的一种火柴的商标，后来成为火柴的泛称。
685 在英国戏剧家谢里丹的喜剧《造谣学校》（1777）中，挥霍成性的查理·瑟菲斯曾以否定语气使用“先公正再慷慨”这个成语，他自己是“只要有就花”。
686 “动……刻”一语，出自莱辛的《拉奥孔》第16章。参看本书第3章注5。
687 “埋……奶”是斯蒂芬在课堂上所出谜语的谜底，见第2章注29及有关正文。
688 这里，斯蒂芬从狐狸埋葬奶奶这个谜底联想到当天早晨穆利根对他说的“姑妈认为你母亲死在你手里”一语，参看第1章注16及有关正文。
689 乔治娜·约翰逊，见第9章注100及本章注13。
690 斯蒂芬打碎眼镜的往事，参看第9章注104。
691 这里，斯蒂芬又提起他在海滩上转的念头。见第3章注174和有关正文。
692 “无……态”一语，见第3章注1及有关正文。
693 “双背禽兽”，见第7章注187。

694 这里把“天主的羔羊，除掉世人罪孽的”（见《新约·约翰福音》第1章第29节）一语做了改动。按：兰姆（Lambe）与羔羊（lamb）发音相同。

695 “赐……安”，原文是拉丁文，为弥撒中领圣体时所吟诵的经文《天主羔羊》结束语。

696 “血誓”是理查德·瓦格纳（1813—1883）的四联歌剧《尼伯龙根的指环》（1853—1874）中的最后一部《众神的黄昏》里的曲调。

697 这三句台词，原文为德语。中间那句“刨根……婆”出自《尼伯龙根的指环》中的第2部《女武神》第1幕。

698 这里把父王的鬼魂对哈姆雷特所说的第一句话“我是你父亲的灵魂”（见《哈姆雷特》第1幕第5场）做了改动。手锥（gimlet）与哈姆雷特（Hamlet）发音相近。

699 马尔斯（战神）丘是手相术语。手心上的七个隆起部位，分别叫作阿波罗丘、宙斯丘等。

700 关于斯蒂芬因打碎眼镜而挨多兰的打，并由康米解救的往事，见第9章注104。《神曲·地狱篇》第10章开头部分描写了但丁与从启了盖的石棺中露出头来的两个熟人交谈的情景。

701 据《新约·马太福音》第17章第27节，彼得按照耶稣的吩咐，到湖边钓鱼，从钓上的第一条鱼的口中找到一个钱币，用来缴纳了耶稣和彼得的圣殿税。据民间传说，黑线鳕胸鳍上的黑斑就是彼得留下的大拇指印。

702 乔伊斯生于1882年2月2日，刚好是星期四。

703 “星……大”一语出自一首摇篮曲。

704 “母鸡黑丽泽”，见第12章注259及有关正文。

705 “朝……进”是迪希校长当天早晨所说的话，见第2章注77及有关正文。据海德1989年版（见第459页倒6行至倒5行），下面的“我二十二岁”之后，有十六年前，他也是二十二岁之句。

706 此段参看第11章注209及有关正文。下文中的“长犄角”，见第11章注87。

707 蹽火鸡毛是俚语，指男女交媾。这里，博伊兰在向利内翰谈他与摩莉私通时的淫荡情景。

708 博伊兰的名字布莱泽斯（Blazes）含有“燃烧或炽热”意。

709 拉乌尔，见第10章注122及有关正文。

710 邪魔附体，见第12章注318及有关正文。

711 据海德1989年版（见第461页倒5行至倒3行），下面有博伊兰的一句台词：（抱肘）：喏，这点玩意儿我兜不了多会儿啦。（他迈着硬挺挺的骑兵步伐，走起来。）

712 “紧……儿”一语，见第8章注247及有关正文。

713 “真好吃”一语，见布卢姆与摩莉在霍斯的羊齿丛里做爱的描绘。参看第8章注248及有关正文。

714 “反映自然”一语，出自哈姆雷特王子的台词。见《哈姆雷特》第3幕第2场。

715 “高声……反映”一语出自英国作家奥利弗·哥尔德斯密斯（1730—1774）的田园诗《荒村》（1770）。

716 阉鸡，见第9章注315。

717 这里是把伊阿古的名字套在鸡叫声里。在《奥赛罗》中，摩尔族贵胄奥赛罗因受旗官伊阿古之挑拨，勒死了无辜的妻子狄丝蒂蒙娜，其名与星期四（瑟丝蒂）莫娜发音相近。

718 拿破仑死在英国殖民地圣赫勒拿岛后，3个法国医生坚持说是该岛的恶劣气候及英国当局的骚扰促使他“过早地死亡”的，5个英国医生则仔细量了遗体各部位的尺寸，故意在其“女性形体”（尤其是过分发达的胸部）上大做文章。

719 滕尼，见第10章注204。

720 “母天……鹅”，参看第9章注84及有关正文。

721 靴子，见第12章注153及有关正文。“苏……公司”，见第13章注177。

722 “牛肉茶”，见易卜生的《爱情的喜剧》（1862）第2幕。其中由茶写到由于19世纪的道德观念以及对妇女生命力的压抑，以致把爱情与婚姻对立起来。

723 “先……个”一语，见第9章注343。

724 指匈牙利作曲家弗朗兹·莱哈尔（1870—1948）所作轻歌剧《风流寡妇》（1905）中的女主人公所戴的那种宽边帽。

725 “他……宝”一语，见第6章注62。

726 “唯……抬”一语，见《诗篇》第75篇第10节。上半句是：“恶人一切的角，我要砍断。”

727 老祖父指古希腊建筑师迪达勒斯，第一间忏悔阁子指他所修建的迷宫，见第14章注214。

728 格莉塞尔·斯蒂文斯夫人，见第14章注210。

729 据说有一家姓兰伯特的，几代人生下来浑身都长满猪鬃毛。

730 诺亚喝醉酒一事，见第1章注51。

731 原文（ark）是双关语。既指“方舟”，又指“约柜”。摩西曾把写有天主十诫的两块石板放在约柜里。见《出埃及记》第35至37章。

732 康康舞是19世纪30年代流行于巴黎舞厅的一种通俗舞蹈，其特征是高高踢腿，露出衬裙和大腿。

733 天堂地狱表演，指天主教的安魂弥撒，也叫黑弥撒。

734 衬衣凌乱，原文为法语。

735 “瞧……子！”和“吸……岁！”原文均为法语。

736 “莎……作”，原文为法语。

737 煎蛋饼（omelet）与莎士比亚的剧作《哈姆雷特》（*Hamlet*）谐音。

738 “为……解”，原文为法语。参看第12章注469。

739 “我的狼”，原文为法语。

740 娼妓街和下文中的红地毯，均参看第3章注158及有关正文。

741 “蛇根木……矮胖寡妇”，参看第3章注56及有关正文。

742 “我飞了”，参看第9章注550及有关正文。“我……面”，参看第12章注185及有关正文。

743 “以……世”，见第3章注14。

744 “父亲”，原文为拉丁文。参看第9章注466及有关正文。

745 “他妈的！”原文为法语。

746 “喂，呵，呵！”原是饲养猎鹰者对鹰的呼唤。在《哈姆雷特》第1幕第5场中，霍拉旭即这样招呼刚见过父王鬼魂的王子。王子回答说："喂，呵，呵，孩儿！来，鸟儿，来。"

747 埋葬完奶奶，见第2章注29及有关正文。

748 医院俱乐部，参看第8章注86及有关正文。

749 "六英里小岬"是狩猎起点，位于威克洛港以北6英里处。"平屋"是一座庄宅。

750 "九英里石标"位于威克洛港以北9英里处。

751 在印有王冠、铁锚等的盘子上掷骰子玩的游戏。

752 杯艺，见第2章注66。

753 赌博经纪人说，除了一匹（通常是大热门）赛马，对其他任何马他都愿意以十博一跟人打赌（赢则对方取"十"，输则对方赔"一"）。

754 旋转詹尼是一种赌博机器，开动几只玩具马在桌上赛跑，以决定胜负。

755 卖猴子是赌博行话。"猴子"为500英镑的俚语。这里，赌注经纪人说，他可以把赌注押到500英镑。

756 获巴黎奖的"锡兰"，见第2章注63及有关正文。

757 "北方的科克"是第五代戈登公爵乔治·戈登（1770—1836）的绰号。他是苏格兰人，其手下的苏格兰高地联队士兵镇压了1798年的爱尔兰韦克斯福德天主教农民起义。

758 一路险巇，见第2章注62。

759 橙带党，见第2章注53。

760 原文为拉丁文。这是斯蒂芬任教的学校校长迪希当天上午对他说过的话。

761 绿党，指爱尔兰国民党。后文中的约翰爵士，见第2章注59。

762 街上的喊叫，见第2章注78。

763 "可是……对约克郡"，出自通俗歌曲《我的意中人是位约克郡姑娘》。"对约克郡"后面省略了"小玫瑰"字样。参看第10章注216及有关正文。

764 占卜师的手杖，见第3章注173及有关正文。

765 庄严的祭神舞，见第3章注185及有关正文。

766 古德温教授，参看第8章注64及有关正文。

767 马金尼，见第8章注34。

768 莱格特·伯恩夫人是都柏林的舞蹈教员。P.M.利文斯顿在都柏林开办一所舞蹈学校。

769 在第10章中，曾形容马金尼"举止端庄"，见第10章注13及有关正文。

770 凯蒂·兰内尔（1831—1915）是奥地利芭蕾舞教师，舞蹈动作设计者，曾在伦敦的英国杂耍剧院任职。

771 原文为法语。

772 "两……人"是《我的意中人是位约克郡姑娘》的开头两句，参看第10章注216。

773 时光跳舞的描述，与《时间之舞》相呼应，见第4章注84及有关正文。

774 嘲讽的镜子，见第2章注35。

775、776 原文是法语。

777 "我……肢"出自《我的意中人是位约克郡姑娘》。这里，"腰肢"后面省略了"又细又小"字样。

778 原文为法语。“面对面”指男女面对面地分别站成一排。“调换手”指一排男人从站成一排的女人当中穿来穿去，反复调换着伸手给女舞伴。

779 原文为法语。这几句舞蹈动作指示的意思是：叫男人排在中间，女人在周围手拉手，状似用链条把男人圈在篮子里。

780 原文为法语。“揉面包”指双手反复向前向下地活动，作揉面包的姿势。

781 原文为法语。

782 “地地……娘！”和前文中自动钢琴所奏的“美极了，美极了”以及“我的妞儿……娘”，均出自《我的意中人是位约克郡姑娘》。参看第10章注216。下文中的“独舞”，原文为法语。

783 方登戈舞是一种轻快的西班牙舞。

784 “她……裳”是“可是我有种偏爱，对约克郡小玫瑰”前面的两句，见本章注763。

785 原文为法语。

786 据《约翰福音》第12章第12至15节，耶稣骑驴进耶路撒冷，民众欢呼他是“以色列的君王”。

787 号笛舞是英国水手跳的一种舞。

788 据《马太福音》第8章第28至34节，耶稣在加大拉（巴勒斯坦古城）治好了两个恶鬼附体的人。他打发鬼到猪群里去，整群的猪就冲下山崖，蹿入湖中，都淹死了。

789 科尼，见第5章注3。

790 钢铁鲨鱼是对军舰的戏称。

791 原文为德语。指第3章注15及有关正文和第7章“亲爱而肮脏的都柏林”中所描述的两个老妪。

792 第13章第2段等处曾描述娃娃博德曼坐在一辆童车里。

793 “天啊，她是无与伦比的”原是《我的意中人是位约克郡姑娘》中的一句，这里把“她”，改成了“他”。参看第10章注216。

794 酒桶出贵族，指吉尼斯公司的爱德华·塞西尔·吉尼斯和亚瑟·吉尼斯。他们因酿制烈性黑啤酒发迹，均封为勋爵，见第5章注44、45。

795 蓝色的引线，见第3章注125及有关正文。

796 洛夫神父，见第10章注96及有关正文。

797 布莱泽斯乘轻便双轮马车以及盲人，均见第11章。

798 “恰似……身子”，见第5章注100及有关正文。

799 迪丽是斯蒂芬的一个妹妹，见第10章注124及有关正文。雪酥糕上面有一层用奶油和蛋白做成的糖霜。

800 酿酒桶，见第12章注232。

801 原文为法语。这里指总督夫人。当总督夫妇的马车驰往迈勒斯义卖会会址时，位于他们必经之路的三一学院校园中一直在奏着《我的意中人是位约克郡姑娘》的曲调。

802 原文为拉丁文。

803 墨丘利·玛拉基，参看第1章注101及有关正文。

804 狐猴是栖息在马达加斯加和科摩罗群岛森林地区的稀有动物。
805 小狗，见第1章注17。
806 伟大而可爱的母亲，见第1章注12。
807 原文为希腊文，见第1章注13。
808 “世……多”，见第6章注99及有关正文。
809 “爱……秘”是《谁与弗格斯同去》一诗中的一句，见第1章注41及有关正文。
810 “大……眼”，见第9章注231及有关正文。
811 在1904年，多基（见第2章注8）的修道院路住着一个叫作帕特里克·J.李的人。
812 这里指以乌尔苏拉（见第1章注21）命名的女修道院所编印的祈祷书。大赦见本章注236。
813 另一个世界，见第5章注36及有关正文。
814 指罪犯在地狱里虽受火刑，形体犹存。
815 “刚……骨头”，见第8章注207。
816 天主的手代表其权力意志，因为凡是看见天主的人都不能继续生存下去。见《出埃及记》第33章第20节。
817 原文为法语。
818 “要么……所有”，见第3章注188。
819 原文为拉丁文，出自《旧约·耶利米书》第2章第20节。在《一个青年艺术家的画像》一书第5章中，当克兰利问斯蒂芬复活节那天，他为什么不照母亲的吩咐去向天主履行职责时，斯蒂芬回答说：“我不侍奉。”（见中译本第286页）
820 骷髅冈即把耶稣钉在十字架上的地方。（见《新约·路加福音》第23章第32节）
821 原文为德语，意思是“必要的”“不可缺少的”。系《众神的黄昏》中的魔剑名，参看本章注696。
822 “整个……来”，参看第2章注5及有关正文。
823 斗犬，指行政司法长官。
824 替你们出房租的先生们，指密探。
825 “共……势”，参看本章注96。
826 贝拉·科恩的儿子在牛津读书一事是佐伊告诉布卢姆的，见本章注191及有关正文。
827 “我……空气”，参看第11章注38及有关正文。
828 哈伦·拉希德，见第3章注159。
829 狩猎时，为了便于让猎犬跟踪，将大茴香籽放在口袋里，一路拖着走，留下臭迹。
830 啃啃帽，见第10章注220及有关正文。
831 趿拉的拖鞋，见第6章注3及有关正文。
832 “学领袖样儿”是跟领头人一样动作，错则受罚的游戏。
833 奥多德太太（旅店老板娘）、精明鬼伯克和赖尔登太太，均见第12章注179及有关正文。无名氏见本章注159。
834 查尔斯·卡梅伦爵士，见第10章注111。
835 红穆雷，见第7章注4。布雷顿，见第7章注6。蒂·迈·希利，见第7章注203。菲茨吉本，见第7章注201。

836 约翰·霍华德·巴涅尔，见第8章注148及有关正文。萨蒙，见第8章注146。乔利教授，见第8章注174。

837 邮政局女局长，见第5章注6及有关正文。

838 独脚霍罗翰，见第5章注10。

839 艾伦·麦吉尼斯太太，见第10章注14。

840 乔·加拉赫太太，见本章注66。

841 吉米·亨利，即詹姆斯·J.亨利，见第10章注177。

842 拉拉西曾任拉思曼斯的爱尔兰海军学校校长。但1904年已离职。

843 克罗夫顿，见第6章注45。丹·道森，见第7章注55。牙医布卢姆，见第10章注202、第12章注538。

844 克朗斯基亚见第7章“在希勃尼亚首都中心”开头部分。有夫之妇，见第10章注27。

845 杜比达特小姐，参看第8章注242及有关正文。

846 罗巴克是位于都柏林中心区以南3英里处的一座庄园。

847 德里米，见第13章注95。

848 海斯上校是爱尔兰大西南铁路上的警长。

849 马斯添斯基和西特伦都是布卢姆的老街坊，见第4章注26及有关正文。

850 彭罗斯，见第8章注61及有关正文。

851 艾伦·菲加泽尔，参看第11章注27。

852 摩西·赫佐格是个犹太侏儒，见第12章注2及有关正文。迈克尔·E.杰拉蒂，见第12章注5及有关正文。

853 警官特洛伊的名字曾出现于第12章，见该章注1及有关正文。

854 当时在拉思曼斯路住着一个名叫H.德纳姆·加尔布雷斯的人，这是他的妻子。第18章中摩莉想起了她。

855 在1904年，维克洛郡的卡尔纽确有个名叫弗朗西斯·F.布雷迪的医生。

856 这是布卢姆幻想的自己所著悬赏小说的题目，见第13章注132及有关正文。

857 米莉亚姆·丹德拉德太太，见第8章注91和本章注585。

858 比弗街，参看本章注68及有关正文。

859 “多亏了”是反话。在1904年，英王爱德华七世（1841—1910）同时为爱尔兰国王。其子乔治（威尔士亲王）则将继承英国及爱尔兰王位。

860 “看……史”，这里，斯蒂芬借用了当天早晨英国人海恩斯对他说的话。见第1章注108及有关正文。

861 这里把布莱克名句中的“记忆的女儿们”做了改动，参看第2章注3。

862 不生格是双关语，既可理解为“石女”，又含有“非属格”的意思。

863 西绪福斯是希腊神话中的科林斯国王，被罚入地狱。他把巨石推上山顶，但巨石随即滚下来，永无终止。

864 “他们……究竟”一语，出自丁尼生的《轻骑旅》第2节，原诗是指这些骑兵唯有勇往直前去送死。参看本章注223。

865 斯威夫特（见第3章注44）在《布商的信》（1724—1725）中抨击了英国政府对爱尔兰的货币政策。第四封中有这么一段：“没有得到被统治者同意的一切政府，其定义不折不扣是奴役。然后事实上，11个全副武装者肯定会打败一个穿衬衫的人。”斯蒂芬引用时把原文又做了改动。

866 “勇敢的少年兵”出典见第12章注95。

867 指拳击。19世纪60年代，当这一运动被重新引进英国时，为了提高其地位，被称作“自卫的高尚技艺”。参看第12章注291。这里，斯蒂芬把“自卫”改成“自吹”。

868 原文为法语。这是意译，直译为“这些毕竟是你们的葱头”。

869 多利·格雷是以布尔战争为题材的通俗歌曲《再见吧，多利·格雷》（作者为威尔·D.科布与保罗·巴恩斯）中的女主人公。

870 以色列人的领袖。当约书亚派两个探子到迦南耶利哥去刺探该城虚实时，妓女喇合把他们藏了起来。城陷落后，喇合照事先约好的，把红绳子绑在窗口上，因而一家人得以幸免于难。见《约书亚记》第2、6章。

871 “再……子”一语出自吉卜林的《心神恍惚的乞丐》，参看第9章注67。

872 这里把《我撇下的姑娘》中的“我”改成了“你”，参看第9章注120。

873 扁圆形橘子，指地球。

874 1899年，俄国外交大臣米哈伊尔奉沙皇尼古拉二世（1868—1918）之命，邀请26国的代表在海牙召开国际会议，会后公布《海牙公约》——通过和平解决国际争端的公约，并成立常设仲裁法院。关于英王爱德华七世的睦邻政策，见第12章注475。

875 威廉·布莱克（见第2章注3）常把教士与国王作为压迫者的象征，相提并论。

876 坎蒂（Cunty）为音译，意译为“阴部的”。

877 圣心是信奉罗马天主教的爱尔兰的象征，参看第6章注181。因此，属于英国圣公会的英王绝不可能穿绣着圣心的衣服。

878 嘉德勋章是英国的最高勋章，蓟花勋章仅次于嘉德。金羊毛勋章是西班牙和奥地利的最高勋章。丹麦的象勋章创设于1189年。

879 斯金纳骑兵章以在印度立功勋的骑兵队长詹姆斯·斯金纳（1778—1841）命名。普罗宾骑兵章系以在印度立过显赫功绩的戴顿·麦克纳否·普罗宾将军（1833—1924）而命名。

880 林肯法学团体是英国伦敦具有授予律师资格的四个法学团体之一。

881 1637年在美国波士顿（不是马萨诸塞）成立的炮队。

882 “嘬……糖”，见第8章注3及有关正文。

883 共济会（参看第5章注8）会员装束的爱德华七世的肖像，至今尚存。“德国制造”暗示他的德国血统。参看第12章注476。下面的“禁止小便”，原文为法语，参看本章注68及有关正文。

884 《和平，地道的和平》（1875）是英国主教、诗人爱德华·亨利·比克尔斯蒂（1825—1906）所作的一首诗的题目及首句。

885 “你……端”，原文为阿拉伯语。

886 “假定……而亡吧”，参看《新约·约翰福音》第11章第50节：“让一个人替全民而死，免得整个民族被消灭。”第51节：“他在预言耶稣要替犹太人而死……”

887 《滑稽的耶稣》，见第1章注102及有关正文。

888 “我……明”，出自《滑稽的耶稣》。

889 英国王室的纹章图案系由一头狮子和一头独角兽组成，参看第14章注30。

890 苦艾酒和绿妖精，见第3章注101。

891 红是英格兰的国色，绿是爱尔兰的国色。那两个士兵是英国人，所以这里把“拿红布给公牛看就发火”的说法改了一下。

892 凯文·伊根，见第3章注69。晓党，见第3章注125。

893—895 原文为法语。长着黄牙齿的母夜叉，指维多利亚女王，见第3章注112、113及有关正文。

896 帕特里克·伊根是凯文·伊根之子，见第3章注68、69及有关正文。

897 社会主义者，参看第3章注76及有关正文。

898 这一长串名字中的前四个令人联想到散布于奥地利、法、俄、西班牙等国的“野鹅”家族，见第3章注68。约翰·蒲柏·亨尼西（1834—1891）是保守的爱尔兰天主教政客。

899 “把……们！”原文是德、英、西班牙语混合而成的。

900 绿胜似红，见本章注891。沃尔夫·托恩，见第10章注85。

901 德威特，参看第8章注122。

902 推平头的小伙子，见第6章注19。下面的两句歌词出自《推平头的小伙子》。

903 朗博尔德，见第12章注161。

904 1890年，法院宣判皮尔西太太杀害霍格（不是莫格）太太及其婴儿。

905 沃伊辛和塞登的杀人案分别发生于1917年和1912年，作者在这里把年份提前了。

906 “忘……福”是《推平头的小伙子》中的一句歌词。

907 勃起，参看第12章注170及有关正文。

908 “每……令”，意思是说，每绞死一个人，把绞索一截截地卖掉，可获得十先令。参看第12章注164。

909 参看第1章注48，歌词略有出入。

910 “在……事”，原文为法语。

911 在《哈姆雷特》第1幕第5场中，哈姆雷特对霍拉旭说：“不，凭着圣帕特里克的名义……”

912 参看第1章注63及有关正文：送牛奶的老妪“像一个坐在毒菌上的巫婆”。

913 在《哈姆雷特》第1幕第5场中，父王的鬼魂对王子说：“哈姆雷特……你必须替他报复那逆伦惨恶的杀身仇恨。”

914 在《一个青年艺术家的画像》一书中，斯蒂芬对达文说：“爱尔兰是一个吃掉自己的猪崽子的母猪。”（见中译本第240页）。

915 “西班牙国王的女儿”，出自一首儿歌。“我亲爱的”，原文为爱尔兰语。

916 “家里的陌生人”，指英国入侵者，见第9章注20。
917 猖女是苏格兰凯尔特民间传说中的女妖。
918 “哎哟！”原文为爱尔兰语。“毛……牛”，见第1章注63。
919 “你……啦？”一语出自歌谣《穿绿衣》，见第3章注136，引用时做了一些改动。
920 “帽子的戏法”，见第3章注174及有关正文。克洛因的主教能从帽子里掏出圣堂的幔帐。
921 三位一体的第三位是圣灵，这里指教会。《我热爱的教士》，原文为爱尔兰语，是爱尔兰小说家约翰·巴尼姆（1798—1842）所作的一首歌的歌名。写一个爱尔兰农民对爱国的神父的感情。
922 在福楼拜的《包法利夫人》第3卷第8章中，爱玛即将咽气时，村里以“哲学家”自称的赫麦，把前来为她送终的教士比作死尸气味招来的乌鸦。
923 在布尔战争中，许多爱尔兰人站在布尔人一方，见第八章注121及有关正文。
924 红衣兵（或“红上衣”）指英国兵。在布尔战争中，都柏林近卫步兵连队的第一营和第二营曾在南非为英国战斗，于1900年的圣帕特里克节（3月17日）受到维多利亚女王的嘉奖。射击队指持有来复枪的步兵队。
925 布是布尔的简称，参看第8章注121。
926 “可怕的土耳克”，见第1章注42。下文中的“插有鸟颈毛的熊皮帽”其实是掷弹兵戴的，参看第5章注7及有关正文。
927 圣殿骑士团，见本章注659。
928 洛克滩，见本章注102。
929 “快抢，速夺！”原文为希伯来文。据《以赛亚书》第8章，以赛亚奉上主之命把这四个字写在一块大板上，并用以为第二个儿子命名，以提醒以色列人，亚述王将率军掠夺他们。共济会用此语来要求会员们行动敏捷。
930 据海德1989年版（见第487页第8至12行），士兵卡尔的台词前面有“市民”的台词和舞台动作：［“市民”：“爱琳直到审判日！”（特威迪鼓手长和“市民”彼此炫耀着勋章、绶带、战利品和伤痕。他们怀着深仇大恨，相互致敬。）］“爱……日！”原文为爱尔兰语。这是爱尔兰人作战时的呐喊，又是一首爱尔兰歌曲的题目。
931 《加里欧文》和它所诵之诗，见第12章注33、246。《上帝……王》，见第8章注3。
932 “勇士与丽人”出自英国诗人约翰·德莱顿（1631—1700）的颂诗《亚历山大的宴会——又名音乐的力量》（1697）中的“唯有勇士能配丽人”之句。
933 “红……衣”，参看本章注924。圣乔治为英国的主保圣人。
934 作者在这里把布莱克的《清白的征兆》（见第2章注73及有关正文）中的“英格兰”改为“爱尔兰”。
935 “生命之赐予者”是当天晚上斯蒂芬在医院里说过的话，见第14章注29及有关正文。
936 “双……嫩”，见第3章注162及有关正文。
937 “都……啦！”参看本章注20。在下面的舞台说明中，作者把过去和未来发生的事都写了进去（见本章注939、938）。
938 R. J.加特林（1818—1903）在美国南北战争时期发明的手摇机枪。1916年的复活节，一群爱尔兰军人，发动了一场反英起义，占领了都柏林邮政总局。在延续数日的巷战中，英国出动野战炮兵队并用重加特林机枪扫射起义者，残酷镇压。

939 在1798年的反英起义中，爱尔兰农民抡起耕地用的铁镐来对抗全副武装的英国士兵。

940 “日头暗了下来”，见《新约·路加福音》第23章第45节。这里加上了“午夜的”“大地震动”，见《新约·马太福音》第27章第51节。

941 前景公墓和杰罗姆山公墓，分别见第6章注85和注143。

942 据《马太福音》第25章第33节至第46节，绵羊代表义人（受祝福者），山羊代表不义之人（被咒诅者）。

943 “穿……娘”一语，出自《我的意中人是位约克郡姑娘》，见第10章注216。

944 “大笑着的魔女”是布卢姆这一天早晨所读的获奖小说《马查姆的妙举》中的人物，见第4章末尾。

945 “公谊……斯特”，见第9章注1。

946 “龙牙……们”，典出自希腊神话。卡德摩斯把他杀死的一头龙的牙齿埋在地里，从垄沟中遂跳出一批凶悍的武士，互相残杀。最后剩下5个人，帮助他建立了底比斯的卫城。

947 红十字骑士团（又名互助慈善团）是共济会的一个支派，参看本章注659。

948 沃尔夫·托恩，见第10章注85。亨利·格拉顿，见第7章注174。

949 史密斯·奥布赖恩，见第6章注35。丹尼尔·奥康内尔，见第2章注51。

950 迈克尔·达维特（1846—1906），爱尔兰土地同盟创始人。伊萨克·巴特，见第7章注163。

951 贾斯廷·麦卡锡（1830—1912），爱尔兰历史学家，1879年进入政界，任反巴涅尔的自治党主席，和巴涅尔是真正的死对头，见第2章注81。

952 阿瑟·格里菲思，见第3章注108。约翰·雷德蒙（1856—1918），爱尔兰民族主义党领袖。1890年11月巴涅尔失势后，他成为巴涅尔派的首领，致力于促进爱尔兰自治。

953 约翰·奥利里（1830—1907），政治观点激进，积极从事芬尼杜（参看第2章注54）机关报《爱尔兰人民》的编辑工作和爱尔兰文学运动。利尔奥·约翰尼，实无此人，是文字游戏，把约翰·奥利里的姓名颠倒而成。

954 爱德华·菲茨杰拉德勋爵，见第10章注143。杰拉德·菲茨爱德华是把爱德华·菲茨杰拉德的姓名颠倒而成。

955 峡谷的奥德诺霍是信天主教的爱尔兰凯尔特贵族。奥德诺霍的峡谷也是文字游戏，把它倒过来说的。

956 圣女芭巴拉，见第12章注594。她被父亲关在一座有两扇窗户的塔里。皈依基督教后，她叫人开了第三扇窗户，用以代表三位一体。

957 玛拉基，见第1章注10。奥弗林神父，见第8章注203。长着一双左脚，见本章注529。

958 这里把海恩斯（见第1章注64）和休·C.洛夫（见第10章注96）并称。

959 原文为拉丁文。这里把弥撒经文中的“上主”改为“魔鬼”。参看第1章第二段。

960 这里把上句的回应中的“神”改成了“魔鬼”。参看本章注14及有关正文。

961 原文为拉丁文。神父献祭时重复耶稣的话。参看第1章注7。

962 “王了……哈！”这是把下文中的受祝福者之声倒过来说的。

963 阿多奈是希伯来文天主的译音，为耶和华的代用词。

964 这里将英语的God（天主）倒过来（dog，意思是狗），中间加了10个字母O，元音就被拉长了。

965 受祝福者和前面的被咒诅者，参看本章注942。

966 橙带党是爱尔兰新教政治集团，绿党是天主教的党派。“教皇”是橙带党给足球起的俚语，以奚落天主教徒。《每天……歌》是天主教圣歌。

967 据本书海德1989年版（第490页第8行），士兵卡尔的台词后面有这样一句舞台说明：（猎犬在群众外围嗅着，大声吠叫。）

968 原文为爱尔兰语，表示亲热的称呼。

969 “该升天堂啦”一语见第2章中的谜语（见该章注28及有关正文）。谜语中的“十一点”指的是酒店打烊的时间，而这里说上午8点35分，暗示酒店刚开张。

970 这里，缺牙老奶奶借用了《贫穷的老妪》（见第1章注86）中的诗词。这位象征爱尔兰的老妪自问自答说：“那时爱尔兰将获得自由吗？对！爱尔兰将获得自由。”

971 原文为拉丁文。见《新约·马太福音》第27章第5节。后文中的“理性的筵席”一语出自英国诗人蒲柏的《仿贺拉斯作》（1733）。

972 这里，老鸨站在士兵卡尔一方，谎称是斯蒂芬先动的手。

973 贝内特军士长，见第8章注220。

974 “我……噜”，见第5章第一段末尾。

975 詹米特餐馆，见第13章注108。

976 卡布拉是都柏林东南郊一地区。

977 民间俗信，如果对梦游患者轻轻呼其教名或昵称，就能安然无恙地把他唤醒。

978 “黑豹”是海恩斯说的梦话，见第1章开头部分。吸血鬼，见第3章注169及有关正文。

979 这是《谁与弗格斯同去》（见第1章注41）一诗头两行的片段。全句为：“而今谁与弗格斯一道，驱车穿过密林织成的树荫？”

980 这是《谁与弗格斯同去》一诗第10行和第11行的片段。全句为：“他还管辖树林的阴影，混沌的海洋露出雪白的胸脯。”

981 “我发誓……不泄露”是共济会会员的誓词。

982 一锚链长为185米，即1/10海里。

983 据凯尔特神话，仙女们把聪明漂亮的娃娃拐走，换上一个愚蠢丑陋的娃娃。玻璃鞋的典故出自童话《灰姑娘》。

984 “自右至左地读”，说明这是一部希伯来文的书。参看第7章注36。

第三部

第十六章

布卢姆先生首先把沾在斯蒂芬衣服上的刨花掸掉大半，把帽子和梣木手杖递给他，正像个好撒马利亚人[1]那样给以鼓舞，而这也正是斯蒂芬所迫切需要的。他（斯蒂芬）的精神虽还说不上是错乱，但不大稳定。当他表示想喝点儿什么的时候，布卢姆先生考虑到在这个时刻，连洗手用的瓦尔特里[2]水泵都找不到，饮用的水就更说不上了。他猛然想出个应急办法，提出不如到离巴特桥只不过一箭之遥的那家通称“马车夫棚”的店铺去，兴许还能喝上杯牛奶苏打水或矿泉水呢。难就难在怎样走到那里。眼下他不知该怎么办才好，然而这又是个义不容辞、刻不容缓的问题。正当他在千方百计琢磨着办法的时候，斯蒂芬连连打着哈欠。他看得出，斯蒂芬的脸色有些苍白。他们两人（尤其是斯蒂芬）都已精疲力竭，在这种情况下，要是能找到什么代步的话，就再好不过了。他认为总会找得到的。他那块略沾肥皂味的手绢尽到掸刨花的责任后，就掉在地上了，他忘记把它拾起来，却用手去揩拭。准备就绪后，他们二人就一道沿着比弗街（或说得更确切些，比弗巷）一直走到蒙哥马利街角那座钉马掌的棚子和散发着强烈臭气的出租马车行那儿，向左转，又在丹·伯金那家店跟前拐弯，走进阿缅斯街。他原来蛮有把握，可不料哪里也看不到等待顾客的车夫的踪影。仅只在北星饭店门外停着一辆四轮马车，那也许是在里面狂欢者雇的。尽管向来不会吹哨，布卢姆先生还是高举双臂，在头上弯成拱形，使劲学着吹上两声口哨，朝那辆马车打招呼，可它丝毫没有移动的迹象。

处境真是狼狈啊。情况摆得很清楚，唯一的办法显然只好若无其事地步行。他们就这么做了。不久，他们来到牟累特食品店和信号所跟前，斜插过去，只得朝着阿缅斯街电车终点站走去。布卢姆先生裤子后面的一个纽扣，套用一句古谚，像所有的纽扣那样终于不中用啦！布卢姆先生尽管处在如此尴尬的境地，由于他透彻地理解事态的本质，就英勇地容忍了这种不便。他们二人都没有什么急事在身，适才雨神一阵造访，如今业已放晴，天朗气清。他们溜溜达达地从那既无乘客又无车夫、空荡荡地等候着的马车旁走过去。这时，恰好一辆都柏林联合电车公司的撒沙车开了回来。于是，年长者[3]就和同伴谈起有关自己刚才真正奇迹般地捡了一条命的事。他们经过大北部火车站的正面入口，这是驶往贝尔法斯特的起点站。深更半夜的，一切交通自然均已断绝。他们走过停尸所的后门（即便不令人有些毛骨悚然，这反正也不是具有吸引力的所在，尤其在夜晚），终于来到码头酒店，接着就进了以C区警察局而驰名的货栈街。在从这里走到贝雷斯福德街那目前已熄了灯的高耸的货栈的路上，易卜生陡上斯蒂芬的心头。这所坐落在塔博特街右手第一个拐角处的石匠贝尔德的作坊不知怎地引起了他的联想[4]。这时，充当斯蒂芬的忠实的阿卡帖斯[5]的另一位，怀着由衷的欣喜闻着近在咫尺的詹姆斯·鲁尔克都市面包房[6]的气味，那是我们的日用粮[7]的芬香，确实可口，在公众的日用商品中，它是头等重要、最不可缺少的。面包，生命的必需品，挣你的面包[8]，哦，告诉我花式面包在何方[9]？据说就在这家鲁尔克面包房里。

路上[10]，不但丝毫不曾失去理智、确实比平素还更加无比清醒的布卢姆先生，对他那位沉默寡言的——说得坦率些，酒尚未完全醒的同伴，**就**[11]夜街之危险告诫了一番。他说，与妓女或服饰漂亮、打扮成绅士的扒手偶尔打一次交道犹可，一旦习以为常，尤其要是嗜酒成癖，成了酒鬼，对斯蒂芬这个年龄的小伙子来说乃是一种致命的陷阱。除非你会点防身的柔术，不然的话，一不留神，已经被仰面朝天摔倒下去的那个家伙也会卑鄙地踢上你一脚。亏得斯蒂芬幸运地失去知觉的当儿，科尼·凯莱赫来到了。这真是上天保佑。倘若不是他在最后这节骨眼儿上出现，**到头来**[12]斯蒂芬就会成为被抬往救护所的候补者，要么就成为蹲监狱的候补者；第二天落个在法庭上去见托拜厄斯[13]的下场。不，他是个律师，或许得去见老沃尔[14]，要么就是马奥尼[15]。这档子事传出去之后，你就非身败名裂不可。布卢姆先生为什么这么说呢，因为说实在的，他由衷地厌恶的那些警察，为了效忠皇上，简直就公然不择手段。布卢姆先生回想起克兰布拉西尔甲区的一两个案子，那帮家伙硬是捏造事实，颠倒黑白。需要他们的时候，他们从来也不在现场；可是城里像彭布罗克街那样太平无事的区域，到处都是法律的维护者。显然他们是被雇来保护上流阶级的。他还谈到用随时能射击的步枪和手枪把士兵武装起来，说一旦市民们不知怎样一来闹起纠纷，这不啻是煽动士兵向市民寻衅。他明智地指出，你这是在荒废光阴，糟践身子，损害人格。这还不算，又挥霍成性，听任**花柳界**[16]那帮放荡女人大笔大笔地把你的英镑、先令和便士骗到手，然后逃之夭夭。说起来，最危险的一点是你跟什么样的伙伴一道喝得醉醺醺的。就拿这个非常令人困扰的酒精饮料来说吧，他本人总是按时津津有味地喝上一盅精选的陈葡萄酒，既滋补又能造血，而且还是轻泻剂（尤其对优质勃艮第的灵效，他坚信不疑）。然而他从来也不超过自己规定的酒量，否则确实会惹出无穷的麻烦，就只好干脆听任旁人的善心来摆布了。他用严厉谴责的口吻说，除了一个人以外，斯蒂芬那些酒友[17]统统抛弃了他，无论如何，这是医科同学对他最大的背叛。

——而那家伙是个犹大[18]，一直保持沉默的斯蒂芬说。

他们扯着诸如此类的话题，抄近路打海关后面走过，并从环行线的陆桥下穿行。这时，岗亭（或类似的所在）前燃着一盆焦炭，把正拖着颇为沉重的脚步走着的他们吸引住了。斯蒂芬没有什么特别的原因就自发地站住了，并瞧着那堆光秃秃的鹅卵石。借着火盆发出的微光，他隐约辨认出幽暗的岗亭里市政府守夜人那更黑的身影。他开始记起以前曾经发生过这样的事，或者听说发生过。他绞尽脑汁才忆起这位守夜人就是他父亲旧日的朋友冈穆利[19]。为了避免打个照面，他紧靠铁道陆桥的柱子那边走。

——有人跟你打招呼哪，布卢姆先生说。

在陆桥的拱顶下悄悄地踱来踱去的一个中等身材的人影又招呼了一声：

——晚安[20]！

斯蒂芬当然吃了一惊，昏头昏脑地停下脚步，还了礼。布卢姆先生生来对人体贴周到，又一向认为不应去多管旁人的闲事，所以移步走开了。他虽然丝毫也没感到害怕，却稍微有点儿放心不下，就警惕地停留在那里。尽管这在都柏林区是罕见的，然而还会有缺衣少食的亡命之徒埋伏在荒郊僻野处，把手枪顶在安分守己的路人头部加以威胁。他们可能像泰晤士河堤岸上那些饥饿的穷流浪汉似的到处荡来荡去，对你进行突然袭击，逼你交出钱来，否则就要你的命。把你抢个精光之后，还往你嘴里塞上东西，脖子用绳索勒起，把你丢在那儿，以便警告旁人，接着就逃之夭夭。

当那个打招呼的男子的身影挨近时，斯蒂芬本人虽宿酒未醒，却闻出科利[21]的呼吸发散着馊臭的玉米威士忌酒气味。有些人称此人为约翰·科利勋爵，其家谱如下：他是新近去世的G地区科利警官的长子。那位警官娶了洛什的农场主的闺女，名叫凯瑟琳·布罗菲。他的祖父——新罗斯[22]的帕特里克·迈克尔·科利，娶的是当地一位客栈老板的女儿，也叫凯瑟琳，娘家姓塔尔伯特。尽管并未得到证实，据传她出身于塔尔伯特·德·马拉海德[23]勋爵家。毫无疑问，勋爵的府第确实是座精美的宅邸，很有看头，她的妈妈或伯母或什么亲戚曾有幸在府第的洗衣房里当过差。因此，现在和斯蒂芬打招呼的这位年纪还较轻却放荡不羁的人，就被某些好事之徒戏称作约翰·科利勋爵。

他把斯蒂芬拉到一旁，照例可怜巴巴地诉起苦来。他囊空如洗，无法投宿。朋友们统统遗弃了他。这还不算，他又和利内翰吵了一架。他对斯蒂芬把利内翰痛骂了一通：什么卑鄙该死的蠢货啦，以及其他一连串莫须有的恶言恶语。他失业了，并且央求斯蒂芬告诉他，在这茫茫大地上，到哪儿才能好歹混个事儿做做。不，在那家洗衣房干活儿的那位母亲的闺女，跟女继承人是干姐妹；要么就是她们两人的母亲跟这一支有些什么关系。这是同一个时期发生的两件事，除非整个情节从头到尾完全出于捏造。反正他简直疲倦极了。

——我并不想向你告帮，他继续说下去。但我庄严地发誓，天主晓得我身上一文不名啦！

——明后天你就能找到饭碗啦，斯蒂芬告诉他。去多基的一家男校当上一名代课教师。加勒特·迪希[24]先生。试试看。你可以提我的名字。

——啊，天哪，科利回答说。我可绝不是当教师的材料，老兄。我从来也不是像你们这样的秀才，他半笑着补充一句。我在基督教兄弟会[25]的初级班里留过两次级呢。

——我自己也没地方睡，斯蒂芬告诉他。

科利立即猜想，斯蒂芬是因为从大街上把一名烂婊子带进了公寓，才被轰出来的。马尔巴勒街上倒是有一家马洛尼太太经营的小客栈，可那不过是个六便士一宿的破地方，挤满了不三不四的人。然而麦科纳奇告诉他，在酒店街的黄铜头（听者依稀联想到了修士培根[26]），只消花上一先令就能舒舒服服地住上一夜。他正饿着肚子，却只字未提。

尽管这类事情每隔一夜（或者几乎是如此）就能遇上一次，斯蒂芬还是为之怦然心动。他晓得科利方才那套新近胡乱编造的话照例是不大可信的，然而，正如拉丁诗人所说：*我对不幸遭遇并非一无所知，故深知拯救处于厄运中者*[27]。况且刚巧赶上月中的十六日，他领了薪水，不过这笔款项实际上已花掉不少。最令人啼笑皆非的是，科利一门心思认定斯蒂芬生活富裕，成天无所事事，到处施舍。其实呢。不管怎样，他把手伸进兜儿里，倒不是想在那儿找到什么吃的，而是打算借给科利一两先令，这样他就可以努把力，挣钱好歹糊上口。但是结果扑了个空使他懊恼的是，他发觉自己的钱不翼而飞了，只找到几块饼干渣子。这时，他搜肠刮肚去回忆究竟是把钱丢失了呢，还是遗忘在哪儿了——因为这种可能也是有的。这一意外事件非但不容乐观，老实说，还真令人懊丧。他试图追想模模糊糊留在记忆中的饼干的事，但已精疲力竭，无从透彻地弄明白。确切地说，到底是谁给他的呢，又是在哪儿给的呢，要么，难道是他买的吗？不管怎样，在另一个兜儿里他倒是找到了——在一片黑暗中，他以为那是几枚便士，却搞错了。

——是几枚半克朗硬币哩，老兄，科利纠正他说。

果不其然。斯蒂芬借了一枚给他。

——谢谢喽，科利回答说。你是一位君子。迟早我会还给你的。跟你在一道的那个人是谁呀？我在卡姆登街的血马酒吧瞧见过他几回，跟贴广告的博伊兰在一起。你替我说个情，让他们雇用我好不好？我想当个广告人[28]，但是办公室里的那个女孩子[29]告诉我，今后三个星期内都已经排满了。老兄。天哪，你得预先登记，老兄，简直让人觉得是为了观赏卡尔·罗莎[30]哩！哪怕能混上个清扫人行横道的活儿做做，我都满不在乎。

这样，两先令六便士既然到了手，他也就没那么沮丧了。于是他告诉斯蒂芬，在富拉姆船具店当账房的那个叫作巴格斯·科米斯基的——他说是斯蒂芬的一个熟人，这家伙和奥马拉以及名叫泰伊的小个儿结巴颏子，是内格尔酒吧单间儿里的常客。反正前天晚上他喝得烂醉，撒酒疯来着。警察要带他走，他又抗拒。结果被抓了去，并罚款十先令。

这当儿，布卢姆先生躲在一旁，在离市政府守夜人的岗亭前面那盆炭火不远的一大堆鹅卵石附近踅来踅去。那位守夜人显然是个忠于职守的人，可此刻，既然整个都柏林都已入睡，看来也正自顾自地悄悄打起盹儿来了。他还不时地朝斯蒂芬那个无论如何也说不上是衣着整洁的谈话对手投以异样的目光，觉得他好像在什么地方见过那位贵族，但又说不清究竟是在哪儿见的。至于是什么时候，那就更一点儿都想不起来了。布卢姆先生是个头脑冷静的人，观察敏锐，轻易不落人后。从破旧的帽子和浑身上下的邋遢衣着，他看穿了那是个患慢性缺钱症的人。他大概就是揩斯蒂芬的油的家伙之一。说到揩油，此人对左邻右舍无不进行欺诈，越陷越深，可谓更深的深处[31]。说起来，街头的这种流浪汉万一站到法庭的被告席上，不管被判以能用或不能用罚款来代替的徒刑，都还算是很难得的[32]呢。反正在夜间，或者不如说是凌晨，像这样路上拦住人，脸皮也真够厚的了。手段确实让人难以容忍。

两个人分了手，斯蒂芬重新和布卢姆先生结伴。布卢姆先生那双饱经世事的眼睛立即看出，那个寄生虫凭着一番花言巧语已令斯蒂芬上了当。他——也就是说，斯蒂芬——笑着这么提到适才那番邂逅：

——那家伙可潦倒啦！他要我拜托你去向贴广告的博伊兰说说情，让博伊兰雇用他当个广告人。

布卢姆先生脸上露出对此事漠不关心的神色，茫然地朝着那艘陈旧的挖泥船——它被取了艾布拉那[33]这一雅号，看来已无法修理了——的方向望了半秒钟光景，于是就闪烁其词地说：

——俗话说得好，每个人都有分内的造化。经你这么一提，我倒想起跟他挺面熟的。这个且不去谈它了，接着，他又问道。你究竟给了他多少钱呢？请原谅我这么刨根问底。

——半克朗，斯蒂芬回答说。我认为，要找个地方睡觉的话，他得需要这么多钱。

——需要！布卢姆先生听了这话，丝毫也不曾表示惊奇，他突然叫嚷道。我完全相信你的话，我敢担保他无论如何需要这钱。每个人都根据自己的需要或按照自己的行径而活着。然而，说句家常话，他笑吟吟地加了一句。你自己究竟打算睡在哪儿呢？走回到沙湾是根本不可能了。而且即使你这么做了，在韦斯特兰横街车站发生了那么一档子事之后，你也进不去啦[34]。白白地弄得筋疲力尽。我一点儿也不想对你指手画脚，可你为什么要离开你父亲的家呢？

斯蒂芬的回答是：去寻求厄运。

——最近我刚巧见到了令尊大人，布卢姆先生回了他一句外交辞令。其实就在今天，或者说得更确切一些，是昨天。他目前住在哪儿？从谈话中我听出，他已经搬了家。

——我相信他住在都柏林的什么地方，斯蒂芬漫不经心地回答说。你为什么问这个?

——他是个有天分的人，关于老迪达勒斯先生，布卢姆先生这么说。不止在一个方面。他比谁都擅长**讲故事**[35]。他非常以你为骄傲，这也是理所当然的事。你也许可以回家去。他委婉地说。心里却仍回顾着在韦斯特兰终点站的不愉快场面：另外两个家伙——即穆利根和他那英国旅伴，就好像那座讨厌的车站属于他们似的，显然试图趁乱把斯蒂芬甩掉，并终于让他们的第三个伙伴上了当。

然而，他这建议并没有得到回应。这是由于斯蒂芬正忙于在心中重温他最后一次与家人团聚的景象。披长发的迪丽坐在炉边等候着巴满煤烟的壶里那稀薄的特立尼达可可豆[36]煮沸，好和代替牛奶的燕麦水一道喝。那是星期五[37]，他们刚吃完一便士两条的鲱鱼，另外让玛吉、布椽和凯蒂每人都各吃了一个鸡蛋。那天正赶上四季大斋或是什么日子，根据教会在指定的日子守斋并节制的第三戒律，猫儿也正在轧液机底下吞食着一方块褐色纸上的那簇蛋壳和鱼头鱼骨。

——可不是嘛，布卢姆先生又重复了一遍。要是处在你的地位，我个人是不大信任你那位以向导、哲学家和朋友的身份提供笑料的穆利根大夫。他大概从来也没尝过揭不开锅的滋味，然而只要涉及自己的利益，他可精明到家啦！当然喽，你注意到的没有我多，然而，倘若有人告诉我，他出于某种动机，往你的饮料里投放一撮烟草或什么麻醉剂，我一点儿也不感到惊奇。

根据他过去所听说的一切，他晓得穆利根大夫是个全能的多面手，绝不仅仅局限在医学方面。他在本行中迅速地出人头地。倘使所传属实的话，在不久的将来他就会成为一位走红的医生，诊疗费滚滚而来。除了职业上的这一身份，他还在斯凯利或马拉海德[38]用人工呼吸和所谓急救措施使一个差点儿溺毙的人起死回生。必须承认这是一种怎样称赞也不过分的无比勇敢的行为。他对穆利根所感到的厌恶倘若不是纯粹出于恶意或嫉妒，骨子里究竟又有什么理由，就实在难以捉摸了。

——归根结底，他干脆就是大家所说的偷你的思维那号人，他试着这么说。

眼下斯蒂芬愁眉苦脸。他出于友谊，就对斯蒂芬投以关怀与好奇交加的谨慎目光。然而未能弄明白问题，确实一点儿也没能弄明白。从斯蒂芬所吐露的意气消沉的三言两语来看，这个青年到底是被狠狠地捉弄了一番呢，还是截然相反：尽管已经看穿事情的本质，出于只有他自己才最明白的理由，却多少加以默认。这是赤贫必然导致的后果，完全可以理解。尽管斯蒂芬作为教师有着很高的才分，为了使收支相抵，他也吃尽了苦头。

他瞧见有辆冰激凌车停在男子公共小便池附近。车子周围估计是一群意大利人，相互之间有点儿龃龉，正在操着他们那生气勃勃的语言，口若悬河，格外激烈地展开着舌战。

——圣母玛利亚的婊子，该给俺钱的是他哩！你敢说个不字吗？他妈的！

——咱们把账清一清。再添半金镑……

——反正他不就是这么说的嘛！

——恶棍！他祖宗缺了德[39]！

布卢姆先生和斯蒂芬走进了马车夫棚，那是一座简陋的木结构房屋，以前他轻易不曾进去过。关于那里的老板，那位一度以剥山羊皮[40]闻名的，也就是说，常胜军菲茨哈里斯，他事先悄悄地对斯蒂芬讲了几句。当然，老板本人并不承认确有其事，而且很可能完全是无稽之谈。几秒钟后，我们这两位梦游病患者就在一个不显眼的角落里安然坐了下来。先来的那些人正吃吃喝喝，海阔天空地闲扯着，显然都是些杂七杂八、胡乱凑在一起的流浪者、二流子以及其他不三不四的人[41]中标本。这时，就用凝视来迎接他们。在那帮人眼里，他们像是极能引起好奇心的对象。

——现在喝杯咖啡吧，布卢姆先生试图打破沉寂，就委婉地这样倡议道，我觉得你应该吃点硬食，比方说，一个面包卷之类的东西。

因此，他的第一个行动就是以他独特的冷静[42]安详地点了这些吃食。双轮马车的车把式或搬运工人以及其他各类下等人都朝他们匆促地审视了一番，显然大失所望，就把视线移开了。可是，有个头发已花白了的红胡子酒鬼（也许是个水手）继续朝他们目不转睛地盯了好半晌，才把热切的视线移到地板上。

说实在的，布卢姆先生尽管对我要[43]的发音感到困惑，却多少懂得一些正在用来争辩的那种语言。于是，就行使言论自由的权利，针对仍在户外开展着的激烈舌战，对自己的被保护者大声说：

——美丽的语言。我是指用来唱歌的时候。你为什么不用这种语言来写诗呢？美丽的希[44]！音调多么优美响亮。美丽的女忍。我要。

斯蒂芬百无聊赖，竭力想打个哈欠，回答说：

——让母象去听吧。他们在讨价还价哪。

——是吗？布卢姆先生问道。他边暗自想着，本来是绝不需要这么多种语言的，边接下去说：让人觉得好听，也许仅仅是周围那南国魅力的关系。

他们正促膝谈心[45]时，马车夫棚老板将一杯热气腾腾、几乎漫出来的美其名为咖啡的高级混合饮料摆在桌上，还有一个小圆面包——毋宁说是远古时代的品种，或者看上去是这样。随后他又回到柜台那儿去了。布卢姆先生打定主意待会儿要仔细端详他一番，可又不能让他有所察觉……为此，他边以目示意，要斯蒂芬接着说下去，边悄悄地把那杯暂时可能叫作咖啡的玩意儿慢慢往斯蒂芬跟前推去。

——声音是富于欺骗性的，斯蒂芬沉吟了半晌，说。就拿姓名来说吧。西塞罗、帕德摩尔。拿破仑，古德巴迪先生。耶稣，多伊尔先生[46]。莎士比亚这个姓与墨菲同样平凡。姓名有什么意义[47]？

——是啊，当然喽，布卢姆先生直率地表示赞同。可不是嘛。我家的姓也变了[48]。他一边补充说，一边把那所谓的面包卷推过去。

红胡子水手一直用那双饱经世故、时刻警惕着的眼睛打量新来者，对斯蒂芬更是格外留意。这时就直截了当地向斯蒂芬问道：

——你究竟姓啥？

这一瞬，布卢姆先生轻轻地碰了一下伙伴的长筒靴子，但是斯蒂芬显然不曾理睬来自意想不到的方向的温和的压力，回答说：

——迪达勒斯。

水手用那双昏昏欲睡、松弛下垂的眼睛迟钝地瞪着斯蒂芬。由于贪杯痛饮，尤其是兑水荷兰杜松子酒喝得过了头，水手的眼泡都肿了。

——你认得西蒙·迪达勒斯吗？过了半晌，他问道。

——我听说过，斯蒂芬说。

布卢姆先生发觉其他人明显地也在偷听，一时感到茫然。

——他是个爱尔兰人，那海员依然瞪着两眼，并且点点头，斩钉截铁地说。地地道道的爱尔兰人。

——爱尔兰得过了头，斯蒂芬搭腔道。

至于布卢姆先生，他对整个这番谈话简直摸不着头脑。他正暗自琢磨这一问一答究竟有什么联系时，水手自发地转向待在棚子里的其他人，说：

——我曾看见过他从肩膀上把摆在五十英码开外的瓶子上的两个鸡蛋射下来。左撇子，可他百发百中。

尽管他不时地有些结巴，因而话就略顿一下，手势也拙笨得很，然而他还是尽力解释得一清二楚。

——喏，瓶子就在那边，相距足足五十英码。瓶子上放着鸡蛋。把枪扛在肩上，扣扳机。瞄准。

他把身子侧过来，紧紧合上右眼，脸稍微歪扭着。然后以令人不愉快的表情瞪着夜晚的黑暗。

——砰！于是他这么嚷了一声。

听众全都等候着，期待另一声枪响，因为还有一只鸡蛋呢。

——砰！果然他又嚷了一声。

第二个鸡蛋显然也被击破了[49]，他点点头，眨眨眼，凶狠狠地说：

水牛比尔杀人魔，

百发百中神枪手。

接着是一阵沉寂。布卢姆先生出于礼貌，觉得理应问问他，是不是打算参加像在比斯利[50]举行的那种射击比赛呢？

——对不起，你说啥？水手说。

——是老早以前的事了吧？布卢姆先生刻不容缓地追问。

——喏，水手回答说。这种硬碰硬的语言交锋倒产生了一定程度上的缓和，约莫十年前吧。他跟着亨格勒皇家马戏团[51]周游世界作巡回演出。俺在斯德哥尔摩见过他表演这一手。

——奇妙的巧合，布卢姆先生含蓄地跟斯蒂芬打耳喳说。

——俺姓墨菲，水手接下去说。叫作 W.B. 墨菲，是卡利加勒[52]人。你晓得它在哪儿吗？

——王后镇的港口，斯蒂芬回答说。

——说得对，水手说。卡姆登要塞和卡莱尔要塞[53]。俺就是那儿出生的。俺的小娘儿们就在那儿。她等着俺哪。俺晓得哩。**为了英国，为了家园和丽人**[54]。她不折不扣是俺自个儿的老婆。俺老是在海上转悠，已经有七年没见着她啦！

布卢姆先生能够毫不费力地设想他出现的场面：逃出海妖[55]的掌心之后，回到路边的水手家园——一座窝棚里。那是酝酿着一场雨的夜晚，一轮月亮昏昏暗暗的[56]。为了老婆，横跨过世界。有不少关于艾丽斯·卡·博尔特[57]这一特定题材的故事。伊诺克·阿登[58]和瑞普·凡·温格尔。这里可有人记得盲人奥利里[59]吗？顺便提一下，那是可怜的约翰·凯西[60]所写的深受欢迎却又令人心酸、音调铿锵的作品，结构完美的小小诗篇。做老婆的无论曾经多么忠实于外出者，一旦跟人跑了，就再也不会回来了。窗口的那张脸！想想看，好不容易才回到家，晓得了关于爱妻的可怕真相，感情触了礁，这时该是多么令人心碎啊！你再也没想到我会回来，然而我要住下来，重新打鼓另开张。守活寡的老婆还像从前那样坐在同一座炉边。她相信我已经死掉了，到海底深处坐摇篮[61]去了。傻瓜叔叔，要么就是王冠与锚酒馆老板汤姆金斯叔叔，身上只随随便便穿了件衬衫，大嚼着牛腿扒配葱头。没有椅子给爹坐。呸！刮风啦！她抱在腿上的是刚生下的娃娃，一个**遗腹儿**[62]。高啊高！兰迪，噢！我那乘风破浪的丹迪，哦[63]！这是躲不开的，只能屈从，苦笑着逆来顺受呗。我将永永远远热烈地爱着你，你那心碎了的丈夫，W.B. 墨菲。

那位水手几乎不像是个都柏林居民，他转过身来朝着一名马车夫央求说：

——你身上带没带着富余的烟草？

被招呼的车夫不巧没带着，可是老板却从挂在钉子上的一件考究的夹克衫里掏出一块骰子大小的板烟，就由顾客们把它传递到他手里。

——谢谢你，水手说。

他往嘴里塞进一口，边嚼边慢腾腾地稍微结巴着说下去：

——俺们是今天上午十一点钟进港的。就是那艘从布里奇沃特运砖来的三桅纵帆船罗斯韦思号[64]。俺是为了到这儿来才搭上那条船的。今儿下午发了工钱，就被解雇了。你们瞧，这是俺的解雇证书。一级水手 W.B. 墨菲。

为了证实这番话，他从内兜里掏出一份看上去不大干净的、折叠起来的证书，递给在他身旁的那位。

——你的见识一定很广喽，老板倚着柜台说。

——可不，水手回答说。回想起来，自打乘上船以来，俺也环绕地球航行过一些地方。俺到过红海。俺去过中国、北美和南美。俺见过好多冰山，还有小冰山哪。

俺到过斯多哥尔摩、黑海和达达尼尔海峡[65]。俺在多尔顿手下干过活儿，他可是个天下无双的沉船能手啊！俺见过俄国。**葛斯波第·波米露依**。俄国人就是这么祷告的。

——不消说，你准见过不少稀奇古怪的东西喽，一个马车夫插嘴道。

——当然喽，水手把他那嚼了一半的板烟挪了挪位置。俺也瞧见过古怪玩意儿，有趣儿的和可怕的。俺看见过鳄鱼啃锚钩，就像俺嚼这块烟草一样。

他从嘴里掏出那块嚼软了的板烟，把它塞到牙缝里，狠狠地咬了一口。

——嘎吱！就像这样。俺还在秘鲁瞧见过吃死尸和马肝的食人族。瞧这个。这就是他们。是俺的一个朋友寄给俺的。

他从好像充作一种仓库的内兜里胡乱摸索一番，掏出一张带图的明信片，从桌面上推过来。上面印有：**玻利维亚国贝尼，印第安人的茅棚**[66]。

大家都把注意力集中在出示给他们的图片上：一群未开化的妇女腰间缠着条纹布，蹲在柳条编成的原始窝棚前面，在成群的娃娃（足有二十来个）簇拥下，边眨巴眼睛，让娃娃叼着乳房，边皱起眉头，打着盹儿。

——她们成天嚼着古柯叶，饶舌的水手补充说。她们的胃囊就跟粉碎机一样。再也生不出娃娃后，就把乳房割掉。俺瞧见过这帮人一丝不挂地正生吃一条死马的肝脏哪。

足有几分钟，他的明信片成为这些没开过眼界的先生注意的中心。

——你们知道咋能把他们轰跑吗？他向大家[67]问道。

没有一个吱声的。于是他眨巴了一下眼睛，说：

——镜子。那会叫他们吓破了胆。镜子。

布卢姆先生并未露出吃惊的神色。他只悄悄地把明信片翻过去，辨认那一部分已模糊不清的地址和邮戳。是这么写的：邮政明信片。**A. 布丁先生收，智利国圣地亚哥市贝赤游廊**[68]。他特别留意到明信片上显然一句话也没写[69]。

尽管他并不轻信适才所讲的那种可怕的故事（还有击落鸡蛋之举，不过，倒也有威廉·退尔的故事，以及《玛丽塔娜》[70]中所描述的拉扎利洛与堂塞萨尔·德·巴桑事件。在那次事件中，前者的子弹穿透了后者的帽子）。他看穿了水手的名字（假定他果真就是所自称的那个人，而不是在某地悄悄地使船调换方向，挂上别国国旗航行的话）与明信片上的收信人姓名有出入，再加上那个编造的发信地址，使他颇为怀疑我们这位朋友**诚实**[71]与否。然而看了这张明信片，他便不知怎地想起了在心里酝酿了好久、迟早打算实现的一个计划：星期三或星期六乘船远航到伦敦。尽管他从未远游过，骨子里却是个冒险家；只是由于命运的捉弄，迄今没出过海——除非你把霍利黑德[72]之行也算作航海的话。那是他生平最远的一次旅行了。马丁·坎宁翰常说他要拜托伊根给布卢姆弄张免费船票，然而每一次总是好事多磨，泡了汤。即便立刻支付得出那笔必要的款子，让博伊德伤伤心[73]，只要囊中并不羞涩，其实数目也不太大，最多不过是两三畿尼；而他指望着要去的穆林加尔的往返旅费，估计要五先令六便士。由于空气爽朗新鲜，旅行有益于健康，从各方面来说都舒适之至。对肝脏有病的人就更是这样。沿途可以看到普利茅斯、法尔茅斯、南安普敦[74]等形形色色的地方。这次富于教育意义的游览的高潮是观赏大都会（我们时代的巴比伦）的景物。毫无疑问，他会在这里再一次看到大加修缮的塔和教堂、富丽堂皇的公园街[75]。忽然间他还兴起另一个挺不坏的念头：何不筹组一次包括最著名的游乐胜地的夏季演奏旅行，前往各地漫游：马盖特[76]的男女混浴场、第一流的矿泉和温泉疗养地、伊斯特本、斯卡伯勒[77]、马盖特等；还有景色优美的伯恩茅斯、海峡群岛[78]以及诸如此类小巧精致的地方。说不定还大有赚头呢。班子当然不是鬼头鬼脑临时东拼西凑的，更不会雇用 C.P. 麦科伊太太那种类型的本地歌女——借我用用你的手提箱，我就寄张免费船票给你。才不是呢，而是最高级的，是爱尔兰首屈一指的名角会演，由特威迪—弗罗尔大型歌剧团团长的正式夫人担任主角，足以和埃尔斯特·格莱姆斯[79]与穆迪—曼纳斯[80]一比高低。这是十分简单的事，他对此举的成功充满自信。关键在于得有个能够在背后操持料理的家伙，能让当地的报纸给大吹大擂一番。这样，就既可盈利又能饱览风光了。然而，由谁来承担此职呢？嗯，难就难在这儿[81]。

此外，虽然不到具体实施的程度，他脑子里还浮现出一个想法：为了与时代步调一致，应开拓新天地，开辟新航路。恰当的例子就是菲什加德—罗斯莱尔航路[82]。人们纷纷说，经交通省提出后，照例由于衙门冗繁的文牍主义，因循姑息，吊儿郎当，净是蠢才，至今仍在反复审议中[83]。为了满足一般庶民大众旅行的需要，这里确实给布朗—鲁宾孙公司等提供了一个积极开展事业的大好机会。

正当普通市民确实需要加强体质的时候，由于舍不得区区两三英镑，就不去看看自己所生活在其中的大千世界。这位老古板自从娶了老婆，就一直关在家里。真是令人遗憾，一望可知是很荒唐的事，这在相当程度上要归罪于我们这个自负的社会。不管怎么说，真是岂有此理。他们每年要过上不止十一个月单调无聊的日子，在城市生活中受尽折磨后，夏季理应随心所欲地彻底换换环境。在这个季节里，自然女神打扮得格外花枝招展，一切有生之物无不复苏。在故乡的岛屿度假的人们也有同样的良机。这里有令人赏心悦目、有助于恢复青春的森林地带，都柏林市内外以及风光绮丽的近郊，不仅富于无上魅力，而且还能促进身体健康。有一条蒸汽火车铁轨一直铺设到噗啦呋咔瀑布。还有威克洛那越发远离尘嚣[84]、对爱尔兰庭园这一称谓当之无愧的所在。只要不下雨，那一带是供年长的人们骑自行车的理想田园，再有就是多尼戈尔的荒野，倘若传闻属实，景色[85]也极为壮观。不过，由于最后提到的这一地区交通不便，尽管此行可获益匪浅，前往的游客毕竟有限，收入也微不足道。相形之下，霍斯山凭借绢骑士托马斯、格蕾斯·奥马利和乔治四世留下的遗迹[86]，以及遍布于海拔数百英尺高处的杜鹃花，使它成为男女老少不分贫富，人人爱去的地方。由纳尔逊纪念柱[87]乘车前往，只消三刻钟就可到达。尤其是在春季，小伙子们异想天开，故意地或偶然失足从崖顶上栽了下去，从而交纳了死亡的通行税。顺便提一下，通常他们总是踩空左脚。当然由于现代化的观光旅行尚处在幼年期，设备大有改善的余地。出于纯粹质朴的好奇心，他饶有兴趣地猜测着：究竟是交通造成路的呢，还是路造成交通的，抑或二者其实是相辅相成的呢？他把带图的明信片翻过来，朝斯蒂芬递过去。

——有一回俺瞧见过中国人，那个勇猛的讲述者说。他有一些看上去像是油灰的小药丸。他把药丸往水里一放，就绽开了，个个都不一样，一个变成船，另一个变成房子，还有一朵花儿。给你炖老鼠汤喝，他垂涎欲滴地补充了一句。中国人连这都会。

也许是看出了大家面泛着将信将疑的神色，这位环球旅行家执着地继续讲他的奇遇。

——俺还在的里雅斯特瞅见一个人被意大利佬杀死了。从背后捅了一刀。就像这样的一把刀子。

他边说边掏出一把跟他的性格十分般配、令人看了毛骨悚然的折叠式刀子，并且摆出刺杀的架势，抡了起来。

——在一家窑子里。是两个做走私生意的家伙你欺我诈惹起来的。那家伙就藏在门后边，从他背后凑了过去。像这样。准备见你的天主去吧[88]！他说。哧啦一声捅进了他的背，只剩刀把露在外面。

他耷拉着眼皮困倦地环睨着大家。看来在座的人们即便还有意问点什么，也会被他顶回去了。这可是好钢啊，他又重复了一遍，一边端详着那把令人生畏的短刀[89]。

这一骇人听闻的结尾[90]足以把胆子最大的人也吓坏了。随后，他啪的一声插刀入鞘，将这把利器收进他那恐怖室[91]（也即是衣兜）里。

——那些家伙使起刀来可不含糊，某位显然完全不谙内情的人[92]为了替大家解围，说道。因此，由于常胜军在公园里干的那档子凶杀案使用的是刀子，当局原以为是外国人下的手哩！

此话一听就是本着无知乃至福[93]的精神讲的，布卢姆先生和斯蒂芬以各自的方式本能地相互交换了一下意味深长的眼色，然而是在虔诚而讳莫如深[94]的沉默中；他们随即把视线朝"剥山羊皮"——也就是店老板——的方向投去。他正在那儿从开水壶里往外倒滚沸的液体。他那张令人莫测高深的脸确实是件艺术品。它本身就完全是一门可供研究的课题，非笔墨所能形容。他仿佛丝毫也不了解正在发生着的事。真是滑稽！

随后沉默了好半晌。有个人不时地读上一会儿满是咖啡污迹的晚报，另一个瞧着那张印有土著窝棚[95]的明信片，还有一个在看水手的解雇证书。至于布卢姆先生本人，则正在沉思默想。他清清楚楚地记起刚才被提及的那档子事，犹如昨天才发生的那么真切。那是二十来年前的事啦，打个比喻来说，是土地纠纷像风暴般席卷文明世界的年头；是八十年代初，说得准确些，一八八一年，那时他才十五岁。

——嘿，老板，水手打破了沉寂。把证件还给俺。

这个要求照办了，他用指尖把证件拢在一起。

——你看见过直布罗陀岩石吗？布卢姆先生问道。

水手边嚼烟草边颦蹙起鼻子眼，露出模棱两可的神色。

——啊，那儿你也到过啦，布卢姆先生说。那可是欧洲的顶端哩。他认为这个漂泊者是去过的，并希望他可能想起什么来。对方并未使他如愿以偿，只是往锯末里啐了口唾沫，死样活气地摇了摇头。

——那大概是哪一年的事儿呢？布卢姆先生插了句嘴。还能回想起是哪些船吗？

我们这位自封的[96]水手贪馋地大口大口嚼了一通烟草才作答。

——俺对海里的暗礁[97]腻烦透啦，他说。还有那大大小小的船只。整天价吃腌牛肉。

他面呈倦容，闭上了嘴。发问者看出，从这样一个狡猾的老家伙嘴里是打听不出什么来的，就开始呆呆地驰想着环绕地球的浩渺水域的事。放眼望一下地图就能明白，海洋竟占地球的四分之三。因此，他完全了解：统治海洋意味着什么。说到这里就足够了。不止一次——起码有十二次——他曾在多利蒙特的北布尔附近留意到一个被淘汰下来的老水手。此人显然无依无靠，惯常坐在堤岸边上，靠近并不一定会引起美好联想的大海，十分明显地和大海相互瞪着眼，梦想着生气勃勃的森林和鲜嫩的牧场[98]，就像某人在某处歌唱过的那样。这使他纳闷儿老人为什么要这样。说不定老人曾试图亲自探索一下海洋的奥秘[99]，于是就从地球的一端折腾到另一端，从海面闯荡到海底——喏，说海底并不大确切——就这样撞着运气。实际上，其中绝对没有任何秘密。尽管如此，即使不*细微地*[100]进行调查，大海依然光辉灿烂地存在着这一雄辩的事实终归是无法否定的。一般总会有人大胆地违背天意，继续航行。不过，这也仅仅表示人们通常是怎样挖空心思把此类重担转嫁给旁人。比方说，地狱这个观念也罢，彩票和保险也罢，都是同一性质的，因此，单凭这个理由，救生艇星期日[101]这一组织也是值得嘉许的。广大公众无论住在内地还是海边，一旦清楚地了解了，就应该感谢水上警察署长和沿岸警备队恪尽职责。因为无论什么季节，*爱尔兰期待每人今天各尽自己的职责*[102]等。冬季有时天气恶劣，也非出发不可。他们得安排人去管缆绳，不要忘了那些爱尔兰灯船，基什[103]的，还有旁的。随时都有可能翻船。有一次他带着女儿乘船绕过它航行。虽然还说不上是狂风暴雨的天气，倒也饱尝了恶浪翻滚的滋味。

——有个伙伴跟俺一道搭乘漂泊者号航海来着，这位本人就是个漂泊者的水手接下去说。他上了岸，找了个伺候达官贵人的舒服差事。每个月能挣六英镑。俺身上穿的就是他的裤子，还给了俺一块油布和那把大折刀。干的是刮刮脸、刷刷衣服那样的活儿，俺也干得来。俺厌恶到处漂泊。眼下就拿俺儿子达尼来说吧。有一回他逃到海上去啦，他妈把他找回来，送他到科克的一家布庄去混口饭吃，不费力气就能挣上钱。

——他多大啦？一个听者问道。从侧面望去，这个人长得有点儿像市公所秘书长亨利·坎贝尔[104]，给人以刚从办公室的操劳中逃出来的感觉。他当然没洗过澡，衣衫褴褛，酒糟鼻子一眼就看得出。

——唔，水手有些为难似的慢腾腾地说。俺儿子达尼吗？俺估摸着现在该有十八岁了吧？

于是，斯基贝林出身的这位父亲[105]用双手扯开他那件灰色的——要么就是脏成发灰的衬衫，满胸脯乱挠一气，看得出上面是用中国黥墨刺的一片锚状花纹。

——布里奇沃特那张床上有虱子，他说。没错儿！明后天俺可得去洗个澡。俺最讨厌那帮黑小子啦。俺恨那些坏蛋。它们把你的血都吸干了，它们就是这么样。

他留意到大家都在瞧自己的胸脯，就爽快地把衬衫整个敞开来。这下子，在水手那古老的希望与安宁之象征上端，大家一眼就望到16[106]这一数字和一个小伙子微露嗔色的侧脸。

——这是文身，展示者向他们解释道。俺们由达尔顿船长领着出航，遇上风暴，是船停在黑海的敖德萨海面上的时候刺的。一个名叫安东尼奥的小子给俺刺的。这就是他自个儿：一个希腊人。

——搞这玩意儿很痛吧？有人问水手。

然而这位仁兄不知怎地正忙于捏起自家的皮肤。就那样用指头夹住或是……

——瞧瞧这儿，他边说边展示着安东尼奥。他正在咒骂着伙伴呢。这会儿他又那样了，他补充说。同一个人，明摆着只要用手指凭着一种特别的窍门儿把皮肤一拽，那张脸上就露出听了奇谈大笑着的神情啦！

其实，那个名叫安东尼奥的小伙子的苍白脸上倒真像是露出了不自然的微笑，这一奇怪现象博得了在场的每一个人充分的赞赏，其中包括剥山羊皮。这时，他正从柜台上探过身来。

——哎，哎，水手低头望着自己那富于男子气概的胸脯，叹了口气。他也走啦。后来被鲨鱼吃掉啦。哎，哎。

他撒开了皮肤，刺上去的侧脸就恢复了原先那副普通的表情。

——刺得蛮精巧嘛，一个码头搬运工人说。

——这数目字是干啥的？第二个流浪者问道。

——是活着给吃掉的吗？第三个向水手打听。

——哎，哎，后者又叹了口气，这一回稍微鼓起了点劲头，朝着那个询问数目字的人一瞬间露出一丝微笑。他可是个希腊人哪。

接着，关于他本人所诉说的安东尼奥之死，他以凄惨的幽默这么补充道：

他坏得像老安东尼奥，

撇下了我孤苦伶仃[107]！

一个戴着黑色草帽，面容憔悴，好像涂了层釉料一般的妓女从马车夫棚门口探进头来，斜眼望着。她显然是在替自己来巡风，目的不外乎是多捞几个进项。布卢姆先生简直不晓得往哪儿瞧才好。他惊慌失措，却又佯装出冷静。他马上移开视线，从桌上拿起一张出租马车车夫模样的人丢下的阿贝街报那张粉色的纸页[108]。他拾起报纸，端详着纸页的粉色。可又自问为什么是粉色的呢？他之所以这么做，是因为这时他认出站在门口的就是头天下午在奥蒙德码头上瞥见的同一张脸。换句话说，也就是小巷子里那个半白痴的女人。她认得跟你在一起的那位穿棕色衣衫的太太（布太太），并且问有没有衣服让她洗。而且，为什么又要提洗衣服的事儿呢？这一点好像有些含糊[109]。

你那些要洗的衣服。然而，为人坦率的他不得不承认，住在霍利斯街的时候，他曾为老婆洗过穿脏了的贴身衣裤，女人们要是真爱一个男人的话，也会愿意并且动手替他洗那些同样用比尤利－德雷珀[110]制造的不褪色墨水写上姓名首字（她的就是用这个牌子的墨水写的）的衣服。也就是说，爱我的话，就连我的脏衣服也爱吧。但是眼下他正感到焦虑不安。与其让这女人陪伴他，他更希望她离开。所以，当老板做了个粗鲁的手势打发她离开时，他由衷地松了口气。他隔着《电讯晚报》上端瞥了一眼她那张出现在门边的脸。她呆滞地龇牙咧嘴笑着，说明她有些心不在焉。她饶有兴趣地打量着围观船老大墨菲那特有的水手胸脯的人们，接着，就消失了踪影。

——叫花子妓女，老板说。

——这可叫我吃惊，布卢姆先生悄悄地对斯蒂芬说。从医学上说，那样一个由花柳病医院里出来的浑身散发着病臭的烂婊子怎么能厚着脸皮去拉客，而任何一个头脑清醒的男人，只要稍微爱惜自己的健康，又怎么会……倒霉的女人！当然喽，我猜想，她之所以落到这步田地，归根结底必是某个男人造成的。然而，不管原因何在……

斯蒂芬并没留意方才那个女人，他耸耸肩，只说了这么一段话：

——在这个国家里，某些人卖出去的东西远比她所曾卖过的要多，而且还大有赚头。不用怕那些出售肉体、没有力量收买灵魂的人们[111]。她可不擅长做生意。她贵买贱卖。

那个年长的人尽管并不是个老处女或假正经，却说道：这号女人（在这个问题上，他丝毫不曾囿于老处女式的洁癖）是无法避免的危害，可是有关当局既不发给她们执照，又不要求她们做体检，真是可耻极了，必须*即刻*[112]加以纠正。说实在的，关于这一问题，自己作为*一家之父*[113]，从一开始就坚决主张这么做。他说，谁要是制定了这样一个方针，并彻底地诉之于舆论，就必然会使一切有关的人都受惠无穷。

——你作为一个好天主教徒，他把话题转到灵魂与肉体上来，说。是相信灵魂的。要么，你指的是不是才智和脑力等，有别于任何外在事物，比方说，桌子或那只杯子？我本人是相信这一点的，因为有识之士已经诠释说，那是脑灰质沟回[114]。不然的话，我们就绝不会有例如爱克斯射线这种发明啦。你也这样认为吗？

被这么追问后，斯蒂芬在发表自己的意见之前就不得不让记忆力做一番超过常人的努力，试图聚精会神地回顾一番：

——他们根据最高的权威告诉我们说，灵魂是单一的实体，因而是不灭的。按照我的理解，倘非有可能被它的第一原因——也就是神——毁灭掉，它原本是可以不朽的。但据我所听说的，神是十分可能把毁灭灵魂也加在他那一桩桩恶作剧当中去的；而灵魂的*自发的堕落*和*偶发的堕落*早已被文雅的礼节排斥在外了[115]。

尽管就世俗的布卢姆先生而言，这番带有神秘韵味的妙论是多少过于深奥了些，然而他对这种思路的要旨还是完全默认了。不过，他觉得有义务对单一这个词提出异议。于是，就立即答腔道：

——单一[116]？我不认为这是个恰当的字眼。当然喽，我勉强承认，人们极偶然地会遇上一个单纯的灵魂。但是我迫切地想举的是这样一个例子：伦琴所发明的射线，或是像爱迪生那样发明望远镜；不，我相信比他还早，我指的那个人是伽利略。那样一种发明可了不起呀。比方说，同样的话也适用于像电这样范围很广的自然现象的法则。但是倘若你相信超自然的天主的存在，那就完全是另一码事啦！

——啊，这个嘛，斯蒂芬告诫说。已经由《圣经》里几段最广为人知的段落确凿地证明了。间接证据就且不去谈了。

然而由于两个人无论在教育程度还是其他各方面都像两极一样相距甚远，再加上年龄悬殊，双方的见解便在这一棘手的论点上发生了冲突。

——已经证明了吗？两个人中间经验较丰富的那位固执己见，反驳道。我就不大相信这一点。这是大家都有争论余地的问题；其中的宗派方面就不去牵涉了，请容许我跟你持**截然相反**[117]的看法。坦率地说句老实话，我相信，这些鸡零狗碎多半都是僧侣们所捏造出来的。最大的可能性就是把有关我们那位国民诗人的大问题重新提出来，诸如培根乃是《哈姆雷特》的作者，那些剧本归根结底是谁执笔的等疑问。当然喽，你对你的莎士比亚远比我熟悉多了，我也就无须告诉你什么啦！顺便问一句：这咖啡你喝得下去吗？我替你搅一下。再吃一片甜面包。这就像是用咱们的船老大运来的砖伪装成的。不过，谁也拿不出他根本没有的东西。尝一点儿吧。

——不行，斯蒂芬好容易才挤出这么两个字来，当时他的心灵器官拒绝说更多的话。

俗谚说得好：吹毛求疵是不道德的。布卢姆先生寻思，还不如去搅和或试图搅和那凝在杯底儿的糖疙瘩呢。他抱着近似刻薄的态度琢磨着咖啡宫[118]以及它所从事的戒酒（而且利润很大的）生意。其目的确实是合理合法的，无可争议，裨益良多。他们目前所在的这种马车夫棚也是本着戒酒这一方针经营的，并且在夜间特为流浪者们开业。这跟有资格的人士为下层庶民所举办的音乐会、戏剧晚会、有益的讲演（免费入场）是同一性质的。另一方面，他怀着痛楚清清楚楚地回忆起，当年咖啡宫对他的妻子玛莉恩·特威迪夫人的钢琴演奏所付的报酬是何等微薄，而有个时期她对咖啡宫的营业起过举足轻重的作用。他深深相信，咖啡宫的宗旨本来就是行善盈利两不误，何况它并没有什么值得一提的竞争对手。他记得曾读过一篇报道，说某处一家廉价饮食店的干豌豆是用有毒的硫酸铜 SO_4[119] 或是什么东西染过的。然而想不起时间和地点了。不管怎样，看来对一切食品都必须进行检查，卫生检查乃是当务之急。蒂比尔博士的"维牌可可"之所以成了抢手货，多半还是由于它附有医学分析表呢。

——现在喝一口吧，他把咖啡搅和完了，就试着劝说。

在好歹尝一尝的劝说下，斯蒂芬就攥着沉甸甸的大杯子的柄，从碰洒了一大摊的褐色液体当中举起了它，并呷了一口那难以下咽的饮料。

——不过，这仍不失为固体食品，对他有好影响的这个人劝告说。我是固体食品的信奉者。一点儿也不贪吃，独一无二的理由是：无论从事任何脑力还是体力的正常劳动，这都是不可缺少的条件[120]。你应该多吃些固体食品。你就会感觉自己换了个人。

——流质食品我倒是能吃，斯蒂芬说。可是劳驾把那把刀子挪开吧。我一看刀尖就受不了。它使我想起罗马史[121]。

布卢姆先生马上照他的指点做了，把那受指责的刀子拿开了。那是一把钝头、角质柄、普普通通的刀子，最不起眼的是刀尖，在一般人眼中，完全不会特别引起关于罗马时代或古代的联想。

——我们共同的朋友[122]的故事就跟他本人一样，布卢姆先生从刀子又顺便低声对他的心腹朋友说。你认为那些是真实的吗？他可以通宵达旦一连几个钟头地编造那些奇谈，谎话连篇。瞧他那个样儿！

尽管睡眠不足，海风又把那个人的眼睛吹肿了，然而生活中是充满了无数可怕的事件和巧合的。乍一听，他是信口开河，插科打诨，不大可能像福音书那样准确无误，但是那也有可能并非从头到尾都是瞎编的。

在这期间，布卢姆正审视着眼前这个人。自从盯上他后，布卢姆一直对他做着夏洛克·福尔摩斯式的侦查。此人虽然已经有点儿歇顶了，却保养有方，精力充沛；但是神情有些诡谲，令人想到会不会是个刑满出狱者。用不着费多大脑筋就能把这样一个看起来怪诞不经的人物跟拆麻絮或踏车[123]联系起来。说不定杀死那个对手的就是他本人哩。假定他讲的就是他本人的案子，谈起来却仿佛是旁人的事一般。换句话说，他自己把那个人杀掉了，将四五个年头的大好时光消磨在讨厌的狱中。关于用上文中所描述过的那种戏剧性的方式赎了自己罪愆的安东尼奥这个人物（这与我们的国民诗人笔下的同名剧中人物[124]毫无关系），就不去提了。另一方面，他或许只不过是在那里瞎吹一通。如果是这样，倒还情有可原，因为任何一个老水手要是曾经跨越大洋航行过，一旦遇上地地道道的傻瓜，即都柏林居民，就像那些等着听外国奇闻的马车夫，都会情不自禁地吹起牛来，说什么赫斯佩勒斯号[125]三桅纵帆船啦，等等。归根结底，一个人关于自己所说的瞎话，同旁人对他所编造的弥天大谎相比之下，恐怕就算不上什么了。

——你听着，我并非说那一切都纯粹是虚构的，他继续说。那样的场面虽然并不常见，偶尔还是会遇到的。巨人极为罕见，难得地碰上一次。还有侏儒女王玛塞拉。被叫作阿兹特克人的，我倒是在亨利街的蜡像馆里亲眼看见过几个。他们蜷着腿坐在那儿。你即便给他们钱，他们也伸不直腿，因为这儿的腱——你瞧，他为伙伴简单地比画了一下，或者你随便怎么叫吧，反正是在右膝关节后边——完全不灵啦。这都是被当作神来崇拜，长年那样蜷腿坐着造成的。这儿又是个单纯的灵魂的例子喽。

然而布卢姆先生又把话题扯回到朋友辛伯达[126]那可怕的历险上去。（辛伯达使他多少联想到路德维希——别名莱德维希。当迈克尔·冈恩经营欢乐剧场时，路德维希主演《漂泊的荷兰人》[127]获得巨大成功，爱慕他的观众蜂拥而至，个个都只是为了听听他的声音。尽管无论是不是幽灵船，一旦搬上舞台，就跟火车一样，通常会变得有点儿单调了。）他承认那位水手所讲的本质上没有什么相互矛盾的地方。相反地，从背后捅一刀倒颇像是意大利佬的手法。不过，他仍然愿意坦率地承认，库姆街附近的小意大利[128]那些卖各种炸土豆片的自不用说，还有卖冰激凌的和卖炸鱼的，也都不喝酒，是些勤勤恳恳、省吃俭用的人。不过，他们也许太喜欢趁着夜间随手乱逮属于旁人的有益无害的猫[129]族了。还把他或者她那不可或缺的[130]大蒜抄了来，好在第二天人不知鬼不晓地饱餐一顿带汁的佳肴，并且还说：来得真便宜。

——就拿西班牙人来说吧，他接下去说。他们容易感情用事，像魔鬼一样急躁，动辄就用私刑，拔出下腹部所佩尖刀“嗖”的一下就清算你的一生[131]。这都是那炎热的气候所造成的。说起来，我内人就是个西班牙人，那就是说，有一半西班牙血统。实际上，只要她愿意，她眼下就能够取得西班牙国籍，因为她出生于西班牙（就法律而言），即直布罗陀。她是西班牙型的。肤色浅黑，头发是通常那种黑色，眼珠子乌黑。我确实相信人的性格决定于气候。所以我才问，你是不是曾用意大利语写过诗。

——门外头那帮暴躁的家伙，斯蒂芬插嘴道。为了十先令发起火来了。罗伯特偷了他的东西[132]。

——可不是嘛，布卢姆先生表示同意。

——而且，斯蒂芬直勾勾地望着，对自己或不知在哪儿的某个听着的人说。我们还有但丁的急性子和与之形成等腰三角形的他所爱上的波蒂纳利[133]小姐，还有伦纳德[134]和托马索·马斯蒂诺[135]。

——这是血统的关系，布卢姆先生紧接着说。一切都受到太阳之血的洗涤。真是个巧合，就在咱们今天相遇——假若那说得上是相遇的话——之前，我刚好在基尔代尔街博物馆观看那儿的古代雕像来着。臀部啦，胸脯啦，都匀称极啦。在此地你简直碰不见那样的女人。兴许这儿那儿，偶尔有个例外。标致，对，你会发现她在某一点上好看，然而我指的是女人的整个体态。除此之外，她们大多对服装都没有什么审美力。无论谁怎么说，反正服装是能大大增加女人的天生丽质的。皱皱巴巴的长筒袜——这也许是我的弱点，反正我最厌恶的就是这个。

然而座中人的兴趣开始淡了下来，其他人就聊起海上的事故来，诸如船在雾中失踪或撞到冰山上等。当然喽，船老大也有其独特话题。他说，他曾多次绕过好望角[136]，在中国海上还战胜过一种风——季节风。他说，在海上遇到所有那些危险时，他始终得到了一样东西的保护（他用的或许是类似的字眼）：一枚避灾徽章，使他幸存下来。

随后，话题又转到船只因触到当特暗礁遭难的事件[137]上去了。失事的是那艘倒霉的挪威三桅帆船——一时谁都记不起它的名字了。那个长得确实像亨利·坎贝尔的水手终于想起来了，船名帆尔默号，是在布特尔斯汤岸滩触的礁，成了当年全城人的话题——艾伯特·威廉·奎尔还以此为题替《爱尔兰时报》写了一首富于独创性的极出色的佳作。碎浪花冲刷着船身，成群的人们聚在海岸上，一片混乱，一个个吓得呆立在那里。又有人提起，闷热潮湿的一天，天鹅海港的凯恩斯夫人号轮船被同一航线上迎面驶来的莫纳号撞沉，谁也不曾给他们任何援助，全体船员丧生。莫纳号船长说，他担心自己这艘船的缓冲舱壁会垮掉。底层仓里好像并没进水[138]。

这时出了一件事。水手需要扬帆了，便离开了自己的座位。

——伙计，让俺从你的船头横过去，他对旁边那个正安详地悄悄打着盹儿的人说。

他拖着沉重的脚步，拙笨地慢慢走向门口，迈下马车棚外只有一阶的台阶，朝左边拐去。当他刚站起来时，布卢姆先生曾注意到，他两边兜里各露出一瓶看起来是水手们喝的那种朗姆酒，为的是暗地里灌进他那灼热的胃。布卢姆先生瞧见他这会儿正四下里打量，并从兜里掏出一只瓶子，拔开或是拧开塞子，将瓶口对准嘴唇。咕嘟咕嘟地痛饮了一通，津津有味。布卢姆简直克制不住自己了。他机警地怀疑，这个老手儿兴许是被女人这一对抗物所吸引而出去做了一番军事演习的。然而这时那个女人实际上早已消失得无影无踪了。他定睛一看，才勉强辨认出那个灌了一肚子朗姆酒、精神随之而振的水手，正毋宁说是出神地仰望着环行线的陆桥桥墩和纵梁。当然自从他最后一次踏访，这里已大大地改建，面目一新了。看不见形影的某人或某些人把男子小便池指给他看，那是卫生委员会为了卫生而到处盖起来的。但是，过了一阵短暂的寂静之后，显然是对小便池敬而远之的水手，竟就近方便起来。他那泡舱底污水撒了好一阵，看来溅到地上的声音随即惊醒了拴在那排待雇马车中一辆车上的一匹马[139]。

醒过来后，一只马蹄好歹找到新的立足点，挽具丁零当啷直响。岗亭里，跟前正燃着一盆焦炭的那位市政府守夜人被吵着了。他衰弱已极，眼看就要垮了。他不是别人，原来就是前面曾提到过的冈穆利。如今他实际上是靠教区的救济金过日子。过去认识他的帕特·托宾[140]，十之八九是出于人道的动机，安排他在这儿当上个临时工。他在岗亭里翻来覆去，来回改变姿势，最后才把四肢安顿在睡神的怀抱之中。他现在的境遇无比恶劣，真是令人惊异。他本有着最体面的亲戚，生来习惯于优裕舒适的家庭环境，一度曾挣过一百英镑年薪。当然喽，这个双料傻瓜竟把钱挥霍殆尽。多次狂欢作乐，如今是穷途末路，一文不名了。不用说，他是个酒徒，假若——不过，这可是个大大的“假若”——他能设法戒掉这一特殊嗜好的话，他蛮可以在一项巨大事业上获得成功呢。这又是一个教训。

这当儿，在座的人们都高声为爱尔兰海运业的一蹶不振而表示痛惜。无论沿岸航线还是外国航线都一样，二者是一而二，二而一。帕尔格雷夫—墨菲的一艘船从亚历山德拉船坞的下水台被送了出去，而那是今年唯一新造的船[141]。果不其然，港口比比皆是，遗憾的是入港的船却一艘也没有。

老板说，这是由于船接连失事的关系。他显然是个**知情人**[142]。

他所要弄清楚的是：为什么那艘船竟撞在戈尔韦湾内唯一的岩礁上了呢？而一个姓沃辛顿[143]还是什么的先生，不是刚刚提出戈尔韦港计划吗？他建议他们去问一下那艘船的船长——利弗航线的约翰·利弗船长[144]，为了那天的工作，英国政府究竟给了他多少贿赂。

——我说得对吗，船老大？他向那个悄悄地喝了一通，并另外干了点什么之后正走回来的水手问道。

那位大人物正把传入耳中那歌词的只言片语荒腔走调地低吼成水手起锚的调

调。虽然整个旋律的音程都偏离了一两个音，可劲头却来得十足。布卢姆先生耳朵尖，此刻听见他好像正在把板烟（确实是板烟）吐出去。那么，当他喝酒啦解小手啦的时候，想必是把它攥在手心里的。灌下那流质火焰后，嘴里有点儿发酸。不管怎样，他总算成功地放水兼[145]注水了一通，然后又滚了进来，把酒宴的气氛带到夜会中，像个真正的船上厨师[146]的儿子那样吵吵闹闹地唱道：

饼干硬得赛黄铜，
牛肉咸得像罗得老婆的屁股。
哦，约翰尼·利弗！
约翰尼·利弗，哦！

为此感叹了一番之后，这位不容轻视的人物就登场了，回到自己的席位，与其说是坐，毋宁说是重重地沉落到为自己安排的座位上。

——剥山羊皮——假定就是那位老板——显然是别有用心。他以色厉内荏的申斥口吻，就爱尔兰的天然资源问题什么的，发泄了一通牢骚。他在一席冗长的论说中描述爱尔兰是天主的地球上无与伦比的富饶国家，远远超过英国，煤炭产量丰富，每年出口的猪肉价值六百万英镑，黄油和鸡蛋则共达一千万英镑。但是英国却向爱尔兰的穷苦人民横征暴敛，强迫他们付出惊人的巨款，并把市场上最好的肉掠夺一空。另外还说了不少诸如此类夸张的话[147]。接着，他们的谈话就转到一般的话题上，大家一致同意这是事实。任何东西都能在爱尔兰的土壤里生长出来，他说，在纳文[148]，埃弗拉德上校还栽培出烟草来了呢。难道在任何地方能找到比得上爱尔兰所产的熏猪肉吗？但是靠犯罪行为取得的不义之财无论多么庞大，他用渐强音[149]蛮有把握地说，并垄断了座中的谈话，强大的英国总有一天必然会遭到报应。破灭的日子终会到来，而且那将是有史以来最大的破灭。他断言德国人和日本佬也会俟机而动[150]。布尔人造成了结局的开端[151]。英国徒有其表，已经摇摇欲坠了，最后会崩溃在爱尔兰手里。爱尔兰将是它的阿戏留的脚踵。他又就希腊英雄阿戏留那易受伤害的部位为他们做了一番解释[152]。由于他隔着靴子指了指腱在哪儿，就完全吸引了听众的注意，从而大家也立即恍然大悟了。他奉劝每个爱尔兰人说：留在你出生的地方，为爱尔兰而工作，为爱尔兰而生活。巴涅尔说过：爱尔兰连她的一个儿子也舍不得撒手。

周围的沉默标志着他的**终曲**。那位冷漠的航海者听了这些悲惨的信息，泰然自若。

——可没那么容易呀，方才这番老生常谈显然多少惹恼了这位粗鲁朴直的汉子，他就回了这么一句。

老板被泼了一盆冷水，在崩溃等问题上让了步，但依然坚持他的基本见解。

——陆军里最优秀的部队是哪几支？头发灰白的老兵愤愤地问道。跳得最高最远和跑得最快的呢？还有最优秀的海军上将和陆军上将呢？告诉俺呀。

——要选就选爱尔兰人呗，除了脸上的一些缺点，长得挺像坎贝尔的马车夫说。

——说得对，老水手证实道。笃信天主教的爱尔兰农民。那是咱们帝国的栋梁。你认识吉姆·马林斯[153]吗？

老板像对每一个人一样，随他去发表个人的意见，然而他又补充说，他对任何帝国都毫无好感，不管是我们的也罢，他的也罢。他并且还认为，没有一个为帝国服务的爱尔兰人不是吃白饭的。接着他们又恶语相加，火气越来越大。不消说，双方都争取听众站在自己这一边。但是只要他们两个人还没有互骂，以致大打出手，听者就都只是饶有兴味地观望这场舌战而已。

根据经年累月的内幕消息，布卢姆先生颇倾向于把上述见解看作是荒谬透顶的胡言乱语，嗤之以鼻；因为姑且无论他是否衷心企盼那样一种结局[154]，对这一事实他总是了如指掌：除非海峡对岸的那些邻人远比他所设想的还要愚蠢，否则与其认为他们在显示实力，毋宁说是藏而不露。这种见解就跟一部分人所持的那种再过一亿年，爱尔兰岛的姊妹岛不列颠岛的煤层就将被挖掘一空这一堂吉诃德式的看法如出一辙。随着时间的推移，即便形势的发展果如所料，关于这个问题他个人至多也只能说：在这之前会接连发生无数偶然事件，对于引发这一结局将同样有着关连；尽管两国之间的分歧大得简直是南辕北辙，眼下总还是以竭力相互利用为宜。另外一个有趣的小问题（打个通俗的比方，犹如妓女和扫烟囱小伙子相好）就是爱尔兰兵替英国打仗的次数和与英国敌对的次数一样多，老实说，前者还更多一些。事到如今，又何苦来呢？这两个人，一方领有特准卖酒的执照，据传说是（或曾经是）有名的“常胜军”菲茨哈里斯；另一方显而易见是个冒牌货。双方的这场吵闹，尽管旁人丝毫并未察觉其中的花招儿，然而他作为一名旁观者，又身为人类心理的研究家，不由得强烈地感到，如果这是预先安排好的话，那就与奸计没有什么两样了。至于这个承租人也罢，店老板也罢，多半压根儿就不是另外那个人[155]，他（布卢姆）理所当然地不禁感到，除非你是个地地道道的头号大笨蛋，否则就绝不要去理睬这号人。在私生活中定下一条金科玉律，绝不跟他们打任何交道，更不要牵涉到其阴谋诡计中去。因为总会有偶尔冒出个达尼曼[156]前来行骗的可能性，像丹尼斯或彼得·凯里[157]那样，在女王——不，现在是国王——的法庭上供出对同犯不利的证据。这种事单是想想就令人厌恶。此外，他从原则上就讨厌那种为非作歹、罪恶累累的生涯。犯罪倾向从来不曾以任何形状或形式在他内心里萌生过（尽管仍不改初衷），然而对这个基于政治信念，真正拿出勇气举刀——白晃晃的刀——的人，他的确还是怀着一腔敬慕之情，但是就他个人而言，他是绝不愿意参与进去的，这跟他不愿意被卷进南国那种由于情爱而引起的族间仇杀案中去是一样的。要么拥有她，要么就为她而上绞架——这种时候，通常都是丈夫为了妻子跟那个幸运男子之间的关系（丈夫曾派人监视那两个人的行动），跟她争吵了几句。他所膜拜的人儿竟在婚后与人私通[158]，结果，他用刀子把她砍伤致死。这时他忽然想起绰号"剥山羊皮"的菲茨，只不过曾经替伤害事件的真凶赶过一辆马车而已。倘若他所听到的话属实，菲茨并没有实际参加那场伏击。事实上，司法界一位权威就是这么替他辩护的，从而救了他一命。不管怎样，而今这已成了古老的故事，至于我们这位冒牌的"什么皮"，显然活得太长，早已不再为世人所垂青了。他本该寿终正寝，或者上高高的绞刑架[159]呢。就像女演员一样，老说这是告别演出——绝对是最后一场——接着又笑眯眯地重新登台。这当然是天性喽，落落大方得过了头，完全不懂得节制什么的，总是扑过去咬骨头影儿[160]。同样地，他极其机敏地猜到约翰尼·利弗在码头一带徘徊的时候，想必在"老爱尔兰"酒店的融洽气氛下唱起《回到爱琳来》等曲调，散了些财。至于另外一些人，不久之前他还曾听见其中的一个说起那句隐语来着，他告诉斯蒂芬，自己是怎样简捷而有效地让那个出口不逊的人闭上嘴巴。

——那家伙不知怎么一来被惹恼了，这位感情上虽受了严重伤害，但大体上性情还是那么平和的先生说。是我说走了嘴，他喊我作犹太佬，口气激烈，态度傲慢无礼。于是，我就丝毫也没有背离事实，率直地告诉他说，他的天主，我指的是基督，也是个犹太人。他一家子都是，就跟我一样，其实我并不是。这话可把他难住了。温和的回答平息怒气[161]。人人都看到，这么一来堵得他哑口无言。我说的对吧？

关于自己口气温和地提出责难一事，他暗自怯生生地感到骄傲，把视线转到斯蒂芬身上，凝视了他好半晌。似乎表示：你的看法才错了呢。他的目光又包含着恳求，因为他觉得那也并不尽然。

——**他们是族长们的子孙**，斯蒂芬用模棱两可的腔调说。他们的两只或四只眼睛相互望着，**按照身世说，基督**也罢，叫布卢姆也罢，或是无论叫什么名字，跟他们同族[162]。

——当然喽，布卢姆先生开始把话挑明了。你得看问题的两面。关于善与恶，很难规定出严格而绝对的标准，各个方面的确有改良的余地。不过，人们说，每一个国家都有它该有的政府[163]，包括咱们这个饱经忧患的国家[164]。但是在各方面多拿出点善意来该有多好。相互炫耀各自的优越性固然很好，可是谈不谈相互平等呢？对于任何形式或方式的暴力或不宽容，我都一概憎恨。那样做什么目的也达不到，什么反抗也阻止不了。革命必须按照预定计划分几个阶段进行。说起来，只因为有些人住在旁处并且操另一种语言就憎恨他们，那真是荒谬透顶。

——值得纪念的血泊桥[165]之战和七分钟战役[166]，斯蒂芬支持他的看法。斯金纳巷子为一方，奥蒙德市场[167]为另一方。

——是呀，布卢姆先生表示完全赞成。他毫无保留地同意此话，认为讲得千真万确，而世界上到处都充满了这样的事。

——你把已经到我嘴边的话全给说出去啦，他说。彼此举出互不相容的证据，一片胡言乱语。老实说，闹得你几乎不可能……

据他的愚见，所有那些会激起敌意的无聊的争吵都意味着代表斗志的乳突[168]或某种内分泌腺在作怪。人们错误地以为这就是为名誉啦国旗之类的细枝末节——其实，闹的主要是隐在一切事物背后的金钱问题：也就是贪婪与妒忌，人们永远也不懂得及时见好就收。

——他们把一切都归罪于……他不禁说出声来。

他掉过身去，因为他们很可能……于是挨近了些，好不让其他人……万一他们……

——犹太人，他像是道着旁白般地小声对斯蒂芬说。被指控造成了毁灭。我有充分把握说，这完全不符合事实。历史——你听了这话，会不会吃惊呢？——彻底证明了当宗教法庭把犹太人从西班牙驱逐出境之后[169]，那个国家就衰落了。而克伦威尔这个极其精明强干的恶棍，尽管在其他方面有不少过失，但当他让犹太人入境之后，英国就繁荣起来了[170]。这是怎么回事呢？因为他们讲求实际，而且这一点已经得到了检验。我不愿意放开来谈……因为你读过关于这个问题的权威之作，况且你是个正统派……撇开宗教不谈，仅就经济领域而言，神父总是招致贫困。再说到西班牙。你已经从那场战争[171]中看到了，并且跟充满活力的美国做了比较。至于土耳其人，那就是教义的问题啦！因为倘若不是相信死后能够直接升天堂的话，他们就更会惜命了，至少我是这么看。这是教区神父耍的花招儿，以便假借名义来筹款。反正我，他怀着充满戏剧性的激情说，就跟开头我告诉过你的那个鲁莽汉子一样，是个地地道道的爱尔兰人，而且我巴望看到每一个人，他下结论道，不分宗教信仰和阶级，都相应地[172]拥有可观的收入，能够过得舒舒服服——而且不能小里小气地，每年的进项总在三百英镑左右吧。这是个关键问题，而且不难办到，那样就可以促使人与人之间更友好地往来。不管对不对，反正这就是我对爱国的看法。咱们在母校[173]上古典课的时候，不是一知半解地学过点儿吗？祖国所在地，日子过得好[174]。意思是说，只要你工作，就能在那儿过上好日子。

斯蒂芬一边喝着那杯毫无味道的所谓咖啡，一边听着这番老生常谈，目光不曾特别盯视什么。自然他听得出各种词句在变换色调，就像早晨他在林森德瞧见的那些螃蟹一样，它们飞快地钻进同一片沙滩上那呈现出各种不同颜色的沙子里[175]。它们的窝就在沙子底下的什么地方，或者好像是那样。随后他抬头望见了说这话的那双眼睛，也许并没说，不过他听见了“只要你工作”这句话。

——把我免了吧，他好不容易才说出这么一句，指的是工作。

话音刚落，对方那双眼睛吃了一惊，因为正如他，即现在暂时拥有这双眼睛的人所说，或者不如说是他的嗓音所说：人人都应该工作，必须工作，大家一道。

——我指的当然是，对方赶紧明确指出，最广义的工作，其中包括文笔工作，那也不光是为了博得名声。如今为报刊写稿是最便当的渠道了。那也是工作呀，而且是重要的工作。归根结底，仅就我对你略有所了解的那一点点来说，既然你在教育上已经花了那么多钱，你就有权利提出报酬的数目，以得到补偿。你完全可以边研究你那哲学，边靠笔耕来糊口，就像农民一样。对吧？你们都属于爱尔兰，脑力也罢，体力也罢。两者都同样重要。

——按照你的想法，斯蒂芬半笑着说，由于我属于圣帕特里克郊区[176]，简称爱尔兰，所以我才重要吧？

——我认为还可以说得更深一些，布卢姆先生含蓄地说。

——但是我觉得，斯蒂芬打断他的话说，爱尔兰之所以重要，想必是因为它属于我。

——什么属于？布卢姆先生以为自己或许误会了，就探过身去问，请原谅。很遗憾，后半句我没听清楚。它什么……你？

斯蒂芬明显地面带愠色，重复了一遍，把那一大杯说不上是咖啡还是什么玩意儿毫不客气地往旁边一推，又说了一句：

——反正咱们不能变换自己的祖国，那么就换个话题吧！

在这个妥贴的建议之下，布卢姆先生为了换换话题，就低下头去，然而大惑不解。因为他简直不晓得该怎样恰如其分地解释属于这个词，听上去毋宁说是有些模模糊糊。要是旁的什么谴责都会更清楚一些。不消说，由于刚才那阵狂饮，带有奇妙的辛辣味的酒气明显地上了脸，而清醒的时候他是从来也没这样过的。布卢姆先生把家庭生活看得无比重要，然而这个青年也许并没能从中完全得到满足，要么就是未能跟正经人交往的关系。身旁的青年使他感到些许不安。于是，就怀着几分惊愕悄悄地端详着这个青年，想起他刚从巴黎回来不久，尤其是那双眼睛，令人强烈地联想到他的父亲和妹妹。但这也没能解决什么问题。不管怎样，他想起几个颇有教养者的事例，纵然前程似锦，却过早地凋谢，刚萌芽就夭折了。除了他们本人，谁也怪不得。就以奥卡拉汉[177]为例吧，他是个半疯狂的怪人，他家道虽不算殷实，却有不少体面的亲戚。他胡作非为过了头，在种种放荡行为中，还包括喝醉酒后骚扰周围的人，穿起一身用褐色纸张做成的衣服（确有其事）来招摇过市。当他疯狂地游荡够了之后，通常就以陷入困境收场[178]。然后只好在几个朋友的帮助下躲藏起来。下都柏林堡警察厅的约翰·马伦曾露骨地暗示要对他睁一只眼闭一只眼，以避免根据刑法改正条例第二条[179]对他进行惩罚。被传讯者的名字照例是要提交给当局的，然而却不予公布，个中原因任何人只要稍微动动脑筋就明白了。简而言之，要是把几件事联系起来想的话，例如他断然未予理睬的 6 啦，16 啦，安东尼奥又怎么啦，还有赛马骑师和唯美主义者以及刺青[180]。七十年代左右，甚至在上议院刺青都曾风行一时。因为当今在位的皇上早年还当太子的时候，十分之一的上层阶级[181]以及其他达官显贵都一味地仿效君主。他回顾着那些声名狼藉者和头戴王冠者所犯下的一桩桩背离道德的罪过。就拿多年前发生的康沃尔事件[182]来说吧。尽管巧妙地掩饰起来，那简直是违反自然之举。恪守法律的善良的格伦迪太太[183]曾对此狠狠地加以怒斥，不过，个中缘由跟他们自己所想的不大相同。妇道人家除外，她们相互间关心的总是一些无聊琐事，不外乎穿戴等。喜欢穿有特色的紧身衣裤的太太们自不用说，每一个服饰讲究的男人也都必须通过间接的暗示来突出两性之间的差别。为了越发真正地刺激双方间的不道德行为，她就为他解开纽扣，他则替她解衣宽带，连对一根饰针也都不忽略。而那些连背阴处的气温都高达华氏九十度的荒岛上未开化的种族，对这种事一丁点儿也不在乎。话又说回来了。另一方面，也有依靠自己的能力从社会底层硬是闯进上层的呢。那凭的是天生的禀赋。先生，靠的是头脑。

由于这一点和进一步的理由，他觉得等在此地来利用这意料之外的机会是有益的，也有义务这样做，尽管他不能确切地说出究竟是为什么。其实，他已经为此闹了几先令的亏空，还是听任自己陷了进去。不过，交上这样一位见多识广、不同凡响的朋友，所得到的报偿可谓绰绰有余了。他觉得，头脑不时地受到这样的刺激是对精神的一种最高级的滋补。再加上他们萍水相逢，一道谈论、跳舞、争吵，同这些行踪不定的老水手、夜间的流浪者们、令人眼花缭乱的一连串事件都凑在一起，构成了我们所生活的这个世界的雏形浮雕。尤其是近来对“十分之一的底层阶级”[184]，也就是煤矿工人、潜水员、清道夫等的生活，正做着精密的调查。他寻思，如果利用这段大好时光[185]把这一切见闻都记录下来，是否也能交上菲利普·博福伊先生那样的好运呢？假定他能以每栏一畿尼的稿酬写点儿不落窠臼（正如他所企图的那样）的东西的话。题目就叫《我在马车夫棚里的……》——对，《体验》吧！

刚巧他肘边就摆着一份谎言连篇的《电讯晚报》粉色版体育特辑。他重新百思不得其解地琢磨着“属于他的国家”以及在这之前的字谜：那艘船是从布里奇沃特驶来的，而明信片可又是寄给A.布丁的，要问船长究竟有多大年纪。他边动脑子边漫无目标地扫视着属于他那专业范围的一些栏目。“我等包罗万象之父，我等望尔，今日与我，当日报纸[186]。”起初他有点儿吃惊，原来不过是有关一个名叫H.德·拉博伊斯的打字机代理商或什么商人的报道。激战，东京[187]。爱尔兰式的调情，付赔偿金二百英镑[188]。戈登·贝纳特奖杯[189]。移民诈骗案[190]。大主教阁下威廉十来函[191]。丢掉在阿斯科特赛马会上获胜，令人联想到在一八九二年的德比马赛上，马歇尔上尉[192]那匹实力不明的黑马雨果爵士怎样以绝对优势一举夺标。纽约的一场灾难。一千人丧命[193]。口蹄疫。已故帕特里克·迪格纳穆先生的丧礼。

为了换个话题，他开始读关于永眠了的迪格纳穆的报道。他回想起那着实是一桩凄凉的送葬。

——今晨（这当然是海因斯写的喽）已故帕特里克·迪格纳穆之遗体已由沙丘纽布里奇大街九号住所移至葛拉斯涅文安葬。死者生前在本市素孚众望，为人温厚，今患急病谢世，各界市民无不震惊，痛切哀悼。葬礼系由坐落于北斯特兰德街一六四号之H. J. 奥尼尔父子殡仪馆所办理（这肯定是海因斯在科尼·凯莱赫的授意下写的），死者之亲朋好友咸往参加，送葬者包括：帕特里克·迪格纳穆（嗣子）、伯纳德·科里根（内弟）、律师约翰·亨利·门顿、马丁·坎宁翰、约翰·鲍尔 eatondph $\frac{1}{8}$ ador dorador douradora[194]（准是为了凯斯那条广告的事儿把蒙克斯叫了去才排错的）、托马斯·卡南、西蒙·迪达勒斯、文学士 [斯蒂芬·迪达勒斯][195]、爱德华·J. 兰伯特、科尼利厄斯·T. 凯莱赫、约瑟夫·麦克·海因斯、利·布姆、查·P. 麦科伊、穿胶布雨衣的人以及其他数人。

利·布姆（姑且照误排的拼法）以及整个一行排得一团糟的活字固然令人十分懊恼，同时查·P. 麦科伊和文学士斯蒂芬·迪达勒斯正因为缺席，格外引人注目，这是用不着说的了（穿胶布雨衣的人的事暂且不提）。此事可把利·布姆逗乐了，并指给那位文学士看，也没忘记告诉他，报纸上经常出现的那些荒唐可笑的错误。这时，那位伙伴正半神经质地试图憋回另一个哈欠。

——第一封《希伯来书》登出来了吗？下颌刚一能够活动，他就问道。经句：张开汝口，将汝脚伸进去[196]。

——可不是登出来了吗，布卢姆先生说。（不过，起初他以为青年指的是大主教，可接着又提到脚和口，这就与大主教不可能有任何关联了。）他总算使青年的心情安定下来，因而欣喜万分；迈耶斯·克劳福德最终处理这档子事的方式，又使他感到有点儿愕然。瞧！

当对方读着第二版时，布姆（姑且就用他这个排错了的新姓氏吧）为了解闷，时而隔三跳四地读上一段第三版所载阿斯科特赛马会上第三场比赛的消息。除了副奖一千金镑，对未阉割的小公马和小母马，还外加正币三千金镑整。第一名为F.亚历山大先生所拥有的纯种马丢掉；它出自即刻的血统，五岁，九斯通[197]四磅，斯莱尔产（骑手W.莱恩）。第二名为霍华德·德·沃尔登所拥有的馨芳葡萄酒（骑手M.坎农）。第三名为W.巴斯先生所拥有的权杖。在馨芳葡萄酒身上所下赌注为以五博四，丢掉为以二十博一（最高数）。丢掉和馨芳葡萄酒并肩而驰，难以预料哪匹马会赢。随后这匹没有获胜希望的黑马竟冲向前去，遥遥领先；在二英里半的赛程中，击败了霍华德·德·沃尔登勋爵的栗色公马和W.巴斯先生的赤褐毛小母马。优胜马的调马师是布雷恩。这么看来，利内翰对此次马赛的估计就纯属无稽之谈了，有把握地担保说是以一马身的距离赢的，多么聪明啊！除了一千英镑，还外加正币三千英镑[198]整。参赛的还有J.德·布雷蒙德的马克西穆姆二世（班塔姆·莱昂斯热衷于打听这匹法国马的情况，至今它还没赢过，可是随时都可能获胜）。可以通过各种途径取得成功。调情的赔偿金。然而莱昂斯这个愣头愣脑的家伙，过于急躁，忽然改变了主意，最后赔个精光[199]。当然，赌博显然容易发生这样的事态。结果出来后，可怜的傻子没有多少理由来庆幸自己的选择。那原是孤注一掷。最终不过是瞎猜一气而已。

——所有的迹象都表明，到头来他们是会这样的，布卢姆先生说。

——谁呀？另一位说。顺便提一句，他的手受伤了。

一天早晨打开报纸一看，马车夫蛮有把握地说，上面会登着《巴涅尔回国》这么一篇报道。他们愿意拿什么跟他赌都成。一天晚上，有个都柏林步兵连队的士兵到这个棚子里来了，说他曾经在南非看到过巴涅尔。他的命就葬送在自尊心上了。出了第十五号委员室那档子事[200]之后，他本该要么自杀，要么就去隐蔽一个时期，直到恢复正常，再也没有人能够指责他为止。等他一旦恢复了理智，他们个个就都会前来在他跟前下跪，央求他复职。他并没有死。只不过是潜伏在什么地方呢。他们运来的灵柩[201]装满了石头。他改名换姓，成了布尔将军德威特。他跟教会的僧侣们斗[202]，那是失策了，等等。

不管怎样，布卢姆（还是用他的正式姓氏吧）对他们这些回忆感到相当吃惊，因为十之八九都是些用成桶的焦油泄愤的问题[203]，况且不止一桩，而是好几千起，又过了二十多年[204]，早已经遗忘殆尽。至于石头的说法，那当然更是捕风捉影了。即便有这么回事，考虑到各方面的情况，他也绝不会认为回国是妥善之举。巴涅尔之死显然使他们悲愤不已。要么是因为正当他的各种政治计划臻于完成的节骨眼儿上，却因患急性肺炎而一命呜呼；要么就是因为像大家所风闻的，他浑身淋得精湿之后疏忽了，没有换靴子和衣服，因而患了感冒。他又没请专科医生诊治，却把自己关在屋里，终于不出两周就在世人的惋惜中死去了。要么也十分有可能是由于他们发现这么一来自己手中的工作就被剥夺了，因而灰心丧气。当然，就连他在这之前的活动也无人知晓，关于他的行踪，丝毫没有线索。即使在他开始使用福克斯啦、斯图尔特[205]等化名之前，就已完全是艾丽斯，你在哪里？[206]式的了。因此，他的马车夫朋友所散布的那些话，也未尝不可能哩！毫无疑问，他天生是位领袖人才，回国的念头自自然然地会折磨着他。他仪表堂堂，身高六英尺[207]，脱了鞋起码也还有五英尺十或十一英寸。而某人以及某某人等[208]不但跟这样一位前任比起来有云泥之差，而在旁的方面又无可弥补，却飞扬跋扈。他们这位偶像的脚是泥土做的[209]，实在是个痛切的教训。从此，原来在他周围的那七十二名忠实的支持者就互相诬蔑诽谤起来，所使用的手法与凶手没有两样。请你务必回来，萦绕心头的思乡之情在吸引着你，并让那些临时替角看看正角的演技吧。就在他们砸毁《不可压制报》——也许是《爱尔兰联合报》[210]吧——的活字盘那个场合，布卢姆曾交了个好运：见到过巴涅尔一次。他衷心感谢自己有此荣幸。事实是，当巴涅尔的大礼帽被击落后，布卢姆把它捡起，递了过去。尽管上述小小灾难使巴涅尔功亏一篑[211]，他依旧神色坦然；不过，内心无疑是激动的，还是说了声谢谢你——这是出于渗透到他骨子里的习性。至于回国嘛，要是你刚一回来他们没有马上嗾使猩狗跟踪你，你就算幸运了。接着，照例会发生一连串纠缠不清的事儿：诸如汤姆赞成你而迪克和哈里反对你之类。于是，首先就得对付目前的财产占有者，必须拿出自己的各种身份证件，就像蒂奇伯恩案中的被告那样。名字叫罗杰·查尔斯·蒂奇伯恩。据他所知，嗣子所乘的那艘沉船名叫贝拉号，后来也得到了证实；身上还有黥墨呢，贝柳勋爵，对吗[212]？这位原告很容易就能从同船的哪个伙伴口中东拼西凑地打听出些细节。一旦做到能自圆其说，不至于露出破绽，就自我介绍说对不起，我名叫某某，或是这类套话。更谨慎的做法是，布卢姆先生对身旁那个人说。他喜怒哀乐不形于色，事实上挺像他们所正议论着的那位显赫人物，首先得摸清事物的来龙去脉。

——都是那条母狗，那个英国婊子[213]要了他的命，偷卖漏税酒的店老板说。是她把第一颗钉子钉进他的棺材的。

——不管怎样，反正是个漂亮的大块头，这位自封的市公所秘书长亨利·坎贝尔[214]说。而且丰满得很。俺在一家理发馆瞧见过她的照片。她丈夫是个上尉，总归是个军官。

——可不是嘛，剥山羊皮凑趣地补充了一句。他是，而且还是个装腔作势的。

这样一个滑稽人物无端地冒到话题中来，四下里[215]引起一片哄笑声。至于布卢姆，他连一丝笑意也没有。他只是定睛望着门口，回忆着当时曾唤起不同寻常的好奇心的那桩历史事件。连双方交换的那些通篇是甜蜜空话的一封封情书也被公诸于世，以致使事态更加恶化[216]。起初他们的确是纯精神的恋爱，后来出于生理本能，两人就发生了关系，逐渐达到高潮，成为街头巷尾的话题。最后就是那个致命打击的到来。对于为数不少的居心险恶、执意要使他垮台的人来说，那可是个求之不得的消息。此事一直是个公开的秘密，然而并没有达到后来渲染成的那样耸人听闻的程度。既然他们两人的名字已经联结在一起，既然她已经公开承认他是她的心上人，还有什么必要从房顶上来向民众宣布呢？这里指的是他和她同床共寝过的事。当这件事在证人席上经过宣誓被公布出来时，座无虚席的法庭上是一片紧张气氛，所有在场的人都为之震动了。证人们宣誓后说，他们曾目睹他在某月某日身穿睡衣靠一把梯子从楼上一间屋子里爬了出来，他是用同一方式爬进去的。此事张扬出去之后，使几家周刊着实发了一笔横财。其实这案情很简单，不过是做丈夫的未能尽到责任。他们夫妻之间除却名义之外，别无任何共同点。这时，走来一个真正的男子汉，强壮得几乎成了其弱点。此人为妖妇的魅力所迷惑，就忘记了家庭的羁绊[217]。通常的结局是：沐浴在所爱之人的微笑中。不消说，永远存在于夫妇生活中的那个问题就出现了。倘若插进了一个第三者，夫妻之间还能有真正的爱情吗？［难题[218]。］然而要是这个男子在一股痴情的推动下对她怀起满腔爱情，又与公众何干？与另外那个预备役陆军军官（即轻骑兵，说得确切些，第十八骑兵队的一员；是再见吧，我豪侠的上尉[219]那样一种极其平庸的类型）相形之下，他确实是位男子汉大丈夫中的杰出楷模，加以禀赋极高，更是相得益彰。毫无疑问，他（这里指的是已垮台的领袖，而不是另外那个人）有着独特的火暴性子，而她作为一个女人，当然一眼就看得出，并认为唯其如此，他才名扬天下。正当大功即将告成之际，全体司铎、牧师[220]，往昔那些坚定可靠的拥护者，以及他所爱护过的被剥夺了土地的佃户们——他曾在本国乡村以超过其任何乐观期望的劲头替这些佃户辩护，勇往直前为之效劳，而这些人却为了婚姻问题一举把他搞垮，犹如把炭火堆在他的头上，简直就像寓言中那头被踢上一脚的驴[221]。而今回顾一下往事，追想事情的整个经过，一切都恍如一场梦。至于回来，那更是你毕生最大的失策，因为那样你自然会感到事过境迁，形势起了变化。布卢姆先生回忆，自从他搬到北边去住，看来爱尔兰区岸滩这一带好像有些不同了。北也罢，南也罢，纯粹是那曾经引起激情的案子使形势大大逆转。那个女的也是西班牙人，或有一半西班牙血统；也是那种一不做二不休的人，一味听任南国的热情肆意奔放，一切脸面礼仪统统弃之不顾。这刚好证实了他正说着的话。

——刚好证实了我正说着的关于血统和太阳的话，他心里热乎乎地对斯蒂芬说。要是我没弄错的话，她也是个西班牙人哩！

——西班牙国王的女儿[222]，斯蒂芬回答说，又乱七八糟地补充了几句：什么西班牙葱头们，你们好，再见，第一片国土叫作空酒瓶，从拉姆岬角到锡利有多少什么的[223]。

——她是吗？布卢姆叫了一声，并未感到震惊，只不过出其不意而已，我可从来没听说过这个传闻。不过有可能，尤其是她在那儿住过[224]嘛。这就是西班牙。

他小心翼翼地藏着那本《……的快乐》[225]，从而联想起卡佩尔图书馆那本已过了期限的书。他掏出皮夹子，匆匆翻着里面装的各种东西；终于……

——顺便问一声，你认为，他细心地选出一幅褪色的照片，撂在桌子上，这是西班牙型的吗？

经对方这么明确地一说，斯蒂芬就低头端详起照片来。那是个高大丰腴的女人，风华正茂，充分散发出肉体的魅力。她身着夜礼服，炫耀般地将脖领儿开得低低的，尽量突出那对轮廓鲜明的乳房。饱满的嘴唇是张着的，露出几颗皎齿，显得蛮庄重地伫立在钢琴旁边。乐谱架上摆着挺好听的民歌《在古老的马德里》[226]的乐谱，当时正流行的。她（那位夫人）一双又黑又大的眼睛望着斯蒂芬，而他呢，面对着这么个值得赞美的尤物，快要笑逐颜开了。这幅供审美家欣赏的杰作是出自都柏林首屈一指的摄影艺术家、西莫兰街的拉斐特[227]之手。

——这是我的妻子，布卢姆太太。*首席女歌手*[228]玛莉恩·特威迪夫人，布卢姆解释道。还是几年前照的呢。大约是一八九六年。这幅照片照得很像当年的她本人。

他挨着这位青年，一道审视这位如今已成为他的正式妻子的女人的照片，并且坦率地告诉他说：她是布赖恩·特威迪鼓手长的女儿，很有教养，从小就对声乐有非凡的素质，刚刚芳龄二八[229]就登台同听众见面。至于容貌，照片上倒是把表情照得栩栩如生，只是身姿方面却委屈了她。平素她是极为引人注目的，但是这样一装扮，她的身段就没有充分显示出来。他说，那一次她要是拍全身照，就更上相了，丰满的曲线[230]自不在话下。他除了本行之外，对艺术也沾点儿边，有时从发展方面看妇女的体态，因为头天下午，他在国立博物馆刚巧看到了作为完美艺术作品的希腊雕像。可以用大理石把原物如实地再现出来；肩膀，背，整个形体的匀称美。其余的一切呢，是啊，就像清教徒那么拘谨。大理石就是这样的。凭着至尊的圣约瑟发誓……然而那是任何照片也无法做到的，因为一句话，那根本不是艺术。

他在兴头儿上，颇想学学水手的好榜样，借口要……把照片稍微撂上几分钟，听任它发挥魅力，那么对方就可以独自陶醉于对美人儿的欣赏中了。尽管照相机丝毫未能充分再现她的舞台形象，然而说实在的，就它本身而言，也颇足以饱观赏者的眼福了。但是作为一个文化人，这会儿离座简直不符合礼节，今天晚上舒适暖和，然而就季节而论，又十分凉爽，因为一场暴雨之后，阳光……这当儿他感到一种需求，好像有个内在的声音，要他学着样儿出去走动走动，满足一下可能的欲望。尽管如此，他依然端坐在那里，瞅着那张丰满的曲线起了皱折、稍带点污迹的照片，然而它并未由于陈旧而变得逊色。为了不至于进一步增添对方在掂掇她那隆起的*丰腴胸脯*[231]的匀称美时可能感到的窘迫，他体贴入微地把视线移开了。事实上，那一点点污迹反而添加了魅力，就像稍微脏了一点儿的亚麻布就跟崭新的一样好，不，由于上面那层浆没有了，毋宁说是比新的还强得多。倘若他……的时候她出去了呢？我在找那盏灯，她告诉我说，这句歌词[232]浮现到他的脑际。但这个念头只是一闪而过，因为此刻他又回想起早晨那张凌乱的床铺等，以及写着“遇见了他尖头胶皮管”[233]（*原话*）的那本关于鲁碧的书[234]。它恰好掉在卧室尿盆旁边了，对原书作者林德利·穆雷，可说是不恭之至[235]。

他待在这青年身边，的确感到高兴。受过教育，*风度高雅*[236]，而且还容易感情用事，是他们那群人当中的尖子。不过，你不会想到他有这方面的……不，你是会想到的。何况他还说照片蛮好看。无论谁怎么说，就是好看，尽管现在她明显地发福了。可那又有什么不好呢？关于那类事件，流传着大量莫须有的胡说八道，给当事人的一生带来污名。报纸上硬说某某高尔夫球职业选手或新近在舞台上红起来的明星有什么暧昧行为。对夫妻间司空见惯的纠纷，不是公正诚实地报道其真相，却照例添枝加叶、耸人听闻地渲染一番：他们怎样命中注定相遇的，又怎样相爱上的，从而使两人的名字在公众心目中被联系起来。连他们的信件都拿到法庭上去宣读，满纸都是通常那些感伤的、有失体面的语句，使他们没有开脱的余地。说明了他们在一家著名的海滨旅馆每周公开同居两三次，按正常趋势他们的关系越来越亲密了。随后就是**非绝对的**[237]离婚判决，代诉人试图提出反对的理由，但未能推翻原判，非绝对的遂成为绝对的。至于那两个行为不端者就彼此沉溺在爱恋中，漠然无视这一判决。最后此案被交到事务律师手里，他代理受到不利的判决的当事者按照程序递上一份诉状。当他（布）[238]沐浴在挨近爱琳的无冕之王这一光荣中时，这一事件和那桩历史性骚动同时发生了。那位垮了台的领袖——众所周知，即便在被加上通奸的污名之后，他也依然坚守阵地，绝未退让；直到（领袖的）十名或十二名，也许更多的忠实支持者闯进《不可压制报》，不，是《爱尔兰联合报》（顺便说一句，这绝不能说是个恰切的名称[239]）的印刷车间，用铁锤还是什么家伙把活字盘砸毁了。这完全是由于一向以诬蔑诽谤为能事的奥布赖恩[240]派的蹩脚记者摇着轻浮的笔杆编了那些下流谗言，对他们原先的民众领袖的私人品德任意进行诋毁中伤所造成的。尽管一眼就看得出他简直完全换了个人，可依然保持着凛然的气概。衣着虽然还像往日那样随随便便，他的眼神却显示出坚定的意志，使那些优柔寡断者感受很深。他们把他捧上宝座后，才发现他们的偶像那双脚是泥土做的，从而大为狼狈。反正她是头一个发觉这一点的。那是到处发生骚动，情绪格外激烈的时期，布卢姆被卷进聚集在那里的人群。有个家伙用肘部狠狠地戳了他的心窝一下，幸而不严重。他（巴涅尔）的帽子冷不防被碰掉了，看到这幅情景并在混乱中拾起帽子以便还给他的正是布卢姆（而且飞快地递还给他了）。这是确凿的历史事实。巴涅尔气喘吁吁，光着头，当时他的心已飞到距帽子不知多少英里以外。敢情，这位先生生来就是注定要为祖国豁出命去干的。说实在的，首先就是为了荣誉而献身于事业的。他幼小时在妈妈腿上被灌输的周全礼节已渗透到他骨子里，这当儿突然显示出来。他转过身去，朝递给他帽子的那位十分**镇定**[241]地说了声：**谢谢你，先生**。当天早晨布卢姆也曾经提醒过律师界一位名流[242]，他头上的帽子瘪了。巴涅尔的声调可跟那人大不一样。历史本身重复着，但反应并不尽同。那是在他们参加一位共同朋友的葬礼，完成了把他的遗体埋入墓穴这桩可怕的任务，并让他孤零零地留在荣光中[243]之后。

另一方面，他在内心深处更感到愤慨的是出租马车夫之流恬不知耻地开的玩笑。他们把整个事件当成笑料，肆无忌惮地放声大笑，装作对事情的来龙去脉了如指掌，其实他们心里糊里糊涂。这本来纯粹是两个当事人的问题，除非那位合法的丈夫收到密探的一封匿名信，说是就在那两人相互亲昵地紧紧搂抱着的关键时刻，给他撞上了，从而就促使那位丈夫去留意他们那暧昧关系，导致家庭骚乱。犯了过错的妇人跪下来向当家的告饶，只要这位受了损害的丈夫肯对此事抱宽恕态度，既往不咎，她就答应今后与那人断绝关系，再也不接受他的访问。她热泪盈眶，然而兴许长着一张标致脸蛋儿的她，同时还偷偷吐舌头呢，因为很可能还有旁的好几位哩！他这个人是有怀疑癖的，他相信，并且毫不犹豫地断言：天下即便有贤妻，而夫妻间又处得十分融洽，也仍会有一个或几个男人，总是依次守候在她周围，缠住不放。而一旦她怠慢了自己的本分，对婚姻生活感到厌倦，就会心生邪念，骚动不安起来，于是她卖弄风情，招惹男人们，到头来就会移情于旁人。于是，年近四十而风韵犹存的有夫之妇与年纪比自己轻的男子之间就艳闻[244]频传了，毫无疑问，好几起有名的女子痴情事例都证实了这一点。

万分遗憾的是，那些头脑有幸生得灵敏的年轻人（坐在他身边的显然就是其中的一位），竟然把宝贵的光阴浪费在淫荡女人身上，说不定她还会赠给他一份足够他享用一辈子的梅毒哩！这位幸运的单身汉有朝一日遇上相般配的小姐，就会娶她做妻子。到那时为止，与女人交往倒也是个不可或缺的条件[245]。他丝毫不想为弗格森[246]小姐（促使他凌晨来到爱尔兰区的，极可能就是这位特定的“北极星”哩）的事盘问斯蒂芬什么。尽管他十分怀疑斯蒂芬能够从诸如此类的事中得到由衷的满足：沉湎于少男少女式的谈情说爱啦，同只会嘻嘻嘻地傻笑、身上一文不名的小姐每周幽会上两三次啦，照老一套的程序相互恭维，外出散步，又是鲜花又是巧克力地走上亲密的情侣之路。考虑到他既没有栖身之所，又没有亲人，钱财都被一个比任何后妈都更歹毒的房东大娘诈骗了去；以他这个年龄而言，确实糟糕透了。他抽冷子脱口而出的那些奇谈怪论牵动着比他年长若干岁或几乎可以做他父亲的布卢姆的心。然而他的确应该吃点儿富于营养的东西：在牛奶这一母亲般的纯粹滋补品中掺上鸡蛋，做成蛋酒，要不就吃家常的白水煮鸡蛋也好嘛！

——你是几点钟吃的饭？他向那个身材细挑的青年问道。青年脸上虽没有皱纹，却满是倦容。

——昨天的什么时候，斯蒂芬说。

——昨天！布卢姆惊叫道，后来想起这已经是明天，星期五了。啊，你的意思是说，现在已经过了十二点！

——那就是前天吧，斯蒂芬纠正了自己的话。

这个消息简直使布卢姆感到惊愕，他陷入沉思。虽然他们并不是对样样事情意见都一致，两人不知怎地却有个共同点，好像两颗心行驶在同一条思考的轨道上。大约二十年前，就在小伙子这个年龄上，他也曾一头扎进过政治。当鹿弹福斯特[247]在台上的年月里，他对议员这一显赫职务抱着近似向往的态度。他还记起，自己也曾对那些同样的过激思想暗自怀有敬意（这本身就是巨大的满足的源泉）。比方说，佃户被迫退租的问题当时刚刚冒头，引起民众极大的关注。不用说，他本人连分文也不曾捐赠给这一运动，而且其纲领也并非完全没有漏洞。他不能把信念绝对地寄托在上面。他认为佃户拥有耕作权符合当代舆论的趋势，起初作为一种主义他全面地赞成；及至发现弄错了，就部分地纠正了自己的偏见。由于他竟然比到处游说耕者应有其田的迈克尔·达维特[248]的过激意见甚至还进了一步，从而遭到嘲笑。正因为如此，当这帮人聚在巴尼·基尔南酒馆露骨地讽刺他时，他才那么强烈地感到愤慨。尽管他经常遭到严重的误解，再重复一遍，他仍不失为最不喜欢吵架的人。然而他却一反平素的习惯，（打个比喻来说）朝着对方的肚子给了一拳。就政治而言，他对双方相互充满敌意的宣传与招摇所必然导致的伤害事件及其不可避免的结果——主要是给优秀青年带来不幸与苦恼——一句话，对适者灭亡[249]的原则理解得再透彻不过了。

不管怎样，既然已快到凌晨一点了，权衡利弊，早该回家睡觉了。难题在于把他带回家去多少要冒点风险（某人[250]有时会发脾气），可能闹得一团糟，就像他一时冒失，把一条狗（品种不详）带回翁塔利奥高台街去的那个晚上一样。他记得非常清楚，因为刚好在场。狗的一只前爪跛了（倒不是说二者情况相同或不同，尽管这位青年也有一只手受了伤）。另一方面，如果建议他到沙丘或沙湾去呢，那又太远，时间也太迟了。二者之间究竟该选哪个，他倒有点儿无所适从了。经过全盘考虑之后，得出的结论是：对他来说，就应该充分利用这个机会。斯蒂芬给他的最初印象是对他有点儿冷淡，不大吐露心迹，但是不知怎地，他越来越被对方所吸引了。举例来说，当你向这个青年提个什么打算时，他绝不会欣然接受，而使布卢姆焦虑的是，即使自己有个建议，也不晓得该怎样把话题转到那上面，或怎样确切地措词，诸如：倘若容许自己在据认为适当的时候为对方贴补点儿零用钱或在穿着方面帮对方一把的话，他会感到莫大的快乐。不管怎样，他打定主意这样了结此事：为了避免重蹈那只瘦狗的覆辙，当夜姑且让他喝上一杯埃普可可[251]，临时打个地铺，再给他一两条围毯盖盖，把大氅折叠起来当枕头。起码让这个青年处在能够保障他的安全的人手里，就跟台架[252]上的烤面包片那样暖烘烘的。他看不出这么做能有多大害处，只要确保绝不会发生任何骚乱就行。该离开了，因为这位让老婆守活寡的快活的人儿[253]好像被胶摽在这里了，他一点儿也不急于回到他那颇可怀念、眷恋的王后镇家中去。今后几天内，要是想知道这个形迹可疑的家伙的下落，老鸨搜罗几名年老色衰的佳人儿在下谢里夫街那边开起来的窑子倒是可以提供最可靠的线索。他忽而讲了一通发生在热带附近的六响左轮枪奇闻，打算把她们（人鱼们）吓得毛骨悚然，忽而又对她们那大块头的魅力加以苛刻的挑剔，其间还大杯大杯地畅饮私造的威士忌酒，兴致勃勃地胡乱开一阵心。到头来照例是自我吹嘘，说什么实际上我究竟是何许人也。正如代数先生到处[254]所写的那样，让 XX 等于我的真名实姓与地址吧。就在这当儿，布卢姆想起自己曾怎样随机应变、巧妙地回击那个天主的血和伤痕[255]的家伙，指出他的天主是个犹太人，于是大家就暗笑起来。人们要是被狼咬了，还能忍受，然而一旦被羊咬了一口，那就真正会被激怒。和善的阿戏留的最大弱点也是怕被人指出：你的天主是个犹太人。因为世人好像通常相信，天主来自香农河畔卡利克或斯莱戈郡[256]的什么地方。

——我仔细考虑了一下，我们的主人公终于提议道，同时小心翼翼地把老婆的照片往兜里揣。这里太闷热了，你干脆到我家去，一道聊聊吧！我就住在附近。这玩意儿你可喝不得。[你喜欢喝可可吧[257]？]等一等，我来付账。

离开这里显然是上策，随后就顺利了。他一边谨慎地往兜里收起照片，一边向棚屋老板招手，老板却好像没有……

——对，这样做最好不过啦，他对斯蒂芬担保说；然而对斯蒂芬来说，黄铜头饭店[258]也罢，他的家也罢，或任何旁的地方，都或多或少地……

各种乌托邦计划都从他的（布卢姆的）不停地转着念头的头脑中闪过。教育（真正的项目）、文学、新闻、《珍闻》的悬赏小说[259]、最新式的海报、到挤满剧场的英国海滨疗养地去做豪华的旅游，水疗、演出两不误，用意大利语表演二重唱等，发音十分纯正地道。当然，无须乎向世人和老婆广泛宣传此事，说自己怎样交了点好运。需要的是早日动起手来。他已觉察出这个青年继承了乃父的嗓子，于是就把希望寄托在这一点上，认为一定能成功。所以只消把话茬儿引到那特定的方向去就成，反正也碍不着什么事，为的是……

马车夫看着手里的报纸，大声念了一段前任总督卡多根伯爵在伦敦某地主持马车夫协会晚餐会的消息[260]。听了这条激动人心的报道之后是一片沉寂，随着是一两个哈欠。接着，坐在角落里的那个仿佛还剩有几分活力的怪老头儿[261]读道：安东尼·麦克唐奈爵士从尤斯顿车站出发，前往次官官邸，或诸如此类的消息。人们对这条饶有兴味的消息的反应是问一声为什么。

——老爷爷，让咱瞅一眼那份报，老水手略微显示出天生的急脾气，插嘴道。

——好的，被招呼的老人回答说。

水手从随身携带的眼镜盒里取出一副发绿的眼镜，慢悠悠地架在鼻子和双耳上。

——你眼神儿不好吗？长得像市公所秘书长的那个人怀着满腔同情地问道。

——唔，蓄着一副花白胡子的航海人回答说。这家伙略识几个字，就好像是正隔着海绿色舱窗向外眺望似的。俺读啥的时候就戴眼镜儿。是红海里的沙子教俺养成的习惯。说起来，俺从前连在暗处都能看书。俺最爱读《一千零一夜》[262]啦，《她红得像玫瑰》[263]也不赖。

于是，他用粗笨的手摊开报纸，用心读起天晓得的什么玩意儿：发现了溺尸啦；柳木王的丰功伟绩啦；艾尔芒格为诺丁独得一百多分，在第二场比赛中无一出局啦[264]。这当儿，老板（丝毫不理会艾尔的事）正专心致志地试图把那双分不出新旧、显然穿着太紧的靴子弄松一点，并咒骂那个卖靴子的人。从那帮人的面部表情可以辨认得出，他们是醒着的，也就是说，要么是愁眉苦脸的，要么就讲上句无聊的话。

长话短说。布卢姆看明事态之后，生怕待得太长，招人讨厌，就头一个站了起来。他信守了自己要为这次聚会掏腰包的诺言，趁没人注意就机警地朝我们这位老板做了个几乎觉察不到的告别手势，示意马上就付钞，总计四便士（并且不引人注目地付了四枚铜币，那诚然是"最后的莫希干人"[265]了）。他事先瞧见了对面墙上的价目表上印得清清楚楚的数字，让人一看就读得出来[266]：咖啡二便士，点心同上。正如韦瑟厄普[267]过去常说的，货真价实，供应的东西有时竟值两倍的价钱哩！

——来吧，他建议结束这场集会[268]。

他们看到计策奏效，时机成熟，就一道离开了那座马车夫歇脚的棚屋或下等酒馆，告别了聚在那里的、身着防水服的*名流*[269]人士。除非闹场地震，这帮人是绝不会从这种什么也不干是美妙的[270]境界中脱身的。斯蒂芬承认他还是不舒服，精疲力竭，并在门口伫立了片刻。

——有一件事我一直不明白，他心血来潮，说了句意想不到的话。为什么在咖啡店里，晚上他们总是把桌子翻过来？我的意思是说，把椅子翻过来放在桌上。

永远难不倒的布卢姆对这句抽冷子提出的问题毫不迟疑地回答说：

——早晨好扫地呀！

这么说着，他出于体贴就矫健地蹿到伙伴的右侧，并且真心实意地为自己这一习惯表示歉意，因为照古典的说法，右边是他像阿戏留那样易受损伤的部位。尽管斯蒂芬的腿有些发软，眼下夜晚的空气确实令人觉得爽快。

——那（指空气）对你会有好处的，布卢姆说，一时指的也包含散步。只要散散步，你就会觉得换了个人似的。不远啦。靠在我身上吧。

于是，他用左臂挽着斯蒂芬的右臂，就这样领着他前行。

斯蒂芬含含糊糊地唔了一声，因为他感到一个陌生而软塌塌、颤巍巍的肉身挨近了他。

不管怎样，他们从摆有石头和火钵等的岗亭前面走过。那里，当年的冈穆利——如今落魄成市政府的临时工——正如谚语所说的，依然被搂抱在睡神怀里，睡得正香，沉浸在绿色田野与新牧场[271]的梦中。说到塞满石头的棺材，这个比拟是蛮不错的。因为他确实是被人用石头砸死的。闹分裂的时候，八十几名议员中竟有七十二个倒了戈[272]。主要是他曾经大捧特捧的农民阶级，大概就是被剥夺了佃耕权后，他替他们收回来的那些佃户哩。

这样，两人就挽着臂，穿过贝雷斯福德广场，一路上布卢姆闲聊起自己无比热爱可又纯粹是个外行的艺术形式——音乐。瓦格纳尽管自有其众所公认的雄伟气魄，然而对布卢姆来说，却有点儿太沉闷了，一开始就难以理解。但是他简直迷上了梅尔卡丹特的《胡格诺派教徒》、梅耶贝尔的《最后的七句话》[273]和莫扎特的《第十二弥撒曲》。他认为后者的《荣耀颂》[274]乃是第一流音乐中的登峰造极之作，真正能使其他一切音乐黯然失色。他非常喜爱天主教宗教音乐，那远远超过其竞争对手在这方面所能提供的穆迪与桑基圣诗[275]或“嘱我活下去，我就做个新教徒[276]”。他对罗西尼的《站立的圣母》[277]的称赞也绝不落在任何人后面。这确实是一首充满了不朽的节奏的乐曲。有一次在上加德纳街耶稣会教堂举行的演奏会上，他的妻子玛莉恩·特威迪夫人就演唱过它并博得好评，真正引起了轰动。他可以把握十足地说，在她已享有的声誉上，更增添了光彩，使所有其他演唱者均黯然失色。为了聆听夹在演唱家或毋宁说名手[278]当中的她的演唱，听众甚至把教堂门口都挤满了。大家一致认为没人赛得过她。在平时唱诵圣乐的礼拜堂里，人们普遍发出再唱一遍的呼声，这就足以证明她受欢迎的程度了。总之，他爱听莫扎特的《唐乔万尼》[279]那样的轻歌剧，而《玛尔塔》[280]是这方面的珠玉之作。尽管他对门德尔松这样严格的古典派只具有点儿皮毛的知识，却也怀着强烈的爱好[281]。说到这里，斯蒂芬想必是知道那些大家所爱唱的歌曲的。他特地举了莱昂内尔在《玛尔塔》中演唱的插曲《爱情如今》[282]为例。说也真巧，昨天他听到这支歌曲，说得更确切些，是无意中传到他耳中的，他觉得十分荣幸。尤其令他感到高兴的是演唱者正是斯蒂芬的父亲大人。音色圆润，技巧完美，对作品的诠释的确使其他一切人甘拜下风。对于这非常文雅的提问，斯蒂芬回答说他并没有[283]，却开始赞美起莎士比亚的——至少也是那个时代及其先后时期的歌谣来了。又谈起住在费特小巷、离植物学家杰勒德不远的古琵琶演奏家道兰德；我成年弹奏，道兰德[284]。他怎样打算从阿诺德·多尔梅什那儿买一把古琵琶[285]，价钱是六十五畿尼。这个名字布卢姆听上去确实挺耳熟，只是记不大清楚了。还有在对位法的先导主题与应答主题上下过功夫的法纳比父子[286]。此外就是伯德（威廉）。斯蒂芬说，此人无论是在女王小教堂或任何其他地方，只要看到了维金纳琴就非弹上一通不可[287]。还有个姓汤姆金斯[288]的，作过诙谐的或庄重的歌曲。再就是约翰·布尔[289]了。

他们边聊边穿过广场，走近车行道。只见链栏后面有一匹马拉着扫除器正沿着铺石路走来，一路扫拢着长长的一条泥泞。一片噪音，布卢姆简直闹不清关于六十五畿尼和约翰·布尔的引喻自己是否听真切了。他觉得有这么两个完全一样的姓名是个惊人的巧合，就问了声那指的是否是那位同名同姓的政界名人约翰牛[290]。

马在链栏那儿慢慢掉过头去拐弯。布卢姆照例是留神提防着的，看到马这样，就轻轻拽了拽斯蒂芬的袖子，用诙谐口吻说：

——今天夜里咱们有性命危险。可得小心蒸汽碾路机欧。

于是他们停下了脚步。布卢姆凝视着那匹马的脸，怎么也看不出它能值六十五畿尼。由于是在黑暗中突然出现在挨得很近的地方，它就好像是个由骨骼甚至肉组成的与马迥然不同的新奇的东西了。这显然是一匹后腿朝前迈，一路倒退着的四肢不协调的马，半边屁股略低，臀部是黑的[291]，甩着尾巴，耷拉着头。这当儿，牲口的主人正坐在驭者座上，忙于想心事。这是一头多么善良懦弱的牲口啊，可惜他身上没带着糖块儿，然而他又明智地仔细想道，人生在世，总不能对所有可能突然发生的事都做好准备呀。它只不过是一匹大块头、笨拙而神经质的傻马罢了，活在世上无忧无虑。他又寻思，甚至于狗，比方说，巴尼·基尔南酒馆那头杂种的吧，要是个头儿也有这匹马这么大，碰上它可就够吓人的了。然而它长成那个样子可不能怪它呀。就拿骆驼（那是沙漠上的船）来说吧，在它的驼峰里可以把葡萄酿成酒。动物中十之八九可以关进栏里，或加以驯服。除了蜜蜂以外[292]，再也没有人类这么心灵手巧的了。对鲸要使用标枪上的夹叉，对短鼻鳄鱼只要挠挠腰部，它就会懂得开玩笑的滋味了。在雄鸡周围用粉笔画个圈儿[293]。老虎呢，我那老鹰一般锐利的目光[294]。尽管斯蒂芬的话使布卢姆多少分了神，正当这艘马儿船在街上活跃的时候，他脑子里却满是关于野地走兽[295]的正合时机的考虑。斯蒂芬依然继续谈着饶有趣味的往事。

——我刚才说什么来着？哦，对啦！我老婆，**他直截了当地**[296]说。她要是能够结识你，会非常高兴的。因为她对所有的音乐都是倾心的。

他从旁边亲切地望着斯蒂芬的侧脸：他长得活脱儿像他母亲，然而丝毫也没有通常那种必然会使女人着迷的小白脸儿恶少气，兴许他生来就不是那号人。

可是假若斯蒂芬继承了他父亲的天赋（布卢姆相信是这样），这就在布卢姆心中展开了新的前景：例如参加芬格尔夫人为了开发爱尔兰工业而于本周的星期一举办的那种音乐会[297]啦，出入于一般上流社会什么的。

此刻那个青年正在讲解着以《这里青春已到尽头》为主调的精彩的变奏曲。这出自简·皮特尔宗·斯韦林克[298]之手。他是一个出生于荡妇的产地阿姆斯特丹的荷兰人。他更喜欢约翰内斯·吉普[299]那首德国的古老民谣，它描绘晴朗的海，赛仑——那些杀男人的美丽凶手——的歌喉。布卢姆听了，有点儿吃惊：

赛仑蛊惑人心，
诗人如此吟诵[300]。

他唱完开头一节，**就当场**[301]译了出来。布卢姆点点头说，他完全懂了，央求斯蒂芬尽管唱下去。他就照办了。

他那男高音的音色极其纯美，表现出罕见的才华。布卢姆刚听了第一个音调就加以赞赏。倘若他能得到像巴勒克拉夫[302]那样一位公认的发声法权威的适当指导，再学会读乐谱，既然男中音已多得烂了市，他就不难随意为自己标价。那样一来，不久的将来，这位幸福的美声歌唱家就有机会出入于[303]经营大企业的财界巨头和有头衔者那坐落在最高级住宅区的时髦府邸。无论他拥有的文学士学位（那本身就是堂哉皇哉的广告），还是他那绅士派头，都足以为本来就美好的印象更加锦上添花，这样就会万无一失地取得不同凡响的成功。何况他既有头脑，又能够用来达到此目的并满足其他需求。倘若他再注意一下服装的考究，那就更能慢慢博得高雅人士的垂顾。对于社交界在服装剪裁等方面的讲究他是个乳臭未干的新手，简直不明白那样一些区区小节怎么会成为绊脚石。事实上，再过上几个月他就可以预见到斯蒂芬在欢度圣诞节期间，怎样有所选择地参加他们所举行的有关音乐艺术的恳谈会[304]了，从而在淑女们的鸽棚里掀起轻微的波澜[305]，在寻求刺激的太太小姐们当中引起一番轰动。据他所知，这种事儿以前也记载过好几档子。从前，只要他有意，蛮可以不露马脚、不费吹灰之力地就能……当然喽，除了学费以外，同时还有绝不可等闲视之的金钱报酬。他附带说明一下：其实并不一定图几个臭钱就作为一种职业积年累月地站在乐坛上。毋宁说，那是朝着必然的方向迈进的一步，无论从金钱上还是精神上，都丝毫无损于尊严。当你手头急需钱的时候，有人递过一张支票来，也不无小补。况且尽管近来人们对于音乐的鉴赏力每况愈下，可是不落俗套的那种富于独创性的音乐还是很快地就会风靡一时。正值伊凡·圣奥斯特尔和希尔顿·圣贾斯特以及所有这号人[306]把投合时好的男高音独唱偷偷塞给轻信的观众并照例掀起陈腐的流行之后，斯蒂芬的演唱无疑地会给都柏林的音乐界带来一股新风。是呀。毫无疑问，他是做得到的，他必然稳操胜券。这是博取名声、赢得全市尊敬的大好机会。他会成为台柱子，会有人同他签订演出合同，也会为国王街剧场[307]那些捧他的听众举行一场大规模演奏会的。还得有个后台，也就是说，倘若——这个"倘若"可非同小可——有人愿意出力硬把他推上去，凭着这股势头来防止那种不可避免的因循委靡。凡是那些被老好人当作贵公子般娇纵坏了的红角儿，都容易陷进这样的状态。干这行当丝毫也不会损害另外的事。他可以我行我素，只要自己愿意，有的是余暇来自修文学。文学进修是个人的问题，完全不会妨碍或有损于歌手这一行当。说实在的，球就在他脚下，正因为如此，另外那个嗅觉异常敏锐、任何苗头都绝逃不过的家伙[308]才缠住他不放。

就在这当儿，马……过了一会儿，他（即布卢姆）在适当时机，本着傻子迈进天使……之处[309]的原则，在完全不去追问斯蒂芬私事的情况下劝他跟某某即将开业的医生断绝往来。他留意到，此人倾向于瞧不起斯蒂芬。当斯蒂芬本人不在场时，甚至借着开玩笑来贬低他几句，或者随便怎么说吧，反正据布卢姆的拙见，就是在一个人的品格的某个侧面上投下讨厌的阴影——这里他要讲的绝不是什么双关的俏皮话。

那匹马走到绷得紧紧的缰绳尽端（姑且这么说），停了下来，高高地甩起高傲而毛茸茸的尾巴。为了在即将被刷净打磨光的路面添加上自己的一份，就拉了三泡冒热气的粪便。它从肥大的屁股里慢吞吞、一团团地、分三次拉下屎来。车把式坐在他那装有长柄大镰刀的车[310]里，善心而有耐性地等待着他（或她）拉完。

幸而发生了这一事故[311]，布卢姆和斯蒂芬才肩并肩地从那被直柱隔开来的链栏的空隙爬过去，迈过一溜儿泥泞，朝着下加德纳街横跨过去。斯蒂芬虽然没有放开嗓门儿，却用更加激越的声调唱完了那首歌谣：

所有的船只搭成了一座桥[312]。

不管是好话、坏话还是不好不坏的话，反正车把式一言也未发。他坐在低靠背的车[313]上，只是目送这两个都穿着黑衣服的身影——一胖一瘦——朝着铁道桥走去，由马尔神父给成婚[314]。他们走一程又停下脚步，随后又走起来，继续交头接耳地谈着（车把式当然被排除在外）。内容包括男人的理智之敌赛仑，还夹杂着同一类型的一系列其他话题，篡夺者啦，类似的历史事件什么的。这当儿坐在清扫车——或者可以称之为卧车[315]——里的那个人无论如何也是听不见的，因为他们离得太远了。他只是在挨近下加德纳街尽头处坐在自己的座位上，目送着他们那辆低靠背的车[316]。

第十六章　注释

1 好撒马利亚人慈悲为怀，曾周济遇到不幸的人，见耶稣所讲的比喻，《新约·路加福音》第10章第30至37节。

2 瓦尔特里，参看第11章注134。

3 年长者，指布卢姆。他几乎被撒沙车撞着的情节，参看第15章注21。下文中的“有关”，原文为拉丁文。

4 《一个青年艺术家的画像》第5章开头有“当他斯蒂芬在塔博特街的拐角处走过石匠贝尔德的作坊的时候，易卜生精神……在他的心上吹过”之句。

5 原文为拉丁文，典参阅第6章注6。这里，作者把布卢姆比作阿卡帖斯，把斯蒂芬比作埃涅阿斯。

6 詹姆斯·鲁尔克都市面包房兼营面粉业，位于马博特街拐角处。

7 日用粮，见《天主经》祷文：“我等望你，今日与我，我日用粮。”

8 “面包……包”一语，出自斯威夫特（见第3章注44）的讽刺文章《一只澡盆的故事》（1704）序言。

9 这里，把鲍西娅在《威尼斯商人》第3幕第1场中所唱的歌词首句“O tell me where is fancy bred”（“哦，告诉我爱情生长在何方？”）中的“bred”（生长）改成了谐音的词“bread”（面包）。

10 “路上”，原文为法语。

11 “就”，原文为拉丁文。

12 “到头来”，原文为拉丁文。

13 马修·托拜厄斯是当时首都警察署的公诉律师。

14 指托马斯·沃尔，当时他是都柏林市警察管区的违警罪法庭法官。第8章中谈到的老汤姆·沃尔（见该章注108及有关正文）即此人。产婆桑顿曾为其妻子接生。

15 指丹尼尔·马奥尼，当时为律师兼中央首都警察法庭的法官。

16 “花柳界”，原文为法语。

17 “友”，原文为法语。

18 犹大指林奇，参看第15章注971。

19 在第7章“了不起的加拉赫”一节中，曾写到斯蒂芬听奥马登·巴克说起冈穆利替市政府当守夜人的事。

20 “晚安！”及下一段均按海德1989年版另起段（第503页倒10行、倒9行）。莎士比亚书屋1922年版（第572页第6行）及奥德赛1933年版（第608页第22行），这两处均接排。

21 即约翰·科利，出现在《都柏林人·两个浪子》中的浪子之一。

22 新罗斯是爱尔兰东南韦克斯福德一镇。

23 塔尔伯特·德·马拉海德，参看第10章注35、36。

24 斯蒂芬正打算辞去教职（迪希校长也认为他干不长），所以推荐科利去见校长（参看第2章注82及有关正文）。

25 指基督教兄弟会所创设的贫民学校，参看第8章注1。

26 指都柏林最古老的黄铜头饭店（建立于1688年前后）。听者指斯蒂芬，这家饭店使他联想到格林（见第9章注70）的喜剧《修士培根与修士邦格》（1594）中的人物培根，他花7年时间用黄铜铸造了一颗头。

27 这里，把维吉尔的史诗《埃涅阿斯纪》中女王狄多的话做了改动。原话是："我并非未遭到过不幸，故……"

28 指在身上挂起广告牌走街串巷者，参看第8章注41及有关正文。

29 "办公室里的那个女孩子"，指博伊兰的秘书邓恩小姐，见第10章注81及有关正文。

30 指德国提琴手和乐队指挥卡尔·罗莎（1842—1889）于1873年所创立的卡尔·罗莎歌剧团。该团曾多次在都柏林公演。

31 "更深的深处"（a deeper depth）系把弥尔顿的《失乐园》（卷4第71节）中的"in the lowest deep a lower deep"之句做了改动。

32 "很难得的"，原文为法语。

33 艾布拉那是都柏林古称，参看第14章注25。

34 在本书第1章末尾，和斯蒂芬同住在圆形炮塔里的穆利根从他手中把大门钥匙讨了去。布卢姆在第15章中又回顾说，斯蒂芬等人酒后在韦斯特兰横街车站吵了一通（参看该章注74及有关正文），所以这里说他进不了炮塔啦。

35 "讲故事"，原文为法语。

36 南美的特立尼达和多巴哥共和国所产可可豆，质量较次。

37 为了纪念耶稣在星期五被钉在十字架上而死，天主教会规定星期五不许吃肉。这条戒律已于1967年废止。

38 穆利根的原型戈加蒂（见第1章注1）曾于1901年6月23日从利菲河（而不是滨海的斯凯利或马拉海德）里救起一个叫作马克思·哈利斯的人。前文中也曾提及穆利根救人的事，见第3章注154及有关正文。

39 以上四句对话的原文均为意大利语。

40 "剥山羊皮"和"马车夫棚"，参看第7章注141。

41 "人"，原文为拉丁文。

42 "冷静"，原文为法语。

43 "我要"，原文为意大利语，参看第4章注51。下文中的"针对"和"被保护者"，原文为法语。

44 布卢姆讲的是蹩脚意大利语，他把Bella poesia（美丽的诗）误说成Bella poetria。意大利语中无poetria一词，这里姑且译为"希"。下文中，他原来要说的是"美丽的女人"（Bella donna），因未把二词断开，听上去就变成"颠茄"（Belladonna）的意思了。这里姑且译为"女忍"。

45 “促膝谈心”，原文为法语。
46 这是文字游戏。Cicero这一拉丁名字源于cicera（鹰嘴豆），而英文中，pod的意思是“荚”，more意指“更多的”。拿破仑的姓Bonaparte，与法语“好角色”（Bonne part）谐音，这里改成英文词Good body（“好身体”，读作“古德巴迪”）。耶稣基督又名the Anointed（涂了油的）。Anointed与oiled同义，oiled又与Doyle（多伊尔）发音相近。
47 “姓名有什么意义？”一语，出自《罗密欧与朱丽叶》第2幕第2场中朱丽叶的独白。
48 布卢姆家原姓维拉格，父亲迁移到爱尔兰后才改姓。参看第15章注93及有关正文。
49 据莎士比亚书屋1922年版（第579页倒15行），“第二个鸡蛋显然也被击破了”是水手所说的话，应加引号。现根据奥德赛1933年版（第617页第5行）和海德1989年版（第510页第10行）译出。
50 比斯利是伦敦西南郊一村庄。这里有一座射击场，除了国际射击比赛，每年7月还举行一次全国射击比赛。
51 亨格勒皇家马戏团，见第4章注57。
52 指王后镇港附近的大岛的卡利加勒停泊处。W.B.墨菲，海德1989年版（510页415行）作D.B.墨菲。
53 卡姆登和卡莱尔是保卫王后镇港口的两个要塞，位于卡利加勒以南约5英里处。
54 “为了……人”，见第10章注57。
55 直译为“戴维·琼斯”，见第13章注162。
56 此句与《奥德修纪》卷14末尾奥德赛关于黑夜的描述相呼应：“上空布满乌云，下面海水变得昏暗。”
57 《艾丽斯·卡·博尔特》是托马斯·邓恩·英格利希和纳尔逊·克尼斯合编的一首英国通俗歌曲。水手卡·博尔特漂泊了20年，返回家乡后发现他的意中人艾丽斯早已死去。
58 伊诺克·阿登是丁尼生的一首同名叙事诗（1864）中的主人公。他是个水手，漂泊在外多年后回乡，发现妻子安妮·李早已改嫁，遂心碎而死。
59 盲人奥利里是约翰·基根（1809—1849）所作同名歌谣中的一个风笛手。他曾在夜间去看望一个少年，即歌中的“我”。20年后，在辞世的头天夜里，他去跟已成年的“我”告别，并哀痛欲绝地问了这句话。
60 这里，布卢姆把《盲人奥利里》的作者误记为爱尔兰爱国主义诗人约翰·基根·凯西（1846—1870）了。他因参加芬尼社，于1867年一度被捕入狱，受尽摧残，出狱后不久就去世。
61 这是美国教育家艾玛·维拉德（1787—1870）所作同名歌曲（1832）中的一个叠句。配乐者为约瑟·菲利普·奈特。
62 原文为拉丁文。这里指丈夫走后，留在家中的妻子以为他死了而同别人所生的婴儿。
63 “高啊高……哦！”是一首题名《奔驰的兰迪·丹迪，哦！》的航海歌中的叠句。
64 前文中曾两次提及此船。参看第3章末尾及第10章注199及有关正文。
65 达达尼尔海峡是土耳其西北部沟通爱琴海和马尔马拉海的狭长海峡。后文中的“葛斯波第·波米露依”是俄语祷文“天主矜怜我等”的音译。

66 原文为西班牙语，贝尼是玻利维亚东北部省份。

67 “向大家”（generally）是根据海德1989年版（第512页第3行）译的。莎士比亚书屋1922年版（第581页倒9行）和奥德赛1933年版（第619页第23行）均作“和和气气地”（genially）。

68 原文为西班牙语，其中boudin（布丁）一词是法语，意思是“香肠”，becche（贝赤）是意大利语，意思是“鸟啄”。

69 下文“尽管他……”是根据海德1989年版分段的，莎士比亚书屋1922年版和奥德赛1933年版均未另起段。

70 在《玛丽塔娜》（见第5章注104）第2幕中，少年拉扎利洛预先把枪手的子弹拿掉，因而救了主人公堂塞萨尔一命。第3幕中，拉扎利洛被迫向堂塞萨尔开枪，子弹却又奇迹般地停留在塞萨尔的帽子里，没有炸开。

71 “诚实”，原文为拉丁文。

72 霍利黑德距都柏林有70英里，参看第13章注181。下文中的伊根指当时英国—爱尔兰班轮公司都柏林办事处的秘书艾尔弗雷德·W.伊根。

73 沃尔特·J.博伊德（生于1833）曾于1885年至1897年间任都柏林破产法庭的法官，“让博伊德伤伤心”遂指“在财务上冒险”。

74 普利茅斯、法尔茅斯和南安普敦是由都柏林驶往伦敦的邮轮所停靠的3个港埠。

75 为了迎接爱德华七世（1901）的即位，伦敦塔和威斯敏斯特教堂曾被整修一新。这两座建筑和坐落在贵族住宅区的公园街均对游客颇有吸引力。

76 “马盖特”，见第8章注267。

77 伊斯特本是濒临英吉利海峡的一座城镇，为高级游览地。斯卡伯勒是英国东北部主要海滨游览城镇，有矿泉浴场。

78 伯恩茅斯是英国多塞特郡一自治市，有大片海滩。海峡群岛位于英吉利海峡内，为避暑胜地。

79 前文中提到，6月16日晚上，埃尔斯特·格莱姆斯歌剧团正在都柏林公演《基拉尼的百合》，见第6章注24及有关正文。

80 穆迪—曼纳斯歌剧团是爱尔兰男低音歌手查尔斯·曼纳斯（1857—1935）及其妻子英国女高音歌手范妮·穆迪夫人于1897年所组织的，在1904年成为英国首屈一指的大歌剧团。

81 “嗯，……儿”一语出自哈姆雷特王子著名的独白，见《哈姆雷特》第3幕第1场。

82 菲什加德和罗斯莱尔分别位于爱尔兰东南端和威尔士西南部。自1905年起，两港之间开始有班轮往返。

83 “反复审议中”，原文为法语。

84 “远离尘嚣”一语原出自托马斯·格雷的长诗《墓园挽歌》（1751）。后来托马斯·哈代借用作他的同名长篇小说（1874）的书名。下文中的“爱尔兰庭园”指位于威克洛与布雷之间、被称作“威克洛庭园”的风景区，在都柏林以南25英里处。

85 “景色”，原文为法语。前文中的多尼戈尔是爱尔兰最北部一郡，有冰川遗迹。

86 绢饰骑士托马斯占领霍斯山，参看第3章注151。格蕾斯·奥马利是爱尔兰女酋长葛拉纽爱尔的英文名字，见第12章注458。她路经霍斯时，曾绑架领主的儿子。英王乔治四世（1762—1830）于1821年8月踏访爱尔兰时，是在霍斯登陆的。

87 “纳尔逊纪念柱”，参看第6章注52。

88 “准……吧！”一语出自《旧约·阿摩司书》第4章第12节。

89 “短刀”，原文为意大利语。

90 “结尾”，原文为法语。

91 指伦敦图索夫人（1761—1850）蜡像馆的一间恐怖室，那里陈列着不少古今杀人凶手的蜡像。

92 此人显然不知道关于店老板“剥山羊皮”曾参加过“常胜军”的内情，所以当着他的面谈及此事。

93 “无知乃至福”出自托马斯·格雷的颂诗《伊顿公学远眺》（1742），下半句是“机智乃愚蠢”。

94 “讳莫如深”，原文为法语。

95 “窝棚”，原文为西班牙语。

96 “自封的”，原文为法语。

97 “岩石”（Rock），直布罗陀的别称，rock一词又指暗礁。水手把布卢姆刚才所说的直布罗陀“岩石”理解为“暗礁”，说明他所夸耀的见识未必可靠。

98 “生气……牧场”一语出自弥尔顿的《利西达斯》，见第2章注19。

99 美国诗人朗费罗的《海洋的奥秘》（1841）一诗中，有这样的三句：“你想探索海洋的奥秘吗？／只有敢于向其风险挑战者，／才能理解其奥秘！”

100 “细微地”，原文为法语。

101 “救生艇星期日”是皇家全国救生艇协会爱尔兰分会的都柏林支部，靠私人捐款来从事救生活动。

102 这里把纳尔逊训话中的英国改成爱尔兰，参看第1章注78。

103 “基什”，参看第3章注138 。下文中的“它”，指基什的灯船。

104 在1904年，亨利·坎贝尔确实在市公所担任着秘书长职务，他的办公室就设在都柏林市政厅里。

105 爱尔兰有一首以1848年的大饥馑为背景的歌谣，题名《老斯基贝林》。老父亲告诉他的儿子，他是怎样因受英国人的迫害而背井离乡的。

106 在欧洲俚语中，16这个数字意味着同性恋。下文中提到的安东尼奥即这个水手的同性恋对象。

107 “他……仃”，这两句歌词见第6章注66。

108 指《电讯晚报》的最后一版，是用粉色纸在中阿贝街83街的报社印的。

109 布太太是布林太太的简称。布卢姆遇见妓女的情节见第11章注328及有关正文。自下一句（“你那些要洗的衣服”）起，莎士比亚书屋1922年版（第587页倒7行）和奥德赛1933年版（第626页倒10行）均另起一段，海德1989年版（第517页第12行）则并为一段。

110 比尤利与德雷珀共同创办的这家厂子还生产酒和矿泉水等，厂址在都柏林玛丽街。

111 “不用……人们”一语系套用耶稣的话：“不用怕那些杀肉体却不能杀灵魂的人们。”见《新约·马太福音》第10章第28节。
112 “即刻”，原文为拉丁文。
113 “一家之父”，原文为拉丁文。
114 脑灰质沟回（俗称大脑皮层）是人类高级神经活动的中枢。
115 斯蒂芬所说的“最高的权威”指托马斯·阿奎那。这位神学家曾在《神学大全》中指出，事物的堕落不是自发的就是偶发的，而唯有对立面才谈得上堕落。灵魂是“单一的”，无对立面可言，因而是不可能堕落的。原文中，“自发的堕落”和“偶发的堕落”均为拉丁文。
116 “单一”的原文为simple，也作“单纯”或“愚蠢”解。
117 “截然相反”，原文为法语。
118 “咖啡宫”，参看第11章注97。
119 这里，布卢姆的记忆有误。硫酸铜的化学分子式为$CuSO_4$。脱水时变白色，吸水后呈蓝色，有毒。
120 “不可……件”，原文为拉丁文。
121 指罗马史上恺撒被刺死事，见第2章注16及有关正文。
122 “我们共同的朋友”系套用狄更斯最后一部小说（1865）的书名。下文中的“低声……朋友”，原文为意大利语。
123 拆麻絮和踏车是当时犯人在狱中从事的苦役。
124 国民诗人指莎士比亚。莎士比亚《威尼斯商人》《第十二夜》《暴风雨》等剧中均有名叫安东尼奥的人物。
125 美国诗人朗费罗根据1839年12月的一次沉船事故所写长诗《“赫斯佩勒斯”号沉船记》（1840）中的一首歌谣。
126 辛伯达是《一千零一夜》中的人物。这个水手叙述了自己7次远航中的历险见闻。19世纪80年代，哑剧《水手辛伯达》曾在都柏林上演，颇为叫座。
127 威廉·莱德维希（1847—1923）是个都柏林男中音歌手，艺名路德维希。1877年他在欢乐剧场所上演的瓦格纳的歌剧《漂泊的荷兰人》（1843）中扮演主角范德狄肯，参看第15章注200。迈克尔·冈恩，见第11章注257。
128 都柏林的库姆街以南有个意大利移民聚居区，通称“小意大利”。
129 “有益无害的猫”一语出自《威尼斯商人》第4幕第1场中夏洛克的台词。
130 “不……的”，原文为法语。
131 “尖刀……一生”一语，套用《哈姆雷特》第3幕第1场中王子的独白。原话是：“只要用一柄小小的刀子，就可以清算他自己的一生。”
132 “罗伯……西”，原文为意大利语。
133 波蒂纳利是但丁所爱的女子贝亚德（1266—1290）娘家的姓。她是佛罗伦萨人，嫁给了银行家西蒙尼·德·巴第。
134 指伦纳德·达·芬奇，他也是佛罗伦萨人。后世认为他的名画《蒙娜丽莎》（约1503）曾受到但丁在《宴会》中关于眼睛和微笑之描述的启发。该诗文记述了少年时代的爱情。

135 “托马索·马斯蒂诺”是把“托马斯·马斯蒂夫”意大利化了。马斯蒂夫为mastiff（一种滑皮短腰大看家狗）的译音。这是对托马斯·阿奎那的戏称，源于其绰号斗犬阿奎那，参看第9章注424。但丁的《神曲》，在神学和哲学两方面均深受阿奎那的影响。

136 原文作岬角（cape），通常指非洲的好望角，也可指智利南部合恩岛上的陡峭岬角。它位于南美洲最南端，比好望角还险峻。

137 当特暗礁位于都柏林湾以南的科克港口附近。“帆尔默”号（一艘芬兰船，而不是挪威船）是1895年12月24日失事的。艾伯特·威廉·奎尔的悼诗《1895年圣诞节前夜之风暴》刊载于次年1月16日的《爱尔兰时报》上。

138 “凯恩斯夫人”号是一艘英国三桅帆船，“莫纳”号则是德国三桅帆船，并不是轮船。这一沉船事故发生于浓雾弥漫的1904年3月20日。事后查明，根据航路的规定，应让路的是那艘英国船，所以“莫纳”号船长不负事故责任，但他应负道义上的责任，因为他不曾出动所有的救生艇去营救落水船员。

139 自下一句（“醒过来后”）起，莎士比亚书屋1922年版（第593页倒7行）和奥德赛1933年版（第633页倒5行）均另起一段，海德1989年版（第522页第14行）则并为一段。

140 帕特·托宾实有其人，曾于1904年任都柏林市政府铺路委员会秘书。

141 这是为都柏林船主帕尔格雷夫与墨菲合办的公司所建造的一艘轮船。

142 “知情人”，原文为法语。

143 罗伯特·沃辛顿是都柏林铁道一承包人。为了促进铁道运输，包括他在内的几个人曾于1912年力图实现一度夭折了的戈尔韦港扩建计划。参看第2章注67。这里，把日期提前了8年。

144 约翰·奥莱尔·利弗是英国曼彻斯特的一个制造商和企业家。人们正拟订戈尔韦港扩建计划时，利弗所拥有的一艘轮船于1858年撞在港内唯一的岩礁上。这里责怪利弗是故意指使那艘船失事以破坏这一扩建计划的。

145 “兼”，原文为意大利语。下文中的“夜会”，原文为法语。

146 “船上厨师”是对新水手的蔑称。下文中的罗得之妻变成盐柱的故事，见第4章注36。

147 据《〈尤利西斯〉注释》（第548页），当时爱尔兰的煤炭产量并不高。每年平均出口的猪肉价值为171.8万英镑（1898—1902年间），出口黄油和鸡蛋的价值为250万英镑（1896—1902年间）。所以这里说是“夸张的话”。

148 莎士比亚书屋1922年版（第595页第13行）和奥德赛1933年版（第523页倒20行）均作Cavan（卡文）。现根据海德1989年版译出。纳文（Navan）为米思郡一小集镇，位于都柏林西北28英里处。1904年，埃弗拉德上校在这里种了20英亩的烟草试验田。

149 “渐强音”，原文为意大利语。

150 1904年6月，日俄战争已打了4个月，日本海军显示出威力。德国的海军实力则开始对英国的海上霸权构成威胁。

151 “结局变成开端”，系把《仲夏夜之梦》第5幕第1场中昆斯念的开场诗第4行做了改动。意指尽管南非战争以布尔人于1902年被迫放弃独立而告终，但在战争过程中布尔一方曾给予英军重创，开始动摇大英帝国的统治。

152 古希腊英雄阿戏留除了右脚踵外，周身刀枪不入，“阿戏留的脚踵”即“致命的弱点”的代用语。萧伯纳是第一个把爱尔兰比作英国的“阿戏留的脚踵”的，见他为剧本《英国佬的另一个岛》（1906）所写的序言。

153 杰姆斯（吉姆）·马林斯（1846—1920），爱尔兰爱国志士，自学成才，于1881年当上医学博士，受到巴涅尔的推崇。

154 这里把哈姆雷特王子著名的独白中“那正是我们求之不得的结局”一语做了改动，见《哈姆雷特》第3幕第1场。

155 “另外那个人”，指“常胜军”菲茨哈里斯。

156 达尼曼是爱尔兰俚语，指告密者，典出自杰拉德·格里芬（1803—1840）的通俗小说《同犯》（1829）中的仆役达尼·曼。他在男主人的默许下谋杀了女主人。

157 丹尼斯和彼得·凯里是亲兄弟，见第5章注69。

158 “私通”，原文为法语。

159 “上高高的绞刑架”，参看第8章注127。

160 指《伊索寓言》中《狗和影子》的故事。一只叼着肉骨的狗看见映在水面上的自己的影子，便扑过去咬，结果反而把叼的肉骨掉到水里。

161 “温和的回答平息怒气”一语出自《旧约·箴言》第15章第1节。下半句是：“粗暴的言语激起愤怒。”

162 斯蒂芬这段话中排成五仿的部分，原文为拉丁文，系引自《新约·罗马书》第9章第5节，并稍做删节。全句是：“他们是族长们的子孙，按照身世说，基督跟他们是同一族的。”

163 “每一……政府”一语出自法国哲学家、外交官约瑟·德·迈斯特尔（1753—1821）的《政治组织和人类其他制度的基本原则论》（1814）。

164 “饱经忧患的国家”一语出自《穿绿衣》，见第3章注136。

165 “血泊桥”，见第10章注209。

166 “七分钟战役”是源于“七年战争”（即1756—1763的普法战争）、“七周战争”（1866，普鲁士对抗奥地利、巴伐利亚等）、“七天战役”（美国南北战争中的连续几次战斗）的说法，表示仗打得短暂。

167 斯金纳巷子和奥蒙德市场位于都柏林里奇蒙桥的两端，整个18世纪，那曾是工匠和学徒之间械斗频繁的所在。

168 乳突是人体颅骨侧面和外耳后面的乳头状骨突。德国颅相学的创始人弗朗兹·约瑟夫·加尔（1758—1828）认为：根据头脑的形状可以推断出人的智能和性格。他的追随者进一步提出，乳突越发达，斗志越旺盛。

169 宗教法庭又译作异端裁判所，是天主教教廷排除异教的机构，已于1908年废除。西班牙的犹太人是由阿拉贡国王斐迪南二世（1452—1516）于1492年下令驱逐出境的。

170 克伦威尔“有许多过失”，指屠杀爱尔兰妇孺等暴行，见第12章注513。但是在克伦威尔的鼓励下，1656年有几家犹太金融巨头到伦敦和牛津来定居，他们给被内战破坏了的英国经济带来了勃勃生机。

171 指1898年的美西战争。西班牙军队装备很差，士气不振，因而惨败。

172 “相应地”，原文为拉丁文。

173 “母校”，原文为拉丁文。

174 “祖国所在地，日子过得好”，原文为拉丁文。这里，布卢姆把谚语“哪里过得好，哪里就是祖国”做了改动。

175 本书第3章中曾写到斯蒂芬在沙丘海滩徜徉。从那里再往北走，林森德的沙滩上就有半透明的螃蟹。它们移动时，好像不断改变着色调。

176 “郊区”，原文为法语。圣帕特里克是爱尔兰的主保圣人，所以这么说。

177 “奥卡拉汉”，参看第6章注40。

178 “收场”，原文为法语。

179 刑法改正条例第2条禁止教唆或拉拢妇女与人勾搭成奸。

180 刺青在19世纪的欧洲贵族社会很是时髦，下文中的“当今在位的皇上”指英国国王爱德华七世。除了他以外，俄国和西班牙的王室也有文身的。

181 “十分之一的上层阶级”是套用“十分之一的底层阶级”的说法。见本章注184。

182 19世纪有过两起康沃尔事件。（1）康沃尔公爵（即当时尚未登基的威尔士亲王，后来的爱德华七世）的两个朋友与1870年的一桩离婚案有牵连，公爵因而被要求出庭做证。（2）1883年，都柏林堡的两个官员康沃尔和弗伦奇被牵连到人数众多的同性恋案件中去。

183 格伦迪太太是托马斯·莫克斯顿（约1764—1838）所著喜剧《加速耕耘》（1798）中的一个未出场的人物。她的邻居成天生怕她指责自己的一举一动。所以“格伦迪太太”就成为人们日常谈话中衡量自己举止的僵硬尺度。

184 英国基督教救世军的创始人威廉·布思（1829—1912）在其著作《最黑暗的英国及其出路》（1890）中认为英国人口的1/10处于赤贫状态，并创造了“十分之一的底层阶级”一语以图唤起公众对这一问题的重视。

185 “利用……时光”一语套用英国牧师艾萨克·瓦茨（1674—1748）的赞美诗《力戒懒惰》。原词为：“利用每一刻大好时光。”

186 这条广告套用了《天主经》的词句。原词是：“在天我等父者……我等望尔，今日与我，我日用粮。”

187 “激战，东京”，指发自东京的有关日俄战争的电讯。

188 1904年6月16日的《电讯晚报》上刊载了有关一个名叫玛吉·德莱尼的女子在控告税务官弗兰克·P.伯克对她调情的一场官司中胜诉并获赔偿金200英镑的消息。

189 这是有关6月17日将举行戈登·贝纳特国际汽车赛的消息。参看第6章注63及有关正文。

190 指加拿大诈骗案，参看第7章注71 。这个案件于6月17日发回到下级法院，被告于次月11日被判徒刑。

191 指都柏林大主教威廉·J.沃尔什，参看第7章注12。按：6月16日的《电讯晚报》并未刊登他的来函。十是教皇、大主教和主教附在本人签名后的符号，代表十字架。

192 德比马赛是英国传统马赛之一，每年6月间在萨里郡举行。罗伯特·亚当斯在《外表与象征》（纽约，1962，第165页）一书中指出，“雨果爵士”的主人为布雷德福勋爵，而不是马歇尔上尉。

193 “纽约……命”，参看第8章注274。

194 这行外文是蒙克斯被南尼蒂叫去时（见第7章注33及有关正文）排错了的活字。

195 莎士比亚书屋1922年版（第602页第13行）缺“斯蒂芬·迪达勒斯”一名；下文中的“布姆”，莎士比亚书屋版作“布卢姆”，这两处均系根据奥德赛1933年版（第643页倒6行、倒5行）和海德1989年版（第529页第18行至19行）翻译。

196 这里，斯蒂芬把迪希校长托他转给报纸的信（见第2章末尾）比作保罗的《希伯来书》，并模仿其文件。口蹄疫在英文中为foot and mouth disease，斯蒂芬引用这句话时，把“脚”和“口”都套进去了。

197 “斯通”，见第12章注6。

198 莎士比亚书屋1922年版（第603页第2行）作“300英镑”。现根据奥德赛1933年版（第644页倒12行）和海德1989年版（第530页第1行）译作“3000英镑”。下文中，布卢姆忽然联想到了在报上看到的另外一条消息（“调情的赔偿金”，参看本章注188及有关正文）。

199 在第5章中，莱昂斯误以为布卢姆建议他把赌注下在参赛马“丢掉”身上（参看该章注96及有关正文），但后来被利内翰劝阻了（参看第12章注525及有关正文）。

200 1890年12月6日，蒂摩西·迈克尔·希利在英国下院议事厅的第十五号委员室试图把巴涅尔赶下台。他操纵多数（45人），造成联盟的分裂局面。巴涅尔手下只剩下26人，实际上已失掉自治联盟主席职。希利，见第7章注203。

201 巴涅尔死在英国。灵柩被运回都柏林后，先在市政厅里停放了数小时，然后送到葛拉斯涅文公墓去埋葬。下文中的德威特，见第8章注122。

202 希利使联盟分裂之前，早在11月间天主教主教们就抓住巴涅尔私生活中的丑闻，公开逼他辞去联盟的领导职务。参看第2章注81。巴涅尔则坚持政教应分开，予以驳斥。

203 “成桶的焦油”是比喻性说法，指当初很多人对巴涅尔恨之入骨，即使不能点燃焦油烧死他本人（像中世纪对待异教徒那样），至少也巴不得焚烧他的模拟像以泄愤。

204 凤凰公园暗杀案发生于1882年，即1904年的22年前。参看第2章注81。

205 福克斯和斯图尔特都是巴涅尔在写给后来成为其妻子的凯瑟琳·奥谢（当时为奥谢上尉太太）的私信中所用过的化名。参看第15章注294。

206 “艾……里？”一语出自韦灵顿·格恩西和约瑟夫·阿谢尔所作的通俗歌曲。艾丽斯是男主人公的情人，最后两句是：“哦！你在星光里，／艾丽斯，我知道你在那里。”

207 凯瑟琳·奥谢·巴涅尔在她所著的《查理·斯图尔特·巴涅尔：他的情史与政治生涯》（伦敦，1914）第1卷中描述他“身材高大瘦削，脸色非常苍白”。

208 指巴涅尔失势后担任领导的蒂摩西·迈克尔·希利、约翰·雷德蒙和贾斯廷·麦卡锡。雷德蒙和麦卡锡，分别见第15章注952和951。

209 “脚是泥土做的”：《旧约·但以理书》第2章第33节作“腿是铁做的，脚是铁和泥土混合做的”。第41节又有“泥铁混合的脚和脚趾是指将有一个分裂的帝国出现”之句。意思是说，巴涅尔虽然曾被当作偶像膜拜过，却也有凡人的弱点，这里还暗喻他所领导的联盟之分裂。下文中的“七十二名支持者”，包括他本人。其分裂情况，参看本章注200。

210 巴涅尔失势后，《爱尔兰联合报》的执行主编马修·博德金于1890年12月改变了该报的方针，由支持巴涅尔改持反巴涅尔的立场。10日，巴涅尔撤了博德金的职。然而当天晚上乘巴涅尔前往参加群众集会的机会，反巴涅尔派又卷土重来。次日，巴涅尔率领支持者把那些人轰走，重新占领报馆。反对派因而又办起《不可压制报》（1890年12月—1891年1月），作为他们的喉舌。

211 “小小……一篑”，指巴涅尔私生活中的丑闻导致他断送了政治生涯。

212 这一著名案件中的原告是一名姓欧顿的澳大利亚人。1854年，杰姆斯·弗朗西斯·蒂奇伯恩爵士的嗣子罗杰·查尔斯因所乘的船“贝拉”号失事而下落不明。爵士于1862年去世，由次子继承男爵领地。1871年，欧顿上诉，说自己就是罗杰·查尔斯，并要求恢复其法定继承人地位。后经查尔斯的同窗贝柳勋爵出庭做证说，查尔斯身上有黥墨，其中姓名的三个首字还是他替查尔斯刺的，而欧顿身上却没有。欧顿败诉，并以犯伪证罪被判徒刑。

213 婊子指凯瑟琳·奥谢（1845—1921），这个英国女人和巴涅尔结婚（1890）前，曾在其丈夫威廉·亨利·奥谢上尉（1840—1905）的默认下与巴涅尔姘居达10年之久（参看本章注205）。

214 “自封的”，原文为法语。前文中，只说“这个人长得有点儿像市公所秘书长亨利·坎贝尔”（见本章注104及有关正文）。下文中的“而且丰满得很”后面，海德1989年版（第531页第24行）有“她曾教许多男人的大腿都酥过”之句，莎士比亚书屋1922年版和奥德赛1933年版均无此句。

215 “四下里”，原文为法语。

216 在1890年11月的离婚诉讼中，巴涅尔和奥谢夫人的几封情书曾被送到法庭上去充当证据。

217 “家庭的羁绊”，原文作Home ties，为复数。Home的主要字义为“家”，也作“故乡、本国”解。奥谢夫人固然是一位有夫之妇，巴涅尔却是个单身汉，所以这里同时也指他所从事的爱尔兰政治事业。

218 难题一词系根据海德1989年版（第532页第10行）补译。莎士比亚书屋1922年版（第605页倒13行）和奥德赛1933年版（第647页倒7行）均无此词。

219 “再……上尉”，指奥谢上尉。此语出自《玛丽塔娜》第1幕末尾的歌词，见第5章注104，引用时把原词中的“勇敢的”改成了“豪侠的”。

220 巴涅尔“丑闻”不仅激怒了天主教的神职人员，连英国牧师也要求对他进行制裁。

221 “把炭火堆在他的头上”一语出自《新约·罗马书》第12章第20节，是比喻性的说法，意即“使他痛苦难当”。下文中的“踢上一脚的驴”一典出自《伊索寓言·驴和狼》。狼试图用牙把驴蹄里的刺叼出来，反而被忘恩负义的驴踢了一脚。

222 “西……女儿”，出自一首儿歌。在本书第15章中，缺牙老奶奶也曾引用过此句。见该章注915。

223 这里，斯蒂芬从一首佚名歌谣《西班牙小姐们》中引用了几句，并做了改动。第1句原为“快乐的西班牙小姐们，你们好，再见”。第2句原为“我们靠岸的第一片国土叫作‘空酒瓶’”。“空酒瓶”是直布罗陀的绰号，取其形状像酒瓶，故名。原文作Deadman，意即死人。这里取spirit的双关含义（既指“气”，又指“酒剂”）：死人没“气”，而空酒瓶里面没有“酒”。拉姆岬角和锡利均为爱尔兰南岸地名，二者相距35海里。

224 后来改嫁给巴涅尔的凯瑟琳并不是西班牙人，但她和前夫奥谢上尉曾在西班牙一道住过一个时期。

225 指布卢姆为妻子所买的《偷情的快乐》一书，参看第10章注122。

226 《在古老的马德里》，见第11章注168。

227 即詹姆斯·拉斐特，见第14章注270。

228 “首席女歌手”，原文为意大利语。

229 “芳龄二八”一语出自杰姆斯·桑顿所作通俗歌曲《当你芳龄二八时》（1898）。

230 “丰满的曲线”一语出自《偷情的快乐》，参看第10章注122。

231 “隆起的丰腴胸脯”一语出自《偷情的快乐》。“丰腴”，原文为法语。

232 “我……我说”一语出自托马斯·穆尔的《爱尔兰歌曲集·布雷夫尼大公奥鲁尔克之歌》。参看第2章注80。

233 “遇……管”，见第8章注37。下文中的“原话”，原文为拉丁文。

234 指《马戏团的红演员鲁碧》，见第4章注55。

235 林德利·穆雷（1745—1826），英国文法家，著有《英语文法》（1795）等书，但《马戏团的红演员鲁碧》并非他所作。所以文中的“不恭之至”，语意双关：一是把学术著作的作者误说成是通俗小说作者了。二是又把那书掉在尿盆旁了。

236 “风度高雅”，原文为法语。

237 “非绝对的”，原文为拉丁文。意思是说，在指定日期前如无人提出反对理由，判决即行生效。在这里，奥谢上尉（见第2章注81）控告其妻与巴涅尔通奸，要求离婚，并胜诉。

238 “布”，指布卢姆。下文中的“爱琳的无冕之王”是巴涅尔的绰号。

239 意思是说，实际上巴涅尔所领导的联盟已经形成分裂局面，所以“联合”一名并不恰切。

240 威廉·奥布赖恩（1852—1928），爱尔兰新闻记者、政界人物，《爱尔兰联合报》主编。当该报执行主编马修·博德金在国内改持反巴涅尔的立场时，奥布赖恩正在美国为爱尔兰佃户募捐。他是纠集人们反对巴涅尔的带头人之一。

241 “镇定”，原文为法语。

242 “律……名流”，指约翰·亨利·门顿，参看第6章末尾。

243 “孤……中”一语出自英国诗人和牧师查理·沃尔夫（1791—1823）的《约翰·穆尔爵士在科鲁尼亚的葬礼》（1817）一诗。

244 “艳闻”，原文为法语。

245 “不……件”，原文为拉丁文。

246 在第15章末尾，斯蒂芬在半昏迷状态中曾背诵叶芝诗句的片段，布卢姆却把其中的“弗格斯”一名听成是弗格森，误以为是个女孩子的名字。

247 英国政客威廉·爱德华·福斯特（1818—1886）在担任爱尔兰事务首席大臣期间（1880—1882），要求议会采取强制手段（包括向农民发射鹿弹）镇压爱尔兰的农业革命。自1871年起，终身任下议院议员。

248 迈克尔·达维特，见第15章注950。

249 “适者灭亡”是把英国早期进化论者赫伯特·斯宾塞（1820—1903）所著《生物学原理》（1864）中的“适者生存”反过来说的。他根据达尔文的“自然选择学说”最早提出了这一论点。

250 “某人”，这里指布卢姆的妻子摩莉。

251 1904年6月18日的《自由人周刊》上登载了关于埃普可可的一则广告。

252 装在炉前或炉上用来放置器皿使其保温的台座或支架，最常见的是熟铁制成的三脚台架。

253 “快活的人儿”（见第8章注108）和下文中的“形迹可疑的家伙”，均指水手。

254 “到处”，原文为拉丁文。

255 “天主的血和伤痕”，参看第1章注7。“那个……家伙”指“市民”，参看第12章注618及有关正文。

256 香农河畔卡利克是利特里姆郡一小镇，斯莱戈郡位于爱尔兰西岸，在都柏林人心目中，都属偏远地区。

257 你喜欢喝可可吗？系根据海德1989年版（第537页倒1行）所补译。莎士比亚书屋1922年版（第612页第12行）和奥德赛1933年版（第655页倒6行）均无此句。

258 黄铜头饭店，参看本章注26。下文中的“布卢姆的”是根据莎士比亚书屋版和奥德赛版翻译的，海德版作“布的”。

259 《珍闻》的悬赏小说，参看第4章注79及有关正文。

260 这次晚餐会实际上是6月27日举行的，作者故意把日期提前了。前任总督（1895—1902在任）指第5代卡多根伯爵乔治·亨利·卡多根（1840—1915）。

261 “怪老头儿”，指马车夫棚老板。下文中的安东尼·麦克唐奈爵士（生于1844）是爱尔兰事务首席大臣次官。1904年6月17日的《伦敦泰晤士报》曾刊登他于6月16日在伦敦尤斯顿车站上车，17日抵达都柏林凤凰公园官邸的消息。都柏林的《电讯晚报》只在16日登载了南尼蒂在议会上就爱尔兰体育运动问题向安东尼爵士提出质讯一事，参看第12章注260。

262 《一千零一夜》英译本以出自英国探险家理查·伯顿爵士（1821—1890）之手的16卷本（1885—1888年翻译出版）最为出色。

263 《她红得像玫瑰》（1870）是英国作家罗达·布劳顿（1840—1920）所著通俗小说。

264 板球板是用柳木制成的，所以给击球冠军艾尔芒格起了“柳木王”这一雅号。1904年6月16日的《电讯晚报》上报道了在诺丁汉郡与肯特郡的板球对抗赛中，诺丁（诺丁汉队的简称）的击球员艾尔芒格怎样独占鳌头。

265 《最后的莫希干人》（1826）是美国小说家杰姆斯·费尼莫尔·库珀（1789—1851）所写的一部以印第安人部族的灭绝为题材的小说。这里是利用“最后的”一语来表示已囊空如洗。

266 “让人……来”一语出自《旧约·哈巴谷书》第2章第2节。

267 “韦瑟厄普”，参看第6章注153。

268 “集会”，原文为法语。

269 “名流”，原文为法语。

270 “什么……美妙的”，原文为意大利语。参看第5章注5。

271 “绿色田野与新牧场”一语出自《利西达斯》（参看第2章注19），这里只是把原诗中的“森林”，改成为“田野”。

272 1890年爱尔兰下议院的103议席中，支持巴涅尔者达86名。闹分裂时（参看本章注200），其中72名议员参加表决，只有26个依然支持巴涅尔。次年又有数名动摇或变节。所以布卢姆这个估计虽有所夸大，但巴涅尔当时确实像是《圣经》中多次描述的遭众人用石头击打的无辜者。

273 《胡格诺派教徒》是梅耶贝尔所写（见第8章注190），而《最后的七句话》系梅尔卡丹特所写（见第5章注75）。这里，布卢姆把二者张冠李戴了。

274 《荣耀颂》，原文为拉丁文。

275 “竞争对手”，指新教。美国布道师德怀特·莱曼·穆迪（1837—1899）和赞美诗作家艾拉·桑基（1840—1908）曾于19世纪七八十年代在美国巡回布道。这期间桑基所收集出版的两部赞美诗集被称作“穆迪与桑基圣诗”，其实桑基只作了其中几首，而穆迪一首也没作。

276 “嘱……徒”一语出自英国牧师、诗人罗伯特·赫里克（1591—1674）的《献给安霞，悉听吩咐》。这其实是一首抒情诗，而不是赞美诗，后面还有“嘱我去恋慕，我就献给你爱心”之句。

277 《站立的圣母》，原文为拉丁文，参看第5章注73。

278 “名手”，原文为意大利语。

279 《唐乔万尼》，见第4章注49。

280 《玛尔塔》，见第7章注10。

281 “强烈的爱好”，原文为法语。

282 《爱情如今》，参看第11章注151。

283 海德1989年版（第540页倒20行）作“他并没有唱”，莎士比亚书屋1922年版（第615页第14行）和奥德赛1933年版（第659页第15行）均作“他并没有”。

284 约翰·道兰德（1563—1626）是英国作曲家、古琵琶演奏家。他的朋友、英国文物鉴赏家亨利·皮查姆（约1576—1644）送给他一块纹章，上面用拉丁文镌刻着“约翰·道兰德，我成年弹奏”字样。前文中的杰勒德，见第9章注328。

285 阿诺德·多尔梅什（1858—1940），法国音乐家，毕生从事古代音乐的演奏和配器的考证工作。中年定居伦敦。据艾尔曼的《詹姆斯·乔伊斯》（第155页），乔伊斯曾于1904年6月16日向伦敦音乐学院打听多尔梅什的地址，并向他订购一把古琵琶，却未能如愿。

286 法纳比父子指英国古钢琴及牧歌作曲家贾尔斯·法纳比（1560—1640）和他的儿子理查（生于1590）。“先导”与“应答”原文为意大利语。

287 威廉·伯德（1543—1623），莎士比亚时代英国最杰出的作曲家。维金纳琴是一种最古老的拨弦乐器。

288 托马斯·汤姆金斯（1572—1656），英国作曲家、管风琴家。

289 约翰·布尔（约1562—1628），英国作曲家、键盘乐演奏家。他曾在等音转换、转调及不对称节奏音型的试验中做出过贡献。

290 约翰·布尔与约翰牛，原文中均作John Bull。约翰牛原是约翰·阿巴思诺特

（1667—1735）的寓言《约翰牛的历史》（1712）中的主人公，后来成了英国或英国人的绰号。

291 “臀部是黑的”，指在竞争中落在后面，没有获胜希望。

292 19世纪末叶，西欧人士认为蜜蜂的群居组织的严密程度超过了人类。

293 人们相信挠鳄鱼腰部以及在雄鸡周围用粉笔画个圈儿，均可以起到催眠作用。

294 意思是说，凭着炯炯目光能起催眠作用，从而制伏老虎。

295 “野地走兽”（这里指马）一语出自《创世记》第2章第20节。

296 “直截了当地”，原文为拉丁文。

297 芬格尔夫人所主办的这次音乐会，实际上是在1904年5月14日举行的，乔伊斯也参加了。这里，作者把日期移后了。“本周的星期一”为6月13日。

298 简·皮特尔宗·斯韦林克（1562—1621），荷兰管风琴家、作曲家。他的世俗变奏曲是用欧洲几个国家的流行曲调改编而成，如《我年轻的生命已到尽头》（斯蒂芬讲解时省略了“我”字）。

299 约翰内斯·吉普（约1582—1650），德国作曲家及乐队指挥，编过一本赞美诗集以及几部通俗歌曲，风行于17世纪。

300 “赛……诵”，原文为德语，出自吉普的《她们的话语含有狡黠的魔力》一诗，收于《掌叶铁线蕨花圃》第2卷（1614）。

301 “当场”，原文为拉丁文。

302 巴勒克拉夫，见第11章注178。

303 “出入于”，原文为法语。

304 “恳谈会”，原文为意大利语。

305 “在鸽棚里掀起……波澜”一语套用科利奥兰纳斯即将被杀死前所说的话，见莎士比亚的戏剧《科利奥兰纳斯》第5幕第5场。

306 19世纪90年代，阿瑟·劳斯利歌剧团曾在都柏林公演数次，由伊凡·圣奥斯特尔和希尔顿·圣贯斯特主演。“所有这号人”，原文为拉丁文。

307 国王街剧场，指欢乐剧场。

308 “另外那个……家伙”，和下文中的“即将开业的医生”，均指穆利根。

309 这里套用亚历山大·蒲柏的《批评论》（1711）第625行的“傻子闯进天使怕踏访之处”之句并做了改动。

310 这里把扫街车清扫器上的刷子比作古代装在战车车轴上的长柄大镰刀。

311 “事故”，原文为法语。

312 “所……桥”，原文为德语。

313 “低……车”一语，出自同名的诗，参看第12章注234。

314 “由……婚”，见《低靠背的车》第4节。这里用此诗句来形容布卢姆和斯蒂芬的亲密状。

315 英语中，sweeper car（清扫车）与sleeper car（卧车）发音相近。

316 “目……车”是《低靠背的车》第1节末行。

第十七章

归途，布卢姆和斯蒂芬肩并肩走的是哪条路线？

他们都是用正常的步行速度从贝雷斯福德广场出发，按照下、中加德纳街的顺序走到蒙乔伊广场西端。随后放慢步伐一道向左拐，漫不经心地来到加德纳广场尽头，这里是通向北边坦普尔街的交叉口。随后朝右拐，时而停下脚步，缓慢地沿着坦普尔街往北走去，一直来到哈德威克街[1]。他们迈着悠闲的步子先后挨近了圣乔治教堂前的圆形广场，然后径直穿过去。说起来，任何一个圆，其弦都比弧要短。

一路上，二巨头究竟讨论了些什么？

音乐、文学、爱尔兰、都柏林、巴黎、友情、女人、卖淫、营养、煤气灯、弧光灯以及白炽灯的光线对附近那些避日性树木的成长所产生的影响[2]、市政府临时所设不加盖的垃圾箱、罗马天主教堂、圣职者的独身生活、爱尔兰国民、耶稣会的教育、职业、学医、刚度过的这一天、安息日[3]前一天的不祥气氛、斯蒂芬晕倒一事。

布卢姆可曾就他们两人各自对经验之反应的相同与不同之处发现类似的共同点？

两个人都对艺术印象敏感，对音乐印象比对造型艺术或绘画艺术更要敏感。两人都对大陆的生活方式比对岛国的有所偏爱，又都情愿住在大西洋这边，并不愿住到大西洋彼岸去。早年的家庭教育与血统里带来的对异教的执拗反抗，使得两人态度顽强，对宗教、国家、社会、伦理等许许多多正统教义都抱有怀疑。两个人都认为异性吸引力具有相互刺激与抑制的作用。

他们两人的见解在什么上头有些分歧呢？

斯蒂芬毫不隐瞒他对布卢姆关于营养和市民自救行为的重要性持有异议；布卢姆则对斯蒂芬关于人类精神通过文学得到永恒的肯定这一见解，暗自表示不以为然。布卢姆倒是不动声色地同意了斯蒂芬所指出的爱尔兰国民放弃对德鲁伊特[4]的信仰而皈依基督教的时期在年份上的错误。应把李尔利王统治下，教皇切莱斯廷一世派遣帕特里克（奥德修斯之子波提图斯之子卡尔波努斯之子）前来的公元四三二年，更正为科麦克·麦克阿尔特（殁于公元二六六年）统治下的二六〇年或约莫那个时期，而科麦克是因被食物卡住而噎死于斯莱提，并埋葬在罗斯纳利的。布卢姆暗自同意斯蒂芬的论点。布卢姆认为斯蒂芬之所以晕倒乃是因为他胃囊里空空如也，以及掺水量与酒精度数各不相同的化合物在作怪。这是始而精神紧张，继而又在松弛的气氛下迅疾地旋转这一剧烈的运动所造成的。斯蒂芬却把它归因于起初还没有女人的巴掌那么大的晨云再次出现（他们两人曾从不同的地点——沙丘与都柏林，目击到那片云彩）[5]。

他们两个人可曾在某一点上持同样否定的见解？

在煤气灯或电灯的光线对附近那些避日性树木的成长所产生的影响这一点上。

过去夜间闲荡时，布卢姆可曾议论过同样一些问题？

一八八四年，夜间他与欧文·戈德堡[6]和塞西尔·特恩布尔一道沿着这几条大马路边走边谈：从朗伍德大街走到伦纳德街角，又从伦纳德街角走到辛格街，然后从辛格街走到布卢姆菲尔德大街。一八八五年的一个傍晚，他又与珀西·阿普约翰一道倚着厄珀克罗斯区克鲁姆林的直布罗陀庄与布卢姆菲尔德公馆之间的墙，交谈过几次。一八八六年，他与偶然结识者以及可能成为主顾的人在门口的台阶上、前客厅里和郊区铁路线的三等车厢里谈过。一八八八年，他经常与布赖恩·特威迪鼓手长和他的女儿玛莉恩·特威迪小姐，有时同父女一道，有时单独同其中的一个交谈，地点就在圆镇的马修·狄龙[7]家的娱乐室里。一八九二年与朱利叶斯·马斯添斯基[8]谈过一次，一八九三年又谈过一次，都是在西伦巴德街的（布卢姆）自己家的客厅里。

在到达他们的目的地之前，关于一八八四、一八八五、一八八六、一八八八、一八九二、一八九三、一九〇四这一不规则的连续，布卢姆有过些什么样的反思？

他反思道，个人的成长与经验积累的范围越是不断在扩大，伴随而来的就必然是各个人相互间交流范围缩小这一退步现象。

例如在哪些方面？

从不存在到存在。他出现在很多人面前，作为一个存在，被接受下来。就存在与存在的关系而言，他就像任何存在对任何存在那样对待任何存在。他即将从存在而消失到不存在中去，从而被所有的人看作是不存在的。

他们抵达目的地之后，布卢姆采取了什么行动[9]？

在等差奇数的第四位，也就是埃克尔斯街七号门口的台阶那儿，他把手机械地伸进长裤后兜里去掏他那把弹簧锁钥匙。

在那儿吗？

钥匙是在他仅仅一天之前穿过的那条长裤的同一位置的兜里。

他为什么倍加气恼？

因为他忘记了，而且又想起曾两次提醒过自己：可不要忘记。

那么这两个（分别）故意地或粗心大意地未带钥匙的人，面临着什么样的选择呢？

进去还是不进去。敲门还是不敲门[10]。

布卢姆是怎么决定的？

一条计策。他把两只脚迈上矮墙，跨过地下室前那块空地的栏杆，将帽子紧紧扣在头上，攥住栅栏下部的两个格子，将他那具五英尺九英寸半的身躯徐徐地落下来，一直落到距地面不足两英尺十英寸的地方。然后撒开攥着栅栏的手，让身子在空中自由摇荡。为了减缓坠落时的冲击，他还把身子蜷缩起来。

他坠落了吗？

他是凭着常衡制十一斯通零六磅的体重坠落的。他所使用的是弗雷德里克街北区十九号的药剂师弗朗西斯·弗罗德曼的店铺内那台供定期测量体重的有刻度的自动磅秤。日期是耶稣升天的最后节日[11]，即闰年基督教公元一九〇四年（犹太历公元五六六四年，伊斯兰历公元一三二二年）五月十二日。金号码[12]五，闰余[13]十三，太阳活动周[14]九，主日字母[15]CB，罗马十五年历[16]二，儒略周期[17]六六一七年，MCMIV[18]。

他没有受震伤就站起来了吗？

他重新获得了稳定均衡，尽管因猛烈撞击而受震荡，却没有负外伤就站了起来。他使劲扳院门搭扣的那个活动金属片，凭着加在这一支轴上的初级杠杆的作用，把搭扣摘开，穿过紧挨着厨房地下的碗碟洗涤槽，绕道走进厨房。他擦着了一根安全火柴，转动煤气开关，放出可燃性的煤气。他调节那燃旺了的火焰，捻小成发白的文火为止。最后，点上一支便于携带的蜡烛。

这当儿，斯蒂芬瞧见了哪些忽隐忽现的影像？

他倚着地下室前那块空地的栅栏，隔着厨房里的透明窗玻璃，瞧见一个男人在调节十四烛光的煤气火焰，一个男人点燃一烛光的蜡烛，一个男人轮流脱着一双靴子，一个男人拿着蜡烛正在从厨房里走出来。

那个男人先前可曾在别处出现过？

过了四分钟，隔着厅门上端那半透明的扇形气窗，他那忽隐忽现的烛光映入眼帘。厅门徐徐地随着铰链转动着。那个男人手持蜡烛，没戴帽子，重新出现在空荡荡的门道里。

斯蒂芬听他用手势来指挥了吗？

是的，他静悄悄地走了进去，帮助把门关严，挂上链子，静悄悄地跟在那个男子背后，脚上趿拉着用布边做的拖鞋，手持点燃的蜡烛，打左边那扇从缝儿里露出灯光来的门前经过，小心翼翼地走下不止五个阶磴的螺旋梯，来到布卢姆家的厨房。

布卢姆做了些什么？

他猛地朝火苗吹去，把蜡烛熄灭。将两把匙形木椅拖到炉边，一把是给斯蒂芬准备的，椅背朝着面临院子的窗户，一把是自己坐的。他单膝着地，往炉格子里放了些沾着树脂的枝条和五颜六色的纸张，以及从坐落于多利埃街十四号的弗罗尔与麦唐纳公司的堆置场以每吨二十一先令的代价买来的优质阿布拉莫木炭。他把这些都十字交叉地堆成不规则的多角形，划了一根安全火柴，在纸张的三个角落点上火。这样，燃料里的碳和氢这两种元素就与空气中的氧气自由化合，散发出潜在的能量。

斯蒂芬的头脑里浮现出什么样类似的幻影呢？

他联想到旁的时候在旁的地方跪着单膝或双膝曾经替他生火的其他那些人：迈克尔修士，在坐落于基尔代尔郡塞林斯的耶稣会克朗戈伍斯公学校医院的病房里[19]。他父亲西蒙·迪达勒斯，在菲茨吉本街门牌十五号那间没有家具等设备的屋子里[20]，而那是他在都柏林的头一个住所。他的教母凯特·莫坎小姐——住在厄谢尔岛她那奄奄一息的姐姐朱莉娅·莫坎小姐家[21]里。他的舅妈萨拉——里奇（理查德）·古尔丁的妻子，在他们那坐落于克兰布拉西尔街门牌六十二号寓所的厨房里。他的母亲玛丽——西蒙·迪达勒斯的妻子，那是在北里奇蒙街门牌十二号的厨房里，时间是一八九八年圣方济各·沙勿略节日的早晨[22]。副教导主任巴特神父，在“斯蒂芬草地”北区门牌十六号的大学物理实验室[23]里。他的妹妹迪丽（迪丽娅），在他父亲那坐落于卡布拉的家里[24]。

斯蒂芬把视线从壁炉往上移到对面墙上一码高的地方。他望到了什么？

那是一排五个家用螺形弹簧按铃，下面在烟囱凹进去的间壁两侧两个钩子之间，弯弯地横系着一根绳子，上面挂着四块对折的小方手绢：一块挨着一块，互不重叠，呈长方形。另外还有一双灰色长筒女袜，袜帮是用莱尔棉线[25]织的，脚脖子以下是通常的样式。两端各用一个木质夹子夹起，第三个夹子夹在胯间重叠的部分。

布卢姆在铁灶上瞧见了什么？

右边（较小）的锅架上摆着个带柄的蓝色搪瓷小平底锅，左边（较大）的壶架上是黑色的铁壶。

布卢姆在铁灶上做些什么？

他把平底锅挪到左边的壶架上，站起来，又将铁壶送到洗涤槽那儿去。这样，扭开自来水龙头就可以放水灌壶了。

水流出来了吗？

流了。从威克洛郡的容积二十四亿加仑的朗德伍德水库，流经达格尔河、拉思唐、唐斯峡谷和卡洛希尔，流进坐落于斯蒂尔奥根那二十六英亩的水库，中间的距离是二十二法定英里。这条有着过滤装置的第一期施工的单管及复管地下引水渠，根据合同直线每码的铺设费为五英镑。再由一批水堰进行调节，以二百五十英尺的坡度在上利森街的尤斯塔斯桥流到本市界内。但是由于夏季久旱，再加上每天供水一千二百五十万加仑，水位已降到低于排水口。都市监察官兼水道局技官、土木工程师斯潘塞·哈蒂奉水道局的指示（鉴于有可能会像一八九三年那样被迫利用大运河和皇家运河那不宜饮用的水），除了饮用外，下令一律禁止使用市里供应的自来水。尤其是南都柏林济贫院，尽管限定用六英寸的计量器，每个贫民每日配给十五加仑水，然而在市政府法律顾问、辩护律师伊格内修斯·赖斯的监督下，经查表证实，每夜要浪费两万加仑水，从而使院外的社会各阶层（也就是自费并有支付能力的纳税者们）蒙受损害。

回到铁灶后，这位爱水、放水、运水的布卢姆，赞美了水的哪些属性？

它的普遍性，它的民主的平等性，以及保持着它自身求平的本质。用墨卡托投影法[26]在地图上所标示出的浩渺的海洋；太平洋中巽他海沟那超过八千㖊[27]的不可测的深度；永不消停、后浪推前浪地冲刷着海岸线每一部位的波涛以及水面上的微粒子；水的单位粒子的独立性；海洋变幻莫测；根据液体静力学，风平浪静时它纹丝不动；根据液体动力学，小潮大潮时它便涨了起来。暴风雨后一片沉寂；北极圈与南极圈冰冠地带的不毛性以及对气候及贸易的影响；跟地球上的陆地相比占三对一优势；它在亚赤道带南回归线以南的整个区域延伸无数平方海里的绝对权威；其在原始海盆里数千万年以来所保持的稳定性；它那橙红色海床；它那把包括数百万吨贵金属在内的可溶解物质加以溶解，并使之保持在溶解状态的性能；它对半岛和有下陷趋势的岬角所产生的缓慢的侵蚀作用；其冲积层；其重量、容积与浓度；它在咸水湖、高山湖里的静谧；其色调因热带、温带和寒带而变为或浓或淡；与陆上的湖泊、溪流及支流汇合后注入海洋的河川，还有横跨大洋的潮流所构成的运输网。沿着赤道下面的水路自北向南的湾流；海震、水龙卷、自流井、喷泉、湍流、漩涡、河水暴涨、倾盆大雨、海啸、流域、分水岭、间歇泉、大瀑布、漩流、海漩、洪水、泛滥、暴雨等滥施淫威；环绕陆地的上层土壤那漫长的曲线；源泉的奥秘可用探矿杖来占卜或用湿度测定器来揭示；阿什汤大门的墙壁上的洞[28]、空气的饱和与露水的蒸发能够证明那潜在的湿度；水的成分单纯，是氢二、氧一的化合物；水的疗效；水的死海里的浮力；它在小溪、涧谷、水坝的缝隙、船舷的裂口所显示的顽强的浸透性；它那清除污垢、解渴、灭火、滋养植物的性能；作为模范和典型，它的可靠性；它变化多端：雾、霭、云、雨、霙、雪、雹；并在坚固的消防龙头上发挥出压力；而且千姿百态：湖泊、湖岔、内海、海湾、海岬、环礁湖、环状珊瑚岛、多岛海、海峡、峡江、明奇[29]、潮汐港湾、港湾；冰河、冰山、浮动冰原显示出它是何等坚硬；在运转水车、水轮机、发电机、发电厂、漂白作坊、鞣皮厂、打麻厂时，它又是那样驯顺；它在运河、可航行的河川、浮船坞和干船坞所起的作用；潮汐的动力化或利用水路的落差使它得以发挥潜力；海底那些成群的动物和植物（无听觉，怕光）虽然并非名副其实地栖息在地球上，论数目却占地球上生物的一大半；水无所不在，占人体的百分之九十；在沼泽地、闹瘟疫的湿地、馊了的花露水[30]以及月亏期[31]那淤积污浊的水塘子，水所散发的恶臭充满了毒气。

他把灌了半下子水的壶放在燃旺了的煤火上之后，为什么又折回到还在哗哗流着水的自来水龙头那儿去呢？

为了把那块已用掉一部分、还沾着包装纸、散发着柠檬气味的巴灵顿[32]牌肥皂（价值四便士，是十三个钟头以前赊购的）涂在脏手上，在新鲜冰凉、永恒不变而又不断变化的水里洗净，用那条套在旋转式木棍子上的红边长麻布揩拭脸和双手。

斯蒂芬是以什么理由来拒绝接受布卢姆的提议的？

他说自己患有恐水病，无论局部浸入也罢，还是全身泡进去也罢，讨厌与冷水接触。(他是头年十月间最后一次洗澡的)；不喜欢玻璃和水晶这样的水状物质，对思维与语言的流动性也疑惑重重。

布卢姆原想对斯蒂芬做一些有关卫生和预防方面的劝告，并且想告诉他，在进行海水浴或河水浴之前，应该先把头部弄湿，还往面庞、颈背、胸部与上腹部猛然浇水，裨使筋肉收缩，因为人体对低温最敏感的部位乃是后颈、胃部和脚心。然而他为什么又放弃了这个念头呢？

因为水的特性与天才那乖僻的独创性是互不相容的。

另外他还同样抑制住了什么带有说教意味的劝告呢？

营养食谱：关于熏猪肉、腌鳕鱼和黄油中所含有的蛋白质与热量的百分比。黄油缺乏前者，熏猪肉富于后者。

在东道主眼中，客人最显著的长处是什么？

自信，有着自我放任和自我恢复这两种同等的而又相反的能力。

由于火的作用，水容器里发生了何等伴随而至的现象？

沸腾现象。自厨房至烟囱的孔道，不断地向上通风，灼热的火被它扇得从成束的易燃柴禾延烧到多面体烟煤堆上。这种煤炭含有原始森林的落叶堆积后凝缩而成的矿物状化石；森林之发育生长靠的是热(辐射性)源——太阳，而热又是由那普遍存在、传光并透热的能媒[33]传导的。燃烧所引起的运动形式之一——热(对流传热)，不断地、加速度地从热源体传导给容器中的液体，由那凹凸不平、未经打磨的黑色铸铁面把热向周围发散出去；一部分反射回来，一部分被吸收，另一部分被传导，使水的温度从常温逐渐升到沸点。这种温度的上升可作为消费结果标志如下：将一磅水从华氏五十度加热到二百一十二度，需耗七十二热量单位。

温度上升完毕是怎样显示出来的？

从壶盖下面同时向两侧喷出两股镰刀形状的水蒸气。

布卢姆能用这样煮沸的水办些什么个人的事？

剃自己的胡子。

夜里剃胡子有什么好处？

胡子柔软一些。如果剃完胡子后，故意把刷子浸泡在浓肥皂液里，下次用的时候，刷子就会柔软一些了。万一于意外的时刻在远处同相识的女人邂逅，皮肤还是光滑的好。一边剃胡子，一边还安详地回顾当天的事情。能够睡得更清爽一些，一觉醒来，感到更洁净利落。因为一到早晨就有种种噪声，心里又悬念不安，牛奶罐咣当咣当响，邮递员连敲了两遍门。读了份报纸，一边重读一边涂肥皂液，在同一个地方又涂上肥皂液；把一些微不足道的事想成了不起。于是受一次冲击，挨一个打击，就加快了剃刀的速度，割了个口子，这时就铰下一块不大不小的橡皮膏，润湿后贴上去。只好这么样。

为什么缺乏光线不像噪声的存在那么使他烦恼？

因为他这双既结实又肥胖、既是男性的又是女性的、既被动又主动的手，有着准确的触感。

它（他的手）具有什么特性，然而又伴随着什么抵消作用？

它具有动外科手术的特性，然而即便在目的足以证明手段是正当的情况下，他也绝不愿意让人流血，而更喜欢顺应自然法则的日光疗法、心理生理疗法以及整骨外科手术。

布卢姆打开厨房碗柜：下、中、上层都露出些什么？

下层竖立着五个早餐用的盘子，平放着六个早餐用的垫盘，盘子上各扣着一只早餐用的杯子，还有一只并非扣放着的搪须杯[34]和德比制造的有着王冠图案的垫盘[35]，四只金边白色蛋杯，一个敞着口的岩羚羊皮包，里面露出些硬币，大多是铜币。还有一个小玻璃瓶，里面装着加了芳香剂的糖果（紫罗兰色的）。中层放着一只盛了胡椒粉的有缺口的蛋杯，饭桌上还摆着那种鼓状食盐瓶，用油纸包着的四颗黏成一团的黑色橄榄，一听李树商标肉罐头[36]的空罐儿，垫着纤丝的椭圆形柳条筐里是一只泽西[37]梨，喝剩下的半瓶威廉·吉尔比公司[38]酿造的药用白葡萄酒（裹在瓶子上的粉珊瑚色薄绉纸已剥掉了一半），一包埃普斯公司制造的速溶可可；一只绉锡纸袋里装着安妮·林奇公司[39]出品的五英两特级茶叶，每磅二先令；一只圆筒形罐子，盛着优质结晶角砂糖；两颗葱头，较大的那颗西班牙种的是完整的，较小的那颗爱尔兰种的已经切成两瓣儿，面积扩大了，气味也更冲鼻了；一罐爱尔兰模范奶场的奶酪，一只褐色陶罐，盛着四分之一品脱零四分之一兑了水并变酸了的牛奶（由于炎热，它已化为水、酸性乳浆与半固体凝乳，再加上布卢姆先生和弗莱明大妈[40]作为早餐消费掉的部分，就足够一英品脱了，相当于原先送来的总量）；两朵丁香花蕾，一枚半便士硬币和盛有一片新鲜排骨肉的一个小碟子。上层是大小和产地各不相同的一排果酱罐[41]。

撂在碗柜檐板[42]上的什么东西引起了他的注意？

两张撕成了四块多角形碎片的深红色赛马券[43]，号码是：887，886。

由于想起了什么，他一时皱起眉来？

他想起了金质奖杯平地障碍赛的结果曾怎样通过一连串巧合预示了出来。事实真是比虚构还要奇妙：他是在巴特桥的马车夫棚里，在《电讯晚报》的粉色最终版上读到这场赛马正式的确切结果的。

他是在哪里客观地或主观地接受关于胜败结果的预告的？

在坐落于小不列颠街八、九、十号的伯纳德·基尔南那特准卖酒的店家[44]里；在公爵街十四号戴维·伯恩那特准卖酒的店家里；在下奥康内尔街格雷厄姆·莱蒙那家店铺外面，当时一个阴沉沉的人曾把一张传单[45]塞到他手里（后来被他丢掉了），而那是给锡安教会的重建者以利亚做的广告；在林肯广场上，药剂师们开的F.W.斯威尼公司（股份有限）外面，他正要把当天的《自由人报》与《国民报》丢掉（后来还是被他丢掉了）时，弗雷德里克·M.（班塔姆）莱昂斯迫不及待地连声向他把报讨了去，读罢，又还给了他；接着他就朝着坐落在兰斯特尔街十一号的土耳其蒸汽浴那东方式建筑踱去。在灵感的照耀下，他容光焕发，双臂搂着胜负的秘密[46]，那是用预言镌刻下来的。

什么样的缓解的考虑减轻了他心神的不安？

事件发生后，它所带来的结局各有不同，正如放电后传来的音响那样难以解释。即使原来做的是获胜的解释，由于对万一输了时的损失总额不能正确地加以估价，究竟对现实的损害可能有多大，心中是没有谱儿的。

他的心境如何？

他没有冒险，无所期待，不曾失望，心满意足。

什么使他心满意足？

他没有蒙受实质上的损失。使旁人获得了实质上的利益。外邦人的光[47]。

布卢姆是怎样为那个外邦人准备夜宵儿的？

他往两个茶杯里各舀了满满二平调羹——统共四调羹埃普斯牌速溶可可，根据商标上所印用法说明，给它充分的时间去融化，再把指定的添味料按照规定的分量和方法兑进去，让它散开来。

东道主对客人额外表示了什么特别殷勤的款待?

他没有使用其独生女米莉森特（米莉）送给他的有着王冠图案仿造德比的搪须杯，而这是他作为东道主理应享受的权利。他用的是跟客人一样的茶碗，还给客人放了大量平素留给玛莉恩（摩莉）早餐时吃的浓奶油，自己却只适度地放了一点。

客人可曾意识到招待得这样亲切，并表示了感谢?

他的东道主用打趣的口吻提醒他注意一下自己尽的这番心意，他一本正经地领了情。这当儿他们正半庄半谐、一声不响地喝着埃普斯公司大量生产的保健滋补的可可。

东道主是不是还有苗头想要在其他方面尽点心意，却抑制住了，留待日后由另一个人或者由自己来完成今天开始的行动?

他的客人身上那件上衣右侧有个一英寸半的裂口，得给缝上。只要弄清那四条女用手绢中的哪一条拿得出手，就把它送给客人。

谁喝得快一些?

布卢姆。他比客人早喝了十秒钟，从不断地传热的调羹柄下端的凹面啜可可的速度是：对方每啜一口，他啜三口；对方每啜两口，他啜六口；对方每啜三口，他就啜九口。

他这种反复的行为引起了什么思考活动?

他根据观察误以为默默无言的伙伴正在打腹稿。他想道，使自己得到乐趣的与其说是娱乐性的文学，毋宁说是教诲性的文学。为了解答想象中或现实生活中的疑难问题，他本人就曾不止一次地向威廉·莎士比亚的作品请教过。

他从中得到解答了吗?

尽管借助于一部词汇辞典，他曾仔细反复阅读过某些经典篇章，然而总也未能在每一点上都获得妥切的解答，所以他从原著中只得到了不充分的信念。

一八七七年，满十一岁可能成为诗人的布卢姆，为参加《三叶苜蓿》[48]周刊征文比赛（奖金分别为十先令、五先令、二先令半）而作的第一首诗的最后一节是怎么写的?

心怀奢望盼一睹，

小诗排印成铅字，

倘蒙不弃予采录，
但愿赐之以篇幅，
末端乞将敝名署，
我名叫利·布卢姆。

他曾否发现有四种要素在使自己和这位不速之客之间产生隔阂？

姓名、年龄、种族、信仰。

少年时代，他根据自己的姓名编过哪些字谜？

利奥波德·布卢姆　Leopold Bloom

艾尔波德勃姆尔　Ellpodbomool[49]

莫尔德皮卢布　Molldopeloob

勃罗皮杜姆　Bollopedoom

下议院议员老奥列勃　Old Ollebo，M.P.

一八八八年二月十四日，他（动态诗人[50]）用自己的教名首字写成怎样一首藏头诗[51]，寄给了玛莉恩（摩莉）·特威迪？

诗人频用韵文写，
神妙赞歌圣音乐，
九九八十一重叠，
胜似诗酒情切切，
卿属我世界属我。

那首题名《要是布赖恩·勃鲁[52]如今回来看到了老都柏林》的主题歌（并由R.G.约翰逊配乐）本来是坐落于南国王街四十六、四十七、四十八、四十九号的欢乐剧场的承租人迈克尔·冈恩[53]约他编写的。该歌原来预定插在照例于圣诞节期间公演的大型哑剧《水手辛伯达》第六场《钻石谷》（一八九三年第二版，作者：格林利夫·惠蒂尔[54]；舞台装置：乔治·A.杰克逊和塞西尔·希克斯；服装：惠兰太太与惠兰小姐；导演：R.谢尔顿；一八九二年十二月二十六日在迈克尔·冈恩夫人亲自监督下演出，芭蕾舞女演员为杰西·诺亚，丑角为托马斯·奥托）中，是由女主角内莉·布弗里斯特[55]演唱的。是什么阻止他去完成它的呢？

第一，有关皇室与当地的两档子事，歌中究竟写哪一桩，令人难以做出抉择。要么是提前描写维多利亚女王（一八二〇年出生，一八三七年即位）的六十周年大庆[56]；要么是将新修建的市营鱼市开张典礼的日期[57]移后。第二，深恐皇族约克公爵和公爵夫人[58]（实有其人）以及布赖恩·勃鲁国王陛下（虚构的人物）分别前来访问一事，会招致来自左右两方面的反对。第三，新峻工的伯格码头区的大歌剧厅和霍金斯街的皇家剧场[59]，存在着职业的礼仪与职业的竞争之间的矛盾。第四，由于内莉·布弗里斯特的那种非理性、非政治、不时兴的容貌会引起观众的同情；内莉·布弗里斯特身穿非理性、非政治、不时兴的白色衬衣，当她（内莉·布弗里斯特）表演时一旦将衬衣袒露出来，会撩拨观众的情欲，令人担心会使观众神魂颠倒。第五，无论挑选适当的乐曲还是从《笑话共赏集》（共一千页，每个笑话都令人捧腹）里选一些滑稽的隐喻都是困难的。第六，这首主题歌无论谐不谐音，都与新任市长大人丹尼尔·塔仑、新任行政司法长官托马斯·派尔以及新任副检察长邓巴·普伦凯特·巴顿[60]的姓名有联系。

他们的年龄之间有什么关系？

十六年前的一八八八年，当布卢姆在眼下的斯蒂芬这个年龄时，斯蒂芬是六岁。十六年后的一九二〇年，当斯蒂芬到了布卢姆那个年龄时，布卢姆已经五十四岁了。到一九三六年布卢姆年届七十、斯蒂芬五十四岁时，他们两人的年龄比率就由原来的十六比零变成十七点五比十三点五。将来随着彼此年龄的任意增长，比率会越来越大，差距则越来越小。因为倘若一八八三年存在的那个比率有可能一成不变地延续下去，那么一九〇四年，当斯蒂芬二十二岁时，布卢姆就应该是三百七十四岁了；而到了一九二〇年，当斯蒂芬三十八岁（也就是布卢姆现在这个年龄）时，布卢姆就应该是六百四十六岁了；而一九五二年，当斯蒂芬活到大洪水之后的最高年龄七十岁[61]时，布卢姆就已经一千一百九十岁，生年为七一四年[62]；比大洪水之前的最长寿者，也就是活到九百六十九岁的玛土撒拉[63]还要多二百二十一岁。倘若斯蒂芬继续活下去，在公元三〇七二年达到这个岁数，布卢姆就已经是八万三千三百岁了，而他的生年按说是纪元前八一三九六年[64]。

什么事会使这些计算归于无效呢？

双方或其中一方停止生存；制定出一种新纪元或历法，或世界的灭亡所导致的不可避免而又难以预料的人类之灭绝。

他们以前遇见过几次，从而能够证明彼此是老相识？

两次。第一次是一八八七年，在圆镇基玛吉路，通称梅迪纳别墅的马特·狄龙家的丁香园里；同席的还有斯蒂芬的母亲。当时斯蒂芬才五岁，不喜欢伸出手去跟人打招呼[65]。第二次是一八九二年一月，一个下雨的星期日，在布雷斯林饭店的咖啡室里。同室的有斯蒂芬的父亲和叔祖父，当时斯蒂芬又长了五岁。

由那个做儿子的提出来、做父亲的后来也表示赞同的那次赴家宴的邀请，布卢姆接受了吗？

他十分领情，非常感谢，由衷地领情感谢，并且深抱遗憾地加以谢绝。

他们围绕这些回忆而谈着的话中，可曾透露出双方之间还有第三个联系？

一八八八年九月一日至一八九一年十二月二十九日，一位手头有点儿积蓄的寡妇赖尔登太太[66]（丹特）曾住在斯蒂芬的父母家里。一八九二、一八九三和一八九四年间，她曾住在普鲁西亚街五十四号的市徽饭店[67]，是伊丽莎白·奥多德开的。一八九三年至一八九四年间，布卢姆也在同一家饭店住过一个时期，那阵子她经常为布卢姆做耳报神。当时布卢姆在史密斯菲尔德五号的约瑟夫·卡夫手下当雇员，在附近的北环路都柏林牲畜市场担任贩卖监督。

在体力方面，他可曾对她有过什么善举？

有时在温暖的夏日傍晚，布卢姆把这位多少拥有一些资产足以自立的病孀扶到康复期患者坐的轮椅上，慢慢地将她推到北环路拐角处加文·洛[68]先生的牲畜交易场所对面。她在那儿逗留上半晌，隔着他那架单镜头双筒望远镜眺望那些难以辨认的市民：他们搭乘电车、气胎打得鼓鼓的自行车、出租马车、双驾马车、自家用或租来的四轮马车、单马拉的双轮马车、轻便小马车和大型四轮游览马车，在市区与凤凰公园之间穿梭着。

他何以对这样的看护工作如此安之若素？

因为他在青壮年时，经常坐在屋里，隔着那嵌有浮凸饰的五彩圆玻璃窗子，观察外界大街上千变万化的景物：步行者、四足动物、脚踏车、车辆，或急匆匆或慢悠悠或不紧不慢地经过，沿着垂直的圆球面的边缘滴溜溜、滴溜溜、滴溜溜地旋转。

对于八年前去世的她，他们两人各自有着什么样截然不同的记忆？

年长的那位记得她那比齐克牌戏[69]和筹码，她那只斯凯㹴狗[70]，她所冒充的富有，她对事物怎样缺乏反应，她所患的初期卡他性耳聋。年轻的那位则记得她那盏供在无染原罪圣母马利亚雕像前的菜油灯，她用来象征查理·斯图尔特·巴涅尔和迈克尔·达维特的绿色刷子和绛紫色刷子，她的薄绉纸[71]。

通过对年轻的朋友所透露的这些回忆，他更巴不得能恢复青春了，然而他还有没有办法来实现呢？

室内健身操。尤金·桑道[72]所著《体力与健身术》中规定了如何操练。以前，他时断时续地练过，后来干脆放弃了。这种健身操是特地为坐着工作的商人所编排的。必须照着镜子聚精会神地操练，活动一下身上各个部位的筋肉，依次一张一弛地做令人心旷神怡的运动，以便恢复能给人带来莫大愉悦的青春活力。

青少年时代他可曾显示过特殊的机敏？

尽管在举重比赛方面他的体力不够，对于空中旋转，勇气又不足，然而念高中时，多亏腹部肌肉异常发达，他有本领在双杠上两臂垂直，双腿向前抬起，与身子成直角，长时间稳定地保持平衡。

两人之中有哪个直率地提到种族不同的问题吗？

谁都没有提。

布卢姆对斯蒂芬关于布卢姆的看法到底怎么想法？而且，布卢姆对斯蒂芬究竟怎样看待布卢姆关于斯蒂芬的看法又有何想法？如果把这些想法用最简单的相互形式扼要地表达出来，究竟是怎样的？

他［布卢姆］认为，他［斯蒂芬］在想他［布卢姆］是个犹太人；同时他［布卢姆］知道，他［斯蒂芬］晓得他［布卢姆］明白他［斯蒂芬］并不是个犹太人[73]。

冲破了沉默的樊篱后，他们弄清彼此的父母是什么人了吗？

布卢姆是经过松博特海伊[74]、维也纳、布达佩斯、米兰、伦敦而来到都柏林的鲁道尔夫·维拉格（后改名为鲁道尔夫·布卢姆）和艾琳·希金斯之间所生的唯一的男子继承人，而艾琳是朱利叶斯·希金斯（原姓卡罗利）和范妮·希金斯（旧姓赫加蒂）之次女。斯蒂芬是自科克来到都柏林的西蒙·迪达勒斯与玛丽之间所生的孩子当中尚健在的共同的男子继承人中最年长的，而玛丽则是理查[75]与克里斯蒂娜·古尔丁（原姓格里尔）之女。

布卢姆和斯蒂芬都领洗了吗？在哪儿？洗礼是由谁给施行的？是由神职人员还是在俗人员？

布卢姆（领过三次洗）：在库姆的耶稣教圣尼古拉斯·威思奥特教堂，由可敬的文学士吉尔默·约翰斯顿独自为他施洗；在索兹村[76]的水泵下，由詹姆斯·奥康纳·菲利普·吉利根和詹姆斯·菲茨杰拉德共同为他施洗；在拉思加尔的三位主保圣人教堂由那位可敬的天主教神父查理·马洛尼[77]独自为他施洗。斯蒂芬（领过一次洗）：在拉思加尔的三位主保圣人教堂由那位可敬的天主教神父查理·马洛尼独自为他施洗。

他们两人可曾发现彼此有相似的学历？

倘若斯蒂芬与布卢姆换个位置，斯图姆[78]就会顺序从幼儿学校起念完高中。倘若布卢姆与斯蒂芬换个位置，布利芬[79]就会顺序读完中等教育的预备科、初级、中级、高级课程，通过王家大学的入学考试，依次读完文科一、二年级，继而修完文学士课程。

为什么布卢姆抑制住自己，不曾说他进过人生这所大学？

因为他拿不准自己是否已对斯蒂芬说过此话，或者斯蒂芬是否曾对他这么说过。

他们两人分别代表哪两种气质？

科学气质。艺术气质。

布卢姆所提出的哪些例证足以证明，他的个性与其说是倾向于理论科学，毋宁说是倾向于应用科学。

当吃饱后，为了助消化而仰卧着时，他曾思考过几项发明的可能性。这是由于认识到如今虽已司空见惯、当初却曾是巨大革新的那些发明的重要性，从而受到刺激：比方说，航空降落伞、反射望远镜、螺丝锥、别针、瓶装矿泉水、运河那有着绞车与泄水道的闸门装置、抽水机。

他这些发明主要是用来推动幼儿园改良计划的吗？

是的。就是要把纸枪、橡胶浮囊、掷骰子游戏和弹弓排斥出去；其中包括展示白羊宫乃至双鱼宫这十二宫星座的天体万花筒、小型机械装置的太阳系仪、算术用菱形果子冻、相当于动物饼干的几何图形饼干、游戏用地球仪皮球、身穿历史服装的玩偶。

另外还有哪些因素在激发着他去开动脑筋？

伊弗雷姆·马克斯和查尔斯·奥·詹姆斯在金融上取得的成功。前者是在南乔治街四十二号举办一便士展销会，后者在亨利街三十号开了一爿六便士半店铺并举办世界小商品市场和蜡制品展览会，门票：成人两便士，儿童一便士。还有近代广告术方面迄未开拓的无限可能性。如果压缩成三字母单一观念[80]的记号，那就是：

竖着，能够最大限度地看到（察觉）；横着，能够最大限度地读到（辨认），还有着不知不觉地吸引人的注意力，产生兴趣，使之信服并采取行动的催眠般功效。

好的例子呢？

吉·11。吉诺批发店·11 ／ –·裤子[81]。

钥匙议院。亚历山大·杰·凯斯。

不好的例子呢？

瞧瞧这支长蜡烛。你要是猜中了它什么时候能燃尽，就免费赠送一双本店特制真皮靴子，保证足有一烛光的光泽。地址：巴克利与库克，塔尔博特街十八号[82]。

杆菌[83]牌（杀虫剂）。

最佳[84]牌（鞋油）。

你要[85]牌（与螺丝锥、指甲锉和烟斗通条合并在一起的双刃折叠小刀）。

最糟糕的呢？

倘若你家里没有：李树牌的肉罐头，

那就是美中不足，

有它才算幸福窝[86]。

都柏林商人码头二十三号乔治·普勒姆垂制造，每听装四英两。这则广告是市政委员、下院议员约瑟夫·帕·南尼蒂（哈德威克街十九号圆形建筑小区）给插到讣告和忌日通告栏下面的[87]。商标是李树。注册的商标是李树肉罐头。谨防冒牌货：皮特莫特、特拉姆普利、莫特帕特、普拉姆特鲁[88]。

他举出哪个例证来诱使斯蒂芬去推断，独创性尽管能产生各自的报酬，但未必总能导致成功呢？

他本人曾想出个主意：让牲口拉一辆有照明装置的陈列车，由两个衣着时髦的姑娘坐在里面正埋头写着什么。然而这个建议没被采纳[89]。

在此建议的启迪下，当时斯蒂芬在脑中构成了怎样一幅情景？

山径里的一座孤零零的客栈。秋日。暮色苍茫。壁炉里燃着火。一个小伙子坐在昏暗的角落里。一个年轻的女人走了进来。心绪怔忡不安。孤单单的。她坐下。她踱到窗口。她站起来。她坐下。暮色苍茫。她思索。她坐在孤零零的客栈里在纸上写着。她沉吟。她写。她叹气。车轮和马蹄声。她赶忙走出去。他从昏暗角落里踱过来。他攥住那张孤零零的纸。他迎着火光举起信。暮色苍茫。他读信。孤单单的。

哦?

用斜体、直体和左斜体字写着：王后饭店，王后饭店，王后饭店。王后饭……

这一启迪使布卢姆重新想起了什么情景?

克莱尔郡恩尼斯的王后饭店。一八八六年六月二十七日傍晚，鲁道尔夫·布卢姆（鲁道尔夫·维拉格）因服用过量的乌头（附子），在此故去，时间不详。他服的是按附子搽剂二、氯仿搽剂一（系他于一八八六年六月二十七日上午十点二十分在恩尼斯教会街十七号弗朗西斯·登内希药房所购），按比例亲自配制的神经痛搽剂。尽管并非由于此举，然而在此举之前，一八八六年六月二十七日下午三点十五分，他曾从恩尼斯的通衢大道四号詹姆斯·卡伦普通服装店购买了一顶崭新而时髦的特级硬壳平顶草帽（尽管并非由于此举，然而在此举之前，他于前文中所述的时刻与地点，购买了前边提到的毒剂）。

他把这种同名异物[90]归因于从别人那里获知，或属巧合，要么是出自直觉?

巧合。

他可曾绘声绘色地口头描述给客人听?

他宁愿注视对方的脸，倾听对方的话，这下子一个潜在的故事就生动地讲出来了，从而使他心头的忐忑不安[91]也可得到缓解。

他可曾从叙述者向他讲的第二个情景（无论《登比斯迦山眺望巴勒斯坦》还是《李子寓言》[92]）中，仅仅发现了第二个“巧合”?

与第一个情景以及虽未讲出来却寓在其中的其他一些情景相联系，再加上学生时代关于种种问题和道德格言所写的散文（诸如《我热爱的英雄》[93]或《怠惰乃时间之窃贼》），他认为文章本身，又结合着人与人之间的差别，总是包含着在经济、社会、个人以及性方面获得成功之可能性。要么是作为模范的教育题材（百分之百地有益）特别选拔出来收入全集或选集，供预科及初级班的学生使用；要么就仿效菲利普·博福伊[94]、迪克博士[95]或是赫布仑的《蓝色研究》[96]的先例，把稿子投给销路和稿酬都有保证的杂志，排印出来；要么就迎着四天后到来的夏至（日出为凌晨三点三十三分，日落为下午八点二十九分），即六月二十一日（星期二，圣阿洛伊苏斯·贡萨加[97]），利用那以后徐徐来到、逐渐漫长起来的夜晚，使用口头语言诉诸富于同情心的听众，他们对高明的叙述技巧默加赞赏，对杰出的成就满怀信心地事先祝贺，并在理智方面给予激励。

什么样的家庭问题，即使不会超过其他问题，起码也不相上下地频频使他操心?

该怎么应付咱们的老婆。

他所设想的独特的解决方案是什么样的?

室内游戏（多米诺骨牌、希腊跳棋[98]、挑圆片[99]、抽杆游戏、杯球[100]、纳普[101]、抢五墩牌、比齐克、二十五墩[102]、“抢光我的邻居”[103]、跳棋、国际象棋或十五子棋戏[104]）；为警察署资助的服装协会[105]做刺绣、缝补或编织等活计；音乐二重奏：曼陀林和吉他，钢琴和长笛，吉他和钢琴；法律文件的抄写或代填信封上的地址；每隔一周去看一次杂耍演出；从事一些商业活动：一位老板娘在凉爽的牛奶房或暖和的香烟店里愉快地使唤着，愉快地被服从着；在由国家监督、并加以医药管理的男妓院里，暗自从淫欲刺激中得到的满足；与住在附近的一些被公认为品行端正的女友进行社交活动，需要有不频繁的定期预防性间隔以及频繁的定期预防性监督；为了讲授合适的交往礼仪而专门举办一套夜间讲座。

他的妻子在智力发展方面的缺陷，有哪些事例促使他倾向于采取前边提到的（第九项）解决方案?

当她没事可干的时候，她不止一次地在一张纸上胡乱写满了符号和象形文字，并说那是希腊字、爱尔兰字和希伯来字。隔一阵她就总是问上一遍：加拿大一座叫魁北克的城市那个大写的头一个字母是什么？她几乎不理解国内复杂的政治情势，国际上的势力均衡。在加算账单时，她往往要借助于手指头。写完一篇书简体短文后，她就把书写用具丢在蜡画颜料里，任其暴露在硫酸亚铁、绿矾和五倍子中去腐蚀[106]。对那些没有听惯的多音节外来语，她总是根据语音或模拟类推，或将二者折中，牵强附会：例如把“轮回”说成是“遇见了他尖头胶皮管”[107]，把“别名”一词说成是“《圣经》里提到的一个撒谎的人[108]”。

要靠什么来弥补那由于理智失去平衡而在这些方面以及对人物、地点与事物所缺乏的判断呢?

一切天平的一切垂直杠杆，均凭借其结构来证实表面上的平衡中的谬误。她对一个人的精确的判断，要靠实验来证明是正确的，从而取得平衡。

为了补救这种相对的无知状态，他做过哪些尝试?

种种尝试：将特定的一本书放在醒目的地方，把特定的一页翻开来；委婉地做些说明，并假定她头脑里对此有着潜在的知识；当着她的面公然挖苦不在场的某人如何由于无知而失态。

他这样直接教育的尝试，取得了什么效果？

她没有全听懂，只听懂了其中一部分。兴致勃勃地留神，惊奇地理解，细心地复诵，吃力地记下来，很容易地就忘掉，没有把握地重新记起，重复时错误百出。

哪种方法证明更有效果？

涉及个人利害关系的间接指点暗示。

有什么例子？

下雨时她讨厌打伞，而他喜欢打着雨伞的女人；她讨厌下雨时戴新帽子，而他喜欢女人戴新帽子；下雨时他买了顶新帽子，她戴着新帽子，手持雨伞。

接受了客人那个寓言里所包含的类比之后，他举出哪些被囚虏[109]过的大人物作为范例？

三位纯粹真理的探求者：埃及的摩西、著有《迷途指津》的摩西·迈蒙尼德以及摩西·门德尔松[110]。他们都那么显赫，从摩西（埃及的）到摩西（门德尔松），从来没有像摩西（迈蒙尼德）那样的人物[111]。

斯蒂芬说声“对不起”，提出了第四个纯粹真理的探求者的名字：亚里士多德。布卢姆答以“请原谅，也许我错了”，接着说了些什么？

这位探求者是个犹太法学博士（姓名不详）的弟子。

另外还提到了哪些足以凭信、享有盛名的法律界的儿子——被遴选而又受排斥的种族的子孙？

费利克斯·巴托尔迪·门德尔松（作曲家）、巴鲁克·斯宾诺莎（哲学家）[112]、门多萨（拳击家），费迪南德·拉萨尔（社会改革家、决斗者）[113]。

客人对主人以及主人对客人，曾将古希伯来文和古爱尔兰文哪些诗句的片段，抑扬顿挫地并附以原词的译文，加以引用了？

斯蒂芬引用的是：suil，suil，suil arun，suil go siocair agus suil go cuin[114]（走，走，走你的路，平安地走，谨慎地走）。

布卢姆引用的是 kifeloch，harimon rakatejch m’baad l’za-matejch[115]（你的鬓角遮在头发里，如同一片石榴）。

为了把口腔发声的比较加以具体化，他们对两种语言的音符怎样做了象形的比较[116]？

在用低俗文学体裁写的一本题名《偷情的快乐》的书（是布卢姆掏出来的，他摆得很巧妙，使封面和桌面接触）那底封前倒数第二张空白衬页上，斯蒂芬用一管铅笔（斯蒂芬提供的）以简略体与装饰体写下相当于 g、e、d、m 的爱尔兰语字母[117]。布卢姆则写下希伯来字母 ghimel、aleph、daleth 和 qoph（这是用来代替所缺的 mem 的）。他还说明，这些字母作为序数及基数的算数值，各自代表三、一、四及一百[118]。

两个人对这两种业已衰亡或复兴起来的语言所具有的知识，究竟是理论方面的还是实际方面的?

理论方面的，只局限于词形变化以及句法结构方面的一些语法规则，实际上并不包括语汇知识。

这两种语言之间以及使用这两种语言的两个民族之间，存在过哪些接触点?

两种语言都有喉音、区分的气音、增音以及附属性的字母。两种都是古老的语言，大洪水后二四二年，费尼乌斯·法赛在西纳尔平原[119]所创办的学院就开了这两种语言的课程。他是以色列民族的祖先诺亚的后裔，又是爱尔兰民族的祖先埃贝尔与赫里蒙的始祖[120]。用这两种语言写成的考古学的、系谱学的、圣徒传记学的、注释学的、布道术的、地名研究的、历史的以及宗教方面的著作，其中包括犹太法学博士和神仆团[121]团员的著述：托拉、《塔木德》（《密西拿》和革马拉）[122]、马所拉本、《五经》[123]《牛皮书》《巴利莫特书》[124]《霍斯饰本》《凯尔斯书》[125]，记述这两个民族的离散[126]，受迫害，幸存，复兴。他们在犹太人区（圣玛丽亚修道院）[127]和弥撒馆（亚当与夏娃客栈）[128]孤零零地举行犹太教或基督教仪式。根据惩戒法及犹太人服装令[129]，两个民族均被禁止穿民族服装。复兴锡安的大卫王国[130]以及爱尔兰的政治自治或主权转移的可能性。

布卢姆对这种错综复杂、种族上不可分割的终极状态抱着期待，唱了哪一节颂歌呢?

犹太魂坚定激荡，

由衷呐喊音铿锵[131]。

唱完第一个对句后，歌声何以中断？

那是由于在记忆方法上有缺陷的结果。

歌手是如何弥补这一缺陷的呢？

他对原文大致做了一番冗长的口译。

他们两人彼此的见解，在哪一研究范畴内融为一体？

从埃及碑铭的象形文字到希腊、罗马字母，足以追踪出逐渐变得单纯的迹象；还有楔形碑文（闪米特语[132]）和斜线号五肋骨形欧甘文字[133]（凯尔特语），具有近代速记术与电报符号之先驱的性质。

客人照主人的要求去做了吗？

他用爱尔兰文字和罗马文字补上了签名，从而加倍地从命了。

斯蒂芬在听觉上的反应如何？

从那深沉苍老、充满阳刚之气而又生疏的旋律中，他听到了过去的累积。

布卢姆在视觉上的反应如何？

从那机警年轻、充满阳刚之气而又熟悉的身姿，他看到了未来的命运。

斯蒂芬和布卢姆的隐蔽的本体那大致同时的、出于本人意志的大致感觉是怎样的？

斯蒂芬是从视觉方面：有着传统的神人合一的基督[134]那种身姿。就像大马士革的约翰、罗马的伦图卢斯和隐修士伊皮凡尼乌斯所描述的那样，患了白癜风般的皮肤，一英尺半高的个儿，葡萄紫的头发。

布卢姆是从听觉方面：令人销魂的浩劫那传统的声调[135]。

过去，布卢姆有过哪些将来可能从事的职业？能举出哪些典范？

教会方面，罗马天主教会、英国圣公会或不从国教派[136]。典范为：耶稣会会长、十分可敬的约翰·康米神父、可敬的三一学院院长 T. 萨蒙神学博士、亚历山大·约·道维博士[137]。英国或爱尔兰律师业典范为：英国王室法律顾问西摩·布希、英国王室法律顾问鲁弗斯·伊塞克斯[138]。剧坛，现代剧或莎士比亚戏剧。典范为：高雅的喜剧演员查理·温德姆、演莎士比亚戏剧的奥斯蒙·蒂尔利（卒于 1901 年）[139]。

主人可曾鼓励客人低声吟诵一段类似主题的奇妙传说？

再三地鼓励了。因为他们待在隐蔽的地方，谁都听不见他们说话的声音。并且煮好的饮料，除了水加糖加奶油加可可这种人工混合的准固体残存沉淀物之外，均已喝光。

朗诵一下他所唱的故事诗第一部（大调的）:

哈里·休斯和学伴，
到外面去把球玩，
小哈里扔头一球，
飞越犹太家围墙，
小哈里扔第二球，
窗玻璃砸个精光。

鲁道尔夫的儿子听了第一部，感觉怎样？
他的感觉是单纯的。他这个犹太人面泛微笑高兴地倾听着，并望着厨房里那没

有砸碎的窗玻璃。

把故事诗第二部（小调的）朗诵一遍：

犹太闺女出来了，
浑身穿着绿衣裳，
小俊哥儿你回来，
再把球扔上一趟。

我不能也不愿去，
除非学伴都在场，
要是老师知道了，
我会遭殃在球上。

雪白的手牵着他，
把他引到大厅里，
最后步入一间房，
无人听见他叫嚷。

她从兜里掏出刀，
把他小脑袋割掉，
他再不能把球踢，
因已躺到尸堆里[140]。

米莉森特的父亲听了第二部，有怎样的反响？

他的感情是复杂的。他板着面孔，惊异地听见并看见一个犹太人的闺女，浑身穿着绿衣裳。

将斯蒂芬的评论概述一下。

大家当中的一个，大家当中最渺小的一个，命中注定成为牺牲者。第一次是出于疏忽，第二次是故意地，他向命运挑战。当他孤零零的时候，宿命来临，向并不情愿的他进行挑战。作为希望与青春的化身，抓住他使他无法抵抗。命运把他领到一座奇异的住所，一间隐秘的背教者之居室，把顺从的他毫不留情地当作祭品宰杀。

主人（命中注定的牺牲者）为什么闷闷不乐？

他希望关于一个行为的故事，并非他本人之所为，不应由他[141]讲出来。

为什么主人（并不情愿，也并不抵抗）一动也不动？

这是按照保存精力的法则。

主人（隐秘的背教者）为什么一声不响？

他在衡量着赞成和反对杀人祭神的可能的证据：神职人员的煽动以及民众的迷信；随着谣言的传播，致使真实性逐渐减少。对财富的嫉妒，复仇的影响，隔代遗传造成的不法行为的突发性再犯。有量情余地的狂信，催眠术的暗示和梦游病症状。

这些精神上或肉体上的毛病（倘若有的话）中，哪样是他无法完全能够免除的？

催眠术的暗示：有一次，他睡醒之后认不出自己的卧室了。不止一次，乍一睡醒，好半晌的工夫他既不能挪动身子也发不出声音。梦游者的恍惚状态：有一次在睡眠中，他起身低头弯腰爬向没有热气的壁炉。爬到之后，他蜷缩着身子，在没有炉火取暖的情况下，穿着睡衣倒在那里睡了。

后一种或同类的症候，可曾出现在他的哪个家族身上？

曾经发生过两次，在霍利斯街和翁塔利奥高台街[142]。当他的女儿米莉森特（米莉）六岁和八岁时，曾在睡眠中吓得喊叫起来。两个穿睡衣的身影问她怎么啦？她却茫然地答以沉默表情。

关于她的幼年，另外他还记得些什么？

一八八九年六月十五日。一个刚刚呱呱落地的脾气暴躁的女婴，哭哭啼啼，既导致又舒散充血性征候。这娃娃的外号叫"帕德尼·软鞋"[143]，她咣当咣当地摇着攒钱罐，并数着父亲那三颗备用的便士硬币型纽扣：一呀，二呀，三。她把穿水手装的男小团木偶丢掉了。尽管爹妈的头发都是深色的，她却继承了先辈的金发血统。古老的往昔，曾被诱奸，海瑙上尉[144]先生，奥地利陆军；近因则是个幻觉，英国海军中的马尔维中尉。

存在着哪些地域性的特色？

反之，鼻子和前额的构造却继承了尽管中断过然而逐渐隔着更大的乃至最大的间歇遗传下来的直系血统。

关于她的青春期，他记得一些什么？

她把自己的铁环和跳绳藏到隐蔽的地方。在公爵草坪上，当一个英国旅游者央求她准许为她摄影留念时，她拒绝了（未说明反对的理由）。有一次她和埃尔莎·波特一道在南环路步行时，被一个面目狰狞的家伙跟踪上了。于是走到斯塔默街半途，她就蓦地折了回去（也没说明为什么要改变方向）。在过十五岁生日的前夕，她从韦斯特米思郡穆林加尔市写来一封信，简单地提了一下当地的一个学生（未说明他是哪一系和哪年级的）。

成为第二次分手之预兆的第一次分手，使他感到苦恼了吗？

比他所想象的要少，比他所希望的要多。

这一瞬，他目击到了什么样的第二次出走，尽管有差异，却又有类似之处？

他的猫暂时出走了。

何以会类似，又何以会有差异？

类似点是，二者都是由某种隐秘的目的所驱使：寻觅一名新男子（穆林加尔市的学生）或药草（拔地麻）。差异在于，回到住户或住处来的可能性有所不同。

在其他方面，二者之间的差异有类似之处吗？

在被动性、节俭、传统的本能和唐突方面。

例如？

比方说，她依偎着他，托起金发，让他为她扎上缎带（与弓起脖子的猫比较一下）。而且，她连招呼也没打一声就朝着“斯蒂芬草地”那浩渺的湖面[145]上啐了一口，唾沫浮在一棵棵树的倒影之间，画下一圈圈同心圆的波纹，持久而凝然不动，以一条入睡般平卧着的鱼为记号（与守候老鼠的猫相比）。而且，为了把一次著名战役的日期、双方作战部队的番号、战局以及战果都铭记心头，她拽自己的一条辫子来着（与舔耳朵的猫相比）。再者，傻米莉还梦见她和一匹马进行了一番无言的对谈，内容已记不得了。那匹马名叫约瑟夫，她捧给他（它）满满一大杯柠檬汽水，它（他）好像喝下去了（与在炉边做梦的猫相比）。因此，在被动性、节俭、因循的本能、唐突等方面，他们之间的差异是类似的。

他曾怎样利用人们为了图个吉祥而送给他们的祝贺新婚的礼物：（1）一只猫头鹰和（2）一座钟，供她玩赏，并使她蒙受教益？

他把它们作为实物教材，用以说明：（1）卵生动物的本性与习性，空中飞行的可能性，一种异常的视觉器官，世俗界用防腐药物保存尸体的方式。（2）体现于摆锤、齿轮与整时器上的钟摆的原理；不动的针盘上那可移动的正转的长短指针在各个位置作为人或社会规范所包含的意义；长针和短针每小时在同一倾斜度相遇的那一瞬，*也就是说*，按照算术级数，每小时超过五又十一分之五分的那一瞬，每小时重复一次的精确性[146]。

她是用什么方式回报他的呢？

她都记在心里了：当他过二十七岁生日的时候，她送给他一只早餐用的搪须杯，上面有着王冠图案，是仿照德比的瓷器[147]。她照料着。四季结账日[148]或这先后，倘若他并非为了她而去购买什么东西，她就对他的需要表示关心，并能预料到他的希望。她钦佩他。当他为了她[149]而对自然现象做了说明时，她立即表示一种期望：

不经过逐渐掌握就获得他那科学知识的一鳞半爪，二分之一，四分之一，千分之一。

梦游病患者米莉之父——昼游病患者布卢姆，向夜游病患者斯蒂芬提出了什么建议？

建议他在厨房楼上，紧挨着男主人与女主人的卧室那临时隔开的斗室里安歇，度过介于星期四（通称）、星期五（实名）之间的这几小时。

这样的临时措施的期间如果拖长了，能够产生或估计能产生哪些好处呢？

对客人来说，能有个安定的住处和僻静的用功场所。对男主人来说，有助于才智的年轻化，替身能给他带来满足[150]。对女主人来说，能摆脱胡思乱想，学到正确的意大利发音。

何以一位客人与女主人之间可能有的几度机缘，并不排除一个同学和一个犹太人的女儿[151]最终有可能永久地和睦结合，而且也不会被这种结合所排除？

因为通往女儿的路要经过母亲，而通往母亲的路要经过女儿。

对男主人的哪一句有一搭没一搭的多音节的询问，客人做了单音节的否定的答复？

他认不认识已故埃米莉·辛尼柯太太[152]？一九〇三年十月十四日，她因车祸死于悉尼广场车站。

主人把刚要开口提到的什么有关事由终于又咽了回去？

对于一九〇三年六月二十六日他未能出席玛丽·迪达勒斯（原姓古尔丁）的葬礼的事由做了一番解释。因为那天正好碰上鲁道尔夫·布卢姆（原姓维拉格）忌日的前夕。

提供暂时栖身之所的建议被接受了吗？

未加解释，十分感激，友好地当即谢绝了。

主客之间在金钱方面打了些什么交道？

前者还给后者一笔钱（一英镑七先令整），未付利息。那是后者借给前者的。

彼此之间相互提出了些什么建议，接受了，又加以修改，被拒绝了，换个说法复述一遍，重新被接受，被认可，再次确认？

根据预先安排，开始讲习意大利语课程。地点在受教者的住所。开始声乐讲习课程，地点在女教师的住所。开始一系列静止的、半静止的、逍遥的、理性的对话，在对谈者双方家中（倘若对谈者双方住在同一处）；位于下阿贝街六号的“船记”饭店兼酒馆（经营者为 W 和 E. 康纳里），基尔代尔街十一号的爱尔兰国立图书馆，霍利斯街二十九、三十与三十一号的国立妇产医院，一座公共花园，礼拜堂附近，两条或更多的街道交叉点，连接双方住宅的直线的中点（倘若交谈者各住一处）。

使布卢姆感到这些相互排斥的建议难以实现的理由是什么？

过去的事是已经不可挽回的了。有一回艾伯特·亨格勒马戏团在都柏林市拉特兰广场的圆形建筑[153]里演出，一名富于机智的小丑身穿色彩斑驳的服装，为了寻找乃父，竟走出马戏场，钻进观众席中，来到孤零零地坐着的布卢姆跟前，在大庭广众之下，向兴奋不已的观众公开宣称：他（布卢姆）是他（小丑）的爸爸。未来是不可预测的。一八九八年夏天，有一次他（布卢姆）在一枚弗洛林银币（值二先令）周围的饰纹上刻下三条道道，付给大运河查利蒙特林荫路一号的 J 与 T. 戴维父子食品店，以便试验一下该货币经过市民钱财交易的流通过程，直接或间接地回到自己手中的可能性。

那个小丑是布卢姆的儿子吗？

不是。

那枚银币又回到布卢姆手里来了吗？

再也没有回来。

接连遭到的挫折何以越发使他闷闷不乐？

因为在人类生活关键性的转折时刻，他渴望改善种种社会情况，而那是不平等、贪欲和国与国之间抗争的产物。

那么他是否相信，消除了这些条件后，人的生活就能无限地接近完美无缺呢？

截然不同于人为的法则，这里依然存在着按照自然的法则作为对维持整个人类的生存不可分割的部分加诸于人的生物学之基本条件。为了获得有营养的食品，就不得不进行破坏性的杀戮。孤立的个人生存中终极机能那充满了苦恼的性质。生与死的痛苦。类人猿和（尤其是）人类女性那单调的月经，自初潮期一直延续到闭经期。海洋上、矿山和工厂里那些不可避免的事故；某些非常痛苦的疾病以及伴随而来的外科手术；生来的疯癫，先天性犯罪癖；导致人口大批死亡的传染病；在人类心灵深处种下恐怖种子的灾难性特大洪水；震中位于人口密集地区的大地震；历经剧烈变形，自幼年经过成熟期进入衰退期的生命成长的事实。

他为什么打消了推断猜想的念头？

因为摆在不同凡响的智者面前的课题就是排除不大适宜接受的现象，而代之以更适宜接受的现象。

对他这样气馁，斯蒂芬表示共鸣了吗？

他强调了自己作为有意识、有理性的动物，从已知的世界演绎地向未知的世界前进的意义，以及作为有意识、有理性的反应者，介于不可避免地建立在不安定的虚空之上的大宇宙与小宇宙[154]之间的意义。

布卢姆理解他强调的是什么吗？

不是照字面上，而是从实质上理解的。

对理解不足这一点，他是用什么来安慰自己的？

作为一个没有钥匙却有能力的市民，他通过不安定的虚空，从未知的世界精力充沛地朝着已知的世界前进。

他们是以怎样的先后顺序离开为奴之家[155]，来到无人居住的旷野的，并举行了什么样的仪式呢？

把点燃的蜡烛插在烛台上

持者为

布卢姆

把助祭帽挑在梣木手杖上

持者为

斯蒂芬

念诵的是《诗篇》哪一纪念性篇章？是用哪段默祷[156]作起句的？

第一百一十三篇，旅途：以色列人一离开埃及，雅各的子孙一离开异族的土地[157]……

他们各自在出口做了些什么？

布卢姆把烛台放在地板上。斯蒂芬把帽子戴在头上。

对什么动物来说，出口就是入口？

猫。

当主人领先，客人随后，两个黑魆魆的身姿默默地穿过房后昏暗的甬道，步入半明半暗的庭园中时，他们面对的是什么样的景物？

天树上坠满了湿漉漉的夜蓝色的累累星果。

布卢姆一边对伙伴指点着形形色色的星座，一边向他表达了哪些冥想?

关于宇宙日益扩大进化的冥想：新月期的月亮，即使在近地点[158]也看不见。从地表向地轴挖掘纵深五千英尺的圆筒状垂直轴，一个观察者待在轴底儿上，就连白昼也辨认得出那漫无止境、网络状、亮光闪闪、非凝结性的银河[159]。天狼（大犬座阿尔法）距地球十光年（五十七万亿英里）；体积大于地球九百倍；大角[160]；岁差运动[161]；有着“猎户”腰带、六倍于太阳的“伐二”以及星云的猎户座，星云中能容纳我们的一百个太阳系[162]；死去的和新生的星宿，例如一九〇一年的那颗“新星”[163]；我们的太阳系正朝着武仙座冲去[164]；所谓恒星的视差或视差移动[165]，也就是说，实际上恒星是在不断地从无限遥远的太古朝无限遥远的未来移动着。相形之下，人的寿命充其量才七十年，不过是无限短暂的一段插曲而已。

另外还有关于反过来逐渐缩小退化的冥想吗?

在地球的层理[166]留下记录的太古以来的地质时代。隐藏在大地的洞穴里和能移动的石头底下、蜂巢和土墩子中那无数微小的昆虫类的有机生物：微生物、病菌、细菌、杆菌、精子；凭着分子的亲和之凝聚力而黏在一根针尖上那几万几亿几兆个多不胜数、肉眼看不到的微小颗粒；人类的血浆是一个宇宙，群集着白血球和红血球，每个血球又各自形成一个空虚的宇宙空间，群集着其他球体；各个球体连续性地也是由可分割的构成体形成的宇宙，各个构成体又可以分割成为几个能够进一步分割的构成体。就这样，分子与分母实际上在并未分割的情况下就不断地减少了。如果这个过程延续到一定时候，就永远在任何地方也不会达到零。

他为什么不精心计算出更准确的结果?

因为几年前在一八八六年，当他埋头于探讨面积等于一个圆的正方形[167]的问题时，他发现了一个数值的存在：倘若精确地计算到某种程度，就能达到比方说九九乘九乘这样庞大的量值和位数[168]。所得数字要用细字密密匝匝地印刷成三十三卷，每卷一千页。为了统统印刷完毕，就需要购入无数刀、无数令印度纸，整数值的位数便是一、十、百、千、万、十万、百万、千万、亿、十亿，一切级数的一切数字作为星云的核心，以简明的形式所包含的累乘的可能性推到了极限地、能动地开展的一切乘方的一切幂级数。

他可曾发现分为几个种族的人类在其他行星及其卫星上居住的可能性，以及由一位救世主从社会上、伦理上拯救人类的可能性；那样一来问题会不会就更容易得到解决?

他认为那是另一范畴的难题。人体组织通常能够抗得住十九吨的气压[169]，可是一旦在地球的大气层里上升到相当的高度，越是接近对流层与平流层的境界线，鼻孔出血、吸呼困难以及眩晕，随着算术级数就越发严重起来。他晓得这一点，寻求解答时就设想出这样一个难以证明是不可能的行之有效的假定：倘若换个更富于适应性，解剖学上的构造也有所不同的种族，说不定就能在火星、水星、金星、木星、土星、海王星或天王星那充足而相同的条件下生存下来。然而那个远地点[170]的人类种族，尽管在构造方面与地球上的人类有着一定限度的不同之处，整个来说彼此却有着相似的种种形态。他们恐怕也和地球上的人类一样，会不肯舍弃那一成不变、无法分割的属性，也就是对空虚，对空虚的空虚，一切都是空虚[171]的执着。

至于拯救的可能性呢?

小前提已经被大前提所证明了。

接着他又依次对各个星座的哪些形形色色的特征进行了考虑呢?

显示出不同程度之生命力的缤纷色彩（白、浅黄、深红、朱红、银朱）；诸星之亮度；一直包括到七等星、以等级标志的诸星之大小；诸星的位置；御夫座；沃尔辛厄姆路[172]；大卫的战车[173]；土星光环；螺旋星云凝固后形成有卫星的恒星群；两重太阳相互依存的旋转运动；伽利略、西蒙·马里乌斯[174]、皮亚齐[175]、勒威耶、赫歇耳、加勒[176]等人各自独立地同时所做的发现；波得和开普勒所尝试的距离的立方与回转次数的平方的体系化[177]；多毛的众彗星[178]那几殆无限的被压缩性，以及自近日点至远日点那广漠的远心的重返大气层的椭圆轨道；陨石的恒星之起源；年纪较轻的天体观测者诞生的那个时期火星上所出现的“暗波”现象[179]；每年在圣劳伦斯节（殉教者，八月十日）前后降落的陨石雨；每月都发生的所谓“新月抱旧月”现象[180]；关于天体对人体的影响的假定；威廉·莎士比亚出生的时期，在斜倚却永不没落的仙后座那三角形上端，一颗不分昼夜散发着极亮光彩的星辰（一等星）出现了[181]（这是两个无光、死灭了的太阳因相撞并汞合为白热体而形成的灿烂的新太阳）；大约在利奥波德·布卢姆出生时，出现在七星花冠星座里而后又消失了的一颗同一起源、亮度却稍逊的星宿（二等星）[182]；还有约于斯蒂芬·迪达勒斯出生时，出现在仙女座中之后又消失，小鲁道尔夫·布卢姆出生与夭折数年后出现于御夫座后又消失，以及另外一些人出生或去世前前后后出现在许许多多其他星座中而又消失了的、（假定是）同一起源的（实际存在或假定存在的）星斗[183]。日蚀及月蚀自隐蔽至复现的各种伴随现象：诸如风势减弱、影子推移、有翼者沉默下来、夜行或暮行动物的出现、冥界的光持续不减、地上的江河溪流之幽暗、人类之苍白。

对情况进行了估量并考虑过产生错误的可能性之后，他（布卢姆）得出过什么样的合乎逻辑的结论呢？

那既不是天树、天洞，也不是天兽、天人。那是个乌托邦，那里不存在从已知到达未知的既知之路。那是无限的。假定各个天体有可能并存，那么也能把它看作是有限的。天体的数目是一个还是一个以上都无所谓，体积相同或不同也无所谓。那是一团能活动的幻觉形态，是在空间里已固定下来的东西，借着空气又重新活动起来。它是过去，未来的观察者们作为现在实际存在之前，它或许已不再作为现在而存在了。

关于这一光景的美的价值，他更加深信不疑了吗？

毫无疑问。因为有这样一些先例：诗人们往往在狂热的恋慕导致的谵妄状态下，要么就是在失恋的屈辱中，向热情而持好感的诸星座或围着地球转的冷漠的卫星呼吁。

那么他曾否把占星术对地上灾害的影响这一理论当作信条接受下来了呢？

据他看来，对这一点提出论证和反证的可能性是一样大的。月面图中所使用的梦沼、雨海、湿海、丰富海等学术用语既可以归之于直观的产物，也可以归之于谬误的类推。

他认为月亮和妇女之间有什么特殊的近似之处？

她历史悠久：地球上连绵不断的世世代代存在之前她就存在，并将继续存在下去。她在夜间的优势。她作为卫星的依存性。她反射光的性能；起落盈亏，运行有常，恒久不变。她的容貌注定永不改变。她对不明确的讯问，都给以暧昧的答复。她能够支配潮汐涨落。她具有使人迷恋、心碎、赋予美、逼人发疯[184]、煽动并助长人们为非作歹的种种本事。她的表情那么安详而秘不可测。她孑然一身，居高临下，毫不留情，光彩夺目，令人望而生畏，不敢挨近。她预示着暴风雨或天朗气清。她焕发出的光芒，她那一举一动与存在都给人以刺激。她的喷火口，她那枯竭的海，她的沉默，在在都发出警告。看得见时，她是何等光辉灿烂，看不见时，她又是何等富于魅力。

哪一样看得见的明亮标志映入了布卢姆的眼帘，他又提醒斯蒂芬去注视了呢？

在他（布卢姆）家的二楼（后身），点起了一盏煤油灯，一个倾斜的人影投到卷式百叶帘上；那是在安吉尔街十六号开业的百叶窗、帘杆、卷式帘制造商弗兰克·奥哈拉供应的。

关于由看得见的明亮标志（一盏灯）所映照出来的那位看不见的富于魅力的人儿，也就是说，他的妻子玛莉恩（摩莉）·布卢姆之谜，他是怎样阐明的呢？

直接间接口头暗示或明确地表达。用那抑制着的挚爱和赞美之情。加以描绘。结结巴巴地。凭着暗示。

接着，两个人都沉默下去了吗？

沉默下去了。他们相互用自己肉身的镜子照着伙伴的脸。彼此在镜中照见的是对方的，而不是自己的脸。

他们一直毫无动静吗？

经斯蒂芬提议，并在布卢姆的鼓动下，先由斯蒂芬带头，布卢姆紧接着，双双在幽暗中各撒了一泡尿。他们肩并肩，彼此用手圈着自己的排尿器官，以便挡住对方的视线。随后由布卢姆带头，斯蒂芬紧接着，双双抬头仰望起那明亮的和半明亮的投影。

相似吗？

他们两人那起初有先有后，继而同时撒出去的尿的轨道并不相似。布卢姆的较长，滋得没那么冲，形状有点儿像那分叉的倒数第二个字母[185]，却又有所不同。敢情，他念高中最后一年（一八八〇）的时候，曾有本事对抗全校二百一十名学生拧成的那股力量，尿撒得比谁都高。斯蒂芬的尿滋得更冲，嗞嗞响得更欢实。由于头天最后几个钟头他喝了利尿物，膀胱持续地受到压迫。

对方那个看不见却听得见的附属器官，使两个人各自联想到了什么不同的问题？

布卢姆：过敏性、勃起、变硬挺直、松弛、大小、卫生、阴毛等问题。斯蒂芬：受割礼的耶稣作为圣职者是否毫无缺陷的问题（一月一日乃是圣日，应该望弥撒，不得从事不必要的世俗劳动）[186]。还有如何对待保存在卡尔卡塔的神圣罗马天主教使徒教会的肉体结婚戒指——神圣的包皮问题。应仅仅向它致以对圣母的最高崇敬呢，抑或该把它作为毛发、脚指甲那样从神体上割下来的赘生物，对它致以第四级最高膜拜[187]？

他们两人同时观测到了什么样的天象？

一颗星星从天顶上天琴座“织女一”越过后发星座[188]的星群，明显地以高速度朝着黄道十二宫的狮子宫[189]直冲过去。

向心的滞留者是怎样为离心的出发者提供出口的？

他将生锈粗涩的男性型钥匙轴捅进反复无常的女性型锁孔里，把劲头使在钥匙环上，自右至左地转动钥匙的齿凹，将锁簧送回到锁环里，痉挛般地把那扇铰链都掉了的旧门朝里面拽过来，露出可以任意出进的门口。

临分手时，他们是怎样彼此道别的?

他们直直地站在同一道门坎的两侧，告别时两只胳膊的曲线在某一点上随便相碰，形成小于二直角之和这样一个角度。

伴随着他们那相接触的手的结合，他们（各自）那离心的和向心的手的分离，传来了什么响声?

圣乔治教堂那组钟鸣报起深夜的时辰，响彻着谐和的音调。

他们各自都听到了钟声，分别有什么样的回音?

斯蒂芬听见的是：

饰以百合的光明的司铎群来伴尔，
极乐圣童贞之群高唱赞歌来迎尔[190]。

布卢姆听见的是：

叮当！叮当！
叮当！叮当[191]！

那一天随着钟声的呼唤跟布卢姆结伴从南边的沙丘前往北边的葛拉斯涅文的一行人，而今都在何处?

马丁·坎宁翰（在床上）、杰克·鲍尔（在床上）、西蒙·迪达勒斯（在床上）、内德·兰伯特（在床上）、汤姆·克南（在床上）、乔·海因斯（在床上）、约翰·亨利·门顿（在床上）、伯纳德·科里根[192]（在床上）、帕齐·迪格纳穆（在床上）、帕狄·迪格纳穆（在墓中）。

只剩下布卢姆一个人之后，他听到了什么?

沿着上天所生的大地退去的脚步声发出来的双重回荡，以及犹太人所奏的竖琴在余音缭绕的小径上引起的双重反响[193]。

只剩下布卢姆一个人了，他有什么感觉?

星际空间的寒冷，冰点以下几千度或华氏、摄氏或列氏的绝对零度[194]，即将迎来黎明的最早兆头。

音调谐和的钟声、手的感触、脚步声和孤独寒冷使他联想起了什么?

在各种情况下，在不同的地方如今已经故去的伙伴们:珀西·阿普约翰(阵亡，在莫德尔河[195])、菲利普·吉利根[196](肺结核，殁于杰维斯街医院)、马修·F.凯恩[197](不慎淹死在都柏林港湾)、菲利普·莫依塞尔[198](脓血症，死在海蒂斯勃利街)、迈克尔·哈特[199](肺结核，殁于仁慈圣母医院)、帕特里克·迪格纳穆(脑溢血，殁于沙丘)。

是何种现象的何种前景促使他留在原地?

最后三颗星的消失，曙光四射，一轮新的盘状太阳喷薄欲出[200]。

以前他可曾目击过这样的现象?

一八八七年，有一次在基玛吉[201]的卢克·多伊尔家玩猜哑剧字谜，时间拖得很长。这之后，他坐在一堵墙上，注视着东方——米兹拉赤[202]，耐心地等待黎明景象的出现。

他想起最初的种种现象了吗?

空气越发充满了勃勃生机:远处，公鸡在报晓，各座教堂的敲钟声，鸟类的音乐，早起的行人那孤零零的脚步声，看不见的光体所射出的看得见的光，复活了的太阳那低低地崭露在地平线上的、依稀可辨的最初一抹金晖。

他在那儿滞留下去了吗?

在强烈灵感的触发下，他折了回去，再一次跨过园子，返回门道，重新关上门。一声短叹，他再度拿起烛台，又一次登上楼梯，重新朝那挨着一楼门厅的屋子踱过去，走回原来的地方。

是什么乍然拦住了他正往里走的脚步呢?

他的天灵盖右颞叶碰着了坚硬的木材犄角，在微乎其微却能有所察觉的几分之一秒后，产生了疼痛感。这是一刹那之前传达因而觉察到的结果。

描述一下在室内陈设方面所做的变更。

一把深紫红色长毛绒面沙发从门对面被搬到炉边那面卷得紧紧的英国国旗近旁(这是他曾多次打算要做的变动)。那张嵌有蓝白棋盘格子花纹的马略尔卡[203]瓷面桌子，被安放在深紫红色长毛绒面沙发腾出后的空处。胡桃木餐具柜(是它那凸出来的犄角一时挡住了他往里走着的脚步)从门旁的位置被挪到更便当却更危险、正对着门的位置去了。两把椅子从壁炉左右两侧被搬到嵌有蓝白棋盘格子花纹的马略尔卡瓷面桌子原先所占的位置去。

描述一下那两把椅子。

一把低矮，是填了稻草的安乐椅。结实的扶手伸向前，靠背朝后边倾斜着。方才把它往后推的时候，长方形地毯那不整齐的边儿给掀了起来。罩着宽大面子的座位，中间的颜色褪得厉害，越靠近边沿，越没怎么变色。与它相对的另一把细细溜溜、撇着两双八字脚的藤椅是由有光泽的曲线构成的。椅架从顶部到座位，又从座位到底部，整个都涂着暗褐色清漆，座位则用白色灯芯草鲜明地盘成圆形。

这两把椅子有着什么意义？

表示着类似、姿势、象征、间接证据和永久不变的证言等意义[204]。

原先放餐具柜的地方，如今摆着什么？

一架立式钢琴（凯德拜牌[205]），键盘露在外面。上顶盖关得严严实实，摆着一双淡黄色妇女用长手套，一只鲜绿色烟灰缸里是四根燃尽了的火柴，一根吸过一截的香烟，还有两截变了色的烟蒂。谱架上斜搭着一本《古老甜蜜的情歌》（G. 克利夫顿·宾厄姆作词，詹·莱·莫洛伊作曲，安托瓦内特·斯特林[206]夫人演唱）G大调歌曲伴奏谱，在摊开来的最后一页上可以看到演奏的终指示：**随意地**，**响亮地**，持续音，**活泼地**，要延长的持续音，**渐慢**[207]，终止。

布卢姆是抱着何等激情依次打量这些物件的？

他心情紧张地举着烛台，感到疼痛伸手摸了摸肿胀起来的右颞叶撞伤处。他全神贯注地凝视着那庞大笨重被动的和那细溜活泼主动的，又殷勤地弯下身去，把掀起来的地毯边儿舒展成原样。他兴致勃勃地记起玛拉基·穆利根博士的色彩计划，其中包括深浅有致的绿色[208]。他又心怀喜悦之情重复着当时相互间的话语和动作，并通过内部种种感官，领悟着逐渐褪色所导致的温吞快感的舒散。

他的下一个行动是什么？

他从马略尔卡瓷面桌子上的一个敞着的盒子里取出个一英寸高、又小又黑的松果，将其圆底儿放在小小的锡盘上。然后把他的烛台摆在壁炉台右角上，从背心里掏出一张卷起来的简介（附有插图），题名“阿根达斯·内泰穆”[209]。打开来，大致浏览了一下，又将它卷成细长的圆筒，在烛火上引燃了。于是，圆筒的火苗伸到松果尖端，直到后者发出红色火光；并将纸筒撂在烛台托子上，让剩下的那部分燃烧殆尽。

这一行动之后，又发生了什么？

从小小火山那烧掉了尖儿的圆锥形火口，一股令人联想到东方香烟的垂直的蛇状熏烟袅袅上升[210]。

除了烛台，壁炉台上还摆了些什么类似的物件？

还有竖纹的康尼马拉大理石[211]做的座钟。这是马修·狄龙送的结婚礼物，它停在一八九六年三月二十一日上午四点四十六分上[212]。透明的钟形罩子里是冰状结晶矮树盆景，那是卢克和卡罗琳·多伊尔[213]送的结婚礼物。一只制成标本的猫头鹰，是市政委员约翰·胡珀[214]送的结婚礼物。

这三样东西和布卢姆是怎样相互望着的？

在镶金边的穿衣镜里，矮树那未装饰的背望着制成标本的猫头鹰那直直的脊背。在镜子前面，市政委员约翰·胡珀送的结婚礼物以清澈忧郁、聪慧明亮、一动不动、体恤同情的视线盯着布卢姆，布卢姆则以模糊安详、意味深长、一动不动、富于恻隐之心的视线，瞅着卢克和卡罗琳·多伊尔所赠的结婚礼物。

映在镜中的什么混合的不对称的影像这时引起了他的注意？

一个（就自己而言）落落寡合，（对别人）反复无常的人的影像。

为什么落落寡合（就自己而言）？

他一个兄弟姐妹都没有，
但他爹仍是爷爷的儿子。

为什么反复无常（对别人）？

自襁褓时期到壮年，他与母系的骨肉至亲相像。自壮年到衰老期，他会越来越与父系的骨肉至亲相像。

镜子传达给他的最终视觉印象是什么？

由于光学反射，可以看到映在镜中的对面那两个书架上颠倒放着若干册书。它们不是按照字母顺序排列着的，而是胡乱放的。标题闪闪发光。

为这些书编个目录。

《汤姆的都柏林邮政局人名录》，一八八六年版。

丹尼斯·弗洛伦斯·麦卡锡[215]：《诗集》（第五页夹着古铜色掬叶状书签）。

莎士比亚：《作品集》（深红色摩洛哥山羊皮，烫金封面）。

《实用计算便览》（褐色布面精装）。

《查理二世宫廷秘史》（红色布面精装，本色压印装帧）[216]。

《儿童便览》（蓝色布面精装）[217]。

《我们的少年时代》，下议院议员威廉·奥布赖恩[218]著（绿布面精装，有点儿褪了色，第217页夹了个信封以代替书签）。

《斯宾诺莎哲学钞》（酱紫色皮面精装）。

《天空的故事》[219]，罗伯特·鲍尔爵士著（蓝色布面精装）。

埃利斯:《三游马达加斯加》[220]（褐色布面精装，书名磨损，无法辨认）。

《斯塔克·芒罗书信集》，阿·柯南道尔著[221]。这是卡佩尔街一〇六号的都柏林市立公共图书馆藏书，一九〇四年五月二十一日（圣灵降临节前夕）借出，还书期限为一九〇四年六月四日，故已过期十三天（黑色布面精装，贴有白色的编码标签）。

《中国纪行》[222]，"旅人"著（用褐色纸包了书皮，书名是用红墨水写的）。

《〈塔木德〉[223]的哲学》（小册子合订本）。

洛克哈特著《拿破仑传》（缺封面，加有脚注，贬低首领取得的胜利，夸大其败绩）。

《借方和贷方》[224]，古斯塔夫·弗赖塔格著（黑色纸面精装，哥特字体[225]，第二十四页夹了个香烟赠券，以代替书签）。

霍齐尔著《俄土战争史》（褐色布面精装，两卷集，封底贴有直布罗陀市总督步道要塞图书馆的标签[226]）。

《劳伦斯·布卢姆菲尔德在爱尔兰》，威廉·阿林厄姆著（第二版，绿色布面精装，烫金三叶图案。此书原先的所有者在扉页正面所署姓名已被涂掉）。

《天文学指南》（褐色封面已脱落，附有五幅另纸印的插图，正文用老五号黑体字，作者脚注用六点活字，旁注用八点活字，标题用十二点活字[227]）。

《基督秘史》（黑色纸面精装）。

《沿着太阳的轨道前进》[228]（淡黄色布面精装，缺内封，每一页上端都印有标题）。

《体力与健身术》（伦敦，1897），尤金·桑道[229]著（红色布面精装）。

《简明几何学初步》，原著系由伊格内·帕迪斯用法语所写，伦敦神学博士约翰·哈利斯译为英语，由R.纳普洛克印制，一七一一年出版于毕晓普斯·海德。内收有致译者之畏友查理·考克斯先生（萨瑟克自治市所推选出来的下院议员）的书信体献词。衬页上用刚健有力的钢笔字写明：此系迈克尔·加拉赫之藏书，日期为一八二二年五月十日，倘若遗失或下落不明，凡发现该书者，恳请将它退还给举世无双之美丽土地威克洛郡恩尼斯科西[230]达费里门的木工迈克尔·加拉赫为荷。

当他把上下颠倒的书重新调整过来的时候，心里有些什么感想？

需要秩序。一切东西都应各有个位置，并且应该各就各位。女性对文学的鉴赏力之不足。苹果塞在玻璃酒杯里，或雨伞斜搭在马桶里，均不协调。把任何秘密文件放在书籍后面、下面或夹在书页间，都是不安全的。

体积最大的是哪本书？

霍齐尔的《俄土战争史》。

在这部著作第二部的其他事项中，还包括些什么内容？

一次关键性战役的名字（他已忘记），一位念念不忘该战役的关键性军官，即布赖恩·库帕·特威迪鼓手长（他铭记心头）。

由于第一和第二个什么缘故，他并不曾查阅这部著作？

第一，为了锻炼记忆术。第二，因为犯了一阵健忘症之后，当他对着中央的桌子而坐，正要去查阅那部著作时，凭着记忆术他回想起了那次战斗的名称：普列文[231]。

他端坐着时，何物给他带来了慰藉？

竖立在桌子中央的一座雕像那率真、裸体、姿势、安详、青春、优雅、性、劝告。这座纳希索斯像[232]是从巴切勒步道九号的P.A.雷恩拍卖行买来的。

他端坐着时，何物令他心头焦躁？

硬领（十七英寸型）和背心（有五颗纽扣）紧得使他感到压力。这两样东西对成年男子的服装来说是多余的，而对人体的膨胀所引起的容积变更却又缺乏弹性。

心头的焦躁是怎样平息下来的？

他从脖间摘下硬领、黑领带和折叠式饰纽，放在桌子左角。然后又反过来自下而上地依次解开背心、长裤、衬衫和内衣纽扣。他那双手的轨迹从参差不齐、卷缩起皱的黑色体毛的中心线——也就是白骨盆底到下腹部肚脐眼周围那一簇簇体毛，又沿着节结的中心线进而延伸到第六胸脊椎的交叉点，从这里又向两侧丛生，构成直角形，在左右等距离的两个点，即环绕乳头顶端形成的三角形收敛图形的中心线——穿行。长裤的背带上钉着成双的六颗纽扣（其中缺了一颗），他依次解开那六颗（其中少了一颗）纽扣。

接着，他又不由自主地做了什么？

他用两个手指捏起两星期零三天前（一九〇四年五月二十三日）横膈膜下左侧腹那因挨蜜蜂蜇而留下的伤痕周围的肉。尽管并不觉得痒，他却用左手这儿那儿地胡乱挠了挠全部洗净、只裸露出一部分的皮肤的点和面。他把左手伸进背心的左下兜，掏出一枚银币（一先令），又放了回去。（大概是）参加悉尼广场的埃米莉·辛尼柯太太[233]的葬礼（一九〇三年十月十七日）时放进去的。

制定一九〇四年六月十六日的收支表。

支出				收入			
	磅	先令	便士		磅	先令	便士
猪腰子（一副）	0	0	3	现金	0	4	9
《自由人报》（一份）	0	0	1	《自由人报》广告手续费	1	7	6
入浴及小费（一份）	0	1	6	借款（斯蒂芬·迪达勒斯）	1	7	0
电车票	0	0	1				
为伯特里克·迪纳穆出奠仪（一份）	0	5	0				
班伯里点心（两块）	0	0	1				
午饭	0	0	7				
续租书费（一本）	0	1	0				
一小包信纸信封（一份）	0	0	2				
正餐和小费（一份）	0	2	0				
邮汇和邮票（一份）	0	2	8				
电车票	0	0	1				
猪脚（一只）	0	0	4				
羊蹄（一只）	0	0	3				
弗莱糕点铺的普通巧克力（一片）	0	1	0[234]				
苏打方面包（一个）	0	0	4				
咖啡和圆面包（一份）	0	0	4				
偿还借款（斯蒂芬·迪达勒斯）	1	7	0				
结算余额	0	17	5				
	2	19	3		2	19	3

脱衣的行为继续下去了吗?

他感到脚心一个劲儿地隐隐作痛，就把脚伸到一旁，端详着脚由于一趟趟地朝不同的方向走来走去，受到挤压而磨出的皱皮、硬块和疖子。随后他弯下身去，解起打成结子的靴带：先掰搭钩，松开靴带，再一次一只只地脱下靴子[235]。右边那只短袜湿了一部分，大脚指甲又把前面捅破并伸了出去，这下子便跟靴子分开了。他抬起右脚，摘下紫色的松紧袜带后，扒下右面那只袜子，将赤着的右脚放在椅屉儿上，用手指去撕扯长得挺长的大拇脚指甲，并轻轻地把它拽掉，还举到鼻孔那儿，嗅嗅自己肉体的气味，然后就心满意足地丢掉从趾甲上扯下来的这一碎片。

为什么感到心满意足?

因为他嗅到的这股气味，跟他当年作为布卢姆公子在埃利斯太太的幼儿学校[236]做学生的时候所嗅到的另外一些趾甲碎片的气味相似。那是他每晚跪在那儿，一边做短短的晚祷并沉浸在野心勃勃的冥想中，一边耐心地撕扯并拽下来的。

同时连续地产生的所有那些野心，如今合并成为怎样一种终极的野心呢?

他并不想根据长子继承制、男子平分继承制或末子继承制[237]，把那幢有着门房和马车道的男爵宅邸及其周围那一大片辽阔的英亩、路得和平方杆[238]法定土地面积单位，(估价为四十二英镑[239])的泥炭质牧场地，或者那座被描述为“**都会中的田园**”[240]或“**健康庄**”[241]的有阳台的房子或一侧与邻屋相接的别墅，继承下来并永久占有。他只巴望根据私人合同购买一所继承人身份不受限制的不动产：要坐北朝南的一座草屋顶、有凉台的双层住宅，房顶上装起风向标以及与地面相接的避雷针，门廊上要爬满寄生植物(常春藤或五叶地锦)，橄榄绿色的正门最后一道工序漆得漂漂亮亮，赛得过马车。门上有着精巧的黄铜装饰。房屋正面是灰泥墁的，屋檐和山墙涂着金色网眼花纹。尽可能让房子耸立在坡度不大的高台上，从那圈着石柱栏杆的阳台上，隔着现在空着、将来也不得占用的牧场地，可以眺望四周的一片好景致。单是自己的庭园，就有五六英亩之谱。它与最近的公路的距离适度，夜晚从修剪得整整齐齐的鹅耳枥树篱上端和缝隙间，可以瞥见室内的灯光，从首都边界的任何地点丈量，与这所房子相距至少也有法定一英里。不出十五分钟[242]就可以到电车或火车铁道沿线。(例如往南去登德鲁姆或往北去萨顿[243]，就像是南北两极。经过验证，据说这两处气候都适合肺结核患者。)凭着继承人身份不受限制的不动产转让证拥有房屋和地基，租借期限为九百九十九年[244]。宅邸里包括一间有着凸窗

（两扇尖头窗）的客厅（装有寒暑表），一间起居室，四间卧室，两间仆役室。砌了瓷砖的厨房里还安装了多用途的铁灶和洗涤台，休息厅里备有放亚麻布床单衬衫用的壁橱，分成几层的氨熏橡木书柜，放着《大英百科全书》和《新世纪辞典》，横陈着一把把中世纪或东洋的古老刀剑；还有通知开饭的锣，雪花石膏做的灯，悬垂着的饰钵，附有电话号码簿的胶木自动电话听筒；手织的阿克斯明斯特地毯[245]是奶油色质地，周围镶着棋盘图案。有着兽爪形柱脚的牌桌。壁炉装着大型黄铜格栅，炉台上摆着精密的镀金计时表，准确无误地发出大教堂那样的钟声，附有湿度计的晴雨表，蒙着鲜红色长毛绒面子、装着上等弹簧、中心部位富于弹性的舒适的长靠椅和放在角落里的备用椅，日本式三扇屏风，痰盂（俱乐部里摆的那种，用深紫红色皮革制成，只要用亚麻籽油和醋一擦，不费吹灰之力就能发出光泽，焕然一新）。室中央悬挂一盏金字塔式枝形吊灯，射出灿烂的光辉。一截弯木上栖着一只驯顺得能停在手指上的鹦鹉（它吐字文雅），墙上糊着每打价为十先令的压花壁纸，印着胭脂红色垂花横纹图案，顶端是带状装饰；一连三段栎木楼梯，接连两次拐成直角，都用清漆涂出清晰的木纹，梯级、登板、起柱、栏杆和扶手，一律用护板来加固并涂上含樟脑的蜡；浴室里有冷热水管，盆汤、淋浴，设备俱全。位于平台[246]上的厕所里，长方形窗子上嵌着一块毛玻璃，带盖的坐式抽水马桶，壁灯，黄铜拉链和把手，两侧各放着凭肘几和脚凳，门内侧还挂有艺术气息浓厚的油画式石版画。另外还有一间普通的厕所；厨师、打杂的女仆和兼做些细活的女用人的下房里也分别装有保健卫生设备（仆役的工钱每两年递增两英镑，并根据一般忠诚勤劳保险，每年年底发奖金一英镑，对工龄满三十年者，按照六十五岁退职的规定，发退职金）；餐具室、配膳室、食品库、冷藏库、主楼外的厨房及贮藏室等、堆煤柴用的地窖子里还有个葡萄酒窖（不起泡、亮光闪闪的葡萄酒），这是为宴请贵宾吃正餐（身穿夜礼服）时预备的。对整座楼房都供应一氧化碳瓦斯。

在这片地基上还可能增添些什么具有吸引力的设备？

可以增添一个网球兼手球场，一片灌木丛，用植物学上最佳办法设置一座热带椰子科植物的玻璃凉亭，有喷泉装置的假山石，按照人道的原则设计的蜂窝。在矩形的草坪上布置一座座椭圆形花坛，将深红和淡黄两色的郁金香、蓝色的天蒜、报春花、西樱草、美洲石竹、香豌豆花和欧铃兰都栽培成别致的卵形（球根购自詹姆斯·W. 马凯伊爵士[247]的股份有限公司，他是个种子与球根批发兼零售商，苗木培养工，化学肥料代理商，住在上萨克维尔街二十三号)。果树园、蔬菜园和葡萄园各一座。为了防备非法入侵者，围墙上插满碎玻璃片。一间挂了锁的杂物棚，放置形形色色登记入册的用具。

例如？

捕鳗笼、捕虾器、钓鱼竿、手斧、杆秤、磨石、碎土器、翻谷机、暖足袋[248]、折叠式梯子、十齿耙、洗衣用木靴、干草撒散机、旋转耙、钩镰、颜料钵、刷子、灰耙等。

设备还能进一步做何改善？

一座养兔场和养鸡场，一座鸽棚，植物的温室，一对吊床(太太用的和先生用的)，金链花树或丁香花树遮阴并掩蔽下的日晷，装在左边大门柱上的日本门铃奏着异国情调的悦耳玎玲声，巨大的雨水桶，侧面有着排出孔和接草箱的刈草机，附有胶皮管的草坪洒水器。

希望使用什么样的交通工具？

进城的时候，就从最合适的中间站或终点站搭乘频频往返的火车或电车。下乡的时候，就骑老式脚踏车，挂有柳条编的车斗的无链飞轮跑车，要么就是牲口拉的车，柳条车身的二轮轻便驴车或是脚步矫健飞快的短腿壮马(骟过的灰斑栗毛马，身高十四掌尺[249])所拉的时髦的四轮轻便马车。

这栋可望建造的或已建成的住房如何命名呢？

布卢姆庄。圣利奥波德[250]府。弗罗尔公馆。

住在埃克尔斯街七号的布卢姆能够预见到弗罗尔公馆里的布卢姆如何情景吗？

他身穿宽松纯毛衣服，头戴值八先令六便士的哈里斯花呢帽。在园子里脚上穿着实用长筒胶靴(里面衬了一层松紧布用以加固)，手提喷水壶，培植着一排冷杉苗木。浇水，剪枝，用桩撑起，播种牧草种子。日暮时分，在新割牧草的一片清香弥漫中，在不过分劳累下，推着那堆满了杂草的低矮的独轮车，改良着土壤，不断丰富着知识，获得长寿。

同时还有可能从事哪几项智力方面的追求？

摄影方面的抓拍技术，比较宗教学，有关色欲及迷信方面五花八门的习俗的民俗学，观察天空中的星座，沉思默想。

从事哪些轻松的娱乐？

户外：园艺和农活，在碎石铺成的平坦的人行道上骑车，攀登不太高的小山，在僻静的淡水里游泳，要么就划着安全的单人平底小船或带锚的柳条艇[251]在没有堰坝和激流的水域里自由自在地泛舟消夏。边观赏荒凉的景物和与之相映照的农家那令人心旷神怡的泥炭火冒出来的袅袅炊烟，边在傍晚漫步，或骑马巡行（以上为越冬期）。室内：在一片温煦的安宁中，探讨种种迄今尚未解决的历史方面或犯罪学方面的问题；讲解外国未经删节的色情名著；做家庭木工，工具箱里装着铁锤、锥子、铁钉、螺钉、图钉、螺丝锥、镊子、刨子和改锥。

他能成为一位拥有农作物和牲畜的乡绅吗？

并非不可能。有上一两头挤不出奶的母牛，一垛高地牧草和必要的农具，例如直流式搅乳桶和芜菁搅碎机等。

在郡内的名门和乡绅当中，他拥有什么样的公民职能和社会地位？

按照越往上权利越大的等级制度顺序，他曾经是园丁、庄稼人、耕作者、牲畜繁殖家；仕途的高峰是地方长官或治安推事。他拥有家徽和盾形纹章以及与之相称的拉丁文家训（*时刻准备着*），他的名字正式记载于宫廷人名录[252]中（布卢姆，利奥波德·保，下院议员，枢密顾问官，圣帕特里克勋级爵士[253]，*名誉*法学博士。登德鲁姆村布卢姆庄），在报纸上的宫廷及社交界栏中也被提及（例如：“利奥波德·布卢姆先生偕夫人自国王镇动身前往英国”云云）。

拥有这样的地位，他打算采取什么样的行动方针呢？

方针要介乎过分的宽大与过于苛刻之间。在这个有着不自然的等级制度、社会上的不平等不断地或增或减、变动不已、参差不齐的社会里，要实行公平、一视同仁、无可争辩的正义，也就是说，一方面尽可能广泛地采取宽大政策；另一方面又为王国政府锱铢必较地横征暴敛，包括没收动产及不动产。在对本国的最高宪法所规定的国家最高权力的一片忠诚和与生俱来的正义感的驱使之下，他所追求的目标就是严格地维护社会秩序，扫除各种弊端，然而并非齐头并进（每一项改革或紧缩措施都是初步的解决，经过融化吸收，导致最后的解决）。对一切串通起来进行抗辩者，一切条例和规章的违反者，一切试图恢复已废止并失效的文维尔权[254]者（如非法越界并盗伐柴火），国际间一切迫害的高声煽动者，国际间一切仇恨的鼓吹者，一切对家庭欢聚的卑鄙的破坏者，一切对夫妻关系死不悔改的亵渎者，要严格执行一切法律（习惯法、成文法、商法）条文。

证明一下他自幼就酷爱正直。

一八八〇年在高中就读时，他曾向少年珀西·阿普约翰吐露自己对爱尔兰（新教）教会的教义所持的怀疑。一八六五年，他父亲鲁道尔夫·维拉格（后改名鲁道尔夫·布卢姆）在“向犹太人传布基督教协会”的劝告下，放弃了对犹太教的信仰，脱离了该教派，改信新教。一八八八年为了能够结成婚，他又放弃了新教，皈依罗马天主教。一八八二年，他和丹尼尔·马格雷恩与弗朗西斯·韦德之间结下了青春时期的友谊（由于前者过早地移居外国而告终）。晚间散步时，他曾向那两人表示拥护开拓殖民地（例如加拿大）的政治理论，并赞成查尔斯·达尔文在《人类的由来》[255]和《物种起源》中所阐述的进化论。一八八五年，他公开表示支持詹姆斯·芬坦·拉勒、约翰·费希尔·默里、约翰·米哈伊、詹·弗·泽·奥布赖恩[256]以及其他人所倡导的集体的国民经济计划，迈克尔·达维特的农业方针，查理·斯图尔特·巴涅尔（科克市选出的下院议员）那符合宪法程序的煽动[257]，威廉·尤尔特·格莱斯顿（北不列颠米德洛锡安[258]所选出的下院议员）的和平、紧缩与改革的方案。为了拥护其政治信念，他爬上诺桑勃兰德公路旁的一棵树，待在杈丫间一个安全所在，观看了由两万名持火把者组成的游行队伍。游行者分作一百二十个同业公会，其中两千个持火把者护送着里彭侯爵[259]与约翰·莫利[260]（于一八八八年二月二日[261]）进入首都。

他打算为这座庄园支付多少钱，用什么方式？

根据勤劳外籍人员同化归化友好国家补助建筑协会（一八七四年成立）的章程，每年按最高额分期付款六十英镑，条件是不得超过能够从金边证券获得的可靠年收入的六分之一。此款相当于一千二百英镑（分二十年付款的房屋估价）本钱的五分单利。房屋到手后，同时付总价的三分之一，余额——也就是八百英镑外加二分五厘利息——每年分四季按同额偿付，二十年内全部还清。年额连本带利，相当于六十四英镑的房租钱。不动产权利书上还附加着条款：如上述款项逾期不交，则强制售出、执行抵押权或相互赔偿等。房地契由一至二、三个债权者保存，如无滞交情况，该座宅院届期即成为租房者的绝对所有财产。

为了获得立即购买的财力，有什么迅速然而不安全的办法？

在阿斯科特举办的全国障碍赛马（平地或越野赛）一英里或数英里英浪[262]的比赛中，下午三点八分（格林威治标准时间），一匹“黑马”以五十博一获胜。这一比赛结果由私设的无线电信机用一点一画相间的莫尔斯电码发报，下午两点五十九分（邓辛克[263]标准时间）在都柏林收到电文，根据这一情报可从事赌博。意外地发现一样非常值钱的东西：宝石，贵重的带胶邮票或盖了戳的邮票（七先令，淡紫色，无齿孔，汉堡，一八六六[264]；四便士，玫瑰色，蓝地上有齿孔，英国，一八五五[265]；一法郎，黄褐色，官方印制，刻有骑缝孔的，斜着盖有加价印记，卢森堡，一八七八[266]）。古代王朝的戒指，稀世遗宝，在不同寻常的地方或以不同寻常的方式出现：从天而降（飞鹰丢下的），借着一场火（在焚毁成焦炭的大厦灰烬当中），大海里（在漂流物、失事船只的丢弃物、系上浮标投下水的货物以及无主物当中），在地面上（在食用禽的肫里）。接受一位西班牙囚犯所赠的遗产：那是一百年前从远方带来的财宝或硬币或金银块，以年五分的复利存入有偿付能力的银行后，总额连本带利已达英币五百万镑整。与一个粗心的订约者签订一份商业合同：作为三十二件商品的运送费，第一件只收四分之一便士，自第二件起，以二的几何级数递增（四分之一便士，二分之一便士，一便士，二便士，四便士，八便士，一先令四便士，二先令八便士，一直递增到第三十二件[267]）。根据概率法则的研究而运用周密的赌博技术，足以使蒙特卡洛的赌场主破产[268]。解决世上自古以来留下的难题：作与圆等积的正方形，并赢得政府颁发的一百万英镑奖金[269]。

通过工业渠道能发大财吗？

靠橘园和瓜地的栽培以及重新造林来开发多少狄纳穆[270]荒芜的砂质土地，参看柏林西十五区布莱布特留的移民垦殖公司的说明书。有效地利用废纸、水老鼠的毛皮、人粪中所包含的各种化学成分。值得注意的是第一样东西产量极大，第二样数量庞大，第三样无穷无尽，因为有着一般体力与食欲的正常人即使刨掉液体副产物，每个人每年排泄的总量也仍达八十磅（动物性及植物性食品相混杂），乘以四百三十八万六千零三十五[271]即可（根据一九〇一年所做的普查表统计的爱尔兰人口总数）。

有没有规模更大的计划？

有个建造水力发电厂的计划：利用都柏林沙洲的涨潮、噗啦呋咔[272]或鲍尔斯考特瀑布[273]的水位差、主要河流的流域来开发白煤（水力发电），经济生产五十万水马力的电力。拟好后，将提交港湾委员会，以便获得批准。筑一道堤坝，把多利山的北公牛那半岛状三角洲圈起[274]，用来修高尔夫球场和步枪打靶场，前面那片地上铺一条柏油散步路，两侧是赌博场、货摊、射击练习室、旅馆、公寓、阅览室和男女混合浴池。清晨计划使用狗车和山羊车送牛奶。为了发展都柏林市内和左近的爱尔兰旅游交通，计划建造一批内河汽轮，行驶于岛桥与林森德之间。大型游览汽车，窄轨地方铁道以及沿岸游览汽船（每人每日十先令，包括一位能操三国语言的导游）。为了恢复爱尔兰各条水路的旅客及货运，订立疏浚海底海藻计划。另计划铺一条电车道把牲畜市场（北环路和普鲁士街）和码头（下谢里夫街和东堤坝）连接起来[275]。这条电车道和（作为大南部与大西部铁道线的延长）将从利菲联轨点的牲畜牧地铺设到北堤坝四十三至四十五号大西部中区铁路终点站与连接线是平行的。附近有大中央铁路、英国中部铁路、都柏林市班轮公司、兰开夏[276]－约克郡铁道公司、都柏林－格拉斯哥班轮公司、格拉斯哥－都柏林－伦敦德里[277]班轮公司（莱尔德航线）、英国－爱尔兰班轮公司、都柏林－莫克姆轮船[278]、伦敦－西北铁道公司等的终点站或都柏林分店；都柏林港码头管理处卸货棚，帕尔格雷夫－墨菲公司的船主们和来自地中海、西班牙、葡萄牙、法国、比利时和荷兰的轮船公司那些代理人的临时堆栈，还有利物浦海上保险协会的临时堆栈。运输牲畜所需全部车辆[279]以及额外里程由都柏林市联合电车（股份有限）公司经营管理，费用由畜牧业者负担。

假定一个什么样的条件从句，这几种计划的缩约词，就会成为自然而必然的结论句？

靠那几位在成功的生涯中积累了六个位数的巨富的著名金融家（布鲁姆·帕夏[280]、罗斯柴尔德[281]、古根海姆、希尔施、蒙特斐奥雷[282]、摩根、洛克菲勒）的赞助。捐款者在世的话，就凭着赠予契约或转让证书，无疾而终后则凭着遗嘱来馈赠。可以保证拿到与所需款项同额的钱，抓住机会，善用资本则事必有所成。

什么样的偶然事件能使他不必去指靠这样的财富呢？

独自发现一座取之不尽用之不竭的金矿脉。

他何以要去构思一项实现起来如此之困难的计划呢？

他所持的原则之一是：如果在就寝前经常反复思考类似的事，或自动地对自己谈谈关于自己的问题，抑或安详地回忆一下过去，这样就能减轻疲劳，睡得香，并使精力倍增。

论据何在？

作为一个物理学家，他得以知道一个人七十年的整个生涯，至少有七分之二，也就是二十年，是在睡眠中度过的。作为一个哲学家，他晓得无论何人，在大限临头的时候，自己的欲望只实现了极其微小的一部分。作为一个生理学家，他相信，主要在睡眠状态中活跃着的各种邪恶的念头是能够人为地平息下去的。

他害怕什么？

因位于大脑沟回中的不能按同一标准衡量的绝对理智——理性之光产生错乱，在睡眠中犯下杀人或自杀的行为。

他惯常最后冥想的是什么？

独一无二、无与伦比的广告，会使行人惊异地停下脚步。一张新颖的招贴，排除了一切不必要的附加物，简约到最单纯最富于效果的词句，一目了然，适合于现代生活的速度。

开锁之后，头一个抽屉里装着什么？

维尔·福斯特[283]的习字帖一册，系米莉（米莉森特）的所有物，其中几页上画着题为"爹爹"的图形。画面上是一颗球状大脑袋，竖着五根头发，侧脸上有一双眼睛。胴体则朝着正面，有三颗大纽扣，长着一只三角形的脚。两张褪色的照片：英国的亚历山德拉王后[284]和莫德·布兰斯科姆[285]，女演员和职业性美人。一张圣诞节贺片[286]，上面是一棵寄生植物[287]的图，米斯巴的传说[288]，日期为一八九二年的圣诞节，寄贺片者为 M. 科默福德先生暨夫人[289]。短诗是："**愿圣诞节带给你，快乐、平安与喜庆。**"一小截快融化了的红色火漆，是从戴姆街八十九、九十和九十一号[290]希利先生股份有限公司的门市部买的。从同一商店的同一门市部买来的十二打 J 牌镀金粗钢笔尖[291]，盒子里装着用剩下的部分。旧沙钟[292]一架，随着边旋转边往下漏的沙子而转动。利奥波德·布卢姆写于一八八六年的一份火漆封印的预言（从未拆封），是关于威廉·尤尔特·格莱斯顿[293]于一八八六年提出的自治法案（从未获得通过）通过后的前景的。在圣凯文举行的慈善义卖会[294]入场券，第二〇〇四号，价格六便士，为中彩者备有一百个奖品。幼儿写的一封信，写明了日期，星期一（首字小写），内容如下："爹爹"（首字大写），逗点，"你好吗"（首字大写），问号。"我"（大写）"很好"。句点。另起段。署名："米莉"（首字是花体大写），未加句点。贝制饰针一枚，上有浮雕。本属于爱琳·布卢姆（原姓希金斯），已故[295]。三封打字信，收信人为：亨利·弗罗尔，韦斯特兰横街邮政局转交；

发信人为：玛莎·克利弗德，海豚仓巷邮政局收转。三信的发信人住址姓名被改写为字母交互逆缀式、附有句号、分作四行的密码（元音字母略之）如下：N.IGS. / WI.UU.OX / W.OKS.MH / Y.IM.[296]英国周刊《现代社会》[297]的一张剪报：《论女学校中的体罚》。一截粉红色缎带，这是一八九九年系在一颗复活节彩蛋上的。从伦敦市内西区查林十字路邮政局三十二号信箱邮购来的两只有些松软的橡胶保险套，附有备用袋。一沓有着奶油色直纹的信封，配以带淡格子线的水印信笺，原是一打，已少了三份。几枚成套的奥－匈硬币。两张匈牙利皇家特许彩票[298]。一架低倍数的放大镜。两张色情照片卡。上面印有：（甲）裸体**小姐**[299]（背面，上位）与裸体**斗牛士**（正面，下位）之间的口唇性交图。（乙）男修士（衣裤齐全，两眼俯视）对修女（半裸体，正视）进行鸡奸图。从伦敦市内西区查林十字路邮政局三十二号信箱邮购来的。一张剪报：将旧黄皮靴整旧如新的诀窍。一张一便士的带胶邮票，淡紫色，维多利亚女王时代的[300]。利奥波德·布卢姆的体格检查表一张。他曾连日使用桑道[301]－惠特利式拉力健身器（成人用十五先令，运动员用二十先令）达两个月之久。这是使用之前、使用期间以及使用之后记录下来的。分别为：胸围二十八英寸和二十九英寸半，上臂围九英寸和十英寸，下臂围八英寸半和九英寸，大腿十英寸和十二英寸，腿肚子十一英寸和十二英寸。“神奇露”的功效说明书一张。是关于世界首屈一指的直肠病特效药“神奇露”的，该药由坐落在伦敦东部中央区南广场考文垂馆内的神奇露社直接办理邮购。收信人的姓名[302]是“利·布卢姆太太”，同封的短笺上，抬头写的是：“亲爱的夫人”。

照原文引用一下功效说明书上所宣传的“神奇露”的效验。

放屁有困难的时候，本品能在您的睡眠中起到镇定、治疗作用。在自然机能的促进方面发挥绝大威力，使您借着放出沆瀣之气立即解除痛苦，确保局部的清洁与排泄机能畅通无阻。花费仅七先令六便士，您即可换了个人，并能饱享人生幸福。太太们尤宜使用“神奇露”，其爽快的效果，犹如在闷热的盛夏饮用清凉的泉水。请推荐给您的男女贵友，它将会成为终身的伴侣。把长而圆的那头插进去。“神奇露”。

有证明灵验的感谢信吗？

多得很。来自神职人员、英国海军军官、知名作家、实业家、医院的护士、贵夫人、五个孩子的母亲及心神恍惚的乞丐[303]。

心神恍惚的乞丐那封归纳性的感谢信，结尾是怎么写的？

在南非战役[304]中政府不曾发给我军官兵“神奇露”，是何等恨事！倘若发了，原可减轻莫大痛苦！

布卢姆在这批收集品中又添了些什么物品？

玛莎·克利弗德（查明玛·克是谁）寄给亨利·弗罗尔（亨·弗即指利·布）的第四封打字信。

伴随着这一动作，有何愉快的回忆？

他回忆着，姑且不去说所提到的这封信本身，他那充满魅力的容貌、风采和谈吐，在过去的一天内曾赢得一位有夫之妇（约瑟芬·布林太太，原名乔西·鲍威尔）[305]、一位护士——卡伦[306]小姐（教名不详）和一个少女——格楚德（格蒂，姓氏不明）的青睐。

什么样的可能性浮现到他的头脑里了？

最近的将来在一位体面的高等妓女（富于肉体美、对金钱较淡薄、有着种种教养、原是出身名门的淑女）的内室里共进一顿丰盛的饭菜，然后发挥男性魅力的可能性。

第二个抽屉里装着什么？

文件：利奥波德·保拉[307]·布卢姆的出生证。苏格兰遗孀基金人寿保险公司[308]的养老保险单一纸，受保险人米莉森特（米莉）·布卢姆年满**二十五岁**时生效；根据受益证书，年届六十或死亡，付四百三十英镑；年届六十五或死亡，付四百六十二英镑十先令；更年长时死亡，则付五百英镑。也可根据选择，接受二百九十九英镑十先令的受益证书（款额付讫）以及一百三十三英镑十先令的现金。厄尔斯特银行学院草地分行[309]的储蓄存折一本，记载着一九〇三年十二月三十一日截止的下半期结算存款余额，即账户的现金余额为十八英镑十四先令六便士，个人动产全额。持有加拿大政府所发行年利率四分（记名）的九百英镑国库债券（豁免印花税）的证书。天主教墓地（葛拉斯涅文）委员会的购买茔地的收据。刊登在地方报纸上的启事的剪报，系有关变更姓氏的单方盖章生效的证书。

引用一下这份启事。

我，鲁道尔夫·维拉格，现住都柏林克兰布拉西尔街五十二号，原籍匈牙利王国松博特海伊市。兹刊登改姓启事，今后在任何场合，任何时候，均使用鲁道尔夫·布卢姆这一姓名。

第二个抽屉里还有些什么与鲁道尔夫·布卢姆（原姓维拉格）有关的东西？

鲁道尔夫·维拉格与他父亲利奥波德·维拉格的一帧模糊的合影，是一八五二年于匈牙利塞斯白堡在斯蒂芬·维拉格（分别为他们的第一代嫡堂兄弟和第二代隔房堂兄弟[310]）的银板照相室里拍摄的。一部古老的《哈加达》书[311]，逾越节的礼拜祭文中感谢经那一页夹着一副玳瑁架老花眼镜。一张照片明信片，画面上是鲁道尔夫·布卢姆所开的恩尼斯镇皇后饭店[312]。一个信封，收信人是：我亲爱的儿子利奥波德[313]启。

拜读了这五个完整的单词，唤起他对哪些片言只语的回忆？

自从我收到……明天就是一个星期了……利奥波德，那是徒劳无益的……跟你亲爱的母亲……再也忍受不下去了……到她那里去……对我来说，一切都完啦……利奥波德，要爱护阿索斯[314]……我亲爱的儿子……永远……关于我……心……天主……你的[315]……

关于身患进行性忧郁症的一个人的主体，这些客体在布卢姆心里唤起了什么样的回忆？

一个老鳏夫，头发蓬乱，戴着睡帽，躺在床上唉声叹气；一只病狗，阿索斯；作为发作性神经痛的镇痛剂，逐渐加量服用的附子；一位七十岁上服毒自杀者的遗容。

布卢姆何以经受了一番悔恨之情？

因为他出于幼稚的焦躁，曾轻蔑地对待某些教义和教规。

例如？

跟原来笃信同一宗教、又属于同一国度的那些极端抽象而又无比具体、重商主义的人举行周会[316]后，禁止在会餐的席间同时食用兽肉和奶；为男婴行割礼；犹太经典的超自然特性；应当避讳的四个神圣的字母[317]；安息日的神圣。

如今他怎样看待这些教义和教规呢？

虽并不比当年他觉得的更为合理，却也不比他心目中的其他教义和教规更为不合理。

他对鲁道尔夫·布卢姆（已故）的最早的回忆是什么？

鲁道尔夫·布卢姆（已故）在对其子利奥波德·布卢姆（时年六岁）回顾着自己过去怎样为了依次在都柏林、伦敦、佛罗伦萨、米兰、维也纳、布达佩斯、松博特海伊之间搬迁并定居所做的种种安排；还做了些踌躇满志的陈述（他的祖父拜见过奥地利女皇、匈牙利女王玛丽亚·特蕾莎）并插进一些生意经（只要懂得爱惜便士，英镑自会源源而来）。利奥波德·布卢姆（时年六岁）一边听着这些故事，一边不断地参看欧洲（政治）地图，并建议在上述各个中心城市设立营业所。

岁月是否同样地、却又以不同的方式抹去了讲者与听者对这些迁移的记忆？

讲者是因岁数增长以及服用麻醉剂的结果。听者则因岁数增长以及设想着身临其境的感受用以自娱的结果。

随着讲者的健忘症，产生了什么样的特殊反应？

他有时不摘帽子就吃起饭来。他有时翘起盘子贪婪地吮着醋栗果酱的汁液。他有时随手用撕开的信封或身边其他纸片来揩拭沾在嘴唇上的食物痕迹。

更频频出现的两种衰老的迹象是什么？

凭着一双近视眼用手指数硬币。因吃得过饱而打嗝。

什么东西对这些回忆多少给予了慰藉？

养老保险单、银行存折、股票的临时单据。

把布卢姆凭借这些证券所避免受到的厄运相乘，并除去一切正数值，将他换算成可忽略的量、负量、无理性的量和虚量。

依次下降到奴隶阶级的最底层。贫困方面：做沿街叫卖的人造宝石小贩，讨倒账、荒账的，济贫税、地方税代理收税员。行乞方面：欺诈成性的破产者、对每一英镑的欠款只有一先令四便士的微乎其微的偿还能力者、广告人、撒传单的、夜间的流浪汉、巴结求宠的谄媚者、缺胳膊短腿的水手、双目失明的青年、为法警跑腿的老朽[318]、宴会乞丐、舔盘子的、专扫人兴的、马屁精、撑着一把捡来的净是窟窿的伞坐在公园的长凳上成为公众笑料的怪人。潦倒方面：位于基尔曼哈姆[319]的养老院（皇家医院）的住院患者。住在辛普森医院的病人：因患痛风症及失明永远丧失生活能力的落魄而有身份者。悲惨的最下层：老迈、无能、丧失了公民权、靠救济金维持生活[320]、奄奄一息、精神错乱的贫民。

伴随而来的是怎样的屈辱？

原先和蔼可亲的女人们，如今既不同情又冷淡；壮健的男人抱以轻蔑态度；接受面包碎屑，偶然结识的熟人们佯装素昧平生；来历不明、没有挂牌子的野狗狂叫着；顽童们把价值很小或毫无价值，毫无价值或根本谈不到价值的烂白菜当作飞弹来进攻。

怎样才能杜绝这样的境遇?

借着死亡(状况的变化);借着别离(地点的变化)。

哪一种更可取?

后者,因为最省力气。

何种考虑使离别未必不合乎心意?

经常的同居生活正妨碍着对个人缺点的相互宽容。日益助长的自作主张地购买东西的习惯。借短期的旅居来消解一下永久之束缚的必要性。

出于哪些考虑,离别不会令人觉得不合情理?

这对男女结合后,增加并繁殖[321],从而生养了后代,并已长大成人。双方如果不分离,势必为了增加并繁殖而重新结合,这是荒谬的,借着重新结合来形成原先结合的那一对配偶,那是不可能的。

出于何种考虑使离别合乎心意?

爱尔兰和外国一些地区那引人入胜的特色,如见之于通常那种彩色地图或使用缩尺数字和蓑状线的特殊的陆军军用地图测绘图表。

在爱尔兰呢?

莫霍尔的断崖[322]、康尼马拉那多风的荒野[323]、淹没了一座化石城市的拉夫·尼格湖[324]、巨人堤道[325]、卡姆登要塞和卡莱尔要塞[326]、蒂珀雷里的黄金峡谷[327]、阿伦群岛[328]、王家米斯郡[329]、布里奇特那棵基尔代尔的榆树[330]、贝尔法斯特的皇后岛造船厂[331]、鲑鱼飞跃[332]和基拉尼的湖区[333]。

海外呢?

锡兰(有着香料园,向伦敦市内东区明欣巷二号的帕尔布卢克-罗伯逊公司的代理店、都柏林市戴姆街五号的托马斯·克南供应红茶)、圣城耶路撒冷(有着莪默清真寺和大马士革门——众心所向往的目的地)[334]、直布罗陀海峡(玛莉恩·特威迪的无与伦比的出生地)、帕台农神庙[335](供奉着希腊神明的裸体塑像)、华尔街金融市场(支配着世界金融),西班牙拉利内阿的托罗斯广场(卡梅隆的约翰·奥哈拉在这里打死过一头公牛)[336]、尼亚加拉瀑布(没有人曾安然无恙地跨过它)[337]、爱斯基摩人(食肥皂者)的土地、被禁之地西藏(从来没有一个旅人回来过)[338]、那布勒斯海湾(去看它就等于去送命)[339]、死海。

在什么的引导下,跟随着什么标志?

海上，朝着北方，夜间以北极星为标志。将大熊星座的贝塔－阿尔法这一直线延长至星座外的奥墨伽，北极星便位于阿尔法－奥墨伽这道外部区分线与大熊星座内的阿尔法－德尔塔这一直线所形成的直角三角形斜边的交点上[340]。陆地上，朝着南方，以双球体的月亮为标志：一个正徜徉着的丰腴、邋遢女人那没有完全遮住的裙子后面，从裂缝里露出太阴月那不完整、起着变化的月相。白天，用云柱指示方向[341]。

用什么样的广告把离去者失踪一事公诸于世？

寻人启事，奖赏五英镑。姓名利奥波德（波尔迪）·布卢姆、年约四十的绅士，从埃克尔斯街七号的自己家中失踪、被拐骗或走失。身高五英尺九英寸半，体态丰满，橄榄色皮肤，后来有可能蓄起胡子。最后一次被人看到时，身穿黑服。凡提供有助于发现他的线索者，酬金照付不误。

作为存在者和不存在者，他会有个什么样的普遍使用的双名？

人人通用或无人知晓。普通人或是无人[342]。

给他献了哪些贡品？

普通人的朋友们，素昧平生的人们所给予的荣誉和礼物。永生的宁芙，一个美女，无人的新娘子[343]。

在任何地方，任何情况下，这位离去者[344]也永远不会重新出现了吗？

他会迫使自己朝着他的彗星轨道之极限永远流浪，越过诸恒星、一颗颗变光的星和只有用望远镜才能看到的诸行星以及那些天文学上的漂泊者和迷路者从众多民族当中穿过，经历各种事件，从一个国家走到另一个国家，奔向空间尽头的边界。不知在什么地方，他依稀听见了召唤他回去的声音。于是，就有点儿不大情愿地、在恒星的强制下服从了。这样，他从北冕星座那儿消失了踪影，不知怎么一来，他再生了，并重新出现在仙后星座的“德尔塔”[345]上空。在无限世纪的漫游之后，成为一个从异邦返回的复仇者，秉公惩戒歹徒者，怀着阴暗心情的十字军战士[346]，甦醒了的沉睡者[347]，其拥有的财富超过罗斯柴尔德[348]或白银国王[349]（假定如此）。

是什么使这样的返回成为不合情理？

在可逆转的空间内，时间方面的出发与返回以及在不可逆转的时间内，空间方面的出发与返回，二者之间有着不能令人满意的误差。

由于什么力量起作用而产生了惰性，使离别并不合乎心意？

时间迟晏，使人犹豫拖延；夜间太黑，遮住视线；大街上不安定，充满危险；

休息的需要，阻碍了行动；睡着人的床就近在咫尺，用不着去寻觅；对那被（衬衣、被单）的冰凉缓解了的（人的）温暖的期待，排除了某种欲望，又挑起另一种欲望；纳希索斯的雕像，没有回音的音响[350]，渴求的欲望。

跟没人睡着的床比起来，有人睡着的床显然有哪些优点？

消除了夜晚的孤寂，人（成熟的女性）的温暖胜过非人（汤壶）的热气以及早晨的接触给予的刺激；把长裤叠齐，竖着夹在弹簧床垫（带条纹的）和羊毛垫子（黄褐色方格花纹）之间，就能节省熨烫之劳了。

布卢姆起身之前便预感到了积劳，而他在起身之前又怎样默默地概括了过去那一连串的原因呢？

准备早餐（燔祭）[351]，肠内装满以及预先想到的排便（至圣所）[352]，洗澡（约翰的仪式）[353]，葬礼（撒姆耳的仪式）[354]，亚历山大·凯斯的广告（**火与真理**）[355]，不丰盛的午餐（麦基洗德）[356]，访问博物馆和国立图书馆（神圣的地方）[357]，沿着贝德福德路、商贾拱廊[358]、韦林顿码头搜购书籍（**喜哉法典**）[359]，奥蒙德饭店里的音乐（**歌中之歌**[360]）。在伯纳德·卡南的酒吧里与横蛮无理的穴居人[361]吵嘴（燔祭）。包括一段空白时间：乘马车到办丧事的家[362]去以及一次诀别（旷野）[363]。女人的裸露癖所引起的性冲动（俄南[364]）。米娜·普里福伊那时间拖得很长的分娩（奉献祭物的礼拜式[365]）。造访下蒂龙街八十三号贝拉·科恩太太开的妓院，随后在比弗街争吵起来，又有一场偶然发生的混战（大决战[366]）。夜间漫步到巴特桥的马车夫棚，又走了回来（赎罪[367]）。

由于怕总也下不了决心，为了让事情有个结局而刚要站起来走去的时候，布卢姆对自己出的什么隐谜不由自主地恍然大悟？

纹理歪斜的桌子那毫无感觉的木材会突然发出短促而尖锐、只能听到而看不到、高亢而寂寥的咔嚓声的来由[368]。

布卢姆站起来，抱着五颜六色、各种各样、为数众多的衣服正要走的时候，对自告奋勇去破的什么隐谜自发地有所领悟，然而却又未能理解？

那个穿胶布雨衣的人[369]是谁？

此刻，熄灭了人工的照明并实现了自然的黑暗，布卢姆怎样默默地忽然悟出那个三十年来偶尔漫不经心地思索过的不言而喻的隐谜呢？

烛火熄灭时摩西在哪里[370]？

布卢姆一边走着[371]，一边默默地一桩桩历数在完整的一天当中未能完成的哪些事情？

一时的失败：没能拿到续订广告的契约，没能从托马斯·克南食品店（伦敦市东中区明欣巷二号帕尔布卢克－鲁宾孙公司驻都柏林市戴姆街五号的代理店）里买些茶叶，没能搞清楚希腊女神后身有无直肠口，没能弄到一张班德曼·帕默夫人在欢乐剧场（国王南街四十六、四十七、四十八、四十九号）公演《丽亚》[372]的门票（赠送或购买）。

布卢姆停下脚步，默默地追忆起一位故人怎样的印象？

她父亲——已故布赖恩·库珀·特威迪鼓手长的面影，他属于驻直布罗陀的都柏林近卫步兵连队，住在海豚仓的雷霍博特路。

有可能假定这一面影的什么样的印象反复地忽隐忽现？

从大北铁路阿缅街终点站，不停地以标准加速度正沿着那如果延长、会在无限彼方相遇的平行线逐渐离去。沿着那重新出现在无限彼方的平行线，不断地以标准减速度，正朝着大北铁路阿缅街终点站折回来。

女子贴身穿的哪些各种各样的衣物映入了他的眼帘？

一双崭新、没有气味、半丝质的黑色女长筒袜，一副紫罗兰色新袜带，一条印度细软薄棉布做的大号女衬裤，剪裁宽松，散发着苦树脂、素馨香水和穆拉蒂牌土耳其香烟的气味，还别着一根铿亮的钢质长别针，折叠成曲线状。一件镶着薄花边的短袖麻纱衬衣，一条蓝纹绸百褶衬裙。这些衣物都胡乱放在一只长方形箱盖上：四边用板条钉牢，四角是双层的，贴着五颜六色的标签，正面用白字写有首字B.C.T（布赖恩·库珀·特威迪）。

看见了哪些贴身衣物之外的东西？

断了一条腿的五斗柜，整个用剪裁成四角形的苹果花纹印花装饰布蒙起来，上面摆着一顶黑色女用草帽。一批布满回纹的陶器，是从穆尔街二十一、二十二、二十三号的亨利·普赖斯那儿买来的，他是制造篮子、花哨的小工艺品、瓷器、五金制品的厂商。这些陶器包括脸盆、肥皂钵和刷子缸（一道放在洗脸架上），带柄的大水罐和尿盆（分别搁在地板上）。

布卢姆如何行动？

他把几件衣服放在椅子上，脱掉剩下的几样。从床头的长枕下面抽出折叠好的白色长睡衣，将头和双臂套入睡衣的适当部位，把一只枕头从床头移到床脚，床单也相应地整理了一番。然后就上了床。

怎么个上法？

谨慎地，就像每一次进入一座房子（他自己的或并非他自己的）的时候那样，小心翼翼地，因为床垫子那蛇状螺旋弹簧已经陈旧了，黄铜环和蝰蛇状拱形挡头也松松垮垮的，一用力过头就颤悠；顾虑周到地，就好像进入肉欲或毒蛇的巢穴或隐身之处似的；轻轻地，省得惊动她；虔诚地，因为那是妊娠与分娩之床，合卺与失贞之床，睡眠与死亡之床。

他的四肢逐渐伸开的时候，碰到了什么？

簇新而干净的床单，新添的好几种气味。一个人体的存在：女性的，她的；一个人体留下的痕迹，男性的，不是他的。一些面包碎屑，薄薄的几片回过锅的罐头肉，他给掸掉了。

倘若他微笑了，他为什么会微笑呢？

他仔细一想，每一个进入者都认为自己是头一个进去的，其实，他总是一连串先行者的后继者，即便他是一连串后继者的第一个。每个人都自以为是头一个，最后一个，唯一的和独一无二的，其实在那源于无限，又无限地重复下去的一连串当中，他既不是头一个，也不是最后一个，既不是唯一的，也不是独一无二的。

先行者都有哪一些？

假定马尔维[373]是那一连串当中的头一个，接着是彭罗斯、巴特尔·达西[374]、古德温教授[375]、马斯添斯基[376]、约翰·亨利·门顿[377]、伯纳德·科里根神父[378]、皇家都柏林协会马匹展示会上的那位农场主[379]、马戈特·奥里利[380]、马修·狄龙[381]、瓦伦丁·布莱克·狄龙[382]（都柏林市市长）、克里斯托弗·卡里南[383]、利内翰[384]、某意大利轮擦提琴手[385]、欢乐剧场里的那位素昧平生的绅士[386]、本杰明·多拉德[387]、西蒙·迪达勒斯、安德鲁（精明鬼）·伯克[388]、约瑟夫·卡夫[389]、威兹德姆·希利[390]、市政委员约翰·胡珀[391]、弗朗西斯·布雷迪大夫[392]、阿古斯山的塞巴斯蒂安神父[393]、邮政总局的某擦鞋匠[394]、休·E.（布莱泽斯）·博伊兰以及其他，等等，直到无限[395]。

关于这一连串中的最后一名，新近占有此床者，他有何想法？

他想到那个人精力旺盛（莽汉）、身材匀称（贴广告的）、生财有道（骗子）、印象强烈（牛皮大王）。

除了精力旺盛、身材匀称、生财有道之外，那个人何以还给观察者强烈印象呢？

因为他曾愈益频繁地目击到，上述那一连串先行者曾沉浸于同一淫荡之情，将越来越旺的欲火延烧过去，先伴随着不安，继而有了默契，春心大动，最后带来了疲劳，交替显示出相互理解与惊恐的征兆。

随后他的思绪被哪些互不相容的感情所左右？

羡慕、妒忌、克制、沉着。

何以羡慕？

那肉体的、精神的男性器官特别适合于在精力充沛地交媾时自上而下、精力充沛地进行活塞在气缸中的那种往复运动。而为了使那肉体的、精神的（被动而并不迟钝的）女性器官所具备的持久而不剧烈的情欲充分得到满足，这是不可或缺的。

何以妒忌？

因为丰满的肉体摆脱了束缚，就会发挥出快活的特性，交替地起着吸引或被吸引的作用。因为起作用者和被起作用者之间的吸引力无时无刻不在发生着变化，而这又与持续不断的环状扩张和放射再突入的增减形成反比例。由于对吸引力增减的有节制的冥想，也能够调节快感的消长。

何以克制？

鉴于那是：（甲）一九〇三年九月在伊登码头五号的兼营服饰用品业的裁缝乔治·梅西雅斯[396]的店里结识以来的熟人；（乙）当事人献了殷勤，接受下来了，并报以同样的殷勤，对方也亲自接受了；（丙）年纪较轻，容易野心勃勃或宽宏大量，同行间的利他行为或出于爱恋的利己之举。（丁）不同种族之间的吸引，同一种族之间的相互抑制，超种族的特权；（戊）即将到外省去举行一次巡回音乐会。挑费平摊，纯收益平分。

何以镇定？

因为这跟相异又相似的自然生物，按照雄性、雌性或两性的天赋本性，并顺应天赋本性，主动地或被动地贯彻执行自然界任何及所有那些自然行为一样地自然。这一灾难还不像行星与隐蔽的恒星相撞时所发生的毁灭性剧变那样大。比起盗窃、拦路抢劫、虐待儿童与动物、诈骗金钱、制造伪币、侵吞挪用公款、背叛公众的信任、装病旷工、故意伤害致残、腐蚀未成年人、恶毒诽谤、敲诈、藐视法庭、纵火、叛逆、罪上加罪、侵害公海、非法侵入、夜盗、越狱、鸡奸、临阵脱逃、做伪证、偷猎、放高利贷、间谍行为、冒充、殴打、故意杀人与谋杀，罪责并没那么严重。它并不比使人体组织和随之而来的情况（食物、饮料、后天的习惯、嗜好上了瘾、重病）保持平衡，为了适应各种生活条件的变化而改变的其他一切过程更为不正常。这不仅是不可避免的，甚至是无法补救的。

何以节制多于妒忌，羡慕少于沉着？

从暴行（婚姻）到暴行（通奸），除了暴行（交媾），什么也没发生；然而婚姻受到凌辱的那位凭着婚姻施暴行者并没有遭到那个施通奸这一暴行者凭着通奸进行凌辱者的暴行。

如果可能的话，怎样复仇？

暗杀是绝对不可行的，因为以恶报恶是得不出善的。持武器来决斗，要不得。离婚嘛，现在时机未到。用机械装置（自动床）[397]，或个人的证言（隐伏的目击者）予以暴露，那还不到时候。靠法律的力量控诉，要求赔偿损害，也就是说，自称被袭击甚至受到伤害（自伤），从而做伪证，这都并非不可能[398]。倘若可能，断然予以默许，并准备与之抗争（物质上，对手是兴隆的广告代理商；精神上，对手是成功的私通代理商），轻视，疏远，屈辱以至分居（一方面保护仳离者，同时又从双方手下保护那个仳离仲裁者）。

他这个对茫茫空虚性有意识地做出反应者，是借着哪些思考才对自己证明这些情感是正当的呢？

处女膜先天的脆弱性，物体本身预先假定的不可触性。为了达到目的而自我延长的那份紧张以及完成之后的自我缩短与松弛，这二者之间既不调和也不均衡。女性之虚弱及男性之强韧乃基于谬误的臆测。道德的准则是可变的。自然的语法转换：在不引起意思变动的情况下，由主动语态不定过去式命题（从语法上分析：男性主语，单音节拟声及物动词，女性直接宾语）转位到相关的被动语态不定过去式命题[399]（从语法上分析：女性主语，助动词与准单音节拟声过去分词，男性主动补语）。借着生殖，不断地生产播种者们。借着酿造来连续地生产精液。胜利也罢，抗议也罢，复仇也罢，都是徒劳的。对贞操的颂扬煞是无聊。无知觉的物质毫无生气。星辰之情感淡漠[400]。

还原为最简单形式的这些互不相容的感情和思考，收敛成怎样一种最后的满足呢？

地球的东西两半球所有已勘探或未勘探过的那些适于居住的陆地及岛屿（午夜的太阳之国[401]、幸福岛[402]、希腊的各个岛屿[403]、被应许的土地[404]上，到处都是脂肪质女性臀部后半球；散发出奶与蜜以及分泌性血液与精液的温暖香气，令人联想到古老血统的丰满曲线，既不喜怒无常，也不故意闹别扭，显示出沉默而永远不变的成熟的动物性。这一切所激起的满足感。

满足之前有何显著特征？

即将勃起，渴望的注目，逐渐地挺立，试探性的露出，无言的静观。

然后呢？

他吻着她臀部那一对丰满熟软、淡黄馨香的瓜，与丰腴的瓜那两个半球，以及那烂熟淡黄的垄沟，接了个微妙、富于挑逗性而散发着瓜香的长长的吻。

满足之后有何显著迹象？

无言的沉思，暂时的隐蔽，逐渐地自贬，焦心的嫌恶，即将勃起。

这一沉默的动作之后呢？

在嗜眠中呼吁，恍恍惚惚地认出，初期的兴奋，教义问答式的详细讯问。

回答讯问时，讲者做了哪些修饰？

消极方面，他故意不提玛莎·克利弗德与亨利·弗罗尔之间秘密通信的事；在位于小不列颠街八、九、十号、特准卖酒的伯纳德·基尔南股份有限公司内部和附近当众吵嘴的事，以及由于格楚德（格蒂，姓氏不详）裸露下体，进行色情的挑逗所引起的反应。积极方面，他谈到班德曼·帕默夫人在位于南国王街四十六、四十七、四十八、四十九号的欢乐剧场扮演丽亚这一角色[405]的事；接到将在下阿贝街三十五、三十六和三十七号的怀恩（墨菲）饭店举行的晚餐会请帖；由一位匿名的时下名流所作的一本题名《偷情的快乐》、具有淫秽色情倾向的书；宴会后表演体操，因某个动作失误而造成暂时的脑震荡，受伤者（现已痊愈）为教师兼作家斯蒂芬·迪达勒斯，他乃无固定职业的西蒙·迪达勒斯仍健在的长子；当着一位目击者，即该教师兼作家的面，他（讲者）以机敏果断和体操的弹性表演了空中特技。

讲述没有另外用修饰加工改动吗？

绝对没有。

哪一件事或哪一个人在他谈话中最是突出？

教师兼作家斯蒂芬·迪达勒斯。

在时断时续、愈益简短的讲述中，听者与讲者察觉了他们两人在行使或抑制结婚的权利方面，受到了哪些限制？

就听者而言，在生育上受到了限制。因为结婚仪式是她过了十八岁生日（一八七〇年九月八日）一个月之后，即十月八日举行的，当天同寝；其实同年九月十日两人已提前发生完全的肉体关系，包括往女性天然器官内射精[406]；一八八九年六月十五日生下一女。最后一次同房是一八九三年十一月二十七日，那是第二胎（唯一的子嗣）于一八九三年十二月二十九日出生的五周前，而此婴生后十一天即夭折。以后的十年五个月十八天期间，一直未发生完全的肉体关系，再也未往女性天然的器官内射精。就讲者而言，身心两方面的活动力均受到了限制。因为自从一九〇三年九月十五日讲者与听者之间所生女儿初次来了月经，标志着青春期的到来，夫妻之间即未再有精神上的完全的交往。从此，两个成熟的女子（听者与女儿）之间，在本人并不理解的情况下，先天地自然地建立了相互理解。其结果，九个月零一天的时间里，在讲者与听者之间的完全的肉体行动自由受到了限制。

受到怎样的限制？

当男方计划或将短期离家时，女方便反复盘问前往何处、所去场所、所需时间和外出目的等。

在听者与讲者看不见的思维上方，有什么看得见的东西正在移动？

带罩子的灯投到顶棚上的反影，重重叠叠的光和影构成一个个浓淡不等的同心圆。

听者与讲者朝哪个方向躺着？

听者朝东南偏东方，讲者朝西北偏西方；地点为北纬五十三度，西经六度；在地球上与赤道形成四十五度角。

处在何等静止或活动状态？

就两人本身及相互的关系而言，是处于静止状态。由于永远不变的空间不断起着变化的轨道上那地球固有的不断的运动，一个人朝前方，一个人朝后方，双方都处于被送往西方的运动状态。

姿势如何？

听者：半朝左横卧着，左手托头，右腿伸直，架在蜷起来的左腿上，那姿势活像是该亚－忒耳斯[407]，饱满而慵懒，大腹便便，孕育着种子。讲者：朝左横卧着，双腿蜷曲，右手的食指与拇指按着鼻梁，恰似珀西·阿普约翰所抓拍的一张快照上那个疲倦的娃娃人——子宫内的娃娃人的姿势。

子宫内？疲倦吗？

他正在休息。他曾经旅行过。

跟谁？

水手辛伯达[408]、裁缝廷伯达[409]、狱卒金伯达、捕鲸者珲伯达、制钉工人宁伯达、失败者芬伯达、掏船肚水者宾伯达[410]、桶匠频伯达[411]、邮寄者明伯达、欢呼者欣伯达、咒骂者林伯达、菜食主义者丁伯达[412]、畏惧者温伯达[413]、赛马赌徒凌伯达、水手兴伯达。

什么时候？

到黑暗的床上去的时候，有一颗水手辛伯达那神鹰[414]的方圆形海雀[415]蛋。那是亮昼男暗伯达所有那些神鹰的海雀的夜晚之床。

到哪里[416]？

●

第十七章　注释

1　圣乔治教堂前有一圆形广场，南北向的坦普尔街与布卢姆家所在地埃克尔斯街（见第4章注1）在这里与东西向的上、下多尔塞特街形成十字路口。哈德威克街位于下多尔塞特街以南，与之平行，东口直通坦普尔街。

2　避日性指那种为了避免水分蒸发，而在强烈的阳光照耀下卷起边儿来的树叶。因灯光的光波与太阳的光波相似，这种厌光性树叶在灯光照射下也卷边，从而不易脱落。下文中所说的不加盖的垃圾箱是布卢姆的设想（参看第15章274及有关正文），在1904年，都柏林街头还没有公共垃圾箱。

3　按：犹太教教规，星期五傍晚至星期六傍晚为安息日。

4　德鲁伊特，见第1章注47。下文中的帕特里克，见第5章注50。科麦克，参看第8章注196。

5　此语套用《列王纪上》第18章第44节“我看见一小朵云，还没有人的巴掌那么大”之句。头一天早晨斯蒂芬和布卢姆分别瞥见了那片云彩。参看第1章注41及有关正文：“一片云彩开始徐徐地把太阳整个遮住。”第4章注33及有关正文：“一片云彩开始徐徐把太阳整个遮蔽起来。”

6　欧文·戈德堡，见第8章注111 。

7　马修·狄龙，参看第6章注134。马修的昵称为马特。

8　据海德1989年版（第545页倒12行），朱利叶斯后有“朱达”一名。莎士比亚书屋1922年版和奥德赛1933年版均没有。马斯添斯基，见第4章注27及有关正文。

9　行动（action）系根据奥德赛1933年版（第665页倒6行）和兰登1990年版（第668页第4行）所译。莎士比亚1922年版（第621页第8行）无此词，海德1989年版（第546页第1行）作“act”。

10　这两句话模仿哈姆雷特王子的独白首句的语气，参看《哈姆雷特》第3幕第1场。

11　指庆祝耶稣复活40天后升上天堂的耶稣升天节。复活节在每年3月22日至4月25日之间，过升天节的日子也相应地有所不同。

12　金号码是标示相当于默冬章何年的数字，因便于计算复活节，遂由中世纪教会历所采用。曾用金字标记之，故名。默冬章是希腊历中采用的19年置7闰的方法，于公元前432年由希腊天文学家默冬提出。

13　闰余为阳历一年间超过阴历的日数，通常为11日，故每隔4年必设闰月或闰日加以调整。

14　太阳活动周期为几种重要太阳活动量重复发生的时间间隔。太阳活动表现在黑子、光斑、谱斑、耀斑等变化现象。有时剧烈，有时衰弱，平均以11.04年为周期。

15　主日字母为教会历上表示1月第1个星期用的A、B、C、D、E、F、G 7个字母，如某年1月1日是星期日，该年的主日字母即为A，1月2日为星期日，该年主日字母即为B，以此类推。

16 十五年历为古罗马的财政年度。由9月1日起算。8世纪晚期查理曼采用后，这一历法传入法国。16世纪以后不再采用，但在某些历书中仍然出现。

17 儒略周期是现在主要由天文学家使用的一种记日系统，自公元前4713年1月1日起连续计日。

18 这是古代罗马体系基础上的命数法系统里使用的符号，代表1904。

19 迈克尔修士在病房里扒拉炉火的情节，见《一个青年艺术家的画像》第1章第2节。

20 西蒙·迪达勒斯在他们一家人刚搬进去的房屋的客厅里生火的情节，见《一个青年艺术家的画像》第2章第2节。

21 莫坎家的两位小姐曾出现在《都柏林人·死者》中。

22 《都柏林人·阿拉比》中谈到坐落在北里奇蒙街的这座房子，《一个青年艺术家的画像》第3章中写到圣方济各·沙勿略节的早晨和厨房的火炉。

23 巴特神父跪在方砖上生炉子的情节，见《一个青年艺术家的画像》第5章第1节。

24 卡布拉，见第15章注976。

25 莱尔棉线，指法国莱尔生产的结实的棉线。

26 墨卡托投影法是佛兰德的地图学家杰拉杜斯·墨卡托（1512—1594）所发明的地图投影法。从地心向环绕地球并与赤道相切的一个圆筒上投影，距赤道越远，纬线间的距离就越大。

27 巽他海沟位于苏门答腊岛附近的海面底下，其实际深度为3158㖊。至1969年为止，已查明的世界上最深的海底洼地为太平洋的马里亚纳海沟（6033㖊）。

28 阿什汤大门的墙壁上的洞，参看第5章注42及有关正文。

29 明奇，大西洋的海峡，水深湍急，西侧为外赫布里底群岛，东侧为苏格兰本岛。

30 “馊了的花露水”，参看第4章注49及有关正文。

31 本书中屡次谈及月亮的盈亏对人的影响，参看本章注184。

32 这是坐落在大不列颠街（现已易名为巴涅尔街）的约翰·巴灵顿父子公司所制造的肥皂。

33 能媒，音译为“以太”。这是19世纪物理学理论中被认为在电磁波的传播过程中起媒介作用的物质。爱因斯坦在1905年正式提出狭义相对论后，以太假说便被舍弃。

34 “搪须杯”，参看第4章注45。搪须杯不是扣放着的，弦外之音是布卢姆的妻子摩莉曾用此杯招待博伊兰喝过饮料。

35 “德比制造的有着王冠图案的垫盘”，参看第4章注46。

36 “李树商标肉罐头”，见第5章注18。

37 泽西是英国海峡群岛最大的岛屿，位于最南端。第10章中曾描述博伊兰买水果并把一只瓶子和一个小罐子也装进柳条筐，叫店里派人送货上门的情节（见该章注63及有关正文），现在才知道原来是送给摩莉的。

38 威廉·吉尔比公司位于都柏林上萨克维尔（现名奥康内尔）街，酿造并出售酒。

39 安妮·林奇公司坐落在都柏林南乔治街。

40 弗莱明大妈，参看第6章注3。

41 “果酱罐”后面，海德1989年版（第552页第18行）有“空的”一词，莎士比亚书屋

1922年版和奥德赛1933年版均没有。

42 檐板是安装在西欧碗柜抽屉下面的装饰性护板。

43 第12章中，利内翰曾谈到博伊兰“为他自己和一位女友下了两镑赌注”，即指买这两张赛马券，女友即摩莉。参看该章注364及有关正文。

44 在基尔南酒店里议论赛马的情节，参看第12章注363及有关正文。在戴维·伯恩酒店里议论赛马事，参看第8章注225、226及有关正文。

45 英俚语“传单”与“丢掉”拼法相同（throw away），而那匹获胜的马也刚好名叫“丢掉”。参看第8章开头部分和第5章注96及有关正文。

46 参看本章注45及第5章末尾。“胜负的秘密”，指印有赛马消息的报纸。

47 “外邦人的光”一语出自《使徒行传》第13章第47节，这里指布卢姆。“外邦人”（gentile）指犹太人眼中的异教徒（尤其是基督教徒）。

48 《三叶苜蓿》是爱尔兰国家印刷出版公司在都柏林所发行的一种带插图的周刊。

49 以下四行分别都是把Leopold Bloom这个姓名拆散后组成的，其中只有最后一行译得出来，其他三行纯属文字游戏。

50 动态诗人指歌颂自己所渴求的情欲的诗人。在《一个青年艺术家的画像》第5章（见黄雨石中译本第241页）中，斯蒂芬对林奇说：“悲哀的情绪是静态的。……不正当的艺术所挑起的感情却是动态的，比如像欲望或者厌恶。”

51 藏头诗是各行首字母能联成词句的诗。下文中，布卢姆写给摩莉的五行诗的首字母分别为Poldy（波尔迪），参看第4章注39。

52 布赖恩·勃鲁（勃罗马的昵称），见第6章注82。

53 迈克尔·冈恩，参看第11章注257。

54 哑剧《水手辛伯达》的作者为格林利夫·威瑟斯，并不是这里所说的美国诗人约翰·格林利夫·惠蒂尔（1807—1892）。

55 内莉·布弗里斯特是虚构的人名，系把真正扮演女主角的凯特·奈维里斯特和内莉·布弗里维里两人的姓名合并而成。

56 维多利亚女王即位60周年纪念庆祝活动的关键日期是1897年6月22日。

57 都柏林市营鱼市是于1897年5月11日开张的。

58 约克公爵和公爵夫人曾于1897年8月18日至29日访问都柏林。

59 都柏林的大歌剧厅和皇家剧场（参看第11章注135）先后于1897年11月26日和12月13日开始演出。

60 丹尼尔·塔仑于1898年和1899年任都柏林市长。托马斯·派尔于1898年任行政司法长官，1900年任都柏林市长。邓巴·普伦凯特·巴顿（参看第9章注271）自1898年至1900年任副检察长。

61 参看《诗篇》第90篇第9至10节：“我们的岁月在你的震怒下缩短了；……我们的一生年岁不过七十……”

62 据堂吉福德、罗伯特·J.塞德曼合编的《〈尤利西斯〉注释》（加利福尼亚大学1988年版，第572页）。此处计算有误。如果布卢姆生于714年，他在1904年应为1190岁。

如果他在1952年为1190岁，其生年应为762年。

63 玛土撒拉为诺亚的祖父（见《创世记》第5章第21至27节）。据《圣经》记载，人类原先能活到数百岁，因触怒了天主，诺亚大洪水后寿命缩短了（参看本章注61）。

64 据《〈尤利西斯〉注释》（第572页），此处计算有误。倘若按1883年的17:1来计算，斯蒂芬1190岁时，布卢姆应该是20230岁（17×1190=20230）。那么布卢姆的生年应该是纪元前17158年。原书中计算时却用70代替了17（70×1190=83800）。而且并没有从83300中减去公元3072（届时斯蒂芬将为1190岁），却减去公元1904（而不是公元1952），从而得出纪元前81396这个数字。

65 到这里作者才点出，布卢姆在第14章中所回忆到的那个不时地朝花坛里的母亲瞥上一眼的四五岁的幼童就是斯蒂芬，参看该章注291及有关正文。

66 赖尔登太太，参看第6章注69、第12章注179及有关正文。《一个青年艺术家的画像》第1章第3节中描述了丹特站在天主教神父的立场上对在失意中死去的巴涅尔表示唾弃，因而与斯蒂芬之父西蒙等人争吵起来一事。

67 市徽饭店，参看第2章注84。

68 卡夫和加文·洛，参看第14章注121及有关正文。

69 比齐克牌戏，见第12章注181。

70 苏格兰斯凯岛所产的一种长毛狗，性温顺。在第18章开头部分，布卢姆之妻玛莉恩曾想到这只宠犬的事。

71 《一个青年艺术家的画像》第1章开头部分写到丹特用衣柜里的两把刷子来象征巴涅尔和达维特（见第15章注950）。另外，每当斯蒂芬替丹特跑腿，多了一张包装用的薄绉纸，她就奖给他一块糖。

72 尤金·桑道，参看第4章注37。

73 这里，括号内的七个名字均系译者所加。

74 松博特海伊，见第15章注347。

75 理查的昵称为里奇，见第3章注32。

76 索兹是位于都柏林以北8英里的一座村子。

77 拉思加尔路位于都柏林中心区以南3英里处。查理·马洛尼是三位主保圣人教堂的三个本堂神父之一。

78、79 斯图姆（Stoom）和布利芬（Blephen）是分别把斯蒂芬（Stephen）与布卢姆（Bloom）二名拆开来重新组成的名字。

80 布卢姆一向坚持广告应言简意赅。作为一个犹太人，他用“三字母”来表达力求简明扼要这一主张。三字母指三（辅音）字母。古代犹太人所使用的希伯来语属于闪米特语，其特点是词根由三个辅音字母所组成。“单一观念”（monoideal）则是作者根据“孤独臆想”（monoideism）所杜撰的复合词。

81 “吉·11”是当天上午布卢姆看到的吉诺的广告，参看第8章注32。下文中的“钥匙议院”是布卢姆所设计的广告，参看第7章注28及有关正文。第15章注272。

82 1904年6月17日的《电讯晚报》上，有一则鞋商巴克利与库克所登的广告，他们住在塔尔博特街104号，不是18号。

83 原文作Bacilikil，与bacillus（杆菌）拼写相近。

84 原文作Veribest，与very（非常）、best（最好）拼写相近。

85 原文作 Uwant it，与 You want it（你要它）拼写相近。

86 这是当天上午布卢姆在报纸上读到的一则广告，参看第5章注18及有关正文。

87 关于这则广告，白天布卢姆在戴维·伯恩的酒吧里转过一阵念头，参看第8章注212和有关正文。

88 以上四种冒牌货的商标名与“李树”（普拉姆垂）或肉罐头（“米特波特”）发音相似。

89 关于布卢姆给希利提此建议事，参看第8章注42及有关正文。

90 《一个青年艺术家的画像》第2章第4节中写到斯蒂芬小时，父亲带着他在科克的维多利亚旅馆下榻。在这之前（1886），布卢姆之父死在王后饭店，布卢姆曾去奔丧。维多利亚是当时的英国女王，而英文中，女王和王后同字。所以说这家旅馆和那家饭店是同名异物。而两对父子均碰上这样名称的饭店或旅馆，所以下文中又说是“巧合”。

91 指布卢姆回忆起父亲自杀事而感到的不安。

92 斯蒂芬讲的这个故事，参看第7章注264、265和有关正文。

93 据艾尔曼的《詹姆斯·乔伊斯》（第46页），乔伊斯11岁上在贝尔维迪尔公学读三年级时，喜读查尔斯·兰姆改编的《奥德修的故事》。有一次在作文课上老师出了《我所热爱的英雄》一题，他选择了尤利西斯。

94 菲利普·博福伊，见第4章注79。

95 迪克博士是一个都柏林作家的笔名，他于20世纪初叶曾为哑剧写主题歌。

96 赫布仑是都柏林律师约瑟夫·K.奥康纳（生于1878）的笔名。在《蓝色研究》（都柏林，1903）一书中，他从违警罪法庭的角度来探讨都柏林贫民窟生活内幕。

97 意思是说，6月21日为圣阿洛伊苏斯·贡萨加，见第12章注585的节日。

98 希腊跳棋是1880年发明的一种跳棋，方形棋盘上绘有256个方格，由2—4人玩。

99 挑圆片是一种美国游戏，先把全部圆片（起初用兽骨或象牙，后用塑料制成）挑进置于桌中央杯状容器内者获胜。

100 杯球是一种戏法，用3个倒扣在桌面上的杯子和1只球来表演。

101 纳普是19世纪80年代传入英国的一种牌戏，共有52张纸牌。

102 抢五墩牌是一种纸牌戏，一度盛行于爱尔兰全国。把五墩牌都赢到手者，除了收回赌注外，还从各家多收一份押金。比齐克也是一种纸牌戏，见第12章注181。二十五墩是从抢五墩牌发展而成的。必须把二十五墩牌都抢到手，方为赢家。

103 “抢光我的邻居”，见第12章注505。

104 十五子棋戏是一种两人玩的游戏：在棋盘上或案上走棋子，靠掷两枚骰子来决定走棋步数，先走到终点者胜。

105 这是都柏林的一家儿童服装协会的简称。

106 蜡画法是古代希腊人发明的，所用颜料以热融蜂蜡调制。现代蜡画改用树脂（在布画上则改用油）。硫酸亚铁、绿矾和五倍子均为制墨水的原料。

107 摩莉把源于希腊文的外来语误作英语事，见第8章注37。

108 这里是说，摩莉把源于拉丁文的外来语alias（别名）误为发音相近的Ananias（阿拿尼亚）。阿拿尼亚未按当时对信徒的规定将变卖个人田产的钱全部交公，却私自留下一部分，因而受彼得的诅咒而死，见《使徒行传》第5章第1至5节。从此，阿拿尼亚便成为说谎者的代名词。

109 "囚虏"，原指犹太王国在公元前586年被征服后大批犹太人被掳往巴比伦国一事。在这里，"囚虏"一词既指上述摩西率领犹太人离开埃及之后，又指公元70年罗马人造成的犹太人大批流徙。

110 摩西·迈蒙尼德，参看第2章注34。摩西·门德尔松，见第12章注617。

111 这里把《旧约·申命记》中的句子略微做了改动，原话是："以色列中从来没有像摩西那样的先知。"

112 费利克斯·巴托尔迪·门德尔松和巴鲁克·斯宾诺莎，均见第12章注617、618。

113 丹尼尔·门多萨（1764—1836），英国拳击运动员，为第一个获得拳击冠军（1792—1795）的犹太人。费迪南德·拉萨尔（1825—1864），德国工人运动中机会主义派别的首领，父母系犹太人，因恋爱纠纷，与人决斗而死。

114 古爱尔兰文，一首爱尔兰歌谣中的头两行合唱句。

115 古希伯来文，引自《旧约·雅歌》第4章第3节。各种中译本对这句话的解释有出入。香港联合圣经公会1985年版作："你在面纱后面的双颊泛红，像裂开两半的石榴。"香港圣经公会1977年版作："你的两太阳，在帕子内如同一块石榴。"这里是根据《尤利西斯》原著中的英译文翻译的。堂吉福德等合编的《〈尤利西斯〉注释》中引用的是《钦定本英文圣经》（1611），"头发"作"鬓发"。

116 据海德1989年版（第563页倒6行），下段的第一句是"用并列的办法"。莎士比亚书屋1922年版和奥德赛1933年版均无此句。

117 斯蒂芬写下的四个相当于英语字母g、e、d、m的爱尔兰语字母，分别包含gh、e、dh、mh的语音。在爱尔兰语字母表上，g是第7个、e是第5个、d是第4个、m是第11个字母。

118 据中世纪犹太教喀巴拉派解经家所编订的代码（是用来阐发经文的灵意的），希伯来文22个字母中的前10个依次代表数字1~10，其次八个依次代表20—90，最后四个分别代表100、200、300和400。

119 西纳尔平原是《旧约》中出现的地名，位于迦勒底以北。历史上常把它和苏美尔（已知最早文明的发祥地）等同起来。

120 埃贝尔与赫里蒙，见第12章注427。爱尔兰历史学家杰弗里·基廷在《爱尔兰历史》一书中说，神话中的邦芭和她的两个妹妹是爱尔兰最早的居民（参看第12章注154），而费尼乌斯·法赛是把希伯来和爱尔兰这两种语言联系起来的关键性人物。

121 神仆团，见第12章注100。

122 托拉是犹太教名词，泛指上帝启示给以色列人乃至全人类的指示和教诲，包括全部犹太律法、习俗及礼仪。狭义指见诸于文字的《五经》（即《圣经》的开端五卷）。《塔木德》是注释、讲解犹太教律法的著作，它在犹太教传统中的地位仅次于《圣经》（指《旧约》）。从广义上说，《塔木德》包括《密西拿》与《革马拉》。《密西拿》收录了本来是口传的用以补充律法的论文。革马拉是《密西拿》所收文章的注释和阐述。

123 马所拉本是犹太教《圣经》传统的希伯来文本，由塔木德学院的学者（来自巴比伦和巴勒斯坦两地）历经数百年（6至10世纪）方辑录编纂完毕，附有标音符号以保证读音正确。《五经》，见本章注122。

124 《牛皮书》是爱尔兰文学中现存最古老的手稿，因写在牛皮上，故名。编者为克朗麦克诺伊斯隐修院的修士麦尔姆利·麦凯莱赫（卒于1106），利用真实资料和传说（主要是八九世纪的）编成。《巴利莫特书》，参看第12章注481。

125 《霍斯饰本》是在霍斯以北的岛屿（爱尔兰之眼）发现的饰本福音书拉丁文手稿，约于8至9世纪写成，其价值仅次于《凯尔斯书》。《凯尔斯书》是一部华美的爱尔兰-萨克森风格饰本福音书，约于7世纪后期在爱尔兰艾欧纳隐修院开始绘制，8世纪早期在凯尔斯隐修院完成。

126 爱尔兰民族和以色列民族的离散，参看第12章注370。受迫害的情况，参看第12章注452至457及有关正文。

127 犹太人区指城市中供犹太人居住的法定地区。西欧的犹太人区已于19世纪废除。前文中，内德·兰伯特曾说，犹太人的圣殿原先也设在这儿（指圣玛丽亚修道院的遗迹），参看第10章注91及有关正文。

128 弥撒馆指亚当与夏娃客栈附近的“地下”教堂，参看第7章注250。

129 惩戒法指宗教改革运动后于16、17世纪所颁行的反对爱尔兰天主教徒的各项法律，甚至禁止爱尔兰人着国色（绿色）。犹太人服装令曾在好几个国家推行。不但禁止犹太人穿民族服装，还强迫他们穿屈辱性颜色的衣服，以表明他们是犹太人。

130 指奥地利报人西奥多·赫茨尔（1860—1904）所创始的犹太复国主义运动。他在《犹太人国家》（维也纳，1890）这一小册子中指出，犹太人问题并非社会或宗教问题，而是一个民族问题。他所组织的世界犹太复国主义运动代表大会，于1897年8月在巴塞尔召开。

131 “犹……锵”，这是希伯来语诗人纳夫塔利·赫茨（1856—1909）所作的诗《希望》（1878）的头两句。19世纪90年代由塞缪尔·科恩配乐，1933年以来成为犹太复国运动的正式颂歌，1948年至今成为以色列的非正式国歌。

132 闪米特语是通行于北非及近东的闪米特——含米特语系五个语族之一。希伯来语属于其西北语支。

133 欧甘文字是一种字母文字，是约于公元4世纪刻在石碑上的爱尔兰语。形式最简单的欧甘文字由四组笔画或刻痕组成。每组5个字母，共20个字母。另外还有5个符号，系附加字母。

134 原文作hypotasis，也作“本质”“基督人格”解，医学上含有“坠积性充血”意。这里指“神人合一的基督”。下文中的大马士革的约翰（约700—约754）是基督教东方教会修士，希腊教会和拉丁教会的教义师。约于730年著《论圣像》三篇，提倡崇拜圣像。他描述耶稣为“高个儿……白皮肤，稍带橄榄色”。罗马的伦图卢斯是虚构的人物，据说他在彼拉得之前曾任罗马总督，并在一封致罗马元老院的信中描述耶稣“身材高大，头发是葡萄酒色的”。伊皮凡尼乌斯（约315—403）原为基督教隐修士，后任主教。他对耶稣的描述，与后世的大马士革的约翰差不多。

135 哈利·布拉米瑞斯在所著《尤利西斯指南》（伦敦，1966）一书第213—214页中，谈到这几段隐晦文字时说，这里描绘的是布卢姆与斯蒂芬怎样相互认识。“斯蒂芬从布卢姆的声音中，意识到过去的深厚积累。而布卢姆又从斯蒂芬的敏捷与青春中，意识到未来的希望。另有一种与这样的相互认识重叠的印象：因为斯蒂芬从布卢姆的外貌上感觉到了耶稣基督的形象，神被人格化了：白皮肤，黑头发，带点学究气……而布卢姆则从斯蒂芬的嗓音中听到了即将到来的浩劫那令人销魂的声调。”

136 在英格兰和威尔士，“不从国教派”指所有不信奉圣公会（国教）的基督教各支派，包括公谊会（贵格会）、救世军等。在苏格兰，除长老会（国教）外，连圣公会都属于不从国教派。

137 萨蒙博士，见第8章注146。道维博士，见第8章注8。

138 西摩·布希，见第6章注87。鲁弗斯·丹尼尔·伊塞克斯是一个英籍犹太裔律师。

139 查理·温德姆爵士（1837—1919），喜剧演员兼导演。奥斯蒙·蒂尔利（1852—1901），英国导演，在伦敦、纽约和埃文河畔斯特拉特福组织了莎士比亚剧团。

140 “哈里·休斯和学伴”至“因已躺到尸堆里”，这五节诗歌均套用海伦·蔡尔德·萨金特和乔治·莱曼·基特里奇合编的《儿童歌谣》（剑桥，1904）中所收《休斯爵士，或犹太人的女儿》。这个歌谣源于一个名叫休斯的少年被犹太人杀害并供作牺牲的传说。类似的例子参看第6章注145。

141 据艾尔曼的《詹姆斯·乔伊斯》第521页注释：乔伊斯于1920年9月21日致卡洛·利纳蒂的信中说，《尤利西斯》是“一部两个民族（以色列和爱尔兰）的史诗”。这里，布卢姆作为一个归化为爱尔兰人的匈牙利裔犹太人，被斯蒂芬所唱的有反犹色彩的歌谣伤害了感情。本段中头两个“他”指布卢姆，最后一个“他”指斯蒂芬。

142 布卢姆一家人曾在霍利斯街（1895—1896）和翁塔利奥高台街（1897—1898）住过。

143 帕德尼是帕特的别称（前文中曾用来指帕特·迪格纳穆，见第14章注390），出现在喜剧舞台上的爱尔兰人常用此名。软鞋，原文作“socks”，主要词义为“短袜”，这里指喜剧演员穿的轻便软鞋。“sock”也作“钱袋”“银柜”“存款”解，这样就与下文中的“攒钱罐”形成双关语。

144 指奥地利将军朱利叶斯·雅各布·海瑙（1786—1853）。他于1801年加入奥地利陆军，曾任上尉。1848年至1849年革命期间在意大利作战，残酷镇压布雷西亚起义，臭名远扬，以致在伦敦和布鲁塞尔曾遭群众袭击。

145 “斯蒂芬草地”是位于都柏林东南的一座公园，沿着公园北侧有个人工湖。

146 “也就是说”，原文为拉丁文。固定的针盘上的长短指针，每12小时彼此相合11次。12点整，长短针第11次相合。六十分除十一等于五又十一分之五分（$60 \div 11 = 5\frac{5}{11}$）。

147 在第4章（见该章注45及有关正文）中，说那是米莉4岁时送给他的生日礼物。

148 在英国和爱尔兰，四季结账日为报喜节（3月25日）、施洗约翰日（6月24日）、米迦勒节（9月29日）、圣诞节（12月25日）。人们习惯于在代表一年的1/4的这一天发薪或结清债务。

149 “当他为了她”是根据海德1989年版（第570页第4行）翻译的；莎士比亚书屋1922年版（第647页倒3行）、奥德赛1933年版（第695页第5行）和兰登书屋1990年版（第694页倒3行），均作“当他并非为了她”。

150 这里指布卢姆把斯蒂芬当作夭折了的独生子鲁迪的替身。

151 同学指亚历克·班农，斯蒂芬一度学医，与班农曾是同学。犹太人的女儿指米莉。

152 埃米莉·辛尼柯太太，参看第6章注190 。在《都柏林人·悲痛的往事》中，辛尼柯太太是11月间死的。

153 亨格勒马戏团，参看第4章注57。拉特兰（现名巴涅尔）广场上有座直径80英尺的圆形建筑，供集会或演出用。

154 头天下午两点钟，斯蒂芬就曾在图书馆里谈到过“大宇宙和小宇宙”等问题，见第9章注418及有关正文。

155 “为奴之家”，见《出埃及记》第13章第3节。

156 “默祷”，原文为拉丁文。

157 根据天主教会所使用的《通俗拉丁文本圣经》，语出自《诗篇》第113篇第1节。根据《钦定本英文圣经》，则为第114篇第1节。

158 指月亮的轨迹最接近地球时的近地点。

159 银河清晰度不够，所以无论待在多么深的垂直轴底儿上，白昼也是瞧不见的。

160 天狼，夜空中最亮的恒星，距太阳约8.6光年。大角（牧夫座阿尔法），北天牧夫座中最亮的恒星，距地球约40光年。

161 岁差是地球自转轴的周期变化所引起的春分点沿黄道面（即地球轨道面）的运动。

162 猎户座是赤道带星座之一。其中“参宿三”“参宿二”和“参宿一”这三颗星列成一直线，形成“猎户”腰带。腰带南面的“伐二”是四合星，周围是有名的大星云M42。

163 “新星”，1901年2月21日至22日之间，爱丁堡的T.D.安德森在仙女座附近发现了一颗新星，它很快地就成为北半球最亮的星星，随后消失。

164 武仙座是北天星座之一，在1905年，天文学家们曾推算太阳系正以每秒16英里的速度朝武仙座移动。

165 德国天文学家弗里德里克·威廉·贝塞耳（1784—1846）曾根据5万个恒星方位的精确资料，试图测定恒星的距离。他挑选天球上具有高速相对运动的暗星——天鹅座61作为测量视差的对象，并测出其距离为10.3光年。

166 层理是大多数沉积岩和地表形成的火成岩中出现的成层构造。在岩层受到变形的地方，层理中就保存着过去地球运动的记录。

167 布卢姆为了赢得100万英镑而绘制此图事，见第15章注487及有关正文。

168 布卢姆在这里联想到的是勃拉瓦茨基夫人等通神学家所推崇的用数字来解释人的性格或占卜祸福之命理学。其理论根据是古希腊哲学家毕达哥拉斯的思想，即万物最终都可以分解为数，所以均能够用数字来表明。

169 据堂吉福德等合编的《〈尤利西斯〉注释》（第583页），这种说法显然是不确切的。海平面气压为每平方英坡度14.6英磅，只能由此推算出，人体大致能承受数吨气压。

170 “远地点”，指月亮、人造卫星轨道上离地球最远的点。

171 这里套用《旧约·传道书》第1章第2节，原话是：“空虚的空虚，空虚的空虚，一切都是空虚。”

172 沃尔辛厄姆路是银河的别称。英国诺福克郡有个沃尔辛厄姆圣母殿，银河被认为是位于天上的通往圣母殿的参道，故名。

173 大卫的战车，指小熊座。自古以来，犹太人有时把小熊座看成是大卫王年轻时杀死的熊（见《撒母耳记上》第17章第36节），或把先知以利亚送上天的战车，见第12章注647及有关正文。

174 意大利天文学家伽利略（1564—1642）和巴伐利亚天文学家西蒙·马里乌斯（1573—1624）都宣称在1610年前后发现了木星的四颗最大的卫星木卫一、木卫二、木卫三和木卫四。他们是分别独立地发现它们的。

175 吉乌塞佩·皮亚齐（1746—1826），意大利天文学家，曾发现第一颗小行星（1801），并把它取名谷神星，又编成一本载有7646颗恒星位置的大星表（1814）。

176 厄本—琼—约瑟夫·勒威耶（1811—1877）是法国天文学家。他注意到天王星轨道的不规则性，并把这种现象解释为有一颗未知行星存在。德国天文学家约翰·戈特弗里德·加勒（1812—1910）受他的委托，在距他计算出的位置不足一度处发现了海王星。威廉·赫歇耳爵士（1738—1822）是英国天文学家，于1781年发现了天王星。他还记录了848颗双星并测出它们的角距离和相对亮度。

177 约翰·埃勒特·波得（1747—1826），德国天文学家。因发现太阳与行星平均距离的经验公式而闻名。约翰内斯·开普勒（1571—1630），德国天文学家。他在《宇宙和谐论》（1619）中指出，行星公转周期的平方等于轨道半长轴的立方，后世称之为开普勒第三定律。

178 英语comet（彗星）一词源于希腊文kometes（有长毛的），所以这里说彗星“多毛”，指接近太阳时，彗核周围出现的云雾状彗发。下文中的近日距和远日距分别指彗星运行轨道最接近太阳或离太阳最远的点。

179 年纪较轻的天体观测者指斯蒂芬。他出生的五年前（1877），意大利天文学家乔·斯基帕雷利绘制了第1张现代的火星图，他将分布于火星表面亮区上的暗线网称为“运河”。斯蒂芬12岁时（1894），美国天文学家P.洛韦尔发现“暗波”现象。当春季来临极冠开始缩小时，极冠边沿地带就出现暗区，并不断延伸扩大，然后消失于另一半球中。

180 由于月球、地球和太阳三者相对位置的改变，从地球上看来，月球便有盈亏的变化。月相更替的周期平均等于29.5天，即1个朔望月。当月球恰好在地球和太阳之间的时候，月球以黑暗半球对着我们，这时的月相叫“新月”。西欧民间迷信，如果偶然看见了新月时期的黑暗半球，便是不祥的预兆。歌谣《圣帕特里克·斯宾斯》有云：

“我瞧见了新月，／把旧月抱在怀里，／亲爱的主人啊，／我怕咱们会倒霉。”

181 指第谷新星，见第9章注450。

182 七星花冠星座指北斗七星（即大熊座）。布卢姆出生的那一年（1866）5月，这个星座曾出现了一颗新星，命名为T.勃利亚里斯花冠，亮度为二等，后来消失。

183 斯蒂芬·迪达勒斯生于1882年。1885年一颗新星出现于仙女座，叫作S. 仙女。布卢姆那个夭折的儿子叫鲁道尔夫，小名鲁迪。他生于1893年，而爱丁堡的T.D. 安德森曾于1892年1月在御夫座中发现一颗新星。3月底即由第4级退缩到第12级星。

184 当时民间相信月亮的盈亏对人有影响。头一天下午布卢姆遇见布林太太，她就曾说她丈夫“一到这时候（指升起新月）老毛病就犯啦”（见第8章注70及有关正文）。

185 指英文字母Y。

186 据《新约·路加福音》第2章第21节，照一般犹太男婴的规矩，耶稣是生后8天行割礼的，刚好是1月1日。割礼意味着社会对个人的正式承认。斯蒂芬在这里是怀疑耶稣既然有神性（参看第1章注114，本章注134），那就没有必要行割礼。据堂吉福德等合编的《〈尤利西斯〉注释》，保罗在《罗马书》第4章第10至11节中关于亚伯拉罕所说的话，可以解释这个疑问。“他亚伯拉罕后来受了割礼；这是一种表征，证明他在受割礼前已经因信仰上帝而成为义人了。”这段话可用来说明，耶稣受割礼也只是一种“表征”。

187 耶稣的包皮现存于罗马郊外卡尔卡塔的圣科尔内留斯与西普里安教堂。斯蒂芬联想到的这个问题的意思是：究竟该把这包皮当作“人”的遗物还是“神”的圣物？

188 这里，作者假借星星来回忆他和妻子诺拉首次的幽会（1904年6月16日）的往事。贝勒奈西（约公元前269—前221）是昔兰尼（今利比亚）国王之女。当她的丈夫托勒密三世出征时，她献出秀发，以祈求神灵保佑他平安生还。据说这缕头发被送往天国，成为后发星座，又名“贝勒奈西之发”。

189 在星占术中，狮子宫是黄道十二宫的第五宫，代表那些富于创造性、心地善良的人，他们又是殷勤的东道主。

190 原文为拉丁文，参看第1章注45。

191 头天早晨离开家前，布卢姆曾听见乔治教堂的钟声。见第4章末尾。

192 伯纳德·科里根在全书中只出现三次：第一次只说是“一只花圈递给男孩子，另一只递给他舅舅”，未提名字（见第6章注121及有关正文）；第二次说他是迪格纳穆的内弟（参看第16章注194及有关正文）。

193 堂吉福德等合编的《〈尤利西斯〉注释》（第586页）认为，此段令人联想到《神曲·地狱》末尾的描述：黎明前维吉尔带着“我”（但丁），头顶群星，倾听着小溪的水声，离开地狱，一步步地往上走。

194 关于绝对零度的问题，堂吉福德等合编的《〈尤利西斯〉注释》（第586页）写道，据1904年物理学的测定，在完全没有热度的情况下，绝对零度系固定在华氏−459.6度，摄氏−273.1度，列氏−218.48度。现在的物理学则将其修正为华氏−459.67度，摄氏−273.15度。但至今未能得出绝对零度的数值。

195 珀西·阿普约翰，见第8章注111，莫德尔河在南非。

196 第8章中提到的菲尔（菲利普的昵称）·吉利根即此人，见该章注50及有关正文。

197 据罗伯特·M.亚当斯所著《外表与象征》（纽约，1962，第62—63页），马修·F.凯恩是乔伊斯之父约翰的朋友，1904年7月10日游泳时不慎淹死。他是《尤利西斯》中之人物马丁·坎宁翰的原型，而书中关于迪格纳穆的丧事之描述，又与他的丧事相符。

198 据路易斯·海曼所著《爱尔兰的犹太人》（香农，爱尔兰，1972，第190—191页），菲利普·莫依塞尔是尼桑·莫依塞尔（见第4章注28）之子。此人在都柏林中南区的海蒂斯勃利街一直住到19世纪末，后移民到南非，1903年死在那里。

199 迈克尔·哈特是约翰·乔伊斯的朋友，《尤利西斯》中虚构的人物利内翰的原型。

200 据记载，1904年6月17日的日出时间为凌晨3点33分。

201 基玛吉是海豚仓的一条街，参看第4章注54及有关正文。

202 “米兹拉赤”是希伯来语“东方”的译音。位于耶路撒冷西边的犹太人祷告时照例要面向东方。

203 马略尔卡原是16世纪产于意大利的装饰用陶器，涂有不透明的釉，图案色彩浓郁；后成为马略尔卡陶器的现代仿制品的泛称。

204 这里，布卢姆从这两把椅子联想到了几小时前他的妻子与博伊兰在此幽会的情景。

205 凯德拜牌钢琴是英国制造的一种价格较低廉的钢琴。

206 《古老甜蜜的情歌》，见第4章注50。安托瓦内特·斯特林（1850—1904）是生在美国的女低音歌手，后与苏格兰人结婚，她演唱的歌谣曾在英伦三岛红极一时。

207 “随意地”“响亮地”“活泼地”“渐慢”，原文均为意大利语。

208 参看第14章注327及有关正文：“那绿色就像是小便沤过的。色彩深浅有致……”

209 “阿根达斯·内泰穆”，见第4章注23。

210 在《奥德修纪》卷22中，奥德修把向他妻子求婚的人统统杀死后，生上火，用硫黄彻底熏了殿堂、房屋和院子。这里，布卢姆也用松果代替硫黄，把妻子的情人博伊兰待过的屋子熏干净。

211 康尼马拉大理石，见第12章注382。

212 1896年的春分为3月20日上午两点零二分。所以此钟是春分后过了一天多的时候停的。

213 卢克和卡罗琳·多伊尔，参看第4章注54。

214 市政委员约翰·胡珀，见第6章注180及有关正文。

215 丹尼斯·弗洛伦斯·麦卡锡（1817—1882），爱尔兰诗人、学者和翻译家。

216 此书的全称为《查理二世王朝宫廷秘史》（伦敦，1792），作者为枢密院成员。

217 据海德1989年版（第582页第9行），《儿童便览》和《我们的少年时代》之间还有一行：“《基拉尼的美人们》（有护封）。”莎士比亚书屋版（第661页）、奥德赛1933年版（第710页）和兰登书屋1990年版（第708页），均无此行。

218 《我们的少年时代》（伦敦，1890）是威廉·奥布赖恩（见第16章注240）在狱中所写的一部小说，以19世纪60年代在科克郡发动的起义为背景。

219 《天空的故事》，见第8章注36。

220 威廉·埃利斯（1794—1872）是个英国公理会传教士，曾于1853至1855年间3次赴马达加斯加岛。他所著《三游马达加斯加》（伦敦，1858）等作品，在19世纪被视为关于该岛的权威性著作。

221 这是英国侦探小说家阿瑟·柯南道尔（1859—1930）的一部书信体小说（纽约，1895）。作者假借1881年至1884年间斯塔克·芒罗写给老同学赫伯特·斯旺巴勒的16封信来表达自己对宗教、政治、贫穷、行医等问题的看法。

222 在第6章中，布卢姆曾联想到《中国纪行》一书，见该章注187及有关正文。

223 《塔木德》，见本章注122。下文中的约翰·吉布森·洛克哈特（1794—1854）是苏格兰小说家，他所著《拿破仑传》（1832）的扩大版题名《拿破仑的历史》（1885）。

224 古斯塔夫·弗赖塔格（1816—1895），德国作家，所著小说《借方和贷方》（1855）颂扬了德国商人稳健的经营才干，但又强调了重商主义，具有反犹色彩，曾译成多种文字。

225 哥特字体，也叫黑体，公元9、10世纪出现于瑞士圣加仑，因笔画粗，字母密集，意大利人文学者称之为哥特字体（意为粗鄙的字体）。

226 亨利·蒙塔古·霍齐尔爵士（1842—1907）是英国军人、历史学家，所著《俄土战争史》分两卷出版（伦敦，1877、1879）。在1890年，直布罗陀的要塞图书馆拥有4万册藏书，这里暗示布卢姆的岳父特威迪（参看第4章注2）把图书馆的书据为己有。

227 8点活字相当于六号字。点为活字大小的单位，1点约合1英寸的1/72。12点活字相当于新四号字，每英寸能打10个12点活字。

228 头天上午布卢姆曾想："在书上可以读到沿着太阳的轨道前进这套话。"见第4章注6及有关正文。

229 尤金·桑道，参看第4章注37。

230 恩尼斯科西是爱尔兰韦克斯福德郡商业城镇。它不在威克洛郡境内，而位于该郡以南24英里处。

231 普列文，参看第4章注2。

232 纳希索斯雕像，参看第15章注617。下文中的雷恩，参看第6章注80。

233 辛尼柯太太，见本章注152。

234 这里的"1先令"是根据海德1989年版和2001年版（第584页）翻译的。莎士比亚书屋1922年版（第664页）以及奥德赛1933年版（第713页）和1993年版均作"一便士"。

235 布卢姆头天上午离家后，在公共澡堂洗过澡。所以这里说是再一次脱下靴子。

236 指布卢姆当年上过的幼儿学校，见第5章注35及有关正文。

237 英国某些地区的一种习俗，规定由末子（如无子嗣则由末弟）继承财产。

238 一路得为1/4英亩，一平方杆为30.25平方码。

239 这里是对当时爱尔兰每英亩土地的年租金的估价，而不是售价。

240 "都会中的田园"，原文为拉丁文。罗马著名铭辞作家马提雅尔（约38／41—约104）因友人的馈赠而有了自己的一座小庄园。他说他是个穷人，无钱拥有"都会中的田园”，只好不时地躲到城外那座小庄园去图个清静。

241 原文为意大利文。黑岩是都柏林东南郊的行政区。这里有座房子当时挂了一块写着“健康庄”字样的牌子。

242 海德1989年版（第585页倒11行）作“15分钟”，莎士比亚书屋1922年版（第665页倒13行）和奥德赛1933年版（第714页倒5行）均作“5分钟”。

243 登德鲁姆（参看第1章注57）是都柏林市中心以南5英里处一山村，因空气清新，夏季常有人前往疗养。萨顿为都柏林中心以北8英里处滨海小村。

244 在1900年，英国通常的长期租借的期限为99年，而不是999年。

245 阿克斯明斯特是苏格兰德文郡一城镇。当地有名的织毯业始于1755年。

246 指底楼与二楼之间的楼梯平台（参看第4章注68）。据堂吉福德等合编的《〈尤利西斯〉注释》（第591页），下文中所描述的仆人待遇，超过了20世纪初爱尔兰的水平，带有乌托邦色彩。

247 詹姆斯·W.马凯伊爵士实有其人，曾于1866和1873年两次担任都柏林市市长。因工作有成绩，于1874年封为爵士。

248 暖足袋是坐马车时焐脚用的口袋。

249 掌尺是马的高度的丈量单位，一掌尺为10厘米。

250 圣利奥波德（1073—1125）是奥地利人，神圣罗马帝国皇帝亨利五世（1106—1125在位）的内弟。亨利五世死后，他曾有机会继承皇位，却谢绝了，并毕生从事慈善事业。

251 原文作“curricle”，意思是“双马二轮小马车”。估计为“coracle”（亦拼作“curragh”）之误，即一种用柳条扎成骨架并覆以防水布的柳条艇。

252 指由都柏林堡的阿尔斯特纹章院（参看第15章注207及有关正文）办事处登记入册。下文中的“保”，原文作“P”，后文中点明这是“保拉”（见本章注307及有关正文）的简称。全书中只对布卢姆使用了两次这个称呼。

253 指获得爱尔兰的最高勋章圣帕特里克勋章（一如英国的嘉德勋章，参看第15章注878）的爵士。下文中的“名誉”，原文为拉丁文。

254 达特穆尔是苏格兰德文郡西部山区，撒克逊时代为王室林地。文维尔权是英国法律上对达特穆尔森林居民所规定的一种特殊的土地使用权。

255 这是《人类的由来及性选择》（1871）的简称。一译《人类起源及性的选择》。

256 詹姆斯·芬坦·拉勒（1807—1849），爱尔兰政论家，积极鼓吹共和主义和土地国有化。约翰·费希尔·默里（1811—1865），爱尔兰政论家、讽刺文作者。约翰·米哈伊（1815—1875），爱尔兰律师，后改操记者业，思想激进。詹·弗·泽·奥布赖恩，参看第4章注74。下文中的迈克尔·达维特，参看第15章注950。

257 “宪法煽动”指1879年查理·斯图尔特·巴涅尔（见第2章注81）在爱尔兰议会里就“土地法”所掀起的骚动。巴涅尔是1880年在米斯郡、梅奥郡和科克市的选举中获胜，成为下议院议员的。这个席位他一直保留到政治生涯的结束。

258 格莱斯顿，见第5章注47，米德洛锡安为苏格兰东南部一郡。

259 乔治·弗里德利克·塞缪尔·鲁宾孙·里彭侯爵（1827—1909），英国政治家。于

1874年改信天主教。他支持格莱斯顿的爱尔兰政策（包括爱尔兰自治方案），因而在爱尔兰颇孚众望。

260 约翰·莫利（1838—1923），英国政治家、作家，积极致力于促进爱尔兰自治法案实现。海德1989年版（第589页第14行）作“耿直的约翰·莫利”，莎士比亚书屋1922年版（第669页倒14行）和奥德赛1933年版（第719页第22行）均无“耿直的”一词。

261 据堂吉福德等合编的《〈尤利西斯〉注释》（第592页），这次火把游行是1888年2月1日举行的，小说中往后移到乔伊斯的6岁生日那一天（见第15章注702）。

262 1英浪为1/8英里。

263 “邓辛克”，参看第8章注35。

264 据堂吉福德等合编的《〈尤利西斯〉注释》（第593页），这种邮票是1866年发行的，小说中移到布卢姆诞生的那一年。斯科特的《标准邮票便览》（1969）把它列为第20号，盖销者值12.5美元，未盖销者值3.5美元。

265 《标准邮票便览》中把英国发行的这种邮票列为第22号，未盖销者值200美元，盖销者值114美元。

266 《标准邮票便览》中把卢森堡发行的这种邮票列为第28号，票面价值增加到1.375法郎；未盖销者值135美元，盖销者值65美元。

267 第32件的累积数字为：2236962英镑2先令8便士。

268 “使蒙……破产”，参看第12章注74。

269 “与圆等积的正方形”，参看第15章注487及有关正文。

270 “狄纳穆”，参看第4章注25。

271 据官方统计，1901年的爱尔兰人口实际上是4458775人。

272 “噗啦呋咔”，参看第15章注631。直到1937年，爱尔兰才着手实现噗啦呋咔瀑布的水力发电计划。

273 鲍尔斯考特是都柏林以南12英里处的一座著名的庄园，里面有高达300英尺的瀑布。

274 北公牛是沿着都柏林湾北岸突出的一片辽阔的半岛状沙洲，南端已筑起一堵北公牛堤坝，以防止沙砾侵蚀都柏林港。布卢姆的“计划”是把沙洲整个圈起。但是最后的一项“男女混浴”，在1904年的信天主教的爱尔兰是行不通的。

275 头一天布卢姆在马车里，就谈过铺设这条电车道的想法，参看第6章注74及有关正文。

276 兰开夏为英国西北部一郡。

277 伦敦德里为北爱尔兰城市，又是伦敦德里郡特区。

278 莫克姆是爱尔兰海小湾，凹入英格兰坎布里亚和兰开夏两郡海岸。“都……船”是亚历克斯·A.莱尔德所开办的一家轮船公司。

279 “还有利物浦……栈”和“所需全部车辆”是根据莎士比亚书屋1922年版（第671页倒3至2行）和海德1989年版（第591页第14—15行）翻译的，奥德赛1933年版（第722页）缺此句。

280 在第15章中，布卢姆曾提及这个富豪，见该章注89及有关正文。

281 罗斯柴尔德是欧洲最著名的银行世家。创始人为迈耶·阿姆谢尔·罗斯柴尔德

（1744—1812）及其5个儿子，参看第15章注323。

282 古根海姆和希尔施，分别参看第15章注330、332。蒙特斐奥雷，参看第4章注17。

283 维尔·亨利·刘易斯·福斯特（1819—1900），英裔爱尔兰教育家，他为不同年级的学童们印行的习字帖在19世纪颇为流行。

284 亚历山德拉王后（1844—1925），丹麦王后克里斯蒂安九世的长女，英王爱德华七世（参看第2章注50）的王后。

285 莫德·布兰斯科姆，参看第13章注98。

286 圣诞节贺片最早是由英国画家约翰·考尔科特·霍利斯（1817—1903）于1843年设计的。进入90年代后，需求量大增。

287 寄生植物指槲寄生，其小枝常用做圣诞节的装饰。

288 “米斯巴”是希伯来语“从这地方监视”的译音。《创世记》第31章第45—49节写到，雅各和他舅父拉班在路上分手时和解并立约。拉班指着雅各叫人堆起的石头说：“我们彼此分离以后，愿上主在你我中间监视。”因此这地方又叫米斯巴。“米斯巴的传说”一语，联系到下面有关“欢乐、平安”的诗句，表示圣诞节期间的祥瑞气氛。

289 19世纪90年代，确实有一对M.科默福德夫妇住在多基（见第2章注8）。

290 希利商店的门牌号码，前文（见第8章注44及有关正文）中作“八十五号”。据堂吉福德等合编的《〈尤利西斯〉注释》（第595页），在1904年，戴姆街最后一个门牌号码是81号。该书第160页的注中说，该店老板为查理·威兹德姆·希利，门牌号码为27至30号。

291 这种钢笔尖上有着“J”字印记。

292 也叫沙漏，一种计时仪器，根据沙子从一个容器漏到另一个容器的数量来计算时间。

293 威廉·尤尔特·格莱斯顿（见第5章注47）于1886年2月第3次组阁。因他所提出的爱尔兰自治法案以343票对313票的微弱多数遭到否决，于7月辞职。

294 这个义卖会是由爱尔兰教会的圣凯文教堂资助的，离布卢姆夫妇过去所住的西伦巴德街不远。

295 海德1989年版（第592页倒11至倒10行），下面有“贝制领带卡一枚，上有浮雕。本属于鲁道尔夫·布卢姆（原姓维拉格），已故”之句，莎士比亚书屋1922年版（第673页倒17行）和奥德赛1933年版（第724页第7行）均无此句。

296 这里的“字母交互逆缀式”，原文作boustrophedon，原是古代的一种右行左行交互书写法，这里则指为了让人看不懂，故意把“A”至“Z”的顺序倒过来，把各个字母换成按“Z”至“A”的顺序排列的相应的字母。例如MARTHA（玛莎）的第1个字母M在字母表上是正数第13个，换成倒数第13个字母N。“附有字号”是为了标明省略了元音字母。文中所加“/”标志着分行。这个密码破译出来就是“M RTH / DR FF LC / D LPH NS / B RN”。原应作“MARTHA CLIFFORD DOLPHINS BARN”。为了双重保险，CLIFFORD这个姓是倒过来拼的。

297 《现代社会》是每逢星期三在伦敦出版的周刊。

298 “匈……票”，参看第8章注64。

299 “小姐”和下文中的“斗牛士”，原文均为西班牙语。

300 1881年发行过两种印有维多利亚女王像、面值一便士的淡紫色邮票，斯科特的《标准邮票便览》把它们分别列为第88号（未盖销者值5美元，盖销者值1美元），第89号（未盖销者值15美元，盖销者值3美元）。

301 桑道（见第4章注37）确实为健身器械做过广告。

302 “收信人的姓名”和下文中的“亲爱的夫人”后面，海德1989年版（第593页第16行、17行）有分别“错误地”字样，莎士比亚书屋1922年版（第674页，第8行、9行）和奥德赛1933版（第724页倒1行、倒2行）均无此词。

303 “心神恍惚的乞丐”，见第9章注67。

304 指“南非战争”，也作“布尔战争”，见第8章注121。

305 乔西是约瑟芬的昵称，参看第8章注66。

306 卡伦，见第13章注124，第14章注9及有关正文。

307 保拉是女子名，相当于男子名保尔。

308 苏格兰遗孀基金人寿保险公司，见第13章注177。

309 第14章中曾提到，布卢姆的熟人米娜的丈夫普里福伊是厄尔斯特银行学院草地分行的副会计师，见该章注284及有关正文。

310 这里把人物的辈分搞乱了。如果斯蒂芬·维拉格与鲁道尔夫·维拉格同辈（first cousin，第一代嫡堂兄弟），鲁道尔夫之子利奥波德·布卢姆和斯蒂芬·维拉格之子才是第二代隔房堂兄弟（second cousin）。而利奥波德·维拉格是鲁道尔夫之父，所以是斯蒂芬·维拉格的堂叔（或堂伯）。

311 “《哈加达》书”和下文中的“逾越节”分别见第7章注35、34。

312 “恩尼斯镇皇后饭店”，参看第6章注95及有关正文。

313 原文为To My Dear Son Leopold，所以下文中说是5个单词。

314 “阿索斯”见第6章注16。

315 “心”“天主”和“你的”，原文均为德语。

316 周会指犹太教中每星期六的安息日，那天，会堂里要在上午的礼拜中诵读一段律法书，然后吟咏先知选段。

317 犹太教所崇拜之神叫雅赫维（YAHWEH），去掉两个元音（A，E），便剩下四个希伯来辅音字母YHWH。这是神亲自启示给摩西的。神的名字日益神圣化，教徒不敢直呼，会堂礼文乃代之以“我主”。上文中的不许同时吃肉饮奶的戒律见《出埃及记》第23章第19节：“不可用母羊的奶来煮小羊。”

318 为执行官跑腿儿的老朽，指那种守在执行官办公室门口，临时派到讨债等差使，挣点跑腿钱糊口的穷人。

319 基尔曼哈姆当时在都柏林西郊，现已划入市区。这座皇家医院专门收容年老、有残疾以及患病的官员。

320 “丧失……生活”，在1904年，都柏林那些靠《济贫法》接受救济者一概没有选举权。只有纳税者才有选举权。

321 “增加并繁殖”，见《创世记》第1章第22节。

322 “莫霍尔的断崖”在芒斯特省克莱尔郡首府恩尼斯西北方，沿着爱尔兰西岸延伸5英里。

323 “康尼马拉”是爱尔兰戈尔韦郡一地区，大部分被泥炭沼泽覆盖，以自然景色闻名。

324 “拉夫·尼格湖”，见第12章注490。据中世纪传说，此湖原是一座小喷泉，泉水忽然泛滥，淹没了整个地区（包括村庄和教堂的塔）。

325 “巨人堤道”，见第12章注642。

326 “卡姆登要塞和卡莱尔要塞”，见第16章注53。

327 “蒂珀雷里的黄金峡谷”，指加尔蒂山脉（在爱尔兰利默里克郡西南部和蒂珀雷里郡东南部之间）以北的一大片肥沃的谷地。

328 阿伦群岛是爱尔兰西海岸戈尔韦海湾口的三个石灰岩岛屿。岛民操爱尔兰语。

329 米斯郡是爱尔兰伦斯特省一郡，西北部有山地牧场，是爱尔兰古代五王国之一的遗址，故冠以“王家”。

330 据说布里奇特（见第12章注587）曾在基尔代尔的一棵橡树下的一间庵里修道，并于490年创办了一座女修道院，后来被说成是“榆树”（见第12章注388及有关正文）。

331 “皇后岛造船厂”指哈兰德和沃尔夫两大造船公司。最发达的时期曾雇有职工10000名。

332 “鲑鱼飞跃”，见第12章注498。

333 “基拉尼的湖区”，在爱尔兰芒斯特省凯里郡，以风景秀丽著称。

334 伊斯兰教徒在哈利发莪默（约582—644）统治时期于637年征服了耶路撒冷，688年，在所罗门神殿的遗址盖的莪默清真寺竣工。大马士革门是古耶路撒冷城墙上的大门，因而是犹太教徒们所向往的目的地。第7章中，曾用“明年在耶路撒冷”一语表达了这种心情（见该章注36及有关正文）。

335 帕台农神庙是雅典卫城上供奉希腊雅典娜女神的主神庙，建于公元前5世纪中叶。

336 拉利内阿是西班牙安达卢西亚地区加的斯省一城镇，临直布罗陀湾，与英属直布罗陀交界。这里有一座斗牛场，19世纪70年代，驻守直布罗陀的皇家威尔士明火枪团（而不是这里所说的女王御用卡梅隆高地联队士兵）的成员约翰·奥哈拉，成为业余斗牛士，声名大振。

337 1901年10月24日，安娜·艾德逊·泰勒曾坐在一只桶里，成功地横过尼亚加拉瀑布。

338 “从来没有一个旅人回来过”，出自《哈姆雷特》第3幕第1场中王子著名的长篇独白。据堂吉福德等合编的《〈尤利西斯〉注释》（第599页），19世纪末叶至少有10名英国旅人曾先后进入西藏，并且又回到英国。

339 “看……命”一语出自意大利谚语“舍命一睹那不勒斯”。

340 连接北斗七星中的“贝塔”（中名天璇）和“阿尔法”（中名天枢）两星的线，延长约5倍处，可寻到北极星。原文中并未说明“奥墨伽”何所指。北斗七星中也并没有叫作“奥墨伽”的。鉴于“奥墨伽”是希腊字母表中最后一个字母，译文中把它解释为“贝塔—阿尔法”延长线的“终点”，即北极星所在地。

341 “云柱”的出典见第7章注218。

342 “普通人”是中世纪寓言剧《普通人》（约1485）的主人公。他在众多虚伪的朋友陪同下走向坟墓。半路上，“知识”“强壮”等一个个全离开了他，最后只剩下“善行”。“无人”是奥德修用来欺骗波吕菲谟的假名字。前来营救这个独目巨人的伙伴们，听他说“无人”用阴谋杀害他，便都舍他而去（见《奥德修纪》卷9）。

343 《奥德修纪》卷8末尾有关于素昧平生的阿吉诺王送给奥德修大批贵重礼物一事的描述。

344 《奥德修纪》卷5中，美貌的女神卡吕蒲索曾向奥德修求婚，要他留在她那里过“长生不老的生活”。

345 关于仙后座及出现新星事，见第9章注452、450。该星座的“德尔塔”，中名为“阁道三”。

346 《一个青年艺术家的画像》第2章第1节中描述少年斯蒂芬怎样爱读《基督山伯爵》，其中说主人丹特斯是个“怀着阴暗心情的复仇者”。

347 “甦醒了的沉睡者”，指瑞普·凡·温克尔，见第13章注146。

348 罗斯柴尔德，参看本章注281。

349 《白银国王》是英国戏剧家亨利·阿瑟·琼斯（1851—1929）所写维多利亚时期的“社会剧”。1882年在伦敦首演，使他一举成名。主人公丹佛被一个地主陷害，最后得到昭雪。这里只是借用剧名，以表示富有。

350 希腊神话里的纳希素斯（见第15章注617）拒绝接受任何女子的爱情，包括山林女神艾可（“回音”的音译）。她失恋而死，只剩下“回音”。

351 本段中把布卢姆在过去18小时内的活动与犹太教的仪式、经文联系起来。这里把布卢姆油煎腰子比作古代犹太教仪式中的“燔祭”（火烧兽肉）。

352 “至圣所”是古代耶路撒冷圣殿中最神圣的地方，在圣殿内西端。只有祭司长方可入内。

353 犹太教的清晨礼拜包括沐浴。《新约·马太福音》第3章中记载着施洗者约翰在约旦河里为群众施洗，其中也有耶稣。

354 《撒母耳记》（上）第28章第3节有关于撒母耳葬礼的记载：“撒母耳已经死了，以色列人为他举哀，把他葬在他的故乡拉玛。”

355 “火”与“真理”，原文为希伯来文，也可译为“光”与“完善”。这是犹太教大祭司所穿的法衣上的两个标志，象征着教义与信仰。

356 关于麦基洗德，《创世记》第14章第18节有如下记载：“至高者上帝的祭司撒冷王麦基洗德带着饼和酒出来迎接亚伯兰……”

357 “神圣的地方”，指犹太教圣殿内部“至圣所”所在地，这里安放着象征以色列人与上帝的特殊关系的约柜。

358 “商贾拱廊”，见第10章注64及有关正文。

359 “喜哉法典”，原文为希伯来文。这是为期七天的住棚节（见第4章注30）的最后一天，把《旧约》首五卷的有关章节读毕，所吟诵之祝词。

360 “歌中之歌”，原文为希伯来语，指《旧约》中的《雅歌》（一译《所罗门之歌》）。住棚节期间的安息日，在圣殿里诵《雅歌》中的若干章节。

361 “穴居人”指“市民”（见第12章注9）。布卢姆和“市民”吵嘴的情节，见第12章注634及有关正文。

362 “办丧事的家”，见第11章注221。

363 “诀别”指以色列人离开埃及，“旷野”指以色列人在这之后世世代代所过的漂泊生活。

364 俄南（Onan）是《旧约》中的人物。英语onanism（交媾中断，手淫）一词，典出于他的故事。他是犹大的二儿子。他哥哥死后，犹大对他说：“你去跟你大嫂同床，对她尽你做小叔的义务，好替你哥哥传后。”但是俄南知道生下来的孩子不属于他，所以每次跟他大嫂同床，都故意把精遗在地上，避免替哥哥生孩子。（见《创世记》第38章第8至9节）前文中的女人指格蒂，参看第13章注75及有关正文。

365 “奉献祭物”典出《民数记》第5章第9至10节：“每一个以色列人给上主的特别奉献都要归给替他们奉献的祭司。每一个祭司要把带到他面前的祭物留下。”现在用来指基督教徒自愿地或作为义务向教会捐钱捐物。

366 “大决战”是意译，音译为“哈米吉多顿”，是希伯来文中对战事频仍的巴勒斯坦古镇美吉多的称呼。按照犹太教传统，这是将来为了弥赛亚（救世主）的到来而进行最后一场大决战的地方。基督教认为这是世界末日善恶决一胜负的战场。见《启示录》第16章第16节。

367 “赎罪”，指犹太教的赎罪日，参看第8章注17。

368 堂吉福德等合编的《〈尤利西斯〉注释》（第602页）认为，布卢姆听到木桌的咔嚓声这段描述，可与《奥德修纪》卷21末尾对照着来读。奥德修为了射死那帮向他老婆求婚的公子哥儿而“试了试弓弦，弓弦在他手中发出美好的鸣声。……这时宙斯又鸣雷作为征兆”。

369 “穿胶布雨衣的人”，见第6章注153。

370 布卢姆所破的谜底是：“待在黑暗当中。”

371 据海德1989年版（第600页第9至10行），“一边走着”后面有“抱着他刚刚脱下来的一簇男性衣物”之句。莎士比亚书屋1922年版（第681页倒9行）和奥德赛1933年版（第733页第16行）均无此句。

372 《丽亚》，见第5章注24。

373 马尔维，见第13章注105及有关正文。

374 彭罗斯，见第8章注62、272及有关正文。巴特尔·达西，见第8章注63。

375 古德温教授，见第4章注48。

376 路易斯·海曼在《爱尔兰的犹太人》（第189页）中说，朱利叶斯·马斯添斯基是以在圣埃文步道16号开食品杂货店的J.马斯连斯基为原型而塑造的人物。参看第4章注26及有关正文。

377 约翰·亨利·门顿，见第6章注107。

378 第6章（见该章注121及有关正文）、第16章（见该章注194）以及本章（见注192）中，曾先后3次提到狄格纳穆的内弟。他也名伯纳德·科里根，但并不是神父。

379 摩莉在马匹展示会（见第7章注32）上遇见农场主事，参看第13章注127及有关正文。

380 布卢姆曾向布林太太提起马戈特·奥里利（见第15章注66及有关正文），但摩莉在第18章中并未想到他。

381 马修·狄龙，见第6章注134。马特为马修的昵称。
382 瓦伦丁·布莱克·狄龙，见第8章注53。维尔为瓦伦丁的昵称。
383 克里斯托弗·卡里南，见第7章注156。
384 利内翰，见第7章注56。
385 轮擦提琴手，见第11章注278及有关正文。在第18章中，摩莉并未想起他来。
386 “欢乐剧场里……绅士”，在第18章中，摩莉想起一位绅士曾用望远镜盯着她。
387 本杰明·多拉德，见第6章注19。本为本杰明的昵称。
388 安德鲁（精明鬼）·伯克，见第15章注262。
389 约瑟夫·卡夫，见第4章注18。
390 威兹德姆·希利，参看第6章注134及有关正文。
391 市政委员约翰·胡珀，见第6章注180。
392 弗朗西斯·布雷迪大夫，见第15章注855。
393 阿古斯山是个村庄，位于都柏林中心西南$2\frac{1}{4}$英里。该村有个苦难会神父创办的圣保罗学院。在第18章中，摩莉并未想起塞巴斯蒂安神父。
394 在第18章中，摩莉并没有想起这个擦皮鞋的。
395 堂吉福德等合编的《〈尤利西斯〉注释》（第605页）认为，如果按照天主教裁定通奸案的法规中的定义（见第10章注40），这张“通奸者”的名单就会遇到麻烦，除非是按照耶稣所下的定义来理解奸淫：“看见妇女而生邪念的，在心里已经跟她犯奸淫了。”（见《新约·马太福音》第5章第28节）。
396 梅西雅斯，见第6章注159。
397 这里影射希腊神话中的火神赫菲斯托斯的故事。他天生瘸腿，其妻阿佛洛狄特（爱与美的女神）私通战神阿瑞斯。他便编织了一张隐形金网，把这对正打得火热的通奸者连床一道套进去，让他们成为众神的笑柄。
398 据海德1989年版（第603页倒数5—4行），下面有“接受封嘴钱，施加思想品德的影响，这是可能的”之句，莎士比亚书屋1922年版（第685页倒10行）、奥德赛1933年版（第737页倒4行）和兰登书屋1990年版（第733页倒4行），均无此句。
399 堂吉福德等合编的《〈尤利西斯〉注释》（604页）认为，布卢姆心目中的“命题”是：“他操了她”（He fuked her）。
400 据《〈尤利西斯〉注释》（604页），都柏林三一学院的古典学者W.B. 斯坦福德曾在1983年的一次讲演中说，这里的“情感淡漠”指超脱一切激情（即情感和快乐），系源于古希腊的犬儒学派（参看第7章注256）的一种主张。
401 “午夜的太阳之国”，指北极圈和南极圈。在北极圈上，每年有一天多太阳不落（约为6月21日），或太阳不出（约为12月21日）。在南极圈上，情况刚好相反。
402 幸福岛是古希腊后期神话中的岛，在西方的海里，系受众神保佑的人们死后的去处。相当于爱尔兰神话中的长生不老国，参看第9章注219。
403 “希腊的各个岛屿”一语出自拜伦的长诗《唐璜》（1821）第3章。
404 “被应许的土地”，指迦南，见第7章注220。下文中的“奶与蜜”，出典见第14章注82。

405 帕默扮演丽亚事，见第5章注24。

406 “女性……精”一语出自天主教法规，见第10章注40。

407 该亚是希腊神话中的土地女神（最初可能是希腊人崇拜宙斯以前就奉祀的一位母亲女神，被描绘成幼儿的养育者）。忒耳斯是古罗马宗教所信奉的土地女神，也称地母。

408 本段中的15个姓，都是作者杜撰的，并均与辛伯达发音相近。辛伯达一名，原来拼作“Sindbad”，这里改为“Sinbad”，即用sin（罪恶）和bad（坏）杜撰成的复合词。

409 “Tinbad”（廷伯达）的“tin”含有“蹩脚”意。廷伯达和温伯达（见本章注413）均为哑剧《水手辛伯达》（参看本章注54）中的人物。

410 “Binbad”（宾伯达）的“bin”含有“垃圾箱”意。

411 “Pinbad”（频伯达）的“pin”含有“饰针”意。

412 “Dinbad”（丁伯达）的“din”含有“喧嚣”意。

413 “Vinbad”（温伯达）的“vin”含有“葡萄酒（法语）”意。

414 神鹰是出现在《一千零一夜·辛伯达航海旅行的故事》“第二次航海旅行”中的一只大怪鸟。它常常“攫取大象，喂养雏鸟”。

415 海雀是北方海洋中的潜鸟（其中大海雀已于1844年灭绝），黑白色，像企鹅那样直着身子行走。

416 译者手头的7种版本中，只有海德1984年版以“到哪里？”结束此章。其他诸本均在下面加了个黑点占一行。丸谷才一等合译的《尤利西斯》第3卷（第452页）介绍了西方诸家的解释：（1）黑点象征黑暗，是对“到哪里？”的回答。（2）●为句点，表示布卢姆结束了这一天，退却到时间的子宫里。（3）●不仅表示黑暗，也象征摩莉的肛门。

第十八章

＊ 嗯[1] 为他从来也没那么做过 让把带两个鸡蛋的早餐送到他床头去吃 自打在市徽饭店就没这么过 那阵子他常在床上装病 嗓音病病囊囊 摆出一副亲王派头 好赢得那个干瘪老太婆赖尔登[2]的欢心 他自以为老太婆会听他摆布呢 可她一个铜板也没给咱留下 全都献给了弥撒 为她自己和她的灵魂 简直是天底下头一号抠门鬼 连为自己喝的那杯掺了木精的酒都怕掏四便士 净对我讲她害的这个病那个病 没完没了地絮叨她那套政治啦 地震啦 世界末日[3]啦 咱们找点儿乐子不好吗 唉要是全世界的女人都像她那样可够呛 把游泳衣和袒胸夜礼服都给骂苦了 当然喽 谁也不会要她去穿这样的衣服 想必正因为没有一个男人会对她多看上一眼 她信教才信得那么虔诚 但愿我永远不会变得像她那样 奇怪的是她倒没要求我们把脸蒙起来 话又说回来啦 她的确是个受过良好教育的女人 她就是唠唠叨叨地三句话不离赖尔登先生 我觉得他摆脱了她才叫高兴哩 还有她那只狗 总嗅我的毛皮衣服 老是往我的衬裙里面钻 尤其是身上来了的时候 不过我还是喜欢他[4]对那样的老太婆有礼貌 无论对端盘子的还是对叫花子 他都是这样 向来也不摆空架子 但也不会老是这个样儿 要是他真有什么严重的毛病 住院要好得多 那儿什么都那么干净 可我想我得催上他一个月他才肯答应 嗯 可医院里又会出现个护士 他会赖着不肯出院 一直到被他们赶了出来 兴许那护士还是个修女呢 就像他身上带着的那张下流相片上的 不过那女的跟我一样才不是什么修女呢 嗯 因为男人们一生病就软弱起来 净说些没出息的话 要是没有个女人照料就好不了 要是他流了鼻血 那可就不得了啦 那回在糖锥山参加合唱团的野餐会 他在离南环路不远的地方扭伤了脚 他脸上那神情活像是快要呜呼哀哉似的 那天我穿的是那件衣服[5] 斯塔克小姐给他送来了花儿 是她在筐底儿上所能找到的最蹩脚的蔫花儿 她死乞白赖非要钻进男人的卧室不可 用她那老姑娘嗓门儿说话 仿佛他都快为她的缘故死啦 那么一来就再也看不到你的脸啦 他躺在

床上　胡子长长了一些　更像个男子汉啦　爹也曾是这样的　我就讨厌给缠绷带啦喂药唔的　当他用剃胡刀去割鸡眼大趾出血的时候　我直害怕他会害上败血症　假若害病的是我　倒想瞧瞧能得到什么样的照料　不过当然喽　妇道人家总是隐瞒自己的病情　省得给人添所有那些麻烦　她们就是这样的　嗯　他到什么地方去过从他的食欲来看　这我是有把握的　不管怎样总不会是在搞恋爱　不然的话净想娘儿们就吃不下东西啦　要不就是半夜里在街上拉客的窑姐儿　要是他真到那儿去过那么说什么去了饭店就左不过是他存心蒙骗编出的一套谎话喽[6]　海因斯把我留住啦　我碰见谁来着　啊　嗯　我碰见了门顿　你记得吗　另外还有谁来着　让我想想看　我想起他那张大娃娃脸了　他刚结婚没多久就在普尔万景画会[7]上跟个小妞儿调起情来啦　我就把背掉了过去　他偷偷儿地溜掉啦　看上去怪害臊的　这又碍着什么事儿啦　可有一回竟然冒冒失失地向我讨起好来了　亏他干得出　自以为了不起　大嘴巴肿眼泡儿　是我见过的天底下头号笨蛋　大家还喊他作律师呢　我可不愿意在床上那么长篇大论的　不然的话那就是他在什么地方结交的　要不就是偷偷搞到手的小婊子　要是她们跟我一样了解他的话　嗯　前天我去前屋取火柴[8]并且把报纸上迪格纳穆的讣告拿给他看的时候　他正唰唰唰地写着什么信哪　他用吸墨纸把它盖住　假装在想什么生意上的事　那很可能就是写给某人的　那个女的必定认为他是个冤大头　因为所有的男人到了他这把年纪多少就会变成这样　尤其他现在已经快四十岁啦　所以女的就甜言蜜语尽量骗他的钱　再也没有比老傻瓜更傻的啦　接着又为了遮掩　就像往常那样吻我屁股　他究竟跟谁干着这名堂或是老早就相好了　我一点儿也不在乎　尽管我还是想弄清楚　只要他们俩别总是在我鼻子底下　就像我们在翁塔利奥高台街的时候雇的那个浪娘儿们玛丽[9]似的　为了教他上劲儿　就垫了个假屁股　从他身上闻到了那些搽了脂粉的娘儿们的气味　真恶心有一两回我倒是真起了疑心　把他叫过来的时候发现他外衣上巴着根长头发　可没见那个的影子　我到厨房去一瞧　他正在那儿假装喝水哪　对他们来说只有一个女人是不够的　当然喽全都怪他　把底下人都惯坏啦　你看多奇怪　还提出过可不可以让她在圣诞节的时候跟咱们同桌吃饭哪　哦那可不行　在我家绝不能这样　偷我的土豆　还有二先令六便士一打的牡蛎[10]　去看望她的姑妈　哦　简直是公然抢劫啦　我敢说他跟那个娘儿们有点儿不干不净　这种事儿我总能弄个水落石出　他说拿不出证据来　我抓到了她的证据　哦对　她姑妈特爱吃牡蛎　我把我对她的看法

告诉了他　他竟然拐弯抹角想打发我出去　好跟她单独在一起　我才不会降低身份去暗中监视他们哩　星期五她出去的时候我在她房里看到一副袜带[11]　这就太不像话啦　做得过分了点儿　当我限她一星期后卷铺盖　她把脸都气肿了　我看索性不要女仆的好　我自个儿收拾屋子更麻利哩　就是做饭倒垃圾可够讨厌的　反正我告诉了他　要是不辞退她我就离开这个家　只要一想到他曾经跟那么个肮脏无耻满嘴瞎话的邋遢女人在一块儿来着　我就连碰也不肯碰他啦　她当着我的面抵赖　到处唱着歌儿　连在厕所里都唱　因为她晓得自己撞上了好运气　嗯　因为他绝不可能那么久都不搞　他就得到什么地方去搞上一通　最后一回是什么时候从后面跟我搞来着　那天晚上沿着托尔卡河走去的时候博伊兰使劲攥了一下我的手　另一只手悄悄地伸到我手里[12]　我只用大拇指按了按他的手背　回攥了一下　唱着五月的新月喜洋洋　宝贝　因为他对他和我的关系有看法[13]　他[14]才不是那么个傻瓜呢　他说什么在外面吃饭啦　到欢乐剧场去啦　反正我不让他得到满足　不管怎样　与其什么时候都老是戴同一顶旧帽子　他[15]确实使我换了换口味　除非我花钱雇个漂亮小伙子来搞　我自己搞不了嘛　男孩子会喜欢我的　跟他单独在一起的时候　我会叫他神魂颠倒　我让他看看我的袜带　那副崭新的　把他弄得满脸通红　拿眼睛盯着他　勾引他　我晓得脸蛋儿上长出又细又软的短须的那些男孩儿怎样想　他们净整个钟头地把那物儿拽出来自己解闷儿啦　然后就一问一答　你会跟那个送煤的干这档子那档子和另外一档子事吗　对啦　跟一位主教呢　对啦　我会干的　我告诉他当我在犹太教堂的院子里正编织毛衣的时候　一位教长要么是个主教就坐在我身边那人对都柏林不熟悉　净问啥纪念碑啦　那是啥地方啦　一提起那些雕像我就腻味透啦　一鼓励他　他就更不像话啦　竟问起我　眼下你心上有谁呀　你想着谁哪是谁呀　把他的名字告诉我吧　是谁呀　告诉我　是谁呀　德国皇上[16]吗　嗯　那么你就把我当作那位皇上好啦　思念他吧　你能感觉得到他吗　哦　居然想让我当婊子　他永远也做不到　如今他都到这把年纪了　应该收摊儿啦　他给任何女人带来的都只能是毁灭　一点儿也得不到满足　还得装出一副喜欢的样子　直到他丢了精　我也只好自己了结　弄得连嘴唇都苍白了　不管怎样如今一了百了　世人成天谈论这种事儿　其实只有头一回才算个数　以后就成了家常便饭啦　连想都不去想它　为什么非得先嫁给一个男人才许跟他接吻呢　有时候你爱得发狂　觉得非那么着不可　浑身发酥　简直不由自主啦　我巴不得迟早有那么一天旁边有个男人搂住

我亲嘴　什么也比不上个长长的热吻　麻酥酥的　一直热到你的魂儿里　我讨厌做忏悔　那阵子我常到科里根神父那儿去忏悔　他摸了摸我　神父　那么他对你造成什么损害了吗　在哪儿　我像个傻子似的说　在运河堤岸上　但是我的孩子　在你身上哪一带　是腿后边高处吗　对吗　嗯　挺高的　就是你用来坐的那个部位　嗯哦老天爷　难道他就不能干脆说声屁股　不就结了吗　这跟那[17]有什么关系　那么你有没有　我忘记他是怎么说的了　没有　神父　而且我总是想到真正的父亲[18]　他想知道什么呢　因为当我向天主忏悔完了之后　他有着一双肥肥胖胖挺好看的手手心总是发湿　摸摸这只手我倒也不在意　他也未尝不是这样　我望着套在他那公牛脖子上的白圈圈[19]就琢磨　我倒想知道他认没认出待在忏悔阁子里的我　我看得见他的脸　当然喽我的脸他是瞧不见的　他也绝没有朝这边望　连点儿苗头都没有　尽管这样可当他父亲死的时候他两眼都红了　当然喽　他们对女人已经死了心当一个男人哭鼻子的时候该是挺可怕的事　他们就更不必说啦　我倒是巴不得让这些穿法衣的人当中的一个抱一阵　他身上散发着教皇那样的馨香　而且你要是个有夫之妇　跟教士在一起就更没有危险啦　他对自己再小心不过啦　然后再献上点儿什么给教皇大人来赎罪[20]　我倒想知道他[21]对我满不满足　他临走的时候在门厅里熟头熟脑地朝我屁股拍了一巴掌　我讨厌他这下子　不过我只是笑了笑　我可不是一匹马或一头驴啊　我不是吧　我猜想当时他正怀念他的祖先来着　我倒想知道这会子他是不是在醒着　正想念着我　或正在做梦　他梦里有我吗　那花儿是谁送给他[22]的呢　他说是买的　他身上有股酒味儿[23]　不是威士忌　也不是黑啤酒　也许是贴传单的时候用的那种甜丝丝糨糊气味的酒哩　我倒想啜上一口　看上去像是挺有滋味的名贵的绿黄色酒　是专门给那些戴歌剧帽在后台口出出进进的公子哥儿喝的　有一回那个带着一只松鼠的美国人跟爹谈邮票生意[24]　我用手指头蘸着尝了尝　最后干的那回　他[25]使劲挣扎着才没有睡着　我们刚喝完葡萄酒　吃罢肉罐头[26]　那肉咸咸的挺有滋味　嗯　因为我觉得又快活又疲倦　刚一躺到床上就沉沉地睡熟啦　直到打雷[27]才把我吵醒　天主饶恕我们吧　我以为会遭到天罚哩　就画了个十字　念了一遍圣母经　那雷就跟直布罗陀的一样可怕　仿佛世界末日到来了似的　然后他们又来告诉你天主并不存在　可像那样哗哗地奔流　你能怎么办呢　一点儿办法也没有　只好悔罪[28]呗　那天傍晚我在白修士街教堂为五月点了支蜡烛它带来了好运　不过他要是听说了　他准会嘲笑的　因为他向来不进教堂去望弥撒

或参加早课晚课　他说　你的灵魂　你没有灵魂　里面只有脑灰质[29]　因为他[30]不晓得拥有灵魂是怎么回事　对啦　我点上灯　因为他那红兽般的巨大玩意儿足足丢了三四回　我担心那上头的血管　或随便怎么叫吧　会胀破的　尽管他的鼻子倒并不怎么大[31]　我曾花好半天工夫去梳妆打扮喷洒香水　然后把百叶窗撂下　并脱得赤条条的　那玩意儿像根铁棍　要不就是粗铁撬　直直地那么竖着　他想必是吃了牡蛎　一定吃了好几打　他那大嗓门儿就像唱歌一样　不　我一辈子也没觉出任何人有那么大的阳物　使你感到填得满满的　事后他准吃掉了一整只羊　干吗在咱们身子中间开那么个大洞　像匹种马似的猛冲进来　因为这就是他们在你身上所要的一切　他的眼神儿是那么不顾一切　那么凶狠　我只好眯起眼睛　他那玩意儿可从来没这么雄壮过　于是我让他把那玩意儿拽出来　在我肚子上抽　想到它那么大这样就好多了　以防止没彻底地冲洗干净　最后一次我让他丢在我里面了　这是在女人身上做的一个多么好的发明　好让男人尽情地快活一场　可要是什么人哪怕让他尝到一点点个中滋味　他们就会明白我为了生米莉受过多大罪啦　谁都不会相信还有她刚长牙那阵子　还有米娜普里福伊的丈夫　摇摆着那副络腮胡子　每年往她身子里填进一个娃娃或一对双胞胎　跟钟表一样地准　她身上总是发出一股娃娃气味　他们给一个娃娃起名叫布杰斯什么的　那模样儿活脱儿像黑人　头发乱蓬蓬的耶稣小家伙　娃娃黑黝黝[32]　上回我到那儿去　只见足足有一小队娃娃们　都在争先恐后　大喊大叫　你连自己的耳朵都听不见啦[33]　想来都很健康　男人们非把女人弄得像大象那么浑身胀鼓鼓的才心满意足　可也难说　我要是冒一次险怀上个不是他[34]的娃娃会怎么样呢　不过假若他结了婚　我相信准能养下个漂亮结实的娃娃可也难说　波尔迪[35]的劲头来得更足呢　嗯　那样一来该多么有趣啊　我猜想他是因为碰见了乔西鲍威尔[36]　还有那档子葬礼　又记起我跟博伊兰的事儿　所以就兴奋起来了　喏　随便他怎么去想吧　只要他称心就好　我知道当我出现的时候他们两个已经有点儿勾勾搭搭啦　乔治娜辛普森举行新屋落成宴的那个晚上[37]　他跟她跳舞　还一块儿坐在外面　他千方百计让我相信那是由于不忍心看到她被冷落　坐在一边当墙花　我们为了政治问题大吵一通　是他开的头　可不是我　他说咱们的天主是个木匠[38]　最后他把我弄哭了　女人对什么事都那么敏感　自从被他驳倒以来　我直生自己的气　不过我晓得他心里疼我　他说主是头一个社会主义者[39]　他叫我烦得很　无论我怎么惹他　他也不发脾气　横竖他懂得很多杂七杂八的事儿

尤其关于人体和内部的构造　我常常想读读那本家庭医学[40]书　查一查咱们身体内部到底是怎么回事　屋子里挤满了人的时候　我总听得出他的声音　然后就观察他我假装由于他的缘故跟她生分了　因为他这个人一向有点儿好嫉妒　当他问我到哪儿去的时候我就说要去看弗洛伊[41]　他还送给我一本拜伦勋爵的诗集和三双手套呢这档子事就算了结啦　我知道怎样就能轻而易举地让他去恢复旧好　这是随时都办得到的　我甚至猜他跟她已经言归于好　并且到什么地方去跟她见面啦　要是他不肯吃蒜我就晓得了　我的办法多着哩　让他整理一下我衬衫的领子啦　临出门的时候蒙上面纱戴好手套摸摸他啦　再吻他一下啦　就会把这些男人个个弄得滴溜转再正经的也是一样　那么就让他到她那儿去好啦　她当然高兴极了　假装爱他都爱疯啦　我才不在乎呢　我干脆就走到她[42]跟前　问她爱不爱他　我直勾勾地瞪着她她才欺骗不了我呢　他倒是可能以为自己爱上了她　就像当初对我那么用他那又肉感又黏乎乎儿含混不清的腔调向她求爱哩　不过我费了好大劲儿才把他这句话掏出来　可我喜欢他这一点　因为这表示他有抑制力　不是那种只要对方一开口就能搞到手的人　那天晚上我在厨房擀土豆饼的时候　他趁机想向我求爱　说我有点儿话想跟你说　我给他浇了冷水　我正发着脾气　手上和胳膊上沾满了面糊　反正头天晚上我谈做梦就把心事泄露得太多了　所以我不愿意让他知道那些听了对他没好处的事　只要他在场乔西就非拥抱我不可　紧紧地趴在我身上　心里只当那是他喽当我说我尽量把浑身上下都洗到了　她就问　难道你连那儿都洗到了吗　只要有他在场　女人们总是一个劲儿把话茬儿往那上头引　好跟他套近乎　一扯到这类话题他就装出一副漠不关心的样子　狡黠地微微眨巴一只眼　她们完全清楚他是个什么样的人　简直把他惯坏啦　我一点儿也不觉得奇怪　因为他当年长得挺帅　直想模仿拜伦勋爵的派头[43]　我说我喜欢他这副样子　不过作为一个男人来说　他太俊了些　我们订婚之前他倒是还有那么一点儿　那天我一阵阵地大笑　后来她显得不大高兴啦　反正我咯咯咯地笑个不停　发夹一个接一个地往下掉　弄得披头散发的　你总是那么开心　她说　嗯　因为这叫她眼红　因为她晓得这意味着什么　因为我经常告诉她不少我们之间的事儿　不是全部　只是刚刚够让她流口水　这可不是我的过错我们结婚后她不大上门来了　我倒是想知道她如今过得怎么样啦　自从跟那位半疯不傻的丈夫过日子以来　她就开始扭歪着脸　一副精疲力竭的样子　上回我瞧见她的时候她准是刚跟他吵了一架　因为我一眼就看出　她一个劲儿地往丈夫这个话题上面扯

议论自己的丈夫　讲他的坏话　她告诉我什么来着　对啦　说她丈夫一旦着了魔　有时候穿着沾满了泥的靴子就上床　想想看吧　得跟那样一个家伙睡在一张床上　随时都可能被他杀害的啊　这叫什么男人呀　喏　就算是发了疯　也不见得个个都变得像他那样　波尔迪无论干些什么名堂　反正下雨也好　晴天也好　从外面回来总在垫子上擦擦靴底再进屋　他总把自己的靴子擦得锃亮　而且路上遇见人老是脱脱帽　可他呢　居然趿拉着拖鞋[44]就去走街串巷　一心想凭着一张万事休矣完蛋的明信片弄到一万英镑　哦亲爱的梅[45]　像这样的事让你腻烦得简直不想活啦　笨得竟然连自己的靴子都不会脱　喔唷　像这种人你有什么办法呀　我宁可死掉二十回也不肯另嫁给这样一个男人　当然喽　他也永远找不到第二个像我这样肯迁就他的女人啦　要想了解我　就来跟我睡觉吧　嗯　在内心深处他也晓得这一点　就拿那个毒死丈夫的梅布里克太太[46]来说吧　为的是什么呢　真奇怪　是不是另外有了情夫呢　嗯　后来败露啦　居然干出这等事　难道她不是个地地道道的坏蛋吗　当然喽　有些男人就是讨厌透顶　简直能把你逼疯　满嘴都是天底下最恶毒的字眼儿　要是我们坏到这个地步　当初他们干吗还非要我们嫁给他们不可呢　嗯　那是因为他们没有我们就过不了日子　她把黏蝇纸上的砒霜刮下来放进他的茶里了　不就是这样的吗　我纳闷儿他们为什么给起了这么个名字[47]　我要是问他　他就会说是从希腊文来的[48]　听他这么解释　我一点儿也不开窍　她准是把另外那小子爱得发了疯　才去冒这被绞死的危险　哦　她还满不在乎哩　这要是她的天性的话她又能怎么着呢　而且他们也不至于像禽兽一般　忍心去把一个女人绞死　他们是绝不会的

他们个个都那么不一样　博伊兰总在谈论我这双脚的形状　人家还没把他介绍给我之前他就马上注意到了　当时我正跟波尔迪一道在都柏林面包公司　我摇晃着两条腿　边笑边想听他说话　我们各要了两杯茶[49]　一份面包和一客黄油　当我站起来的时候　我瞧见他正跟他那两位当了老姑娘的姐妹坐在一起朝我望着　我问女侍厕所在哪儿　都快憋不住了　我还在乎什么　都怪他要我买的那条严实的黑色紧身裤　花半个钟头才脱得下来　把身上弄得浸湿　每隔一星期就得换一套崭新的时装　待了那么半天　我竟把我那双小山羊皮手套丢在后面座子上啦　再也没找回来　说不定被什么女贼拿走啦　他要我在爱尔兰时报上登个广告　说是在戴姆街都柏林面包公司女厕所里丢的　拾到者送交玛莉恩布卢姆太太　从旋转门往外走的时候我瞅见他[50]正拿两眼盯着我的脚哪　我回头一望　他还在望着我　两天之后我去那

儿喝茶　原指望　可他没在　我的脚怎么会叫他兴奋起来的呢　因为当我们在另一间屋子的时候我正跷着二郎腿来着　起初他指的是我那双鞋走起路来太箍脚　我的手好看得很哪　我要是戴上一只镶了漂亮的蓝晶的戒指该有多好哇　那是我过生日那个月的宝石[51]　我非让他[52]给我买一只不可　再饶上一只金镯子　我并不怎么喜欢我这双脚　不过古德温那个搞得一团糟的演奏会结束的那个晚上　我让他[53]把玩过我的脚　天那么冷　又刮着风　唷　我们家里有甘蔗酒　加上糖和香料　烫热了再喝　那是在西伦巴德街　他要我脱下长袜躺在壁炉前的地毯上的时候　炉火还没灭　另外一回是让我穿着那双沾满了泥巴的长靴子　只要见到马粪就踩　当然喽他不像世上一般人那么正常　他是怎么说的来着　说是即便十分当中让给凯蒂兰内尔[54]九分　我都能赢　我问他这话是什么意思　我记不起他是怎么说的了　因为叫卖最终版[55]的报童刚好走了过去　卢肯牛奶店[56]那个鬈发男人是那么讲礼数　我想以前仿佛在什么地方跟他见过面　我正尝黄油的时候注意上他了　所以就成心磨磨蹭蹭地拖延着时间　还有他常常拿来取笑打趣的巴特尔达西[57]　我唱完古诺的圣母颂[58]后　他在通往唱诗班席位的台阶上吻起我来了　咱们还等什么呀　啊唷我的心肝儿　吻我脑门儿并分手[59]　还有我那褐色部位　别瞧他嗓门儿小　可热劲儿挺大一向对我唱的低音喜欢得发狂　要是他说的是真话　我就爱他唱歌时的口型　然后他说　在这样的地方干这种事儿有多么可怕啊　我可不觉得有什么可怕的　迟早有一天我会告诉他的　不是现在　让他吓一跳　唉　而且我还把他领到那儿去　让他看看我们干事的那个地方　喏　就在那儿　你高兴也罢不高兴也罢　他以为没有他不知道的事　我们订婚之前他对我母亲毫无所知[60]　不然的话他是不会那么容易地把我搞到手的　不管怎样　他比我要糟上十倍　曾央求我从衬裤上剪下一小片来给他　那个傍晚我们沿着凯尼尔沃思广场走去的时候　他吻了吻我戴的手套上的饰孔我只好把手套脱下来　他问了我一些问题　可不可以打听一下你那间卧室的形状呢于是我假装忘记了手套的事　好让他保存下来　心里念着我　这当儿我瞅见他把手套偷偷放进兜儿里啦　当然喽　他对衬裤简直着了迷　这一点一眼就看得出　两眼总是直勾勾地盯着那些骑自行车的厚脸皮丫头　她们的裙子被风一刮　连肚脐眼儿都露出来啦　甚至米莉和我跟他一道参加郊游会那回　有个穿奶油色平纹细布的娘儿们就逆着阳光站在那儿　连她贴身的内衣他都看个一清二楚　有一回他瞧见了我就冒着雨从背后追了上来　不过　早在他见到我之前　我就瞅见他站在哈罗德十字

路口角儿上啦　穿着崭新的雨衣　为了使脸色显得更鲜活　围了一条茶褐色围巾　戴着顶褐色帽子　像平素间那样看上去滑头滑脑的　那个地方跟他毫不相干　他究竟在那儿干什么呢　男人可以随意到哪儿去　爱向穿裙子的索取什么就索取什么　你还不能过问　可他们就是想知道你究竟到哪儿去啦　你要到哪儿去　我能觉察出他一路躲躲闪闪地总跟在我后面　一双眼睛死死盯着我的脖子　他一直避开我们家　他觉得越来越不便于上门啦　于是我就侧过身去　停下脚步　然后他就缠着我　要我说声好吧　到头来我边望着他边慢慢腾腾地摘下手套　他说像这么个雨天我那网眼袖子搪不了寒　好歹找个借口来伸手挨近我的身子呗　好半天他始终在念叨衬裤衬裤的　直到我答应把玩偶穿着的那条衬裤扒下来送给他　让他揣在背心的兜儿里随身带着　**噢　至圣者玛利亚**[61]他浑身上下给雨淋得湿透啦　活像个大傻瓜　他长了一口非常漂亮的牙齿　我看着肚子都饿了　他央求我撩起身上那条有着日光线型褶子的橙色衬裙　他说左近一个人也没有　要是我不这么做　他就在水洼子里下跪　他是那么死乞白赖　身上那件崭新的雨衣也会给糟蹋啦　你简直不晓得单独跟你在一起的时候他们会怎样地异想天开　要是有人路过　他们会为了那个变得很粗野　所以我就稍微撩了撩裙子　隔着他的长裤摸了摸　就像我常用戴戒指的手对加德纳[62]所做的那样　免得他在这么大庭广众之下干出什么更荒唐的事儿来　我倒是很想知道他究竟行没行过割礼　他浑身直筛糠　他们无论做什么事都过于急躁　图个痛痛快快乐上一通　害得爹眼巴巴地等着我回去吃饭　他教我说　我把钱包落在肉铺里啦　只好回去取一趟　好个扯谎大家[63]　接着他又写来那封信　上面全是那种话　跟他在一起的时候　瞧他那个德行　他怎么还有脸去见任何一个女人呢　事后弄得多尴尬啊　我们碰见的时候　他问我　生我的气了吗　我当然耷拉着眼皮　他看出了我并没生他的气　他还有几分头脑　不像另外那个傻瓜亨尼多伊尔[64]　玩哑剧字谜游戏的时候　不是弄坏什么就是扯破什么　我就讨厌不走运的男人　他[65]问我懂不懂得那是什么意思　为了体面起见　我当然只好说不懂得嘞　我说我就不懂得你说的是什么意思　这不是蛮自然的吗　当然喽　这个字常写在直布罗陀的墙壁上　旁边还附着女人那个部位的图像　我在任何地方也没看到过这个字　不过　太小的娃娃可不适宜看　于是他就每天早晨都写封信来　有时候一天写两封　我喜欢他做爱的方式　他懂得怎样叫女人着迷　那当儿他给我送来了八大朵罂粟花　因为我的生日是八号　于是我写了封信　那天晚上他在海豚仓吻了我的胸口　身上那股劲儿

没法儿形容 简直像登天啦 但是他从来也不像加德纳那么会拥抱 我希望他[66]星期一会上门来 像他说过的那样 还是在同一时刻 四点钟 我就恨那些不管什么时候都找上门来的 你还以为是蔬菜店的呢 开门一看原来是旁的什么人 而你呢已经把全身的衣服都脱掉了 要么就是又肮脏又邋遢的厨房那扇门被风刮得敞开啦 满脸皱纹的老古德温为了演奏会的事儿到伦巴德街来找我的那一天 我刚吃完饭为了炖那破菜弄得我满脸通红 乱糟糟的 我只好说 别朝我看 教授 我这副样子真见不得人啊 嗯 这位老先生可是个地地道道的正派人 他的一举一动再可敬不过啦 又没有人替你说声不在家 你只好隔着百叶窗偷偷往外边瞧 就像对今儿那个送官的似的 他[67]先派人送来葡萄酒和桃子 起初我还只当是为了改期呢 我开始打起哈欠来啦 以为他在耍弄我呢 心里好焦躁 这当儿我听见他[68]嗒嗒嗒嗒的敲门声 他准是来晚了一会儿 因为三点一刻光景我曾瞧见迪达勒斯家的两个姑娘[69]放学回去 我一向弄不清钟点 连他[70]给我的那块表好像也从来没准过 我想找人去修一修 当我一边用口哨吹着有位我心爱的漂亮姑娘[71] 一边丢一便士给那唱着为了英国为了家园和丽人的瘸腿水手的时候 我甚至既没换件干净衬衣 也没化妆 什么都还没做呢 而且下礼拜的这一天就该到贝尔法斯特去啦 他也一样[72]得去恩尼斯 二十七日是他爹的忌辰嘛 要是他那样的话可就不会愉快了 假定我们旅馆的房间是紧挨着的 又在新床上干了点什么傻事 我可不能叫他住手 别缠着我 因为他[73]就在隔壁房间里那里 也许住着个新教牧师[74] 边咳嗽 边敲墙第二天他[75]绝不会相信我们什么也没干 丈夫好对付 你可哄骗不了情人 事后告诉他[76] 我们什么也没干 他当然没相信我 没有 他不如[7]随便到任何地方去再说 他总会惹出什么事儿来的 上次我们到马里伯勒[78]去参加马洛音乐会 他为自己和我叫了两份滚烫的汤 这当儿铃响了 他就沿着月台走去 边走边一勺一勺地喝着汤 一路上四下里洒着 脸皮也够厚的了吧 伙计尖声喊叫着追在他后面天哪 可让我们丢尽了丑 还有火车头开动前的那场混乱 但是他一定等喝完了才肯付账 坐在三等车厢里的两位先生还说他做得很对呢 倒也是 当他脑子里一旦有了什么念头 有时候就梗得要命 他居然用小刀子撬开了车厢门 真是做了件好事 不然的话火车就会把我们一直带到科克郡去啦 我猜想那是出于对他的报复噢 我多么喜欢坐有着可爱的柔软靠垫的火车或马车去做短途游览 我倒是想知道他肯不肯[79]为我买一张头等车厢的票 他大概还想在火车上搞呢 所以就给列车员

一大笔小费　哎呀　我相信照例会有一些无聊的男人　用无比愚蠢的眼神　张着嘴呆呆地看我们俩呢　我们[80]去霍斯岛那回碰上的那位普通工人可真大不一样　他让我们俩单独留在车厢里　我想了解一下关于他的一些情况　钻过一两个隧道　然后你朝窗外望就更有趣儿啦　接着是回程　要是我永远不回来了　他们会怎么说呢说是跟他[81]私奔啦　那样我在舞台上就会大出风头啦　我最后一次是在哪儿的音乐会登台演唱来着　那是一年多以前的事啦　是什么时候呢　在克拉伦敦街的圣女德肋撒会堂[82]　如今晚儿在那里唱歌的净是些小黄毛丫头　眼下是凯思琳卡尼和她那号人在演唱　由于我爹在军队里待过　我曾演唱过心神恍惚的乞丐[83]　还佩戴着一枚纪念罗伯茨[84]勋爵的胸针哩　当时我显然是个爱尔兰人　波尔迪的爱尔兰味却还不足　那回的经纪人是他[85]吧　他到处说他正在把光啊仁慈地引导[86]配成曲子　这样就使得我能够在站立的圣母[87]中演唱　其实是我怂恿他的　这一回我可不再让他那么做啦　可后来耶稣会士们发觉他是个共济会员　引导我前进[88]的曲子是从什么古老歌剧里抄袭来的　在钢琴上使劲奏着　嗯　他近来又跟几名新芬党[89]一道走动或者随便他们怎么称呼自己吧　谈着他平时说惯了的废话荒唐话　他说[90]　他介绍给我的那个没系领带的小个子非常聪明　姓格里菲思[91]　很有前途　哦　这我可看不出来　我也只能说到这儿　不过他想必是那样一个人　他[92]晓得已经闹起抵制运动　我讨厌去提战后的政治　比勒陀利亚[93]和莱迪史密斯[94]和布隆方丹[95]　第二东兰开斯特团第八营的斯坦利 G 加德纳[96]陆军中尉就是在那儿害了一场伤寒而死的他穿上那身土黄色军服可帅啦　个子比我稍微高一点儿　刚好合适　我相信他一定挺勇敢　那晚上我们俩在运河船闸那儿接吻告别　他叫我做我的爱尔兰美人儿　他兴奋得脸色发白　他快要出发了　我们也许给人从路上瞧见啦　他连站都站不利索我浑身从来也没那么热过　他们蛮可以一开头就讲和嘛　要么就让老保尔大叔和另外一个老克留格尔[97]去拼个死活　省得把战争这么拖上好几年　　让那些漂亮小伙子害热病死在那儿　哪怕是正正经经挨子弹死掉呢　事情还不至于这么糟糕　我爱看兵团的阅兵式　头一回是在拉罗什[98]看西班牙骑兵　然后从阿尔赫西拉斯[99]隔着海湾眺望　景色太可爱啦　直布罗陀的万家灯火就像萤火虫似的　还有在十五英亩地上举行的模拟战[100]　穿着格子呢百褶短裙的黑警戒兵团[101]　步伐一致地从威尔士亲王所统率的第十轻骑兵或枪骑兵跟前分列前进　噢　轻骑兵可真有气派　还有在图盖拉打过胜仗的都柏林兵[102]　他爹就是把一群马卖给骑兵发的财[103]　我既然给了

他[104]那么多　他蛮可以在贝尔法斯特给我买一份精致的礼物　那座城里有可爱的亚麻布衬衫被单　还有考究的和服什么的　我得去买早先有过的那种樟脑丸　跟衣物一道放在抽屉里　跟他[105]一起在一座新到的城市里到处逛商店　买这些东西多么让人兴奋哟　还不如把这戒指撂在家里呢　非得在指关节那儿转来转去才摘得下来　那帮人要么就把我们[106]的事儿登在报上　满城宣扬　要么就去报告警察　可他们会认为我们是一对夫妻　噢　就让他们统统闷死好啦　我才一点儿都不在乎呢反正他趁钱[107]　又不是那种就要结婚的男人　所以还不如有人帮他花花呢　我要是能弄清楚他喜不喜欢我就好啦　当我搽粉时仔细照了照那面带把儿的小镜子　就发现脸色有点儿苍白　其实　镜子一向是不可靠的　倒也难怪　他那副坐骨老大[108]从头到尾跨到我身上　他又那么笨重　胸脯上长满了毛　再饶上天儿又这么热　我老得躺在下面　还不如让他从后面搞倒好一些哩　正像马斯添斯基[109]太太告诉我的　她丈夫就要她摆那种姿势　活像是两条狗似的　她还得把舌头能伸多长就伸多长　这当儿他还安详柔和地丁零零弹着他那把七弦琴　这些男人指不定会干出什么名堂来哪　你永远也追不上他们　他[110]穿的那套蓝色衣裳可是上等料子做的哩领带的样式也挺时新　短袜跟上还用天蓝色丝线绣着花纹　他准阔得很哪　从他衣裳的剪裁和他那块沉甸甸的手表我就看得出来　但是当他出去买回那份最终版报纸后　有几分钟光景变得像个地地道道的恶魔啦　他撕碎了赛马券　怒火冲天地咒骂着　因为他输掉了二十金镑[111]　他说是那匹跑赢了的黑马让他丢的这笔钱　半数是为我下的赌注　都怪利内翰为他出了这么个点子　他诅咒说　这个寄生虫[112]该下十八层地狱　那回参加格伦克里的午餐会[113]之后　我们乘马车摇摇晃晃地翻过羽床山沿着那漫长的路回去的时候　他[114]对我放肆来着　市长大人也曾用那双色眯眯的眼睛打量我　我最初是在饭后吃甜食的时候留意到那个大异教徒维尔·狄龙[115]的　我正在用牙齿嘎吧嘎吧地嗑着核桃壳　我巴不得能用手指把每一口鸡肉都撕下来　香喷喷　烤得焦黄焦黄的　要多嫩有多嫩　不过我并不想把盘子里的东西统统吃光　那些叉子和切鱼刀都是纯银的　还有检验印记哩　我巴不得有那么几把　其实我蛮可以假装摆弄着玩　很容易就能往我的皮手笼里塞进一副　哪怕在饭馆往喉咙里咽下那么一点点东西　你也得指望让他们清账　抠抠搜搜地喝上一杯茶　我们也要当成是莫大的荣幸　受了待见就得表示感谢　不管怎样　世界就是这么分成的假若老是这么下去的话　头一桩　我得要两件上等衬衣　可我不晓得他[116]喜欢什

么样的衬裤　他情愿我不穿衬裤　他不是说过吗　嗯　直布罗陀的姑娘们有一半根本就不穿衬裤　照天主当初造她们的那样赤条条的　那个唱曼诺拉的安达卢西亚[117]姑娘并没怎么隐瞒她没穿的事　嗯　还有我那另一双人造丝长袜　刚穿一天就抽了一大片丝　今儿早晨我蛮可以退给卢尔斯[118]　跟他们吵上一通　要求给调换一双可我还是打消了这个念头　免得心里更烦　说不定还会半路上撞上他[119]　那就都泡了汤　我还想要一件柔软合身的胸衣　仕女[120]上的广告标的价钱倒蛮便宜　还说胯裆那儿垫了层三角形松紧布　他[121]替我把原有的这件补了一下　但还是不成广告上是怎么说来着　只要花上十一先令六便士就能减肥　消除臀部那难看的赘肉显出曲线美　我的肚子太大了点儿　得戒掉晚饭那杯烈性黑啤酒　可也许已经喝上瘾了呢　奥罗克那家店最后送来的那瓶都跑了气　像白水一样　他的钱赚得可容易啦　大家管他叫作拉里[122]　过圣诞节的时候他给送来个脏巴兮兮的旧包包　装着一块没有糖霜的点心和一瓶泔水　他原想当作红葡萄酒来硬塞给人家　可谁都不肯喝但愿上天让他省下唾沫吧　不然的话我怕他会渴死呢　也许我该做做深呼吸运动我倒是想知道那种减肥药是不是多少有点儿灵验　我也许会喝过头　如今晚儿瘦削型的并不大时新了　我有好几副袜带呢　可只有今天绷的那副才是他[123]用一号收到的那张支票给我买的　哦不　还有我昨天用光的化妆水　涂上去让我的皮肤那么鲜活　我一遍遍地告诉他到同一家店去再配一份　可别忘啦　说了多少遍　天晓得他究竟办了没有　反正一看瓶子就知道啦　要是没办　我看就只好用自己的尿来洗了　我这尿像是牛肉茶或鸡汤　掺上点儿苦熟脂[124]和紫罗兰花汁　我觉得皮肤开始显得粗糙或有点儿苍老了　我烫了手指以后脱了层皮　下面的皮肤要细嫩多啦可惜并不都是那样　还有那四块廉价手绢儿　统共才值六先令　要是不讲究点儿仪表　这个世道你可确实混不出个名堂来　钱都一股脑儿花在吃的和房租上啦　我要是抓到了钱　就大把大把地花它个痛快　我总想将一把茶叶往壶里一丢拉倒　可他[125]每回总要称一下分量　还磨成末儿　我要是买双旧的牛皮鞋回来　他就问　你喜欢这双新鞋吗　嗯　多少钱买的呀　我简直就没有衣裳可穿　那套棕色的衣服　还有裙子和短上衣　另外就是送到洗衣坊去的那一身　一共才三身　随便对哪个女人来说　这算得了什么呢　把这顶旧帽子的边檐剪下来补那一顶　男人们连理都不理睬你　女人们只当你没有丈夫　总想把你踩在脚底下　物价又天天飞涨　再过四年我就三十五啦　不　我是　我究竟多大岁数了呢　到九月我就三十三啦[126]呃　真的

吗 噢 喏 瞧瞧那位加尔布雷斯太太 她比我老多啦 上星期我出门时瞧见她了 她的美貌在开始衰退 她当年可真美 把齐腰的浓密头发往后面一甩 就像住在格兰瑟姆街的吉蒂奥谢[127]那样 我每天早晨头一桩事就是朝她那边望 看着她梳头 她好像很赞赏自己那厚厚的头发 可惜直到我们搬走的头一天我才结识她 还有那位名叫泽西百合的兰特里夫人[128] 威尔士亲王爱上了她 依我看他跟路上的随便哪个男人都是一样的 他只不过有个国王称号罢咧 这些男人全是一个模子里刻出来的 我只想试试黑人是什么样 她的美貌能维持到多少岁呢 四十五吧 关于她那个爱吃醋的老丈夫有件逗趣儿的故事 到底是怎么来着 他总是随身带着一把撬牡蛎刀 不 说是他教她围起一种锡做的玩意儿 带着撬牡蛎刀的是威尔士亲王 嗯 这种事儿不可能是真的 就像是他[129]给我带回来的那些书一样 弗朗索瓦某某先生的作品 据说还是一位神父呢 写的是一个女人脱了肠 所以娃娃就从她耳朵里生下来啦[130] 说什么她的 a-e[131] 这个词儿随便由哪个神父来写都够雅的了 真好像任何傻子都弄不懂那个字的含义似的 我就恨他[132]那种老恶棍的脸 对什么都装糊涂 谁都看得出这不是真实的 还有他替我借回两遍的鲁碧和美丽的暴君们[133] 记得当我读到第五十页的时候 有一段写她用绳子捆住他并悬挂在钩子上 而且拿鞭子抽打 对女人来说这样的故事一点儿看头都没有 统统是瞎编的 还说什么舞会后他把香槟酒盛在她那双便鞋里来饮 就像是我在英奇柯尔[134]瞧见的那位马槽里的婴儿耶稣 圣母玛利亚把他抱在怀里 当然哪个女人也生不出那么大的娃娃 起初我还以为是从她的侧腹生出来的 不然她[135]怎么能蹲到尿盆上去解手呢 当然喽 她是个阔女人 感到荣幸 因为对方是皇太子殿下嘛 我出生的那一年他到直布罗陀来啦[136] 我敢担保他在那儿也找到了百合花 他还在那儿栽树来着 当年他栽的还不止那一棵 要是他来得早一些 也许还把我也给栽了呢 那么我就不会像现在这样待在这儿啦 他应该退出[137]那个自由人报 他只能捞上可怜巴巴的几个先令 应该到办事处什么的当差去 在那儿领一份固定的工钱 要么就到银行去 他们就会让他坐上宝座 成天数钞票 当然喽 他宁愿在家里悠悠荡荡地混日子 他要是待在你身旁 会弄得你简直动弹不得 他还问着 你今儿都演出些什么节目呀 我甚至巴不得他能像我爹那样叼上只烟斗 发散出男子汉的气味 要么就到处荡来荡去 假装是在拉广告 他要不是干了那么一件事[138] 本来是蛮可以还在卡夫先生手下工作的 后来他又派我去想法儿说情 我原是能够让他被提升做那儿的

管理人的　他赏脸接见[139]了我一两次　起初他口气强硬得让人没法儿接近　说什么布卢姆太太　千真万确　可我身上那件过了时的蹩脚衣服弄得我难堪透了　下摆上的铅锤丝脱落了　整个走了样儿　不过近来又流行起这种式样来了　我纯粹是为了让他[140]高兴才买这件衣裳的　从做工就看得出它不行　可惜我没按照原先说过的那样到托德和勃恩斯去　却改变了主意　去利斯[141]啦　这身衣裳就跟那家店一个样　廉价出售一大批粗制滥造的处理品　我就恨那些阔铺子　真叫人讨厌　无论什么衣服穿在我身上都分外显眼　不过他认为[142]于女人的服装和烹调他知道得很多　对什么事都婆婆妈妈的[143]　我要是听他摆布　就得把架子上的作料一股脑儿都扫进去　无论我戴哪一顶帽子　只要问他[144]这我戴着合适吗　行啊[145]　就戴这顶吧　挺好　那就像生日蛋糕似的　在我头上竖了起来　足有好几英里高　他却说我戴着蛮合适　要么就像一顶罩盘布一般耷拉到我背后　他也说好　我把他带到格拉夫顿街那家店去算是倒了霉　他对女店员直赔小心　说什么我恐怕太麻烦您啦　她露着假笑　要多傲慢有多傲慢　那不正是她该当干的吗　但是我狠狠地瞪了她一眼　嗯　弄得他挺狼狈　倒也难怪　可第二回他就不一样了　他又成了平素那个像汤一样梗得要命的波尔迪　可是当他起身[146]为我打开门的时候　我看得出他死命地盯着我的胸脯　不管怎样　他把我送出去　礼数总是周到的　实在抱歉　布卢姆太太请相信我　接着就含糊其词了　当他头一次遭到侮辱　我被错认作是他的老婆的时候　我只是微微一笑　我晓得　待在门口那当儿　我的奶头是露出来的　他正在说着　我非常抱歉　我相信你也是的

　　嗯　由于他嘬了好半晌　都给嘬得硬邦些了　他弄得我口里干渴　他管它们叫作小咂咂儿[147]　我忍不住笑了起来　嗯　反正这边儿这只硬邦啦　只要稍微有点儿什么奶头就硬啦　我要让他老是这么嘬下去　我要把搅出沫儿来的鸡蛋掺到马沙拉[148]里来喝　为了他的缘故　把奶头养得肥肥实实的　那些血管唔的是干吗的呢　两个造得一模一样　多奇妙啊　倘若生了一对双胞胎的话　它们会被认为是美的象征　就那样摆在那儿　像是陈列馆里的雕像似的　雕像中的一座还假装用她的一只手遮住它　它们真那么美吗　当然喽　要是跟男人那副样子比起来的话　他的两只袋装得满满的[149]　他那另一个物儿又耷拉出来　要么就像帽架上的钩子那么朝你戳过来　也难怪他们要用一片白菜叶子遮住它哩　那个讨厌的金马伦高原士兵躲在肉市背后[150]　要么就是另外那个红头发坏蛋　藏在树后边　那儿曾经立着一座鱼儿的雕

像[151] 当我打那儿经过的时候 他就假装在撒尿 掀开娃娃布 把那物儿竖起来给我看 这帮女王近卫军真够呛 亏得后来萨里军替换了他们[152] 他们总想掏出那物儿显摆给你看 几乎每一回我试着从哈考特街车站附近的公共男厕所外面经过 总看见这个或那个家伙正试图引起我的注意 就好像那物儿是世界七大奇迹中的一件似的 哦 那些烂地儿的臭气就甭提啦 有一天晚上参加科默福德夫妇的宴会 跟波尔迪一道回家的路上 可口的橘子和柠檬汽水使得我想撒尿了 就进了一间厕所天气冷得刺骨 我简直憋不住啦 那是什么时候来着 是九三年 当时运河已经结了冰 嗯 金马伦高原士兵已调走了几个月 可惜他们当中的个把人没能待在那儿瞧着我蹲在男厕所的小便池[153]上 从前我试着画过一幅那物儿的图 像是根香肠唔的 我又给撕碎了 我倒想知道 他们走来走去的 难道不怕在那个部位被踢上一脚或咚地挨一下打吗[154] 女人当然意味着美 谁都知道这一点 当我们住在霍利斯街的时候 他被希利那家店解雇啦 我靠卖衣服 并且在咖啡宫胡乱弹奏[155]过活 他说我蛮可以替什么阔佬当裸体模特儿 我要是把头发披散下来 就会像那个出水的宁芙[156]吗 只不过她更年轻一些罢了 要么我就有点儿像是他收藏的那张西班牙相片上的烂婊子[157] 我曾问过他[158] 难道宁芙就老是那么着[159]四处走动吗我还问他 碰上了里面有着胶皮管的什么玩意儿[160]那个词儿 他却搬出那个关于化身[161]的绕口令 他永远也不会把一件事解释得简单一些 好让人家明白 接着他又去把锅底儿都给烧坏啦[162] 而这又全都是为了煎他那份腰子 这边儿的倒还没什么 他[163]总想咬住那边儿的奶头 还留着牙印儿哪 我忍不住喊起来了 他们多可怕呀 老是想伤害你 生米莉那回我的奶水真足 够喂两个娃娃的啦 那到底是怎么回事呢 他说什么我要是去给人家当奶妈 每星期能挣上一英镑哩 一到早晨简直就胀得鼓鼓的 溢出来啦 寄住在二十八号的西特伦[164]家那个看上去挺文弱的学生彭罗斯[165]隔着窗户差点儿瞅见我正在那儿洗呢 不过我赶紧抓条毛巾蒙住了脸 这就是他用的功喽 让她断奶的时候 它们[166]可让我受够了罪 直到他请布雷迪大夫[167]给我开一副颠茄药才算了结 我只好叫他替我嘬一嘬 他说它们硬得很 可是比母牛的还甜还浓哪 后来他想要我把奶水挤到茶里去 他可真能胡来 我敢说应该有人把他写到新闻专栏里去 我要是能记住种种事情的一半儿的话就能写成一本书 就叫它作波尔迪公子作品集吧 嗯 这边儿的皮肤变得光滑多啦 他足足嘬了它们[168]一个多钟头 没错儿我看钟来着 我就像是有了个大娃娃

似的　他们什么都往嘴里塞　这些男人总要从女人身上得到一切快乐　直到现在我还在感受着他那嘴巴的嘬劲儿　哦　天哪　我可得把身子摊开来　我巴不得他在这儿　要么就是旁的什么人　好叫我那么一遍又一遍地丢啊丢的　我觉得身子里面全是火　或者要是我能梦见当时他是怎么第二遍使我丢的就好了　他从后面用手指挠着我　我把两条腿盘在他身上　一连丢了有五分钟　事后我禁不住紧紧搂住他　噢天哪　我恨不得大声喊出各种话来　操吧　拉屎啦　或随便说点儿什么　可就是别露出一副丑相　耗尽了精力　脸上布满皱纹　谁晓得他心里是怎么想的呢　你可得琢磨男人的心情　谢天谢地　男人们并不都像他这样　有的人喜欢女人在搞的时候斯斯文文的　我注意到了他们的差别　他搞的时候一声不吭　我抬起眼睛那样看着他　颠鸾倒凤　头发有点儿乱啦　我从嘴唇里吐出舌头朝这个野蛮畜生伸了过去　星期四　星期五　一天　星期六　两天　星期日　三天　哦　老天爷　我哪里等得到星期一呢

　　呋噜嘶咿咿咿咿咿咿咿咿咿呋喽嗯嗯嗯嗯　火车在什么地方拉鼻儿哪　那些火车头劲儿可真足　就像是大个儿的巨人　浑身上下翻滚着水　向四面八方迸溅　仿佛是古老甜蜜依依的情歌哦哦哦[169]的结尾　那些可怜的男人不得不整宵整宵地离开老婆和家人　待在烟熏火燎的火车头里　今儿个天闷得透不过气儿来　幸而我把那些过期的自由人报和摄影点滴[170]烧掉了一半儿　他越来越马虎得厉害　到处撂着这类东西　剩下的我都给丢到茅房里去了　明天我就叫他替我裁出来　不然的话把它们留到明年　也不过卖个几便士罢咧　也省得他问去年一月份的报纸在哪儿　所有那些旧大衣搁在那儿净添热　我也给捆起来弄到门厅外面去啦　那场雨下得真好　感到爽快　是我美美地睡了一觉后下起来的　我觉得这儿越来越像直布罗陀啦　好家伙　那地方多热呀　紧接着　地中海那猛烈的东风一刮　黑压压地像夜晚一般闪闪发光的岩石[171]耸立在中间　跟他们认为了不起的三岩山比起来　仿佛是个又高又大的巨人　东一处西一处是红色的岗亭　还有白杨树丛　统统都炎热得冒烟儿　再就是一顶顶蚊帐[172]　和一座座水槽里那雨水蒸发的气味　由于成天望着太阳　被晒得发晕　爹的朋友斯坦厄普夫人[173]送给我的那件巴黎的便宜商场[174]的漂亮衣裳整个捎色儿啦　多糟糕哇　她在上面还写着我最亲爱的狗小姐　她人真好　她叫什么名字来着　上面写着　只发张明信片告诉你一声　我寄了份小小的礼物　刚洗了个痛快的热水澡　感到仿佛成了一只非常干净的狗　中东佬[175]也享受了一通　她

管他叫中东佬　我们非回趟直布[176]不可　好去听你唱等待和在古老的马德里[177]他给我买的练习曲集子叫作康科恩[178]　还给我买了一条新披肩　那名词儿我叫不上来　倒是挺可心的　只不过稍微一怎么着就撕破了　可我觉得还是蛮漂亮的　你是不是老想着咱们一道吃过的美味茶点呢　我很喜欢那香甜的葡萄干烤饼和山莓薄脆喏　我最心爱的狗小姐务必及早给我写封亲切的回信　她忘记写上对你父亲和格罗夫上尉的问候啦　怀着深深的情意　衷心爱你的赫斯特 ×××××[179]　她一点儿也不像是个已结了婚的　简直就像个姑娘　他的岁数比她大多了　这位中东佬可疼我啦　在拉利内亚[180]看斗牛的那回　他用脚踩着铁丝好让我迈过去　那回斗牛士戈麦斯[181]得了一对牛耳朵[182]　我们得穿这些衣服　到底是谁发明的呀　还指望你能走上吉利尼山[183]呢　就拿那回郊游来说吧　我给胸衣箍得紧紧的　在一群人当中简直既不能跑也不能跳到一边去　所以当另外那头凶猛的老公牛开始向系着腰带而且帽子上又镶着两道装饰的斗牛士扑去的时候　我就觉得害怕啦　那些野兽般的男人喊着　斗牛士万岁[184]　穿着漂亮的白色小披风的女人们嗓门儿也一样大　那些可怜的马儿就被撕裂开[185]　内脏都露出来啦　我一辈子也没听说过这样的事儿　对啦当我模仿铃巷[186]那边狗叫的时候　他总是伤心地对着我　可那条狗病了　他们后来怎样了呢　估摸着早就死啦　双双都死啦　这一切就好像罩在一层雾里　叫你感到那么苍老　那甜饼是我烤的　当然我自个儿统统吃掉啦　还有个叫作赫斯特的姑娘　我们常常比头发　我的比她的浓密　当我梳头的时候　她教我怎样将它拢到后面去　怎样一只手用一根线打个结子　我们就像堂姐妹一样　那时候我十几岁来着刮大风的那个晚上我睡到她的床上　她用胳膊搂着我　到了早晨　我们抢起枕头来了　多有趣儿呀　当我跟着爹和格罗夫上尉到阿拉梅达散步场去听乐队演奏的时候一有机会他就死盯着我　我最初望着教堂　接着又瞧着那一扇扇窗户　我往下一瞅我们俩的目光碰上啦　我觉得就像一根根的针串遍全身　两眼发花　我记得事后一照镜子简直都认不出自己来啦[187]　太阳把我的皮肤晒得光艳艳的　兴奋得像一朵玫瑰似的　我整宵连眼也没闭　都是由于她的缘故[188]　这并不好　然而我原是能够半截儿就打住的　她给我一本月亮宝石[189]要我读　那是我所读到的第一本威尔基科林斯的书　我还读了亨利伍德夫人的伊斯特林恩[190]和阿什利迪阿特的阴影　另一个女人写的亨利邓巴　后来我把这本书借给他了　里边还夹了张马尔维的照片　好让他明白我并不是没有[191]　她还送给了我利顿勋爵的尤金阿拉姆[192]　亨格福德夫人的美

丽的摩莉[193]　我不喜欢有摩莉的那些书　就拿他[194]替我借来的那本来说吧　写的是从佛兰德来的一个女人　是个婊子[195]　她总是能偷到什么就偷什么　衣裳啦　成码的料子啦　哦　这条毛毯压在我身上太重啦　这下子就好啦　我连件像样儿的睡衣都没有　他睡在旁边的时候都卷成了团儿　而且他还老耍着玩儿　这下子可好啦　那阵子天儿一热我就来回翻身　坐在椅子上汗水就把内衣湿透啦　黏在屁股蛋儿上　站起来身上又肥实又硬邦　再往沙发靠垫上一坐　撩起衣服一瞧　晚上足有好几吨臭虫　挂上蚊帐我连一行书都读不成　天啊　这是多久的事呢　一晃儿好像过了好几百年啦　他们当然再也没有回来　再说她也没把地址写对　兴许她对自己那位中东佬留了点心眼儿　人们总是走掉　我们可不　我还记得那天海上起着浪　一只只小船那高高的船头摆上摆下　还有船上散发出的那股子气味　放假上岸的军官们一身制服　我都晕船啦　他什么也没说[196]　他一本正经　我穿的是有一排纽扣的长筒靴子　我的裙子给风刮得掀了起来　她吻了我六七遍　我哭了没有呢　嗯　我准是哭啦　要么就是差点儿哭了出来　当我说再见的时候　我的嘴唇直发颤　她披着为了航海才定做的一件特别讲究的蓝色披肩　有一边儿做得挺新奇的　漂亮极啦　他们走掉了以后　无聊得像鬼一样　我几乎琢磨着要逃走啦　寂寞得发疯　无论待在哪儿　怎么也安定不下心来　爹啦　姑妈啦　婚姻啦　等候[197]着　总是等候着　把他引引引到我哦哦哦这里　等候着　没法儿加啊啊啊快他那飞速的步伐　该死的大炮开火啦[198]在铺子上空轰隆隆地响　尤其是在女王的寿辰　要是你不把窗户打开　就会震得什么都朝四面八方往下掉　不管尤利西斯格兰特将军[199]是谁　总归被认为是个大人物　当他下船登岸的时候　打从闹大洪水之前就在那儿担任领事的老斯普拉格[200]穿上了大礼服　可怜的人哪　其实他正为儿子服丧呢　早晨就照例吹起床号　鼓声隆隆　于是那些可怜倒霉的士兵拿着饭盒走来走去　这地方散发出一股气味　比那些穿着带兜帽的长外套前来参加利未人[201]集会的长胡子老犹太人散发的还要难闻　一遍遍的军号命令炮兵擦炮准备战斗　鸣炮　归营　携带着钥匙的卫兵开正步走来　城门上锁　还有那风笛　只有格罗夫上尉和爹在聊着洛克滩和普列文[202]　加尼特吴士礼爵士[203]和喀土穆的戈登[204]　每回他们[205]出门我都替他们点上烟斗　那个老酒鬼总是把他那掺了水的烈酒摆在窗台上　休想看到他剩下一滴酒　他抠着鼻孔　苦思冥想着旁的一些下流故事　到什么角落去讲　可我在场的时候他从来也没大意过　总找个蹩脚的借口把我从屋子里打发出去　还一个劲儿地恭

维着　当然都是仗着布什密尔威士忌[206]的酒兴　可要是再来一个女人　他也会照样说上一遍我猜他已经把命送在马不停蹄地喝酒上头啦　过了多少年啦　真是度日如年啊　没有人给我写封信　除了我给自己塞了几张纸片寄出去的那几封　我腻烦透啦　有时候恨不得仗着我的指甲打上一场架　我竖起耳朵听那个独眼老阿拉伯人边奏着公驴般的乐器　边唏啊唏啊　啊唏啊地唱着　向你那公驴般的杂乱无章的玩意儿致以我的全部敬意　糟糕透啦　如今我垂着双手　隔着窗户往外望　就在对面那座房子里有没有个英俊男人呢　护士们追着的霍利斯街的医科学生　我站在窗口戴上手套和帽子　表示我这就要出门啦　对方却一点儿也不懂得我的用意　他们多么迟钝啊　永远也不明白你说的话　你甚至想把要说的话印在一张大海报上让他们瞧　我竟然用左手跟他握了两次手[207]　我在韦斯特兰横街小教堂外面稍稍皱起眉头的时候他都没理会我　我倒纳闷儿他们那了不起的智慧是打哪儿来的　他们的脑灰质[208]全都在他们的尾巴里哪　你要是问我市徽饭店里的那些乡下骗子手[209]的智力　他们简直糟透啦　还抵不过他们宰了卖肉的公牛和母牛呢　还有送煤的铃铛声那个吵吵闹闹的坏蛋　总想用一张从他的帽子里掏出来的旁人的账单来骗我　瞧他那双爪子　还有那吆喝着修理锅壶罐儿的　又有人来问今儿有没有给穷人的破瓶子没有客人上门　也没有邮件　除了寄给他的支票[210]和致亲爱的夫人的神奇露的广告　就只有今天早晨他那封信[211]和米莉的明信片　是啊　她给他[212]写了封信　我最近收到的一封信是谁寄来的呢　哦　是德汶太太写来的　喏　她一阵心血来潮相隔这么多年从加拿大写信来　向我讨西红柿红胡椒[213]这道菜谱　弗洛伊狄龙[214]从打写信告诉我她嫁给了一位很阔的建筑师以来　就再没音信啦　要是我听到的都可信的话　他们还有所八间屋子的别墅　她父亲[215]是个非常善良的人　当时他已经快七十岁啦　总是那么好脾气　说什么　喏您呀特威迪小姐　要么就是吉莱斯皮小姐　这儿有架钢亲[216]哩　他还有全套纯银的咖啡用具　装在红木餐具柜里　可却死在那么遥远的地方　我讨厌那种总是向人诉苦的人　每个人都有自己的苦恼可怜的南希布莱克上个月去世啦　害的是急性肺炎　喏　我跟她并不怎么熟　与其说她是我的朋友　倒不如说是弗洛伊的　真麻烦　还得写回信　他说的[217]总不对头　又没个句号　就像是在讲演似的　不幸仙逝　深表哀悼啦　我老写错字　把侄子写成桎子什么的　但愿他下回[218]给我写一封长一点儿的信　假若他真正爱我的话　哦　谢谢老天爷　我找到了这样一个人　他把我非常需要的东西给了我　让我

鼓起劲头　在这个地方你已经没有老早以前有过的那样的机会啦　我希望有谁给我来封情书　他那封写得可并不怎么样　而且我还跟他说爱怎么写就怎么写　此颂台安　休博伊兰敬启　在古老的马德里[219]那一套　傻女人们相信　爱正在叹气　我即将死去　不过　要是他这么写了　我猜想其中总有几分真实　管它真假　反正会叫你一整天都有个奔头　生活中时时刻刻老是有点儿什么可想望的　四下里一望仿佛是个新世界　我可以躺在床上写回信　好让他想象着我　回信短短的　只写上几个字儿　不像阿蒂狄龙[220]常常给都柏林法院的一个家伙写的那种长信　上面加了×××的记号　那是从淑女尺牍大全[221]上抄下来的　最后他还是把她一脚踹开啦　当时我就跟她说过　信里只写上几句简单的话就成啦　随他琢磨去　其实就是提醒她　做事不要太轻率　对男方的求婚　要以同样的坦率答应下来　这样就可以得到世上最大的幸福　天哪　没有旁的办法　对他们来说　什么都蛮好　可女人呢　刚一上了岁数就会被他们丢到灰坑底儿上去啦。

第一封是马尔维给我的　那天早晨我还躺在床上哪　鲁维奥大娘[222]把它和咖啡一道送来啦　她呆呆地站在那儿　我想用发夹来拆信　并用手指着它们[223]　可怎么也想不起赫尔奇拉这个字儿啦　好个倔巴巴的老家伙　那发夹不是正瞪着她的脸吗　戴着她那副假发　真是个丑八怪　还怪臭美呢　都快要八十或者一百岁啦　满脸皱纹　尽管虔诚　可什么都得听她说了算　有件事她怎么也想不通　尽管有那么多国境警备兵[224]　可占全世界军舰半数的大西洋舰队竟然还开了来　英国国旗飘扬着　因为四个喝醉了酒的英国水手就把整个岩石从他们手里夺了去又因为除非有结婚仪式　我陪着围起披肩的她跑到圣母玛利亚教堂[225]去望弥撒的次数不够勤　她就不高兴　她净讲圣人和穿银色衣服的黑发圣母玛利亚所显示的那些奇迹　还说在复活节的星期日早晨　太阳跳跃过三回[226]　当神父随着铃声给快要咽气的人送梵蒂冈[227]一路走过去的时候　她为圣体画了个十字　他[228]署名一个仰慕者　我高兴得几乎跳了起来　我从卡尔里尔[229]的橱窗里看见他在紧紧跟随着我　我就有心跟他吊上　他走过去的时候轻轻地挨了我一下　可是我再也没有想到他会写信来跟我定约会　我把这封信在衬裙的乳褡里塞了一整天　当爹出去操练的时候　见幽暗的地方和旮旯儿就躲起来读着　一心想从笔迹和邮票上的语言[230]中发现点儿什么　记得一直在唱着　我戴一朵白玫瑰好呢[231]　我甚至想把那座老掉牙的笨钟拨快一点儿　他是头一个亲我的男人　在摩尔墙脚下[232]　我的情

人儿　年少的时候[233]　我还从来也没想过亲嘴儿是怎么回事呢　直到他把舌头伸到我嘴里　他的嘴是那么甜那么年轻　我把膝盖朝他凑上去几回　好学会怎么亲嘴儿　我对他说什么来着　我告诉他　为了好玩儿　我已经跟一个西班牙贵族的儿子订婚啦　名叫堂米格尔德拉弗罗拉[234]　而且他还信以为真啦　还说不出三年我就要跟那个人结婚　开玩笑往往会说出不少真话来　有一朵盛开的花[235]　关于我自己我倒是对他说了几句老实话　好让他去想象　他并不喜欢那些西班牙姑娘　大概她们当中有一位甩了他　我让他兴奋起来　他把他带给我的花儿在我的胸前统统给压碎啦　他不会数比塞塔和佩拉葛达[236]　还是我教会他的呢　他说他出身于卡波奎因[237]　在黑水边儿上　可是日子过得太快啦　他走的前一天　五月　对啦　是五月　西班牙的娃娃皇上[238]诞生的月份　一到春天我就总是那样儿　我巴不得每年都有一个新的人儿　高高地爬到奥哈拉塔[239]附近的岩炮底下　我告诉他那给雷劈啦　还有关于他们给送到克拉珀姆去的老叟猴[240]的所有那些故事　猴子们没有尾巴　相互驮在背上飞快地跑来跑去给人家看　鲁维奥大娘说　有一只直布罗陀土生土长的老母猴儿　从英塞斯农场[241]把小鸡儿抓走　你一靠近　它就朝你扔石头　他正朝我[242]望着　为了尽量鼓励他　但又做得不至于太露骨　我穿的是那件敞着前胸的白罩衫　它们变得丰满起来　我说我累啦　我们就在冷杉坳[243]上边躺下来了　那是个荒凉的地方　我想那准是天底下最高的岩石　有坑道和隐蔽炮台[244]　还有那些可怕的岩礁和圣迈克尔岩洞[245]　倒挂着冰柱　或者随他们怎么去叫吧　还架着梯子[246]　我的长筒靴溅满了泥点子　那些猴子死的时候准就是沿着这条路穿过海底去非洲的[247]　远处海面上的船就像薄薄的木片儿　开过去的是马耳他船[248]　对啦　海洋和天空　你简直可以永远躺在那儿　爱干什么干什么　他隔着衣服[249]温存地抚摩着　他们就爱这么做冲的就是那圆鼓鼓的劲儿　我从上面偎依着他　为了把我那顶白稻秸帽儿弄旧一点儿　把它戴在头上　我的左半边脸最好看　由于这是他的最后一天　我的罩衫是敞着的　他穿的是一种透明的衬衫　我瞧得见他粉嘟噜儿的皮肤　他求我让他的那个稍微碰我的一下　可我没答应　起初他挺恼火　我害怕呀　谁知道会不会传染上肺病　要么让我怀上孕[250]　给我留下个娃娃呢　那个老女用人伊内丝告诉我　哪怕只掉进那么一滴去也够呛　后来我用一只香蕉试了试　但是我又担心它会折在我身子里面　找不到啦　嗯　因为有一回他们从一个女人身子里取出一块什么　已经在那儿待了好几年　上头巴满了石灰盐　他们全都发了疯似的想钻进自己原先出来的

那个地方　你总以为绝不至于进得那么深　他们也不知怎么一来就已经跟你干完了只等下一回吧　嗯　因为有那么一种美妙的感觉　始终是那么温存　我们是怎么完事儿的来着　嗯　哦　嗯　我把他那个拽到我的手绢儿里　假装做不那么兴奋的样儿　可我还是把两条腿叉开啦　我不许他摸我的衬裙里面　因为我那条裙子是侧面开衩儿的　我可把他折磨得没了魂儿　先挑动他　我就爱挑逗饭店里的那条狗　噜嘶特啊喔嗑喔嗑啊喔嗑　他闭着眼睛　一只鸟儿在我们下面飞着　他羞答答的　可我就是喜欢那天早晨他那副样子　当我像那么样伏在他身上　解开他的纽扣儿　掏出他那个并且把皮往后拽了拽的时候　我弄得他稍微涨红了脸　那物儿像是长着眼睛　男人们下半身统统都是纽扣儿　他管我叫摩莉我的乖[251]　他叫什么名字[252]来着　杰克　乔　是哈里马尔维吧　嗯　我估计他是个中尉　白白净净的　他的嗓音总像是在发笑似的　于是我就把那物儿整个抚摩了一遍　那物儿就是一切的一切　他还留着口髭哩　说他会回来的　天哪　对我来说简直就像是昨天的事儿哩　还说即便我已经结了婚　他也还会跟我干那个的　我曾答应他说　好吧[253]　一定的　现在我会让他[254]飞快地操我一通　也许他已经死掉了　要么阵亡啦　要么就当上了一名上尉或者海军上将　快二十年啦　我要是说声冷杉坳　他马上就会[255]　要是他从背后走过来　用手蒙住我的眼睛让我猜　我会觉察得出那就是他　他还年轻着哪　四十来岁　也许娶了个黑水河边上的姑娘　并且完全变样儿啦　男人们都是那个德行　男人们连女人的一半儿个性都没有　她一点儿也不会晓得我跟她那位亲爱的丈夫都干过些什么　那时候他连做梦也没想到过她呢　而且又是在光天化日之下说是当着全世界的面儿也未尝不可以　足够让他们写成一篇文章登在新闻报[256]上的了事后我有点儿撒野啦　我把贝纳迪兄弟[257]那个装过饼干的旧纸袋吹得鼓鼓的　把它拍裂啦　天哪砰的一声好响啊　山鹬和鸽子全都尖叫起来　我们沿着原路走回去翻过中间那座山　绕过从前的卫兵房和犹太人坟地　还假装念着希伯来文的墓志铭我想用他的手枪开上一枪　他说他没带在身上　他简直捉摸不透我　无论我替他扶正多少遍　他总歪戴着那顶有遮檐的便帽　HMS 卡吕蒲索[258]摇晃着我的帽子　那位老主教[259]从祭坛上长篇大论地讲着道　妇女应尽的更高职责啦　如今姑娘们骑起自行车来　还戴上尖儿帽　穿什么时新的布卢姆尔套装啦　天主啊　请赐给他理智并且赐给我更多的金钱吧　我猜想那是跟着他起的名儿[260]　我再也没想到布卢姆会成为我的姓　我曾一遍遍地把它写成印刷字体　看看要是印成名片是什么样

子　或是向肉铺订货的时候练练笔　摩布卢姆敬具　我跟他[261]结婚后　乔西[262]常说　你好像一朵正在盛开的花儿[263]　哦　总比布林或偷东西[264]的布里格斯强　要么就是那些带着屁股这个词儿的讨厌的姓　拉姆斯巴托姆[265]太太或其他一种巴托姆我也不会迷恋上马尔维这个姓　或者假若我跟他[266]离了婚　那我就会当上博伊兰太太啦　无论我妈是个什么人　既然她自己有露妮塔拉蕾多这么个可爱的名字　老天爷　也总该给我取个好一点的名字嘛　我们拐来拐去　绕过杰赛后身　沿着威利斯路跑向欧罗巴岬[267]　像米莉身上那样的一对小东西[268]在我的罩衫下面晃啊跳啊的如今当她跑上楼梯的时候　我就爱低头看着它们　我朝着胡椒树和白杨树往上一蹿　拽下一片片叶子朝他扔过去　他到印度去啦[269]　说是要给我来信　告诉我航海的事　这些男人要在地球上来回转　趁着他们还能做到　起码也应搂抱一两下女人一出发不定在什么地方就淹死或给炸飞啦　那个星期天早晨我跟如今死了的鲁维奥斯上尉爬到风车山那块平地上去啦　他那架小型望远镜就像是哨兵携带的那种　他要从船上弄一两架来　我穿的是巴黎的便宜商场[270]那件衣裳　戴着那串珊瑚项链儿　海峡一闪闪地发亮　我隔着它一直能望到摩洛哥　并且几乎能眺望到白色的丹吉尔湾和蒙着雪的阿特拉斯山[271]　海峡就像条河一样　那么清澈　哈里　摩莉我的乖[272]　打那以后我总想念着在海上的他　望弥撒举扬圣体的时候　我的衬裙开始滑溜下来了　我把那块手绢儿在我的枕头底下保存了好几个星期　为的是闻他身上那股气味[273]　在直布罗陀买不到像样儿的香水儿　只有一种便宜的西班牙皮肤[274]　很快就走了味儿啦　反倒会留下一股臭气　我想给他一件念物　为了图个吉利　他给了我一只做工粗俗的克拉达戒指[275]　加德纳到南非去的时候　我把那戒指送给了他那儿的布尔人用战争和热病要了他的命　可他们还是照样打败了　它就像是蛋白石或珍珠似的带来了厄运　那准是十八凯[276]的纯金　因为重得很哪[277]我可以看到他那刮得光滑的脸　呋噜嘶咿咿咿咿咿呋唧　那列火车又发出了哭腔　可怀恋的往昔哟　岁月　一去不复唔　返[278]　我闭上眼睛　呼吸　嘴唇朝前凑　亲嘴儿　一副悲伤的神情　睁开眼睛　微弱地　当雾降落人世前[279]　我就讨厌雾降这个地方　传来了甜蜜的情歌[280]哦哦哦哦哦　我下回再站在脚灯前的时候　要放开嗓子唱这一段凯思琳卡尼[281]和她那帮尖嗓门儿的这位小姐那位小姐另一位小姐　一群麻雀屁叽叽喳喳地傻笑着　扯着一点儿都不懂的政治　显得她们多么有趣儿　爱尔兰土产的美人儿　我是军人的闺女　你们的爹又是啥人呢　靴匠和酒馆老板　请原谅　你乘

的原来是四轮马车呀　我还只当是独轮手推车呢[282]　那些娘儿们要是哪天有机会像我那样　在演奏会晚上挎着军官的胳膊在阿拉梅达散步　腿一软就会跌在地上送了命　我的两眼发光还有我那胸脯　她们缺乏那股热乎劲儿　天主可怜她们那傻脑筋吧　我十五岁的时候对男人和人生所懂得的比她们所有这些人五十岁时才知道的还要多　她们不晓得该咋唱那样一首歌　加德纳[283]说　随便哪个男人只要看见了我的嘴和牙齿　还有我那种笑容　就非联想到那个不可　起初我直担心他会不喜欢[284]我的发音　他是那么地道的英国味儿　这是爹留给我的一切　尽管还有那些邮票反正我的眼睛和身材赶妈妈　他老是说　他们是多么神气　有些人就是下流　他一点儿也不是那样　他确实迷上了我的嘴唇　让她们先去找个像样儿的丈夫吧　再养个像我女儿那样的闺女　然后再瞧瞧她们能不能教博伊兰那样一个对任何女人都能够挑挑拣拣的时髦阔少上起劲儿来　紧紧搂抱　丢它个四五回　要么就拿嗓子来说吧　要不是嫁给了他[285]　我本来蛮可以当上首席女歌手的　传来了古老甜　低沉的声音　收拢下巴　可别收得太紧　免得出现双下巴　我太太的闺房[286]太长啦　观众不会要求你重唱　关于黎明时分围着壕沟的庄园和有着拱顶的房间　嗯　我要唱南方刮来的风[287]　他是在通往合唱队席位的台阶上干了那档子事后唱的　我要把那件黑罩衫上的花边儿换一下　好让奶头更显眼些　我还要　嗯　我得把那个大扇子修理好了　让那帮人眼红得要命　只要一想到他[288]　我那个眼儿就总是发痒　我憋不住啦　觉得里面有股气儿　还是放掉的好　不要吵醒他[289]　省得他再来那一套　我已经把肚子后背和侧腹都洗干净啦　可别让他把我弄得浑身是口水　哪怕我们有个洗澡间也好哇　或是我自己能单独有个房间　不管怎样　我希望他自个儿能睡一张床　那样就不至于把他那双冰冷的脚丫子压在我身上啦　天主啊　哪怕给我们一块能够放屁的地方呢　要么稍微放松动点儿　对啦　像这样憋着　稍微侧着身子　微弱地[290]　悄悄地　嘶喂咿咿咿咿咿　这是远处的火车　极弱地[291]　咿咿咿咿咿　再来一支歌儿

这下子可松快啦　无论你待在哪里　放屁尽随你的意[292]　难道是干完了之后我就着一杯茶吃下去的猪排在作怪吗　由于天气热不怎么新鲜了吧　我倒是一点儿也没闻出什么来　我敢说猪肉铺那个长得古里古怪的家伙[293]是个大骗子　我希望那盏灯没冒烟儿　那会叫我的鼻子堵满煤烟子　可也总比他整宵点着煤气灯强　在直布罗陀的时候我躺在床上总是睡不消停　就是得爬起来瞧个分明　关于这一点　我

怎么会敏感得这么厉害呢　不过一到冬天　我就喜爱上它啦　觉得有个伴儿　哦老天爷　那年冬天可冷得邪乎　那时候我才十来岁　是吗　嗯　我有个大娃娃　一会儿把那些稀奇古怪的衣服都给它穿上　一会儿又一件件地扒下来　冰冷的风从山上飕飕地刮过来　什么内华达来着　希拉内华达[294]　我穿着一小件短汗衫　站在炉火跟前　是爬起来取暖的　我就爱穿着汗衫满屋子跳舞　后来又飞快地跑回床上　夏天的时候对面那所房子里那个家伙准是把灯熄啦　经常一直守在那儿　我呢　赤条条地跳来跳去　我常常喜欢站在脸盆架跟前　脱光了衣服轻轻地拍一拍　要么就抹点儿雪花膏　不过使用便器的时候我也总会把灯灭了　我们俩曾这么躺来着　这一夜我就甭打算睡啦　不管怎样　我希望他[295]可别跟那帮医科学生打得火热　他们会教他走上邪路　让他以为自己又年轻起来啦　早晨四点钟才回家　准是四点要不是更晚的话　不过　他总算还懂得规矩　没把我吵醒　亏得他们能找到那么多话题　絮絮叨叨居然聊上一宵　乱花钱　喝得越来越醉　难道他们就不能喝白水吗　然后他就对咱点起菜来啦　要吃鸡蛋喝茶　还要芬顿黑线鳕和烤得热热的面包抹黄油　我想他会像一国之王似的在床上欠起身来　倒提着调羹对着鸡蛋使劲儿地抡上抡下　这一套到底是从哪儿学来的呢　我就爱听他早晨端着托盘　那一个个杯子咯嗒咯嗒响成一片　跌跌撞撞地爬上楼梯　还有他逗猫的声音　猫儿是为了图自个儿舒坦才往你身上蹭啊蹭的　不晓得它身上长没长跳蚤　猫儿简直跟女人一样坏　老是舔啊舔的都给弄湿啦　可我讨厌它们那爪子　我倒想知道它们是不是能瞧见咱们瞧不见的东西呢　它总是在楼梯顶儿上一坐就是好长时间　瞪大了眼睛听着　而我还在等着它呢　一向总是这样的　可它又是能干的强盗　偷了我买的那条漂亮新鲜的比目鱼[296]　我想明天买点儿鱼　要么今天就去买　是星期五吧　对啦　就这么着吧　添上点儿牛奶冻　加上乌梅果酱　像老早以前那样　那种李子苹果混合的两磅重的果酱罐头可不行　就是从伦敦和纽卡斯尔的威廉斯—伍兹[297]那家店买的　能保存一倍时间　只因为有骨头　我就讨厌那些鳝鱼　鳕鱼　嗯　我要去买一段新鲜鳕鱼　我总是买够三个人吃的　净忘记[298]　反正我对巴克利[299]肉店那一成不变的肉已经感到腻味啦　牛肋肉和腿肉　牛排和羊脖子和小牛内脏　只要一听这名儿就够啦　要不要组织一次郊游呢　假定我们大家每人摊五先令　或者叫他出钱[300]　还为他请上另外什么女人　请谁呢　弗莱明大妈[301]吧　我们坐马车到荆豆谷或草莓园[302]去　先得叫他把[303]所有的马蹄铁都检查一遍　就像他检查信件一样　不　可

别请博伊兰到那儿去啦　嗯　带上些夹着冷小牛肉和火腿的什锦三明治　那儿的河堤脚下特地盖起了一座座小房子[304]　但是他[305]说那简直热得像火焰一样　反正银行假日[306]可出不得门　我就讨厌杂耍演员那样打扮的俗气娘儿们赶在这一天成群地拥来　圣灵降临节的第二天也是个倒霉的日子　难怪蜜蜂要蜇他[307]哪　还是到海边儿去的好　可是我这辈子再也不跟他一块儿坐船啦　上回跟着他去了一趟布莱[308]　他对船老大[309]说　他会划船　要是有人问他能不能参加获得金质奖杯的越野赛马　他也会说　能呀　然后海上起了风浪　那个老掉了牙的家伙[310]就七扭八歪起来　分量整个偏到我这边儿来啦　忽而要我把身子往右边儿靠[311]　忽而又要我朝左边儿靠　潮水从船底儿上哗啦哗啦往里灌　他划着的[312]桨也从链子上脱落下来啦　亏得我们还没统统淹死　他当然会游泳喽　我可不会　他穿了条法兰绒长裤　说是啥危险也没有　要我放镇静点儿　我恨不得当着所有人的面儿　把那条裤子从他身上扒下来　撕个稀巴烂　给他一顿常说的鞭刑　打得他浑身又黑又蓝　这对他好处可大着哪　可惜我不认识那个鼻子挺长的家伙　还带了个美人儿　从市徽饭店来的伯克[313]照例待在码头上　四下里偷看着　他总是跑到用不着他去的地方　想瞧瞧有没有打架的　要是给啐上一口　那脸蛋儿也许会变得好看一些哩　我们俩已经没有爱情啦　早就消失啦　这总算是个安慰　他[314]给我带回来的是本什么书呢　偷情的快乐[315]　是位时髦绅士写的　还有一个德科克先生　我猜想他总是带着他的管子挨着个儿找女人　大家才给他取了这么个外号[316]　我甚至没能换一下我那双崭新的白鞋　完全给咸水泡坏啦　我戴的那顶插着羽毛的帽子整个被风吹得翘了起来　在我头上摆来摆去　多么让人厌烦冒火啊　一闻海水的气味我就兴奋起来啦　当然喽　卡塔兰湾[317]的沙丁鱼啦　大头鱼啦　在岩石后面那一带　它们可好看哩　在渔夫的篓子里统统发着银光　他们说老鲁依吉眼看就一百岁啦　是从热那亚来的　还有那个戴着耳环的高个子老头儿　我可不喜欢那种你非爬上去才够得着的男人　我猜想那号人老早就死光啦　而且烂掉啦　再说我绝不愿意晚上一个人待在这个兵营般的地方　我看也只好凑合呗　我们刚搬来的时候　一片混乱　我甚至忘记带点儿盐来[318]　他打算在二楼的客厅开所音乐学校　还挂起一块黄铜招牌　他还提议经营起一家布卢姆私人旅馆　那样一来就会像他爹在恩尼斯那样　把自己毁掉拉倒　就跟他对爹说的所有那些他要做的事情一样　对我也是这么说的　可我已经把他看穿啦　他还对我说过我们能够去度蜜月的一切可爱的地方　月光下

在威尼斯划着贡多拉[319] 他还有一张科莫湖[320]的剪报 又是什么曼陀林啦 灯笼啦 哦 我说 可好啦 无论我喜欢什么 他都马上着手去办 要多快有多快 你要做我的丈夫吗 你肯替我拎罐儿吗[321] 就凭他所编造的种种计划 也该奖给他一枚镶着油灰边的皮质微功勋章 把咱成天价撇在这儿 你万万想不到站在门口乞讨面包皮并且啰哩啰唆诉说身世的老叫化子 兴许就是个流浪汉 他伸过一只脚来让我关不上门 就像劳埃德新闻周刊[322]上登过照片的那个老惯犯似的 他坐了二十年的牢 刚一放出来就又图财谋害了一位老太太 替他那可怜的老婆妈妈或家里旁的女人想想吧 冲他那个长相你见了就得一溜烟儿跑开好几英里 不把所有的门窗都牢牢地上了闩我是不能安心睡下的 可这下子就更糟啦 简直像是关在监狱或疯人院里似的 应该把那些家伙一股脑儿给枪毙掉 要么就用九尾鞭来抽打 这么一个大块头畜生居然去向一位可怜的老太太动手 把她残杀在床上 要是我的话 就把他[323]那物儿割下来 非这么做不可 他这个人顶不了多大事儿 不过总比没有强 那天晚上我肯定听见厨房里进了一帮贼 他只穿着件衬衫就下楼去啦 手里拿着蜡烛和拨火棍儿 就像是去逮老鼠似的 魂儿都吓掉啦 脸色煞白 做出的声音要多大有多大 那帮贼倒是得了济哩 天晓得 家里其实没多少可偷的 不过 尤其是因为如今米莉也走啦 那滋味儿不好受 由于他爷爷的那点因缘[324] 他竟心血来潮 打发闺女到那儿去学照相啦 可没把她送到斯克利斯学院[325]去念书 她不像我 她在国立学校的时候 可门门都考头一名哩 不过 由于我和博伊兰的缘故他不得不做那样一档子事儿 正因为如此 他才这么[326]做的 对于他怎样设计和策划一切 我心里是一清二楚的 近来只要她在家 除非先把门上了闩 我简直连动也不能动 她从来也不先敲一下门就闯进来 弄得我总是提心吊胆 得先用椅子把门顶住 才能戴上手套洗下身 这样会使 神经受刺激的 要么就让她成天像个木头小姐似的 干脆把她装在玻璃匣子里 我们俩一道看着她好啦 她离开家以前由于笨手笨脚 大大咧咧 竟把那座中看不中用的小雕像的手给弄断啦 我花上两先令才让那个意大利小男孩给修理好的 如今一点儿也看不出接缝儿来啦 要是给他[327]知道了呢 她甚至不肯替你把煮土豆的水倒掉 当然喽 她也是对的 省得把手弄粗啦 我留意近来他在饭桌上老是跟她讲这讲那 讲解着报纸上的事情 她呢 就假装听懂啦 当然挺狡猾啦 这可是从他那边的血统来的 还帮助她穿上大衣 可她要是觉得哪儿不舒服就会告诉我 而不告诉他 他不能说我装模作样 他

能吗　我的确太老实啦　我估摸着他以为我已经没戏啦　再也不会有人理睬啦　喔　我才不会呢　不　绝不会那样　喔　等着瞧吧　喔　等着瞧吧　如今晚儿她也和汤姆德万[328]的两个儿子调起情来啦　都是跟我学的　还跟来喊她的默里[329]家的野丫头们一道吹口哨　米莉　请你出来吧　她红得很哪　大家都尽量地向她打听这打听那　天都黑啦　还在纳尔逊街[330]骑着哈里德万斯的自行车兜圈子　他把她送到现在这个地方去也有好处　她刚巧变得约束不住了　老想去溜冰场　跟大伙儿一起从鼻孔里喷出纸烟圈儿　当我替她在上衣下摆上钉纽扣儿　把线咬断的时候　从她衣服上闻出气味来啦　她什么也瞒不住我　真的　只怪我不该在她还穿在身上的时候就替她缝　这会造成离别的[331]　而且前一回做的李子布丁竟裂成两瓣儿啦[332]　不管人家怎么说　瞧　这不就应验了吗　从我的趣味来说　她未免太爱饶舌啦　她对我说　你这件衬衫的脖领儿开得太低啦　这就好比是锅对壶说　你的底儿太黑啦　我还得告诉她　可不要当着一个个行人的面儿　把你的两条腿那么显眼地在窗台上跷着　人家全都在瞧着她　就像瞧我一样　当然喽　我指的是我在她这个年龄的时候想当年　无论穿什么旧衣烂衫都显眼　在皇家剧院看唯一的路[333]那回　她傲慢地摆出一副谁也不许碰我的架势　说什么把你的脚闪开　我就讨厌人家碰我　她怕得要死　唯恐我会把她那条百褶裙给压坏啦　在剧院里黑咕隆咚的　趁着拥挤可没少碰碰撞撞的　那帮家伙总是想方设法扭到你跟前儿来　上回我们在欢乐剧场后座站着看比尔博姆特里[334]公演软毡帽的时候　就有那么一个该下地狱[335]的家伙　不管是为软毡帽也罢　或者为她的屁股[336]也罢　反正我再也不到那儿去给人挤来挤去啦　每隔两分钟那家伙就戳我那个部位一下　然后朝一旁望去　我认为他有点儿半吊子　后来我又见过他　正在想法儿靠近待在斯威策[337]的橱窗外面那两位衣着时髦的太太呢　好耍他那套花招儿　从他那副长相和旁的一切　我马上就认出他来他可不记得我啦[338]　在布罗德斯通[339]临动身的时候　她甚至于不愿意我跟她亲一下嘴儿　喔　我希望她会找到个对她献殷勤的人　就像我当年那样　她得了流行性腮腺炎　那些腺都肿胀起来　病倒了的当儿总是问这问那　当然她还不能有什么深的感触　我约莫二十二岁以前从来也没正正经经搞过　老是弄错了地方　只不过是女孩儿家通常那种瞎胡闹　吃吃地傻笑罢咧　一个叫科尼康诺利的　曾经在黑纸上用白墨水给我写了一封信　还涂上火漆封了印　不过落幕的时候她鼓了掌　因为他看上去那么英俊　接着　马丁哈维[340]就每天三顿饭都到我们家来吃啦　后来我暗

地里想　要是一个男人什么也不图　就那么为了她而送掉自个儿的命　那必定就是真正的爱情啦　这样的男人恐怕剩不下几个啦　不过这是难以相信的　除非这种事儿确实发生在我身上　大多数男人生来一丁点儿爱情也没有　如今晚儿到哪儿去找像你们两个这样心心相印的　样样都想到一块儿去啦　这种人通常就是脑袋瓜儿有点儿笨　他[341]爹准就有点儿怪　所以她死了以后　他跟着也服毒自杀啦　但是好可怜的老人家啊　我估计他没着落啦　她[342]一直喜欢我的东西　十五岁的时候就想用我的旧布条把头发扎起来　还要搽我的粉哪　只不过会弄粗她的皮肤　她这辈子还有的是时间去打扮呢　她知道自己长得俊　嘴唇儿那么红　可惜不会老是这样我当年不也是那样的吗　可是把这丫头带到集市上去也是白搭　当我叫她去买半斯通[343]土豆的时候　她回答我的口气活像个渔婆儿　那天我们在小马驾车赛[344]上碰见了乔加拉赫太太[345]　她跟律师弗赖尔利[346]一道坐在她那辆双轮轻便马车里　居然假装没瞧见我们　因为我们不够气派的呗　后来我狠狠地给了她[347]两个大耳刮子　一巴掌是因为你回嘴　另一巴掌是因为你没规矩　当然是她这样顶撞惹我生的气　可我本来就在气头上　因为茶里不知怎么进了一根野草　要么就是由于吃下去的奶酪不对头　夜里没睡好觉　而且我对她说过多少遍　别把刀子交叉着放[348]　因为正像她自己说的　谁都不能指挥她　喔　假若他不管教她　就得由我来管啦　那是她最后一回哭鼻子　当年我自个儿也是那样　没人敢叫我做这做那　没有老早就雇个女人　却让我们两个当牛做马　这当然是他的过错喽　什么时候我才能再有个像样儿的女仆呢　当然喽　那么一来他[349]就会动手动脚的啦　我得让她知道一下　不过　这下子兴许她会报复哩　她们真够讨厌的　那个弗莱明老大娘[350]你就得跟在她后面转悠　往她手里放这放那　她净打喷嚏　要么就往尿盆[351]里放屁喔　她老啦　当然管不住自己喽　幸亏我从厨桌后面找到了那块丢失了的旧抹布又脏又臭　我就知道有点儿什么玩意儿　打开窗户　放一放气味　他把朋友们带回来款待　就拿那天晚上来说吧　居然领着条狗走回家来啦　你看多奇怪　没准儿还是条疯狗哪　尤其是西蒙迪达勒斯的儿子　他爹什么事都挑剔得很　看板球比赛的时候　他举着望远镜　戴着大礼帽　短袜上可破了个大窟窿　真叫人恶心　他儿子在期中考试时门门功课都得了奖[352]　想想看　他竟然从栏杆上爬了过来[353]　要是给我们的熟人瞧见了可怎么好　他那条送葬时才穿的讲究的长裤会不会给刮破个大口子呢　就好像生下来就有的窟窿还不够似的　居然把他领进又脏又旧的厨房里　他

的脑袋瓜儿难道有毛病了吗　可惜这不是洗衣裳的日子　我那条旧衬裤也许还搭在绳子上给大伙儿看哪　可他呢[354]　一点儿也不在乎那个笨婆子还给烫煳了一块　说不定他会以为是别的什么东西呢　她甚至也没按照我吩咐她的那样把油渍去掉　如今她也就这么下去了　因为她那个中了风的丈夫越来越糟啦　他们[355]总是在闹着什么毛病　不是生病就是开刀　不然的话他就酗酒　动手揍她　我又得到处去寻摸个什么人[356]啦　每天我一起床就总有点儿新鲜事儿　天哪　天哪　喏　我料想等我抻了腿儿　躺在坟地里　才能安安神儿　我想起来一下　也许尿出来啦　等一等哦　老天爷　等一等　对啦　我身上来了那玩意儿啦　对啦　这不让你受罪吗　敢情都是由于他[357]在我里头戳来戳去　连根儿都给耕到啦　如今我可怎么办呢　星期五　星期六　星期日　那会把人给折磨得魂儿都出壳儿啦　除非他喜欢这手　有的男人就喜欢　咱们女人家总是不那么顺当　每隔三四个星期就得来一回月经　一拖就是五天　那天晚上我身上就来了　真是讨厌透啦　迈克尔冈恩[358]前前后后就请我们在欢乐剧场的包厢里看过一回肯德尔夫人和她丈夫[359]　他在德里米[360]的时候曾经为人寿保险的事儿替他出过点儿力　我只得用带子扎住　可那位衣着时髦的绅士从上面直用望远镜盯着我　而他呢[361]坐在我另一边　大谈什么斯宾诺莎[362]啦还有他那我猜想几百万年前就死掉了的灵魂啦　我简直就像是陷进了沼泽里似的可我还是尽量露着笑容　仿佛挺感兴趣一般向前探着身子　总得一直坐到听完最后的收场白呀　斯卡里的那个妻子我可是不会轻易忘掉的　顶层楼座的那个白痴把它看成是一出关于通奸的淫戏[363]啦　就朝着那个女人嘘了起来　喊她做淫妇　散戏之后　我猜想他准会到旁边那条巷子去找个女人　沿着所有那些偏僻的小路追来追去　让她做出补偿　但愿被他逮住的是跟当时的我同样状况[364]的女人　那他就活该啦　我敢打赌　连那猫儿都比我们强　难道女人身子里的血太多啦还是咋的　哦憋不住啦　它就像海水似的从我身子里冒了出来　不管怎样　尽管他的那么大　却没使我怀上孕　我不愿意把那些干净褥单糟蹋了　这都是我穿上件干净的亚麻衬衫招来的[365]　该死　该死　他们总是想看到床上的血印儿　好知道你是个处女　他们个个对这一点老是放心不下　他们都是些大傻瓜　哪怕你是个寡妇或者离过四十次婚　只要胡乱涂上点儿红墨水不就行啦　要么就是黑莓汁子　不　那又太紫糊糊的啦　老天爷　请救我一把　摆脱这种事儿吧　呸　偷情的快乐[366]　究竟是谁替女人想到这么一档子事儿的呢　并且把它穿插到缝衣做饭养育孩子当中去　这张该死的

旧床丁零当啷乱响　真是的　我猜他们从公园的那一头都能听见我们[367]啦　后来我想出了个主意　把鸭绒被铺在地板上　我屁股底下垫个枕头　白天干是不是更有趣儿呢　我倒觉得挺自在的　我想把这些毛毛儿全铰掉　刺挠得慌　兴许看上去会像个年轻姑娘哩　下回他[368]把我的衣服撩起来　会不会觉得上了大当呢　只要能看到他那张脸蛋儿　让我干什么都可以　尿盆儿哪儿去啦　慢慢儿地[369]　自从那个旧便器坏掉以后　我总是生怕把这个压碎　我觉得坐在他腿上也许太重啦　所以故意让他坐在圈儿椅上　这当儿我先在另一间屋里脱下罩衫和裙子　还不到点子上他就忙乎开啦　他从来也没好好儿摸过我　我预先吃了吻香糖　但愿我的气儿是甜丝丝的　慢慢儿地　天哪　记得当年我几乎能够像男人那么直直地哗哗地撒出来　哦老天爷　多响啊　我希望上面起泡儿　那样一来就能从什么人手里弄到一大笔钱[370]可别忘了早晨我还得往尿里撒上点儿香料　我敢打赌　他从来也没见过这么漂亮的一双大腿　瞧　它们有多白啊　顶光滑的就是当中间儿这一小块地方　多嫩哇　就像一只桃子似的　慢慢儿地　我倒想当个男人　跨在一个漂亮女孩儿身上　你做出的声音多大啊　就像是泽西百合[371]　慢慢儿地　慢慢儿地　哦　水是怎样从拉合尔冲下来的[372]

难道我身子里头有什么毛病了吗　要么就是长了什么东西　所以每星期都排泄出那样的玩意儿　上回我身上是什么时候来的呢　圣灵降临节的第二天　对啦　才过了三个来星期　我得去瞧瞧大夫　也不过是像我跟他结婚以前那一次罢咧　当时我有白带　弗洛伊教我去找彭布罗克路的那个干巴巴木头木脑的老妇科大夫科林斯[373]给瞧瞧　他管那个叫你的阴道　我猜想他就是靠这套手法　从斯蒂芬草地[374]一带的阔主儿身上弄到一面面框上镀了金字的镜子和一块块地毯的　她们只要有一星半点儿的小毛病就跑来找他　她的阴道啦　她的小腿象皮病啦　她们有的是钱喽　所以她们什么都好　即便世界上只剩下了他这么一个[375]男人　我也不会嫁给他　再说　那些女人的娃娃们老是有点儿不舒服　经常对着[376]那些臭婊子闻来闻去　居然还问起我那白带有没有讨厌的气味　他究竟想让我干什么呀　唯一想要的也许是金钱呗　哪里有提这种问题的　要是我怀着全部敬意　把那玩意儿统统抹遍了他那张满是皱纹的老脸孔上　我猜想他就准会明白啦　他还问我　你那个容易通[377]吗　通什么呀　听他那口气　我还以为他指的是直布罗陀岩石呢　这倒也是个非常巧妙的发明　说起来　我就喜欢事后把下身尽量挤进到马桶的坑里　接着拉一

下链子　冲洗一番　又舒坦又凉爽　简直都发麻啦　可我总觉得身子里面还留着点儿什么　米莉小的时候　我常检查她排泄出来的　好知道她有没有虫子　不管怎么着　照样得付钱给他　大夫　多少钱啊　请交一畿尼　他居然问起我　遗漏出来[378]的多不多　这些老家伙是打哪儿弄到这些词儿的呢　边说什么它们遗漏出来　边斜愣着那双近视眼　朝我使眼色　我不大信任他　绝不让他给我施麻醉剂　或者天晓得还有什么旁的玩意儿　可我还是喜欢他坐下来写那东西时候的样儿　绷着脸皱起眉头　鼻子显得挺聪明的　好像在说　你这混蛋　你这瞎话流星的轻佻娘儿们　哦随你爱怎么说就怎么说吧　没关系　只要别说是白痴就成　他也够聪明的[379]　看出了这一点　当然喽　他绞尽脑汁才给我写了一封封狂热痴情的信　我的宝贝儿　什么都离不开你那光辉的玉体　还在一切这个字下面画了线　都永远是美好的　给人快乐的　这些都是他从手头一本无聊的书里抄下来的　我自个儿有时候一天要搞四五回　可我说我没搞　真的吗　啊　嗯　我说这一点儿不假　这么一来他就不吭声啦　我晓得底下会怎么样　这不过是娘胎里带来的弱点罢咧　我们头回见面的那个晚上　也不知道怎样一来　他就教我兴奋起来啦　当时我住在里霍勃斯高台街我们站着　直勾勾地相互盯着看了十来分钟　就好像在哪儿见过似的　我猜想那是由于我赶母亲　有着犹太女人的容貌　他脸上露着有点儿懒散的微笑　常常东拉西扯地哄我开心　多伊尔[380]一家人全都说他会竞选下议院议员　噢　我可是个地地道道的傻瓜　居然把他关于自治运动和土地同盟[381]吹的那些牛皮都当真啦　他还把胡格诺派教徒[382]里那首又长又乱的歌儿给我送了来　说是用法国话唱就更古雅哦　德拉图赖讷的美丽国土[383]　这支歌儿我连一回也没唱过　他又大讲起宗教和迫害来啦　乱七八糟的　什么事儿他总也不教你自自然然地享受一番　然后他就像是[384]对你开个大恩似的　在布赖顿广场逮住头一个机会就赶紧跑进我的卧室来了假装手上沾了墨水　要用我经常使的含着阿尔比安[385]奶和硫黄的肥皂　可那肥皂还裹着包装的蜡纸呢　哦　那天我直笑他　简直笑破了肚皮　我还是别整宿坐在这玩意儿上头啦　他们应该按照普通的尺寸来造尿盆儿　女人家也就能够舒舒服服地坐在上面啦　他竟然跪下去解手　我估摸着天底下再也找不到第二个男人有他这种习惯的啦　瞧他在床脚那个睡法儿　连个硬枕头都没有　怎么能睡呢　亏得他倒不踢踢踹踹的　不然的话　我满嘴牙都会被他踢掉啦　一只手摁着鼻子呼吸　活脱儿像那位印度神　一个下雨的星期天　他领我到基尔代尔街博物馆去让我看过　浑身

裹了件长坎肩儿　侧着躺在手上[386]　十个脚趾挓挲开来　他说[387]　那个宗教比犹太教和咱们天主教加在一块儿还大呢　整个亚洲都在模仿他　正像他总在模仿每一个人　我猜想他也一向都睡在床脚那一头　还把他那双大方脚丫子伸到他老婆嘴里去　这腥臭的劳什子　不管怎样　那些布片儿哪儿去啦　啊　对啦　我知道啦　但愿那只旧衣橱可别吱吱嘎嘎地响　啊　我就知道它会响的　他睡得好香啊[388]　准是在什么地方寻欢作乐来着　不过　她给予他的倒也完全值得他出这笔钱　他当然得在她身上花钱喽　噢　这劳什子真讨厌　我巴不得下辈子我们女人能过得自在一点儿　别再这么把自己捆绑起来　老天爷　可怜可怜我们吧　这一宿这样就能对付啦　这张老掉了牙丁零当啷响的笨床　总是教我想起老科恩[389]　我猜他躺在这床上可没少挠自个儿　他呢　却还以为爹是从我还是个小妞儿的时候就曾经崇拜过的那个内皮尔勋爵[390]手里买下的呢　因为我就是这么告诉他的[391]　慢慢儿地　轻轻儿地哦　我爱我这张床　天哪　如今都十六年啦　我们这份日子过得还是跟以前一样紧巴巴的　我们统共搬过多少回家呀　隆巴德高台街跟翁塔利奥高台街跟伦巴德街跟霍利斯街　每回他都吊儿郎当地吹着口哨　不是胡格诺教徒这个曲子就是青蛙进行曲[392]　还装模作样儿地帮那些脚夫去搬运我们那四样简陋的家具呢　后来又住进了市徽饭店　连看门的戴利都说是越来越差啦　总有人待在楼梯平台那儿的可爱的地方祷告[393]　把他们的臭气全留下来啦　一闻就知道在你之前进去的是谁　每回刚刚顺当了　就又会出点儿什么事　要么就是他惹出什么麻烦来　汤姆也罢　希利也罢　卡夫先生也罢　德里米也罢[394]　要么就是为了那些旧彩票[395]的事儿差点儿蹲监狱　本来还指望全家人都靠它来得济哪　不然的话　他也会因为态度狂妄　很快就把自由人报[396]这个饭碗给砸啦　就像旁的那几个差事一样　都是由于罪人芬[397]或是共济会[398]的缘故　那么就瞧瞧他指给咱看的那个下雨天淋得浸湿独自在科迪巷转悠的小个儿[399]到底会给他多大安慰吧　他说那个人非常能干　浑身是纯粹的爱尔兰劲儿　从我看到的他身上那条长裤的纯粹劲儿来判断　他的确是这样的　慢乔治教堂的钟声响啦　慢　两点过三刻啦[400]　深更半夜的　他真是挑了个好时候回的家　凑到人家跟前儿来啦　而且是跨过栏杆跳到空地上的　要是给什么人撞见了呢　明天我就得狠狠地把他这个小毛病改一改　头一桩　查查他的衬衫　要么就翻看那个法国信[401]是不是还在他的皮夹子里　依我看他还只当我蒙在鼓里呢　这些男人就喜欢捣鬼　他们就是有二十个兜儿　也装不下他们那些瞎话　即便是真话他

们也不会相信　那么又何必去说呢　然后就蜷起身子往床上一倒　活像是有一回他给我捎来的贵族[402]那本杰作里的娃娃　直好像我们在现实生活里见到的例子还不够似的　管他叫老贵族还是叫什么名字呢　何苦拿那些长着两个脑袋的缺腿儿娃娃的破相片来恶心你　这就是他们成天梦想着干的罪恶勾当　他们那空洞洞的脑袋瓜儿里　什么旁的也没有装　他们当中有一半人就欠吃慢性毒药啦　还得给他[403]预备茶和两面都涂了黄油的烤面包片　要新下的蛋　我想我这个人已经不算数啦　在霍利斯街的时候　有一个晚上我不许他舔我　男人啊男人　在这一点上总是个暴君　他光着身子在地板上睡了半宿　就像是亲属死了以后犹太人所做的那样[404]　一口早饭也不肯吃　一句话都不说　我觉得他就是想让我对他亲热亲热　我坚持够了以后就让他随意去干　他只想着自个儿乐和　搞得完全不对头　他的舌头可不够圆滚　要么就是我也闹不清是怎么回事　他忘记了那个　可我呢　一点儿都不　假若他本人不在乎　我就教他再搞上一遍　然后把他锁在煤窖里　让他跟蟑螂一块儿睡觉去　我倒是想知道哪个女人迷上了我甩掉的这个男人　难道就是乔西[405]吗　他可是个天生的谎屁流儿　不　他永远不会有胆量去勾搭一个有夫之妇　所以他才让我跟博伊兰　至于她叫作她的丹尼斯的那个垂头丧气的可怜虫　他[406]算个什么丈夫呢　嗯　他在跟什么小婊子打得火热　上回我跟他带上米莉去看学院里的运动会　那个脑袋上扣了顶娃娃帽的霍恩布洛尔[407]放我们从后门进去的　他竟然向走来走去执行裙子任务[408]的那两个女人飞起眼儿来　起初我试着朝他眨巴眼　但是白搭　当然喽　他的钱都这么花掉啦　这全是帕狄迪格纳穆先生的葬礼造成的　嗯　博伊兰带来的报纸上说　葬礼还挺隆重　大家都很有派头　倒是该让他们瞧瞧真正的军官的葬礼　那才叫了不起呢　枪托子朝上的枪啦　蒙起来的吊鼓啦　死者宠爱的马披着黑纱走在后面　利布姆[409]和汤姆克南[410]　有一回那个酒桶般的小酒鬼不知在什么地方喝醉啦　一头栽到男厕所里　咬掉了自己的舌头　还有马丁坎宁翰和迪达勒斯爷儿俩　再就是范妮麦科伊[411]的丈夫　她那脑袋白得像棵白菜　皮包骨　斗鸡眼儿还想唱我那些歌儿呢　那她可得重新投胎才成　她穿了件开领儿挺低的旧绿衣裳　反正再也没有旁的法儿来吸引男人了　她那嗓门儿活像下雨天儿啪嚓啪嚓蹚水的声音　我现在把什么都看透啦　他们所说的什么友谊只不过是你杀我我杀你　然后一埋拉倒　可每个人家里还都有老婆和眷属哪　尤其是杰克鲍尔　把那个酒馆女招待包下来啦　当然喽　他老婆老是生着病　不是快要病倒啦　就是刚缓过来　他倒是

个蛮英俊的男人哩　尽管鬓角儿已经有点儿灰白了　他们这帮人可真够呛　喔　只要我能做得到　他们就休想再把我丈夫抓在手里　背地里还拿他取笑[412]　我全都知道　喔　这是因为他干那些愚蠢勾当的时候　还有足够的理智　不肯把自己挣下的每个便士都挥霍到他们肚子里去　他总还要照顾老婆和家眷嘛　简直是一帮废物点心　可怜的帕迪狄格纳穆也是这样　我有点儿替他感到[413]难过　除非他上了保险要不他那老婆和五个娃娃可咋办哪　活脱儿是个逗乐儿的小陀螺　总是摞在哪家酒吧的旮旯儿里　要么老婆要么就是儿子等在那里　比尔贝利　请你回家去好不好[414]寡妇的丧服也不能使她好看多少　可你要是长得漂亮　穿上丧服就格外显眼　啥人没去呢　他吗　对啦　他参加了格伦克里的午餐会[415]　还有那下贱的桶音本多拉德为了当场演唱　头天晚上他到霍利斯街来借燕尾服　好歹把身子塞进衣裤　他那张宽大的娃娃脸上满是笑容　活像是挨足了揍的小孩儿屁股　他看上去活像一对呆睾丸[416]　一点儿也不差　在舞台上想必丢尽了脸　想想看　花上五先令　坐在包厢里难道就是为了瞧他吗　西蒙迪达勒斯也是一样　他在台上总是醉醺醺的　先从第二段歌词唱起来　旧日恋情是新恋[417]是他的一个拿手节目　他唱起山楂枝上的女郎来　那嗓音多么圆润啊　而且他还总爱调情　当我跟他在弗雷迪迈耶斯家里一块儿唱歌剧玛丽塔娜[418]的时候　他的歌声又优美又豪放　菲比　最亲爱的[419]　再见　宝贝儿[420]　他总是这么唱　宝贝儿　不像巴特尔达西那样把它唱成宝婊儿[421]　当然喽他生就一副好嗓子　一点儿也不做作　听了就像是冲个热腾腾的淋浴似的　教你整个沉浸在里面　　哦　玛丽塔娜　荒林的花儿[422]　我们唱得很出色　对我的音域来说　就是变一下调　也还是高了点儿　那时候他已经跟梅古尔丁[423]结婚啦　可那时他说的做的　都会把好事儿给破坏啦　如今他成了老光棍儿啦　他儿子到底是个什么样儿的人呢　他说　他是个[424]作家　都快要当上大学里的意大利语教授啦还要教我呢　他把我的相片拿给他看　究竟安的是什么心呢　那一张照得不好　我应该穿件满是褶裥的衣裳就好啦　那就永远不会显得过时了　不过　在那张相片上我显得还是挺年轻　他是不是连相片带我这个人都送给他了呢[425]　那也没关系　反正我见过他跟着他爹妈　坐马车到王桥车站去　当时我还穿着丧服　那是十一年前的事嘞　嗯　他[426]要是活下来　就该十一岁啦　可是替这样一个对我们来说根本不算数的娃娃服丧　又有什么用呢[427]　当然喽　是他非要[428]服丧不可　我猜想就连那只猫要是死了　他也会的　如今他[429]该已经长成个男子汉了吧　当年他可是

个天真烂漫的男孩儿　一个惹人爱的小宝宝　穿的是方特勒罗伊小爵爷的套服[430]　一头鬈发　活像是位舞台上的王子　我在马特狄龙家看到他[431]的时候　他也喜欢我来着　我记得他们都喜欢我的　等一等　天哪　嗯　等一等　嗯　沉住气　今天早晨我洗纸牌占卜婚姻的时候　出现了个发色不深不浅的年轻陌生人　是从前见过的　我还只当指的是他[432]呢　可他并不是个年轻小伙子　也不是个不熟悉的人　而且我的脸是掉过去的　第七张牌是什么来着　随后是象征一次陆地旅行的黑桃 10　后来还有已经寄出来的一封信和一件丑闻　三张王后和方块 8 表示会出人头地　嗯　等一等　全都应验啦　两张红 8 代表新衣裳　瞧啊　我不是还梦见过什么吗　嗯　梦里出现了关于诗的什么　我希望他可别留着油乎乎的长头发　一直耷拉到眼睛里　要么就像红印第安人那样倒竖着　他们为什么要弄成那副样子到处转悠呢　只不过是让人对他们自个儿和他们的诗嘲笑罢咧　我还是个小妞儿的时候可喜欢诗啦　起初我还以为他[433]是拜伦勋爵那样的诗人呢　其实他连一丁点儿诗人的素质也没有　我认为他[434]可完全不一样　我不知道他是不是太年轻啦　他大约是　等一等　八八年　我是八八年结的婚　米莉昨天十五啦　八九年　那么他到底多大呢　在狄龙家那回才五六岁吧　那是约莫八八年的事　我猜想他已经二十要么二十出头啦　他要是二十三四岁的话　对他来说　我还不算太老　我但愿他不是那种自以为了不起的大学生　不会的　不然的话　他也不会跟他一道[435]坐在那间破旧的厨房里喝埃普斯可可[436]啦　还聊着天儿　他当然[437]假装统统都听懂啦　大概他还告诉他[438]　自个儿是三一学院毕业的呢　作为教授他可太年轻啦　我希望他不是古德温[439]那样的教授　论约翰詹姆森[440]　他倒是个有权威的教授哩　他们全都在诗里写什么女人啦　喏　我认为他[441]找不到多少像我这样的女人　那里有爱的微叹　吉他的轻弹[442]　空气里弥漫着诗　蓝色的海洋和月亮闪闪发光　多么美丽　乘夜船从塔里法[443]回来　欧罗巴岬角的灯台[444]　那个人弹奏的吉他的旋律扣人心弦　我会不会还有机会回到那儿去呢　一张张从来没见过的脸　窗格后藏着一双明媚的流盼[445]　我要把这唱给他听[446]　哪怕他有一星半点儿诗人的气质　也该能明白那就是我的眼睛　两只眼犹如爱星　乌黑又灿烂[447]　年轻的爱心　词儿有多么美好哇　跟一个聪明人谈你自己　而不是老听他[448]讲比利普雷斯科特的广告[449]和凯斯的广告[450]　还有恶魔汤姆的广告　要是他们的生意出了什么毛病　咱们就得跟着受罪　我相信他[451]准是个非常了不起的人　我就是想遇见这么个人　天哪　而不是旁的那些人

渣子　而且他又那么年轻　从岩石旁边我可以瞧见下面马盖特海滨浴场[452]的那些英俊小伙子　一个个赤条条地站在太阳底下　就像是神仙还是什么的　接着嗖的一下就跳到海里去了　为什么所有的男人不能都长成这样儿呢　那样的话　一个女人还能多少得到点儿安慰　就像他买的那座可爱的小雕像[453]　我可以成天望着他　长长的鬈发　还有他那肩膀　为了让你注意去听而举起的指头　那才是为你的真正的美和诗哪　我常常感到恨不得把他浑身上下都吻遍了　包括他那招人爱的小鸡鸡儿多么淳朴　要是没人看着　我恨不得把它含在嘴里　它多么干净白皙呀　就像是祈求你嘬它似的　他仰起那张稚气的脸蛋儿望着你　我会这么做的　不出半分钟就完啦　哪怕我咽下了一丁点儿什么　那也没啥　只不过像是麦片粥或露水罢咧　不会有害处的　何况他还那么干净　比那帮猪一样的男人可强多啦　我猜想他们大部分人一年到头也绝不会想到要把那物儿洗上一洗　所以女人才会长出口髭来　在我这个岁数　要是能够交上一个年轻俊俏的诗人　那才神气哪　早晨我头一桩儿就出纸牌好看看那张愿望牌[454]究竟会不会出来　要么我就给王后配对儿　看看他到底出不出来[455]　凡是能找得到的　我都要读一读　学一学　还要背会一点儿　可也得等先晓得了他[456]喜欢谁再说　这么一来　他就不至于嫌我愚蠢啦　假若他认为天下的女人都是一样的话　我倒得教他明白未必是这样的　我要把他弄得神魂颠倒　直到他在我底下差不多昏迷过去　然后他就写起我来啦　情人啦　情妇啦而且是公开地　当他出名以后　所有的报纸上都登出我们两人的照片　哦　可那时候我拿他[457]咋办呢

不行　他这个人[458]简直无可救药　他天生就不懂礼貌　不文雅　啥都不会因为我不肯称他作休　就从背后像那样拍我的屁股　是个连诗和白菜都分不清楚的蠢才　都怪你不教他们放规矩点儿才对你这样的　脸皮真厚　甚至都没问一声可不可以　当着我的面儿就在那把椅子上将鞋和裤子扒下来啦　上半身儿光剩件衬衫愣头愣脑地站在那儿　还指望着人家像神父啦　屠夫啦　要么就是尤利乌斯恺撒时代的老伪善者[459]那么仰慕哪　当然喽　他这只不过是一种开开玩笑消磨光阴的办法倒也情有可原　说实在的　饶这么着　还不如跟一头狮子[460]一块儿睡觉呢　我敢说一头老狮子倒还能说出点儿更像样儿的话来哪　哦　喔　我想它们[461]是因为罩在这条短衬裙里面才越发显得丰满动人　他简直忍不住啦　有时候它们把我自个儿也弄得兴奋起来啦　这些男人倒好　从女人身上得到的快乐可老鼻子啦　对男人来说　那永远是那么圆那么白　我但愿能变换变换　让我自个儿当上个男人　用他们

那物儿来试一试　当它胀得鼓鼓的朝你戳过来的时候　你一摸　是那么硬邦　同时又那么软和　我从髓骨巷[462]拐角那儿经过的当儿　听见那些二流子在说什么　我的约翰舅舅有个长长的物儿　我的舅妈玛丽有个带毛的物儿　因为天都黑了　而且他们知道有个姑娘正打那儿经过　可我并没有脸红　为啥要脸红呢　何必呢　这不过是天性嘛　他把他那长长的物儿戳进我的玛丽舅妈那带毛的啥　其实是给扫帚装上个长把儿　到哪儿去都是男人吃香　他们可以随便挑自家喜欢的有夫之妇啦　浪荡寡妇啦　黄花女儿啦　反正各有各的风味儿　就像爱尔兰街[463]背阴地儿的一座座房子里　可不是老用链儿把女人拴起来　他们可休想把我拴起来　不　妈的　我才不怕呢　我要是干开了头　也就不管傻瓜丈夫吃不吃醋啦　就是露了馅儿啦　又何必吵架呢　难道就不能继续做朋友了吗　她丈夫发现了他们[464]一道干了点儿啥喏　不用说　就算他发现了　他又咋能收回覆水呢　无论他做啥　反正他也已经剃度[465]啦　再就是像对美丽的暴君[466]里的那个妻子似的　男人走到另一个疯狂的极端　当然喽　男人嘛　连一丁点儿也不会替做丈夫的或者做老婆的考虑一下　他要的就是娘儿们　并且把她搞到手　我倒是想知道　要不是为了这个　干吗要让我们有七情六欲呢　我简直按捺不住啦　我还年轻哪　又咋耐得住呢　跟他[467]这么个冷冰冰的人一道过日子　我居然没有未老先衰　变成个干瘪老妖婆倒真是个奇迹哩　他从来也没抱过我　除非是睡着了以后有时候从不对头的那一端搂过来　我猜想他根本不知道我是谁　难道竟有亲女人屁股的男人吗　我恨不得跟他吵一架哩　打那以后哪儿不自然他就亲哪儿　在那些部位　我们连一丁点儿也动不了情　我们个个都有两团儿同样的肥油　我随便跟哪个男人搞以前　呸　这帮脏畜生　光是想一想就够啦　小姐　我亲亲您的脚[468]　这话倒还有几分意思　他亲没亲我们门厅的门呢　亲啦　好个疯子　除了我以外　谁都不理解他那些疯疯癫癫的念头　当然喽　一个女人巴不得每天都能给抱个二十来遍　这样才能显得年轻　无论对方是谁都行　只要自个儿爱上了那个人　或者被啥人爱上了就成　要是你想望的那个主儿不在　老天爷　我就想挑个黑咕隆咚的晚上　到谁都不认识我的码头上去转悠　随便找个刚上岸急煎煎的水手　他才一点儿也不管我是啥人呢　反正随便找个地方　闪进一扇门去干上一通就成　要么就找个有着一张野性面孔的拉斯法纳姆[469]的吉卜赛人　他们在布卢姆菲尔德洗衣坊[470]附近扎帐篷　变着法儿偷我们的东西　我冲着模范洗衣坊这个招牌　就送去了几样我的衣物　可回回退给我的是旧玩意儿　一样一只长袜子

唔的　那个眼睛挺水灵却一副流氓相的家伙　把那嫩枝剥得光光的　黑咕隆咚地朝着我猛扑过来　一声不响地跨在我身上　把我往墙上顶　要么就是个杀人犯　随便啥人　也不管他们自个儿是干啥的　哪怕是头戴大礼帽的体面绅士　要么就是住在附近的那位英国王室法律顾问[471]　有一回我瞧见他从哈德威克巷走了出来　那是他请我们吃鱼宴的晚上　他说是因为在拳击赛中赢了　可他当然是为了我才请的客喽　我是凭着他那鞋罩和走路那个劲儿认出他来的　过了一分钟　我刚一回头　就瞧见一个女人也跟在后面从那条巷子里溜出来啦　是哪个臭婊子啊　他干完那档子事儿以后　就回家到他老婆那儿去啦　不过　我猜想那些水手有一半都害病不中用啦　哦　你这大块头　求求您啦　往那边儿挪一挪吧　听听他这个　风把我的叹息飘送给你[472]　喏　大方案家[473]堂波尔多德拉弗罗拉[474]　他蛮可以[475]睡着觉叹气哩　要是他知道今儿早晨他是咋样出现在纸牌上的话　他就真有得可叹气的啦　夹在两张7当中不知道咋办才好的一个深头发男人　还被关进了监狱　天晓得他干了啥　我也摸不着头脑　而我呢　还得下厨房　趿拉趿拉转悠　给他这位老爷准备早饭　这当儿他可像具木乃伊似的[476]弯着身子睡在那儿　我真会这么做吗　难道你瞧见过我跑腿不成　我倒是想看看我自个儿跑跑颠颠的那副样子　只要关怀他们一下　他们就会把你当成垃圾　我才不管别人说三道四呢　要是由女人来统治天下　那该有多好哇　你不会看到女人你杀我我杀你　大批地屠杀人　你啥时候瞧见过女人像他们那么喝得烂醉　到处滚来滚去　赌钱输个精光　要么就连老本都赔在赛马上　嗯因为一个女人家无论做啥　她都懂得到时候就该收场　真的　要不是多亏了女人世界上就压根儿不会有男人　他们不知道做一个女人　做一位妈妈　意味着啥　要不是有个妈妈拉扯着他们　他们都咋活呀　这会子都在哪儿呢　我就从来没得到过这方面的济[477]　估计正因为是这样　如今他[478]才跑野啦　离开书本和学习　晚上到外面荡来荡去　大概是因为一家人净吵吵闹闹的　所以他不住在家里啦　喏　这可真是个不幸的事儿　他们有这么个好儿子　还不知足　我呢　没有儿子　难道是他[479]就没有生儿子的精力吗　那可不是我的过错　当我在光秃秃的当街瞧见了两条狗　公的从后面跟母的干上的时候　我们也到了一块儿　那档子事儿[480]教我伤透了心　我估摸埋葬他的时候不该给他穿上我边哭边编织成的那件小羊毛线衣　应该把那件衣服给随便哪个穷娃娃穿　可是我心里很清楚　我再也不会生养啦　那又是我们家头一回死人　可不是嘛　打那以后　我们跟过去就完全不一样啦　哦　不要再想下

去啦　我可不能想着想着就垂头丧气起来　我一直觉得他[481]带回家来的是个古怪的人　我纳闷儿他为啥[482]不肯留下来过夜呢　也省得这么满城流浪　万一碰上啥人　盗贼啦　扒手唔的　他那位可怜的妈妈要是在世的话　绝不会喜欢这种事儿的兴许还把他这辈子毁掉呐　不过　这可是个可爱的时辰哩　那么安静　我一向就喜欢舞会散了以后回家来　夜晚那空气啊　男人有着可以交谈的朋友　我们可一个都没有　他[483]想要的是他自个儿得不到手的　要么就是随时可以捅上你一刀的女人我就恨女人的这些方面　也难怪男人会那么对待我们喽　我们是一帮可怕的婊子我猜想　正是我们的种种麻烦才使我们变得这么泼辣　我可不是那种人　他蛮可以[484]舒舒坦坦地睡在另一间屋子的沙发上　他还那么年轻嘛　刚刚二十来岁　我猜他对我就像个少年人那样害羞　待在隔壁屋　他听得见我往尿盆里撒的声音　真的[485]　这又有啥关系呢　迪达勒斯　我觉得这倒有点儿像直布罗陀的那些姓　德拉帕斯啦　德拉格拉西亚[486]唔的　那儿的人们有着怪里怪气的姓　给过我一串念珠的圣玛利亚的比拉普拉纳神父[487]　住在七道湾街的罗萨利斯伊奥赖利[488]　还有住在总督街的皮希姆勃和奥皮索太太[489]　哦　这叫啥姓呀　我要是有她这么个姓　就干脆跳河去算啦　哎呀　再就是所有那些斜坡　天堂斜街[490]啦　疯人院斜街[491]啦罗杰斯斜街[492]啦　还有克鲁切兹斜街[493]和鬼峡梯阶[494]　喏　即便我是个冒失鬼也不该怎么怪我　我知道自个儿是有点儿粗心大意　我敢向老天爷起誓　跟当时比起来　我并不觉得自个儿长大了多少　我倒纳闷儿自个儿还会不会叽里咕噜说点儿西班牙话呢　你好吗　很好　谢谢你　你呢[495]瞧　我还没有像我所想的那样忘干净哪　文法可就不行啦　名词是任何人或地方或东西的名字　可惜呀　我从来也没试着去读一读那个坏脾气的鲁维奥太太借给我的那本巴莱拉[496]的小说　书上的问号统统都是颠倒过来的[497]　有两样嘛　我晓得到头来我们总会走掉的　我可以教他[498]西班牙话　他呢　教我意大利话　那么一来他就能明白我还不是那么饭桶　他没留下来过夜　太可惜啦　我敢说可怜的小伙子一定累得要死　非常需要好好儿地睡上一觉　我蛮可以替他把早餐送到床上去吃　还得添上点儿烤面包片儿　只要别把刀子叉上去就行　因为那样就会倒霉的[499]　要么就是假若那个女人挨家挨户送来了水田芹跟旁的啥香甜可口的吃的　厨房里还有几颗橄榄哪　他可能爱吃　阿夫林斯[500]店头的那些　当年我可瞧着就饱啦　我可以充当女仆[501]　屋子还蛮像样子　因为我给重新布置了一下　你瞧　我一直有点儿觉得非要介绍介绍自个儿不可　对方对我

啥都不了解　说起来可真逗　我成了他的老婆[502]　要么就假装是他老婆　我们正在西班牙呐　他半睡半醒的　一丁点儿也不晓得他这是在哪儿呢　两个煎鸡蛋　您哪[503]老天爷　我有时候净转些稀奇古怪的念头　要是他[504]在我们家住下来　那可就太有意思啦　为啥不能呢　楼上有间空屋子　后边的房间里摆着米莉的床　他蛮可以在那儿的桌子上读书写字　他[505]就总是在那张桌子上涂涂写写　要是早晨他打算像我这样在床上看书的话　反正他[506]也得做一份儿早餐　那么他干脆做个双份儿不就结啦　只要他一天租着像这样一座一团糟的房子　我是绝不会替他从街上拉儿个房客进来的[507]　我就想跟一个有学问的聪明人谈上老半天　我得去买一双漂亮的红拖鞋啦　就像是戴毡帽儿[508]的土耳其人通常卖的那种　要么就买淡黄色的也行　还得要一件我非有不可的可爱的半透明晨袍　要么就是桃红色的短睡衣　就像老早以前我在沃波尔[509]瞧见过的那件　才八先令半　要么十八先令半　再给他[510]一回机会吧　明儿个我一早儿就起来　我已经腻烦科恩这张旧床啦　不管咋样　我也许到市场上去看看那些青菜　白菜啦　西红柿啦　胡萝卜啦各种各样上好的水果都运来啦　又好看又新鲜　谁晓得我头一个碰见的会是谁呢　他们一早就出来寻摸那个妈咪狄龙[511]常常说　他们就是这样的　晚上也出来　所以她就去望弥撒　现在我很想吃一个放进嘴里就化了的那种汁子很多的大梨　害喜的时候我就老想要吃那样的梨　然后我就用急火煎好他的[512]鸡蛋　并且在他的搪须杯里斟上茶　我想她准是为了让他的嘴巴张大一些才送给他的　他也会喜欢我那好吃的奶油　我知道自个儿该咋做啦　我要快快活活地走来走去　可又不能做过了头　偶然唱上一句半句儿的　　我替马塞托感到悲哀[513]　然后我就开始换衣服　好出门去　来吧　我的力气已渐衰　我要换上我那套最好的衬衣汗裤　让他[514]看个够　那么一来他那物儿就竖起来啦　要是他想知道的话　我就告诉他　他老婆给人操啦　对啦　被狠狠地操了一通　都快操到我脖子这儿啦　可不是他　接连丢了五六回　这条干净床单上还留着他那劲头[515]的印儿哪　我干脆不想用烙铁把那印儿熨掉　这就该让他[516]知足啦　你要是不相信我的话就摸摸我的肚子看　除非我能让他那物儿竖起来　搁到我里头去　我就打算把每一个细节都说给他听一听　教他当着我的面儿干一通　假若我是个淫妇　正像顶层楼座的那个家伙[517]所说的那样　他这是活该　一切都怪他自个儿嘛　哦　假若这就是我们女人在泪谷[518]所干下的全部坏事儿　那又算得了啥呢　老天爷知道这算不了啥　难道不是人人都　只不过他们偷偷摸摸地干罢咧　我看恐

怕就是为了这个才有女人的　不然的话　上主就不会把我们造的对男人那么有吸引力啦　要是他想亲我的屁股　我就拉开我的汗裤裆　肥滚滚地戳到他面前　不缺零件儿　他蛮可以把舌头往我的窟窿里伸进七英里长去　因为他就贴着我的褐色部位哪　然后我就对他说　我要一英镑要么就是三十先令　告诉他我打算买身内衣裤要是他给了我　喏　他倒也不赖　我并不想学旁的女人那样把他敲诈光啦　我常常有机会给自个儿开上一张有信用的支票　签上他的名字　弄上两三英镑　有好几回他都忘记上锁啦　而且他也不花嘛　我要让他从背后搞　只要别把我那些好内裤都弄脏了就行　噢　我想　那总是难免的　我要装出一副满不在乎的样儿　问上他一两个问题　从他的回答我就知道啦　他那股劲儿一上来是瞒不住我的　他的心情有啥变化　我都一清二楚　我要把屁股绷得紧紧的　说几句浪话　闻闻我屁股啦　舔舔我的屎啦　要么就是闪过脑子的头一个疯疯癫癫的念头　然后我就暗示那档子事儿　对啦　啊　别急　宝宝　这会儿该轮到我啦　搞的时候我会是十分快活　亲亲热热的　哦　可我忘记了这血淋淋的祸害啦　你不知道究竟是该笑还是该哭　好啦简直是李子和苹果[519]的大杂拌儿　不　我得系上那条旧的[520]　这就好多啦　更服帖一些　他永远也闹不清究竟是不是他弄的　喏　无论是多么旧的玩意儿　对你来说也就蛮好啦　然后我就像平时那样把他遗漏[521]的从我身上抹掉　接着我就出门啦　让他望着天花板嘀咕　这会儿她到哪儿去了呢　教他急着要我　几点过一刻啦可真不是个时候　我猜想在中国　人们这会儿准正在起来梳辫子哪　好开始当天的生活　喏　修女们[522]快要敲晨祷钟啦　没有人会进去吵醒她们　除非有个把修士去做夜课[523]啦　要么就是隔壁人家的闹钟　就像鸡叫似的咔嗒咔嗒地响　都快把自个儿的脑子震出来啦　看看能不能打个盹儿　一二三四五　他们设计的这些算是啥花儿啊　就像星星一样　隆巴德街的墙纸可好看多啦　他给我的那条围裙上的花样儿就有点儿像　不过我只用过两回　最好把这灯弄低一些　再试着睡一下　好能早点儿起床　我要到兰贝斯[524]去　它就在芬勒特[525]旁边　叫他们送些花儿来　好把屋子点缀点缀　万一明天　我的意思是说今天　他把他[526]带回家来呢　不　不星期五可是个不吉利的日子[527]　头一桩　我先得把这屋子拾掇拾掇　我寻思灰尘准是在我睡觉的当儿　不知咋地就长出来啦　然后我们可以来点儿音乐　抽抽香烟我可以替他伴奏　我得先用牛奶把钢琴的键擦擦　我穿啥好呢　要不要戴一朵白玫瑰[528]　要么就来点儿利普顿[529]仙女蛋糕　我就爱闻阔气的大店铺的香味儿　每磅

七便士半　不然就是另外那种樱桃馅挂着粉色糖霜的　两磅十一便士　桌子当中间儿还得摆上一盆花草　在哪儿才能买到便宜的呢　喔　前不久我在哪儿瞧见过　我真爱花儿呀　恨不得让这房子整个都漂在玫瑰花海上　天上的造物主啊　啥也比不上大自然　蛮荒的山啦　大海啦　滚滚的波浪啦　再就是美丽的田野　一片片庄稼地里长着燕麦啦　小麦啦　各种各样的东西　一群群肥实的牛走来走去　看着心里好舒坦呀　河流湖泊鲜花　啥样形状香味颜色的都有　连沟儿里都绽出了报春花和紫罗兰　这就是大自然　至于那些人说啥天主不存在啦　甭瞧他们一肚子学问　还不配我用两个指头打个榧子哪　他们为啥不自个儿跑去创造点儿啥名堂出来呢　我常常问他[530]这句话　无神论者也罢　无论他们管自个儿叫啥名堂也罢　总得先把自个儿身上的污点[531]洗净呀　等到他们快死啦　又该号啕大哭着去找神父啦　为啥呢　为啥呢　因为他们做了亏心事　生怕下地狱　啊　嗯　我把他们琢磨透啦　谁是开天辟地第一个人呢　又是谁在啥都不存在以前　创造了万物呢　是谁呢　哎　这他们也不晓得　我也不晓得　这不就结了吗　他们倒不如试着去挡住太阳　让它明儿个别升上来呢　他说过[532]　太阳是为你照耀的　那天我们正躺在霍斯岬角的杜鹃花丛里　他穿的是一身灰色花呢衣裤　戴着那顶草帽　就在那天　我使得他向我求婚　嗯　起先我把自个儿嘴里的香籽糕往他嘴里递送了一丁点儿[533]　那是个闰年[534]跟今年一样　嗯　十六年过去啦　我的天哪　那么长长的一个吻　我差点儿都没气儿啦　嗯　他说我是山里的一朵花儿　对啦　我们都是花儿　女人的身子　嗯　这是他这辈子[535]所说的一句真话　还有那句今天太阳是为你照耀的　嗯　这么一来我才喜欢上了他　因为我看出他懂得要么就是感觉到了女人是啥　而且我晓得　我啥时候都能够随便摆布他　我就尽量教他快活　就一步步地引着他　直到他要我答应他　可我呢　起先不肯答应　只是放眼望着大海和天空[536]　我在想着那么多他所不知道的事儿　马尔维啦　斯坦厄普先生啦　赫斯特啦　爹爹啦　老格罗夫斯上尉啦　水手们在玩众鸟飞[537]啦　我说弯腰[538]啦　要么就是他们在码头上所说的洗碟子　还有总督府前的哨兵　白盔上镶着一道边儿[539]　可怜的家伙　都快给晒得熟透啦　西班牙姑娘们披着披肩　头上插着高高的梳子　正笑着　再就是早晨的拍卖[540]希腊人啦　犹太人啦　阿拉伯人啦　鬼知道还有旁的啥人　反正都是从欧洲所有最边远的地方来的　再加上公爵街[541]和家禽市场　统统都在拉比沙伦[542]外面嘎嘎乱叫　一头头可怜的驴净打瞌睡　差点儿滑跤　阴暗的台阶上　睡着一个个裹着大

鹫的模模糊糊的身影　还有运公牛的车子[543]那好大的轱辘　还有几千年的古堡[544]对啦　还有那些漂亮的摩尔人　全都像国王那样穿着一身白　缠着头巾　请你到他们那小小店铺里去坐一坐　还有龙达[545]　客栈[546]那一扇扇古老的窗户　窗格后藏着一双明媚的流盼[547]　好让她的情人亲那铁丝格子[548]　还有夜里半掩着门的酒店啦响板啦　那天晚上我们在阿尔赫西拉斯误了那班轮渡　打更的拎着灯转悠　平安无事啊　哎唷　深处那可怕的急流　哦　大海　有时候大海是深红色的　就像火似的还有那壮丽的落日　再就是阿拉梅达园里的无花果树　对啦　还有那一条条奇妙的小街　一座座桃红天蓝淡黄的房子　还有玫瑰园啦茉莉花啦天竺葵啦仙人掌啦　在直布罗陀做姑娘的时候我可是那儿的一朵山花儿　嗯　当时我在头发上插了朵玫瑰像安达卢西亚姑娘们常做的那样　要么我就还是戴朵红玫瑰吧[549]　好吧　在摩尔墙脚下　他[550]曾咋样地亲我呀　于是我想　喏　他也不比[551]旁的啥人差呀　于是我递个眼色教他再向我求一回　于是他问我愿意吗　嗯　说声嗯　我的山花　于是我先伸出胳膊搂住他　嗯　并且把他往下拽　让他紧贴着我　这样他就能感触到我那对香气袭人的乳房啦　嗯　他那颗心啊　如醉如狂　于是我说　嗯　我愿意　嗯。

的里雅斯特——苏黎世——巴黎，1914—1921

第十八章　注释

1 本章原文除不用标点之外，同一页上的“他”往往各有所指。翻译时，根据情节并参阅了沙利·本斯托克与伯纳德·本斯托克合著的《乔伊斯指南》（美国伊利诺伊大学出版社1980年版），以及庄信正为台湾太平洋文化基金会·外国文学中译国际研讨会所撰的论文：《〈尤利西斯〉最后一章的翻译问题》。凡是容易混乱之处均加了注。本章以“Yes”始，并以“Yes”终。此词是女主人公的口头禅，全章出现了不下90次。大多译作“嗯”，然而按照中文语气习惯，并未强求一致。她还用了44次because（因为）。文前的*号是根据奥德赛1933年版和海德1947年版、1989年版以及2001年版加的。莎士比亚书屋1922年版和兰登书屋1990年版无此符号。

2 赖尔登老太婆，见第6章注69及有关正文。第12章中提到布卢姆夫妇一度与赖尔登同住在市徽饭店里的往事（见该章注179至181及有关正文）。据堂吉福德等合编的《〈尤利西斯〉注释》（第610页），像赖尔登这样以虔诚的天主教徒自居的富孀，死后把财产遗赠给教会是司空见惯的事，用意是请神父为她做安息弥撒，俾使灵魂早日离开炼狱，升入天堂。

3 世界末日，参看第6章注130。

4 “他”，指布卢姆。

5 第8章中，布卢姆曾回忆起野餐会那天摩莉穿的灰象皮色衣服多么合身（参看该章注57及有关正文）。

6 这里，摩莉猜出布卢姆在第17章末尾告诉她的那桩应邀到下阿贝街的怀恩饭店赴晚餐会一事是瞎编的，而实际上他曾去逛了趟红灯街。

7 万景画是由若干小画组成各种不同的画面。19世纪90年代，普尔万景画会每年都到都柏林来举行一次巡回展出。

8 海德1989年版（第609页第12行）无“取火柴”之句，这里系根据莎士比亚书屋1922年版（第691页第19行）、奥德赛1933年版（第743页倒15行）及兰登书屋1990年版（第739页第14行）翻译。

9 指玛丽·德里斯科尔，见第15章注118及有关正文。

10 据堂吉福德等合编的《〈尤利西斯〉注释》（第610页），这里所说的“每打二先令六便士的牡蛎”，要比1900年的标准市价高出三四倍，摩莉显然是在夸大。

11 在第15章中，布卢姆曾提到他送给女仆玛丽一副鲜棕色袜带事，见该章注118及有关正文。

12 据堂吉福德等合编的《〈尤利西斯〉注释》（第610页），“另一只……手里”是出自现成的诗句或歌词。下文中的“5月……贝”，见第8章注179及有关正文。

13 “因为他对他……”，此句中第一个“他”指布卢姆，第二个“他”指博伊兰。参看第8章注180及有关正文。

14 此处和下文中的两个“他”，均指布卢姆。

15 “他”，指博伊兰。

16 1888年是布卢姆向摩莉求婚的年头。此年3月9日，德皇威廉一世去世，其子腓特烈三世即位，但他也于6月15日去世，遂由其子威廉二世（1859—1941）继承皇位。

17 “那”，指忏悔。

18 英文中，“神父”和“父亲”均作“father”。

19 “白圈圈”，指神父的白色硬领。据堂吉福德等合编的《〈尤利西斯〉注释》（第611页），有着公牛脖子（指粗短的脖颈）通常被视为性欲旺盛的标志。

20 据《〈尤利西斯〉注释》（第611页），神职人员犯奸淫罪，性质要比乱伦还严重得多。摩莉则以为只要她作为天主教徒捐献点钱（见第5章注85及有关正文）就没事了。

21 “想知道他”和下文“他临走……”“我讨厌他……”“当时他正怀念他的……”“他是不是……”“他梦里……”中的“他”，均指博伊兰。

22 “花儿”，指博伊兰在桑顿鲜花水果店为摩莉买水果等物时，向女店员讨的那枝红艳艳的麝香石竹。参看第10章注64及有关正文。“送给他……”和下文“他说是……”“他身上……”中的“他”，均指博伊兰。

23 博伊兰喝的是“糖浆般的紫罗兰色浓酒”，见第11章注85及有关正文。

24 关于摩莉之父搞邮票生意事，见第4章注2及有关正文。

25 “他”，指博伊兰。

26 “肉罐头”，见第5章注18及有关正文。

27 16日晚上10点多钟，布卢姆也曾在产科医院里听见那声巨雷，见第14章注102及有关正文。

28 “悔罪”，见第10章注24。

29 在第16章中，布卢姆曾对斯蒂芬说，脑力是脑灰质沟回。参看该章注114及有关正文。

30 “因为他……”和上文“他要是……”“他准会……”“他向来……”“他说……”中的四个“他”，均指布卢姆。

31 “他”，指博伊兰。据《〈尤利西斯〉注释》（第611页），西方民间传说谓鼻子大的人通常阴茎也长得大。

32 “耶……黝”是都柏林流行的一种说法。

33 据P.W.乔伊斯所著《我们在爱尔兰所说的英语》（伦敦，1910年，第201页），“连自己的耳朵都听不见啦”是爱尔兰人的一种特殊的表达方法。

34 “他”，指布卢姆。下一句“假若他结了婚”中的“他”，则指博伊兰。

35 波尔迪，见第4章注39。下文“我猜想他……”中的“他”，指“布卢姆”。

36 乔西·鲍威尔，见第8章注66和有关正文。下文“随便他……”和“只要他称心……”中的“他”，均指布卢姆。

37 在第15章中，布卢姆和乔西曾一道回顾这段往事，见该章注52及有关正文。下文“他跟她跳舞”“他千方百计……”“是他开的头”“他说咱们……”中的“他”，均指布卢姆。

38 耶稣的养父约瑟夫是个木匠，所以耶稣跟他学过木匠手艺。见《马可福音》第5章第3节：“他岂不是一个木匠？他不就是玛利亚的儿子……”下文“他把我弄哭……”“被他驳倒……”“他心里……”“他说主是……”中的“他”，均指布卢姆。

39 “主”，指耶稣。这是19世纪末叶英国自称为社会主义者们的老生常谈。他们的根据是《马太福音》第19章第21节：“如果你要达到完善的地步，去卖掉你所有的产业，把钱捐给穷人，你就会有财富积存在天上；然后来跟随我。”后文“他叫我……”“惹他……”“他也不发脾气”“横竖他……”中的“他”，均指布卢姆。

40 《家庭医学》于1879年出版于伦敦，在1895年已印了四版。下文“他的声音”“观察他”“他的缘故……”“他这个人……”中的“他”，均指布卢姆。

41 弗洛伊是马特·狄龙的女儿们当中的一个，参看第14章注289。下文“他还送……”“让他去……”“他跟她……”“要是他不肯……”“让他整理一下”“摸摸他”“再吻他”“就让他到……”“爱他都爱疯啦”中的“他”，均指布卢姆。

42 从这里起，直到提及乔西结婚为止，下文中的“他”一律指布卢姆，“她”则指乔西。

43 拜伦生前，同时代的人们就喜欢模仿他的举止（包括淡淡的忧郁情调），这种风气一直延续到19世纪末叶。下文中的“眼红”，原文为英语化了的爱尔兰语。

44 “可他呢”的“他”，指丹尼斯·布林。布林打算为有人寄给他的明信片起诉，要求赔偿10000英镑事，参看第8章注71及有关正文。在该章中他脚上穿的原是“帆布鞋”，而他在第15章中出现时则改穿“拖鞋”（见该章注59及有关正文），与此处一致。

45 《哦，亲爱的梅》（1859）是爱尔兰的一首流行歌曲。8岁的小姑娘梅曾答应嫁给一个男孩子（歌中的“我”）。但当“我”多年后抱着成婚的目的回来时，梅早已同别人订了婚。

46 “他也永远找不到第二个像我这样肯迁就他……他也晓得……”中的三个“他”，均指布卢姆。下文中的“梅布里克太太”，指弗萝伦丝·伊丽莎白·钱德勒·梅布里克（1862—1941）。她因有外遇，于1889年用砒霜毒死丈夫（比她大23岁的一个利物浦棉花掮客），被判死刑，后减刑为无期徒刑，并于1904年1月25日获释。

47 按：英语arsenic（砒霜）一词的前半截与arse（屁股）拼法相同，所以摩莉有此疑问。

48 在第4章中，布卢姆曾告诉摩莉，英语中的“转生”一词是“从希腊文来的”。见该章注53及有关正文。Arsenic系源于希腊文arsenicon一词。

49 “我们……茶”，“我们”指布卢姆和摩莉。下文“都怪他要我买的”和“他要我在……广告”中的“他”，均指布卢姆。“我瞧见他”和“正跟他那两位……”中的“他”，则指博伊兰。

50. “我瞅见他……”和下文“他还在望着我”“可他没在”“怎么会叫他兴奋……”“起初他指的是……”中的“他”，均指博伊兰。

51 按：摩莉生于9月，那个月的宝石是贵橄榄石（象征“防止愚行”）。10月的宝石才是蓝晶（又名海蓝宝石，象征“希望”）。

52 “他”，指博伊兰。

53 “他”，指布卢姆。在第8章中，布卢姆也曾回忆起演奏会后回家的这段往事（见该章注65及有关正文）。

54 凯蒂·兰内尔，见第15章注770。

55 指每天下午5点半至6点之间发行的《电讯晚报》最终版。

56 在1904年，都柏林的卢肯牛奶公司在市内和郊区设有18家牛奶店。

57 巴特尔·达西，见第8章注63及有关正文。

58 查尔斯·弗朗索瓦·古诺（1818—1893），发展法国歌剧的作曲家，曾用巴赫的旋律谱写了《圣母颂》（1859）一曲。

59 “咱们……分手”出自G.J.怀特—梅尔维尔和F.保罗·托斯蒂所作歌曲《再见》。下文中的“我的褐色部位”，原文作“my brown part”，是摩莉根据这支歌曲中的一句“kiss me…on the brows and part”（吻我脑门并分手）引申出来的。“brown”（褐色）与“brows”（脑门）发音相似。“部位”与“分手”在原文中均作“part”。

60 《〈尤利西斯〉注释》（第612—613页）认为，摩莉的母亲可能是个西班牙裔的犹太人，参看本章注267、477及有关正文。

61 “噢，至圣者玛利亚”，原文为西班牙语。

62 加德纳是摩莉在直布罗陀时代的情人，参看本章注96及有关正文。加德纳一姓可能起源于驻守直布罗陀的加德纳炮台。

63 扯谎大家，原文作Deceiver。通常此词是小写，这里却改为大写，令人联想到《奥德修纪》卷23中奥德修杀死那帮求婚者后，为了制造假象，怎样叫乐师奏乐，让女奴们翩翩起舞。周围的人们闻声竟误以为王宫里在举行婚礼。

64 亨尼·多伊尔可能是卢克·多伊尔家的什么人。第13章中提到“海豚仓的卢克·多伊尔家”（见该章注145及有关正文）。同一段中又有“亨尼·多伊尔的大衣裂缝”之句，但并未交代其身份。

65 “他”，指布卢姆。

66 “他”，指博伊兰。

67 “他”，指博伊兰，参看第10章注63及有关正文。

68 “他”，指博伊兰，参看第11章注234及有关正文。

69 “两个姑娘”，指凯蒂和布棣。第10章（参看该章注59及有关正文）曾写到她们两人回家后的情景。《〈尤利西斯〉注释》（第613页）认为，这两个姑娘想必是在布卢姆夫妇所住的埃克尔斯街东边或东南的一所学校念书，为了回到她们所住的卡布拉街（位于埃克尔街西北不足1英里处），埃克尔街是必经之路。

70 “他”，指布卢姆。

71 《有位我心爱的漂亮姑娘》是歌剧《基拉尼的百合》第1幕中的一个插曲，参看第6章注24。

72 “他也一样”和后文“他爹”“要是他那样……”“我可不能叫他……”中的“他”，均指布卢姆。

73 “他”，指博伊兰。

74 贝尔法斯特的新教势力强大，设有长老会学院。

75 “他”，指博伊兰。

76 “事后告诉他”和后文“他当然……”中的“他”，均指博伊兰。

77 “他不如……”和后文“他总会……”中的“他”，均指布卢姆。

78 马里伯勒（现名波特拉奥依斯）位于都柏林西南52英里处，是王后郡（现名拉奥依）首府。布卢姆夫妇显然是利用火车停在月台上的这段时间到站上的小卖店去喝汤的。

79 “他肯不肯……”和后文“他大概还……”中的“他”，均指博伊兰。后文“张着嘴呆呆地看我们俩”中的“我们俩”，指摩莉和博伊兰。

80 “我们”和后文“他让我们俩……”中的“我们俩”，均指摩莉和布卢姆。“他”指工人。

81 “他”，指博伊兰。

82 指坐落在克拉伦敦街的圣女德肋撒戒酒基金会的会堂。下文中的凯思琳·卡尼是《都柏林人·母亲》中的人物，曾在音乐学院深造。

83 《心神恍惚的乞丐》，见第9章注67。

84 罗伯茨勋爵，见第14章注285。

85 “他”，指布卢姆。

86 《光啊，仁慈地引导》，见第4章注56。

87 《站立的圣母》，见第5章注73及有关正文。

88 “引导我前进”是《光啊，仁慈地引导》中的一句。

89 新芬党，见第3章注108。

90 “他说”和下文“他介绍给我”中的“他”，均指布卢姆。

91 格里菲思，见第3章注108及有关正文。

92 “他”，指布卢姆。

93 比勒陀利亚（今译为“茨瓦内”）目前为南非共和国行政首都。在布尔战争中，布尔人的军队于1900年5月主动撤离了该城，英军长驱直入，予以占领。

94 莱迪史密斯，见第15章注222及有关正文。

95 布隆方丹，见第15章注106。

96 加德纳，见本章注62。

97 保尔·克留格尔（1825—1904）是南非荷裔布尔人，军人和政治家，曾为建立布尔人国家——德兰士瓦而战斗。这里，摩莉把他的姓名拆开，当成两个人了。

98 拉罗什的正式名称是圣罗什，系距直布罗陀7英里的一座有军队驻守的城镇。

99 阿尔赫西拉斯是西班牙加的斯省海港，隔着直布罗陀海与直布罗陀遥遥相望。

100 15英亩地是都柏林凤凰公园一区。当年在这里经常举行摩莉所回忆的那种军事演习。

101 黑警戒兵团是苏格兰步兵团的劲旅，系英军中的第42团，因着黑军服，故名。

102 都柏林兵指都柏林近卫步兵连队的士兵。在布尔战争中，该连队的两个营与一支英国军队配合，于1900年2月18日成功地抢渡图盖拉河（现为南非纳塔尔省主要河流），从而缓解了莱迪史密斯（见第15章注222）的紧张局势，立了战功，因而受到维多利亚女王的嘉奖（见第15章注924）。

103 “他”，指博伊兰。第12章中提到博伊兰之父曾“把同一群马卖给政府两次”，从而发了财。见该章注305及有关正文。

104 “他”，指博伊兰。

105 “他”，指博伊兰。

106 “我们”，指摩莉和博伊兰。

107 “反正他称钱”和下文“帮他花花……”“他喜不喜欢我”中的“他”，均指博伊兰。

108 “他那副……大”和下文“他又……重”“让他……搞”中的“他”，均指博伊兰。

109 马斯添斯基是布卢姆夫妇住在西伦巴德街时的邻居，见第4章注27及有关正文。

110 “他”指博伊兰。关于他的衣着打扮，可参看第10章注216及有关正文。

111 博伊兰在赛马方面损失的金额，第12章中作“两镑”，见该章注364和有关正文：“为他自己和一位女友下了两镑赌注。”“他”指博伊兰，“女友”指摩莉。上文中的“他准阔……”“从他衣裳……”“他那块……”“当他出去……”“他撕碎了……”“因为他输掉了……”和下文中的“他说是……”“让他丢……”“为他出了……”“他诅咒……”，均指博伊兰。

112 “寄生虫”，指利内翰。

113 “格伦克里的午餐会”，参看第8章注54。

114 “他”，指利内翰。在第10章中，利内翰曾对麦科伊细述他调戏摩莉的往事（见该章注116及有关正文）。

115 维尔·狄龙，参看第8章注53。

116 “可我……他”和下文“他情愿我……”“他不是……”中的“他”，均指博伊兰。

117 《曼诺拉》是一支音调喧嚣的西班牙俚曲。安达卢西亚是西班牙历史地区名，在该国最南端。15世纪末，并入基督教王国卡斯蒂利亚。

118 卢尔斯是当时的一家妇女时装商店，坐落在都柏林的格拉夫顿街67号。

119 “他”，指布卢姆。

120 《仕女》是当时流行的一种周刊，每期售价六便士，每逢星期四在伦敦发行。

121 “他”，指布卢姆。

122 拉里是奥罗克酒店的老板，参看第4章注9及有关正文。

123 “才是他”和后文“告诉他……”“天晓得他……”中的“他”，均指布卢姆。布卢姆为摩莉配化妆水的情节，见第5章注91及有关正文。

124 这里，摩莉把“opopanax”（苦树脂）记错为“opoponax”了，译文中用“熟”来代替“树”，以表示发音错误。按：苦树脂和紫罗兰都有香味。

125 “他”，指布卢姆。

126 据第17章末尾，摩利生于1870年9月8日，所以这里她把自己的岁数少算了1年，实际上再过3个月就满34岁了。下文中的加尔布雷斯太太，参看第15章注854。罗伯特·亚当斯在《外表与象征》（第155页）中指出，加尔布雷斯太太实有其人，当时和丈夫H.德纳姆·加尔布雷斯同住在拉思曼斯路58号乙。

127 据《外表与象征》（第239页），这位奥谢小姐仅只是与巴涅尔的情妇（参看第16章注205）同名同姓。吉蒂是凯瑟琳的昵称。

128 莉莉·兰特里（1852—1929），英国女演员，因生在海峡群岛的泽西岛，教名又叫莉莉（Lily，百合）。故以“泽西百合”闻名于世。1917年做告别演出。她有许多身份高贵的爱慕者，其中包括后来成为爱德华七世的威尔士亲王。她于1881年离开头一个丈夫兰特里，1899年嫁给休·杰拉德·德·巴斯爵士。

129 “他”，指布卢姆。据《〈尤利西斯〉注释》（第615页），关于兰特里嫉妒他那个年轻貌美的妻子之消息当时不胫而走，所以人们才编出了他叫妻子系上“贞操带”以及携带牡蛎刀这样一些莫须有的故事。

130 “弗朗索瓦某某的作品”，指法国作家弗朗索瓦·拉伯雷（约1493—1553）的代表作《巨人传》。他初习法律，并任神职，后学医。《巨人传》第二部分《庞大固埃之父、巨人卡冈都亚十分骇人听闻的传记》（1534）中的英雄人物卡冈都亚身躯高大，食量过人，是从他母亲的左耳出生的。

131 由于“arse”（屁股）一词不雅，习惯上经常写成“a–e”来代替。所谓“脱肠”即指字母“s”形的直肠脱落。这里包含一个字谜：“从“arse”中抽掉“s”，就成了“are”，把第三个字母“e”移到前面，就成了“ear”（耳朵）一词。

132 “他”，指布卢姆。

133 “鲁碧”，见第4章注55。《美丽的暴君们》，见第10章注121及有关正文。

134 英奇柯尔在都柏林西郊，当地有座神祠，陈列着纪念耶稣诞生的蜡像，正如摩莉所说的，其中圣婴耶稣被塑造得很大，与成年人不成比例。

135 这里，摩莉的思路又回到被丈夫系了条“贞操带”的兰特里夫人上来。

136 据《〈尤利西斯〉注释》（第616页），自1873年起逐年出版的《直布罗陀词典与旅行指南》记载着威尔士亲王于1859年与1876年前后两次访问直布罗陀，但并不曾在摩莉出生的1870年前往。

137 “他应该退出”和下文“他只能……”“让他坐上……”“他宁愿……”“他要是待……”“他还问着……”“他能像……”中的“他”，均指布卢姆。

138 “他要不是干了那么一件事”，指布卢姆在卡夫手下工作时，因顶撞一位畜牧业者而被解雇，见第12章注258及有关正文。下文“后来他又……”“他被提升……”中的“他”，均指布卢姆。

139 “他”，指卡夫。“接见”，原文为西班牙语。

140 “他”，指布卢姆。

141 托德和勃恩斯是坐落在都柏林玛丽街和杰维斯街的一家出售绸缎、呢绒、亚麻布兼营成衣业的公司。利斯是爱德华·利斯所开的一家呢绒绸缎庄，坐落在玛丽街和上阿贝街。

142 “他认为……”和下文“他知道得很多”“我要是听他……”中的“他”，均指布卢姆。

143 “婆婆妈妈的”，原文为爱尔兰俚语。

144 “只要问他……”和下文“他却说……”“他也说好”“我把他带到……”“他对女店员……”“弄得他……”“可第二回他……”“他又成了……”中的“他”，均指布卢姆。

145 这个“行啊”（原文为“yes”），出自布卢姆之口。

146 “当他起身”和下文“他死命地……”“他把我送出去”“当他头一次……”中的“他”，均指卡夫。“他的老婆……”的“他”，指布卢姆。“他正在说着……”“由于他……半晌”“他弄得我……干渴”中的“他”，均指卡夫。

147 原文作titties，是titty的复数，乳房的俚语。今译为北京土话“咂儿”（奶头）。本句“他管它们……”和下文“让他……嚗下去”“为了他的缘故”中的“他”，均指博伊兰。

148 马沙拉是意大利西西里岛所产的一种白葡萄酒。

149 “两只袋”指阴囊。这里系套用儿歌《吧，吧，黑羊，你有羊毛吗？》中的一句，并把原词中的“三”，改成了“两”。前四句如下：“吧，吧，黑羊，／你有羊毛吗？／是的，先生，是的，先生，／三只袋装得满满的。”

150 本句“那个讨厌的……肉市背后”至本章注154有关正文“难道不怕……挨一下打吗”，共33个句子的次序，海德1989年版（第620页第14行至倒数第17行）与诸本有所不同，现根据海德版翻译。而莎士比亚书屋1922年版、奥德赛1933年版以及纽约兰登书屋1990年版，“那个讨厌的……肉市背后”之后，均为“女人当然意味着美”。

151 指一度竖立在直布罗陀的阿拉梅达园的一座雕像。它原是特拉法尔加海战（参看第1章注78，第3章注63）中被缴获的西班牙无敌舰队中的“圣胡安”号的船头雕饰，形状是一个人像在用标枪叉鱼，因毁损，已于1884年拆除。

152 据《直布罗陀词典与旅行指南》，自1879年6月起，女王第79近卫军金马伦高原部队驻守直布罗陀，1882年8月改由第一东萨里支队换防。

153 “小便池”，原文为西班牙语。

154 “难道不怕……挨一下打吗”，参看本章注150。下文“他被……解雇了”“他说我蛮可……”中的“他”，均指布卢姆。

155 “卖衣服”和“在咖啡宫……弹奏”的往事，参看第11章注97、98及有关正文。

156 在第4章中，布卢姆也曾认为图上的宁芙“未尝不像是披散起头发时的玛莉恩”（见该章注60及有关正文）。

157 “西班牙……婊子”，指布卢姆收藏在抽屉里的图（见第17章注299及有关正文）。

158 “我曾问过他”和下文“我还问他”“他却搬出……”“他永远也……”“他又为了……”“他那份腰子……”中的“他”，均指布卢姆。

159 “老是那么着”，指老是赤裸着身子，参看第4章注60及有关正文。

160 关于摩莉对这个源于希腊文的外来语（轮回、转生）的误会，参看第4章注53、第8章注37。

161 布卢姆向摩莉解释“转生”这个词时，最初使用了英文固有的“reincarnation”一词（参看第4章注59及有关正文：“转生，对，就是这词儿。”），摩莉却误记成“incarnation”（化身）了。

162 “把锅……坏啦”，参看第4章注61及有关正文。

163 “他”，指博伊兰。

164 据路易斯·海曼的《爱尔兰的犹太人》中记载（第329页），西特伦的原型为伊斯雷尔·西特伦（1876—1951），住在圣凯文步道17号，本书中改为28号（参看第4章注27）。

165 在第8章中，布卢姆也曾想起过这个与报馆领班同姓（彭罗斯）的学生。参看该章注62及有关正文。

166 “它们”，指乳房。后文“直到他……”“我只好叫他……”“他说它们……”“后来他……”“他可真能……”“把他写到……”中的“他”，均指布卢姆。

167 “布雷迪大夫”，见第15章注855。

168 “他足足嘬了它们……”和下文“他那嘴巴……”“我巴不得他……”“当时他是……”“他从后面……”“在他身上”“搂住他”“谁晓得他……”中的“他”，均指博伊兰。“男人们并不都像他这样”中的“他”，则指布卢姆。本段的最后两个“他”（“他搞的时候”“我……看着他”）和“野蛮畜生”，均指博伊兰。

169 《古老甜蜜的情歌》，见第4章注50及有关正文。

170 《自由人报》，见第4章注7 。《摄影点滴》，见第4章注61。

171 “岩石”，见第16章注97。直布罗陀一名源出阿拉伯语“贾布尔塔里克”（意为“塔里克山”，为纪念公元711年占领该半岛的塔里克·伊本·齐亚德而来）。直布罗陀的高度为1430英尺，而都柏林以南7英里的三岩山则为1479英尺。但前者因3英里长，气势更为雄伟。

172 “再就是一顶顶蚊帐”一语，系根据莎士比亚书屋1922年版（第706页第19行）、奥德赛1933年版（第761页第16行）、兰登书屋1990年版（第755页第12行）翻译的，海德1989年版（第621页倒数11行）无此句。

173 据《〈尤里西斯〉注释》（第617页），赫斯特·斯坦厄普夫人是作品中虚构的人物，她与曾任英国首相威廉·皮特（1759—1806）的私人秘书的英国女人赫斯特·斯坦厄普夫人（1776—1839）同名同姓。

174 便宜商场为坐落在巴黎豪斯曼大街的一家著名的百货公司。

175 原文作wogger，英国俚语，对阿拉伯或黑肤色人的蔑称。下文中的“他”，指斯坦厄普夫人的丈夫。

176 直布是直布罗陀的简称。

177 《等候》《在古老的马德里》，见第11章注167、168。

178 指意大利声乐教师朱塞普·康科恩（1801—1861）所编的《30首每日声乐练习曲》。

179 ×××××的记号代表接吻。

180 拉利内亚，见第17章注336及有关正文。

181 自19世纪70年代初至20世纪30年代，戈麦斯家族的斗牛士曾称雄西班牙斗牛场，摩莉指的是其中的一名。

182 斗牛时，裁判将一对牛耳授予成绩杰出者。

183 吉利尼山坐落于都柏林湾岬角，高480英尺。

184 “斗牛士万岁”，原文为西班牙语。

185 这里指斗牛用两只角把马身子戳破。

186 摩莉正在回忆直布罗陀的往事，然而铃巷却位于都柏林艾利广场后边。后文“他总是……”中的“他”，指布卢姆。“他们后来”的“他们”，指斯坦霍普夫妇。

187 据海德1989年版（第622页倒18至倒16行）。此句下面有五句关于斯坦霍普的话，诸本都没有。现补译如下：尽管他有点儿谢顶　在一个少女眼里还是蛮有吸引力的　显得挺聪明　虽受了挫折　却还是快快活活的　活像是阿什利迪阿特的阴影中的托马斯。托马斯是英国女作家亨利·伍德夫人（1814—1887）所著长篇小说《阿什利迪阿特的阴影》中的主人公。他受到的挫折包括未婚妻之死，弟弟为人不诚实，导致破产等。

188 “由于她的缘故”和下文“她给我一本……”中的“她”，均指斯坦霍普太太。

189 《月亮宝石》（1868）是英国小说家威尔基·科林斯（1824—1889）的疑案故事，被视为侦探小说的滥觞。

190 《伊斯特·林恩》（1861）是亨利·伍德夫人的成名作。曾经译成多种文字并改编成剧本。下文中的“另一个女人”指英国女小说家玛丽·伊丽莎白（1837—1915）。《亨利·邓巴》（1864）是她所著70多部长篇小说中的一部，揭示一个冒充已故百万富翁的骗子的真实身份。

191 “好让他明白”中的“他”，指布卢姆。“不是没有”下面省略了“情人”一词。马尔维（见第13章注105及有关正文）是个中尉，摩莉的初恋之人。

192 英国小说家爱德华·布尔沃—利顿（1803—1873）是个男爵。他的长篇小说《尤金·阿拉姆》（3卷，1832）写的是犯罪分子和下层社会。

193 《美丽的摩莉》（1878）是爱尔兰女作家玛格丽特·沃尔夫·亨格福德（约1855—1897）用“公爵夫人”这一笔名写成的长篇小说，标题取自一首爱尔兰歌谣：“哦，美丽的摩莉！／为什么撇下恋慕着的我？／我孤寂地在这儿等待你。”

194 “就拿他”和下文“他睡在……”“他还老……”中的“他”，均指布卢姆。

195 布卢姆给摩莉借来的那本书是英国小说家笛福所著《摩尔·佛兰德斯》（1722）。女主人公摩尔出生于监狱，其母是个女贼。她生活浪荡，12年为娼，5次结婚，靠偷窃为生。最后被发配到美洲弗吉尼亚，经营种植园终其一生。摩莉把女主人公的姓（佛兰德斯）误当成地名（佛兰德）了。佛兰德为中世纪的公国，包括今法国的北部省，比利时的东、西佛兰德省和荷兰的泽兰省。

196 “他什么也没说”和下句“他一本正经”中的“他”，均指斯坦霍普。下文“她吻了我……”的“她”，指斯坦霍普太太。

197 《等候》是摩莉演唱过的歌曲名（参看第11章注167。下文中将其最后两句稍做了改动，原句为：“把他引到我这里，／加快他那飞速的步伐。”

198 直布罗陀要塞每天鸣炮，通知士兵归营，因为城门关上后次晨日出时才开。尤其是每逢女王诞辰，从要塞顶上边的大炮至海岸沿线的炮台，均响成一片。

199 尤利西斯·格兰特（1822—1885）将军为第18任美国总统（1869—1877）。任期将满时，他曾周游世界，并于1878年11月17日访问直布罗陀，受到鸣礼炮21响的隆重接待。

200 据《直布罗陀词典与旅行指南》，霍雷肖·琼斯·斯普拉格早在1873年（该词典创刊之年）以前即就任美国驻直布罗陀领事，直到1902年去世。因时间很长，所以这里说“打从大洪水以前”（指诺亚大洪水）。这位领事之子约翰·路易斯·斯普拉格自1877年起在乃父身边任副领事，直到1886年去世。所以格兰特于1878年访直布罗陀时，其实他还健在。

201 利未族是以色列12部族之一，犹太祭司多出自该族。《旧约》中的《利未记》记载着宗教仪式的规则。利未人遂成了协助祭司管理宗教事宜的虔诚的犹太人的泛称。

202 “洛克滩”，见第15章注102及有关正文。“普列文”，见第4章注2。

203 加尼特·吴士礼爵士（1833—1913）是出生于都柏林的英国陆军元帅。1879年在南非指挥对祖鲁人的作战。占领祖鲁兰后，又向德兰士瓦推进，在那里镇压布尔人的起义。1885年封为子爵。

204 查理·乔治·戈登（1833—1885），英国将军。第二次鸦片战争期间任英国侵略军军官，参与抢掠焚毁圆明园。1863年在英国驻华公使卜鲁士指使下，配合李鸿章向太平军反扑，并曾在苏州、常州一带大肆焚烧掳掠。后任苏丹殖民总督时，被苏丹马赫德·穆罕默德起义军击毙于喀土穆。

205 “每回他们……”和“我都替他们……”中的“他们”，均指摩莉之父和格罗夫上尉。下文中的“老酒鬼”和“他那掺了水……”“休想看到他……”“他抠着鼻孔……”“他从来也……”“他也会……”“我猜他……”中的“他”，均指上尉。

206 布什密尔是爱尔兰东北部布什河畔一小镇，因在石瓮中酿制威士忌而出名。

207 西欧人认为伸出左手与对方连握两次手是敌意的表示，摩莉却想用这种不同寻常的办法引起对方的注意，以便勾搭上对方。

208 “脑灰质”，参看第16章注114。

209 “乡下骗子手们”，指在市徽饭店开会的畜牧商们，参看第2章注84及有关正文。

210 “寄给他的支票”，“他”指布卢姆。下文中的“神奇露”，参看第17章注302和有关正文。

211 “他那封信”，“他”指博伊兰。

212 “她给他”，“她”指米莉，“他”指布卢姆。

213 “西红柿红胡椒”是马德里的一道菜肴，原文为西班牙语。

214 弗洛伊·狄龙，见第14章注289及有关正文。

215 “她父亲”，指马特·狄龙，见第6章注134。

216 老人口齿不清，把“钢琴”说成了“钢亲”。

217 “他说的……”，“他”指布卢姆。

218 “但愿他下回……”和后文“假若他……”“他把我……”“他那封……”“跟他说……”“要是他……”中的“他”，均指博伊兰。

219 《在古老的马德里》，参看第11章注168。下文中的“爱正在叹气”，系该歌曲中的一句。“我即将死去”则是把“心苦苦思恋”做了改动。

220 阿蒂·狄龙是弗洛伊的一个姐妹，参看第14章注289及有关正文。下文中的“×××的记号”，参看本章注179。

221 《淑女尺牍大全》是《淑女绅士模范尺牍大全》（伦敦，1871）的简称。

222 “鲁维奥”（Rubio）是西班牙语“金色的”的音译。据《〈尤利西斯〉注释》（第620页），此人多半是摩莉随父亲住在直布罗陀时的西班牙女管家。

223 “它们”，指发夹。下文中的“赫尔奇拉”是西班牙语“发夹”的音译。

224 “国境警备兵”，原文为西班牙语。指西班牙驻守直布罗陀边境的警备兵。这里暗指“岩石”（直布罗陀的别称）于1704年被英国占领的经过。但据《〈尤利西斯〉注释》，《直布罗陀辞典与旅行指南》只记载着一次英国的大西洋舰队（包括8只军舰）开进直布罗陀海湾的史实。那是在1912年2月，目的是警告德国，尽管发生过巴尔干战争，地中海仍为英国的湖泊。

225 圣母玛利亚教堂坐落于直布罗陀的通衢大道上。

226 据爱尔兰民间流传的迷信，当太阳在复活节早晨升起的时候，看到人类获得拯救的希望即将实现，不禁高兴得跳跃3次。

227 这里，摩莉把拉丁文“viaticum”（临终的圣餐）误记成“Vatican”（梵蒂冈，即位于罗马境内、由教皇统辖的天主教小国）了。神父送的圣餐代表耶稣，所以神父路过时教徒要画十字。

228 “他”，指马尔维。

229 卡尔·里尔是西班牙人对直布罗陀的水港街的叫法。“从……橱窗里看见他”，指摩莉看见了映在橱窗玻璃上的马尔维的身影。

230 邮票贴在什么地方曾有过各种讲究：如果倒贴在信封左上角，则表示对收信者的爱慕；如果倒贴在右上角，则表示希望收信者不要再复信。然而自从有了统一规定，邮票的语言就已失去作用。

231 “我戴一朵白玫瑰好呢，还是红玫瑰？”是H.S.克拉克和E.B.法默合写的同名歌曲的头两句。在第三段中，歌中的“我”（一个少女）认识到，假若“他”真爱她，她就完全用不着为他装饰自己了。

232 直布罗陀岩石顶端有个台地，摩尔墙位于台地中心的北边，从台地的东端筑到西端。

233 “我的情人儿，年少的时候”是威尔福德·摩根和伊诺克合写的一首歌曲中的两句。

234 “德·拉·弗罗拉”是西班牙语“de la Flora”的译音，意思是“属于花的”。

235 “有一朵盛开的花”系套用一首歌曲的题名，参看第13章注45。

236 比塞塔和佩拉葛达都是西班牙硬币，前者约合六便士，后者约合一便士。

237 卡波奎因是爱尔兰韦克斯福德郡黑水河畔一小镇。

238 “娃娃皇上”，指西班牙国王阿方索十三世（1886—1941），他父亲阿方索死于1885年，因而转年5月17日他刚一出生，便即位。

239 奥哈拉塔是驻守直布罗陀（1787—1791，1794—1802）的奥哈拉将军（死于1802）下令筑起的瞭望塔，目的是监视西班牙舰队的活动。竣工后不久即遭到雷劈。岩炮是架在直布罗陀岩石的至高点（1356英尺）的一座号炮。一般市民是不准登的，军官也受到严格限制。

240 叟猴也叫柏柏里猴或无尾猴，是欧洲唯一的野生猴。群栖于阿尔及利亚、摩洛哥以及直布罗陀。《直布罗陀词典与旅行指南》并未提到把叟猴送到克拉珀姆（伦敦郊区一地名，一度因定期举办集市著称）一事，然而1882年确曾把一只离群跑到阿拉梅达园来的公猴运到伦敦的摄政王公园去。到1889年为止，直布罗陀只剩下不足20只叟猴。

241 英塞斯农场位于直布罗陀岩石坡上，正对着摩尔墙。

242 “他正朝我”和“尽量鼓励他”的“他”，均指马尔维。后文中的“它们”，指乳房。

243 据《〈尤利西斯〉注释》（第622页），几种关于直布罗陀的旅游指南均未记载“冷杉坳”（firtree cove）这一地名，只有读音近似的“Fig-Tree Cave”（无花果树洞）。在直布罗陀东面，海拔790英尺。

244 坑道指温莎坑道和联合坑道，是位于直布罗陀西面的防御工事，长约2英里。隐蔽炮台位于俯瞰港湾的直布罗陀西面，是为了保护港口的防波堤而架设的。

245 圣迈克尔岩洞是直布罗陀最大的溶洞，其入口在直布罗陀南面，海拔1000英尺。该洞于1891年被永久封闭。

246 圣迈克尔岩洞内部有几座较低的洞窟，可扶着梯子爬下去。

247 直布罗陀和对面的北非相距9英里。《〈尤利西斯〉注释》说，当年罗马人曾占领过这两个地方，据认为很可能是罗马士兵把叟猴当作宠物从北非带到直布罗陀，它们便在岛上繁殖起来的。

248 马耳他是地中海中部岛国，1814年成为英国殖民地，1964年独立，为英联邦成员国。在19世纪80年代，每逢星期四早晨总有一艘半岛与东方S.N.公司的班轮驶往马耳他。

249 "他隔着……"和下文"偎依着他""这是他……""他穿……""瞧得见他……""他求我让他……""起初他……""我把他……""不许他……""可把他……""挑动他""他闭着……""他羞答答地""他那副""伏在他身上""他的纽扣儿""掏出他那个""弄得他""他管我……"中的"他"，均指马尔维。

250 "怀上孕"，原文为西班牙语。

251 《摩莉，我的乖》（1871）是美国作曲家维尔·莎·海斯（1837—1907）所作的通俗歌曲，头两句是："你能不能告诉我，摩莉我的乖，/除了我之外，你谁都不爱？"

252 "他叫……名字"和下文"估计他……""他有……音""他还留……""他说他会……""他会对……""答应他……"中的"他"，均指马尔维。

253 "好吧"，原文作"yes"。

254 "让他……"和下文"也许他已经……"中的"他"，均指马尔维。

255 "就会"下面省略了"想起来的"。"他马上就会……"和下文"要是他……""那就是他……""他还年轻……""那时候他连……"中的"他"，均指马尔维。

256 "新闻报"指每逢星期六由直布罗陀的要塞图书馆出版的《直布罗陀新闻》。这是一份娱乐性周刊，创刊于1801年。

257 在1889年，直布罗陀的技师街上曾有一爿莫狄贾伊与萨缪尔·贝纳迪兄弟所开的面包坊。

258 英国军舰及该舰成员帽上均有"HMS"字样。其全文为："His/Her Majesty's Ship"。意即"国王女王陛下之舰船"。"HMS卡吕蒲索"是英国皇家海军预备舰队的一艘三级巡洋舰。

259 老主教指在直布罗陀教区代表罗马天主教教皇的名誉主教。

260 布卢姆尔套装是由美国女人伊丽莎白·米勒设计，并经纽约的阿米莉亚·布卢姆尔（Bloomer）改进后于1851年推出的一种由短裙和灯笼裤组成的女装，19世纪70年代起在英国流行。因布卢姆尔与布卢姆发音相近，摩莉认为是以他命名的。

261 "他"，指布卢姆。

262 "乔西"，见第8章注66。乔西的丈夫布林神经不正常，所以摩莉说布卢姆比他强。

263 Bloom作"开花"解，blooming为进行式："正在开花""盛开的（花）"。

264 布里格斯（Briggs）一姓与"brig"（作为俚语，指偷窃）发音相近，所以这么说。

265　拉姆斯巴托姆（Ramsbottom）一姓的后半截bottom亦作“臀部”解，所以摩莉有此联想。

266　“他”指布卢姆。下文中的“无论我妈是个什么人”，参看本章注60。

267　欧罗巴岬位于直布罗陀南端。威利斯路从直布罗陀西北角逶迤通到岩顶的摩尔墙，从那里又有好几条小径翻过南巅通到下面的欧罗巴岬。

268　“小东西”，暗指乳房。

269　“朝他扔过去”和“他到印度去啦”中的“他”，均指马尔维。

270　“便宜商场”，参看本章注174。

271　摩洛哥（非洲西北部国家）北隔直布罗陀海峡与欧洲大陆遥遥相对。在晴天，摩莉很容易就能从直布罗陀望见它。丹吉尔海湾位于直布罗陀海峡西南35英里处，被岬角遮住了。撒哈拉阿特拉斯山在阿尔及利亚境内，位于直布罗陀海峡东南375英里处，完全在视野之外。

272　“摩莉，我的乖”，参看本章注251。

273　“他……味”和下文“给他一件”“他给了我……”中的“他”，均指马尔维。

274　“西班牙皮肤”，原文为法语，香水牌子。

275　克拉达是爱尔兰西岸港市戈尔韦的一个区。自1784年左右起，克拉达戒指就成了戈尔韦郡的传统结婚戒指，是金制的，镌刻着双手托住的一颗心，据说是凯尔特族世代相传的图案。

276　原文作carrot（胡萝卜），系carat（克拉）之误。1克拉等于200毫克。此词指纯金在合金中所占的比例数（以纯金为24开），我国叫作“开”。这里译为“凯”，以表示摩莉念了别字。“十八”系据海德1989年版译出。

277　“因为重得很哪”后面，海德1989年版（第627页21行至倒数第18行）有以下几句：但是在那样一个地方你又能得到什么呢　沙蛀从非洲阵雨般拥了来　还有来到港口的那艘被抛弃的船　玛丽　玛丽号　不管你怎么称呼它吧　不　他没有留口髭　那是加德纳　对啦。诸本（莎士比亚书屋1922年版、奥德赛1933年版、兰登书屋1990年版）均没有。玛丽号指一艘名叫“天蓝色玛丽号”的船。1872年，该船在从纽约驶往热那亚途中，被抛弃在亚速尔（北大西洋中的群岛，属葡萄牙）。船上人员均神秘地失踪。经过多方周折，此船一度（1872年12月至1873年3月1日）被送到直布罗陀港口，处理善后事宜。

278　“可怀恋的往昔岁月，一去不复返”，这是摩莉即将演唱的《古老甜蜜的情歌》（参看第4章注50）一歌的头两句。

279　这里，摩莉把《古老甜蜜的情歌》第二句歌词做了些改动，原句为：“当雾降落人世时。”

280　“传来了甜蜜的情歌”是第一段合唱部分的倒数第二句。

281　凯思琳·卡尼，见本章注82。

282　“你乘的……手推车呢”，这是爱尔兰西部的人们对装腔作势者表示轻蔑的一种语气。

283　加德纳，见本章注62。

284 “他会不喜欢……”和下文“他是那么……”“他老是说”“他一点儿也”“他确实……”中的“他”，均指博伊兰。

285 “嫁给了他”，“他”指布卢姆。后文中的“传来了古老甜蜜的情歌”是第一段合唱的最后一句。

286 《我太太的闺房》是F.E.韦瑟利和霍普·坦普尔所作歌曲。下文中的“关于……房间”，系把《我太太的闺房》一歌的头三句做了改动。原词是：“黎明时分，穿过围着壕沟的庄园，／我心爱的人儿和我前往，／踱过空荡荡的房间……”

287 第8章中曾提到这首歌是男高音歌手巴特尔·达西教给摩莉的（参看该章注63及有关正文）。下一句中的“他”，指达西。“那档子事”，参看本章注57及有关正文。

288 “他”，指博伊兰。

289 “不要吵醒他”和后文“省得他再来……”“可别让他……”“他自个儿……”“把他那双……”中的“他”，均指布卢姆。

290 “微弱地”，原文为意大利语。

291 “极弱地”，原文为意大利语。

292 “无论你待在哪里，放屁尽随你的意”是一首打油诗的头一句，最后一句是：“因为憋住我的屁，就会要了我的命。”

293 “猪肉铺……家伙”指德鲁加赤，参看第4章注16及有关正文。

294 希拉·内华达是西班牙语“Sierra Nevada”的音译。意思是“雪岭”，指西班牙东部与地中海沿岸平行的内华达山。自东至西绵亘60英里，位于直布罗陀东北方，相距130英里。

295 “我希望他”和下文“教他走上邪路”“让他以为……”“他总算还……”“然后他就……”中的“他”，均指布卢姆。

296 “比目鱼”（plaice）是根据奥德赛1933年版（第771页倒13行）和兰登书屋1990年版（第764页第17行）翻译的，莎士比亚书屋1922年版（第715页第1行）和海德1989年版（第629页第4行）均作“地方”（place）。

297 威廉斯—伍兹是坐落在都柏林大不列颠街（现已易名为巴涅尔街）的一家糖果点心店，在伦敦和纽卡斯尔设有分店。

298 这里指摩莉总忘记女儿米莉已经离开家去谋生了，所以经常把她那一份也买了。

299 当时在上多尔塞特街48号有一家肉店，与书中布卢姆夫妇所住的埃克尔斯街7号相距不远。老板叫约翰·巴克利，在第4章中，布卢姆也曾提及这家店，见该章注1及有关正文。

300 “叫他出钱”的“他”，指博伊兰。下一句“还为他请上……”中的“他”，则指布卢姆。

301 弗莱明大妈，见第6章注3。

302 荆豆谷和草莓园都是都柏林人最喜欢去的风景区。荆豆谷在凤凰公园的诺克马隆门东边，位于公园西南角。草莓园则在诺克隆门外面，位于利菲河北堤岸上。

303 “叫他把……”和下文“就像他……”中的“他”，均指布卢姆。

304 小房子，指的是在草莓园旁边盖起的一座座供旅游者喝茶用的茅舍。

305 “他”，指博伊兰。下文中的“火焰”，原文是“blazes”，而博伊兰的名字也叫“Blazes”。

306 除了英国规定的银行假日（见第4章注66），根据1903年爱尔兰颁发银行假日法，3月17日的圣帕特里克节也是银行假日，如遇星期日，推迟一天。

307 “蜜蜂要蜇他”和下文“再也不和他”中的“他”，均指布卢姆，被蜜蜂蜇了的事，见第4章注71。

308 指布莱岬角，参看第1章注35。

309 “他对船老大……”和下文“他会划船”“有人问他……”“他也会说……”中的“他”，均指布卢姆。

310 “家伙”，指船。

311 “他忽而要我”，这里省略了一个主词，指布卢姆。

312 “他划着的……”和下文“他当然……”“他穿了条……”“从他身上……”“给他一顿……”“打得他……”“这对他……”中的“他”，均指布卢姆。

313 伯克，见第12章注179及有关正文，第15章注262。下文“他总是”“用不着他”中的“他”，均指伯克。

314 “他”，指布卢姆。

315 《偷情的快乐》，见第10章注122及有关正文。

316 摩莉没有记全保罗·德·科克（见第4章注58）的姓名，并把这名字和源于希腊文的外来语“轮回”（见第4章注53及有关正文、第8章注37）扯在一起，故联想到“管子”，并以为是外号。“他总是……”和下文“他的管子”“大家才给他……”中的“他”，均指科克。

317 这里，摩莉又回想起她在直布罗陀时的往事。卡塔兰湾是直布罗陀东面峭壁下的小湾，那里有个渔村，亦名卡塔兰。村民大多是意大利港口城市热那亚渔民的后裔。

318 据古罗马神话，如果搬进新住宅之前供上一点儿盐，就能得到珀那忒斯（住宅保佑神）的庇佑。

319 “贡多拉”是威尼斯水道上一种传统的行船，11世纪初即见记载。船身狭长，两端尖而向上翘起，一般漆成黑色。前文“他对爹说……他要做”“把他看穿了”“他还对我……”和后文“他还有一张……”“他都马上……”“就凭他……”“奖给他……”中的“他”，均指布卢姆。

320 科莫湖在意大利伦巴第区，以风景优美闻名。

321 爱尔兰凯里郡时兴一种儿童游戏，孩子们相互一问一答：“你要做我的仆人吗？”“好的。”“你肯替我拎罐儿吗？”“肯呀。”“你敢跟妖精打仗吗”“敢打。”随后，孩子们便往对方的脸上吹气，直到一方退让为止。“仆人”的原文为“man”，也作“男人”“丈夫”解。这里根据摩莉的思维，译为“丈夫”。

322 《劳埃德新闻周刊》是1842年在伦敦创刊的，每逢星期日发行，曾数易其名。1902年11月至1918年9月，叫此名。已于1931年停刊。

323 “他”，指杀人犯。下文“他这……事儿”“他只穿着……”中的“他”，则指布卢姆。

324 “由于他爷爷”，“他”指布卢姆。第17章中曾提到布卢姆的父亲和祖父在匈牙利的一位本家的银板照相室里拍的照片，参看该章注310及有关正文。

325 摩莉指的是乔治·E.斯克利公司所创办的一所学院的哈考特分校，米莉在那儿可以学速记法、打字和贸易等课程。

326 “他才这么……”和下文“对于他……”中的“他”，均指布卢姆。下文“只要她……”“她从来也……”“就让她”“把她装在……”“看着她……”“她离开家……”中的“她”，均指米莉。

327 “要是给他……”和下文“从他那边的……”“他不能……”“他能吗”“他以为……”中的“他”，均指布卢姆。

328 据《〈尤利西斯〉注释》，在布卢姆一家人所住的埃克尔街7号西北方的北莱因斯特街11号（相距半英里），当时确实住着一个叫作托马斯·J.德万的人，而第10章末尾也提到了“汤姆·德万事务所”（参看该章注210及有关正文）。

329 据《〈尤利西斯〉注释》，在1904年，埃克尔斯街79号住着一个叫作约翰·默里的律师。

330 纳尔逊街位于埃克尔街拐角处，所以从摩莉待着的地方是看不见的。下文中的“他把她”，指“布卢姆把米莉”。

331 据爱尔兰民间的迷信，如果在对方穿在身上的衣服上缝缝补补，就意味着即将离别。

332 据爱尔兰传统，举行庆祝活动时通常把一枚戒指（或其他象征性物品）藏在点心里，作为一种吉兆。比方说，如果一个未婚男子在自己分到的那片点心里找到了戒指，就标志着他将喜结良缘。然而如果把点心从模子里取出时裂成两瓣儿，就意味着离别。

333 《唯一的路》（1899）是爱尔兰教士、剧作家弗里曼·克罗夫茨·威利斯（约1849—1913）在另一名教士弗雷德里克·兰布里奇的协助下，根据狄更斯的《双城记》（1859）所改编成的舞台剧。

334 赫伯特·比尔博姆·特里爵士（1853—1917）是英国舞台监督。他在《软毡帽》中所扮演的斯文加利（参看第15章注554），大获成功。他确曾于1895年10月10日和11日在都柏林的欢乐剧场演过《软毡帽》一剧，由他本人饰演斯文加利这个角色。

335 “地狱”和前文中的“后座”是双关语，均作“pit”。这里是根据莎士比亚书屋1922年版（第717页倒12行）、兰登书屋1990年版（第767页第13行）、奥德赛1933年版（第774页倒2行）翻译的，海德1989年版（第63页第16行）无此句。

336 “屁股”的原文“barebum”为爱尔兰俚语，与“Beerbohm”（比尔博姆）发音相近，系文字游戏。这里说“她的屁股”，指的即是下文中的“我那个部位”。

337 斯威策是坐落在都柏林格拉夫顿街88号至93号的一家经售绸缎布匹的公司。

338 据海德版，“他可……我啦”之后有“对啦”一词，其他3种版本均无此词。

339 布罗德斯通，见第5章注13。

340 马丁·哈维（见第13章注40）曾在伦敦和都柏林饰演《唯一的路》（见本章注333）中的西德尼·卡顿这一角色，颇受观众欢迎。在剧中，卡顿因对女主角露茜·玛内特一片痴情，竟顶替她那个被判死刑的丈夫，上了断头台。前文“因为他……”中的“他”，指哈维。

341 “他”，指布卢姆。

342 “她”（指米莉）是根据海德1989年版（第631页倒8行）翻译的，莎士比亚书屋1922年版（第718页第9行）、兰登书屋1990年版（第767页倒数第6行）和奥德赛1933年版（第775页倒数15行）均无此词。

343 斯通，见第12章注6。

344 小马驾车赛，见第5章注43 。

345 乔·加拉赫太太，见第15章注66。

346 在1904年，都柏林有个叫作克里斯托夫·弗赖尔利的律师。

347 “给了她”和下文“她这样顶撞”“我对她说过”“她自己说的”“指挥她”“不管教她”和“她最后……”中的“她”，以及“你没规矩”中的“你”，均指米莉，“他不管……”和“他的过错”中的“他”，则指布卢姆。

348 据爱尔兰康诺特省利特里姆郡一些老妇的迷信，把刀子或刀匙交叉成十字形很不吉利。遇到这种情况，老妇就把刀匙重新摆好，并赶紧在自己胸前画个十字。

349 “他”指布卢姆。下文“让她知道……”“她会报复”“她们真够……”中的“她”和“她们”，均指女仆。

350 指弗莱明大妈，见第6章注3。

351 原文作“pot”，也指锅。

352 按：《一个青年艺术家的画像》第2章末节中也曾提到斯蒂芬的论文获得奖学金事。

353 “他……过来”和下文“他那条……”“他的脑袋瓜儿……”中的“他”，均指布卢姆。“把他领进”，“他”指斯蒂芬。

354 “可他呢……”的“他”，指布卢姆。后文“说不定他……”中的“他”，则指斯蒂芬。

355 “他们”，指那些女仆的丈夫。

356 “什么人”，指女仆。

357 “由于他”和下文“除非他喜欢……”中的“他”，均指博伊兰。

358 迈克尔·冈恩，见第11章注257。

359 肯德尔夫人（1849—1935）和她丈夫亨特（1843—1917）都是英国演员和导演。两人的原名分别为玛嘉丽特·罗伯逊·格里姆斯顿与威廉·亨特·格里姆斯顿。他们的剧团训练了许多演员，后来都成名，使演员有了社会地位。

360 德里米，见第13章注95。指布卢姆（前面的“他”）为迈克尔·冈恩（后面的“他”）出过力。

361 “他”，指布卢姆。

362 斯宾诺莎，见第11章注263及有关正文。下文“还有他”中的“他”，指斯宾诺莎。他的哲学最突出的特点是否定超自然的上帝存在，但又把“实体”（即自然界）也叫作“上帝”，从而给唯物主义披上泛神论的外衣。

363 这里指的是G.A.格林根据吉乌塞坡·吉亚柯萨的意大利戏剧《悲恋》改编成的英国三幕剧《斯卡利之妻》。该剧曾于1897年10月22日在都柏林公演。女主人公艾玛因对为人傲慢的丈夫斯卡利不满，而与丈夫的同行（一个律师）私通。最后考虑到应对孩子尽母亲的职责，又回心转意，并与情夫决裂。

364 “同样状况”，指“身上也来了月经”。下文中，摩莉两次提到“劳什子”（见本章注387、388及有关正文），亦均指月经。

365 据《〈尤利西斯〉注释》，穿上干净的亚麻布衬衣就会引来月经是爱尔兰迷信，类似的迷信还有戴新帽子就会引来一场雨。前文“尽管他的那么大”中的“他”，指博伊兰。

366 《偷情的快乐》，见第10章注122及有关正文。

367 凤凰公园的那一头位于埃克尔街7号以西3英里半处。“我们”，指摩莉和博伊兰。

368 “下回他”和下文“能看到他……”“坐在他腿上”“让他坐在……”“他就忙乎……”“他从来也没……”中的“他”，均指博伊兰。

369 从这里起，至本大段末尾，摩莉屡次告诉自己要“慢慢儿地”，此词既指“撒尿”，又指其他动作。

370 据爱尔兰迷信，如果倒咖啡和茶（以及尿）时，上面起了一层泡儿，就预示着能发一笔财。

371 泽西百合，参看本章注128及有关正文。英语中，“lily”（百合）与下文中的easy（慢慢儿地）押韵。据莎士比亚书屋1922年版（第720页第18行）第六大段末尾将此词重复了一遍，其他3种版本均未重复。

372 这里，摩莉把英国诗人、散文家罗勃特·骚塞（1774—1843）的《洛多尔大瀑布》（1823）一诗的首句做了改动。原句作：“水是怎样从洛多尔冲下来的？”洛多尔是英国坎伯兰的大瀑布。在1904年，拉合尔为英属印度旁遮普的首府。现为巴基斯坦第2大城市（仅次于卡拉奇）。

373 据《〈尤利西斯〉注释》（第627页），在1904年，都柏林彭布罗克路65号有个叫作J.H.科林斯的医学士。然而艾尔曼在《詹姆斯·乔伊斯》（第516页）一书中却指出，此人的原型是乔伊斯在巴黎结识的美国大夫约瑟夫·科林斯。

374 在1904年，“斯蒂芬草地”（见第17章注145）一带是生活费用昂贵的都柏林高级住宅区。

375 “他这么一个……”和下文“嫁给他”中的“他”，均指科林斯。

376 “经常对着”，这里省略了主词（“他”），指科林斯。

377 原文作“pass”，既指“通便”，又指“经过”。

378 原文作“omissions”。据庄正信《〈尤利西斯〉最后一章的翻译问题》（第4页倒8行），此系“emissions”（排出）之误。大夫问摩莉“白带排出来的多不多”，她听成是“遗漏”了。

379 “他也够聪明的”和下文“他绞尽脑汁……”“他手头的”“他使我……”“他就不吭声……”“他就使得……”“他脸上……”“他将竞选……”“竟把他……”中的“他”，均指布卢姆。

380 多伊尔，见第4章注54。

381 自治运动指“爱尔兰自治运动”，见第2章注51 。土地同盟，见第2章注81。

382 《胡格诺派教徒》，见第8章注190。

383 “哦，德·拉·图赖讷的美丽国土”，原文为法语。图赖讷为法国中部历史悠久的文化大区。这是歌剧《胡格诺派教徒》第2幕中玛嘉丽特·德·瓦卢瓦王后的咏叹调。她继而把和平的田园风光与因宗教纷争而使国土到处血流遍地做了对比。

384 “他就像是……”和下文“我直笑他”“他竟然……”“他那些习惯……”“瞧他……睡法儿”“被他踢掉”“他领我……”中的“他”，均指布卢姆。

385 阿尔比安是大不列颠岛古称，意即“白岛”。据说从多佛海峡上望去，大不列颠南部海岸的白垩质峭壁一片白乎乎的，故名。在牛奶前冠以“阿尔比安”一词，是强调它如何“白”。

386 在第5章中，布卢姆也曾想起博物馆里的这尊卧佛（参看该章注49及有关正文。）用手摁着鼻子呼吸是印度教的礼仪。如来佛是对婆罗门的神权统治及其梵天创世说教不满才创始佛教的，故不会采用印度教礼仪。此处，摩莉把印度神和如来佛混为一谈了。她还把如来佛披的袈裟说成是长坎肩。

387 “他说”和下文“正如他”中的“他”，均指布卢姆。“模仿他”和下文“他也一向……”“把他那双……伸到他老婆……”中的“他”，则指如来佛。

388 “他睡得……”和下文“她给予他……值得他”“他得付钱给她”中的“他”，均指布卢姆。“她”则指摩莉想象中的妓女。

389 据《〈尤利西斯〉注释》（第628页），《直布罗陀词典与旅行指南》上说，直布罗陀的技师巷19号有个叫作大卫·A.科恩的鞋匠。在《奥德修纪》卷23中，奥德修向久别的妻子说明了床腿的秘密（见附录一：《尤利西斯》与《奥德修纪》对照）。在本书中，关于布卢姆和摩莉正睡着的这张床，布卢姆所知道的却只限于摩莉曾告诉他的（参看第4章注2及有关正文）。下文中的“我猜他……”，“他”指科恩。“他呢”，则指布卢姆。

390 罗伯特·内皮尔勋爵（1810—1890），英国陆军元帅。1860年随克灵顿侵略中国，占领白河以北的炮台，并直扑北京。后任直布罗陀总督（1876—1882）。

391 “告诉他的”和下文每一次他都……中的“他”，均指布卢姆。

392 原文作“frog march”使犯人面朝下平伏，由四人提着四肢行走，通常译作“蛙式抬运”。因“march”一词既指行进，又指进行曲，所以摩莉把它和歌剧《胡格诺教徒》（见第8章注190）的曲调拉扯在一起。

393 这里“祷告”是指入厕时间太长，参看第4章注68。

394 汤姆（见第8章注51）、希利（见第6章注134）、卡夫（见第4章注18）和德里米（见第13章注95）都是布卢姆过去的雇主。

395 指匈牙利皇家特许彩票，参看第8章注64。

396 《自由人报》，参看第4章注7、8。

397 这里，摩莉把新芬（Sinn Fein）改成发音相近的罪人芬（Sinner Fein），一方面也说明了这个组织在当时是非法的。

398 共济会，见第5章注8。

399 小个儿指阿瑟·格里菲思，见第3章注108。前文“他也会……”“他指给咱……”中的“他”，均指布卢姆。

400 这里，海德1989年版（第635页第27行）作："一点两点过三刻啦。"其他四种版本均无"一点"字样。圣乔治教堂的钟，每一刻钟报一次时。早晨布卢姆也曾根据钟声来判断时间。见第4章末尾。

401 法国信，见第13章注102。

402 这里，摩莉把Aristotle（亚里士多德）误为发音相近的aristocrat（贵族）了，参看第10章注118。

403 "还得给他"和下文"不许他""他光着身子""他就是……""让他随意""他只想……""他的舌头""他忘记了……"中的"他"，均指布卢姆。

404 按犹太教的传统，凡是直系亲属去世者，家人自埋葬之日起，居丧7天，脱下新衣和皮鞋，不得从事常业。

405 乔西，见第8章注66。她丈夫叫丹尼斯。下文"他可是个天……""他永远……""他才让……"中的"他"，均指布卢姆。

406 "他"，指丹尼斯。下文"他在跟……""我跟他……"中的"他"，均指布卢姆。

407 霍恩布洛尔是三一学院的司阍，见第5章注101及有关正文。

408 执行裙子任务是部队里的俚语，指那些在公共场所走来走去以便引人注意的女子的行径。

409 这里，摩莉的思绪又从关于她小时在直布罗陀看到过的军官的丧礼重新回到报纸上。布卢姆也曾在马车夫棚里看过这张报，上面把他的姓名误排成"利·布姆"。见第16章注195及有关正文。

410 汤姆·克南这个人物曾出现在《都柏林人·圣恩》中。那个短篇小说的开头部分详细描述了他酒后从楼梯上栽到男厕所里，咬掉一小块舌头的往事。

411 在第5章中，麦科伊曾对布卢姆谈及自己的妻子演唱的事，见该章注19及有关正文。

412 "拿他取笑"和下文"他干那些……""他总还……"中的"他"，均指布卢姆。

413 "替他感到"和下文"除非他""他那老婆……"中的"他"，均指迪格纳穆。

414 《比尔·贝利，请你回家去好不好》（1902）是休吉·卡农所作的一首通俗歌曲。合唱部分两次出现这句歌词。

415 格伦克里的午餐会，参看第8章注54。前文"他吗……他参加了……"中的两个"他"，均指迪格纳穆。

416 "呆睾丸"是骂人的话。但这里，从行文看，又隐喻本·多拉德因穿了一条紧巴巴的裤子，站在舞台上，箍在裤中的睾丸明显地鼓了起来。据海德1989年版（第636页倒6行），下文有"难道就是为了瞧他［穿着那条裤子匆匆走下台］吗？"之句。原文中，"trousers"一字，误排成"trowlers"。括号内的词句，其他3种版本都没有。

417 这里，摩莉指的是艾尔弗雷德·莫尔特比和弗兰克·马斯格雷夫合写的歌曲《旧日恋情和新恋》。她把原词中的"和"改成了"是"。

418 《玛丽塔娜》，见第5章注104。

419 "菲比，最亲爱的，告诉，哦，告诉我"是克拉克逊·贝拉米与约翰·L.哈顿合写的歌曲的第一句，也是歌题名。

420 "再见，宝贝儿，再见"是同名歌曲（见第11章注5）的最后一句。

421 “宝贝儿”的原文为“sweet heart”（照字面译就是“甜心”），巴特尔·达西却唱成“sweet tart”。“tart”既指“馅饼”，又指“妓女”。所以译文中，将“贝”改成了发音相近的“婊”。

422 “哦，玛丽塔娜，荒林的花儿”是《玛丽塔娜》一剧第3幕里的二重唱中的一句。男主角堂西泽误以为他的新娘子玛丽塔娜（女主角）曾做过国王的情妇，后来才弄清尽管国王诱惑过她，她不曾失身，巧妙地保全了自己。

423 关于斯蒂芬的母亲梅·古尔丁的家族，参看第3章注32。“他已经……”和下文“他说的做的……”“如今他……”“他儿子”中的“他”，均指西蒙·迪达勒斯。

424 “他说，他是个……”和下文“他把我的相片拿给他看”中，前面的“他”指布卢姆，后面的“他”指斯蒂芬。

425 “他是不是……送给他……”，前面的“他”指布卢姆，后面的“他”，指斯蒂芬。后文“他跟着他爹妈……”中的两个“他”，均指斯蒂芬。

426 “他”，指生下来13天就夭折了的布卢姆夫妇的儿子鲁迪（参看第4章注63及有关正文）。

427 据海德1989年版（第637页第13至14行），“又有什么用呢”后面尚有“对我来说，他生下后发出了那第一声哭叫就足够啦。我还听见了小甲虫在墙上蛀木料的唧唧声”之句。其他3种版本均无此句。按照爱尔兰迷信，听见了甲虫蛀木料声就预示着有人即将死去。

428 “他非要……”和下文“他也会的”中的“他”，均指布卢姆。

429 “如今他……”和下文“当年他……”中的“他”，均指斯蒂芬。

430 美国女剧作家弗朗西斯·伊丽莎·伯内特（1849—1924）所著儿童读物《方特勒罗伊小爵爷》（1886）写一个在美国生长的小男孩成为其祖父（一位英国伯爵）的继承人的故事。因作品和根据它改编的剧本都很成功，小爵爷的套服（白绸宽领短上衣和短裤，配以镶有褶边的衬衫和蝴蝶结领带）也在社会上流行开来。

431 “看到他……”和下文“他也喜欢……”中的“他”，均指斯蒂芬。这里点明了马特·狄龙家的那个樱桃王后（参看第14章注290及有关正文）便是摩莉，四五岁的幼童则是斯蒂芬。

432 “他”指斯蒂芬。

433 “我还以为他……”和下文“其实他连……”中的“他”，均指布卢姆。

434 “我认为他……”和下文“他是不是太……”“他大约是”“那么他……”“他已经二十岁”“他要是二十三四岁……”“对他来说”“我但愿他……”“他也不会……”中的“他”，均指斯蒂芬。

435 “跟他一道”中的“他”，指布卢姆。

436 指埃普斯牌速溶可可，参看第17章注47及有关正文。

437 “他当然……”和下文“大概他还……”中的“他”，均指布卢姆。

438 “告诉他……”和下文“他可太年轻……”“他不是……”中的“他”，均指斯蒂芬。

439 古德温，见第4章注48及有关正文。

440 约翰·詹姆森是一种爱尔兰威士忌，这里是挖苦古德温只会酗酒，参看第12章注547、609。下文“他倒是个……”中的“他”，指古德温。

441 “他”，指斯蒂芬。

442 此句和下文中的两句（本章注445、447）均引自《在古老的马德里》（见第11章注168）。这支歌曲的头四句为：“遥远的往昔，在古老的马德里，/那里有爱的微叹，吉他的轻弹，/窗格后藏着一双明媚的流盼，/两只眼犹如爱星，乌黑又灿烂。”

443 塔里法是西班牙安达卢西亚一镇，是摩尔人于8世纪占领西班牙后建立的。它坐落在欧洲最南端，距直布罗陀西南28英里。

444 在晴朗的夜晚，可以从15英里外望见欧罗巴岬角灯台的光。

445 “窗格……流盼”，见本章注442。

446 “给他听”和下文“哪怕他……”中的“他”，均指斯蒂芬。

447 “两只……灿烂”，见本章注442。

448 “他”，指布卢姆。

449 威廉（比利为其昵称）·普雷斯科特在都柏林下阿贝街8号开了一家洗染坊。1904年6月16日的《自由人报》上，刊有该洗染坊的一则广告。

450 凯斯的广告，见第7章注28及有关正文。

451 “我相信他……”和下文“他又那么年轻”中的“他”，均指斯蒂芬。

452 马盖特是介于西班牙本土与直布罗陀之间的沙质地峡东侧的一片岸滩。在指定的时间内，只供男子做海水浴。这里设有音乐台。夏天的傍晚便成为公共娱乐场所。

453 “他”，指布卢姆。小雕像，指纳希素斯的雕像，见第15章注617及有关正文。下文“望着他”“他那肩膀”“把他浑身……”“包括他那……”“他仰起……”“他还那么……”中的“他”，均指雕像。

454 “愿望牌”指“红心9”，是用纸牌占卜时最吉利的一张牌。如果这张牌出来了，倒不一定能满足占卜者目前这个愿望，却标志着他（她）将会实现更远大、宏伟的计划。

455 这里，摩莉选一张王后，代表她自己，很可能是红心王后（因为这张牌象征快乐和慷慨的爱）。然后随手取一张或数张牌，如能遇上杰克黑桃（代表斯蒂芬），便遂了愿。

456 “晓得了他”和下文“他就不至……”“假若他……”“教他明白……”“要把他……”“直到他……”“然后他……”“当他出名……”中的“他”，均指斯蒂芬。

457 “他”，指博伊兰。

458 “他这个人”和下文“他天生……”和“称他作休”中的“他”，均指博伊兰。休是博伊兰的教名，以教名相称，表示两个人的关系亲密。

459 《〈尤利西斯〉注释》（第630页）认为，摩莉指的可能是与色情书籍的作者艾里芳蒂斯（见第15章注499）相对立的古罗马道学家们。

460 《〈尤利西斯〉注释》（第630页）指出，在《奥德修纪》中，潘奈洛佩曾多次称她丈夫奥德修为“我的狮心”。

461 “我想它们……”和下文“它们把我……”中的“它们”，均指乳房。

462 髓骨巷是从海豚仓（摩莉和她父亲所住的地方）走向都柏林中心区时的必经之路。

463 都柏林没有爱尔兰街。这里指直布罗陀的一条爱尔兰人聚居的街道。在19世纪末叶，这里曾是重要的商业街。

464 “他们”，指妻子与情夫。下文“就算他……”“他又怎么……”“反正他……”，均指丈夫。

465 “剃度”（参看第1章注125），原文为西班牙语“coronado”。据《〈尤利西斯〉注释》（第630页），此词显然是另一西班牙词“cornudo”（意指“做乌龟”“戴绿头巾”）之误。

466 《美丽的暴君》，见第10章注121及有关正文。

467 “跟他……”和下文“他从来……”“他根本……”“恨不得跟他……”“他就亲哪儿……”中的“他”，均指布卢姆。

468 “小姐，我亲亲您的脚”是西班牙男人对妇女献殷勤时最大的恭维。下文“他亲没亲我们门厅的门呢”“他那些……”中的“他”，均指布卢姆。据《〈尤利西斯〉注释》（第631页），布卢姆亲（或摸）门厅的门，是在履行犹太教中尊崇门柱圣卷的礼仪，见第13章注159及有关正文。

469 拉斯法纳姆是都柏林中心区以南4英里的一座村庄。

470 指坐落在拉斯法纳姆的埃德蒙斯汤的布卢姆菲尔德模范蒸汽洗衣公司。

471 据《〈尤利西斯〉注释》（第631页），在1904年，布卢姆夫妇所住的都柏林西北区有3名英国王室法律顾问。考虑到乔伊斯对其中的蒂摩西·希利（见《詹姆斯·乔伊斯大事记》1891年及第7章注203）所持反感，这里很可能就是指的希利。

472 “听听他这个”，“他”指布卢姆，“这个”指布卢姆发出的叹息。紧接着摩莉就联想到H.W.查利斯和威廉·V.华莱士合写的同名歌曲的首句：“风把我的叹息飘送给你。”

473 在《奥德修纪》中，奥德修常被称作“足智多谋的”“多智的”，与摩莉对布卢姆的称呼（大方案家）有些相似。

474 “堂波尔多·德·拉·弗罗拉”是把波尔迪（布卢姆的教名利奥波德的昵称）和布卢姆的化名弗罗尔变成了西班牙名字。

475 “他蛮可以……”和下文“要是他……”“他是咋样……”“他就真有……”“他干了……”中的“他”，均指布卢姆。

476 “像具木乃伊似的”，原文作like a mummy。据庄信正的《〈尤利西斯〉最后一章的翻译问题》（第8页），“mummy”一词是双关语。如果把它理解为“妈咪”（mammy），则此句应译为：“给他这位……饭，像妈咪似的。这当儿他却弯着身子睡在那儿。”

477 摩莉的意思是说，她从来没得到过母亲的照料。关于摩莉的生母，只在本章中零星有个交代，参看本章注60。

478 “正因为这样”，指斯蒂芬的母亲去世了。“如今他”和下文“所以他……”中的“他”，均指斯蒂芬。

479 “他”，指布卢姆。

480 “那档子事儿”，指鲁迪之死。

481 “他”，指布卢姆。

482 “他为啥……”和下文“他那位……”“把他这……”中的“他”，均指斯蒂芬。

483 “他”，指斯蒂芬。

484 “他蛮可以……”和下文“他还那么……”“他对我……”“他听得见……”中的“他”，均指斯蒂芬。

485 “真的”，原文为爱尔兰语。

486 据《〈尤利西斯〉注释》（第631页），《直布罗陀词典与旅行指南》载有几个姓“德·拉·帕斯”和姓“德·拉格拉西亚”的家族。

487 据《〈尤利西斯〉注释》（第631页），比拉普拉纳神父属于圣本笃修会，是与直布罗陀的圣玛利亚大教堂有关系的10位神父之一。但是《直布罗陀词典与旅行指南》直到1912年与1913年版才把他的名字列在那个名单上。而摩莉指的是1887年以前她在直布罗陀时的往事。

488 “七道湾街”，原文为西班牙语。罗萨利斯·伊·奥赖利是西班牙名字，据《直布罗陀词典与旅行指南》1890年版，“七道湾街”上住着一个叫作詹姆斯·奥赖利的。

489 指住在直布罗陀总督街的凯萨琳·奥皮索太太，她是个裁缝也是女帽头饰商。

490 天堂斜街是直布罗陀岩石的梯阶式侧街之一。

491 疯人院斜街是威瑟姆斜街的俗称，因通到坐落在岩石西坡上的疯人院（1884年竣工）而得名。

492 罗杰斯斜街是岩石西坡上的另一条斜街。

493 克鲁切兹斜街，又名葡萄牙区。岩石西坡上的另一条斜街。

494 鬼峡梯阶是从直布罗陀镇西北端通到鬼号峡谷的坡道。

495 “你好吗？很好。谢谢你，你呢？”原文均为西班牙语。

496 巴莱拉·伊·阿尔卡拉·加利亚诺（1824—1905），西班牙小说家、政治家、外交官。他的小说以对妇女心理做深刻细致的描绘为特点。著有《卢斯大人》（1879）、《高个子胡安尼塔》（1895）等长篇小说。

497 按：西班牙语的问话，两头都加问号。摩莉的意思是说，前面那些问号全是颠倒过来的（¿……？）。

498 “教他……”和下文“他呢”“他就能……”“他没留下来……”“替他把……”“他可能……”中的“他”，均指斯蒂芬。

499 爱尔兰民间相信，用刀子来代替叉子或调羹，就会招致不幸。

500 指直布罗陀的一家面包糕点饼干厂，厂主为R.与J.阿夫林斯。

501 “女仆”，原文为西班牙语。

502 “他的老婆”和下文“他老婆”“他半睡……”“他这是……”中的“他”，均指斯蒂芬。

503 “两个……您哪”，原文为西班牙语。

504 “要是他……”和下文“他蛮可以……”“他打算像……”中的“他”，均指斯蒂芬。

505 “他”，指布卢姆。

506 “反正他……”和下文“那么他……”“只要他”“替他从……”中的“他”，均指布卢姆。摩莉的意思是说，要求布卢姆不但每天给她本人做早餐，同时也给斯蒂芬（假定他在他们家住下的话）做一份。

507 摩莉的意思是说，她绝不会在他们租来的这座楼房里办起一家供膳食的寄宿公寓。《都柏林人·寄寓》的女主人公穆尼太太就靠经营公寓为生。

508 通称土耳其帽，音译为“费兹帽”。一般是红毡做的，带黑穗，做扣放的筒状。

509 指都柏林的一家经售绸布锦缎的沃波尔兄弟公司。

510 “他”，指布卢姆。

511 妈咪狄龙是狄尼家众姊妹（见第14章注289及有关正文）之母。

512 “他的……”和下文“他的搪……”“他的嘴……”“送给他的”中的“他”，均指布卢姆。米莉（句中的“她”）送布卢姆搪须杯事，见第4章注45及有关正文。

513 “我替马塞托感到悲哀”和下文中的“来吧，我的力气已渐衰”都是《唐乔万尼》（见第4章注49）中泽莉娜的唱词。这位农村姑娘受唐乔万尼的引诱后，竭力呼唤她的未婚夫马塞托（一个农村小伙子）的名字。

514 “让他……”和下文“好使他的……”“要是他……”“我就教他……”“他老婆”“被他之外……”中的“他”，均指布卢姆。

515 “他那劲头”，“他”指博伊兰。“劲头”，原文作“spunk”，亦含有“精神”“胆量”意。“那劲头的印儿”，指遗精。

516 “该让他……”和下文“让他那物……”“说给他”“教他……”中的“他”，均指布卢姆。

517 演斯卡里之妻的女演员被骂作淫妇的情节，见本章注363及有关正文。下文“他这是……”“他自个儿”中的“他”，均指布卢姆。

518 “泪谷”一词见于苏格兰诗人詹姆斯·蒙哥马利（1771—1854）的诗集《生与死的结局》（赞美诗第214首）。

519 “李子”的原文是“plum”，此词含有“最好的东西”“精华”的语义。苹果则是亚当与夏娃偷吃的禁果，致使人类始祖被逐出伊甸园。

520 “那条旧的”，指月经带。自注518至520间的有关正文中的“他”，均指布卢姆。

521 摩莉原要说的是“排出”，却说错为“遗漏”（参看本章注378）了。本句“把他……”和下文“让他……”“教他急着要我”中的“他”，均指布卢姆。

522 埃克尔斯街18号至21号是一座多明我女修道院，离布卢姆夫妇的住处（7号）不远。

523 《〈尤利西斯〉注释》（第632页）认为，修士到女修道院去做夜课不可信。这种说法含有对神职人员的蔑视。

524 指艾丽西亚·兰贝斯所开的一爿水果鲜花店，坐落在上萨克维尔（现名奥康纳）街33号。

525 指亚历山大·芬勒特所开的一爿食品公司，坐落在上萨克维尔街第29至32号。

526 “他把他”，前面的“他”指布卢姆，后面的“他”指斯蒂芬。

527 基督教徒认为星期五不吉利，因为耶稣是在星期五被钉死在十字架上的。犹太教徒则相信亚当和夏娃是在星期五被逐出伊甸园的，所以也认为是个不祥的日子。第17章开头部分也有“安息日前的不祥气氛”（见该章注3及有关正文）之语。

528 “戴一朵白玫瑰”，参看本章注231及有关正文。

529 指利普顿公司所开的食品酒店，坐落在戴姆街59至61号。

530 “他”，指布卢姆。

531 原文作“cobbles”，主要词义为“鹅卵石”。据《〈尤利西斯〉注释》，此词作为俚语，亦作“污点”解。

532 “他说过……”和下文“他穿的……”“使得他”“往他嘴里……”中的“他”，均指布卢姆。

533 摩莉与布卢姆当年幽会的场面，参看第8章注248及有关正文。

534 据第17章，摩莉与布卢姆定情是1888年9月10日事，参看该章注406及有关正文。

535 “他这辈子……”和下文“喜欢上了他”“他懂得……”“摆布他”“教他……”“操纵他……”“直到他……”中的“他”，均指布卢姆。

536 关于放眼望大海和天空，《〈尤利西斯〉注释》（第633页）指出，《神曲·天堂》第27篇中，贝亚德（我的贵妇人）发现但丁的视线开始从上空移到远处，便要他把眼光向下。于是他看到了海上“尤利西斯所采取的疯狂路线”（在《地狱》第26篇中，尤利西斯的鬼魂曾向但丁详细叙述过）。尤利西斯之航程越出直布罗陀海峡而入大西洋。

537 “众鸟飞”是水手们喜爱的一种游戏。扮作鸟的人们必须按照“首领”的指示学任何一种鸟的动作。如果“首领”忽然要求“猫儿飞”“母羊飞”，就得按兵不动。违反者受罚。

538 据《〈尤利西斯〉注释》（第633页），“我说弯腰”大概是一种根据下命令的方式来决定是否服从的游戏。如果在命令前加上“哦，格蕾迪说”，就服从，否则就不服从。下文中的“洗碟子”可能是“撒尿”的隐语。

539 白盔所镶的边上有个帽徽，标志着岗哨的宪兵身份。

540 直布罗陀的犹太市场每天都举行拍卖，货物的品种繁多，价格便宜。

541 据《〈尤利西斯〉注释》（第633页），都柏林的公爵街位于从家禽市场（在哈尔斯顿街）与市中心之间。但直布罗陀没有公爵街。

542 拉比·沙伦可能是店名，但据《〈尤利西斯〉注释》（第633页），《直布罗陀词典与旅行指南》（1889—1912）上，并没有刊载。

543 这是一种专门用来运送斗牛的双轮槛车。

544 指摩尔人的古堡。它建于725年，位于直布罗陀岩石西北角上，现在只剩有一小截墙。

545 龙达是西班牙安达卢西亚地区一山城，位于直布罗陀东北42英里处。8世纪至15世纪被摩尔人占领，至今仍保存着摩尔人式的墙壁、古塔和房屋。

546 “客栈”，原文为西班牙语。

547 “窗格……流盼”，见本章注442。

548 在西班牙城镇，底层的房屋通常在窗外加一道铁丝格子，因此“亲铁丝格子”就成了求婚的表示。

549 “要么……玫瑰吧”，见本章注231。

550 “他”，指马尔维。

551 “他也不比……”和下文“教他……”“他问我……”“搂住他”“把他……”“他就能……”“他那颗……”中的“他”，均指布卢姆。

附录一

《尤利西斯》人物表

本表的人物共一百二十三人，根据人物的首字顺序排列。直接出场的，只标明章数，未加括号。加括号者为在各章中被提及的。第十五章自始至终写的是幻觉.故全加了括号。

三个主要人物（斯蒂芬·迪达勒斯、利奥波德·布卢姆、玛莉恩·布卢姆）的出场章节，予以省略。

阿尔蒂弗尼，阿尔米达诺： 意大利音乐教员，斯蒂芬之友。十、（十五）

阿普约翰，珀西： 系布卢姆少年时代伙伴，在南非战争（1899—1902）中阵亡。（八）、（十五）、（十七）、（十八）

布卢姆，利奥波德： 生于一八六六年，他的昵称为波尔迪，以替《自由人报》拉广告为业，无固定职业。他化名“亨利·弗罗尔”与打字员玛莎·克利弗德秘密通信。

鲁道尔夫，维拉格： 利奥波德的父亲，匈牙利裔犹太人，出生于匈牙利的松博特海伊市。移居到爱尔兰后改姓布卢姆。一八八六年六月二十七日自杀。（五）、（六）、（七）、（八）、（十一）、（十二）、（十三）、（十四）、（十五）、（十七）、（十八）

布卢姆，艾琳： 利奥波德的母亲，娘家姓希金斯。（十七）

布卢姆，玛莉恩： 生于一八七〇年九月八日，利奥波德的妻子，昵称摩莉。其父布赖恩·库珀·特威迪（鼓手长，已故）曾在西班牙南端的英国要塞直布罗陀服役。她即生于该地。是都柏林小有名气的歌手，艺名“特威迪夫人”。

布卢姆，米莉： 布卢姆夫妇的独生女儿，生于一八八九年六月十五日，在韦斯特米思郡穆林加尔市科格伦先生所开的照相馆工作。（一）、（四）、（六）、（八）、（十一）、（十二）、（十三）、（十四）、（十五）、（十六）、（十七）、（十八）

布卢姆，鲁迪： 布卢姆夫妇的独子，生于一八九三年十二月二十九日，只活了十一天便夭折。（四）、（六）、（八）、（十一）、（十二）、（十四）、（十五）、（十七）、（十八）

班农，亚历克： 医科学生，米莉的男友。到城里报名参军，在霍恩产院碰见布卢姆，后躲开。（一）、（四）、（十四）、（十五）

布卢姆，博伊兰·休：绰号叫布莱泽斯。玛莉恩的情夫。正在筹划一次巡回歌唱演出，玛莉恩也在被邀之列。第四章注 44。（五）、（六）、（八）、（十）、（十一）、（十二）、（十三）、（十五）、（十六）、（十七）、（十八）

巴里夫人，耶尔弗顿·贝林厄姆夫人：都柏林上层社会淑女。（十五）

贝斯特，理查德·欧文：爱尔兰国立图书馆副馆长。后接替利斯特，成为馆长。他是个艺术爱好者，在一九〇四年左右，曾崇尚奥斯卡·王尔德的美学观点。后半生埋头治学。第九章注 46。十五

布雷登，威廉·亨利：爱尔兰律师，《自由人报》主编。第七章注 6。（十五）

博德曼，伊迪：格蒂的女友，性格矫情。现年二十一岁。她有个不满一岁的弟弟。十三

布林太太，约瑟芬：娘家姓鲍威尔。她的昵称是乔西。比摩莉大两岁。婚前她爱过布卢姆，一直不忘旧情。八、十、十二、（十三）、（十五）、（十七）、（十八）

布林，丹尼斯：约瑟芬的丈夫，患有神经病。八、十二、（十五）

伯克，奥马登：《自由人报》记者，斯蒂芬之友。七、（十）、（十一）、（十五），《都柏林人·母亲》

柏根，阿尔夫雷德：绰号“小个子阿尔夫”。以爱开玩笑闻名。第八章注 80。十二、（十五）

伯恩，戴维：酒吧老板。当天布卢姆在他的店里吃了午饭。八、（十五）

“市民”：憎恶犹太人，与布卢姆吵架。第十二章注 9。（十五）

西特伦，丁：布卢姆的朋友，犹太人。布卢姆夫妇住在西伦巴德街的时候，离西特伦家不远。（四）、（七）、（八）、（十五）、（十八）

考利，罗伯特：昵称为鲍勃。据《〈尤利西斯〉注释》（第 88 页 5、180），考利是个不务正业的神父，但还没糟糕到开除教籍的程度。（五）、十、十一、（十五），《一个青年艺术家的画像》

克罗瑟斯，丁：出生于苏格兰的医科学生。十四、（十五）

科斯特洛，弗朗西斯：昵称为弗兰克，绰号为“潘趣”（见第六章注 149）。医科学生。十四、（十五）

克利弗德，玛莎：她的真名实姓是佩吉·格里芬。其兄是贝克蒂夫橄榄球队的后卫。（五）、（六）、（十一）、（十三）、（十五）、（十七）、（十八）

科恩夫人，贝拉：妓院老鸨。在第十五章中，曾一度改称男姓名字贝洛。（十五）、（十七）

卡伦小姐：妇产医院护士。（十三）、十四、（十五）、（十七）

克劳福德，迈尔斯：《电讯晚报》的主编。七、（十二）、（十三）、（十五）

克罗夫顿：见第六章注 45。十二、（十五）

克兰利：据《〈尤利西斯〉注释》（第 16 页），克兰利一名得自托马斯·克兰利（1337—1417）。他是个加尔默罗会修士，于一三九八年当上红衣大主教。他又是爱尔兰大法官，意味着在政、教两方面背叛了爱尔兰。第一章注 29、第九章注 19

卡尔，亨利：昵称哈里。英国士兵，他击倒了斯蒂芬。十五

康普顿：英国士兵，卡尔的搭档。（十五）

卡弗里，西茜：格蒂的女友，性情活泼。她有一对四岁的双胞胎弟弟（汤米、杰基）。十三、（十五）

康米，约翰：于一九〇五年八月被任命为管辖教区的大主教，去世的前一年（1909）卸任。第五章注 46。（九）、十、（十四）、（十五）、（十七），《一个青年艺术家的画像》

科利，约翰：斯蒂芬之友，生活没有着落。他是《都柏林人·两个浪子》中的浪子之一。十六

坎宁翰，马丁：布卢姆之友，心地善良，多方照顾迪格纳穆的遗族。第五章注 53、第六章注 61。（七）、十、十二、（十五）、（十六）、（十七）、（十八），《都柏林人·圣恩》

克南，汤姆：布卢姆之友，出身于新教徒世家，结婚时皈依天主教。第五章注 4。六、（八）、十、十一、（十五）、（十六）、十七、十八，《都柏林人·圣恩》

迪达勒斯，斯蒂芬：一八八二年生，乔伊斯的自传体长篇小说《一个青年艺术家的画像》中的主人公。毕业于克郎戈伍斯森林公学和皇家大学。他从家出走，并在桑迪科夫海边租了一个圆形炮塔。五月初开始在多基的一家由迪希校长创办的私立男校执教。是以乔伊斯本人为原型塑造的人物。

迪达勒斯，西蒙：斯蒂芬的父亲，年轻时丧妻，家境困难。是以作者的父亲约翰·斯·乔伊斯为原型塑造的人物。（一）、（二）、（三）、（四）、六、七、（八）、（九）、十、十一、（十三）、（十四）、（十五）、（十六）、（十七）、（十八）

迪达勒斯·玛丽（梅）：已故。斯蒂芬之母。娘家姓克尔丁。是以作者的母亲为原型塑造的人物。（一）、（二）、（三）、（六）、（七）、（八）、（九）、（十）、（十一）、（十四）、（十五）、（十六）、（十七）、（十八）

迪达勒斯，玛吉：斯蒂芬的妹妹，她从玛丽·帕特里克修女那儿讨来些豌豆，替妹妹们熬汤喝。十、（十六）、（十八）

迪达勒斯，迪丽：斯蒂芬的妹妹，长得最像长兄。八、十、（十五）、（十六）、（十七）

迪达勒斯，布棣：斯蒂芬的幼妹，尚在上学。十、（十六）、（十八）

迪达勒斯，凯蒂：斯蒂芬的幼妹，尚在上学。十、（十六）、（十八）

迪格纳穆，帕狄：已故，生前曾在律师约翰·亨利·门顿的事务所工作，因酗酒被开除，患病而死。（四）、（五）、（六）、（七）、（八）、（十）、（十一）、（十二）、（十三）、（十四）、（十五）、（十六）、（十七）、（十八）

迪格纳穆，帕特里克·阿洛伊修斯：帕狄的遗孤中最年长者。（六）、十、（十二）、十三、（十五）、（十七）

多拉德，本杰明：本地的一名歌手。他在替向吕便·杰借过高利贷的考利神父奔走，以期宽限几天还债日期。（六）、（八）、十、十一、（十五）、（十七）、（十八）

迪希·加勒特：在多基开办了一所私立男校。上午，他给斯蒂芬发了薪水，并交给他一封关于"口蹄疫"的信，求斯蒂芬帮助发表。二、（七）、（十五）、（十六）

迪克森：仁慈圣母玛利亚医院见习生，在霍恩产院实习。布卢姆于五月二十三日被蜜蜂蜇伤后，曾由他包扎。斯蒂芬之友。（六）、（八）、十四、（十五）、《一个青年艺术家的画像》

邓恩小姐：博伊兰的秘书。她出现在第十章第七节。在第十六章中，科利提到了她。见注 29。

杜丝，莉迪亚：奥蒙德饭店的金发女侍。十、十一、（十五）

达德利伯爵，威廉·亨勃尔·沃德：陆军中将，爱尔兰总督（1902—1906）。十

达德利夫人：尼·雷切尔·格尼，总督的妻子。（七）、十

狄龙，马修：他的昵称为马特。都柏林市的一名参议员，布卢姆一家人的朋友。（六）、（十一）、（十三）、（十五）、（十七）、（十八）

多兰，罗伯特：他的昵称为鲍勃。（五）、八、十、十二、（十五）、《都柏林人·寄寓》

多德，吕便·杰：据艾尔曼的《詹姆斯·乔伊斯》（第 38—39 页），一九一一年十二月一日的《爱尔兰工人》报刊载了《救一条命获得半克朗》一文。大意是说，一个叫吕便·杰·多德的律师跳进了利菲河。一名叫戈尔登的码头工人见义勇为，把他救上来。戈尔登由于此举住进医院，误了工，贫病交迫，律师的同名父亲（以放高利贷为业）却只给了前来诉苦的戈尔登之妻半克朗。书中把出事的时间提前到一九〇四年。实际上吕便·杰不是犹太人。第六章注 38。十、（十五）

德里斯科尔，玛丽：布卢姆家过去的女用人。（十五）、（十八）

埃格林顿，约翰：绰号为"小个子约翰"，乔治·穆尔的秘书，与人合编一份叫作《达娜》的杂志。第九章注 10、179。（十五）

范宁：绰号为"高个儿约翰"。都柏林市副行政长官。在《都柏林人·纪念日，在委员会办公室》里，他是注册经纪人，市长竞选的幕后决策者。《都柏林人·圣恩》里也曾

提到他。十、（十二）、（十五）。

弗莱明大妈： 布卢姆夫妇的女用人（不住在他们家）。（六）、（十七）、（十八）

弗林： 绰号为“大鼻子”。是个“包打听”。《都柏林人 · 无独有偶》中，说他是戴维 · 伯恩酒吧里的常客。八、十、（十二）、（十三）、（十五）。

法雷尔，卡什尔 · 博伊尔 · 奥康内尔 · 菲茨莫里斯 · 蒂斯代尔： 据艾尔曼的《詹姆斯 · 乔伊斯》（第 365 页），这个人物是作者以都柏林的一个古怪的人为原型塑造的。其绰号为“恩底弥昂 · 法雷尔”（据希腊神话，恩底弥昂是个青年牧羊人，与月亮女神相爱）。八、（九）、十、（十一）、（十五）

弗洛莉： 妓女。（十五）

葛罗甘老婆婆： 送牛奶的妇女。斯蒂芬把她看作是古老爱尔兰的象征。她本是爱尔兰歌曲《内德 · 葛罗甘》中的人物。一、（三）、（九）、（十四）、（十五）

古尔丁 · 理查德： 昵称为里奇。斯蒂芬的舅舅，布卢姆之友。在古尔丁 · 科利斯 - 沃德律师事务所任会计师。他与内弟西蒙已绝交。他有一个弟弟名约翰，是吹号的。（三）、（六）、（八）、十、十一、（十三）、（十五）

古尔丁 · 沃尔特： 里奇的儿子。（三）

格雷戈里夫人： 一八九八年结识诗人和剧作家叶芝，从此共同致力于创建爱尔兰民族戏剧。一八九九年在都柏林建成爱尔兰文学剧院，一九〇四年迁入阿贝剧院，大力上演爱尔兰民族戏剧，对于爱尔兰现代戏剧的发展以及文艺复兴作出了重要贡献。第九章注 542。

格里菲恩，阿瑟： 爱尔兰独立运动“新芬”的倡导者。第三章注 108。（四）、（五）、（八）、（十二）、（十五）、（十八）

冈穆利： 西蒙的旧友，沦落为市政府雇用的守夜人。第七章（第三十六节“了不起的加拉赫”）。十六

霍恩布洛尔： 三一学院南门的司阍。（五）、十、（十五）、（十八）

霍恩，安德鲁 · 约翰： 霍利斯街国立妇产医院院长。第八章注 77。（十四）

海恩斯： 英国人，毕业于牛津大学。为研究凯尔特文而来到爱尔兰。二十三岁。一、（九）、（十）、（十四）

海因斯，约瑟夫 · 麦卡西： 昵称为乔。《电讯晚报》记者，准备写一篇有关狄格纳穆丧事的报道。六、七、（八）、十二、（十三）、（十五）、（十六）、（十七），《都柏林人 · 纪念日，在委员会办公室》

霍罗翰： 因跛了一条腿，绰号为“独脚”。第五章注 10，第七章（第 33 节“了不起的加拉赫”），《都柏林人 · 母亲》

胡珀，约翰： 市政委员。第六章注 180。（十七）

胡珀，帕特里克： 昵称为帕迪。约翰之子。《自由人报》的新闻通讯员。第七章（第

23 节“街头行列”）注 78。

希金斯，佐伊：妓女。（十五）

凯莱赫，科尼利厄斯：昵称为科尼。奥尼尔殡仪馆经理，负责为迪格纳穆料理葬事。（五）、六、（八）、十、（十二）、十五、（十六）

肯尼迪，米娜：奥蒙德饭店的褐发女侍。十、十一、（十五）

林奇，文森特：医科学生，斯蒂芬的朋友。斯蒂芬喝醉酒，被卷入一场纠纷时，他却撇下斯蒂芬，扬长而去。十、十四、（十五），《一个青年艺术家的画像》

利斯特，托马斯·威廉：他是公谊会教徒，任爱尔兰国立图书馆馆长（1895—1920）期间，由于信仰关系，言行有些古怪，故第九章开头处有“公谊会教徒－图书馆长”的说法。九、（十五）

洛夫神父·休·C.：萨林斯镇圣迈克尔教堂的本堂神父，为了借一本关于菲茨杰拉德家族的书，到兰伯特的库房来参观。他在都柏林拥有一所房子，租给了考利神父。十、（十五）

莱昂斯，斑塔姆：原名弗雷德里克·M. 班塔姆为其绰号 Bantam 的音译。意译为矮脚鸡（矮小好斗的人）。布卢姆的熟人，热衷于赛马，上午在街上和布卢姆相遇，听到布卢姆说起“丢掉”两字，便把赌注押在同名的马身上。后接受利内翰的劝告，变了卦。结果还是“丢掉”胜利了。五、八、（十）、（十二）、十四、（十五）、（十六）、（十七），《都柏林人·寄寓》

伦纳德，帕德里克：帕迪是他的昵称。布卢姆的熟人。（六）、八、（十二）、（十五），《都柏林人·无独有偶》

利内翰：《体育》报赛马栏记者，曾调戏过摩莉。七、（八）、十、十一、十二、十四、（十五）、（十六）、（十七），《都柏林人·两个浪子》

兰伯特·爱德华·J.：内德是他的昵称。在一家谷物商店工作，其库房原是圣玛丽亚修道院的会议厅。六、七、十、（十一）、（十五）、（十六）、（十七）

穆利根，玛拉基：绰号叫勃克，意思是公鹿。都柏林三一学院医科学生，与海恩斯一道住进了斯蒂芬的圆形炮塔。第一章注 1。（二）、（三）、（六）、（七）、九、十、（十一）、（十二）、十四、（十五）、（十六）、（十七）

盲青年：调音师。布卢姆曾搀着他过马路，他到奥蒙德饭店调音。八、十、十一、（十五）、（十七）

马登，威廉：医科学生。十四、（十五）

麦科伊，C.P.：昵称查理。布卢姆的熟人，在都柏林市的尸体收容所做验尸官助手。第四章注 67。五、（六）、十、（十一）、（十三）、（十五）、（十六）

门顿，约翰·亨利：律师。六、十、（十五）、（十六）、（十七）、（十八）

麦克道维尔，格蒂： 瘸腿美少女。十、（十二）、十三、（十五）

穆尔，乔治·奥古斯塔斯： 爱尔兰小说家，代表作为《埃斯特·沃特斯》（1894），曾于一九一六年参加资助乔伊斯一家人的活动。第九章注 142。（十四）

穿胶布雨衣（macintosh）的人： 第六章注 153。十、（十二）、（十三）、十四、（十五）

红毛穆雷： 约翰·穆雷的绰号，《自由人报》的职员。第七章注 4。（十五）

麦克林，杰克： 学者，《自由人报》报社编委。经常为《电讯晚报》写社论。也许是由于博学才被称作教授。七、（十一）、（十五）

墨菲，W. B.： 水手，卡利加勒人，自称七年未回家，同性恋者。儿子达尼在科克一家布庄干活儿。第十六章注 52

马尔维，哈利： 摩莉在直布罗陀时期的初恋对象，英国海军中尉。（十三）、（十七）、（十八）

蒙克斯： 《自由人报》报社排字房老领班。第七章注 33。（八）、（十六）

奥莫洛伊，杰·杰： 年轻律师，后来患肺病，落魄潦倒。七、十、（十五）

奥洛克，罗伦斯： 拉里是他的昵称。酒店老板，十分精明。四、十、（十一）、（十五）

奥赖恩，特伦斯： 特里是他的昵称。巴尼·基尔南酒吧的侍者。第十二章注 131

奥康内尔，约翰： 身材魁梧。公墓管理员。

彭罗斯： 曾住在布卢姆的友人西特伦家的一个学生。第八章注 61。（十五）、（十七）、（十八）

普里福伊，威廉米娜： 她的昵称是米娜。玛莉恩的女友，当天夜里在医院生下一男婴，系难产。丈夫名西奥多·普里福伊，是循道公会教徒。（八）、（十）、（十一）、（十三）、十四、（十五）、（十七）、（十八）

鲍尔，杰克： 为人随和，供职于都柏林堡内的皇家爱尔兰警察总署。六、（八）、十、十二、（十五）、（十六）、（十七）、（十八），《都柏林人·圣恩》

巴涅尔，查理·斯图尔特： 十九世纪后半叶爱尔兰有代表性的政治家，毕业于剑桥大学。乔伊斯的父亲是巴涅尔的热烈支持者，在其影响下，乔伊斯九岁时写了一首谴责希利的诗。父亲将它自费印刷，发给亲友。希利原是巴涅尔的盟友，关键时刻反戈一击。第二章注 81。（六）、（八）、（九）、（十）、（十二）、（十五）、（十六）、（十七）

巴涅尔，约翰·霍华德： 查理之兄。第八章注 148。十、（十五）

帕特： 奥蒙德饭店的茶房，耳背，歇顶。十一、（十五）

奎格利小姐： 妇产医院护士。十四、（十五）

朗博尔德，霍： 利物浦市的高级理发师，刽子手。他写信给都柏林行政司法长官说，

每绞死一个犯人，索酬五畿尼。第十二章注 161。（十五）

罗赤福特，汤姆：以兜售赛马赌券为业，热衷于发明机器。第八章注 187，第十章注 103、107。（十一）、（十二）、（十五）

拉塞尔，乔治·威廉：笔名 A.E.。《爱尔兰家园报》主编。斯蒂芬曾欠他一畿尼，迄未偿还。第三章注 109。（二）、（七）、八、九、（十三）、（十四）、（十五）

里凯茨，基蒂：妓女。（十五）

剥山羊皮（skin-the-Goat）：马车夫老板。第十六章注 40。

辛格，约翰·米林顿：据艾尔曼的《詹姆斯·乔伊斯》（第 124 页），辛格于一九〇三年三月六日在巴黎与乔伊斯结识。第九章注 23。

桑顿太太：为鲁迪接生的产婆。第四章注 63。（十五）

塔尔博伊，默雯：都柏林上层社会贵妇人。第五章注 11。（十五）

怀利，雷吉：格蒂的男友，高中学生。时值期中考试，其父亲令其在家学习。（十三）

怀利·W. E.：三一学院的学生，自行车竞赛选手。雷吉之兄。十、（十三）

附录二

《尤利西斯》与《奥德修纪》(对照)

文洁若 编

《尤利西斯》采用与古希腊史诗《奥德修纪》(或译《奥德赛》)情节相平行的结构。尤利西斯就是这部史诗中的英雄奥德修斯。奥德修斯是他的希腊名字，拉丁文名字则为尤利西斯。乔伊斯把主人公布卢姆在都柏林一天的活动与尤利西斯的十年漂泊相比拟。乔伊斯感到他所生活的世界乃是荷马世界的再现。小说赋予平庸琐碎的现代城市生活以悲剧的深度，使之成为象征普通人类经验的神话或寓言。

在创作过程中，为了突出三部十八章的主题，作者还把荷马这部史诗的人名、地名或情节分别作为各部章的题目。但是发表这部小说时，为了使读者把注意力集中在书中人物上，并没有用那些章目。然而西方评论家至今在提到各章时，仍袭用过去的章目。本文将小说每章主要内容以及与《奥德修纪》有关章节之间的关系加以简述。

第一部 帖雷马科

第一章：帖雷马科 时间是一九〇四年六月十六日上午八点。青年斯蒂芬·迪达勒斯因母病危，从巴黎返回都柏林。丧母后，又因父亲西蒙成天酗酒，就从家里跑出来，租了一座圆形炮塔，靠教书糊口。医科学生勃克·穆利根也搬来与他同住。穆利根还把英国人海恩斯也招进来。小说开始时，他们三人吃罢早饭，来到海滩上。穆利根把炮塔的钥匙也要了去。斯蒂芬打定主意不再回到塔里去住。穆利根对斯蒂芬说："雅弗在寻找一位父亲哪！"他把斯蒂芬比作《旧约·创世记》中寻找父亲诺亚的雅弗。只不过雅弗和《奥德修纪》中的帖雷马科找的都是生身之父，而斯蒂芬找的却是一位精神上的父亲。斯蒂芬离开生身之父，而终于寻觅到一位精神上的父亲布卢姆这一情节，暗喻了不在本土参加叶芝等人的爱尔兰文艺复兴运动，并且脱离天主教，流亡欧洲大陆从事写作的乔伊斯本人的立场。【据《奥德修纪》卷一，尤利西斯离开家乡伊大嘉岛的二十年间，他的独子帖雷马科已从一个婴儿成长为壮小伙子了。他接受女神雅典娜的建议，动身到蒲罗去，问奈斯陀是否知道他父亲在哪儿。】

第二章：奈斯陀 斯蒂芬在迪希校长的私立小学任历史教员。这是星期四，下午没有课。放学后，他到校长室去领薪水。校长对他进行了一番开导，并交给他一篇关于口蹄疫的信稿，托他找个报纸发表。【本章中的迪希校长影射《奥德修纪》卷三中的蒲罗王奈斯陀。奈斯陀是参加特洛伊战争的阿凯众王中最年长的一位。他劝帖雷马科到拉刻代蒙去，向曼涅劳王打听一下奥德修斯的下落。】

第三章：普洛调 上午十一点。斯蒂芬踱出学校，徜徉在沙丘海滩。抽象的思维不断地在他的脑际浮现。他把校长那篇原稿的空白处撕下来，将自己想到的词句记在上面。本章情景交融，变幻多端的大海与斯蒂芬的抽象思维，代表着能够任意改变形象的海中老人普洛调。【本章与《奥德修纪》卷四中曼涅劳对帖雷马科所讲的一段话相呼应。战后，曼涅劳带着妻子海伦乘船归国途中，漂流到埃及。从埃及动身返回故乡之际，活捉住海中老人普洛调。为了摆脱他，普洛调先后变成狮子、豹子、长蛇、流水和树木，然而曼涅劳死死抓住他不放。最后普洛调只得让步，把曼涅劳所要知道的事一股脑儿告诉了他。海中老人说，尤利西斯被女神卡吕蒲索扣留在一座海岛上。】

第二部　尤利西斯的漂泊

第四章：卡吕蒲索 上午八点。小说的主人公利奥波德·布卢姆出现了。他是匈牙利裔犹太人，这时正以替《自由人报》兜揽广告为业。他喜食牲口下水，出去买了一副腰子。回家后，给还未起床的妻子玛莉恩端去早餐。玛莉恩是个小有名气的歌手，而她的情人博伊兰（花花公子）近日将安排她到外地做一次演出。布卢姆还把刚收到的一封信和一张明信片交给妻子。那封信好像就是博伊兰写来的。明信片则是在穆林加尔市的照相馆工作的女儿米莉在收到十五岁生日的礼物后，寄来的感谢信。妻子若无其事地告诉布卢姆，当天下午博伊兰要给她送节目单来。布卢姆整天为此事烦恼，但他在进项比他多的漂亮老婆面前抬不起头来。【在《奥德修纪》卷七中，尤利西斯追述他在回故国途中船只遇难，部下统统葬身大海。他只身漂到奥鸠吉岛。该岛女神卡吕蒲索爱上了他，留他住了七年。本章把生在直布罗陀的玛莉恩比作这位女神。关于奥鸠吉岛，有两种传说：西班牙的直布罗陀或意大利的玛尔塔岛。乔伊斯心目中是前者。】

第五章：吃萎陀果的种族　上午十点。布卢姆化名亨利·弗罗尔，与一名叫玛莎·克利弗德的女打字员互通情书。他是通过在报纸上登广告招聘女助手而跟玛莎通起信来的。这一天他到邮局取了玛莎的回信，读毕不禁飘飘然。他的假姓“弗罗尔”（Flower）作“花”解，而玛莎的信里又夹着一朵枯花，均与花果有关。【在《奥德修纪》卷九中，尤利西斯追述他们一行人到达了吃萎陀果的种族所住之处。尤利西斯的部下中，凡是吃了甜蜜的萎陀果的人，都不想回家了。】

第六章：阴间　十一点钟。布卢姆乘马车去参加迪格纳穆的葬礼。同车的有斯蒂芬之父西蒙·迪达勒斯。西蒙愤愤地说，勃克·穆利根把他的儿子引入了邪路。灵柩及送葬车驶抵坟地，下葬后，布卢姆在坟丛间徜徉，通过只活了十一天的独子鲁迪的夭折以及他自己的父亲的自杀，对死亡做着反思。【本章中对葬礼及坟场气氛有精彩的描述。可与《奥德修纪》卷十一中，由尤利西斯追述他赴阴间去询问自己未来的命运这一场面对照着来读。】

第七章：埃奥洛　中午。布卢姆到《自由人报》报社去，向主编说明自己揽来的凯斯商店的广告图案。接着，又到《电讯晚报》报社去。这时斯蒂芬也来了。他想向该报推荐迪希校长的原稿。主编克劳福德却对该稿嗤之以鼻。斯蒂芬当天早晨领了薪水，就请大家到酒吧去。本章中有不少关于狂风的描述。【本章可与《奥德修纪》卷十中尤利西斯所追述的风神的故事对照着来读。风神埃奥洛曾在自己所统治的海岛上款待尤利西斯等人，并送给他一只牛皮袋，里面装着除西风之外“所有的风”。但正当西风把船送往家乡时，尤利西斯的部下以为那袋里有珍宝，便擅自将它打开。于是，“所有的风”都呜呜叫着飞出来，把船刮回到埃奥洛的岛屿。风神大怒，把他们赶走。本章所述的新闻报道的影响——如克劳福德告诉斯蒂芬的那条关于凤凰公园刺杀案的独家新闻，象征着现代社会的风，而校长的稿件被退回使斯蒂芬感到的失望，象征着尤利西斯被吹回到原地时的沮丧心情。】

第八章：莱斯特吕恭人 下午一点钟。布卢姆走进一家廉价小饭馆伯顿。这里既脏且乱，人们在狼吞虎咽，丑态百出，吃相十分难看。于是他又换了另一家高级一点儿的饭馆，是一个名叫戴维·伯恩的人开的。饭后，当他走到图书馆前面时，看到博伊兰迎面走来，便赶紧躲进博物馆里。【本章可与《奥德修纪》卷十中尤利西斯关于嗜食人肉的莱斯特吕恭人的追述对照着来读。尤利西斯所率领的十二艘船中的十一艘，不听他的劝阻驶进了帖勒蒲洛港口。莱斯特吕恭人从峭壁上丢下巨石砸船，把人叉起，带回去吃掉。唯独尤利西斯是把船停泊在港口外面的，才得以生逃。】

第九章：斯鸠利和卡吕布狄 下午两点钟。斯蒂芬在图书馆对包括图书馆长以及评论家和学者在内的听众发表关于莎士比亚的议论。不久，布卢姆也来了，却没有卷进这场议论。他躲避了博伊兰，却又面临讨论莎士比亚这一难题。他还是乖巧地躲闪过去了。【本章可与《奥德修纪》卷十二中尤利西斯所追述的乘船从两座峭岩当中驶过的历险记对照着来读。斯鸠利有六个头，藏在一边的峭岩的洞里。每逢船从洞前驶过，这六个头就各从船上抓走一个人。另一边的峭岩上长着一棵枣树，树脚下藏着个可怕的怪物，名叫卡吕布狄。它每天把海水吸进三遍，又重新吐出。船只如在它吸水时由此经过，就必然被吞没。于是，船到这里，尤利西斯便把船尽量往斯鸠利那边靠。尽管损失了六名部下，其余的人还是幸免于难。】

第十章：游岩 下午三点至四点。本章由十九个片段所构成，分别描绘了形形色色的人物在都柏林市的活动。在琳琅满目的人物画廊里，有总督夫妇和随从、康米神父、残疾军人、书摊老板等。本书的其他十七章，场面及人物的内心活动都集中地写，唯独这一章，则把同一个时间内不同的人在不同的地方的"意识流"组合在一起。在技巧上最有新意。【本章可与《奥德修纪》卷十二中尤利西斯关于游动岩石的追述对照着来读。那是两座陡峻的巨岩，在大海中没有根基，只是浮在水面上。有时海流使它们聚拢，相互撞击，有时潮水又把它们分开。岩前喧腾着巨浪，

连只鸟儿都飞不过去。任何船只从那里驶过，都必然会遭到毁灭。尤利西斯避开游岩，改取斯鸠利和卡吕布狄之间的那条航路。】

第十一章：赛仑　下午四点。布卢姆到奥蒙德酒吧去进餐。博伊兰也进来片刻，又匆匆离去。布卢姆想到此人即将与自己的妻子幽会，心里很不自在。西蒙·迪达勒斯和本·多拉德分别用男高音和男低音演唱歌曲，博得喝彩。布卢姆在那里回了一封情书给玛莎·克利弗德。在本章中，作者着眼于音响、旋律、概念的排列。开头是诗句般的短文，那是以音乐为主导的本章的主题歌。人面鸟身的赛仑有着无比美妙的歌喉，为了点题，这里通篇使用了音调铿锵、节奏感很强的语言，犹如悠扬悦耳的乐声。【本章可与《奥德修纪》卷十二中尤利西斯关于他们乘船经过赛仑居住的海岛的追述对照着来读。尤利西斯预先在伙伴们的耳朵里塞上了蜡，并吩咐伙伴用绳子把自己捆在桅杆上。凡是听了赛仑歌声的人，无不奔上该海岛，因而送命。尤利西斯却因身子挣脱不开，安然脱险。】

第十二章：独眼巨人　下午五点。地点是巴尼·基尔南酒吧。这里聚集着乔·海因斯、一个绰号“市民”的无赖、杰·杰·奥莫洛伊等人。布卢姆因约好和马丁·坎宁翰在此见面，所以也来了。接着“市民”攻击起犹太人来。身为犹太人的布卢姆实在忍无可忍，他和坎宁翰上了马车后，就顶撞“市民”道：“救世主（耶稣）是个犹太人……你的天主跟我一样，也是个犹太人。”“市民”气得抓起一只饼干罐就往布卢姆身上扔，但未击中。布卢姆和坎宁翰乘马车逃之夭夭。【本章相当于《奥德修纪》卷九中尤利西斯追述他们对付独眼巨人波吕菲谟的故事。漂流到独眼巨人的岛上后，尤利西斯率领十二名部下进了波吕菲谟的岩洞。六个部下被这个巨人吃掉了。尤利西斯便把巨人灌醉，在部下的协助下戳瞎了巨人的独眼。他们乘船逃到海面上，巨人从岸上掷过一块大石头，幸未击中。波吕菲谟是海神波塞冬之子。从此，尤利西斯等人受到海神的诅咒，只能继续在海上漂流，一直回不了家乡。】

第十三章：瑙西卡　晚上八点钟。三个少女在圆形炮塔附近的沙丘海滩上乘凉。伊迪带来个小弟弟，西茜也在哄双胞胎的弟弟汤米和杰基玩。格蒂则心事重重，因为她的男友关在家里用功，许久不见了。布卢姆坐在不远的地方，深深地为格蒂的美貌所吸引。格蒂意识到布卢姆的视线，并寻思：也许嫁给这么一个中年绅士倒也挺好。杰基踢过去的球滚到布卢姆旁边，他把球扔回来，落在格蒂的裙下。当格蒂再把球踢回去时，两人的目光不期相遇。格蒂离开海滩时，布卢姆才发现原来她是个瘸子。本章的前一半用的是十九世纪浪漫主义恋爱小说的文体，着重描写格蒂，后一半转为布卢姆的"意识流"。【本章可与《奥德修纪》卷六中瑙西卡公主的故事对照着来读。卡吕蒲索奉宙斯之命放尤利西斯离开海岛，驶向故乡。由于波塞冬呼风唤雨，使他跌到海里。在女神伊诺的帮助下，他好歹爬上了腓尼基人的国土，在灌木丛里睡下。该国公主瑙西卡扔球玩，把尤利西斯吵醒，他就从灌木丛中走出来。尤利西斯在王宫里受到殷勤款待。国王想招他做驸马，但他因故国还有妻小，就婉言谢绝了。布卢姆和格蒂彼此意识到了对方，以目传情，这与尤利西斯与瑙西卡公主虽相互抱有好感，却不曾进一步接近是遥相呼应的。最后阿吉诺王备船，把尤利西斯送回伊大嘉。】

第十四章：太阳神的牛　晚上十点。布卢姆到妇产医院去探望难产的米娜·普里福伊太太。医院食堂里聚集着一群医学院学生，斯蒂芬·迪达勒斯和他的朋友林奇也在那里。他们高谈阔论，个个喝得酩酊大醉，布卢姆是唯一清醒的。不久，米娜生下了个男婴。斯蒂芬说还要请大家去伯克酒店喝酒，就离开了医院。布卢姆托护士给产妇捎个好，接着也赶了去。【本章共使用了三十来种文体，富于变化。作者借着文字艺术的发展来象征胎儿的发育过程。本章可与《奥德修纪》卷十二中尤利西斯所追述太阳神的宝岛的故事对照着来读。尤利西斯的部下宰了太阳神的几头肥牛烤来吃，唯独尤利西斯一口也没吃。他们上船后，遭到风暴袭击，除了尤利西斯以外，全都淹死。尤利西斯被冲到奥鸠吉岛上，住在那里的女神卡吕蒲索收留了他。】

第十五章：刻尔吉　半夜十二点钟。这是夜街的狂想曲，故事从马博特街开始，在贝拉·科恩夫人所开的妓院里达到高潮。起初，布卢姆被警察抓去受审。罪名是给塔尔博伊夫人写情书等，其实，这些只是他动过的念头。后来他又突然荣任市长，还成为爱尔兰国王，随后即遭到群众的攻击，被驱逐出境。布卢姆摆脱幻想后，到科恩夫人开的妓院去找斯蒂芬。斯蒂芬喝醉后抡起手杖击碎了妓院的灯，飞奔到街上。布卢姆也跟出去。有两个英国兵向斯蒂芬寻衅，对他大打出手。布卢姆产生错觉，把斯蒂芬当成自己那已夭折了的儿子鲁迪，就将斯蒂芬搀扶起来，沿街走去。【本章可与《奥德修纪》卷十中尤利西斯所追述的刻尔吉的故事对照着来读。尤利西斯的船从食人族那里虎口脱险后，在埃亚依岛靠了岸。尤利西斯的表弟率领一批人先上了岸，来到女神刻尔吉的妖宫。除了待在外面的表弟，其余的人全被刻尔吉用魔法变成了猪。尤利西斯闻讯只身前往，凭着信使之神赫尔墨的保护，破了刻尔吉的魔法。刻尔吉不但按照尤利西斯的吩咐，使他那些部下重新变成人，还留他们住了一年。本章中的老鸨像是刻尔吉，拯救斯蒂芬的布卢姆，则像是尤利西斯。】

第三部　回家

第十六章：尤迈奥　下半夜。布卢姆和斯蒂芬来到一家通宵开张的马车夫棚。那里有个红胡子水手，说他在世界各地航行了七年，即将回家去，并讲了种种奇怪的风俗习惯。老板的绰号叫“剥山羊皮”。顾客们风闻他就是曾参与凤凰公园刺杀案的菲茨哈里斯，便对他肃然起敬。布卢姆和斯蒂芬却与这些人格格不入，布卢姆便邀斯蒂芬到自己家去。【本章可与《奥德修纪》卷十四中尤利西斯回到伊大嘉后，乔装成穷老头儿来到猪倌尤迈奥的窝棚，备受款待的故事对照着来读。尤迈奥当然认不出旧主人了，却为尤利西斯铺上了山羊皮，请他坐下。红胡子多少带有流浪多年后返回家乡的尤利西斯的影子。本章用的是晦涩难懂的文体，以反映醉后挨打的斯蒂芬和疲惫不堪的布卢姆的情绪。】

第十七章：伊大嘉　下半夜。布卢姆把斯蒂芬领回家后，在厨房里请他喝可可，并聊了一会儿。布卢姆想留斯蒂芬在家过夜，斯蒂芬谢绝了，然而同意教布卢姆的妻子学意大利文。天蒙蒙亮时，他告辞而去。布卢姆走进卧室后，发现室内的摆设略有变动，便幻想起博伊兰和玛莉恩白天在此幽会的情景来。他推测与妻子发生关系的绝不止博伊兰一个人。看来旧市长迪伦、本·多拉德、西蒙·迪达勒斯、利内翰等人都跟她有过暧昧关系。他琢磨了半晌妻子的这些情人究竟意味着什么。转念一想，反正一切都是无所谓的，于是就恢复了心情的宁静。本章是用天主教《要理问答》(用问答法向教徒解释教义的小册子)的文体写的。作者巧妙地借这种呆板的文体，幽默俏皮地表达了自己的思绪。【本章可与《奥德修纪》卷二十二中，尤利西斯把向他妻子求婚的人统统杀死，恢复家庭安宁的故事对照着来读。所不同的是，布卢姆采取的是精神胜利法，仅在心理上抹杀妻子的众多情人。】

第十八章：潘奈洛佩 本章自始至终是处在半睡半醒中的玛莉恩的“意识流”。出现在梦境中的有丈夫、博伊兰、初恋的对象哈利·马尔维中尉等。丈夫回家后告诉了她斯蒂芬的事，她又开始幻想要和那位尚未晤面的年轻教员和诗人谈情说爱了。她是个水性杨花的女人，丝毫也不忠实于丈夫，却又安于现状。因为她知道，像布卢姆这样知识丰富、有教养、为人宽厚的男子，她是再也找不到了。本章完全不用标点，结构也很别致。全文由八大段组成，只在第四大段末尾和第八大段末尾(即全书终结处)分别加了个句号。【在《奥德修纪》卷十九至二十三中，尤利西斯的妻子潘奈洛佩是直到求婚者被统统杀死后，才被老保姆从睡梦中叫醒，下楼去见丈夫的。但她面对着阔别二十年的丈夫，生怕上当，不敢贸然相认。直到她通过只有自己和丈夫才晓得的床腿的秘密(尤利西斯的卧室是围着一棵橄榄树建造的，他亲手用树身做成一条床腿)来试探丈夫，这才相信丈夫真的回来了。于是夫妻团圆。乔伊斯描绘的是都柏林市的现代生活，布卢姆的妻子玛莉恩是和潘奈洛佩大相径庭的人物。】

附录三

詹姆斯·乔伊斯大事记

文洁若　编

一八八二年　二月二日生于都柏林南郊拉斯马因兹一个信天主教的家庭中。其父约翰·乔伊斯（1849—1931）是税务专员，与妻子米莉·简（1859—1903）共生有四男六女，乔伊斯为长子。

一八八六年　英首相葛莱斯顿的《自治法案》未获通过。

一八八八年（6 岁）九月一日入基德尔县沙林斯市的克朗戈伍斯森林公学，校长是天主教耶稣会会长康米神父。乔伊斯是学生中年龄最小的。

一八九〇年（8 岁）爱尔兰民族主义领袖巴涅尔失去自治联盟主席职。

一八九一年（9 岁）因父亲失业，乔伊斯于六月间退学。同年十月，巴涅尔去世，乔伊斯出于对巴涅尔的同情，写了一首讽刺诗《希利，你也这样！》。希利是爱尔兰自治运动和土地改革运动中的领袖，本与巴涅尔关系密切，但在关键时刻却与巴涅尔决裂。

一八九三年（11 岁）经康米神父介绍，乔伊斯进了贝尔维迪尔公学三年级。该校也是耶稣会所办。他一度想当神父。十九世纪以来，在都柏林形成了以叶芝、格雷戈里夫人及辛格为中心的爱尔兰文艺复兴运动，他深受其影响。通过友人，他也受到爱尔兰民族独立运动的影响。然而给予他更强烈影响的是，十九世纪末出现在欧洲文学中的自由思想。中学毕业前，他就对宗教信仰产生了怀疑。

一八九七年（15 岁）获全爱尔兰最佳作文奖。

一八九八年（16 岁）九月入皇家大学都柏林学院，专攻哲学和语言。在校期间博览群书，为了读他最钦佩的作家易卜生的原著，学了丹麦文和挪威文。

一九〇〇年（18 岁）一月二十日，在学院的文学及历史协会发表讲演，题目是《戏剧与人生》。四月一日，英国文学杂志《半月评论》发表他的关于易卜生作品《当我们死而复醒时》（1899）的评论：《易卜生的新戏剧》。此文获得年过七旬的易卜生的称许，使乔伊斯深受鼓舞，从而坚定了他走上文学道路的决心。

一九〇一年 （19岁）十月，写《喧嚣的时代》一文，批评爱尔兰文艺剧院的狭隘的民族主义，自费出版。

一九〇二年 （20岁）夏天，结识叶芝和剧作家格雷戈里夫人。十月获学士学位，入圣塞西莉亚医学院，因交不起学费而辍学。十二月初赴巴黎，下旬回都柏林。

一九〇三年 （21岁）一月十七日再度离开都柏林，二十三日抵巴黎，靠写书评和教英语糊口。四月十日，接到母亲病危的电报回国。八月十三日，母亲去世。在都柏林结交奥利弗·戈加蒂。

一九〇四年 （22岁）开始写自传体小说《一个青年艺术家的画像》，二月二日决定把它改写为长篇小说。三月至六月底，在多基一座私立的克里夫顿学校代课。六月十日，散步途中结识诺拉·巴那克尔，一见钟情。十六日（布卢姆日）傍晚，两人首次幽会。这个期间写了后来收入《都柏林人》的一些短篇小说，发表在当地报刊上。用斯蒂芬·迪达勒斯的笔名，在八月十三日的《爱尔兰家园报》上发表短篇小说《姊妹》。九月九日，与戈加蒂一道住进沙湾的圆形炮塔。同住的还有戈加蒂的友人萨缪尔·特连奇（牛津大学学生）。十九日，因不喜欢戈加蒂，遂离开炮塔，回到父亲的家。十月上旬偕诺拉赴大陆，联系好在瑞士教英语的职务。途经巴黎，十一日抵苏黎世。然而教职落了空，十一月初改赴波拉的伯利兹语言学校任教。波拉在的里雅斯特（当时属于奥地利）以南一百五十英里外。

一九〇五年 （23岁）三月，转任的里雅斯特的伯利兹语言学校任教。七月，因教职有了空缺，把胞弟斯坦尼斯劳斯叫了来。同月，长子乔治亚出生。十二月三日，将《都柏林人》原稿十二篇（后补加三篇）寄给出版家理查兹。

一九〇六年 （24岁）七月底赴罗马，在银行任通讯员。九月三十日在致斯坦尼斯劳斯的信中谈到短篇小说《尤利西斯》的设想。主人公是住在都柏林的一个犹太人。但他当时并未把这个短篇写出。四月以来，就改写短篇小说集《都柏林人》的问题与理查兹鱼雁往还。九月三十日收到拒绝出版的信。

一九〇七年 （25岁）三月五日辞去银行的工作，七月回的里雅斯特，仍在原校任教。五月，早年写的抒情诗集《室内音乐》出版。七月，长女露西亚·安娜出生。他辞去教职，个别教授英语。

一九〇八年 （26岁）三月，将辛格的《骑马下海人》（1904年上演的悲剧）译成意大利文。五月底，患虹膜炎。

一九〇九年 （27 岁）为了交涉《都柏林人》出版事宜，七月回到都柏林，住在父亲家，并与蒙塞尔出版社签订《都柏林人》出版合同。九月里回到的里雅斯特。十月又返回都柏林，在四个企业家赞助下，十二月间开设沃尔特电影院。

一九一〇年 （28 岁）一月二日，在妹妹艾琳的陪伴下，回到的里雅斯特。七月，把闹亏损的沃尔特电影院出让给人。

一九一一年 （29 岁）二月九日，蒙塞尔出版社来信，要求将涉及爱德华七世的记述一概删除。大约在这个时候，他把《斯蒂芬英雄》的原稿丢进火炉，幸而妹妹艾琳在场，给抢了出来。

一九一二年 （30 岁）七月最后一次回爱尔兰。与蒙塞尔出版社的谈判破裂。九月十一日活字版被拆掉。当夜，乔伊斯携全家人离开都柏林。在回到的里雅斯特的路上，他针对出版家罗伯茨写了一首讽刺诗《火口喷出来的瓦斯》。

一九一三年 （31 岁）在列沃帖拉高等商业学校（的里雅斯特大学的前身）教书的同时，继续个别教授英语。十二月十五日，经叶芝介绍，艾琳拉·庞德来信叫他寄作品去。

一九一四年 （32 岁）经庞德的介绍，自二月二日起，至次年九月为止，在《唯我主义者》杂志上分二十五次连载《一个青年艺术家的画像》。一月二十九日，理查兹同意出版《都柏林人》，该书于六月十五日问世。当月，开始写《尤利西斯》第三章。

一九一五年 （33 岁）六月下旬移居苏黎世，继续个别教授英语。经庞德、叶芝等人奔走，获得皇家文学基金的津贴。

一九一六年 （34 岁）经《唯我主义者》主编哈丽特·维沃尔鼎力协助，《都柏林人》以及《一个青年艺术家的画像》在美国出版。

一九一七年 （35 岁）二月，青光眼复发。二月十二日，《一个青年艺术家的画像》的英国版由伦敦的唯我主义者出版社出版。八月十八日，右眼动手术。

一九一八年 （36 岁）经庞德介绍，在美国《小评论》杂志三月号上开始连载《尤利西斯》。五月，剧本《流亡者》的英国版《格兰特·理查兹》和美国版《休布修》同时问世。与友人克劳德·赛克斯共同创立英国演员剧团，夏季到洛桑、日内瓦等城市巡回演出王尔德的《名叫欧纳斯特的重要性》，并于九月间在苏黎世公演萧伯纳的《华伦夫人的职业》以及另外一些英国戏剧。

一九一九年 （37 岁）自五月起，哈丽特·维沃尔开始在经济上资助乔伊斯，一直延续到他去世后办理丧事为止。八月七日，《流亡者》在慕尼黑上演。十月中旬返回的里雅斯特，又到列沃帖拉高等商业学校教书。

一九二〇年 （38 岁）在庞德的劝说下，决定移居巴黎，七月八日抵巴黎。十一日结识莎士比亚书屋的西尔薇亚·毕奇。八月十五日，诗人 T.S. 艾略特等两人来访。十二月二十日完成《尤利西斯》第十五章。

一九二一年 （39 岁）《小评论》杂志因连载《尤利西斯》，在纽约被控告刊载猥亵作品被判有罪。四月十日，与西尔薇亚·毕奇签订《尤利西斯》出版合同，征集一千部的预约。预约者有叶芝、庞德、纪德、海明威等。五月间在友人家与马塞尔·普鲁斯特晤面。十月二十九日，《尤利西斯》的原稿完成。

一九二二年 （40 岁）在生日（2 月 2 日）那天收到《尤利西斯》的样本。八月携妻赴伦敦，初次见到哈丽特·维沃尔。因目疾恶化，急忙回巴黎。开始构思《芬尼根的守灵夜》。

一九二三年 （41 岁）三月十日，着手写《芬尼根的守灵夜》。

一九二四年 （42 岁）三月，《一个青年艺术家的画像》的法译本出版，改名《迪达勒斯》。《尤利西斯》法译的一部分刊载在《交流》杂志上。四月，《大西洋两岸评论》刊载《芬尼根的守灵夜》开头部分。当年，维吉尼亚·伍尔芙出版小册子《本涅特先生和布朗太太》，对乔伊斯的作品表示支持。哈佛·葛曼所著《詹姆斯·乔伊斯最初的四十年》出版。

一九二五年 （43 岁）二月十九日，纽约的涅瓦弗德剧场上演《流亡者》。在《克莱帖里昂》七月号上发表《芬尼根的守灵夜》第五章。

一九二六年 （44 岁）二月十四、十五日，伦敦的摄政剧场上演《流亡者》。

一九二七年 （45 岁）抒情诗集《一分钱一只的果子》由莎士比亚书屋出版。《尤利西斯》的德译本问世。

一九二九年 （47 岁）二月，《尤利西斯》法译本出版。四月二十五日，儿子乔治亚作为男低音歌手首次登台演唱。女儿露西亚神经出现异常症状。

一九三〇年 （48 岁）《尤利西斯》德译本出版第三版。十二月下旬，受乔伊斯本人之托，哈佛·葛曼着手写其传记。斯图尔特·吉尔伯特的《詹姆斯·乔伊斯的〈尤利西斯〉》由费伯与费伯出版社出版，他强调了此作的古典主义性格与象征性。（此书的修订本出版于 1952 年。）

一九三一年 （49 岁）四月，携妻女赴伦敦。七月四日是父亲约翰的生日，乔伊斯选定这一天在伦敦与诺拉正式结婚。自从一九〇四年不顾父亲的反对与诺拉私奔，已过了二十七年。十二月二十九日，其父亲在都柏林逝世。

一九三二年 （50 岁）二月十五日，孙儿斯蒂芬·詹姆斯·乔伊斯出生。《尤利西斯》日译本由岩波书店出版。乔伊斯本人认为属盗印，但按日本版权法，外国作品只享有版权十年。

一九三三年 （51 岁）十二月六日，纽约的乌尔赛法官宣判《尤利西斯》并非猥亵作品。

一九三四年 （52 岁）一月，为了确保版权，纽约的兰登书屋抢先出版一百部《尤利西斯》。弗兰克·勃真所著《詹姆斯·乔伊斯与〈尤利西斯〉的创造》由伦敦格雷森与格雷森出版社出版（修订本于一九六七年由美国印第安纳大学出版社出版）。

一九三五年 （53 岁）七月，女儿露西亚的神经病发作，致使乔伊斯做了一星期噩梦，不断地为幻觉困扰。

一九三六年 （54 岁）七月，将露西亚以前写的《乔叟入门》作为她的生日（6 月 26 日）礼物出版。十二月，《诗集》出版。

一九三七年 （55 岁）十月，《年轻内向的斯特列拉》在伦敦出版。

一九三八年 （56 岁）十一月十三日，《芬尼根的守灵夜》完成。乔伊斯动员友人们做校对，年底校完。

一九三九年 （57 岁）五月四日，《芬尼根的守灵夜》在伦敦和纽约同时出版。

一九四〇年 （58 岁）十二月十七日，迁居到苏黎世。哈佛·葛曼的《詹姆斯·乔伊斯》出版。

一九四一年 （59 岁）一月十日，因腹部痉挛住院，查明系十二指肠溃疡穿孔，十三日凌晨去世。十五日葬于苏黎世的弗林贴隆坟地。伦敦《泰晤士报》刊载了一篇对乔伊斯缺乏理解的悼文。T.S. 艾略特立即写文章表示抗议，并在《地平线》杂志三月号上发表《告鱼书》一文，进一步反击。维吉尼亚·伍尔芙接到讣告，感慨系之。（她于同年 3 月 28 日也自杀身死。）这一年，哈利·莱文撰写了《詹姆斯·乔伊斯》一书，肯定了乔伊斯在欧洲文学史上的地位。

一九四二年 T.S. 艾略特的《介绍詹姆斯·乔伊斯》出版。

一九四四年 《斯蒂芬英雄》出版。

一九四七年 理查德·凯因的《神奇的旅人——詹姆斯·乔伊斯的〈尤利西斯〉》由芝加哥大学出版社出版。詹姆斯·乔伊斯学会在纽约成立。

一九四八年 《二十年间的乔伊斯评论》出版。

一九五〇年 自二月十三日起，英国广播公司连播《詹姆斯·乔伊斯的肖像》。

一九五一年 四月，诺拉·乔伊斯去世，与乔伊斯合葬。

一九五四年 六月十六日，举行“布卢姆日”五十周年纪念活动。《尤利西斯》爱好者从圆形炮塔出发在都柏林市街上游行。

一九五五年 四月二十五日，《芬尼根的守灵夜》经米利·曼尼改编为《谢姆之声》一剧，在美国坎布里奇的诗人剧场首次公演。六月十六日，乔伊斯的胞弟斯坦尼斯劳斯去世。

一九五六年 休·肯纳著《都柏林的乔伊斯》由美国印第安纳大学出版社出版。

一九五七年 《詹姆斯·乔伊斯书信集》出版。

一九五八年 六月五日，梅杰利·巴恭亭改编的《夜街的〈尤利西斯〉》，在纽约的鲁夫托普剧场首次公演。斯坦尼斯劳斯·乔伊斯所写的《吾兄的守护神》出版。

一九五九年 《詹姆斯·乔伊斯评论集》出版。理查德·艾尔曼所写的传记《詹姆斯·乔伊斯》出版。

一九六二年 都柏林市当局决定把圆形炮塔作为乔伊斯博物馆保存下来。六月十六日，邀请世界各国的作家和乔伊斯研究家，前往参加博物馆成立大会。首先在来宾簿上签名的是莎士比亚书屋的女主人西尔薇亚·毕奇。

一九七九年 钱钟书在所著《管锥编》第一册（第 394 页）中，用《尤利西斯》第十五章的词句来解释《史记》中的话。

一九八一年 袁可嘉、董衡巽、郑克鲁选编的《外国现代作品选》第二册关于“意识流”部分收入《尤利西斯》第二章中译文，并附袁可嘉的短评。

一九八二年 世界各地举行纪念乔伊斯诞生一百周年活动。中国社会科学院外国文学研究所研究员朱虹在北京纪念大会上作《西方现代主义文学的开拓者乔伊斯》的演讲。六月，在都柏林召开国际性盛会。六月十六的“布卢姆日”，人们穿上一九〇四年式样的服装，以都柏林为舞台，表演小说第十章《游岩》中的情节。

一九八三年 五月，黄雨石译的《一个青年艺术家的画像》由北京外国文学出版社出版。

一九八四年 六月十六的“布卢姆日”，英、美同时发行《尤利西斯》的新版本。

一九八七年 金隄的《尤利西斯》节译本（第二、六、十章及第十五、十八章的片段）在天津出版。

一九九二年 萧乾、文洁若合译的《尤利西斯》第一章在《译林》当年第二期刊载。

一九九三年 萧乾、文洁若合译的《尤利西斯》第三章在《峨嵋》第一期，第五章在《香港文学》一、二月号，第四章在《世界文学》第三期，第十三章在《外国文艺》第五期上分别刊载。

一九九四年 萧乾题为《叛逆·开拓·创新》的《尤利西斯》中译本序，在《世界文学》第二期和《香港文学》三至五月号上发表。萧乾、文洁若合译的《尤利西斯》三卷全译本（平装）由译林出版社出版。金隄译《尤利西斯》（上卷）由人民文学出版社出版。

一九九五年 萧乾、文洁若合译的《尤利西斯》两卷精装本由译林出版社出版。同书三卷本在台北由时报出版公司出版。四月十九、二十日，译林出版社主办的我国首次“乔伊斯与《尤利西斯》研讨会”在北京召开。爱尔兰驻华大使多兰女士，都柏林乔伊斯研究中心主任罗伯特·乔伊斯等七位爱尔兰学者，英国、澳大利亚、日本、美国的乔伊斯研究专家，我国著名学者冯亦代、董乐山、梅绍武、朱世达、吴元迈、邓友梅、赵萝蕤、陈恕、黄梅，以及中宣部、新闻出版署、中国作协、中国社科院外文所有关方面的领导等共一百余人参加了会议。中央电视台为会议制作了英文专题片。译林版《尤利西斯》，先后获新闻出版署主办的第二届“全国优秀外国文学图书奖”一等奖及“国家图书奖”提名奖。萧乾、文洁若在上海签名销售《尤利西斯》中译本，千余人排队购买。

一九九六年 萧乾、文洁若在北京签名销售《尤利西斯》译林版精装本并邀请有关学者和媒体代表进行座谈。与会的有冯亦代、毕朔望、董乐山、梅绍武、屠珍、朱虹、李景端等五十余人。金隄译《尤利西斯》（下卷）在北京出版。

一九九八年 美国兰登书屋“现代丛书”编委会评出二十世纪百本最佳英语小说，《尤利西斯》名列榜首。英国水石书店约请世界四十七位著名文学批评家和作家，评选对下世纪最具影响的十部文学名著，《尤利西斯》再列前茅。

一九九九年 萧乾、文洁若合译的《尤利西斯》（修订本）在台北由猫头鹰出版社出版。《乔伊斯传》（彼得·寇斯提罗 著，林玉珍 译）由海南出版社、三环出版社出版。文洁若写译本序。

二〇〇一年 六月十六日，爱尔兰驻华大使馆举行“布卢姆日”。文洁若、陈恕等应邀出席。

二〇〇二年 六月，萧乾、文洁若合译的《尤利西斯》（修订本）在北京由文化艺术出版社出版。

二〇〇四年 六月十六日至十八日，上海鲁迅纪念馆与爱尔兰驻上海总领事馆联合举办詹姆斯·乔伊斯和《尤利西斯》展览以及“乔伊斯和他的世界”国际学术研讨会，文洁若、陈恕等应邀参加并发言。

二〇〇五年 一月，萧乾、文洁若合译的《尤利西斯》（修订本）由太白文艺出版社作为《萧乾译作全集》中的三卷出版。

二〇〇五年 六月，萧乾、文洁若合译的《尤利西斯》（最新修订本）由译林出版社重新出版。

译后记

文洁若

经过一千五百多天紧张的奋战，我们终于把《尤利西斯》译完了。继一九九四年的三卷手装本之后，两卷精装本也于一九九五年春与读者见面了。夙愿终于实现了，我们自是感到无限欣喜。

译文之外，我们还在注释上下了很大功夫。全书十八章共加了五千八百四十条注释。这是本书独特的写作方法所决定的。有不少注是供研究者参考而加的。作品写的虽是十八小时内发生的事，内容却无比庞杂。作者犹如天马行空，浮云流水，想到哪里写到哪里，还信手引入他过去作品中的一些人物。全书有的章节写音乐（第十一章），有的写天文（第十七章）。许多典故出自《圣经》、荷马史诗《奥德修纪》、莎士比亚戏剧以及不经见的典籍。还夹杂着大量俚语和歌曲片段，而且涉及三十多种语言。如果不一一加注，读来必然摸不着头脑。

先谈谈本书一种特殊的注释："呼应注。"例如在第一部第三章末尾，斯蒂芬曾看见"一艘三桅船……驶回港口"。当时正是十一点钟。及至第二部第十章中，再度提到这艘船时，才点明它是"从布里奇沃特运砖来的"。这时已是下午三四点钟了。到了半夜（第三部第十六章），斯蒂芬和布卢姆在马车夫棚里遇见了一个水手，他说自己是"上午十一点钟进港的"，乘的是"从布里奇沃特运砖来的三桅帆船罗斯韦斯号"。原来书中前两次提的都是此船，而且是为水手登场作铺垫的。我们在第三、十、十六章中都各加了个注，指出它的连续性。

又例如女主人公摩莉之母。在第十八章中，摩莉五次提到她的母亲。第一次说，她和布卢姆订婚之前，布卢姆对她的母亲毫无所知，"不然的话，他是不会那么容易把我搞到手的"。

那么，摩莉的母亲究竟是个什么人？她何以会对摩莉的婚姻形成不利条件？摩莉第四次提到母亲时，才有答案。原来她有犹太血统："我猜想那是由于我的母亲，有着犹太女人的容貌。"

布卢姆本人是个匈牙利裔犹太人。所以摩莉有犹太血统，对他来说本是半斤八两。可是对摩莉来说，在犹太族受歧视的爱尔兰，这一血统对她却是个不利因素，这也是她之所以嫁给布卢姆（一个没有固定职业、靠为报纸拉广告为生的人）的缘故。鉴于第十八章只分作八大段，全章正文统共只有两个句点，我们就在摩莉每次想起她母亲的地方分别加个"呼应注"，以引起读者的注意。全书接近尾声时才知道，摩莉小时她那个名叫露妮塔·拉蕾多的母亲就丢下她出走了。

我们还加了一些关于版本的注。这主要是供我国的《尤利西斯》研究者参考的。由于乔伊斯有在校样上改动的习惯，又因此作最早是由不谙英语的法国工人排版的，所以有不少误植。他的朋友们在帮助勘误的同时又留下一些新的疑团，致使《尤利西斯》的版本问题越来越复杂了。我们最初根据的是英国文化委员会提供的伦敦伯德里·海德出版社所出的一九八九年版，是经过德国慕尼黑大学教授汉斯·华尔特·加布勒协同沃尔夫哈德·施特普和克劳斯·梅尔希奥修订的。但是鉴于美国的基德博士自一九八五年就向海德版开展了旷日持久的标点符号战，并且听说即将由 W.W. 诺顿出版社推出新版本，我们却不可能等到该版本出版后再译此书，就只好改由根据莎士比亚书屋一九二二年版翻译，并参照奥德赛一九三三年版，海德一九四七年版、一九八四年版和一九八九年版以及美国兰登书屋一九九〇年版的办法，并在注中逐一做了说明。这里可以举两个例子。

据海德一九八九年版，第三章中，斯蒂芬想起他舅舅里奇说过"坐下来散散步"这么一句话。我们查阅了另外四种版本，均无此句。经向几位爱尔兰朋友请教，才用注释的方式把这句话补上了（见第三章注 37）。又如在第十五章中"我还参加了褐色肩衣组织"之句。也是除了海德版，诸本都没有的。"褐色肩衣"是天主教徒当作保持贞操的护身符，而说这话的是个妓女，唯其如此，她才更急于表白自己当年曾经贞洁过。于是我们把此话补译进去，但标上了［　］号，并在注中加了说明（见第十五章注 439）。

另外还有一些注是为了指出原著中的谬误或前后不符。例如第十七章有这样一句话："倘若斯蒂芬继续活下去，在公元三〇七二年达到这个岁数，布卢姆就已经是八万三千三百岁了，而他的生年按说是纪元前八一三九六年。""达到这个岁数"指前文中的“一千一百九十岁”。我们根据堂吉福德等合编的《〈尤利西斯〉注释》，加注说明，“一千一百九十岁”是“二万零二百三十岁”之误。此注长达二百字，因为必须演算出这个数字才能说明问题（见第十七章注 64）。在第十八章中，摩莉说她当年能隔着直布罗陀海峡望见“摩洛哥，并且几乎能眺望到白色的丹吉尔湾和蒙着雪的阿特拉斯山”。这里，我们也根据《〈尤利西斯〉注释》加注说明，晴天用望远镜固然看得见摩洛哥，但丹吉尔海湾被岬角遮住了，而阿特拉斯山根本就在视线之外（见第十八章注 271）。

《尤利西斯》中还经常提到《都柏林人》和《一个青年艺术家的画像》中的人和事，这必然为那些没读过上述两本书的读者造成困难。所以我们不得不加注说明。

例如在第十八章中，摩莉两次提到凯思琳·卡尼，认为“那些小黄毛丫头”的唱腔比她差得远呢。凯思琳就是《都柏林人·母亲》中的一个人物，曾在音乐学院深造，其母卡尼太太千方百计为她安排钢琴独奏会。

又如第七章“你能胜任！”一节中，主编正跟斯蒂芬说着话时，斯蒂芬的脑子里忽然浮现出这么几句话：“从你的脸上就看得出来。从你的眼神里也看得出来。你是个懒散、吊儿郎当的小调皮鬼。”一般读者读到这里，也会感到茫然。其实乔伊斯本人小时曾因打碎了眼镜而无法完成作业，教导主任就粗暴地对他进行过体罚。这件事在他的心灵上一直留下了毕生难忘的创伤。他不但在《一个青年艺术家的画像》第一章中详细描述了此事，又在《尤利西斯》第七章中重述了教导主任的话。又如在第十七章中，斯蒂芬还从布卢姆跪在地下替他生火一事联想起迈克尔修士、西蒙·迪达勒斯和巴特神父曾怎样替他生过火。凡读过《一个青年艺术家的画像》的人，就会记起这些段落出自那部作品。

全书中使用《圣经》的典故，就更是不胜枚举了。爱尔兰原是个信天主教的国家，作者又在耶稣会办的学校里受过几年教育，一度曾立志想当神父。虽然后来对宗教起了反感，但全书中处处留下了天主教的痕迹。第一章刚开头，勃克·穆利根就来上一句：“这是真正的克里斯廷：肉体和灵魂，血和伤痕。”为了讲明这短短十八个字组成的句子，我们只好加了一条二百五十个字的注，才把它的原意解释清楚。

作者曾对人透露要把奥德修斯的家乡伊大嘉作为十七章的题目。此章中个别段落也确实令人联想到《奥德修纪》回家园后的遭遇。例如布卢姆从室内两把椅子的摆法联想到妻子怎样与情人在这里幽会，接着就点燃了松果。这有点儿像奥德修斯杀死向妻子求婚的那帮人后，用硫黄熏屋子的场面（见第十七章注 210）。

《尤利西斯》被称作“天书”，一个原因是由于作品使用了三十多种外语，插进了一些古语、俚语和作者杜撰的词，此外还有不少文字游戏。这种地方均需加注说明。为了读者阅读的便利并减少排版上的困难，我们一律采取先译成中文，然后再加注说明的办法。英语以外的原文，凡是原著排作斜体的，译文一律用五仿，以示区别。但有五六十个外来语，原著未排作斜体，译文中也就没变字体，仅在注里说明原文用的是什么语言。

经过半个多世纪来众多学者的研究和争议，《尤利西斯》至今还留有不少谜。第十七章末尾的黑点和第十八章开头处的*，究竟指的是什么，研究者至今也不能确言。随着对乔伊斯和《尤利西斯》的研究工作进一步发展，我们希望国内还会有更成熟的译本，但愿我们这个译本和注释能起到一定的抛砖引玉的作用。

翻译过程中，我们曾参考了堂吉福德教授与罗伯特·J. 塞德曼合编的美国加州大学出版社一九八九年版《〈尤利西斯〉注释》（Don Gifford with Robert J.Seidman，*Ulysses Annotated: Notes for James Joyce's Ulysses*，Revised and Expanded Edition，University of California Press，1989），其中较重要者均已在注中分别写明出处，谨此由衷表示感谢。

一九九四年十月